Marek Halter *est né en 1936 en Pologne. Sa mère est une poétesse yiddish ; son père, imprimeur, descend d'une longue lignée d'imprimeurs juifs dont l'origine remonte au XVe siècle.*

A la déclaration de guerre, Marek Halter a trois ans. A cinq ans, il s'évade avec ses parents du ghetto de Varsovie et gagne la Russie soviétique. Kolkhozien à huit ans, hooligan à dix, apprenti guérillero à quatorze, il rate le départ de l'Exodus et, en 1950, arrive en France où il commence à peindre. Il expose notamment à Paris, à New York, à Tel-Aviv ; il reçoit plusieurs prix internationaux.

Mais le conflit israélo-arabe le bouleverse : à la veille de la guerre des Six-Jours, il crée le Comité international pour la Paix négociée au Proche-Orient et frappe aux portes des dirigeants arabes et israéliens : Golda Meir, Ben Gourion, Hassanein Heikal, Abou Ayad... Il plaide, essaie de convaincre et de rapprocher. Son aventure du Proche-Orient, il la raconte dans le Fou et les Rois, *prix Aujourd'hui 1976.*

Marek Halter a découvert l'écriture : il publie d'autres livres, écrit des articles, milite pour les droits de l'Homme. Pendant six ans, il a travaillé à ces deux mille ans d'Histoire d'une famille juive : la Mémoire d'Abraham.

LA MÉMOIRE
D'ABRAHAM

ŒUVRES DE MAREK HALTER
DANS POCKET

Le fou et les rois
Argentina, Argentina
Les fils d'Abraham
Un homme, un cri

MAREK HALTER

LA MÉMOIRE
D'ABRAHAM

roman

ROBERT LAFFONT

La loi du 11 mars 1957 n'autorisant, aux termes des alinéas 2 et 3 de l'article 41, d'une part, que les *copies ou reproductions strictement réservées à l'usage privé du copiste et non destinées à une utilisation collective*, et, d'autre part, que les analyses et les courtes citations dans un but d'exemple et d'illustration, *toute représentation ou reproduction intégrale ou partielle*, faite sans le consentement de l'auteur ou de ses ayants droit ou ayants cause, est illicite (alinéa 1er de l'article 40). Cette représentation ou reproduction, par quelque procédé que ce soit, constituerait donc une contrefaçon sanctionnée par les articles 425 et suivants du Code pénal.

© Éditions Robert Laffont, S.A., Paris, 1983.

ISBN : 2-266-02544-9

En hommage à mes parents :

*Perl Halter, ma mère, poétesse yiddish,
Salomon Halter, mon père, imprimeur,
fils d'imprimeur, petit-fils d'imprimeur
et ainsi depuis des générations,*

*pour avoir entretenu en moi
la mémoire d'Abraham.*

PREMIÈRE PARTIE

I

Jérusalem
LES CHEMINS DE L'EXIL

A son habitude, Abraham le scribe s'éveilla d'un coup et, immobile sur sa couche, les yeux grands ouverts, il attendit le jour. L'aube, à Jérusalem, est une promesse qui vous emplit le cœur et Abraham, chaque matin, y cherchait confusément le signe que les choses de la terre et du ciel étaient en ordre.

Cela commençait vers l'Orient, du côté du désert, par un puissant remous au fond de la nuit, et les étoiles pâlissaient soudain. Puis tout allait très vite. La lumière montait comme une mer, vague après vague, déposant tour à tour des couleurs tendres et des éclats de quartz, allumant l'ocre des remparts, l'argent bleu des oliviers, la blancheur des terrasses. Les ânes et les coqs appelaient, les mouches entraient dans l'ombre des maisons tandis que, sur le parvis du Temple, vingt lévites poussaient sur ses énormes gonds la porte Nicanor; le choc de bronze des lourds vantaux contre la muraille résonnait longuement sur la cité. Alors seulement Abraham le scribe se levait, heureux comme après une prière.

Mais ce jour-là, le neuvième du mois d'*Av* * de l'année 3830 ** après la création du monde par l'Éternel, béni soit-Il, Abraham le scribe n'entendrait pas la porte Nicanor : après trois mois de siège, les légions romaines avaient investi l'Antonia, la forteresse qui commandait, au nord, l'accès au Temple. Il n'entendrait pas non plus les coqs ni les ânes : affamée, la population des assiégés les avait depuis longtemps mangés.

---

* On trouvera en fin de volume un glossaire des mots qui apparaissent en italique dans le texte.
** 31 août 70 apr. J.-C.

Abraham ne bougeait pas. Tant qu'il ne se remettait pas dans le courant de la vie, il pouvait encore croire que la faim, que la peur, que la guerre faisaient partie d'un rêve mal refermé, comme ces chiens jaunes qui s'attardent le matin aux confins des villages et que l'activité du jour renverra au désert.

Mais l'aube vint, et dans le camp des Romains éclatèrent les habituelles sonneries de buccin. Bientôt les grandes catapultes recommenceraient à pilonner les remparts, les légionnaires lanceraient dans les portes leurs béliers à tête de fer, il y aurait des clameurs de soldats, des chocs de métal... Combien de temps la poignée de Juifs encore valides résisterait-elle aux meilleures légions de l'Empire? Les Romains prendraient-ils la ville aujourd'hui?

Abraham le scribe entendit que changeait de rythme, près de lui, le souffle léger de Judith, son épouse. Il chassa ce qui restait de nuit au fond de son cœur:

— Judith, dit-il, nous quitterons Jérusalem aujourd'hui, s'il n'est pas trop tard.

— Dieu nous vienne en aide! répondit-elle.

— Amen!

Il se leva. Il avait faim et se sentait faible. Il poussa le rideau qui partageait la pièce en deux. Elie et Gamliel, ses deux fils, dormaient, et Abraham remercia Dieu, béni soit Son nom, de donner aux enfants cette cuirasse d'innocence.

Il sortit dans la petite cour. La lumière crue du matin lui fit plisser les yeux tandis qu'il regardait vers le Temple, dont les pointes d'or pur paraissaient fichées dans le ciel. Abraham était un homme jeune, de haute taille, à la peau sombre, à la barbe drue. Comme avant lui son père et son grand-père, il exerçait au Temple la fonction de scribe. « La connaissance est source de toute vie », disaient les sages, et sa vertu paraissait inépuisable.

Il s'assura qu'il était seul, se pencha, tira du mur une pierre descellée; c'est là que, par crainte des bandits ou des affamés, il cachait son trésor: un pochon de toile renfermant encore quelques poignées d'orge. Il le prit et alla le remettre à Judith. Les enfants dormaient toujours.

Il se lava les mains sur la pierre d'évier, dans l'embrasure de la fenêtre, puis enroula les phylactères à son bras gauche et à son front. Se couvrant enfin du châle de prière, il récita à voix basse le *chaharith*, la prière du matin: « Mon Dieu, l'âme que Tu as mise en moi est pure. Tu l'as créée, Tu l'as formée, Tu me l'as insufflée. Tu la conserves en moi, c'est Toi qui me la prendras et qui me la rendras un jour... Béni sois-Tu, Éternel, qui rends leur âme aux morts... »

Abraham implorait Dieu de ne pas abandonner encore une fois Sa ville, l'antique cité des prophètes et des rois, quand des cris l'arrachèrent à son recueillement :

— Le Temple brûle! Abraham, le Temple brûle!

C'étaient Samuel et Jonas, ses voisins les potiers. Ils s'arrêtèrent sur le seuil, tragiques. Abraham dépouilla en hâte ses phylactères. Judith se précipita :

— N'y va pas!
— Mais Judith, c'est le Temple!

Il vit le visage bouleversé de sa femme :

— Ne crains rien, dit-il. Par l'Éternel, ne crains rien! Empêche les enfants de sortir.

Les trois hommes quittèrent la maison et gagnèrent la rue. En face, sur sa terrasse, le vieux Joseph de Galilée, la tête couverte de cendres, priait en se balançant vigoureusement. Il s'interrompit :

— Le feu, dit-il d'un air terrible, les flammes, la punition divine!

Il leva lentement les yeux vers le ciel et cita : « Jérusalem a multiplié ses péchés, c'est pourquoi elle est un objet d'aversion... »

— Dieu te bénisse, Joseph! dit Abraham le scribe.
— Il ferait mieux de sauver la cité! répondit le vieillard en reprenant ses prières.

Les rues s'emplissaient de gens allant vers le Temple. Terrible foule de fantômes aux visages gris, aux ventres ballonnés; beaucoup d'entre eux étaient des villageois venus dans la Ville sainte pour célébrer la Pâque et qui avaient dû y rester, enrôlés par les zélotes pour la défense de la cité. Ils étaient les premiers à avoir souffert de la faim, et maintenant qu'ils avaient dévoré tous les chiens, tous les feuillages, toutes les racines, ils se battaient pour la poignée de cuir d'un bouclier, ou pour un lacet de sandale. On disait même qu'une femme avait mangé son enfant.

Comme le rite interdisait d'enterrer les morts dans l'enceinte de Jérusalem, les corps se décomposaient dans les rues, dans les passages, dans les ravins. L'odeur était obsédante, bouleversante, et on ne pouvait s'y habituer : certains de ceux qui pourrissaient ainsi étaient des parents ou des amis.

De violents tourbillons de fumée s'élevaient au-dessus du temple. La foule des Juifs se bousculait sur le pont qui enjambe le val des Fromagers, se pressait en grondant de colère à la porte armée de plomb du parvis des Païens. « Le Temple brûle, entendait-on, malheur à nous! Malheur à nous! »

La lourde porte céda brusquement. Abraham le scribe fut séparé de ses amis les potiers et précipité sur le parvis. Malgré la pression de la foule, il laissa sur sa droite la triple allée du portique royal et s'approcha de la porte qui donnait accès au parvis des Israélites – il passait là chaque jour avant que l'Antonia fût prise. Mais des soldats romains se tenaient en haut des marches, le glaive levé, pour interdire l'entrée de l'enceinte que les étrangers n'avaient pas le droit de franchir : « Celui qui serait pris causerait sa propre mort », précisait même une inscription en grec. Mais l'ordre du monde était renversé, et on voyait des païens empêcher les Juifs d'accéder au Temple ! Par-dessus les murs, montaient dans le ciel presque blanc les volutes des fumées nourries d'irremplaçables rouleaux d'écriture, de voiles sacrés, de boiseries précieuses.

La détresse de la foule était telle qu'elle emporta dans son élan la garde romaine, se rua vers le parvis intérieur, face à l'autel des sacrifices, lui aussi déserté depuis que les Romains avaient pris pied dans l'Antonia. Un épais cordon de légionnaires entourait les bâtiments du Saint et du Saint des Saints, protégeant ceux des leurs qui s'affairaient à arracher aux flammes les grappes d'or qui pendaient aux poutres de cèdre du vestibule – ils vendangeaient la vigne du Seigneur, le symbole d'Israël ! Les quatre vantaux de bois plaqué d'or de la porte du Saint – vingt coudées sur dix * – avaient déjà été arrachés de leurs gonds. Mieux valait ne pas penser à ce que ces païens – que leurs os soient broyés ! – avaient fait du chandelier d'or à sept branches, ni à la façon dont ils traitaient la table des pains des propositions.

La poussée de la foule précipitait les Juifs des premiers rangs sur les glaives des légionnaires. Abraham le scribe se débattait à contre-courant pour rejoindre la cour des femmes. Il fit même le coup de poing contre une formation de zélotes qui avaient perdu leur chef et qui, à tout hasard, bloquaient le passage. Confusion, vacarme, odeur de chair brûlée, crépitement des hautes flammes... Abraham pleurait de rage et de pitié.

Et pourtant, il avait été de la première émeute, quand le procurateur Gessius Florius avait puisé dans le trésor du Temple, quatre ans plus tôt. Et quand les Romains avaient en représailles massacré trois mille Juifs dans les rues de Jérusalem, il avait estimé légitime le soulèvement du peuple, qui s'était alors emparé de la tour Antonia en égorgeant les gardiens. C'était la guerre. Les Juifs avaient organisé la défense

---

* Une coudée mesure environ 50 cm.

du pays et battu le général Cestius Gallus tandis qu'Eléazar et ses zélotes s'emparaient de la forteresse de Massada sur la mer Morte. Abraham se rappelait le moment d'exaltation superbe qu'avaient alors partagé tous les hommes. Oh! il n'était pas guerrier de cœur, Abraham le scribe, mais il ressentait la mainmise des Romains sur Jérusalem comme une offense à l'Éternel, béni soit Son nom!

Puis Néron avait envoyé Vespasien et son fils Titus, qui avaient soumis la Galilée et préparé le siège de Jérusalem. Néron alors était mort et l'armée de Syrie avait proclamé Vespasien empereur.

Ce répit miraculeux, les Juifs l'avaient occupé à se déchirer en factions, si bien que quand Titus reprit le siège de Jérusalem, trois partis se disputaient la ville. Abraham le scribe, qui avait applaudi quand les prêtres avaient refusé de sacrifier les trois agneaux et le bœuf que César offrait chaque jour au Temple, qui avait dansé de joie devant le brasier où les zélotes jetaient les archives des Romains, détruisant les listes des contribuables et les reconnaissances de dette des pauvres gens, Abraham avait été stupéfait de voir que son maître, le rabbin Johanan ben Zakhaï, ne partageait pas l'exaltation du petit peuple. Il se rappelait très bien la controverse qui avait opposé le vieux rabbin au fanatique Eléazar, fils de Simon, sous les portiques du Temple :

— Vous vous battez pour des pierres, du sable et de l'encens, avait déclaré le vieillard. Lorsque la *Tora* aura déserté le Temple, il s'écroulera comme une maison vide!

— Mais, Rabbi, nous nous battons pour la Tora! C'est pour la sauver que nous résistons aux Romains, à leurs dieux, à leurs lois!

— Si tu avais lu les Prophètes, tu saurais que c'est la charité qui la fortifie, et non le sacrifice. Il n'est pas nécessaire de tuer ou d'être tué pour obéir à ses commandements.

— Mais, Rabbi, comment défendre la Tora autrement que par les armes quand les grands prêtres eux-mêmes sont nommés par Rome et que leurs vêtements saints sont sous la garde des soldats? Ces gens nous haïssent et nous méprisent, leurs idoles ont envahi la ville... Comment dans ces conditions remémorer le nom d'Israël? Comment célébrer les hauts faits de l'Éternel? Où pourrions-nous honorer la Tora?

— La Tora, Eléazar, nous a été donnée dans le désert. Là où elle règne, là s'élève le Temple.

— Même en terre étrangère?

— Même en terre étrangère.

— Comment l'emporteras-tu parmi les nations? Comment la préserveras-tu au milieu d'esclaves qui ne rêveront que de partager la viande et le pain de leurs maîtres?

— Par l'étude, Eléazar, fils de Simon. Par l'enseignement.

Des murmures ponctuaient le dialogue, les assistants étaient partagés entre les arguments, passaient d'un camp à l'autre au gré des reparties, comme lors de ces débats vertigineux où se lançaient d'habitude, pour le plaisir et l'édification de tous, les docteurs de la Loi. Mais cette fois, il s'agissait de l'essentiel.

— Les Romains, avait révélé le vieux rabbin, m'ont autorisé à établir une académie à Yavné.

— A Yavné? Dans ce village de paysans? Belle demeure que tu as trouvée là, Rabbi, pour l'Éternel, Sa Tora et Son peuple!

Le zélote avait levé sa main armée d'un poignard :

— Pars si tu veux, Rabbi, avait-il dit, va à Yavné. Mais personne après toi ne quittera Jérusalem, sinon les morts!

C'était au début du siège. Le rabbin Johanan ben Zakhaï avait quitté la ville dissimulé dans un cercueil que portaient ses disciples. Abraham le scribe, un moment hésitant, avait préféré rester : il ne pouvait pas vraiment croire qu'un malheur arriverait à la Ville sainte, et puis il fallait bien que quelqu'un consigne ce qui se passait dans ces jours-là, et c'était sa tâche sur la terre.

Il était donc resté, noircissant ses rouleaux de ce qu'il savait des événements.

Titus avait disposé le gros de son armée sur le mont Scopus tandis que la Xe légion, venant de Jéricho, campait au mont des Oliviers. Il avait fait couper tous les arbres au nord de la ville, avait construit des machines de guerre, balistes et tours roulantes. Mais la défense des Juifs était si ardente que Titus avait entièrement entouré la ville d'un mur pour réduire les habitants par la famine. Moins de deux mois plus tard, il avait pu prendre la forteresse Antonia, et les prêtres avaient cessé d'offrir à l'Éternel les sacrifices rituels. Un mois encore, et un soldat romain mettait le feu au Temple...

L'ensemble des constructions maintenant brûlait. Des blocs de pierre éclataient, des piliers s'effondraient soudain. Des poutres en flammes tombaient sur la foule terrifiée. Enfin les toits commencèrent à s'ouvrir ou à s'écrouler lentement, comme des navires qui sombrent, entraînant dans le brasier ceux qui y avaient cherché refuge pour échapper aux soldats romains. C'était l'horreur.

Les Juifs qui le pouvaient gagnaient les espaces nus des

parvis, tombaient à genoux, arrachaient leurs vêtements, se frappaient la poitrine pour implorer le pardon de l'Éternel. Les archers romains les prirent bientôt pour cible, faisant pleuvoir sur eux d'épaisses averses de flèches – et la foule se creusait, s'étirait comme un métal en fusion, s'éparpillait, se reformait, comme s'il était important de rester ensemble pour témoigner que les armes jamais n'abattraient l'esprit. Les corps, de plus en plus nombreux, jonchaient les dalles, et le peuple d'Israël, rougi de son sang, exténué, hagard, à chaque instant menacé par ces nuages de mort, enfin vaincu, reflua vers les portes. Les sonneurs romains embouchèrent les buccins.

Morts, ruines. Abraham hébété contemplait ce qui avait été le deuxième Temple. « Dieu nous a abandonnés, pensait-il, Dieu nous a abandonnés. » Près de lui un jeune homme pleurait doucement. Il lui prit le bras, le força à se détourner et l'entraîna vers la Grande Porte. Il repassa avec lui le pont du Xyste, puis le laissa et gagna le Marché-Haut, étrangement désert.

Quand il arriva rue des Potiers, le soleil déclinait déjà. Les vêtements déchirés et salis, les sourcils grillés, le visage comme peint de poussière, de suie et de larmes, la gorge douloureuse d'avoir tant crié, il entra chez lui.

Dans la pénombre fraîche, il finit par distinguer les silhouettes immobiles de sa femme et de ses fils.

– Dieu, commença-t-il...

Il voulait dire que Dieu avait abandonné Son peuple, mais il se reprit pour ne pas inquiéter les enfants :

– Dieu met Son peuple à l'épreuve... Le Temple brûle.
– Tu es tout sale, dit Élie, l'aîné de ses fils. Nous partons?
– Nous partirons dès que la nuit sera tombée.

Abraham le scribe sentit soudain le poids de sa fatigue et de sa faiblesse. Il s'assit lourdement sur la banquette de pierre.

– Et quand tombera la nuit? insistait Élie.
– En été, dit Abraham, les jours sont plus longs...
– Pourquoi les jours sont-ils plus longs en été?

Judith voulut s'interposer, mais Abraham répondit :

– Parce que le Créateur l'a décidé ainsi.
– Pourquoi le Créateur l'a-t-Il décidé ainsi?
– Ce qui est caché, Élie, il ne faut pas le sonder.

Judith vint lui servir dans une écuelle un maigre fond de bouillie d'orge. Tandis qu'il mangeait, elle se tenait près de lui, un cruchon d'eau à la main :

– Nous n'avons plus rien, dit-elle quand il eut terminé.

Abraham parcourut du regard la pièce aux murs chaulés :

quitter cette maison où il avait toujours vécu, c'était comme s'il abandonnait sa vie derrière lui. Il se leva, alla à l'étagère de sycomore où étaient rangés les rouleaux de papyrus. Il en déroula un au hasard. C'était un discours qu'Agrippa, roi de Judée nommé par Rome, avait prononcé quelques années plus tôt devant le peuple assemblé au Xyste : « Vous seuls, lut Abraham, vous vous indignez d'être les esclaves de ceux à qui l'univers est soumis. Mais comment allez-vous combattre ? Avec quelle armée ? Avec quelles armes ? Où sont les trésors qui alimenteront votre campagne ? »

Le scribe revoyait la sœur du roi de Judée, Bérénice, qui était aussi la maîtresse de Titus. Pour assister à la cérémonie, elle s'était vêtue à la juive d'une longue tunique pourpre et d'un turban. En face d'elle, le peuple aux yeux brillants de ceux qui écoutaient monter la colère en eux... « C'est vrai, pensait Abraham, que nous n'étions qu'une armée de fortune, une bande de villageois armés de poignards et de frondes. Mais nous avons pourtant su résister pendant quatre ans à l'invincible puissance impériale, à ses généraux, à ses glorieuses légions, à ses machines de guerre... Quatre ans... » Il s'assit à nouveau. Il venait de comprendre que son peuple entrait dans l'ère du délaissement, de la misère et du deuil.

Quand enfin il fit nuit, Abraham le scribe surmonta sa faiblesse :

— Avec l'aide de Dieu, dit-il, nous partons.

Sans lune, la nuit était bleue. La lumière des étoiles suffisait à se diriger. Abraham et les siens avançaient en se donnant la main. Abraham portait ses rouleaux dans un sac de toile passé à son épaule et Judith avait réuni tous leurs biens dans un carré noué aux quatre coins.

Au-dessus du Temple, le ciel rougeoyait encore et des souffles de vent déposaient sur les gens et les choses les précieuses cendres de ce qui avait été. Dans les ruelles glissaient des silhouettes furtives. « Sans doute, pensa Abraham, des Juifs comme nous qui ont décidé de quitter Jérusalem. » Il avait choisi de sortir par la porte de la Poterie, qui n'était généralement pas gardée, car elle donnait sur un ravin.

Tous quatre, l'homme devant, la femme derrière, ils descendirent par les ruelles qui coupaient vers le rempart royal, au sud. Ils arrivèrent à un vaste et sombre quadrilatère, d'où un escalier descendait par paliers au pied du rempart. Là, ils s'arrêtèrent un moment pour écouter la nuit. Impressionné, le petit Gamliel commença à pleurer. Judith le prit contre elle, le berça, le consola. Élie montra qu'il était grand, rappela à son petit frère l'histoire de la baleine et du renard :

— Tu sais bien, Gamliel, nous reviendrons.
— Sur un âne blanc?
Abraham intervint :
— Allons-y, dit-il.
— Dieu nous aide! murmura Judith.
— Amen.

La jeune femme, pour marcher plus librement, attacha le bas de sa tunique à sa ceinture, comme font les hommes.

Ils passèrent la porte de la Poterie et se blottirent dans l'ombre de la muraille le temps que leurs yeux s'habituent à l'obscurité et trouvent le sentier. C'était un étroit chemin de chèvre, tantôt rocher, tantôt argile, qu'empruntaient parfois les bergers. Il menait au Tyropœon, le ravin qui coupait la ville en deux et dont le lit rejoignait en contrebas ceux de la Géhenne et du Cédron pour aller, au-delà du désert de Judée, se perdre dans la mer Morte.

Il leur semblait voir partout des ombres et des menaces, mais il fallait bien quand même avancer. Abraham assurait chacun de ses pas. Il sentait dans sa main se crisper la main d'Élie. « C'est Jérusalem que Dieu punit pour ses péchés, pensait-il, ce n'est pas moi, Abraham le scribe... Je n'ai jamais offensé Son nom... » Enfin, ils arrivèrent au fond du ravin. Là, Abraham serra sa femme contre lui, frotta gaiement les cheveux de ses fils : le plus difficile était fait :

— Sois loué, récita-t-il, Éternel notre Dieu et Dieu de nos pères. Dieu d'Abraham, Dieu de Jacob... Dieu suprême... Créateur de toutes choses... Roi secourable, Sauveur et Bouclier... Sois loué, ô Éternel!

Ils repartirent. A mesure qu'ils avançaient, ils découvraient l'immensité du ravin, dont les parois paraissaient sculptées d'effrayantes figures d'ombre. Abraham maintenant portait Gamliel sur ses épaules, et il sentait l'enfant s'endormir. Lui-même était engourdi de fatigue, mais il se disait qu'on ne fait pas son salut sans un peu de fatigue. Parfois, il se retournait à demi. Plus on s'éloignait de Jérusalem, et plus le ciel paraissait rouge au-dessus de la ville.

Avant le matin, il fit froid, mais il ne fallait surtout pas s'arrêter. L'enfant Élie dormait en marchant, comme les vieux ânes. Enfin ils arrivèrent au chemin qui menait à Hébron. C'était l'aube, et alors seulement ils s'arrêtèrent un peu. Gamliel s'éveilla en pleurant et demanda à manger. Judith tira de ses trésors quelques grains d'orge et les répartit entre son époux et ses enfants.

Abraham était épuisé, et il fut pris au dépourvu quand une

patrouille romaine surgit d'un lointain virage. S'enfuir? Attendre? Se cacher dans les buissons? Déjà il était trop tard. La formation de légionnaires – les casques et les cuirasses leur donnaient une allure implacable – s'approchait déjà. Abraham se leva. Il n'y avait pas d'issue.

La patrouille s'arrêta à quelques pas. Le décurion s'avança :

– Qui es-tu? demanda-t-il à Abraham.

Il parlait hébreu, et Abraham répondit en hébreu :

– Je suis Abraham, fils de Salomon, scribe de son état, avec sa femme et ses deux fils.

– Où allez-vous?

– A Beth-Zacharia.

– D'où venez-vous?

– De Bersabée, en Galilée.

Le décurion était un homme de haute taille, au visage grêlé, à la voix rude. Il avisa les rouleaux dans le sac de toile :

– Que transportes-tu?

– Je suis scribe. Écrire est mon travail.

– Donne-moi ça.

– Mais...

L'idée de se dessaisir de ses rouleaux était insupportable à Abraham, et il ne bougea pas. L'un des soldats romains dit quelque chose, les autres rirent.

– Tu as entendu? demanda le décurion. Ils disent que si tu ne veux pas donner ton sac, ils se contenteront de ta femme...

Abraham, pétrifié, avait l'impression de vivre un épouvantable cauchemar. Il entendit, comme venant de très loin, la voix du décurion :

– Saisissez-vous de lui!

Ils sentaient le cuir et la grosse sueur de soldat. Abraham voulut se défendre, mais les premiers coups lui firent perdre connaissance.

Quand il put ouvrir les yeux, il aperçut, comme à travers la pluie, les visages en larmes de Gamliel et d'Élie au-dessus de lui. Il tenta de se redresser. Une douleur aiguë à la hauteur de la nuque le fit retomber en arrière. Il avait dans la gorge un goût de sang. En roulant sur le côté, il put se mettre à quatre pattes et se redressa. Le décurion s'approcha :

– Vous, les Juifs, dit-il, vous êtes de drôles de gens!

– Où est ma femme? demanda Abraham d'une voix qu'il ne reconnaissait pas.

– Tiens, scribe, dit l'officier, voici tes écritures.

Il jeta aux pieds d'Abraham le sac de rouleaux et ajouta :

— Ta femme est morte, mais ce n'est pas nous qui l'avons tuée. Elle s'est suicidée. Par tous les dieux, demande à tes enfants!

Les soldats se tenaient derrière lui, penauds et frustrés.

— Soldats de César, en avant! commanda le décurion.

Au moment de rejoindre ses hommes il se tourna vers Abraham :

— C'est la guerre, Juif, c'est la guerre!

Il tendit deux galettes à Élie et s'éloigna.

Abraham se dirigea en titubant vers les buissons qui bordaient le chemin, et où il voyait la forme blanche d'un corps étendu sur le sol. Judith gisait parmi les cailloux et les herbes sauvages, le ventre nu et la gorge tranchée.

— *Rebono shel olam!* murmura Abraham. Maître de l'univers! Pourquoi?

Il tomba à genoux près de Judith, lui ferma les yeux et rabattit sa tunique.

Le soleil d'or clair montait dans le ciel. Là-bas, sur Jérusalem, rôdaient toujours des fumées.

Abraham se tourna vers ses enfants. Ils se tenaient la main et le regardaient. Élie avait posé les galettes du Romain avec les rouleaux de papyrus.

— Nous allons l'ensevelir, dit Abraham à mi-voix.

Malgré sa faiblesse, il prit le corps de Judith dans ses bras et le porta un peu plus loin, où une crevasse s'ouvrait dans le rocher. Il l'y déposa, le recouvrit de son châle de prière et, grattant un peu de terre ocre, la jeta sur la sépulture. Puis les enfants et lui posèrent des pierres sur le corps de celle qui avait été une partie d'eux-mêmes, jusqu'à ce que la crevasse fût entièrement bouchée : ainsi Judith serait-elle au moins à l'abri des bêtes sauvages.

— Te souviens-tu du *kaddish?* demanda Abraham à Gamliel. Tu sais, la prière que je t'ai enseignée quand grand-père est mort?

— Elle est partie rejoindre grand-père? demanda Élie.

— Votre mère a rejoint le *shéol*, mes fils, le séjour des morts. C'est un lieu de silence et de ténèbres où la colère divine elle-même ne pourra l'atteindre.

« Celui qui meurt à l'abri du Très-Haut repose à l'ombre du Tout-Puissant... » récitèrent-ils ensemble, et Abraham le scribe, ne pouvant se contenir davantage, éclata en sanglots.

Quand il se reprit, il s'essuya les yeux, rajusta sa tunique ensanglantée et, d'un geste brusque, la déchira à l'épaule, en signe de deuil. Il donna à chacun de ses enfants une des galettes que le Romain leur avait laissées mais n'en prit pas pour lui. La matinée était déjà bien avancée. L'air tremblait sur les monts de Judée. Le désert, avec ses reliefs de pierre dorée, paraissait un temple immense, immobile et indestructible comme le Dieu d'Israël.

Ils se mirent en route. Chaque nouveau pas les éloignait à la fois de Judith et de Jérusalem, et leur arrachait le cœur. Bientôt, Abraham dut à nouveau prendre le petit Gamliel sur ses épaules, et Élie se chargea des rouleaux de papyrus. A la mi-journée, ils rencontrèrent des réfugiés qui venaient de Galilée et se joignirent à la colonne de femmes, d'enfants et de vieillards. A une halte qu'ils firent à l'ombre d'un acacia, on leur demanda d'où ils venaient :

— De Jérusalem, répondit Abraham.

Les visages fatigués, creusés par la faim, se tournèrent vers lui :

— Jérusalem tient toujours? demanda un vieil homme.
— Oui.
— Et le Temple?
— Le Temple brûle.
— Maudits soient les Romains!
— Comment vous êtes-vous échappés? demanda quelqu'un.
— Avec l'aide de Dieu.

Une femme aux traits durs qui donnait le sein à son bébé demanda :

— Tu portes le deuil?
— Ma femme, dit Abraham, et sa voix se cassa.
— Les Romains?
— Oui.
— Maudits soient-ils!

La femme portait une tunique couverte de poussière rouge que la transpiration plaquait contre son corps. Son sein, très blanc, paraissait presque bleu. Elle cracha trois fois dans la poussière.

— Où allez-vous? demanda Abraham.
— Où veux-tu qu'on aille? répondit le vieil homme. Il doit bien se trouver un pays pour nous accueillir... L'Égypte, peut-être.

La femme qui allaitait eut un rire bref et plein d'amertume :

— Nous avons quitté l'Égypte, et nous retournons en Égypte! Des esclaves!

Elle chassa les mouches qui venaient aux yeux de son enfant.

En Égypte, Abraham avait un oncle, un frère de son père, qui se nommait Ezra et qui vivait à Alexandrie, une ville où, disait-on, habitaient autant de Juifs qu'à Jérusalem.

Alors qu'ils se remettaient en route – ils espéraient trouver un puits avant le soir – une patrouille à cheval surgit dans un nuage de poussière et l'officier qui commandait ordonna la halte.

– Où allez-vous, Juifs? demanda-t-il en inspectant les réfugiés un à un.

Personne ne répondit. Il s'arrêta devant Abraham, le toisa :

– Que fais-tu parmi ces vieillards? Cet enfant est ton fils? Que porte-t-il dans ce sac?

– Je suis scribe, répondit Abraham. J'ai rédigé sur ces rouleaux le récit des événements de ces derniers temps.

– Es-tu sûr qu'il ne s'agit pas plutôt d'appels à la guerre contre les Romains?

– Lis toi-même!

– Je parle un peu ta langue, répondit l'officier, mais je ne sais pas la lire. Tu vas venir avec nous.

Élie et Gamliel furent juchés sur des chevaux, et Abraham dut marcher jusqu'au camp des légionnaires, qu'ils atteignirent au soir. Abraham était alors si fatigué, si désespéré, qu'il se sentait tout près de se laisser mourir; seuls ses enfants le retenaient encore d'abandonner la vie. Au camp, on lui donna de l'eau, puis, un peu plus tard, il reçut des galettes et une écuelle de ragoût de mouton qu'il partagea avec ses fils. On lui avait pris les rouleaux.

Avant que le soir fût tombé, il s'endormit à même le sol, ses deux fils serrés contre lui, en pensant à son épouse Judith. Il ne pouvait se résoudre à admettre qu'elle était morte le matin même.

Comme à Jérusalem, il s'éveilla avant l'aube. L'odeur du camp lui rappela où il était et ce qui s'était passé la veille. « Qu'ai-je fait à Dieu pour qu'Il m'abandonne? » pensa-t-il. Son cœur était de cendres. Il regarda vers Jérusalem, cherchant la lueur rouge de l'incendie, mais le ciel était vide.

Quand le camp se leva – jurons, appels, chocs métalliques, distribution de maigres branches pour les feux du matin –, on apporta à Abraham une sorte de soupe aux fèves. Il considérait les rangées de tentes régulièrement alignées, les chevaux encordés, les sentinelles postées tout autour du campement et se demandait comment ils avaient pu croire, les Juifs de Jérusalem, vaincre cet Empire et son armée. Quels fous ils avaient été!

Dans la matinée, on vint le chercher pour le conduire à un vaste pavillon, celui du général Placidus, pour l'heure occupé à plaisanter avec quelques jeunes gens vêtus de tuniques courtes qui leur découvraient l'épaule et le genou.

Abraham, qui donnait la main à Élie et à Gamliel, fut annoncé au général. Celui-ci les observa attentivement et appela son interprète :

— Ton fils me hait, fit-il traduire à Abraham... Si ses yeux pouvaient me tuer...

— Des soldats romains ont violé et tué sa mère hier, répondit Abraham, et à nouveau sa voix se cassa.

— Alors tu dois également me haïr.

— Je n'ai pas de haine en mon cœur, maître, seulement de la pitié.

— De la pitié?

— Comment ne pas avoir pitié d'hommes qui se montrent plus malfaisants que les bêtes du désert et qui tuent sans être, comme elles, affamés?

— Tu pardonnes donc?

— Dieu seul pardonne quand le temps est venu.

— Par les dieux de l'Olympe, tu me plais, Juif!... Mon interprète a lu tes chroniques, il dit que tu observes juste et que tu écris bien... Notre légion a besoin d'un scribe pour raconter ses batailles et ses victoires... Je t'engage, Juif, pour être le scribe de la plus vaillante légion de l'Empire!

— Si mon maître le permet, répondit aussitôt Abraham, je préférerais poursuivre mon chemin.

Quand l'interprète eut traduit, il y eut un concert d'exclamations dans le cercle des jeunes gens. Placidus les fit taire et s'adressa à Abraham :

— Où comptes-tu te rendre?

— A Alexandrie, si Dieu veut.

Le Romain regardait Abraham et ses deux fils :

— Écoute-moi, Juif, dit-il. Dans les prochains jours, un bateau doit partir de Joppée pour Alexandrie. Si tu le désires, tu pourras t'y embarquer. Mais si tu veux rester, sache que le général Placidus sera heureux de t'avoir avec lui! Réfléchis bien, scribe!

Moins de deux semaines plus tard, Abraham, Élie et Gamliel prenaient la mer sur une trirème chargée d'esclaves et de présents destinés à Tiberius-Alexander, compagnon de César et gouverneur d'Égypte. Abraham avait dû laisser au général Placidus tous ses écrits, et, posant le pied sur les quais poussiéreux d'Alexandrie, il comprenait, pour la première fois de sa vie, ce qu'était l'exil.

Par-delà dix-neuf siècles et quatre-vingts générations, Abraham le scribe est mon ancêtre, et son histoire est mon histoire.

C'est quand ma mère est morte, je crois, que j'ai commencé à en collecter les éléments; sans doute s'agissait-il alors pour moi de me sentir moins seul sur cette terre.

Sur les traces d'Abraham et de ses descendants, il me semble que j'ai parcouru tous les chemins du monde, ou peu s'en faut. J'ai dressé des listes, classé des noms, des dates, des événements, cueilli partout où ont vécu les miens des paysages, des couleurs de pierres et de ciels, des odeurs, des visages, des musiques, des accents, enregistré des récits d'aventures, des légendes, écouté des silences – et beaucoup rêvé.

Puis j'ai commencé à écrire. Mais malgré toutes ces fiches et toutes ces références, quelque chose me manquait, que je ressentais confusément comme essentiel. Je décidai alors de retourner à Jérusalem, là où tout commençait. C'était durant l'hiver 1977. N'ayant rien de précis à chercher, je traînai durant quelques jours au hasard de mes pas, m'interrogeant une fois de plus sur le mystère de cette ville. Les antennes de télévision avaient pu remplacer dans le ciel les milliers d'aiguilles d'or qui se dressaient jadis sur le toit du Temple pour empêcher les oiseaux de s'y poser et de le souiller, restait un étrange sentiment de permanence et, pour tout dire, d'éternité.

Éternité aussi ces silhouettes, ces appels, ces chèvres noires au flanc pelé des collines. Il n'était pas besoin de s'éloigner beaucoup de la grand-route de Tel-Aviv pour retrouver l'odeur de suint et de lait aigre des campements bédouins. Un après-

midi que j'étais dans la vieille ville, je fus surpris par une forte averse. Je m'abritai sous un porche. Un vieil homme y arriva presque en même temps que moi; il portait deux longues papillotes et une barbe blanche, un caftan noir et un shtramel *sur la tête. Il se secoua brièvement :*

— Plus la pluie est forte, dit-il en yiddish, *moins elle dure. Entrez vous mettre à l'abri.*

Je le suivis au long d'un couloir qui menait à une vaste pièce vide, meublée d'une longue table de bois blanc et de bancs étroits : une école religieuse, un Talmud-Tora.

— Asseyez-vous, dit le vieil homme.

Je tirai un banc. Il s'installa en face de moi.

— D'où vient le Juif? demanda-t-il.

— De Paris.

— Et avant?

— De Varsovie.

— Moi aussi, mais il y a très, très longtemps! Quel est votre nom?

— Halter.

— Et votre père?

— Salomon.

— Il vit toujours?

— Non.

— Dieu ait son âme! Que faisait-il en Pologne?

— Il était imprimeur.

— Et votre grand-père?

— Imprimeur-éditeur.

— Et votre arrière-grand-père?

— Imprimeur-éditeur.

— Une belle famille! Comment s'appelait la maison d'édition?

— Du nom de mon grand-père, Meir-Ikhiel Halter.

Le vieil homme répéta plusieurs fois le nom : Halter, Halter, puis me demanda de l'excuser et quitta la pièce.

Un plafond bas, une seule ampoule au bout d'un fil, une armoire vernie où s'entassaient des livres de prières. Au mur, dans un sous-verre piqueté de chiures de mouches, un paysage de Jérusalem. Que faisais-je donc là?

Le vieil homme revint au bout d'un long moment. Il paraissait contrarié :

— Je suis pourtant sûr, dit-il, d'avoir un exemplaire des éditions Halter. Je le retrouverai. Il faudra que vous reveniez me voir.

Je lui dis que je devais repartir le lendemain pour Paris.

– *Alors, dit-il, à une prochaine fois.*

Il se nommait Rab Haïm. J'en avais tant rencontré, de ses semblables, que je l'oubliai et pris mon avion de retour. Je n'avais rien trouvé de nouveau. Mais peut-être n'y avait-il rien à trouver et ne s'agissait-il pour moi que de m'inventer toutes sortes de raisons d'échapper à ce livre en train de naître.

Néanmoins, je me remis au travail.

II

Alexandrie
LA GRANDE RÉVOLTE

L'ONCLE Ezra possédait un entrepôt – on disait l'apothèque, la *boutique* – sur le port d'Alexandrie, où il achetait et vendait, au gré du marché, des céréales, des huiles ou des parfums.

C'était un homme âgé, aux cheveux blancs, rond de corps et de gestes, vêtu à la romaine, comme presque tout le monde à Alexandrie. Il accueillit Abraham et ses deux fils en remerciant le ciel que l'occasion lui fût ainsi donnée de se montrer généreux. Il les logea chez lui, une vaste bâtisse à la limite du quartier du Delta, face aux jardins royaux, et, grâce à ses relations, put bientôt procurer à Abraham un emploi de scribe au sanhédrin d'Alexandrie et faire entrer Elie, l'aîné dans une maison d'étude, *beth hamidrash*, tenue par un fameux docteur de la Loi, Rabbi Shabtaï.

Mais Alexandrie, ville cosmopolite et prospère dont les longues avenues parallèles, courant de Canope au delta du Nil, étaient coupées par les rues qui descendaient du désert à la mer, restait pour Abraham un décor étranger où il ne trouvait pas sa place. Il ne comprenait pas ces Juifs – la moitié de la population d'Alexandrie – qui acceptaient de se soumettre sans se révolter aux impôts et interdits de toute nature.

– Mais comment, avait-il demandé un jour à l'oncle Ezra, comment peut-on continuer à vivre, à commercer, à rire quand Jérusalem est détruite?

– Nous n'oublions pas, répondit Ezra, mais les Juifs n'ont pas que la violence à opposer à la violence...

Et le vieil homme aux cheveux blancs lui servait du vin doux et parlait de la Tora.

Mais Abraham le scribe restait inconsolable. Ses enfants maintenant parlaient le grec et le latin plus sûrement que l'hébreu, et c'était comme une trahison de plus. Aussi, quand Gamliel fut assez dégourdi pour travailler à la boutique avec l'oncle Ezra, Abraham ne se trouva plus de raisons de vivre. On le vit brusquement s'affaiblir. Les médecins qu'Ezra amena à son chevet s'interrogèrent en vain sur la nature du mal mystérieux qui emportait le scribe : ils ne comprirent pas qu'Abraham mourait de chagrin.

Il ne laissa à ses fils qu'un encrier, quelques calames de roseau soigneusement taillés et un rouleau de beau papyrus où, pour le premier anniversaire de la destruction du Temple, il avait écrit :

« Sois loué, Éternel, notre Dieu, Dieu de nos pères. Tu T'es détourné de nous qui avions péché. Tu nous as abandonnés. Le monde que Tu as fait pour nous subsiste, et nous, pour qui Tu l'avais fait, nous disparaissons. Tu as couvert Ta face du voile de l'oubli et scellé Tes lèvres du silence de la pitié. Tu nous as privés de Ton regard et de Ton souffle. Le nom de Ton peuple, Israël, le combattant de Dieu, s'efface au ciel de l'élection et la terre le vomit, mais nous demeurons Ton peuple, combattant de Dieu, au corps marqué du signe de l'Alliance. Notre mémoire est le séjour de Ta Loi. Par la lettre et le verbe, par la prière et le jeûne nous maintiendrons et perpétuerons le respect et l'amour de Tes commandements. Et, pour que nul de ma souche ne renie Ton nom dans la souffrance de l'exil, pour que nul ne soit oublié au jour du pardon, j'inscris ainsi qu'une prière les noms de mes fils sur ce registre dont je souhaite et désire qu'à ma mort il soit préservé, repris et prolongé par mes descendants, de génération en génération, jusqu'au jour de Ta réconciliation.

« En ce neuvième jour du mois d'Av, un an après la chute de Jérusalem, je déchire mon vêtement en signe de deuil. Jusqu'au jour où les pierres du Temple, disjointes comme les bords de ce tissu, se rejoindront, puisse l'appel de ces noms que j'ai inscrits, et que d'autres inscriront après moi dans ce livre, déchirer le silence et, du fond du silence, réparer l'irréparable déchirure du Nom. Saint, Saint, Saint, Tu es l'Éternel. Amen. »

Quand il cessa de vivre, il n'y eut ni cris ni larmes; en vérité, Abraham le scribe était mort le jour où il avait perdu Jérusalem et sa très chère Judith. Du temps passa. Gamliel, à quinze ans, épousa sa cousine Sarah, une belle grosse fille qui lui donna une quinzaine d'enfants, dont, grâce à l'Éternel, quatre grandirent dans l'affection de leurs parents; à la première de ses filles, Gamliel donna le nom de Judith.

De la foule des Juifs qui étaient arrivés de Judée après la

chute de Jérusalem, beaucoup s'étaient réfugiés dans les petites localités des bords du Nil, entre la Thébaïde et le Delta ; ils vivaient modestement, tenaient des jardins, pêchaient, se faisaient oublier et ne parlaient plus de retour. Les autres avaient préféré s'établir à Alexandrie, foyer puissant et militant du judaïsme. Leur arrivée ranima la vieille hostilité des Grecs, qui demandèrent à Rome d'intervenir pour réduire le nombre des Juifs dans la ville et supprimer la liberté de culte dont, par faveur impériale, ceux-ci jouissaient, là, depuis longtemps. Mais l'empereur d'alors, Trajan, ne tenait pas à rallumer la guerre de Judée, où ses meilleures légions avaient été retenues pendant des années, et il se contenta de faire respecter une sorte d'équilibre entre les deux communautés, qu'opposait une passion faite d'admiration et de mépris autant que de crainte et qui trouvaient mille prétextes pour s'affronter, s'étripant à l'occasion dans l'ombre des ruelles.

Gamliel était de toutes les batailles. C'était un homme impatient et qui ne craignait personne. L'obsédant souvenir du corps supplicié de sa mère entretenait en lui une haine ardente pour les Romains, et dont les Grecs ici faisaient les frais, facilement haïssables, avec leur arrogance et leur façon d'appeler l'Empire à leur secours. A la mort de l'oncle Ezra, il géra seul l'apothèque, mais ce surcroît de travail et de responsabilités ne l'apaisa pas, pas plus que les supplications de son épouse Sarah, ses devoirs de père de famille ou même l'âge qui venait. Il restait l'inspirateur de tous les complots contre Rome, le volontaire de toutes les sorties contre les Grecs. Il était irréductible.

En cette année 3874 [*] après la création du monde par l'Éternel, béni soit Son nom, quarante-quatre ans après la destruction du Temple, Gamliel, fils d'Abraham le scribe, mariait son dernier fils, Absalon. C'était son préféré : il lui ressemblait de corps, de visage et de caractère avec, en plus, des moments de silence et de rêve qu'il tenait de sa mère. Il épousait Aurélia, une jeune fille aux yeux tendres, et le mariage, célébré en plein été, avait été un bonheur de chaque instant. On en était au septième et dernier jour de réjouissances. Dans le jardin où les ombres commençaient à s'allonger, les invités, engourdis de chaleur et de vin, somnolaient vaguement sous la treille en tonnelle ou à l'abri des palmiers. Leurs vêtements légers mettaient des taches couleur de ciel, de safran ou de pourpre dans la lumière blanche. Quelques grands ibis blanc et noir

---

[*] 114 apr. J.-C.

arpentaient solennellement les allées autour des tables du banquet, cherchant de leurs petits yeux ronds quelques miettes à picorer. Les femmes bavardaient près du four à pain, heureuses comme elles l'étaient pour chaque nouveau mariage et déjà occupées à manigancer le prochain.

Gamliel rejoignit les invités, qui se levèrent lourdement pour lui présenter une fois de plus les vœux d'usage :

— *Mazal tov*, Gamliel, *mazal tov!* disaient-ils, bonne chance!... Joie et bonheur sur toi et sur toute la maison d'Israël!... Qu'on puisse bientôt entendre, dans les villes de la Judée et dans les rues de Jérusalem, la voix d'allégresse, la voix de joie, la voix du jeune époux et celle de la jeune épouse!...

Gamliel les écarta avec douceur pour s'avancer au-devant des mariés, Absalon et Aurélia. Il les contempla un instant avec gravité, puis, posant les paumes de ses mains sur leurs têtes, il les bénit en disant : « Réjouis, Éternel notre Dieu, réjouis ce couple qui s'aime, comme Tu as réjoui la première créature dans le jardin d'Eden à l'origine du monde... Sois loué, Éternel, qui réjouis le jeune époux et la jeune épouse... »

Aurélia, coiffée du turban des femmes mariées, baissait les yeux. Absalon se courba pour baiser la main de son père. L'assemblée applaudit. Gamliel fit signe aux musiciens qu'ils pouvaient commencer à jouer puis il entra dans la maison, où quelques hommes, allongés sur les lits de repos, bavardaient en buvant du vin au miel et au poivre que les esclaves leur servaient dans les coupes de cyamus, larges feuilles en forme de vasques. Il cherchait sans le trouver son frère Élie quand Esri, son vieux serviteur nubien, vint lui annoncer un visiteur.

— Où est-il? demanda Gamliel.

Esri, habitué aux complots de son maître, avait appris à reconnaître les clandestins, et avait fait entrer celui-ci dans un appentis, de façon que les invités ne le voient pas.

Gamliel s'y rendit. Un homme d'une quarantaine d'années, grand et fort, le poil roux, l'œil rieur, s'avança vers lui et le pressa sur son cœur :

— Jonathan! dit Gamliel.

— *Mazal tov!*... Bonne chance! J'apprends que tu maries ton fils.

Il fit glisser à terre sa vaste toge jaune rayée de noir. A son teint, à la poussière de ses sandales, à on ne sait quelle liberté qui habitait son corps, on devinait le coureur de chemin.

— D'où arrives-tu, cette fois, Jonathan? demanda Gamliel.

Celui-là s'approcha et baissa la voix :

— De Cyrène.

— De Cyrène? Comment vont les amis?

— Ils s'inquiètent, mon bon Gamliel. Nous ne sommes pas encore prêts pour l'insurrection, mais le peuple s'impatiente... Figure-toi qu'un messie vient de se déclarer à Cyrène, un de plus... Un certain Lucuas... Un exalté qui parcourt la ville en annonçant la fin des temps et le relèvement prochain de Jérusalem... Ce fou peut déclencher une émeute à n'importe quel moment.

— Et alors? Profitons-en!

— Par l'Éternel, Gamliel, tu sais bien qu'il est trop tôt.

— Il n'est jamais trop tôt! Et si ton Lucuas doit nous aider, à nous d'en profiter.

— Gamliel, soupira Jonathan... Tu ne changeras jamais!

C'était un vieux débat entre les deux hommes, le boutefeu et l'organisateur. On entendait, dans le jardin, la musique des luths.

Gamliel serra le bras de son ami :

— Je dois aller retrouver mes invités, dit-il, mais nous reparlerons de tout cela. Nous devons tenir une réunion à la nouvelle lune, avec des envoyés des communautés de Memphis, d'Éléphantine, d'Athribis, du Fayoum et même de Chypre. Dis-moi où te joindre, et je t'emmènerai.

— Tu me trouveras chez les filles, répondit Jonathan, derrière le temple de Pompée.

— Garde des forces, Jonathan, nous avons besoin de toi!

Ils rirent tous deux en se donnant l'accolade.

Juste comme il venait de raccompagner Jonathan, Gamliel buta presque sur son frère Élie :

— Je te cherchais, dit-il. Tu as le Rouleau?

Élie était vêtu d'une élégante tunique à fils d'or, et de courtes boucles noires frisées à la grecque faisaient ressortir la finesse et, déjà, les premières rides de son visage. Mais Gamliel remarqua combien, sous le masque assuré du Juif hellénisé, se devinait chaque jour davantage l'inépuisable mélancolie de l'exilé.

Élie ne répondit pas à son frère, mais lui demanda :

— Quel est cet homme que tu recevais?

— Quel homme?

— Cet étranger à la barbe rousse. Gamliel, il serait temps que tu cesses de comploter...

Le négociant était furieux :

— Ton ami le préfet s'intéresse à mes modestes affaires?

Depuis la mort d'Abraham le scribe, les voies des deux frères s'étaient écartées au possible. Appliqué, réfléchi, Élie avait été l'élève préféré de Rabbi Shabtaï, qui aimait en lui l'inquiétante faculté qu'il avait d'apercevoir l'injustice là où lui, le vieux maître, aurait aimé ne voir que la marche normale du monde et l'effet de la volonté divine. Les questions que lui posait Élie, ou les réponses qu'il lui faisait, lui interdisaient aussi bien la routine que la complaisance, et il lui en était reconnaissant.

Un jour, Rabbi Shabtaï, ému comme pour un premier jour d'école, était venu voir Élie dans sa chambre, près du *Beth-Din*, pour lui proposer en mariage son unique fille, Myriam. Élie avait accepté, et le mariage avait été célébré quelques mois plus tard. Les jeunes époux s'étaient installés dans une maison située à l'extérieur du quartier juif, dans la région de Neapolis.

Peu après, Élie avait été accepté comme scribe à la grande synagogue d'Alexandrie – si grande, en vérité, avec des jardins et des galeries voûtées, que, dans la salle de prière, les fidèles restés près de la porte ne pouvaient pas entendre la voix du *hazan*, et il fallait que le *shamash*, juché sur une estrade, agite un drapeau chaque fois que l'assistance devait répondre amen!

Élie consacrait le plus clair de son temps à l'étude. On recherchait de plus en plus souvent son conseil et on ne manquait pas de l'inviter aux grands débats : devait-on répondre, par exemple, à un texte hostile aux Juifs écrit par le poète Juvénal? Le Rabbi Shabtaï ne croyait pas à l'intérêt d'une discussion avec les ennemis des Juifs car, disait-il, cela ne changerait aucunement leur opinion – et même le bruit de la discussion pourrait les aider à propager leurs thèses. Élie n'était pas de cet avis. Il pensait qu'il ne fallait jamais refuser de discuter, la parole ayant un pouvoir dont il fallait tenir compte :

– Et puis, ajoutait-il, parler, c'est aussi témoigner. Et n'est-ce pas notre rôle à nous, sages et scribes?

– Notre seul devoir, avait répondu Rabbi Shabtaï, est de témoigner devant l'Éternel!

– Mais c'est justement pour l'Éternel – béni soit-Il – et pour Ses lois, que nous devons témoigner devant les hommes!

Quelqu'un avait applaudi, et, pour la première fois, le vieil homme s'était montré irrité :

– De quoi veux-tu témoigner? Veux-tu décrire à l'intention des générations futures nos disputes avec nos ennemis, nos maladies corporelles? Raconter le temps qu'il fait? Décrire l'aspect extérieur de la synagogue d'Alexandrie?

Il avait mis les rieurs de son côté, mais Élie, très sérieusement, avait répondu :

— Je n'y avais pas pensé, Rabbi, mais tu as raison. Il faudrait que quelqu'un se donne la peine de décrire notre synagogue. Cela aussi serait un témoignage..

— Tu as donc peur qu'elle disparaisse?

— Le Temple a bien été détruit!

Et, rentré chez lui, ce soir-là, il prit un rouleau de fin papyrus, dilua une tablette d'encre et commença : « Et les enfants d'Israël, étant venus dans l'Alexandrie d'Égypte, s'y établirent. Ils construisirent une synagogue telle qu'on n'en vit jamais de pareille depuis qu'Israël est exilé parmi les nations... »

Sa façon de considérer les choses de l'exil était à l'opposé de celle de Gamliel, et il n'avait pas le sentiment de trahir quand il se rendait aux invitations du préfet romain Marcus Ritulius Lupus, où l'on parlait poésie et philosophie — et où il avait plus d'une fois appris des informations dont Gamliel avait tiré profit.

— Mon « ami » le préfet, comme tu dis, aurait déjà pu t'arrêter dix fois.

— Alors pourquoi ne l'a-t-il pas fait?

— Parce qu'il juge sans doute préférable de savoir qui et où sont ses ennemis!

Gamliel se calma d'un coup. Ils avaient si souvent joué cette scène qu'elle ne l'amusait plus. Il se pencha vers Élie :

— Tu n'as rien appris?

— Rien de nouveau, mon bon frère.

— Viens, nous allons rassembler la famille.

Le vent du soir se levait, débusquant des odeurs d'herbes, des parfums de fleurs et de fruits. L'air était doux, on était bien, on échangeait des vœux de bonheur, mais une sorte de mélancolie pourtant nimbait les choses et les gens.

Dans la grande chambre du balcon, au deuxième étage, Gamliel et Élie sortirent de son coffret le Rouleau naguère commencé par leur père Abraham, à charge pour ses descendants de le poursuivre. Dans les lampes, l'huile de cici grésillait ; sa lumière allumait des éclats insolites ou brutaux aux flancs des amphores funéraires ou des verreries que Gamliel collectionnait et dont les artisans d'Alexandrie détenaient seuls le secret. Par la fenêtre du balcon, on voyait à intervalles réguliers s'allumer et s'éteindre une étoile loin au-dessus de la mer : le phare colossal de granit gris et rose, la troisième Merveille du monde, qui s'élevait de quatre cents pieds au-dessus du niveau de la jetée.

Quand la famille et les amis furent là, Gamliel se couvrit la tête du châle de prière et se pencha sur le papyrus avec la ferveur d'un sage étudiant la Tora : « Sois loué, lut-il avec application, Éternel notre Dieu, Dieu de nos pères... »

Il lut ainsi, suivant les lignes du doigt, ce qui avait en quelque sorte été le testament d'Abraham le scribe, et où Élie avait scrupuleusement ajouté les nouveaux noms de la famille : « Abraham, fils de Salomon le lévite, habitait Jérusalem et le nom de sa femme était Judith. Élie, qui était son fils premier, devint scribe comme son père. Gamliel fut le second.

« Élie engendra Simon, Thermutorion et Ezra. Le nom de sa femme était Myriam. Ils habitaient à Alexandrie, en exil.

« Gamliel engendra Théodoros, Judith, Rachel et Absalon. Le nom de sa femme était Sarah. Ils habitaient à Alexandrie, en exil... »

Suivaient les noms des brus, des gendres et des petits-enfants, des Abraham, des Judith et des Absalon que Gamliel récitait comme les mots d'une prière, et sans doute en était-ce une. Quand enfin il se tut, après avoir annoncé d'une voix fervente qu'Absalon avait épousé Aurélia, on entendit dans le silence la cloche d'un bateau qui appelait au loin. On regarda vers la mer. Les mots de Gamliel, en vérité, étaient comme les appels du phare d'Alexandrie : un signe pour ne pas se perdre dans la nuit du monde.

Ce mois-là, la nouvelle lune coïncidait avec un soir de *shabbat*. A l'apparition de la première étoile dans le ciel, les Juifs des différents quartiers d'Alexandrie sortaient de chez eux pour gagner l'une des nombreuses synagogues de la ville. Lavés, parfumés, drapés de tuniques de fête, le châle de prière à la main, ils se pressaient dans les rues où s'affairait encore le petit peuple des portefaix, des muletiers ou des livreurs d'eau.

– Ils sont donc si riches, ces Juifs, disait-on sur leur passage, qu'ils peuvent se reposer avant nous!

– Leurs esclaves aussi se reposent...

– Yahvé est le dieu des esclaves!

Mais c'était le jour du shabbat, et les Juifs évitaient de répondre.

Gamliel avait coutume de se rendre à la grande synagogue, à la fois parce que Élie y était employé et parce que c'était le point de rendez-vous de tous ceux qui avaient une nouvelle à annoncer, de tous les voyageurs de passage ou de retour. Selon le protocole, la foule se distribuait en assemblées corporatives disposées en hexagone autour de l'estrade. Les soixante-dix vieillards du Tribunal supérieur étaient assis sur des sièges ornés d'or face à l'Arche sainte abritant les rouleaux de la Loi.

Les prières étaient dites en grec, selon la traduction de la Septuagenta : soixante-dix sages, enfermés par deux dans des cellules séparées de l'île de Pharos, avaient donné du texte hébreu de la Tora trente-cinq versions rigoureusement – et miraculeusement – identiques, au mot près. Gamliel, cependant, déniait à cette traduction tout caractère sacré : la Tora en grec n'est pas la Tora. Sur ce sujet aussi, Gamliel et Élie s'étaient souvent opposés. Élie identifiait le judaïsme à une philosophie et la Tora à une morale valable pour les fidèles de toutes les religions. « Tais-toi donc, s'indignait Gamliel, la Tora est la Tora ! C'est la Loi donnée par l'Éternel à Son peuple élu, et ceux qui veulent Le rejoindre doivent honorer celle-là en entier, comme l'agneau est entier dans le sein de sa mère !... Et dans la langue même de Dieu, qui est l'hébreu de nos pères ! »

Aussi ne participait-il que du bout des lèvres aux chants repris en grec par toute l'assemblée : « Car de Sion sort la Tora et la parole de l'Éternel de Jérusalem... » De toute façon, il n'avait guère, ce jour-là, la tête aux prières : aussitôt après l'office, il devait rejoindre la réunion des conjurés dans les marais. Il s'y rendrait avec son fils Absalon, et Jonathan, qu'il avait fait prévenir, devait les attendre au bord du lac.

Le shamash agita une dernière fois son drapeau et l'assistance répondit : « Amen ! » La synagogue s'anima comme une forêt après la pluie. Dans un brouhaha de bancs repoussés, d'appels, de rires, de raclements de pieds, les fidèles se levaient et, le galerus en bataille sous le châle de prière, se précipitaient les uns vers les autres dans le plus grand désordre pour se saluer, se congratuler, se féliciter de cette nouvelle lune, de ce nouveau mois, de cette nouvelle semaine que Dieu, dans Sa bonté, leur accordait ainsi qu'à toute la maison d'Israël.

Gamliel et Absalon quittèrent discrètement le banc des marchands et, à travers la cohue, gagnèrent le secrétariat d'Élie. De là, par le jardin de sycomores, ils rejoindraient la route de Canope et le lac. Élie embrassa son frère et son neveu. Il paraissait soucieux et, prenant garde que ses collègues ne puissent l'entendre, il glissa qu'il avait vu le jour même un voyageur arrivant droit de Rome avec une nouvelle importante : Trajan rêvait d'égaler Alexandre et se préparait à aller conquérir un empire...

– Grand bien lui fasse, dit Gamliel. Au moins nous serons tranquilles !

— Au contraire! Il ne veut pas avoir à se soucier de ce qui se passera dans son dos, et il a donné l'ordre à ses préfets de réprimer impitoyablement tous les complots et toutes les séditions, sérieux ou pas.

Gamliel posa la main sur le bras de son frère :

— Pourquoi me dis-tu ça à moi?

Les deux frères se sourirent, différents au possible, opposés même, mais frères avant tout. Ils se quittèrent.

A huit stades de la mer, aux confins de la ville, entre les remparts et les terres fertiles du Delta, une vaste cuvette recevait une partie des eaux du Nil et formait un lac bordé de marécages où des courants d'eau se frayaient un chemin parmi l'exubérante végétation palustre. C'était le domaine réservé des brigands d'Alexandrie, qui vivaient là dans des cabanes légères plantées sur des îlots dérisoires ou habitaient, pour les plus riches, de grandes baraques aménagées. Aucune police ne se risquait dans l'inextricable et mouvante cité de roseaux, de bublos, de cyamus : l'eau noire du lac, disait-on, se refermait vite sur les curieux.

Gamliel et Absalon s'engagèrent sur un sentier glissant. Ils avaient depuis quelque temps la sensation que quelqu'un les regardait et prirent le parti de s'arrêter.

— Qui va là? demanda une voix rude dans la nuit.

— Amis! répondit Gamliel.

Une forme sombre apparut et leva une lanterne qui révéla un visage terrible. L'homme vint regarder sous le nez Gamliel et Absalon :

— Que l'Éternel vous protège! dit-il.

— Amen.

— Suivez-moi. Prenez garde à ne pas glisser. Votre ami Jonathan est déjà arrivé.

Ils s'enfoncèrent dans ce pays noyé, débusquant devant eux des fantômes d'oiseaux effrayés qui s'envolaient à grands coups d'ailes et retombaient un peu plus loin. Gamliel, dévoré par les moustiques, incommodé par la puissante odeur de cette végétation pourrissante, sursautant chaque fois qu'une grenouille lui partait dans les jambes, vit avec soulagement qu'on arrivait à un ponton sommaire où attendait une barque. Jonathan était là. Gamliel mit le pied dans la barque, qui pencha dangereusement quand il voulut embrasser son ami. Décidément, il avait en horreur ce pays d'eau et de vase.

— La paix soit avec nous! dit-il.

— Amen! répondit Jonathan.

L'homme qui les avait accompagnés — un pêcheur? un

bandit? – attrapa une longue perche et repoussa l'embarcation du ponton. Il s'engagea dans l'un des nombreux couloirs traversant le lac entre deux murs de végétation qui parfois se refermaient en tunnel. Gamliel, oppressé, était surpris de voir, quand la clarté du ciel le permettait, son fils Absalon tranquille et détendu comme s'il était un habitué de ces marais.

Enfin, la barque accosta au ponton d'une petite île sur laquelle se trouvait une cabane. Une dizaine d'hommes s'y trouvaient déjà, assis en rond sur le sol de terre battue autour d'une lanterne sourde et d'une cassolette où brûlaient des herbes dont l'odeur éloignait les insectes. La faible lumière creusait les visages d'ombres profondes. Il y avait là Artémion, le chef des conjurés de Chypre; Julianus, chef de la révolte de Judée; Eléazar de Nisibis en Mésopotamie, l'envoyé des communautés parthes; Ruben, d'Arsinoé en Cyrénaïque; Ezra Alexandre, de Nysse en Cappadoce, et le vieux Simon de Memphis. Il y avait aussi Azaria, fils de Zadok, arrivant du lointain royaume juif presque indépendant de Néhardéa, en Babylonie; le rabbin Joseph, fils d'Anias, de Tarse, en Cilicie. Il y avait encore le vaillant Gamalielus de Syrie et Jacob Domitien de Clysma, sur la mer Rouge...

Tous ces hommes se connaissaient pour s'être déjà rencontrés à d'autres réunions de ce genre, ici ou là. A l'entrée de Gamliel, d'Absalon et de Jonathan, ils se levèrent tous. On se salua, on s'embrassa. Gamliel avait chaud au cœur. Comme on était à Alexandrie, c'était à lui aujourd'hui de diriger le débat :

– Sois loué, Éternel Dieu, Roi du monde, qui nous as donné la vie, nous as maintenus en santé et nous as permis d'atteindre ce temps-ci!

– Amen! répondirent les autres.

On s'installa à même le sol. Un homme vêtu d'une tunique de pêcheur apporta au milieu du cercle un plateau de fruits et se retira.

– Mes amis, dit Gamliel, que chacun s'exprime à son tour.

Artémion, celui qui venait de Chypre, leva le bras. Il portait un capuchon de toile brune qui lui tombait sur les yeux et qu'il repoussait d'une main couverte de bagues.

– Que l'Éternel, Maître de l'univers, guide nos esprits et nos pas! dit-il. C'est la troisième fois que nous nous rencontrons, mes frères, et il serait temps que quelque chose sorte de ces rencontres. La parole ne remplace pas l'action!

Un murmure d'approbation parcourut le groupe.

– L'empereur Trajan est dans le Nord, poursuivit Artémion, à Antioche même.. Il veut s'ouvrir la route de l'Inde par l'Arménie et le pays des Parthes. Il emmènera avec lui ses meilleurs généraux, et ses meilleures légions sont en marche pour le rejoindre. Derrière lui, le terrain est libre. A nous d'en profiter!

Nouveau murmure, plus fervent encore. Artémion remonta son capuchon sur son front :

— Nous autres, à Chypre, nous sommes prêts. Nous avons constitué des milices, et des pirates dévoués à notre cause ont arraisonné deux navires romains chargés d'armes...

Il n'était pas peu fier, Artémion. Il laissa s'apaiser les exclamations enthousiastes avant de conclure :

— Mes frères, il y a un temps pour la paix et un temps pour la guerre. Le temps de la guerre est venu. Avec l'aide de Celui qui est, à nous d'arrêter la date de l'insurrection.

Il se rassit par terre, prit une datte dans le plateau, cracha le noyau et s'essuya les doigts dans sa barbe.

Gamliel désigna un jeune homme qui ne tenait pas en place, et qui se leva :

— Eléazar, parle!

— Justement, dit Eléazar, j'arrive d'Antioche. Les Romains ont transformé la ville en camp retranché. Ils se préparent à y prendre leurs quartiers d'hiver. Des légions arrivent de partout, j'en ai moi-même croisé plusieurs...

— Et les Juifs? demanda Gamliel.

— A Nisibis, nous avons constitué des milices armées, ainsi qu'en Babylonie... Mais les vieillards du sanhédrin d'Antioche collaborent avec les Romains...

Le corps menu d'Eléazar semblait se nouer et se dénouer selon les nouvelles qu'il apportait.

— C'est tout? demanda Gamliel.

— Je suis chargé de vous dire que, si vous ne lancez pas des insurrections simultanées en Judée, en Égypte, en Cyrénaïque, à Chypre, nous ne pourrons pas faire face longtemps aux armées romaines réunies... Nous comptons sur vous pour obliger Rome à dégager le front du Nord...

Un homme aux cheveux blonds, au regard exalté, tendit alors le poing :

— Par Elohim, Dieu de vengeance, dit-il de la voix rauque d'un parleur de plein vent, mais nous sommes là pour cela!

C'était un Judéen dont le père, un héros de la guerre de Judée, avait été emmené à Rome parmi les trophées de Titus et crucifié à la cérémonie du triomphe. Il se nommait Julianus et organisait la révolte en Judée. Gamliel aimait sa violence et la façon dont il parlait — comme s'il donnait des coups. Jonathan, au contraire, se méfiait de lui : « L'arc trop tendu se rompt », disait-il.

Julianus se dressa :

— C'en est fini des discours, des incantations à la nouvelle lune, des assemblées en prière, de l'encens que l'on fait brûler !... Tous les délais sont expirés !... Le jour de la révolte, c'est aujourd'hui !

Sa voix, ses mots brûlaient. Il en connaissait le pouvoir, et on n'aurait pas besoin de l'écouter longtemps pour avoir envie de prendre les armes sans plus réfléchir.

— Le désert qui s'étend autour des collines de Jérusalem, continuait-il, revivra par nos mains. Le Temple en ruine appelle la vengeance !... Cessez de vous lamenter sur les injustices de Rome : elles sont naturelles. Abandonnez l'illusion qu'un Juif puisse vivre libre parmi les païens. Vous ne serez nulle part respectés tant que le royaume de Judée ne sera pas rétabli dans ses droits, tant que le Temple ne sera pas restauré en gloire et reconstruit pour l'éternité !

Il commençait à s'exalter lui-même et Jonathan, qui le connaissait, eut un geste d'impatience. Julianus s'interrompit, se tourna théâtralement vers Jonathan :

— Tu veux dire quelque chose, Jonathan ?

— Oui, je voulais dire que la parole n'est que l'ombre de l'action...

Julianus prit les autres à témoin :

— Écoutez-le ! Pour lui, il est toujours trop tôt, il faut attendre, et, quand on a attendu, il faut attendre encore ! Et le voici qui vient nous parler d'action !

— Calme-toi, Julianus, dit Jonathan.

— La querelle est mauvaise conseillère, intervint Gamliel. Continue, Julianus.

— Je voudrais demander à Jonathan, reprit Julianus, s'il ne pense pas que c'est maintenant, tout de suite, sur l'heure, qu'il faut frapper, alors même que les Romains ne s'y attendent pas ?

— Je pense qu'une révolte comme la nôtre se prépare longuement, sous peine de se faire écraser une fois pour toutes.

— On ne peut marcher sur les charbons ardents sans se brûler les pieds !

— Je ne crains pas de me brûler les pieds, mais il est trop tôt. Nous ne sommes pas prêts.

— Trop tôt, trop tôt... Tu parles comme une pleureuse grecque !

Jonathan se dressa à son tour, enjamba le plateau de fruits et attrapa Julianus par le devant de sa tunique :

— Tu mériterais que je te marche sur la tête, chien du désert !

Cœur de païen! Au temps des vrais prophètes, on lapidait les hâbleurs comme toi!

Gamliel s'interposa entre les deux hommes :

— Calme-toi, Jonathan, calme-toi.

Mais Jonathan était fou de rage :

— Je suis le seul parmi vous à avoir pris les armes contre Rome, le seul à avoir été condamné à mort, et vous me traitez de pleureuse!

Tout le monde s'était levé, parlait en même temps. Il fallut du temps à Gamliel pour rétablir l'ordre. Jonathan et Julianus paraissaient encore prêts à se jeter l'un sur l'autre quand Jonathan éclata soudain de rire :

— Je regrette, dit-il.

— Moi aussi, répondit Julianus en écho. Surtout pour ma tunique.

Les deux hommes s'embrassèrent et chacun reprit sa place. Gamliel profita de l'occasion pour tirer une leçon de l'incident :

— Il y a parmi nous, dit-il, des Juifs qui veulent prendre les armes aujourd'hui même, et d'autres Juifs qui trouvent plus raisonnable d'attendre encore afin de mieux se préparer. Il ne faudrait pas que la guerre des Juifs contre les Romains se double, comme avant la destruction du Temple, d'une guerre entre les Juifs!

Tout le monde approuva. L'atmosphère était maintenant plus sereine, et on faisait circuler le plateau de fruits.

— Julianus, continua Gamliel, a raison de dire que sans le relèvement du Temple, nous resterons partout des pérégrins... Mais il a tort de s'imaginer que Rome ne se méfie pas de nous. Mon frère Élie m'a rapporté ce soir même que les préfets ont reçu l'ordre de réprimer toute tentative de sédition. Mais qu'importe. Même si les humiliations infligées à notre peuple ne sont pas insupportables, il faut se battre. Et ce qui compte maintenant, c'est de nous entendre sur la stratégie et de fixer une date... Sans doute faudra-t-il attendre le printemps...

— Si tard...! s'exclama Julianus.

— Mais, dit le vieux Simon de Memphis, si les légions sont déjà dans le Nord, c'est maintenant qu'il f...

Nouveau brouhaha, exclamations. Absalon regardait à la fenêtre le carré de nuit bleu sombre. Il s'était assis tout au fond, derrière les autres. Cette cabane, il la connaissait : il y était parfois venu avec une jeune Égyptienne, Néfer, la sœur de celui qui fournissait l'oncle Élie en papyrus. Ils avaient partagé, tous les deux, une sorte d'amour innocent, une tendresse violente et sans avenir, puisqu'ils ne pourraient s'épouser. Néfer était chez elle dans ces marais, et Absalon pensait parfois, quand ils étaient ensemble, tenir dans ses bras une de ces créatures du fond des rêves dont parlaient les légendes des pêcheurs. Il ne l'avait pas revue depuis son mariage avec Aurélia.

Absalon regardait son père gesticuler dans la pénombre et pensait à Néfer. Le débat lui paraissait lointain, c'est à peine si les mots lui parvenaient, et, quand quelqu'un lui demanda son avis, il fut surpris et bredouilla vaguement qu'il ne savait pas.

Il lui semblait que ces hommes perdaient beaucoup de temps à parler, mais il comprenait aussi que la révolte, c'était leur passion, le centre brûlant de leur vie – toutes ces réunions, tous ces chemins, ces doutes, ces dangers, ces méfiances et ces espoirs toujours remis en question. Il nourrissait pour Jérusalem un désir d'autant plus lancinant qu'il était né en exil, mais il se demandait, regardant son père, comment cette poignée de Juifs au bord de leur âge allait vaincre les légions de Rome... Il était incapable, Absalon, de se représenter l'éparpillement des Juifs dans le monde et d'évaluer leur armée. Sans doute n'y avait-il pas d'autre méthode que celle de Gamliel, de Jonathan, de Julianus et des autres : prêcher le soulèvement, amasser patiemment des armes, entraîner des milices clandestines, tisser des liens de plus en plus forts entre les communautés juives que séparaient des distances parfois considérables, guetter les signes favorables et attendre le meilleur moment pour frapper, frapper tous ensemble, prendre l'ennemi à la gorge et ne plus le lâcher... Mais, par l'Éternel, que le chemin était long !

Le carré de la fenêtre se teintait de violet. « Il faut attaquer les légions une par une, disait une voix, avant qu'elles ne se regroupent à Antioche... » « Il est grand temps, disait quelqu'un d'autre, de rabattre l'orgueil des Grecs, d'écraser le mépris des Égyptiens... » La voix rauque de Julianus citait Josué et appelait à la destruction de tous les temples païens... L'insurrection, proposaient les uns, devait éclater à travers tout l'Empire au jour anniversaire de la destruction du Temple, afin d'en faire pour l'éternité le jour de la Vengeance... Jonathan répétait qu'on ne serait pas prêt avant un an, et Julianus qu'on ne pouvait attendre plus d'un mois...

Il faisait pratiquement jour quand enfin on s'accorda : la grande révolte des Juifs éclaterait dans tout l'Empire romain le vingt-septième jour du mois d'*Adar*, entre *Pourim* et la Pâque de l'an 3876 * après la création du monde par l'Éternel, béni soit-Il.

* Le 2 avril 116 apr. J.-C.

Il restait un hiver pour se préparer. On jugea inutile de prévoir une autre réunion générale comme celle-ci.

Quand ils se quittèrent, les hommes s'embrassèrent avec plus de chaleur encore que d'habitude. Leur destin, cette fois, était en marche.

Comme pour venir, Absalon regagna la rive du lac en compagnie de son père et de Jonathan. Mais, arrivé au petit ponton, il dit soudain :

— Je ne rentrerai pas avec vous...

Et, s'adressant à son père :

— Préviens Aurélia que je serai en retard.

Gamliel leva ses épais sourcils gris mais ne posa pas de question. Jonathan éclata de rire :

— Prends garde, dit-il, à ne pas convoiter la femme dans ton cœur pour sa beauté!

Il lui lança une bourrade complice. Absalon attendit qu'ils aient disparu sous la voûte de roseaux pour s'éloigner à son tour.

La petite cabane, faite de terre, de branches, de toutes sortes de feuilles et d'algues, était dissimulée derrière une haie de tamaris. Absalon ne la voyait pas encore qu'il en distinguait déjà le reflet dans l'eau tranquille du matin. Il s'approcha, le cœur battant.

Néfer, agenouillée sur sa couche recouverte de lin jaune, était occupée à sa beauté quand Absalon s'avança sur le seuil. Il s'immobilisa, silencieux, comme s'il craignait qu'un geste, qu'un mot ou qu'un battement trop fort de son cœur ne détruise l'harmonie miraculeuse de ce qu'il voyait : les lents mouvements précis, la peau brune et lisse de ce corps si jeune, et le bruissement des lents roseaux, la lumière dorée du matin...

Néfer le regarda comme si elle l'attendait :

— Mon bien-aimé, dit-elle.

Absalon s'approcha d'elle. Les Écritures stigmatisent l'adultère, et pour qui convoite l'étrangère il n'est pas de pardon. Mais, depuis qu'il avait rencontré Néfer, depuis qu'il avait approché sa peau au grain si lisse, il succombait toujours à ce désir que chantent les Grecs et que les Juifs tiennent pour péché. Il n'avait pas revu Néfer depuis qu'il avait épousé Aurélia, et il comprenait seulement maintenant à quel point elle lui avait manqué.

— Mon bien-aimé...

Ils se rejoignirent. « Mon aimée profonde, disait-il, ma mesure, mon chant, ma psalmodie... Ma raison, mon simbleau... »

— Je prie Anubis, répondit-elle, de prolonger ce jour.

Mais la matinée passa vite. Un vol de grues fila en criant au-dessus du marais, et Absalon dit :
– Je dois partir.
– Qui t'occupe ainsi? Ta femme ou la révolte des Juifs?
– Qui t'a parlé de la révolte?
– Tout le monde le sait, dit-elle. Prends soin de toi, mon bien-aimé. J'espère que ta femme te rend heureux.
– Je reviendrai.

L'après-midi était bien avancé quand Absalon rentra en ville. C'était fête. On avait célébré les dieux et les derniers cortèges se défaisaient dans le rire et le vin. Çà et là, des Grecs débraillés ou des danseurs aux masques grossiers, des musiciens ivres formaient des rondes autour des derniers chars fleuris, des chiens à demi sauvages se disputaient en grondant les restes des bêtes sacrifiées aux idoles.

Absalon détestait ces fêtes païennes, ces hordes de dieux incestueux et souillés de crimes, ces idoles postées partout, au coin des rues, sur les places, aux portes des temples, sur le seuil des maisons. Une chance encore que les Juifs aient été dispensés de les saluer, pensait Absalon, qui se pressait – des Grecs se retournaient sur son passage, car il avait l'air heureux.

Comme il traversait le quartier de Neapolis, il vit arriver un char décoré de fleurs qui portait la représentation d'un immense et triomphant phallus orné en son extrémité d'une étoile d'or. Il s'échappa par une rue transversale, traversa le marché aux épices, regarda un peu plus loin des esclaves charger des cages remplies de pintades, de faisans, de paons et de singes sur des chariots à deux roues.

Sur la route de Canope, il rencontra par hasard son oncle Élie :
– Tu vas à l'apothèque? demanda celui-ci.
– Oui, tu en viens?
– Non, je vais au palais. Salue ton père pour moi.
– Le préfet donne une fête?
– Je suis invité.
– La paix soit avec toi, mon oncle! Mais prends garde à l'alliance du pot de terre et du chaudron!

Élie regarda s'éloigner Absalon. Il l'aimait bien mais ne parvenait pas à nouer avec lui des relations satisfaisantes. Il était toujours tenté de se justifier devant son neveu des relations qu'il entretenait avec les Romains, et Absalon, avec la cruauté de son âge, se moquait gaiement de lui.

Au palais, on le reçut avec les égards dus à un invité de marque et on le conduisit dans l'allée de vieux cèdres où le préfet Marcus Ritulius Lupus avait fait porter son lit d'argent massif pour profiter de la fraîcheur du soir tombant. Le préfet fit signe à Élie de s'approcher :

— Te voici enfin, grammateus! Je commençais à m'ennuyer...

Marcus Ritulius Lupus était un homme d'une cinquantaine d'années, grand et épais, aux gestes lents mais à l'esprit délié. Préfet d'Égypte et d'Alexandrie, il s'était efforcé d'établir de bonnes relations avec les principales communautés, mais les Grecs lui paraissaient indignes de leurs ancêtres, il tenait les Égyptiens pour des barbares, considérait les Arabes comme fourbes et cruels et les Juifs comme un peuple de fanatiques et de séditieux. C'est cependant chez ces derniers qu'il avait cru reconnaître quelques-unes des vertus qui avaient autrefois animé les Romains et leur avaient permis de conquérir le monde. Se demandant s'ils avaient conservé, eux, le sens de cette vie austère que leur avaient enseignée leurs pères, paysans, prêtres et guerriers qui ne vivaient que pour l'amour de Dieu, il avait un jour convoqué dix des illustres membres de la *Gerousia*, le conseil suprême de la communauté juive. Les vieillards s'étaient présentés au palais, un sourire étudié aux lèvres, le regard soigneusement éteint. A toutes les questions du préfet sur leur religion et leur histoire, ils avaient répondu en prenant exagérément soin de ne rien dire : pour eux, les Romains avaient détruit le Temple, et ils étaient l'ennemi. Marcus Ritulius Lupus s'était bientôt lassé et les avait renvoyés.

Depuis, il s'instruisait auprès d'Élie; ce Juif lui plaisait, qui savait apprécier l'art et la culture des païens tout en restant fidèle à son Dieu et à la sagesse de son peuple. Il ne ressemblait pas plus à ces riches négociants obséquieux et hypocrites qu'à ces vieillards hostiles dont le mutisme terrible annonçait la guerre.

Il était particulièrement heureux de voir Élie ce soir. Il était en effet fatigué : il s'était levé à l'aube pour se rendre au temple de Sérapis à l'heure de la cérémonie du sacrifice; il avait ensuite assisté au théâtre à la représentation d'un drame à la gloire de Trajan, et l'interminable procession des dieux d'Alexandrie, qui s'était achevée par des combats de gladiateurs, l'avait épuisé. Il attendait d'Élie son délassement de prédilection : la joute spirituelle, et avait préparé un piège dont il se demandait bien comment le Juif s'en tirerait :

— Es-tu venu aux processions? demanda-t-il.

— Non, répondit Élie, tu le sais bien.

Le préfet ferma à demi les yeux — de plaisir :

— Faut-il que vous soyez orgueilleux, vous les Juifs, pour imaginer que le Parthénon est indigne d'accueillir Yahvé!

Les courtisans s'approchèrent comme pour assister à un combat de gladiateurs dont ils connaissaient déjà le vainqueur. Élie, surpris de l'entrée en matière un peu abrupte, esquiva :

— « Serais-tu fatigué, ô Marcus Ritulius Lupus, que tu me cherches querelle? »

— Sénèque! s'écria le préfet, heureux comme un enfant d'avoir reconnu la citation.

Les courtisans s'inclinèrent et le préfet les prit à témoins :

— Mon ami Élie est le seul Juif, des colonnes d'Hercule aux frontières des Arsacides, qui connaisse par cœur nos poètes latins!

Il paraissait fier comme si le mérite lui en revenait.

— Tu es trop bon, Marcus Ritulius Lupus, répondit Élie. A supposer que je les connaisse par cœur, je ne suis certainement pas le seul.

Dans leur jeu, c'était maintenant à lui de relancer l'échange.

— Mais toi, demanda-t-il, connais-tu les Juifs?

Le préfet se redressa sur le lit et un esclave remonta les coussins dans son dos.

— Un bon fonctionnaire, dit-il, doit s'efforcer de connaître ses administrés...

Il invita Élie à s'asseoir au pied du lit d'argent et reprit :

— Je connais les Juifs et leurs idées, mon bon grammateus et, avec le respect que je te dois, elles ne me paraissent guère nouvelles. Vous prêchez le jeûne, l'abstinence, la charité, mais les cyniques grecs ne les prêchent-ils pas aussi? Les stoïciens ne célèbrent-ils pas comme vous la vertu? Chacun de nos philosophes enseigne ce qu'on lit chez vos prophètes, chacune de nos divinités proclame les lois de Yahvé... Par Hercule, Élie, pourquoi ton peuple persiste-t-il dans sa solitude?

Le préfet parlait avec assurance, et sa voix portait loin. Les courtisans approuvaient. Une musicienne de Corinthe délaissa sa harpe. Comme la nuit maintenant tombait, des esclaves promenaient des torches afin que les insectes s'y brûlent.

— Je sais, continuait le préfet, tu vas me parler de votre Messie... Mais que penses-tu de ces chrétiens, pour qui le Messie est déjà venu? Il ne s'agit pas du même? Ce Jésus, pourtant, était bien un Juif?

— Je crois, dit Élie, que le Messie ne viendra que lorsque les hommes l'auront mérité...

— Mais réfléchis, grammateus! Sa présence serait inutile si les hommes savaient la mériter!

— Mais non, répliqua vivement Élie, mais non, Marcus Ritulius! Les Commandements servent à mesurer le Bien et le Mal, mais c'est à l'innocence que le Messie nous conduira, à cette innocence perdue au jardin d'Eden!

Le préfet, d'un geste, ordonna qu'on serve du vin. Il paraissait soudain plus soucieux :

— Ces juifs qui s'agitent partout dans l'Empire, dit-il, qui parlent de vaincre Rome et de réédifier Jérusalem dans sa gloire, penses-tu qu'ils préparent l'avènement de leur Messie?

Un petit groupe d'hommes s'avançait dans l'allée de cèdres. Parmi eux, un centurion, le casque au bras. Un officier de la garde du palais le présenta :

— Marcellus Venitius, messager de l'empereur, qui arrive d'Antioche.

Le centurion leva le bras droit :

— Salut et honneur au noble préfet d'Égypte et d'Alexandrie!

Le préfet se tourna vers Élie :

— Je regrette, grammateus, je dois te quitter... Reviens quand tu veux, nos conversations me dégourdissent l'esprit...

Il se pencha vers lui :

— Je compte bien que les Juifs ne vont rien entreprendre pour hâter la venue de leur Messie... Que les dieux t'accompagnent!

Élie s'attarda un peu dans les jardins, où les invités se promenaient lentement, bavardaient, s'arrêtaient un moment dans un petit amphithéâtre bordé de statues, où des acteurs masqués mimaient à la lumière des torches une histoire de mari trompé. Il se demandait si le préfet avait voulu lui faire tenir un message destiné à Gamliel, et finit par conclure que c'était sans doute le cas.

De retour chez lui, Élie alluma une lampe à huile, la disposa devant son écritoire, prépara un rouleau, délaya une tablette d'encre.

« Mon frère, écrivit-il, je ne sais rien de tes secrets et ne veux rien en savoir, mais j'arrive de chez le préfet. Prends garde. Sa police est bien faite et il est en liaison avec l'empereur... »

Et il rapporta les propos de Marcus Ritulius Lupus. Lorsqu'il eut terminé, il scella le papyrus d'un cachet de cire rouge et le fit immédiatement porter à Gamliel par son fidèle serviteur.

Pour Gamliel, cet hiver-là fut interminable. Noyé de pluies tièdes, boueux, sans horizons, il enfermait les gens chez eux. Gamliel, dont les affaires prospéraient, ne quittait guère l'apothèque où, profitant de l'inactivité du port, il mettait un peu d'ordre. Il avait passé de nouveaux marchés et attendait d'importants arrivages pour le printemps. Ces caravanes, ces navires chargés à couler de marchandises qu'il avait commandées devaient dans son esprit détourner les soupçons du préfet : un vrai commerçant ne prendrait pas le risque, pour une révolte incertaine, de voir s'éventer de pleins sacs d'épices ou moisir des balles de soie indienne...

Les voyageurs pourtant l'informaient régulièrement des préparatifs de l'insurrection. A Cyrène, Jonathan avait obtenu du « roi Lucuas » qu'il ajourne son projet de lever une armée de pauvres pour marcher sur Jérusalem. Jonathan devait se trouver maintenant à Rome, essayant d'obtenir l'appui de la communauté juive, et Gamliel attendait impatiemment que l'état de la mer permette à l'*Isis*, le navire qui faisait la navette entre Rome et Alexandrie, de lui ramener son ami. En attendant, il préparait des chargements à destination du Danube, du Rhin ou du Bosphore – et recomptait jalousement les armes dissimulées sous les blocs de granit de Haute-Égypte ou derrière les caisses de gomme arabique. D'autres avaient été réparties dans les ateliers et les échoppes des quartiers du Delta, d'Erfou ou de Rhakotis, près du temple d'Isis, au cœur de la ville.

Mais la meilleure nouvelle de l'hiver fut l'annonce d'un tremblement de terre à Antioche – la moitié de la ville détruite et l'empereur Trajan gravement blessé. Comment ne pas y voir un signe envoyé par l'Éternel à son peuple? D'autant que les légions s'enlisaient à assiéger Hatra et que les généraux Hadrien et Quietus perdaient un temps précieux à se disputer la prochaine succession de l'empereur...

Jonathan enfin rentra de Rome. Il avait été conquis par l'aisance et le poids de la communauté juive; répartis en onze congrégations, les Juifs romains exerçaient leur activité jusqu'au cœur de la ville, à Subure, entretenaient de bonnes relations avec les païens, des lettrés juifs travaillaient au service de sénateurs, des médecins juifs soignaient la famille impériale...

– Mais nous aideront-ils? demanda abruptement Gamliel.

– Ils ne sont pas comme nous, Gamliel... Versatiles, légers, passionnés... Les Juifs romains sont autrement sérieux... Ils admirent la maniabilité des vaisseaux légers, mais ne confient leurs marchandises qu'aux gros bateaux...

– Tu ne me réponds pas! Nous aideront-ils?

— Je crains bien que non, mon ami... Sauf peut-être pour accueillir les survivants si nous venions à échouer... Dieu nous en préserve!

— Dieu nous en préserve! Par l'Éternel, Jonathan, commencerais-tu à douter?

— Le doute est un remède!

— Allons, Jonathan, le printemps est bientôt là... Il n'est plus temps de douter, et tu dois partir pour Syène, au bord du Nil, les Juifs de là-bas veulent former une milice... Et puis, je vais bientôt être à nouveau grand-père... Absalon et Aurélia... C'est un bon signe...

Les Écritures emploient un seul et même terme pour signifier « histoire » et « enfantement ». Les temps, comme Aurélia, étaient lourds d'une immense promesse.

Jonathan partit vers le sud. En ville, la rumeur commençait à courir que les Juifs préparaient quelque chose contre l'autorité et Gamliel, pour donner le change plus que par intérêt – toutes les forces de son esprit étaient tendues vers le déclenchement de la révolte – s'absorbait au travail de l'apothèque, d'autant plus réel qu'arrivaient les premières caravanes de printemps.

C'est dans ces jours-là qu'un riche armateur de Chypre, Apollonios, avec qui Gamliel était en affaires depuis vingt ans offrit un spectacle de mime au vieux théâtre alexandrin, sur la colline de Bruchium. Gamliel ne put refuser l'invitation.

Quinze mille personnes s'entassaient sur les gradins, s'impatientaient dans d'âcres relents de parfum, de sueur et de graisse, s'interpellaient, se bousculaient en brèves bagarres pour une meilleure place ou pour le seul plaisir de parler plus haut et de frapper plus fort. Gamliel et Absalon se faisaient tout petits, conscients que, dans cet entonnoir balayé par les vents et chauffé par le soleil blanc, n'importe quel incident pouvait dégénérer en bataille et provoquer l'intervention des forces de l'ordre. Les spectateurs étaient répartis par corporations et les Juifs, considérés comme une corporation en soi, occupaient leurs places à l'ouest du théâtre, presque en haut, ce qui les mettait face à leur quartier, le Delta, et les privait de la vue sur la mer.

Enfin l'orchestre vint s'installer et les musiciens accordèrent les cithares aux flûtes. Parurent alors les prêtres des différents sanctuaires, que le public connaissait et saluait à bras tendus. Les suivaient des courtisanes couvertes de bijoux; elles allaient sous les cris et les vivats rejoindre les dignitaires aux manteaux brodés de fils d'or, sur les gradins inférieurs. Puis le préfet Marcus Ritulius Lupus parut à son tour, annoncé par les trompettes, qui sonnèrent à nouveau quand il prit la place sur le siège d'ébène qui lui était réservé à hauteur de la scène. Il traînait derrière lui une nuée de fonctionnaires, vêtus les uns à la romaine, les autres à la grecque, qui allèrent occuper leurs places sur les gradins : on pouvait commencer.

Dès que s'éleva la musique, aiguë et vive, les mimes bondirent. Ils jouaient de tout leur corps, utilisaient toutes les ressources de leur art pour évoquer la geste des héros et des dieux; le public, heureux, applaudissait et commentait.

Comme le soleil rejoignait l'horizon, les comédiens corsèrent le spectacle. C'était la tradition et on attendait ce moment. Se livrant à des mimiques de plus en plus obscènes, ils mimèrent Achille déguisé en femme folâtrant parmi les filles de Lycomédès, Pasiphaé s'offrant à la saillie du taureau. La foule vibrait. Gamliel détourna les yeux : pour un Juif pieux, l'amour se consomme dans l'obscurité et le silence.

Soudain, un acteur, la tête recouverte d'un châle blanc rayé de noir, désigna son sexe et, de la main, imita le mouvement de larges ciseaux. Des rires jaillirent des gradins. « Circoncis! » hurla quelqu'un. « Circoncis! Circoncis! » reprit la foule, chavirant de plaisir. « Les Juifs sont ici! » hurla une voix dans le dos de Gamliel. Absalon posa la main sur le bras de son père :

— Laisse, père, ne bouge pas!
— Circoncis! Sans dieux! Ennemis du genre humain!... Yahvé est le dieu des porcs!

Personne maintenant ne riait plus. Tout le théâtre était tourné vers la rangée des Juifs et les comédiens s'efforçaient en vain de reprendre l'attention des spectateurs.

— Les Juifs sur la scène! cria une voix, que rejoignirent aussitôt des milliers d'autres.

Absalon sentait le bras de son père se crisper sous sa main. Soudain, Gamliel se dressa :

— Païens! cria-t-il de toutes ses forces. Soyez maudits!

Sifflets, insultes. Les premières pierres furent lancées des plus hauts gradins. Les Juifs se serrèrent en un petit groupe. Ils devaient faire face de tous côtés. Absalon reçut un coup sur la nuque, il se mit à frapper aveuglément. Un colosse abattit son gourdin sur l'épaule de Gamliel qui gémit mais se redressa aussitôt et, avec un cri sauvage, empoigna son adversaire, le souleva comme s'il ne pesait rien, le jeta au sol et lui martela le visage à coups de poing. Il frappait encore quand une pierre l'atteignit à la tempe. Il tomba sur le corps de l'autre. Il ne verrait jamais, Gamliel, la grande révolte des Juifs.

— Père! Père!

Absalon essayait en vain de se rapprocher de son père. Des mains s'agrippaient à lui, déchiraient sa tunique, griffaient sa peau.

Soudain, des trompettes sonnèrent. La foule se figea. Un détachement de soldats s'avançait dans le théâtre. L'acier des glaives accrochait la dernière lumière du jour.

– Les Romains protègent les Juifs!... Mort aux Juifs! Mort aux Juifs!

La foule maintenant grondait dangereusement. Le vieil instinct de mort était à l'œuvre au plus profond d'elle-même. Il fallut tout le calme et la détermination des soldats romains pour isoler les Juifs et leur faire quitter le théâtre, emportant le corps de Gamliel et quelques blessés.

Le soir même, des milliers de jeunes Juifs envahissaient les rues de la ville. Armés de gourdins, ils pourchassaient les païens, brisaient les idoles et pillaient les temples. Dans la nuit, ils mirent le feu au temple de Némésis et à plusieurs autres endroits, entre la porte du Soleil et celle de la Lune.

Les Alexandrins prirent peur : ils n'avaient encore jamais vu les Juifs en colère. Les uns se barricadèrent chez eux, d'autres se réfugièrent dans les bâtiments publics placés sous la protection de la garde du préfet et des milices municipales, d'autres encore quittèrent la ville pour les localités du Delta.

Les chefs des principales corporations juives se réunirent en pleine nuit chez Gamliel, dont le corps reposait au premier étage, dans la chambre du balcon, entouré du rabbin et de la famille. Des pleureuses se lamentaient dans l'escalier et jusque dans le jardin éclairé par des torches.

– Que fait-on? demanda Sabatius le marin.

Ils étaient assis dans une pièce exiguë du rez-de-chaussée, serrés autour des trois lampes à huile.

– Il faut ouvrir les dépôts et armer nos milices, énonça calmement Alfia Sotéris le tisserand.

– Par l'Éternel! s'exclama Tobi l'agriculteur. Vous rendez-vous compte que nous allons mettre en péril la grande insurrection?

– Tobi a raison, intervint Jéroboam le boulanger, nous sommes à trois semaines de la date prévue. Nous serons seuls contre les Romains et les Grecs. Nous n'avons aucune chance!

– Si nous ne prenons pas la ville avant l'aube, coupa durement Alfia Sotéris, demain les païens égorgeront les Juifs.

On se tourna vers Absalon. Il était jeune, mais la mort de son père donnait du poids à son avis. Absalon pensait que le tisserand avait raison. Les Juifs ne tenaient les rues qu'à la faveur de la nuit. Le jour verrait sans aucun doute la levée des milices grecques et le début de la chasse aux Juifs... Il se demandait ce qu'aurait dit son père... « Mon père est mort », pensait-il et des images de sa vie traversaient sa conscience, Gamliel lisant le Rouleau familial, Aurélia donnant le jour à un garçon, Néfer à genoux, lisse et brune sur la couche de lin jaune...

On entendait au loin des cris. Par la fenêtre, on voyait des flammes rouges s'élever dans la direction de la mer :

– C'est le temple de Poséidon, dit Absalon.

Il se tourna vers un de ses amis, Akiba, un long jeune homme au regard tranquille sous un casque de cheveux noirs :

– Akiba, va voir ce qui se passe et reviens vite.

Akiba sorti, les hommes restèrent silencieux un moment, puis l'un d'eux proposa de monter au balcon. Du jardin à la chambre où reposait Gamliel s'était établie une circulation incessante. Des gens arrivaient, se recueillaient un instant, racontaient des choses extraordinaires – la flotte romaine coulée dans le port, la nécropole juive souillée par les Grecs, la grande synagogue en feu, les Anciens de la gerousia fouettés sur l'agora... Ils jetaient les nouvelles comme des brandons et s'en repartaient aussitôt, gonflés d'importance.

Du balcon, on voyait le quartier du Delta animé comme en plein jour. Des voix excitées criaient des noms dans la nuit. Des torches brûlaient aux fenêtres. Absalon pensait à la fois à son fils et à son père. La mort, la vie, mystérieux équilibre.

Enfin Akiba fut de retour. Il avait relevé le bas de sa tunique sur ses cuisses et soufflait bruyamment :

– Alors ? le pressa Absalon.

– Dieu soit loué ! Nous tenons la ville !

Malgré la présence du corps de Gamliel – mais comme il eût été heureux, Gamliel ! – une clameur lui répondit. On s'embrassa avec ferveur.

– Raconte ! Raconte !

– En partant d'ici, dit Akiba, j'ai pris la route de Canope. On aurait dit que tous les Juifs d'Alexandrie étaient dehors. Près du Gymnasium, j'ai vu des corps de policiers grecs qui avaient été tués à coups de pierre et de bâton. J'ai poursuivi aussi vite que j'ai pu vers le temple de Sérapis. Toute une partie du toit s'était effondrée sur les païens qui célébraient leur dieu. Je suis descendu vers le musée. Des jeunes avaient jeté sur la chaussée les bustes des Césars. Plus bas, j'ai rencontré Joseph le Boiteux. Il prétend que les Romains sont partout en déroute.

— Et le théâtre? demanda Alfia Sotéris le tisserand.
— Les Juifs y brûlent les enseignes et les étendards romains.
— Et le préfet?
— Joseph le Boiteux dit qu'il s'est retiré dans son palais avec deux cohortes de légionnaires.
— Et la synagogue?
— La synagogue? J'en reviens. J'y suis allé par le bois de sycomores...
— Elle ne brûle pas?
— Je vous dis que j'en arrive. Elle ne brûle pas. Les Juifs y affluent pour demander des armes.

Absalon pensa à son père.
— Mon avis, dit-il, est qu'il faudrait leur distribuer les armes.

Les autres, un à un, approuvèrent – ce qui est fait n'est plus à faire, et on était allé trop loin pour reculer. Alfia Sotéris, Tobi et Jéroboam se chargèrent d'ouvrir les dépôts d'armes depuis longtemps dissimulées dans les échoppes et les entrepôts. Le marin Sabatius distribuerait les javelots, les frondes, les arcs et les boucliers que Gamliel avait enfouis au fond de son apothèque.

Quand tous furent partis, Absalon, sa famille et le rabbin prirent la route des catacombes de Canope pour enterrer Gamliel, fils d'Abraham.

La ville était en proie à une frénésie terrible. Quand le soleil se leva, les Juifs se regardèrent, étonnés, émerveillés, remplis d'orgueil et de fierté. En ce jour de l'année 3876 après la création du monde par l'Éternel, béni soit Son nom, les fils d'Israël partirent pour la deuxième fois en guerre contre Rome.

A ce moment de mon histoire, j'aurais dû décrire la prise d'Alexandrie par les Juifs. On y aurait vu les marins juifs investir le port, les bouchers juifs assiéger le Gymnasium, les boulangers juifs attaquer le palais du préfet, bref, le peuple des Juifs en armes se dresser contre la toute-puissance romaine. J'avais des images plein la tête : la garde romaine désarmée et emprisonnée, les milices grecques en déroute, les bâtiments publics pris un à un – « Le Gymnasium est entre nos mains! » aurait pu annoncer un messager, selon la formule qu'emploierait en 1967 le général israélien Motta Gur arrivant au mur des Lamentations : « Har habaït beyadénou! Le mont du Temple est entre nos mains! »

Assauts, tueries. Les insurgés attaquaient sur tous les fronts à la fois, exaltés, féroces, infatigables. Et moi, l'homme de paix, emporté dans la foule de ces irréductibles, je me sentais en proie à d'obscures ferveurs. Je comprenais bien que dans ces moments-là, on puisse rire et pleurer à la fois, et faire de la guerre une sorte de fête. Je le comprenais bien, mais je ne savais pas l'écrire.

Reste qu'Alexandrie fut conquise en trois jours, et qu'on vit alors de jeunes Juifs ivres s'amuser à faire combattre dans le cirque des prisonniers grecs et romains. Reste aussi qu'au quatrième jour se présenta du côté du lac Maréotis la troisième légion romaine, suivie de cinq cohortes en bon ordre, elles-mêmes suivies des innombrables troupes auxiliaires – des milliers et des milliers d'hommes, terrifiant serpent scintillant d'armes et d'armures et venant se lover, eût-on dit, dans l'immense cuvette d'argile brûlée qui faisait face aux catacombes de Karmuz.

Les légionnaires romains, avec l'aide des Grecs de la ville, submergèrent en quelques jours la défense véhémente des Juifs. Le quartier d'Edfou fut ravagé, celui du Delta détruit en partie et on livra aux flammes la grande synagogue d'Alexandrie. Le préfet Marcus Ritulius Lupus rassembla les Juifs survivants dans les ruines de leur quartier et affecta à leur sécurité les six cents fantassins et cent vingt cavaliers d'une cohorte.

La grande révolte des Juifs contre Rome s'alluma néanmoins à travers tout cet Orient romain. Deux semaines après la Pâque, Jonathan, à la tête d'une immense armée, s'empara de Thèbes, au sud de la vallée du Nil, et, remontant la plaine fluviale, investit Paropolis, Hermapolis, Memphis... En Cyrénaïque, dans le même temps, le « roi Lucuas » enlevait Ptolémaïs, Cyrène et Barca, libérait tous les esclaves juifs et partait vers la Judée. A Chypre, Artémion incendiait la capitale, s'emparait des ports d'Amatus et de Paphos, qu'il faisait fortifier... Dans la vallée de l'Euphrate, malgré la proximité des troupes impériales, des troubles éclataient un peu partout, et la ville de Nisilbis, en Babylonie, se parait des couleurs des insurgés... Un peu plus tard, Julianus et ses Judéens défaisaient une armée romaine dans la plaine de Jezraël...

Partout les insurgés massacraient les Grecs et les Romains, parfois avec la complicité des populations locales. Les voyageurs rapportaient des détails effroyables : les Juifs, disaient-ils, mangeaient la chair de leurs victimes, se faisaient des ceintures de leurs boyaux, se frottaient de leur sang, se couvraient de leur peau...

Les Juifs, eux, croyaient que les prophéties d'Esdras et de Baroukh étaient en train de se réaliser sous leurs yeux. Les synagogues retentissaient de la lecture fervente des versets : « Bientôt, vous verrez la ruine de vos ennemis et vous mettrez le pied sur leur cou. » « Ce monde qui s'était réjoui de la chute de Jérusalem s'attristera de sa propre dévastation. » « Le Messie viendra quand les méchants brûleront dans un feu où nul n'aura pitié d'eux. » Et pour que tout s'accomplisse, les Juifs n'avaient pas de pitié pour ceux qui avaient détruit Jérusalem et démantelé leur État.

Trajan, d'abord incrédule, puis furieux, dut retarder son départ sur les traces d'Alexandre. Il chargea le général Lucius Quietus, un Maure ambitieux et cruel, d'exterminer jusqu'au dernier les Juifs de Babylonie et de Mésopotamie. Il rappela de Bretagne le prestigieux général Marcius Turbo pour lui confier la pacification de la Cyrénaïque et de l'Égypte.

On connaît l'histoire : les Juifs se battirent encore pendant plus d'un an, aussi bien sur mer que dans le désert de Libye, harcelant les lourdes formations romaines, mais finirent par être vaincus et exterminés. Jonathan et Lucuas furent enchaînés et promenés dans une cage de fer avant d'être crucifiés à Alexandrie, sur la colline de Buchium, devant le théâtre. « Dieu est un ! » dit Jonathan en mourant. A Chypre, le chef de la révolte, Artémion, fut décapité ; son corps fut découpé en rondelles et jeté aux requins. Une loi bannit les Juifs à tout jamais de l'île et leur interdit son rivage, même en cas de naufrage...

L'empereur Trajan, toujours malade, aigri, découragé de comprendre qu'il n'égalerait jamais Alexandre le Grand, mourut en Cilicie, au milieu des intrigues et des complots, le vingt et unième jour du mois de Kislev de l'an 3878*. Les Juifs se réjouirent de sa mort et proclamèrent ce jour *Yom Trianus*, le « jour de Trajan », pour en faire une demi-fête.

Le nouveau César, Publius Aelius Hadrianus, décréta la fin de la guerre de Judée. Pour séduire les Juifs, il les autorisa à reconstruire le Temple sur son ancien emplacement et gracia Julianus, le chef de l'insurrection.

A Alexandrie, Marcus Ritulius Lupus, jugé par les Grecs trop favorable aux Juifs, fut remplacé par un certain Quintus Ramnius Martialis, qui expulsa vers Rome nombre de familles juives.

C'en était fini de la grande révolte. C'en était presque fini de la résistance par le glaive. Ce glaive que les Juifs ne brandiraient plus, ici et là, qu'au-delà de l'espoir.

Le pharisien Johanan ben Zakhaï l'avait emporté : le Livre devint l'unique arme du peuple d'Israël. Vaincre, c'est durer.

---

* 118 apr. J.-C.

III

Rome
ARSINOÉ EST MORTE

A BSALON, abandonnant tous ses biens, avait quitté Alexandrie à la dernière limite fixée par le préfet : la nouvelle lune du mois de *Tevet* 3879 *, pour rejoindre Rome, où le nouveau préfet assignait à résidence quelques familles juives alexandrines.

Il n'aimait pas la capitale romaine, ses longs hivers pluvieux, son incessant vacarme, l'odeur fétide des ruelles où s'entassaient les déjections. On disait que Rome était la ville la plus peuplée du monde, et on y comptait environ quinze mille Juifs organisés en onze congrégations, chacune dotée d'une école, d'une synagogue et de services communautaires. Cinq de ces synagogues s'élevaient dans le Transtévère, un ancien terrain vague de la rive droite du Tibre que l'empereur Auguste avait, deux siècles plus tôt, vidé de ses prostituées et de ses voleurs pour en faire le quatorzième district de Rome.

C'est là qu'était établie la congrégation alexandrine, qui continuait de parler le grec, de vivre et de prier selon les coutumes et les rites de l'Orient, entretenant pieusement le souvenir de la lointaine ville blanche au parfum de désert et de vagues.

Ah! combien de fois ne l'avaient-ils pas revécue, leur grande révolte!

Absalon, après avoir pieusement enterré son père, était rentré chez lui accomplir la *shiva*, les sept jours de deuil réglementaires. Assis par terre dans la pièce du balcon où se tenait habituellement Gamliel, il avait essayé de prier, mais il écoutait la clameur qui montait des jardins royaux et son cœur battait

---

* 119 apr. J.-C.

d'exaltation – c'était là, pour Gamliel l'insoumis, Gamliel l'irréductible, la plus belle des prières.

L'oncle Élie était venu s'asseoir près d'Absalon. Il avait les yeux rouges, une barbe de deux jours. Il regardait tristement, par la fenêtre, deux colonnes d'épaisse fumée faire au ciel comme des piliers. Il paraissait accablé.

– Écoute, avait dit Absalon, écoute. Les Juifs ce soir auront pris la ville!

– Insensés! avait murmuré Élie le scribe.

Il s'était tourné vers Absalon:

– Quand l'Éternel veut punir l'une de Ses créatures, Il lui enlève le bon sens... Vous êtes prêts à affronter les légionnaires?

– Nous affronterons l'Empire entier, s'il le faut, mon oncle.

– Tu veux absolument mourir?

– Non, mon oncle, mais je n'ai pas peur. Il est dit que l'Éternel a consumé Jérusalem par le feu et que par le feu Il la rétablira. Si telle est Sa volonté, nous vaincrons.

– Absalon, tu ne confondrais pas par hasard Jérusalem et cette ville grecque?

– Cette ville grecque est ma ville, mon oncle, puisque j'y suis né. Mais Jérusalem aussi est ma ville, parce que je suis juif. Faut-il toujours choisir entre le père et la mère?

A ce moment, Akiba était venu chercher Absalon. On avait besoin de lui. Élie s'était dressé, avait pris son neveu par la manche:

– Tu ne vas pas quitter la maison? La shiva n'est pas terminée!

– Je sais, mon oncle, mais la Loi permet de l'interrompre quand il s'agit de sauver des vies humaines.

– Sauver des vies humaines? Vous allez tous vous faire tuer!

– Certains d'entre nous mourront, mon oncle, mais avec l'aide de Celui qui est, nous ferons en sorte qu'il y en ait le moins possible...

Dans la rue, Absalon avait mis du sable dans ses sandales, comme le voulait la tradition, afin que son corps demeure en contact avec la terre où reposait son père, et il avait suivi Akiba.

Trois jours de combat et de liesse, trois jours à cœur battant, et des souvenirs ineffaçables – comme une cicatrice.

Absalon avait demandé à son ami égyptien Pasis, le frère de Néfer, d'héberger sa femme et son fils nouveau-né, Adar. Les sachant en sécurité, il s'était senti plus libre pour se battre et, à la vérité, il lui était même arrivé, dans la fièvre de ces jours, d'oublier tout ce qui n'était pas la joie dévorante qu'il y avait à vaincre.

Puis les Romains étaient arrivés, et devant la méthode, l'armement et le métier des soldats de profession, l'enthousiasme et le courage des Juifs avaient pesé de peu de poids. Absalon avait bien dû convenir que c'était la loi de la guerre, que le temps sans doute n'était pas venu pour Dieu d'envoyer Son Messie aux hommes et de renverser Ses ennemis. N'empêche. La vengeance des Grecs, ravageant et pillant les quartiers d'Edfou et du Delta, l'avait empli d'amertume et de tristesse, tant elle lui paraissait injuste : armés de couteaux, de haches, de gourdins, ils avaient poursuivi les vieillards, les femmes, les enfants, s'amusant à les attacher par une cheville et à les tirer dans les rues, usant et déchiquetant leurs cris, leur peau, leur chair, leur vie... Horreur, détresse de l'impuissance... Akiba prétendait que les Juifs s'étaient trompés d'ennemis, qu'il aurait fallu s'en prendre aux Grecs plutôt qu'aux Romains...

Akiba, le pauvre et cher Akiba, avait lui-même été tué alors qu'Absalon et lui, cachés dans une catacombe où ils avaient passé la nuit pour échapper aux patrouilles romaines, s'efforçaient de gagner le quartier égyptien. Ils avaient rampé à travers un massif de térébinthes, gagné le bois de sycomores, puis la place des Dieux, au croisement de la rue de Canope et de la rue des Colonnes. C'est là, près de la fontaine, parmi les immenses statues d'Athéna, de Déméter, d'Elpis et d'Harpocrate, que quelques jeunes Grecs les avaient surpris :

— Des circoncis! avait crié l'un d'eux.

Absalon et Akiba avaient pris la fuite. Mais un javelot, habilement lancé, avait rattrapé Akiba... Absalon n'avait plus jamais été en paix avec son âme : c'est lui qui avait insisté pour quitter leur cache.

A Rome, deux autres enfants lui étaient nés, une fille, Arsinoé, et un autre garçon, Amnon. Il avait dû travailler dur, d'autant que sa femme Aurélia était morte d'une méchante fièvre. Il avait été conducteur de char, porteur de litière, gardien... Un marchand juif important, qui avait connu Gamliel, avait fini par lui confier la surveillance de ses entrepôts d'Ostie et, plus tard, la distribution de ses produits sur les marchés de Rome.

Ainsi avaient passé les années. Absalon habitait maintenant près du port fluvial, face à la porte Trigamine, dans une maison de trois étages dont il occupait, comme les riches Romains, le rez-de-chaussée, pourvu d'eau courante et de latrines. Adar avait près de dix-sept ans, Arsinoé quinze et Amnon quatorze. Ils parlaient grec et latin, paraissaient peu sensibles aux nostalgies de leur père. Arsinoé était une belle jeune fille à la peau très blanche, aux cheveux très noirs, aux yeux vert-jaune qui rappelaient le réséda. Absalon lui était très attaché et ne se pressait guère de lui trouver un mari.

Une semaine après la Pâque, il rentrait d'Ostie en remontant le Tibre sur une embarcation remplie de melons et regardait sur la rive écrasée de chaleur les esclaves se reposer à l'ombre des broussailles. Soudain, à quelque distance, il reconnut la silhouette de son fils Adar qui venait à sa rencontre et qui, les bras dressés, lui faisait signe de se presser.

Absalon ordonna aux rameurs de s'approcher de la rive, et Adar hors d'haleine sauta à bord.

— Qu'y a-t-il, Adar?
— Arsinoé, père.
— Eh bien?
— Elle est chez les chrétiens, père.

Adar baissait la tête. Il avait honte, comme s'il eût été responsable.

Il ne lui fallut pas longtemps pour apprendre à son père qu'Arsinoé s'était liée avec un batelier, Claudius, qu'on soupçonnait fort d'appartenir à la secte des chrétiens. Or cela faisait maintenant deux jours qu'Arsinoé avait disparu et, Adar l'avait vérifié, Claudius aussi.

Absalon interrogea en vain les amies d'Arsinoé, Myriam et Simplicia, la fille de l'archisynagogos : elles ne savaient rien. Il courut avec Adar chez le batelier Claudius. Il fallait passer le Sublicius, l'un des cinq ponts qui traversaient le Tibre, et s'enfoncer dans les venelles qui escaladaient la colline de Velia. Après l'accablante journée, la vie reprenait ses droits et les marchands ouvraient leurs échoppes, criaient leurs réclames. Chez Claudius, Absalon et Adar ne trouvèrent qu'un vieillard borgne et retors qui simulait la surdité pour ne pas avoir à répondre. « Par Jupiter, répétait-il, parlez plus fort! »

Ils s'en retournèrent et trouvèrent chez eux, les attendant, l'archisynagogos Julianus, le père de Simplicia :

— Le Tout-Puissant te protège, Absalon! dit celui-ci.

C'était un homme grand et fort, à l'épaisse barbe grise. Il écarta les pans de son long manteau sans manches, s'assit sur un lit de repos comme s'il était chez lui et invita du geste Absalon à en faire autant.

— Il ne pleut pas chez le voisin sans que nous ayons tous les pieds dans l'eau, déclara-t-il sans ambages. Ta fille a disparu. Certains disent qu'elle est allée se faire chrétienne. Pour savoir, nous devons la retrouver. Alors il sera temps de la punir... ou de la réconforter.

L'archisynagogos se tut, tira sur sa barbe et fixa Absalon d'un œil sévère :

— Dans cette ville barbare, reprit-il, la police est trop liée au crime pour rechercher les criminels. Le conseil de la synagogue a désigné dix hommes pour t'aider.

— Mais, Rabbi...

Julianus se leva, fit un geste qui pouvait vouloir dire qu'il n'y avait pas à remercier :

— Ce qui est utile à l'abeille l'est aussi à la ruche, mon fils.

Debout devant la porte, il ajouta :

— Le cœur de l'homme médite sa voie, mais c'est l'Éternel qui dirige ses pas. Nous t'attendrons demain soir à l'office de shabbat.

C'est un des fils d'Abbas, forgeron de son état, qui entendit parler, à la taverne des Quatre Sœurs, dans le quartier du Grand-Cirque, d'une assemblée de chrétiens prévue dans les catacombes le soir même du shabbat. Un meunier qui était là, un certain Amnias, devait s'y rendre. Le fils d'Abbas avait suivi le meunier pour savoir où il habitait. Il suffisait de lui emboîter le pas.

L'archisynagogos autorisa Absalon et Adar à tenter d'entrer dans les catacombes avec les chrétiens, mais les pria de ne rien faire qui pût nuire à la communauté. Dès l'apparition de la première étoile, des jeunes partiraient rôder près des catacombes pour essayer de trouver la bonne entrée ou de surprendre le mot de passe.

Ainsi fut fait. Quand Absalon et Adar, ce soir-là, sortirent de chez eux, il faisait déjà nuit. Ils étaient vêtus d'amples manteaux gaulois à capuche, et chacun d'eux portait un couteau. Adar, tenant une lanterne, allait devant. Ils prirent la via Appia, franchirent l'ancienne porte Capène, longèrent les ruines de la muraille Servius-Tullius et gagnèrent la porte qui donnait sur des collines couvertes de figuiers sauvages et creusées de carrières de sable.

Absalon se rappela soudain le jour où il s'était rendu avec son père au cirque d'Alexandrie – le jour où Gamliel avait été tué par les Grecs. Aujourd'hui, c'était lui le vieil homme, et il se demandait si son fils retournerait seul de leur expédition au fond de la nuit. Devant lui, dans le halo de la lanterne, il distinguait

61

les larges épaules d'Adar, mais, pour une fois, il n'en fut même pas fier : le doute dans lequel l'avait plongé Arsinoé lui rongeait le foie, lui serrait le cœur.

Soudain, non loin du cimetière juif de Vigna Ramdanini, une silhouette indistincte s'approcha d'eux. C'était le fils de Joseph le porteur de litière :

— Tout va bien, souffla-t-il. Nous avons le mot de passe. Suivez-moi jusqu'à l'entrée.

— Mais quel est le mot? s'impatienta Absalon.

— Les uns demandent « Qui es-tu? », et les autres répondent « Je suis ton frère. »

— Tu l'as entendu toi-même?

— Non, c'est Abner qui l'a surpris. Mais moi je l'ai essayé.

Absalon, sidéré, regardait le jeune visage aux yeux brillants dans l'obscurité, réconforté par cette fraternité.

Ils gagnèrent l'entrée des catacombes et attendirent dans l'ombre de nouveaux arrivants. Adar avait éteint sa lanterne. L'air de la nuit charriait de lourdes odeurs d'herbes et de fleurs. Enfin, trois silhouettes se présentèrent. Absalon toucha le bras de son fils. Ils les suivirent, traversèrent un cimetière qu'encadraient deux allées de cyprès, hautes flammes noires sur le bleu de la nuit, puis se présentèrent à une porte étroite comme une fissure du mur. On ne pouvait entrer que l'un derrière l'autre.

Deux hommes se tenaient là, dans la lumière diffuse d'une lanterne sourde. Impossible de les éviter.

— Qui es-tu? demanda l'un d'eux à voix basse à Absalon.

— Je suis ton frère, répondit Absalon.

L'homme lui pressa le bras amicalement et le laissa passer.

— Qui es-tu? demanda l'autre homme à Adar.

Adar mourait de peur. Il avait envie de tourner les talons et de courir jusqu'à la maison, de s'enfermer et de dormir.

— Qui es-tu? répéta la voix, plus pressante cette fois.

— Je suis son fils, dit Adar en désignant le dos d'Absalon.

— Tu ne connais pas le mot de passe?

Adar se reprit. Le mot de passe?

— Je suis ton frère, dit-il.

On le fit avancer. Ils longèrent un couloir éclairé de loin en loin par des torches fumeuses fichées dans les parois. Des hypogées étaient creusés à même le roc tendre, de part et d'autre du couloir, et on traversait des salles où s'alignaient des sarcophages et des pierres tombales.

L'assemblée — on l'entendait avant de la voir — se tenait dans une salle plus grande que les autres. La lumière, plus dense, éclairait une assistance d'une centaine de personnes, hommes, femmes et enfants. Les murs s'ornaient de peintures vives, représentant des hommes martyrisés ou un agneau devant une croix. Un signe revenait souvent, qui pouvait être le signe de ralliement de la secte : un poisson.

Un homme en robe blanche faisait face à l'assemblée.
– Rejetez-vous le péché? demandait-il.
– Je le rejette, répondait l'assistance d'une seule voix.
– Rejetez-vous ce qui conduit au mal?
– Je le rejette.
– Croyez-vous au Père tout-puissant, créateur du ciel et de la terre?
– Je crois.
– Croyez-vous en Jésus-Christ, Son Fils unique, notre Seigneur, qui a souffert la Passion, a été enseveli, est ressuscité d'entre les morts et qui est assis à la droite du Père?
– Je crois.
– Croyez-vous au pardon des péchés, à la résurrection de la chair et à la vie éternelle?
– Je crois.

Absalon cherchait à reconnaître, parmi les silhouettes en prière, celle de sa fille, et sa voix dans la voix multiple qui roulait sous la voûte de pierre.

On apportait maintenant du pain et du vin, et l'assistance se levait.

L'homme en blanc, là-bas, dit d'une voix forte :
– Au moment d'être livré et d'entrer librement dans sa Passion, Jésus prit le pain, il rendit grâce, il le rompit et le donna à ses disciples en disant : « Prenez et mangez-en tous, car ceci est mon corps, livré pour vous. » De même à la fin du repas, il prit la coupe. De nouveau, il rendit grâce et la donna à ses disciples en disant : « Prenez et buvez-en tous, car ceci est la coupe de mon sang, le sang de l'alliance nouvelle et éternelle, qui sera versé pour vous et pour la multitude en rémission des péchés. Vous ferez ceci en mémoire de moi. »

Des serviteurs alors passaient dans les rangs et distribuaient le pain et le vin. Absalon était sensible à la ferveur et à la solennité du moment, mais, à l'idée que sa fille puisse pratiquer ce rite, il était empli d'horreur.

L'homme en blanc maintenant disait :
– Par Lui, avec Lui, et en Lui, à Toi, Dieu le Père tout-puissant dans l'unité du Saint-Esprit, tout honneur et toute gloire dans les siècles des siècles.
– Amen! répondit l'assistance.

C'est à ce moment qu'Adar tira le bras de son père. Il lui désignait discrètement un coin de la salle, où arrivaient à présent ceux qui distribuaient le pain et le vin. Des mains se tendaient, des visages se levaient.

— Arsinoé! cria soudain Absalon. Arsinoé! C'est moi, ton père!

Tout le monde se tourna soudain vers Absalon, qui se trouva entouré de quelques hommes déterminés. Se battre? Il revit à nouveau comment son père et lui s'étaient battus contre les Grecs, dans le cirque, à Alexandrie.

— Je suis le père de cette jeune fille, dit-il, je viens la chercher.

Il appela de nouveau :

— Arsinoé!

L'homme en blanc qui avait présidé l'assemblée s'était approché. Il avait les yeux profondément enfoncés dans les orbites et deux sillons de chaque côté de la bouche :

— Arsinoé est morte, Juif. Marie est née. Nous l'avons baptisée, elle a reçu la vie nouvelle des enfants de Dieu.

Absalon et Adar furent poussés dehors sans avoir pu approcher Arsinoé.

De retour chez lui, Absalon fit la shiva comme si sa fille était effectivement morte. Après les sept jours de deuil, il retourna au travail, mais il ne fut plus jamais le même. Il parlait peu, passait plus de temps que d'habitude à la synagogue et se faisait souvent remplacer au port par son plus jeune fils, Amnon, qu'il avait fait revenir d'Ostie, où il étudiait avec le fameux rabbin Eléazar.

Il paraissait se désintéresser de tout, et même l'annonce d'une nouvelle révolte des Juifs de Judée le laissa indifférent.

Malgré les promesses du début de son règne, l'empereur Aelius Hadrien avait interdit aux Juifs de relever le Temple, et Jérusalem était devenue une nouvelle ville, *Aelia Capitolina*. Il se trouva à nouveau un Juif pour se dresser contre la trahison et le mensonge. Celui-ci se nommait Bar Koziba; un influent rabbin, Akiba, lui avait donné le nom de Bar-Kokhba, le « Fils de l'étoile », le désignant comme le Messie, ainsi qu'il était dit : « Il s'est levé, radieux comme une étoile, dans la maison de Jacob. » Il exigeait, disait-on, de ceux qui s'engageaient à ses côtés qu'ils s'amputent d'un doigt de la main pour prouver leur courage.

A l'appel de Bar-Kokhba, des dizaines de milliers d'hommes se soulevèrent une fois de plus contre Rome. Leur audace et leur foi leur permirent de mettre en déroute toutes les armées d'Orient réunies. A la fin de l'année 3892 * après la fondation du monde, ils s'étaient ouvert la Judée, la Samarie et la Galilée, dont ils furent bientôt seuls maîtres et où ils rétablirent l'État juif.

A Rome, les Juifs étaient l'objet de manifestations d'hostilité de plus en plus nombreuses. Ils se repliaient chez eux et, dans les synagogues, priaient avec ferveur pour le salut d'Israël. Amnon voulut rejoindre les armées de Bar-Kokhba, mais son père Absalon le lui interdit sans donner d'explications. L'archisynagogos Julianus lui dit un jour :

– Tu as bien changé, Absalon! Ton fils est moins touché par ton refus de le laisser partir que par ton silence... Prends garde, Absalon, l'âme se façonne aux habitudes, et l'on finit par penser comme l'on vit...

Absalon ne changea pas pour autant. On ne le vit reparler que quand Bar-Kokhba fut pour finir vaincu par une nouvelle armée romaine. L'État juif n'avait pas duré trois ans. Au mois d'Av de l'an 3895, soixante-cinq ans, mois pour mois, après la destruction du Temple par Titus, la dernière forteresse juive, Betah, tombait entre les mains de l'empereur Hadrien lui-même. Quand la nouvelle fut connue à Rome, Absalon pleura. Il invita son fils Amnon à se promener avec lui et l'emmena marcher au long du Tibre, vers les chantiers navals. Il s'appuyait de temps en temps sur son épaule. Ils regardèrent un moment des charpentiers assembler des coques dans l'odeur de vase et de goudron, puis Absalon dit soudain :

– Mieux vaut, mon fils, ne pas avoir pris part à la révolte que d'être de ceux dont la guerre a fait des vaincus.

– Mais si personne ne se bat jamais...

– Écoute-moi, Amnon... Les vaincus souvent perdent aussi l'espoir, et c'est l'espoir qui désormais nous maintiendra en vie, nous les Juifs.

Amnon était surpris par la solennité des propos de son père. Il en comprit la raison le soir même quand Absalon fit venir ses deux fils – Adar, scribe à la synagogue, était maintenant marié et père lui-même – et leur annonça son départ pour Alexandrie :

– Vous n'avez plus besoin de moi. Suivez sans faiblesse les préceptes de la Tora et élevez vos enfants dans la crainte de l'Éternel... Rappelez-vous que tout arbre qui ne donne pas de bons fruits est coupé et jeté au feu...

– Père, demanda Adar, tu penses à notre sœur?

* 132 apr. J.-C.

— Je ne sais pas de qui vous voulez parler.

Il quitta Rome sans rien, le cœur et le bagage vides.

La Judée, disait-on, avait été changée en désert. Le sable ruinait la vallée de Jezraël, et les bêtes fauves régnaient en Samarie. Aux survivants de la guerre, l'empereur Hadrien interdisait la circoncision, l'observation du shabbat et l'étude de la Loi. Être juif au pays des Juifs était puni de mort! Et Hadrien, dans sa fureur, alla jusqu'à remplacer le nom de « Judée » par celui de « Palestine », du nom d'une peuplade qui avait jadis occupé les environs d'Ashkalon, les Philistins!

Quand Hadrien mourut, ce fut une délivrance pour tous les Juifs qui, à partir de ce mois de *Tamouz* de l'an 3898, ne prononcèrent plus jamais son nom qu'accompagné de la malédiction : « Puisse Dieu réduire ses ossements en poussière! »

Le premier matin de la Pâque de l'an 3913 *, un négociant en vins d'Alexandrie, en visite d'affaires à Rome, vint remettre à Adar un de ces longs coffrets de bois tendre teint en noir et sculptés d'oiseaux et de bœufs, images chères aux Égyptiens. A l'intérieur, Adar trouva trois rouleaux de beau papyrus. L'un d'eux était une longue lettre de son père Absalon.

« A mes fils Adar et Amnon, que l'Éternel les garde en Sa sainte protection!

« Mon corps commence à m'oublier, je suis vieux et fatigué. L'homme est aussi léger qu'un nuage; qu'une brise l'effleure, il disparaît. Nul ne sait combien de temps Celui qui sait le vrai sens des choses m'a encore réservé sur cette terre, mais je ne pouvais me résoudre à rejoindre l'âme en paix le gardien du Shéol sans vous bénir une dernière fois.

« Je dois vous dire que l'Éternel a rappelé à Lui l'oncle Élie – son âme repose en paix! –, avec qui j'avais eu naguère tant de discussions. Ses deux fils, Iutus et Iacob, ne le valent pas. Mon frère Théodoros, toujours aussi vaniteux, vit avec ses cinq grands enfants dans la maison de notre père, Gamliel – Dieu ait son âme! – dans le quartier du Delta. Alexandrie est toujours chère à mon cœur, blanche, lumineuse et tendre. Malheureusement, dénoncé aux Romains, j'ai dû quitter la ville et je me suis installé à Memphis, où m'a rejoint Néfer, la sœur de mon ami égyptien Pasis; elle et lui avaient hébergé votre mère – son âme repose en paix! – durant les jours terribles de la grande révolte, ainsi que toi, Adar, encore dans ton berceau. Comme Ruth la

---

* 153 apr. J.-C.

Moabite, Néfer s'est convertie à notre foi. Nous nous sommes unis. Un fils nous est né, nous l'avons nommé Abraham. Si un jour le Maître de l'univers le met sur votre route, aimez-le, il est votre frère.

« L'année passée, mes pieds ont foulé la terre de nos pères. Quinze ans après la révolte, le pays semble à jamais plongé dans le deuil et la déréliction. Le 9 du mois d'Av, jour anniversaire de la destruction du Temple, j'ai pu bénéficier de l'autorisation – la seule dans l'année – qu'ont les Juifs de se rendre à Jérusalem. Avec des multitudes d'hommes et de femmes venus de tous les pays de l'Empire, j'ai gravi en chantant les collines désertes de Judée.

« Et, alors qu'avec eux je pleurais devant le seul mur du sanctuaire encore debout, je me suis demandé si nos révoltes, celle de mon grand-père Abraham, celle de mon père Gamliel et de moi-même, celle de Bar-Kokhba enfin sont le meilleur chemin vers la délivrance. Peut-être nos défaites signifient-elles que l'Éternel ne rétablira l'alliance que si Son peuple consent à nouveau à révérer Sa Loi.

« Après que Rav Akiba eut été martyrisé, ses élèves s'établirent à Uscha, un village de Galilée, pour poursuivre l'étude de la Loi de charité, de justice et d'amour, rassembler et commenter les enseignements de la tradition transmise des pères aux fils.

« J'ai passé là deux lunes, à écouter ces *tanaïm*, ces enseignants, et ces moments resteront parmi les plus heureux de ma vie. Il y avait là Rabbi Meir et Rabbi Shimon bar Yokhaï, Rabbi Judas ben Ilaï et Rabbi José ben Halfta, Rabbi Eliézer ben Jacob, Rabbi Johanan d'Alexandrie, Rabbi Néhémie... Ils sont sept, grands parmi les grands. La place forte qu'ils élèvent, nul ne pourra la détruire, ni les armées des païens ni les mensonges des chrétiens. Qui pourrait détruire un Temple invisible ?

« Quand cette lettre parviendra entre vos mains, mes fils, je ne serai peut-être plus de ce monde. Ne me pleurez pas. Réunissez-vous seulement autour du rouleau que je vous envoie dans ce même coffret. C'est l'histoire de notre famille, selon le vœu de mon propre grand-père Abraham. Mon oncle Élie l'a tenu à jour jusqu'à sa mort, mais ses deux fils, des arrogants gonflés de vent, que Dieu leur pardonne, préfèrent s'intéresser aux vanités de ce monde. Faites-en la lecture à haute voix, complétez-le et à l'heure fixée pour vous par l'Éternel, Dieu d'Abraham, d'Isaac et de Jacob, transmettez-le à votre tour à vos enfants. »

Adar, la gorge nouée, dut s'interrompre un instant avant de pouvoir terminer :

« Des trente-deux mille sesterces que je possède à ce jour, entièrement dus à mon travail et à ma peine, j'en lègue douze mille à la synagogue de Memphis au profit des pauvres, dix mille à mon épouse Néfer et à notre fils Abraham. Les dix mille qui restent vous seront remis. Faites-les fructifier sans oublier de partager vos gains avec les nécessiteux. Le monde ne subsiste que par l'étude de la Tora et par la charité. Que l'Éternel guide vos pas. Saint, saint, saint est Son nom. Amen ! »

IV

Alexandrie
LA MAISON D'EZRA

« ... Puisse l'appel de ces noms que j'ai inscrits et que d'autres inscriront après moi dans ce livre déchirer le silence et, du fond du silence, réparer l'irréparable déchirure du Nom! Saint, Saint, Saint, Tu es l'Éternel! Amen! »

Sept générations s'étaient écoulées depuis qu'Adar, fils aîné d'Absalon, avait repris et complété ce qu'on appelait maintenant dans la famille le Rouleau d'Abraham. On était en l'an 4013 * après la création du monde par l'Éternel – béni soit Son nom! – et Gadias, parmi sa famille debout autour de lui, lisait solennellement la suite des noms de ceux qui l'avaient précédé en ce monde, et dont il était issu. Abraham... Esther... Théodoros... Les mots volaient un moment dans la pénombre, porteurs d'inexprimables messages, et se posaient lentement dans la mémoire des enfants aux grands yeux graves...

C'est que Gadias, le patriarche de la descendance d'Abraham le scribe, venait de décider de quitter Rome. D'une génération à l'autre, sans doute, la famille avait crû et prospéré, malgré les persécutions sporadiques et les épidémies. Mais les chrétiens se faisaient de plus en plus envahissants, des Goths venaient d'être enrôlés par milliers dans les milices, et l'empereur Constantin avait destitué Rome pour faire de Byzance la capitale de l'Empire. En vérité, aucune de ces raisons n'eût été suffisante si Gadias, arrivé au soir de sa vie, n'avait éprouvé comme un devoir, une mission à lui précisément confiée, le soin d'en finir avec cet exil romain qui n'avait pas de sens à ses yeux.

Comme Jérusalem était toujours interdite aux Juifs – sauf un jour par an –, eh bien! on retournerait à Alexandrie. Il rangea

---

* 253 apr. J.-C.

précieusement le Rouleau d'Abraham dans le coffret de bois noir et le confia à son fils aîné Joseph, qu'on surnommait « le Boiteux » car il avait une jambe plus courte que l'autre.

A Alexandrie, la famille retrouva l'ancienne « maison d'Ezra », comme on l'appelait, bâtisse maintenant délabrée, à l'orée du quartier du Delta, que la branche alexandrine de la famille n'utilisait plus que comme dépôt de marchandises.

Joseph, studieux et réfléchi, trouva bientôt une place de scribe à la synagogue du quartier et même, contrairement à ce que craignait son père, trouva à se marier avec une des filles du joaillier Lucius Tsophar, Déborah.

Dès que tout son monde fut installé, Gadias mourut, comme si, ce qu'il avait voulu s'étant accompli, il n'avait plus de raisons de vivre davantage.

Joseph le Boiteux et Déborah eurent deux beaux enfants, Judith et Abraham, et vécurent modestes et paisibles, selon leur ambition. Leur existence eût été lisse comme une plage au matin si l'Éternel n'avait pas frappé Alexandrie d'une de Ses pires calamités, la peste.

La ville était plongée dans la détresse. On ne pouvait enterrer tous les morts, qui s'entassaient sur les places et dans les temples. Des volontaires se faisaient richement payer pour les charger dans des bateaux et les larguer loin des côtes, mais il n'y avait pas assez de bateaux, ni même de volontaires. La puanteur envahissait les maisons, malgré les rideaux et les brûle-parfum.

Dans la « maison d'Ezra », c'est une sœur de Joseph, Myriam, qui fut touchée la première et mourut en quelques jours, suivie de son fils Appius Jacob. Puis Judith, à son tour, découvrit sur son corps de vilains boutons noirs. Alors Joseph le Boiteux appela son fils et lui remit une sacoche :

— Toutes nos économies, dit-il. Prends le premier bateau. Va où tu peux. Il faut que l'un d'entre nous au moins survive.

— Mais père, nous sommes des scribes, nous devons témoigner.

— Témoigner! Le premier devoir de celui qui veut témoigner, c'est encore de survivre! Va, et prends garde à toi... Tâche de gagner Césarée, et de là, tu poursuivras vers Tibériade à pied ou à dos d'âne. Si tu veux étudier à l'académie talmudique, je te préparerai une recommandation pour Rabbi Johanan. C'est le plus connu des *Amoraïm*... Écoute-moi, mon fils. S'il arrivait que l'Éternel ne me laisse pas la joie de te revoir, sache que tu trouveras le Rouleau d'Abraham chez David, le shamash de la synagogue... Tiens, viens voir...

Joseph déroula le papyrus :

— Regarde, mon fils, voici Salomon, le rabbin de la synagogue du quartier du Delta. C'était un sage, je t'en ai déjà parlé. Il a engendré Myriam, Hannah et Abraham...

« Et voici Jacob, qui fit un voyage à Rome. Il a engendré David.

« Et Abraham, fils de Salomon, engendra Ezra et Judith.

« Et Ezra engendra Joseph, Rébecca, Sarah et Enoch.

« Enoch fut le premier de notre famille à recevoir, sous le règne de l'empereur Caracalla, la citoyenneté romaine. Il engendra Judith et Théodoros.

« Gadias engendra Myriam, ta tante — que Dieu ait son âme! —, et moi, Joseph, ton père.

« Tu vois, cette ligne, c'est moi qui l'ai écrite : " Joseph le Boiteux épousa Déborah, et ils eurent deux enfants, Judith et Abraham. " Que le Tout-Puissant vous donne longue vie, santé et, selon le vœu de notre lointain aïeul Abraham dont tu portes le nom, un cœur intelligent pour distinguer le bien du mal!

Le père et le fils s'étreignirent et pleurèrent. Puis, tandis qu'Abraham préparait son départ, Joseph se rendit auprès de sa fille et pria. Elle disait qu'un incendie brûlait au-dedans d'elle.

Judith mourut le lendemain du départ de son frère. Et Joseph, le cœur rempli de larmes, commença à chercher quelqu'un qui pût l'enterrer. Lévite, la Loi lui interdisait de le faire lui-même, les fossoyeurs restaient de moins en moins nombreux pour toujours plus de travail, et il n'avait plus l'argent nécessaire pour payer les insensés qui cherchaient à s'enrichir au risque d'attraper le mal. Finalement, après avoir longtemps erré dans les rues — un pas long, un pas court — parmi les cadavres abandonnés aux vautours blanc et noir, il trouva un paysan égyptien qui portait sa fille morte sur son dos. Joseph le Boiteux lui expliqua comme il put qu'il voulait lui aussi enterrer sa fille, et l'homme, sans un mot, après avoir déposé son terrible fardeau, accompagna Joseph chez lui, chargea de la même façon Judith sur ses épaules et reprit le chemin des catacombes. Joseph, ne sachant comment le remercier, regarda avec attention le visage de cet homme si miséricordieux. C'était un visage de pauvre, ingrat, vieux avant l'âge, et Joseph y découvrit avec horreur les stigmates de la peste. L'homme, qui n'avait toujours pas dit un mot, eut une sorte de pauvre sourire et se détourna. Joseph, bouleversé, bredouilla qu'il prierait l'Éternel pour sa fille et pour lui.

Abraham finit par distinguer enfin Tibériade, au loin, dans la brume de chaleur. Depuis qu'il était entré en Palestine, il lui semblait que son cœur battait au rythme des tambours de la prophétesse Déborah : « Je chanterai, oui, je chanterai à l'Eternel ! » La vallée de Jezraël, le mont Thabor, Meggido : tous ces noms enfin prenaient formes et couleurs, et même la poussière du chemin, et même la chaleur, et même les mouches, tout lui semblait à la fois merveilleux et familier.

En dépit de son architecture grecque en damiers et du palais à colonnades qui surplombait la ville, Tibériade était la première cité réellement juive que voyait Abraham. Dans les rues, au bord du lac de Galilée, les jeunes Juifs occupés à discuter, un châle de prière sur les épaules, tel ou tel passage de la *Mishna*, étaient plus nombreux que les Romains et que les Grecs. La langue parlée était l'hébreu ou l'araméen.

Abraham se fit indiquer la *yeshiva* de Johanan ben Nappaha. Dans la cour d'un grand bâtiment surplombé d'un balcon, il fut entouré d'un groupe d'élèves :

— Qui es-tu ? D'où viens-tu ? Veux-tu étudier ?

— Je suis Abraham ben Joseph, le lévite, je viens d'Alexandrie.

Quelqu'un cria :

— Venez, venez, un Juif vient d'arriver d'Alexandrie !

Le cercle s'agrandit, on se bouscula autour d'Abraham :

— C'est vrai qu'il n'y a plus de survivants ? Toi-même, comment as-tu échappé à la peste ? Combien de temps a duré ton voyage ? Es-tu fort dans la Mishna ? Penses-tu rester longtemps à Tibériade ?

Effaré, étourdi, Abraham était en même temps profondément heureux : il aurait pu être n'importe lequel de ces jeunes curieux, il était ici chez lui. Il répondit comme il put à toutes les questions, puis on l'amena à Rabbi Johanan.

Grand comme un centurion romain, un beau visage régulier sous une chevelure toute bouclée, des yeux bleus, Rabbi Johanan ne ressemblait guère aux rabbins qu'Abraham avait connus à Alexandrie. Mais il fut encore plus surpris quand, ayant lu la lettre de recommandation écrite par Joseph le Boiteux, Rabbi Johanan s'exclama :

— Tu es le fils de Joseph ben Johanan d'Alexandrie ? Je suis très heureux de t'accueillir. J'ai beaucoup de respect pour ton père. Nous avons échangé plusieurs lettres, et dans chacune des siennes j'ai appris quelque chose.

il fouilla sur des étagères, déroula un papyrus :

— Tiens, celle-ci par exemple. Ton père cite une phrase de l'Exode : « Tu n'opprimeras pas l'étranger ; vous savez ce qu'éprouve l'étranger, car vous avez été étrangers en Égypte. » Question : Est-ce que cette phrase peut s'appliquer à ceux qui, à nouveau, sont étrangers aujourd'hui en Égypte ? Oui, répond ton père, car le fait d'être soi-même opprimé n'empêche pas l'homme de vouloir s'affirmer aux dépens d'un plus faible que lui. Conclusion : Il faut se rappeler cette phrase de l'Exode, en tout temps et en tout lieu.

Abraham était sidéré. Son père ne lui avait jamais parlé de cette correspondance qu'il entretenait avec Rabbi Johanan. Et le respect que l'un des plus grands Amoraïm témoignait à Joseph le Boiteux emplissait son fils de fierté.

— Sois le bienvenu parmi nous ! dit Rabbi Johanan.

La classe se composait d'une centaine d'élèves, répartis sur vingt-sept rangées de bancs qui faisaient face à l'estrade ; des deux côtés de l'estrade se tenaient quatre assistants, les *metourganim* ; et sur le côté, occupant une place légèrement inférieure à celle de Rabbi Johanan, se tenait un autre rabbin, Rabbi Siméon ben Lakhich.

Abraham fut placé au treizième rang, près d'un garçon maigre au visage pointu de lévrier, Juda. Il s'était rapidement fait un ami, Elhanan, qui lui avait trouvé une chambre dans une famille de pêcheurs, près du port. A l'aube, après avoir récité la prière du matin, il regardait les barques prendre le large, puis, tandis que le soleil se levait derrière le lac, il traversait la ville, le cœur gonflé de bonheur, pour se rendre à la yeshiva.

Ce matin-là, Rabbi Johanan souhaita, comme tous les matins, la bienvenue à ses élèves, puis leur proposa un thème de réflexion : « L'homme a besoin de Dieu. »

Rabbi Lakhich hocha aussitôt la tête et répliqua :

Non, c'est Dieu qui a besoin de l'homme !

— Le verset de la Genèse, répondit Rabbi Johanan, ne confirme-t-il pas ce que je viens d'énoncer : « Dieu, qui m'a gardé comme un berger... » Les brebis ont besoin du berger.

— Dans le même verset, dit aussitôt Rabbi Lakhich, se trouve la confirmation de ma thèse : « Dieu, devant lequel ont marché mes pères... » Le roi a besoin de hérauts pour le précéder et lui frayer un chemin.

Après que les deux thèses eurent été répétées, les élèves furent priés de donner leur avis.

— Je crois que Rabbi Johanan a raison, dit Juda, le voisin d'Abraham, car il est dit dans le Deutéronome : « Nul n'est semblable au Dieu d'Israël; Il chevauche sur les cieux, à ton aide. »

— C'est une mauvaise interprétation, protesta Rabbi Lakhich, ce n'est pas *à ton aide*, mais *avec ton aide*.

— Quelle est ton opinion, Abraham ben Joseph? demanda Rabbi Johanan.

Depuis deux semaines qu'il était à la yeshiva, c'était la première fois qu'on lui posait une question. Il se leva, très intimidé. Il savait bien ce qu'il voulait dire, mais il lui semblait qu'il ne parviendrait pas à s'exprimer. Il toussota, s'appuya sur une jambe, puis sur l'autre, se lança enfin :

— Je crois, dit-il sans reconnaître sa propre voix, que vous avez tous les deux raison, car il est écrit dans les Psaumes : « Tu as constitué l'homme maître de toutes Tes œuvres, Tu as tout mis sous ses pieds. » Cela prouve que Dieu avait besoin des hommes pour diriger ses œuvres, mais aussi que l'homme avait besoin de Dieu, sans qui il ne serait pas homme.

Il toussota à nouveau, ajoutant :

— Mais je me trompe peut-être, Rabbi!

Rabbi Johanan souriait :

— Continue, dit-il. Pourquoi l'homme ne serait-il plus homme sans Dieu?

— Tant que l'homme reconnaît Dieu et respecte Sa Loi, il est différent et plus fort que tous les animaux, et c'est ainsi que Dieu peut avoir besoin de lui. L'Éternel a bien dit à Noé : « Vous serez un sujet de crainte et d'effroi pour tous les animaux de la terre... Ils sont livrés entre vos mains. » C'est pourquoi aussi Caïn dit, après son crime : « Quiconque me rencontrera me tuera », car c'est seulement lorsque l'homme apparaît sous la forme d'une bête que les animaux arrivent à le dominer.

Rabbi Johanan sourit de nouveau et, satisfait, tirait sur sa barbe. Les élèves applaudirent. Ce fut un grand jour pour Abraham ben Joseph.

Il eût été, dans cette période-là, parfaitement heureux s'il avait eu des nouvelles de son père. On avait bien fini par apprendre la fin de l'épidémie à Alexandrie, mais on ne savait qui avait succombé et qui survivait. Abraham rêvait souvent de son père. Il le voyait marcher dans une ville aux rues vides – un pas court, un pas long. Cette ville, il en était sûr, était Jérusalem. Comment interpréter ce rêve?

Au bout de six mois de réflexion et d'études à la yeshiva, il commença à penser qu'il devrait rentrer à Alexandrie. Mais, même s'il n'osait se l'avouer, une autre raison que l'étude le retenait à Tibériade : une jeune fille qu'il croisait parfois le matin, parfois seule, parfois en compagnie d'une femme qui pouvait être sa mère. Il avait compris qu'il s'agissait pour ces femmes de venir apporter un panier de provisions à un pêcheur qui repartait au large. La jeune fille était rousse, mais c'est à peu près tout ce qu'il savait d'elle, outre le fait qu'il ne pouvait la regarder sans être pris d'une étrange émotion.

Un jour, il la trouva sur le port, assise sur des tas de filets. Elle était seule et regardait s'éloigner une barque – sans doute son père. Il se trouva soudain à côté d'elle, s'appuyant sur une jambe, puis sur l'autre, comme le jour où Rabbi Johanan l'avait interrogé, cherchant un peu de salive au fond de sa gorge. Le regard qu'elle posa sur lui était vert, et elle éclata de rire. Oh! pas un de ces rires moqueurs qui donnent envie de mourir, là, sur-le-champ, mais un beau rire gentil, ouvert, accueillant, un rire où Abraham trouva tout de suite sa place.

— Je m'appelle Sarah, dit-elle.
— Et moi, Abraham.
— Alors, dit-elle tranquillement, il nous reste tout à commencer.

En vérité, elle connaissait déjà Abraham et suivait son manège depuis longtemps : elle était la sœur d'Elhanan, le meilleur ami d'Abraham à la yeshiva.

Rabbi Johanan en personne les maria à la synagogue de la ville haute et, comme Abraham était pressé de présenter sa femme à son père, qu'il espérait de tout son cœur encore en vie, ils décidèrent de partir pour Alexandrie après *Chavouoth*.

La ville elle-même n'avait pas changé, mais on ne trouvait pas une famille que la peste eût épargnée, et l'épouvante hantait encore les yeux des survivants, au point qu'on se demandait comment les arbres, les oiseaux, les fleurs, la joie de vivre à fleur de pierre qui enchantait Alexandrie avaient pu échapper au mal.

Joseph le Boiteux était en vie, ainsi que la vieille servante grecque Ptoloméa. Pour le retour de son fils et en l'honneur de Sarah, il organisa une réception où Abraham fut prié de raconter son voyage et de donner quelques exemples des nouveaux commentaires de la Mishna. Joseph n'avait pas ouvert la bouche, mais il ne perdait pas un des mots que disait son fils, et on voyait bien qu'il était fier de lui.

Abraham et Sarah s'installèrent à leur tour, et après tant d'autres, dans la « maison d'Ezra ». Sarah disait que les crevasses des murs ajoutaient un charme à la grande bâtisse : « Cette maison est si pleine d'histoire qu'elle éclate de partout ! » Ils riaient tous deux, mais Abraham se promit de faire faire des réparations dès qu'il aurait pu épargner un peu d'argent.

C'est peu de temps après que Joseph le Boiteux arriva au bout de ses jours. Il se coucha, sans un regret, sans une plainte, et attendit la mort. Son fils Abraham le veillait pieusement – son père avait été assez seul dans sa vie, qu'au moins il ne le fût pas pour ce moment terrible.

Abraham, les yeux fixés sur le visage de son père, se rappela qu'à la mort de sa mère, Sulamite, Joseph les avait pris par la main, Judith et lui, et qu'ils avaient longtemps marché au bord de la mer, jusqu'à hauteur du phare :

— Vous voyez, avait-il demandé aux enfants, cette lumière qui s'allume et qui s'éteint ?

— Oui.

— C'est comme la vie...

Alors Judith, la toute petite, avait conclu :

— Alors, maman reviendra !

Joseph avait été si surpris qu'une sorte de rire lui avait échappé. Et ce rire à travers les pleurs, ce rire d'au-delà la colère et le chagrin, ce rire, qui ne ressemblait à aucun autre, Abraham l'entendait encore en regardant la pierre froide et lisse du visage de son père. Soudain, il comprit que Joseph le Boiteux était mort – dignement, modestement, comme il avait toujours vécu.

Après avoir observé les sept jours de deuil, Abraham chercha dans la maison le Rouleau d'Abraham, le demanda aux cousins, alla chez le shamash : en vain, le coffret de bois noir semblait avoir disparu. Autant, malgré sa tristesse, la mort de son père lui paraissait dans l'ordre des choses, autant la disparition du Rouleau l'affectait comme une trahison, comme une injustice. Comme il ne pouvait imaginer Joseph le Boiteux s'en débarrassant, il restait sans explication.

C'est seulement quand son fils fut né, un an plus tard, qu'il comprit le fin mot de l'affaire. La servante Ptoloméa, en effet, arriva avec un paquet qu'elle serrait sur sa poitrine :

— Ton père, Dieu ait son âme, dit-elle à Abraham en le regardant pour la première fois dans les yeux, m'a demandé de te remettre ceci à la naissance de ton premier enfant.

C'était le Rouleau d'Abraham.

— Merci, Ptoloméa !

Abraham aurait pour un peu embrassé la vieille servante, mais elle s'éloignait déjà, ajoutant seulement :

— C'était un homme bon.

Le soir même, après la prière, Abraham déroula le papyrus, le lut solennellement d'un bout à l'autre devant sa femme et leur fils endormi. Puis, de cette écriture fine et claire que Joseph lui avait transmise, il ajouta : « Abraham épousa Sarah. Ils engendrèrent... »

Leur fils, Sarah avait tenu à ce qu'on l'appelât Ezra, du nom de la maison.

Dans la nuit, le phare d'Alexandrie clignotait – la mort, la vie, la mort, la vie...

Ezra eut deux frères, Jonathan et Salomon, avec lesquels il ne s'entendait pas très bien. L'un était orfèvre, l'autre menuisier, et rien ne leur paraissait plus important que l'honneur et la prospérité de leurs corporations. Ezra, lui, était scribe et enseignait l'hébreu dans une petite école près de la synagogue. Il épousa la mère d'un de ses élèves, une jeune veuve, Myriam, qui lui donna cinq enfants : Judith, Ruth, Johanna, Théodoros et Jacob.

Jacob, le dernier, était un garçon difficile, indiscipliné, batailleur. Il apprenait très vite et, comme il s'ennuyait à écouter les autres élèves répéter la leçon qu'il connaissait déjà, il s'échappait de l'école pour aller traîner avec une bande de garçons grecs dans le quartier du port, parmi les marchandises et la population brutale des marins. Un jour, dans une vilaine bataille, il blessa à l'œil un jeune chrétien, Clément, et, comme il arrive parfois, les deux adversaires devinrent amis, se retrouvant souvent sur le port pour regarder l'accostage des bateaux venus de loin et chargés de magie.

Les chrétiens, à l'époque, étaient persécutés en raison du succès grandissant de leur religion, mais jamais Jacob et Clément ne parlèrent de ce qui pouvait les opposer. N'empêche, Myriam se faisait du souci pour son dernier fils, son préféré, et Ezra ne le grondait, semblait-il, que pour donner satisfaction à ses aînés.

Un jour, une grande chasse aux chrétiens balaya la ville. Jacob, par curiosité, rejoignit la foule des légionnaires ivres, des Grecs et des Libyens qui criaient « A mort ! » Il pensait devoir abriter son ami Clément, mais, étourdi par les cris, par les coups, fasciné par le déchaînement de la violence, il ne pouvait quitter la ruée. Il fut ainsi entraîné au théâtre où, du haut des gradins, il vit qu'on faisait agenouiller un vieil homme aux cheveux blancs ; on lui criait des insultes et des moqueries, et soudain flamboya la lumière d'une lame – un flot de sang jaillit du corps tandis que la tête volait dans le sable jaune.

Jacob rentra chez lui en courant. La famille était réunie pour le repas du soir. Sa mère s'inquiéta de sa pâleur, mais il ne dit mot. Il ne put dormir; à la place du chrétien aux cheveux blancs, il voyait son ami Clément et, quand la tête roulait au sol, il reconnaissait, au coin de l'œil, la marque de la blessure qu'il lui avait faite.

Dès l'aube, il quitta la maison et partit à la recherche de Clément, qu'il n'avait pas vu de toute la journée. Mais il n'y avait plus personne chez son ami et les voisins, méfiants, répondaient qu'ils ne savaient rien. Clément et ses parents avaient-ils été tués? Avaient-ils déménagé? Jacob, évidemment, ne pensait qu'au pire.

Alors qu'il allait repartir, il reconnut dans une cour une fille qu'il avait déjà vue sur le port. Non, elle ne savait pas ce qu'était devenu Clément, mais il fut touché qu'elle eût bien voulu lui parler. Elle s'appelait Lydia et, avec son corps maigre drapé dans une tunique bleue, son visage aigu aux yeux trop grands, son nez droit trop long, elle ressemblait aux dessins dont les potiers grecs d'Alexandrie ornaient leurs vases.

Ils se revirent au port. C'est elle qui maintenant venait avec lui passer ses journées à attendre les bateaux. Le père de Lydia était mort et sa mère avait bien du mal à nourrir une ribambelle d'enfants. Elle ne mangeait pas tous les jours, et Jacob la prit peu à peu sous sa protection, n'hésitant pas à voler quand il le fallait une galette ou quelques dattes chez les marchands du quartier.

La famille de Lydia était chrétienne, mais la mère disait que la mort du père était une preuve que ce Christ n'était pas aussi puissant qu'on le prétendait. Lydia, pourtant, aimait bien cette idée de Dieu descendu sur la terre pour racheter les hommes, et peut-être eût-elle demandé à être baptisée si Jacob ne l'en avait dissuadée. Nourri des avertissements familiaux contre les chrétiens, ces fils de l'erreur, il n'allait pas la laisser se fourvoyer. Il n'avait pas sauvé Clément? Au moins sauverait-il Lydia. Avec la gravité terrible de ses treize ans, il lui dit qu'elle devait devenir juive, et qu'ainsi ils pourraient s'épouser et vivre ensemble jusqu'à la fin des temps.

Oh! que ce fut long et éprouvant! Jacob emmena Lydia à la synagogue où le rabbin, extrêmement réticent, finit par accepter d'enseigner le Livre à Lydia pourvu que Jacob avertît ses parents de ce qui se tramait. Ezra se fâcha, Myriam pleura, les frères et sœurs de Jacob lui tournèrent le dos : « N'y a-t-il pas de fille juive assez bonne pour toi? » Jamais, disaient-ils, ils n'accepteraient une chrétienne chez eux. Le clan se montrait si hostile que Jacob prit le parti de disparaître quelques jours pour leur faire comprendre qu'en refusant Lydia, ils le perdraient.

Il fallut deux ans d'enseignement pour amener Lydia au jour de la cérémonie, deux ans de suspicion et de solitude, mais le rabbin ne pouvait rêver plus probante mise à l'épreuve – d'autant qu'entre-temps le christianisme auquel Lydia tournait le dos était devenu religion officielle dans tout l'Empire romain!

Enfin, après toutes les précautions et tous les avertissements prévus par la Loi, Lydia fut amenée devant trois rabbins drapés dans leurs châles de prière blancs :

– Quel est ton nom?
– Lydia, je suis fille du marchand Apollonius, mort il y a trois ans.
– Que veux-tu?
– Devenir juive.
– Ne sais-tu pas que le peuple d'Israël est aujourd'hui méprisé, exilé, en proie à de constantes souffrances?
– Si, je le sais.
– Tu peux encore changer d'avis.
– J'ai bien réfléchi. Je suis prête à recevoir votre foi et vos commandements ainsi que vos épreuves, celles du peuple juif aujourd'hui.

Les trois têtes barbues se penchèrent et l'un après l'autre, les rabbins reprirent l'essentiel des commandements de la Loi, du plus léger au plus pénible, ainsi que leurs conséquences.

Puis, quand ils eurent fini, ils lui demandèrent si elle était toujours désireuse de devenir juive.

– Oui, Rabbi, dit-elle.
– Alors, *mazal tov*, bonne chance!

Le lendemain, elle fut purifiée par le bain rituel dans l'eau de pluie, puis elle reçut son nouveau prénom, Ruth.

Jacob, qui l'attendait dehors, la prit par la main et l'emmena chez ses parents. Il entra le premier et l'invita à le suivre. Tout le monde était là, parents, sœurs et frères, visages fermés.

– Voici Ruth, dit Jacob.
– Sois la bienvenue, Ruth, fut bien obligé de répondre Ezra.

Ils se marièrent à l'automne de cette année-là. Ils avaient quinze ans et logèrent dans une chambre au-dessus d'un entrepôt. Leur premier fils ne vécut pas, et les sœurs de Jacob ne purent s'empêcher de triompher. Le deuxième était superbe, et ils le nommèrent Aaron. C'est lui qui intégra réellement Ruth à la famille et, pour la Pâque suivante, Ezra invita ses frères, le menuisier et le joaillier, à venir passer le *Seder*. Ce soir-là, pour la première fois depuis le jour où il avait vu décapiter le chrétien dans l'arène, Jacob se sentit délivré d'un poids terrible.

Les chrétiens, justement, on passa la soirée à en parler. A cause de Ruth, bien sûr, mais aussi parce qu'ils prenaient de plus en plus d'importance.

— Bien rares, dit Ezra, ceux qui, arrivant au pouvoir, résistent à la tentation d'imposer leurs idées à tous... Les chrétiens ne sont pas différents...

— Mais, répondit Salomon le menuisier dans ses habits de fête, les chrétiens contrôlent déjà toute la ville, et il ne se passe rien de mauvais pour nous! Pourquoi la situation changerait-elle? Ils ont le pouvoir, prient leur Dieu, touchent les impôts, que voudraient-ils de plus? Nous tuer? Les chrétiens ne tuent pas les Juifs!

Ezra faisait la moue :

— Et si, malgré tout, les chrétiens tuaient les Juifs?...

Il y eut un silence puis, en tant qu'aîné et parce qu'il était chez lui, il lut un passage de la *Haggadah* de Pâque : « Nous étions esclaves des pharaons en Égypte et l'Éternel notre Dieu nous en a fait sortir de Sa main puissante et de Son bras étendu. Si le Saint — béni soit-Il — n'avait pas fait sortir nos ancêtres d'Égypte, nous serions encore, nous, nos enfants, nos petits-enfants, assujettis aux pharaons. C'est pourquoi, même si nous étions tous des sages, tous des hommes intelligents, tous des vieillards expérimentés, tous instruits dans la Tora, ce serait encore un devoir pour nous de faire le récit de la sortie d'Égypte; plus on en parle, plus on mérite de louanges! »

Ezra laissa chacun méditer le passage, puis il ajouta :

— L'histoire est un enseignement, voilà pourquoi je pense que nous devons continuer à la fois à espérer et à craindre...

Ils passèrent les fêtes en prière, puis Ezra sortit solennellement le Rouleau d'Abraham et, devant tous, écrivit : « Aujourd'hui, dix-septième jour du mois de *Nissan* de l'an 4075 * après la création du monde par l'Éternel — béni soit-Il! —, moi, Ezra, fils d'Abraham le lévite, je prie le Tout-Puissant d'épargner à mon peuple et aux miens les souffrances dont l'avenir me paraît rempli. Qu'Il fasse que mes craintes soient vaines et ma peur inutile! Amen! »

Enfin, avec dans le regard quelque chose qui ressemblait à de

---

* 315 apr. J.-C.

la malice ou à de la tendresse, il ajouta : « Jacob épousa Ruth et engendra Samuel, mort-né, et Aaron. »

« Et Aaron engendra un nouveau Jacob,
« et Jacob engendra Abraham-Alexandre, Sulamite et Rébecca,
« et Abraham-Alexandre engendra Saül, Judith, Ruth et Ezra,
« et Saül engendra Salomon... »

Saül et Salomon, assis l'un près de l'autre, le père et le fils, avaient déroulé sur la table le papyrus ancien où s'alignaient les noms de leur ascendance. Salomon, dernier de la liste, voyant son propre nom après tant et tant d'autres noms, en était intimidé : c'était comme s'il appartenait déjà à l'éternité.

– A ton tour, dit Saül.

Salomon délaya un peu d'encre, essaya la plume sur le bois de la table puis écrivit :

« Et Salomon engendra Elie et Gamliel. »

Dehors, la foule hurlait, cherchait des Juifs à convertir ou à tuer, et les deux hommes, dans la vieille « maison d'Ezra » organisaient leur survie au fond de la pénombre.

Cent ans plus tôt, Ezra, l'aïeul inconnu, avait eu raison de craindre le pire. C'était maintenant arrivé. Depuis quelques semaines, des prêtres parcouraient la ville en prêchant contre les Juifs. La foule alexandrine, toujours prête à l'émeute, s'était vite échauffée, d'autant que l'évêque Cyrille avait refusé de se rendre à une convocation du préfet Oreste, qu'il accusait d'avoir une mère juive et d'être entretenu par Philoxène, « Juif riche en or, en argent, en serviteurs et en troupeaux »... Le préfet avait mis des soldats devant les synagogues, mais c'était bien peu de chose quand l'évêque poussait au crime, s'étonnant publiquement que « les Juifs, étant des criminels qui avaient crucifié le Christ, Fils du Dieu vivant, fussent plus riches que les chrétiens »...

Des prêtres commencèrent alors à visiter les familles juives, promettant la vie sauve à qui se convertirait. Puis la maison de Philoxène fut incendiée. Puis Joseph ben Obadia, jeune rabbin de la synagogue de Canope, fut assassiné... Le malheur était en marche...

Saül planta ses coudes sur la table, posa sa tête blanche entre ses mains sillonnées de veines sombres. Il aurait tant voulu continuer à vieillir en paix parmi sa famille... Il avait même, quelques mois plus tôt, entrepris d'importants travaux pour restaurer la « maison d'Ezra » et se demandait s'il n'aurait pas mieux fait de garder cet argent pour permettre à sa famille de fuir.

Salomon relut ce qu'avait écrit Ezra cent ans plus tôt. Il ne savait que dire pour réconforter son père.

— Que pouvons-nous contre le pouvoir de l'Église et la haine de la foule?

Salomon n'avait pas de réponse. Tenir? Partir? Il ajouta seulement, sous le nom de ses enfants : « Que l'Éternel, béni soit-Il, ait pitié d'eux! » Et il inscrivit la date, car elle lui paraissait importante : « 4174 * après la création du monde. »

Devant le Césareum, des jeunes gens allumaient un brasier et y jetaient les rouleaux de papyrus pris dans les synagogues de la ville; les soldats du préfet Oreste avaient été balayés, et il n'y avait plus d'ordre dans Alexandrie. Des bandes couraient ici et là, s'enivrant de cris, de sueur, de soleil. Près du Gymnasium, une femme traversait la rue en portant un bébé; comme elle courait, quelqu'un cria : « Une Juive! » Elle fut aussitôt rattrapée, avalée par la meute enragée qui la laissa morte et sanglante sur le sol, près de son enfant au crâne éclaté. Le sang, le feu, et la peur pour attiser la folie des hommes. La petite synagogue du quartier du Delta, non loin de la « maison d'Ezra », fut incendiée, et la foule applaudissait quand ceux qui s'y étaient réfugiés pour une dernière prière sautaient par les fenêtres comme des torches enflammées... De l'autre côté de la ville, des vieillards qui avaient refusé de se convertir furent attachés à la colonne de Pompée et on leur creusa au couteau des croix dans la poitrine. Tandis que leur sang coulait en rigoles sur les dalles, la foule dansait autour d'eux...

Ce jour-là, une centaine de Juifs furent tués avant que la légion prenne position en ville — mais que se passerait-il le lendemain?

La nuit était tombée quand on frappa à la porte de la « maison d'Ezra ». Salomon et sa femme Myriam furent soudain comme pétrifiés. Puis Salomon, sans bouger de sa place, avança légèrement la tête. Myriam l'agrippa par la manche de sa tunique de lin :

— N'y va pas, Salomon! N'ouvre pas!

On frappa à nouveau — des coups légers dans la porte, comme des coups de hache dans le cœur. Puis on entendit la voix enrouée de l'oncle Ezra :

— Ouvrez, c'est moi!

* 414 apr. J.-C.

Ezra donna des nouvelles : deux de ses amis avaient été lapidés, Aristobulus et Eléazar le forgeron, les fils du Rabbi Enoch... il paraissait que l'évêque Cyrille donnait six jours aux Juifs pour se convertir ou s'exiler... Au septième jour, ceux qui resteraient seraient massacrés...

Mais la nouvelle la plus importante était qu'un marin juif dont le fils désirait épouser Johanna, la fille d'Ezra, partait le lendemain pour Carthage, où il avait des cousins et où la communauté juive était prospère :

— Il est prêt à nous emmener, mais nous devons trouver vingt mille sesterces pour pouvoir quitter le port.

La décision de partir se prit ainsi d'elle-même, et on passa la nuit à chercher de l'argent — l'oncle vendit sa maison à son voisin, chacun sortit ses économies. Saül, tout en refusant de vendre la « maison d'Ezra » — « Nous aurons besoin d'un gîte quand nous reviendrons », disait-il —, regrettait amèrement l'argent des réparations. C'est lui qui eut le plus de peine à partir. Au dernier moment, il fallut lui faire valoir que sauver une vie humaine est un devoir pour tout Juif... Salomon s'était chargé du coffret de bois noir où reposait la mémoire de la famille.

Le bateau s'ornait à la poupe d'une tête d'oie et sentait rudement le poisson. De la famille, personne n'avait jamais pris la mer et le rieur Saül se demandait, en prenant pied sur le pont de planches grossières, s'il n'était pas moins risqué de rester à Alexandrie.

Le soleil était déjà haut quand Amarantius ordonna de hisser la voile de grosse toile. Le bateau, poussé par le vent du sud, sortit du port entre la Diabathéa et le phare. La ville blanche qui paraissait s'éloigner baignait dans une sorte de brume rose. On ne pouvait en détacher ses regards.

Salomon posa la main sur l'épaule de son père. Saül soupira et, sans se retourner, murmura de sa voix de vieillard :

— Tu vois, c'est plus facile que je ne l'aurais cru...

Mais, quand les vagues vertes emplirent l'horizon, Saül posa sa tête blanche sur l'épaule de son fils et sanglota comme un enfant.

V

Hippone
ÉLIE ET DJEMILA

On sentait un parfum d'orange et de jasmin bien avant d'avoir accosté, et les oiseaux venaient tourner autour du bateau comme pour souhaiter aux arrivants la bienvenue en terre d'Afrique. Saül, l'aîné des immigrants, son frère Ezra puis Amarantius le marin prièrent pour que, avec l'aide de Dieu, ce nouvel exil ne soit pas trop amer à leurs familles.

Carthage était une ville éclatante. Les Romains l'avaient voulue énorme, monumentale, inoubliable, pour frapper l'esprit de tous ceux qu'ils avaient vaincus. Une ceinture de jardins, de villas, d'oliveraies, de vignes lui tenait lieu de remparts. A peine avait-on posé le pied sur le quai qu'on était pris par un grouillement humain, un vertige d'hommes et de langues – on parlait le latin et le grec, mais aussi le berbère et une langue qui ressemblait un peu à l'hébreu, et qui était le punique. Dans l'air brûlant et lourd, avec ce tourbillon de races, de coutumes, de croyances, Carthage, c'était Babel, et Saül eut vite fait de comprendre, à une certaine moiteur de l'air, à l'impudicité des regards, que le soleil, la mer et l'histoire s'étaient unis pour faire de Carthage la demeure de cette luxure que les Juifs regardent comme une terrible tentation et un terrible péché.

Amarantius ne savait même pas si ses cousins étaient encore en vie, mais le petit peuple du port prit bien vite en charge les exilés, les mena au quartier juif où Amarantius eut bientôt retrouvé sa lointaine famille : David, le shamash d'une petite synagogue, et Monica, une veuve qui faisait le commerce du blé et de l'huile avec l'aide de ses grands enfants.

Pendant quelques jours, la communauté juive s'arracha les nouveaux arrivants, les invita à manger, à dormir, à prier. Toutes les occasions étaient bonnes de les faire un peu parler –

et comment est Alexandrie? est-il vrai qu'en Égypte les chrétiens persécutent les Juifs? et comment vous êtes-vous échappés? et combien vaut à Alexandrie un boisseau d'olives? David le shamash sonna même le *shofar* à la synagogue pour que les « dormeurs » sachent le malheur qui avait frappé les frères d'Alexandrie, et le rabbin cita le prophète Amos : « Lorsque le shofar retentit dans la ville, comment le peuple ne s'éveillerait-il point? »

Ils passèrent ainsi les fêtes de *Roch Hachana*. Les enfants, ravis, couraient la ville immense, de la colline de Byrsa jusqu'à la place Maritime par des avenues bordées de statues et de colonnes, s'attardaient au forum ou allaient voir la mosaïque des sciopodes : des monstres fabuleux, des hommes sans tête, d'autres n'ayant qu'une jambe et un pied, un pied gigantesque sous lequel ils s'abritaient du soleil en se couchant sur le dos...

Mais ce temps d'oisiveté ne pouvait durer. Un jour, Monica, la cousine d'Amarantius, emmena ses amis à un riche marchand, Mattos, qui possédait plusieurs commerces à Carthage et désirait en ouvrir un à Hippone* :

— Voilà une occasion pour toi, dit Monica à Ezra. Mattos investit de l'argent, toi tu travailles, et vous partagez les bénéfices. Tâche de lui plaire.

Ezra avait accepté avant même de rencontrer Mattos et de savoir où pouvait bien se trouver Hippone. Le marchand Mattos était un de ces très gros hommes qui se cachent dans les plis de leur graisse. Ils ont un regard qui juge vite. Mattos, sans poser beaucoup de questions, s'était déclaré d'accord pour un essai :

— Hippone est une jolie ville, avait-il dit d'une voix douce, comme si cela devait suffire à décider la famille au complet à refaire ses baluchons.

Amarantius rembarqua tout le monde sur son bateau et on gagna Hippone en longeant les côtes — c'était en effet une jolie ville, bien abritée au fond d'une baie, face au levant.

Ezra se mit en rapport avec un certain Sertius, le correspondant du marchand Mattos, qui était chargé de l'installer. La boutique se trouvait sous les arcades, à un coin de la place du marché. C'était une grande salle carrée avec un comptoir de pierre qui donnait sur la rue et un *pondetarium* tout neuf — dalle où l'on suspendait les poids et les mesures.

Ils trouvèrent à se loger dans une maison haute et étroite, à la

---

* Anciennement Bône, aujourd'hui Annaba.

limite du quartier juif, près des remparts qui dominaient la rivière Seybouse. Le rez-de-chaussée étant occupé par un dépôt de bois appartenant à un boulanger chrétien, Ezra s'installa avec les siens au premier étage – Johanna, séparée de Publius resté à Carthage, pleurait beaucoup –, tandis que Saül, Salomon, Myriam, les enfants Elie et Gamliel s'entassaient au second.

Pour combien de temps s'installait-on? Jusqu'à la prochaine persécution? Jusqu'à la consommation des siècles?

Comme à Carthage, ils furent accueillis par la communauté juive avec chaleur et curiosité. Le rabbin Joseph salua avec émotion l'arrivée de Saül et de Salomon – impressionné par les connaissances du vieux Saül, il le présenta à la synagogue comme le sage des sages, homme juste, grand connaisseur de la Mishna et arrivant d'Égypte comme jadis Moïse...

Rabbi Joseph était un homme aux gestes et aux mots lents qui demandait en vain depuis des années au conseil de la ville l'autorisation d'agrandir sa synagogue, une bâtisse carrée et plutôt sombre, entourée de cyprès en haut de l'odorante rue des Boulangers. C'était devenu le combat de sa vie, et il fut heureux de confier à Salomon le soin d'apprendre à lire et à écrire aux enfants du quartier : il pourrait ainsi se consacrer à persuader les édiles.

Ainsi la nouvelle vie s'organisa-t-elle. Tandis que Salomon enseignait, Ezra faisait ses premiers achats. Mais obligé de se fournir à des intermédiaires, en butte à la méfiance entretenue par les concurrents, il n'y trouvait pas son compte. Il s'en ouvrit à Sertius, aussi volubile que Mattos était taciturne :

– L'huile, dit-il, il faut l'acheter là où on la presse, et le grain là où on le récolte! Et où récolte-t-on? me demanderas-tu. Eh bien, chez les paysans! Et où sont les paysans?

Questions-réponses, Sertius apprit à Ezra que le mieux était de louer deux chariots et d'aller au marché de Cirta *, ou, mieux encore, jusqu'à Thamugadi **, qui était loin de tout et où les prix défiaient toute concurrence :

– Vous y trouverez même des Juifs, des Berbères qui prient le Dieu d'Israël!

– Est-ce loin? demanda Ezra qui ne se voyait pas, à son âge, courir les chemins.

– Loin, loin, tout dépend ce que tu entends par loin, si tu vas vite ou pas, si les bandits t'attaquent en route, et si tu as envie de revenir vite ou pas...

---

* Plus tard Constantine.
** Aujourd'hui Timgad, près de Batna.

Il dit enfin, comme s'il proposait un prix au bout d'une longue tractation :

— Un mois pour aller et revenir, ça va?

Il fut donc décidé d'envoyer deux chariots pour le grand marché de printemps à Thamugadi, dans les montagnes du Sud. Alexandre, l'un des fils d'Ezra, et Élie, fils aîné de Salomon, feraient le voyage, avec trois hommes appointés par Mattos.

Salomon eut très vite beaucoup d'élèves. Les enfants aimaient la façon dont il leur racontait les histoires du Livre et dont il les commentait, de manière parfois très personnelle. Il expliqua ainsi que les dieux étaient nombreux, et que c'était la raison pour laquelle on disait *Elohim,* au pluriel, car il avait fallu plusieurs dieux pour donner sa signification au Créateur du monde — béni soit-Il — qui les unit tous.

Rabbi Joseph n'était pas toujours d'accord avec les commentaires de Salomon, mais comme il attirait de plus en plus d'élèves à son école, et de plus en plus de fidèles à la synagogue, il en tirait argument auprès du Conseil de la ville pour demander avec insistance son autorisation :

— Notre synagogue, plaidait-il, se rétrécit de jour en jour!

Mais c'était à croire qu'on s'amusait de l'obstination de Rabbi Joseph et on continuait de lui refuser cette fameuse autorisation alors que la synagogue des beaux quartiers, entre la mer et la colline, bénéficiait de toutes les bienveillances.

Gamliel, qui grandissait vite, commença à assister son père à l'école de la synagogue. Il faisait la lecture et corrigeait les dictées — il se rappellerait toute sa vie des moments heureux passés, là, à enseigner ce qu'il savait, avec, pour rythmer la journée, les défournages de différents boulangers de la rue. Comme il avait le goût d'écrire, Rabbi Joseph l'employa bientôt comme scribe; la tradition familiale ainsi se maintenait.

Un jour, un dimanche, Salomon et Gamliel rentraient chez eux. Ils étaient en retard et se pressaient, car ils savaient que ce jour-là les chrétiens, interdits de commerce et de spectacle, s'ennuyaient, et que c'était souvent l'occasion pour eux de provoquer les Juifs ou les païens.

Salomon et Gamliel cette fois n'y échappèrent pas. Un groupe de jeunes gens leur barra soudain la route :

— Alors, Juifs, dit l'un d'eux, pourquoi êtes-vous si pressés?

Salomon continua d'avancer comme si les autres n'existaient pas.

Un des garçons qui étaient là, un grand avec une tête carrée, s'interposa :

— Eh bien! Juif, on fait le fier? On ne parle pas aux chrétiens?

Et soudain, très brutalement, il tira Salomon par le devant de son vêtement tandis qu'il lui assenait un coup de tête en plein visage. Le sang jaillit aussitôt et la bande détala.

Gamliel regarda son père se laver à la prochaine fontaine. Il l'aimait beaucoup, parce que c'était son père, sans doute, mais aussi parce que c'était un être doux et souriant, toujours attentif aux autres, et il semblait à Gamliel qu'il aurait dû se battre à sa place, au moins le défendre, et il n'avait rien fait, il était resté caché en lui-même. Cette scène-là non plus, il ne l'oublierait jamais.

Au printemps, Alexandre, Elie et les trois hommes de Mattos partirent pour Thamugadi, vers le sud-ouest. Ils étaient munis de provisions de bouche et des pressantes recommandations maternelles, qui allaient du « Surtout ne prends pas froid! » au « Si des bandits vous attaquent, donnez-leur tout ce que vous avez! » On leur annonçait des lions et des chiens sauvages, et on ne savait s'il fallait les craindre plus que les « circoncellions », les voleurs de celliers, comme on appelait les bandes de brigands, hommes et femmes, chrétiens hérétiques qui faisaient régner la terreur sur les terres tenues par des chrétiens orthodoxes : pillages, incendies, viols. « *Deo Laudes!* Louange à Dieu! » était leur cri de guerre :

— Pour une fois que cela nous servira d'être Juifs! avait dit Élie en forme de bravade.

Mais, en vérité, les deux cousins n'étaient pas trop fiers, ce petit matin-là, tandis qu'on attelait les mulets aux chariots. Quelle aventure c'était d'aller ainsi hasarder sa jeunesse au-delà de l'horizon! Quittant Hippone, ils suivirent un moment une voie dallée bordée de colonnes : la route militaire qui filait droit vers Tagaste et Theveste * ou, si l'on prenait à main droite, ce qu'ils firent bientôt, rejoignait Thamugadi et Lambèse : pavée de larges dalles aux abords des agglomérations, caillouttée sur le reste du parcours. C'est le plus jeune des hommes de Mattos, Optat, qui faisait le guide et menait le grand chariot où étaient calées les jarres à huile. Parfois, il fallait s'écarter, se ranger au bord de la route pour laisser passer, dans un nuage de poussière ocre, un messager de la poste impériale.

Ils s'habituèrent vite au rythme des jours, aux rencontres, aux

* Aujourd'hui Souk-Ahras et Tébessa.

longues traites sans rien d'autre que le grincement des essieux pour accompagner leur lente course à l'horizon. Parfois, ils chantaient, parfois se racontaient des histoires, vraies ou fausses – « As-tu déjà eu affaire à une femme? – Qui? Moi? – Oui, toi! » – ou commentaient sans fin tel incident de route, telle folie du paysage. Après les riches plaines et les vallées boisées, ils découvraient les plateaux nus parsemés d'herbes maigres, où des bandes d'ânes errants s'enfuyaient à leur approche. Au loin se découpaient d'irréelles chaînes de montagnes. Il semblait que le ciel était plus vaste qu'ailleurs, et l'air plus pur.

Quand ils n'avaient pas la chance de pouvoir s'arrêter le soir à un caravansérail – on ne pouvait établir d'avance l'humeur des mulets, et donc la longueur de l'étape –, ils prenaient la garde à tour de rôle, seul l'un après l'autre sous les étoiles blanches et froides. Il leur semblait qu'ils auraient bientôt fini de traverser la terre. Ils croisaient parfois des patrouilles romaines et se demandaient ce que les Romains pouvaient trouver comme avantage à tenir ces déserts sous leur administration. On avait appris que les Vandales d'Alaric avaient pris et dévasté Rome. A Hippone, on disait que l'Empire se défaisait peu à peu, et que c'était en Afrique qu'il se survivait le mieux.

Enfin apparut Thamugadi dans la brume de chaleur, blanche et ocre, se détachant sur le bleu violet des montagnes qui barraient l'horizon. Les deux cousins, la bouche ouverte, découvraient avec stupéfaction une vraie cité romaine, vaste carré découpé en damiers, organisée de part et d'autre de larges avenues bordées de colonnes, avec un cirque, un théâtre, un arc de triomphe et, au nord, une porte monumentale par laquelle ils entrèrent.

Le marché, avec son fourmillement d'acheteurs, de vendeurs et de curieux, ses appels, ses cris d'animaux, ses jongleurs, ses danseurs, ses marchands d'esclaves, contrastait violemment avec la pompe de l'architecture et, pour tout dire, Alexandre et Élie s'y trouvaient plus à l'aise.

Ils n'avaient pas le temps de faire leurs achats ce jour-là, mais, ayant trouvé à se loger, ils allèrent en reconnaissance. Aux abords du marché étaient parqués des troupeaux de chameaux et de chèvres noires, gardés par des enfants au teint basané. Un peu plus loin étaient dressées les tentes des nomades venus vendre leurs dattes ou leur huile.

– Ce sont eux, les Berbères juifs? demanda Alexandre à Optat.

– Tous les Berbères ne sont pas juifs, répondit Optat.

– Demande-leur.

Optat et les deux cousins s'approchèrent d'un groupe de jeunes filles qui attendaient leur tour près d'un puits. Elles allaient pieds nus, portaient des vêtements rayés et certaines d'entre elles étaient blondes. Quand les garçons approchèrent, elles se mirent toutes à parler et à pouffer en même temps.

– Mon ami, dit Optat en punique, demande si vous êtes juives?

Les rires redoublèrent. Les filles poussèrent l'une d'elles en avant :

– Nous croyons en un Dieu unique, le Dieu d'Israël, dit celle-ci.

– Donc vous êtes juives!

Alexandre triomphait, comme s'il y était pour quelque chose, et faisait l'avantageux devant la jeune fille. Celle-ci baissait les yeux avec pudeur. Mille nattes blondes entouraient son visage presque noir et sa large robe était recouverte d'un carré de lin dont les pans étaient rejetés sur ses épaules. Le vent drapait le tissu sur un corps menu qu'on devinait souple et résistant. Élie, immobile derrière Optat et Alexandre, était comme foudroyé d'émotion.

– Comment t'appelles-tu? demanda Alexandre.

– Djemila.

– Moi, c'est Alexandre, lui c'est Optat.

Djemila leva ses longs cils et regarda Élie, qui eut l'impression de s'enfoncer dans la terre :

– Et toi? demanda-t-elle.

Elle avait les yeux dorés, et Élie savait déjà qu'il ne pourrait pas vivre sans elle. Il voulut dire son nom, mais, à sa grande confusion, il s'entendit répondre :

– Djemila.

Garçons et filles, tout le monde éclata de rire, et il s'enfuit. Le lendemain, ils firent le tour du marché, prirent langue avec les marchands, commencèrent à faire des calculs : l'huile était moitié moins chère que celle qu'Ezra achetait à ses intermédiaires d'Hippone!

Ce jour-là, Élie ne vit pas Djemila, et il en fut triste à mourir. Le lendemain, jour de shabbat, il la remarqua depuis les remparts : elle était parmi les tentes du campement, avec tous ceux de sa famille, qui restèrent là toute la journée sans travailler. Ils étaient donc bien juifs. Drôle de Juifs que ces nomades de plein vent, avec leurs chameaux et leurs chèvres. Jamais Élie n'aurait imaginé une chose pareille. Et, tandis qu'il contemplait sa bien-aimée du haut des remparts, il lui sembla qu'elle regardait dans sa direction...

Le dimanche, Alexandre, Élie et Optat firent leurs affaires. Ils achetèrent de préférence aux Berbères juifs, dont le père de Djemila, Thabet, était le chef et qui leur fit de bonnes conditions.

Le soir, Élie s'arrangea pour aller errer seul au pied des remparts. Et, comme par hasard, il rencontra Djemila qui revenait du puits, une cruche sur la tête.

— Nous devons partir demain, dit-il.
— Alors, adieu.

Elle continuait de marcher, regardant droit devant elle.

— Pourquoi ne t'arrêtes-tu pas?
— Parce que ma mère attend cette eau. Et parce que tu vas partir et que nous ne nous reverrons pas.

Élie était éperdu.

— Je ne t'oublierai pas, dit-il. Je reviendrai.

Il marchait auprès d'elle.

— Je peux t'aider? demanda-t-il. Tu veux que je porte ton eau?
— Non, c'est un travail de femme. Nous voici presque arrivés. Laisse-moi, maintenant.

Elle se tourna quand même vers lui et jeta, comme un défi :

— Moi, je serai ici pour le marché d'automne. Je verrai bien si tu ne m'as pas oubliée!

Un vent de sable se leva dans la nuit et on ne put durant trois jours reprendre la route d'Hippone. Quand enfin le ciel s'éclaircit, le marché était désert et, sous les remparts, le campement des Berbères avait disparu. Élie regarda en vain vers le sud, vers le pays de ces mystérieux Juifs. Le vent avait effacé toute trace. Il n'y avait plus personne, plus rien à voir qu'un paysage superbe et désolé.

La vie à Hippone s'organisait peu à peu, et la vie en Égypte s'estompait comme un souvenir d'enfance – Myriam elle-même ne passait plus son temps à faire des comparaisons. Johanna, la fille d'Ezra, et Publius, le fils d'Amarantius le marin, s'épousèrent enfin, mais Amarantius disparut peu après en mer. Gamliel faisait les yeux doux à la fille de Rabbi Noé, du quartier des riches villas, et l'important personnage n'en paraissait pas particulièrement heureux.

Un jour, l'évêque d'Hippone, Augustin, fit demander à Rabbi Joseph s'il accepterait de l'aider dans une querelle de vocabulaire à propos d'une nouvelle traduction de la Bible. Après un premier mouvement de refus, Rabbi Joseph pensa que peut-être l'évêque pourrait l'aider à obtenir l'autorisation d'agrandir sa synagogue. Il demanda à Salomon de l'accompagner.

L'évêque, personnage considérable chez les chrétiens, siégeait tous les jours dans le *secretarium* de la basilique ou sous le portique de la cour attenant à l'église et rendait son arbitrage dans les multiples affaires qui opposaient entre elles ses ouailles chicanières.

Augustin à cette époque avait sans doute plus de soixante-cinq ans, et il était de constitution fragile, mais il faisait preuve d'une activité dévorante, prêchant, écrivant, entretenant une énorme correspondance, se livrant à la méditation et à l'exégèse avec une ferveur jamais en repos. Il avait lutté avec vigueur contre les différentes hérésies qui avaient affecté la chrétienté, et l'autorité qu'il avait ainsi acquise en faisait une des lumières de son temps.

Il ne craignait pas d'entrer en rapport avec les Juifs et enseignait à ses prêtres de les prêcher avec amour et humilité : « Nous ne devons point, disait-il, nous élever orgueilleusement contre ces rameaux brisés de l'arbre du Christ... » Rabbi Joseph et Saül ne savaient comment interpréter la demande qu'il leur avait faite, et c'est avec circonspection qu'ils se présentèrent au *secretarium* de la *Basilica major*.

Quand ils arrivèrent, l'évêque paraissait excédé par la médiocrité des affaires qu'on lui soumettait, par les criailleries des plaideurs :

— Il semble, disait-il, que vous aimiez les procès, alors qu'il ne s'agit que d'une perte de temps et une cause de tribulation!... Mieux vaut encore donner de l'argent à votre adversaire que de perdre ainsi votre temps et compromettre votre tranquillité!

— Veux-tu encourager l'injustice? demanda le plaideur à qui il s'adressait.

L'évêque balaya l'objection d'un geste vif du bras :

— Tu sais bien que le voleur sera volé à son tour par plus voleur que lui!

On lui annonça l'arrivée de Rabbi Joseph et de Saül, et il ordonna qu'on les amène près de lui, les salua chaleureusement :

— Bienvenue à vous deux, dit-il. Que Dieu tout-puissant nous bénisse tous!

— Amen! répondit Rabbi Joseph.

Augustin, heureux de se délasser de ses audiences, leur expliqua qu'un ermite de Bethléem, Jérôme, avait entrepris une nouvelle traduction de la Bible, réfutant ici ou là une version des

Septante. Mais lui-même, Augustin, ne souscrivait pas à toutes les innovations de Jérôme, et ils entretenaient une correspondance passionnée, en ce moment même, sur le point de savoir quelle était la plante, *kikayon* en hébreu, sous laquelle le prophète Jonas abrita son sommeil :

— Vous connaissez ce passage, n'est-ce pas? demanda-t-il.

Les deux Juifs connaissaient. Ils se regardèrent, et c'est Saül qui répondit.

— Je ne sais pas ce que pense Rabbi Joseph, dit-il, mais mon avis est que *kikayon* désigne une courge.

Augustin triompha :

— Jérôme prétend que c'est un lierre!

— Je pense aussi qu'il s'agit d'une courge, confirma Rab Joseph. Mais je te propose de poser la question aux rabbins d'Oéa, en Tripolitaine. Ils sont beaucoup plus savants que nous.

— C'est cela, dit Augustin, écris-leur. Porte-moi vite la lettre, que je la fasse aller par la poste impériale.

Avant de retourner à ses plaideurs, il leur demanda amicalement s'il pouvait quelque chose pour eux, et Rabbi Joseph, qui en bégayait d'émotion, lui parla de sa synagogue trop petite et du refus des édiles. L'évêque promit d'essayer d'intervenir et ajouta en souriant :

— Si tu agrandis ta synagogue, je devrai construire une autre église, sinon mes fidèles iront chez toi...

Quelques semaines plus tard, Rabbi Joseph recevait enfin son autorisation et Augustin la réponse des rabbins d'Oéa : il s'agissait bien d'une courge — ce qui valut à l'évêque d'Hippone et à ses traducteurs juifs de se faire traiter par Jérôme de « cucurbitaires ».

Naturellement, Élie et Djemila finirent par s'épouser. Il fallut même faire célébrer deux mariages : le premier, à Hippone, avec des festivités qui durèrent sept jours — l'évêque Augustin fit porter une corbeille de fruits —, et le second au printemps suivant, dans les montagnes de l'Aurès, à Thumar. Des centaines de Djérouas étaient venus des campements voisins et la cérémonie, mélange de rites juifs et païens, avait horrifié le vieux Saül.

Ezra, qui devait tenir la boutique, n'avait pu faire le long voyage de Thumar, mais Saül, Salomon, Myriam et Gamliel avaient tenu à accompagner leur petit-fils, fils et frère jusqu'au bout de cette solitude où il avait décidé de vivre. Thabet les avait tous reçus avec beaucoup d'honneurs et de cérémonies, puis, quand les festivités furent terminées, comme l'époque en était venue, il donna le signal de la transhumance : un matin, les Djérouas partirent avec leurs troupeaux, ne laissant au campement que les vieux, les malades et la famille venue d'Hippone...

Et quand ils virent disparaître dans la montagne aux rudes parois rouges et noires la cohue de chameaux, de chèvres et d'ânes, suivie des familles en désordre ramutant les enfants, Salomon et Myriam se regardèrent comme pour s'assurer qu'il s'agissait bien d'un rêve : comment croire que leur fils appartenait désormais à ce monde-là ? C'est seulement de retour à Hippone qu'ils admirent que cela faisait partie de la réalité. Ils n'eurent pas de regrets : Élie et Djemila avaient l'air heureux ensemble.

Je dus retourner à Jérusalem, où je donnais une exposition. L'accrochage des toiles et les rendez-vous avec les critiques me laissaient un peu de temps et j'eus l'idée d'aller saluer ce vieux rabbin rencontré un jour de pluie et qui disait posséder un ouvrage imprimé par mon grand-père.

Je le retrouvai tel que je l'avais quitté, éternel, avec le shtramel, les papillotes, le caftan noir au tissu élimé. Il me reconnut sans hésitation :

— Bienvenue! dit-il. Asseyez-vous. Il était temps que vous veniez.

Il comprit que je pensais à son grand âge et une sorte de gloussement de joie lui échappa :

— Moi, je vais très bien, dit-il. Mais c'est le quartier qui va mal!

Les Israéliens avaient en effet entrepris d'immenses travaux de rénovation et j'avais eu du mal à reconnaître la rue.

Il prit sans hésiter, parmi des livres de prières, un volume cartonné, à la couverture rouge brunie par l'humidité. Il était là, à portée de la main, comme si Rav Haïm m'avait attendu chaque jour depuis mon précédent passage, un an plus tôt.

— Faites attention, dit-il, le temps l'a rendu fragile.

Il hésitait à me le confier.

— Ce sont des commentaires du Talmud. On ne perd jamais son temps à lire des commentaires du Talmud, mais vous y trouverez aussi une lettre...

— Une lettre?

— Une lettre de votre arrière-grand-père.

Il posa le livre sur la table, l'ouvrit comme on ouvre un tabernacle, en fit glisser une feuille pliée en deux et couverte

d'une belle écriture penchée dont l'encre s'effaçait par endroits.
— Regardez, dit-il, tout excité. Vous pouvez lire?
Il déplia la lettre sur la table et me la lut solennellement, son index suivant les lignes :

« A mon cher frère, vertueux et plein de sagesse, Rab Shlomo Lévi, chantre à la synagogue de Whitechapel, longue vie lui soit donnée!

« Ces quelques mots pour te dire que je suis, Dieu merci, en bonne santé et en paix. Que le Dieu tout-puissant nous aide à ne jamais entendre l'un de l'autre que du bien, de bonnes nouvelles, et qu'Il nous donne salut et consolation! Amen!

« J'ai appris il y a quelques jours que nous sommes parents du fameux rabbin de Ghere. Il s'appelle Ichté-Meir Alter. Le h de notre nom aurait été rajouté par les Français quand il a été permis à nos grands-parents d'établir un état civil. Tu sais qu'à l'époque de Napoléon ils ont quelque temps habité Strasbourg. L'un de nos aïeux, Samuel [passage illisible] en Pologne. N'est-ce pas une nouvelle intéressante? Je pense aller bientôt à Ghere annoncer la nouvelle au rabbin. Qu'une longue vie lui soit donnée! Te rappelles-tu les histoires de notre famille à Cordoue que le grand-oncle Rab Abraham nous racontait? Et celles de Narbonne? Et celles [passage illisible] des lettres et des souvenirs qui pourraient m'éclairer sur cette époque? Si le Très-Saint le veut bien, je te donnerai tous les détails de mes recherches dans la prochaine lettre.

« En attendant, que Dieu te donne la santé! Salue ton épouse bien-aimée, beau-père, belle-mère et les enfants de ma part. Très amicalement!

« De moi, ton frère,

Meir-Ikhiel. »

Cette lettre ne m'apprenait pas grand-chose, mais il fallait que j'en replace les éléments en fonction de mes fiches, restées à Paris. Je la demandai à Rab Haïm, mais il ne voulut pas s'en séparer. A peine s'il consentit à m'accompagner jusqu'à une petite papeterie, près de l'hôtel King David, où une jeune Yéménite la photocopia. Je promis à Rab Haïm de revenir lui faire part de mes recherches et le remerciai vivement. Comme beaucoup de vieillards, il n'aimait pas qu'on le quitte, et il me laissa entendre qu'il avait peut-être d'autres livres imprimés par mon arrière-grand-père.

Le soir même, j'avais rendez-vous avec le Pr Dov Sadan, de l'université de Jérusalem. Malgré son prénom – Dov, en hébreu, signifie « ours » –, il était petit et vif, ne tenait pas en place et, sous sa couronne de cheveux blancs, on eût dit un portrait en accéléré de Ben Gourion. Sa femme nous apporta du café et la tarte au fromage – un rite en Israël. Je leur montrai la photocopie de la lettre de mon arrière-grand-père. Dov Sadan descendit de son tabouret, agita ses bras courts :

– Votre arrière-grand-père s'est trompé, dit-il. Alter n'est pas un nom, et le h ne date pas de l'époque napoléonienne. Halter, en allemand, signifie « berger, gardien de troupeaux », mais les Juifs n'ont jamais gardé de troupeaux en Allemagne, et il me semble qu'il faut alors traduire Halter par « gardien du peuple et de ses lois »...

– Et pourquoi Alter n'est-il pas un nom ?

– Voilà une bonne question ! Alter, en allemand toujours, signifie « vieux ». Au Moyen Age, quand un enfant était malade, on lui donnait le nom de « vieux » ou « vieille » pour tromper l'Ange de la mort. Quand celui-ci arrivait pour prendre l'enfant, ceux qui étaient autour du berceau lui disaient : « Pourquoi viens-tu chercher cet être-ci ? Il est vieux, il ne te servira à rien ! Laisse-le terminer tranquillement ses jours... »

– Et ça marchait ?

– Il paraît que oui. Tous les trucs marchent un jour ou l'autre.

– Mais, Dov, dis-je, j'ai eu des ancêtres bergers.

Il remonta sur son tabouret, poussa ses lunettes sur son front, me regarda comme s'il cherchait à savoir si je plaisantais ou non :

– « Bergers », vous voulez dire « gardiens de troupeaux » ?

De ses deux mains, il remplit la pièce de moutons et de chèvres.

– Oui, dis-je. Ma famille avait même des chameaux. C'était dans l'Aurès. Mon aïeul Élie venait d'épouser Djemila...

VI.

Hippone
SOUS LA LOI DES VANDALES

L'EMPIRE romain agonisait. Des désordres de toutes sortes minaient le grand corps que désertaient ses dernières forces et les coups portés à l'Église ne pouvaient que l'affecter encore. Le comte d'Afrique Boniface, commandant les forces militaires romaines, était un soldat dévoyé qui pillait le pays pour son compte. La dernière expression de l'ordre romain, en ce qu'il se confondait avec la chrétienté, était Augustin, le vieil évêque d'Hippone, qui avait demandé, à 72 ans, de pouvoir se consacrer un peu à l'étude.

Mais c'est à ce moment que les Vandales s'annoncèrent. Ils avaient pillé Rome, traversé la Gaule, envahi l'Espagne et leurs hordes s'amassaient devant les colonnes d'Hercule. Ce fut, pour quantité de pillards de moindre importance, comme un signal. Des bandes errantes, des circoncellions ressuscités, des nomades du Sud, des Maures de l'Atlas se relayaient comme pour porter ses derniers coups à la paix romaine. Le comte d'Afrique, débordé, appela les Vandales à son secours : il proposait à leur chef Genséric, disait-on, de partager l'Afrique avec lui.

La horde vandale déferla, mit la Numidie en coupe réglée. « Des pays autrefois prospères et peuplés, écrivit l'évêque Augustin, ont été changés en solitudes. » Pillages, massacres, ruines. Les populations fuyaient comme des troupeaux devant le feu, se groupaient dans les cités fortifiées qui tombaient pourtant l'une après l'autre.

A Hippone, le vieux Saül mourut à ce moment, de tristesse autant que de vieillesse. Salomon devenait d'un coup le père, l'autorité, la référence, et il en fut accablé. Durant les sept jours de la shiva, il pensa à son propre fils, là-bas, dans les montagnes violettes, avec ses chameaux et ses dattiers, et quand la shiva fut terminée il dit aux siens que le seul moyen d'échapper aux Vandales était d'abandonner Hippone et d'aller se cacher chez Élie.

Ezra, dont les réfugiés faisaient marcher le commerce, préféra rester à Hippone. Salomon partit donc avec sa femme Myriam, son deuxième fils Gamliel et sa belle-fille Monica. Après bien des hésitations, il décida d'emporter le Rouleau d'Abraham : la mémoire de la famille se trouvait désormais sous sa responsabilité et les dangers du chemin lui paraissaient moindres que ceux d'une ville livrée au pillage et à la dévastation.

A ce moment, le comte d'Afrique Boniface, à la suite d'une nouvelle volte-face, se proclama le défenseur de l'Église et de l'Empire et vint s'enfermer dans Hippone. Salomon et les siens n'avaient eu que le temps de partir, Salomon citant Jérémie au moment de prendre la route : « Qui dira qu'une chose arrive sans que le Seigneur l'ait ordonné? N'est-ce pas par la volonté du Très-Haut que viennent les maux et les biens? »

Thumar était un village accroché à la falaise, dominant la vallée où coulait la vie : un ruisseau et son oasis de dattiers et de tamarins. A Thamugadi, Salomon avait engagé un guide, et ils n'avaient pas perdu de temps en chemin. Pourtant, quand ils arrivèrent au pied des montagnes où nichait Thumar, toute la tribu des Djérouas était là à les attendre, Thabet en tête, avec Élie, Djemila et leur nouveau-né Telilan. Les femmes poussaient des cris de bienvenue, les hommes frappaient de petits tambourins et les enfants couraient tout excités dans la poussière : les événements étaient rares.

Élie, voyant arriver ses parents et son frère, avec leurs habits de ville et leur peau fragile, comprit à quel point il était devenu différent d'eux. Il s'efforça de faciliter leur installation. Thabet leur attribua trois cubes de terre brune dont l'entrée constituait la seule ouverture, et ils s'y installèrent tant bien que mal. Une vieille femme tout en rides, la mère de Thabet, leur apportait chaque matin des galettes, un peu de lait aigre et des dattes.

Thabet traitait avec beaucoup d'honneur la famille de son gendre mais veillait à ce qu'aucune des coutumes et traditions de la tribu ne fût altérée par la fréquentation de ces Juifs des villes. Quand l'hiver fut arrivé, un hiver rude et blanc, immobile, Salomon proposa d'enseigner l'hébreu et la Tora aux enfants et à ceux qui le désiraient. Thabet ne voulut pas refuser, mais il assista lui-même à toutes les leçons; il s'agissait sans doute moins de surveiller l'enseignement que d'éviter de se trouver un jour en savoir moins que ceux qu'il commandait. Sa crainte n'était pas injustifiée : voyant Salomon si savant, les Djérouas commencèrent à lui poser des questions, à lui demander des conseils et même à prendre son avis pour régler des querelles.

Élie mit son père en garde :

— Thabet va penser que tu veux le déposséder de son pouvoir. Tu devrais en parler avec lui.

Salomon alla voir le chef des Berbères juifs.

— Que l'Éternel, béni soit-Il, te protège! dit Salomon.

Thabet, assis devant un petit feu de braises, faisait rouler entre ses doigts un chapelet de grains d'ambre.

— Amen! répondit-il.

— Je voulais te parler, Thabet.

— Parle!

— Nos enfants sont mariés et ont déjà un enfant, que Dieu lui donne longue vie!

— Amen!

— Toi et les tiens, vous nous avez accueillis et hébergés. Je t'en remercie.

— Vous êtes les bienvenus.

Thabet maintenait ses distances.

— Je ne voudrais pas que tu croies que nous sommes ici pour toujours.

— Pourquoi me dis-tu cela?

— Pour que tu saches bien que je ne veux pas te porter tort.

Thabet, immobile, regardait les grains d'ambre couler dans ses mains.

— C'est toi le chef à Thumar, dit encore Salomon.

— Ce n'est pas à moi qu'il faut le dire, Salomon. C'est à ceux qui vont t'écouter pour devenir plus savants que moi.

Dès que l'hiver fut passé, la tribu partit dans la vallée derrière les troupeaux. Ne restèrent au village que Salomon et les siens, quelques femmes et des vieux chargés de l'entretien des dattiers. Salomon avait l'impression de régner sur un royaume désert. Myriam apprit à tisser de ces tentes noires qui ne laissent passer ni le vent ni la pluie, Gamliel étudiait la Tora avec assiduité – sa femme Monica attendait un enfant.

Les Vandales étaient arrivés jusqu'au pied des montagnes mais étaient repartis : ils avaient mieux à faire dans les villes. De toute façon, on disait qu'ils ne s'en prenaient qu'aux chrétiens, qu'ils recherchaient le soutien des païens, des donatistes et des Juifs. Salomon, qui avait pensé avec exaltation pouvoir faire l'école à tous ces enfants djérouas, avait oublié son rêve. Maintenant que le danger semblait passé, il pouvait songer au retour, mais encore fallait-il attendre que Monica ait mis son enfant au monde.

Quand la tribu revint – concert de bêlements, de braiments, de blatèrements, de cris de femmes, de sonnailles, dans un tourbillon de poussière –, Salomon, perché au bord de la falaise, comprenait soudain la chaleur de l'accueil de ces peuplades lointaines : lui aussi avait envie de battre des mains. Thabet et Élie avaient l'air grave, et Djemila évita son regard.

Élie prit son père à part :
— Je crois qu'il vaut mieux que vous partiez maintenant.
Salomon était abasourdi :
— J'allais te dire bonjour, et tu me dis de partir! remarqua-t-il amèrement.
— Père, des moutons sont morts sans avoir été malades, des sources se sont taries pour la première fois... Les sages disent que ta présence indispose les dieux.
— Les dieux? Quels dieux? Je ne connais qu'un Dieu unique, l'Éternel, gloire à Lui et béni soit-Il!
— Les Djérouas croient au Dieu d'Israël, ils disent qu'Il est le plus important, mais que Gurzil existe aussi, et Tanit... Ce sont eux qui s'irritent contre toi, parce que tu veux apprendre aux enfants l'hébreu et la Tora...
Salomon était atterré :
— Élie, dit-il, toi mon fils, ne me dis pas que tu crois en ce Gurzil!
— Je crois au Dieu d'Israël de toutes mes forces et de toute mon âme... Mais... Mais, c'est vrai, père, que des moutons sont morts sans raison!
Salomon alla trouver Thabet, qui paraissait l'attendre :
— Thabet, dit-il, je te remercie pour ton hospitalité, mais nous n'avons plus à craindre les Vandales et l'enfant de Monica est né...
Il ne doutait pas un instant que Thabet avait, certainement pour ménager la susceptibilité de Salomon, suscité l'intervention d'Élie, mais le chef, égrenant dans ses doigts son collier d'ambre, restait impénétrable :
— Vous allez partir? demanda-t-il. Ce sera sans doute mieux pour tout le monde. Moi je t'aimais bien, et j'ai souvent été jaloux de ta science, mais je suis djéroua, et le fils de ton fils et de ma fille est juif et berbère comme moi, comme mon père Amri et mon grand-père Mellag. Lire les traces, soigner les

dattiers et élever les agneaux est plus important pour nous que savoir lire et écrire. Vous allez partir, et nous serons tristes. Ainsi va la vie, il ne faut pas la contrarier.

Thabet leur donna une escorte jusqu'à Thamugadi. Salomon se retourna plusieurs fois vers les montagnes violettes où il laissait un peu de lui-même : un fils et un petit-fils. Les reverrait-il? Gamliel était heureux de retourner en ville, Myriam avait pleuré en quittant Élie mais Fulvia, la fille de Monica, suffisait à l'occuper, avec ses rots et ses sourires. Salomon se retourna jusqu'à ce que l'horizon, loin derrière, se fût refermé en un trait sombre.

A Thamugadi, les Vandales les arrêtèrent. Ils étaient grands, portaient longs leurs cheveux blonds ou roux, étaient vêtus de tuniques serrées et de peaux ornées de têtes de clous. Entre eux, ils parlaient une langue rude et rapide qui ne ressemblait à rien de ce que Salomon connaissait.

L'interprète qui interrogea Salomon et les siens dit que les Juifs n'avaient rien à craindre des Vandales et leur souhaita bonne route. Salomon n'en croyait pas ses yeux : depuis quand les Barbares ne molestaient-ils plus les Juifs? Il comprenait bien qu'il y avait une part de calcul dans l'attitude des nouveaux occupants, mais quand même...

Hippone la royale était méconnaissable : remparts éventrés, rues dépavées, égouts béants, maisons détruites... A peine commençait-on à relever les ruines... Ezra, le frère de Salomon, était mort, et c'est son fils Alexandre qui raconta le siège et la prise de la ville, ainsi que la mort du vieil évêque Augustin. Alexandre avait vieilli; c'est lui maintenant qui tenait la boutique de Mattos.

Les Vandales n'avaient rien changé à l'organisation de la ville ni aux lois civiles, et la vie reprenait peu à peu. Rabbi Joseph recommençait les travaux de sa synagogue, tandis que Rabbi Noé, bien fatigué, faisait de Gamliel son successeur à la synagogue du quartier des villas. Pour la première fois depuis qu'ils étaient mariés, Salomon et Myriam se retrouvèrent seuls. Sans doute, pour les fêtes, ou parfois à l'occasion du shabbat, ils recevaient la visite de Monica et de ses enfants – Gamliel et elle en avaient maintenant trois – ou d'Alexandre leur neveu, mais n'empêche qu'ils étaient seuls et qu'ils regardaient mourir l'un après l'autre les gens de leur âge. Ainsi passe le temps, ainsi passent les vies, ainsi le veut l'ordre des choses.

Salomon ouvre les yeux. Il fait encore nuit. Il veut bouger, mais une douleur aiguë lui traverse le cœur. Est-ce une douleur, ou la peur d'une douleur? Si c'est une douleur, il va appeler Myriam; si c'est une peur... Pauvre Myriam, elle est bien plus malade que lui... Il s'efforce dans l'obscurité de distinguer les contours de la pièce, il aspire avec précaution, à petits coups, il se calme peu à peu... Ce n'est pas encore cette fois qu'il se réveillera mort, comme son père disait en plaisantant... Il revoit son père, Saül, la nuit où ils ont quitté Alexandrie. C'était... C'était il y a toute une vie... Le jour, dirait-on, s'approche. « Je Te rends grâce, ô Roi vivant et éternel, de m'avoir dans Ton amour rendu mon âme; grande est Ta fidélité. » Ce sont les mots de la prière du matin que les hommes doivent dire pour remercier l'Éternel – béni soit-Il! – de les avoir ramenés à la vie après une nuit de sommeil. Mais Salomon ne sait pas s'il est vraiment réveillé. Il tient les yeux ouverts, mais il ne voit rien. « Fais ta pénitence la veille de ta mort », disait Rabbi Eléazar. Mais comment l'homme connaîtra-t-il le jour de sa mort? Voilà pourquoi les sages ajoutèrent : « Fais donc pénitence chaque jour de ta vie... » Il semble à Salomon que s'il respire trop fort, quelque chose en lui va se déchirer. Est-ce cela mourir? Il pense à ses fils, Gamliel et Élie, aussi différents l'un de l'autre qu'il est possible, mais deux bons fils, chacun à sa manière. Il n'a pas revu Élie depuis ce séjour, jadis, dans les montagnes de l'Aurès. C'était pendant la prise d'Hippone par les Vandales, au moins vingt-cinq ans plus tôt. Son fils Élie doit maintenant avoir les cheveux blancs. Chaque année, à l'occasion du grand marché de Thamugadi, Élie fait tenir par les voyageurs des nouvelles de la tribu – un autre enfant lui est né, Telilan s'est marié avec une Berbère juive nommée Tiski... – mais jamais il n'a dit qu'il avait les cheveux blancs. Mon Dieu, que reste-t-il de moi quand mon fils a les cheveux blancs? Salomon, maintenant, entre nous, dis la vérité : as-tu vraiment accepté, du fond du cœur, que ton fils Élie épouse cette fille du désert? Cette fascination qui était la tienne n'était-elle pas la preuve que tu considérais Thabet et sa tribu comme des étrangers, avec leurs dieux barbares et leur lait caillé? Je ne sais plus, sur ma vie je ne sais plus, mais je n'ai rien fait pour empêcher ce mariage ou retenir mon fils près de moi... Salomon se débat en lui-même. Il sait que quelque chose de terrible est en train de lui arriver, mais il ne l'accepte pas encore. Pourtant, il voudrait bien être en règle avec les choses de sa vie... Et voici que surgit le visage de Livie, la deuxième des filles de Gamliël, un jour partie avec un négociant syrien. On avait fini par apprendre qu'elle était parmi les prostituées du port de Carthage. Gamliel avait voulu aller la chercher, mais rappelle-toi, Salomon, c'est toi, le patriarche, qui l'en avais empêché et qui avais dit sur elle la prière des morts... Salomon pleure, sur elle, sur lui, sur la misère et l'honneur. Salomon pleure de lentes larmes brûlantes. Il a oublié pourquoi il a pu se montrer aussi intransigeant. Les mots d'Ezéchiel lui viennent à l'esprit : « Ce que Je désire, demande le Seigneur, est-ce que le méchant meure? N'est-ce pas plutôt qu'il change de conduite et qu'il vive? » Salomon demande pardon à Dieu, à Livie, à Gamliel et Monica, pardon de tout son cœur — mais qui ne s'est jamais trompé?... Plus tôt, il s'y était rendu, à Carthage. Des marins juifs avaient fait savoir que le roi vandale Genséric allait débarquer avec ses trophées de guerre, dont les objets sacrés pris jadis par les Romains dans le Temple de Jérusalem. La nouvelle avait fait le tour du pays et quand Genséric débarqua et qu'il exposa ses trophées pour montrer sa puissance, il y avait là, venus de toute la Numidie, de tout le Byzacène, des centaines, des milliers de Juifs qui tombèrent à genoux et se prosternèrent quand on montra le chandelier à sept branches... Le Barbare, satisfait, avait pris pour lui l'hommage... Salomon ne peut s'empêcher de sourire. Il revoit les esclaves nubiens portant le grand chandelier et les vases sacrés marqués de lettres hébraïques... Quel détour du destin! Salomon fond de gratitude pour l'Éternel et Ses imprévisibles desseins... Témoigner... Ce chandelier levé sur la foule de Carthage, c'était un témoignage... Mais voici que les images se mêlent... Les montagnes violettes de Thumar... Le bateau d'Amarantius... Ici... Là... Salomon sent que la douleur maintenant s'est postée près de son cœur, qu'elle n'attend plus que son heure pour mordre... Il va réveiller sa femme, sa chère Myriam, elle saura le calmer... Mais son bras est si lourd... Il va appeler... Pourquoi le jour n'est-il pas levé? Il appelle, de toute sa force, mais a-t-il même exhalé une plainte?

Myriam ne survécut que quelques jours à Salomon. Leur souffle, sans doute, était le même. Gamliel écrivit au rabbin de la petite synagogue de Thamugadi, pour qu'à l'occasion il fasse prévenir Élie, mais on ne trouvait pas tous les jours des voyageurs en route pour ces solitudes. Pourtant, à peine le message était-il parti que Gamliel vit arriver chez lui deux nomades portant de ces vêtements rayés qu'il reconnaissait pour les avoir vus jadis dans l'Aurès. Il les salua en pensant qu'ils devaient appartenir à la tribu de son frère.

— La paix soit sur toi! dit le plus âgé en portant la main à son cœur.

C'était un homme sec et droit, avec cet air un peu lointain, un peu hautain que donne aux gens du désert le mépris dans lequel ils tiennent les servitudes du corps.

— La paix soit sur vous! répondit Gamliel.

Et soudain il reconnut Élie. Les deux frères tombèrent dans les bras l'un de l'autre, puis Élie présenta son fils Telilan, lui aussi sec et droit, blond comme l'était Djemila :

— La dernière fois que tu l'as vu, dit-il, il tétait encore sa mère. Il est maintenant notre chef, et il a lui-même trois enfants.

— Dieu les bénisse!

— Amen! répondit Telilan.

Gamliel demanda comment le rabbin de Thamugadi avait pu faire si vite pour leur annoncer la mort de Salomon. Mais Élie répondit que le rabbin ne leur avait rien annoncé du tout, qu'ils l'avaient appris d'une autre manière :

— Les nouvelles, dit-il, vont plus vite que les hommes!

Gamliel ne tira rien d'autre de lui. Ils se rendirent tous deux au cimetière et dirent ensemble la prière des morts. Ils se sentaient plus proches l'un de l'autre qu'ils ne l'avaient jamais été.

— Un jour, dit soudain Gamliel, j'ai vu notre père frappé par un chrétien. J'étais déjà grand et je ne l'ai pas défendu...

— Moi, dit Élie, j'étais depuis longtemps adulte et marié quand j'ai laissé Thabet le chasser de Thumar... Mais les regrets sont inutiles, ils ne suffisent pas à effacer la honte.

— Prions seulement que nos fils ne nous oublient pas!

Gamliel était stupéfait de ce qu'était devenu son frère. Sa voix, sa façon de se tenir, ses gestes : tout en lui était devenu simple à l'extrême.

Ils retournèrent chez Gamliel et regardèrent longtemps le Rouleau d'Abraham, que Salomon avait soigneusement tenu à jour et, espérant sans doute une nombreuse descendance, généreusement rallongé. Ils restaient ainsi, côte à côte, penchés sur ce que leur père appelait le « témoignage ».

— Tes enfants savent-ils écrire? demanda Gamliel.

— Les miens, oui, mais pas les enfants de mes enfants.

— Comment saurez-vous qui vous êtes?

— A chacun sa mémoire, dit Élie. Les pas dans le sable écrivent aussi l'histoire des hommes.

Il serra le bras de son frère :

— Et toi, tu es là pour écrire!

Pendant ce temps, le fils aîné de Gamliel, David, scribe lui aussi, présentait Telilan, le fameux cousin berbère, aux membres de la famille. On ne se gênait pas pour regarder sous le nez ce fameux cousin berbère – d'autant plus fameux qu'il venait de succéder à son grand-père Thabet comme chef des Djérouas. Et le chef berbère, ce drôle de Juif, mangeait poliment des gâteaux au miel qui lui barbouillaient le cœur et des dattes qui venaient de chez lui. Il était si digne et en même temps si réservé que David ne put s'empêcher de lui dire, au moment de se séparer, quelques jours plus tard, qu'il lui manquerait.

— Viens nous voir, proposa Telilan.
— C'est trop loin.
— Rien n'est loin si on a le temps.
— Mais je n'ai pas le temps, justement. Il me faut écrire tous les jours pour gagner ma vie.
— On te paie combien?
— Vingt-cinq deniers pour cent lignes.
— C'est beaucoup?
— Ce n'est pas beaucoup, mais c'est assez pour moi.

Gamliel et David regardèrent s'éloigner Élie et Telilan, deux silhouettes droites au pas ample et régulier qui disparurent sans s'être retournées.

Hippone ne s'était jamais remise de l'arrivée des Vandales. Outre ses remparts, elle y avait perdu sa belle insouciance et ce fragile équilibre qui permettait à des communautés différentes de prospérer côte à côte. Entre les Vandales et Constantinople, la guerre était constante, flux et reflux, si bien qu'on n'avait plus le temps de reconstruire ou de replanter.

Les affaires, dans ces conditions, n'allaient pas fort et Alexandre, devenu un gros homme désabusé, attendait en vain le client dans sa boutique du coin de la place du marché. David, au contraire, était surchargé de travail : il copiait sans repos contrats, accords, reconnaissances de dettes – plus la situation devenait difficile, plus les commerçants cherchaient à s'assurer.

David avait envoyé son fils Abraham seconder un rabbin de Carthage, Rabbi Joseph, et recevoir son enseignement. Il regrettait parfois de ne pas l'avoir gardé auprès de lui : il y avait bien du travail pour deux, et il n'aimait pas l'idée qu'il vieillirait loin de ses enfants et petits-enfants. « Dis-lui de revenir! » demandait parfois Julia sa femme, oubliant seulement qu'Abraham était lui-même marié là-bas, et qu'il avait quatre enfants!

Dieu qu'il en ressassait, David, des regrets et des projets, tandis qu'il recopiait des actes! Sa main, disait-il, connaissait le chemin des mots et lui laissait la tête libre.

Puis son père Gamliel mourut, et un peu plus tard son oncle Élie – Telilan le lui avait fait écrire, sans commentaire, par le scribe de Thamugadi, ajoutant seulement, comme pour compenser, qu'une nouvelle fille lui était née, Yahia. David pensait souvent à Telilan. Ainsi, se disait-il, les fils sont devenus les pères. Il se demandait si le cousin berbère éprouvait comme lui, depuis la mort de son père, ce vide au creux de la poitrine. Plusieurs fois, il lui était arrivé, comme si souvent dans le passé, de prendre la direction de la maison de Gamliel avant de se rappeler que son père n'y serait plus jamais et de s'en retourner, le cœur et le corps soudain meurtris.

C'est peu après la mort de Gamliel que recommencèrent, à Hippone, les persécutions contre les catholiques. Les Vandales leur interdirent l'accès de leurs églises et les catholiques, furieux, organisèrent, pour la fête des Floralies, un grand cortège à travers la ville. Ils gagnèrent ainsi la basilique. Les cavaliers vandales chargèrent le cortège, lances en avant. Il y eut des morts et, comme un avertissement du ciel, une averse de grêle crépita sur la ville.

Furieux, les Vandales firent la chasse aux catholiques pendant plusieurs jours, prenant soin d'épargner les païens et les Juifs.

Comme tous les Juifs d'Hippone, David le scribe et sa femme Julia étaient enfermés chez eux. Ce soir-là, David disait la prière du *maariv* de Chavouoth quand on vint rudement frapper à la porte. Julia et lui se regardèrent. « Ouvrez ! » dit une voix. David ni Julia n'avaient jamais jusqu'à ce jour été poursuivis ou persécutés en tant que Juifs, mais ces coups dans la porte réveillaient une mémoire bien plus ancienne qu'eux. David finit par se lever, mais déjà la porte sautait brusquement de ses gonds. Des torches, des ombres, des visages, des voix. Une dizaine de lances étaient pointées sur sa poitrine. Les Vandales virent le châle de prière sur les épaules de David :

– Juifs ? demanda l'un d'eux.
– Oui.
– Vous ne cachez pas de chrétiens ici ?
– Non.

David avait peur. Comment peut-on se sentir coupable quand on ne l'est pas ?

Les soldats partirent après avoir jeté un coup d'œil à la pièce voisine. On les entendit frapper chez les voisins, qui étaient juifs aussi.

David remit comme il put la porte en place. Longtemps, assis l'un près de l'autre, David et Julia écoutèrent la nuit – il y eut, plus ou moins lointains, des galopades, des cris. Puis Julia alla se coucher et David alluma une lampe pour rédiger quelques contrats. Il ne pourrait dormir, et écrire était son refuge.

Il délaya une tablette d'encre, tailla une plume, l'essaya. Qu'il aimait ces gestes-là, et l'odeur de l'encre, et le grattement du stylet sur le papyrus! Qu'il aimait voir se ranger, l'une après l'autre, les lettres qui naissaient de sa volonté, selon son art, pour représenter au bout du compte des hommes, des marchandises, des terres... Il aimait son métier, David le scribe.

Il inscrivit la date : l'an 488 de l'ère chrétienne, puis s'absorba dans son travail. C'était un contrat en latin. « Adressé à Marcus, fils de Quintus, citoyen d'Hippone Regia, par Aurelius, fils de Sectus. Nous désirons t'acheter de notre plein gré... »

Il entendit un léger bruit du côté de la porte, qu'il crut avoir mal remise en place. Il se leva. La porte s'entrebâillait lentement, une main apparaissait, une manche de tissu bleu, un visage de femme aux abois. « Mon Dieu, se dit-il en lui-même, aide-moi. » Voyant qu'il ne bougeait pas, qu'il ne menaçait pas, la femme s'enhardit, entra, repoussa la porte derrière elle :

— Mon frère a été tué, dit-elle à mots pressés. Je ne sais pas où est mon mari... Je suis catholique...

David n'avait jamais connu une peur de cette nature. Il lui semblait que son corps était devenu liquide. Il n'aurait même pas pû s'enfuir. Pourtant, sa première réaction fut de faire signe à la femme de parler bas : Julia dormait dans la pièce voisine.

La femme posa son regard bleu effrayé sur la tache claire du papyrus qu'éclairait la lampe de terre cuite :

— Je te dérange? demanda-t-elle.

Qu'elle le retarde dans son travail n'était pas bien grave. Mais sa seule présence chez lui le mettait en danger, ainsi que sa femme, et même la communauté : si on apprenait que les Juifs protégeaient les chrétiens! Mais il s'entendit dire :

— Assieds-toi. Reprends ton souffle.

Il lui désignait une natte, dans un coin de la pièce, et elle s'y assit. David avait l'impression de vivre une aventure inimaginable. Il pensait aux chrétiens, aux Vandales, à son épouse Julia, et son cœur battait dans sa poitrine comme un tambour inconnu.

— Je dois travailler un peu, dit-il au lieu de la jeter dehors.

Il reprit sa place devant le papyrus. « Nous désirons t'acheter de notre plein gré... » Sa main écrivait, mais son esprit priait l'Éternel que la femme s'en aille.

— Ne crains rien, je te laisserai travailler, dit-elle. Qu'est-ce que tu fais?

— Je prépare un contrat pour la vente d'une terre.

— Tu crois que les Vandales resteront encore longtemps à Hippone?

— L'Éternel, béni soit-Il! est le seul à le savoir.

La catholique s'apaisait. Ses mains croisées reposaient maintenant sur son genou. Avait-elle des enfants? David se récita le passage de Job : « Si mon cœur a été séduit par une femme, si je fais le guet à la porte de mon prochain, que ma femme tourne la meule pour un autre et que d'autres la déshonorent. » Il s'appliqua à écrire : « ... la terre de dix arpents, située »...

Il lui sembla entendre un bruit dans la rue, et il resta un moment aux aguets. Non, rien. Quand il eut terminé son contrat, il en entreprit un autre. Pourquoi n'avait-il pas le courage de chasser cette femme? Elle allait à coup sûr le faire prendre. Il questionnait de toutes ses forces le Très-Haut, mais le Très-Haut ne lui répondait pas. Et elle, là, qui restait immobile et grave à le regarder. Soudain, il comprit qu'il avait envie d'elle, et son cœur recommença à cogner dans sa poitrine. La nuit, le danger partagé expliquaient peut-être tout, ou alors l'odeur de sa peur, qui pouvait savoir?

Vers le matin, il termina son travail, écrivant pour finir : « Moi, David, fils de Gamliel, certifie avoir écrit pour Marcellus, fils de Cornélius, car il est illettré. » Il posa sa plume et se redressa pour se détendre le dos.

La catholique alors se leva, vint regarder le contrat terminé et, de la façon la plus imprévisible, saisit la main droite de David et y posa un baiser rapide. Il eut peur et se dressa :

— Il faut que je rajoute de l'huile, dit-il tout à trac en retirant sa main.

Il prit la lampe de terre cuite et passa dans la pièce où Julia dormait et où se trouvait la jarre d'huile. Sa femme dormait, les cheveux cachés par un foulard gris et le visage posé dans la paume de sa main sur le côté. Il la regarda avec tendresse, remarqua ses rides : il les connaissait toutes, les avait vues se former au fil de tout ce temps passé ensemble — le temps creuse la chair comme l'eau les rochers.

Il prit la jarre et repassa dans l'autre pièce, l'air affairé, posa la jarre, posa la lampe. C'est seulement à ce moment-là qu'il vit que la femme était partie. Dehors, on entendait à nouveau des bruits de courses, des appels. David restait au milieu de la pièce, immobile, les bras ballants, brisé, vide. Là où s'étaient posées les lèvres de la femme, sa main le brûlait.

« David, fils de Gamliel, engendra Abraham et Rebecca.
« Abraham engendra Hanan, Myriam, Aurélia et Salomon.
« Salomon... »

VII.

Hippone
NOMOS LE ROUGE

« ... Salomon engendra Sarah, Ruth et Jonathan.

« Sarah et Ruth furent converties de force en l'année terrible 4295 * après la création du monde par l'Éternel – béni soit-Il! Que leur souvenir demeure dans la famille et au sein de la maison d'Israël!

« Jonathan engendra Énoch et Élie.

« Élie engendra David, Nomos, Judith et Salomon. »

On était alors au mois de Tamouz de l'année 4373 ** et Élie, le père, lisait à ses enfants assemblés la litanie des noms de ceux dont ils étaient issus. Son grand-père Salomon et son père Jonathan lui avaient transmis le Rouleau d'Abraham en lui enjoignant de respecter la coutume et d'y inscrire le nom de ses enfants, mais ils n'en pratiquaient pas la lecture. Or Élie avait découvert que l'aïeul Abraham, le scribe de Jérusalem, avait expressément écrit : « ... Puisse l'appel de ces noms que j'ai inscrits et que d'autres inscriront après moi ici déchirer le silence et, du fond du silence, réparer l'irréparable déchirure du Nom. » Il s'agissait donc bien d'« appeler » les noms, et Élie, un de ces hommes scrupuleux et secs qui s'accomplissent dans la pratique respectueuse des liturgies, avait peu à peu institué tout un cérémonial autour de la lecture du Rouleau d'Abraham.

A l'occasion d'une mort, d'une naissance, d'une *bar-mitsva* ou d'un mariage, il convoquait l'ensemble de la famille chez lui, dans la grande salle bleue, sous les portiques; les hommes se plaçaient à droite, les femmes à gauche, comme pour la prière. Lui-même, le châle rituel posé sur la tête, vérifiait que tout son

* 535.
** 613.

monde était en place, puis prenait une voix haut perchée de hazan et faisait la lecture.

Il n'y avait cette fois ni mort à déplorer ni naissance à célébrer, mais l'heure était grave. Une vague de réfugiés juifs débarquant d'Espagne arrivait à Hippone et à Carthage, et les persécutions dont ils avaient été l'objet paraissaient d'autant plus inquiétantes que leur histoire ressemblait, comme un noyau d'olive à un autre noyau d'olive, à celle des Juifs de Numidie. Ce qui était arrivé là risquait bien de se produire ici.

En effet, tant que les Wisigoths, ayant conquis l'Espagne, étaient restés fidèles à l'arianisme, les Juifs n'en avaient pratiquement subi aucun dommage, mais maintenant que leurs chefs acceptaient l'autorité du pape, ils s'obstinaient à vouloir convertir aussi les Juifs. Ils avaient commencé par arracher les enfants à leurs familles pour les envoyer dans des écoles chrétiennes, puis avaient persécuté les parents – un certain Amarius, évêque de Tolède, avait même baptisé de force deux rabbins, Joseph et Nephtali!

A Hippone, le destin des Juifs dépendait de la même façon du sort des batailles qui opposaient les Vandales aux armées byzantines. Quand l'empereur de Constantinople Justinien avait chassé les Vandales d'Afrique – ainsi que les Ostrogoths d'Italie et les Wisigoths d'une partie de l'Espagne –, il avait promulgué un décret contre les Juifs et confisqué les synagogues. Le décret avait été aboli, mais toutes les synagogues n'avaient pas été rendues au culte.

L'arrivée des « Espagnols » – *Sephardim* – et la démarche du Conseil de la communauté demandant à chaque famille d'héberger l'un de ces réfugiés constituaient aux yeux d'Élie des signes suffisamment alarmants pour qu'il convoque une réunion familiale autour du Rouleau d'Abraham. Son frère Énoch était là, avec sa femme et son fils Aaron; sa fille Judith était venue elle aussi avec ses enfants; son fils Nomos enfin, le scribe, qui se tenait modestement derrière les autres, comme si on pouvait ne pas le remarquer : non seulement Nomos était grand, très grand, large d'épaules et de visage avenant, mais de plus il était roux, terriblement et merveilleusement roux. Élie, incapable d'expliquer le phénomène – on n'avait jamais vu cela dans la famille –, n'était pas loin de penser qu'il désignait Nomos aux coups du sort. Myriam, sa femme, n'était-elle pas morte au lendemain de leurs noces? Nomos ne refusait-il pas, depuis quinze ans, de prendre femme? Or, selon les sages, « il n'est pas bon que l'homme soit seul », mais toutes les pieuses exhortations d'Élie laissaient Nomos apparemment indifférent :

— Cesse donc de vouloir me marier, père, répondait-il, tes autres enfants t'ont assuré une nombreuse descendance. Quant à moi, l'Éternel – béni soit-Il! – a su contrarier mon choix, Il saura bien m'indiquer Sa volonté!

Le temps de lire le testament d'Abraham et les noms de sa postérité, le soleil allongeait déjà les ombres. Il était l'heure de dire la *minha*, prière de l'après-midi :

> *Je T'exalterai, ô mon Dieu, mon roi!*
> *Et je bénirai Ton nom à toujours...*

Les Espagnols s'étaient assemblés dans la cour de la synagogue de Rabbi Meir, dans la ville basse. Assis sur les balluchons ou debout les bras ballants, dépaysés, sans repères, accablés d'incertitudes, se raidissant sous la curiosité, ils restaient mornes et immobiles : on leur avait demandé d'attendre.

Enfin des scribes enregistrèrent leurs noms, et des bonnes volontés les distribuèrent dans les familles. Les derniers furent pour les scribes. Ainsi échut-il à Nomos d'accueillir dans sa modeste demeure une femme au visage sévère, toute vêtue de noir, et sa jeune nièce – des cheveux très noirs, des yeux très bleus, une pâleur irréelle. De ce jour, Nomos, au lieu d'aller travailler à la synagogue, se mit à recopier la Tora à la maison. Il s'installait dans la pièce du fond, celle qui donnait sur la cour intérieure où les Espagnoles avaient remis en service une fontaine fermée. Il était bien, là, écoutant comme une merveilleuse musique se mêler les voix lointaines des femmes et de la fontaine.

Dans son entourage, on suivait sa conversion avec intérêt :

— Elle est étrange, ton étrangère, lui dit son ami Paulus, scribe comme lui et chrétien.

— Pourquoi étrange?

— Je ne sais pas... Sa fragilité, peut-être... C'est une femme qu'il te faut, Nomos, pas un ange!

— Elle est si..., si...

— Tu en perds la langue! L'évêque Augustin disait de bien réfléchir avant de se mettre une chaîne aux pieds!

Une chaîne! Nomos et Aster, chacun le voyait, ne pouvaient plus se passer l'un de l'autre, mais eux, c'est à peine encore s'ils osaient se regarder. Elle avait seize ans, et lui près de quarante, mais ce qui les liait, bouleversant et apaisant à la fois, n'était rien d'autre qu'une de ces évidences mystérieuses de l'amour.

Mais la communauté commençait à jaser, et Élie demanda à Nomos et Aster de s'épouser. Le mariage eut donc lieu. Et un an plus tard, Nomos put ajouter un nom dans le livre familial, celui de leur premier enfant : Abraham.

Au mois de Tamouz arriva une lettre écrite par l'écrivain public de Thamugadi pour le compte de Tazir, le cousin berbère. La lettre était écrite dans un latin maladroit, avec des mots hébreux tels que *ben*, qui signifie « fils », ou *chana*, qui veut dire « année » :

« Au cousin de Hippo-Regia Élie ben Jonathan ben Ezra ben Salomon, de la part de Tazir, fils de Chakiya et Damya, petit-fils d'Abraham et Diyia, en cette année 4373 * après la création du monde par l'Éternel, béni soit-Il!
« Nous t'annonçons que nous sommes en bonne santé, avec l'aide de Yahvé et Gurzil, dans notre pays. Nous espérons que toi et les tiens vous portez bien et que vous pourrez nous envoyer les dates des fêtes juives pour la chana à venir. D'ici deux lunes, nous descendrons au marché de Thamugadi. L'Éternel m'a accordé un nouveau ben et une récolte de dattes comme même mon père n'en avait jamais vu. Sans doute a-t-Il voulu, dans Sa grande justice, compenser celle de la dernière chana, si mauvaise à cause de tous nos péchés. Qu'Il en soit béni! Celui à qui vous confierez votre lettre me trouvera au marché. Tout le monde connaît Tazir ben Chakiya, chef des Djérouas Butr. Que le Dieu des armées vous bénisse! Votre cousin, Tazir ben Chakiya ben Abraham. »

Aster, dont, à l'exception de sa tante, toute la famille avait été victime des Wisigoths, avait adopté avec reconnaissance les oncles, cousins, neveux et nièces de Nomos, et la découverte d'un cousinage berbère la ravissait. « Les connais-tu ? demandait-elle à son mari. Comment s'habillent-ils ? Qui est-ce Gurzil ? De quel " pays " parle-t-il ? » Nomos lui expliquait que les Berbères avaient quelques années plus tôt proclamé l'indépendance de leur pays, les Aurès, et qu'ils passaient leur temps en guerre contre l'autorité officielle de Numidie, qu'elle soit vandale ou byzantine ; qu'il ignorait la façon dont les Berbères de la tribu de son cousin étaient vêtus ; que Gurzil était un dieu païen...
- Mais alors, ce ne sont pas de vrais Juifs!
- Ils suivent les lois de la Tora, mais ils vivent loin de tout et

613.

ils croient sans doute avoir besoin de protections supplémentaires...

Aster se tut un moment, comme si, en rêve, elle était elle aussi là-bas dans les montagnes du désert. Nomos la regardait, attendri par sa jeunesse. Soudain, elle parut s'éveiller :

— Nomos, dit-elle, mon époux, j'aimerais tant aller chez le cousin Tazir!

Et le plus extraordinaire est que Nomos le scribe, qui n'avait jamais quitté Hippone, et même jamais passé le pont sur la Seybouse, n'envisagea pas un instant de s'opposer au caprice de sa jeune femme. A peine s'il souleva quelques objections que lui dictait sa raison; mais elle les balayait d'un geste de sa main blanche. L'enfant? Sa tante s'en occuperait le temps du voyage. Les dangers de la route? N'arrive que ce qui doit arriver. La fatigue? Nous ne serons jamais plus jeunes et résistants que maintenant... Et, quant à ses commandes, son ami Paulus se ferait un plaisir d'assurer le travail urgent...

Ils partirent à l'automne, sous les regards émus ou réprobateurs de la famille et des voisins. Nomos avait emprunté à l'oncle Enoch son unique chariot, dont les deux roues n'étaient pas de même diamètre. « Il roule en boitant! » disait Aster. D'ailleurs une roue cassa, puis l'autre, et les réparations de fortune ne résistèrent pas aux difficultés de la route. Ils continuèrent avec les deux ânes, Nomos allant la plupart du temps à pied.

Aster était curieuse de tout de qu'elle voyait, de tout ce qu'elle entendait : des troupeaux de chameaux dédaigneux, des canaux qui parcouraient la plaine comme des veines bleues irriguent un corps, des tourbillons de poussière qui lui rappelaient le tournoiement des danseuses de Cordoue... Elle devenait soudain grave quand apparaissaient des pans de demeures calcinées, des domaines abandonnés livrés aux herbes sauvages.

Ils dormaient dans des auberges ou ce qu'il en restait. « Regardez, leur dit un aubergiste un soir, cette aile a été brûlée par les Vandales, celle-là par la légion. A chacun sa part! » Ils se faisaient peu à peu à la vie du chemin, prenaient des couleurs et de l'appétit. Le menu n'était guère varié; dattes et galettes d'orge, avec parfois un peu de lait, mais l'important était d'avancer.

Ils arrivèrent ainsi au pays des montagnes rouges et Aster se croyait revenue aux environs de Cordoue ou d'Illiberis *. Enfin

* Grenade.

ils furent à Thamugadi. A peine s'ils prirent le temps de s'arrêter à l'auberge pour se désaltérer et laisser leurs ânes. Aster était si impatiente et heureuse de tout!

Il était temps qu'ils arrivent : le marché devait se terminer un ou deux jours plus tard. La foule des vendeurs, des acheteurs et des curieux était animée d'une sorte de mouvement immobile, comme la mer, ou encore comme ces grandes dunes qui avancent sans paraître bouger. Ils s'y laissèrent emporter, accrochés par des vendeurs de talismans, des porteurs d'eau, des mendiants...

Le marché de Sertius, auquel on accédait du côté de la rue par un petit escalier, était entouré d'un mur de pierre surmonté d'une rangée de fenêtres sur le rebord desquelles dormaient des dizaines de lézards, comme une étrange dentelle. A l'intérieur, deux cours en hémicycle pavées de dalles claires. Tout autour, sous les portiques, des boutiques dont les marchandises débordaient sur le passage. La cour centrale était un fourmillement indescriptible où l'on vendait des fruits, des peaux, des jarres d'huile, des lampes, des sacs d'orge, des amphores de vin, des bijoux, des graines de pastèque grillées, des épices, des beignets... Dans un coin, des crieurs écartaient la foule pour faire combattre deux boucs noirs tenus en chaîne par leur propriétaire; ailleurs, une Nubienne tournoyait dans un roulement de tambourins et de cymbales parmi les spectateurs battant des mains...

Soudain, Aster prit le bras de Nomos. Elle désignait, non loin d'eux, un homme en vêtements rayés assis devant un couffin empli de régimes de dattes :

— Je suis sûre, dit-elle, que c'est notre cousin!

Nomos s'approcha et demanda à l'homme s'il était Tazir. Celui-ci cracha un noyau de datte dans la poussière et, sans répondre, fit signe que non.

Nullement déçue, Aster se tournait maintenant vers un autre « cousin » : celui-là, en robe blanche, vendait des peaux de chèvre à un légionnaire qui marchandait. Nomos et Aster s'approchèrent.

— Trois peaux pour dix sesterces, annonçait le légionnaire.
— Trois pour dix? Par Gurzil et Bélier, tu me ruines! Vingt et une sesterces, c'est mon dernier prix! Sept par peau!
— Je te donne quatre par peau, elles ne valent pas plus.
— Bon, prends-les pour dix-sept, et je rentre chez moi.
— Quinze!
— Seize!

Nomos était sûr que le vendeur ne pouvait être son cousin,

mais, une fois que le légionnaire eut payé et emporté les peaux, il lui demanda pourtant s'il était Tazir. L'homme recomptait ses pièces.

— Tazir? Non, je ne suis pas Tazir, mais vous le trouverez plus bas, au marché aux dattes.

Il regarda Aster, que nimbait toujours, malgré son hâle, cet air de fragilité et de transparence et lui dit :

— Tiens, choisis une peau pour toi. Je te la donne.

Il cligna de l'œil :

— Avec les légionnaires, les affaires sont bonnes, et il faut remercier les dieux...

A l'entrée du marché aux dattes, une femme au visage tatoué, les cheveux couverts d'un châle orange, vendait des bagues et des bracelets qu'elle portait aux doigts et aux poignets. Elle connaissait Tazir : ils étaient cousins. « Nous aussi », dit Nomos. Elle les regarda attentivement :

— Vous êtes les cousins juifs d'Hippone? Je ne croyais pas que vous existiez réellement!

Elle les emmena, hors des remparts, au campement des Berbères djérouas butr et, tandis que des enfants les entouraient, pénétra sous la tente la plus vaste. Un homme en sortit, grand, les cheveux bruns coupés court, barbu, les yeux très bleus dans un visage d'argile cuite :

— Bienvenue! dit-il en étendant largement les bras. Je vous attendais. Que l'Éternel soit béni pour vous avoir guidés jusqu'ici!

Sous la tente, plusieurs hommes étaient assis sur des tapis. Ils se levèrent devant les étrangers et se retirèrent l'un après l'autre en saluant.

— Avez-vous faim? soif? demanda Tazir. Asseyez-vous...

Il parlait le punique.

— Tu es bien Nomos le rouge, n'est-ce pas? Comment va ton père Élie?

— Oui, je suis Nomos. Mon père va bien et il te salue... Mais comment sais-tu?

— Nous ne savons pas écrire, mais nous savons entendre...

Une femme apporta de l'eau et des dattes :

— Ma sœur Diya, présenta-t-il. Ma femme Zoura est restée à Thumar... Comme elle va regretter!... Comment se portent nos frères d'Hippone?

— Les chrétiens les tolèrent mais ne les acceptent pas.

— Peu de ceux qui prêchent la justice vivent dans la justice!

Nomos, assis à même le sol, se sentait à l'aise face au cousin Tazir.

— En grec, expliqua-t-il, « justice » se dit *elemosyne*, c'est-à-dire pitié, condoléances, tandis qu'en hébreu on dit *tzedek*, justice, charité.

Tazir se fit répéter les mots, réfléchit longuement :
— Je ne voudrais pas, dit-il enfin, d'une justice qui ne soit que pitié.

Aster ne perdait rien de la conversation ni du décor. Elle regardait alternativement le Berbère et son époux, en quête d'une ressemblance.

— Dans la montagne, continuait Tazir, c'est moi le chef. La tradition veut que je donne les ordres et que je rende la justice. Comme tous les hommes, je peux me tromper, mais c'est ainsi...

— Tu prends tes décisions seul?

— Le conseil des sages peut donner son avis, mais j'en suis le chef, et les hommes craignent le chef.

— Il n'y a de justice, dit Nomos, que dans la crainte de la Loi, pas dans la crainte de ses gardiens.

— Chez nous, la Loi se confond avec Dieu, et comme nous avons plusieurs dieux et que chaque dieu a sa loi, c'est le chef de la tribu qui décide... Tiens, prends un beignet.

Le jour baissait. Sur le seuil de la tente, les enfants se tenaient par grappes.

— Avant de regagner l'auberge, dit Nomos, je vais te raconter une histoire. Un chef, un roi, avait un jour construit un palais. Tout y était illusion : les portes, les fenêtres, les salles et la muraille qui l'entourait. C'est de ce palais d'illusion qu'il régnait sur son peuple. Comme tu peux l'imaginer, les mécontents, les miséreux se rendaient au palais pour demander justice, mais ils s'arrêtaient devant les portes, ayant peur de les pousser. Un jour, un ministre fut pris de pitié pour ces gens qui tournaient autour du palais sans oser y entrer. Il leur dit qu'en vérité rien ne les séparait de la justice, car les portes, la muraille, les serrures et le palais lui-même n'étaient qu'illusion...

Nomos se tut.

— Alors? demanda Tazir. Qu'est-il arrivé?

— L'histoire ne le dit pas.

Tazir sourit, puis, l'air embarrassé :
— Ton histoire, dit-il, est belle et juste. Mais si je la racontais à Thumar, je cesserais d'être le chef!

Ce voyage-là, Nomos et Aster en parlèrent pendant des années, l'embellissant au fil du temps – ce qui est souvent le sort des souvenirs de voyage. Chaque année, les cousins des Aurès faisaient parvenir une lettre dans laquelle ils donnaient de leurs nouvelles et demandaient les dates des fêtes, et chaque année Nomos répondait.

Vingt ans plus tard – Nomos le rouge avait alors les cheveux gris, mais Aster gardait cette lumière au visage – ils eurent l'occasion de reparler très précisément de Thamugadi et de Thumar. Un soir, Nomos travaillait à copier les psaumes de David pour le marchand Néhémia, fils de Janus, un des *parnassim* de la communauté de Rusicade. Il s'appliquait particulièrement, à la fois parce qu'il aimait les psaumes de David et parce qu'il était fier d'avoir reçu cette commande depuis cette ville étrangère. Sa femme et ses deux fils étaient couchés depuis longtemps qu'il copiait encore. Soudain, on frappa à la porte tandis qu'une voix appelait :

– Nomos! Nomos! C'est Paulus, ouvre-moi!

Il alla ouvrir. Son ami Paulus paraissait bouleversé.

– Entre, Paulus, dit Nomos. Assieds-toi. Qu'est-ce qui t'amène si tard?

– Tu pourrais dire si tôt, c'est bientôt l'aube.

– Il est toujours trop tôt pour une mauvaise nouvelle. Prends ton temps!

– Tu as raison. « Bienfaits et calamités sont mêlés, disait l'évêque Augustin, accueillir les uns, c'est accueillir les autres. »

Paulus examina en connaisseur le travail de Nomos, puis, d'un coup, il lâcha :

– Nomos, je ne sais comment te le dire, mais l'empereur Héraclius a décrété que les Juifs devaient se convertir.

Nomos ne répondit pas. Paulus continua :

– Les chefs des communautés juives seront bientôt convoqués à Carthage. En ce moment même, des émissaires sont chargés de porter la nouvelle sur tous les chemins de l'Empire.

– Il nous reste donc quelques jours, dit Nomos.

– Que vas-tu faire?

– Merci, mon ami, merci. Je ne sais pas encore.

Paulus sorti, Nomos, très pâle, reprit sa place et poursuivit son travail. Au matin, il posa le grattoir et la plume et, le front sur les bras, dormit un moment. Quand il s'éveilla, le soleil apparaissait. Nomos se couvrit la tête de son châle de prière, se tourna vers Jérusalem et prononça d'une voix claire : « Mon Dieu, l'âme que Tu as mise en moi est pure. Tu l'as créée, Tu l'as formée, Tu l'as insufflée, Tu l'as conservée en moi, c'est Toi qui me la prendras et me la rendras un jour. Tant que cette âme sera en moi, je Te rendrai grâce, Éternel, mon Dieu et Dieu de mes pères... »

Puis il appela sa femme et ses fils et leur apprit la décision de l'empereur de Constantinople.

– Que son nom soit maudit! s'exclama Aster.

Abraham avait maintenant vingt et un ans, et il devait se marier à l'automne; son frère cadet, Maxime, de deux ans plus jeune, voulait étudier à Carthage avec Rabbi Johanan.

– Quittons le pays! suggéra Abraham.

– Pour aller où? demanda son frère.

– Je ne sais pas... A Rome, en Gaule... Il y aura bien un pays pour nous dans le monde!

– Pourquoi pas en Babylonie? proposa Maxime. On m'a dit qu'il existe chez les Parthes de fameuses écoles de la Loi.

Aster intervint, comme frappée d'une révélation :

– Nomos, mon époux, dit-elle, te rappelles-tu notre voyage à Thamugadi? Si nous allions chez les cousins berbères?

Nomos secoua la tête :

– Je crois, dit-il d'un ton à la fois résolu et infiniment triste, je crois qu'on ne peut fuir éternellement. Nos aïeux ont fui Jérusalem, ils ont fui Alexandrie... Il est temps d'apprendre à rester!

– Mais comment allons-nous nous défendre?

Aster, ses yeux clairs agrandis par la crainte, regardait tour à tour son mari et ses fils :

– Nous ne savons pas nous battre... Nous n'avons pas d'armes...

– Nous disposons d'une arme qui a fait ses preuves, répondit fermement Nomos. La parole. C'est avec la parole que l'Éternel – béni soit-Il! – a créé le monde.

Et Nomos partit en guerre. Il entrait dans les maisons juives, courait les marchés et les places publiques, disait que les Juifs ne pouvaient passer leur vie à fuir, que chacun avait le droit de croire en son Dieu... Aux catholiques, il rappelait le temps où eux-mêmes étaient persécutés par les Vandales ariens... Aux Juifs, il faisait valoir qu'on ne pouvait convertir de force une population solidaire et déterminée...

Des espions le suivaient, écoutaient ses propos et couraient les rapporter aux autorités. « Prends garde! » lui conseillait son ami chrétien Paulus, mais Nomos répondait qu'il fallait bien que quelqu'un fasse ce qu'il faisait, dise ce qu'il disait. L'archisynagogos d'Hippone, Rabbi Josué, avait reçu l'ordre de préparer la communauté à la conversion et s'efforçait de gagner du temps.

David, le frère aîné de Nomos, celui qui avait repris la boutique à l'angle de la place du Marché, comprenait bien ce que voulait Nomos, mais il lui refusa son soutien : dans le commerce, il faut ménager la clientèle. Déjà, on l'évitait, on ne le saluait plus.

Ce matin-là, alors qu'il levait la barre de bois qui fermait les volets de son échoppe, David vit arriver Joseph le boucher :

— Que l'Éternel – béni soit-Il ! – nous protège ! dit David.

Joseph était furieux :

— Même l'Éternel – béni soit-Il ! – ne pourra nous protéger si ton frère continue à se prendre pour un prophète ! Voilà qu'à cause de lui nous ne pouvons même plus vendre de viande *kasher* !

Il regarda autour de lui, baissa la voix :

— Nous, les Juifs, nous avons l'habitude des persécutions. Nous savons bien qu'il ne s'agit que d'un mauvais moment à passer... D'ici quelques mois, tout sera oublié... (Sous ses gros sourcils blancs, il prit l'air terrible.) ... A condition que ton Nomos n'aille pas exciter les chrétiens !

Il se pencha vers David, comme pour lui confier le secret de longue vie :

— Crois-moi, ne nous faisons pas remarquer, devenons transparents...

A ce moment, on entendit des cris et des bruits de course, des volets claquer. Joseph partit en courant rejoindre sa boutique à l'angle de la place. David commençait à remettre les volets quand il vit arriver sa femme Sarah et leur fils Siméon :

— David, dit-elle, il nous faut nous cacher. L'émeute commence. Ils cherchent les Juifs.

David poussa Sarah et Siméon au fond de la boutique, derrière les jarres d'huile, et assura les fermetures. Il se demanda où était Nomos. Entre les volets mal joints, il pouvait voir une partie de la place, où les gens maintenant arrivaient, se groupaient pour écouter les pousse-au-crime qui se dressent toujours dans ces moments-là. Soudain, il y eut le premier cri, un cri terrible, de peur, de douleur, d'horreur, et ce fut comme un signal. Les chrétiens se précipitèrent sur les Juifs qui n'avaient pas eu le temps de se cacher ou de fermer leur boutique. Étalages renversés, marchandises piétinées. Par la fente du bois, David vit la foule arracher les volets de la boucherie de Joseph, jeter en criant de dégoût les quartiers de viande au milieu de la place. Dans son étroit champ de vision, il voyait passer des gens dans un sens ou dans l'autre, certains armés de bâtons, l'un même portant une hache, mais il ne pouvait comprendre l'ensemble de la scène. Il entendit des coups dans la porte de Flinius, fils d'Isaac, son voisin marchand de légumes, et il lui sembla recevoir en pleine poitrine ces coups qui résonnaient dans le mur.

— David, appela Sarah, que se passe-t-il?
— Chut! Taisez-vous.

Puis les mêmes coups que chez Flinius ébranlèrent ses volets. Il ferma les yeux.

Soudain des cris retentirent :
— La légion! La légion!

La place se vida aussi vite qu'elle s'était emplie. Quand les soldats y firent irruption, il n'y restait plus que quelques chiens occupés à déchirer la viande kasher de Joseph le boucher et quelques Juifs aux vêtements arrachés qui se relevaient comme ils pouvaient. David sortit. Sur la porte de la boutique de Flinius et sur la sienne avaient été clouées des poupées de chiffon.

C'est au milieu du jour que les soldats vinrent arrêter Nomos le rouge. Il ne fut pas surpris qu'on vînt le chercher, mais s'étonna que ce ne fût pas à l'aube. « Les hommes arrêtent les hommes à la naissance du jour, lui avait autrefois dit son père — que son âme repose en paix! — pour que la conscience des uns n'ait pas le temps de se réveiller et le courage des autres de s'affermir. »

Aster, qui ne voulait pas qu'il parte sans elle, s'accrochait à lui de toutes ses forces — les soldats la frappèrent pour lui faire lâcher prise. Plus tard, elle échappa à ses fils et courut derrière Nomos, aux poignets liés, qui marchait entre deux cavaliers. Cette fois encore Abraham et Maxime la rattrapèrent et la ramenèrent, brisée, sanglotante.

Nomos fut conduit à Carthage. Interminable chemin, poussière, chaleur, soif, soif. Mais ce dont il souffrit le plus, plus que de ses poignets cisaillés, plus que de ses pieds en sang, c'était sans doute que personne ne fût sorti sur son passage tandis qu'il traversait la ville. Aucun de ses voisins de la rue de Dieu ou de la rue du Fleuve, à l'angle desquelles il habitait, aucun de ceux qui le connaissaient depuis plus de cinquante ans! Oh! il ne pensait pas qu'ils auraient dû le délivrer, mais au moins le saluer, lui dire qu'on ne l'oublierait pas, qu'on répéterait son nom, qu'on prierait pour qu'il n'ait pas peur à l'heure terrible, si les choses devaient aller jusque-là, qu'on... Mais il n'y avait eu personne, chrétien ou Juif, et son chemin s'en trouvait plus difficile encore. « Quel bénéfice reste à l'homme de toute la peine qu'il se donne sous le soleil ? » demande l'Ecclésiaste.

Il marcha longtemps sans même en avoir conscience, réfugié au fond de sa douleur. Et quand, à Carthage, on le jeta dans une cave, il en apprécia l'obscurité et l'humidité avant de sombrer dans le néant. Quand il s'éveilla, il se sentit très seul et sans courage. Quelque part, quelqu'un criait. « Tu n'abandonneras pas mon être à l'abîme, pria-t-il, Tu me feras connaître le chemin de la vie, la plénitude des joies qu'on goûte en Ta présence, les délices dont on jouit à Ta droite, sans fin. »

Deux soldats indifférents vinrent le chercher et l'emmenèrent par de longs couloirs aux murs suintants et de hautes marches de pierre grise, jusqu'à une salle voûtée où siégeaient trois juges vêtus identiquement de deux tuniques superposées : celle du dessus, ornée de broderies, fendue sur les côtés, laissait voir la seconde, qui était d'un rouge intense.

Le juge du milieu accusa Nomos d'être un ennemi de Dieu, car on ne pouvait expliquer autrement ses discours contre l'autorité de l'Église. Nomos répondit qu'il respectait l'Église et la foi chrétienne, mais qu'il demandait que l'Église respectât sa propre foi. On n'écoutait même pas ses réponses. On lui dit qu'il pouvait sauver sa vie en acceptant de se convertir.

— Quelle valeur a pour vous une conversion forcée ? demanda Nomos. La foi n'est-elle pas une révélation ? Croyez-vous que...

On le fit taire. Des juges parlèrent à tour de rôle. L'un d'eux dit que la justice pouvait se montrer clémente si Nomos donnait le nom de ses complices. Alors il leva la main. Le juge, soudain intéressé, se pencha :

— Qui te donne tes ordres ? Quel est ton supérieur ? Dis-nous son nom !

— L'Éternel, béni soit-Il, Dieu d'Israël !

Et Nomos sut qu'on pouvait avoir envie de rire en face de la mort.

Le maître juge, celui du milieu, lut quelques formules. Nomos ne les entendait pas. Il savait qu'il allait mourir et pensait à son père qui avait coutume de dire : « Pour bénéficier d'un miracle, il faut le mériter ! » Pensant à son père, il regretta de n'avoir pas lu, avant d'être emmené par les soldats, le Rouleau d'Abraham au milieu de sa famille. Mais ses fils étaient de bons fils, et ils continueraient la tradition.

Quand fut fini le simulacre de jugement, Nomos demanda à parler :

— Juge chrétien, dit-il, n'oublie pas les exigences de l'humanité !

Encore une fois on le fit taire. Cette fois, il s'en réjouit : la phrase était de l'évêque Augustin ! et il sut qu'on pouvait être joyeux en face de la mort.

Seul dans son cachot, il pleura à gros sanglots sur Aster, sur ses fils et sur lui-même. Puis il se reprit et, incapable de savoir si l'on était le matin ou le soir, choisit de dire la prière du soir : « Seigneur, c'est de Toi que viennent notre secours et notre salut. » Il s'endormit sans en avoir conscience et, quand il s'éveilla, il sut qu'on pouvait avoir sommeil, et faim, et froid en face de la mort.

Enfin ils vinrent. Il se mit debout sur ses pieds blessés. Il tremblait. « Il anéantira la mort à jamais, récita-t-il, et le Seigneur Dieu séchera les larmes sur tout visage. »

Il suivit un autre couloir de pierre grise et arriva dans une petite cour. C'était l'aube. On le mit à genoux, on lui fit tendre la nuque. Prier, prier – comment prie-t-on ? Il vit, par en dessous, les pieds du *secator* prendre leur aplomb dans la poussière.

– L'Éternel est Dieu ! eut-il le temps de crier.

Le gouverneur de Carthage dicta ce matin-là deux messages, l'un aux habitants d'Hippone, l'autre à l'empereur. Tous deux disaient que le chef des hérétiques, un certain Nomos, fils d'Élie, dit Nomos le rouge, avait été décapité et que rien ne s'opposait plus à la conversion des Juifs ainsi que l'empereur l'avait décidé.

VIII

Hippone
LE TÉMOIGNAGE D'ABRAHAM

AUJOURD'HUI, vingt-huitième jour du mois de Tamouz de l'année 4393 * après la création du monde par l'Éternel – béni soit-Il! – moi, Abraham, fils de Nomos, fils d'Élie, fils de Jonathan, j'entreprends ici le récit de ma vie afin qu'il serve d'enseignement à mes enfants et petits-enfants.

Hier matin, Maxime, mon frère, est venu me chercher à la bibliothèque et m'a entraîné vers le port par la rue de l'Évêché. On entendait ici et là crier contre les Juifs; mais personne ne nous a molestés. Sur le quai, de jeunes chrétiens avaient dressé une immense croix. Tout le monde regardait, non loin, sur la mer, un bateau en flammes. La voile, enroulée le long du mât, brûlait comme une torche. Le mât se brisa en son milieu et s'écrasa sur le pont. On vit alors trois hommes se jeter à l'eau et venir en nageant jusqu'à la jetée. Mais la foule ne les laissait pas y monter et les rejetait chaque fois à la mer : « Les Juifs à l'eau! » criait-on. D'autres voulaient les prendre et les crucifier.

C'est alors que Maxime et moi aperçûmes notre père dans la foule. Il paraissait encore plus grand que d'ordinaire et se frayait un chemin jusqu'à l'endroit où les hommes tentaient de prendre pied. Il tourna le dos à la mer et, seul face à tous, il leva les bras. La foule se tut.

– Le Christ n'a-t-il pas prêché la miséricorde? demanda-t-il d'une voix forte. Vous, les chrétiens, avez-vous déjà oublié les persécutions dont vous étiez les victimes il n'y a pas si longtemps?

Le vent portait ses mots. J'avais envie de pleurer.

L'instant de surprise passé, un chrétien cria :

* 633.

– Que veut ce Juif? De quel droit parle-t-il du Christ?

– Du droit d'un homme parmi les hommes! répondit notre père. Et maintenant, sortez ceux-ci de l'eau!

Il y eut un moment d'hésitation, puis un marin tendit une perche et les naufragés retrouvèrent la terre ferme. Mon frère Maxime voulait aller rejoindre notre père, mais je l'en empêchai. Je pensais qu'il préférait que nous ne l'ayons pas vu. Enfant, je l'avais un jour surpris alors qu'il prenait un bain dans une cuve de toile goudronnée. « Pourquoi as-tu des poils sur la poitrine? lui avais-je demandé. L'oncle David, lui, n'en a pas. – Laisse, mon fils, m'avait-il répondu, à chacun sa nudité. »

Notre père rentra à la maison peu après nous, et ne parla de rien. Il se lava et dit la prière. Ma mère lui servit du lait et des galettes. C'est alors que des soldats firent irruption et s'emparèrent de lui. Notre mère voulut le suivre, et nous dûmes la retenir pour éviter que les soldats ne la blessent de leurs lances. Notre père, marchant entre deux chevaux, les mains liées, se retourna en haut de la rue de Dieu, notre rue, puis disparut.

Aujourd'hui, vingt-neuvième jour du mois de Tamouz. C'est le chrétien Paulus qui est venu le premier aux nouvelles, mais après avoir quand même attendu deux jours. Puis Rabbi Meir est passé. Ils sont les premiers, depuis que notre père a été arrêté, à nous adresser la parole. « Ne jugez pas, disait souvent notre père, car vous ne savez pas les raisons. » N'empêche, ce sont des lâches.

Dix-septième jour du mois d'Av. Nous venons d'apprendre la mort de notre père Nomos. Après avoir longtemps réfléchi, j'ai inscrit dans le Rouleau d'Abraham : « Nomos se laissa décapiter pour la gloire de l'Éternel – béni soit-Il! – et en l'honneur du peuple d'Israël, en l'année 4393 * après la création du monde. »

Dix-huitième jour du mois d'Av. Rabbi Josué, l'archisynagogos d'Hippone, est venu nous exprimer sa tristesse et sa gratitude (ce sont ses propres mots). Selon des nouvelles en provenance de Carthage, le décret d'Héraclius ne sera pas appliqué en Afrique. « Nomos a sauvé la communauté! a dit solennellement Rabbi Josué. Il restera dans notre histoire comme un martyr. C'était un Juste, ne l'oubliez jamais! »

---

* 633.

Vingtième jour du mois d'Av. Je suis devenu scribe à la synagogue du quartier des villas et j'ai repris toutes les commandes passées à mon père. Actuellement, j'établis une copie de la Tora destinée à la synagogue de Theveste.

Deuxième jour du mois d'*Elloul*. Un caravanier de Thamugadi vient de nous remettre une lettre du cousin berbère, Mérouan. Comme d'habitude, il nous demande les dates du calendrier juif pour l'année prochaine. Il a lui aussi entendu parler des multitudes à cheval qui ont quitté la Tripolitaine et s'avancent vers le Byzacène : « Les Berbères, écrit-il, se préparent à la guerre. » Pourquoi les Arabes leur feraient-ils plus de tort que ne leur en ont fait les Vandales? Pour nous, Juifs, au contraire, les ennemis sont l'empereur et l'Église. Les Arabes, si Dieu veut, ne peuvent que nous en libérer. Je ne serais pas étonné si de jeunes Juifs que je connais leur ouvriraient les portes d'Hippone.

Vingt-septième jour du mois d'Elloul. Dans deux jours, la nouvelle année, la première que nous affronterons en l'absence de notre père. Nous n'avons pas obtenu la restitution de son corps, que nous voulions enterrer d'après les lois d'Israël au cimetière d'Hippone. Notre mère ne pleure plus, mais la lumière a quitté son visage. Elle paraît vivre très loin d'ici.

Vingt-septième jour du mois de *Tichri* de l'année 4395 [*] après la création du monde par l'Éternel – béni soit-Il! Deux années se sont écoulées depuis la mort de notre père. La vie continue. Je me marie demain avec Claudia. « Une génération s'en va, une autre arrive, et la terre subsiste toujours », ainsi qu'il est dit dans l'Ecclésiaste.

Septième jour du mois d'*Hechvan* de l'année 4396 après la création du monde par l'Éternel – béni soit-Il! Claudia a mis au monde une fille, que nous avons nommée Myriam. J'espère que notre prochain enfant sera un fils.

Troisième jour du mois de Kislev. Notre mère, Aster, n'est plus. Que l'Éternel – béni soit-Il! – ait pitié de son âme. Malgré mon âge, je me sens orphelin.

Huitième jour du mois de Tevet de l'année 4397 après la création du monde par l'Éternel – béni soit-Il! Jour de deuil :

[*] 635.

Claudia a accouché d'un fils qui est mort aussitôt. Nous pensions l'appeler Ezra. Pourquoi, mon Dieu, pourquoi?

Neuvième jour du mois de Tevet de l'année 4398 * après la création du monde par l'Éternel – béni soit-Il! Presque un an après la mort d'Ezra, Claudia a accouché d'un autre fils. Celui-là vit, grâce à Dieu, et nous l'avons nommé Hanania.

Treizième jour du mois d'Elloul de l'année 4407 ** après la création du monde par l'Éternel – béni soit-Il! Les Arabes ont infligé une défaite terrible aux légions de Byzance. L'empereur, le patrice Grégoire a été tué. A Hippone, certains disent que l'Éternel Dieu des armées a vengé la mort de mon père. Les Arabes, affirment-ils, ne sont qu'un outil dans la main du Tout-Puissant pour marquer du fer ceux qui règnent dans l'injustice. Maintenant que le temps passé leur a permis d'oublier leur lâcheté, ils viennent de découvrir que *Nomos*, en grec, signifie « loi », et ils glorifient mon père, dont le Très-Haut s'est servi, disent-ils, pour leur rappeler la fidélité qu'ils doivent à la Tora.

Vingt-sixième jour du mois d'Elloul. Les Arabes ont quitté le Byzacène après avoir reçu une indemnité de trois cents talents d'or. Ils sont repartis en Tripolitaine.

Vingt-septième jour du mois d'Elloul. A peine les Arabes ont-ils tourné le dos que des chrétiens nous accusent d'être leurs complices. Hanania s'est fait battre par des enfants dans la rue.

Onzième jour du mois de Nissan de l'année 4430 *** après la création du monde par l'Éternel – béni soit-Il! Bientôt Pâque. Je n'ai rien écrit ici durant vingt-trois années! Les soucis de chaque jour, le travail m'ont détourné de mon projet. J'ai relu avec étonnement ce que j'avais écrit. Tout ceci n'est pas aussi instructif que je l'aurais souhaité. J'ai été un bien piètre témoin. Mais peut-être par chance mes petits-enfants liront-ils quand même ces lignes?

Je ne sais pas de quoi demain sera fait. On ne bâtit plus en pierre, comme faisaient nos pères. Ces constructions d'argile

* 638.
** 647.
**** 670.

montées à la hâte se déferont à la première pluie. Entendra-t-on à nouveau la terre trembler à l'est sous les sabots des petits chevaux de ces Arabes intrépides? Déferleront-ils sur l'Afrique au nom d'une nouvelle foi? Je sais simplement que les générations futures seront faites d'hommes, car tel est le destin de ce monde tracé par l'Éternel – béni soit-Il!

Moi-même, j'ai peu de chance de voir à quoi ressemblera ce monde qui bascule. Je suis vieux. Ma fille Myriam va être grand-mère. Mon fils Hanania vient d'entrer dans sa trente-cinquième année. Il est scribe comme moi, comme le furent mon père et mon grand-père. Il continue la chaîne. Mais son fils aîné, Nathan, plutôt que d'étudier, veut être forgeron pour forger les armes des combattants juifs. Nous n'avons ni armée ni combattants. « Il n'y a pas de combattants parce qu'il n'y a pas d'armes », dit-il. Il est âgé de treize ans. C'est son frère Joseph qui reprendra notre tradition. A onze ans, il connaît déjà plusieurs commentaires par cœur.

Claudia est souffrante. Je me demande qui, d'elle ou de moi, sera le premier rappelé auprès de l'Éternel – béni soit-Il! Je voudrais bien être celui-là si je ne craignais de la laisser seule.

Tandis que les chrétiens – Byzantins, Vandales ou Wisigoths – arrivent au pouvoir et en viennent fatalement à persécuter ceux qui ne prient pas le même Dieu qu'eux, défile ici le cortège des pères et des fils, les premiers léguant aux seconds une mémoire avec son mode d'emploi...

Mon histoire serait-elle donc, à travers les siècles, toujours la même histoire? Il est vrai que j'ai pris le parti de simplifier le foisonnement généalogique et de m'attacher à la branche de la famille ayant en garde le Rouleau d'Abraham; vrai aussi qu'il faut bien privilégier, dans un récit de ce genre, ceux à qui « il arrive quelque chose ».

Pourtant, si vivent en moi tous ces Élie et tous ces Gamliel, ce Nomos le rouge, ce Telilan le Berbère ou cet Abraham désolé d'avoir si mal témoigné, m'habitent aussi tous ces anonymes, marchands de légumes ou menuisiers, aux destins si lisses qu'on les croirait faits pour le silence de l'oubli.

Je pense à ce Nathan, fils aîné de Hanania et arrière-petit-fils de Nomos. A l'âge où les enfants rêvent, il voulait être forgeron afin d'armer le bras des Juifs. Rien ne le fit changer d'avis et, tandis que son jeune frère Joseph étudiait et assurait ainsi la continuité familiale, il devenait donc forgeron. Il se trouva que les Juifs alors ne prirent pas les armes. Nathan ravala son rêve et forgea pour les nouveaux maîtres de l'Afrique, les musulmans.

Ceux-ci, en effet, étaient revenus*, et cette fois pour rester. Seuls les Berbères, menés par une femme, la Kahéna, une Djéroua, comme mes ancêtres de Thumar, tentèrent de leur

---

* En 698.

résister. De trop rares pages de l'historien arabe Ibn Khaldûn et quelques légendes nous apprennent qu'après de longues années de guerre cette reine, trahie par un jeune musulman qu'elle avait recueilli, fut blessée et qu'avant de mourir elle demanda à son peuple de se convertir à l'islam, sans doute pour le sauver d'un anéantissement probable. J'avais pensé développer le visage extraordinaire de cette Kahéna et, là où les documents faisaient défaut, imaginer. Mais j'y ai renoncé, tant elle prenait d'envergure et de place. Mes personnages ne sont pas les héros de l'histoire : ils en sont parfois les acteurs anonymes, mais toujours les témoins.

Longeant la côte vers l'ouest, les Arabes s'apprêtaient à passer en Espagne. Pendant deux ans, ils s'étaient heurtés aux Wisigoths chrétiens du roi Witiza, qui avait conservé à Ceuta une tête de pont en Afrique. Or, ce Witiza, ayant fait crever les yeux d'un duc de Cordoue, venait d'être aveuglé à son tour et détrôné par le fils du duc, Rodéric. Celui-ci se nomma roi et, entre diverses exactions, enleva Florinda, la fille du comte Julien, gouverneur d'Andalousie et de Ceuta, celui-là même qui tenait tête aux Arabes sur la côte africaine. Rodéric accumulait les ennemis. Le comte Julien, la famille de l'ancien roi Witiza et l'archevêque de Tolède, Oppas, s'entendirent pour demander aux Arabes de les débarrasser de leur nouveau maître : Ceuta, promirent-ils, en retour, ne serait pas défendue.

Pour favoriser leur implantation espagnole, les Arabes décidèrent d'emmener quelques Juifs, devant qui ils s'engagèrent à restituer les synagogues aux communautés converties de force par les Wisigoths.

Parmi ces Juifs en route pour l'Espagne, deux des miens, Daniel et Abner, vingt-deux et vingt ans. Ce sont les fils de Joseph le rabbin, mais c'est chez Nathan le forgeron, dans les carillons de l'enclume et les gerbes d'étincelles, qu'ils ont rencontré Ibrahim ibn Chakiya, un chef berbère d'une trentaine d'années rallié à l'Islam, qui a offert à ses lointains cousins de partir avec lui. Nous allons donc quitter Hippone avec Tarik ibn Ziyad, lui aussi berbère, le chef de l'armée innombrable partant à la conquête de l'Occident chrétien.

Hippone, où nous étions arrivés avec le vieux Saül, son frère Ezra et son fils Salomon, trois siècles plus tôt.

P.S. : *Et si le Rouleau d'Abraham se trouvait pris un jour dans un incendie, dans un pillage ? Si un seul venait à faillir ?*

Je m'étonne qu'aucun de ces scribes, hommes si patients, si sages, si avertis des risques auxquels ils sont exposés, si attachés à transmettre ce qu'ils ont reçu, n'ait encore songé à le recopier. « Deux valent mieux qu'un », dit pourtant l'Ecclésiaste.

IX

Tolède
LE JUIF DE L'AMIR TARIK

RABBI Joseph, l'arrière-petit-fils de Nomos, avait convoqué toute la famille : de son frère Nathan le forgeron jusqu'à Siméon le fou qui n'avait jamais fait autre chose que nouer et dénouer une cordelette en monologuant sans fin. On fêtait ce jour-là le départ pour l'Espagne de Daniel et Abner, les fils du rabbin. « Ce qu'on ne peut éviter, se disait celui-ci, autant l'accepter. »

Hannah, la mère, un châle blanc sur les cheveux, servait un vin épais et doux préparé rituellement par les vignerons juifs de Cirta. Malheureuse de voir ses fils la quitter, mais heureuse que tout le monde fût là, Hannah gardait aux lèvres un sourire douloureux. Daniel et Abner, eux, auraient déjà voulu être loin. Mais les adieux n'en finissaient pas.

Les hommes parlaient de la vie de tous les jours, du prix des choses, de leurs relations avec les Arabes. Le gouverneur d'Afrique, Mûsa ibn Nâser, avait laissé une garnison à Hippone et s'était installé à Carthage. Le conseil de la ville était resté en place – à peine si quelques conseillers avaient cru devoir se convertir à l'islam. Seuls avaient changé la monnaie – les nouvelles pièces, les dinars, étaient dépourvus d'effigie – et les impôts : il fallait en payer deux, le foncier, *karadj*, et la capitation, *dzizia*. Mais les affaires avaient repris et certains ne craignaient pas de célébrer ces vainqueurs qui n'obligeaient personne à devenir musulman.

Ibrahim ibn Chakiya, qui aimait bien s'entretenir avec son « cousin », Nathan le forgeron, lui avait un jour demandé s'il ne souhaitait pas se convertir :

— Pour quoi faire ? avait répondu Nathan. Serais-je alors meilleur forgeron ? meilleur père ? meilleur époux ?

— Tu serais meilleur homme.

— Les chrétiens nous ont chanté la même chanson. N'avaient-ils pas parmi eux des pécheurs, des brigands, des menteurs? Le père de mon grand-père a été décapité pour avoir refusé de se faire chrétien. Et mon père Hanania – que leurs âmes reposent en paix! – disait que chacun doit rester ce qu'il est et respecter ce que sont les autres.

— L'islam respecte les autres religions. « Les musulmans, les Juifs, les sabéens et les chrétiens, est-il dit, ceux qui croient en Dieu, aux derniers jours et font œuvre pie, nulle crainte sur eux, ils ne seront point attristés. »

La rumeur pourtant se répandait déjà d'une possible expulsion des chrétiens qui refuseraient de se convertir. Chez Rabbi Joseph, les hommes prévoyaient le pire : « On promet toujours aux Juifs, disaient-ils, de ne pas les molester, mais l'expérience prouve que quand on ne commence pas par eux, c'est par eux que l'on finit : en tout cas, on ne les oublie jamais. »

Daniel et Abner, tout à leur départ, jugeaient ces propos très exagérés. Certes, le cousin Ibrahim s'était fait musulman, mais on n'avait pas à craindre des siens ce qu'on avait subi pendant des siècles des empereurs romains : « Un cousin, c'est un cousin! » disaient-ils. Ils partaient tous deux sans peur, l'un, Daniel, parce qu'il était pieux et qu'il remettait sa vie entre les mains de Dieu, l'autre, Abner, parce qu'il était vif et fort et qu'il aimait se battre. Avec leur teint foncé et leurs cheveux frisés, ils se ressemblaient et personne, à les voir, ne pouvait les imaginer si différents l'un de l'autre.

Enfin leur père apparut, l'air grave, tenant dans ses mains telle une offrande le Rouleau d'Abraham. Tout le monde se leva et le silence se fit.

— Que l'Éternel, dit Joseph, soit remercié de nous avoir réunis ici aujourd'hui! Qu'Il nous donne à tous santé et longue vie, ainsi qu'à tout le peuple d'Israël.

— Amen! répondit la famille d'une seule voix.

On porta les verres aux lèvres. Rabbi Joseph était tendu, solennel :

— Par deux fois, continua-t-il, l'Éternel a fait appel à l'homme : la première fois, Il S'est adressé à Adam, la seconde à Moïse. A Adam, qui avait péché, à Moïse qui L'avait aimé. Ce qui veut dire qu'Elohim a besoin de nous, que nous soyons innocents comme Moïse ou coupables comme Adam, car la réprimande est passagère et l'appel, lui, irréversible. En Sepharad * la communauté veut renaître de ses cendres, et quelqu'un parmi les hommes doit l'aider... Daniel et Abner ont répondu à l'appel. Ils vont remonter ce qui avait été pour notre aïeule Aster le chemin de l'exil et, si Dieu veut, se retremper à l'une de nos sources...

Rabbi Joseph, que l'on connaissait plutôt fier, paraissait très affecté par le départ de ses deux plus jeunes fils. Sa voix était très altérée quand il reprit :

— Que l'Éternel, Dieu de miséricorde, les accompagne dans leur voyage et les protège du mal de l'homme et de l'égarement du cœur, pour la gloire du peuple d'Israël et... et...

S'il n'avait pas tenu le Rouleau d'Abraham, peut-être se fût-il alors caché le visage dans les mains. C'est presque à voix basse qu'il acheva sa phrase :

— ... et pour moi leur père. Amen!

— Amen! répondit la famille bouleversée.

Rabbi Joseph se reprenait, ravalait son émotion, montrait maintenant le Rouleau d'Abraham :

— Ceci, vous le connaissez tous, c'est l'histoire de ceux sans qui nous ne serions pas. Je demande à mes fils de ne pas oublier ce qu'écrivit notre ancêtre Abraham, fils de Salomon, à Alexandrie, le 18 du mois de Tamouz de l'année 3833 après la création du monde par l'Éternel — béni soit-Il! Il priait pour ses fils comme je prie pour les miens que le Tout-Puissant leur donne le cœur intelligent afin qu'ils puissent discerner le bien du mal.

— Amen! répondit une fois de plus la famille.

Alors Rabbi Joseph offrit à chacun de ses fils un châle de prière. Il paraissait sur le point de pleurer. On le vit soudain tourner les talons et quitter la pièce.

Quelle aventure, et quel spectacle, l'ébranlement d'une armée! Il avait fallu toute la nuit pour que, venant des faubourgs où elles cantonnaient, les différentes formations prennent leur ordre de marche : drapeaux verts de l'Islam en tête, avec les troupes légères de l'avant-garde, suivies des lanciers aux chevaux caparaçonnés, précédant immédiatement le chef de l'armée — l'*amîr* — ses lieutenants, ses proches et ses conseillers, parmi les bannières et les tambours. Puis venait la troupe des Arabes, cavaliers et fantassins, puis les Berbères convertis — le gros de l'armée — s'avançant par tribus, chacune précédée de son caïd et de son étendard. Arrivait enfin la cohue

* Espagne.

des chameaux et des chariots accompagnés des corps d'auxiliaires : vivandiers, charrons, charpentiers, cuisiniers, eux-mêmes protégés par une formation d'arrière-garde. Qu'ils semblaient heureux et fiers, ces guerriers quand, se relevant de la prière, ils montèrent à cheval et, cambrant les reins, partirent dans la lumière du matin à la conquête du monde! Pas l'ombre d'une peur : Allah était avec eux!

Tout Hippone était sur pied quand, pour le plaisir et le défi de la parade, l'immense armée traversa la ville et passa la porte de l'Occident. Le soleil parut soudain et tira de l'ombre la soie des drapeaux, le métal des armes, la robe luisante des chevaux et le cuir verni des harnachements superbes... Roulements obsédants des tambours... Les plus circonspects des spectateurs ne pouvaient se déprendre d'une étrange émotion et ils restèrent longtemps, les gens d'Hippone, à regarder disparaître les dernières formations – il y eut comme toujours des femmes, des pauvres et des enfants pour courir alors derrière cette armée qu'engloutissait l'horizon...

Daniel et Abner faisaient partie, avec d'autres conseillers juifs, de la suite d'Ibrahim ibn Chakiya, un des lieutenants de l'amîr Tarik ibn Ziyad. Tout les étonnait et, à dire vrai, les émerveillait. Au milieu de cette armée, parmi ces guerriers terribles, ils se sentaient invincibles, et Abner, le cadet et le moins réfléchi des deux frères, eût pour un peu demandé une arme. Il n'y avait, pour tempérer son ardeur, que les courbatures qui le torturaient pendant des jours – dès que la décision de partir avait été prise, les deux frères s'étaient entraînés à monter, mais leurs exercices ne ressemblaient en rien à ces longues journées en selle ponctuées par les cinq prières de l'islam : el-Sabh, el-Qadr, el-Asar, el-Maghreb et el-Leil.

Sitifis, Icosium, Cesarea, Cartennae... La mer à main droite, le désert à main gauche, le ciel, la terre à l'infini : les jeunes gens trouvent à ces traversées le goût fort de l'aventure et nos deux Juifs ne se retournaient plus sur le chemin parcouru. Comme aux autres, l'impatience leur brûlait le cœur.

Enfin ils furent à Ceuta, qui était vide de soldats ennemis et dont les habitants s'empressèrent au-devant d'eux, leur montrèrent les deux célèbres promontoires rocheux – Abyla de ce côté, Calpé de l'autre – qu'on appelait les colonnes d'Hercule et entre lesquelles deux mers se rejoignent. Là-bas, dans une sorte de brume bleue, on devinait la côte de l'Espagne. C'était le soir et l'armée, s'immobilisant, poussa une immense clameur. Daniel et Abner reprirent eux aussi ce formidable cri qui leur glaçait le sang et comprirent, alors seulement, que c'était un cri de guerre.

Cette nuit-là, ils ne dormirent pas. A l'instant de prendre pied sur un autre continent, les hommes se retournaient sur ce qu'avait été leur vie – reviendraient-ils? Les tambours battirent longtemps, entretenant au cœur des guerriers une sombre passion, à la fois flamme et cendre, qui les rendait plus durs, et plus avides de combattre.

Daniel et Abner durent se rendre à l'évidence : une armée n'est pas une caravane de marchands; son but est la guerre, le pillage, le butin, la rançon, et sa gloire se mesure au nombre de ses victimes. Durant la longue route d'Afrique, ils avaient mieux connu leur cousin Ibrahim et l'avaient un jour vu avec horreur commander de trancher la main droite à l'un de ses hommes convaincu de vol : « C'est la loi, avait-il expliqué, et une armée qui n'appliquerait pas sa propre loi n'aurait aucune chance de remporter des batailles. »

– Et si cet homme n'était pas vraiment coupable?
– L'important, c'est la cohésion de l'armée.
– Un homme est irremplaçable, avait argumenté Daniel.
– La victoire aussi, cousin, tu verras!

Les deux frères restaient parfois plusieurs jours sans voir Ibrahim, et parfois il venait cheminer avec eux, mince et souple sur son cheval gris, leur parlant des montagnes de l'Aurès, des grandes oasis et des tentes noires. Une fois, il les conduisit à Tarik ibn Ziyad, sous une tente somptueuse. L'amîr les invita à s'asseoir sur les tapis qui couvraient le sol et les interrogea sur l'organisation des communautés juives, leur demanda si elles pouvaient aider à l'administration de villes dont la plupart des habitants étaient chrétiens.

Il y avait là d'autres conseillers juifs, dont certains étaient connus de Daniel et d'Abner et, à parler, ils découvrirent qu'ils avaient tous dans leur ascendance un ancêtre venu d'Espagne : c'était pour chacun d'eux un pèlerinage vers des villes et des paysages dont ils ne savaient plus que le nom – Cordoue, Tolède, Hispalis [*]... Aucun d'eux n'était capable de dire s'il retournerait à Hippone.

« *Allahhou akbar!* Allah est grand! » s'écriaient les soldats de l'Islam en posant le pied sur la côte espagnole. En l'honneur de leur chef, ils donnèrent le nom de Djebel Tarik [**] au promon-

---

[*] Séville.
[**] Plus tard devenu Gibraltar.

toire pelé qui surplombait le détroit et gagnèrent Algésiras.

Là, deux hommes vinrent en grand secret trouver l'amîr Tarik de la part du comte Julien : le comte faisait savoir que lors de la grande bataille qui opposerait les Wisigoths aux musulmans, il prêterait main forte à l'armée arabe. Il proposait de se tenir, comme d'habitude, à la droite du roi Rodéric; que les Arabes l'attaquent en premier, il reculera et le flanc de Rodéric se trouvera ainsi découvert...

— Pourquoi veut-il donc se venger du roi Rodéric? demanda l'amîr.

— Parce que le roi a violé la fille du comte.

Tarik ne put s'empêcher de sourire : perdre un pays pour une femme!

D'autres émissaires, des Juifs ceux-là, vinrent assurer les chefs de l'armée arabe qu'ils trouveraient ouvertes les portes de Cordoue, de Tolède, de Malaga; tous les Juifs convertis de force, ajoutèrent-ils, espéraient bien que les Arabes tiendraient leurs promesses et rouvriraient les synagogues.

— Laissez-nous d'abord gagner la bataille, répondit Tarik.

La bataille se livra dans les plaines de Xeres, entre une bourgade ocre entourée d'oliviers et le rio Guadalete.

Les Wisigoths avaient laissé leurs chariots parmi les oliviers et s'adossaient aux collines. Ils formaient un mur compact, dense, noir, seulement coloré par les taches rouges des boucliers. C'était comme un élément immuable et tragique du paysage, un mur, une frontière — bien fou qui essaierait de passer.

Tandis que ses éclaireurs et ses troupes d'avant-garde passaient la rivière, Tarik ibn Ziyad fit planter sa tente en deçà de la rivière, sur une colline aride plantée de quelques cyprès noirs. Son regard aigu ne quittait pas l'armée des Wisigoths. Peut-être cherchait-il à distinguer le roi Rodéric — c'est là, à la tête, qu'il lui faudrait frapper. Ou peut-être essayait-il de deviner, avec son instinct de chasseur du désert, si la promesse du comte Julien n'était pas un piège.

Les conseillers se tenaient eux aussi sur la colline aux cyprès. Daniel et Abner regardaient l'armée arabe traverser lentement la rivière. Ici les archers, là la cavalerie légère, là les lanciers. Ils suivirent des yeux Ibrahim et ses Berbères aux turbans bleus; ils les avaient vus, le matin, transfigurés par l'approche de la bataille et avaient compris qu'en fait il y aurait deux combats : celui de l'armée dans son ensemble, qui se terminerait par une victoire ou une défaite, et celui de chacun des guerriers, avec, au bout, la mort ou la vie. Ils regardaient s'éloigner Ibrahim et ne pouvaient s'empêcher de prier pour lui. Sans doute était-il musulman depuis sa conversion, mais il avait été juif, il était né juif, et il devait bien rester un peu de juif en lui... L'Éternel Dieu d'Israël ne l'avait peut-être pas complètement effacé du livre de la vie...

Et soudain, on s'aperçut que le mur épais des ennemis s'était mis en marche. Les Wisigoths avaient attendu le moment où l'armée arabe, ayant franchi la rivière, cherchait ses positions. Ils espéraient la surprendre avant qu'elle puisse faire front. Et leur charge formidable ébranlait la terre. Le mur avançait uniformément, implacablement, levant un nuage immense de poussière ocre.

Daniel et Abner fermèrent les yeux, sûrs que les minces Berbères sur leurs légers chevaux allaient tout simplement être écrasés sous l'innombrable et lourd galop. Ils eurent peur jusqu'au fond d'eux-mêmes. Quand ils osèrent regarder, ils comprirent que les Arabes avaient esquivé la charge. Ils n'avaient ni le poids, ni l'élan, ni l'esprit pour ces combats de buffles, front contre front. Ils étaient rapides, habiles et cruels, frappaient où on ne les attendait pas, tourbillonnaient, feignaient de fuir, revenaient... Des formations de cavaliers s'effaçaient soudain, découvrant les archers sur trois rangs qui lâchaient des nuées de flèches... Averses mortelles... Des chevaux démontés s'échappaient en hennissant... Tintements du fer contre le fer... Cris, râles, appels... Les légions de Tarik ne laissaient pas les Wisigoths se regrouper. Ce chaos d'hommes et de chevaux mêlés faisait leur affaire.

Et soudain, Ibrahim et ses Berbères foncèrent comme un seul homme, poussant un seul cri, sur l'armée du comte Julien. Et l'armée du comte Julien, comme prévu, se déroba, découvrant le flanc du roi Rodéric. Il était là, le roi des Wisigoths, dans son célèbre char d'ivoire, parmi sa garde personnelle montée sur de grands chevaux blancs. Tarik, l'apercevant, fit signe à ses hommes, sauta en selle et dévala la colline.

Daniel et Abner le virent passer la rivière. Avertis on ne savait comment, ses guerriers s'effaçaient devant lui et on le voyait ainsi s'avancer dans une sorte de couloir qui s'ouvrait sous ses pas... La bataille était maintenant générale, et les Arabes encerclaient les Wisigoths... Il n'y avait plus rien à comprendre dans cette mêlée furieuse, sinon que le vaincu ne s'en remettrait pas de longtemps. C'était un combat à mort.

L'armée de Rodéric se débattit longtemps, comme ces lourds animaux qu'un fauve tient à la gorge, et ce n'est qu'au soir qu'elle s'abattit, vidée de son sang... S'enfuirent ceux qui pouvaient encore... Les autres furent achevés avec des cris de joie... Butin, pillage...

Daniel et Abner, brisés comme s'ils avaient eux-mêmes combattu, descendirent jusqu'à la rivière. Des corps flottaient dans le courant et des traînées de sang se diluaient au fil de l'eau claire et fraîche. Des centaines et des centaines de morts et de blessés couvraient le sol. C'est sur le champ de bataille que l'armée des vainqueurs se prosterna pour la prière du soir – *Allah akbar!*

Ibrahim ibn Chakiya avait été blessé à mort. Il ne retournerait pas dans ses montagnes. Il fit demander ses cousins juifs. On l'avait transporté, ainsi que d'autres caïds blessés, près de la tente de l'amîr. Daniel et Abner s'approchèrent. La robe d'Ibrahim était souillée de sang, et son visage paraissait plus maigre encore. A peine s'il pouvait parler :

– Qu'Allah vous protège! Que le Dieu d'Israël vous protège!

Il ferma les yeux un long moment, mais il respirait encore à petits coups. Daniel avait honte de l'exaltation qui l'avait soulevé quand il avait vu Ibrahim s'enfoncer, l'arme haute, au plus épais des rangs ennemis.

– Cousins! appela faiblement Ibrahim. Protégez notre amîr Tarik... Conseillez-le... Méfiez-vous de ceux qui l'entourent... Des chacals...

Ibrahim le Berbère avait autre chose à dire :

– Soyez fiers de moi... J'ai porté le premier coup au roi Rodéric...

Ibrahim mourut dans la nuit et fut enseveli à l'aube. Dans la matinée, Daniel et Abner furent appelés sous la tente de l'amîr, où se pressaient les messagers.

– *'Salam 'ala ikum!* dit Tarik.
– *'Ala ikum es-salam!* répondirent-ils.
– C'est une grande victoire, dit l'amîr, mais un jour de deuil. Nous avons gagné un monde et perdu un ami, qu'Allah ait pitié de lui!... Comprenez-vous ce que je dis?

Les deux frères, grâce à leur connaissance de l'hébreu et de l'araméen, avaient appris assez facilement l'arabe de tous les jours.

– Demain, poursuivit Tarik, nous partirons vers le nord. L'armée ennemie est dispersée, de nombreux nobles se rallient, les communautés juives nous attendent partout comme des libérateurs. C'est maintenant que vous allez jouer votre rôle : établir les relations entre eux et nous, les aider à prendre en main l'administration des villes. En attendant que Mûsa ibn Nâser nous rejoigne, nous n'avons pas assez d'hommes pour faire la guerre et pour gouverner... Où préférez-vous aller ? Tolède ? Cordoue ?

— Notre famille était originaire de Cordoue, répondit Daniel. Mais toi, où vas-tu ?

— Moi ? Je vais à Tolède. Rodéric a disparu. On n'a retrouvé que son cheval et un de ses brodequins en argent... Mais Tolède était sa capitale et je vais prendre Tolède.

— Nous te suivrons donc, amîr !

Tarik, qu'attendaient de multiples visiteurs, s'impatienta :

— Pourquoi ? dit-il quand même.

— Telle était la dernière volonté de ton fidèle lieutenant, notre cousin Ibrahim ibn Chakiya.

Tarik n'avait plus de temps à perdre. De l'index, il désigna successivement les deux frères :

— Toi, dit-il à Abner, tu viendras avec moi... Et toi, tu iras à Cordoue avec Mugueiz el-Rumi... *Ma' es-salama.*

Cordoue se rendit sans combat. C'était une grande ville accueillante et secrète, avec des palais et des places, un énorme pont romain sur le Guadalquivir, mais aussi des dédales de ruelles aux maisons blanchies à la chaux, des jardins pleins d'odeurs de fleurs et de fruits, des cours fermées où, dans l'ombre légère, coulaient des fontaines.

Daniel y fut tout de suite chez lui ; il retrouva même la maison où avait vécu Aster, la femme de Nomos son aïeul. Sa première tâche fut de faire savoir aux Juifs convertis qu'ils pouvaient revenir à leur religion et fréquenter à nouveau les synagogues. Les Juifs et les chrétiens recevaient le statut de *dhimmis,* c'est-à-dire protégés de l'Islam. Daniel était accueilli comme s'il avait lui-même, armé de la force de Dieu, renversé les ennemis. Ses soucis commencèrent lorsque les Juifs purent rentrer en possession de certains de leurs biens ; ceux-ci, en effet, étaient aliénés depuis plusieurs générations et les sujets de querelles ne manquaient pas. Daniel s'efforçait toujours de faire preuve de patience et de justice avant de présenter au gouverneur les solutions qu'il proposait. Il se fit ainsi de nombreux amis et de nombreux ennemis, mais sans doute est-ce le sort des conseillers influents.

Les Juifs vivaient entre la cathédrale – maintenant transformée en mosquée – et le fleuve. On appelait le quartier de la *médina* El-Yahoudi, la « Cité des Juifs ». Daniel, lui, demeurait dans les dépendances du somptueux palais hérité des souverains wisigoths, et qu'on appelait maintenant *al-cazar*. Il avait écrit une longue lettre à Hippone, et l'avait confiée à des messagers de l'armée, mais il ne pouvait savoir si elle était arrivée, ni même si elle arriverait. Il pensait parfois à sa famille, à son père si roide dans sa dignité, à sa mère si tendre pour compenser, à Siméon le fou et à sa cordelette, à Nathan le forgeron... C'était comme une autre vie...

De son socle de granite, Tolède à moitié vide se mirait dans l'eau rouge et lente du Tage. Quand, après de courts mais violents combats, Tarik l'amîr s'y présenta, une partie de la population s'était enfuie et la ville lui ouvrit ses portes. Les vainqueurs mirent la main sur le trésor des rois wisigoths, qui comportait notamment la fabuleuse « table du roi Salomon », rapportée, disait-on, de Jérusalem à Rome par Titus, et de Rome à Tolède par les Goths : elle était d'or massif et d'argent, rehaussée de coraux et de perles, et portait les douze signes du zodiaque en émeraude.

Comme Cordoue, la ville retrouva un nouvel équilibre. On édifia des mosquées, on rouvrit les synagogues et les Juifs revinrent à la religion de leurs pères. Comme son frère Daniel, Abner faisait la liaison entre la communauté renaissante et les maîtres musulmans. Chaque soir, il se rendait à celle des synagogues rendues au culte qui était devenue le lieu de rendez-vous de la communauté. Il était entouré, pressé de questions et d'attentions. Pour ce qui concernait les affaires dont il avait à s'occuper, son jugement était sûr, mais il prenait plaisir à être honoré et ses vingt ans se laissaient prendre à tous les pièges de la puissance – déjà il avait dû déménager pour échapper à ses trop nombreuses conquêtes... Il vivait au jour le jour, avec frénésie mais sans gaieté. Il n'aimait guère Tolède, ses murs de pierre grise sous des cieux lourds, ses rues en escaliers où des eaux sales couraient jusqu'au Tage... Mais il savait bien qu'il n'y vieillirait pas.

On apprit bientôt que Mûsa ibn Nâser, l'envoyé du calife, était en route pour l'Espagne. C'était un seigneur hautain et capricieux, jaloux de la gloire militaire de Tarik, et les rapports entre les deux hommes n'avaient jamais été ni bons ni simples.

— Sais-tu, demanda un jour à Abner l'amîr Tarik, qui est en route pour Tolède?

— Oui, amîr, tout le monde en parle.

— Que dit-on?

— On dit que tu devrais prendre garde.

— Pourquoi?

— Il faut toujours se méfier des hommes jaloux.

Tarik était aussi à l'aise dans les marbres du palais que sous sa tente.

— Et si, demanda-t-il, je lui remettais le trésor de Rodéric afin qu'il le porte lui-même au calife?

— Tu lui enlèverais le plaisir de te le prendre!

Tarik rit de bon cœur et dit :

— Quel est ton conseil?

— A ta place, amîr, je lui remettrais quand même le trésor des Wisigoths, mais j'en garderais une pièce, pour qu'il ne puisse prétendre avoir lui-même pris la ville... Un des pieds de la table de Salomon par exemple...

Tarik sourit :

— Ibrahim – qu'Allah l'ait en sa sainte garde! – ne s'était pas trompé sur ton compte! *Chukran,* merci!

Abner à son tour exposa un de ses soucis du moment. Les impôts étaient collectés par un Juif, un certain José ibn Ezra, l'ancien argentier de Rodéric alors converti au christianisme. Redevenu juif à l'arrivée des Arabes, il avait gardé sa charge, dont il s'acquittait impitoyablement : il faisait payer aux estropiés, bien que la loi les en dispensât, les quarante-huit dinars que devaient chaque mois les citoyens de Tolède. Abner souhaitait qu'on le remplace :

— Mais pourquoi? demanda Tarik. Il fait son travail.

— Mais il est juif, amîr.

— Et alors? N'es-tu pas juif toi-même?

— Amîr, il se trouve que quand un Juif fait une sale besogne, il provoque vite une sorte d'hostilité qui peut à n'importe quel moment se retourner contre la communauté.

— Je crois, Abner, que les collecteurs d'impôts ne sont jamais populaires, Juifs ou pas.

Abner se retira, mais il était certain d'avoir raison : les façons de ce José ibn Ezra étaient une menace pour Tarik. Il décida d'aller le voir.

José ibn Ezra habitait une grande demeure austère et nue, que réchauffaient seulement des tapis de haute laine. Lui-même était un homme d'une quarantaine d'années, droit et sec, aux cheveux gris et aux sourcils noirs, ce qui donnait à son regard une dureté singulière. Il était veuf et, à la mort de sa femme, avait envoyé sa fille à Murcie, chez sa sœur.

Il reçut Abner dans une pièce seulement meublée d'une table de marbre sur laquelle était posée une corbeille de fruits dont les couleurs paraissaient concentrer toute la lumière des deux vastes baies.

— Content de te voir, conseiller! Comment trouves-tu notre ville?

— Belle, répondit Abner mal à l'aise.

— Sais-tu que Tolède vient du mot hébreu *toldot*, généalogie?

— Je ne le savais pas.

— On dit que le quatrième jour de la Création, quand l'Éternel, béni soit-Il, forma le soleil, Il le plaça au-dessus de Tolède. Voilà pourquoi notre ville est la mieux éclairée du monde.

Abner comprenait soudain que cet homme ne l'écouterait pas. Pour rien au monde il ne renoncerait à sa façon d'exercer le pouvoir.

— Tu voulais m'entretenir de quelque chose d'important? demanda-t-il.

— Non... Oui... En vérité, je voulais seulement te dire... Quand la prudence fait défaut, José, le peuple tombe...

— Tu cites les Proverbes, jeune conseiller. Tu connais les Écritures, c'est bien. Mais connais-tu la suite? « Et le salut est dans le grand nombre des conseillers »... Au revoir, je te souhaite du bon temps à Tolède.

Abner rentra chez lui humilié, furieux, et plus que jamais persuadé que José ibn Ezra serait cause d'une révolte populaire.

Pendant ce temps, à Cordoue, Daniel devenait lui aussi un conseiller écouté mais, à la différence de son frère Abner, exerçant sa tâche avec modestie, il en tirait assez de satisfactions pour être heureux et ne rien désirer de plus.

C'est à cette époque-là qu'il se maria. Il se promenait, à son habitude, au marché, regardait les marchands ambulants, les chanteurs de rue, les illusionnistes, les montreurs d'ombres : à l'humeur du marché, il savait comment allait la ville. Il écoutait, parlait aux uns et aux autres, posait des questions sur les affaires, sur les approvisionnements, sur les impôts... On le connaissait, mais on lui répondait parce qu'on appréciait sa bienveillance.

Ce jour-là, donc, il regardait, sous la Kaïseria, un vieux Juif et une jeune femme brune tresser des couffins, des corbées, des chapeaux, fasciné par la danse agile des doigts parmi les brins de sparte. Il engagea la conversation, pour découvrir bientôt que le vieux vannier Nephtali était lui aussi de la famille du rabbin Kalonymos, le père de cette Aster dont lui-même descendait. Il lui parut que son voyage se justifiait soudain : c'était comme s'il avait rapproché les deux bords d'une déchirure du temps. Et, en quelque sorte naturellement, il épousa Dulcia, la fille de Nephtali – n'était-il pas écrit que tout Juif devait un jour se marier et fonder un foyer? Ils s'installèrent dans l'ancienne demeure de Kalonymos, que son poste de conseiller au palais lui permit de louer. Il écrivit alors une nouvelle lettre à Hippone, invitant son père et sa mère à Cordoue – si toutefois ils le désiraient.

Abner trouvait peu de goût à sa vie de plaisirs, mais ne pouvait s'en détacher. Que faire? Étudier? Il n'en avait guère envie. Se marier? Plus d'un père lui avait proposé sa fille, mais il avait bien le temps. L'administration de la ville était maintenant en place, et Tarik n'avait plus souvent besoin de lui. Il se prenait parfois à vouloir quitter Tolède. Pour aller où? Il ne le savait pas, mais il était à cet âge et de cette humeur où partir suffit.

C'est alors qu'il rencontra, dans une réception au palais, la fille du collecteur d'impôts José ibn Ezra. Elle était brune et mince comme son père et, derrière son voile, paraissait plutôt jolie. Dès qu'il sut qui elle était, il fit le beau :

– Je ne savais pas, dit-il, que notre argentier avait une si belle fille!

– Belle? Mais que vois-tu de moi?

Sa voix riait et provoquait en même temps.

– Je ne peux pas te voir avec mes yeux, mais je le peux avec mon cœur.

– Merci. Tu parles bien, conseiller!

Elle fit une sorte de révérence ironique, puis se détourna et disparut. Il la chercha en vain toute la soirée. Rentré chez lui, et seul pour une fois, il n'en dormit pas, attendant le matin pour pouvoir se renseigner. Elle se nommait Rachel, apprit-il, et s'il ne l'avait pas encore vue, c'est qu'elle vivait depuis la mort de sa mère chez sa tante de Murcie.

« Rachel! répétait-il. Rachel! » C'était devenu pour lui le plus beau nom du monde. Il n'aurait de cesse que Rachel ne fût à lui.

Il faudrait l'épouser? Il l'épouserait avec joie. Justement, il ne pensait qu'à l'épouser. Il allait courir chez José ibn Ezra lui demander sa fille... Mais il n'y alla pas. Ce José ibn Ezra lui faisait peur. En vérité, il ne restait plus assez de lucidité à Abner pour comprendre que Rachel était d'abord pour lui l'occasion de se venger de l'humiliation qu'il avait essuyée.

Il revit Rachel plusieurs fois, sut gagner son attention, l'amusa, l'intéressa, l'éblouit. Jusqu'au jour où José ibn Ezra lui-même se présenta chez Abner à l'improviste. Le regard noir eut vite fait le tour de la pièce, comme s'il évaluait le prix des fourrures et des tapisseries :

— Tu as une bien belle demeure, dit-il.

— Assieds-toi, invita Abner.

— Non, je n'en ai pas pour longtemps. Vois-tu, conseiller, je sais que tu as parlé contre moi à l'amîr Tarik. En collectant les impôts, dis-tu, je fais du tort aux Juifs? La haine qu'on me porte, on la portera à tous? Mais qui es-tu donc, conseiller, sinon un dhimmi toléré pour le moment par le pouvoir? Tu es jeune, intelligent, ambitieux, mais ton avenir dépend de celui d'un chef berbère — que Dieu le protège! Le grand tort des Juifs, vois-tu, c'est de croire à la paix quand l'ennemi reprend seulement son souffle. Il n'y aura pas de paix pour nous, conseiller. Alors laisse-moi être ce que je suis et faire ce que je fais.

Abner se sentit rougir sous la leçon. Il retrouva le goût de la première humiliation et ne sut que répondre. Une fois de plus, il se sentit percé à jour :

— Ce que tu peux me dire ne m'intéresse pas! reprit José ibn Ezra. D'ailleurs, je suis venu te dire autre chose : Rachel, ma fille, est la seule personne au monde à qui je tienne. Laisse-la tranquille!

Il se détourna :

— Ne me raccompagne pas. Je connais le chemin.

Ce jour-là Abner ne sortit pas. Il découvrait en lui un sentiment jusqu'alors ignoré : la haine. Il ne put s'empêcher de penser à ces brutes qu'on payait quelques dinars pour se débarrasser d'un ennemi. Tuer? Abner eut honte et pleura amèrement. Fuir, alors?

Sans doute l'aurait-il fait si Tarik ne lui avait fait parvenir en grand secret l'un des pieds de la table de Salomon : le gouverneur de l'Afrique, Mûsa ibn Nâser, arrivait d'Afrique, et l'amîr, suivant le conseil d'Abner, prenait ses précautions.

Et il avait bien fait. A peine Mûsa était-il arrivé qu'il commençait à critiquer à peu près tout de ce qu'avait établi

Tarik, s'étonnait qu'il y eût tant de dhimmis dans l'administration locale, regrettait que les mosquées aient été bâties ici et non là, trouvait que la ville puait...

Le lendemain de son arrivée, Tarik, au cours d'une grande fête en l'honneur du gouverneur, lui remit la plus grande part du trésor des rois wisigoths, y compris la table de Salomon – moins un pied. Mais Mûsa prit le trésor comme s'il le confisquait, prononça la destitution de Tarik, qu'il fit fouetter de verges et jeter en prison.

La stupeur s'abattit sur Tolède. Du jour au lendemain, on se détourna des courtisans et des conseillers de Tarik. On saluait encore Abner de loin, mais on ne lui parlait plus, on ne l'invitait plus ; aucun père ne lui proposait plus sa fille en mariage. Il se promenait dans les ruelles de la ville ou sur les bords du Tage sans être comme à l'habitude assailli par les conseillers et les solliciteurs. Abner éprouvait cette liberté comme de la solitude. Il serait bien allé voir son frère à Cordoue, mais il détenait la preuve que ce n'était pas Mûsa qui avait pris le trésor des Goths, et sa fidélité à Tarik l'obligeait à attendre d'être fixé sur le sort de celui-ci.

Une servante vint lui dire un jour que sa maîtresse désirait le voir :

– Et qui est ta maîtresse ?
– Celle que vous n'avez pas le droit de rencontrer.

Elle lui fit prendre d'infinies précautions pour l'emmener dans une maison où Rachel l'attendait, allongée sur des coussins devant une cheminée. Elle n'avait, semblait-il, pas douté un instant qu'il viendrait.

– Tu voulais me voir ? demanda-t-il, le cœur battant.

Il ne l'avait jamais vue aussi belle. De drôles de flammes dansaient dans ses yeux – peut-être les reflets du feu, mais peut-être aussi de l'orgueil, ou du défi, ou encore de l'amour, qui peut savoir ? Elle ne répondit pas. Gêné, il demanda à nouveau :

– Pourquoi voulais-tu me voir ?
– Mon père me l'a interdit, dit-elle. C'est une raison suffisante, ne trouves-tu pas ?

Ils se revirent souvent, et il y avait maintenant à leurs rencontres d'autres raisons que l'interdiction de José ibn Ezra. Peut-être s'aimaient-ils, ou peut-être seulement leurs peaux s'aimaient-elles ? En tout cas, ils ne se lassaient pas l'un de l'autre.

A la fin de l'hiver, des messagers arrivèrent de Damas avec des instructions du calife Walid. Mécontent de la conduite de

Mûsa, le calife lui ordonnait de libérer Tarik ibn Ziyad et de poursuivre la conquête en sa compagnie.

Tarik sortit de prison, mais Mûsa refusa de faire route avec lui. Tandis que le chef berbère descendait le long de l'Ebre, soumettait Tortosa et avançait jusqu'à Murcie, Mûsa ibn Nâser partait vers le Nord et la Galice. Mis rapidement au courant, le calife Walid, furieux, convoqua les deux hommes à Damas. Avant de prendre la route, Tarik passa rapidement à Tolède : Abner lui remit le pied de la table de Salomon et lui souhaita bonne chance :

— *Inch Allah!* J'espère que nous nous reverrons, ici, répondit l'ancien amîr. Qu'Allah te protège!

Dans l'immédiat, seule Rachel retenait Abner à Tolède. Ils se rencontraient de plus en plus souvent et oubliaient parfois d'observer les règles de prudence qu'ils s'étaient fixées. Un soir qu'il rentrait chez lui, se hâtant dans les rues sombres, Abner se trouva soudain entouré par trois hommes. Il les connaissait : trois des brutes qu'employait José ibn Ezra pour faire payer ceux qui ne le pouvaient pas.

Cette fois, ils ne demandaient pas d'argent. Ils se contentèrent de le frapper, à la tête, au ventre, dans le dos, avec des ahans de bûcherons. Abner tomba d'abord sur les genoux, puis roula dans le ruisseau d'immondices qui serpentait au milieu de la ruelle en pente.

La fraîcheur du matin le réveilla. A peine s'il pouvait respirer. Des douleurs atroces lui traversaient le corps comme des lames. Il dut faire appel à toute sa volonté pour se mettre à quatre pattes comme une vieille bête fourbue et gagner l'abri d'un buisson. Il vit qu'il était au bord du Tage, et comprit qu'on l'avait jeté du haut des remparts. L'eau rouge du fleuve paraissait immobile. Non loin, de grands bœufs noirs se roulaient dans une poussière semblable à de la cendre.

Ce jour-là, il resta sous son buisson à reprendre des forces. Le lendemain il se mit sur ses jambes et se traîna jusqu'au vieux pont romain, qu'il franchit en chancelant. C'est ainsi qu'il quitta Tolède, sans se retourner. Il ne regrettait que le châle de prière que lui avait donné son père, naguère, à Hippone.

X

Cordoue
PÂQUE EN PAIX

Sur le chemin de Tolède à Cordoue, Abner paya pour tous les péchés passés et à venir. Il n'était plus un conseiller adulé, ni même un ancien conseiller. Il était pauvre homme, blessé dans sa chair et dans son esprit, qui se traînait d'un horizon à l'autre en mâchant des herbes amères. S'il survivait, pensait-il, il serait changé à jamais.

Il survécut. Cordoue lui parut être la plus accueillante des villes et Dulcia, la femme de Daniel, s'occupa de lui comme d'un premier fils. Abner avait prétendu être tombé aux mains de bandits qui l'avaient dépouillé et battu. Dix fois par jour, tandis qu'il se reposait, Dulcia lui apportait des tisanes. Dans une demi-brume douillette, il entendait la voix de son frère qui tour à tour l'endormait et l'éveillait :

— Sais-tu que *Pessah* est dans deux semaines? Te rappelles-tu notre dernier Seder ensemble, à Hippone? Qui aurait pu dire alors que nous nous retrouverions en Espagne? Impénétrable est le destin que l'Éternel — béni soit-Il! — réserve aux humains!... Quand tu seras sur pied, je te ferai visiter Cordoue. Une ville magnifique! La médina, le centre, compte sept portes à elle seule! et le *rabat*, c'est-à-dire les faubourgs, vingt et un quartiers! Le Guadalquivir est trois fois plus large que la Seybouse... Te rappelles-tu la Seybouse de notre enfance? Le climat est le même qu'à Hippone... Les Juifs sont heureux à Cordoue. En moins d'un an, on a construit cinq synagogues et deux Talmud-Tora, dans la Juiverie. C'est notre quartier. Nous sommes les conseillers les plus écoutés du *walli* Hossein. « Présentez-vous en protecteurs, non en conquérants », lui avons-nous suggéré. C'est que les musulmans n'ont pas assez de soldats pour tenir toutes les villes conquises. Et le walli Hossein nous a compris : l'archevêque est régulièrement reçu au palais. Sais-tu que ces Arabes sont instruits? J'ai trouvé parmi eux des hommes remarquables, qui connaissent Philon d'Alexandrie aussi bien que moi, et en savent bien plus en médecine ou en science. J'ai fait demander par un messager à l'exiliarque * de Babylonie de nous faire parvenir la Mishna et la *Halakha*. Aurais-tu entendu dire à Tolède que les rois chrétiens regroupent leurs armées en Septimanie afin de renvoyer les Arabes en Afrique? Combien de temps encore des Juifs resteront-ils conseillers des princes? Mais tu veux peut-être dormir, Abner? Je vois bien que je te fatigue avec mes histoires. Repose-toi. Je vais demander à Dulcia de t'apporter une tisane.

Trois jours avant Pâque, Daniel et Abner eurent la surprise et la joie de voir arriver à Cordoue leur famille d'Hippone : leur père Rabbi Joseph, leur mère Hannah, leur frère aîné Jéroboam avec sa femme Ruth et leurs deux enfants Azariah et Rachel. Ils étaient venus avec une des caravanes qui, depuis la conquête, reliaient une ou deux fois l'an Carthage à l'Espagne. Tous leurs biens étaient serrés dans une malle – essentiellement des rouleaux de papyrus et de parchemin. Ils avaient laissé leur maison d'Hippone aux soins de Nathan le forgeron en attendant de décider s'ils retourneraient ou non. Joseph et Hannah furent heureux de voir que Daniel était devenu conseiller du walli et qu'il eût déjà un fils. Quant à Joseph, il avait eu si peur de ne pas arriver pour Pâque qu'être là suffisait à son bonheur du moment.

C'est lui, naturellement, qui présida la fête. Tout le monde était autour de lui, y compris le père de Dulcia, Nephtali, et ses deux frères Iaco et Phatri, ce dernier avec sa femme Artémisia. Les flammes des chandelles faisaient danser sur le visage des lumières heureuses, et Abner s'attendrissait de voir son père, aux cheveux et à la barbe blanchis, accomplir les gestes et répéter les mots rituels :

– Voici, disait-il en découvrant les *matsot*, le pain de misère que nos pères ont mangé en Égypte. Quiconque a faim vienne et mange! Quiconque est dans le besoin vienne fêter Pessah avec nous! Cette année ici, l'an prochain dans le pays d'Israël! Cette année esclaves, l'an prochain hommes libres!

---

* Prince de l'Exil, leader du judaïsme babylonien, descendant présumé de la famille davidique, il administrait les communautés juives de l'Empire.

— Amen !

C'est Azariah, le fils de Jéroboam, qui posa la première question rituelle :

— Pourquoi cette soirée se distingue-t-elle des autres soirées ?

Abner sourit. Pendant des années, c'était lui, le benjamin, qui avait posé les questions de Pâque, et la réponse, il la connaissait par cœur : « Parce qu'elle commémore ce que Dieu a fait pour nous lorsque nous sommes sortis d'Égypte... » Renouant avec son enfance, il semblait à Abner qu'il renouait, par-delà ses aventures tolédanes, avec la meilleure part de lui-même.

Rabbi Joseph trempa ses lèvres dans sa coupe et récita : « Béni sois-Tu, Seigneur, notre Dieu de l'univers qui nous as délivrés, nous et nos pères, de l'Égypte et nous as fait atteindre cette nuit pour y manger des pains *azymes* et des herbes amères. Veille, Seigneur notre Dieu et Dieu de nos pères, à nous laisser en vie jusqu'aux solennités prochaines. Puissions-nous les célébrer en paix et avoir la joie de voir la reconstruction de Ta ville et le rétablissement de Ton culte ! »

— Amen !

A quelque temps de là, lors d'une réception chez le *cadi*... où Daniel l'avait emmené, Abner fit la connaissance d'un fabricant d'étoffes de luxe qui l'invita à visiter sa fabrique. Il se nommait Rosemundo, était chrétien et tout rond, rond de visage, de corps, de gestes. Chrétien, il s'habillait et vivait à la façon arabe.

Chez Rosemundo, Abner admira brocarts et soieries, s'intéressa à leur mise en œuvre, à leur finition, à leur vente, au point que le marchand lui proposa une association. Abner demanda à Daniel d'emprunter pour lui deux cents dinars et persuada Rosemundo d'habiller non seulement les gens et les murs, mais aussi les chevaux. Avec le goût des seigneurs arabes pour le faste et la parade, il pensait trouver là un marché important. Ils offrirent au walli Hossein leur première selle en brocart et une couverture en soie piquée de fils d'or. Le cadeau eut l'heur de plaire au walli et la mode fut vite lancée : tous les riches cavaliers de Cordoue voulurent ainsi parer leurs chevaux. Quelques mois plus tard, Rosemundo et Abner recevaient des commandes d'Hispalis et de Saragosse.

On eut alors des nouvelles de Tarik et de Mûsa ibn Nâser, partis comparaître devant le calife à Damas. Mûsa n'avait pas manqué de faire hommage au calife du trésor des Goths, qu'il prétendait avoir pris lui-même à l'ennemi. Tarik avait eu beau jeu de produire alors la pièce manquante de la table de Salomon et de rétablir ainsi la vérité. Mûsa avait dû payer une forte amende et subir l'affront d'une exposition publique toute une journée.

Abner, qui n'avait jamais remis les pieds à Tolède, pensa un instant y retourner pour le seul plaisir de voir les courbettes de ceux qui lui avaient tourné le dos quand Tarik avait été jeté en prison. Mais — peut-être craignait-il toujours le collecteur d'impôts, à moins que ce ne fût sa fille — il renonça vite à prendre la route.

A Cordoue, il avait à faire. Ayant remboursé son emprunt, il acheta bientôt, à la surprise de sa famille, un petit moulin où il fit moudre des feuilles et des graines de plantes colorantes, cherchant à inventer et à fixer de nouvelles teintes. Il y passait tout son temps. Là encore il réussit, et tout « el-Andalus » rechercha bientôt la soie bleu pastel de la petite manufacture de Cordoue.

— Tu travailles trop, mon fils, lui dit un jour son père. Tu ne penses plus à autre chose qu'à tes couleurs. J'espère que tu n'oublies pas la Tora?

— Ne t'inquiète pas, mon père. Je n'oublie pas la Tora.

— Je le sais, je le sais. Mais pourquoi ne pas t'arrêter un peu, fonder un foyer, comme ton frère Daniel qui va être père pour la deuxième fois? Tu as bien assez d'argent...

— Tu sais bien que l'argent ne m'intéresse pas...

Abner venait de donner une petite fortune à un certain Jacob de Tortosa qui s'occupait de racheter des esclaves juifs. Ce qui l'intéressait, dans son affaire, c'était d'inventer, de jouer, de gagner. A Hippone, il avait aidé son beau-frère Ezra à la boutique, et ses premiers achats — quelques amphores d'huile, quelques mesures d'orge — l'avaient rempli d'excitation : comment deviner la pensée du vendeur, déjouer sa stratégie, se montrer plus rapide et plus intelligent que quelqu'un qu'il fallait pourtant considérer comme aussi rapide et intelligent? Au fond, à acheter ou à vendre des amphores d'huile, on pouvait savoir qui on était vraiment. Abner se rappelait le vieux Joad, propriétaire de plusieurs magasins au marché d'Hippone; on le disait imbattable en affaires, et il vivait modestement avec sa femme et sa fille, muette de naissance, dans une petite maison du faubourg, versant tout l'argent qu'il gagnait à la communauté pour ses œuvres de bienfaisance. Quand on s'étonnait de le voir travailler sans y être obligé, il répondait que le véritable plaisir consistait à faire ce qui n'était pas obligatoire, et parfois même pas nécessaire.

— Rappelle-toi l'Ecclésiaste, mon fils, dit Rabbi Joseph : « Puis j'ai considéré tous les ouvrages que mes mains avaient faits et la peine que j'avais prise à les exécuter. Et voici, tout est vanité et poursuite du vent, et il n'y a aucun avantage à tirer de ce qu'on a fait sous le soleil. »

— C'est un homme vieilli et aigri qui a écrit cela.

— Prends garde de ne pas être vieux toi-même, soupira Joseph, avant d'avoir fondé ta famille...

Ce désir d'avoir des enfants, Abner l'éprouva confusément quand Dulcia donna naissance au deuxième fils de son frère. Rabbi Joseph regardait le bébé endormi avec une telle ferveur qu'Abner en fut frappé. Rabbi Joseph, surpris comme s'il s'éveillait d'un songe, murmura :

— Que l'Éternel lui évite les épreuves du désert!

— Amen! répondit Abner.

Une semaine plus tard, toute la famille attendait le nouveau petit Salomon à la synagogue de la Juiverie de Cordoue. Et, quand sa marraine Sarah, femme de Rabbi Johanan, entra en le portant dans ses bras, l'assistance l'accueillit par un vibrant « *Baroukh haba!* Bienvenue! » Toute la famille était là, mais aussi les amis, les élèves du Talmud-Tora où enseignait Daniel, les parnassim de la communauté... Tout le monde était fier de la nouvelle synagogue, et on lisait avec complaisance les psaumes gravés au bas des murs, ou l'inscription en arabe portée sur la console qui soutenait l'arc en ogive : « A l'Eternel, régnant et tout-puissant. »

Rabbi Joseph officiait. Il tendit les bras vers le nouveau-né :

— Voici, dit-il, un prince pour la Cité des Juifs. Il vient sceller l'alliance avec l'Eternel, béni soit-Il!

Il prit le petit Salomon et le déposa sur le coussin de soie blanche posé sur les genoux du parrain, Juda el-Karoui, un scribe ami de Daniel. Le *mohel* découvrit alors le petit corps : « Béni soit Celui qui a prescrit la circoncision! » dit-il. Avec deux doigts de la main gauche, il tira délicatement la peau fine du sexe de l'enfant et, d'un geste précis, coupa le prépuce.

Daniel remercia « Celui qui nous a ordonné de faire entrer l'enfant dans l'alliance d'Abraham, notre père », et toute l'assistance reprit en chœur : « De même qu'il est entré dans l'alliance, puisse-t-il grandir pour la Tora, la *Houpa* et les bonnes œuvres! »

L'enfant pleurait. Rabbi Joseph pencha vers lui sa barbe blanche et adoucit sa voix :

— Te voici marqué dans ta chair du sceau indélébile de l'alliance avec le Créateur de l'univers, dit-il. Ce signe ne doit pas seulement marquer ton corps mais te rappeler continuellement que tu as été créé imparfait afin que tu puisses te parfaire toi-même.

L'enfant cessa de pleurer, comme s'il méditait, pensa Abner, sur ce que venait de dire son grand-père.

Au soir de cette fête, quand les invités furent partis, Rabbi Joseph, sa femme et leurs trois fils restèrent ensemble dans le patio, autour de la fontaine. Les enfants étaient couchés. L'odeur des plantes renaissait à la fraîcheur de la nuit venant. On se taisait. Puis on entendit la voix de Rabbi Joseph :

— Les jours de l'homme sont comme une ombre, dit-il.

Mais au lieu de continuer le psaume, il chanta à mi-voix un vieux chant juif qui parlait du temps qui passe. La voix chantait dans le silence, chantait et parfois se brisait pour dire cette mélancolie qu'on tait d'ordinaire quand il fait grand jour et que les enfants écoutent.

Abner comprit ce soir-là qu'il ne connaissait pas son père. Il était stupéfait que cet homme de devoir et de prière pût si justement exprimer ce qu'il ressentait, lui, le fils. Et il le suivit avec curiosité quand Rabbi Joseph leur proposa d'ouvrir le Rouleau d'Abraham.

Dulcia apporta un chandelier :

— Approche la lumière, ma fille, dit-il.

Puis, comme s'il avait compris l'humeur d'Abner, il lui fit signe d'approcher :

— Tiens, dit-il, aide-moi donc.

Ensemble, ils déroulèrent le papyrus. La lumière de la lampe dévoilait des colonnes de noms, Abraham, Gamliel, Sarah et Ruth, David, Nomos, Judith... Comme si elle les arrachait un instant aux ténèbres de l'éternité...

Rabbi Joseph ne fit pas la lecture. Il vérifia seulement qu'Abner voyait son propre nom inscrit à la suite de ceux de ses frères et sœurs, puis il roula le papyrus : « Seigneur, cita-t-il, Tu as été pour nous un refuge, de génération en génération... »

Abner éprouva vivement le réconfort qu'il y avait de faire partie d'une telle chaîne, en même temps que le désir de la poursuivre à son tour — et pour la première fois il ne s'en défendit pas.

Son destin eût pu se décider ce soir-là — il allait se marier, le drapier de Cordoue, et faire des enfants qui grandiraient en âge et en sagesse tandis que lui-même irait paisiblement vers sa fin –, si l'on n'avait appris dans les jours suivants la mort à Tolède de José ibn Ezra.

Le collecteur d'impôts s'était fait tant d'ennemis, sa dureté, ses façons lui avaient valu tant de haines et de rancœurs que ce qui devait arriver était arrivé : quelques-unes de ses victimes avaient levé une véritable émeute, envahi et saccagé sa demeure. José ibn Ezra n'avait eu que le temps de se cacher dans sa cave où il s'était barbouillé le visage pour échapper à ceux qui cherchaient « le Juif ». Quand ils l'avaient trouvé, ils l'avaient insulté et battu à mort avant de clouer son corps à l'une des portes de la ville. Le walli avait immédiatement fait entrer en ville les Berbères d'une garnison voisine. Cela avait suffi à calmer les esprits, mais il n'était pas un foyer juif d'Espagne où l'on n'avait eu peur.

Dès qu'il eut entendu la nouvelle, Abner sut qu'il allait retourner à Tolède. En vérité, durant tout ce temps, il n'avait guère oublié Rachel, même s'il lui arrivait de ne plus pouvoir retrouver son visage, alors que, trois ans plus tôt, il aurait joué sa tête qu'il ne l'oublierait jamais.

Il partit donc. Il allait, dit-il, chercher de nouvelles idées, de nouveaux marchés. Durant son absence, son frère Jéroboam s'occuperait de ses affaires avec Rosemundo.

Tolède n'avait pas changé – toujours austère et orgueilleuse, dominant de son rocher le paysage désolé. Abner entra dans la ville au milieu d'une caravane de marchands et alla s'héberger en leur compagnie dans un *foundouk* où on ne le reconnaîtrait pas. Il était persuadé qu'il ne pourrait traverser la rue sans qu'on le salue, sans qu'on célèbre le brillant conseiller juif qui avait permis à l'amîr Tarik de triompher de son ennemi Mûsa ibn Nâser. Il s'aperçut pourtant bien vite que personne ne se retournait sur son passage et que, à dire vrai, Tolède l'avait parfaitement oublié. Il en fut à la fois soulagé et mortifié.

Il alla prendre des nouvelles chez son ancien serviteur Alfonso qui, lui, tomba au moins à genoux pour l'accueillir; mais peut-être croyait-il voir un revenant.

Alfonso lui apprit que, de Damas, Tarik avait dépêché un émissaire afin de remercier Abner et l'assurer de son amitié; que Rachel, la fille de José ibn Ezra, s'était mariée et avait un enfant. Puis le vieux serviteur ouvrit un coffre et en retira le châle de prière qu'Abner avait autrefois abandonné en fuyant Tolède.

Alfonso lui dit que les choses n'étaient plus comme avant. Il raconta que le fils de Mûsa, Abdel Aziz, avait épousé la veuve du roi goth Rodéric, la belle Egilona, et que le calife, l'accusant de se compromettre avec les chrétiens, venait de lui faire couper la tête...

Abner allait partir quand le vieil homme ajouta, en baissant les yeux, que Rachel avait donné à son fils le nom d'Abner.

Abner remercia Alfonso et lui offrit la superbe pièce de tissu qu'il destinait en fait à Rachel :

– Tu le donneras à ta fille, dit-il, ou à ta petite-fille. Si tu le trouves beau, tu prieras pour moi.

Dès le lendemain, il quitta Tolède. Il suivait la caravane de marchands avec laquelle il y était entré. Elle appartenait à un certain Yakub el-Bejer, dont le métier était justement d'organiser le déplacement des marchands d'une ville à l'autre. Elle avançait lentement, avec les cinq étapes quotidiennes qu'imposaient les prières. Elle devait rallier Saragosse puis se rendre jusqu'à *El-Arbuna*, Narbonne, où les marchands juifs, disait-on, allaient aux Indes et en Chine comme les Cordouans vont à Tolède.

« A mon père, Rabbi Joseph d'Hippone, à ma mère, à mes frères! Que l'Éternel – béni soit-Il! – leur donne longue vie!

« Je dois vous dire d'abord que je suis en bonne santé, j'espère qu'il en va de même pour vous. J'ai un peu maigri et ma peau a pris le soleil. En quittant Tolède, je me suis intégré à une caravane de marchands et je me suis fait un ami, Ambros, un ancien Juif devenu chrétien et même moine. Il était fatigué, m'a-t-il avoué, de craindre Dieu sans être assuré de Son amour et trouvait injuste de risquer la persécution sans rien recevoir en échange, alors que la religion chrétienne, qui repose sur l'amour et le pardon, était de plus triomphante. Vous imaginez bien que je protestai, mais la route était longue. Nous décidâmes bientôt de quitter la caravane, qui allait trop lentement à notre goût, et j'achetai deux mulets.

« Près de Jaen, Ambros m'a fait visiter un cimetière rempli de tombes d'enfants portant un chandelier à sept branches. Le moine me raconta : le seigneur de l'endroit avait rêvé que des circoncis tuaient son fils. Or il n'avait ni fille ni fils mais, à son réveil, il fit rassembler tous les enfants juifs de moins de treize ans et les fit décapiter. Les autorités arabes, en châtiment, détruisirent les maisons et dévastèrent les champs de son domaine ; quant à lui, le seigneur, ils l'envoyèrent comme esclave en Afrique. On avait gravé le chandelier sur les tombes des enfants juifs car chacun doit être honoré selon sa religion.

« Plus tard, nous avons été attaqués par des bandits, qui ont pris nos mulets et tout ce que nous possédions. Mais béni soit l'Éternel, ils nous laissèrent la vie, et nous finîmes par arriver près de Saragosse, au monastère de mon ami Ambros, où je dus expliquer aux moines qui étaient là que les Juifs appliquent la Loi non pour être récompensés, mais simplement pour être hommes.

« C'est donc d'un monastère chrétien que je vous écris! Je laisserai ce message aux moines, qui vous le feront parvenir à leur prochain voyage à Cordoue. Pour moi, je vais continuer vers Barcelone et suivrai la côte jusqu'en Septimanie. J'espère que Jéroboam et Rosemundo s'entendent bien, que Moïse et Salomon grandissent et que l'Éternel – béni soit-Il! – nous permettra de nous revoir dans un monde prospère et en paix!

« Votre fils et frère, Abner, écrivant le dernier jour du mois de Hechvan de l'année 4480 * après la création du monde par l'Éternel – béni soit-Il! –, près de la ville de Saragosse, en Espagne. »

---

* 720.

XI

Narbonne
ABNER L'AFRICAIN

NARBONNE était la capitale de la Septimanie, que les Arabes avaient, au bout de leur élan, conquise sur les Goths. Leur présence y était légère : le walli, une garnison. L'important, pour Abner, fut qu'il y retrouva la mer. Il se promenait sur le port, y reconnaissait les odeurs et les bruits de son enfance à Hippone et comprenait qu'à Tolède et à Cordoue lui avaient manqué le claquement des voiles et les promesses du large.

C'est en effet de Narbonne que partaient alors la plupart des marchands qui naviguaient vers Farama, y formaient des caravanes de chameaux pour gagner Kolzum, sur la mer Rouge, d'où ils s'embarquaient pour El-Jar et Djeddah, gagnant de là le Sind, l'Inde, la Chine... Au retour, ils rapportaient d'Orient du musc, de l'aloès, du camphre, des épices inconnues qu'ils vendaient aussi bien à l'empereur de Constantinople qu'aux chefs des Francs. Abner pensa immédiatement à s'associer avec l'un ou l'autre de ces marchands. Mais il lui fallait d'abord s'installer à Narbonne, s'y faire admettre.

Car si l'on connaissait ses brocarts et ses tissus aux teintes inimitables, il restait néanmoins le « drapier de Cordoue », un étranger. Le rabbin Bonjuzas, personnage influent de la communauté de Narbonne, l'avait un jour entretenu, comme par hasard, à la fois de sa fille Dossa, maintenant bonne à marier, et des difficultés qu'il rencontrait pour financer l'agrandissement des Écoles-Vieilles. Abner fit très vite le tour de la situation : un mariage avec la fille du rabbin l'intégrerait à la communauté et réaliserait le vœu de Rabbi Joseph, son père, de le voir fonder un foyer. Ses dernières hésitations tombèrent quand il vit Dossa : elle était ravissante. Il l'épousa donc, ou, plus exactement, épousa la famille de Bonjuzas, qui comprenait une foule d'oncles et de cousins, une autre fille et un fils, Capdepin, marchand d'esclaves.

Par la première caravane pour Cordoue, il annonça son mariage à son père et demanda à son frère Jéroboam de lui faire parvenir l'argent nécessaire à l'installation d'un moulin et d'un atelier à Narbonne, sur le modèle de ceux qui fonctionnaient si bien en Espagne. Il gagna bientôt assez pour que le rabbin Bonjuzas pût envisager d'ajouter à la synagogue et à l'école un bain rituel et une maison pour les vieillards. De plus, Abner s'associa avec deux *rhadanites* * qui partaient en Orient dans des voyages de deux ou trois ans; ceux-ci se nommaient Joab et Bonisac et, à les voir, on comprenait qu'ils fussent inséparables : l'un était petit, gros et triste, l'autre long, maigre et gai; l'un aimait vendre et l'autre acheter; l'un parlait les langues que l'autre ignorait... A leur prochain voyage, ils emporteraient des tissus fabriqués à Narbonne par Abner.

Mais la magnifique réussite d'Abner n'était qu'apparente. Les Juifs de Narbonne étaient installés là depuis si longtemps, chacun à son exacte place, que la communauté continua de regarder avec méfiance ce Juif d'Afrique, arrivé avec les musulmans, et qui se montrait trop généreux pour ne pas être intéressé. On le saluait, on appréciait son habileté à gagner de l'argent, mais on le tenait à distance, au contraire de son beau-frère Capdepin, le marchand d'esclaves, qu'on accueillait partout comme un fils ou comme un frère. Le rabbin Bonjuzas, ravi de pouvoir enfin réaliser de vieux rêves, ne se rendait pas compte de l'inconfortable situation d'Abner. Il jugeait l'arbre à ses fruits : Dossa avait eu un fils, Vidal, et les travaux avançaient aux Écoles-Vieilles. Quant à Dossa elle-même, la belle et ironique Dossa, elle était plus intime de son frère que de cet époux aux cheveux crépus qu'elle appelait parfois « notre Africain » comme pour le tenir à l'écart. Jamais elle ne l'interrogeait sur son travail, ses projets, ses succès et, si Abner venait à lui en parler, il voyait bien qu'elle ne l'écoutait pas. Jamais non plus elle ne s'était rendue dans ce fameux atelier où, de l'avis général, on tissait les plus belles et les plus riches étoffes de Narbonne.

Et ce qui devait arriver arriva. Un jour une jeune femme, une jeune chrétienne, cherchant du travail, se présenta au moulin;

---

* Terme à l'origine peu claire. Il désigne les marchands juifs qui reliaient l'Occident à l'Orient aux VIIIe et IXe siècles.

son mari venait de mourir, la laissant seule avec une mère et deux enfants. Ce qu'Abner remarqua d'abord en elle, jouant sous la méchante tunique, ce furent deux seins bouleversants – comme les « grappes de la vigne ». Il s'était mis en frais, Abner, pour ces seins-là, avait fait le joli cœur, raconté des histoires. Elle se nommait Angevina et, loin de l'embaucher, il l'installa avec sa mère et ses deux fils dans une petite maison assez bien placée, rue de la Paterte, pour qu'il pût s'y rendre sans se faire remarquer.

Il avait ses habitudes chez Angevina. Souvent, il y passait le matin, avant d'aller à ses affaires du port ou du moulin. Elle lui servait du lait chaud avec du miel, ils faisaient l'amour puis parlaient de tout et de rien, lui toujours plein de projets, elle de questions. Elle l'appelait tendrement « mon Juif » et lui renvoyait de lui-même une image d'amour et d'admiration, pas dupe en vérité de ce besoin qu'il avait d'elle pour tout ce qu'il ne trouvait pas chez sa femme – de l'attention et de la tendresse.

Abner se souvenait de ses rencontres avec Rachel à Tolède et comment on les avait surpris, aussi redoublait-il de précautions. Mais à Narbonne, comme dans ces villes de soleil où l'on s'attarde sur les seuils, les rumeurs naissaient vite et on se répéta bientôt l'infortune de la fille du rabbin Bonjuzas. Alerté par un aveugle du port à qui il faisait souvent l'aumône, Abner s'abstint d'aller voir Angevina pendant quelques jours et en profita pour se rendre à Lunel, où on lui avait signalé un moulin à foulon qui était à vendre. Sa femme, Dossa, était sur le point d'accoucher, et il avait prévu de rentrer avant le shabbat. Mais, retenu par ses affaires, il ne revint que le lendemain.

Il arriva à Narbonne à l'heure de la sieste et, les rues étant vides, il se précipita rue de la Paterte, chez Angevina : sa bien-aimée n'y était pas.

– Où est Angevina ? demanda-t-il à sa mère.

Celle-ci s'inquiéta aussitôt :

– Angevina ? Elle n'est pas avec toi ?

Le cœur d'Abner se glaça. A force de questions, il apprit, de la vieille femme atterrée, que deux hommes étaient venus chercher Angevina de sa part pour l'emmener en voyage à Lunel.

– Comme elle était contente ! ajouta la mère. Comme elle était contente !

– Qui ? Qui étaient ces hommes ? Tu ne les avais jamais vus ? A quoi ressemblaient-ils ?

La mère d'Angevina prit cette attitude de terrible résignation qui est celle des pauvres gens habitués à l'injustice et au malheur.

— Je lui avais bien dit, répétait-elle inlassablement, c'était trop beau... Avec les Juifs, il faut se méfier... Ils apportent le malheur...

Abner s'enfuit, rentra chez lui.

— Tu arrives bien tard, remarqua Dossa.

Elle était allongée, les mains sur le ventre, et une servante lui bassinait les tempes d'eau vinaigrée.

— J'ai finalement acheté le moulin, dit-il, et j'ai été retenu à Lunel pour le shabbat.

Le visage de sa femme se crispa soudain :

— Les douleurs ont commencé, dit-elle en respirant profondément.

Elle le regardait bizarrement et, craignant qu'il ne s'en aperçoive, elle se mit à lui parler comme elle ne l'avait jamais fait :

— Ce doit être un garçon... Il n'y a que les garçons pour faire aussi mal aux mères... Je te trouve bien pâle, mon époux... Tu es malade? Tu regrettes d'avoir acheté ce moulin? Je te l'ai déjà dit, tu te fatigues, tu t'éparpilles... Ce que tu as ne te suffit donc pas?... Tu pars, Abner? Où vas-tu, mon époux? Tu ne m'as même pas encore raconté ton voyage à Lunel!... Abner, je vais te donner un autre fils et tu t'en vas!

Abner ne comprenait pas si son épouse se moquait de lui ou si, à quelques instants de sa délivrance, elle avait besoin de sa présence. Il sortit sans un mot, fit le tour du quartier de Belzève et descendit la rue Aludière jusqu'au port. Il cherchait son mendiant aveugle, Gozolas. Deux *marakibs*, des bateaux à gros ventre arrivant d'Afrique, venaient d'accoster, et des esclaves déposaient à terre les sacs de blé que d'autres esclaves chargeaient aussitôt à dos de mulet : la caravane remonterait jusqu'à Toulouse, où le coton serait embarqué sur d'autres bateaux qui descendraient la Garonne et, naviguant le long des côtes, gagneraient l'Angleterre et l'Irlande. C'était la bousculade. Abner, qui, d'habitude, aimait bien se laisser porter par les vagues et les remous du petit peuple des ports, cette fois se débattait, essayait de s'en déprendre, cherchait Gozolas.

C'est Gozolas qui le trouva :

— Bonjour, dit-il, bonjour Abner, fils de Joseph!

C'était un tour que le vieil aveugle réussissait parfaitement : reconnaître les gens à leur voix, à leur pas et même, prétendait-il, au froissement de leur vêtement. La vanité des hommes est telle, disait-il, et tel est leur contentement d'être reconnu par un vieil aveugle que Gozolas en retirait de substantielles aumônes.

— Gozolas, dit Abner, je suis heureux de te trouver. J'ai besoin de toi.

— Je sais déjà ce que tu veux savoir, Abner ben Joseph.

— Alors, dis-moi, que sais-tu?

Il fouillait sa robe à la recherche d'une piécette, mais le vieux interrompit son geste:

— Tu me feras la charité une autre fois. Ce que je vais te dire va te faire de la peine et tu regretteras ton argent.

— Ma peine me regarde. Dis-moi seulement.

L'aveugle secoua sa vieille tête de gauche à droite:

— Les hommes sont impatients d'apprendre leur malheur, et regrettent aussitôt de l'avoir appris.

Et Gozolas raconta à Abner comment Angevina avait été embarquée de force sur un bateau d'esclaves qui avait aussitôt levé l'ancre.

Abner se taisait. Gozolas ajouta:

— Ne me demande pas le nom du marchand d'esclaves. Je n'ai pas d'ennemis ici... Réfléchis bien à ce que tu vas faire, Abner ben Joseph, réfléchis bien...

Ses yeux morts suivant au ciel on ne savait quelle étoile, il s'éloigna, tapant le pavé de son bâton.

Abner avait compris ce que Gozolas avait tu. Il n'était plus qu'un bloc de mépris et de tristesse.

Il alla droit chez son beau-frère Capdepin, qui habitait dans le quartier de Belzève une belle demeure dominant le port et le fleuve.

Capdepin l'accueillit comme s'il était le walli en personne:

— *Baroukh haba!* Sois le bienvenu!

Grand, les traits réguliers, il ressemblait à sa sœur et avait comme elle ces façons hautaines qui vous tiennent à distance. Cette fois, pourtant, il se montrait avenant, sortait deux coupes d'argent:

— Assieds-toi, mon beau-frère! Puis-je t'offrir quelque chose?

Abner l'examinait comme s'il ne l'avait jamais vu. Et l'autre se troublait sous ce regard, se perdait dans le silence.

— Et ma sœur? demanda-t-il encore. Comment va ma sœur? L'enfant est-il né?

— Capdepin, dit Abner, je te hais! Je te hais pour ce que tu as fait! Je te hais pour ce que tu es! Je te hais, je te hais!

Abner jetait ses mots comme des coups, pour faire mal, pour blesser, pour punir. Capdepin avait reculé, mais maintenant, feignant un grand détachement, il se servait une coupe de sirop.

— Beau-frère, dit-il, je ne me laisserai pas insulter dans ma maison. Sache simplement que ce que j'ai fait, je l'ai fait parce que la famille l'a décidé... Ta femme, le père de ta femme, la mère de ta femme, moi-même... Tout Narbonne se moquait de nous! Tu nous humilies depuis plusieurs mois avec cette femme, ne viens pas aujourd'hui nous reprocher de ne pas bien nous conduire!... Quant à mon métier, je veux bien reconnaître qu'il n'est pas aussi noble que le tien. Mais la Tora ne l'interdit pas. Elle précise même les droits des esclaves : ils doivent être considérés comme des membres de la famille qui les emploie, observer le repos du shabbat... Ils peuvent hériter des biens de leurs maîtres qui meurent sans héritiers directs... Le meurtre d'un esclave est puni de la même façon que celui d'un homme libre... « Si un homme frappe son esclave avec un bâton, est-il dit dans l'Exode, et que cet esclave meurt, on le vengera... »

Capdepin avait raison. Un marchand d'êtres humains qui faisait son travail honnêtement pouvait être en règle avec sa conscience.

— La Tora n'interdit pas l'esclavage, répéta Capdepin.

Et il ajouta, avant de vider sa coupe :

— En revanche, elle condamne l'adultère. Tu vois, mon cher beau-frère, que si l'un de nous deux peut faire des reproches à l'autre...

Abner était fou de rage :

— Tais-toi! ordonna-t-il. Ne me parle pas de la Tora. Je laisse à l'Éternel, Dieu de justice et de vengeance, le soin de te juger. Mais pour les lois de cette ville, je sais qu'elles interdisent de vendre comme esclaves des êtres libres. Alors, si le marchand est juif...

Il tourna les talons et dévala l'escalier. Arrivant dans la rue, il aperçut la silhouette de Gozolas qui s'éloignait. « Réfléchis bien! » avait recommandé l'aveugle. Peut-être était-il venu se rendre compte par lui-même.

Abner fit quelques pas. Ses jambes tremblaient, d'émotion ou de colère, et il dut s'asseoir sur le seuil d'une maison voisine. C'est là que son serviteur Chemaya, qui arrivait en courant, le trouva :

— Je te cherche partout, maître... C'est un fils! *Mazal tov! Mazal tov!* Bonne chance!

Le nouveau-né reçut le nom de Sabrono. Toute la famille se

rassembla quelques jours plus tard à la synagogue pour la *brith-mila*, y compris Capdepin. Personne ne paraissait avoir jamais entendu parler d'Angevina, et, comme Abner lui-même ne fit rien – dénoncer un Juif risquait de mettre en danger toute la communauté –, le silence se referma comme une eau noire.

Abner revint une fois encore rue de la Paterte, pour remettre une bourse bien garnie à la mère d'Angevina à l'intention des enfants. Il rôda un moment autour de la maison comme un chien à la recherche de son maître disparu et descendit vers le port. Là, il fit la charité à l'aveugle Gozolas, se promena, regarda un marin calfater les flancs d'une barque, en écouta un autre qui chantait :

> *Temps long à compter vaut*
> *Vie sur une galère!*
> *Trois mois je fus sur l'eau*
> *Sans jamais toucher terre..*

Il monta jusqu'au pont sur l'Aude puis rentra chez lui et écrivit à son frère Daniel. Sans Angevina, il se sentait seul à Narbonne et il avait besoin de se retremper aux sources familiales. Mais, avant que sa lettre pût partir – il fallait attendre la caravane qui reliait Narbonne à Saragosse, Tolède, Cordoue, Hispalis tous les deux mois environ –, un marchand de ses amis lui remit une lettre de Daniel. Celui-ci l'informait de la mort de Rabbi Joseph et celle, quelques jours plus tard, de sa femme Hannah, brisée par la disparition de celui qu'elle n'avait pas quitté un seul jour depuis leur mariage à Hippone, cinquante ans plus tôt. Daniel ajoutait que, à la suite d'une démarche de certains fonctionnaires musulmans protestant contre la part trop importante prise par les dhimmis dans l'administration de Cordoue, il avait été contraint de quitter sa charge de conseiller du walli. Quant à l'atelier, il prospérait et Jéroboam envisageait de l'agrandir si lui, Abner, consentait à ce projet.

Abner relut la lettre plusieurs fois, comme pour déchiffrer, entre les lignes, derrière les mots, quelque sens caché. Mais non, il n'y avait rien d'autre que ce qu'il avait lu : ses parents étaient morts et la vie continuait. Il pleura. Puis il pria Chemaya, son serviteur, d'annoncer à ses clients et à ses commis qu'il était en deuil et se rendit d'un pas rapide à la synagogue.

On était à la fin de la matinée et le soleil était haut. A la synagogue, deux ou trois Juifs priaient. « Même pas un *minian* », pensa-t-il. Il dit le kaddish. « Gloire et sanctification au nom du Seigneur, qui renouvellera le monde et ressuscitera les morts! Que Son règne soit proclamé de nos jours et du vivant de toute la maison d'Israël, aujourd'hui et à tout jamais... » Il passa le reste de la journée à chanter à mi-voix les cantiques que Rabbi Joseph lui avait enseignés et qu'il avait entendus pour la dernière fois à Cordoue, le soir de la brith-mila de son neveu. A la tombée du jour, quand la synagogue s'emplit pour la prière du soir, il mêla sa voix à la voix commune, puis rentra chez lui. Dossa lui manifesta sa compassion, mais il se sentait encore plus seul en sa présence que lorsqu'il était seul. Il refit une lettre à son frère et l'invita à venir s'installer à Narbonne.

Daniel n'arriva que deux ans plus tard, au début de l'année 4485 * après la création du monde par l'Éternel – béni soit-Il! –, avec sa femme Dulcia et leurs deux grands enfants Moïse et Salomon.

Abner fut stupéfait de voir que les cheveux de son frère commençaient à grisonner : avec ses trente-sept ans, Daniel n'était son aîné que de deux ans! « La vie passe. Il faut se hâter de faire ce qu'on n'a pas encore fait », se dit-il. Mais, depuis la disparition d'Angevina, une part de lui-même, la plus gaie, la plus entreprenante, paraissait morte à jamais. Il laissait ses affaires aller comme elles allaient, sans plus se battre, sans plus créer, sans plus rêver. Alors, trente-cinq ans ou soixante-dix!...

En raison de ses connaissances et de sa modestie, Daniel fut vite adopté par la communauté narbonnaise. Le vieux rabbin Bonjuzas le recommandait chaudement, le présenta même au walli et à l'évêque, avec qui il entretenait d'excellentes relations. Daniel, qui se plaisait à Narbonne, eut bientôt l'idée d'y établir un Talmud-Tora :

— Aucune communauté, dit-il un soir à son frère, ne peut se passer de la présence divine, mais cette présence ne se manifeste ni par la tristesse, ni par la paresse, ni par l'hilarité, ni par le bavardage, ni par les vanités, mais par la joie généreuse de la bonne action et l'étude de la Tora.

Le rabbin Bonjuzas soutint l'idée de ce Talmud-Tora et Abner s'engagea à payer la construction du bâtiment qui y serait

* 725.

affecté. Le Conseil de la communauté, après avoir convoqué Daniel pour entendre de sa bouche quelques commentaires savants, donna son accord.

Abner fut heureux de l'installation de Daniel et de sa famille à Narbonne. Il leur procura, pour quarante-huit dirhams par an, une vaste maison rue du Coyran, près de l'Aude, entre le quartier de Belvèze et le vivier. Presque toute la rue appartenait à un Goth, Dalmas de Vinassan, avec qui il était en affaires.

Pour le premier shabbat dans leur nouvelle demeure, Daniel et Dulcia invitèrent Abner et Dossa. Après le repas, les deux frères restèrent un moment seuls à table. Ils se regardaient en silence, et des années de séparation s'abolirent soudain – ils étaient enfants et allaient tout à l'heure courir jusqu'au pont sur la Seybouse... Enfin Daniel demanda :

– A quoi penses-tu?
– Comme toi.
– Et si nous disions à Jéroboam de venir?

Le temps d'un aller et retour de la caravane de Cordoue, et Jéroboam arrivait à Narbonne. Il était seul. Daniel et Abner lui présentèrent la ville sous un jour mirobolant. Ils désiraient le voir s'y installer. Jéroboam hésitait : à Cordoue, son associé Rosemundo, bien fatigué, souhaitait ne plus travailler, et ses fils étaient prêts à vendre leurs parts dans la manufacture. Jéroboam se disposait à les acheter : il se voyait bien à la tête de toute l'affaire.

Comme des crues avaient fait monter toutes les rivières, Jéroboam dut retarder son départ et sa réponse. Il passa Pâque à Narbonne, et Dossa, amusée par la présence des trois frères – on les appelait les Espagnols, ou les Africains –, offrit de célébrer le Seder dans sa maison.

Oncles, cousins, belles-sœurs, enfants de tous âges, ils étaient soixante-deux, ce soir-là, dans la grande salle du rez-de-chaussée à se presser autour des nappes blanches brodées d'or, à écouter le petit Vidal poser les quatre questions à son grand-père, le rabbin Bonjuzas, à écouter le récit de la Pâque et à boire enfin à la vie – *Lekhaïm!*

Après le repas, quand les enfants furent couchés, les hommes chantèrent les psaumes. Les airs n'étaient pas les mêmes à Narbonne qu'à Cordoue, et on n'alla pas au bout sans quelque confusion :

– Nous autres, les Juifs, remarqua Daniel, sommes un peuple singulier, dispersés à travers le monde, nous chantons tous les mêmes paroles, mais pas toujours la même chanson.

Rabbi Bonjuzas était fier de Daniel, comme s'il eût été son

fils, ou son élève, et ne manquait jamais une occasion de le faire parler devant ses invités.

— Daniel, dit-il, rappelle-nous ce fameux *midrash* sur le mauvais penchant?

Daniel s'exécuta de bonne grâce : toutes les occasions étaient bonnes de faire connaître la parole de Dieu et les commentaires des sages d'Israël.

— Rabbi Johanan, dit-il, enseigne qu'un jour à venir l'Éternel saisira le mauvais penchant et l'immolera devant les Justes et devant les Impies. Aux Justes, ce penchant donnera l'impression d'une haute montagne, aux Impies celle d'un mince cheveu. Ceux-ci verseront des larmes, et ceux-là aussi, les Justes en se demandant comment ils ont pu vaincre ce sommet vertigineux, et les Impies pourquoi ils n'ont pas pu maîtriser ce petit morceau de fil.

Quand il se tut, chacun médita. On entendait grésiller l'huile dans les lampes. Rabbi Bonjuzas se rengorgeait. Pour l'édification de tous, il célébra le savoir, la méditation, la mémoire :

— Dans la famille de nos amis africains, déclara-t-il, on tient de père en fils une chronique des générations depuis la destruction du Temple; et c'est Daniel qui poursuit la tradition. N'est-ce pas, Daniel?

— Sans doute, Rabbi, mais...

— Vous le lisez ensemble lors des circonstances importantes de la vie, n'est-ce pas?

— Oui, Rabbi.

— Daniel, ne s'agit-il pas aujourd'hui d'une circonstance importante?

Daniel dut retourner chez lui pour y prendre le Rouleau d'Abraham. A l'idée de le lire devant ces étrangers, il se sentait mal à l'aise. Mais ne s'agissait-il pas après tout de la famille de la femme de son frère?

— Chez nous, dit-il, nous le lisons debout.

Le rabbin Bonjuzas appuya pour se lever ses mains veineuses sur la nappe blanche, et on poussa les bancs tandis que Daniel déroulait le papyrus. Ses frères Abner et Jéroboam vinrent se mettre près de lui.

« Abraham, commença Daniel, fils de Salomon le lévite, habitait Jérusalem et le nom de sa femme était Judith.

« Gamliel était son fils premier-né.

« Elie fut le second et devint scribe comme son père.

« Gamliel engendra... »

Abner observait tous ces étrangers au visage grave qui écoutaient s'égrener les noms et les dates, et il comprit que le

Rouleau d'Abraham était plus qu'une histoire de famille. C'était toute la mémoire juive. Ezra, Judith, Gamliel, Nomos... Peu importaient les noms... L'essentiel était cette continuité dont les fondements mêmes faisaient que soixante-deux Juifs narbonnais ressentaient comme les leurs les siècles d'histoire des Juifs d'Alexandrie, d'Hippone ou de Cordoue.

Jéroboam finalement repartit. « Ainsi restera-t-il à Cordoue quelqu'un de la famille pour honorer la tombe de nos parents », dit-il. En vérité, il ne pouvait résister à la tentation de diriger seul la manufacture et le moulin. A chacun son destin.

Daniel réussit parfaitement à la tête de son Talmud-Tora. Un de ses élèves les plus appliqués était son fils Moïse, et il ne cessait d'en louer l'Éternel – béni soit-Il!

Abner ne voyageait plus, ne faisait plus de projets. Sceptique et amer, il contemplait les ambitions du monde et, relisant l'Ecclésiaste, comprenait enfin la voix de celui qu'il avait autrefois traité de vieillard aigri : « Vanité des vanités, tout est vanité et poursuite du vent! »

Il refusait toujours d'adresser la parole à Capdepin le marchand d'esclaves, et si une fille lui était née, qu'il avait nommée Hannah, du nom de sa propre mère, il considérait encore sa femme Dossa comme une sorte d'étrangère, étonné que leurs vies aient pu ainsi être liées.

Les seuls événements qui suscitaient encore son intérêt étaient les affrontements qui jetaient les peuples les uns contre les autres. Il lui semblait à chaque fois revivre la bataille de Xerez, et voir le cousin berbère Ibrahim s'enfoncer dans les rangs ennemis.

Bien ancrés en Espagne, les Arabes étaient tenus en échec aux frontières de la Septimanie, en particulier par le duc d'Aquitaine Eudes, tantôt allié, tantôt ennemi. Il revenait à présent à un nouvel amîr, Abd al-Rahman, à la tête d'une puissante armée, de reprendre la conquête. Il bouscula le duc Eudes sur la Dordogne, et Eudes demanda le secours à l'un de ses adversaires, le nouveau chef des Francs, Charles, fils de Pépin d'Herstal.

Des rescapés des troupes d'Abd al-Rahman vinrent apporter à Narbonne la nouvelle de la défaite des Arabes près de Poitiers. Abd al-Rahman avait été tué, et il ne restait rien de la superbe armée. Le walli de Narbonne fit renforcer les défenses de la ville : il est rare que les vainqueurs se contentent d'une victoire, et il fallait sans doute s'attendre à repousser l'assaut des Francs.

Charles Martel et ses soldats se présentèrent en effet sous Narbonne et l'assiégèrent, sûrs que leur renommée guerrière suffirait à faire tomber la ville.

— Le Franc est stupide, bougonnait Abner. Narbonne n'est pas une cité à assiéger. Son approvisionnement et son commerce se font par mer. Qu'espère-t-il ? Que le walli prenne peur ? Que quelqu'un trahisse et ouvre les portes ? Tout juste empêche-t-il les Juifs d'aller au cimetière du mont Judaïque !

Et le siège était si peu efficace que le fils aîné d'Abner, Vidal, qui devait partir à Cordoue chez l'oncle Jéroboam pour se familiariser avec la manufacture, ne changea rien à ses projets. Simplement, au lieu d'emprunter la voie de terre avec la caravane, il prit le bateau jusqu'à Barcelone.

Abner salua son fils comme s'il ne devait plus le revoir, lui confiant une dernière parole de l'Ecclésiaste : « Tout ce que ta main trouve à faire avec ta force, fais-le, car il n'y a ni œuvre, ni pensée, ni science, ni sagesse dans le séjour des morts où nous allons. »

Et le père et le fils ne se revirent pas. Abner tomba malade et se coucha. Après quelques jours, la fièvre le quitta, mais il resta couché. La vie, eût-on dit, ne le retenait plus. A peine s'il demandait encore à son second fils, Sabrono, de l'informer de l'état du siège. Pour le reste, il se taisait. Il savait qu'il allait en finir bientôt avec les choses de ce monde, et, tout entier tourné vers lui-même, il écoutait battre en lui deux inguérissables blessures : Rachel, Angevina. Il n'y avait rien à faire, rien à dire. Seulement à regretter.

Une semaine avant Roch Hachana, Sabrono, tout excité, vint annoncer à son père que les Francs de Charles Martel levaient le siège.

— La route du mont Judaïque est donc libre, dit simplement Abner.

Le lendemain, on le trouva mort dans son lit.

XII

Narbonne
LE ROI JUIF

Les Francs revinrent. C'était en l'année 4512 * après la création du monde par l'Éternel – béni soit-Il! –, et leur chef n'était plus le maire du palais, Charles Martel, mais un de ses fils, Pépin, qui venait, avec l'appui du pape, de se faire élire roi à Soissons.

Quand ils se présentèrent devant la ville, les Juifs finissaient d'y célébrer la fête de Pourim, commémorant un épisode du temps de l'exil en Perse : le vieux Mordekhaï ayant refusé de se prosterner devant le favori du roi Assuérus, Aman, celui-ci avait obtenu la condamnation de Mordekhaï et du peuple juif. C'est alors qu'était intervenue Esther, nièce de Mordekhaï et épouse du roi. Elle avait jeûné, prié et, avec le secours du Très-Haut, pu convaincre Assuérus de la perfidie d'Aman, lequel avait été contraint, avant d'être pendu, lui et ses fils, de mener par la bride à travers la ville le cheval du vieux Mordekhaï vêtu de pourpre.

Depuis lors, chaque année au mois d'Adar, les Juifs célébraient cette fête des Pourim – fête des Sorts : les enfants se couvraient des masques et des déguisements d'Assuérus, d'Esther, de Mordekhaï, dansaient dans les rues et scandaient le nom d'Aman en frappant l'un contre l'autre des bâtons ou des cailloux.

Cette année-là, la fête se terminait à peine que l'armée des terribles et frustes guerriers francs arrivait devant Narbonne et défilait comme si sa seule parade devait suffire à renverser les murs et les hommes. Les Juifs ne pouvaient pas ne pas voir un signe dans cette coïncidence : si Israël savait se mettre sous la

* 752.

protection de l'Éternel, Dieu des armées, alors l'affliction se changerait en allégresse et les cris d'angoisse en larmes de joie.

Le Conseil de la communauté se réunit aussitôt et décréta qu'un jour de jeûne devait suffire, la plupart des parnassim étant en effet convaincus que Pépin, comme son père douze ans plus tôt, lèverait le siège dès qu'il en comprendrait l'inanité. D'ailleurs le walli, avec qui ils étaient en bons termes, leur fit dire de ne pas s'inquiéter.

Cependant l'armée franque paraissait installée pour l'éternité. Pas plus que les désespérantes pluies d'hiver ou l'accablement des étés brasiers, l'ennui des jours sans rien ne venait à bout de sa résolution. Narbonne se ravitaillait par mer, mais était coupée des villes de l'intérieur. L'inconvénient fut au début jugé supportable, mais une saison passa, puis une autre, une autre encore... Les Narbonnais avaient l'impression d'habiter une île...

Le roi Pépin avait fait savoir qu'il entendait prendre possession de Narbonne et qu'il ne se découragerait pas. Quand enfin on comprit qu'il ne suffirait pas d'attendre, le comte goth Milon envoya à Narbonne un de ses conseillers, Miletius, chargé de chercher avec les Juifs un moyen de mettre fin à cette situation. En d'autres termes : les civils juifs et chrétiens étaient-ils prêts à livrer Narbonne aux Francs?

On était alors en l'an de chrétienté 758. Le rabbin Bonjuzas était mort, ainsi que Daniel le sage, Dossa était une vieille femme... Les enfants de Daniel et d'Abner avaient eux-mêmes déjà des enfants... « Une génération s'en va, une génération s'en vient... » Moïse, fils de Daniel, était, avec ses quarante-cinq ans, l'aîné de cette génération-là qui n'avait pas connu l'Afrique : il était né à Cordoue, ainsi que son frère Salomon, tandis que les enfants d'Abner et Dossa étaient, eux, nés à Narbonne.

Scribe, savant et respectueux de l'enseignement – c'est à lui que la famille avait confié le soin de tenir et de transmettre le Rouleau d'Abraham –, il faisait partie du Conseil de la communauté et, à ce titre, il convoqua chez lui ce jour-là son frère Salomon et ses deux cousins, Vidal et Sabrono.

– Le Conseil, dit-il, doit décider ce soir de la réponse à donner aux Goths. Sommes-nous avec les Goths contre les Arabes? Avec les Arabes contre les Francs? Notre position dans la ville nous donne à jouer un rôle qui peut être décisif. Sachons ne pas nous tromper.

Les quatre hommes étaient graves.

— Essayons, reprit Moïse, de déterminer entre nous ce que je proposerai ce soir au Conseil.

Sabrono, tout rond, la barbe rare, l'œil malin, qui gérait le moulin de Casal, leva la main :

— Il y a deux choses, dit-il.

Les trois autres éclatèrent de rire : Sabrono avait l'habitude de découper chaque problème en deux tranches. Il ne s'offusqua pas et rit même de bon cœur, puis revint à son raisonnement :

— La première est évidente : nous n'avons jusqu'à ce jour aucun motif de nous plaindre des Arabes. La seconde est tout aussi claire : pour les Arabes, nous ne sommes que des dhimmis, des protégés.

— Alors? demanda Moïse.

— Alors je propose d'examiner la situation calmement à partir de ces deux évidences.

Nouvel éclat de rire.

— Nous voilà bien avancés! put enfin dire Vidal. Merci, mon frère, vraiment merci!

Salomon le menuisier s'essuya les yeux de ses grandes mains carrées :

— Ce qu'a fait Sabrono est très bien : il nous a fait rire. Maintenant, nous pouvons discuter sans nous énerver.

— Qui commence? demanda Moïse.

Il faisait froid, le vent du nord avait pris possession de la ville et on l'entendait se déchirer aux angles des maisons, hurler dans les ruelles, ronfler comme un soufflet de forge dans les passages voûtés. Ce vent terrible durait trois, six ou neuf jours, disait-on, et Moïse pensait que tout serait réglé, pour le meilleur ou pour le pire, quand il cesserait.

Il regarda son frère et ses cousins. Tous les quatre avaient derrière eux des années de souvenirs communs, de références partagées, de complicités à demi-mot, et, même si les caractères s'accusaient au fil des ans, Moïse pensait que leurs réponses seraient plus ou moins proches de la sienne : il avait bien réfléchi et était arrivé à la conclusion que les Juifs de Narbonne ne pouvaient trahir ces musulmans qui ne les avaient jamais persécutés ni même menacés, pour s'allier à des Goths qui avaient naguère converti les Juifs de force. Il y avait là une justice indiscutable.

Vidal fit un signe. C'était un homme grand et sec, aux pommettes aiguës et aux yeux gris comme sa mère Dossa.

— Quand je dois décider quelque chose pour moi, commença-t-il, je range les avantages à droite, les désavantages à gauche.

Dans notre cas, avons-nous intérêt à continuer à dépendre des musulmans? D'un côté, c'est vrai, ils ne nous maltraitent pas. Mais, de l'autre, ils ne nous apportent rien ou presque comme débouchés commerciaux en Espagne et, ces dernières années, chaque fois qu'ils ont affronté les Francs, ils ont été vaincus... Si, au contraire, nous nous allions aux Francs, nous nous ouvrons non seulement l'Aquitaine et la Provence, mais tous les pays qui sont au nord, avec les grandes villes et les régions encore mal connues, et tout cela sous la protection des guerriers les plus forts... Du point de vue de notre intérêt, je crois que nous n'avons pas à hésiter.

— Tu proposes donc, résuma Moïse, que nous nous rendions aux Francs?

Il ne pouvait croire ce qu'il entendait.

— Oui, répéta Vidal, et le plus vite sera le mieux. A condition toutefois de ne pas dire que « nous nous rendons ». Disons que nous facilitons l'entrée des Francs à Narbonne en échange d'un certain nombre d'avantages.

— Le plus vite sera le mieux, approuva Sabrono, je le crois aussi. Les Arabes sont divisés et s'affrontent entre Omeyyades et Abbassides. Un jour, il va nous falloir choisir entre eux. Et, quelque camp que nous choisissions, nous ne choisirons jamais que la moitié de la force des Arabes...

Ses mains potelées dansaient comme celles d'un joueur de bonneteau. Le charpentier Salomon, au contraire, posa les siennes à plat sur la table :

— Moi, dit-il à son tour, je ne vois pas si loin que Sabrono. Mais ce que je sais, c'est que, si nous ne sommes pas avec les Goths quand ils ouvriront la ville aux Francs, alors nous serons contre eux, et contre les Francs par-dessus le marché.

— Mais, dit Moïse, si nous restons fidèles aux Arabes et si nous les aidons à tenir les remparts, les Francs ne pourront pas prendre Narbonne!

Il était atterré. Il n'avait pas supposé un seul instant que, dans sa propre famille, on ferait ainsi passer l'intérêt, le calcul et la crainte avant d'autres considérations, telles que la parole donnée, le passé partagé, l'expérience d'années vécues en commun... Il existait, pensait Moïse, une parenté entre les fils d'Israël et les fils d'Ismaël, une enfance au désert, un patrimoine partagé de paysages, de lumières, de coutumes, tandis que ces grands Barbares blonds, ces mangeurs de porc élevés dans des forêts, leur restaient tout à fait étrangers. Mais comment exprimer tout cela?

— Vous savez bien, dit-il, que les chrétiens ont toujours

persécuté les Juifs! Que les Goths ont voulu nous convertir!

— C'est le passé! répondit Vidal. Nous, nous vivons aujourd'hui.

Moïse, qui ne voyait pas très bien, plissait les yeux pour scruter les visages de son frère et de ses cousins, et il lui semblait qu'ils avaient changé, qu'ils n'étaient plus ceux qu'il connaissait. Comment un Juif, se demandait-il, pouvait-il ne pas tenir compte du passé? Il était sûr, jusqu'au fond de lui-même, que la décision qu'ils allaient prendre les engageait tout autant vis-à-vis de leurs ancêtres que de leurs petits-enfants.

— Narbonne est donc à vous, demanda-t-il encore, que vous en disposiez ainsi?

Ce qu'il disait n'avait que peu de rapport avec ce qu'il avait envie de dire. Quelque chose dans cette situation lui échappait complètement.

— Tu préfères attendre que d'autres décident pour nous?

La voix de Vidal était cassante, presque hostile, et Moïse comprit qu'il ne fallait pas essayer de le convaincre : il ne resterait rien de cet homme-là si on changeait l'armature de vérités sommaires qui le constituait.

— Je ne sais pas, dit Moïse... Je croyais...

La discussion leur prit l'après-midi, et entrèrent en jeu toutes les bonnes et toutes les mauvaises raisons qu'invoquent les hommes quand ils se préoccupent à la fois de leur bien-être et de leur salut.

Le soir tombait quand Moïse enfin résuma :

— Je proposerai donc au Conseil de nous allier aux Goths pour ouvrir Narbonne aux Francs, sous réserve que le roi Pépin s'engage à respecter notre autonomie, nos lois, notre religion, et nous garantisse le droit de posséder héréditairement des biens, des terres, des immeubles... Vous êtes bien d'accord?

— D'après moi, oui, dit Sabrono. Mais il faut rajouter des moulins.

— D'après moi, oui, répondit à son tour Vidal.

— D'après moi, oui aussi, répondit enfin Salomon le charpentier. Que l'Éternel — béni soit-Il! — vous aide à prendre une bonne décision!

— Amen! répondit Moïse.

Quand ils sortirent, le vent faillit leur arracher la porte des mains. Ils rabattirent leurs capuches, se courbèrent pour gagner l'abri du mur d'en face et se séparèrent, Moïse rejoignant seul la synagogue, où se tenait le Conseil.

Il fut rapidement établi que les Juifs avaient effectivement dans l'affaire un rôle important à jouer : il suffisait sans doute qu'ils se rangent du côté des Arabes pour que Pépin ne puisse espérer prendre rapidement la ville. Au terme de délibérations passionnées, on en arriva à une décision voisine de celle que Moïse, déchiré, avait présentée au nom de ses cousins et frère : oui, décida le Conseil, il fallait aider les Goths à ouvrir les portes et à tenir la garnison en respect tandis que les Francs prendraient la ville. A condition, naturellement, que Pépin souscrive aux demandes des parnassim. Trois conseillers devaient, dès le matin, rejoindre le camp de Pépin pour négocier leur concours.

Moïse, pour tenter d'atténuer le sentiment de reniement qu'il éprouvait si profondément, demanda que le walli soit informé de toute la manœuvre :

— Puisque vous estimez tous qu'il n'a plus aucune chance de victoire, plaidait-il, avertissons-le, qu'il n'envoie pas ses hommes se faire tuer pour rien! Ou qu'il se retire en Espagne, si tel est son désir!

Il se battit tant que le Conseil, ébranlé, finit par lui donner son accord : ainsi les parnassim auraient-ils à la fois la satisfaction d'être du bon côté et le plaisir de garder bonne conscience. Et c'est naturellement Moïse qu'on chargea de se rendre le lendemain au palais du gouverneur, sans toutefois lui dissimuler les risques de sa démarche.

La nuit était claire : ce vent du diable avait chassé toutes les impuretés du ciel et les étoiles brillaient comme au premier jour du monde. Moïse rentra chez lui et raconta à sa femme, qui l'attendait, les discussions de la journée. Elle lui dit qu'il avait eu raison d'agir selon les enseignements de la Loi. Il lui demanda d'aller réveiller leur fils Bonmacip.

Bonmacip, l'unique fils de Moïse, était à dix-huit ans un long jeune homme aux traits délicats encadrés de noirs cheveux tout à fait raides. Scribe lui aussi, il étonnait par son regard à la fois innocent et grave.

— Mon fils, dit Moïse, j'irai me présenter au walli demain matin. Si l'Éternel – béni soit-Il! – décidait, pour faire honte aux Juifs du Conseil, que je ne devais pas revenir, alors je te charge de prendre ma place dans cette maison comme gardien de notre mémoire.

Il sortit l'étui de cuir de Cordoue dans lequel on conservait désormais le Rouleau d'Abraham et tous deux, ayant mis leur châle de prière, regardèrent avec émotion les colonnes de noms, parfois assorties de commentaires, où Bonmacip serait peut-être obligé bientôt d'ajouter quelques lignes – mourir, dans ces conditions, c'était une façon de vivre encore.

Au matin, Moïse serra les siens sur son cœur et partit pour le palais. Le vent n'avait pas faibli. Le walli, qui avait compris qu'il se tramait quelque chose, le reçut immédiatement. C'était un fonctionnaire mou et coléreux, amer de se sentir abandonné depuis six ans par les Arabes d'Espagne.

Moïse lui fit valoir que le siège n'avait que trop duré, qu'il n'avait plus aucun secours à attendre, et que le mieux était sans doute de traiter avec les Francs – ce que les Goths et les Juifs, pour leur part, étaient résolus à faire.

Le walli entra dans une colère noire, jura qu'il préférait, à l'infamie d'une capitulation, la destruction de Narbonne et le massacre de ses habitants.

– Je vais prendre des otages, cria-t-il, et je leur couperai le cou moi-même si vous me trahissez! Et je commencerai par toi!

Il fit jeter Moïse au cachot, dans les caves du palais.

Ce qu'il ne savait pas, c'est que pendant ce temps les Juifs avaient envoyé trois des leurs négocier dans le camp de Pépin. Quand ils revinrent, la nuit suivante, ils rapportèrent que le roi les avait reçus avec sympathie, leur avait demandé ce qu'ils offraient et ce qu'ils voulaient en échange. C'est Jacob le rhadanite qui avait pris la parole : les Juifs de Narbonne, avait-il dit, aideraient les Goths à ouvrir aux Francs la ville et son port, paieraient désormais aux Francs le tribut annuel de sept mille marcs d'argent qu'ils versaient jusqu'alors aux Arabes, et enfin mettraient à la disposition du roi leurs connaissances, qui n'avaient pas de prix.

En échange, Pépin s'était engagé à satisfaire les demandes des Juifs concernant leurs droits et leurs lois. Il avait fait rédiger par ses notaires et ses scribes tous les points de l'accord et avait apposé son sceau en latin sur le document où les Juifs avaient signé en hébreu.

C'est ainsi que, par une nuit de février de l'an 759 de l'ère chrétienne, les Goths et les Juifs se saisirent des gardes arabes et ouvrirent la porte de l'ouest, qu'on appelait porte Royale. L'armée franque descendit la rue Droite jusqu'à l'Aude en passant par le vieux marché. Au matin, Narbonne était devenue franque, pratiquement sans combat.

Les Juifs allèrent délivrer ceux des leurs que le walli avait pris en otages et les conduisirent en cortège jusqu'à la synagogue. Parmi eux se trouvait Moïse, auquel certaines familles tournaient ostensiblement le dos, l'accusant d'avoir mis en danger la vie de pères ou de frères en avertissant le walli de ce qui se préparait. Moïse ne répondait pas. La tristesse lui noyait le cœur. Il plissait les yeux et cherchait dans la foule le visage de son fils, mais Bonmacip n'était pas là.

Moïse quitta la synagogue pour rentrer chez lui. Il remarqua que le vent était tombé dans la nuit; il avait soufflé six jours, le temps que la ville change de maîtres et que se révèle la nature des hommes.

Bonmacip était couché, le corps endolori, le visage tuméfié : il avait été attaqué dans la rue et frappé à coups de bâton. Il ne voulut pas dire qui l'avait frappé, mais Moïse comprenait trop pourquoi :

— Ils ont tous pensé que j'avais trahi les Juifs, dit-il.

— Pas moi, répondit Bonmacip. Ce sont eux qui ont trahi la Loi.

— Tu n'as pas eu peur?

De ses lèvres blessées, Bonmacip cita le psaume, et Moïse en eut les larmes aux yeux : « Dans mes angoisses, j'ai invoqué le Seigneur. Il m'a répondu et m'a rassuré. »

Toutefois, on finit par apprendre que, si le walli n'avait pas donné à la garnison l'ordre de se battre, c'est que la démarche de Moïse l'avait à la fois éclairé et découragé : il l'avoua lui-même au roi Pépin qui l'interrogeait. Du jour au lendemain, on changea d'attitude vis-à-vis de Moïse et de sa famille, on célébra sans pudeur sa clairvoyance et son courage, certains lui dirent leur regret de ne l'avoir pas suivi, ou d'avoir eu des mots qui dépassaient leur pensée. Moïse se contenta de répondre qu'il fallait louer l'Éternel — béni soit-Il! — d'envoyer ainsi des épreuves aux hommes afin qu'ils mesurent la fragilité de leur jugement. Il pensait aussi, mais ne le dit pas, que ce vent sauvage qui soufflait parfois des montagnes faisait faire de drôles de choses aux gens de Narbonne.

Le Goth Milon devint le premier comte de Narbonne et frappa monnaie en son nom, comme un souverain. Le vieil évêque Aribert reçut au nom de l'Église la plus grande part des biens arabes de la ville. Quant aux Juifs, le roi Pépin tint parole : ils gardèrent leurs propriétés, maisons, moulins, salines et même leurs vignes, malgré l'opposition de l'Église; ils obtinrent aussi la reconnaissance de leur Conseil, qui serait présidé par un *nassi*, seul responsable devant le roi et reconnu comme tel.

Après six ans d'isolement, Narbonne renoua les fils qui la

reliaient au reste de la Septimanie et à l'Aquitaine, que le roi annexa bientôt au royaume qu'il devait partager, quelques années plus tard, entre ses deux fils, Charles et Carloman.

Dans la ville, la vie n'avait guère changé, si ce n'est qu'on perdit l'habitude d'entendre le *muezzin* appeler à la prière et qu'on édifia des églises où bientôt tintèrent les cloches des chrétiens. Les autorités laissaient aux Juifs une complète autonomie, et le rabbin Bondavin en profita pour adjoindre une bibliothèque à l'imposant bâtiment des Écoles-Vieilles, auquel Abner – la paix soit avec lui ! – avait consacré tant d'argent. Le rabbin suivait les travaux de près et les élèves de l'école s'amusaient de le voir, dès qu'il avait un moment de libre, attraper une pelle et gâcher le mortier avec enthousiasme.

Tout allait donc bien pour la communauté quand, à la mort de Pépin, le pape Étienne reprocha à l'évêque Aribert la nature amicale des relations qu'entretenaient Juifs et chrétiens, s'élevant également contre le caractère héréditaire de la transmission des biens des Juifs, alors que le roi, disait-il, aurait avantage à y consentir moyennant finances.

Il était urgent que les Juifs fassent confirmer par les nouveaux rois, Charles et Carloman, les privilèges que Pépin leur avait accordés. On s'aperçut alors que ce nassi dont faisait état l'acte signé par le roi n'avait toujours pas été nommé. En vérité, on n'avait pas su se mettre d'accord en Conseil sur son mode de désignation, la nature de ses fonctions ni l'étendue de son pouvoir, et la communauté continuait de se faire représenter par des délégations dont les membres perdaient souvent de vue l'intérêt général pour tenter de faire prévaloir leur intérêt particulier.

Le Conseil se réunit aux Écoles-Vieilles. Le drame était dans l'air : si le pape obtenait satisfaction, les Juifs de Narbonne se trouveraient du même coup expropriés. Or ils ne pouvaient demander le respect des clauses de l'accord passé avec Pépin s'ils ne commençaient par se mettre en règle eux-mêmes : ils devaient donc choisir leur nassi.

– Je propose, commença Moïse après la prière, que nous essayions réellement d'oublier nos arguments habituels pour nous mettre d'accord.

Depuis dix ans maintenant que les Francs étaient entrés à Narbonne, il tenait un rôle prépondérant au Conseil, mais ses cheveux avaient blanchi et il avait presque perdu la vue : il ne pouvait plus écrire et devait approcher les textes tout près de ses yeux pour les déchiffrer péniblement. Le plus souvent, il demandait à son fils Bonmacip de lui lire tel ou tel passage de l'Écriture, et cela lui était d'un réconfort supplémentaire d'entendre la voix de son fils dire la parole de Dieu.

— Il en va, reprit-il, de la survie de notre communauté.

Mais, pas plus cette fois que les autres fois, on ne put s'accorder sur le nom d'un nassi. Toute proposition suscitait une contre-proposition. C'est alors qu'un nouveau venu à Narbonne, le rabbin Meir fils d'Isaac, arrivé quelque temps plus tôt d'Arles pour enseigner à l'école, demanda discrètement la parole.

C'était un vieillard maigre et voûté, dont la barbe blanche pointait devant lui comme une arme terrible. Il toussa deux fois, comme il convenait à un savant puis, d'une voix à peine audible qui obligeait l'auditoire à se taire, il dit :

— Mon avis est que le nouveau roi des Francs renouvellera votre accord si l'une au moins des trois conditions suivantes se trouve remplie...

Le silence était complet. Rabbi Meir, c'était évident, en tirait une immense jouissance. Il poursuivit :

— La première serait qu'il se sente lié par les engagements qu'a pris son père... Il me paraît peu réaliste d'y compter... La deuxième serait qu'il estime plus important d'avoir la paix avec les Juifs de Narbonne que de pouvoir en tirer de l'argent... Mais on ne peut fonder aucun raisonnement sur ce qu'un jeune roi estime de son intérêt... La troisième...

Il se tut avec coquetterie, toussota à nouveau deux fois :

— La troisième, reprit-il, est le respect.

— Le respect? demanda Rabbi Bondavin comme s'il entendait le mot pour la première fois.

— Nos sages nous enseignent que ce n'est pas avec de l'or qu'on séduira plus riche que soi, et les Arabes disent que les rois ne traitent qu'avec les rois. Trouvons donc un roi!

Tout le monde cette fois s'exclama.

— Un roi? Quel roi? Roi de quoi?

Rabbi Meir savait manifestement où il allait. Sa voix se faisait plus ténue encore, et on ne l'en écoutait que mieux :

— Vous avez entendu parler des rivalités qui ont opposé en Babylonie les exiliarques et les *gaonim*...

On appelait « gaonim » les grands maîtres, les personnages considérables qui dirigeaient les académies illustres, telles celles de Soura et de Poumbedita. Or un *gaon*, Malka, avait quelques années plus tôt tenté de remplacer l'exiliarque régnant, Zakaï bar Ahounaï, par un autre descendant de David, Natronaï bar Habibaï, un savant distingué. Mais l'exiliarque avait déjoué la manœuvre du gaon, qui fut démis de ses fonctions et mourut peu après. Quant à Natronaï bar Habibaï, il avait dû quitter la Babylonie.

— Et savez-vous, gens de Narbonne, où il se trouve aujourd'hui? Il se trouve à Cordoue, et s'y ennuie. Invitons-le à venir ici, offrons-lui de diriger une académie talmudique et...

Rabbi Meir fit, du regard, le tour de son auditoire et conclut presque gaiement :

— ... et proclamons-le roi! Ainsi pourrons-nous déléguer au descendant du roi Pépin un descendant du roi David! Qui mieux que lui mériterait le respect?

Brouhaha, exclamations, questions. Rabbi Meir, la barbiche pointée droit, ressemblait à un jongleur ramassant les applaudissements.

— Mais s'il ne voulait pas venir? demanda Rabbi Bondavin, qui imaginait déjà les plans de l'académie à construire.

La réponse fut péremptoire :

— Il viendra si telle est la volonté de Celui qui est!
— Amen! répondirent les membres du Conseil.

Natronaï bar Habibaï – on le nommait aussi Nakhir, que les Narbonnais transformèrent bientôt en *Makhir*, en hébreu « celui qui sait » – arriva par mer avec sa famille, cinq de ses disciples et des coffres bourrés de rouleaux de papyrus et de parchemins. Des enfants coururent dans les rues appeler la population et une véritable foule se pressait sur le port quand Natronaï apparut.

Il se montra sur le pont, majestueux et droit comme un cèdre, coiffé tel un calife d'un turban de brocart et vêtu d'une ample tunique de velours blanc brodé d'or, maintenue aux épaules par une barrette précieuse. En réponse aux cris de bienvenue, il leva les bras, que ses disciples aussitôt vinrent soutenir, et il resta ainsi un long moment, comme Moïse dans le désert soutenu par Hur et Aaron.

Ainsi y eut-il à Narbonne un roi juif de la lignée de David. A peine fut-il installé – on lui réserva une partie des bâtiments des Écoles-Vieilles – qu'on lui demanda de se rendre auprès du roi Charles. Il se prépara pour un long voyage car le roi Charles – Charlemagne – ne tenait pas en place, siégeait aussi bien à Aix qu'à Compiègne ou Attigny, guerroyait en Lombardie, en Espagne, en Germanie... Le roi juif finissait ses préparatifs quand le comte Milon reçut de Charlemagne l'avis que les dispositions de l'accord passé entre les Juifs de Narbonne et le roi Pépin étaient tout simplement reconduites. Quant aux menaces du pape Étienne, il n'en fut plus question.

— Vous voyez bien ce qu'est le respect! triompha modestement Rabbi Meir. Le roi franc a même voulu éviter au descendant de David la peine de se mettre en chemin!

Natronaï bar Habibaï, roi des Juifs de Narbonne, était un vieil homme savant et malicieux, tellement plein de bienveillance qu'il acceptait beaucoup plus d'élèves que les locaux ne pouvaient en recevoir, et on chargea bientôt Bonmacip, le fils de Moïse, d'en faire le tri. La réputation de Makhir ayant vite fait le tour de l'Occident, des jeunes gens arrivaient de Lyon, de Mâcon, de Vienne, d'Arles et même de Francfort, pour entrer à l'académie de Narbonne. Bonmacip les interrogeait sur la Tora, s'efforçait de juger lesquels seraient les plus aptes à profiter des leçons de Makhir et refusait les autres. Il lui arriva plus d'une fois de donner à ceux qu'il renvoyait ainsi chez eux de la nourriture pour la route, parfois un peu d'argent — mais lui-même n'en avait guère — et en tout cas une copie d'un midrash du Talmud, afin qu'ils ne se sentent pas humiliés de rentrer chez eux sans rien.

Le reste du temps, Bonmacip le passait à recopier les chapitres de la Mishna apportée par Natronaï de Babylonie et qu'il avait, disait-on, complétée de mémoire. Il s'était marié et avait nommé Abraham son premier fils.

C'était au fond un temps heureux pour les Juifs de Narbonne, qui à la fois développaient leurs écoles et renforçaient leurs réseaux commerciaux. Charlemagne, pourtant, très attaché à fondre dans son royaume le temporel et le spirituel, unifiait l'Église et exaltait la chrétienté : les Juifs comprenaient qu'il valait mieux dans ces conditions ne pas se faire remarquer.

Avant de mourir, très vieux et totalement aveugle, Moïse l'avait redit à son fils Bonmacip :

— La Tora appartient aussi aux chrétiens, mais pas le Talmud. Le Talmud est notre place forte, notre refuge, avec une enceinte où nous pouvons déposer notre histoire. Et c'est la raison, mon fils, pour laquelle l'Église au pouvoir ne supporte pas l'enclave où nous nous réfugions. Retiens cela, mon fils, et enseigne-le à ton propre fils.

Abraham, le fils de Bonmacip, devint scribe lui aussi, et ils prirent l'habitude de travailler côte à côte, chacun devant son pupitre, s'arrêtant parfois pour échanger quelques mots, le temps de se dégourdir les doigts ou les jambes. Ils étaient identiques, au point qu'on les prenait parfois pour deux frères.

— Ce matin, dit ainsi un jour le fils à son père, on m'a pris pour toi.

— Tu sais ce que dit le Talmud? Qu'avant Abraham la vieillesse n'existait pas. Quiconque voyait Abraham disait : « C'est Isaac! » et quiconque voyait Isaac disait : « C'est Abraham! » Pour éviter cette confusion, Abraham pria le ciel de lui accorder la vieillesse. C'est ce que signifie le verset de la Genèse : « Et Abraham devint vieux... »

Ils travaillèrent un moment en silence, puis Abraham demanda :

— Père, aurais-tu désiré que je devienne autre chose que ce que je suis?

— Pourquoi me poses-tu cette question?

— Parce que tout le monde dit que nous nous ressemblons, mais ce n'est peut-être pas vrai.

Bonmacip posa le roseau taillé en pointe qui lui servait de plume, cambra les reins pour se détendre et répondit par le proverbe :

— Mon fils, si ton cœur est sage, mon âme sera dans la joie...

Il regarda pensivement Abraham et ajouta :

— Il m'est arrivé de rêver une autre vie... Une vie comme celle de ton cousin Davin, le fils de Lévi... Être celui qui part... Un voyageur, un homme des chemins et des marchés, des rencontres, des dangers évités... D'autres villes et d'autres horizons... Bagdad, Cracovie, Samarkand, Kiev...

Abraham ouvrait des yeux ronds. C'était la première fois que son père se laissait aller à une confidence. Il se trouvait très bien, lui, à faire le scribe, et n'enviait pas du tout l'existence incertaine de son cousin Davin.

— Rassure-toi, mon fils, dit Bonmacip le scribe. Ce n'est pas à toi que je pensais, mais à moi.

Et il se remit au travail, penché sur son parchemin.

XIII

Narbonne
L'AMBASSADE DE CHARLEMAGNE

Cet aventureux Davin, dont les voyages faisaient rêver le sage Bonmacip, devint avec l'âge frileux et douillet. Son tour était venu de regarder partir les jeunes gens. Les voyages, désormais, il les faisait en histoires.

Ses petits-enfants ou les petits-enfants de ses frères ou cousins ne manquaient pas une occasion de lui faire raconter tel ou tel épisode de sa vie de coureur de chemins. L'hiver, cela se passait au coin du feu, l'été sur le seuil de la maison, à l'ombre de la treille qui faisait tonnelle. Les enfants l'entouraient, l'un ou l'autre se chargeant de lancer le conteur : « Dis, grand-père, Jacob, ou Ezra ou Moïse, ne veut pas croire que... »

Cette fois, on était au soir d'un shabbat d'automne. Davin avait fini de réciter, tour à tour, la bénédiction sur le vin, symbole de la joie; sur les épices, que sa femme Esther gardait dans un coffret de bois et dont le parfum devait retenir le souffle de tous les jours; sur le feu, pour rappeler que la lumière fut, et marquer ainsi la reprise de la semaine. Esther posa sur la table une carafe de vin doux et un plateau de fruits. Les grandes personnes parlèrent un peu de l'ordre du monde en se demandant comment tout cela finirait, puis, profitant d'un silence prolongé, les enfants s'approchèrent de Davin :

— Dis, grand-père Davin, commença le petit Ezra – qui, en réalité, était le petit-fils d'Abraham –, Jacob ne veut pas croire que le calife t'a chargé de rapporter un olifant à l'empereur Charlemagne!

Davin ne perçut pas la malice :

— D'abord, dit-il, ce n'était pas un *olifant*, mais un *éléphant*... Mais c'est une trop longue histoire...

Les enfants connaissaient le rituel. Ils savaient depuis longtemps qu'un bon conteur doit se faire prier.

– Grand-père Davin, demanda à son tour la frêle et brune Abigaïl, c'est vrai qu'un éléphant ne pourrait pas tenir dans une maison ?

Davin sourit et posa sa main sur la tête d'Abigaïl :

– Tout dépend de quelle maison tu parles, et de quel éléphant...

– Le tien, grand-père Davin, celui que le calife t'a donné...

– En vérité, Abigaïl, le calife ne m'a pas *donné* un éléphant... Mais l'histoire commence beaucoup plus tôt, alors que nous voyagions, Isaac le rhadanite et moi...

Maintenant lancé, Davin raconta comment, à la recherche de gros clients, les deux jeunes marchands qu'ils étaient alors, Isaac et lui, s'étaient rendus à la cour de Charlemagne pour proposer les marchandises qu'ils rapportaient d'Orient. Non seulement ils avaient tout écoulé, les soies précieuses, les épices, les ivoires, les coffrets de bois parfumés, mais, apprenant leur présence, Charlemagne avait demandé à les voir : étaient-ils prêts à accompagner à Bagdad l'ambassade qu'il pensait envoyer au calife Haroun al-Rashid ?

– Mais pourquoi vous, grand-père Davin ?

– Peut-être parce que nous connaissions les langues et les routes, ou simplement parce que nous étions là ce jour-là, et que c'était la volonté de l'Éternel, béni soit Son nom !

– Alors, grand-père Davin, tu as vu Charlemagne, toi, tu lui as parlé ?

Davin ouvrit les bras :

– Il aurait été difficile de ne pas le voir ! Tout est grand en lui, sa taille, son ventre, sa voix, son nez, son appétit, son ambition...

Il paraissait revivre la prodigieuse rencontre, grand-père Davin, et personne maintenant ne pouvait plus l'arrêter. Il conta comment ils étaient partis d'Aix en compagnie de deux émissaires importants, de quelques serviteurs et d'une véritable caravane de chariots pour transporter les présents de Charlemagne au calife.

– Quelle route, mes chers enfants ! Rien ne nous fut épargné, rien. La maladie, les loups, les pirates...

L'un des deux émissaires chrétiens était mort des fièvres et l'autre avait succombé dans une embuscade tendue par des brigands. Eux-mêmes, traversant de multiples épreuves, égrenant au fil du chemin les cadeaux destinés au calife, n'avaient atteint Bagdad que grâce à l'aide de Celui qui n'abandonne pas les Justes – et après deux ans et demi de route.

Haroun al-Rashid les avait reçus somptueusement, leur faisant visiter ses palais, admirer ses trésors afin qu'ils puissent raconter à Charlemagne tout ce qu'ils voyaient, et qui témoignait de la puissance du calife.

— Est-ce que Bagdad est plus grand que Narbonne, grand-père Davin?

— Ah! Bagdad...

Nul mieux que Davin ne savait évoquer le rempart de brique aux cent soixante-trois tours, les palais et les mosquées juste achevées, les rues dallées, les jardins, les bibliothèques, la cour du calife, celle de son épouse Zobeida...: Dans ses yeux, dans ses mains, dans ses mots dansaient des ors, des émaux, des jades, des couleurs inconnues, d'ineffables merveilles.

Haroun al-Rashid, dit-il, les avait gardés tout un hiver – les fleuves en crue coupaient les chemins – et, à son tour, leur avait confié douze coffres incrustés d'ivoire contenant des très riches présents pour le roi Charlemagne, dont une horloge, la première qu'on eût vue en Occident, les clés de l'église du Saint-Sépulcre de Jérusalem et une quantité de bijoux spécialement sertis.

— Et l'éléphant, grand-père Davin?

Davin se frappa le front :

— Où ai-je la tête? J'oubliais Abdul Aziz.

— Grand-père Davin, remarqua Abigail de sa petite voix acide, heureusement que tu ne l'as pas oublié en route!

— Abdul Aziz ne se laissait pas oublier, Abigail, crois-moi! Une caravane d'eau et de nourriture lui était spécialement réservée et, les jours où il ne voulait pas marcher, nous étions obligés de l'attendre.

Cet éléphant était devenu le personnage principal du récit de Davin. En fonction de son auditoire ou selon son humeur, il le gratifiait de mille qualités, de mille défauts ou de mille aventures. Un éléphant!

Enfin, au pas majestueux d'Abdul Aziz, traversant les villes et les déserts, l'ambassade était arrivée au Byzacène et s'était arrêtée à Kairouan, d'où son escorte devait retourner à Bagdad. Craignant la longueur du chemin d'Espagne, Davin et Isaac avaient obtenu du walli de Kairouan qu'il envoie un émissaire à Charlemagne pour lui demander un bateau et une escorte : ainsi pourraient-ils rentrer par l'Italie et les Alpes.

C'est ainsi que l'expédition débarqua à Patovenere, où l'attendait un notaire de Charlemagne, Erchimbar, nommé responsable de la fin du voyage. Mais, tout notaire qu'il fût, il ne put décider Abdul Aziz à marcher dans la neige, et il fallut attendre encore un hiver au pied des Alpes, à Vercelli, avant de regagner enfin Aix, dont le roi Charlemagne, entre-temps devenu empe-

reur, avait fait la capitale de l'Occident. Il est vrai que le voyage avait duré près de six ans!
— Et qu'a dit l'empereur?
— Il a dit que c'était à l'honneur des Juifs d'avoir jeté un pont entre le monde chrétien et le monde musulman.
— Et que lui as-tu répondu?
— Je lui ai répondu que c'était le rôle que nous a assigné l'Éternel – béni soit-Il! –, car il est dit dans Michée qu'Israël « sera juge d'un grand nombre de peuples, arbitre de nations puissantes et lointaines ».
— Et qu'est devenu Abdul Aziz, grand-père Davin?
— Je ne sais pas, mes enfants. Mais il fait lui aussi partie de la Création divine, et je ne veux pas dire quelque chose qui ne serait pas l'exacte vérité.

La vérité, que tout le monde connaissait, était que Davin de Narbonne, fils de Lévi, fils de Vidal, n'avait jamais participé à l'ambassade de Charlemagne. C'est son ami Isaac le rhadanite qui avait fait le voyage et lui en avait raconté, au retour, les circonstances. Davin avait regretté toute sa vie d'avoir manqué ce départ-là et, maintenant qu'il était vieux, il se racontait sans fin le voyage à Bagdad.

Peut-être maintenant croyait-il vraiment y avoir participé. Certes, un rêve de beignet, c'est un rêve, pas un beignet. Mais un rêve de voyage, c'est déjà un voyage.

XIV

Narbonne
LE CHANT DES CHANTS

LE scribe et savant Daniel, donc, venu d'Hippone à Cordoue avec l'armée arabe, puis de Cordoue à Narbonne, avait engendré Moïse, et Moïse avait engendré Bonmacip, et Bonmacip avait engendré Abraham – ils étaient scribes de père en fils.

Abraham, fils de Bonmacip, engendra Ezra, Abomar et Resplendina ; au milieu de sa vie, peut-être pour accomplir le rêve inassouvi de son père, il eut l'idée de prendre à l'envers le chemin de son ancêtre Daniel. C'est ainsi qu'à Cordoue il retrouva les descendants de Jéroboam, toujours propriétaires de la manufacture et du moulin à pastel, personnages importants du Conseil de la communauté. A Hippone, c'étaient des arrière-arrière-petits-fils de la sœur de Rabbi Joseph qui tenaient la boutique sise à l'angle de la place du marché. Mais la rencontre la plus chère, il la fit à Kairouan, une ville bâtie par les Arabes pour être leur capitale africaine : c'était un petit cousin, descendant du forgeron d'Hippone Nathan, qui dirigeait une académie talmudique. Il se trouvait alors aux prises avec la secte des caraïtes – *cara,* en hébreu, signifie « lire » – qui rejetaient toute tradition orale, même transcrite comme le Talmud, et ne suivaient que la Loi écrite, la Tora. Le débat était passionné, et Abraham resta plusieurs mois à Kairouan. Il y contracta une fièvre maligne qui disparaissait et réapparaissait alors qu'il se croyait guéri, le laissant chaque fois un peu plus faible. Il pensa à la mort et décida de retourner à Narbonne, parmi les siens.

Il se coucha en arrivant, à bout de forces. Il revit avec joie sa femme, ses fils Ezra et Abomar, sa fille Resplendina, sa belle-fille Asturgue, ses deux petits-fils Simon et Elie, son ami

Étienne, un clerc qui venait souvent parler des Écritures. Il demanda à son fils d'indiquer dans le Rouleau d'Abraham qu'il avait fait le pèlerinage d'Hippone. En règle avec tout, avec tous et avec lui-même, il eut encore envie, peut-être parce qu'il s'agissait d'un goût appris dans l'enfance, d'une tisane de thym sucrée au miel. Quand sa femme entra, portant le bol fumant, il sourit et rendit l'âme.

Ce même jour, à la fin de janvier de l'année 814 du calendrier chrétien, on apprit à Narbonne la mort de Charlemagne. Les cloches de toutes les églises d'Occident, l'une appelant l'autre, sonnèrent un interminable glas pour la mort du vieil empereur. Les braves gens s'arrêtaient dans ce qu'ils étaient en train de faire et couraient aux rendez-vous des parvis et des marchés, frappés comme par la disparition d'un être cher : les puissants meurent donc aussi...

La shiva d'Ezra fut tout entière marquée par ce tintement obsédant, lugubre, auquel nul n'échappait. Il ne parvenait pas à décider s'il devait prendre la coïncidence pour un bien ou pour un mal, et finit par la considérer pour ce qu'elle était : une coïncidence. Le clerc Étienne, dès que les prières communes pour le repos de l'âme de Charlemagne lui laissaient un peu de temps, accourait auprès d'Ezra et d'Abomar ; ensemble, ils parlaient de la mort et de la vie, des volontés de Dieu et de la précaire condition de l'homme sur la terre. Ils n'oubliaient pas de rendre grâce à l'empereur d'avoir permis que les chrétiens et les Juifs puissent ainsi vivre ensemble, dans la paix et le respect.

Mais, se demandaient-ils avec appréhension, Charlemagne disparu, que se passera-t-il ? Quelques années plus tôt, l'empereur avait partagé ses États entre ses trois fils, Charles, Pépin et Louis, mais les deux premiers étaient morts, et l'unique héritier restait donc Louis, qu'on surnommait le Pieux et dont la politique, toute dévouée à l'Église, justifierait bientôt les craintes d'Ezra et d'Étienne.

Les descendants de Sabrono, fils d'Abner, étant morts sans héritiers, une partie de leurs biens revint aux enfants d'Abraham : Ezra, Abomar et Resplendina. Ezra reçut pour sa part le Moulin-Neuf, situé en aval du Pont-Vieux, avec le droit de poignée – il pouvait prélever une poignée de farine par sac – et le droit de pêche. Scribe, il n'en avait que faire, et il le loua jusqu'à ce que son fils Simon soit assez âgé pour le tenir. L'enfant Simon se prit d'une vraie passion pour le moulin, dont il apprit tous les recoins, tous les craquements, toutes les odeurs. A douze ans, il maniait déjà le lourd marteau à rhabiller les meules; à quatorze, il était capable de manœuvrer le treuil qui permettait d'ouvrir plus ou moins les vannes, selon les accords existant avec les moulins d'amont et d'aval. A dix-sept ans enfin, il prit le moulin sous sa seule responsabilité, gardant seulement deux valets avec lui. Il se maria, mais sa femme mourut en mettant au monde un garçon, Vivas, qu'il éleva seul avec une servante.

Ses journées, il les commençait aussi tôt et les finissait aussi tard que le permettaient les réglementations. Il vivait avec bonheur dans le cliquetis de la grande roue et le profond broiement des meules. Sa clientèle l'aimait bien parce qu'il aimait bien son moulin et qu'il ne prélevait pas plus que son droit. La moindre crue l'empêchait de dormir, et il lui semblait entendre craquer les fondations de pierre. Chaque dimanche, le travail étant interdit, il inspectait la charpente et le mécanisme, surveillait l'usure des engrenages de bois et, quand il n'avait plus rien à faire, il regardait l'eau verte passer au cœur de sa maison.

Ses deux têtes de meule étaient destinées au froment, et elles ne travaillaient pas toutes deux tous les jours. Aussi imagina-t-il bientôt d'en consacrer une, piquée fin, au froment et l'autre, piquée plus gros, à l'orge et même aux fèves, dont il fallait souvent savoir se contenter pour finir l'hiver. Sa clientèle, consultée, se montra très intéressée et il commença à modifier son installation. La seule à ne pas l'approuver était Bonadona, son amie, jeune veuve elle aussi, qui aurait bien voulu voir Simon plus souvent et plus longtemps. Mais le frère de Bonadona, Benoît, qui était chevaucheur à l'évêché, venait parfois aider Simon et l'encourageait à innover, si bien que c'était devenu, entre eux, une sorte de jeu, de savoir qui l'emporterait, de la femme ou du moulin, dans le cœur et le temps de Simon.

Un jour, Simon dut plonger sous le moulin pour aller dégager les branches qui obstruaient la grille du canal d'amenée d'eau. Il s'aperçut qu'il s'agissait de branches fraîchement coupées et se demanda à qui elles avaient bien pu échapper. Remontant pour se sécher dans la pièce qu'il habitait au-dessus de la chambre des meules, il remarqua un certain désordre et pensa que Bonadona était là. Il la chercha mais ne la trouva pas, et les valets lui confirmèrent qu'elle n'était pas venue.

Le lendemain, un notaire de l'évêché vint lui demander de payer la dîme ecclésiastique, ce qu'il refusa :

— Les Juifs paient à la Synagogue la dîme que les chrétiens paient à l'Église, dit-il. Et même, je paie une dîme vicomtale qui n'est pourtant pas obligatoire!

Deux jours plus tard, Vincent, un des valets, vint lui crier dans l'oreille, pour dominer le grondement puissant des meules, qu'on l'attendait dehors. Simon sortit sous l'auvent où arrivaient les chargements de grain. Deux gardes de l'évêché étaient là. Ils lui enjoignirent de prendre avec lui la charte qui établissait ses droits sur le moulin et de les accompagner. Il monta à sa chambre mais chercha en vain le diplôme dans le coffre de chêne, où il était pourtant sûr de l'avoir rangé. Il demanda à l'un des valets d'aller prévenir Bonadona qu'il se rendait à l'évêché et rejoignit les gardes.

Ceux-ci choisirent de l'emmener, même sans son diplôme, plutôt que de rentrer complètement bredouilles.

Ils contournèrent l'église Saint-Jean-de-Jérusalem et pénétrèrent dans le palais épiscopal, que Simon ne connaissait que pour être passé devant chaque fois qu'il empruntait la route de Toulouse. Ils suivirent un long couloir où des groupes de gens attendant on ne savait quoi se retournaient sur leur passage : Simon, blanc de la toque aux sandales, sa barbe noire et drue tout enfarinée, faisait sensation entre les deux gardes.

On l'introduisit dans une pièce exiguë où, assis sur un banc de bois blanc, il attendit qu'on l'appelle. Il se demandait ce qu'il faisait là, comme un criminel. Peut-être s'agissait-il de cette dîme qu'il avait refusé de payer? Il aurait dû en parler à son père, ou au Conseil de la communauté. Le valet Vincent avait-il trouvé Bonadona? Enfin on vint le chercher.

Un homme au crâne chauve et bosselé, assis derrière une table, leva la tête et fit un signe au scribe qui se tenait debout à son écritoire, la plume à la main.

— Tu es bien le Juif Simon fils d'Ezra, demanda-t-il d'une voix sèche, meunier au moulin dit le Moulin-Neuf?

— Oui, je suis Simon, fils d'Ezra.

Le clerc le toisa :

— Tu n'as pas la charte qui confirme tes dires?

— Je ne l'ai pas trouvée. Je suis venu vite.

— Tu me l'apporteras. En attendant, tu vas jurer sur le Pentateuque que tu dis vrai. Approche-toi.

Le clerc désigna un rouleau qui se trouvait sur la table :

— Mets ta main ici. Tu jureras par Dieu, le Père tout-puissant, Adonaï. Réponds : « Je jure. »

— Je jure.

— Tu jureras par Dieu, le Père tout-puissant qui a dit : « Je suis Celui qui est. » Réponds : « Je jure. »

— Je jure.

— Tu jureras par les Dix Commandements de Dieu et par les sept noms de Dieu. Réponds : « Je jure. »

— Je jure.

— Tu jureras par Dieu le Père, Elohim. Réponds : « Je jure. »

— Je jure.

— Tu jureras par toute la Loi que Dieu assigna à Moïse. Réponds : « Je jure. »

— Je jure.

— Sache, Simon fils d'Ezra, qu'en cas de parjure tu seras voué à la fièvre quotidienne, à la perte de la vue et à l'angoisse de l'âme... Maintenant, voyons ton cas. Le collecteur d'impôt de l'évêché m'a prévenu que tu as refusé de payer la dîme ecclésiastique que doivent tous les habitants de ce pays. Qu'as-tu à dire?

A ce moment, le garde qui était à la porte annonça :

— L'évêque Nibridius!

L'évêque était un vieillard fragile et transparent, dont le sourire bienveillant cachait la très grande force de caractère.

— Gaucelm, dit-il de sa voix douce, que se passe-t-il?

Le clerc s'était levé. Sous l'effet de la surprise, son visage et son crâne avaient rougi.

— C'est ce Juif!... Il a refusé de payer la dîme et prétend avoir égaré son diplôme... Et il est insolent, comme tous les Juifs...

L'évêque Nibridius tourna vers Simon sa tête légère pour l'inviter à répondre. Mais Simon était si étonné qu'on parle de lui en tant que Juif et non en tant que meunier, qu'il dit, tout à trac, un passage de l'Écriture que lui avait souvent répété son père :

— L'Éternel est pour moi, je ne crains rien, que peuvent me faire des hommes?

Gaucelm prit l'évêque à témoin :

— Ce Juif est bien un fils de la Synagogue souillée, ridée et répudiée!

L'évêque Nibridius souriait toujours :

— Je reconnais là les mots de mon ami Agobard, évêque de Lyon. Je vois que tu as aussi reçu sa lettre. Eh! bien, Gaucelm, si tu veux pratiquer ce catéchisme-là, je ne t'empêche pas d'aller à Lyon. Quant à moi, j'ai promis, au nom de Jésus notre Sauveur et notre Dieu de miséricorde, la bienveillance aux Juifs de notre cité, et je ne parjurerai point.

L'évêque fit quelques pas vers la porte. Il était léger comme un ange.

– Tu es libre, dit-il à Simon avant de sortir. Que Dieu te garde!

Simon quitta la pièce sans même regarder le clerc Gaucelm. Bonadona et Benoît l'attendaient dans le grand couloir. La jeune femme, alertée par Vincent, était venue jusqu'au palais avertir son frère, et Benoît, qui par chance était là, avait pu immédiatement prévenir l'évêque Nibridius.

La nouvelle de l'incident fit rapidement le tour de la ville, réveillant au cœur des Juifs des angoisses oubliées. Le soir même, le Conseil de la communauté se réunit autour du nassi, Natronaï, arrière-petit-fils de ce fameux Makhir qu'on appelait le roi des Juifs. Les conseillers siégeaient dans des stalles aux dossiers et aux accoudoirs sculptés. Le nassi trônait sous un dais bleu et blanc. Le shamash plaça Simon sur un escabeau, face au nassi.

Le meunier était très intimidé par toutes ces barbes blanches. C'est à peine s'il osait lever le regard sur son oncle, le scribe Élie, qui devait enregistrer les débats et dont la présence pourtant le rassurait. Il dut, à la demande du nassi, raconter à nouveau comment on lui avait demandé de payer la dîme à l'Église et comment il avait découvert la disparition de sa charte de propriété. Ce qu'il n'avait alors pas compris s'éclairait maintenant : il s'agissait ni plus ni moins d'un complot contre les Juifs dont le clerc Gaucelm était l'agent à Narbonne et dont il avait été, lui, la première victime : sans doute parce qu'il était isolé du quartier juif et parce qu'on entrait au moulin comme on voulait – il n'avait pas été bien difficile de jeter des branches dans le bief et de dérober le parchemin.

Quant à l'âme de ce complot, l'évêque Nibridius l'avait désignée, et le nassi le confirma aux conseillers : il s'agissait de l'archevêque de Lyon Agobard, qui avait écrit et commençait à diffuser une lettre contre les Juifs. L'après-midi même, l'évêque Nibridius l'avait transmise au nassi. Après une suite d'injures, l'archevêque Agobard y démontrait à sa façon l'antagonisme existant entre l'Église et la Synagogue et demandait en conclusion aux chrétiens de rompre toute relation avec les infidèles. Le clerc Gaucelm avait fait du zèle, mais il ne serait sans doute pas le seul.

Sous son lourd turban de brocart bleu, le nassi Natronaï paraissait profondément triste.

– Je me demande, dit-il, combien de fois encore il nous sera donné de chanter ce cantique de Moïse : « Par la grandeur de Ta majesté, Tu renverses Tes adversaires. »

— « Quand le méchant se lève, chacun se cache », cita à son tour le rabbin de Posquières. J'espère que nous n'aurons pas à nous cacher de nouveau.

Le nassi passa ses longs doigts blancs sur ses paupières lourdes :

— L'Éternel, dit-il, nous fait mourir une fois et une seule, mais Il n'a pas limité le nombre de nos exils.

— Mais si les chrétiens nous exilaient, Rabbi, demanda Samuel de Sales, un beau vieillard sec et droit, cela leur ferait autant de tort qu'à nous. Nous tenons notre place dans leur communauté...

— Sans doute, Samuel fils de Jacob, mais si les hommes pensaient aux autres en pensant à eux-mêmes, et s'ils se préoccupaient d'eux-mêmes en se préoccupant des autres, ils ne feraient jamais de tort à leur prochain.

Élie le scribe était si passionné qu'il essuya sa plume sur sa barbe et demanda :

— Mais que va dire le roi Louis?

Le nassi écarta les mains dans un geste d'impuissance :

— Nous n'avons rien à craindre des rois tant qu'ils auront le désir et la force de faire respecter nos droits.

Il leva les mains, prophétique :

— Mais malheur à nous si leur pouvoir ou leur volonté s'affaiblissait. Alors de petits princes ambitieux se serviraient de nous puis nous ensevelineraient sous les décombres de nos communautés, l'Église nous jetterait en pâture à la foule, le royaume s'appauvrirait, se diviserait...

Élie n'écrivait plus. Le nassi n'annonçait-il pas tout simplement les renversements de la fin des temps?

Le nassi se leva et, de sa voix puissante, appela à l'aide le Dieu d'Israël :

— Que l'Éternel nous protège à l'abri de Sa face contre ceux qui nous persécutent, qu'Il nous protège dans notre tente contre les langues qui nous atteignent! Béni soit l'Éternel!

— Amen! répondit d'une voix fervente l'assemblée des conseillers.

Simon le meunier tremblait d'émotion.

Dans les années qui suivirent, les trois fils de l'empereur Louis le Pieux dépossédèrent leur père et dépecèrent l'empire de Charlemagne en se battant comme des chiens sur une proie. Les seigneurs locaux en profitèrent pour vider d'anciennes querelles. Le comte de Toulouse engagea une armée arabe venue d'Espagne pour obliger la Septimanie à rallier l'ancien roi d'Aquitaine Pépin. Guerres, destructions... A Narbonne brûlèrent les quartiers de Villeneuve, au-delà de la porte Saint-Étienne, et le faubourg Saint-Paul. Les champs et les vergers étaient saccagés et il fallait pourtant accueillir et nourrir les réfugiés des villages d'alentour.

A Verdun, les trois frères ennemis se mirent d'accord pour un partage, et la Septimanie, avec toute la partie occidentale de l'Empire, revint à Charles le Chauve. Fallait-il lui être loyal ou rejoindre ce Pépin d'Aquitaine ?

Pour en débattre, Élie provoqua chez lui une réunion des hommes de la famille. Y vinrent Simon le meunier et son fils Vivas, maintenant assez grand pour être associé au travail du moulin : mais, tandis que Simon ne se plaisait qu'entre le rouet et les meules, Vivas préférait chercher les clients, assurer les livraisons, enregistrer les revenus, gérer la pêcherie. Étaient là aussi le cousin Balid, fils d'Astruc, Vidal l'orfèvre et son fils Azac, sans compter les deux fils d'Élie : Salomon et Comprat. Salomon était scribe comme son père, et déjà très savant ; quant à Comprat, il était allé à Cordoue apprendre à couper et relier les parchemins pour en faire des livres, plus maniables que les grands rouleaux. Très heureux de ses fils, Élie était en revanche préoccupé par la personnalité de sa fille Dulcia : à quatorze ans maintenant, elle était curieuse, effrontée, voire rebelle, ne restait pas à sa place de femme et voulait savoir tout ce qu'on enseignait aux garçons.

Une fois, rentrant à l'improviste, il l'avait surprise dans la pièce où il travaillait, et qui lui était réservée : elle était occupée à lire ses rouleaux. La colère n'était pas dans le caractère d'Élie, et il s'était contenté de montrer à sa fille le texte qu'il avait un jour recopié dans un atelier de scribes à Carcassonne : « Qu'en ce lieu s'associent ceux qui reproduisent les oracles de la Loi sacrée, qu'ils se gardent de toute parole frivole, de crainte que leur main elle aussi n'erre parmi les frivolités, qu'ils s'efforcent de rendre corrects les travaux qu'ils exécutent, et que leur plume suive le droit chemin. »

– Pourquoi, demanda Élie à sa fille, es-tu entrée ici sans au moins demander la permission ?

– Me l'aurais-tu accordée ?

Élie était un homme sage et patient, mais devant Dulcia il se sentait absolument désarmé. Le mieux, pensait-il, qu'un homme pût attendre d'une femme était qu'elle lui donne des enfants et qu'elle soit l'ornement de son foyer.

— « Tandis qu'Adam apprenait, cita-t-il, Ève filait. »

Dulcia baissa les yeux, ainsi qu'il convenait. Mais elle n'était pas de celles qui se taisent :

— La prophétesse Marie, demanda-t-elle, ne participait-elle pas aux délibérations de ses frères Moïse et Aaron?

— Qui t'a appris cela?

— Je l'ai lu.

— Où?

— Ici.

— Dulcia, je remercie l'Éternel — béni soit Son nom! — de m'avoir donné une fille intelligente, mais ta place n'est pas dans cette pièce.

Intelligente, elle l'était sans doute : elle demanda pardon à son père, rajusta son bonnet gris sur sa tresse presque rousse et sortit.

Ce soir-là, donc, tous les hommes étant arrivés, Élie demanda à l'Éternel de les aider dans leur décision, puis la discussion s'enclencha. Ce qu'ils ignoraient tous et qu'Élie n'aurait pu supposer, c'est que la jeune Dulcia, l'oreille collée à la cloison, écoutait tout ce qui se disait. Elle identifiait parfaitement les voix — c'est drôle, les gens réduits à leur voix. « Pour qui se prend Pépin? » demandait Samuel, le fils d'Astruc, de sa voix de nez... « ... Nous, les Juifs, devons respecter les lois — c'était la voix de son père Élie — tant que les lois nous font respecter... » Dulcia, ravie et tout excitée de constater qu'elle suivait parfaitement la discussion, approcha un tabouret et s'installa plus confortablement. « ... Vous oubliez l'affaire Bodo! » Dulcia fondit de bonheur : c'était la voix de son cousin Vivas, l'élu de son cœur, son bien-aimé, celui en qui elle mettait toutes ses pensées et tous ses rêves. Il lui semblait qu'elle l'avait toujours aimé, depuis même qu'elle était une petite maigrichonne au visage couvert de taches de rousseur. Un jour — elle avait peut-être dix ans —, elle lui avait dit qu'elle voulait vivre avec lui, qu'il serait meunier et qu'elle serait sa meunière. Il avait ri gentiment — il pouvait alors avoir quinze ans — et elle s'était fâchée :

— Ne te moque pas de moi, Vivas. Les sages disent que quand on se moque de quelqu'un, c'est comme si on le tuait.

— Excuse-moi, je ne voulais pas te tuer.

Elle lui avait pris la main et l'avait violemment baisée avant de se sauver, toute rouge.

Depuis, elle avait grandi, et elle voyait bien que son corps troublait les hommes. A l'occasion des réunions familiales, elle regardait sans se lasser ce Vivas qu'elle avait choisi une fois pour toutes, et il lui semblait bien qu'elle ne lui était pas tout à fait indifférente. Elle avait maintenant l'âge de se marier et, s'il ne s'en rendait pas compte tout seul, il allait falloir qu'elle le lui dise. Elle savait ce qu'était l'amour : elle l'avait lu dans la Bible. Elle connaissait par cœur le Chant des Chants :

> *Que tu es belle, mon amie,*
> *que tu es belle!*
> *Tes yeux sont des colombes.*
> *Que tu es beau, mon ami,*
> *que tu es aimable,*
> *Notre lit, c'est la verdure...*

De l'autre côté de la cloison, elle entendait les voix déplorer maintenant les dégâts et les ruines provoqués par la guerre.

— Les soies arrivent d'Espagne par mer, disait Balid, le fils d'Astruc, nous les gardons mais ne pouvons pas les écouler.

— Il nous faudra bientôt demander l'aide de la communauté.

— Que l'Éternel — béni soit-Il! — nous préserve de la mendicité!

— Mais l'entraide communautaire n'est pas la mendicité!

Dulcia reconnaissait le ton de son père, tout autant que sa voix. Et c'est l'oncle Simon qui répondait :

— Je sais bien, Élie. Mais ce n'est pas agréable de dépendre des autres.

— Pas des autres, insistait Élie, pas des autres, Simon, mais de nous-mêmes.

Dulcia, l'oreille à la cloison, sentait son attention s'engourdir peu à peu. Elle pensait à Vivas — quand le verrait-elle? Un jour, il viendrait la chercher et l'emmènerait. Il entrerait dans sa chambre et dirait, comme dans le Chant des Chants :

> *Lève-toi, mon amie, ma belle, et viens!*
> *Car voici, l'hiver est passé,*
> *la pluie a cessé, elle s'en est allée.*
> *Les fleurs paraissent sur la terre,*
> *le temps de chanter est arrivé...*

Bizarrement, l'idée la traversa que, si les Juifs de Narbonne décidaient de rester loyaux envers le roi Charles, eh bien ils devraient le lui faire savoir! Elle s'imaginait très bien Vivas allant à la cour et impressionnant le roi par sa prestance et sa beauté. Justement, Vivas parlait.

> *J'étais endormie, mais mon cœur veillait.*
> *C'est la voix de mon bien-aimé qui frappe :*
> *« Ouvre-moi, ma sœur, mon amie,*
> *ma colombe, ma parfaite!*
> *Car ma tête est couverte de rosée,*
> *mes boucles sont pleines des gouttes de la nuit. »*
> *[...]*
> *Mon bien-aimé a passé la main par la fenêtre,*
> *et mes entrailles se sont émues pour lui...*

Dulcia dormait comme on dort à quinze ans, et elle n'entendit pas que les hommes, dans la pièce voisine, se levaient et se saluaient, ouvraient la porte... et tombaient en arrêt devant le tableau de la jeune fille endormie, la tête sur l'épaule, une ombre de tendre sourire aux lèvres.

Elle entendait encore la voix de son bien-aimé, mais cette fois il ne parlait plus d'amour :

— Non, mon oncle, laisse-la. N'est-ce pas notre faute? Nous aurions dû l'inviter aussi. Je suis sûr qu'elle pourrait être de bon conseil.

De qui parlait-il donc? Elle entendit la voix de son père répondre sèchement :

— Ce n'est pas l'affaire des filles!

Et soudain, le souffle coupé d'avoir compris, elle s'éveilla. Ils étaient tous là, en demi-cercle autour d'elle, le père, les oncles et les cousins, barbes blanches et barbes brunes dans la lumière jaune d'une lampe à huile. Vivas aussi était là, l'air plutôt amusé, et elle s'enfuit — c'était la deuxième fois qu'elle s'enfuyait devant lui et, tout en se cachant la tête sous son oreiller, elle se jura que ce serait la dernière.

Le lendemain matin, la première chose que fit Élie en revenant de la synagogue fut d'appeler sa fille.

— Puis-je entrer, père? demanda-t-elle.

— Viens t'asseoir ici, ma fille.

Il ne paraissait pas fâché outre mesure. Grave, plutôt.

— J'ai réfléchi, Dulcia, et je te demande pardon. Tu as autant le droit de savoir que tes frères et tes cousins ce qui se passe...

— Mais, père...

— Et, même, tu as autant le droit qu'eux de lire et de

réfléchir, de former ton intelligence... Je n'avais jamais pensé à cela...

— Mais, père...

— Y a-t-il quelque chose, hier soir, que tu n'aies pas compris, ou qui t'ait échappé?

— Oui. Qui est ce Bodo dont parlait mon cousin Vivas?

— Bodo? C'était un diacre à la cour du roi Louis, et il avait une grande influence, pas toujours bonne pour les Juifs. Et voici qu'un jour il décide de se convertir au judaïsme. Profitant d'un pèlerinage à Rome, il se laisse pousser la barbe et les cheveux, se fait circoncire, prend le nom d'Éléazar, épouse une jeune Juive italienne et s'en va vivre à Saragosse.

— Que lui est-il arrivé ensuite?

— A lui, je ne sais pas. Mais l'archevêque Amolon, qui avait remplacé le trop fameux Agobard — que son nom soit maudit! —, apprit l'affaire et proposa au concile de Meaux des mesures contre les Juifs. En même temps, il écrivait au roi Charles pour lui demander son appui.

— Et qu'a fait le roi?

— Rien encore, car l'Éternel dans sa bonté n'envoie jamais un mal sans le moyen de le guérir, et la guerre des trois rois a fait oublier Bodo.

Dulcia resta un moment silencieuse avant de demander:

— Mais pourquoi, père, ce Bodo a-t-il voulu devenir juif?

Élie sourit pensivement, comme si c'était là une drôle de question.

— Je vais te raconter une histoire, dit-il, comme quand tu étais petite. Les sages rapportent que Nébuzaraddan, le chef des bourreaux de Nabuchodonosor, roi de Babylonie, avait découvert dans le Temple le sang du prophète Zacharie encore bouillonnant. « Qu'est-ce que ce sang? demanda-t-il. — Le sang du sacrifice », lui répondit-on. Pris de doute, il se fit apporter du sang de sacrifice et constata que les deux sangs n'avaient pas la même couleur. « Dites-moi de quoi il retourne, sinon je passerai sur vos corps des herses de fer! — Voici, répondirent les bourreaux. Il y avait parmi nous un prophète qui nous reprochait notre mauvaise conduite. Nous l'avons tué. C'était il y a de nombreuses années, et son sang ne s'est toujours pas calmé. — Eh! bien moi, je le calmerai! » déclara Nébuzaraddan. Il fit venir les membres du grand Sanhédrin et les fit égorger sur le sang de Zacharie qui ne se calma point. Il fit égorger des adolescents et des adolescentes, mais le sang ne se calma point. « Zacharie, Zacharie, s'écria-t-il alors, j'ai déjà anéanti les meilleurs d'entre eux. Veux-tu que je les anéantisse tous? » A peine eut-il prononcé ces mots que le sang se calma. Alors Nébuzaraddan se mit à réfléchir : « Si une seule âme humaine injustement mise à mort appelle ainsi la vengeance, qu'en sera-t-il de moi, assassin de milliers de myriades d'âmes humaines ? »

— Alors ? demanda Dulcia.

— Alors il prit la fuite, envoya à sa famille un testament et se convertit au judaïsme.

Ils ne s'étaient jamais sentis, le père et la fille, aussi proches l'un de l'autre, mais Élie secoua son attendrissement :

— N'empêche, dit-il, que tu devras présenter des excuses à tes oncles et à tes cousins. On n'espionne pas ainsi.

— Mais, père, tu ne m'as pas laissée t'expliquer... Je n'espionnais pas... Je voulais seulement entendre la voix de mon cousin Vivas...

— La voix de ton cousin ?

Élie ouvrit de grands yeux : Dulcia, décidément, arrivait toujours là où il ne l'attendait pas.

Élie avait mis longtemps à comprendre que sa fille était devenue bonne à marier et qu'elle n'avait attendu personne pour choisir son époux.

Le mariage eut lieu dès que la paix fut revenue en Narbonnaise. C'était le cinquième jour du mois d'Elloul de l'année 4608 [*] après la création du monde par l'Éternel — béni soit-Il ! Salomon, l'aîné des frères de Dulcia, prépara lui-même la *ketouba*, et c'est Comprat, l'autre frère, qui la décora.

Cet été sans guerre était superbe, et la famille entière put se réjouir de tout cœur.

[*] 848.

XV

Narbonne
LES QUATRE MEUNIERS

UN an après le mariage de Vivas et Dulcia, en octobre 849 des calendes chrétiennes, le roi Charles, qu'on surnommait le Chauve, vint à Narbonne s'assurer la fidélité de la Septimanie et confirmer les privilèges octroyés par ses prédécesseurs. Simon et Vivas en profitèrent pour faire établir une nouvelle charte attestant leur droit de propriété sur le Moulin-Neuf.

Tournèrent les meules, passa le temps. Vivas et Dulcia eurent un garçon et deux filles. Le garçon, Abraham, prit à son tour le moulin, et à son tour se maria. Il eut lui-même quatre fils, quatre inséparables : Samuel, Moïse qui avait les cheveux roux, Isaac qui riait toujours et le tendre Lévi. Samuel l'aîné se maria, mais cela ne brisa pas la belle entente des quatre frères meuniers.

On était à l'automne de l'an 900 quand, un soir, leur cousin David, petit-fils de Salomon le frère de Dulcia, arriva en courant au moulin. On ne l'avait pas vu courir depuis qu'il était devenu scribe à son tour et qu'il avait cessé de partager les jeux des quatre frères. Il courait en tenant d'une main son bonnet sur la tête, et le premier à le voir fut Isaac, qui éclata de rire.

— Tais-toi donc! lui dit son père Moïse aux cheveux rouges. Il apporte sans doute une mauvaise nouvelle.

Le temps que David reprenne son souffle, et les quatre frères apprirent ce qui était non seulement une mauvaise nouvelle, mais une mauvaise nouvelle incroyable : l'évêque Erifons était allé voir le roi pour lui demander des biens pour sa paroisse de Saint-Quentin et le roi, ce Charles qu'on disait « Simple », avait le plus simplement du monde fait don à l'évêque de tous les moulins situés en aval du Pont-Vieux!

— Pas le nôtre, quand même! s'écria Lévi.

— Si, cousin. « Tous » les moulins.

— Mais il nous appartient! Nous avons une charte signée par le roi!

— Ce que le roi fait, le roi peut le défaire.

— Et comment l'as-tu appris? demanda Samuel à David.

— Au Conseil. Nous étions réunis quand l'évêque nous a fait prévenir, demandant au nassi de vous recommander la sagesse. Il vous laisse jusqu'à la Saint-Martin pour quitter les lieux.

La nouvelle était d'une telle nature que les frères, eux-mêmes experts en farces et manigances, auraient pu croire à une mauvaise plaisanterie de leur cousin, si ce cousin n'avait été le sage et solennel David. Quand ils comprirent qu'ils devaient se considérer comme effectivement dépossédés, ils firent une grande toilette, passèrent leurs plus belles robes de shabbat, se peignèrent la barbe et se rendirent chez le nassi.

Le nassi Kalonymos était un vieillard très savant, plus porté à l'étude et au commentaire qu'à la bataille, fût-elle juridique. Il ne savait que répéter que nul ne peut s'emparer d'un bien légalement acquis et dont la propriété a été garantie par le roi.

— Mais, nassi, si le roi lui-même...

— Nul ne peut s'emparer, *nul ne peut*... Si les mots ont encore un sens... Nul ne peut s'emparer d'un bien légalement acquis...

C'était comme si le sol s'effondrait sous ses pas. Néanmoins, il leur dit avoir saisi le tribunal royal et le tribunal ecclésiastique. Il mit les quatre meuniers en garde contre toute violence, leur promettant de les avertir dès que les tribunaux auraient rendu leur arrêt.

Quittant les Écoles-Vieilles, les frères comprirent que l'affaire les dépassait. Ils descendirent la rue Aludière comme lorsqu'ils étaient enfants et qu'ils allaient chercher sur le port quelque occasion de se battre. Il pleuvait.

— Heureusement que nous nous sommes lavés, remarqua Isaac. Avec la farine, nous aurions des grumeaux dans la barbe!

Lévi était scandalisé :

— Nous sommes chassés de chez nous et tu ne penses qu'à dire des bêtises. Comment peux-tu encore rire?

— Il y a un temps pour rire et un temps pour pleurer, petit frère.

— Mais qu'allons-nous faire?

— Tu connais les paroles du psalmiste ? demanda Moïse le rouge.

— Lesquelles ?

— « Ils ont projeté du mal contre Toi, ils ont conçu de mauvais desseins, mais ils seront impuissants. »

— Que l'Éternel – béni soit-Il ! – t'entende !

— Amen ! répondirent ensemble ses trois frères.

Ils décidèrent alors de se rendre à La Fourche, chez le seigneur sous la juridiction duquel se trouvait le moulin et à qui ils payaient régulièrement la dîme.

Le vicomte Francon était mort d'avoir trop mangé à un banquet de chasse, laissant à sa femme deux fils, un château dont la moitié à peine était construite et des quantités de dettes. La vicomtesse avait envoyé ses fils chez son cousin le comte de Toulouse, qu'ils y apprennent ce que doivent savoir les jeunes gens : servir, se battre, chasser, prier. Quant à elle, restée seule, elle s'efforçait de rembourser les dettes de son époux – un de ces hommes toujours à la recherche d'un denier pour en faire deux et en dépenser trois.

Elle reçut très aimablement les quatre meuniers. Elle ne les connaissait pas, mais elle avait connu leur père : quand elle s'était mariée, et que Francon l'avait promenée dans sa seigneurie, Abraham leur avait fait visiter le moulin. La vicomtesse Arsinde n'était plus très jeune mais, avec son regard bleu et sa lourde tresse noire, son visage régulier, ses tenues simples mais recherchées, elle n'avait pas besoin d'être jeune pour paraître belle.

Non, dit-elle, elle n'avait pas entendu parler de cette aumône faite par le roi à l'évêque Erifons, mais cela lui paraissait singulier. Pouvait-elle faire quelque chose ? demandèrent les frères, au moins témoigner qu'ils avaient toujours acquitté leur dîme vicomtale et qu'elle n'avait pas à se plaindre d'eux ? Elle promit de convoquer les scabins du tribunal vicomtal pour qu'ils rendent un avis. Que les meuniers reviennent deux jours plus tard : elle leur remettrait une copie de la sentence.

Deux jours plus tard, Samuel devant retourner chez le nassi, Moïse et Isaac travaillant au moulin, c'est le jeune Lévi qui se rendit au château de La Fourche. La vicomtesse salua aimablement le jeune meunier.

— Tout va bien pour vous, dit-elle. Venez !

Il la suivit dans la grande salle du château, qui était la pièce où elle se tenait ordinairement. Des coffres, des fourrures, des bancs placés perpendiculairement à la grande cheminée, un métier à tisser et, près d'une des deux fenêtres, un pupitre où travaillait un scribe.

— Vois, dit la vicomtesse, Gauthier transcrit la sentence.

Lévi s'approcha pour lire, mais le texte était en latin. Il ne put cacher un mouvement de dépit.

— Tu aimerais savoir lire? demanda Arsinde, amusée.

Lévi se cabra, comme sous une insulte :

— Je sais lire, Dame! Mais pas le latin. La langue de mes pères est l'hébreu.

— Où as-tu appris?

— A l'école. Nous apprenons tous.

— Que lis-tu?

— Le Livre, et des chapitres de la Mishna.

— Et comment s'écrit l'hébreu?

Quelle question! Il était stupéfait qu'une femme comme elle pût ignorer comment s'écrit l'hébreu.

— Eh bien, dit-il, par rapport à l'hébreu, le latin s'écrit à l'envers, de gauche à droite... Je vous apporterai un texte, dit-il, que vous voyiez comme c'est beau.

En attendant, elle lui lut l'arrêt des hommes de loi : attendu qu'une charte royale garantissait la propriété du moulin au Juif Simon, à son fils Vivas et aux descendants de celui-ci, le moulin leur appartenait; attendu que personne n'avait jamais déposé plainte contre eux, qu'ils n'avaient pas de dettes, et qu'ils s'étaient jusqu'à ce jour acquittés régulièrement de leur dîme vicomtale, rien ne pouvait justifier leur expropriation. Le texte était signé des douze scabins et le scribe y apposa le sceau vicomtal.

Lévi serait bien resté un peu au château, mais il était pressé de rapporter l'arrêt du tribunal à ses frères :

— Je vous remercie, Dame, dit-il. Vous êtes juste.

— Je ne peux pas grand-chose d'autre, dit-elle, mais avertissez-moi de ce qui vous arrive.

Lévi promit.

Les meuniers firent établir par leur cousin David une nouvelle copie de l'arrêt des scabins, et portèrent l'original au nassi Kalonymos, qui demanda aussitôt audience à l'archevêque.

Lévi pensait beaucoup à la vicomtesse. Un matin, il s'éveilla avec une idée toute mûre. A la première occasion, il se rendit chez le cousin David et déroba le Rouleau d'Abraham, dont il connaissait bien l'étui de cuir cordouan. Le cœur battant, il revint au moulin et, pour la première fois, dissimulant son larcin dans un recoin, il cacha quelque chose à ses frères. Il était sans remords excessif mais n'osait se demander ce qui arriverait s'il se faisait prendre.

Dès le lendemain, il proposa d'aller remettre deux sacs de farine à la vicomtesse pour la remercier de son intervention. Isaac éclata de rire, Moïse et Samuel se regardèrent et Lévi se sentit deviné. Mais l'important était de pouvoir se rendre à La Fourche.

Quand il arriva, tenant le mulet à la bride, Arsinde était en haut de l'escalier de pierre. Elle l'accueillit avec plaisir, le remercia pour la farine et lui demanda où en étaient les affaires du moulin :

— L'archevêque, répondit-il, doit rencontrer l'évêque.

Les mots lui manquaient. Il n'était pas venu pour parler de l'évêque ou du nassi.

— Dame, dit-il, je voulais vous faire voir ceci.

Il sortit le Rouleau d'Abraham du sac de toile qu'il portait à l'épaule.

— Entre, meunier, dit-elle.

Il n'y avait personne dans la grande salle qui sentait la fumée et la soupe. Lévi alla jusqu'au coin du scribe et posa le Rouleau sur le pupitre. Arsinde s'approcha.

— Depuis la destruction du Temple de Jérusalem par Titus, expliqua-t-il, nous enregistrons toutes les naissances et tous les épisodes importants qui touchent la famille.

Il se rendait compte que le Rouleau d'Abraham était bien autre chose qu'un froid registre mais ne savait comment l'exprimer :

— C'est... C'est mon histoire depuis neuf siècles, dit-il enfin.

Arsinde, lui sembla-t-il, le regardait différemment. C'était comme si cette mémoire écrite lui conférait une sorte de noblesse. Elle se pencha sur le papyrus :

— Comment lit-on l'hébreu ? demanda-t-elle.

Lévi, suivant les lettres du doigt afin qu'elle voie bien, énonça lentement : « Pour-que-nul-ne-soit-oublié-au-jour-du-Pardon-j'inscris-ainsi-qu'une-prière-le-nom-de-mes-fils... » Il lui fit voir les lettres une à une, *aleph, beth, guimel,* et elle s'amusait, ravie, à essayer de les retrouver au hasard des lignes.

Ils étaient penchés l'un près de l'autre. Leurs doigts se frôlaient, leurs rires se mêlaient, leurs épaules bientôt se touchèrent. Ils étaient si émus de ce qui leur arrivait, la Dame et le meunier, qu'ils ne faisaient plus attention à ce qu'ils lisaient. Le désir en chacun d'eux pesait du même poids. Et sa main gauche à lui et sa main droite à elle s'étaient déjà prises qu'ils n'osaient pas encore se regarder. Enfin, ils tournèrent l'un vers l'autre leurs visages. Et quand la Dame posa ses lèvres sur les siennes, Lévi le meunier crut défaillir. Il pensa fugitivement à ranger dans son étui le Rouleau d'Abraham, qu'il considérait à l'égal d'un texte sacré auquel il ne fallait pas manquer de respect. Mais il était trop tard. Les emportait déjà un tourbillon comme ceux qui traversaient le moulin quand l'Aude était en crue.

Qui les dénonça? Une servante, un palefrenier du château? La rumeur en tout cas eut tôt fait de traverser les lavoirs, les marchés, les files d'attente aux fontaines et aux moulins, les échoppes: la vicomtesse et un meunier qui pourrait être son fils... C'est un des Juifs du Moulin-Neuf... Un seul, vous êtes sûrs? Rappelez-vous les orgies de Francon... Dites, n'est-ce pas à des Juifs, Sabrono et Barala, qu'elle a emprunté mille sous pour lesquels elle a gagé les alleux de Magric et de Cuxac? Les Juifs l'auraient envoûtée, la pauvre, qu'il ne faudrait pas s'étonner... Comment expliquer autrement qu'une femme de son rang ait ainsi déchu?

Au moulin, on fut vite au courant. Et si l'incorrigible Isaac, pour rire un peu, appelait son jeune frère le « vicomte Lévi », les autres prenaient l'affaire au sérieux, surtout parce qu'elle arrivait mal: les trois tribunaux de Narbonne – royal, ecclésiastique et vicomtal – avaient en effet jugé illégale la dépossession de Samuel et de ses frères, l'archevêque était intervenu à la demande du nassi et l'évêque Erifons avait fini par entendre raison: moyennant une aumône annuelle en farine et en poissons pour les pauvres de sa paroisse, il renonçait à ses prétentions sur le Moulin-Neuf. Aussi était-il vraiment malvenu de se faire remarquer de cette façon.

Lévi était atterré. Comment était-il possible que d'un bien naisse un mal? Car ce qui les unissait, la Dame et lui, était tellement fort, tellement simple, tellement miraculeux qu'il ne comprenait pas que cela ait pu se transformer en scandale et en abomination. Les moments qu'ils passaient ensemble les laissaient heureux, enrichis l'un de l'autre, du désir et du plaisir de l'autre, du son de la voix de l'autre, du goût de la peau de l'autre. Et quand elle demandait: « M'aimeras-tu toujours? » et qu'il répondait en retour: « M'aimerez-vous toujours? » cela signifiait: « Nous nous aimerons toujours. »

Une fois encore le cousin David arriva en courant au moulin. Il venait annoncer, tragique, que l'archevêque avait fait part au nassi de sa crainte de voir l'affaire se terminer par des violences opposant les deux communautés. N'était-il pas possible d'éloigner le fauteur de troubles? Plusieurs ne devaient pas payer pour le péché d'un seul.

— Péché? J'ai péché? s'indigna Lévi. Arsinde est veuve, et je suis libre, que je sache.

— Nous ne te reprochons rien, mon cousin, même pas tes exploits, qui après tout sont de ton âge. Nos sages disent que celui qui n'a jamais péché ne saurait comprendre la profondeur des Commandements. C'est parce que le péché est possible que la Loi est nécessaire. Mais il ne s'agit pas de toi, mon cousin, il s'agit de nous tous. Le nassi Kalonymos et l'ensemble des membres du Conseil sont d'avis, comme l'archevêque, que tu devrais quitter Narbonne quelque temps. D'autant que les deux fils de la vicomtesse pourraient bien apprendre ce qui se passe et revenir de Toulouse mettre bon ordre à tout cela...

Il semblait à Lévi que les meules du moulin lui broyaient le cœur. C'est à peine s'il entendit David parler d'une lettre d'introduction du nassi Kalonymos pour son cousin le rabbin Kalonymos bar Meshulam de Mayence, sur le Rhin. Il avait envie de mourir.

— Tu ne dis rien, petit frère?
— Que dire, Samuel, que dire?

Lévi quitta ses frères et alla s'asseoir, jambes pendantes, sur la pierre plate qui surplombait le bief de fuite, là où l'eau se calme après avoir bouillonné dans les aubes de la grande roue. Les dos noirs des truites zébraient l'eau claire. Lévi avait envie de crier au monde qu'il était malheureux et que personne ne pouvait le comprendre. Que faire? Il avait entendu parler d'une ville d'Afrique, Kairouan, où vivait une partie de sa famille, et imagina soudain d'y partir avec Arsinde. Il échafaudait déjà des plans quand ses frères l'appelèrent.

Samuel l'aîné, auprès de qui se tenait sa femme Rachel, posa sa main robuste sur l'épaule de Lévi:

— Tu vas devoir partir, petit frère. C'est le plus sage, pour toi, pour elle, pour nous tous.

Lévi s'était attendu à tout, sauf à la trahison de ses frères:
— Mais... Vous me laissez?

Samuel, Moïse et Isaac avaient l'air de penser à autre chose.

— Tu serais content que je parte avec toi? demanda négligemment Isaac le rieur. Alors bon, je pars avec toi.

Lévi le regarda sans comprendre.

— C'est une idée, dit à son tour Moïse aux cheveux rouges. Je partirais bien aussi.

— Dans ces conditions, ajouta Samuel, je ne vois pas ce que je ferais ici.

Lévi haussa les épaules. Il était furieux :

— Vous devriez avoir honte! jeta-t-il.

— Si je ne vous dérange pas, dit à son tour Rachel, j'aimerais bien partir avec vous. Une épouse doit suivre son époux.

Et soudain Isaac éclata de rire et les autres avec lui. Pour Lévi, leur manège alors devint clair. Oh, non! Ils ne l'abandonnaient pas à son sort; fidèles à cette fraternité qui les unissait et qui était plus forte que tout, ils avaient choisi de quitter le moulin plutôt que de le laisser partir seul. Les quatre frères se tapèrent les mains. Lévi, fondant brusquement, cacha son visage dans la barbe de Samuel et, pour la première fois depuis la mort de leur père, éclata en sanglots.

Samuel, Moïse et Lévi, fils d'Abraham, vendirent à Belchom, abbé de Saint-Paul, et à Guillaume le lévite l'alleu qu'ils tenaient de leur père, à savoir le moulin en entier avec ses dépendances, têtes de meules, pêcherie, aqueduc, fonds de terre, au prix de cent cinquante sous payés comptant.

Puis ils chargèrent leurs quelques biens dans un chariot attelé de deux mulets, promirent à David le scribe de donner de leurs nouvelles et, tournant le dos à la mer, prirent la route du nord.

Lévi n'avait pas revu Arsinde, et il comprit seulement alors qu'il ne la reverrait jamais.

XVI

Narbonne
LES PEURS DE L'AN MIL

Des nouvelles directes, David le scribe n'en reçut que deux ans plus tard. Entre-temps, il avait appris par un voyageur que les quatre meuniers s'étaient joints à un convoi de marchands et que le convoi avait été attaqué par une de ces troupes de brigands qui hantent les forêts. Le voyageur les avait vus faire front – Lévi, le plus jeune, disait-il, se battait comme un forcené, risquant sa vie à chaque instant comme s'il désirait mourir là. Quant au voyageur, il avait remis sa bourse et sa marchandise pour pouvoir s'enfuir; il ne savait donc rien de la fin de la bataille. Le silence s'était refermé sur la nouvelle de cette mésaventure. Chaque jour, David priait pour ses cousins.

Enfin, peu avant le second retour de la fête de *Hanoucca*, arriva à Narbonne un message dicté par Samuel, l'aîné des quatre frères, à un scribe de Troyes, en Champagne, où il vivait à présent : « Tu sais, mon cher cousin, que je n'ai jamais aimé écrire... » Samuel annonçait que ses trois frères avaient été tués par des brigands, et que Lévi s'était sacrifié pour sauver Rachel. Lui-même n'avait survécu que par miracle. Rachel et lui avaient fini par arriver à Troyes, dépenaillés, comme deux vagabonds. La communauté les avait accueillis avec chaleur et générosité, les hébergeant et les nourrissant jusqu'à ce qu'il trouve du travail dans un moulin dont le propriétaire, un homme âgé, n'avait pas d'héritiers. Peut-être pourrait-il l'acheter. En attendant, un fils lui était né, qu'il avait nommé Lévi en souvenir de son jeune frère. Samuel terminait sa lettre en l'invitant à prier pour le repos de l'âme de Moïse, d'Isaac et de Lévi. Il ajoutait encore que cette lettre étant destinée à un scribe, le confrère troyen de David avait refusé toute récompense. « Mais j'aurais préféré payer et te donner de meilleures nouvelles. »

C'était la première fois que la mort entrait ainsi, brutalement, dans la vie de David, et il en fut profondément affecté. Pour la célébration de Hanoucca, il invita chez lui toute la famille narbonnaise, proche ou lointaine : il voulait qu'ils soient beaucoup à prier pour les cousins. Au hasard des envies, des bateaux et des chemins, un certain nombre d'oncles et de cousins se trouvaient en effet de passage : Moïse et Judas, toujours entre la manufacture de Cordoue et les foires de Germanie où leurs soieries étaient de plus en plus appréciées ; Ezra, le fils aîné de Judas, qui était rentré quelques semaines plus tôt de l'académie de Soura, en Babylonie, où il était allé en compagnie de son cousin espagnol Ezra de Cordoue suivre la lutte du savant Saadia Gaon contre les caraïtes ; Azac, le fils aîné de David, qui revenait tout juste d'une visite aux cousins de Kairouan ; étaient là aussi la sœur de David, Mairona, et son époux le saunier Bonisaac, qui, las des démêlés incessants qui les opposaient à l'archevêché, dont dépendait leur saline, venaient de la céder pour aller s'associer, à Metz, à l'un des frères de Bonisaac, qui était usurier ; enfin, Meir, fils du marchand de soieries Moïse, qui avait accepté de différer son départ pour la Palestine où il comptait s'installer et d'où, proclamait-il, les Juifs n'auraient jamais dû se laisser exiler.

Ils étaient donc tous là quand David rappela, à l'intention des enfants, la victoire des Maccabées sur Antiochos Epiphane et la purification du Temple, souillé par les païens et sanctifié par le miracle de la lumière. Puis il alluma la première des huit lampes à huile et prononça la bénédiction :

— Tu T'es fait un grand et saint renom dans Ton univers et pour Ton peuple, Israël, Tu as opéré salut et délivrance comme en ce jour...

Et il ajouta :

— Que Ton nom soit sanctifié pour tout ce que Tu décides dans Ta miséricorde et Ta justice. N'oublie ni ceux qui sont réunis ici aujourd'hui, ni ceux que Tu as rappelés dans Ton éternité.

La petite flamme de la première lampe se reflétait dans ses yeux, affliction et piété mêlées. Il voulut citer les noms des trois cousins, mais une boule de chagrin lui monta à la gorge. Tous ces regards posés sur lui l'intimidaient. Du geste, il invita l'assistance à s'approcher de la table où étaient disposées des aiguières d'argent ciselé et il versa sur leurs mains une eau parfumée au romarin. Il sécha ses doigts avec un linge blanc, puis rompit le pain, en donna à chacun un morceau saupoudré de sel et loua « Celui qui tire le pain de la terre ». Tous alors répondirent « Amen! » et s'apprêtèrent à faire honneur au repas.

Tandis qu'on servait des bols d'orge bouillie assaisonnée d'ail, de cumin et de poivre, David ne pouvait se déprendre d'une immense tristesse. Les voyageurs pourtant commençaient à échanger des souvenirs, des rencontres, des paysages, mais il ne pouvait s'empêcher de penser aux quatre frères meuniers.

Judas le marchand racontait comment il avait fait à Cordoue la connaissance du rabbin Hisdaï ibn Chaprut, un savant considérable, médecin du calife Abd el-Rahman et directeur des douanes... Ezra manquait de mots pour décrire le palais de l'exiliarque à Bagdad, avec ses gardes juifs... Meir, celui qui partait pour la Palestine, annonçait pourtant le déclin de la Babylonie : « Bientôt, disait-il, les Juifs n'auront plus de centre. Il n'y aura plus que la Palestine ou la dispersion... » A l'autre bout de la table, l'ancien saunier Bonisaac reniait ses vingt ans de travail aux salines; son frère lui avait fait découvrir l'argent : « Jusqu'alors, expliquait-il avec une foi de nouveau converti, je vendais une marchandise et je ne m'intéressais qu'à la marchandise. Désormais, je serai en contact avec des êtres vivants, l'argent nous rapprochera, me permettra de découvrir l'homme, celui qui emprunte ou celui qui dépense... Pardon? Esclave? C'est justement le contraire. Sans argent, le maître dispose de l'homme, son bien. Avec l'argent, l'homme est quitte de ses obligations en échange d'une somme dont le montant est décidé d'un commun accord. L'argent, croyez-moi, est un moyen de libération... »

Sarah servit à David un morceau de viande sur une épaisse tranche de pain, et il se força à manger pour qu'elle ne s'inquiète pas.

On racontait maintenant comment avait été abordé et pillé par la flotte du calife de Cordoue un bateau qui faisait route vers Constantinople; les biens et l'or avaient été saisis, les passagers vendus comme esclaves. Parmi eux se trouvaient quatre Juifs connus, des docteurs de la Loi qui collectaient parmi les communautés méditerranéennes de l'argent pour les académies talmudiques de Babylonie. La nouvelle se répandit si vite que, dans chaque port où les Sarrasins jetaient l'ancre, une délégation de Juifs attendait pour racheter un savant. Ainsi Rabbi Moshé avait-il été racheté par les Juifs espagnols, Rabbi Hokhiel par les Juifs de Kairouan, Rabbi Shomriahou ben Elhanan par les Juifs d'Alexandrie. Seul le quatrième avait disparu.

— Saadia Gaon, dit sentencieusement Ezra, affirme que le

Saint – béni soit-Il! – ne laisse aucune génération de Son peuple sans un savant qu'Il inspire et éclaire, afin que cet érudit, à son tour, instruise et enseigne le peuple et lui permette de prospérer.

Trois sauvés pour un disparu : c'était l'inverse exactement de ce qui s'était produit pour les quatre meuniers, et David ne pouvait s'empêcher de voir dans cette coïncidence une sorte de signe. Mais la justice de l'Eternel – béni soit Son nom! – est impénétrable, et il fallait en accepter les arrêts. Pourtant, à ce moment de la fête, tandis que Sarah versait du vin doux et que Bonisaac réclamait à nouveau de la viande, David renonça à les inviter à prier pour Moïse aux cheveux rouges, Isaac qui riait toujours et le « vicomte Lévi ». Mais quand ils furent tous partis, tandis que Sarah et une servante débarrassaient la table de la nappe souillée, il appela ses fils Azac et Eliazar.

Tous trois revêtirent leur châle de prière et David tira de son étui le Rouleau d'Abraham. S'installant au pupitre, il délaya une tablette d'encre, tailla sa plume et, juste derrière son propre nom, ajouta : « dont les cousins Samuel, Moïse, Isaac et Lévi, fils d'Abraham, étaient meuniers à Narbonne ». David avait le sentiment de transgresser la règle qui voulait que soient uniquement enregistrées les filiations directes. Mais il prenait sur lui – et c'est ce qu'il expliqua à ses fils – de sauver de l'oubli, cette autre mort, les noms de ceux dont les corps avaient dû être abandonnés aux bêtes de la forêt.

« Et David engendra Azac et Eliazar.

« Et Eliazar épousa Sulamite et il engendra Esther, Bonina et Benjamin.

« Et Benjamin épousa Léa, et il engendra Astruc, José, Sarah et Zipora.

« Et Astruc épousa Rachel et engendra Vidal. »

Ayant célébré parmi sa famille, comme il sied à un bon Juif, les fêtes de Roch Hachana, le nouvel an, le scribe Vidal inscrivit pour la première fois au bas d'un contrat le nombre de l'année : 4760 après la création du monde par l'Eternel – béni soit-Il! Il s'aperçut que cette année serait la millième du calendrier chrétien et il se demanda ce qu'elle apporterait aux Juifs.

En effet, un texte de ce que les chrétiens appelaient le « Nouveau Testament » annonçait au bout de mille ans le déchaînement de Satan, des calamités terribles, la bataille du

Bien et du Mal et pour finir l'accomplissement des temps. Mais l'an mil passa sans plus ni moins de famines, de misères, de guerres que d'habitude. En vérité, depuis Charlemagne, l'Occident chrétien, victime tout à la fois du morcellement de l'Empire et des envahisseurs, était devenu une forêt sauvage où les plus forts et les moins scrupuleux faisaient la loi. Il fallut plusieurs années pour que cette idée – l'accomplissement d'un millénaire – pénètre au fond des villages et des consciences. Mais alors régna la peur, la terreur de l'accomplissement des temps et du Jugement dernier.

On apercevait des signes partout : une comète ayant la forme d'un glaive traversa le ciel, on vit des pluies d'étoiles filantes, le Soleil fut obscurci par la Lune « de la sixième jusqu'à la huitième heure, et ce fut vraiment terrible »; le pape Benoît mourut et aussi Basile, l'empereur des Grecs; à Jérusalem, le calife fâtimide Hakim rasa l'église du Saint-Sépulcre...

On commença à voir se dresser, sur les bornes des carrefours, sur les places, sur les parvis, des prêcheurs hallucinés qui citaient quelques versets de l'Apocalypse de Jean et appelaient à l'expiation. De leurs mots brûlants, ils semaient la folie au cœur des foules. Et, comme il fallait bien des coupables, ils commencèrent à suggérer que ce Satan déchaîné était peut-être le peuple des Juifs... ou que, si ce n'étaient pas les Juifs, c'était en tout cas leur faute... Ils avaient crucifié le Fils de Dieu...

Pour l'heure, la loi protégeait les Juifs, on n'avait pas le droit de les tuer. Mais on n'oubliait pas qu'ils étaient juifs. C'est ainsi que pour leur faire expier la mort du Christ, dans certaines villes, chaque année le jour du Vendredi saint, un Juif devait être souffleté en public devant la porte de l'église – une fois, à Toulouse, le chapelain Hugues s'acquitta si bien de sa tâche qu'il fit, d'un seul coup de sa main gantée de fer, sauter la cervelle et les yeux de sa victime.

Quand Vidal, scribe narbonnais, entendait le récit de l'une ou l'autre de ces scènes, il enseignait à son fils Bonjusef que l'Éternel – béni soit-Il! – voulait par ces épreuves rappeler à ceux qui se laissaient aller au plaisir de vivre, jusqu'à en oublier l'étude de la Tora, qu'ils étaient toujours en exil.

A Orléans, quand on apprit la destruction par le calife Hakim de l'église du Saint-Sépulcre, les chrétiens se demandèrent comment une telle abomination avait pu se produire. Ils le découvrirent bientôt. Un vagabond, un certain Robert, serf évadé d'un monastère, prétendait que les Juifs d'Orléans l'avaient corrompu pour qu'il aille en Terre sainte porter une lettre au calife Hakim. Et que disait cette lettre? Que s'il ne se pressait pas de détruire l'église du Saint-Sépulcre, les chrétiens de tout l'Occident allaient s'y rendre en pèlerinage et ravager le pays... Robert, pour sa peine, fut brûlé. De nombreux Juifs quittèrent alors Orléans. Non loin, à Limoges, l'évêque Audoin publia une loi mettant les Juifs en demeure de devenir chrétiens ou de partir. Beaucoup ayant refusé de choisir, les gardes de l'évêché rassemblèrent la communauté, hommes, femmes et enfants, devant la cathédrale, pour les convertir de force. Mais, racontaient des témoins, les Juifs, plutôt que de renier le Dieu de leurs pères, choisirent de se suicider : chaque chef de famille égorgea sa femme et ses enfants avant de se donner la mort. Ils chantèrent auparavant d'une voix si douce, si pénétrante, si irréelle que les chrétiens qui étaient là en tremblaient : « Gardien d'Israël, disaient-ils, garde les restes de Ton peuple, ne laisse pas périr, lui qui proclame *Chema Israël!* » Et ils mouraient en reprenant le même cri : « Le Seigneur est notre Dieu! Le Seigneur est un ! » ainsi que l'avait proclamé Rabbi Akiba au temps de l'empereur Hadrien.

Quand Vidal entendit ce récit, il ne sut qu'en penser. Il faisait beau. On était au début de l'été, l'air sentait bon le foin coupé, les enfants tressaient des couronnes de marguerites et de coquelicots. Par la fenêtre ouverte, il entendait l'écho des voix des élèves du Talmud-Tora. Comme Narbonne était loin d'Orléans et de Limoges!

Néanmoins, il décida d'aller demander au nassi Saül ben David Kalonymos comment il fallait comprendre ce qui était arrivé à Limoges. La ville était encore tout engourdie de la sieste et, craignant d'arriver trop tôt, Vidal prenait son temps. Il monta lentement la rue de la Fusterie, le long de la Juiverie vicomtale et, à son habitude, toucha en passant les étoffes de l'échoppe de son cousin Salomon, fils de Hanania le drapier, écouta chez le bijoutier voisin battre l'or en feuilles et descendit la rue de l'Aluderie, où depuis plus de vingt ans il achetait ses parchemins.

Il alla encore saluer, dans l'île Saint-Zacharie, face au palais vicomtal, son ami Joseph, fils de Bonjudas, talmudiste distingué et responsable de la Maison de l'aumône, un hospice juif : il lui avait promis sa fille Esther pour son fils Enoch. Enfin, il se rendit à la synagogue, où à cette heure devait se tenir le nassi. Il relut comme une prière la phrase gravée au fronton : SI LE CIEL ET LES CIEUX DES CIEUX NE PEUVENT TE CONTENIR, COMBIEN MOINS CETTE MAISON QUE J'AI BÂTIE.

Le nassi avait encore du sommeil plein les yeux. Il avait lui aussi entendu le récit des suicides de Limoges. A Rouen aussi, dit-il, s'étaient déroulées des atrocités, mais il attendait d'en avoir confirmation avant de se prononcer. Il craignait pourtant que ne surviennent des temps difficiles et psalmodia comme pour lui-même : « Eternel, défends-moi contre les adversaires, combats ceux qui me combattent.. Qu'ils soient remplis de confusion, ceux qui en veulent à ma vie! Qu'ils reculent en rougissant, ceux qui méditent ma perte! »

Puis il pria Vidal de recopier deux *takhanot* de Rabbi Gershom, de Mayence, que celui-ci venait de lui faire parvenir. Vidal rentra chez lui. Dans son berceau, Meir-Ikhiel, le fils de son fils Bonjusef, venait de s'éveiller et gazouillait comme un oiseau.

Vidal se mit au travail. Les deux takhanot étaient consacrées l'une aux droits des femmes, l'autre à l'interdiction de la polygamie. Narbonne était vraiment loin de Limoges.

Après Vidal et Bonjusef, après tant et tant d'autres, Meir-Ikhiel devint scribe à son tour et gardien de la tradition familiale. S'il n'avait tenu qu'à lui, il eût préféré voyager, mais il était l'aîné et quand son frère était né, il avait déjà dix ans, et tout était décidé – c'est son frère Azac qui voyagea.

Meir-Ikhiel épousa Lia, dont le père avait une boutique de sparterie sur le port. Il ne l'avait pas choisie pour la sparterie, mais parce qu'elle avait des yeux de gazelle et qu'il l'avait entendue chanter une fois. C'était à l'époque où il allait voir partir des bateaux qu'il ne prenait jamais.

Bien des bateaux étaient partis depuis, et, si Lia ne chantait plus guère, elle lui avait donné trois enfants, dont il inscrivit les noms dans le Rouleau d'Abraham : Sarah, Abraham, Jacob et qui, grâce à l'Eternel – béni soit-Il! – grandirent en âge et en sagesse.

Sur le trône de France s'étaient succédé Hugues Capet, Robert le Pieux, Henri, Philippe, moins puissants que leurs grands vassaux mais s'efforçant d'augmenter leur royaume, selon leur caractère, en combattant, en rusant ou en achetant. Le duc de Normandie Guillaume le Bâtard venait pour sa part de conquérir l'Angleterre. Les chevaliers ne rêvaient que de se battre et au moindre appel se formaient en armées pour aller guerroyer ici ou là – en Espagne, par exemple, où le pape les envoyait affronter les troupes du calife de Cordoue.

C'est ainsi qu'un soir de l'année 4830 * après la création du

---

* 1070.

monde par l'Eternel – béni soit-Il! – Meir-Ikhiel se réveilla en sursaut. Il lui semblait entendre du bruit dans la rue. Il se leva avec précaution pour ne pas inquiéter Lia et alla soulever le rideau qui masquait la lucarne. Des lumières apparaissaient et disparaissaient de l'autre côté de l'Aude : des torches, des étendards, une foule.

Meir-Ikhiel eut froid. Il enfonça un peu plus son bonnet sur sa tête, enfila un doublet sur sa chemise en drap lourd, alluma une petite lampe à huile et alla sans bruit dans la pièce voisine : Sarah dormait mais ses frères Abraham et Jacob n'étaient pas rentrés. Il souffla la flamme et retourna à la lucarne, attendant que son regard s'habitue à la nuit. Une brume légère enveloppait le bourg. Les cris étouffés des hommes et les hennissements des chevaux approchèrent du pont.

– C'est toi, Meir-Ikhiel?
– Oui, mon épouse.
– Tu m'as fait peur. Pourquoi es-tu debout à la fenêtre?
– Une foule entre en ville.
– La nuit? Qui a ouvert les portes?
– Je n'en sais rien, mon épouse.
– Mais les gardes, Meir-Ikhiel? Où sont donc les gardes?

Lia s'approcha à son tour, jetant un châle sur ses épaules, déjà prête au pire.

– Des barques pleines d'hommes descendent l'Aude, dit Meir-Ikhiel.
– J'entends des bruits de sabots... Des chevaux viennent par ici... Que le Créateur tout-puissant nous préserve du malheur!

Soudain, Lia porta la main à son cœur :
– Les enfants... Ils sont rentrés?
– Calme-toi, mon épouse, Abraham et Jacob sont de grands garçons. Rabbi Josué a dû les garder, ne t'inquiète pas.

Lia se rendit à tâtons dans la chambre où dormait Sarah.

On entendait mieux, à présent, les piétinements, les chocs de métal et même des appels : ces gens ne cherchaient pas à passer inaperçus.

Il y eut des bruits de course. Meir-Ikhiel ordonna à Lia d'éveiller Sarah – qu'elles s'habillent toutes deux. Alors on frappa à la porte des coups précipités :
– Père! Père! Ouvre-nous!

Meir-Ikhiel tira la barre de bois.

Abraham et Jacob entrèrent en se bousculant. Leur respiration, eût-on dit, remplissait la nuit. Lia avait eu si peur qu'elle ne put s'empêcher de les gronder :

— Quand même, vous n'êtes pas raisonnables. Votre père était mort d'inquiétude.

Abraham et Jacob racontèrent alors qu'ils se trouvaient à la synagogue en train d'apprendre des chants, quand un émissaire du vicomte Béranger était venu demander au nassi de se rendre d'urgence au palais. Le nassi était parti aussitôt et était revenu quelque temps plus tard : une troupe de soldats chrétiens et de pèlerins en route pour l'Espagne avait pénétré en ville contrairement aux accords, et n'allait sans doute pas tarder à se livrer aux exactions habituelles; que les Juifs restent chez eux et se barricadent, avait recommandé le vicomte.

Le nassi avait alors ordonné à tous ceux qui étaient là de courir les rues de la Juiverie pour donner l'alerte.

— Il y avait des cavaliers cuirassés d'écaille et des pèlerins de Saint-Jacques, dit Abraham.

— Ils sont entrés par le bourg et ont barré le pont derrière eux, reprit Jacob.

— Ils se sont divisés. Les uns sont passés par la porte du Pape, et les autres...

— Ils nous poursuivaient...

A ce moment on entendit des voix dans la rue, tout près de la maison. Une torche se montra à la lucarne puis disparut. Les voix parlaient une langue rude que Meir-Ikhiel ne comprenait pas. Il vérifia à la porte que la barre était bien calée. Il avait si peur que son corps lui faisait mal.

— Il faut prier, dit-il à voix basse.

Ils entendirent une femme demander :

— Que voulez-vous ?

C'était Avelina, la femme de Jean l'éludier, le voisin. Ils étaient chrétiens et avaient toujours été en bons termes avec Meir-Ikhiel et Lia.

Des coups alors ébranlèrent la porte.

— Pourquoi voulez-vous entrer là ? demanda encore Avelina.

— *Jud ! Jud !*

— Il n'y a pas de *Jud* ici, reprit Avelina. Tenez, prenez ces pièces.

Elle dut se rendre compte qu'ils ne comprenaient pas.

— Vous, dit-elle, acheter cierge... Cierge, vous comprendre ? Vous allumer cierge à Saint-Jacques... Santiago de Compostela...

Sans doute avaient-ils pris l'argent car les coups cessèrent et les voix s'éloignèrent.

— Que l'Eternel dans Sa miséricorde n'oublie jamais Avelina

et son époux! eut la force de dire Meir-Ikhiel, qui était pour la première fois de sa vie confronté à la violence.

Comme ses fils voulaient sortir « pour voir », il le leur interdit et leur rappela sévèrement qu'ils feraient mieux de prendre leurs châles de prière et de venir avec lui remercier le Tout-Puissant.

Toute la nuit il y eut des bruits, des appels, des galopades et des clameurs. Qui poursuivait qui?

Au matin, enfin, passa un crieur : « Au nom de Béranger, vicomte de Narbonne, disait-il, vous pouvez sortir, bonnes gens, la ville est à vous. » Les rues s'emplirent vite. Lia alla chez Avelina et lui tomba dans les bras en pleurant. On apprit peu à peu que le pape avait invité les chevaliers chrétiens à se rendre en Espagne pour affronter les Arabes. Une foule de pèlerins allemands en route pour Compostelle s'était mêlée à une troupe de chevaliers bourguignons. Avant d'arriver à Narbonne, ces hommes avaient envoyé des émissaires demander si la ville pouvait leur vendre des vivres. Le vicomte avait donné son accord, pourvu qu'ils restent à l'écart. Mais une première bande était entrée dans le faubourg en cherchant des « ennemis du Christ ». Des pèlerins avaient voulu convertir les Juifs, tandis que des soldats pillaient quelques maisons de la rue Droite, près de l'hôpital de la Croix. C'est là et à ce moment-là que s'étaient passées les choses terribles : « J'ai vu, devait témoigner le shamash Jacob ben Hanan, des femmes traînées par les cheveux sur les fonts baptismaux, j'ai vu des pères de famille, la tête couverte en signe de deuil, conduire leurs fils au baptême pour éviter que les chrétiens ne les tuent. J'ai vu de mes yeux ces choses horribles et bien d'autres qu'on faisait aux Juifs. » Cela aurait pu s'étendre à toute la ville si le vicomte Béranger n'avait réussi, à la tête de ses gardes, à diviser les envahisseurs et à les faire ainsi sortir de Narbonne – le pape devait le féliciter, en même temps qu'il blâmait l'archevêque Guifred, qui avait laissé faire.

Sept Juifs avaient quand même été tués ou s'étaient suicidés pour ne pas être baptisés. La communauté soigna les blessés, recueillit les orphelins, se cotisa pour réparer les dommages faits aux biens et aux maisons. Puis tous les hommes adultes se rendirent à la synagogue, où ils passèrent deux jours à jeûner et à prier devant l'arche sainte voilée de noir comme pour le neuvième jour du mois d'Av, quand les Juifs du monde entier pleurent la destruction du Temple.

Puis la vie reprit son cours, mais les Juifs de Narbonne portaient désormais au cœur une plaie inguérissable. Ils avaient pendant si longtemps été préservés de tout mal qu'ils avaient fini par se croire à l'abri de ce que subissaient les Juifs un peu partout dans le monde. Certains d'ailleurs partirent.

Il y eut pourtant, quelques mois plus tard, deux mariages dans la famille de Meir-Ikhiel : sa fille, d'abord, Sarah, qui épousa le shamash Jacob ben Hanan; puis Ezra, le fils de son frère Azac, qui épousa la fille d'Astruc de Florensac, intendant d'un vivier important. Mais en souvenir des sept martyrs, les fêtes furent discrètes.

Jacob, qui était un scribe très doué, entreprit de copier sur parchemin toute la partie narbonnaise du Rouleau d'Abraham, et son frère Abraham, qui était relieur, découpa le parchemin en feuilles égales, les assembla en cahiers qu'il cousit, et protégea le recueil d'une reliure de bois habillé de cuir. Tous deux se cachaient de leur père : ils voulaient lui offrir le fruit de leur travail pour le millième anniversaire de ce neuvième jour du mois d'Av, un an après la destruction du Temple, où Abraham le scribe en avait écrit les premières lignes. Meir-Ikhiel, bien plus ému qu'il ne voulut le paraître, remercia vivement ses deux fils, à la fois pour leur ouvrage et pour l'idée qu'ils avaient eue de le faire. Resté seul, il contempla longuement le Rouleau d'Abraham. Des larmes lui vinrent, sans qu'il sache lui-même s'il pleurait pour la destruction du Temple, la fidélité de ses enfants ou ces dix siècles d'exil que dix siècles de mémoire permettaient seuls de supporter.

Cette nuit qu'il passa ainsi à penser au destin des hommes sur la terre, à la précarité de leur condition mais aussi à leur capacité irréductible à survivre, lui procura une sorte d'apaisement, de sérénité, de confiance en ce Dieu tout-puissant qui tenait l'humanité dans le creux de Sa main. La conséquence en fut évidente quelques mois plus tard, quand il reçut une lettre d'un certain Jérémie, descendant de Samuel, un meunier venu de Narbonne à Troyes, en Champagne. Ce Jérémie, qui disait tenir « un commerce avec une fenêtre sur la rue », avait parlé au rabbin Salomon ben Isaac, qu'on surnommait Rachi, d'un document familial dont on se transmettait l'histoire chez lui de père en fils, mais dont on ignorait tout. Le rabbin s'était montré très intéressé et Jérémie demandait, si toutefois cette tradition existait toujours, s'il n'était pas possible de faire parvenir le document à Troyes. Quelque marchand pourrait se charger de l'acheminement.

Le soir même, Meir-Ikhiel lut la lettre à sa femme et à ses enfants et, bien que sa décision fût déjà prise, leur demanda leur avis.

— Moi, dit Jacob le scribe, j'estime que nous ne devons pas nous dessaisir du Rouleau d'Abraham.

— Moi, dit Abraham, si vous croyez qu'il faut l'envoyer à Rabbi Salomon, je peux le lui porter. Je n'ai jamais voyagé.

Meir-Ikhiel se tourna vers Lia :

— Fais ce qui te semble bon, mon époux, dit-elle. Mais je n'aimerais pas savoir Abraham seul sur les chemins.

Pour la première fois depuis la nuit des pèlerins, Meir-Ikhiel sourit :

— Je vais vous mettre tous d'accord, dit-il. Nous n'abandonnerons ni le Rouleau ni Abraham...

Il attendit un instant avec malice :

— Puisque nous partirons tous à Troyes!

Le nassi Todros ne les dissuada pas, au contraire : ils avaient bien de la chance, dit-il, d'aller à la rencontre de ce Rachi qu'on appelait déjà *Rabbénou*, c'est-à-dire « notre maître », tant ses connaissances étaient grandes. Il leur conseilla de partir durant le mois de Tamouz de façon à arriver à Troyes avant Roch Hachana, et plus précisément le dix-septième jour de Tamouz : car, en hébreu, où les chiffres et les lettres se confondent, le dix-sept représente le mot *tov*, qui signifie « bon », « bien ». N'était-ce pas plus rassurant de partir du bon pied?

XVII

Troyes
L'EMBUSCADE SELON JOSUÉ

Nîmes, Montpellier, Avignon, Lyon, Dijon... Quel voyage! Quelle aventure quand on n'a jamais quitté Narbonne, d'aller ainsi, de l'aube au crépuscule, sous les soleils et dans les averses, à la rencontre de l'horizon! La première semaine passée, quand les corps se furent habitués à l'inconfort et au rythme des grands chemins, Meir-Ikhiel et les siens commencèrent à prendre goût au voyage, à regarder, à sentir, à évaluer les distances, à deviner le temps qu'il ferait, à remarquer combien d'une vallée ou d'une crête à l'autre changeaient les paysages, la couleur des pierres, la forme des maisons, les vêtements des gens, leurs traits, leur langue, leur nourriture. Bref, ils commençaient à voir le monde.

Meir-Ikhiel se rendait compte que ses connaissances, comme celles de son père Bonjusef, comme celles de ses fils Jacob et Abraham, ne s'étaient élaborées qu'au travers des Écritures. Il lui apparaissait soudain qu'il y avait là une sorte d'insuffisance. Car la Révélation s'était produite dans la nature avant que l'homme ne la fixe par des signes dans l'argile, sur le papyrus ou le parchemin. Était-ce un hasard si l'Éternel – béni soit-Il! – avait choisi, pour donner Sa Loi aux hommes, une tribu de nomades plutôt que des sédentaires enfermés dans les villes? Et cette terre promise, de l'autre côté du désert, l'avait-Il donnée aux nomades pour qu'ils s'y engluent ou pour qu'ils y restent fidèles à eux-mêmes? Rabbi Judas disait : « Elles seront leur sépulcre, ces maisons bâties pour l'éternité, Tibériade au nom de Tibère, Alexandrie au nom d'Alexandre... »

Les Juifs, se disait Meir-Ikhiel, sont des gens de mouvement, ceux qui vont quand les autres sommeillent, comme ces bergers traversant avec leurs troupeaux les villages endormis. « Tes serviteurs sont bergers depuis leur enfance jusqu'à aujourd'hui, aussi bien nous-mêmes que nos ancêtres », était-il écrit dans la Genèse. Simplement, des gens comme lui, Meir-Ikhiel, étaient bergers de troupeaux de lettres et de mots...

Les brumes du matin – ils trouvèrent l'automne entre Lyon et Dijon –, le vacarme des oiseaux, une odeur d'herbes coupées ou de fumée apportée par le vent, la saveur d'une pomme en chemin leur étaient autant de petits bonheurs nouveaux. Aux étapes du soir, aux fontaines où ils buvaient comme des vagabonds, ils faisaient d'imprévisibles rencontres. Un changeur leur apprit ainsi le cours des deniers parisis, des deniers viennois, des livres provinoises et des florins. Un éleveur de chevaux leur expliqua que, dans son métier, tout avait changé quand on avait eu l'idée de remplacer le collier de gorge par le collier d'épaule à armature rigide : les chevaux ainsi tiraient plus lourd et plus longtemps à moindre fatigue, pour le chariot aussi bien que pour la charrue. Un drapier leur montra, échantillons à l'appui, comment distinguer les uns des autres les draps de Bruges, de Troyes ou de Lyon. A Dijon, un voyageur arrivant de Pologne leur apprit que plusieurs milliers de Juifs y étaient installés et y vivaient très bien, malgré la rigueur du climat, protégés qu'ils étaient par le prince Wladislaw, dont la femme était elle-même juive...

Sans doute tout cela se payait de quelques frayeurs, quand ils entendaient les loups au loin, quand des péagers leur extorquaient trois fois le prix du passage pour franchir une rivière, quand apparaissait une troupe d'allure suspecte ou quand les éclairs enflammaient le ciel. Ils s'efforçaient d'aller toujours en compagnie et en tout cas se faisaient expliquer la route chaque matin, de façon à ne pas risquer de se tromper aux carrefours.

Le soir, s'ils arrivaient dans un bourg ou dans une ville, il était bien rare qu'ils n'y trouvent quelque famille juive pour les héberger. Ils transmettaient ainsi les nouvelles d'une communauté à l'autre et, quand on apprenait qu'ils allaient à Troyes, on les chargeait de questions pour Rachi.

Deux ou trois fois la nuit les surprit, et ils durent dormir dans le chariot, à la belle étoile, n'osant pas allumer de feu pour ne pas attirer l'attention sur eux, tant ils se sentaient désarmés et vulnérables. Ils prenaient au total ces inconvénients avec bonne humeur et riaient de leur inexpérience, de leurs coups de soleil et de l'appétit que leur donnait le grand air. Au matin d'une nuit où ils avaient cru mourir de froid, Meir-Ikhiel resta bouche close, mâchoires serrées, sans un mot, jusqu'à ce que le soleil apparaisse. Alors seulement il ouvrit les lèvres, et ce fut pour dire que s'il ne l'avait pas fait plus tôt, c'est qu'il craignait de voir tomber ses dents... Lia et ses fils n'en revenaient pas de découvrir leur époux et père ainsi détendu et insouciant.

Ils grimpèrent jusqu'à Langres, redescendirent dans la plaine. Il faisait froid. A Chaumont, où ils passèrent la nuit chez le rabbin Jéziel, ils quittèrent les voyageurs avec qui ils faisaient route depuis plusieurs jours et qui allaient, eux, vers Metz, à main droite. Troyes, leur dit-on, était à trois jours.

Ils entrèrent bientôt sous la voûte d'une forêt aux arbres immenses. A peine si leur parvenait la lumière du soleil. Le chemin serpentait entre des étangs, les feuilles déjà tombées pourrissaient et amortissaient tous les bruits. Une inquiétude diffuse s'empara d'eux peu à peu. Les mulets eux-mêmes devenaient nerveux, dressaient les oreilles. Il y avait dans cette forêt quelque chose de maléfique.

Au moment où ils se demandaient s'ils n'allaient pas attendre quelqu'un pour voyager de compagnie, la forêt sembla se taire. Plus un bruit, plus un chant d'oiseau. Le silence, l'angoisse.

Et soudain, tout bascula, tout explosa. Dans une formidable clameur, surgissant de nulle part et de partout, des bandits les encerclèrent, l'un d'eux attrapa les mulets à la bride, un autre sauta par-derrière sur le chariot, un vilain faucard à la main. Il y avait des hommes et des femmes, tous vêtus de mauvais tissu, armés de bric et de broc : poignards, massues, crocs. L'un des brigands portait un bliaud de velours vert déchiré, et trois nains l'entouraient, comme une garde personnelle.

— Seigneur, psalmodia à haute voix Meir-Ikhiel, détruis-les dans Ta fureur, détruis-les et qu'ils ne soient plus! Qu'ils sachent que Dieu règne sur Jacob...

— Ho! la Tonsure! Que dit-il? demanda l'homme au bliaud vert, à l'évidence le chef.

— C'est de l'hébreu, répondit la Tonsure, qui était sans doute un moine défroqué. Ce sont des Juifs.

Et il cracha par terre en signe de mépris.

— Descendez de là, vous autres! ordonna le chef.

Comme ils n'obéissaient pas assez vite, ils furent bousculés, jetés au sol. Meir-Ikhiel aida Lia à se relever. Lui-même souffrait du genou, où l'avait touché la pointe d'un couteau. Tous quatre restèrent serrés les uns contre les autres. Ils n'arriveraient jamais à Troyes, pensa Meir-Ikhiel, et ne reverraient jamais Narbonne. Ainsi se passaient les choses.

Les trois nains escaladèrent le chariot, s'approchèrent du premier coffre et en firent sauter la serrure à l'aide d'une pince.

C'était celui où se trouvaient les vêtements. Aussitôt ils commencèrent à s'en affubler, faisant les pitres avec les châles de prière et les caleçons sous les vagues de rires de leurs compagnons, à qui ils jetaient les bliauds ou les braies dès qu'ils avaient fini de s'en amuser. Quand ils trouvèrent le linge de Lia, ce fut du délire. Meir-Ikhiel avait honte. Du sang coulait le long de sa jambe.

— L'autre coffre! ordonna le chef.

La deuxième serrure sauta à son tour. Ce coffre-là contenait les livres, le matériel à écrire et à relier, avec des textes sacrés et le Rouleau d'Abraham. L'un des nains déroula un parchemin, prit l'air important et fit semblant de lire :

— Nobles seigneurs, commença-t-il d'une voix aigre...

— Tais-toi, commanda le chef de la bande, et range-moi ça!

Puis, s'adressant à Meir-Ikhiel :

— Tu tiens à ta vie ou à ton bien?

Meir-Ikhiel ferma les yeux sans répondre.

— Fouillez-les! ordonna l'homme au bliaud vert.

Aussitôt, Meir-Ikhiel et les siens furent attrapés sans ménagement, bousculés, palpés, dépouillés de leur argent, de leurs capes et même de leurs chaussures. Les trois nains dansaient grotesquement autour de Lia en chantant :

> *Juive, ma juivine*
> *Veux-tu pas m'aimer?*
> *Ma dondon ma dondine*
> *Veux-tu pas m'aimer?*
> *Juive ma juivine*
> *Ma dondon dondé...*

— Où vas-tu? demanda à Meir-Ikhiel le chef des voleurs.

— A Troyes.

— Si ton Dieu est avec toi, tu finiras bien par y arriver! Mais méfie-toi de la brigandise!

Et il éclata d'un rire en cascade avant de donner en s'enfonçant deux doigts dans la bouche un coup de sifflet strident. La bande se regroupa. Les nains montèrent dans le chariot et prirent les rênes.

Bientôt Meir-Ikhiel, sa femme et ses deux fils furent seuls au milieu de cette forêt hostile et trop vaste pour eux, trop haute, trop profonde, trop loin de tout — pourquoi avaient-ils donc quitté Narbonne, là où étaient toutes leurs certitudes?

Meir-Ikhiel pleurait. Oh! pas sur sa douleur au genou, ni sur le chariot, ni sur l'argent qu'on lui avait pris. Il pleurait de lentes et silencieuses larmes pour le Rouleau d'Abraham qu'il n'avait pas su défendre et garder. Quel berger, celui qui perd son troupeau! Il pensait à ces dix siècles de mémoire et d'histoire, dix siècles depuis Jérusalem, Alexandrie, Hippone, Cordoue, Narbonne... Mille ans de fidélité, de tradition, de respect, qui représentaient une victoire sur la brièveté de la vie humaine et une victoire sur l'oubli, mille ans ainsi brutalement interrompus dans une forêt de Champagne par des mains impies...

Il pleurait aussi, Meir-Ikhiel, pour toutes les victimes de violences et d'injustices, pour toutes les victimes et pour tous les bourreaux, car ils étaient bien à plaindre ceux qui avaient ainsi besoin de voler, de violer, d'humilier...

— Père, dit Jacob, nous devons les rattraper.

— Il faut partir tout de suite, reprit Abraham.

Meir-Ikhiel regarda ses fils. Quel réconfort, mon Dieu, quelle joie!

— Remercions l'Éternel tout-puissant, dit-il en séchant ses larmes, remercions-Le de nous avoir laissé la vie.

— Amen!

Un convoi de marchands les rattrapa avant le soir : des changeurs vaudois, des commerçants de Lyon, de Milan et de Naples, accompagnés de douze gens d'armes qu'ils payaient pour les protéger. Il y avait là un Juif de Gênes, Ansaldo, à la tête de trois chariots à deux roues, qui proposa d'emmener Meir-Ikhiel, sa femme et ses fils — ils étaient épuisés et avaient les pieds en sang. On écouta leur récit, on les réconforta, on leur donna à boire, on les vêtit, on les casa dans les chariots surchargés :

— Ils sont solides, n'ayez pas peur, disait Ansaldo, ils ont déjà passé deux fois les Alpes!

Il était grand, maigre et bavard, vêtu d'une chape à aigue en laine ornée de queues de fourrure et d'un bonnet de feutre noir enfoncé au ras de ses sourcils broussailleux.

Le convoi repartit. Ansaldo, qui avait pris Meir-Ikhiel avec lui, causait sans s'interrompre, discourant aussi bien sur la disparition du royaume juif des Khazars sur la route de la Chine que sur la naissance de sa première petite-fille Ruth, fille de son fils Jacob, là-bas à Gênes :

— Longue vie à Ruth! souhaita Meir-Ikhiel, goûtant pleinement le proverbe selon lequel une bonne nouvelle venue de loin est comme de l'eau pour l'assoiffé.

La dernière nuit avant d'arriver à Troyes, ils s'arrêtèrent à Vendeuvre. Tandis que les marchands descendaient à l'auberge, Meir-Ikhiel et sa famille furent hébergés par Judas ben Abraham, l'un des élèves de Rachi qui, comme son maître, passait beaucoup de temps à cultiver la vigne. Judas fut bouleversé par la perte du Rouleau d'Abraham.

– Il faut faire quelque chose, disait-il, il faut faire quelque chose.

C'était un petit homme maigre avec une très longue barbe roussâtre. Il ne tenait pas en place.

– Réfléchissons, Meir-Ikhiel, disait-il. Que peuvent faire ces brigands – qu'ils soient maudits! – de textes en hébreu? Si ce sont des rustres, ils sont capables de les brûler par ignorance. Si ce sont...

– L'un d'eux, dit Abraham, était surnommé la Tonsure. C'était sans doute un ancien moine.

– Bien, très bien, vive la Tonsure! jubilait Judas... Si Abraham a raison, l'ancien moine comprendra l'importance du butin, et ils essaieront d'en tirer un bon prix...

Judas écartait les bras, paumes en l'air, en signe d'évidence :

– Et ils viendront à nous comme les ruisseaux vont à la rivière! Je vais alerter toutes les communautés jusqu'à Ramerupt, Dampierre, Vitry, Meaux...

– Judas ben Abraham, dit Meir-Ikhiel, tu me redonnes espoir.

– Meir-Ikhiel, fils de Bonjusef de Narbonne, tu devrais savoir qu'il ne faut jamais perdre espoir. Confiez-vous à l'Éternel – béni soit-Il! Il punit les insensés et protège les sages.

Le lendemain matin, Judas lui remit une bourse où sonnaient quelques pièces.

– Mais Rabbi...

– Que Meir-Ikhiel ne proteste pas! Je suis sûr qu'il me le rendra bientôt. Nous nous retrouverons certainement chez Rachi. C'est lui, mon maître, qui m'a enseigné que tout témoin de la souffrance d'autrui qui ne se porte pas à son secours est aussi coupable que s'il lui avait fait tort de sa propre main. Pour bien comprendre Rachi, vous, gens de Narbonne, devez savoir qu'à la sentence du Deutéronome : « Qu'il te fasse miséricorde », notre Rabbi réplique : « Qu'il te rende miséricordieux. »

Troyes, une ville en quatre quartiers blottie dans une boucle de la Seine, ne ressemblait en rien à Narbonne. La lumière n'y était pas la même, ni les maisons, ni les habitants qui étaient généralement plus grands, plus calmes, de teint plus clair et parlaient une langue plus lente et plus mouillée.

Quand le convoi de marchands s'y présenta, la ville préparait sa foire d'automne en même temps que les premières vendanges. Et comme on attendait l'arrivée du comte de Champagne, les maisons étaient tendues de courtines et d'oriflammes aux couleurs éclatantes. Les rues étaient remplies de cette animation propre aux veilles de fêtes : ceux qui étaient en retard se pressaient d'ordonner leurs marchandises dans les loges des halles qui leur étaient réservées, ceux qui étaient prêts faisaient le tour de la concurrence, plaisantaient, offraient à boire.

Ansaldo conduisit Meir-Ikhiel et les siens à la halle aux drapiers, près de la maison consulaire, où il retrouva l'un de ses amis juifs qui lui-même les mena à la boutique de Jérémie, dans le quartier nommé la Brosse-aux-Juifs, entre la porte Girouarde et le château du comte. Jérémie, un homme rond, brun et frisé, de type oriental, les accueillit avec des exclamations d'incrédulité puis des lamentations quand il apprit la disparition du Rouleau au sujet duquel il avait écrit à Meir-Ikhiel :

— C'est ma faute! disait-il. C'est ma faute!

Brusquement, il cessa de gémir, confia Lia à sa femme, laissa la boutique à son commis et, comme s'il partait en guerre, emmena Meir-Ikhiel et ses fils chez le maître de foire. Tout en se frayant un passage dans les ruelles populeuses, il expliquait que les marchands, pour attirer de plus en plus de monde aux foires de Troyes, se cotisaient parfois pour rembourser la marchandise volée en chemin.

Mais Meir-Ikhiel n'était pas marchand, et le maître de foire, un grand homme placide dont le regard bleu ne cillait pas, déclara que l'affaire n'était pas de son ressort. Il se fit néanmoins décrire les voleurs — les trois nains les désignaient suffisamment —, mais il ne les connaissait pas.

— A combien estimes-tu tes écritures? demanda-t-il d'une voix lente à Meir-Ikhiel.

Comme si le Rouleau d'Abraham avait une valeur marchande! Pour Meir-Ikhiel, tout allait un peu trop vite, et d'une façon trop imprévue, comme dans un mauvais rêve. Son genou blessé lui faisait mal.

— Le Rouleau d'Abraham n'a pas de prix, dit-il. C'est l'histoire de ma famille.

— Cela a donc un prix pour toi.

— Oui, mais aussi pour tous les hommes.

Le maître de foire décroisa ses doigts courts et posa ses mains à plat sur le velours vert de la table, comme pour dire qu'il n'entrerait pas plus avant dans cette histoire et qu'il avait autre chose à faire.

— Si vous trouvez vos brigands, dit-il, je serai content de m'occuper d'eux. Mais je connais Jérémie. Dites-vous bien que je ne veux ni troubles ni scandales tout le temps de la fête et de la foire!

Pour la première fois, il baissa les paupières, et ce fut comme s'il fermait une porte.

Dès qu'ils l'eurent quitté, Jérémie se frotta les mains :

— Il nous laisse nous occuper de nos voleurs, c'est un véritable ami! Venez, nous allons faire un plan de bataille!

En fait de plan de bataille, ce fut une course aux alliés. Meir-Ikhiel, que son genou faisait de plus en plus souffrir, resta avec Lia et Jacob à la boutique tandis qu'Abraham accompagnait Jérémie. Ils se mirent tout d'abord en quête de Moïse, un cousin qui enseignait à la yeshiva et était parnassi au Conseil de la communauté; quand ils le trouvèrent enfin, il promit de mettre tout en œuvre pour aider à retrouver ce Rouleau que Rachi avait manifesté l'intention de voir. Ensuite, ils coururent chez un cousin orfèvre, chez qui ils rencontrèrent un autre cousin, vigneron à Vitry, venu à Troyes pour la fête. Ils cherchèrent en vain d'autres parents ou amis : la préparation de la fête mettait la ville sens dessus dessous. Ils rentrèrent épuisés :

— Ce qui est déjà sûr, résuma Jérémie, c'est que le cousin Moïse demandera demain à tous les élèves de la yeshiva de s'informer, et qu'il en parlera dès ce soir au Conseil.

Le lendemain matin, Moïse arriva à l'aube, l'air d'un conspirateur. Le Conseil, dit-il à voix basse, a suggéré de faire appel à une sorte de brigand juif, un certain Josué surnommé Kountrass, dont la spécialité est justement le trafic d'écrits divers, en latin comme en hébreu, de documents vrais ou faux, de parchemins grattés et vendus comme neufs; on le soupçonnait d'employer, pour la collecte, la falsification et l'écoulement de sa marchandise, des étudiants pauvres de Mayence et de Worms qui trouvaient là un moyen de se faire un peu d'argent... Un personnage étrange... Il connaissait par cœur le livre de Josué et le citait à tout propos... Le Conseil, qui n'avait jamais réussi à se débarrasser de cet encombrant Kountrass, trouvait enfin là une occasion d'utiliser ses talents, mais...

Moïse regarda à droite et à gauche, baissa encore la voix :

— Mais il ne faut à aucun prix qu'on sache que l'idée vient du Conseil.

Il roula des yeux effarés :

— Si on apprenait que le Conseil de la communauté emploie les services d'un voleur, c'en serait fait de notre honneur et de notre poids dans la ville.

A peine était-il sorti que se présenta un homme jeune, d'allure angélique, les traits fins, les vêtements soignés :

— Mon nom est Josué, dit-il d'une voix douce, mais on m'appelle Kountrass. Je vais peut-être pouvoir vous aider à retrouver le coffre qu'on vous a dérobé.

— Je prie que t'entende l'Eternel — béni soit-Il! dit Meir-Ikhiel.

Au fond de lui, il était scandalisé à l'idée qu'on pût gratter des parchemins pour faire croire qu'ils étaient neufs. Son respect de la chose écrite était tel que s'il se grattait parfois une lettre ou un mot pour corriger un texte, jamais il ne le faisait pour l'effacer, le renvoyer au néant.

— Comment feras-tu? demanda Jérémie. As-tu besoin de nous?

Josué, dit Kountrass, leva la main et cita :

— « Ne t'effraie point et ne t'épouvante point, car l'Eternel ton Dieu est avec toi dans tout ce que tu entreprendras. »

Et il ajouta en souriant :

— Josué, I, 9... Quelqu'un peut-il venir avec moi qui disposerait d'un peu d'argent?

Le genou de Meir-Ikhiel étant toujours douloureux — au point qu'il ne pouvait plus maintenant poser le pied par terre —, c'est à nouveau Abraham qui se proposa. Il prit avec lui la bourse que leur avait donnée le rabbin de Vendeuvre.

— C'est ta première visite de la ville? demanda gentiment Kountrass. Alors, ne la juge pas d'après ce que tu vas voir.

— « L'Eternel, dit le Talmud, a répandu une maladie, le Mal, mais Il a aussitôt inventé son antidote, la Loi. »

— Je crains qu'aujourd'hui nous n'ayons davantage affaire au Mal qu'à la Loi!

Ils traversèrent la porte de la Girouarde, qu'on appelait aussi porte aux Juifs, et gagnèrent parmi la foule qui commençait à s'amasser une petite place que dominait une église en bois, Saint-Arbois. Les premiers jongleurs commençaient leurs tours, les bonimenteurs se faisaient la voix. Kountrass se dirigea vers la fontaine de pierre, au centre de la place. Il s'arrêta devant un grand diable au nez rouge qui vendait des remèdes :

— Mes herbes, disait-il, je les ai cueillies moi-même entre les tours d'Abilant, à trois lieues de Jérusalem, dans le jardin où le

Juif Corbilaz forgea les trente pièces d'argent pour lesquelles Dieu fut vendu... Elles guérissent la fièvre tierce et la fièvre quarte, la gale, la gonfle et la vérole... Qui veut guérir les achète, qui veut mourir les jette!

Kountrass leva la main pour attirer l'attention du vendeur :
— As-tu encore de cette drogue contre les flux de ventre?
— C'est pour toi?
— Moi, je suis guéri, grâce à toi. C'est pour ma mère.
— A-t-elle très mal?
— Très.
— Alors ce sera un sou.
— Cinq deniers.
— Pour cinq deniers, tu n'en auras que la moitié.
— Je la prends. Paie-le, Abraham.

Kountrass qui avait parlé plus fort que nécessaire, attirant des badauds, s'approcha du vendeur, et Abraham les entendit chuchoter :
— Qu'est-ce que tu cherches, Kountrass?
— On a pris à mon ami un coffre de parchemins en hébreu. Quelqu'un va chercher à les vendre.
— Vois le jongleur aux singes.

Kountrass prit le petit pot où se trouvait la drogue. Le vendeur se redressa et donna à nouveau de la voix :
— Voilà comment je vends mes herbes et mes onguents. En prend qui veut, qui n'en veut pas les laisse!

Ils trouvèrent le jongleur aux singes derrière Notre-Dame-de-Nonnains, allongé sous une charrette, déjà ivre ou pas encore dessoûlé de la veille. Deux petits singes vêtus de rouge étaient occupés à chercher et à croquer ses poux. On eût dit qu'ils montaient la garde, piaillant et montrant les dents dès que quelqu'un approchait.

— Piaudou! appela Kountrass.

Piaudou ronflait, une longue mèche de cheveux gris poisseux en travers du front. Kountrass voulut le secouer, mais les singes se mirent à sauter sur place en criant et en crachant. Il avisa alors, à la fontaine proche, des femmes faisant la queue pour l'eau. Il alla emprunter un seau, l'emplit et en balança le contenu sur l'ivrogne et ses bêtes. Furieux, un des singes sauta sur Abraham et lui mordit cruellement la main, tandis que Piaudou se redressait péniblement sur les fesses, cherchant à comprendre ce qui lui arrivait.

Kountrass s'accroupit :
— Piaudou, c'est moi, Kountrass, écoute-moi!

L'ivrogne voulut s'allonger à nouveau en grognant. Kountrass leva la main et cita : « Lève-toi. Pourquoi restes-tu couché sur ton visage ? » Il donna les références : « Josué, VII, 10 » et, ravi, se pencha à nouveau :

— Piaudou, si tu ne m'écoutes pas, je vais chercher un autre seau.

— Pas d'eau! Pas d'eau! Du vin tant que tu veux, Kountrass, mais pas d'eau!

Il se passa lentement une main sur le visage, secoua la tête. Ses deux singes, le voyant éveillé, vinrent se blottir près de lui.

— Piaudou, je cherche des manuscrits en hébreu. Il paraît que quelqu'un en propose à Troyes en ce moment.

— En hébreu?

— Donne-lui quelques deniers, dit Josué à Abraham.

Abraham mit cinq deniers dans la main crasseuse. Piaudou se rappela soudain :

— Ah! oui, de l'hébreu! Maintenant je me souviens... Haut-le-Cœur en a à vendre...

— Haut-le-Cœur? Le Champion?

— Il sera toute la journée à la taverne des Bouchers.

Josué et Abraham laissèrent Piaudou assis dans la poussière, les yeux clignotant, les deux singes à ses côtés. A la fontaine, Abraham lava sa main où apparaissaient nettement les petites dents de l'animal. L'autre jour dévalisé, aujourd'hui mordu par un singe : l'aventure, décidément, commençait à la sortie de Narbonne!

Josué expliqua à Abraham que Haut-le-Cœur était une brute qui, dans les épreuves judiciaires qui se réglaient par des combats, se vendait au plus offrant pour le représenter. Il n'avait jamais entendu parler de lui comme voleur de parchemins ni même comme voleur, mais sans doute ceux qui les avaient attaqués dans la forêt étaient-ils étrangers à Troyes et voulaient-ils, en achetant les services de Haut-le-Cœur, s'assurer que personne ne chercherait à les gruger.

Avant de prendre la rue des Bouchers, il fut convenu que Josué entrerait le premier dans l'auberge, Abraham s'efforçant de voir s'il reconnaissait l'un de ses agresseurs. Kountrass, de son allure angélique, s'éloigna dans la ruelle où l'on abattait encore à tour de bras pour les ripailles du soir. Le sang fumant coulait dans la rigole où les chiens se battaient pour boire. L'odeur fade et écœurante, les grasses plaisanteries des bouchers, les cris d'agonie des veaux, des cochons et des moutons, le crissement des lames sur les pierres à affûter : Abraham devait faire effort pour surmonter la nausée qui l'envahissait. Comment Josué pouvait-il paraître tellement au-dessus des contingences et des souillures ?

Il le vit entrer sans se retourner dans l'auberge qui faisait le coin de la rue. Comme convenu entre eux, il lui laissa le temps de trouver Haut-le-Cœur, puis entra à son tour discrètement. La demi-obscurité poisseuse, le vacarme des voix, la puanteur du hareng et du mauvais vin lui firent l'effet d'un mur. Prenant une longue inspiration, il se glissa derrière un pilier de bois. Quand ses yeux furent habitués à la pénombre, il fit du regard le tour des tables où, dans la courte lumière des lampes à huile, il voyait des mains lancer les dés, des trognes s'empiffrer de mangeaille ou entonner des gobelets. Il distingua Kountrass attablé face à une sorte de géant blond-roux auprès de qui était assis un personnage qu'il reconnut immédiatement : la Tonsure, le moine de la forêt. Le cœur battant, il ressortit aussitôt et retourna attendre Kountrass au bas de la rue des Bouchers.

Quand celui-ci arriva, l'air dégagé, il dit seulement :

— Allons chez ton cousin Jérémie. Nous n'avons pas de temps à perdre.

La nuit tomba sur Troyes en folie. Le comte de Champagne, parcourant les grand-rues de sa bonne ville, avait fait jeter par son aumônier foison de piécettes et ordonné qu'on distribue ce qui restait du vin de l'année passée, puisque les vendanges s'annonçaient abondantes. Les occasions de boire ainsi n'étaient pas si nombreuses, et le petit peuple avait trinqué plus d'une fois à la santé du comte. Les marchands, prêts pour l'ouverture de la foire du lendemain, prenaient un peu de bon temps. Les détrousseurs et les filles follieuses étaient à cette heure-ci les seuls à travailler. Il n'y avait plus de lumières que celles des tavernes et des églises, et quelques torches que promenaient dans les rues, au risque d'incendier la ville, des silhouettes titubantes.

Kountrass, Abraham et Jacob pénétrèrent ensemble à la taverne des Bouchers. Kountrass, préférant attendre que le vin ait fait le plus de victimes possible, avait dû calmer leur impatience : la confusion, expliquait-il, serait leur alliée. Il avait une fois de plus, levant la main, cité Josué : « Et le soleil s'arrêta, et la lune suspendit sa course jusqu'à ce que la nation eût tiré vengeance de ses ennemis. »

Kountrass allait à visage découvert, mais les deux frères portaient de ces capuches – des cuculles, disait-on à Troyes – qu'on peut rabattre sur le visage. Haut-le-Cœur était là, ainsi que la Tonsure, et ils allèrent s'asseoir à leur table. Le tavernier apporta aussitôt des gobelets de bois et un broc de vin. Kountrass paraissait insensible au violent remugle de toutes ces odeurs mêlées comme aux braillements des ivrognes.

– Dieu soit avec toi, Haut-le-Cœur! dit-il aimablement.
– Avec toi aussi, Juif Kountrass!
– Je t'ai amené mes clients. As-tu le coffre?
– Tu es ici pour voler ou pour payer?
– Je ne suis qu'un intermédiaire, Haut-le-Cœur. Je dois seulement m'assurer que le coffre n'est pas vide.
– Il ne l'est pas. Et leur bourse?

Abraham tira des plis de son bliaud une grosse bougette de cuir attachée à sa ceinture, la montra un instant et la recacha. Son frère et lui n'avaient toujours pas montré leurs visages.

– Ouvre le coffre, proposa Kountrass, et ils ouvriront leur bourse.

Haut-le-Cœur se tourna à demi :
– Ho! vous autres! Apportez le coffre!

De sous la table voisine sortirent alors les trois nains de la forêt, tirant, poussant, soulevant le coffre qu'Abraham et Jacob reconnurent aussitôt. Mais alors qu'ils étaient penchés, Haut-le-Cœur, balançant soudain les deux mains, releva leurs deux capuches en même temps. La Tonsure tendit le doigt, les nains se mirent à crier. Abraham et Jacob, renversant leur banc, partirent d'un bond vers la porte, tandis qu'ici et là des hommes se levaient pour les arrêter.

Jacob, accroché par une main, y laissa une manche, mais les deux frères poussèrent la porte, tournèrent dans la rue des Bouchers et commencèrent à courir. Combien furent-ils à se précipiter derrière eux et à les poursuivre? Dix, peut-être quinze, sans compter les trois nains, sans doute toute la bande des détrousseurs, avec à leur tête l'homme au bliaud vert. Haut-le-Cœur sortit sur le seuil. Sa carrure était telle qu'il bouchait la porte, en hauteur comme en largeur. Il s'arrêta un peu plus loin, cherchant à comprendre.

Poursuivis et poursuivants, bousculant tout sur leur passage, dévalèrent vers la Seine... et tombèrent dans l'embuscade soigneusement préparée où se trouvaient au coude à coude les étudiants à la solde de Kountrass et quelques solides vignerons rameutés par le cousin de Vitry. Pour ceux des poursuivants qui ne purent s'échapper, l'affaire finit dans la Seine, bien froide en cette saison.

C'est évidemment dans Josué, VIII, 3-9, que Kountrass avait trouvé l'idée de l'embuscade : ainsi Israël, grâce à une ruse inspirée à Josué, fils de Nun, par l'Eternel – béni soit-Il ! –, avait-il pu prendre la ville d'Aï et son roi : « Il choisit trente mille vaillants hommes qu'il fit partir de nuit, et auxquels il donna cet ordre : " Ecoutez, vous vous mettrez en embuscade derrière la ville... " » Il avait simplement réduit le nombre des vaillants hommes et remplacé la ville par la halle aux grains. Tout le reste avait été soigneusement respecté. Tout juste avait-il eu l'idée supplémentaire de demander à Jacob et Abraham de se cacher le visage. Il savait bien que Haut-le-Cœur voudrait voir à qui il avait affaire, et que les deux frères auraient ainsi un prétexte pour s'enfuir et attirer toute la bande au-dehors – abandonnant le coffre sans défenseur.

Quand Abraham et Jacob rentrèrent à la boutique de Jérémie, leur père Meir-Ikhiel tenait dans ses mains le Rouleau d'Abraham. Jérémie, comme convenu, avait attendu à la porte de l'auberge. En voyant jaillir la meute aux trousses de ses cousins, il y était entré. Kountrass, plus angélique que jamais, lui avait alors désigné le coffre :

— « Partagez avec vos frères, est-il écrit dans Josué, XXII, 8, le butin de vos ennemis. » Pour toi le document qui intéresse ton cousin, et pour moi le reste. Puis chacun de nous ira son chemin, chacun dans son héritage.

Jérémie avait reconnu l'étui de cuir contenant le Rouleau d'Abraham ainsi que le livre autrefois relié par Abraham à Narbonne. Il les avait pris, laissant le coffre à ce mystérieux Kountrass.

Comme Jérémie quittait la taverne, Haut-le-Cœur y rentrait, énorme, furieux, serrant une sorte de courte massue dans son poing monstrueux. Jérémie n'avait pas demandé son reste.

Kountrass-Josué ne revint pas cette nuit-là ni le matin. S'était-il enfui avec le coffre ?

Dans la journée, Jérémie fut convoqué au Châtelet par le maître de foire. L'homme aux yeux pâles qui ne cillaient pas se tenait à la même place, les mains croisées sur le velours vert de la table, comme s'il n'avait pas bougé depuis sa précédente visite. De sa voix lente, il demanda à Jérémie s'il avait entendu parler d'une rixe ayant opposé dans la nuit une bande de brigands de la forêt à un groupe de Juifs... Trois nains avaient été noyés, dit-il, et on avait trouvé rue des Bouchers un Juif au crâne fracassé, un voleur et faussaire notoire, un certain Kountrass qui se faisait appeler Josué, à moins que ce ne fût l'inverse.

Jérémie pâlit et répondit qu'un marchand sérieux et payant patente avait autre chose à faire, une veille de foire, que traîner les lieux de débauche. D'ailleurs, ajouta-t-il, il avait encore du travail et ne pouvait s'attarder...

— Longue vie à toi! dit-il pour conclure. J'espère que personne ne viendra plus troubler la paix publique.

— Puisses-tu dire vrai! Longue vie à toi aussi!

Et comme Jérémie se tournait pour partir, la voix tranquille du maître de foire l'arrêta :

— Tu ne me parles plus des parchemins volés à tes cousins. Les auraient-ils retrouvés?

— Figure-toi que oui, grâce à l'Eternel tout-puissant! J'avais oublié de t'en avertir.

— Loué soit donc l'Eternel tout-puissant! reprit en écho le maître de foire.

Jérémie fit deux pas vers la porte, ralentit, s'arrêta, se retourna :

— Peut-être devrions-nous nous occuper d'enterrer ce Juif au crâne fracassé? Même les voleurs ont droit à une sépulture.

— Cela me paraît une excellente idée. Excellente.

Et le maître de foire décroisa ses mains. Ses yeux pâles cillèrent une fois : tout avait été dit, l'entrevue était terminée.

Salomon ben Isaac, dit Rachi, dit Shlomo Rabbénou — Salomon notre maître —, lisait le Rouleau d'Abraham en se balançant d'avant en arrière au rythme de sa lecture. C'était un homme grand, aux épaules larges, aux yeux gris dans un visage régulier dont la barbe très noire et très fournie cachait les joues jusqu'aux pommettes.

Il recevait ses visiteurs chez lui, dans une pièce aux murs de torchis blanchis à la chaux. Sur des étagères s'entassaient des parchemins et des reliures. Il était assis derrière une table constituée d'une planche de bois blanc posée sur deux tréteaux. La seule fenêtre donnait sur une vigne soigneusement sarclée dont l'automne rougissait les pampres.

Les auditeurs, parfois venus de loin, s'asseyaient comme ils pouvaient sur les coffres ou sur les deux bancs qui se trouvaient là. Les derniers arrivés restaient debout, appuyés aux murs ou se penchant par-dessus l'épaule de Rachi sur les textes qu'il lisait. On entrait et sortait sans cérémonie, et la présence de personnages importants, comme ce jour-là Rabbi Isaac Halévi, qui dirigeait alors la yeshiva de Worms, ou Zéra ben Abraham, ou Salomon ben Samson, de Vitry, n'empêchait nullement les trois petites filles du maître d'en faire à leur guise, comme si elles étaient seules avec leur père qui les excusait en souriant. Une femme entra pour poser une question de *kashrout*, le boulanger voisin, un chrétien, apporta une tarte aux pommes encore chaude que Rachi coupa et distribua.

Meir-Ikhiel, assis entre ses deux fils, avait imaginé beaucoup plus de solennité. Cette simplicité générale, ces savants vêtus comme des paysans, cet hébreu mêlé de mots francs le surprenaient au point qu'il se sentait vaguement déçu. Il se rappelait le turban de brocart bleu et les bijoux du nassi de Narbonne, et pensait avec nostalgie à la langue sonore, aux couleurs violentes des pays de soleil.

— Quel témoignage! Quel témoignage! murmurait parfois Rachi, qui s'était replongé dans la lecture du Rouleau d'Abraham.

Quand il eut fini, il reprit à haute voix la dernière inscription : « ... Et Meir-Ikhiel épousa Lia, et ils engendrèrent Sarah, Jacob et Abraham. » Il resta un moment songeur. Tout le monde regardait Meir-Ikhiel et ses fils, comme s'ils étaient les héros d'une aventure inouïe; eux-mêmes se sentaient à la fois détenteurs d'une sorte de privilège et investis d'une responsabilité sacrée.

Rabbi Salomon enfin parla :

— Dans le *Midrash Tauhuma*, Rabbi Itzhak dit : « La Tora aurait dû commencer par... *Ma ta'am?* Pourquoi? »

Dès que sa voix douce et chantante s'élevait, tout le monde se taisait.

— Savez-vous par quoi commence ce que nos amis de Narbonne appellent le Rouleau d'Abraham? Par un exode! J'ai toujours pensé comme Rabbi Itzhak que notre histoire, notre Tora, aurait dû commencer par l'Exode... C'est autour de l'Exode que tout se noue et c'est de l'Exode qu'est née notre première *mitsva*, notre alliance avec l'Eternel, béni soit Son nom!

De sa rude main de vigneron, il caressa le papyrus qu'avait jadis choisi avec tant de soin Abraham le scribe. Il tourna son regard vers Meir-Ikhiel et ses deux fils :

— Qu'en dites-vous?

Meir-Ikhiel était intimidé, et c'est Jacob qui répondit :

— Pourquoi, demanda-t-il à son tour, le *Houmash* commence-t-il par la Création?

— Ton fils, Meir-Ikhiel ben Bonjusef, a posé une excellente question. *Ma ta'am?* En effet, pourquoi la Tora commence-t-elle par révéler ce qui a été créé le premier jour, le deuxième jour, le troisième jour ou le sixième jour? C'est à cause des peuples, les *goïm*, afin qu'ils ne puissent pas faire de reproches à Israël, et qu'ils comprennent que, si l'histoire parle d'Israël, d'un peuple, elle vaut en réalité pour le monde entier, le monde créé par le Saint – béni soit-Il! – et selon Sa volonté.

A ce moment, la porte s'ouvrit avec fracas, tandis qu'une voix tonnait :

– Levez-vous, Juifs! Je vous apporte la nouvelle, la bonne nouvelle! Le Messie est arrivé!

– C'est Mardochée, ne vous inquiétez pas, disaient ceux qui connaissaient le pauvre fou à ceux qui ne le connaissaient pas encore et avaient sursauté.

– Que la paix soit avec toi! dit Rabbi Salomon.

Mardochée allait avec une béquille car il lui manquait un pied : des brigands l'avaient torturé pour lui faire avouer où se trouvait son magot. Il n'avait pas parlé. Et pour cause : on l'avait confondu avec un riche marchand. Il n'avait pas parlé, mais, ne pouvant dire ce qu'il ne savait pas, il en était devenu fou, et il avait fallu l'amputer de son pied brûlé et broyé. Depuis, il cherchait le Messie.

– Le Messie est arrivé! répéta Mardochée. Juifs, levez-vous! J'ai rencontré le Messie!

Lui-même s'assit, ou plutôt se laissa glisser le long du mur près de la porte.

– L'as-tu vraiment rencontré? demanda doucement Rachi.

– Non, je ne l'ai pas encore trouvé, Salomon notre maître, mais je le trouverai.

Rabbi Salomon l'observa un moment puis hocha la tête :

– Il trouvera, murmura-t-il, il trouvera.

Il ne précisa pas et se tourna à nouveau vers Jacob.

– Jacob ben Meir-Ikhiel a-t-il d'autres questions?

L'arrivée à Troyes de Meir-Ikhiel fils de Bonjusef me renvoie à la discussion que j'avais eue à Jérusalem chez le Pr Dov Sadan alors que je cherchais l'origine de mon nom, Alter ou Halter.

– Halter, disait-il avec enthousiasme, voilà un nom, un vrai nom! Mais en vérité, l'usage des patronymes n'est pas très ancien chez les Juifs, et c'est par les prénoms qu'on reconstitue les généalogies. Quel est votre prénom?

– Marek.

– Oui, je sais. Mais en hébreu?

– Meir-Ikhiel, comme mon arrière-grand-père.

Dov Sadan sauta de son tabouret :

– Voilà un élément important. Cherchons les Halter et cherchons les Meir-Ikhiel. Le hasard nous mettra peut-être sur la piste.

– Encore du café? nous proposa sa femme.

– Volontiers, dis-je.

Je ne me rappelle plus comment, mais la conversation glissa sur Kafka, que le professeur détestait et qu'il trouvait dangereux :

– Il est en partie responsable de notre passivité devant la montée du nazisme, expliqua-t-il, parce qu'il nous a habitués à l'idée que l'homme peut se métamorphoser en bête. D'ailleurs, Kafka lui-même était conscient du danger que représentait son œuvre. N'oubliez pas que, sur son lit de mort, il a demandé à Max Brod de brûler tous ses manuscrits!

– Et Max Brod ne l'a pas fait...

– En effet, et c'est dommage!

– Cher professeur, dis-je, vous vous souvenez bien entendu

que dans La Métamorphose, *la bête n'est pas cette bête bourreau dont nous parlons aujourd'hui : c'est au contraire un être étrange qui, parce que différent, devient une victime; victime du monde, de la société, de sa propre famille. Ou si vous voulez dire que l'habitude de voir les hommes se transformer en bourreaux émousse nos capacités de résistance, c'est alors l'Europe tout entière qui s'est affaissée devant le nazisme. Et puis enfin, comme vous, professeur, je crois au pouvoir du verbe, mais faut-il investir de tant de pouvoir un écrivain admirable, certes, mais dont les œuvres étaient presque inconnues avant la guerre?*

Dov Sadan n'écoutait pas. Il arpentait la pièce à pas nerveux, avalant son café sans s'asseoir, fouillant ses poches, prenant un cendrier ici pour le poser là. Cela ne l'empêchait pas de poursuivre son idée.

— Un jour, dit-il, Martin Bubber, passant par Prague, alla voir Max Brod. Celui-ci, à son habitude, parla de Kafka et proposa de lui lire un passage d'un de ses manuscrits. Mais, dès qu'il trouva la page qu'il cherchait, l'obscurité envahit la pièce : une panne d'électricité. Et non seulement la pièce, mais tout l'appartement, et même toute la ville de Prague. Exactement comme si Dieu n'avait pas voulu que ce manuscrit voie le jour!

— Une belle histoire! dis-je.

— Belle et vraie! ajoute Dov Sadan.

— Ne suffit-il pas qu'elle soit belle?

— Elle est trop belle pour avoir été inventée. Mais pardonnez-moi, nous oublions vos aïeux... Savez-vous si des Halter ont été écrivains? Après tout, éditeurs, imprimeurs, écrivains sont de la même famille, et ils ont besoin les uns des autres! J'ai quelque part une bibliographie de tous les auteurs hébraïques jusqu'au début du siècle.

Il s'esclaffa, comme à une bonne plaisanterie :

— J'ai légué toutes mes archives à l'université de Jérusalem. Mais ils ne les prendront qu'à ma mort! Attendez-moi.

Il disparut. Sa femme me fit la conversation, parla du désordre de son mari, répéta qu'elle avait entendu dire le jour même par quelqu'un qui l'avait entendu à la télévision qu'il ne faudrait pas s'étonner s'il neigeait cet hiver à Jérusalem, puis me proposa à nouveau du café et sortit le préparer au moment même où Dov revenait avec une pile de livres cartonnés qu'il posa sur la table. Il avait l'air de quelqu'un qui vient de gagner à la loterie :

— Les voilà!

Il prit un gros volume et commença à le feuilleter :

— Halter, répétait-il, Halter, Halter... Ah!

A ce moment précis, nous fûmes plongés dans l'obscurité.

— Dov! appela sa femme depuis la cuisine.

— Allume une bougie, Hannalé!

Une lueur jaune apparut dans l'embrasure de la porte, éclairant du dessous le visage de Hannah Sadan :

— Excusez-moi, dit-elle. Je voulais brancher le koumkoum pour le café, et puis...

Le koumkoum khasmali est une bouilloire électrique qu'on trouve sur toutes les tables israéliennes.

— Les plombs ont sauté, estima Dov.

Il fouilla dans un tiroir, me tendit une plaquette de fusibles :

— Vous qui êtes grand, dit-il...

Quand la lumière fut revenue, je ne pus m'empêcher de dire :

— Quand même, quelle coïncidence!

Dov était déjà plongé dans la liste alphabétique. Je le rejoignis. Mon regard accrocha un Halter et je fus pris d'une sorte d'angoisse : j'avais l'impression de recevoir un message du fond des âges, avec ce Halter dont je ne soupçonnais même pas l'existence et dont la notice m'apprenait qu'il se prénommait Moshé, qu'il vivait à Piotrkow, en Pologne, et qu'il avait écrit plusieurs ouvrages.

— Maintenant, dit Dov, il nous faut découvrir ailleurs les titres et la description de ses œuvres.

J'eus le temps de boire un mitz tapouzim, un jus d'orange, tandis que Dov cherchait l'ouvrage en question. Hannah n'osait plus parler de café.

Quand Dov revint, il avait déjà trouvé la bonne page : Moshé Halter était l'auteur de commentaires du Talmud et d'une oraison funèbre prononcée en mémoire de Rabbi Meir-Ikhiel d'Ostrowiec, Lifszic de son nom.

Dov Sadan exultait. Ce Meir-Ikhiel était vénéré comme un saint par ses hassidim, *ses dévots. Considérant que les hommes ne pouvaient vivre sans pécher, il jeûna pendant vingt ans afin que Dieu lui accorde de ne commettre chaque jour qu'un péché véniel plutôt que de se rendre coupable un jour d'un péché mortel. Durant toutes ces années, il ne prit pour toute nourriture qu'un peu de café et un sucre tous les matins.*

Rabbi Meir-Ikhiel d'Ostrowiec était parent d'un autre rabbin qui, disait-on, avait franchi un degré supérieur vers Dieu. Il se prénommait lui aussi Meir-Ikhiel, son nom était Halévi. Il n'avait jeûné que douze ans avant de rendre l'âme, mais, convaincu que le jeûne sans tentation n'était pas digne d'accompagner une prière au Tout-Puissant, il payait chaque jour un jeune homme pour qu'il mange à sa table. Il le servait lui-même : « Mange, mange, répétait-il, mange afin que je puisse jeûner et prendre sur moi tous les péchés de mon peuple ! Qu'il vive en paix ! »

Dov Sadan se frottait les mains :

— Un Halter et deux Meir-Ikhiel de gros calibre le même jour, dit-il, n'est-ce pas fantastique ? Il nous reste à retrouver les ouvrages de ce Moshé Halter.

— Dov, intervint fermement Hannah, il est tard. Tu sais que le médecin a dit...

Cette fois-là, je quittai Jérusalem sans revoir Dov Sadan. A mon voyage suivant, j'appris qu'il était parti enseigner aux États-Unis. Je ne l'ai pas revu depuis, mais je pense à lui chaque fois que je rencontre un Meir-Ikhiel dans mon histoire ou qu'une panne de courant me plonge dans l'obscurité. Le plus drôle, c'est que Meir en hébreu veut dire « de la lumière ».

Le premier Meir-Ikhiel de mon histoire, fils de Bonjusef et scribe narbonnais, décida finalement de rester à Troyes. D'abord parce que sa blessure au genou lui interdit longtemps de marcher, ensuite parce qu'il se prit peu à peu d'admiration pour l'immense sagesse de Rachi, ce rabbin paysan qui ne sacrifiait pas à la parade, et qu'il espérait devenir son scribe attitré.

Le cousin Jérémie lui trouva à louer une maison qui appartenait à l'abbaye Saint-Loup, rue des Juifs, à l'ombre du château. La communauté l'aida à s'installer et un oncle de Jérémie — un autre descendant de Samuel le meunier —, banquier à Metz, lui ouvrit un crédit jusqu'à ce que ses fils et lui se soient procuré du travail.

Mais rien à Troyes ne se passait comme prévu. C'est finalement à Jacob que Rachi choisit de confier cet emploi que convoitait son père. Meir-Ikhiel, pour sa part, installa chez lui, à la demande de la communauté — mais non sans quelque amertume —, un Talmud-Tora pour les petits. Quant à Abraham, il dut renoncer à la reliure, car les guildes, qui se constituaient alors, étaient placées sous l'invocation d'un saint patron, ce qui excluait les Juifs des métiers artisanaux. Le banquier de Metz lui proposa de venir travailler avec lui, mais il préféra, pour rester auprès de Rachi, aider Jérémie à son commerce de vins et de fruits.

Abraham était amoureux de la belle Hava, fille de Zéra ben Abraham, mais tout le monde pensait que Zéra et sa fille aimaient mieux le glorieux Jacob, devenu un personnage important de l'entourage de Rachi. Cette fois encore, il y eut contrordre du destin. Ansaldo, le drapier de Gênes, vint à son habitude pour la foire d'automne, mais en compagnie de sa fille cette fois, la bouleversante Myriam. Il disait qu'il voulait lui faire voir le monde, mais on ne douta pas de ses arrière-pensées quand il repartit en emmenant Jacob dans les bagages de la belle Myriam : ainsi Ansaldo ajoutait-il à l'éclat de sa fortune le prestige de l'un des plus proches disciples de Rabbi Salomon ben Isaac de Troyes.

Jacob parti, Rachi s'aperçut qu'Abraham, pour être plus humble que son frère, n'en était pas moins savant, et il lui donna le titre de cara, lecteur, à la yeshiva, charge qu'il partageait avec son ami Joseph bar Siméon. A l'époque des vendanges, il aidait Salomon notre maître et participait avec la même foi au foulage, au débourbage, au sucrage des moûts et à la mise en fûts.

C'est alors que le vieux Zéra vint lui parler mariage — n'est-il pas écrit que l'homme sans femme est privé de bonheur, de joie et de bénédiction? Abraham épousa donc cette Hava qu'il pensait dévolue à son frère, après avoir hérité sa place auprès de Rachi.

Jours heureux à Troyes. Mais ceci se passe en 1072. Dans moins de vingt-cinq ans, le pape Urbain viendra à Clermont prêcher ce qu'on appellera plus tard la première croisade et qui donna lieu à ce qui fut aussi le premier grand massacre des Juifs par les chrétiens d'Occident. L'histoire ne s'arrête-t-elle donc jamais?

P. S. *Le Rouleau d'Abraham est toujours en la possession de Meir-Ikhiel. Selon l'usage établi, il l'a en charge jusqu'à sa mort. Il le transmettra alors à Abraham, puisque Jacob, en suivant la belle Myriam, y a du même coup renoncé.*

Je continue à ne pas comprendre pourquoi on n'a pas encore établi plusieurs copies du Rouleau d'Abraham, malgré le vol et la difficile récupération du manuscrit. Mes ancêtres de Troyes devaient pourtant connaître le proverbe champenois : « *Les tuiles qui protègent de la pluie ont été faites par beau temps.* »

XVIII

Troyes
J'AI VU PIERRE L'ERMITE

Abraham, vieilli, maigri à force de jeûnes, voûté à force de copies, le teint gris à force de veilles, mit à profit une absence de Salomon notre maître pour écrire à son frère Jacob, qu'il n'avait pas vu depuis que celui-ci était parti pour Gênes, vingt-cinq ans plus tôt.

« Mon cher frère, que Dieu te protège! Depuis que ton beau-père Ansaldo est trop âgé pour venir aux foires de Troyes, nous n'avons plus de tes nouvelles, mais j'espère de tout mon cœur que cette lettre te trouvera en bonne santé, toi et les tiens. Hier était le jour anniversaire de la mort de notre père, et nous avons allumé une *ner-tamid*, une flamme souvenir. Les jumeaux Meir et Ezra ont maintenant plus de vingt ans, et ils ont promis de se marier en même temps. Mais qui peut encore parler de joie? Tu te doutes bien que l'objet de cette lettre n'est pas le bavardage. Dans la précédente, je t'annonçais en pleurant la mort de notre père. Cette fois, je n'ai plus assez de larmes. " La joie, comme le disait le prophète Jérémie, a disparu de nos cœurs, le deuil a remplacé nos danses, malheur à nous! "

« Tu sais sans doute qu'à l'entrée de l'hiver, le pape de Rome est venu appeler les chrétiens à partir pour Jérusalem délivrer ce qu'ils nomment leurs Lieux saints. Tu sais aussi à quel point son appel a été entendu. Dès que nous avons compris que des foules allaient se mettre en mouvement, nous avons craint pour nos vies. Nous avons envoyé trois de nos sages rencontrer le pape à Limoges, où il célébrait la fête que les chrétiens appellent Noël. Il les a reçus comme on doit recevoir des sages et les a rassurés : son appel ne s'adressait qu'aux seigneurs et aux chevaliers, dont les armées étaient disciplinées, et nous n'avions pas de raisons de nous alarmer. Son légat, l'évêque du Puy, nous pria même de contribuer au ravitaillement de ces armées quand elles traverseraient des villes où nos communautés sont prospères. Néanmoins, nous avertîmes nos frères de la vallée du Rhin que les chrétiens allaient emprunter, en leur recommandant de jeûner, de faire pénitence et de prier pour éloigner le danger. Sais-tu, mon cher frère, ce qu'ils nous répondirent ? Que les chrétiens étaient leurs amis, que les évêques les protégeaient, qu'ils ne craignaient rien. Malheur à nous, oui vraiment, qui ne croyons jamais aux avertissements que l'Éternel – béni soit-Il! – nous envoie pourtant dans Sa miséricorde!

« Mais tandis que les seigneurs préparaient leur départ, un petit moine qu'ils appelaient Pierre l'Ermite commença à aller par les villes et les villages, en criant qu'il fallait partir, que Dieu lui avait envoyé une lettre et que Jérusalem ne pouvait plus attendre. Je l'ai vu, moi qui écris ici, je l'ai vu et entendu quand il est passé par Troyes à la tête d'une foule terrible. C'est un petit homme brun et maigre qui va pieds et bras nus en plein hiver et qui ne mange que du pain. Quand il parle, les chrétiens deviennent comme fous. Ils arrachent les poils de son crâne pour s'en faire des reliques, abandonnent leurs biens et leurs maisons, se cousent une croix de tissu rouge à l'épaule, certains même s'en font tatouer au milieu du front, et le suivent sans même savoir s'ils reviendront. Ce Pierre nous a demandé une lettre témoignant qu'il n'avait fait aucun dégât à notre cité ni aucun tort aux Juifs, et invitant les communautés d'*Ashkenazim* à les approvisionner lors de leur passage. Nous l'avons fait. Malheur à nous!

« Comment oublier que les foules en marche s'en prennent toujours aux Juifs? Cela a commencé à Rouen, en Normandie, où des Juifs ont été massacrés – Dieu les garde en Sa sainte protection. Puis le duc de Lotharingie, Godefroi de Bouillon, a demandé pourquoi il fallait combattre les infidèles d'Orient et laisser derrière soi d'autres infidèles. Les communautés de Mayence et de Worms lui ont envoyé chacune cinq cents marcs d'argent, et l'empereur a ordonné à tous ses vassaux de protéger les Juifs. Malheur à nous qui croyons à ces promesses!

« Pierre l'Ermite et sa multitude sont partis au printemps, alors que le pape avait fixé le départ au milieu de l'été. Des moines fous et des brigands se sont dits envoyés de Dieu ou du pape et l'ont imité. Derrière chacun d'eux allaient des foules prêtes à tuer. A Metz, une de ces bandes a obligé les Juifs à abandonner la foi de nos pères. Ceux qui n'acceptaient pas leur baptême furent tués, ainsi Rabbi Samuel, le trésorier de la communauté, et vingt et un autres hommes avec lui. Notre cousin Abel, le fils de Nephtali le banquier – tu te souviens peut-être qu'il m'avait proposé de travailler avec lui quand nous sommes arrivés à Troyes –, a été souillé par les eaux impures des chrétiens, mais Rachi a déclaré nulles ces conversions forcées, et l'empereur aussi. Malheur à nous qu'on oblige à renier nos pères!

« Ce qui s'est passé après, tu le sauras, mon cher frère. Nous avons reçu ici des récits de Worms et de Mayence et de Darmstadt. Nous les avons lus en pleurant et en gémissant, et c'est en pleurant et en gémissant que je les copie pour les envoyer à ceux que le malheur a épargnés, afin qu'ils sachent et qu'ils n'oublient pas. Prie et jeûne, mon cher frère. Malheur à nous qui vivons en exil et qui n'avons pas fini d'expier les péchés d'Israël!

« Voici donc les chroniques de Salomon bar Siméon, d'Éliézer bar Nathan et d'un scribe de Darmstadt qui n'a pas laissé son nom. Enferme-toi, mon chère frère, et pleure sur Israël! »

. . . .

Ce que nous allons raconter ici à la mémoire de ceux qui se sont fait massacrer au nom de l'Unique est survenu en l'année 4856*, donc dans la 1 028ᵉ de notre exil, dans la onzième année du 256ᵉ cycle lunaire, au cours duquel nous attendions le Messie, comme l'avait annoncé Jérémie. Mais la joie de l'attente s'est transformée en douleur et en gémissements.

Le pape de l'infâme Rome ayant lancé un appel pour partir à Jérusalem, il s'est levé une horde farouche et soudaine de Français et d'Allemands volontaires pour partir à Jérusalem, au sépulcre du bâtard pendu. Ils ont fixé à leurs vêtements un signe abject, une croix. Satan est venu se mélanger à eux, qui étaient plus nombreux que les grains de sable sur le rivage ou que les sauterelles à la surface de la terre. Leur voix était celle de la tempête ou de l'orage. Ils accusaient les Juifs d'avoir crucifié le Christ et se concertaient haineusement : « Pourquoi, disaient-ils, tolérer ces incroyants-ci avant d'aller combattre les autres? Vengeons-nous d'abord sur eux, et exterminons-les s'ils refusent de se convertir. »

Les égarés arrivaient, horde après horde. Ils lancèrent un appel ; celui qui tuerait un Juif se verrait remettre tous ses péchés. Un comte nommé Dithmar jurait qu'il ne quitterait pas le pays sans avoir tué au moins un Juif. Quelques-uns des princes du pays prenaient leur parti.

Alors les nôtres ont fait ce qu'avaient fait nos pères. Ils se sont repentis, ils ont prié, ils ont fait la charité ; cachés au fond des

* 1096.

pièces les plus secrètes de leurs demeures, ils se sont purifiés par le jeûne trois jours de suite, jusqu'à ce que la peau leur colle aux os et qu'ils soient desséchés comme du bois. Mais le Père s'est caché dans les nuées, ne les a pas écoutés et les a éloignés de Sa vue. Le châtiment était annoncé depuis longtemps.

Worms, dixième jour de *Iyar* *.

Les ennemis ont déterré un cadavre enseveli depuis trente jours et l'ont promené dans la ville en le montrant à la foule : « Voyez, criaient-ils, voyez ce que les Juifs ont fait à notre voisin ! Ils ont fait bouillir ce chrétien dans l'eau, et ils ont versé cette eau dans notre puits pour nous empoisonner ! »

Les égarés et la foule devenaient fous : « Voici venue, disaient-ils, l'heure de nous venger de la mort du Christ que leurs pères ont crucifié. Cette fois, personne ne doit en réchapper ! »

La communauté de Worms se divisa alors en deux, les uns restant chez eux, persuadés qu'en cas de danger les bourgeois de la ville leur prêteraient main-forte, les autres moins confiants se réfugiant dans le palais de l'évêque Adalbert.

Le vingt-troisième jour de Iyar **, les loups des steppes ont exterminé, jusqu'aux vieillards et aux enfants, ceux qui étaient restés dans leurs maisons. Ils ont pris les rouleaux de la Tora et les ont foulés aux pieds. Après avoir tué, ils ont pillé.

Les gens de la ville, à qui ces premiers morts avaient laissé leurs biens, leur avaient promis leur protection mais les ont trahis. Certains ont préféré se convertir afin de pouvoir enterrer leurs frères et libérer les enfants que les égarés avaient enlevés pour les élever dans leur religion.

Les porte-croix avaient entièrement dévêtu leurs premières victimes. Alors les Juifs réfugiés dans le palais ont donné des vêtements aux rescapés pour qu'ils recouvrent les morts et ont consolé ceux qui s'étaient convertis.

Le jour de la nouvelle lune de *Sivan* *** les égarés ayant attaqué le palais, ceux qui s'y étaient réfugiés ont tendu le cou vers les armes des assaillants, ou se sont suicidés, ou entre-tués. Ils abattaient l'un son frère, l'autre ses parents, sa femme ou ses enfants, le fiancé sa fiancée, le jeune marié sa jeune épouse, la femme tendre son amoureux. Tous acceptaient le malheur et mouraient en criant : « L'Éternel est notre Dieu, l'Éternel est unique ! »

Meshulam bar Isaac, un homme jeune, s'adressa aux autres, devant sa femme Zipora :

— Écoutez-moi, grands et petits, ce fils, Dieu me l'a donné, ma femme Zipora l'a enfanté et il s'est appelé Isaac. Je vais le sacrifier comme jadis Abraham son fils Isaac.

Zipora s'est interposée :

— Mon seigneur, mon seigneur, ne frappe pas mon fils ! Tue-moi d'abord, que je ne voie pas mourir mon enfant.

* Lundi 5 mai.
** Dimanche 18 mai.
*** Dimanche 25 mai.

Mais Meshulam est resté inflexible :

— Que Celui qui me l'a donné le reprenne ! a-t-il dit.

Il a saisi un couteau, a dit sur ce couteau la bénédiction. Son fils a répondu « Amen », et il l'a tué. Sa femme hurlait. Alors il l'a prise par la main et ils ont quitté la pièce. Dehors, les égarés se sont saisis d'eux et les ont massacrés.

Il y avait aussi un jeune homme, un nommé Isaac, fils de Daniel. Comme il refusait de se laisser convertir, ils lui ont passé une corde au cou et l'ont traîné dans la boue des rues jusqu'à l'église.

— Tu peux encore être sauvé ; veux-tu changer de foi ?

Mais lui, à demi étranglé, incapable de parler, a demandé du geste qu'on lui tranche la gorge. Ils lui ont coupé le cou.

Il y avait aussi Simha le rabbin, fils du savant Isaac. Ils voulaient le contraindre à se laisser souiller de leur eau pourrie :

— Regarde, tous les tiens sont là, morts et nus. Accepte le baptême, et tu seras sauvé.

— Je ferai ce que vous voulez, répondit Simha, mais menez-moi d'abord auprès de l'évêque.

On l'entraîna au palais, où, devant un neveu de l'évêque et quelques notables, on lui fit un sermon. Alors il sortit un couteau et, comme un lion qui bondit sur sa proie, poignarda le neveu de l'évêque et deux autres encore avant que la lame ne se brise dans sa main. Le voyant désarmé, les notables se jetèrent sur lui et le mirent à mort.

D'autres se laissaient tuer sans se défendre, disant que c'était la fatalité du Seigneur. Ainsi cette femme, Minna, respectée dans toute la ville et qui fréquentait les puissants. Elle s'était réfugiée dans une cave. Les gens de la ville qui la découvrirent tentèrent de la convaincre :

— Tu es une femme sensée ; reconnais donc que votre Dieu ne peut pas vous sauver... Ceux qui ont été tués, vois-les, gisants et nus, personne ne les enterre... Laisse-toi baptiser.

— Loin de moi, répondait-elle, de renier le Dieu unique. Pour l'amour de Lui et de Sa sainte Tora, n'attendez plus et tuez-moi.

Alors ils la tuèrent.

En deux jours, près de huit cents Juifs furent mis à mort et enterrés nus. Il n'y en eut que très peu à accepter le baptême.

Les autres communautés d'Allemagne apprirent aussitôt les massacres de Worms. Leur main se ramollit et leur cœur tourna en eau.

Le même jour, le premier jour de Sivan *, les bandes du comte Emich — que ses os soient broyés par des meules de fer ! — arrivèrent dans la bonne ville de Mayence. Quelques chrétiens voulaient protéger les Juifs, mais ils furent tués par les bandits.

Le comte Emich avait inventé qu'un envoyé du pendu était venu à lui et l'avait marqué d'un signe dans sa chair pour lui montrer son élection. Il était l'ennemi de tous les Juifs, n'épargnait ni nourrisson ni malade et éventrait les femmes enceintes.

Tandis que ses troupes entraient en ville, les Juifs apprirent que

* Dimanche 25 mai.

l'évêque Ruthard s'apprêtait à partir en voyage. Ceux qui lui avaient fait remettre de l'argent le supplièrent de rester. Il réunit alors la communauté à l'évêché, où le burgrave et lui s'engagèrent formellement :

— Nous vous sauverons ou nous mourrons avec vous.

La communauté décida alors de faire porter à Emich de l'argent — sept livres d'or — et des lettres recommandant aux autres communautés du chemin de bien l'accueillir. Mais cela ne servit à rien, et nous fûmes moins respectés que Sodome et Gomorrhe.

Mayence, troisième jour de Sivan *, jour de ténèbres.

Les Juifs étaient réunis au palais de l'évêque quand le courroux de l'Éternel s'enflamma contre son peuple. Vers midi, l'infâme Emich — que ses os soient moulus — se présenta avec son armée devant la porte de la ville, qui lui fut ouverte aussitôt.

— Voyez, disaient les égarés, la porte s'est ouverte d'elle-même. C'est signe que le Crucifié veut que nous vengions son sang sur les Juifs.

Bannières en tête, ils s'avancèrent vers le palais de l'évêque et, à cause de nos péchés, purent y pénétrer. Menahem, le fils du rabbin David le lévite, réconfortait les Juifs qui s'apprêtaient à combattre :

— Honorez le grand Dieu et son nom terrible de tout votre cœur !

Le rabbin Kalonymos bar Meshulam était à la tête de ceux qui combattaient. Les gens de l'évêque s'enfuirent les premiers et les abandonnèrent à la main de l'ennemi. L'évêque lui-même s'enfuit. Mais le rabbin Kalonymos et cinquante-trois des siens purent s'échapper.

Comme les ennemis surgissaient dans la cour, ils y trouvèrent le rabbin Isaac bar Moshé. Il tendit la nuque, et ils lui tranchèrent la tête.

Malheur à ce jour où nos âmes furent pénétrées par l'angoisse.

— Dépêchons-nous, criaient les Juifs qui se trouvaient à l'intérieur du palais, sacrifions-nous nous-mêmes à l'Éternel. Que tous ceux qui possèdent un glaive de sacrifice vérifient qu'il n'est pas ébréché **. Qu'ils nous sacrifient et se sacrifient ensuite.

Les Juifs qui étaient dans la cour avaient revêtu leurs châles de prière et enroulé leurs phylactères. Aller se réfugier dans le palais pour vivre une heure de plus ne les intéressait pas. Ils s'assirent sur le sol, prêts à subir la volonté de leur Créateur. Les porte-croix se jetèrent sur eux.

Témoins du martyre des Justes, ceux qui se trouvaient aux fenêtres du palais décidèrent de se tuer entre eux. Ils se disputaient pour savoir qui mourrait le premier. Des femmes jetaient des pièces de monnaie dans la cour pour retarder les ennemis et gagner ainsi le temps de tuer elles-mêmes leurs fils et leurs filles.

Les derniers Juifs à résister jetaient des pierres aux croisés et se moquaient d'eux :

---

* Mardi 27 mai.
** Selon la loi, la moindre impureté au fil du couteau invalidait les sacrifices à l'époque du Temple de Jérusalem.

— Vous savez en quoi vous croyez? Vous croyez en un être qui se décompose, en un cadavre puant!

Rachel, fille d'Isaac bar Asher, épouse de Yehuda, une femme pieuse et juste, dit à ses amies :

— J'ai quatre enfants, et je ne veux pas que les chrétiens les prennent vivants, ne les épargnez pas.

Une de ses amies s'avança, saisit le couteau de sacrifice et s'apprêta pour commencer à tuer Isaac, le plus jeune fils de Rachel, un beau garçon. Rachel hurlait, se frappait le visage et la poitrine :

— Où est Ta pitié, Seigneur?

Elle implorait son amie :

— Par ta vie, ne tue pas Isaac devant son frère Aaron!

La femme pourtant sacrifia Isaac, et Rachel recueillit dans ses manches le sang de son fils. Aaron hurlait de terreur :

— Maman, maman, ne me tue pas!

Il s'enfuit et se glissa sous une armoire. Les deux filles de Rachel, Bella et Matrona, saisirent elles-mêmes le couteau et l'aiguisèrent, le donnèrent à leur mère et courbèrent la tête. Rachel leur trancha la gorge, puis elle chercha son dernier enfant :

— Aaron, où te caches-tu? Je ne peux pas t'épargner ni avoir pitié de toi.

Elle le découvrit, le tira par un pied de dessous l'armoire et le sacrifia à son tour. Puis elle s'allongea sur le sol et étendit près d'elle ses enfants qui tressaillaient encore. Quand les croisés entrèrent dans la pièce, ils crurent que c'était un trésor qu'elle dissimulait sous ses longues manches :

— Montre-nous cet argent que tu caches!

Elle montra les enfants, et ils la tuèrent. Le père découvrit alors, lui aussi, le spectacle de ses enfants morts. Il se jeta le ventre sur son couteau.

Les ennemis assiégeaient également la cour du burgrave, où d'autres Juifs s'étaient réfugiés. Là encore, ils massacrèrent tout le monde. Moshé bar Chelbo, qui avait deux fils, leur demanda :

— Mes fils, à cette heure l'enfer comme le paradis vous sont ouverts. Où voulez-vous aller?

— Au paradis.

Ils tendirent le cou et furent tués tous trois.

Les égarés mirent en pièces un rouleau de la Tora. Des femmes saintes et pures, témoins du sacrilège, poussèrent des cris pour alerter les hommes. David, fils du rabbin Menahem, leur dit :

— Frères, déchirez vos vêtements en l'honneur de la Tora!

Ce qu'ils firent aussitôt. A ce moment, un marqué de la croix ayant pénétré dans la salle, ils se levèrent tous, hommes et femmes, et le lapidèrent à mort. Les assiégeants escaladèrent alors le toit et l'arrachèrent.

Il y avait là Jacob bar Sulam, qui était d'une famille modeste et fils d'une non-Juive. Il s'adressa à tous :

— Vous ne m'avez pas beaucoup estimé jusqu'ici. Eh bien! regardez ce que je vais faire.

Il prit un couteau, le plaqua sur son cou et s'égorgea lui-même devant tous au nom de l'Éternel.

Un autre, le vieux Samuel bar Mordekhaï, s'écria à son tour :

— Regardez, mes frères, ce que je fais aujourd'hui pour la sanctification de l'Eternel.

Et il s'ouvrit le ventre avec son couteau, de sorte que ses intestins tombèrent à terre. Le vieillard s'écroula et mourut pour l'unicité de Dieu.

Ailleurs, les égarés et les gens de la ville s'arrêtèrent devant la cour d'une ferme qui appartenait à un curé, et où s'était réfugié un financier, Mar David bar Nathanaël, avec sa femme, ses enfants et ses domestiques.

— Tu peux sauver ta famille et ta fortune, lui dit le curé, tu n'as qu'à te convertir.

— Eh bien, va chercher les porte-croix qui sont là, dis-leur de venir.

Persuadé de l'avoir convaincu, le curé avertit le peuple qui se réjouit et s'approcha pour l'entendre.

— C'est vous les infidèles ! leur cria-t-il alors de la fenêtre. Vous croyez en un Dieu de nullité, tandis que moi, je crois au Dieu tout-puissant, Celui qui habite la voûte céleste. Je me suis fié à Lui jusqu'à ce jour et je continuerai jusqu'au départ de mon âme... Je sais avec certitude que, si vous me tuez, mon âme reposera au paradis dans la lumière de la vie. Tandis que vous, vous descendrez pour votre honte éternelle dans l'abime de la déchéance et de la pourriture, avec votre Dieu qui n'est qu'un fils de prostituée !

Les croisés escaladèrent aussitôt la maison et le tuèrent, ainsi que sa femme, sa fille, son gendre, sa servante et ses gens, au nom du pendu. Leurs corps furent jetés par les fenêtres.

Dans une autre maison, ils voulurent forcer Samuel bar Naeman et les siens à se laisser souiller avec leur eau puante. Devant leur refus, ils les massacrèrent et les piétinèrent.

Après les massacres, les non-circoncis ont déshabillé les Juifs et les ont jetés par les fenêtres, même ceux dont l'esprit était encore lié au corps. Aux agonisants qui demandaient à boire, ils offraient de les soigner et de les sauver s'ils changeaient de Dieu. Mais es mourants secouaient la tête ou refusaient d'un signe de la main. On les achevait alors.

Il y eut ainsi onze cents sacrifices en un seul jour *, des grands savants, des exégètes de la Tora, des hommes craignant Dieu, des hommes de foi.

Les gens de la ville les ont enterrés, nus et entassés les uns sur les autres, mais enfin ils les ont enterrés. Ils ont creusé neuf fosses et ont couché ensemble les hommes et les femmes, les pères et les fils, les maîtresses et les servantes.

Pourquoi le ciel ne s'est-il pas obscurci? Pourquoi les étoiles n'ont-elles pas perdu leur splendeur? Pourquoi le soleil et la lune ne se sont-ils pas cachés quand tant de saints périrent? Tous ceux qui ont accepté la mort par amour et fidélité, que leurs mérites témoignent pour nous auprès de l'Être sublime, qu'ils nous sauvent du bannissement et reconstruisent les murs de Jérusalem, qu'ils réunissent les fils de Juda et d'Israël dispersés par le monde.

....

* Mardi 27 mai.

« Tu as lu, mon cher frère Jacob, maintenant tu sais. Copie à ton tour, que d'autres sachent, que personne n'oublie! Car, comme Rabbi Akiba ou notre ancêtre Nomos le rouge, les martyrs de Worms et de Mayence ont refusé la compromission et fait don de leurs vies pour sanctifier le Nom. Je crois, mon frère, que cette antique forme de résistance laissera son empreinte sur les générations à venir. Dieu fasse que de telles épreuves leur soient épargnées!

« Je me suis demandé en lisant ces témoignages terribles comment je me serais conduit moi-même en de semblables circonstances et je n'ai pas trouvé de réponse. Aurais-je pu sacrifier ma femme et mes fils? Mais peut-on prévoir de combien de force le Maître de l'univers nous parera à l'heure de son choix?

« L'aube est proche, mes doigts sont raides, mes yeux pleurent. J'entends du bruit dans la chambre : mes fils se lèvent, car la vie continue. Aujourd'hui, nous retournons travailler dans les vignes de Salomon notre maître. Nous y puisons un réconfort difficile à expliquer. Hier, alors que nous étions occupés à sarcler la terre autour des ceps, Rachi nous a rappelé la lamentation de Jérémie : " Toi, Éternel, Tu règnes à jamais, Ton trône subsiste de génération en génération. Pourquoi nous oublierais-Tu pour toujours, nous abandonnerais-Tu pour de longues années? Fais-nous revenir vers Toi, ô Éternel, et nous reviendrons! Donne-nous encore des jours comme ceux d'autrefois! "

« Je prie que toi et moi, mon cher frère, connaissions encore des jours comme ceux d'autrefois. Embrasse ceux de ta famille pour ton frère Abraham, scribe à Troyes. »

XIX

Troyes
LE JUGEMENT D'ABRAHAM

A Troyes, décidément, rien ne se passait comme prévu. Abraham avait pu craindre de voir le pays mis à feu et à sang comme dans la vallée du Rhin, mais avec les armées parties vers le lointain Orient disparurent aussi les étripeurs et les crève-la-faim, bardés de croix et criant « Dieu le veut! » Si bien qu'on connut alors quelques années de calme et de prospérité.

Les quatre coups frappés le matin aux portes des maisons juives par le *campanator* – ainsi appelait-on à Troyes le shamash chargé de rappeler l'heure de la prière – n'annonçaient plus seulement des jours d'angoisse et de terreur. L'affliction mortelle qui avait été celle des Juifs de Tzarfat fit peu à peu place aux soucis, aux discussions et aux travaux quotidiens.

Comme ils avaient promis de le faire, Ezra et Meir, les jumeaux d'Abraham et Hava, se marièrent le même jour, épousant Rébecca et Judith, une brune et une blonde, cousines entre elles. Une fille naquit à Meir et un fils à Ezra, ce qui fut l'occasion de relancer le vieux débat : valait-il mieux que le premier-né fût un garçon ou une fille? On considérait souvent comme une bénédiction que le premier fruit d'une nouvelle union fût un fils, bien qu'il se trouvât plus exposé qu'une fille au mauvais œil; d'autres souhaitaient au contraire que leur naisse d'abord une fille, qui par la suite pourrait s'occuper de ses frères et sœurs. Rachi, devant qui Meir et Ezra débattaient un jour, dit de sa voix douce que, si le premier enfant est une fille, la mère sera moins enviée quand ensuite elle aura des fils – et donc moins exposée au mauvais œil.

En tout cas, comme un petit-fils, Jacob, lui était né, il monta un pichet de vin et tous ensemble, pères de garçons ou pères de filles, ils burent joyeusement, *lekhaïm*, à la vie.

L'archevêque de Reims Manassès faisait lire dans les églises les lettres que lui écrivait son ami Anselme de Ribemont, qui avait lui aussi pris la croix. On suivait ainsi l'armée des chrétiens passant Constantinople, prenant Nicée et triomphant des Turcs, assiégeant Antioche... Puis on apprit la mort d'Anselme de Ribemont lui-même, et il fallut attendre que toutes les cloches de la chrétienté battent ensemble pour savoir que l'armée à la croix avait atteint son but, Jérusalem. Les chrétiens couraient dans les rues, s'embrassaient, brûlaient des cierges dans les églises, chantaient des cantiques d'actions de grâces. Ce jour-là, Abraham vit pour la première fois Rachi manifester un mouvement d'humeur :

— Encore, dit-il, que les chrétiens répondent par une guerre sainte à la guerre sainte des musulmans, c'est leur affaire... Mais pourquoi Jérusalem? *Ma ta'am?* La terre d'Israël n'appartient-elle pas d'abord et surtout au peuple d'Israël?

Mardochée le fou se dressa, brandit sa béquille et se mit à tourner sur sa jambe unique, à tourner de plus en plus vite, les yeux révulsés, criant « Jérusalem! Jérusalem! » jusqu'à ce qu'il s'abatte soudain, épuisé, haletant :

— Maintenant, disait-il entre deux sanglots de joie... Maintenant, il faudra bien... qu'Il vienne... Il faudra bien... Maintenant...

Au fond, Abraham acceptait que les chrétiens aient pris la Ville sainte, puisque les Juifs en étaient déjà exilés et qu'après tout c'est aux musulmans qu'ils l'avaient enlevée, mais le massacre perpétré par les chevaliers de Godefroi de Bouillon n'avait pas laissé de survivants : il n'y avait plus un seul Juif à Jérusalem! Comme en contrepartie, on apprit bientôt que le pape Urbain était mort – et quelle mort! – : juste après la prise de Jérusalem, mais juste avant qu'arrivent les chevaucheurs venus lui annoncer la nouvelle. Abraham vit bien là un signe que l'Éternel envoyait aux Juifs.

Peu après commencèrent à revenir, chargés de reliques et de trophées, les guerriers victorieux, partout honorés et fêtés. Peu après aussi Hava, l'épouse d'Abraham, la compagne diligente et modeste de sa vie, disparut de la maison. Abraham et ses fils la cherchèrent toute une journée et toute une nuit. Ils la trouvèrent enfin, hagarde, sa chemise souillée de terre, errant dans le cimetière juif, au-delà de la porte de Comporté. Elle parlait aux morts. On la ramena chez elle, et alors elle se mit à sourire : elle se croyait au paradis. Elle refusa toute nourriture et mourut une semaine plus tard.

— « L'Éternel me l'avait donnée, l'Éternel me l'a reprise », dit, citant Job, Rabbi Salomon à Abraham.

Et comme si le deuil ne lui suffisait pas, on rapporta bientôt à Abraham ce que racontaient les commères, aux lavoirs ou aux fontaines : cette pauvre Hava, chuchotaient-elles, était une *strëa*, elle avait le pouvoir de faire sortir les morts de leurs tombes... Et, tant qu'à faire, d'autres ajoutèrent tenir de source tout à fait sûre que cette pauvre Hava avait essayé, juste avant de passer, d'arracher les cheveux et de sucer le sang de ses belles-filles... Si celles-ci s'étaient laissé faire, alors sûr que Hava serait encore en vie...

Que faire, mon Dieu? Prier, travailler, fermer son cœur à l'amertume et à la haine... Le Tout-Puissant n'envoie pas sans motif d'épreuves à Ses serviteurs... Les jumeaux Ezra et Meir soutinrent leur père autant qu'ils purent, mais leur jeunesse, les projets qu'ils avaient faits les entraînèrent vite à oublier, et Abraham fut bientôt seul. Sans doute son cousin Jérémie l'invitait souvent et lui proposa même de venir vivre chez lui, mais, arrivé en étranger à Troyes, il ne voulait pas en plus se sentir étranger chez Jérémie!

Il passait tous les après-midi chez Rachi, qui avait maintenant près de soixante-cinq ans et se fatiguait vite à écrire ses colonnes de commentaires en regard de la *Gemârâ;* aussi se contentait-il souvent de dicter à Abraham.

Un après-midi, Abraham le trouva couché, ce qui n'était jamais arrivé. Ses filles et ses gendres étaient près de son lit, ainsi que deux médecins en robe violette, le visage désolé sous leur capuche.

— Que Celui qui peut tout donne longue vie à Salomon notre maître! dit Abraham.

Rachi l'entendit et bougea faiblement la main :

— Que l'Éternel, béni soit-Il!, donne santé à Abraham ben Meir-Ikhiel! murmura-t-il...

Sa main, sa vieille main de vigneron crevassée par la terre de Champagne, bougea sur la couverture comme pour dire qu'il n'y avait plus grand-chose à en attendre. Puis il ouvrit les paupières et son regard gris fixa la fenêtre :

— Est-ce que le vent est du nord, Abraham? Tu noteras... Il est écrit, te rappelles-tu, qu' « il souffle chaque jour quatre vents, celui du nord les accompagnant tous; sinon le monde ne pourrait exister, fût-ce une heure »... Tu ajouteras que le vent du nord n'est ni excessivement chaud ni glacé, il tempère les autres et les rend supportables.

Il ne parla plus guère avant de mourir, quelques jours plus

tard, le vingtième du mois de Tamouz de l'an 4865 * après la création du monde par l'Éternel – béni soit-Il! Abraham ne s'étonna pas que Rachi ait ainsi parlé du vent du nord – le vent et l'esprit sont en hébreu le même mot, *rouah*... Et il fut peut-être le seul à ne pas s'étonner quand on apprit une autre mort, celle de Mardochée le fou, dont Rachi ne s'était jamais moqué. Désespéré que les Juifs ne l'écoutent pas, Mardochée était parti dans les campagnes annoncer la venue du Messie, et avait tant exaspéré les chrétiens que des laboureurs l'avaient chassé à coups de bâton. Blessé à mort, il s'était traîné sur un chemin où l'avait trouvé le paysan Moïse, fils de Benjamin. Il l'avait chargé sur son gros cheval de labour, mais Mardochée mourut avant d'arriver à Troyes. La communauté, quand même, décida de lui payer une sépulture digne d'un bon Juif et l'accompagna jusqu'à sa dernière demeure.

Abraham était bouleversé par cette succession de drames. Tant de morts autour de lui depuis son arrivée à Troyes... A commencer par Kountrass... Puis les trois nains noyés dans la Seine... son père... sa mère... Hava... Rachi... Mardochée le fou... Comme il ne voulait pas que sa tristesse pèse à ses enfants, il s'enfonçait dans une solitude dont rien ne le distrayait plus. Sa sœur était restée à Narbonne, son frère était parti à Gênes. Se sentaient-ils comme lui à ce point coupés de tout? Au fond, tant que Rachi était vivant, il n'avait pas ressenti cette angoisse de vieillir seul, étranger à tous. Comme si Rabbi Salomon avait été à la fois son maître et son pays.

Un matin, au réveil, il eut envie de retrouver Narbonne, l'odeur du port, les rues de son enfance, le jeu du soleil cru sur les pierres. Il ferma les yeux et vit les cyprès noirs entourant le mont Judaïque, où son père Meir-Ikhiel l'emmenait autrefois prier sur la tombe de ses ancêtres.

Au cours du shabbat suivant, il annonça à ses enfants qu'il allait partir pour Narbonne, ajoutant :

– Je ne sais pas si je reviendrai. Quand nous sommes arrivés à Troyes, nous ne pensions pas nous y établir. L'Éternel a décidé une fois, Il décidera bien une autre fois!

Sa seule préoccupation était le Rouleau d'Abraham. Ne voulant pas le mettre à nouveau en péril, il avait résolu de le laisser à ses fils. Mais auquel? Ils avaient le même âge, étaient scribes tous les deux, pieux tous les deux, mariés tous les deux. Mais s'ils se ressemblaient, physiquement, comme peuvent se ressembler des jumeaux – au début, leurs épouses elles-mêmes,

* 1105.

avant d'avoir appris à les distinguer l'un de l'autre, les confondaient parfois –, Meir était plus brillant, plus ambitieux, peut-être plus avide aussi; Abraham pensait Ezra plus fidèle, plus attaché aux choses simples de la vie et, à tout prendre, il se reconnaissait davantage en lui, alors que Meir lui rappelait l'enfant qu'avait été Jacob et à qui tout réussissait.

— Mes fils, dit-il, je vous laisserai le Rouleau d'Abraham. Ezra, sauras-tu en prendre la charge?

— J'en serais très honoré, père, si tu m'en crois capable. Mais Meir le ferait peut-être mieux que moi.

— Et toi, Meir?

— Je pense être digne de le garder, père. Mon écriture est plus régulière que celle de mon frère.

Abraham prit l'air ennuyé. Il avait longuement réfléchi à la façon la plus équitable de trancher.

— Le Rouleau, dit-il, revient à l'un autant qu'à l'autre. De façon à ne léser personne d'entre vous, je vais le séparer en deux, ainsi aurez-vous chacun la moitié de notre histoire. Qu'en pensez-vous?

— Si Ezra n'y voit pas d'inconvénient, se hâta de dire Meir, je préférerais la partie la plus ancienne, celle qui commence à Jérusalem.

— Qu'en penses-tu, Ezra? demanda Abraham.

— Je pense, père, qu'il est dommage de partager le Rouleau d'Abraham. Je préfère encore que mon frère l'ait tout entier.

Meir pâlit soudain, comprenant qu'il était tombé dans le piège du « jugement de Salomon » : deux femmes prétendant être la mère d'un même enfant, Salomon proposa de le couper en deux; seule la vraie mère refusa, préférant que l'enfant vive, même avec l'autre femme. Meir, pris par son avidité, n'avait pas vu le subterfuge. Et c'est plein de contrition qu'il cita le livre des Rois :

— Et le roi dit : « Donnez à la première l'enfant qui vit... »

— Tu l'as dit, mon fils. Je ne suis pas le roi Salomon, mais ce qui valait pour lui vaut aussi pour moi. Ezra sera le gardien du Rouleau d'Abraham.

Ils se couvrirent de leurs châles de prière et Abraham lut une dernière fois le nom de leurs ancêtres. Après quoi, prenant une plume dont il vérifia le biseau, il ajouta auprès de son propre nom : « qui connut à Troyes en Champagne Rabbi Salomon ben Isaac et Mardochée le fou ».

Il partit à la première occasion : deux rabbins qui venaient d'Amsterdam et se rendaient à Cordoue, Judas ben Abraham et Moïse ben Isaac. Ils étaient en chariot à deux chevaux et ne voulaient pas écouter ceux qui les mettaient en garde contre l'hiver. Le jour où ils quittèrent Troyes, en fait, il faisait beau et sec, un vrai temps pour prendre la route. Leur guide, Simon, leur avait tracé un itinéraire : Auxerre, Bourges, Châteauroux, Limoges, Périgueux, Bordeaux où ils avaient à faire... Il avait indiqué à Abraham, en dessinant une carte sommaire dans la poussière, qu'il devrait quitter ses compagnons à Limoges ou à Périgueux pour gagner Narbonne.

Comme ils furent heureux, tous les trois, sous la toile rude du chariot, engoncés dans leurs peaux de bête, barbe contre barbe, à dire les prières du jour ou à parler de la Tora. Quand ils passaient la tête au-dehors, c'était toujours le même paysage de forêts sombres, et ils se hâtaient de refermer la toile comme pour ne pas entendre le choc des grandes cognées des bûcherons ou l'appel lointain de quelque loup cherchant sa meute. S'en sont-ils raconté, des histoires, Abraham, Moïse et Judas ! S'en sont-ils répété, des commentaires déchiffrés par l'un ou l'autre en marge des textes saints ! En ont-ils savouré, des mots, des hypothèses, des réponses de grands rabbins ! Ils s'impatientaient quand il fallait pourtant bien s'arrêter pour s'occuper des chevaux ou pour attendre à un péage. Ils s'hébergeaient généralement chez les responsables de la communauté des bourgs et des villes qu'ils traversaient, Simon s'enquérant longuement de la route à venir et des prochaines étapes.

A Limoges, Abraham décida de continuer jusqu'à Périgueux avec ses nouveaux amis. Mais là, il lui fallut bien les abandonner : il n'avait rien à faire à Bordeaux d'où, de toute façon, il lui faudrait revenir. Il regarda s'éloigner le chariot brimbalant et se sentit presque aussi seul qu'à la mort de Rachi – que Dieu l'ait en Sa sainte garde !

– Soyez bénis à votre arrivée et à votre départ ! cria-t-il, mais le vent emporta sa voix.

On lui avait dit de prendre la direction de Terrasson, où il pourrait passer la Vézère. Il se rendit compte alors à quel point il était désarmé, ainsi, sans même un âne, sans même un chien, dans ce pays inconnu. Il partit pourtant d'un bon pas, s'appuyant avec reconnaissance sur le bâton offert par Simon, et il entendait avec un plaisir d'enfant ses talons sonner sur le sol gelé. Tout son bagage tenait dans un sac qu'il portait à l'épaule : un peu de linge, un parchemin vierge, son nécessaire à écrire, un morceau de pain donné par le rabbin de Périgueux chez qui il avait dormi et qui était un fervent connaisseur des commentaires de Rachi.

Vers le milieu du jour, il vit passer, haut dans le ciel, un vol d'oies sauvages et se rappela ce qu'on disait aux enfants : « Quand il neige, c'est que les anges plument les oies du paradis. » Peu après, il commença à neiger. Abraham traversait alors une sorte de maigre forêt, et, n'y voyant pas d'abri, il força le pas.

Les légers flocons s'épaissirent, leur chute se fit plus serrée, plus rapide. Le bonnet d'Abraham, ses épaules, sa barbe étaient maintenant couverts de neige. A peine s'il distinguait encore devant lui le tracé du chemin. Le silence était absolu, terrifiant. Plus un cri de bête, plus un appel, rien.

Abraham, qui sentait le froid le prendre, se décida à partager son morceau de pain et à en manger la moitié. Il s'efforça de se rappeler le commentaire relatif au pain, mais ne retrouvait dans sa mémoire que ce qui concernait le pain consommé le matin, et qui a treize qualités : « Il protège contre la chaleur, contre le froid, contre les esprits malfaisants, contre les démons. Il rend les simples avisés. Il assiste ceux qui s'instruisent et ceux qui enseignent la Tora. Il permet à leurs paroles d'être écoutées. L'étude de celui qui en a pris ne s'oublie pas, sa chair ne dégage aucune mauvaise odeur, il est attaché à sa femme et n'en convoite pas une autre... » Deux qualités manquaient encore.

Tout occupé à fouiller sa mémoire, Abraham n'avait pas entendu derrière lui le pas assourdi de deux chevaux et il sursauta violemment quand une voix l'appela :

— Qui va là?

— Douze, le pain détruit les vers solitaires, bredouilla Abraham dans sa barbe enneigée et, treize, il fait arriver l'amour.

Il distinguait maintenant deux grands chevaux noirs montés par des hommes terriblement grands et forts.

— Où vas-tu? demanda l'un des hommes en découvrant son visage caché derrière le col de son manteau.

Il avait des traits rudes d'homme de guerre, et Abraham vit une lourde épée accrochée au pommeau de sa selle. L'autre homme portait un bagage en croupe. Sans doute s'agissait-il d'un chevalier et de son écuyer.

— Ce chemin, répondit Abraham, doit me conduire à Terrasson. De là, je compte gagner Narbonne, si le Tout-Puissant m'accompagne!

— Alors, dit le chevalier, c'est que l'un de nous s'est égaré dans cette maudite neige. Moi, je vais à Agen.

A ce moment, on entendit au loin un appel de loup, puis un autre.

— Ils sont sur nos traces, dit l'écuyer.

— Viens-tu avec nous? demanda le chevalier. Si tu restes seul, tu es perdu.

Depuis qu'ils étaient immobiles, la neige les couvrait et Abraham sentait le froid lui monter dans le corps.

— Tu es un chevalier chrétien? demanda-t-il.

— Je viens de Jérusalem. Mon nom est Raymond Pilet, je sers Raymond de Turenne.

— Mon nom est Abraham, fils de Meir-Ikhiel, je suis scribe et je sers l'Éternel, Dieu d'Israël.

Comme les autres ne sautaient pas sur leurs armes, Abraham ajouta :

— Je suis juif!

— Peut-être, mais si tu restes seul, tu ne seras pas juif longtemps. Tu es vieux, égaré et transi. Allez, monte!

Il tendit une poigne formidable vers Abraham qui se sentit d'un seul coup arraché du sol et s'installa comme il put derrière le chevalier qui claqua la langue. Le cheval se mit en marche et Abraham faillit tomber à la renverse. L'écuyer allait devant.

Abraham pensait que l'homme derrière le large dos duquel il s'abritait avait peut-être tué des Juifs. Devait-il poser la question? Il ne le fit pas. Cette neige qui abolissait les choses ôtait toute réalité à ce qu'il vivait. Il y avait seulement cette odeur de cuir et de laine mouillée et le bien-être du repos après une longue marche.

Ils quittèrent la forêt et le vent maintenant les glaçait, la neige s'infiltrait dans leurs cols, sous leurs manches. On entendit d'autres appels de loups, puis ce fut le silence. La meute devait les suivre à distance. Abraham se sentait en sécurité et même, balancé au pas égal du grand cheval, il commençait à s'engourdir. Il serra les mâchoires pour ne pas s'endormir. Il pensa aux loups et se retourna. La neige couvrait déjà leurs propres traces. Ces flocons lui donnaient le vertige. Il ferma les yeux, se revit enfant à Narbonne, courant au soleil dans les rues qui descendaient au port... Puis avec Rachi, dans la vigne derrière la maison...

— Une fumée dans le vent, dit l'écuyer beaucoup plus tard, alors qu'il faisait déjà presque nuit.

Les chevaux l'avaient sentie et infléchirent leur marche. Ils butèrent presque dans la tourmente sur quelques maisons serrées les unes contre les autres.

— Je ne sais pas où nos chevaux nous ont menés, dit le chevalier Raymond Pilet, mais nous sommes arrivés.

Comme il n'entendait pas de réponse, il se retourna. Le vieux Juif n'était plus là.

Derrière, la neige faisait comme un mur blanc.

Le chevalier et l'écuyer se signèrent.

XX

Troyes
LE PÉCHÉ D'ESTHER

LÉVI, fils d'Ezra et premier petit-fils d'Abraham, avait trois bons amis : Jacob, lui-même petit-fils de Rachi, Eliakim le grand et Absalon le gros. Et le jour où son mariage fut décidé, c'est à eux qu'il courut d'abord annoncer la nouvelle.

– Qui est-ce? demanda Absalon, toujours curieux
– Esther, la fille de Shemaria ben Jacob, de Ramerupt.
– Elle est bien belle, apprécia Eliakim. A quand le mariage?
– A la prochaine lune.
– *Mazal tov!* Bonne chance! Allons fêter cela.
– Tu viens avec nous, Jacob?
– Je dois étudier encore.
– Mais tu ne fais que cela!
– Le Talmud est un vaste domaine.
– Tu le connais aussi bien que les rues de Troyes!

Jacob rit de la comparaison.

– *Mazal tov* quand même! dit-il en levant son visage maigre vers son ami Lévi. J'espère que tu n'as pas fait comme Isaac ben Oshaya!
– Qu'a-t-il fait?
– Tu ne sais pas?
– Non.
– Eh bien, Isaac ben Oshaya voulait la fille du riche sire Morel d'Angleterre. Alors il alla le trouver et lui dit simplement : « Que ta fille soit ma femme! »
– N'est-ce pas ainsi qu'il faut faire?
– Si. Mais comme il n'avait pas précisé de quelle fille il s'agissait, la cadette ou l'aînée, leurs fiançailles furent déclarées nulles par les rabbins.

Lévi éclata de rire :
— Esther est fille unique!
— Alors, que Celui qui tient en main notre destin te donne beaucoup de bonheur!
— A toi aussi, Jacob. A demain!

Lévi était un grand garçon mince aux yeux noirs et gais, et sa jeune barbe était toute bouclée. Il aimait rire, s'amuser et, en compagnie d'Eliakim et Absalon, se promettait du bon temps en cette ouverture de Carnaval.

Ils allèrent tout d'abord place Saint-Arbois, où des comédiens montaient leurs tréteaux. Des musiciens accordaient leurs instruments.

— C'est toi qui les as commandés pour ta fiancée, Lévi? demanda Absalon pour plaisanter.

Lévi n'eut pas le temps de répondre. Une farandole qui se formait là les attrapa et les mena jusqu'à la rue Maldanyon, à la limite de la cité et du bourg l'Evêque, où elle se disloqua dans les cris et les rires. Des silhouettes masquées lançaient des injures et des défis. Lévi et ses amis gagnèrent le palais épiscopal, où passait alors une procession avec croix, torches et bannières qui venait de la porte aux Cailles et se dirigeait vers l'Hostel-Dieu. Derrière allaient les curieux, auxquels se joignirent Lévi et ses amis : on ne voyait pas tous les jours des cortèges ainsi illuminés traverser la ville.

Le cœur de la procession était un personnage gigantesque accoutré d'une robe en satin rayé; d'une main il tenait une hache à deux tranchants, de l'autre il tirait un éléphant couvert de soie et transportant un château où se tenait une dame vêtue du manteau et du bonnet blanc des nonnettes. Aux carrefours ou sur les places, la procession s'arrêtait. La dame chantait alors :

Secourez-moi sans vous mettre en feintise,
Pleurez mes maux, je suis la sainte Eglise.

— Pourquoi demande-t-elle du secours? demanda Eliakim.
— Tu vois bien, répondit Lévi. Le géant représente les Sarrasins qui veulent asservir l'Eglise.

Derrière eux, tout près, une voix précisa :
— Les Sarrasins et les Juifs!

Lévi, Eliakim et Absalon se figèrent.
— Et les Juifs! insista la voix. N'oubliez pas les Juifs!

Lévi se retourna, vit une forme affublée d'un masque d'oiseau. Aussitôt, il ferma le poing et frappa, frappa, jusqu'à ce que le masque se fende et tombe – ne resta qu'un personnage ordinaire, avec dans le regard une haine ordinaire. Lévi frappa encore, de toute sa force, de toute sa peur. Ses amis tentèrent de le retenir, mais d'autres hommes intervinrent, et la mêlée devint générale. Lévi se sentit attrapé par les pieds et tiré sur le pavé. Il vit briller une lame et se débattit. Soudain, une voix retentit, sonore et claire, pleine de soleil :

– Epée contre épée! A nous deux!

En réalité, celui qui voulait faire un mauvais parti à Lévi tenait une sorte de poignard et celui qui le défendait – une élégante silhouette richement vêtue –, une arme comme on n'en voyait pas en Champagne, à la fois épée et stylet. Les deux hommes se mirent en garde, mais on les sépara et une farandole s'improvisa, emportant les spectateurs derrière la procession.

– Que les plaies d'Egypte leur tombent sur la tête! pesta Eliakim. Ils m'ont déchiré mon surcot.

– Je saigne du nez, gémit Absalon.

– Sèche-le, et remercie Dieu d'être encore en vie! répondit Lévi. Cela a bien failli mal tourner.

– Mais qui est venu à ton secours?

– Je suis là!

Il n'y avait plus de lumière, et on ne voyait plus grand-chose, mais c'était bien la même voix, la même silhouette.

– Qui es-tu?

– Jacob d'Ascoli.

– Juif?

– Et banquier. A Troyes pour la première fois.

– Viens, dit Lévi, nous allons fêter notre rencontre.

– Et ton mariage! ajouta Absalon en se tamponnant le nez.

– Tu te maries? demanda Jacob d'Ascoli.

– A la prochaine lune.

– Je serai encore à Troyes, dit Jacob d'Ascoli. Si tu m'invites...

– Tu es invité!

– Alors, allons boire!

Ils allèrent à la taverne des Bouchers, où Lévi ne manquait jamais de raconter l'histoire de Kountrass, de son grand-père Abraham, des trois nains et du parchemin volé.

– Quel parchemin?

– Je te dirai.

Devant l'entrée de la taverne, juste sous le cerceau qui servait d'enseigne, une fille appelait aux passants :

— Avez-vous faim? Vous y mangerez! Avez-vous soif? Vous y boirez!

Ils entrèrent tous quatre et partagèrent une table avec trois joueurs de dés :

— Dieu! cria l'un d'eux, douze points!

— Double quatre et deux, ça ne t'en fait pas douze, mais dix!

— Malheur à qui donnerait un œuf à ce que tu dis, et malédiction à qui craint de perdre après un dix!

On posa devant eux un broc de vin violet et quatre gobelets.

Jacob d'Ascoli représentait les vendeurs italiens d'alun, un produit qu'on employait comme mordant dans la fabrication des textiles, et dont les trois étudiants de la yeshiva de Troyes ignoraient l'existence. Mais l'alun ne passionnait guère Jacob d'Ascoli, qui s'intéressait surtout, disait-il, aux armes, dont il collectionnait les plus beaux spécimens : en quelques jours, il avait déjà acheté une arbalète en corne comme on les faisait à Montbéliard et une autre en if, qui venait de Valenciennes.

Il avait la peau très pâle et était rasé de près comme la plupart des seigneurs chrétiens. Il séduisait vite, mais, à sa façon de citer les poètes grecs et latins qu'il savait par cœur, on sentait chez lui de la complaisance et un peu de mépris. Lévi n'avait pas encore raconté l'histoire du grand-père Abraham à la taverne des Bouchers, mais il n'avait plus envie de le faire. Ni même de voir Jacob d'Ascoli à son mariage. Mais ce qui est dit est dit.

Quand, ce matin-là, le *campanator* frappa à la porte — un coup, deux coups, un coup — pour appeler à la prière, Lévi était déjà réveillé. Le rabbin de la synagogue de la Brosse-aux-Juifs, Siméon ben Samson, vint personnellement le chercher pour l'accompagner jusqu'à la maison de l'Eternel parmi la foule des parents et des amis portant des cierges. Après l'avoir appelé à la Tora, il le laissa dans la cour en attendant qu'on aille chercher la fiancée.

Il faisait beau. Lévi était ému. Soudain éclata la musique des cithares, des mandoires et des flûtes : sa fiancée arrivait. Elle était belle dans sa chape de tissu blanc et Lévi pensa qu'il avait bien de la chance.

Esther était entourée de sa famille. Ezra, le père de Lévi, et Jacob son ami le prirent chacun par un bras et, précédés du rabbin Siméon, le conduisirent à la rencontre de sa fiancée.

Jacob d'Ascoli, venu comme promis, allait derrière la fiancée, entre Eliakim et Absalon, tout vêtu de couleur, son épée ceinte, éclatant comme un consul oriental.

Lévi prit la main d'Esther. La foule des parents et amis lançait des poignées de grains de blé : « Croissez et multipliez-vous ! » criait-on. On entra à la synagogue. Les futurs époux s'assirent sous un dais. Lévi, qui selon la tradition, n'avait rien mangé depuis la veille, se sentait faible, cherchait en vain à se rappeler l'ordre des gestes et des mots.

Ils sortirent à nouveau dans la cour. Lévi se laissait conduire. On le ramena chez lui, on le vêtit de neuf, on lui mit une capuche sur la tête en signe de mortification et de repentir, afin qu'il se sente neuf comme ses vêtements, puis on le reconduisit à la synagogue.

On dit chaharith, la prière du matin, et on fit monter Lévi sur l'estrade, où on lui versa des cendres sur la tête. Alors seulement, entouré de sages de la ville, il alla chercher sa fiancée qui l'attendait toujours dans la cour, le visage voilé, parmi les musiciens.

La suite, Lévi la vécut comme dans un brouillard. Il entra avec Esther dans la synagogue, où toute la communauté attendait à présent. Esther se trouvait à sa droite, comme il est écrit dans le Psaume. Quatre hommes soulevèrent le capuchon du fiancé et le posèrent sur la tête de la fiancée. Rabbi Siméon bénit le vin, puis il tendit la coupe à Esther et à Lévi. Celui-ci la lança comme il convenait contre le mur du nord.

– *Tov ! Mazal tov !* Bonne chance !

Il était léger, aérien, parfaitement heureux. Il pensa à la sentence du midrash ecclésiaste Rabba que Rachi avait commentée : « Aucun homme ne quitte ce monde après avoir réalisé la moitié de son désir. » Mais Lévi ne désirait rien de plus que ce qu'il vivait.

Ils traversèrent la ville en dansant au son des tambourins. Les gens leur faisaient place, leur laissant le haut du pavé afin de leur éviter de danser dans le caniveau qui charriait des immondices.

Lévi trinqua avec ses amis, et avec les amis de ses amis ; il trinqua avec Jacob d'Ascoli, et encore avec Jacob d'Ascoli. Il dansa beaucoup. Une fois, pour une ronde, Esther se plaça entre Jacob d'Ascoli et lui-même. A la fin de la danse, il embrassa sa femme, et Jacob d'Ascoli l'embrassa aussi.... Lévi connaissait mal Esther – à peine avaient-ils échangé quelques baisers –, mais ils avaient la vie pour se connaître.

– Mari et femme, lui dit-il en citant les Écritures, s'ils le veulent, la Majesté divine réside en eux, sinon un feu les dévore.

Il la trouvait plus belle encore que dans son souvenir, mais aussi plus distante, paraissant soucieuse.

La nuit se termina sans lui : il dormait, ivre. A son réveil, le crâne vibrant, la nausée à la gorge, il se leva et sortit en vacillant.

Sa mère Rébecca préparait le repas.

— Où est Esther ? demanda Lévi.
— Elle est sortie.
— Sortie ? Si tôt ?
— Elle est jeune. Elle souhaitait saluer ses parents.
— Comment est-elle allée à Ramerupt ?
— Le voisin Hanoch devait se rendre à La Chapelle aujourd'hui. Il l'aura conduite jusque-là.
— Où est père ?
— A la yeshiva.

Lévi sortit dans la cour, emplit un seau d'eau, s'aspergea les bras et le visage, secoua la tête pour en chasser les vapeurs de la nuit puis retourna dans sa chambre dire la prière du matin.

Le soir, Esther n'était toujours pas revenue, et Lévi commença à s'inquiéter.

— Attends que Hanoch revienne, lui disait sa mère. Elle n'aura pas fait le chemin à pied !

Un valet apporta un parchemin scellé de cire rouge : Jacob d'Ascoli lui annonçait son départ pour Genève avec un convoi de marchands vaudois. Il remerciait l'Éternel de l'avoir rencontré et lui demandait pardon pour le mal qu'il lui avait fait. Préoccupé comme il l'était, Lévi ne comprit pas ce que Jacob voulait dire par là, pas plus qu'il ne donna un sens à la citation qui suivait : « David dit à Nathan : " J'ai péché contre l'Éternel ! " Et Nathan dit à David : " l'Éternel pardonne ton péché, tu ne mourras point ! " »

Lévi guettait le retour de Hanoch. Quand enfin il entendit le roulement des roues, il se précipita : le vieil homme était seul. Non, il n'avait pas vu Esther, ni le soir ni le matin. Lévi fit le tour de la ville, comme si sa femme pouvait être en train de flâner dans les rues. Il ne rentra qu'à l'appel du couvre-feu et refusa de partager le repas de fête — on eût plutôt dit une réunion de deuil. Il se réfugia dans sa chambre.

Il resta longtemps allongé, les yeux ouverts dans l'obscurité, à guetter les bruits. Il savait bien qu'Esther ne pourrait pas revenir de Ramerupt avant le lendemain, mais chaque bruit pourtant le faisait sursauter, lui paraissait familier avant de devenir étranger, et même hostile. Il se rappela que l'espoir n'était pas au nombre des commandements reçus par Moïse sur le mont Sinaï, car il ne préservait de rien, ne guérissait rien ; il repoussait seulement l'entendement du mal.

Quand son père alla se coucher, Lévi se leva pour prier. La rue en pente était noire et déserte. Les anciens disaient que c'était l'heure à laquelle les défunts se rassemblent à la synagogue pour dire le *hatzot* et pleurer la destruction du Temple. Il se souvint de la mort de sa grand-mère Hava et frissonna.

Il ne pouvait ni prier ni dormir. Soudain, parmi les images qui l'assaillaient, il revit Esther dansant entre Jacob d'Ascoli et lui, embrassant l'un puis l'autre. Un doute violent lui mordit le cœur et, dans l'obscurité, il lui sembla distinguer deux corps luisants de sueur qui s'accouplaient. Il bondit. Tout devint clair, évident, y compris la lettre de Jacob d'Ascoli. Mais comment était-ce possible ?

Cette nuit n'en finissait pas. A peine le *campanator* eut-il frappé que Lévi se précipitait chez le voisin Hanoch, lui empruntait un cheval et prenait au triple galop le chemin de Ramerupt. Il traversa le bourg de La Chapelle sans ralentir sa course. Peut-être après tout se trompait-il et son épouse Esther était-elle simplement chez son père ? Sa monture écumait quand enfin il mit pied à terre devant la demeure de Shemaria fils de Jacob. Il fut vite fixé : non, Esther n'était pas là. Le pauvre Shemaria battait des lèvres comme une carpe.

Lévi reprit le chemin de Troyes, mais sa bête, épuisée, n'avançait plus, et il décida de coucher à La Chapelle. Sur la place de l'église, des hommes étaient occupés à dresser un bûcher, sans doute pour le lendemain matin. Lévi se prit à espérer violemment qu'on y brûlerait Esther, son épouse enfuie et pécheresse. Quant à ce Jacob, qu'il soit torturé avec des pinces de fer rouge, que ses os soient broyés dans des meules, et son nom maudit jusqu'à la treizième génération !

Il trouva à l'auberge une place dans une chambre à quatre lits, avala un bol de soupe et se coucha aussitôt. Il rêva qu'Esther mourait étouffée par un drap ensanglanté qui s'enroulait autour de son corps. Il se réveilla : il respirait difficilement. Esther devait-elle mourir ? Ne suffisait-il pas qu'elle soit à jamais privée du repos de l'âme et condamnée après sa mort à errer pieds nus jusqu'à la fin des temps ? Le vrai coupable dans la Genèse, selon Rachi, n'est pas Eve mais le serpent, car il savait, lui, ce qu'il faisait. Et Lévi se promit bien, si ce Jacob d'Ascoli lui tombait sous la main, de le découper en morceaux afin qu'il ne puisse jamais rejoindre le paradis, de brûler sa chair et d'en éparpiller les cendres à travers le pays. Sa rage finit par l'épuiser et il se rendormit.

Les cloches de l'église voisine l'éveillèrent. Il se rappela et son cœur s'emplit de cendres. Il descendit prendre de l'eau, fit ses ablutions et sa prière. Puis, il remonta dans la chambre et s'approcha de la fenêtre : la foule s'amassait sur la place autour du bûcher. Celui qui devait être le maître bourreau, en bliaud rouge, donnait des ordres à des servants vêtus, eux, de blanc. Autour du poteau dressé étaient soigneusement enchevêtrés des bottes de chaume, des fagots et des bûches. Quelqu'un, là, allait mourir. Lévi se reprit à penser que ce pouvait être Esther. Soudain, une rumeur courut la foule : « La voilà ! » La chambre où se tenait Lévi était à présent pleine de gens qui se pressaient pour essayer de voir.

Précédée et suivie de gardes, la femme était nue, ses longs cheveux noirs défaits, et la blancheur irréelle de sa chair, parmi toutes ces étoffes, toutes ces couleurs, en faisait une sorte de créature étrange. Les gardes la menèrent à un passage ménagé dans le bûcher, puis elle monta les quelques marches d'un escabeau et s'adossa docilement au poteau. Cette résignation était sans doute plus impressionnante que des mouvements ou des cris de révolte.

Les aides du bourreau lui passèrent une chemise soufrée et l'attachèrent au poteau avec des cordes au cou et aux chevilles, avec une chaîne au milieu du corps. Maintenant qu'elle n'était plus nue, on voyait mieux son visage aux pommettes larges, sa bouche entrouverte, son regard qui fixait droit devant elle, au-dessus des hommes occupés à combler le passage par lequel elle était entrée. Le vent jouait dans ses cheveux.

Un clerc largement tonsuré s'avança au coin du bûcher, déroula un parchemin et lut la condamnation. « En la cause, pendant, par-devers vous... par ladite défenderesse... s'être prostituée et avoir eu connaissance charnelle une fois avec le diable... » D'une seule voix, la foule cria son horreur, les gens se signaient ou crachaient par terre ou croisaient les doigts pour conjurer le mauvais sort. « Vu les pièces et procès, continuait le moine... Brûlée par le feu... » On entendit des insultes, des applaudissements. Puis le silence reprit possession de la foule car la mort approchait.

Alors des lèvres livides de la femme sortit une plainte, une longue plainte ininterrompue qui glaçait le sang. Lévi aurait voulu se boucher les oreilles. Il regrettait de toutes ses forces d'avoir pensé à Esther quand il avait vu le bûcher.

Le maître des bourreaux jeta dans la paille la première torche. Une haute flamme jaune en jaillit aussitôt. Ses aides mirent le feu aux quatre coins du bûcher. Flammes, fumée. La femme, maintenant cernée par l'incendie, restait immobile, la tête rejetée en arrière autant que la corde le lui permettait, tenait sa plainte à la limite de son souffle, respirait profondément et reprenait son cri monotone, lancinant. De la fenêtre, Lévi sentait sur la peau de son visage la chaleur du brasier.

Les flammes ressemblaient à des êtres vivants, et le feu à un troupeau de bêtes souples, rouges et jaunes, hardies, ardentes, qui s'approchaient de leur proie. L'une d'elles soudain mordit la femme, et sa robe s'enflamma. Alors la femme cria vraiment, et plus d'un spectateur se détourna.

Lévi avait la nausée. Il joua des coudes pour s'écarter de la fenêtre et descendre l'escalier. Il courut aux écuries, sella son cheval. La femme ne criait plus. L'air sentait le soufre et la chair brûlée. Le silence était total. Lévi s'éloigna au galop.

Esther n'était pas chez lui, et il fallut bien en prendre son parti. Ses amis essayaient de le consoler :

— Peut-être a-t-elle été enlevée de force? suggérait Absalon le gros.

— Tu peux demander le *geth*, le divorce, et te remarier, proposait Eliakim le maigre. Grâce à l'Eternel — béni soit-Il — les filles ne manquent pas à Troyes!

— Et si elle revenait? demanda Jacob. Que ferais-tu?

Lévi se tut, incapable d'imaginer s'il lui tournerait le dos ou s'il tomberait à ses genoux.

— Tu pourrais la punir, proposa Absalon.

Jacob déplia son corps frêle et s'approcha de Lévi :

— Sais-tu pourquoi, après le péché du premier couple au jardin d'Eden, le Créateur — béni soit Son nom! — S'est adressé à l'homme et lui a demandé : « Où es-tu? », question inutile pour celui qui sait où se trouvent toutes ses créatures? C'était pour engager le dialogue, afin qu'il parle sans crainte.

— L'Eternel l'a pourtant chassé du paradis! remarqua Éliakim.

— C'est vrai, mais seulement après lui avoir donné la possibilité de se repentir.

Pendant une semaine, ils ressassèrent ainsi toutes les éventualités. Ils travaillaient dans une pièce minuscule où les meubles — deux écritoires, une table, deux bancs, des étagères — prenaient plus de place que les hommes. Aux écritoires, Lévi et Eliakim, debout, copiaient les commentaires de Rachi. Absalon et Jacob étudiaient devant des recueils et des rouleaux. La réputation de Jacob, malgré son jeune âge, promettait d'égaler celle de son grand-père Rachi, et certains parlaient déjà de le mettre à la tête de l'académie de Troyes.

Il allait parfois dormir chez Lévi, en attendant de trouver – il est vrai qu'il ne cherchait guère – une maison où ranger ses affaires et ses livres, dont la plupart étaient encore à Ramerupt, d'où ses créanciers lui interdisaient de les ramener.

Un soir, une semaine peut-être après la disparition d'Esther, alors que Jacob et Lévi rentraient ensemble sous une tiède pluie d'été, ils comprirent, aussitôt après avoir poussé la porte, qu'Esther était revenue. Toute la famille était là, debout, en cercle autour d'elle, grise en robe grise, trempée de pluie, immobile, indifférente à ceux qui l'entouraient.

Quand elle vit Lévi, elle baissa la tête et dit d'une voix basse mais claire :

– J'ai péché, j'ai péché! Que l'Éternel me pardonne! Que mon époux – qu'il vive! – soit clément!

Les yeux rivés au sol, elle s'avança à pas raides vers Lévi puis tomba à ses pieds.

– Elle est arrivée tout à l'heure sous la pluie, expliqua Ezra à Lévi, et elle n'a pas voulu bouger tant que tu ne serais pas là.

Lévi regardait à ses pieds le corps de sa femme, comme un tas de vêtements abandonnés, attendant sans savoir s'il n'allait pas la rejeter. Il pensa à la femme du bûcher de La Chapelle et, se penchant, lui caressa les cheveux. Aussitôt, elle éclata en sanglots, détresse et bonheur mêlés, qui la brisaient.

Jacob, qui suivait pensivement la scène, rappela une sentence de Rachi :

– « Au commencement, l'Éternel – béni soit-Il! – conçut dans Sa pensée de créer le monde selon l'attribut de la rigueur, mais Il vit que le monde ne pourrait subsister. Il donna alors la préséance à l'attribut de la miséricorde, mêlé à l'attribut de la rigueur. »

Lévi leva les yeux sur son ami, et leurs regards se croisèrent. Il se releva, mais Esther s'accrocha à sa main.

– Moi, dit-il, j'ai pardonné. Pour le mal qu'elle m'a fait, elle a payé. Pour l'affront qu'elle a fait à l'Éternel – béni soit-Il! – elle fera pénitence.

– Quelle pénitence? demanda doucement Jacob.

– La parole, celle qui permet de connaître et de communiquer, celle qui a permis à l'Éternel de créer le monde... Il faut la réserver à l'usage des Justes pour le futur qui vient...

Les larmes lui vinrent aux yeux, mais il sentait sur lui le poids de tous les regards, et il poursuivit :

— Alors, Esther sera privée de la parole jusqu'au jeûne du prochain *Kippour*. Elle sera privée d'ouïe. Elle ne parlera ni n'écoutera. Elle sera parmi nous et à l'écart de nous comme une sourde-muette... Elle sera à l'écart de l'entendement, mais parmi nous dans la prière qui absoudra ses péchés aux yeux du Saint – béni soit-Il!...

— Amen! Amen! répondirent ceux de sa famille.

Esther posa ses lèvres sur la main de son époux. Son père, Shemaria ben Jacob, qui n'avait plus prononcé le nom de sa fille depuis qu'elle avait disparu, tendit les bras vers elle et glissa au sol, inanimé.

Kippour passa, avec ses cérémonies d'expiation, et Esther resta sourde et muette, comme si sa voix était enfermée dans son corps avec un péché impossible à expulser. Elle fit une fausse-couche, puis donna le jour à un enfant mort-né. Elle ne pleura point car la pénitence n'était pas accomplie.

Lévi passait son temps à aider Jacob à l'académie de Troyes, où les étudiants ne manquaient pas. Ils arrivaient de Lyon, de Blois et même de Narbonne, mais aussi de Germanie et de Bohême. Chez lui, il expliquait à son épouse que le châtiment avait pris fin, que le temps était venu de vivre normalement, qu'il voulait un enfant. Si elle continua de rester murée en elle-même, au moins lui donna-t-elle ce fils qu'il désirait : à l'automne de l'année 4884 *, après la création du monde par l'Éternel – béni soit-Il! – naquit un gros bébé braillant et gazouillant que Lévi nomma Élie et qu'il inscrivit à la suite de son propre nom dans le Rouleau d'Abraham. Puis il partit en courant à la synagogue afin de remercier Celui qui donne la vie.

* 1124.

XXI

Troyes
LE JUIF À L'ÉPÉE

ÉLIE, fils de Lévi et d'Esther, grandit dans le silence de sa mère. Sans doute sut-elle parler à son fils avec ses yeux et avec ses mains, avec la nourriture qu'elle lui préparait, les tisanes qu'elle lui portait quand il était fiévreux, mais jamais elle ne dit même son nom. Il eut un jour l'âge de comprendre que ce silence était celui de l'expiation. Il ne chercha pas à en deviner la raison, et personne n'osa ou ne sut lui expliquer – jamais il n'entendit parler de Jacob d'Ascoli. Il en conçut une sorte de dureté de caractère, d'ombrageuse fierté, qui le fit différent des hommes qu'on connaissait dans la famille depuis des générations. Ainsi fut-il, quand il eut dix-huit ans, un des premiers Juifs à porter l'épée, puisque rien ne l'interdisait et qu'il pouvait à juste titre douter du seul pouvoir des mots.

— Comment vous défendrez-vous, demandait-il dans les assemblées de Juifs, si les chrétiens tentent à nouveau de vous convertir ou décident de vous tuer ?

Il avait vingt et un ans quand sa question reçut tout son sens. Cette année-là, en effet, le très pieux roi de France Louis prit la croix pour aller avec l'empereur Conrad en Terre sainte. Il ne s'agissait plus cette fois de prendre Jérusalem, mais de la défendre contre les attaques des musulmans.

Comme jadis, il se trouva aujourd'hui une autorité – Pierre, l'abbé de Cluny – pour demander : « A quoi bon s'en aller au bout du monde à grand-perte d'hommes et d'argent pour combattre les Sarrasins, quand nous laissons demeurer parmi nous d'autres infidèles, mille fois plus coupables envers le Christ ? » Il en fallait moins que cela pour que les bandes isolées s'en prennent aussitôt aux Juifs.

C'est ainsi que Jacob, le petit-fils de Rachi, celui qu'on

appelait maintenant Rabbénou Tam, notre maître intègre, fut un jour surpris dans sa maison de Ramerupt par une troupe de pèlerins qui pillèrent et cassèrent tout, déchirèrent devant lui un rouleau de la Tora, puis l'emmenèrent de force dans un champ, l'insultèrent, commencèrent à le frapper : « Tu es le plus grand des Juifs, dirent-ils, nous vengerons sur toi le Crucifié. Nous te blesserons des cinq blessures que les Juifs ont infligées à Notre-Seigneur. »

Il s'en fallut de peu que Rabbénou Tam ne mourût. Mais, rapporta-t-il, l'Éternel eut pitié. Il suscita un grand seigneur qui passa par là, que Rabbénou put appeler et à qui il promit, s'il le sauvait, un cheval d'une valeur de cinq pièces d'or. Le seigneur alors s'adressa aux pèlerins : « Laissez-le-moi aujourd'hui et je lui parlerai. Peut-être saurai-je le faire changer de foi. Sinon, je vous le livrerai demain. » Ainsi Rabbénou Tam fut-il sauvé. Mais il n'aimait pas parler de cette aventure :

— Que sont ces quelques blessures en comparaison de tous ces morts, de ces communautés ravagées ?

Son frère, Rabbi Samuel, remercia Celui qui octroie Sa grâce d'avoir sauvé Rabbénou Tam et, devant les étudiants de la yeshiva, expliqua qu'en toute durée du monde, le Saint – béni soit-Il ! – sauvait les pourchassés : ainsi Abel qui fut pourchassé de devant la face de Caïn, ainsi Noé de devant la face de sa génération, ainsi Abraham de devant la face de Nemrod, Jacob de devant la face de Saül :

— Tous, conclut-il, furent sauvés par l'Éternel parce que pourchassés.

Et Rabbi Samuel rappela la fin de l'histoire :

— « Le bœuf est pourchassé de devant la face du lion, la chèvre de devant la face de la panthère, l'agneau de devant la face du loup : ne faites pas, dit l'Éternel, de sacrifice devant Ma face avec les pourchasseurs, mais avec les pourchassés. »

Élie leva le bras pour demander la parole :

— Mais où est la justice, Rabbi ?

Comme d'habitude sa remarque souleva des protestations. Rabbi Samuel calma les étudiants et dit :

— C'est que seule l'innocence est digne de l'amour de l'Éternel.

Les Juifs de Tzarfat ne furent pas trop éprouvés par la mise en route de cette nouvelle armée chrétienne, et ce fut une nouvelle fois les communautés allemandes qui souffrirent du passage des « soldats du Christ ». Les exactions furent telles que

Bernard, l'abbé de Clairvaux, celui qui avait prêché l'expédition, dut partir en toute hâte pour Mayence demander à Radulph, un moine qui menait une armée de pèlerins allemands, de renoncer à persécuter les Juifs.

— Apprenons donc à nous défendre nous-mêmes! répétait Élie devant les étudiants et les rabbins réunis à la yeshiva.

— Non, répondait Rabbénou Tam au fils de son ami Lévi. Non, Élie. Nous ne serons jamais assez nombreux face aux peuples pour nous défendre avec une chance de succès. Notre avenir dépend plus sûrement de notre unité et de notre respect des Commandements... Il ne faut plus que certains d'entre nous aillent se plaindre chez les goïm ou porter leurs différends devant les juges d'autres peuples, leur donnant ainsi le sentiment qu'ils ont pouvoir sur nous. Nous n'avons à répondre de nous que devant l'Éternel, Dieu d'Israël, et devant personne d'autre. Ceci est notre force.

— Comment établir ces règles, les faire connaître et accepter par nos frères? demanda Élie.

— Il y a urgence, dit Rabbénou Tam, il faut les imposer.

— Comment?

— Par le *herem*, par l'excommunication.

Ainsi naquit l'idée du premier synode juif français. Il se tint quatre ans plus tard, à Troyes même, en pleine période des foires chaudes, quand les chemins d'entre Champagne et Flandre résonnaient du galop des chevaucheurs chargés de correspondance et de domiciles de change, quand les halles et les auberges débordaient de marchandises et de clients, quand se mêlaient les accents des marchands de Montpellier, de Barcelone, de Valence, de Lérida, de Genève, d'Ypres, de Gênes, de Picardie, d'Auvergne... Alors arrivèrent dans cette presse cent cinquante rabbins, les représentants éminents des communautés juives de tout le pays.

Devant ce rassemblement, Lévi pleura de joie. Vingt ans plus tôt, un concile s'était tenu à Troyes, animé et inspiré par Bernard de Clervaux. Cette fois, c'était au tour des Juifs de mettre en œuvre leur collectivité, d'additionner leurs talents, de donner à leurs efforts une direction commune, de définir des règles valables pour tous les Juifs de Tzarfat. Élie lui-même était impressionné par la force que représentait l'assemblée des cent cinquante rabbins, même si cette force n'était pas une armée, et s'il eût suffi de cent cinquante brutes pour trancher leur cent cinquante têtes.

En une semaine de travaux, le synode donna forme aux principes énoncés par Rabbénou Tam : « Ce pourquoi nous nous sommes réunis en Conseil, les anciens et les sages de Troyes et ceux des environs, les sages de Dijon et de ses environs, les chefs d'Auxerre et de Sens et de ses faubourgs, les anciens d'Orléans et de ses environs, nos frères les habitants de Chalon-sur-Saône, les sages des pays du Rhin et nos maîtres de Paris et leurs voisins, les savants de Melun et d'Étampes, et les habitants de Normandie et du bord de la mer, et d'Anjou et de Poitou, les hommes les plus grands de notre génération, les habitants du pays de Lorraine... Nous avons voté, décrété, ordonné que... »

Ces mêmes rabbins, les étudiants de la yeshiva, les marchands, les chevaucheurs d'occasion, les voyageurs toujours entre ici et là portèrent de communauté en communauté les décisions prises à Troyes. Et longtemps encore on put entendre les tribunaux des communautés juives lire le texte alors élaboré, et qui faisait fonction de Loi.

Les comtes de Champagne ne s'inquiétaient pas de ce que les Juifs de Troyes prennent ainsi la tête d'un mouvement affirmant hautement leur différence. Au contraire, et puisque les Juifs existaient, ils se réjouissaient que l'académie troyenne fût une des plus réputées de France, et que Rabbénou Tam, après Rachi, fût troyen. C'est que la Champagne était un pays ouvert à tous les vents, ceux de l'hiver comme ceux de l'esprit. Clairvaux n'était pas loin de Troyes, et Abélard venait de fonder à une journée de cheval le monastère du Paraclet, d'où il passait les dogmes de l'Église au crible de sa raison.

Élie voyait bien que cette réussite ôtait de la valeur à ses appels aux armes – mais il ne quittait pas pour autant cette épée que tout le monde à Troyes maintenant lui connaissait. Devenu scribe aux côtés de son père Lévi, il attendait le soir pour aller « faire des armes », comme il disait, avec quelques rudes gaillards qui s'entraînaient pour les tournois. Pas assez riche pour s'acheter un cheval de combat, il proposait ses services aux chevaliers qui en possédaient plusieurs et qui cherchaient toujours des volontaires pour les entraîner au combat. On l'appelait indifféremment « le Scribe » ou « le Juif », l'un et l'autre paraissant aussi singulier à ces jouteurs à la nuque épaisse qui n'aimaient rien tant que s'affronter pour la rançon, pour l'honneur ou le seul plaisir de frapper plus fort que l'adversaire.

Bien souvent, Élie rentrait chez lui marqué de meurtrissures et de contusions. A sa mère, puis à sa femme quand il fut marié, qui devaient le frotter d'onguents à base d'arnica ou de baumes de serpent, il ne manquait pas de répéter qu'on n'a rien sans peine, et qu'il se sentait plus fort que la fois précédente.

– Les ennemis des Juifs n'ont plus qu'à bien se tenir! remarqua une fois son père, alors qu'Élie revenait avec une épaule déboîtée.

Se moquait-il? Sans doute, mais avec beaucoup de tendresse et d'admiration. Car Lévi comprenait bien ce que voulait son fils :

– Pour ces seigneurs, lui avait expliqué Élie, seuls sont respectables la force de bras et de reins, l'habileté à mener un grand cheval, l'indifférence au mal et le mépris de la mort. Eh bien, ceux que j'affronte, je t'assure qu'ils apprennent à respecter les Juifs, même si je dois le payer d'un peu de sang et de fatigue.

Sa femme Bathshéva donna naissance à un fils qu'il nomma Salomon, en souvenir de Rachi, car il n'était pas seulement un combattant au bras terrible. Et quand il n'eut plus vingt ans et que son sang se fût calmé, quand il cessa de descendre, en bord de Seine, au pré carré bordé de lices où s'exerçaient guerriers et tournoyeurs, il concilia sa connaissance des chevaliers, sa fidélité à la tradition juive et l'exercice de son métier de scribe en composant des romans de chevalerie dont les héros étaient des personnages du Livre. L'un deux commençait ainsi :

« Le roi David fit appeler devant lui le chevalier Joab. " Joab, mon ami, lui dit-il, les fils d'Ammon se rassemblent dans la ville de Rabba et se préparent à nous combattre. Prends l'armée. A toi de faire qu'ils se retirent. – Sire, répondit le valeureux Joab, vous n'avez point besoin de tenir un long discours. Qu'il plaise à Dieu, et je gagnerai cette bataille!... " »

Quand Élie eut quarante ans, son père, Lévi, mourut, et, en attendant que son fils Salomon soit en âge de l'aider, il tint seul l'atelier de scribe; autant dire qu'il cessa de composer des romans comme il avait dix ans plus tôt cessé de jouter. Mais il continuait à porter au côté une épée qui, pour être moins lourde qu'une épée de combat, n'en inspirait pas moins le respect.

Un jour, Rabbénou Tam demanda à Élie de l'accompagner au château, où le comte de Champagne, Henri – on disait le Libéral –, invitait une ou deux fois l'an les sages de la communauté. Sa femme Marie et lui protégeaient des trouvères et commandaient des ouvrages à des auteurs de romans comme Chrétien, connu comme étant de Troyes, dont ils faisaient la fortune. Rabbénou Tam, à près de soixante-dix ans, était un vieillard sec et vif, à l'esprit toujours aussi fécond, et le comte de Champagne n'aimait rien tant que lui poser des questions dont

Rabbénou déjouait les pièges sans même paraître les voir.

C'était la première fois qu'Élie pénétrait dans l'enceinte du château à l'ombre duquel il était né et avait grandi. Il avait envie de s'arrêter partout où il passait, devant le chenil, la forge, les écuries, la perche aux faucons, mais Rabbénou le mena à petits pas rapides, par un escalier taillé dans le roc jusqu'à la cour haute que dominait le puissant donjon.

L'esplanade dallée bruissait comme une ruche, et Élie fut ébloui des vêtements que portaient tous ces seigneurs et toutes ces dames, étoffes rares brodées d'or ou lamées d'argent, bijoux, pierreries... Henri le Libéral salua avec plaisir ses Juifs et les assura qu'ils étaient là chez eux. Son épouse, dit-il, était occupée à un plaid d'amour, mais, en attendant que la sentence soit rendue, il fit signe des deux mains à ses plus proches invités et quand on fit cercle autour d'eux posa à Rabbénou Tam une question qu'il avait sans doute préparée depuis longtemps :

— Saül, dit-il, avait moins péché que David. Pourtant, c'est David que Dieu préféra. Notre cher rabbin connaît-il la raison?

Ses yeux se plissaient de malice, mais il n'y avait pas moins de plaisir dans ceux du vieux rabbin quand il répondit :

— Un jour, le roi David fut fait prisonnier et, sur sa promesse de payer une forte rançon, on le remit en liberté. Mais ses serviteurs, au lieu de verser l'argent promis, l'utilisèrent pour acheter une province qu'ils donnèrent à David. Celui-ci, qui estimait son honneur à un prix plus élevé que la plus belle des provinces, blâma sévèrement ses serviteurs. Saül, par contre, dans d'autres circonstances, séduit par l'abondance du butin enlevé à Amelek, se l'appropria au mépris de l'ordre de Dieu qui lui avait prescrit de tout détruire. Voici les raisons du choix de l'Éternel, béni soit-Il!

— L'honneur et la foi par-dessus tout! résuma le comte.

Il prenait l'auditoire à témoin, ravi que Rabbénou Tam eût une fois de plus connu la bonne réponse.

— On dirait bien que le rabbin a lu des romans de Chrétien! remarqua un homme en bliaud de soie verte, d'un ton persifleur.

— Je ne sais pas s'il a lu mes romans, répondit aussitôt celui qui devait être Chrétien – plutôt frêle, vêtu d'un doublet de brocart bleu piqué et brodé de fourrure blanche sur les épaules –, mais il m'étonnerait qu'il ait lu les vôtres, Gauthier!

Le comte mit la main sur le bras de Rabbénou Tam et se pencha vers lui :

— Comment expliquez-vous que ces hommes qui composent

pour notre plaisir des aventures si courtoises se conduisent entre eux comme des palefreniers ? Et ils sont de plus inséparables !

— Dans l'amitié, répondit Rabbénou Tam, il faut ménager une petite place pour la brouille et, dans la brouille, une autre pour la réconciliation.

Élie admirait l'aisance et le naturel du vieux rabbin, tout maigre, tout voûté, le teint jaune, la barbe blanche et rare, le vêtement sombre et élimé, et pourtant rayonnant parmi l'éclat, la richesse et la jeunesse. Il se rappelait les débats qu'il avait avec son père — Dieu lui donne la paix ! — vingt ans plus tôt : sur les pouvoirs respectifs de la connaissance et de l'épée. Comme la vie passait !

Quand Rabbénou Tam et Élie étaient arrivés, ils avaient vu se préparer les trouvères, qui se partageaient les sujets à chanter, les invités à honorer pendant le souper. En attendant, une jeune femme récita *La Complainte des tisserandes* :

> *Toujours draps de soie tisserons*
> *Et n'en serons pas mieux vêtues.*
> *Toujours serons pauvres et nues*
> *Et toujours faim et soif aurons,*
> *Jamais tant gagner ne saurons*
> *Que mieux en ayons à manger...*

On pouvait trouver singulier de chanter les pauvresses au milieu du luxe, mais ainsi était Henri le Libéral, et personne à vrai dire ne s'en étonnait plus. La diseuse termina sous les applaudissements :

> *On nous menace de rouer*
> *Nos membres quand nous reposons.*
> *Aussi reposer nous n'osons* *.

La jeune fille salua, attrapa un luth dont elle tira un accord et désigna celui qui avait composé la chanson, Chrétien de Troyes, qui prit l'air modeste. Gauthier d'Arras ne manqua pas l'occasion :

— Notre grand poète ne dédaigne pas les chansons de toile !

Entre les deux ennemis intimes, la querelle reprenait de plus belle. Rabbénou Tam entraîna Élie vers le logis du comte, qui jouxtait le château. La grande porte s'ouvrait sur une immense

---

* Adapté de l'ancien français par Jean-Pierre Foucher.

salle décorée de tapisseries, de trophées de chasse, de peintures murales, au milieu de laquelle on avait dressé une estrade où se tenait ce que Rabbénou Tam annonçait avec gourmandise comme « la chose la plus curieuse qu'on puisse imaginer » : un plaid d'amour. Quelques dizaines de femmes de haute naissance ou de châtelaines avaient coutume de se réunir et de débattre d'une question qu'elles mettaient en jugement. La question du jour, leur apprit le chancelier Haïce de Plancy, était : le mariage n'est-il pas l'ennemi du véritable amour? Mais le débat était terminé, et Marie de Champagne allait en donner l'arrêt.

A ce moment, Gauthier d'Arras rejoignit Jacob et Élie, leur demanda s'ils connaissaient les Juifs de Blois, où, protégé du comte Thibaud, il passait le plus clair de son temps. Rabbénou Tam répondit qu'il entretenait une correspondance avec Rabbi Yehiel ben David. Le rabbin, demanda Gauthier, savait-il que le comte avait pour maîtresse une Juive, Polcelina? Les Juifs de la ville, dit-il, en tiraient de grands avantages. Rabbénou Tam jeta à Élie un regard sceptique. Gauthier parlait toujours, demandait pourquoi les Juifs, qui écrivaient tant, ne composaient pas de romans de chevalerie. Rabbénou Tam l'interrompit, désigna Élie :

— Le seul qui en ait jamais écrit à ma connaissance, dit-il, vous l'avez devant vous!

Gauthier d'Arras en eut la parole coupée. Élie avoua qu'il avait en effet écrit des romans quelques années plus tôt, mais en hébreu.

A ce moment, on appela au silence, la comtesse Marie devant prononcer son arrêt. Elle se tenait debout, en tenue de samit bleu, un diadème étincelant sur ses cheveux coiffés en longues tresses mêlées de fils d'or. D'une voix claire et ferme, elle publia le jugement de la cour d'amour :

— Nous disons et assurons, par la teneur des présentes, que l'amour ne peut étendre ses droits entre mari et femme. Les amants s'accordent toutes choses réciproquement et gratuitement sans aucune obligation de nécessité, tandis que les époux sont tenus par devoir à toutes les volontés l'un de l'autre. Que ce jugement que nous prononçons après avoir ouï plusieurs dames ait à passer pour vérité constante et irréfragable!

Rabbénou Tam s'amusait beaucoup, mais seul Élie, qui le connaissait bien, pouvait le deviner. D'ailleurs, le vieux rabbin donna bientôt le signal de leur départ, puisqu'ils ne pouvaient, pour des raisons religieuses, partager l'énorme repas de gibiers en sauce et de viandes rôties dont les violents fumets rameutaient maintenant tous les invités. Avant que Rabbénou Tam ne disparaisse dans l'escalier, fuyant comme le péché ces promesses de ripailles, Gauthier d'Arras eut juste le temps de demander à Élie s'il aimerait venir à Blois avec un de ses romans. Élie répondit qu'il s'y rendrait volontiers.

— Je vous ferai inviter par le comte, promit Gauthier.

L'invitation arriva un an plus tard. Gauthier d'Arras rappelait à Élie leur rencontre de Troyes et lui faisait savoir que le comte de Blois, Thibaut, avait exprimé le vif désir de connaître « le Juif à l'épée ».

Élie, qui venait de tirer une traduction en vers français de huit pieds d'un des romans qu'il avait naguère composés en hébreu, fut ravi. A dix-huit ans, son fils Salomon était assez sérieux pour assurer le travail courant le temps de son absence et prendre en charge les trois femmes de la maison : sa grand-mère Esther, toujours muette, sa mère Batshéva, sa sœur Ruth. Il acheta aux tournoyeurs des bords de Seine, et pour un prix de faveur, un vieux palefroi blanc réformé et prit la route.

A aller ainsi, seul avec sa bête, son épée et son roman, il éprouva d'étranges vertiges, se demandant si en vérité son destin n'eût pas été de devenir un de ces chevaliers trouvères allant de bataille en bataille, de château en château, de cœur en cœur et qu'ennuie à mourir une existence sans danger ni parage. Mais il repoussa sagement la tentation de vains regrets et se laissa prendre, entre Orléans et Blois, aux brumes légères des matins et des soirs, à la couleur d'ardoise des eaux lentes de la Loire. Comme Troyes lui paraissait loin ! Il ne regrettait pas d'être scribe, même s'il comprenait qu'il aurait pu devenir bien d'autres Élie que celui qu'il était. Il se disait que l'essentiel était de combattre, par la plume sinon par l'épée, contre l'injustice et contre l'oubli.

Arrivant à la nuit en vue de Blois, il décida qu'il était trop tard pour aller au château, où Gauthier d'Arras devait l'attendre, et même chez le rabbin Yehiel ben David, pour qui Rabbénou Tam l'avait chargé de messages. Il alla se présenter chez les frères Gabriel et Hedin ben Moïse, des vignerons qui vivaient autrefois à Troyes et cultivaient maintenant tout un coteau à une lieue de Blois. On l'avait prévenu que les frères étaient un peu rustres et mis en garde contre leur habitude de faire généreusement goûter leurs crus aux visiteurs.

La porte était barrée, la maison silencieuse. Un filet de fumée blanche sortant de la cheminée dans l'obscurité attestait pourtant une présence. Élie frappa à l'huis, puis au volet. En vain. Il dit son nom :

— Je suis Élie fils de Lévi, je viens de Troyes comme vous. Si vous m'entendez, ouvrez-moi !

Il sentit qu'on le regardait par quelque interstice, puis entendit glisser la lourde barre de bois, et la porte s'entrouvrit enfin. Les deux frères — pour ce qu'il en voyait deux paysans brûlés de soleil, courts sur pattes et presque aussi larges que hauts — tenaient leurs châles de prière à la main. Ils firent signe à Élie d'entrer. Il attacha son cheval à l'anneau près de la porte, et pénétra dans l'ombre épaisse de la maison.

— Si tu veux dormir ici, dit l'un des frères, il faut rentrer ton cheval.

— Mais si tu crains pour ta vie, tu ferais mieux de repartir tout de suite pour Troyes.

Élie, dans l'obscurité, fut conduit par le bras jusqu'à un banc. Il s'assit. On lui fourra un gobelet dans la main — du vin frais qu'il but avec plaisir. Alors seulement les frères Gabriel et Hedin lui racontèrent :

— C'est Polcelina...

— Cette pute !

— Elle est venue de Tours pour coucher avec le comte...

— Et maintenant la comtesse se venge sur tous les Juifs !

— Malheur à nous !

Élie se rappela que Gauthier d'Arras avait parlé, effectivement, de la maîtresse juive de Thibaut de Blois — il se rappela aussi la grimace qu'avait faite Rabbénou Tam. Le vieux sage avait raison, et le drame était maintenant noué. Élie en apprit les circonstances de la voix alternée des deux frères, alors qu'il faisait maintenant nuit noire et qu'il ne distinguait plus le visage de ses interlocuteurs.

Ce qui s'était passé : un serviteur du château avait deux jours plus tôt déclaré sous serment avoir de ses yeux vu le menuisier Isaac ben Eliazar descendre à la Loire avec son âne et jeter à l'eau le corps d'un garçon chrétien. On avait fait des recherches, mais on n'avait pas trouvé le cadavre. Le menuisier avait reconnu être allé à la Loire abreuver son âne, mais nié le reste. Le témoin avait été soumis à l'épreuve de vérité : on l'avait jeté dans un réservoir d'eau bénite assez profond pour qu'il s'y noie s'il avait menti ; mais comme il avait surnagé, sa bonne foi avait été établie. Le rabbin Yehiel s'était rendu au château défendre le menuisier, mais on l'avait jeté au cachot. On avait commencé à s'en prendre à tous les Juifs de Blois, à vouloir les baptiser.

Ceux qui refusaient étaient jetés en prison. Les deux frères n'avaient jusqu'ici été épargnés que parce qu'ils vivaient en dehors de la ville et qu'on n'avait peut-être pas encore pensé à eux.

– Et que ferez-vous s'ils viennent vous baptiser? demanda Élie.

– Nous n'avons jamais mis d'eau dans notre vin, dit l'un...

– Ce n'est pas pour nous en laisser mettre sur la tête! finit l'autre.

– Et tout ça à cause d'une femme...

– Cette pute!

Élie les calma, leur dit qu'il connaissait des gens influents au château, il s'y rendrait au matin et ferait libérer tous les Juifs emprisonnés...

Il partit au point du jour. Le château était plus imposant encore que celui de Troyes. De la poterne, où il fit demander Gauthier d'Arras, il voyait le fleuve et les trois faubourgs: Foix, le Bourg-Moyen et Saint-Jean-en-Grève.

Gauthier d'Arras avait les yeux encore pleins de sommeil. Quand il reconnut Élie, il eut un mouvement de recul et ne s'approcha de lui qu'à contrecœur:

– Vous tombez bien mal! dit-il. Retournez-vous-en avant qu'ils ne vous...

– Je veux voir le comte. Annoncez-lui ma venue.

Gauthier d'Arras battit en retraite:

– Un Juif est venu hier, un marchand d'Orléans, proposer une rançon. Le comte a bien failli le jeter en prison avec les autres. Croyez-moi, partez vite. Quand tout sera calmé, je vous écrirai à nouveau.

Il tourna le dos et disparut. « Comment cet homme-là, se demanda Élie, pouvait-il composer des romans de chevalerie? » L'air du matin était transparent, portait les bruits et les odeurs. Tout paraissait paisible, ordinaire, et Élie se demandait à quoi pouvaient penser, au fond de leur cachot, les Juifs enfermés là parce qu'ils étaient juifs? Gardaient-ils espoir? Et en qui?

A la poterne, les gardes avaient repris position. Élie remonta à cheval et s'éloigna. Il voulait réfléchir à ce qu'il convenait de faire. La situation était d'autant plus insaisissable que le comte était sans doute prêt à acheter le pardon de sa femme en la laissant se venger sur les Juifs.

Il descendit vers la Loire, puis décida de retourner chez les frères Gabriel et Hedin ben Moïse. Ils prirent ensemble un repas de pain et de fromage de chèvre, les vignerons s'abstenant pour une fois de verser du vin, ce qui était pour eux la forme la plus éprouvante du jeûne. Puis, ensemble, ils prièrent Dieu l'Éternel tout-puissant d'étendre le bras et de renverser les ennemis d'Israël.

A ce moment arriva un petit homme agité, qui se présenta comme étant Baroukh ben David, marchand à Orléans. C'est lui qui, la veille, était allé proposer au comte de payer une rançon pour la libération des prisonniers. Il avait déjà envoyé, à ses frais, un chevaucheur alerter le roi de France Louis, et un autre demander à Nathan ben Meshulam, de Paris, de collecter des fonds au cas où le comte finirait par entendre raison.

Mais ce qu'il venait dire, hors d'haleine, c'est que les prisonniers avaient été sortis du château et enfermés dans une remise, près de la Loire, en dehors du faubourg Saint-Jean-en-Grève. Les soldats du comte les gardaient. Mais Baroukh ben David n'avait pas encore dit le pire : les prisonniers avaient été condamnés à être brûlés. Et il y avait bien à craindre que le comte n'ait calculé, pour faire l'économie d'un bûcher, de livrer les Juifs à la foule.

Que pouvaient faire Élie, le marchand d'Orléans et les deux vignerons ? Ils n'avaient le temps de joindre personne, ils n'étaient pas assez nombreux pour intervenir eux-mêmes... Élie se leva, ajusta son baudrier, fit glisser son épée dans son fourreau, s'affermit sur ses jambes.

— Ne fais pas le brave, dit le marchand d'Orléans. Tu ne feras qu'une victime de plus.

— Je vais seulement voir, dit Élie.

Il flatta presque gaiement l'encolure du vieux cheval blanc, et ils allèrent ainsi, l'homme, le cheval et l'épée vers la Loire où glissaient de lents tourbillons.

Élie fut alerté par les cris de la foule. Les gens de Blois étaient massés devant le vantail de la grange où étaient enfermés les prisonniers. Les gardes du comte les empêchaient d'entrer – mais combien de temps pourraient-ils résister ? Était-il même prévu qu'ils résistent longtemps ?

Élie poussa son cheval dans la foule, qui s'écarta devant le poitrail du palefroi. Il arriva ainsi jusque devant les gardes, dont il chercha le chef.

— Que se passe-t-il ? demanda Élie. Qui tenez-vous prisonniers ?

— Des Juifs.

— Qu'ont-ils fait ?

— Ils tuent des enfants chrétiens et jettent les corps dans la Loire.

— Es-tu sûr de ce que tu dis? Tu les a vus de tes yeux?
— Je ne les ai pas vus, mais la chose a été jugée.

A ce moment, un grand homme blond, plutôt jeune, apostropha Élie :

— Mais toi-même, qui es-tu? Nous ne te connaissons pas par ici.
— Je suis invité du comte, dit Élie.
— Je t'ai vu ce matin à la poterne, intervint un autre garde. Le trouvère ne t'a pas laissé entrer.

Tandis que les gardes étaient occupés avec Élie, des hommes apportaient par-derrière des bottes de paille et des fagots. Du haut de son cheval, Élie les vit.

— Ils vont mettre le feu! dit-il pour avertir les gardes.
— Maudits Juifs! cria l'homme blond. Judas! Brûlons-les!
— Vas-y, Jeannot! l'encourageait la foule. Dis-leur!
— Assassins de Jésus! brailla Jeannot, et Élie vit son cou se gonfler.
— Assassins de Jésus! reprit la foule.
— Plus bestiaux que des bêtes!
— Plus bestiaux que des bêtes! reprit la voix de tous.
— Disparaissez de la terre!
— Disparaissez de la terre!

Une torche fut lancée dans le paillier, qui s'enflamma aussitôt. La foule applaudit joyeusement comme pour des feux de joie. Des femmes appelèrent à la danse. On jetait dans les flammes tout ce qu'on trouvait : du bois, des chiffons, des branches. Les enfants envoyaient des cailloux. Quelques hommes se dévêtirent et balancèrent leurs vêtements dans le brasier. La foule criait de tout son ventre.

Élie poussa brusquement son cheval et, renversant des gardes au passage, gagna la porte de la grange. Là, il se retourna :

— Mon nom, dit-il, est Élie ben Lévi, je suis scribe à Troyes en Champagne.

Sa voix étouffait d'émotion :

— Je suis juif moi aussi et, si ces Juifs doivent mourir, je mourrai avec eux.

Il descendit de cheval et, devant les premiers rangs médusés, poussa la porte de la grange.

Les flammes maintenant mordaient les planches, une fumée âcre montait en tourbillon.

— A mort! cria Jeannot. A mort les Juifs!
— A mort les Juifs! reprit fidèlement la foule.

Alors on vit, émergeant de la fumée, tel un ange terrible dans des nuées d'orage, une silhouette droite, une épée à la main.

Comme indifférente au feu, aux flammes, à la fumée, elle s'approcha de l'homme blond, lui piqua son épée à la gorge, sous le menton, et le ramena avec lui dans la grange en feu.

– Sauvez Jeannot! cria quelqu'un.
– Sauvez Jeannot!

Mais personne ne bougea. D'autant qu'un chant maintenant montait du brasier, une sorte de cantique plutôt, infiniment doux, irréel, inoubliable, qui fit reculer la foule de quelques pas. *Les Juifs chantaient.*

Soudain, dans une explosion d'étincelles, la toiture et la charpente s'effondrèrent.

– Que Dieu nous pardonne nos péchés! dit quelqu'un.

Tous les chrétiens qui étaient là firent sur eux-mêmes le signe de la croix.

Rabbi Jacob ben Meir, Rabbénou Tam, institua que le 20 Sivan 4931*, jour du martyre des Juifs de Blois, serait désormais commémoré par un jeûne. Quant à la communauté de Tours, elle adopta des mesures reprises en Champagne et en Lorraine pendant trois mois : lors des mariages, il n'y aurait pas d'invités étrangers à la famille, sauf s'il manquait d'hommes pour le minian : hommes et femmes s'abstiendraient de porter des vêtements de soie; les hommes jeûneraient le lundi et le jeudi. Un trouvère anonyme composa une *Complainte de Blois* que les élèves des *yeshivot* transportaient de ville en ville :

> *Et il arriva seul avec son épée*
> *Tel David face au terrible Goliath,*
> *Telle la main de l'Éternel en colère*
> *Et il mourut en martyr pour apaiser son courroux*
> *Dans le feu d'un bûcher.*
> *O Dieu, laisse-nous contempler Ta splendeur!*

Quelques jours plus tard on retrouva le corps de Polcelina dans la Loire, sans que personne pût dire si on l'y avait poussée ou si elle s'y était jetée.

* 27 mai 1171.

XXII

Troyes
ET SAÜL DEVINT PAUL

Elie avait engendré Salomon, qui engendra Samuel, qui engendra Saül, né à Troyes à l'automne de l'année 4952 après la création du monde par l'Éternel – béni soit-Il! –, Johanan, Batshéva, Esther et Myriam.

Saül, l'aîné des arrière-petits-enfants d'Elie, s'estima vite assez grand, riche de connaissances et de volonté, pour tenir debout sans devoir s'appuyer sur le souvenir de cet aïeul glorieux perpétuellement donné en exemple. Combien de fois ne lui avait-on lu ce que le grand-père Salomon, alors âgé de dix-huit ans, avait écrit dans le Rouleau d'Abraham : « Il est mort sur un bûcher à Blois en sanctifiant le Nom à la gloire du peuple d'Israël qui, comme le cœur dans le corps, est parmi les nations la part la plus saine et la plus malade à la fois. Que le Tout-Puissant fasse qu'il survive! »

On racontait aussi que la mère d'Elie, une muette, avait recouvré la parole à la nouvelle de la mort de son fils : « L'Éternel me fait payer dans ce que j'ai de plus cher, béni soit-Il! », dit-elle avant de se laisser mourir, de faim et de douleur. Pour Saül, c'était vraiment une de ces sombres histoires d'autrefois, et la paix dans laquelle vivaient les Juifs – ceux de son âge n'avaient jamais connu un autre état – ne justifiait pas à ses yeux l'exaltation permanente du souvenir d'Elie. Et c'est en quelque sorte naturellement que, son père Samuel lui ayant tracé une existence digne de son ancêtre, il en choisit une autre. Malgré ses dispositions pour la glose et l'espoir que mettaient en lui les *tosaphistes* les plus connus de l'époque, tels Isaac ben Joseph, de Corbeil, ou Judas ben Joseph, de Paris, avec qui il avait étudié, il décida soudain d'abandonner les bancs des écoles. Il alla voir le cousin Asher ben Moïse, le banquier de

Metz, et lui proposa d'ouvrir à Troyes une succursale de son établissement. Asher ben Moïse accepta à titre d'expérience, et Saül laissa sans regret à son jeune frère Johanan le soin de continuer la tradition familiale.

Il installa une « table » place au Change, entre un Lyonnais, Ponce de Chaponnay, et un Siennois, Tolomei. Ce dernier travaillait surtout avec les abbayes qui, en échange de l'argent dont elles avaient besoin, lui laissaient en gage des objets du culte, ciboires en or ou croix précieuses; quant au Lyonnais, ses clients étaient principalement des seigneurs des environs, ou des habitués des foires de Champagne. L'usure était condamnée par l'Église – nul ne peut prêter à intérêt, puisqu'il s'agit de faire travailler le temps, et que le temps n'appartient qu'à Dieu –, mais aussi bien Tolomei que Ponce de Chaponnay s'en accommodaient.

La veuve du duc Eudes, Alix de Vergy, qui parvenait rarement à faire coïncider ses gros revenus et ses grandes dépenses, emprunta au Lyonnais cinq cents livres provinoises remboursables à la prochaine foire. Or, non seulement elle ne put tenir parole, mais elle sollicita un emprunt supplémentaire de mille marcs d'argent, somme énorme que Ponce de Chaponnay refusa net. Saül, de sa table de change, vit le désarroi et l'humiliation se peindre sur le visage de la comtesse. Il se leva et, le plus simplement du monde, offrit ses services. Combien désirait-elle? Mille marcs d'argent? Pour quels gages? Jusqu'à quand?

La duchesse regarda de haut le modeste changeur. Saül se présenta :

– Je suis Saül, dit-il, fils du scribe Samuel. Et cousin du banquier de Metz Asher ben Moïse, que je représente à Troyes.

La duchesse, sans doute autant pour se venger du Lyonnais que parce qu'elle avait besoin de la somme, se montra ravie d'emprunter à des Juifs. Sur un cheval loué, Saül brûla l'herbe des bas-côtés du chemin de Metz tant il avait hâte de réussir l'affaire. Il sut présenter le cas à son cousin et, parti humble changeur pour qui un florin valant vingt sols ne donne que deux deniers, il en revint banquier se trouvant gérer plusieurs alleux et lever la dîme sur deux villages des environs de Vitry, garantie et intérêts consentis par la duchesse.

Au lieu de se réjouir des brillants débuts de Saül, sa famille lui marqua encore un peu plus de froideur que lorsqu'il avait abandonné l'étude. Dépit? Jalousie? Les cousins, oncles, amis et voisins se comportaient avec lui comme s'il avait contracté une maladie dangereuse, au point qu'il préféra, pour les fêtes de Roch Hachana, aller à Metz chez Asher ben Moïse. Seul son jeune frère Johanan, qui admirait beaucoup Saül, comprit les raisons de ce qui ressemblait à une rupture, même si Saül habitait toujours sous le toit familial en attendant de s'installer dans un logement qu'il avait loué avec ses premiers gains.

A la date convenue avec la duchesse pour le règlement de la dernière dette, Saül reçut la visite de la dame de parage d'Alix de Vergy. C'était une jeune femme au visage clair couronné d'une natte blonde. Elle venait demander une remise de paiement. Le bon sens dictait à Saül de refuser ou d'exiger un nouveau gage. Mais la jeune femme le troublait si profondément qu'il dit oui au lieu de dire non, et ne pensa même pas à le regretter.

Ils n'avaient ce jour-là échangé que quelques mots, mais il ne cessa dès lors de penser à elle. Il la revit par hasard pour la fête des Saints-Innocents. Il accompagnait sous la neige un cortège de déguisements qui allaient jouer une farce sur le parvis de l'église Saint-Étienne. Il faisait déjà nuit, et les flocons scintillaient merveilleusement dans la lumière des torches. C'était un de ces soirs où les hommes portent la fête en eux.

Il ne la reconnut pas tout de suite. Une guimpe cachait ses cheveux blonds, elle était vêtue d'un long surcot vert doublé et passementé.

— Que faites-vous donc ici? demanda-t-elle en riant.
— J'aime les fêtes...
— Mais... C'est une fête chrétienne!
— Qu'importe! Les gens s'amusent, moi aussi.
— Vous faites un drôle de Juif!

Des tréteaux étaient dressés devant l'église Saint-Étienne. En attendant les acteurs, le public chantait en tapant des mains – chaque bouche poussait un petit nuage blanc. Une chanson commandait que chacun prenne son voisin par le bras, et les chaînes ainsi constituées tanguaient à contretemps, comme des vagues.

— Je m'appelle Mathilde, dit-elle. Venez, Saül.

Elle lui prit le bras, et ils se fondirent dans le mouvement. Saül tremblait d'émotion. Il était ébloui. Elle avait prononcé son nom, c'était donc qu'elle l'aimait.

Le balancement, là-bas, en bout de rang, avait pris tant d'ampleur que les vagues commencèrent à se défaire. Les participants les moins solides sur leurs jambes glissèrent dans la boue sous les cris de joie. Saül put rattraper Mathilde au dernier moment, et il la serra contre lui. Leurs visages se rencontrèrent :

— Il ne faut pas, dit-elle.

Il posa quand même ses lèvres sur les lèvres de Mathilde. Autour d'eux tourbillonnait la fête. Elle écarta Saül :

— Je dois rentrer.

Elle sourit, ajouta :

— Il y a de la neige dans votre barbe.

Elle se détourna et partit avec un léger signe de la main.

Il ne la vit pas de tout un mois. Un soir, alors qu'il lisait le *Sefer Hassidim* à la bougie, on frappa à sa porte. C'était elle. Elle portait un paquet enveloppé d'un linge bleu :

— Bonsoir, Saül, dit-elle. La dame cherche une cachette sûre pour ces deux livres, et j'ai pensé à vous.

— Deux livres?

— Deux livres interdits par l'Église.

Saül aurait bien donné tous les livres du monde pour oser prendre Mathilde dans ses bras, mais il défit le paquet, où se trouvaient la *Physique* et la *Métaphysique* d'Aristote.

— Des Juifs ont traduit ces livres de l'arabe, ne put-il s'empêcher de dire.

— Chez vous, ils ne sont donc pas interdits?

— Pas encore. Mais certains s'en prennent déjà à Maïmonide, un sage de Cordoue qui cherchait à accorder la foi et la raison, le judaïsme et Aristote...

— Et que lisiez-vous quand je vous ai dérangé?

— Vous ne m'avez pas dérangé! Je lisais un livre sur le secret de Dieu.

Mathilde s'étonna :

— Qui peut bien connaître le secret de Dieu?

— Ceux qui Le craignent, dit ce livre.

— Vous m'expliquerez, Saül, mais une autre fois. Je dois partir.

Saül prit entre ses mains les mains de Mathilde, qui rougit légèrement et dit qu'elle avait parlé de lui à son frère, qui était abbé de Notre-Dame-aux-Nonnains :

— Il aimerait vous connaître. Accepteriez-vous?

Déjà elle était partie.

Le bruit circula bientôt à l'intérieur de la communauté — comme une mouche dans un bocal — que le banquier Saül, le descendant du martyr Élie, se rendait régulièrement à l'abbaye Notre-Dame-aux-Nonnains, où il avait de longs débats avec

Guyard, l'abbé. Un jour que Jacob, le rabbin qu'on appelait le maître des Juifs de Troyes, rendait visite à son père, celui-ci demanda à Saül si c'était vrai. Saül répondit que c'était vrai, mais qu'il n'y voyait pas de mal et ne courait aucun danger :

— « La crainte de l'Éternel est une cuirasse de fer », cita-t-il.

— Mon fils, demanda Samuel, crains-tu assez le Saint, béni soit-Il?

— Il est dit dans Isaïe : « Les pécheurs d'Israël sont effrayés », ce qui signifie que celui qui évite le péché n'a rien à craindre, car la *shekhina* se tient devant lui et le protège. Et je n'ai pas péché, père!

Samuel regarda son fils avec tristesse. L'enfant Saül était devenu un homme robuste aux épaules larges et à la barbe drue, avec des yeux verts qui regardaient droit.

— Tant de connaissances perdues! murmura Samuel.

— Elles ne sont pas perdues, père, puisque je les partage avec d'autres.

— Combien de semences partagées avec la terre ne donnent aucun fruit!

De ce jour, seul son jeune frère Johanan continua de voir Saül, lui apprenant les nouvelles de la famille, par exemple que le cousin Bonmacip et sa fille Sarah avaient été tués à Narbonne lors d'une expédition des chrétiens du Nord contre les chrétiens du Sud; ou que son père était souffrant mais ne souhaitait pas recevoir sa visite.

Moins d'un an après sa rencontre avec le maître des Juifs de Troyes, soit en l'an 4974 * après la création du monde par l'Éternel – béni soit-Il! –, on apprit à Troyes que Saül allait épouser la dame de parage de la duchesse de Vergy et qu'il désirait entrer dans le sein de L'Église. Johanan arriva en courant, tenta en vain de le dissuader. Samuel pleura, et toute la famille prit le deuil pendant une semaine. La blessure s'annonçait profonde.

A la demande de la duchesse, Saül fut baptisé Paul par l'évêque Jean lui-même, un seigneur long et pâle aux paupières tombantes qui parlait du bout des lèvres :

— Paul, qu'attends-tu de l'Église de Dieu?
— La foi.
— Paul, renonces-tu à Satan?
— J'y renonce.
— A ses œuvres?

* 1214.

– J'y renonce.
– A ses pompes?
– J'y renonce.

Comme tout avait été simple! Bien préparé à la cérémonie par le frère de Mathilde, l'abbé de Notre-Dame-des-Nonnains, Saül avait profondément ressenti le sens de chaque mot, de chaque geste, de chaque symbole du rituel. Et il avait reçu avec dévotion l'eau et le sel de sa nouvelle naissance:

– Paul, je te baptise au nom du Père, du Fils et de l'Esprit saint.

Saül, relevant les yeux, rencontra le regard douloureux du gigantesque Christ de bois peint qui dominait l'autel. Il pensa que désormais il allait lui aussi porter sa croix.

Au début, ce fut plutôt facile. Il aimait Mathilde, Mathilde l'aimait, et, au milieu de l'été, on apprit la considérable victoire du roi de France à Bouvines: Philippe, soutenu par les contingents des milices communales, y avait triomphé de la coalition formée par l'empereur Othon, le roi d'Angleterre, le comte de Flandre et le comte de Boulogne. Il y avait là matière à commentaires infinis, sur le rôle des communes, sur les nouvelles relations à établir avec la Flandre, sur le caractère de ce roi calculateur et ambitieux. Tout le temps qu'on passa à décider si cette victoire de Bouvines était ou non « bonne pour les Juifs », Saül et Mathilde furent plutôt tranquilles.

Guyard procura à son beau-frère un emploi de scribe à l'évêché, ce qui amenait Saül à longer chaque jour la Brosse-aux-Juifs, à croiser d'anciens amis, d'anciens voisins qui détournaient la tête à son passage. Au début, il s'amusait à les interpeller, puis leur hostilité muette l'agaça, l'attrista, le révolta. Il avait envie de les empoigner, de les forcer à le regarder, à se rendre compte que, s'il avait changé de religion, il était resté le même. Saül ou Paul, n'était-il pas issu de Samuel, lui-même issu de Salomon, lui-même né d'Élie, le martyr de Blois?

Mathilde accoucha d'un garçon, Matthieu, qui avait le cheveu noir et l'œil vert de son père. De toute sa famille, seul Johanan vint lui rendre visite, et en cachette. Saül finit par haïr ces Juifs butés, murés dans leur univers clos et qui lui rendaient irrespirable l'air de sa ville natale. Il ne vit plus, et rarement, que Johanan. Sa vie avait changé de centre. Son travail, sa femme, son fils, ses amis: les Juifs n'avaient plus de place dans son monde.

Quelques années plus tard, il alla à Rome avec son beau-frère l'abbé pour le quatrième concile du Latran.

Ce rassemblement de soixante et onze archevêques, quatre cent dix évêques, huit cents abbés témoignait de la puissance de l'Église et, avec l'ardeur des convertis, Saül s'exaltait aux seuls flux et reflux des pourpres, des blancs, des ors dans le chœur de la grande église, se passionnait pour les débats les moins importants ou les plus ardus. Puis, soudain, on parla des Juifs, et chaque mot lui entra dans le corps.

— Dans les pays où les chrétiens ne se distinguent pas des Juifs ou des Sarrasins par leur habillement, disait un évêque, des rapports ont eu lieu entre chrétiens et Juives ou Sarrasines, ou inversement. Afin que de telles abominations ne puissent à l'avenir être excusées par l'erreur, il serait souhaitable que les Juifs des deux sexes se séparent des autres peuples par leurs vêtements...

La proposition fut adoptée : les Juifs porteraient désormais la rouelle, un cercle de tissu jaune cousu sur le vêtement extérieur à hauteur de la poitrine.

Saül avait besoin d'air. Il s'échappa de l'église de Latran et passa le reste de la journée à errer dans Rome où, il le savait par le Rouleau d'Abraham, plusieurs de ses ancêtres avaient jadis vécu. Rôdant dans le quartier juif, à l'ombre du Colisée, il essayait de se les représenter, les imaginait sous les traits de ceux qui, ayant déjà appris la nouvelle, sortaient dans les ruelles sales, gesticulaient et palabraient, véhéments, tragiques.

C'est ce jour-là, à ce moment-là, qu'il décida de ne plus rien avoir en commun avec ces Juifs entassés sur un îlot amarré au Tibre. Son destin à lui était désormais le grand large. Le temps de cette brève errance romaine, Saül sema Saül. Et c'est Paul qui regagna l'église où Guyard l'attendait.

La rouelle, bientôt de rigueur en Languedoc, en Normandie, en Provence, ne l'était pas encore en Champagne quand, vingt ans plus tard, Paul mourut, ainsi que son épouse Mathilde, d'une de ces épidémies d'hiver qui dépeuplaient les villes.

Leur fils Matthieu, maintenant marié et déjà père de trois enfants, trois garçons, prit à l'évêché l'emploi de Paul. C'était un esprit curieux de tout, ouvert, jamais disposé à accepter les vérités toutes faites. Un des premiers débats qui le vit s'opposer à ses amis avait précisément trait aux Juifs : quelques familles de réfugiés venaient d'arriver à Troyes, chassées de Bretagne par le duc Jean le Roux. Matthieu estimait injuste — et le disait

— la façon dont les chrétiens traitaient les Juifs. Il citait saint Augustin :

— « Le Juif détient le livre où le chrétien puise sa foi. »

— Ce livre, lui répondait-on, les Juifs l'ont abandonné pour le Talmud, et nous en sommes les seuls héritiers.

— Il n'y a pas si longtemps, le rabbin Salomon, ici même, en rédigeait de nouveaux commentaires...

Alors on se rappelait que Paul, le père de Matthieu, était né Saül, et que la pomme ne tombe jamais bien loin du pommier. Son épouse Marie le grondait gentiment :

— Tu as trois enfants et une bonne situation, pourquoi te faire des ennemis en te mêlant des affaires de ces étrangers?

— Mais les Juifs ne sont pas des étrangers!

— Ils ne sont quand même pas comme nous, Matthieu, tu le sais bien.

— Marie, oublies-tu que mon père était juif?

— Peut-être, mais il était baptisé, ce qui change tout!

Matthieu se désespérait que sa femme, si loyale, si généreuse, ne le comprenne pas, et il lui arrivait d'aller chercher du réconfort auprès de l'évêque Eustache, quand, à l'occasion de son travail, il pouvait l'approcher. L'évêque, malgré toute sa bienveillance, lui recommanda un jour de ne pas trop s'engager dans la défense des Juifs, qui restaient un peuple faux et usurier, même si quelques-uns faisaient exception.

Matthieu répondit par une citation des Évangiles :

— « On vous jugera du jugement dont vous jugez, et on vous mesurera avec la mesure dont vous mesurez. »

— Prends garde, mon fils! Tu sais que les moines de Dominique font la chasse aux hérétiques. Ta conduite et tes paroles pourraient être mal jugées.

— Alors, dois-je étouffer en moi le goût de la justice et mon amour du prochain? « Aimez vos ennemis, demandait le Christ, bénissez ceux qui vous maudissent, faites du bien à ceux qui vous haïssent. Car si vous saluez seulement vos frères, que faites-vous d'extraordinaire? »

L'évêque, pour lui changer les idées et rompre la solitude où Matthieu risquait de sombrer bientôt, lui confia un document à porter à Paris et à remettre à Benoît, l'abbé de Saint-Victor. Il lui conseilla, si sa femme n'y voyait pas d'inconvénient, d'y rester quelques jours : Paris était devenu le rendez-vous de tous les étudiants d'Occident, et un esprit comme le sien y trouverait certainement sa pâture.

Quelle ville, et quelle vie! Matthieu logeait à l'abbaye Saint-Victor, tout près du quartier des écoles, sur la rive gauche de la Seine. Les étudiants se bousculaient aux leçons que donnaient les maîtres dans les sept matières des arts libéraux, ou improvisaient des débats dans les prés des bords du fleuve, hors les murs, en amont des tanneries et des teintureries. On était en juin, le temps était superbe, les courtes nuits laissaient à peine à la ville le temps de s'apaiser avant de reprendre, dès la première aube, sa fièvre et son agitation. La grande cathédrale dédiée à Notre-Dame était pratiquement terminée, et on s'y pressait autant pour admirer que pour prier : le jeu des dimensions, l'élan de la pierre, avec la mise en œuvre de la nouvelle technique des arcs-boutants, le peuple des statues et des gargouilles, tout concourait à la gloire de Dieu et au bonheur des fidèles, et quand la lumière incendiait l'un ou l'autre des grands vitraux, l'une ou l'autre des rosaces, comme il était naturel de tomber à genoux !

Il fallait pourtant penser à rentrer à Troyes, et Matthieu allait se mettre en chemin quand le bruit circula que le roi Louis IX faisait saisir tous les exemplaires du Talmud qui se trouvaient sur le territoire du domaine royal. Matthieu, atterré, n'en croyait pas ses oreilles. Que ce livre pouvait-il donc receler de si dangereux ? Et s'il contenait des contrevérités, ne valait-il pas mieux les réfuter ? Les livres, disait-on, seraient brûlés le lendemain en place de Grève.

Il se leva tôt et vit s'éveiller la ville. Les premiers bateaux de la puissante corporation des marchands de l'eau commençaient à livrer les marchandises, les paysans arrivaient avec des ânes chargés de primeurs, les bouchers tuaient devant leurs étals, les mendiants couraient déjà après leurs premières pièces – la première aumône portait bonheur, juraient-ils, à celui qui la reçoit comme à celui qui la donne. Matthieu flânait au pied de l'église Saint-Séverin, dans la rue Erembourg-de-Brie ; il regardait les relieurs et les enlumineurs ouvrir leurs échoppes, quand un grand mouvement se fit vers la rue Saint-Jacques.

Précédées par des sergents de la garde municipale reconnaissables à leurs cuirasses et à leurs tuniques jaunes, arrivaient les charrettes chargées des livres à brûler. « Des écrits de Satan », murmura son voisin en se signant. Matthieu les comptait une à une, comme si leur nombre avait de l'importance. Quinze... seize... dix-sept... Il était dans la foule qui suivait les charrettes jusqu'en place de Grève, à travers le Petit-Pont, le Grand Châtelet et le quartier d'Outre-Grand-Pont.

Le bûcher était déjà dressé, et la place s'emplissait à vue d'œil de curieux auxquels se mêlaient mendiants et détrousseurs. Entendant quelques hommes parler avec l'accent champenois, Matthieu resta dans leur sillage. Ils ne portaient pas de signes distinctifs, mais leur ton affligé, leurs longues barbes, leur air traqué lui firent penser qu'ils étaient juifs.

Des trompettes sonnèrent et la foule s'ouvrit pour laisser passer les dignitaires de l'Église et les représentants du roi. De sa place, Matthieu ne pouvait entendre la lecture de la sentence, mais il vit les premières flammes. La foule n'était pas prise comme s'il se fût agi de brûler un être humain, et il n'y eut que quelques cris épars.

Quand les flammes furent suffisamment hautes, on y jeta les livres de la première charrette. Les parchemins se consumaient en dégageant une épaisse fumée noire. Matthieu regarda les visages de ceux qu'il pensait être des Juifs de Champagne. L'un serrait les mâchoires, un autre récitait une prière à voix basse. Celui qui était le plus près de lui pleurait en silence.

— Pourquoi pleures-tu? demanda Matthieu.

L'homme renifla, s'essuya les yeux, regarda Matthieu avec tristesse :

— Je suis scribe, dit-il enfin. Chacun de ces livres représente le travail de la vie d'un homme.

— Je suis scribe aussi, répondit Matthieu. A l'évêché de Troyes en Champagne.

— Je viens aussi de Troyes, s'exclama l'homme, que l'Éternel soit loué de nous faire nous rencontrer puisque telle est Sa volonté!

Dès qu'une charrette était vide, une autre s'avançait auprès du brasier, et les bourreaux jetaient par brassées les livres au feu, où les pages se tordaient dans les flammes comme si elles souffraient, et les lourdes tresses de fumée obscurcissaient le ciel.

— Que Son nom soit magnifié et sanctifié dans le monde qu'Il a créé selon Sa volonté! Qu'Il fasse...

L'homme priait à mi-voix, conscient de n'avoir rien à craindre de Matthieu.

— Tu es juif, n'est-ce pas? demanda Matthieu quand il eut fini.

— Mon nom est Abraham, fils de Johanan... Il y a quelques jours, nous avons été avertis que le roi de France faisait saisir tous les exemplaires du Talmud... A Troyes, nous n'avions rien à redouter, mais nous sommes venus à quelques-uns pour voir de nos yeux si l'Éternel allait permettre... Mais sans doute veut-Il donner un nouvel avertissement à Son peuple...

Son visage régulier, à la barbe très noire et aux yeux verts, semblait familier à Matthieu.

— Pourquoi? demandait Abraham, pourquoi? Pourquoi la méchanceté humaine? Pourquoi n'obéit-on pas à la Loi et pratique-t-on si peu l'amour du prochain? Pourquoi?

— Viens, dit Matthieu. Appelle tes amis et retournons à Troyes.

— Tu as raison. Que le Saint – béni soit-Il! – nous pardonne!

Ils étaient déjà en chemin quand Matthieu demanda à Abraham :

— Comment se nommait ton grand-père?

— Samuel.

— Le mien aussi.

Abraham resta silencieux un long moment, puis osa :

— Tu es le fils de ce Saül qui s'est converti?

— C'est moi, cousin, répondit Matthieu, bouleversé au plus profond de lui-même.

A Troyes, les Juifs portaient le deuil, et certains, bien qu'ils n'y soient pas obligés, avaient cousu une rouelle jaune sur leur vêtement. Les chrétiens étaient partagés sur le bien-fondé de la décision du roi Louis. Si ce Talmud contenait vraiment des abominations sur la personne de Jésus, sans doute fallait-il le brûler. Mais si le roi s'était trompé, et si le Talmud n'était autre chose que la parole de Dieu, alors ne fallait-il pas craindre la colère divine?

Matthieu, à la première occasion, s'en ouvrit à l'évêque Eustache :

— Est-on certain que le Talmud contienne des attaques contre le Christ et les chrétiens?

— Oui, Matthieu.

— Comment, mon père?

— Le roi a organisé voici deux ans un débat entre quatre rabbins d'un côté et, de l'autre, Eudes de Châteauroux assisté d'un Juif converti, Nicolas Donin. Blanche de Castille elle-même présidait.

— Que s'est-il dit?

— D'après ce que j'en sais, ce Nicolas Donin a aisément mis les rabbins en difficulté.

— Mais a-t-il vraiment prouvé que le Talmud renferme des blasphèmes contre Notre-Seigneur?

L'évêque réprima un geste d'impatience :

— La chose, Matthieu, a été jugée par des gens plus compétents que toi et moi. Je comprends ton désir de secourir les opprimés, mais si les Juifs sont opprimés, ce ne sont pas des opprimés comme les autres... Crois-moi, écoute la parole du Christ : « Laisse-les, ce sont des aveugles qui conduisent des aveugles. Si un aveugle suit un aveugle, tous deux tomberont dans le ravin. »

Matthieu ne reparla plus du Talmud. Il travaillait beaucoup, restait des heures en prières à l'église Saint-Étienne, et le soir, dans sa maison endormie, il lisait longtemps à la lueur d'une lampe à huile.

Un matin, son arrivée à l'évêché provoqua l'émotion générale. Il prit son travail comme si de rien n'était, mais l'évêque Eustache, alerté, vint bientôt en personne au secrétariat : Matthieu portait sur son surcot une rouelle jaune.

— Nous, frères de l'ordre du bienheureux Dominique, avons été saisis du cas de Matthieu, écrivain à l'évêché, coupable de révolte contre notre sainte mère l'Église.

Les moines en coule blanche se tenaient en demi-cercle autour de lui. Les visages étaient sévères, avec, en commun, ce quelque chose de patient et d'inexorable qui distingue les justiciers de Dieu. La voix roulait sous la voûte de pierre épaisse.

— Nous estimons que l'Église ne doit pourtant rejeter aucun pécheur repentant, et nous t'adjurons de renoncer à tes erreurs, de rejeter la pestilence hérétique, de dénoncer devant ce tribunal ceux qui t'ont induit en péché, afin de te sauver du châtiment des hommes et des flammes éternelles.

Que répondre? Ces gens qui parlaient au nom du Christ trahissaient le Christ : ils n'avaient pas d'amour en eux.

— Je ne suis pas un hérétique, dit-il simplement.
— As-tu oui ou non porté l'insigne des Juifs?
— Je l'ai fait.
— Qui t'a poussé à le faire? Un Juif?
— Oui, dit-il.
— Son nom!
— Jésus de Nazareth.

Un frémissement parcourut les lèvres minces de l'inquisiteur.

— Frères, demanda-t-il, que vous en semble-t-il?
— Blasphème! dit une voix à droite.
— Blasphème! dit une voix à gauche.
— Blasphème! Blasphème!

Les silhouettes droites et immobiles comme des formes de pierre paraissaient soudain avoir grandi, s'être rapprochées.

Matthieu se rappelait ce que lui avait dit l'évêque Eustache : « S'ils te prennent devant leur tribunal, je ne pourrai rien pour toi, que prier. » La peur lui étreignait le cœur, mais il ne pouvait quand même pas dire le contraire de ce qu'il savait, de toute sa foi, être la vérité.

Matthieu était incapable de bouger. Pieds et poings liés, la tête en bas, il était accroché comme un seau à la chaîne d'un puits et, selon les ordres de l'inquisiteur, on le descendait jusqu'à ce qu'il soit immergé, et on le remontait juste avant qu'il ne s'asphyxie. On attendait qu'il parle, qu'il dénonce, et alors on le libérerait, comme s'il fallait absolument un compte de victimes. Cruauté, indicible amertume, et comment Dieu pouvait-il laisser faire ces choses ? C'était là la plus désespérante des épreuves, et le Christ l'avait connue : « *Éli, Éli,* avait-il crié du haut de la croix, *lama sabachthani* ? Mon Dieu ! Mon Dieu ! pourquoi m'as-Tu abandonné ? »

Le bruit de la chaîne s'enroulant sur le tambour, l'eau s'égouttant de ses vêtements, sa respiration et ses gémissements amplifiés par le puits où des capillaires poussaient dans les scellements des pierres, tout cela perdit bientôt sa réalité. « Seigneur, priait Matthieu, hâte-Toi de me secourir... » S'il dénonçait quelqu'un, n'importe qui, il serait sauvé. Il pensa à Abraham, son cousin juif, et à ses larmes silencieuses, place de Grève. S'il ne dénonçait personne, il serait brûlé comme hérétique sur un bûcher... Quelle dérision...

On le plongea une fois de trop, ou trop longtemps, dans l'eau du puits. Quand on le remonta, il avait cessé de vivre. On l'enterra en cachette. Seuls ses trois fils, son épouse Marie et un vieux prêtre de La Chapelle assistèrent à sa mise en terre.

Abraham, que Marie avait prévenu, suivit l'enterrement sans se faire voir et dit le kaddish. Le soir même, il décida avec sa femme et ses enfants de quitter Troyes.

XXIII

Strasbourg
L'ARGENT DE LA COMMUNE

ABRAHAM, son épouse Nana, leurs deux fils Samuel et Nathan arrivèrent à Strasbourg à la fin de cette même année 5002 * après la création du monde par l'Eternel – béni soit-Il! La communauté strasbourgeoise les prit en charge jusqu'à ce qu'ils eurent trouvé un logement et du travail.

Abraham était un homme intègre, fidèle et modeste. Son voyage parisien mis à part, il n'avait guère vécu d'aventures qu'à la lecture du Rouleau familial, où il avait suivi une à une les tribulations de ses ancêtres. Aussi, arrivant à Strasbourg, il lui semblait revivre exactement ce qu'avaient pu connaître d'autres Abraham arrivant à Alexandrie, Hippone, Cordoue, Narbonne ou Troyes : une ville inconnue dont on fait le tour des remparts, une rivière dont on passe les ponts, des mœurs à découvrir, une langue à apprendre... Seules certitudes, seul réconfort : la chaleur, le rythme du quartier juif, la synagogue comme un ancrage, les prières partagées... Et puis, un mois chassant l'autre, la vie passant, les enfants grandissant, on finissait par être d'Alexandrie, de Cordoue ou de Strasbourg – et personne, à l'accent des petits-enfants, ne pouvait deviner que vous veniez d'ailleurs.

Strasbourg convenait à Abraham, qui rencontrait là des gens solidaires et sérieux. Il fut embauché comme scribe à la synagogue et loua, tout près, rue des Charpentiers, un petit logement. Son épouse Nana, en revanche, s'y étiola vite. Elle ne se faisait pas à la langue alémanique qu'on parlait à Strasbourg et regrettait sa famille restée à Troyes. Elle commença à dépérir, à la grande tristesse d'Abraham. Comprit-il qu'elle allait mourir, et lui avec elle? En tout cas, sans en parler à

* 1242.

quiconque, et même pas à ses fils, il mit à jour le Rouleau d'Abraham.

C'était pour lui un dilemme : son extrême modestie le poussait à ne pas intervenir dans un document aussi précieux. Sa propre vie, pensait-il, était sans intérêt. Mais son sens du devoir l'emporta sur son humilité : s'il n'avait rien vécu d'exaltant par lui-même, à l'instar de dizaines et de dizaines de ses ancêtres dont le Rouleau ne faisait que mentionner les noms, du moins estimait-il devoir témoigner devant la conscience des hommes. Aussi, après avoir longtemps hésité sur la meilleure formulation, écrivit-il d'une plume ferme, derrière son nom : « Qui engendra Nathan et Samuel, fut scribe à Troyes en Champagne comme son père ; vit à Paris le bûcher où le roi de France Louis le Neuvième brûla tous les exemplaires du Talmud qu'il avait pu saisir ; et ne voulant demeurer dans une ville où un Juste avait, selon sa foi, fait le sacrifice de sa vie, quitta Troyes avec sa famille pour aller s'établir à Strasbourg et y servir l'Eternel, béni soit Son nom ! »

Il ne s'étonna pas quand Nana mourut, comme s'éteint une lampe. Et on ne s'étonna pas plus autour de lui quand il mourut à son tour, un an plus tard exactement, sans causer de soucis à personne.

Les deux fils avaient déjà à cette époque choisi leur voie : c'est le cadet, Nathan, qui serait scribe, l'aîné, Samuel, partant pour Metz s'initier au métier de la banque, qu'il revint quelques années plus tard exercer à Strasbourg. Ils étaient aussi différents que possible, mais restaient très attachés au souvenir de leurs parents, comprenant qu'ils avaient quitté Troyes moins par crainte que pour obéir à leur conscience ; chaque année, allumant une ner-tamid en leur souvenir, ils les en remerciaient.

Vingt ans après leur arrivée à Strasbourg, ils eurent encore l'occasion de se féliciter de leur initiative. Le marchand Lénit d'Offenburg leur rapporta en effet qu'un Juif de Troyes avait été accusé de profanation d'hostie ; il s'agissait de Meir, le fils de Samson, l'orfèvre de la Brosse-aux-Juifs, qu'ils avaient connu enfant. Il avait été sauvé de justesse par une rançon de cent cinquante marcs d'argent rassemblés en catastrophe par la communauté.

Oh ! Les tracasseries ne manquaient pas non plus à Strasbourg, mais, grâce au ciel, elles étaient moins graves. Et quel Juif de par le monde n'y était pas exposé ?

Samuel le banquier se demandait comment il conviendrait de réagir si on accusait son fils Menahem de profaner les hosties. Il avait fait des comptes depuis l'aube, poussant les jetons de cuivre sur le damier à calculer et inscrivant les chiffres en colonnes sur le parchemin. Maintenant qu'il était à jour, il essuyait sa plume en pensant à son fils quand il entendit des pas précipités dans l'escalier.

C'était Vogel, son commis :

— Nous avons une visite, maître! lui dit Vogel en reprenant son souffle. Le patricien Reinbold Liebenzeller.

— Que nous veut-il?

— Comme tout le monde, je suppose, de l'argent.

Samuel tira pensivement sur sa barbe, mâchonna un moment quelques poils grisonnants qui lui venaient au bord des lèvres et rajusta son surcot violet sur sa cotte grise.

— Qu'il monte! dit-il.

Reinbold Liebenzeller était un homme grand et large, avec une vaste bedaine. Ses cheveux châtains s'échappaient de son chaperon à crête de velours du même rouge que les gants qu'il jeta sur un meuble. Malgré le temps doux, il portait un mantel garni de fourrure. Il salua Samuel d'un large sourire puis s'étala sur le banc sans y avoir été invité, le faisant craquer sous son poids.

— Nous avons besoin de vous, Samuel de Troyes, le plus honnête des banquiers! annonça-t-il d'une voix solennelle.

— Nous?

— Nous, les patriciens qui siégeons au Conseil : Henri Eichen, Bourcart Spender, Berthod Ruses, Hugo Kuchenmeister...

Samuel prit l'air surpris :

— Et que puis-je, moi, pauvre Juif, pour les bourgeois les plus puissants de Strasbourg?

— De l'argent!

— De l'argent? Mais vous êtes les hommes les plus riches de la ville!

— Ce que nous avons ne nous suffit pas.

— Alors seul mon argent vous manque! soupira Samuel. L'argent, l'argent, toujours l'argent! Et où le prendrais-je? N'avons-nous pas déjà payé nos impôts à l'empereur, à l'évêque, au Conseil de la ville, sans compter les emprunts forcés qu'on ne nous rendra jamais...?

— Allons, banquier, allons! Ne vous ai-je pas rendu les sommes que vous m'avez prêtées?

Samuel s'enfonça dans sa cathèdre jusqu'au dossier de chêne sculpté :

— Il est vrai, Herr Liebenzeller, qu'avec vous je n'ai rien perdu. Mais je n'ai rien gagné non plus.

— Les intérêts que je vous ai promis, vous les aurez!.

— Je ne doute pas de la parole d'un patricien de Strasbourg. Je prie seulement l'Eternel que je ne meure pas ruiné avant d'avoir pu profiter de cette parole-là.

Reinbold Liebenzeller lâcha un grand rire :

— Vous avez le mot pour rire, Juif! Par Dieu, vous l'avez! Mais cet argent, maintenant, c'est le Conseil qui vous le demande, et le Conseil est assez puissant pour que vous puissiez en tirer quelques avantages.

— Puissant, puissant... répéta Samuel. Personnellement, je n'en doute pas, mais le nouvel évêque ne me paraît pas croire beaucoup au pouvoir du Conseil!

Liebenzeller grimaça un sourire :

— Vous êtes bien renseigné, Juif!

Samuel écarta les bras comme pour souligner une évidence :

— Notre vie en dépend...

Le patricien s'anima :

— Et voilà pourquoi vous devez nous aider. Car, si l'évêque et ses Hügenossen, ses commensaux épiscopaux, prennent la ville en main, c'en sera fini de vos privilèges.

— Nos privilèges? Lesquels? s'étonna Samuel. Nous n'avons le droit de travailler dans aucun métier! On nous enferme dans l'argent pour pouvoir nous en demander et nous haïr davantage! De quels privilèges parlez-vous, Herr Liebenzeller? En vérité, nous n'avons que des devoirs.

Embarrassé, le patricien laissa errer son regard sur les meubles sombres et lourds, les gros objets d'argent. Samuel toussota :

— Mais pourquoi avez-vous besoin d'argent de façon aussi urgente?

La large face de Liebenzeller se fendit d'un sourire :

— Alors, vous nous aiderez?

— Si je peux, si je peux...

— Vous le pouvez. Voici la situation. L'évêque Gauthier est en train de réunir une armée près de Holtzheim. Plusieurs seigneurs le soutiennent, par exemple Rodolphe de Rapperschwyl et Berthold de Saint-Gall, l'oncle de l'évêque. Nous ne voulons pas éviter la bataille, mais il nous faut des armes et des soldats, donc de l'argent. —

— De combien avez-vous besoin?

— Deux mille marcs d'argent, garantis par le Conseil.

– Garantis si vous gagnez. Mais si vous perdez?
– Nous gagnerons.
Reinbold Liebenzeller prit une large inspiration :
– J'irai moi-même!
– Deux mille marcs d'argent.. C'est une grosse somme.
– Vous faites bien partie d'une association de banquiers? Pourquoi ne pas y recourir?
– Il faut du temps.
– Combien?
– Deux semaines, peut-être plus.

Le patricien passa sa main chargée de bagues sur sa nuque épaisse :
– C'est beaucoup!

Samuel ouvrit le coffre placé derrière lui et en tira un sac, qu'il posa sur la table, près du damier à calculer.
– Prenez déjà ces cinq cents-là, dit-il. Je vous procurerai le solde le plus tôt possible.

Reinbold Liebenzeller se dressa d'un bond :
– Vous êtes notre sauveur!
– Je l'espère bien, répondit Samuel. Car si l'évêque gagnait la bataille...

Il prit une feuille de parchemin, vérifia que la plume n'était pas ébréchée, la trempa dans l'encrier et la tendit au notable :
– Vous voudrez bien me signer un reçu.
– Bien sûr, bien sûr! Au nom du Conseil, naturellement.
– Plutôt au nom de Reinbold Liebenzeller... Après tout, c'est vous qui êtes ici! Et je préfère avoir affaire à un homme que je connais plutôt qu'à une institution où je ne trouverai jamais à qui m'adresser.

Le patricien parti, Samuel enferma la décharge dans le coffre, pria Vogel de prévenir Menahem qu'il partait pour Metz le jour même. Puis il coiffa son chapeau pointu, signe distinctif des Juifs allemands, et sortit demander l'avis de son frère cadet Nathan.

Nathan le scribe habitait en face de la rue des Charpentiers, près de l'immeuble qu'on appelait le « bain juif » et qui comprenait aussi la synagogue. Maigre, ascétique, le visage illuminé par deux grands yeux verts, il consacrait toutes ses forces et tout son temps à l'étude. Il fut surpris par l'arrivée impromptue de son frère :
– Que l'Eternel – béni soit-Il! – t'accompagne! Qu'amènes-tu, mon frère?
– Des nouvelles. Et j'ai besoin d'un avis.

— Si je peux. Entre, assieds-toi.

Samuel lui raconta la visite de Reinbold Liebenzeller.

— Mais tu n'as pas besoin de conseil! conclut Nathan.

— Pourquoi donc?

— Parce qu'un conseil sert avant la décision, pas après, et que ta décision est déjà prise. Il ne nous reste qu'à prier pour la victoire des bourgeois contre l'évêque. S'ils gagnent, je pense qu'un homme comme Liebenzeller pourrait devenir pour la communauté un soutien important.

— En combien de nobles avons-nous déjà mis le même espoir!

— Souviens-toi des textes : « Combien l'homme frappe de monnaies avec un seul sceau! Et toutes se ressemblent, mais le Saint — béni soit-Il! — frappe chaque homme du sceau d'Adam et pas un ne ressemble à l'autre. Et pourquoi leurs images ne sont-elles pas identiques? Pour qu'aucun, s'il voit une belle habitation ou une belle femme, ne dise : " Elle est mienne ". »

— Et pourtant tous tuent, volent et nous persécutent, répondit amèrement Samuel.

— Imagine, mon frère, que tous les hommes ne descendent pas du même homme, qu'ils n'aient pas le sentiment, en tuant le prochain, de commettre, tel Caïn, un fratricide! Remercions donc l'Eternel de nous avoir créés à Son image. Remercions-Le aussi de nous avoir, ici à Strasbourg et jusque-là, préservés du mal. Ne sommes-nous pas plus heureux que nos frères de Paris, de Troyes ou de Mayence?

Il se leva, tira sur ses *tzitzit*, franges de laine blanche fixées à son vêtement, et ajouta d'un ton enjoué :

— Sais-tu que Rachel, la femme de mon fils Elie, est sur le point d'accoucher? Ce sera mon premier petit-fils.

— Et si c'était une fille?

Samuel n'avait pas encore de petit-fils. Son aîné, Menahem, venait de perdre son troisième enfant, et son cadet, Isaac, n'avait que deux filles. Pour des raisons qui lui échappaient, il trouvait anormal que son jeune frère espère avoir un petit-fils — cette bénédiction du Très-Haut — avant lui. C'est pourtant ce qui arriva : Rachel donna le jour à Haïm, et Samuel dut encore attendre deux ans avant que Bella, la femme de Menahem, n'accouche enfin d'un garçon, un beau garçon qui tétait comme deux et braillait comme quatre : on l'appela Mosselin.

La guerre entre l'évêque et les bourgeois de Strasbourg, qui s'étaient équipés en partie grâce à l'argent de Samuel, n'avait pas encore pris fin, et, si l'hiver avait retardé les batailles, il n'avait pas calmé l'ardeur des combattants.

En ce jour de mars 1262 où un petit-fils naquit à Samuel, Isaac, son fils cadet, rejoignit à cheval la petite troupe de volontaires qui partaient tenter d'abattre le clocher de Mundelsheim, lequel servait d'observatoire à l'armée épiscopale et lui permettait de contrôler la route de Strasbourg à Haguenau. Samuel avait essayé de dissuader son fils de s'engager, mais les Juifs devaient fournir des combattants à la commune, et Isaac ne voulait pas qu'on puisse l'accuser de dérobade.

La troupe se composait d'une centaine d'hommes et était suivie de charpentiers et de sapeurs. Ils furent aperçus par les guetteurs du clocher, qui donnèrent l'alerte. Le tocsin sonna dans tous les villages de la plaine, mobilisant chevaliers et fantassins. Quelques hommes, parmi lesquels Isaac, reçurent l'ordre de faire demi-tour et d'aller prévenir le Conseil que l'armée de l'évêque s'assemblait.

Depuis deux ans, dix fois, vingt fois peut-être on avait répété les mêmes manœuvres, l'évêque Gauthier, installé sur la butte de la Musau, contemplant les troupes des bourgeois déployer leurs bannières sur les collines de Hausbergen. Mais, cette fois, trompé par le détour que faisait l'armée des bourgeois pour éviter le fossé d'entre Ober et Mittelhausbergen, l'évêque crut à un repli de l'adversaire. Espérant le prendre à revers, il s'élança à la tête de ses cavaliers, sans attendre la masse de ses piétons.

Mais les bourgeois firent front. La bataille éclata, à peu près égale jusqu'à ce que les dernières troupes de la ville, commandées par Nicolas Zorn le vieux, arrivent en renfort. Les piétons de l'évêque tendirent alors leurs arcs : un épais nuage noir traversa le ciel en sifflant. « Les flèches ! » cria quelqu'un près d'Isaac. Les chevaliers levèrent leurs boucliers au-dessus des têtes. Isaac sentit une brûlure vive à la jonction de l'épaule et du cou. Il y porta la main : du sang. Sa vue s'obscurcit, il dut faire effort pour ne pas glisser de son cheval.

Berthold le charpentier le ramena en ville. Sa femme Mina fit appeler le médecin Süskind et Samuel, qui, avec les hommes de la communauté, priaient depuis le matin à la synagogue. En les attendant, elle découpa le vêtement d'Isaac tout autour de la flèche. Le médecin Süskind, qui chantonnait sans arrêt, même quand vous lui parliez, même quand il opérait, arracha la flèche sans paraître imaginer que cela puisse faire mal, incisa la plaie en croix, et partagea un fond d'alcool de prune entre la blessure et les lèvres décolorées d'Isaac sur le point de s'évanouir.

— Il guérira ? demanda Samuel.

— Si l'Eternel tout-puissant décide qu'il guérira, alors il guérira !

Le soir était tombé quand arriva Ellenhardt, trésorier de l'œuvre Notre-Dame, envoyé par Reinbold Liebenzeller : il venait prendre des nouvelles d'Isaac et raconter comment l'évêque avait finalement été vaincu après avoir eu deux chevaux tués sous lui. Il avait enfin pu s'enfuir sous la protection de quelques chevaliers. Une soixantaine d'ennemis, nobles ou chevaliers, avaient été tués et dépouillés de leurs vêtements sur le champ de bataille.

La commune de Strasbourg avait donc gagné. Et c'est dans une ville libre que guérit Isaac et que grandit le petit Mosselin.

Mosselin avait neuf ans quand, un soir, on ne le vit pas rentrer à la maison. Cela ne lui était jamais arrivé, et sa mère s'inquiéta aussitôt, envoya chercher son époux Menahem. Celui-ci courut au palais des Müllenheim, où Mosselin allait souvent jouer avec le petit Rodolphe, qui avait son âge. Les Müllenheim étaient une des plus puissantes familles de Strasbourg, une des plus influentes au Conseil ; leur palais s'élevait à l'angle du quai au Sable et de la rue des Écrivains, à une centaine de pas du quartier juif — c'est ainsi que Rodolphe, ayant un jour échappé à la surveillance des servantes qui le gardaient, était tombé dans l'Ill et avait été sauvé par Mosselin qui jouait là et lui avait tendu le bâton lui servant d'épée. Le père de Rodolphe, Hugo Müllenheim, éperdu de reconnaissance, avait juré que tant qu'il vivrait Mosselin serait chez lui au palais. En effet, l'enfant allait souvent y jouer, et les servantes de Rodolphe ne manquaient jamais de le renvoyer chez lui à l'heure du souper. Ce soir-là, donc, Menahem se précipita au palais : oui, lui dit-on, Mosselin était venu, mais il était reparti à l'heure habituelle. Menahem retourna chez lui, où Mosselin n'était toujours pas rentré, regagna le palais, où Hugo Müllenheim mit une dizaine d'hommes à sa disposition pour battre les quais de l'Ill et les fourrés de la berge ; courut encore — il fallait faire vite, la nuit venait — jusqu'à la synagogue, où il tomba sur quelques jeunes gens prêts à l'aider et quelques hommes trop âgés pour courir et qui se mirent en prière. Samuel, qui était là, se promit de jeûner aussi longtemps que son unique petit-fils ne lui serait pas rendu.

Mais rien. Rien jusqu'à la nuit. Rien au matin. Rien encore au soir suivant. Etait-il tombé dans l'Ill ? Les eaux auraient-elles emporté son petit corps sans que les tanneurs, tisserands ou teinturiers le voient passer ?

Bella ne quittait pas la maison, soutenue par les femmes de la famille et du voisinage. Menahem courait à tous les endroits où il avait couru la veille et où peut-être... Samuel jeûnait et priait... Nathan le scribe, le grand-oncle de Mosselin, sillonna deux jours durant les rues et les marchés où bavardaient les commères, où les hommes s'arrêtaient après le travail. Partout, à Saint-Pierre-le-Vieux, derrière le couvent des Cordeliers, rue des Serruriers, à Under Metzingern, il répétait le signalement de Mosselin. Son interminable corps maigre, ses longs bras, son regard vert faisaient de lui un de ces personnages étranges, quelque peu fascinants qu'on croit connaître depuis toujours.

Nul ne put le renseigner, mais Nathan ne se décourageait pas : Dieu n'abandonne pas ceux qui cherchent ; Adam lui-même ignorait si le temps de sa peine serait compté selon le temps de l'homme ou le temps de Dieu, dont un jour est pour l'homme mille ans.

Le troisième jour, un enfant vint le chercher chez lui et lui demanda de le suivre. Il l'emmena du côté de l'abattoir. Ils longèrent sous l'immense auvent les étals en plein air des bouchers, passèrent devant Heringsbrunn, la fontaine aux Harengs, et gagnèrent en contrebas l'ancien fossé romain, un véritable cloaque qui recueillait tous les excréments du quartier. Là, l'enfant se détourna et disparut en courant.

Nathan resta seul avec des nuages de mouches. L'endroit était inquiétant, mais il avait confiance. Bientôt, il vit s'approcher un valet de boucherie qui essuyait ses mains sanglantes à son tablier déjà rougi. Plusieurs coutelas pendaient à sa ceinture, chacun dans sa gaine. C'était un homme à tête ronde et pâle, qui vérifia du regard que personne ne les surveillait.

— Vous n'étiez jamais venu à Albergrien ? demanda-t-il d'une voix rauque.

Puis, comme si c'en était assez des civilités, il dit :

— Je sais où est l'enfant. Combien paierez-vous ?

— Il n'y a pas de plus juste récompense que la satisfaction d'avoir fait une bonne action, répondit Nathan. Cela dit, combien veux-tu ?

Il fouilla dans sa ceinture, sortit trois pièces :

— Tiens, un heller, encore un heller, et un river... Je n'ai pas autre chose.

— C'est bien.

Nathan ne le pressait pas. Les mouches s'agglutinaient sur

l'abominable tablier, le fossé puait l'enfer, mais Nathan, dans son long vêtement gris, paraissait tranquille et sans impatience.

— Moi, dit l'homme, je porte une fois par semaine la viande à la Henkersturm, la tour du Bourreau. Ce matin, j'y vais comme d'habitude et j'arrive à la poterne en même temps que Gerhardt, le prêtre de Saint-Martin. En attendant que les gardes relèvent la herse, on parle un peu. Il me dit qu'il est venu baptiser un enfant juif. Alors voilà.

— Sois béni, boucher, sois béni!

Nathan s'éloigna à longues enjambées, les pans de son vêtement de toile grise battant comme deux ailes. Il se rendit alors, avant même de prévenir Samuel et Menahem, chez Ellenhardt, le trésorier de l'œuvre Notre-Dame, celui qui était venu prendre des nouvelles d'Isaac pendant la bataille contre l'évêque, et avec qui il entretenait depuis d'excellentes relations.

Ellenhardt n'ignorait rien de la disparition de Mosselin, mais il ne pouvait croire à une mauvaise action. Ils partirent aussitôt à la recherche du prêtre Gerhardt. Devant la chapelle Saint-Martin, où Nathan attendit Ellenhardt, les changeurs rangeaient leurs tables. Quand les cloches sonnèrent les vêpres, la place se vida d'un coup. Enfin, Ellenhardt revint. Il avait l'air de ceux qui détiennent une nouvelle importante:

— Je crois bien que cet enfant est votre Mosselin, dit-il. Et je crois même comprendre pourquoi il est à la Henkersturm; n'est-ce pas...

Il prit Nathan par le coude:

— Votre Mosselin est un ami de l'héritier Müllenheim, n'est-ce pas?

— Il va souvent jouer au palais, confirma Nathan.

Ellenhardt hocha la tête:

— C'est bien ça. Si un enfant sous votre garde vient à disparaître, qui sera responsable? Vous, n'est-ce pas? Et si cet enfant est de plus initié à une autre religion, qui sera accusé? Vous, n'est-ce pas?... Bon. Maintenant, qui peut avoir intérêt à nuire aux Müllenheim? Il suffirait de le savoir pour deviner qui a enlevé votre Mosselin, n'est-ce pas?... Bonne chance, cher Nathan. Que le Tout-Puissant vous assiste!

Nathan rejoignit à la hâte le domicile de Samuel, où toute la famille était réunie. Samuel lui-même était assis, immobile, à sa place habituelle, enfoncé dans sa cathèdre jusqu'au dossier. Sur la table, devant lui, s'étalait le Rouleau d'Abraham: c'est Nathan qui, en tant que scribe, le tenait à jour, mais Samuel le gardait dans son coffre. Menahem et Bella, debout l'un près de l'autre, étaient livides.

— Sois loué Eternel, Roi secourable, Sauveur et Bouclier! Mosselin est vivant! annonça Nathan en entrant.

Il raconta tout ce qui s'était passé et termina sur l'interrogation d'Ellenhardt : qui pouvait avoir intérêt à déconsidérer la famille Müllenheim? La réponse, il la connaissait aussi bien que les autres, aussi bien qu'Ellenhardt, et n'importe qui en ville aurait pu répondre : la famille Zorn. Les Müllenheim et les Zorn, dont l'alliance avait fini par vaincre l'évêque, s'opposaient en quelque sorte naturellement, comme deux mâles dans une harde. Nicolas Zorn, le patriarche, qu'on appelait Zorn le vieux, irascible et entêté, faisait espionner le palais des Müllenheim, cherchant à surprendre de quoi nuire au clan adverse. C'est ainsi qu'il avait appris les nombreuses visites du petit Mosselin à Rodolphe Müllenheim, et qu'il avait, au Conseil de la ville, accusé ses adversaires de dépendre de l'argent juif. C'était bien encore de son cerveau malade de jalousie qu'avait pu naître l'idée tortueuse d'utiliser sans scrupule le petit Mosselin pour nuire à ses ennemis.

— Ce vieux Zorn suit la voie du diable! dit encore Nathan, résumant la pensée de tous.

— Que faire? Que faire? demanda Menahem, pris entre la joie de savoir son fils vivant et l'angoisse de ne pouvoir le reprendre.

— Que le Saint – béni soit-Il! – nous protège! répondit Nathan, mais je n'ai pas d'avis.

Il se tourna vers Samuel, qui serrait les lèvres.

— Toutes les solutions auxquelles on peut penser, dit enfin le banquier d'une voix blanche, sont mauvaises et dangereuses. Rencontrer Zorn le vieux, saisir le Conseil, demander l'aide des Müllenheim... Ils ont Mosselin en otage, ne l'oublions pas... Encore, s'ils nous demandaient une rançon... Mais l'argent ne décourage pas la haine...

— Mais nous n'allons pas rester sans rien faire! cria Menahem.

Sa femme Bella se tordait les mains. Nathan, qui n'avait rien dit depuis un moment, parla soudain. Son regard vert témoignait d'une détermination inébranlable :

— Nous reverrons Mosselin sain et sauf, dit-il.
— D'où cette assurance? demanda Menahem.
— De ma foi.

Hugo Müllenheim, apprenant que Zorn le vieux séquestrait Mosselin, en fit une affaire personnelle et, comme Samuel l'avait craint, envoya ses hommes cerner la Henkersturm. L'un d'eux abattit d'un carreau d'arbalète un des gardes de Zorn le vieux, lequel ne tarda pas à faire savoir que l'enfant ne survivrait pas à un assaut.

Samuel partit alors de chez lui. C'était son quatrième jour de jeûne et la tête lui tournait un peu. Il se fit annoncer chez Reinbold Liebenzeller et fut reçu aussitôt. Le vaste patricien avait encore pris du poids et de la carrure. Il se tenait le dos à la cheminée gigantesque où brûlait un tronc et, planté sur ses cuisses formidables, paraissait réellement indéracinable.

— Par Dieu! tonna-t-il. Que voulez-vous que je fasse? Le Conseil est exactement divisé en deux. Et Zorn est mon ami, et Müllenheim aussi! Et vous aussi, Juif, vous êtes mon ami! Vous ai-je fait défaut depuis que nous nous connaissons?

— Non, peut-être parce que je ne vous ai jamais rien demandé.

— Vous avez toujours le mot pour rire, Juif! Par Dieu, vous l'avez!

— Reinbold Liebenzeller, je voudrais que vous réunissiez le Conseil.

— Pour que la guerre éclate dans la salle?

— Reinbold Liebenzeller, convoquez le Conseil. Dites que je renonce à l'argent que vous me devez depuis dix ans si mon petit-fils nous est rendu avant la nuit.

Le patricien resta un moment bouche bée, bras ballants:

— Vous renoncez aux deux mille marcs d'argent?

— Oui.

— Et aux intérêts depuis dix ans?

— Oui.

— Par Dieu, Juif, vous n'êtes pas celui que je croyais. Pour deux mille marcs, les conseillers feraient entendre raison au diable!

Le Conseil siégea tout l'après-midi. Pendant ce temps, Müllenheim continuait à amener des hommes, des armes et des munitions au long des fossés qui protégeaient la tour du Bourreau. Isaac courait de la tour au Conseil, du Conseil à la tour.

Les hommes de Müllenheim avaient déjà réussi à monter un pont de barques quand survinrent deux cavaliers municipaux. Le premier sonna de la trompette, l'autre ordonna au nom du Conseil de la commune de Strasbourg de déposer les armes.

Reinbold Liebenzeller monta lourdement l'escalier de bois. Samuel se leva pour l'accueillir, mais garda sur la tête son chapeau pointu. Il se sentait très faible, son visage faisait penser à un rocher creusé par les vagues.

Le patricien, qui soufflait comme un bœuf, rayonnait d'importance et de satisfaction.

— J'ai tenu parole, par Dieu! dit-il en jetant ses gants rouges sur la table. Et croyez-moi, ça n'a pas été facile!

Il se laissa tomber sur le banc, qui plia sous sa masse.

— Si vous m'aviez entendu, chez Samuel, parler de votre petit-fils!

— Vous aviez oublié de m'inviter, Herr Liebenzeller.

Le patricien s'esclaffa :

— Toujours le mot pour rire, Juif! Par Dieu, toujours!

Il se tapa bruyamment sur les cuisses, tira sur la cordelière pour ouvrir son mantel de velours vert et prit Samuel à témoin :

— Savez-vous ce que Zorn le vieux reprochait aux Müllenheim?

— Non.

— De profiter de la proximité de leur palais avec l'hôtel de ville pour intriguer contre lui. Et savez-vous ce que nous avons décidé?

— Non.

— De construire un nouvel hôtel de ville à égale distance entre les deux palais. Et savez-vous ce qu'a exigé Zorn le vieux?

— Non.

— Qu'il y ait deux escaliers séparés : côté nord pour lui, côté sud pour les Müllenheim!

L'ombre du soir envahissait la pièce. Pendant quelques instants, la faim ne tourmenta plus Samuel, qui se sentait léger, en paix avec lui-même. A peine s'il restait en lui une place pour la conviction désabusée que les hommes n'étaient pas encore près de pouvoir vivre ensemble.

— Et l'argent? demanda-t-il.

— L'argent? Ah! l'argent! Eh bien, le Conseil a accepté votre proposition.

— Pour les intérêts aussi?

— Pour les intérêts aussi. C'est bien ce qui était convenu?

— C'est vrai, répondit Samuel.

— En échange, votre petit-fils est retourné chez ses parents.

— C'est vrai.

— Son baptême sera annulé puisque vous le souhaitez. Tout finit donc bien.

— C'est vrai.

Reinbold Liebenzeller se racla bruyamment la gorge et cracha dans la cheminée. Il se leva et parut emplir la pièce :

— N'oubliez-vous pas la décharge que je vous avais signée ?

Samuel se tourna à demi, ouvrit son coffre, en tira le parchemin roulé et ficelé d'une cordelette rouge :

— La voici, Herr Liebenzeller.

Le patricien reprit ses gants.

— Qu'allez-vous faire maintenant ? demanda-t-il.

— Dire la prière du soir.

XXIV

Strasbourg
LA VICTOIRE DE ZIPORIA

LE siècle s'éteignait comme pour la fin du monde. On reçut d'abord un livre, le *Zohar*, qu'on disait écrit par Rabbi Shimon bar Yokhaï, célèbre maître du IIe siècle, en Galilée, mais dans lequel beaucoup voyaient la main d'un certain Moïse de León, qu'un lointain cousin de Samuel et de Nathan avait rencontré récemment à Cordoue, en Espagne. Le Zohar, ou *Livre des splendeurs*, traitait des mystères que renfermait la Bible, des significations cachées de la Loi et surtout de la Révélation, et suscita aussitôt des discussions passionnées au sein de toutes les communautés juives. Discussions alimentées à Strasbourg par le passage d'un marchand, Moses de Turckheim, qui prétendait avoir entendu, de la bouche même d'un pèlerin juif arrivant de Jérusalem et d'Acre où il avait visité la grande école de Rabbi Yekhiel, qu'on y avait dernièrement relevé de nombreux signes annonciateurs du Messie et de la proche libération.

Des signes? Il n'en manquait pas non plus en Occident. A Troyes, par exemple, on accusa un Juif, Isaac le châtelain, d'avoir tué un jeune chrétien – « meurtre rituel », dirent les dominicains qui brûlèrent treize Juifs pour la peine. A Strasbourg même, Güttelin, dernière fille du shamash Löwe, une pauvre d'esprit qui à vingt ans parlait à peine, s'écria à la fin d'un office de shabbat : « Malheur à vous! Faites votre salut avant qu'il ne soit trop tard! » D'une voix et avec une autorité qu'on ne lui connaissait pas, elle dit qu'elle entendait sonner le shofar annonçant le Messie. Dès le lendemain, les visiteurs se pressaient devant la demeure de Löwe le shamash, qui installa sa fille, parée comme pour un mariage, dans la salle de réunion contiguë à la synagogue, face au poêle des charpentiers. On l'interrogeait comme un oracle, on lui demandait de toucher des plaies, et Löwe dut la faire protéger par quelques solides gaillards.

Puis Hirtz le bossu, mendiant qui avait depuis longtemps pris racine devant la porte de la synagogue, s'arracha un soir à sa place habituelle, pénétra dans la salle de réunion, jurant avec une grande exaltation qu'il entendait lui aussi le shofar de l'accomplissement des temps. On l'entoura. On le vit, en proie à une sorte de tremblement, fixer le mur nu où, disait-il, il voyait se rapprocher le char de feu qui avait emporté Elie... Il trembla de plus en plus violemment puis tomba comme foudroyé... Il fallut un bon seau d'eau pour le faire revenir à lui.

Alors on apprit que Rabbi Meir de Rotenbourg, chef spirituel des Juifs allemands et disciple de Rabbi Yekhiel de Jérusalem, partait pour la Palestine. Des dizaines de familles, au grand complet, décidèrent de le suivre et se mirent aussitôt en route, comme l'avaient fait les chrétiens cent ans plus tôt, derrière Pierre l'Ermite. Mais ceux-là n'arrivèrent pas à Jérusalem : Rodolphe de Habsbourg, qui ne voulait perdre ni ses Juifs ni les profits qu'il en tirait, envoya ses gens d'arme les rattraper et les reconduire chez eux. Quant à Rabbi Meir, qui prétendait repartir, il le condamna à rester dans la citadelle de Ensisheim jusqu'à cette fin du monde qu'il annonçait, à moins qu'on ne verse pour sa libération une rançon de mille cinq cents marcs d'argent. Les communautés d'Alsace se solidarisèrent alors et, le vieux banquier Samuel ne pouvant plus se déplacer, ses fils et petit-fils Menahem et Mosselin rassemblèrent l'importante somme – à la suite de quoi Rabbi Meir annonça qu'il refusait son rachat pour décourager ce qui n'était jamais qu'une forme de brigandage.

Pendant ce temps, le shamash Löwe avait imaginé de marier sa fille Güttelin et Hirtz le bossu, de façon, disait-il, à multiplier par deux leur force prophétique. Güttelin, qui, à présent, chantait des cantiques dans des langues qu'elle n'avait jamais apprises, en fut ravie, et on célébra le mariage une semaine plus tard. Une collecte de plus permit d'installer les jeunes époux dans une petite maison en haut de la rue des Juifs. L'espoir et l'argent avaient été mal placés : apparemment comblés l'un par l'autre, Güttelin et Hirtz cessèrent d'avoir des visions.

Le vieux Samuel, tout rabougri au fond de sa cathèdre de chêne sculpté, était bouleversé par ces événements. Il entreprit, comme lors de l'enlèvement de Mosselin, un grand jeûne de purification et d'expiation :

— Si le Messie doit arriver, disait-il, autant participer à son avènement.

Son frère Nathan, dont le long corps semblait s'être tordu, noué comme le tronc d'un vieil olivier et dont le profond regard vert était seul resté ce qu'il était, ne croyait pas à la venue imminente du Messie :

– Le Messie, grondait-il, n'arrivera pas en cachette! Il s'annoncera au monde et le monde le reconnaîtra de manière aveuglante!

Samuel ne supporta pas longtemps son jeûne. Avant de mourir, il confia à son fils Menahem la clé du coffre et lui demanda d'approcher.

– Sais-tu, mon fils, quelle est la première question que s'entend poser celui qui comparaît devant le tribunal du Très-Haut? Eh bien! c'est : « As-tu été honnête dans tes transactions? » N'oublie jamais, mon fils, que Jérusalem fut détruite parce que les honnêtes gens avaient disparu de son enceinte.

Son frère Nathan eut juste le temps d'inscrire sa mort dans le Rouleau d'Abraham d'une plume mal assurée avant de rendre lui-même l'esprit. Ils étaient âgés respectivement de soixante-dix-sept et soixante-seize ans.

Dix ans plus tard, le Messie n'était toujours pas apparu. Le Très-Haut montra pourtant à son peuple qu'Il ne l'oubliait pas. En effet, un incendie ravagea Strasbourg, détruisant la rue des Merciers, la rue des Hallebardes, le marché aux poissons, le fossé des Tailleurs et une partie des grandes arcades, épargnant de justesse l'immense église en chantier depuis plus de cent ans, qu'Erwin de Steinbach, aidé de son fils et de sa fille, avait entrepris de doter d'une flèche de pierre ajourée dont l'Occident ne connaîtrait pas d'égale. Les chrétiens de Strasbourg eurent si peur pour leur cathédrale – des échafaudages avaient pris feu! – qu'ils pensèrent aussitôt imputer l'incendie à la malveillance des Juifs. Par chance, Rodolphe Müllenheim, celui que Mosselin avait naguère sauvé de l'Ill, maintenant personnage important du Conseil de la commune, put obtenir une enquête : le coupable fut découvert, c'était un palefrenier qui avait laissé une chandelle allumée dans l'écurie de l'hostellerie du Kalkenkeller. Aussi, pour le jeûne de *Tisha be Av* de l'an 5058 * après la création du monde, les Juifs pleurèrent-ils leur exil, mais ils remercièrent aussi le Saint – béni soit-Il! –, Dieu de miséricorde, de les garder sous Sa protection.

---

* 1298.

Mosselin avait épousé Ziporia, qui lui avait donné successivement trois filles, puis alors que Mosselin n'espérait plus, un fils, qu'il nomma Samuel-Elie en souvenir de son grand-père.

A la mort de son père Menahem, Mosselin reçut à son tour la clé du coffre de Samuel. Il alla s'installer à la table, puis dans la profonde cathèdre de la pièce du premier étage où Samuel s'était si souvent tenu. L'époque était propice aux banquiers. Le Conseil avait décidé la construction d'un fossé et d'un mur d'enceinte autour de nouveaux quartiers. Les patriciens empruntaient beaucoup pour jouer aux princes et les artisans pour égaler les patriciens; quant aux pauvres, il leur manquait toujours un pfennig pour attendre leur prochain salaire. Le commerce de l'argent était prospère, et Mosselin engagea deux commis.

Soudain, un flot de réfugiés déferla sur la ville : les Juifs expulsés du royaume de France par le roi Philippe le Bel, qui confisqua leurs maisons et réclama pour lui le remboursement de l'argent qu'on leur devait. Une partie d'entre eux gagna les pays du Rhin, une autre l'Espagne. La famille narbonnaise se dispersa entre Cordoue, où elle rejoignit la famille espagnole, et l'Afrique du Nord, où elle se mêla à la famille d'Hippone et de Kairouan. Deux étudiants accompagnèrent le rabbin Estori Parhi, un géographe, jusqu'aux rives du Jourdain. Quant à la famille troyenne, elle vint poser ses balluchons chez Mosselin et son cousin Haïn le scribe. Leurs demeures s'emplirent d'hommes abattus, de femmes en pleurs, d'enfants braillards et ravis du changement.

Les parnassim décidèrent que la communauté prendrait en charge les réfugiés et leur fournirait du travail. Les impôts communautaires augmentèrent, ainsi que toutes les charges calculées sur le nombre de Juifs, puisque le nombre des payeurs était resté le même. Mosselin ne se plaignait pas : que l'Éternel soit loué, il gagnait assez!

Il eut un jour la visite du maître des corporations, l'ammeister Wilhelm, un charpentier, homme rude qu'on avait choisi pour sa violence plus que pour son habileté. Il monta l'escalier comme une échelle d'assaut, au point que le commis Heimon hésita à le laisser seul avec Mosselin. Mais Mosselin sourit, désigna un siège de la main et demanda au charpentier ce qui l'amenait chez lui. L'ammeister parut un instant désarçonné qu'on ne lui donne pas de motif de mordre. De ses doigts noueux, il serra les accoudoirs de son siège :

— Banquier, dit-il, nous avons besoin de vous!
— De moi?

— Enfin, de votre argent!
— C'est en général la raison pour laquelle on vient me voir. Mais qui est *nous*?
— Les artisans.
— Pourquoi les artisans ont-ils besoin d'argent? Les corporations ne sont-elles pas assez riches?

Wilhelm serra les accoudoirs. Mosselin remarqua que cet homme-là était tout en angles : épaules, genoux, menton.

— Les corporations sont riches, dit-il à voix contenue, mais pas assez pour faire face aux patriciens.
— Faire face? Vous allez leur faire la guerre?
— La guerre, non. Mais nous voulons partager le pouvoir.
— Vous ne l'aurez pas sans guerre.

L'ammeister Wilhelm se leva d'un bond et se pencha sur la table derrière laquelle Mosselin, les doigts croisés devant lui, attendait paisiblement.

— Cela ne vous regarde pas, Juif!
— Vous ne l'aurez pourtant pas sans guerre!

L'ammeister Wilhelm attrapa une règle de bois qui se trouvait là et la brisa d'un coup, comme si c'était Mosselin lui-même :

— Nous prêterez-vous, oui ou non, l'argent que je vous demande?
— Oui, mais...
— Vous pouvez me demander des garanties pour cet argent, Juif, mais pas l'usage que je compte en faire!
— Et quelles sont les garanties?
— Les cotisations des corporations.
— Qui signera le reçu?
— Moi.
— De combien avez-vous besoin?
— Mille cinq cents marcs d'argent.
— C'est une grosse somme. Je ne l'ai pas en ma possession.
— Vous faites bien partie d'une association...
— Il faut du temps.

Au fond, pensait calmement Mosselin, ce métier était exigeant. Il avait assez d'expérience pour savoir que si les transactions obéissaient à une sorte de rituel, chaque cas était au bout du compte différent des autres. Et, sans avoir rien formulé des difficultés qui l'attendaient, il savait déjà qu'il ne sortirait pas indemne de l'opération.

— Nous n'avons pas le temps! aboya le charpentier.

Mosselin prit une feuille de parchemin, trempa la plume dans l'encre et jeta quelques chiffres. Il ne pouvait refuser un prêt aux corporations, mais il ne voulait pas les aider à combattre les patriciens – dont étaient son ami Rodolphe et le vieux Liebenzeller, à qui les Juifs devaient beaucoup.

Sur une autre feuille, il rédigea le texte d'une décharge :

– Faites-la signer par votre amman et revenez la signer vous-même ce soir ici. Vous aurez déjà la moitié de ce que vous demandez.

L'ammeister Wilhelm jeta, comme une dernière menace :

– Merci, banquier. Vous ne perdrez rien à nous aider!

Le charpentier parti, Mosselin ferma les yeux, soudain extrêmement las. Sans doute les patriciens se conduisaient-ils de façon injuste et arrogante avec la population, sans doute les corporations étaient-elles fermées aux Juifs, mais comment choisir entre ceux qui avaient le pouvoir et ceux qui l'auraient peut-être bientôt?

A qui demander conseil? Ziporia, sa femme, était au marché. Ses commis? Ils ne seraient pas capables de comprendre son cas dilemme. Les membres du Conseil de la communauté? Ils étaient trop nombreux, bavarderaient sans fin et ne sauraient pas garder le secret. Il attrapa son chapeau pointu et dévala l'escalier. Il courait chez son cousin Haïm, petit-fils de Nathan. S'il ne connaissait pas la banque, Haïm connaissait les Écritures, et Mosselin le savait de bon conseil.

– *Baroukh haba!* Bienvenue! dit le scribe en ouvrant la porte.

Il le fit monter dans une petite pièce sous le toit, où il travaillait et qui était remplie de livres et de rouleaux. C'était un refuge, une citadelle. Mosselin y était déjà venu une fois et Haïm lui avait montré, soigneusement rangé dans un coffre avec d'autres écrits précieux, le Rouleau d'Abraham. Quelles certitudes, quelle paix! Un instant, il envia Haïm. Puis il lui rapporta la démarche des artisans et lui demanda ce qu'il fallait faire. Haïm, long comme son grand-père, le front haut, les mains blanches mobiles comme des papillons, ne réfléchit pas longtemps :

– Il faut faire les deux, dit-il.

– Les deux?

– Donner l'argent à l'ammeister Wilhelm et prévenir Rodolphe Müllenheim.

– Est-ce que c'est très... honnête?

Les papillons s'envolèrent :

– Je pense que notre situation est bien triste. Car nous devons notre amitié à ceux qui nous ont manifesté la leur, mais il nous faut aussi prévoir le déluge, car, si nous refusions d'aider les artisans et qu'ils arrivent au pouvoir, la communauté serait emportée par le flot...

— Le déluge?

— Les sages rapportent que Dieu avait dit à Noé : « Construis une caisse en bois de gofer! » Noé planta des cèdres. « Ces cèdres, lui demandait-on, à quoi les destines-tu? » Noé répondait : « Le Saint — béni soit-Il! — va susciter un déluge sur le monde et Il m'a recommandé de construire une caisse afin de m'y mettre à l'abri, moi et ma famille. » On se moqua de lui. Mais il continuait d'arroser ses cèdres. Quand il les jugea de taille convenable, il les abattit et les débita. « Que fais-tu? » lui demanda-t-on. Il répétait l'avertissement, mais nul n'en tenait compte. Aussi Dieu décida-t-Il de susciter le déluge...

— Mais, Haïm, on nous accusera de mener double jeu...

— Non, si c'est toi qui donnes l'argent aux artisans et si c'est moi qui alerte les patriciens!

— C'est une drôle de façon de construire notre caisse!

A la fin du mois de mai de l'année 1308 des calendes chrétiennes, le lendemain de la fête de l'Ascension, une troupe d'artisans armés attaqua la taverne où s'étaient réunis les patriciens. Mais ceux-ci les attendaient. La bataille dura toute la nuit. Seize artisans furent tués. Le calme revint en ville.

Mosselin et Haïm ne s'étaient pas revus. Mais pour le Kippour suivant, quand ils dirent la formule rituelle : « Éternel, notre Dieu, pardonne le péché que nous avons commis devant Toi, sous la contrainte ou librement, et le péché que nous avons commis devant Toi par la dureté de notre cœur », tous deux, chacun de son côté, pleurèrent amèrement.

Quatre ans plus tard, un mal inconnu traversa Strasbourg. Haïm fut parmi les premiers touchés. Ses fils Vifelin et Marx appelèrent Babel le rebouteux, qui se déclara impuissant. Des voisines apportèrent des herbes garanties de Palestine. Baylé, l'épouse de Haïm, les fit bouillir et en servit la décoction à son mari. Il avala le liquide amer et brûlant et vomit le sang de son corps. Baylé, en désespoir de cause, fit demander Güttelin et Hirtz; bien qu'ils n'aient plus eu de visions depuis longtemps, on les disait toujours capables d'opérer des miracles. Mais il n'y eut pas de miracle. Mosselin, que Vifelin appela au secours, se rendit chez Haïm en compagnie d'un médecin qui avait étudié à Paris, Philippe Baumhauer, mais le mal ne ressemblait à rien de ce qu'on connaissait, et Philippe Baumhauer conseilla simplement de purifier l'air autour du malade en faisant brûler des essences balsamiques.

Personne, par la suite, ne put expliquer comment une cassolette avait pu se renverser et enflammer le tapis. Quand Mosselin arriva, la maison brûlait déjà. Vifelin et Marx venaient d'en retirer le corps de leur père. Baylé sanglotait dans les bras de voisines. Des hommes se passaient des seaux d'eau.

Mosselin pensa soudain au coffre de parchemins, au Rouleau d'Abraham là-haut dans la pièce sous le toit. Il chercha du regard Vifelin et Marx mais ne les vit pas. Les flammes léchaient la façade à colombages. Il se précipita et sentit un souffle chaud sur son visage. Le cœur cognant dans la poitrine, il escalada l'escalier quatre à quatre. La petite pièce n'avait pas changé, havre et tour d'ivoire, avec la lumière du ciel, l'odeur d'encre et de parchemin. Il saisit le coffre et voulut revenir vers l'escalier, mais les flammes y rampaient déjà. Il ouvrit alors le vasistas, souleva le coffre avec difficulté, mais il était trop large pour passer par la fenêtre. Quelle dérision! Il ne suffisait pas de construire une caisse pour se sauver du déluge, encore fallait-il pouvoir la passer par la fenêtre quand les eaux submergeaient la maison! La chaleur maintenant l'accablait. La maison craquait, le feu crépitait. Avisant un rideau de velours, il l'arracha, y jeta les manuscrits que contenait le coffre, noua le tout et jeta le baluchon par la fenêtre. La porte commençait à brûler quand il s'élança sur le toit.

Mosselin vécut encore sept ans. Sept ans qu'il passa dans son lit, le corps comme du bois mort et la tête alerte, à se demander si Haïm et lui étaient ou non victimes du châtiment du Très-Juste.

Ses trois filles étaient mariées, son fils Samuel-Elie qu'on appelait Samueli allait avoir vingt ans et étudiait à la yeshiva. Le soir, il aidait sa mère Ziporia à mettre à jour les comptes de la banque. Car la frêle et discrète Ziporia tenait fermement les rênes de la maison, assistait son mari invalide, recevait les clients, décidait vite et bien, et si elle demandait son avis à Mosselin, celui-ci comprenait que c'était pure charité.

Comme du bois mort. Seuls ses yeux bougeaient, mais il n'y avait que Ziporia pour comprendre ce qu'il tentait de leur faire exprimer. Chaque jour, elle venait lui annoncer les nouvelles du monde. Ainsi, quand le roi de France Louis, successeur de Philippe le Bel – que son nom soit maudit! – autorisa les Juifs à réintégrer le royaume de France, leur rendant leurs maisons, leurs synagogues, leurs cimetières, et cela à la demande du peuple, Ziporia récita à son époux un poème écrit par un certain Geffroi :

> *Toute pauvre gent se plaint*
> *Car les Juifs furent débonnaires*
> *Beaucoup plus en faisant leurs affaires*
> *Que ne sont maintenant les chrétiens!*

Comme du bois mort. Une mouche vint se poser sur le front de Mosselin. Il la sentait se promener, s'arrêter et ne pouvait rien faire pour échapper à ce qui devenait une sorte de torture. « Pourquoi ces souffrances? se demandait-il. Qui suis-je donc, moi qui ne peux rien contre une mouche? » On avait souvent répété autour de lui que la plus mauvaise des vies vaut mieux que la meilleure des morts, mais auraient-elles su, ces bonnes âmes, ce qu'il endurait, seul, posé là telle une branche de bois sec?

Une sorte de crampe lui saisit l'estomac. Elle devint plus violente et il ne put retenir ses selles. Il faudrait maintenant attendre que la servante arrive et le lave comme un nouveau-né. L'humiliation était nouvelle chaque fois. Il ferma les yeux. Peut-être surtout parce qu'il faisait beau, il eut envie de mourir.

Dès qu'elle entra dans la chambre, Ziporia sut que Mosselin n'était plus. Elle cria puis s'évanouit.

— Dame, dit l'ammeister Ruhlmann Schwarber, je viens emprunter de l'argent.

Ziporia, droite et sèche, le visage blanc sous la guimpe blanche, regardait l'homme qui se tenait devant elle, de l'autre côté de la table; un homme où tout était moyen, anonyme, effacé, presque flou, sauf les yeux, comme deux billes d'un bleu intense. Pour le moment, il ne savait pas où poser son regard. Elle avait l'habitude. Les hommes n'aimaient pas devoir parler argent avec une femme.

— C'est mon métier d'en prêter, dit-elle.
— Mon prédécesseur, reprit Ruhlmann Schwarber, avait trouvé ici même à en emprunter.
— C'était il y a vingt-trois ans, Herr Schwarber. Et cet argent ne vous avait pas été très utile.
— Nous l'avons rendu jusqu'au dernier pfennig, n'est-ce pas?

— Combien vous faut-il?
— Deux mille... Deux mille marcs d'argent.
— C'est une belle somme. Votre prédécesseur n'en avait demandé que quinze cents.

Cet homme, avec ses deux billes bleues comme des fenêtres ouvertes sur le ciel, inspirait confiance à Ziporia. Peut-être le comprit-il.

— Dame, vous êtes la seule à pouvoir nous aider rapidement.

Elle n'hésita pas. Elle aurait aimé consulter son fils Samueli, mais elle dit :

— Vous aurez votre argent, Herr Schwarber. Demain soir. Rapportez-moi les signatures de l'amman et du meister. Je suppose que les garanties sont les cotisations des corporations?

Ruhlmann Schwarber était ravi. Cette femme savait ce qu'elle voulait. Ses yeux clignotèrent comme ceux d'une chouette.

A peine était-il parti que Samueli entrait :
— J'ai croisé l'ammeister, dit-il. Que voulait-il?
— De l'argent, bien sûr.
— Ils veulent à nouveau faire la guerre aux patriciens?
— Je le suppose.
— Devons-nous prévenir les patriciens?
— Pourquoi le ferions-nous? Liebenzeller et Rodolphe Müllenheim sont morts — que leurs âmes reposent en paix! Leurs successeurs ne nous connaissent pas. Nous ont-ils aidés? Nous ont-ils fait du bien? Nous ne leur devons rien.
— Et les corporations?
— Je vois bien, mon fils, que le temps est venu où les hommes des corporations vont prendre le pouvoir. Jouons donc pour une fois le camp gagnant.

Samueli avait une absolue confiance dans le jugement de sa mère.

— Faut-il prévenir les parnassim?
— Non. Ils parleraient. Avertis seulement le rabbin Gumbrecht en lui demandant le secret.

Elle eut un geste court de sa main sèche, comme pour chasser des soucis de peu d'importance, et demanda :

— Comment va ton fils Jacob?
— Il prépare sa bar-mitsva, le rabbin est très fier de lui.

Alors seulement Ziporia sourit, et elle parut soudain désarmée, infiniment vulnérable — une grand-mère.

Avant que les artisans de Ruhlmann Schwarber passent à l'attaque, Louis de Bavière fit savoir qu'il prenait les Juifs de Strasbourg sous sa protection personnelle, en leur assurant biens et droits contre un impôt annuel de soixante marcs. La plupart des membres influents de la communauté se réjouirent : ainsi, dirent-ils, « nous n'avons plus rien à craindre des uns ou des autres. Rien, sauf... » Un an ne s'était pas écoulé que l'empereur vendait le plus simplement du monde le contrat à ses vassaux, les comtes d'Oettingen, moyennant sept cents marcs d'argent, à prélever sur les Juifs eux-mêmes !

La loi des plus forts, des plus cyniques, des plus injustes continuait à prévaloir quand, le 20 mai 1332 des calendes chrétiennes, les patriciens du Conseil de la ville et leurs familles se réunirent en banquet dans le jardin de la résidence de l'un d'entre eux, les Ochenstein, rue Brûlée. Au cours de la fête, une dispute opposa deux hommes qui se trouvaient être l'un du parti des Zorn, l'autre du parti des Müllenheim. Des mots, on en vint aux coups, puis on tira les épées. Au soir tombant, le jardin ne suffisait plus à contenir l'affrontement qui s'étendait aux rues du quartier, les renforts se précipitaient, la ville s'embrasait. Au petit matin, les partisans des uns et des autres, rameutés à la hâte, accouraient des villages et des bourgs voisins. Ce fut un carnage.

Quand les patriciens songèrent à reprendre souffle, ils s'aperçurent que les maîtres des corporations s'étaient installés à l'hôtel de ville, exigeant du stettmeister, c'est-à-dire du maire, le sceau, la bannière et les clés de la ville. Et c'est le nouveau Conseil, sous l'autorité de Ruhlmann Schwarber, lequel faisait office de stettmeister, qui imposa la paix aux patriciens et les désarma.

Quelques semaines plus tard, au milieu de l'été, le nouveau Conseil entreprit la rédaction d'une nouvelle Constitution mais commença par expulser de Strasbourg les patriciens qui avaient troublé l'ordre public. Pour les habitants de la ville, une ère nouvelle commençait, où il était prévu que chacun pourrait se faire entendre. Et quand le moment fut venu pour les corporations de rembourser leur emprunt, Ziporia refusa qu'on lui verse des intérêts. Sans doute était-ce sa façon de participer au changement.

La veille du jour où le Conseil devait promulguer la nouvelle Constitution, enfin élaborée, et Ruhlmann Schwarber laisser sa place au nouveau stettmeister élu – qui n'était autre que son frère cadet, Berthold – on vint annoncer que des Juifs en fuite demandaient l'asile à la ville : ils arrivaient des villages du côté de Rouffach. Jean Zimberlin et ses « bras de cuir » les poursuivaient et décapitaient tous ceux qu'ils pouvaient rattraper, brûlaient les maisons, ravageaient les vignes...

Ces « bras de cuir », ainsi nommés parce qu'ils portaient tous un bracelet à l'imitation de leur chef, étaient d'abominables brigands, mais ceux qui entreprennent de tuer, de voler ou de chasser les Juifs ne manquent ni d'alliés ni de justifications. La haine du Juif est un feu qui couve, et que suffit à attiser le premier Zimberlin venu. A Strasbourg comme ailleurs, Bras-de-Cuir rencontra des partisans, et il ne faisait de doute pour personne que le nouveau stettmeister serait jugé à la façon dont il réglerait la question.

On était en hiver. La nuit était tombée depuis longtemps quand une majorité sembla apparaître au Conseil pour refuser d'accueillir ces réfugiés juifs. Ruhlmann Schwarber prit alors prétexte de l'obscurité et de la neige qui commençait à tomber pour suspendre la discussion. Les réfugiés passeraient la nuit dehors, sous les remparts, mais c'était un moindre mal. Il ordonna qu'on leur distribue des boissons chaudes et rentra chez lui avec ses deux frères.

Tous trois se ressemblaient absolument, avec, dans leurs visages ronds et flous, les mêmes billes d'un bleu extraordinaire, à cela près que le deuxième dépassait l'aîné d'une tête et que le troisième dépassait d'une tête le deuxième. Ils secouèrent leurs capes couvertes de neige et s'installèrent les pieds aux chenêts pour réfléchir à la situation.

La matinée du lendemain était grise et froide. Il ne neigeait plus, mais les rues gelaient. Les délégations des différents corps de métier, habillées de noir, précédées de leurs maîtres vêtus, eux, de blanc, se déployèrent sur le parvis de la cathédrale aux appels des fanfares. Tout autour, un cordon de troupes en armes. Devant le porche avait été dressée une vaste estrade couverte d'un baldaquin rouge et blanc – les couleurs de Strasbourg. Y prirent place les membres de la magistrature, les échevins et les représentants de la noblesse. La cloche de Notre-Dame, Ratsglocke, carillonna. Puis un huissier, lui aussi en rouge et blanc, s'avança au bord de l'estrade :

— Sires bourgeois, dit-il d'une voix qui portait loin, approchez et, au nom de Dieu, écoutez...

Ruhlmann Schwarber grelottait sous sa cape. Il jeta un coup d'œil vers la flèche de la cathédrale, qui n'était pas encore terminée et dont le moignon s'abolissait dans le ciel bas. Quand ce fut à lui, il lut fermement le texte de la nouvelle Constitution, puis fit prêter serment au nouveau stettmeister, son frère

Berthold, et la foule reprenait les mots d'une voix fervente. C'est vers elle qu'il termina son exhortation :

– Que Dieu vous donne prospérité, bonheur et longue vie !

Ce même jour, les crieurs publics donnaient lecture de la première proclamation du nouveau Conseil et de son stettmeister : « Nous, Berthold Schwarber, le maître, et le Conseil, faisons savoir que nous prenons sous notre protection les Juifs allemands demandant asile à Strasbourg comme faisant partie de ceux qui paient mille livres pour cinq ans s'ils consentent à nous verser... »

Car telle était la seule solution imaginée par les trois frères : présenter l'arrivée des nouveaux Juifs comme une occasion de leur faire payer une partie des charges et dépenses de la ville.

Ziporia, vieille dame sous sa guimpe blanche, ne s'y trompa pas. Elle comprit que les Schwarber, à leur façon, remboursaient là l'intérêt qu'elle leur avait abandonné.

Jean Zimberlin et ses « bras de cuir » poursuivaient leurs exactions. Ils étaient venus jusqu'aux portes de Strasbourg reprocher aux artisans de protéger les Juifs et avaient juré de se venger. A l'instigation de Berthold Schwarber, un certain nombre de villes, notamment Strasbourg, Haguenau, Colmar, Sélestat, Obernai, Mulhouse, Neuerbourg, s'engagèrent à prendre les armes contre les « bras de cuir », à poursuivre sans repos Jean Zimberlin et ses lieutenants, ainsi que ceux qui leur donneraient asile.

Louis de Bavière, celui qui avait déjà vendu son « droit » sur les Juifs, les prit à nouveau sous sa protection, exigeant pour ce faire que tous, hommes, femmes et enfants de plus de douze ans, paient un impôt supplémentaire d'un florin par an.

C'est alors que fut enlevé Vifelin, fils de Haïm le scribe, petit-cousin de Mosselin et Ziporia. Il avait près de soixante ans et ne travaillait plus depuis que son petit-fils Abraham avait pris sa place auprès de son fils Matis. C'était un vieil homme de fort tempérament, aux sourcils broussailleux, qui n'avait éprouvé que peu de satisfaction à passer sa vie au pupitre, penché sur des parchemins. Aussi saisissait-il à présent toutes les occasions pour se promener, faire des visites, improviser ses jours entre la prière du matin et celle du soir.

Un jour qu'Abraham se rendait à Haguenau porter des textes au rabbin Meir, il décida de l'accompagner. Près de Truchtersheim, les « bras de cuir » les surprirent. Abraham, éperonnant son cheval, parvint à s'enfuir pour donner l'alerte à Strasbourg.

Berthold Schwarber lui-même menait la troupe qui partit vers Truchtersheim. En s'en prenant aux Juifs de Strasbourg, qui étaient sous sa protection, Jean Zimberlin le défiait ouvertement.

Bien avant de voir le clocher de Truchtersheim, ses hommes aperçurent une fumée dans le ciel pâle au-dessus des sombres forêts. Le stettmeister éperonna son cheval.

Le bûcher avait été dressé sur la place de l'église. De hautes flammes en jaillissaient déjà, cachant et révélant tour à tour, au gré des sautes de vent, l'homme encordé au poteau central. Berthold Schwarber et ses hommes en armes firent refluer la foule et s'approchèrent du brasier jusqu'à ce que les chevaux renâclent. La chaleur était terrible. On sentait déjà l'odeur de la chair brûlée, quand une voix puissante sortit des flammes :

— Soyez maudits! Soyez maudits vous autres! Que l'Éternel fasse tomber sur vous avec mes cendres toutes les plaies d'Égypte!

Tous ceux qui étaient là frissonnèrent et reculèrent précipitamment. Il commença à pleuvoir, mais il était trop tard.

La famille fit la shiva. Les voisins, les parnassim et même les Juifs des environs venaient, s'asseyaient par terre, rappelaient le souvenir du défunt Vifelin et chantaient des psaumes.

Le septième jour, son bliaud déchiré en signe de deuil, la tête couverte de cendres bien que l'ancienne coutume ne se pratiquât plus, Matis tira de son coffret le Rouleau d'Abraham – les papyrus et le livre –, l'étala sur la table et, devant l'assistance debout, fit la lecture en se balançant : « Puisse l'appel de ces noms que j'ai inscrits et que d'autres inscriront après moi déchirer le silence et, du fond du silence, réparer l'irréparable déchirure du Nom... »

Il demanda ensuite à ses fils Abraham et Moses de l'aider à envelopper les documents et à les remettre en place puis leur fit porter le coffret dans la cour. Là, sous un arbre, une fosse avait été creusée.

— Cette histoire, dit Matis gravement, est la nôtre. Les temps difficiles approchent, j'en ai le pressentiment. Seul le Créateur de l'univers, le Dieu tout-puissant d'Israël sait ce que nous réserve le destin. Aussi, après avoir consulté mon frère Elie et mon oncle Samueli, ai-je décidé d'ensevelir ce coffret ici même;

afin que notre passé ne reste pas à la merci de nos ennemis d'aujourd'hui ou de demain. Si un malheur devait arriver – que Dieu nous en préserve! –, vous saurez où se trouve le coffret. Ce serait alors à vous de continuer l'histoire.

Il se couvrit de son châle de prière, enroula ses bras de phylactères et murmura :

O Dieu! Tu nous as repoussés, dispersés,
Tu T'es irrité : relève-nous!

XXV

Strasbourg
LA MORT NOIRE

ELLE venait d'Orient sur des bateaux génois. *Elle* jetait à la côte des équipages moribonds, des cargaisons putrides sur qui régnaient les rats. Partout où *elle* s'arrêtait, la vie s'arrêtait – Caïffa, Constantinople, Messine, Gênes, Marseille... *Elle* seule ne s'arrêtait pas. Rien ne l'arrêtait.

Les « bras de cuir », on en était venu à bout. Il avait suffi d'en avoir la volonté et de s'en donner les moyens. Ils étaient d'effroyables brigands, mais seulement d'effroyables brigands, un fléau parmi tant d'autres. *Elle*, c'était autre chose. *Elle* ne craignait ni les milices, ni les battues, ni les embuscades, ni même les prières ou les exorcismes. On pouvait bien se barricader, remplir les fossés, remonter les ponts-levis, lâcher les herses, tirer les volets et boucher les fenêtres, rien n'y faisait.

Un jour, *elle* était là, et c'était l'horreur.

A Strasbourg, c'est par un matin clair du mois d'août 1348 des calendes chrétiennes, qu'on reconnut sa marque sur les morts de la nuit. Le Conseil de la ville l'annonça aux carrefours, afin que chacun prenne les précautions qu'il croyait devoir prendre et déclare à l'hôtel de ville tout décès suspect.

Strasbourg se partagea entre l'atterrement et la panique. Les plus rapides entassèrent quelques biens sur des charrettes et s'enfuirent au loin – où *elle* les guettait peut-être. D'autres, qui ne savaient où aller, se résignaient à attendre chez eux le verdict de Dieu. Matis ne savait que choisir. Il vit partir son voisin le boulanger, Samuel de Marmoutier, qui rejoignait à Rosheim la famille de sa femme. Fallait-il décider seul? Consulter les membres de la famille au risque de perdre du temps? Son fils

Moses, qui était sur le point d'épouser Esther, la fille de Rabbi Samuel de Wissembourg, refuserait certainement de quitter la ville. Matis hésitait. Enfin, il posa sur sa tête et ses épaules son châle de prière, comme un bouclier, et courut chez l'oncle Samueli le banquier.

Matis n'était pas le premier. Tantes, cousins, enfants aux regards graves, tous s'étaient rassemblés autour de Samueli dans la grande pièce où étaient installés les comptoirs. Rester? Partir? Le shamash Josué était mort, et le menuisier Lévi en compagnie de sa femme, et... On parlait à voix basse... *Elle* rôdait dans la ville, et il ne fallait pas attirer son attention... Mais aller où? Le petit Elie, fils d'Abraham, proposa soudain le nom de Benfeld, simplement parce qu'il avait envie de revoir son cousin Jacob, fils du boucher Dyrel, qui était venu de Benfeld passer les dernières fêtes à la maison. Benfeld était à une longue journée de marche, sur la route de Sélestat. Au nom de tous, Samueli remercia le Maître de l'univers, dont on savait qu'il s'exprimait volontiers par la bouche des innocents.

Benfeld avait deux centres : le marché et l'église. Avec la recommandation de Dyrel, Samueli put louer la moitié d'une maison étroite et haute : une cuisine, une chambre avec cheminée et un cellier en sous-sol. Ils durent s'y loger à trente et une personnes, mais c'était mieux que rien. Le propriétaire, un vieux bonhomme grincheux, Elward Mersvin, membre du Conseil de la ville, ne s'occupa de savoir ni s'ils étaient juifs, ni d'où ils venaient. L'oncle Babel s'installa avec sa marmaille chez le cousin Dyrel. Abraham, sa mère Léa et son épouse Sarah partagèrent le cellier avec son frère Moses, qui avait bien dû se plier à l'autorité paternelle.

Une petite collectivité juive était implantée à Benfeld, près du marché, avec sa minuscule synagogue, son boucher et son boulanger. Les autres, qui paraissaient vivre de l'air du temps, se débrouillaient : l'un colportait des babioles, l'autre empruntait ici pour prêter là, un troisième réparait des charrettes à domicile, malgré l'interdiction pour les Juifs d'exercer des métiers manuels. En vérité, les Juifs de Benfeld étaient parfaitement bien intégrés à la vie de la bourgade, et la seule chose qui faisait rire les chrétiens était peut-être le yiddish, cette langue qu'ils parlaient et qui mêlait des mots hébreux et allemands.

Juifs ou chrétiens, les habitants de Benfeld passèrent de longs jours en prière, certains jeunes villageois ajoutant aux psaumes et aux oraisons des danses forcenées, s'emplissant de « joyeuseté », comme ils disaient, pour qu'*elle* ne puisse pénétrer en eux. Et le fait est qu'elle n'entra pas à Benfeld. Elle entra à Matzenheim, à deux lieues, et y tua des dizaines de personnes, mais elle s'arrêta là.

Moses, l'amoureux d'Esther, était empli d'amertume et de chagrin. Que devenait sa fiancée? C'était comme s'il était coupé en deux. Comment son père avait-il pu ne pas le comprendre? Qu'un coq chante, qu'un chien aboie, que la cloche de l'église sonne le nouveau jour, tout ce qui témoignait de la vie le rendait malheureux. Un matin, il n'y tint plus. Il quitta avant l'aube la nuit moisie du cellier, se glissa par la cuisine, où il prit un morceau de pain, quitta la maison sur la pointe des pieds, traversa le marché encore désert et se présenta à la poterne :

— Qui va là? demanda le garde.
— Je vais à Strasbourg.
— Qui sort ne rentre pas, ami!
— Je ne rentrerai pas.
— Tu sais ce que tu dis? Tu sais ce que tu fais?
— Je ne rentrerai pas.
— Alors que Dieu te garde!

L'homme s'écarta, fit jouer le levier qui actionnait la herse. Moses sortit. Il entendit le choc sourd de la herse qui retombait derrière lui.

Strasbourg était en proie au silence de la mort. Nul carillon de forge, nulle rumeur de marché, nul appel des crieurs de vin ou des aboyeurs d'auberge, nul braiment, rien que le glas, la voix des corbeaux et le roulement des tombereaux chargés de cadavres.

Moses entra dans une ville aux rues désertes, à l'abandon, des volets battaient et il comprit qu'*elle* était là. Dans les ruelles, l'air était empuanti d'une sale odeur d'urine et de vomissure. Sous l'épaisse chaleur d'été, le temps paraissait immobile.

Au coin de la rue des Juifs et de la rue des Pucelles, où habitait Esther, Moses croisa deux hommes en cagoule qui frappaient aux portes en demandant : « Y a-t-il ici des morts? » Ils le regardèrent par la fente de leur cagoule mais ne lui parlèrent pas. Ils le suivirent des yeux jusqu'à ce qu'il entre chez Esther.

Pénombre des volets tirés. Cela sentait l'encens et la maladie.

— Esther? appela-t-il d'une voix sourde.
Il poussa les volets.
Esther gisait sur le sol de la cuisine, près de la table. Sa

longue chevelure noire avait été coupée. Au cou, juste sous l'oreille, il vit immédiatement une sorte de gros abcès noirâtre. Elle respirait avec difficulté.

Moses tomba à genoux. Il ne savait que faire et n'osait toucher celle qu'il aimait. D'un battement de main, il chassa une mouche de son visage, puis pensa au médecin Simon, fils de Moïse, qui avait étudié à Montpellier et qui était l'ami du grand-père Vifelin.

Il partit en courant. Devant la cathédrale, il s'arrêta, l'oreille en alerte. Il entendait des cris, des chants, des gémissements. Sur le parvis tournaient en rond, en une chaîne ininterrompue, quelques dizaines de personnes, le torse nu, qui se flagellaient le dos jusqu'au sang pour appeler la pitié de Dieu. S'approchant, Moses vit que les lanières des fouets portaient des lames de métal. Autour, formant un cercle plus large, des femmes chantaient :

> *Seigneur, aide-nous par le sang*
> *Que tu as répandu sur la croix*
> *Pour notre rédemption...*

Moses s'engouffra dans la rue du Perche, face aux remparts. Simon le médecin ouvrit la porte. Il était comme un spectre dans sa robe violette au capuchon doublé de fourrure et ceinturée d'un braiel d'argent.

Il vacillait.

— Ah! c'est toi, Moses, dit-il d'une voix infiniment fatiguée. Que viens-tu faire, mon petit?

— Esther, répondit Moses. Elle est malade.

— Nous sommes tous malades, mon petit. Nous allons tous mourir.

Il trébucha sur le seuil et faillit perdre son bonnet pointu. Il regarda le disque pourpre du soleil, au ras des toits, cligna des yeux et récita le psaume :

> *Oh! si ma tête était remplie d'eau*
> *Si mes yeux étaient une source de larmes*
> *Je pleurerais jour et nuit*
> *Les morts de la fille de mon peuple...*

Il parut soudain découvrir Moses :
— Ah! oui, tu veux soigner Esther.
— Je vous en prie.
— C'est trop tard, mon petit. Que l'Éternel — béni soit-Il! — me pardonne, je suis déjà mort. J'ai tout fait, tout essayé, je voulais

tant sauver tout le monde... Mais Celui qui voit tout n'a pas voulu... Maintenant, regarde!

Il tira sur son col. Moses reconnut le même horrible gonflement noirâtre qu'il avait vu sur Esther.

— Va-t'en, mon petit, et prie pour moi... Si Esther doit guérir, elle guérira. Si elle doit mourir, elle mourra... On ne peut rien contre la volonté divine...

Moses s'enfuit. Devant la cathédrale, les pénitents étaient maintenant allongés dans la poussière que rougissait leur sang. Des nuées de mouches tournaient sur leurs plaies vermeilles. Les femmes, d'une voix d'ailleurs, chantaient :

> *Jésus a été abreuvé de fiel*
> *Jetons-nous tous à terre en croix!*

En haut de la rue aux Juifs passait un tombereau tiré par deux bœufs. Des hommes en cagoule y jetaient des corps. La cloche de Notre-Dame sonna un glas très lent.

Esther s'était éveillée et avait gagné sa couche.

— C'est toi, Moses, dit-elle comme si elle l'avait attendu durant tout ce temps.

— C'est moi, Esther. Veux-tu quelque chose? De l'eau? Une histoire?

— Nous devions nous marier, Moses. Mon père n'a pas voulu que je te rejoigne.

Elle tendit la main vers lui. Il la prit dans la sienne. Les yeux d'Esther brillaient de fièvre. Elle tira lentement la main de Moses, qui s'approcha d'elle, et elle la posa sur son sein. Moses fut envahi d'une chaleur intense.

— Viens près de moi, dit-elle doucement.

Il hésita.

— Viens près de moi, dit-elle encore.

Il la prit dans ses bras et sentit la brûlure de ses lèvres.

Moses entendit des coups dans la porte, et il les ressentit au fond de son propre corps. Il tenta de se redresser. En vain.

— Au nom du maire et du Conseil de la ville, cria une voix, y a-t-il ici des morts?

Moses voulut répondre. Il ouvrit la bouche mais n'émit aucun son.

— Y a-t-il ici des morts? répéta la voix.

Moses prit une profonde inspiration :

— Oui, répondit-il. Oui.

Trente-deux mille personnes, estima-t-on, moururent entre le milieu de l'été et le milieu de l'hiver. Trente-deux mille morts abominables dont les corps furent jetés dans les fosses, sans prières ni cérémonies. Trente-deux mille pour lesquels les survivants avaient besoin de demander des comptes. C'est alors qu'une lettre fut apportée au maire, qui était alors Konrad Kuntz. Il la lut en compagnie de ses deux adjoints, Goffe Sturm et Peter Schwarber, le plus jeune et le seul survivant des trois frères aux yeux comme des billes bleues.

La lettre était signée du consul de la ville de Bern; il avait envoyé la même à Bâle et à Cologne. Il avait la preuve, écrivait-il solennellement, que des sages de Sion, réunis à Tolède, avaient de longue date préparé un complot contre la chrétienté. Ce complot avait été mis en œuvre en Savoie, précisément dans une ville nommée Chambéry, sise au pied des Alpes, par le Juif Jacob Pascate, le Juif Faïratt, un rabbin, et le jeune Juif Aboguet. Ils avaient inventé un poison fait de pattes de crapaud, de têtes de serpent, de cheveux de femme et de semence de loup. C'était une sorte de liquide très noir et puant, horrible à l'odorat et à la vue. Ils l'avaient confié à quelques lépreux afin qu'ils en jettent dans les puits et les fontaines. A Bern, plusieurs Juifs, soumis à la question, avaient avoué.

La lettre fut lue au Conseil par le maire Konrad Kuntz.

— C'est absurde! s'écria Peter Schwarber.

— Peut-être absurde, mais il n'y a pas de fumée sans feu, remarqua de sa voix lente Hanselin Campser. Faisons au moins une enquête.

C'était un de ces hommes dont l'habileté consiste à ne paraître énoncer que des évidences et des banalités, se faisant ainsi le porte-parole du plus grand nombre.

Peter Schwarber, abasourdi, écarquilla ses yeux bleus :

— Mais vous savez tous comme moi que les Juifs sont morts autant que les chrétiens!

— C'est vrai, des Juifs sont morts aussi. Mais qui peut dire qu'il ne s'agissait pas d'une ruse?

— Une ruse?

— Je ne dis pas, Herr Schwarber, qu'il s'agissait d'une ruse. Pour cela, il faudrait une enquête. Je dis que si le consul de Bern a raison, et je ne vois pas pourquoi nous mettrions ses accusations en doute avant d'avoir fait une enquête, alors sans doute était-ce le moyen le plus sûr d'égarer les soupçons!

— Par Dieu et tous les saints, c'est de la folie!

Après un long débat, le Conseil décida de clôturer la fontaine publique et d'inviter les survivants à prendre l'eau à la rivière. Dans l'esprit de Peter Schwarber, il s'agissait de désarmer tous les Hanselin Campser. Mais Hanselin Campser n'eut guère de peine à insinuer que si on fermait ainsi la fontaine, c'était en vérité parce que ses eaux avaient peut-être été empoisonnées... Dès le lendemain, la foule venait gronder devant l'hôtel de ville, et il fallut demander aux Juifs de ne pas quitter leur quartier.

Les chrétiens passèrent sans réjouissances Noël et l'Épiphanie. Les évêques et les prêtres lurent en chaire le texte d'une bulle du pape Clément VI qui réfutait les accusations portées contre les Juifs. Ils étaient bien puissants, ces Juifs, commentait-on, pour avoir ainsi le pape à leur dévotion.

A Benfeld, Samueli et Matis reçurent une lettre de Peter Schwarber. L'adjoint au maire de Strasbourg leur disait son inquiétude et, « en souvenir de la dame Zipória », les adjurait de quitter la région. Il leur proposait de se rendre chez son propre cousin, Arnold, à Barr, au bord du Rhin, près de Marckolsheim. Ils pourraient l'aider à sa vigne en attendant des jours meilleurs. Samueli et Matis n'hésitèrent pas. Ils refirent leurs balluchons et partirent le jour même.

Ils n'avaient pas quitté Benfeld depuis longtemps qu'un grand congrès s'y réunit, groupant les autorités de Suisse et d'Alsace, pour décider si oui ou non les Juifs avaient empoisonné les puits. Malgré l'opposition de Peter Schwarber, le congrès recommanda l'« extermination de tous les israélites des villes et des seigneuries de la haute vallée du Rhin ».

Peter Schwarber, à qui le maire Konrad Kuntz avait laissé le soin de défendre les Juifs, fut hué à son retour à l'hôtel de ville. « Schwarber juif! » entendit-il.

Le Conseil était réuni. Le maire donna la parole à Hanselin Campser, qui la demandait. Bonhomme, l'air affecté, levant les sourcils et montrant les paumes de ses mains comme pour prouver qu'il n'y cachait aucune mauvaise intention, Hanselin Campser se tourna vers Peter Schwarber :

— Les survivants de cette ville vous en veulent, Schwarber! Et à nous aussi par la même occasion.

Peter Schwarber s'efforça de garder son calme :

— N'avons-nous pas garanti aux Juifs leur sécurité à Strasbourg pour autant qu'ils se conformeraient aux lois de la cité?

— C'est vrai, admit volontiers le conseiller, c'est vrai. Mais entre cette promesse et aujourd'hui, nous avons compté des milliers de morts, et chaque famille a été éprouvée.

— Une promesse est une promesse.

A ce moment, des cris s'élevèrent au-dehors. Un garde vint annoncer qu'une délégation des artisans demandait à être entendue. Le maire, Konrad Kuntz, qui sentait la situation lui échapper, consulta les conseillers du regard, mais les conseillers baissaient les yeux.

— Je les verrai en bas avec mes adjoints, dit-il.

Celui qui menait les artisans, Jean Botschold, le maître de la corporation des bouchers, avait la bouche tordue de haine :

— Le Conseil protège donc les Juifs! jeta-t-il hargneusement.

— Le Conseil, répondit le maire, a accepté l'argent des Juifs, s'est engagé à les protéger et leur a remis des lettres de sauvegarde, rappelez-vous, maître Botschold.

— Et la décision du congrès de Benfeld?

— Chaque ville est libre de l'accepter ou de la refuser, maître Botschold. C'est justement de quoi nous étions en train de débattre.

— Vous êtes vendus aux Juifs! cria soudain un grand homme maigre qui se tenait derrière les autres.

— Calmez-vous, amis, calmez-vous!

— Juifs! Les Juifs vous ont achetés! Judas! Fils de Satan!

— Gardes! appela le maire.

Les artisans quittèrent l'hôtel de ville, les hallebardes dans les reins.

Le maire et ses deux adjoints regagnèrent la salle du Conseil. Les conseillers étaient debout, l'air gêné.

— Que se passe-t-il ici? demanda le maire.

C'est un bijoutier connu pour sa modération qui répondit, Albert Hutten. Son menton tremblait.

— Nous avons décidé de rentrer chez nous, dit-il.

— Rentrer chez vous? Mais vous êtes membres du Conseil de la ville. Vous avez été élus. Votre devoir est de la gouverner. Asseyez-vous et parlons.

Albert Hutten regarda en direction de Hanselin Campser. Celui-ci vint à sa rescousse :

— Notre devoir est de gouverner la ville, répéta-t-il. Et Dieu sait que nous nous y efforçons. De la gouverner, oui, mais pas de la diviser.

— Nous non plus ne voulons pas la diviser, vous le savez bien. Nous protégeons des citoyens en danger.

— Que le stettmeister me pardonne, mais je ne voudrais pour rien au monde participer à la guerre qui opposera des chrétiens à des chrétiens à propos de Juifs!

Il sortit, et les autres conseillers lui emboîtèrent le pas.

Konrad Kuntz, Goffe Sturm et Peter Schwarber se retrouvèrent seuls. Le bijoutier Albert Hutten revint sur ses pas le temps de supplier :

— Comprenez-nous! Ne nous en voulez pas...

Le maire donna l'ordre de renforcer la garde aux issues de l'hôtel de ville, puis les trois hommes s'interrogèrent sur ce qu'il convenait de faire. Réunir les Juifs ici même, dans la mairie facile à défendre? Combien pouvaient-ils être encore? Deux mille? Trois mille?

Peter Schwarber, qui se tenait à la fenêtre, vit arriver l'évêque Berthold de Bucheck. C'était un homme de petite taille aux longs cheveux blancs sous la calotte, et aux yeux vifs. Il ne perdit pas son temps en salutations :

— Je vous apporte de mauvaises nouvelles, dit-il. Les patriciens et les corporations ameutent la foule devant la cathédrale. Ils veulent juger les Juifs. Ils m'ont demandé ma bénédiction, je la leur ai refusée.

— Qui les haranguait? demanda le maire.

— J'ai vu principalement Nikolaus von Bulach et Gosso Engelbrecht, ils parlaient au nom des nobles.

— Ce sont ceux qui ont le plus emprunté aux banquiers juifs, remarqua Peter Schwarber.

— Le boucher Jean Botschold a parlé à son tour, continua l'évêque. Et quand j'ai vu les conseillers arriver sans vous, j'ai compris, et je suis venu en espérant que ma présence les dissuaderait d'attaquer l'hôtel de ville.

Le maire secouait la tête de gauche à droite :

— S'ils attaquent, commença-t-il...

Il n'acheva pas sa phrase. Il voulait sans doute dire que rien de pis ne pouvait arriver.

Le soir même, la foule encercla l'hôtel de ville. Les gardes le défendirent loyalement. L'évêque se battit aussi et fut blessé au bras. Peter Schwarber reçut un coup de couteau à la cuisse.

Le Conseil fut déclaré dissous. Celui qui le remplaça, présidé par Nikolaus von Bulach, Gosso Engelbrecht et Jean Botschold, mit en jugement Peter Schwarber, confisqua sa fortune et l'expulsa de la ville.

Le matin du samedi 14 février 1349, alors que les Juifs célébraient le shabbat, la foule des Strasbourgeois déferla sur leur quartier.

Cinq cents Juifs furent ce jour-là baptisés de force. Les autres furent conduits là où était leur cimetière, entre le mur d'enceinte et le quai du Faux-Rempart. Un immense bûcher fut édifié et on y jeta jusqu'au dernier les Juifs de Strasbourg. Ils étaient peut-être deux mille – que le Tout-Puissant les reçoive dans le séjour de Ses élus!

C'était le jour de la Saint-Valentin. *Elle* était maintenant partie depuis longtemps, mais il fallait bien que quelqu'un paie pour tous ces morts, pour cette peur, pour ces horreurs, pour cette odeur d'urine et de vomissure qui hantait encore les nuits de ceux qui avaient connu ce fléau de Dieu, la peste noire.

A la fin d'une réunion sur les Droits de l'homme, à Paris, une femme s'approcha de moi :

— *Mon nom de jeune fille est Halter*, *dit-elle en guise de présentation.*

Nous n'avions guère de temps ce soir-là ni l'un ni l'autre, mais elle m'apprit encore qu'elle était alsacienne et catholique, qu'elle connaissait d'autres Halter en Alsace, et que sa grand-mère en savait sans doute plus qu'elle sur l'origine de son – de notre – nom.

Je lui donnai mon numéro de téléphone, et elle promit de m'appeler. Dès qu'elle eut disparu dans la foule qui s'écoulait sur le boulevard, je regrettai de ne l'avoir pas retenue. C'était la première fois que le hasard me proposait une piste de chair et d'os, peut-être la clé de toute mon histoire, et, au lieu de m'accrocher à cette jeune femme, de lui arracher son adresse, le nom du village où elle est née, le nom de sa grand-mère, je la laissai disparaître. Quinze jours s'écoulèrent avant que ma « cousine » catholique ne s'annonce au téléphone d'une voix enjouée. Elle avait vu sa grand-mère qui, à quatre-vingt-deux ans, gardait toute sa tête et soutenait que le berceau des Halter était Haguenau. Elle se rappelait qu'une partie de la famille avait quitté l'Alsace au début du siècle pour les États-Unis, l'autre s'installant à Strasbourg et dans la région.

— *Avez-vous demandé à votre grand-mère si elle connaît des Halter juifs ?*

— *Elle n'en connaît pas, mais elle vous conseille d'en parler, à Haguenau, à Raymond Halter.*

— *Raymond Halter ? Qui est-ce ? Que fait-il ?*

Elle rit gaiement, sûre de son effet :

— *Il est curé*, dit-elle.

Je partis le lendemain pour Strasbourg. La « cousine » m'avait donné quelques numéros de téléphone et assuré que les annuaires du Bas-Rhin et du Haut-Rhin étaient bourrés de Halter.

En quelques jours, je parcourus des centaines de kilomètres, rencontrai des dizaines de Halter, commerçants, artisans, fonctionnaires, paysans, et même un gendarme et un garde-barrière. Le curé Raymond était parti en pèlerinage à Lourdes. Ceux à qui je m'adressais écoutaient mes explications avec une méfiance qu'ils cachaient mal, puis s'apprivoisaient, néanmoins partagés entre un patriotisme familial de bon aloi et l'inquiétude d'être mêlés à une entreprise juive. L'un d'eux, pourtant, Elisée Halter, rencontré dans une auberge près de Haguenau, originaire de Bischheim, m'affirma avoir entendu dire à plusieurs reprises par son grand-père, décédé depuis cinq ans, que « les Juifs faisaient partie de la famille » ; mais il ne savait ce qu'il fallait entendre par là.

Mon exaltation du début commençait à retomber. J'étais maintenant habitué à rebondir d'un Halter à l'autre pour n'attraper que du vent. Et parfois, déjeunant dans des auberges de campagne parmi des représentants de commerce, je me faisais l'effet d'un voyageur courant les chemins sans savoir où ils menaient. Sur le point de rentrer à Paris, je rencontrai un Halter de plus, professeur retraité à Strasbourg ; il croyait, lui, appartenir à une famille juive convertie depuis des siècles. Il me conseilla de répertorier toutes les conversions mentionnées dans les archives des communautés juives d'Alsace. Un de ses cousins – « Mais ce n'est pas un Halter », s'excusa-t-il – travaillait aux Archives du Haut-Rhin, et il voulut bien l'avertir de ma visite.

M. S. était un homme près de la retraite, aux gestes lents et au regard noyé. Nous avions rendez-vous au Kammerzell, place de la Cathédrale. Il commanda un vin blanc. Mon histoire l'intéressait, mais il prenait son temps. Il suivait des yeux les jambes d'une femme qui passait, faisait tourner entre ses doigts le pied de son verre, regardait la cathédrale avec tendresse.

— *Il y a sept cents ans*, dis-je, *j'ai vu construire la flèche.*

M. S. me regarda attentivement sans manifester la moindre émotion.

— *En quelle année pensez-vous être arrivé à Strasbourg ?*

— *En 1242.*

— *Vous arriviez d'où ?*

— De Troyes.
— En 1242, remarqua-t-il gentiment, la flèche n'était pas commencée. Maître Erwin n'a entrepris les travaux qu'en 1277.
— C'est vrai, dis-je. Son fils Jean et sa fille Sabine ont continué après lui.

Nous étions contents de nous, et M. S. termina son vin blanc. Son teint devint rose comme la pierre de la cathédrale.
— A la suite du coup de téléphone de mon cousin, dit-il, j'ai cherché un peu. J'ai trouvé un Halter au tout début du XVIIᵉ siècle. Il se prénommait Jean et était bourreau.

J'appelai le serveur. M. S. commanda un autre verre de vin blanc. Je me l'imaginais en train de rouler lentement une cigarette.
— Fumez-vous? demandai-je.
— Non, merci.
— Pensez-vous que ce Jean Halter ait pu être juif?
— Certainement pas. C'était une fonction importante et les Juifs n'y avaient pas accès.

Puis il changea brusquement de conversation :
— Je vous ai vu un soir à la télévision... Avez-vous visité la rue des Juifs? C'est ici, juste derrière. Vous y trouverez encore une maison qui date du XIIᵉ siècle.

Il leva un lent regard vers moi :
— Vous la reconnaîtrez!
Et soudain :
— Savez-vous d'où vient votre nom?
— Je sais qu'en allemand, cela signifie « celui qui tient », répondis-je. A Jérusalem, un professeur m'a expliqué qu'on appelait ainsi au Moyen Age des gardiens de troupeaux, des bergers.

M. S. eut une sorte de rire sans joie :
— Des gardiens, oui, mais pas de troupeaux. Les Halter en Alsace sont des gardiens de registres.

C'est ainsi que j'appris que der Halter était celui qui, autrefois, tenait le registre du village; c'était une fonction honorifique et qui pouvait être héréditaire. M. S. pensait qu'elle concernait les Juifs puisque les catholiques tenaient dans les églises depuis longtemps le registre des baptêmes, des mariages et des enterrements.
— Je crois bien que vous avez raison, me dit-il encore. C'est ici que vous êtes né.

Il se leva lourdement. Je lui laissai mon adresse, pour le cas où il découvrirait de nouveaux renseignements, et le remerciai

chaleureusement. Il se dirigea à pas lents vers la cathédrale.
J'allai, moi, rue des Juifs. Je pensais à Haïm le scribe, à Vifelin, à Matis, à ce petit Moses venu mourir avec Esther. Lui aussi, sans la peste, serait devenu der Halter, après son père Matis. Etait-il moi? Etais-je lui? Je me surpris à chercher, au coin de la rue des Charpentiers, la ronde sanglante des flagellants.

XXVI

Strasbourg
LES JUIFS PAIERONT

Les cendres du bûcher à peine refroidies, le Conseil de la ville décida que les Juifs seraient interdits de séjour à Strasbourg pendant deux cents ans. Il n'y seraient tolérés que deux jours par semaine, et munis d'un sauf-conduit.

Samueli et Matis choisirent de retourner à Benfeld, redevenu le paisible village qu'ils avaient connu, et que la peste avait épargné. Ils purent même louer à nouveau, et cette fois en entier, la maison du conseiller Elward Mersvin. Chaque matin, Matis accueillait les enfants juifs de Benfeld et leur enseignait la Tora. Les jours où ils en avaient le droit, Abraham et son grand-oncle Samueli quittaient Benfeld avant l'aube en carriole pour arriver à Strasbourg dans la matinée. Ils passaient le contrôle du pont Saint-Nicolas, traversaient le marché au poisson et les abattoirs – faisaient parfois un détour pour revoir leur ancienne demeure, où le Conseil avait placé un vieux couple – et gagnaient la place Saint-Martin. Là, derrière un fossé, s'élevait le *müsse*, bâtiment qui regroupait les services communaux. Ils saluaient les changeurs déjà installés à leur table, Lombards, Flamands et Juifs – seuls ces derniers avaient dû, comme eux-mêmes, payer leur sauf-conduit deux deniers, plus deux shillings par cheval. Ils montaient leurs tréteaux et il ne leur restait plus qu'à héler le client par-delà le fossé : Samueli proposait des prêts sur gage et Abraham faisait l'écrivain public, rédigeant à la demande des contrats ou des lettres de change.

On ne parlait plus guère de la peste, ni du Grand Bûcher, sinon pour diviser le temps entre avant et après. Mais cette ville, à moitié vidée de ses habitants par la mort noire, comme un corps de ses forces, avait sans doute besoin d'oublier pour recommencer à vivre, à faire des enfants et à concevoir des projets.

Sarah, la femme d'Abraham, étant sur le point d'accoucher de son troisième enfant, la famille guettait les premières douleurs. C'est que chaque naissance, après tant de morts, était importante, et qu'il convenait de mettre toutes les chances du côté de la vie. Les douleurs ayant eu lieu un mardi, ce qui était de bon augure, Abraham l'époux passa la journée à réciter des psaumes parmi ses cousins, oncles et tantes. Léa, sa mère, dessina autour du lit de Sarah, un cercle de craie et écrivit sur chacun des quatre murs : *Adam et Eve. Hors d'ici Lilith!*, ainsi que les noms de trois anges protecteurs : Sini, Sincini et Smangalof. Tandis que les femmes faisaient chauffer de l'eau et préparaient des linges, Matis, le futur grand-père, expliqua la coutume aux enfants :

— Dieu, dit-il, ayant créé Adam, vit qu'il n'était pas bon que l'homme reste seul. Aussi lui créa-t-il une compagne avec un peu de limon. C'était Lilith. A peine créée, Lilith commença à se quereller avec Adam. Mais quand elle comprit qu'elle n'aurait pas le dessus, elle prononça le nom ineffable de Dieu et s'envola dans les airs.

Les enfants, la bouche et les yeux ronds, faisaient face à Matis, écoutant avec ferveur — même ceux qui connaissaient déjà l'histoire.

— Dieu, alors, poursuivit le grand-père, désigna trois anges, Sini, Sincini et Smangalof, pour rattraper Lilith. Ils la rejoignirent au milieu d'un fleuve et lui ordonnèrent de faire demi-tour. « Laissez-moi, implora-t-elle, car j'ai été créée pour détruire les nouveau-nés, huit jours après leur naissance si ce sont des garçons, vingt jours si ce sont des filles... » Mais les anges la contraignirent un peu plus sévèrement. Lilith alors leur dit : « Je vous jure par le nom du Dieu vivant et tout-puissant que chaque fois que je vous verrai, vous, votre nom ou votre image sur une amulette, j'éviterai de faire du mal à l'enfant qui se trouvera là. » Voilà pourquoi votre grand-mère Léa a écrit le nom des trois anges sur les murs de la chambre. Quand l'enfant naîtra, Lilith viendra, elle les verra et se souviendra de son serment.

Sarah donna naissance à un garçon qu'Abraham nomma Vifelin, en souvenir du grand-père brûlé par les « bras de cuir ». Matis en pleura de joie.

Ainsi la vie reprit-elle peu à peu ses droits, ainsi les hommes s'ancrèrent-ils dans le temps par de nouvelles racines. Samueli mourut bientôt, mais seulement parce qu'il était arrivé au bout de son âge. Abraham, répugnant à faire seul le chemin de Strasbourg, cessa peu à peu d'y aller. La clientèle qu'il trouvait à Benfeld suffisait à occuper ses journées d'écrivain public, d'autant qu'il tenait à jour le registre de la communauté juive : naissances, arrivées, départs, décès. On l'appelait Abraham *der Halter*, Abraham le teneur de registre. Matis, qui ne voyait plus très clair, n'écrivait pratiquement plus.

Le petit Vifelin avait dix ans quand, un jour, en plein midi, la terre trembla. Ce fut bref, violent, inimaginable, au point qu'on aurait pu se demander si on n'avait pas rêvé – ces maisons s'effondrant soudain sur elles-mêmes dans des nuages de poussière, ces arbres déracinés comme des fétus, ce vertige terrible dans le corps, ces appels d'animaux pris de panique – mais non, ces décombres restaient décombres, ces troncs couchés ne se relevaient pas...

Abraham, qui rentrait alors de la synagogue, eut le sentiment que la rue se tordait sous ses pas, puis entendit des cris. Quand il comprit, il se précipita chez lui. La maison, au moins, était toujours debout. Il entra. Sa femme l'attendait en se tordant les mains :

– Dieu soit loué, dit-elle, te voilà!
– Que se passe-t-il?
– Ton père, Abraham...
– Mon père?
– Il était avec les enfants près du fourneau quand la terre a tremblé. Il est tombé à la renverse. C'est peut-être son cœur...
– Est-il...
– Non, mon époux. Il t'attend.

Entre la barbe et les cheveux de neige, le large visage de Matis était tranquille. Il sourit faiblement quand son fils entra, puis demanda qu'on convoque toute la famille et qu'on lui apporte de l'eau. Dès que Sarah eut posé près de lui une cuvette d'eau tiède, il y trempa ses doigts et les sécha soigneusement dans la grande serviette blanche que lui tendait sa femme. Alors il fit signe à Abraham, qui s'approcha et s'agenouilla près de sa couche. Matis posa la main sur la tête de son fils :

– Que l'Eternel, dit-il en respirant à petits coups, tourne Sa face... vers toi... et te donne la paix!... Que l'esprit de Dieu... repose sur toi..., esprit de sagesse, d'intelligence... et de la connaissance de la crainte de Dieu!

Abraham se releva, livide. Matis ferma les yeux comme pour réunir ses dernières forces. Sa voix était ferme quand il dit :

— Approchez-vous tous!... J'ai été jusqu'à ce jour... et avec l'aide de l'Eternel... le gardien de notre histoire familiale... Vous m'avez fait confiance... quand j'ai décidé... d'enterrer le Rouleau... dans notre jardin de Strasbourg... A mon tour de vous... faire confiance... Ne l'abandonnez pas!

C'est un homme en règle avec ses affaires terrestres qui mourut doucement quelques instants plus tard. On le sut quand on vit qu'il ne respirait plus. Alors Abraham son fils s'approcha et lui ferma les yeux.

Puis, s'installant au pupitre, Abraham dessina un plan sommaire du jardin de leur maison de Strasbourg, y marqua l'emplacement du tilleul sous lequel Matis – que Dieu l'ait en Sa sainte garde! – avait enterré le Rouleau familial, comme s'il avait deviné ce qui allait suivre. Prévoyant le cas où il ne pourrait lui-même y retourner de son vivant, Abraham fit apprendre le plan par cœur à ses deux fils et à sa fille, Elie, Vifelin et Myriam, qui durent le dessiner, en récitant le nombre de pas qu'il fallait pour aller de l'entrée à l'arbre, puis de l'arbre à la fosse, jusqu'à ne plus hésiter. Et, devant le corps de son père, il fit promettre à ses enfants de transmettre ce plan à leurs propres enfants au cas où ils ne seraient pas en mesure de l'exploiter eux-mêmes. Alors seulement, quand il fut sûr que toutes les précautions étaient prises, il s'occupa de pleurer son père Matis.

Elie avait vingt-deux ans et Vifelin dix-neuf quand un nouveau fléau ravagea l'Alsace pourtant encore dolente. C'étaient cette fois les routiers, ces mercenaires qui combattaient pour le compte de la France et de l'Angleterre et que la paix laissait brusquement sans embauche ni ressources. Dans ces bandes se mêlaient des Anglais, des Bretons, des Français, des Gallois terribles, des Flamands, des Allemands, sous l'autorité de chefs choisis pour leur courage, leur sauvagerie ou leur avidité. Non seulement ils pillaient, mais, comme pour faire payer l'horreur qu'ils inspiraient, ils brûlaient ce qu'ils ne pouvaient prendre, abattaient les arbres fruitiers, tuaient les enfants. Bien des villages non fortifiés se vidaient à leur approche.

Entre Saverne et Bouxwiller, des familles entières fuyaient comme devant un incendie. A Benfeld, où la garde était doublée sur les remparts, Abraham *der Halter* enregistrait scrupuleusement le nom de tous les Juifs de passage demandant l'hospitalité d'un repas ou d'une nuit, qu'ils payaient de quelques nouvelles –

ainsi Abraham apprit-il que le roi de France Charles V avait autorisé le rabbin Matatiahou ben Joseph, un Provençal, à établir une yeshiva à Paris, mais que, en revanche, les persécutions avaient repris en Castille à la mort de don Pedro, fils du roi Alphonse, et de son ministre juif Samuel ben Meir Halevi.

Beaucoup de ces fugitifs qu'Abraham hébergeait à l'occasion se rendaient en Pologne où, disaient-ils, le roi Casimir leur était favorable – la preuve? de sa maîtresse juive, il avait quatre enfants, dont les deux fils étaient catholiques et les deux filles juives! D'autres avaient choisi l'Italie où, assuraient-ils, certaines villes du Piémont comme Asti ou Montecalvo les accueilleraient chaleureusement. L'un ou l'autre courant entraînait parfois une famille au complet, parfois un jeune en quête de changement ou d'aventure. Ainsi Jacob l'orfèvre, fils de l'oncle Samueli, partit avec sa famille pour la Pologne, ainsi Deyot et Simon, ses frères, graveurs de dalles mortuaires, quittèrent-ils Benfeld pour l'Italie.

Ceux qui restaient à Benfeld se sentaient toujours un peu en exil de Strasbourg. Aussi, après de nombreuses discussions au sein de la communauté, Abraham fut-il chargé d'écrire au Conseil de la ville une lettre dont le texte avait été approuvé par tous : « Aux honorables maîtres et au Conseil de Strasbourg, nous offrons, avec nos salutations, nos humbles services. Nous venons vous supplier de ne plus nous porter rancune et de nous permettre de venir résider parmi vous, comme nos ancêtres ont habité parmi les vôtres... » Les deux fils d'Abraham, Elie et Vifelin, portèrent la lettre.

Le Conseil s'adressa à Henri de Salmatingen, l'homme d'affaires des ducs d'Oettingen dont dépendait la communauté de Benfeld : ses maîtres autoriseraient-ils le départ de leurs Juifs pour Strasbourg? Henri de Salmatingen répondit que « les ducs d'Oettingen ne se refusaient nullement au départ des Juifs si Strasbourg garantissait aux ducs pour les dix premières années une rente de dix marcs d'argent et, après ce terme, le capital ».

Strasbourg, la communauté de Benfeld ayant accepté le marché, décida d'accueillir six familles, auxquelles serait accordée la même protection qu'aux autres citoyens, les six familles étant nommément désignées : celle d'Abraham *der Halter*, celle d'Elie son fils aîné, qui était changeur; celle de Vifelin, écrivain public; celle de Mannekint; celle de Jacob, son beau-frère de Spire; celle enfin d'un autre Vifelin, le frère de Mannen de Worms.

Abraham, Elie, Vifelin et les leurs chargèrent donc une fois de plus leurs biens sur une carriole et repartirent pour Strasbourg. Le vieux conseiller Elward Mersvin, qui leur louait la maison de Benfeld, les regarda s'éloigner en ricanant :

— Je vous la garde, disait-il, vous serez bientôt de retour!

A Strasbourg, le Conseil de la ville autorisa Abraham et ses fils à réintégrer leur ancienne demeure, moyennant une augmentation du loyer et une taxe supplémentaire sur leur propre mobilier. Elie, qui avait quitté la ville tout jeune, et Vifelin, né à Benfeld, apprirent les rues et les places de Strasbourg. La cathédrale était terminée. Un certain Hultz, de Cologne, en avait achevé la flèche en dentelle de pierre deux siècles après qu'un autre maître en eut conçu le plan.

Personne ne leur parlait du Grand Bûcher ni de leur expulsion. Quelques jours après leur installation, comme ils traversaient des jours tranquilles, ils jugèrent qu'ils pouvaient sans risque exhumer le Rouleau d'Abraham. Ils s'y mirent un soir de shabbat. Abraham posa son châle de prière sur ses épaules et ses fils se relayèrent à la pioche et à la pelle. Le tilleul était en fleur, et leur émotion fut telle quand le bois sonna sous le fer que toute leur vie ils devaient associer dans leur souvenir le Rouleau d'Abraham et l'odeur du tilleul en fleur.

Ils lurent le Rouleau le soir même, d'un bout à l'autre – « Abraham fils de Salomon le lévite, habitait Jérusalem et le nom de sa femme était Judith. Elie, qui était son fils premier, devint scribe comme son père... » Quand ils eurent terminé, Abraham ajouta le nom des enfants Myriam, Elie et Vifelin, puis celui de son frère Moses, « mort pour n'avoir pas supporté de vivre loin de sa fiancée Esther, la fille du Rabbi Samuel de Wissembourg », et enfin celui de Matis, son père, « grâce à qui le Rouleau et la famille avaient échappé au Grand Bûcher de l'année 5109 * après la création du monde par l'Eternel – béni soit-Il! »

Abraham et ses fils étaient conscients non seulement de remplir les dernières volontés de Matis, mais de poursuivre une œuvre dont les fondations avaient été posées bien avant celles de la cathédrale de Strasbourg, et qui, avec l'aide du Tout-Puissant, monterait bien plus haut vers le ciel que la flèche de pierre.

Quelque temps plus tard – Vifelin, qui s'était marié juste avant de venir à Strasbourg, avait alors deux enfants, deux filles

---

* 1349.

— les routiers déferlèrent à nouveau. Ils arrivaient cette fois par Saverne et Belfort, et le sire Enguerrand de Coucy les commandait : réclamant en effet sa part de succession du patrimoine de son aïeul Léopold II d'Autriche, il envoya ses soudards piller une quarantaine de villages du Sundgau. Sur leur élan, ils massacrèrent les habitants de Wattwiller et brûlèrent le couvent de Thann. Fonçant sur Strasbourg, ils prirent le faubourg de Koenigshoffen mais se heurtèrent aux remparts de la ville.

— Tu vois, fit remarquer Vifelin à son père Abraham, on ne tue pas uniquement les Juifs!

— Bonne nouvelle pour les insensés! répliqua Abraham.

— Cela ne me réjouit pas qu'on tue des chrétiens, mon père, mais reconnais que quand les fils d'Esaü se font la guerre, ils laissent un répit aux Juifs.

— Allons, mon fils, n'as-tu donc pas remarqué que quand les chrétiens se font la guerre, les Juifs, d'une façon ou d'une autre, en font les frais?

C'est exactement ce qui se produisit cette fois encore. Le Conseil de Strasbourg, en effet, malgré son nouvel armement en engins à feu, décida de payer les routiers d'Enguerrand de Coucy afin qu'ils s'en aillent. La somme convenue était de trois mille florins, et le Conseil chargea Abraham, au nom de la communauté des Juifs de Strasbourg, de la réunir.

Les six familles s'affolèrent. Mannekint et Jacob regrettaient ouvertement d'avoir quitté Benfeld. Où trouver ces trois mille florins?

C'est Elie le changeur qui imagina la solution. Il proposait de lancer un emprunt parmi les bourgeois, emprunt garanti deux ans.

— Mais comment vas-tu garantir cet argent? demandait, effaré, Abraham qui n'avait rien compris aux affaires.

— Avec notre argent.

— Mais nous n'en avons pas!

— C'est pour cela que nous demanderons au Conseil de nous libérer pour ces deux ans du loyer de cinq cents livres strasbourgeoises, ainsi que des trente marcs que nous devons payer par personne à l'évêque et des dix aux seigneurs d'Oettingen.

Abraham réfléchissait :

— Et après les deux ans, quand tu auras rendu l'argent de l'emprunt avec les intérêts, dis-moi, mon fils, où tu en prendras pour le rendre à la ville.

— Mais nous aurons gagné de l'argent entre-temps! L'emprunt devra nous fournir les trois mille florins pour payer la rançon, le montant de nos impôts nous laissera une somme importante qu'il faudra faire fructifier.

— Je ne suis pas certain de tout comprendre, mon fils, mais si ton plan réussit, tu mériteras d'être autre chose qu'un pauvre changeur!

— Que l'Eternel — béni soit-Il! — t'entende, mon père!

Le Conseil accepta la proposition qu'alla leur faire Elie, demandant seulement que tous les membres de la collectivité juive de Strasbourg signent l'engagement de rendre les sommes en question au bout de deux ans, pour la Saint-Martin de l'année 1377 des calendes chrétiennes, et les intérêts à la Saint-Jean de la même année.

Après avoir encaissé leurs trois mille florins, les routiers d'Enguerrand de Coucy quittèrent Strasbourg et se dirigèrent vers la Suisse, où ils se firent battre par les Bernois.

Le Conseil de Strasbourg, satisfait de ses Juifs, accepta que les rejoigne un rabbin, un certain Samuel Sélestat, ainsi nommé parce que son père avait été rabbin à Sélestat. Peu à peu la communauté s'accrut, et le Conseil édicta un nouveau règlement relatif aux Juifs : « Le maître et le Conseil les prendront sous leur protection et puniront sévèrement tous ceux qui les maltraiteront de n'importe quelle manière. Eux-mêmes seront jugés comme les autres bourgeois dans le cas d'un délit ou d'un crime... »

Abraham cessa de faire l'écrivain et installa une école dans la maison. *Der Halter*, maintenant, c'était son fils Vifelin, qui avait eu un enfant, puis un deuxième, puis un troisième. Oh! sans doute, on n'oubliait pas. Mais il faisait si bon vivre, alors, à Strasbourg qu'on pouvait croire arrivée la fin du temps des tribulations.

Et quand le conseiller Léopold Sturm, qu'Abraham avait connu enfant, vint lui annoncer en secret que le Conseil s'apprêtait à prononcer de nouveau le bannissement des Juifs de Strasbourg, ce fut comme un autre tremblement de terre. « Pourquoi? gémissait Abraham. Mais pourquoi? » Simple intolérance? Façon d'éliminer un remords vivant pour oublier le Grand Bûcher? Moyen de faire à nouveau payer les Juifs quand ils reviendraient? Aucune des raisons ne paraissait justifier cette nouvelle expulsion. Mais il fallut une fois de plus ficeler en hâte quelques bagages. On venait juste de fêter la bar-mitsva du petit Aaron, le dernier des enfants de Vifelin...

Le jour où le bannissement fut crié dans les rues, la famille avait déjà pu s'assurer que la maison de Benfeld était toujours vacante – le conseiller Elward Mersvin était mort, mais son fils, qui paraissait déjà aussi vieux que son père, la leur avait fidèlement gardée : « C'est la maison des Juifs », disait-il –, et elle y avait discrètement transporté quelques meubles ainsi que le Rouleau d'Abraham. On avait eu raison : il fallut partir en courant, les bras levés pour se protéger des insultes, des quolibets et des crachats.

Abraham était prostré. Il n'écrivait plus, ne sortait plus que pour se rendre à la synagogue. Il lisait et relisait l'histoire familiale, y cherchant peut-être le sens de son destin, ou du destin du peuple juif.

Un jour, le jeune Aaron lui apporta une feuille vierge et la lui tendit sans un mot. Abraham la palpa, la sentit, la soupesa, en éprouva l'épaisseur, le grain. Il n'identifiait rien de connu, ni parchemin, ni papyrus : c'était léger, mince, fragile.

– Cela vient de Troyes, dit Aaron comme pour le mettre sur la voie.

– De Troyes?

– C'est fait avec des chiffons de lin et de chanvre.

– Des chiffons? Ne te moque pas de moi, Aaron. Je suis ton grand-père. Je dois prier et je n'ai pas de temps à perdre avec tes bêtises.

Et comme Aaron craignait qu'Abraham ne retombe dans sa mélancolie, il lui apprit le nom de cette matière nouvelle :

– Cela s'appelle du papier, grand-père.

XXVII

Benfeld
UN CERTAIN HANS GENSFLEISCH

Quand Aaron se fiança à Guthil la boiteuse, la fille de l'aubergiste Lowelin, le papier n'était encore qu'une curiosité.

L'infirmité de Guthil, dont les enfants du village se moquaient en contrefaisant sa démarche, emplissait le cœur d'Aaron d'une inépuisable tendresse. Aussi fut-il profondément heureux quand le hazan – car il n'y avait pas de rabbin à Benfeld – consigna dans le contrat de fiançailles le montant de la dot et l'énumération des cadeaux que les deux partis se promettaient réciproquement, et quand il brisa une cruche pour montrer, selon la tradition, que « de même que ce pot ne pouvait être reconstitué, de même cet agrément ne pouvait être rompu ». Alors il prit la place du hazan pour s'engager devant l'assemblée des familles à accomplir fidèlement toutes les clauses du contrat.

Le temps des fiançailles ne dépassait pas ordinairement un an. Mais le mariage dut être repoussé car Abraham mourut alors, sans cris ni drames, en relisant pour la centième fois, ou peut-être pour la millième, le Rouleau de Jérusalem. Il n'avait pas trouvé de réponses à tous ses « Pourquoi ? ».

Les noces furent enfin célébrées au printemps suivant, et tout le village y participa, ainsi que les Juifs des environs, qui arrivèrent avec leurs fils et filles à marier. Depuis la peste et le Grand Bûcher, on célébrait avec plus de ferveur les mariages que les deuils, tant il paraissait important que la vie l'emporte sur la mort.

Le premier enfant tarda. Il ne s'annonça que deux années plus tard, et ne vit jamais le jour. Le second, une fille, rendit l'âme peu après sa naissance, le troisième, un garçon le lendemain de sa brith-mila. Le quatrième et le cinquième furent emportés par la même épidémie alors qu'ils étaient âgés d'un et de deux ans.

Quand Guthil fut enceinte pour la sixième fois, tout le village pria pour elle. Son père jeûna deux jours par semaine et Aaron fit pénitence. Ils allèrent à Haguenau chercher Loser le *chormer*, qu'on disait capable d'exorciser les pires démons. C'était un petit Juif au visage rond et à la voix douce. Durant deux jours, il récita selon un certain rythme des formules magiques. Puis il passa au cou de Guthil un collier de corail rouge pour la préserver du mauvais œil. Enfin, il clama de toute sa voix :

– Je *chorme* pour que le mal s'éloigne de ta chair et pour que le Dieu d'Israël prenne sous Sa protection l'enfant que tu portes.

Il partit à l'aube du troisième jour, refusant de se faire payer.

L'enfant naquit dans les douleurs au début de l'été, à deux jours de Chavouoth de l'année 5178 * après la création du monde par l'Éternel – béni soit-Il! Il passa le cap du premier jour, de la première semaine, du premier mois. Il portait le nom de Gabriel. Il était beau et souriant et ses parents le contemplaient, tel un miracle.

Quand Gabriel eut trois ans, son père lui enseigna l'*alephbeth* et, après sa bar-mitsva, il le conduisit jusqu'à Mayence, auprès du fameux rabbin Jacob ben Moshé Moellin, qu'on appelait communément le Maharil. Le rabbin jugea l'enfant très savant pour son âge et l'accepta comme élève. Au bout de deux ans, Gabriel écrivit à Benfeld qu'il restait encore deux ans. Quand le délai fut écoulé, il écrivit une nouvelle lettre à ses parents : il souhaitait encore passer quelque temps auprès du Maharil, qu'il aidait à recopier son livre, le *Sefer Minhagim* **. Pendant ce temps, une bergère de Lorraine partait en guerre au nom de Dieu contre les Anglais, faisait couronner un roi mais mourait sur un bûcher à Rouen. Les Juifs de Benfeld y virent une fois de plus la preuve que « qui brûle un Juif finit toujours par brûler un goï ».

* 1418.
** Livre des coutumes. Recueil composé par Jacob ben Moshé Moellin, dit le Maharil (Morenu Harav Jacob Halevi) (1360-1427), né à Mayence, mort à Worms. Talmudiste réputé, le Maharil codifia dans l'ouvrage précité un certain nombre d'us et coutumes ayant cours dans le judaïsme allemand de son temps.

Gabriel revint enfin à Benfeld. Sa mère Guthil reconnut à peine son enfant en cet homme brun aux yeux clairs et au menton volontaire ombré d'une barbe légère, le corps élancé vêtu, sous sa cape verte, d'une blouse verte aussi, serrée aux poignets et fermée sur le devant par une rangée de petits boutons, cadeau du Maharil. Pour tout dire, son fils intimidait Guthil la boiteuse. Vif, enjoué, rieur comme on l'est à son âge, il se faisait parfois sérieux et grave et un pli se creusait entre ses yeux. Il disait alors des choses que Guthil ne comprenait pas bien, et elle remerciait Dieu qu'il fût devenu si savant sans cesser d'être lui-même.

Sa réputation le suivit de près. On venait l'écouter dire les prières selon une mélodie inventée par le Maharil. On lui commandait, et souvent de fort loin, des chapitres des psaumes ou la *Meguilat Esther* qu'il transcrivait d'une écriture soignée et enluminait de couleurs qu'il avait appris à composer à partir de végétaux. Les heures du jour ne lui suffisaient pas, car il était aussi curieux de tout, avide de nouveautés et d'expériences.

Il entendit un jour parler d'un moulin à papier qui s'était installé près du prieuré de Saint-Argobaste, un peu en dehors de Strasbourg, à la Montagne-Verte. Dès qu'il le put, il s'y rendit. Le moulin était isolé et l'homme qui, debout sur une charrette, déchargeait des ballots de chiffons, paraissait méfiant :

— Que voulez-vous?

— Je viens de Benfeld, répondit Gabriel. Je suis écrivain... J'ai déjà vu des feuilles de papier, mais j'aimerais savoir comment vous le fabriquez.

— Vous n'êtes pas acheteur?

— Tout dépend du prix.

Le visage de l'homme s'éclaira :

— Alors entrez! Je m'appelle Andres Heilman.

— Et moi Gabriel, fils d'Aaron, écrivain, halter de Benfeld.

Ils pénétrèrent dans le moulin, où Gabriel fut surpris par l'odeur désagréable et une sorte de martèlement flasque.

— Il faut s'habituer, dit Andres Heilman. Alors, regardez. Ici, on découpe les chiffons en très minces bandelettes qu'on trempe et qu'on entasse dans la cave. Nous l'appelons le pourrissoir... Quand les chiffons commencent à fermenter, on les jette dans ce bac empli d'eau, où ils sont frappés et déchiquetés par ces maillets dont les têtes portent des clous...

Gabriel, du regard, suivit l'arbre qui commandait les maillets jusqu'à l'engrenage de la roue du moulin. Andres Heilman continuait l'explication :

— Quand le battage a fait son office, les chiffons de tout à l'heure sont devenus cette pâte laiteuse. C'est le début du papier. Il ne reste plus qu'à... Regardez.

Des ouvriers justement faisaient couler un peu de la suspension blanchâtre dans une forme close par un tamis. L'eau s'égouttait. La pâte suffisamment épaissie était étalée sur des feutres qu'on empilait et qu'on plaçait sous une presse.

— Voyez, poursuivait Andres Heilman. La compression évacue le reste d'eau. Et vous avez maintenant votre papier. Les feuilles sont assez résistantes pour sécher par petites liasses, là, dans ce local que nous appelons l'étendoir... Le papier, croyez-moi, c'est l'avenir! Vous doutez? Vous n'êtes pas convaincu?

Gabriel tenait entre ses doigts une feuille parfaite, à la texture uniforme, lisse et fine au toucher, presque blanche.

— Si, dit-il, je suis convaincu. Mais je me demande si nous autres, les Juifs, avons le droit de nous en servir pour transcrire nos textes sacrés.

A ce moment entra un homme massif d'une quarantaine d'années, les épaules et le visage larges, des yeux d'un bleu délavé, très écartés, et qu'il clignait en parlant. Il paraissait peu aimable, comme ceux qui ne suivent qu'une idée. Il jeta un regard rapide au chapeau pointu de Gabriel et sans plus de politesse s'adressa à Andres Heilman :

— J'ai à te parler, Andres.

Heilman présenta Gabriel :

— Nous étions en train de nous demander si les Juifs pouvaient transcrire sur papier leurs textes sacrés.

L'homme eut un rire bref :

— Un beau marché, hein, Andres?

Il se tourna vers Gabriel :

— Qui êtes-vous?

— Mon nom est Gabriel, je suis écrivain à Benfeld. J'ai étudié à Mayence.

— Mayence? J'en viens moi-même. Qu'y faisiez-vous?

— J'y étudiais avec le rabbin Jacob ben Moshé Moellin. J'ai un peu appris le travail de l'encre, des couleurs... Un peu la gravure aussi...

— La gravure?

L'homme paraissait douter que Gabriel ait pu effectivement étudier la gravure. Et un peu de vanité sans doute poussa le jeune homme à impressionner son interlocuteur :

— Je me suis toujours demandé, dit-il, s'il était possible de transcrire tout un livre sur bois pour le reproduire en autant d'exemplaires qu'on en voudrait... Ma seule difficulté touchait le support. Le parchemin ne convient pas... Mais le papier, c'est exactement ce qu'il faut.

L'homme au bonnet rouge paraissait à la fois intéressé et méprisant :

— Croyez-moi, le papier ne résout pas tout. La taille des lettres en relief dans une planche de bois, dit-il, représente un travail considérable et les résultats sont décevants. Certains ont déjà essayé.

Il passa sa large main sous son bonnet et se gratta le crâne :

— Si ces questions vous intéressent, revenez. Je suis souvent ici. Nous sommes associés, Andres et moi. Mon nom est Hans Gensfleisch, vous vous rappellerez?

Ce Hans Gensfleisch n'avait pas bonne réputation. Il vivait seul avec son valet Lorenz dans une maison isolée, était associé avec André Dritzehen, un bourgeois de Strasbourg, pour faire on ne savait quelles recherches, se disait orfèvre et était inscrit à la « tribu d'échasses », la corporation des artistes. Le soir, alors qu'à la table familiale Gabriel racontait sa visite, l'unanimité se fit pour recommander la méfiance :

— On dit qu'il cherche à fabriquer de l'or, avança Lowelin, son beau-père.

— Des pierres précieuses, renchérit Aaron.

— Moi, j'ai entendu parler de sorcellerie, affirma Symunt, le frère de Guthil, en découvrant ses dents de lapin.

Gabriel était déçu. Il regardait la scène familiale, ces hommes bardés de méfiance, sa mère claudiquant entre la table et l'âtre, le plafond noirci, les murs suintant d'humidité. Il connaissait les vertus de la tradition et de la prudence mais ressentait jusqu'au fond du cœur les limites qu'imposaient les conventions, la crainte de l'inconnu, l'absence d'audace. Il aimait les siens, leur acharnement à perpétuer ce qu'ils étaient et ce qu'ils savaient, mais il se sentait une sorte d'obligation d'élargir l'horizon, d'aller vers des améliorations, même au risque d'errements et d'aventures.

C'est pourquoi, malgré toutes les mises en garde de son père, il alla se présenter un jour chez Hans Gensfleisch. Une maison en lisière de forêt, un valet malcommode qui refusait de laisser entrer, des chiens à l'attache, des pigeons sur le toit. L'orfèvre reconnut Gabriel :

— Ah! c'est vous! Comment avez-vous appris où j'habite?

— Tout le monde le sait.

— Tout le monde?

— Tous ceux en tout cas qui disent que vous vous cachez ici pour fabriquer de l'or ou pratiquer la sorcellerie.

Hans Gensfleisch passa sa main sous son bonnet rouge d'un geste familier.

— Ils me feront un jour un mauvais sort, grommela-t-il... Et vous, qu'en pensez-vous?

— Un homme, répondit Gabriel, qui s'intéresse au papier et à la gravure n'a sûrement pas de temps à perdre à essayer de fabriquer de l'or.

L'orfèvre cligna rapidement des yeux :

— Vous, dit-il, vous mourrez certainement moins innocent que vous ne l'étiez en naissant! Venez.

Toute la pièce semblait être dans l'âtre, près duquel une femme enveloppée de pénombre triait des haricots. Un escalier montait, un autre descendait. Ils empruntèrent celui qui descendait et débouchèrent dans une cave voûtée où une odeur âcre surprit Gabriel. Deux hommes s'affairaient près d'un chaudron planté sur des braises et qui dégageait une vilaine buée ocre. Ils levèrent leurs visages rougis vers Gabriel. L'un d'eux paraissait furieux :

— Pourquoi amènes-tu un Juif ici? demanda-t-il à Hans Gensfleisch.

— Il peut nous aider, répondit l'orfèvre. Montons boire une bière.

Tandis que les deux hommes tiraient le chaudron de son trépied et posaient leurs outils, l'orfèvre s'approcha d'un établi où Gabriel reconnut des ciseaux, des gouges et des poinçons de graveur sur bois. Gensfleisch lui tendit une planche gravée en relief :

— Voici de quoi vous parliez, dit-il. On répand l'encre sur les lettres, on y applique une feuille, on presse et les lettres se trouvent reproduites.

L'orfèvre joignait le geste à la parole. Et Gabriel, ravi de voir réalisé ce qu'il avait imaginé, put lire : *Scriptura manent*.

— « Les écrits restent », traduisit-il.

Et il ajouta, sans réfléchir :

— C'est le plus beau jour de ma vie.

— Venez. Vous nous expliquerez.

Ils montèrent au rez-de-chaussée et s'installèrent à la table. La femme leur apporta des pots de bière épaisse. Elle avait quitté son bonnet et, à la lumière de la grosse lampe à huile, on voyait sa chevelure blonde tomber en vagues sur son garde-corps bleu, largement décolleté sur ses seins laiteux. Gabriel s'aperçut qu'elle avait surpris son regard et qu'elle n'en paraissait pas troublée – pas autant que lui en tout cas.

– Voici André Dritzehen, dit Hans Gensfleisch. C'est lui qui n'aime pas les Juifs. Et voici Hans Dünne. Nous sommes associés.

Dritzehen s'impatienta :

– Ce n'est pas que je n'aime pas les Juifs, Gutenberg, tu le sais bien. Mais déjà qu'on nous soupçonne de sorcellerie, si on voit un Juif par ici !

– Eh bien ! nous brûlerons tous ensemble ! répondit Gensfleisch.

La femme éclata d'un rire en cascade, qu'elle cacha derrière sa main. Dritzehen la foudroya du regard.

Gensfleisch mit sa large main tachée d'acide sur le bras de Gabriel :

– Notre ami va nous dire ce qui l'attire ici.

Gabriel ne put s'empêcher de regarder la femme, et il se rendait compte que c'était à elle qu'il désirait s'adresser.

– Nous écrivons de père en fils, dit-il. Mon père, Aaron, est le halter de Benfeld. Mon aïeul Abraham était scribe à Jérusalem... J'ai étudié à Mayence et je copie des rouleaux de la Tora, et les heures des jours ne me suffisent pas... Depuis qu'on a brûlé des centaines d'exemplaires du Talmud, des scribes passent leur vie à recopier les rares exemplaires qui ont pu être sauvés. Mon père travaille depuis quatre ans sur le même livre... C'est pourquoi j'ai parlé à Herr Gensfleisch...

– Tout le monde m'appelle Gutenberg.

– ... à Herr Gutenberg de la possibilité de reproduire les textes en de nombreux exemplaires à partir d'une seule gravure... Ainsi le plus grand nombre pourrait en profiter.

Les trois hommes se regardaient d'un air entendu.

– Votre rêve, jeune homme, c'est aussi le nôtre. Mais la gravure sur bois n'est pas la solution. J'ai eu une idée, et mes amis ici présents m'aident à la mettre en œuvre. Ils sont à la fois mes financiers et les manouvriers. Si vous voulez vous joindre à nous...

– Financier, répondit aussitôt Gabriel, j'ai bien peur...

– Alors, manouvrier !

Chaque fois qu'il le pouvait, Gabriel sellait son cheval et, malgré les avertissements inlassables de son père, prenait le chemin de la Montagne-Verte. Parfois, tout le monde était là, les trois associés, le valet Lorenz et sa femme, et parfois seulement la femme. Gabriel avait compris que son acariâtre mari lui plaisait moins que Gutenberg; il avait surpris entre ces deux-là des gestes et des regards qui ne laissaient aucun doute sur la nature de leurs relations. Cela ne l'empêchait pas de la contempler : au contraire, puisqu'il connaissait les limites des territoires respectifs des uns et des autres. Il lui semblait parfois qu'elle s'amusait, en se penchant, ou au contraire en montant lentement l'escalier de la cave, à provoquer chez lui un vertige dont elle ne pouvait pas ne pas s'apercevoir. Il se faisait l'effet d'un homme debout au bord d'un précipice et qui, au lieu de reculer, prie Dieu de ne pas l'y laisser tomber.

Mais, dès qu'il avait repris les outils, il ne pensait plus à rien d'autre.

Gutenberg avait imaginé de remplir de métal fondu des moules creux représentant des lettres. Une fois le métal refroidi, il obtenait donc des lettres en relief qu'il suffirait d'assembler de manière à former des mots, d'encrer l'ensemble et d'y presser une feuille de papier. Le principe paraissait acquis. Mais le problème était de trouver un métal – ou un alliage de métaux – tel que les lettres ne se cassent ou ne s'écrasent sous le poids de la presse. C'est à quoi on s'employait dans la cave, mélangeant selon des proportions variables du plomb, de l'antimoine et de l'étain, l'antimoine augmentant la dureté des métaux auxquels on l'associe mais les rendant aussi plus cassants.

Le travail de Gabriel consistait à creuser les moules qui joueraient le rôle de matrices et où l'on coulerait l'alliage fondu. Il s'y appliquait avec patience et passion. Gutenberg, homme rude, injuste, vite méprisant, était avare de compliments, mais Gabriel voyait bien qu'il était satisfait de lui.

En l'année 1438, deux semaines avant la Noël – le lendemain de Hanoucca –, on expérimenta un mélange dont Hans Dünne avait soigneusement noté les proportions. Fusion, moulage, refroidissement, démoulage : combien de fois n'avaient-ils pas répété l'opération! Gutenberg demanda à Gabriel de présenter les mots qu'il avait composés, fidèles à leur habitude : *scriptura manent*. Il y versa le métal liquide. On but une bière en attendant le refroidissement. A chaque fois la même attente, le même espoir. Gabriel bloqua les lettres démoulées sous la presse, approcha une feuille de papier. Gutenberg manœuvra la presse, examina la feuille, inspecta le métal, fit signe d'approcher une nouvelle feuille...

Scriptura manent, scriptura manent, scriptura manent... L'alliage cette fois n'était ni trop cassant, ni trop friable, ni trop mou, ni trop... *Scriptura manent, scriptura manent...* Dix fois, cent fois, deux cents fois la presse pressa et trois cents fois Gutenberg vérifia que la reproduction était satisfaisante.

Quand il fit signe qu'on pouvait s'arrêter là, les quatre hommes restèrent silencieux un moment, puis Gutenberg lui-même jeta en l'air son bonnet rouge en criant. Hans Dünne se mit à danser d'un pied sur l'autre, Dritzehen s'assit, terrassé par l'émotion. Gabriel sentit des larmes lui monter aux yeux – vite séchées en vérité quand la femme de Lorenz vint les embrasser tous à tour de rôle et qu'il sentit contre lui, un peu plus longtemps qu'il ne convenait, sa poitrine dure.

Gutenberg leva une énorme chope vers la voûte de la cave :

– Loué soit le Seigneur, tonna-t-il. Nous avons réussi!

Gabriel prit une des trois cents épreuves et courut la montrer à son père. Aaron secouait la tête lentement de gauche à droite. Il ne doutait pas du succès de Gutenberg, au contraire. Mais ce succès même le rendait triste :

– L'écriture, dit-il enfin, c'est l'affaire de l'homme, de la main, de l'œil. Il faut une attention soutenue, de la patience, du goût...

– Mais père, la reproduction est la même, et elle est le fait d'hommes comme toi et moi. Seulement, c'est une écriture sans plume, et beaucoup plus rapide.

– Mais non, Gabriel, mais non. Cette chose-là, justement, n'est pas pour des gens comme toi et moi.

– Mais pourquoi?

Gabriel aurait tant voulu que son père comprenne l'intérêt de faire trois cents copies en écrivant une seule fois!

– Tu vois, Gabriel, notre travail à nous, la transcription des rouleaux de la Tora, c'est *malekhet hakodesh*, travail sacré, et tu le sais mieux que moi, toi qui as étudié auprès du Maharil – que Dieu le préserve de tout mal! Nous prenons part nous-mêmes à la fabrication du parchemin, nous faisons nous-mêmes notre encre, et chaque fois qu'il nous arrive d'écrire le Nom vénéré de Celui qui est, nous nous recueillons et nous songeons à la sainteté du mot que nous allons tracer avec la plume fraîchement trempée... Tout cela, mon fils, tu vois bien que tu ne peux l'obtenir avec tes lettres en plomb et ta presse en bois!

– Mais, père, le papier est fait par des hommes! Et rien n'empêche qu'on se recueille quand on compose avec des lettres de plomb le nom de l'Éternel – béni soit-Il!

— Et comment gratteras-tu ton papier si à la relecture tu trouves une erreur?

— Toutes les difficultés du métier trouvent leurs solutions par le métier.

— Je ne parle pas du métier, mon fils, mais de la mission du scribe, de notre mission... Elle est simple, mon fils, elle exige toute notre fidélité, toute notre vie : transcrire la parole du Seigneur et faire connaître Sa Loi. Rien d'autre... Tu m'entends : rien d'autre!...

— Mais père, l'imprimeur pourra faire la même chose!...

— Ne m'interromps pas, mon fils. L'imprimeur pourra faire la même chose et beaucoup plus. Il pourra protéger la Loi, mais aussi la parole des insensés. Et en de nombreux exemplaires! Car cet art de l'imprimerie dont tu parles, mon fils, sera au service de tous, des fidèles comme des infidèles, des justes comme des méchants. Et tu sais pour l'avoir lu : « Les méchants sont comme la mer agitée qui ne peut se calmer. » Dieu fasse que nous n'ayons pas à regretter cette nouvelle invention!... Maintenant écoute, voici Isekin, c'est l'heure d'aller à la prière.

Le cœur d'André Dritzehen ne résista pas à l'émotion. L'associé de Gutenberg mourut deux semaines plus tard, la nuit de Noël. Ses deux frères, Klaus et Georg, voulaient prendre sa place dans l'association, mais Gutenberg s'y opposa. Ils exigèrent alors cinq cents florins, ce qu'ils estimaient être la part de leur frère. Gutenberg là encore refusa : l'accord signé entre André Dritzehen et lui, dit-il, ne prévoyait pas d'héritiers. Les deux frères lui intentèrent alors un procès.

Gabriel était déçu. Déçu qu'une invention qui permettait de reproduire à des centaines d'exemplaires la parole du Saint — béni soit-Il! — se termine en chicanes. Déçu qu'un homme qui avait eu l'ingéniosité et la patience d'aller au bout de son idée se comporte aussi mesquinement. Il suivit le procès, assista au défilé des témoins, aux éclats de l'avocat, étonné que la justice se contente d'établir combien Gutenberg devait à André Dritzehen — sans tenir compte un instant de ce que l'humanité devait à Hans Gensfleisch, dit Gutenberg. Enfin le vieux juge Cune Nope, conseiller de la ville de Strasbourg, condamna Gutenberg à payer à Georg et Klaus Dritzehen la somme de quinze florins, après quoi il n'y aurait « plus rien à démêler avec André Dritzehen par rapport à l'entreprise et à l'association qu'ils avaient formées ensemble ».

Juste vers la fin du procès de Gutenberg, Guthil la boiteuse, en descendant dans la cave, manqua une marche et tomba sur une jarre d'huile qu'elle venait chercher. Elle resta longtemps prostrée sans pouvoir bouger ni même appeler au secours jusqu'à ce qu'Aaron, inquiet de son absence, se mit à sa recherche. Il la trouva enfin au soir et, avec l'aide de Gabriel, la remonta, bien mal en point. Elle mourut quelques jours plus tard.

Peu de temps après, Gutenberg repartit pour Mayence sans même saluer ceux qui l'avaient soutenu ou aidé. Gabriel envisagea un moment de le suivre, mais préféra rester encore un peu auprès de son père qui n'allait pas très bien. La disparition de sa femme l'avait profondément ébranlé, vieilli, et la conversation qu'il avait eue avec Gabriel sur la nouvelle façon de reproduire les textes lui avait enlevé le goût d'écrire. Comme si l'invention de l'imprimerie rendait vain son métier de scribe, vaine toute sa vie, vaine l'histoire de sa famille. Il refusa même d'inscrire la mort de Guthil dans le Rouleau d'Abraham. Vieilli donc et aigri, Aaron ne sortait guère et passait ses journées en prière. Nul ne s'étonna quand il mourut l'hiver suivant.

Gabriel, au cours de cette semaine qu'il passa en shiva, eut le temps de réfléchir à ce qu'il allait faire de sa vie. En vérité, il n'avait qu'une idée : se procurer de l'argent, acheter une presse, de l'encre, du plomb, de l'étain, de l'antimoine, du papier... Mais il n'avait pas envie de rester à Benfeld, où il n'y avait plus pour le retenir que la tombe de ses parents. Retourner à Mayence? Il y songea mais ne s'y résolut pas. La première proposition du destin fut la bonne : une lettre apportée d'Italie par Jacob Ashkenazi, un talmudiste de Crémone, et adressée à « Aaron, le fils de Vifelin, halter de Benfeld ». Elle venait d'un cousin, un certain Elie, le petit-fils de ce Deyot qui avait, soixante-dix ans plus tôt, quitté avec son frère l'Alsace pour l'Italie. Il était installé à Soncino, où il gravait des dalles funéraires et où, disait-il, il faisait bon vivre pour les Juifs, qui jouissaient de la protection du duc de Milan. Il s'inquiétait pour la famille de Benfeld et laissait entendre, sans qu'il s'agît toutefois d'une invitation, que la communauté réclamait les soins d'un bon écrivain, car « les contrats de mariage de Soncino ne sont pas aussi bien écrits ni aussi bien enluminés que ceux de Mantoue ».

Gabriel accueillit cette lettre comme un signe du ciel et décida de gagner Soncino – mais où se situait donc Soncino? La famille ne discuta pas sa décision. Bien qu'il fût, selon l'usage, le seul habilité à garder et tenir le Rouleau d'Abraham, on le pria de ne pas faire courir au document les risques d'on ne savait quelles aventures :

— Nous te le ferons parvenir, promit le grand-oncle Judel, dès qu'avec l'aide de l'Éternel — béni soit-Il ! — tu te seras fixé quelque part.

Gabriel quitta Benfeld à la fin du mois de mai de l'année 1440 des calendes chrétiennes. Il prit la route du Rhin en direction de Bâle. Il se sentait léger tel un de ces nuages blancs qui filaient vers le sud et lui faisaient comme une escorte.

Je venais d'achever la rédaction de ce chapitre 27, au cours duquel mon héros fait la connaissance de Gutenberg. Cet aïeul, j'avais choisi de le nommer Abraham, symboliquement, comme l'initiateur de notre histoire, Abraham le scribe. C'est alors que je reçus une lettre de l'archiviste strasbourgeois M. S., que j'avais rencontré à la Maison Kammerzell. Je me rappelais très bien l'homme lent, au regard noyé, qui contemplait tendrement la cathédrale de pierre rose, et m'étonnai de trouver une écriture élégante, fine et nette. Il avait, me disait-il, trouvé trace d'un écrivain public juif de Benfeld nommé Gabriel, mais la date, au bas de l'acte de vente que celui-ci avait enregistré, était illisible.

Ce nouveau personnage surgissait à Benfeld au moment exact où mon histoire quitte justement l'Alsace. Je décidai aussitôt de reprendre le chapitre 27 et de donner le nom de Gabriel, et non plus d'Abraham, au fils d'Aaron et de Guthil la boiteuse. C'est donc maintenant Gabriel qui rencontre Gutenberg et part pour l'Italie. Je ne pouvais laisser perdre cet authentique Gabriel.

Une idée un peu folle me vint alors : et si ce Gabriel que me fournissait le hasard avait réellement rencontré Gutenberg? J'écrivis aussitôt à mon archiviste strasbourgeois, lui demandant si, à sa connaissance, existaient encore les minutes des multiples procès intentés à Gutenberg par ses associés et créanciers.

Cette histoire, finalement, était-elle réelle ou imaginaire? Une sorte d'angoisse inconnue m'envahit. Je travaillais à ce livre depuis déjà trois ans et n'en voyais toujours pas la fin. Aucune activité, à ma connaissance, ne dévore le temps d'une manière aussi irrattrapable que l'écriture. Je me lève très tôt, je parcours quelques documents, noircis quelques feuillets et c'est déjà la nuit. Je me repose un peu, je reprends la plume, je forme quelques traits sur le papier, quelques personnages apparaissent et c'est à nouveau le jour.

Les scribes, eux, allaient au rythme du temps, et disparaissaient avec lui. Le rêve de l'écrivain d'aujourd'hui est de se poster sur les rives du temps et de le regarder passer ; son ambition ultime est de le figer, de se l'approprier. Quelle angoisse, tout ce temps qui m'échappe !

La source de mon récit est Jérusalem. Jérusalem, je m'y rends, d'une façon ou d'une autre, chaque fois que mon histoire est en panne. Cette fois, j'ai repris les notes d'une bizarre rencontre avec un rabbin, Adin Szteinzaltz, directeur de l'Institut des publications talmudiques. Au téléphone, il me dit habiter une petite rue proche de Mishkenoth shaananim, *la maison pour hôtes de la ville, où je séjourne alors.*

Il fait sombre, et pourtant il est à peine dix-huit heures. Le quartier est mal éclairé. Je fais le tour du pâté de maisons, interroge plusieurs passants : aucun n'a l'air de connaître le nom de cette rue. Un postier m'indique enfin le chemin, mais ce n'est pas le bon. La maison, je la découvre par hasard, une bâtisse du début du siècle. Le rabbin ne s'étonne pas de mon retard : personne n'arrive jamais à l'heure chez lui, m'explique-t-il.

J'avais imaginé un homme âgé, sans doute par association d'idées rabbin-sagesse-âge, et sa jeunesse me surprit. Il était roux, cheveux, visage, papillotes, barbe rare, regard. Il paraissait extrêmement doux et patient. Je commençai à lui parler de mon entreprise – c'était au tout début. Il écoutait avec attention, m'arrêtait d'un geste, disait : « Intéressant, très intéressant. Il me semble que Kant a écrit quelque part... Je vais vérifier. » Ou : « Attendez une seconde. Ce que vous venez de dire me rappelle une histoire de Joyce. » Il vérifiait, et il avait raison.

Ce qui était déroutant dans cette conversation, c'est que Rabbi Szteinzaltz, plutôt que d'essayer de me donner des réponses, essayait de comprendre mes questions. Il ne m'imposait rien, m'aidait seulement à poursuivre ma pensée jusqu'au bout. « Aïe, aïe, aïe, disait-il en tirant sur sa maigre barbe, c'est très intéressant, ce que vous dites là. Essayons de voir où vous emmène votre raisonnement. » Et il avançait ainsi, avec une gentillesse infinie et une logique implacable, jusqu'à ce que je m'aperçoive que ma proposition ne tenait pas debout. J'en avançais une autre. « Aïe, aïe, aïe, disait-il, c'est intéressant... »

A minuit, nous étions toujours là.

— *Récapitulons, proposa Rabbi Szteinzaltz. Vous savez que vous descendez d'une famille d'imprimeurs juifs de père en fils, mais vous ignorez depuis quand. Vous savez seulement que la plus ancienne imprimerie Halter qu'on connaisse se situait à Lublin ou à Varsovie. C'est une information importante. Il vous reste à parcourir l'itinéraire des quelques dynasties d'imprimeurs juifs dont l'existence est avérée depuis le XVe siècle et voir laquelle d'entre elles aboutit à Lublin ou à Varsovie.*

Comme tout semblait simple !

— *Par ailleurs, et de l'autre côté de l'histoire, on peut raisonnablement penser que les premiers à avoir compris l'intérêt de l'imprimerie étaient mêlés de près à l'écriture. Nous savons qu'il existait aussi des dynasties de scribes, qui se transmettaient de père en fils les techniques de l'écriture, et la mystique de la connaissance. Il vous reste donc, mon cher ami, à accrocher une dynastie de scribes à une dynastie d'imprimeurs, sans doute très peu de temps après l'invention de Gutenberg.*

— *Si ce que vous dites est vrai...*

Rabbi Szteinzaltz secoua doucement la tête :

— *Ce n'est pas moi qui l'ai dit. C'est vous. Moi, je vous écoute et vous suggère des solutions — vos solutions.*

Je repris :

— *Nous avons donc là un fil conducteur.*

— *Ne le lâchez pas ! Vous vous perdriez dans votre labyrinthe !*

Rabbi Szteinzaltz éclata d'un bon rire doux et roux.

Cela se passait avant même que j'écrive la première page de ce récit. Et j'étais à présent parvenu à l'endroit exact où les deux histoires pouvaient se rejoindre, celle d'avant et celle d'après Gutenberg.

Et si ce Gabriel était justement le chaînon manquant ? Oui, mais s'il ne l'était pas ? Mes deux histoires allaient-elles tourner sans se rencontrer comme deux vaisseaux spatiaux perdus dans l'infini, sur deux orbites différentes ?

En attendant de recevoir une réponse de M. S., l'archiviste de Strasbourg, je repris mon héros — Gabriel, donc — au départ de Benfeld. Je ne risquais rien à le suivre jusqu'à Soncino.

En effet, en poursuivant mon raisonnement à la façon du rabbin Szteinzaltz, Gabriel, connaissant le secret de la reproduction des textes, ne pouvait que rêver de monter une imprimerie. En avait-il les moyens ? Certainement pas. En avait-il même le droit ? Les chroniques ne nous signalent à l'époque aucune imprimerie juive en Alsace – ni même, d'ailleurs, en France ou en Allemagne. En revanche, en Italie, on connaît des ateliers typographiques juifs dès 1475 à Reggio di Calabria et à Pieve di Sacco, puis à Ferrare et à Bologne, et enfin, en 1483, à Soncino. Seul ce dernier fut créé, pour ce que nous en savons, par des Juifs arrivés de Rhénanie.

Il était donc dans la logique de Rabbi Szteinzaltz que Gabriel se rende dans ce village ocre d'entre Crémone et Milan.

P. S. : Je ne peux m'empêcher de regretter que le fils unique d'Aaron parte de gaieté de cœur en laissant derrière lui le Rouleau d'Abraham dont il est devenu le seul héritier et responsable. Il me semble que c'est se comporter bien légèrement avec treize siècles d'histoire et de fidélité.

Pourquoi ce Rouleau n'existe-t-il toujours qu'en un seul exemplaire ? C'est comme s'il fallait qu'il en fût ainsi. Je ne comprendrai décidément jamais.

XXVIII

Benfeld-Soncino
GABRIELE DI STRASBURGO

GABRIEL était alors âgé de vingt-deux ans, et il en avait consacré plus de dix à la réflexion et à l'étude. Pour la première fois depuis bien longtemps, menant son cheval d'un horizon à l'autre, il se sentait insouciant. Il n'oubliait certes pas ce qu'il devait à ses parents, et à ses maîtres, le Maharil ou Gutenberg ; et il gardait présent à l'esprit que celui qui sait a plus de devoirs que celui qui ne sait pas ; mais sa gravité de jeune savant faisait place à une curiosité, un enthousiasme, un bonheur de vivre le moment présent, une exaltation légère de voyageur sans bagages.

Il dut contourner Colmar, d'où les Juifs avaient été bannis après qu'on les eut accusés à tort d'avoir soutenu l'hérétique Jean Huss. Il arriva à Bâle pour le shabbat et se présenta juste à temps chez Bélé de Fribourg, un changeur pour qui le cousin Mennelin lui avait remis une recommandation. A la fin du shabbat, Bélé lui fit visiter la ville, ou plutôt les deux demi-villes séparées par le Rhin et reliées par un large pont de bois. Il vit sa première horloge, l'entendit sonner huit heures et attendit, émerveillé, qu'elle en sonne neuf...

Le lendemain soir, en sortant de la synagogue où Bélé et lui s'étaient rendus pour la prière du soir, ils rencontrèrent deux personnages menus portant de vastes houppelandes courtes à manches évasées en velours bleu et à cappucios rouges, sortes de chapeaux en turban armés de liège — on eût dit deux insectes dans de superbes carapaces trop grandes pour eux. Bélé les salua avec déférence : c'étaient Zinatano fu Musetto — Jonathan fils de Moïse à la façon italienne — et son fils Jekutiel, des banquiers de Reggio venus à Bâle pour affaires et comptant s'en retourner deux jours plus tard. Jekutiel se montra très intéressé d'apprendre que « Gabriele » avait étudié avec le Maharil : il connaissait par cœur des passages du *Sefer Minhagim* que Gabriel avait copié à Mayence!

Le père et le fils n'eurent pas besoin de se concerter longtemps pour proposer, dans leur hébreu ensoleillé, d'abandonner leur itinéraire habituel, par Balzano, pour contourner le lac de Garde vers Brescia, passer par Crémone, ville « tout à fait délicieuse » qui possédait une « très charmante synagogue » et se trouvait à moins d'une journée de Soncino – si toutefois cela pouvait procurer quelque agrément au jeune écrivain de Benfeld qui se rendait pour la première fois au-delà des Alpes.

Ils partirent donc ensemble. Les deux banquiers, autour desquels papillonnaient des domestiques, étaient des compagnons charmants, pleins d'attentions et de références, avec qui on ne s'ennuyait pas un instant.

A Trente, au bord de l'Adige, la petite communauté juive était plus italienne qu'allemande, et Gabriel s'y sentit pour la première fois vraiment à l'étranger, d'autant que les Juifs y portaient non plus le chapeau pointu mais la rouelle jaune, à l'exception de quelques privilégiés, dont les deux menus banquiers, protégés du duc Lionel d'Este. Grâce à sa connaissance du latin, il comprenait quelques mots de la langue rapide et chantante qu'il écoutait, fasciné, ruisseler dans les ruelles des abords du dôme. Les banquiers se firent indiquer une auberge juive où ils purent enfin prendre un repas normal, c'est-à-dire kasher.

Tout paraissait réussir à Zinatano et à son fils, l'argent, les gens et le temps. Quand le chemin montait entre les cimes encore enneigées, le soleil venait réchauffer les voyageurs, et quand ils s'enfonçaient dans les vallées, alors un vent léger se levait pour les rafraîchir. Il semblait qu'avec eux il ne pût en être autrement. Près de Gardone, au bord du lac, ils dépassèrent des paysans qui poussaient en chantant des charrettes bleues pleines de volailles caquetantes.

Soudain, un des domestiques, qui allait devant, revint à bride abattue :

— C'est la guerre! cria-t-il. C'est la guerre!

Ils avancèrent jusqu'en haut du chemin et purent voir, par une échancrure du paysage, des galères s'affronter sur un lac, tandis que sur la rive la plus proche une bataille tumultueuse mettait aux prises deux troupes éclatantes.

— Sans doute des condottieri, dit de sa voix fluette Zinatano.

Et il expliqua à l'intention de Gabriel :

— Ce sont des chefs de soldats mercenaires qui se mettent

au service des princes. Aux bannières, il me semble que Piccinino, pour le compte de Milan, affronte ici Sforza, qui combat pour Venise. Il aura fort à faire.

De leur place, ils aperçurent un attelage qui hissait à grand effort ce que les banquiers décrivirent comme étant un canon. Gabriel en connaissait l'existence, mais n'en avait jamais vu. Ils prirent le temps d'assister, comme à une curiosité, à l'installation de la pièce, à son chargement. C'était comme un ballet fait d'allées et venues, de faux départs, de retours, un des personnages commandant la manœuvre avec de grands gestes théâtraux.

Gabriel ne pouvait prendre cette guerre au sérieux. L'eau bleue du lac, le calme profond de la montagne, les prairies où paissaient des vaches à la robe noir et blanc, les couleurs pimpantes des uniformes, tout cela composait un tableau printanier dont tout drame paraissait exclu — on ne doutait même pas que les corps allongés dans l'herbe grasse se relèveraient à la fin du jeu.

Soudain, le canon tonna, lâchant un énorme nuage de fumée et un boulet qui tomba au milieu de ses propres troupes. L'effet escompté fut sans doute atteint, puisque la troupe ennemie se débanda aussitôt par petits groupes qui rejoignaient la montagne.

— Nous devrions nous éloigner, suggéra Zinatano. Le mieux serait sans doute de retourner sur nos pas jusqu'à l'embranchement de la route vers Iseo. De là, nous descendrons vers Milan.

Il avait déjà fait volter son cheval, et il ajouta à l'intention de Gabriel, comme pour excuser ce qui pouvait passer pour de la couardise :

— Les condottieri ne sont généreux que s'ils sont vainqueurs! Méfiez-vous de ceux qui ont des revanches à prendre!

A peine avaient-ils passé le tournant suivant qu'ils découvrirent, en travers du chemin, les charrettes bleues pleines de volailles qu'ils avaient croisées un peu plus tôt. Quelques vêtements déchirés traînaient auprès des corps mutilés des paysans. Dans le silence tragique voletaient des plumes blanches.

Ils arrivèrent à Milan un lundi. La ville débordait de ses remparts. Des quartiers populeux et remuants se déversaient dans la campagne. Ils pénétrèrent dans la cité par un pont-levis gardé par des lansquenets en costumes rayés et chapeaux à plumes. Quel tapage! Quel fourmillement! Les domestiques de Zinatano faisaient la route, et c'était un spectacle prodigieux de voir la foule s'ouvrir comme la mer Rouge devant Moïse, quand arrivait le petit banquier chamarré. Via dei Profumieri, via dei Pennachiari, via dei Orefici... C'est dans cette rue des Orfèvres qu'ils s'arrêtèrent, devant l'échoppe de Niccolo Malavolti, à qui Zinatano voulait commander un travail pour sa fille.

— Messire *banchiere*! Quel honneur!
— Comment va le travail, Niccolo?
— Dieu merci, le travail ne manque pas. Plus les guerres détruisent, plus les gens construisent et achètent... On dirait qu'on joue à qui sera le plus rapide.
— Des nouvelles?
— Notre duc a proposé sa fille en mariage au condottiere Francesco Sforza.
— Mais c'est son ennemi...
— Justement! Avez-vous vu les puissants de ce monde proposer quelque chose à un ami? L'ami est celui qui sert, c'est l'ennemi qu'il faut acheter!

Zinatano désigna de son doigt bagué de pourpre le motif de son choix, puis le père et le fils gagnèrent la piazza Mercanti, voir s'ils y trouveraient quelque personnage important de passage. La piazza, reliée par six rues aux principaux quartiers de la ville, était un carré pavé de briques et entouré de riches palais, avec arcades et portiques. Zinatano demanda à Gabriel la permission d'entrer un instant au Broletto Nuovo avec son fils. Gabriel en profita pour faire le tour de la place à pied, composant avec les courants de la foule où il attrapait au vol des mots, des odeurs, des couleurs, des visages, des regards... Quelle différence avec les foules du Nord!

Zinatano et Jekutiel revinrent bientôt en compagnie d'un homme au visage sévère, aux cheveux blancs et bouclés qui s'échappaient de son capuccio noir pour tomber sur le col montant de sa houppelande rouge. Grand et large, il paraissait d'une autre espèce que les deux frêles banquiers. Zinatano fit les présentations :

— Voici Samuel de Spire, banquier à Soncino, et voici Gabriel de Benfeld, écrivain, docteur de la Loi et disciple du fameux Maharil de Mayence. Il se rend à Soncino chez un de ses cousins.

Le banquier Samuel connaissait le cousin Elie :
— Un bon artisan, apprécia-t-il d'une voix de bronze, un érudit et un bon Juif!

Ils partirent tous ensemble pour arriver à Marignano avant la nuit. En effet, il n'existait pas de communauté juive à Milan, on n'y trouvait donc ni synagogue ni gîte. L'habitude était de se rendre à Marignano, où un certain Joseph de Casalmaggiore tenait une auberge renommée sur les bords de la rivière Lambro, et où tous les Juifs allant à Milan ou en revenant s'arrêtaient pour manger ou coucher.

Marignano était un bourg fortifié accroché à une croupe montagneuse, surplombant la rivière. A l'auberge, ils rencontrèrent Simon, l'associé de Samuel de Spire. Non seulement il était aussi de Soncino, mais son propre cousin était l'associé du cousin de Gabriel! Simon était un bon gros homme, expansif et tout de suite amical :

— Mais pourquoi portez-vous encore ce chapeau ridicule? demanda-t-il à Gabriel. Je dois avoir un capuccio bleu dans mon bagage. Il vous ira très bien.

Il claqua des doigts et un domestique s'éloigna, revenant peu après avec le capuccio en question. Gabriel s'en coiffa. Il lui parut soudain être devenu quelqu'un d'autre.

Ils dînèrent à la table familiale de l'aubergiste, sous les treilles de la vaste tonnelle. Le soir était doux, la conversation plaisante. Joseph de Casalmaggiore, entouré de ses enfants, dont certains étaient déjà mariés, rompit le pain comme on faisait à Benfeld, le trempa dans le sel et loua « Celui qui tire le pain de la terre ». Alors, malgré le bonheur de connaître tant de choses nouvelles, Gabriel eut un pincement au cœur.

Soncino, enfin. Gabriel avait quitté en les remerciant chaleureusement Zinatano et son fils Jekutiel, qui avaient multiplié les protestations et les invitations. Il était arrivé à Soncino avec les banquiers Samuel et Simon, qui le conduisirent chez son cousin Elie.

Soncino, c'était un mur et des tours de brique rouge dans une cuvette verte comme décorée d'un trait bleu ondulant : la rivière Oglio. Derrière le mur, des rues pavées de briques, et des maisons de brique elles aussi, avec des portes en ogive, des palais ornés de mosaïques de couleur et de bas-reliefs en terre cuite, des places où coulaient des fontaines et les restes d'une ancienne citadelle. A Soncino, tout le monde semblait toujours être dehors.

Elie habitait dans une des maisons d'un étage aux ouvertures étroites d'une petite rue sans nom qu'on appelait la rue aux Juifs, parce que la petite communauté y était groupée. Si le père d'Elie, Mosé, qui avait transformé une pièce de son logis en synagogue, ne pouvait réunir plus d'un minian à la prière, même pour les grandes occasions, c'est que la communauté, malgré ses trente et quelques membres, ne se composait que de deux familles, dont beaucoup de femmes et d'enfants. D'autres familles ayant exprimé le désir de s'installer à Soncino, le Conseil de la ville les avait refusées. Quant à la communauté la plus proche, celle d'Orzinovo, de l'autre côté de l'Oglio, elle aurait aussi bien pu se trouver au bout du monde, des querelles permanentes opposant Soncino et Brescia à propos des droits sur le pont qui enjambait le fleuve.

Gabriel s'installa chez Elie, où on l'accueillit avec une joie empressée, comme s'il était le plus grand savant que la terre eût porté. Elie était tout rond, mais agile et vif comme un lézard. Pour graver les pierres tombales – son atelier se trouvait dans la cour – il faisait preuve d'une habileté sidérante rendue d'ailleurs nécessaire par l'habitude qu'il avait, malgré les remontrances de son associé Giacobo, de commencer le travail au moment où il aurait dû le livrer. Gabriel, d'ailleurs, travailla quelque temps avec Giacobo et lui. Poussant le burin dans la pierre, il se rappelait toutes les heures passées dans la cave de Gutenberg à tailler de la même façon des lettres en creux. Son destin, décidément, était de graver des lettres! C'est à ce moment-là qu'il décida quelle serait la première page qu'il composerait et qu'il imprimerait – car il ne doutait pas qu'il pourrait un jour imprimer des livres. C'était un verset de Job : « Oh! Je voudrais que mes paroles fussent écrites, qu'elles fussent écrites dans un livre; je voudrais qu'avec un burin de fer et avec du plomb elles fussent pour toujours gravées... »

Elie était confus de voir un savant comme Gabriel s'agenouiller dans la poussière ocre, le burin dans une main, le maillet dans l'autre. Aussi lui proposa-t-il, en attendant que ses compétences soient connues, d'enseigner la Tora, et même le Talmud, à ceux de la communauté qui le désiraient, enfants et adultes. Un jour, un frère laïc, Ambrosino da Tormoli, grand spécialiste en vitraux, qui possédait à Soncino un atelier avec four, vint lui demander des leçons d'hébreu « pour pouvoir lire la Bible dans le texte ». Cela se sut bientôt, et l'hébreu devint à la mode à Soncino.

Gabriel, lui, cherchait toujours le moyen de financer un atelier d'imprimerie. Le cousin Elie avait vite compris l'intérêt du projet, mais non seulement il n'avait jamais un ducat d'avance, encore en retarda-t-il singulièrement la réalisation en réussissant à marier Gabriel à Estelina, la fille de son associé Giacobo. Celui qu'on appelait maintenant Gabriele de Strasburgo donna à son premier fils le nom d'Abramo.

La maison d'Elie se faisant un peu étroite, Gabriel et Estelina allèrent s'installer à l'angle de la rue Orefici et de la rue San Antonio, où un orfèvre leur loua un étage. Il semblait à Gabriel que jamais rien ne lui était arrivé d'aussi important que cet enfant. Depuis la naissance d'Abramo, il n'était plus le même.

« Les parents ne mourront pas pour les enfants, et les enfants ne mourront pas pour les parents; chacun mourra pour son péché. » Gabriel avait maintes fois recopié ce passage du Deutéronome. Il comprenait qu'un enfant n'ait pas à mourir pour le péché de son père, mais croyait fermement qu'un père était coupable des fautes de son enfant. Car pourquoi serait-ce une mitsva d'engendrer et de conduire son fils sur la voie tracée par l'Éternel – béni soit-Il! – et proclamée sur le mont Sinaï et transcrite dans la Tora? Oui, pensait-il, mille fois oui, un père a à répondre pour son fils et pour les fils de son fils. C'est ainsi qu'on préserve les nations – car elles se flétrissent comme les hommes, quand elles ne meurent pas.

Le Rouleau d'Abraham maintenant lui manquait. Les choses ne seraient pas en ordre tant que le nom d'Abraham son fils n'y serait pas porté à la suite du sien, après ceux de Vifelin, d'Abraham, de Matis...

Le grand projet de Gabriele di Strasburgo ne commença à prendre forme qu'au retour de Padoue d'Israël-Nathan, le fils du banquier Samuel. C'était un homme maigre et grave, au regard brûlant sous de lourdes paupières grises. Médecin, talmudiste, il partageait avec Gabriel un certain nombre de passions et de convictions, notamment à propos de la *Kabbale*. Tous deux, en effet, regrettaient que, au moment où le monde s'ouvrait sur l'avenir en redécouvrant le passé, les Juifs se retranchent derrière la mystique juive et en deviennent prisonniers. Ils ne voyaient qu'un moyen de garder vivantes les valeurs qui leur avaient permis de traverser les siècles : reproduire des livres, les faire connaître, les rendre accessibles au plus grand nombre.

Israël-Nathan persuada son père d'avancer la somme nécessaire à l'installation d'une presse et à l'achat de métaux. Le banquier aux cheveux blancs eut d'autant plus de mérite de sortir ses ducats qu'il ne croyait pas à l'imprimerie. Gabriel décida de s'installer dans la cave d'Elie, où il ne craindrait pas de gêner les voisins. Elie lui-même et Giacobo proposèrent leur aide – leurs compétences les désignaient pour dessiner et tailler les lettres. Le menuisier Isaïas fabriqua la presse selon les instructions de Gabriel, qui se trouvait devoir réinventer tout ce que Gutenberg avait lui-même mis au point après des années et des années de tâtonnements. Sans doute avait-il l'avantage, sur le maître de Mayence, de savoir que l'imprimerie n'était pas qu'un rêve, mais le travail et la fusion des métaux lui étaient étrangers. Sa seule certitude était qu'il devait mêler du plomb, de l'étain et de l'antimoine. Comme il regrettait de ne pas avoir suivi les expériences que notait Hans Dünne si méticuleusement!

Ses premiers essais produisirent des lettres trop fragiles, qui se cassèrent au premier passage de la presse. La presse elle-même était trop rigide, et il fallut en améliorer le fonctionnement au moyen de lanières de cuir qui lui assureraient une certaine souplesse. Au bout de quelques mois, il n'avait toujours pu fabriquer que des lettres inutilisables – sauf par les enfants d'Elie, qui jouaient à l'imprimeur avant même que la profession existât.

Soudain, en l'année 1446 des calendes chrétiennes, une armée de cinq mille cavaliers et d'un millier de fantassins, conduite par le condottiere Francesco Piccinino, se présenta devant Soncino, qui se rendit avant le premier coup de canon. Piccinino représentait alors le duc de Milan.

La vraie guerre eut lieu, sans armes ni soldats, au sein de Soncino, entre les partisans de Milan et ceux de Venise, les Covi et les Barbo. Les deux partis s'espionnaient, se dénonçaient théâtralement, ou faisaient au contraire courir des rumeurs insidieuses. C'est ainsi que les « milanais » répandirent bientôt le bruit que ces allées et venues chez le tailleur de lettres juif, ces fumées délétères qui sortaient par le soupirail de la cave, ces bruits qui ne ressemblaient à rien de connu témoignaient à l'évidence d'un complot des « vénitiens ». Israël-Nathan et Gabriel durent se résoudre à « fermer la boutique », comme disait Elie, en attendant des jours meilleurs.

Quelques mois plus tard, le condottiere Michele Attendolo reprit Soncino pour le compte des « vénitiens », et Gabriel crut pouvoir se remettre à la besogne. Mais les « vénitiens », à leur tour, l'accusèrent de fomenter on ne savait quelle entreprise en faveur des « milanais » et il dut une fois de plus « fermer la boutique ».

Les tentes aux couleurs de Venise étaient plantées entre le fleuve et les remparts. La route marchande de Bergame à Crémone qui traversait Soncino avant de se diviser en deux voies – l'une vers Bologne et Ancône, l'autre vers Florence – déversa à nouveau son flot de gens de commerce, d'artisans, de voyageurs. Samuel et Simon étant les seuls banquiers de la ville, leurs affaires prospéraient, leur influence croissait. Ils obtinrent ainsi l'installation à Soncino d'un boucher et d'un boulanger juifs, le boucher pour éviter de faire venir de Lodi la viande kasher, le boulanger pour épargner aux femmes la corvée du pain, des galettes de Pâque et des douceurs de Roch Hachana. Le boucher arriva de Pavie et le boulanger, sur la suggestion de Gabriel, de Benfeld : c'était son cousin Borack.

Borack atteignit Soncino au cours de l'été 5207 [*] après la création du monde par l'Éternel – béni soit-Il! C'était la première fois qu'il quittait Benfeld, et le soleil, l'agitation italienne, le vacarme des rues le désemparaient. D'autant qu'il n'avait même pas de four à sa disposition, et qu'il fallut en construire un. Ce n'est qu'après avoir cuit sa première fournée, suivie avec ferveur par toute la communauté, que Borack le boulanger redevint lui-même.

Pour Gabriel, la venue de Borack était essentielle, surtout du fait que le boulanger avait apporté le coffret qui contenait le Rouleau d'Abraham, « le témoignage » d'un autre Abraham, celui d'Hippone, et la partie narbonnaise recopiée sur parchemin et reliée.

Ce soir-là, entre la presse muette et le creuset froid, il lut l'ensemble du document du début à la fin, chaque nom, chaque date, ne s'arrêtant que quand sa vue se brouillait. Il avait les yeux fragiles, mais les larmes qui ruisselaient sur ses joues n'étaient pas que de fatigue. Une émotion profonde le submergeait. Le respect de la tradition, le devoir de témoigner, la volonté de chacun de transmettre à son tour l'héritage, tout l'espoir qui soutenait cette entreprise par-delà les siècles et qui transparaissait à chaque ligne, il le ressentait comme une bouleversante victoire de l'homme sur les fatalités de sa condition : la barbarie, la mort, l'oubli. En même temps, cela le confortait dans sa volonté d'imprimer et de diffuser.

Le banquier Samuel, qui eût préféré voir son fils Israël-Nathan exercer son métier de médecin, ne finançait plus les expériences, et Gabriel se disposait à se rendre chez Zinatano et Jekutiel, les banquiers de Reggio nell'Emilia. C'étaient des hommes de savoir et de goût et il regrettait encore de ne les avoir pas entretenus de la nouvelle invention. Mais sa femme Estelina était sur le point d'accoucher et il tenait à être présent à la naissance de son deuxième enfant.

Un jour qu'il aidait son cousin Elie à graver une dalle

---

[*] 1447.

funéraire, le petit Giuseppe, fils aîné d'Elie, arriva en courant. C'était un garçon de dix ans, débrouillard, hardi et, en bon enfant de Soncino, il se faisait quelques piécettes en proposant de menus services aux voyageurs sans domestique. Sa bouille ronde, comme celle de son père, avec des taches de rousseur, était rouge d'excitation. Il raconta aux deux hommes, d'une voix essoufflée, qu'après avoir entendu la leçon de Gabriel il s'était rendu comme d'habitude avec ses camarades derrière l'église de San Giacomo où les barbiers rasaient en plein air. Profitant que les clients étaient immobilisés, les enfants brossaient leurs chausses ou fourbissaient le fourreau de leurs armes. C'est alors qu'il était aux pieds d'un homme attendant son tour, assis sur un tabouret, que Giuseppe saisit une conversation entre un jeune seigneur et un homme qui avait plutôt l'air d'un brigand. Il s'agissait d'une récompense de quarante ducats pour une tâche à remplir la nuit suivante. Giuseppe, persuadé qu'un mauvais coup se préparait, suivit le jeune seigneur vêtu d'un pourpoint vert, qui disparut dans le palais des Barbo, les « vénitiens ». Puis Giuseppe retourna derrière l'église de San Giacomo pour retrouver celui qui avait l'air d'un brigand et qui se trouvait encore entre les mains du barbier. Quand ce fut fini, il le suivit, lui aussi, jusqu'à une taverne de la rue Mercanti.

— Et alors? s'étonna Elie.

— Mais tu ne comprends pas, père, qu'il se prépare un mauvais coup à Soncino?

— Non, admit Elie, le fait qu'un jeune seigneur ait promis à quelqu'un quarante ducats — une forte somme, il est vrai — ne prouve encore rien. Et puis qui voudrait-on tuer à Soncino?

— Le condottiere Sforza! s'exclama le gamin.

Francesco Sforza était en effet à Soncino depuis plusieurs jours. Et, à l'étonnement de tous, lui, le condottiere vénitien, avait refusé de loger chez le chef de file des « vénitiens » de Soncino, le comte Barbo, préférant le palais du comte Covi, connu pour ses sympathies milanaises. Francesco Sforza était un personnage presque mythique, idéal des chevaliers, héros des enfants, rêve des jeunes filles, brillant aussi bien dans les palais que sur le champ de bataille.

Gabriel et Elie ne savaient que faire de la nouvelle apportée par le petit Giuseppe. Dans cette histoire, la seule chose vérifiable était de savoir si le jeune Lorenzo Barbo portait bien ce jour-là un pourpoint vert. Elie, refusant de se déplacer, Gabriel se rendit donc, en compagnie de Giuseppe, devant le palais des Barbo où ils restèrent en faction une partie de l'après-midi, jusqu'à ce que Giuseppe tirât Gabriel par la manche. Un jeune homme au pourpoint vert, l'air sombre, la bouche mauvaise, sortait à cheval, accompagné de quelques domestiques en livrée qui lui ouvraient le chemin dans la foule.

— Quel est ce magnifique seigneur? demanda Gabriel à l'un des gardes.

L'autre le toisa avec mépris :

— Le fils du comte Barbo, *il signore* Lorenzo.

Elie, à qui Gabriel racontait l'histoire, fut ahuri :

— Alors, c'est vrai? Que faire, mon Dieu? Se taire, prévenir le condottiere?...

— C'est comme à Strasbourg, remarqua Gabriel.

— A Strasbourg?

— Oui, le livre familial en parle : Strasbourg aussi était partagée entre deux familles ennemies, les Müllenheim et les Zorn. Et nous, les Juifs, on était toujours, qu'on le veuille ou non, mêlés à leurs querelles.

— Avons-nous jamais permis à quiconque de tuer un homme quand on pouvait l'empêcher?

— Non.

— Alors, conclut Elie, il faut aller chez le comte Covi prévenir le condottiere.

Les ombres s'allongeaient déjà et il n'y avait pas de temps à perdre. Elie n'ayant aucune chance d'accéder au palais – un graveur de pierres tombales! –, Gabriel enfila son *lucco*, un long vêtement d'étoffe ordinaire noir tombant jusqu'aux talons, et se précipita chez Manfredo Fieschi, un vieillard noble qui lui faisait donner des leçons d'hébreu à son petit-fils.

Manfredo Fieschi se porta garant de Gabriel et le chef des gardes, Falamesca da Castaleone, les introduisit dans une salle richement décorée, tendue de tapisseries historiées. Le comte Iacopo Covi, long, maigre et voûté, la barbe blanche taillée en pointe, vint à leur rencontre. Il salua chaleureusement son vieil ami Manfredo Fieschi qui lui présenta « Gabriele di Strasburgo, le fameux écrivain ».

Jacopo Covi était au courant :

— C'est vous, n'est-ce pas, qui essayez d'inventer une presse pour reproduire l'écriture?

Il rit de la stupéfaction de Gabriel, le prit par le coude pour le conduire vers le jardin :

— J'ai été obligé de vous faire espionner car on prétendait que vous étiez le cœur d'un complot contre Milan... De quoi s'agit-il aujourd'hui?

— Encore d'un complot, messire Comte.

Gabriel lui rapporta ce qu'avait entendu le petit Giuseppe. Le comte se montra soudain très attentif.

– Attendez-moi un instant, dit-il.

Il revint en compagnie d'un homme de grande prestance, vêtu d'un pourpoint rouge très ajusté en satin vermeil, ses cuisses puissantes serrées dans des chausses de velours noir. Il portait à la ceinture un poignard d'Orient, et tenait à la main une coupe d'or.

– Voici le condottiere Francesco Sforza, dit le comte. Répétez-lui ce que vous venez de me dire.

Tandis qu'il parlait, Gabriel regardait le cou musculeux de Sforza, son menton volontaire, son nez busqué. De cet homme-là émanaient une force et une autorité peu banales. Quand Gabriel eut terminé, le condottiere ne lui posa pas de questions mais il l'interrogea sur la Kabbale, lui demanda pourquoi les Juifs n'utilisaient pas les *cambii*, les lettres de change. Puis il déclara :

– Le comte me dit que vous avez inventé le moyen d'écrire sans plume?

– Je ne l'ai pas inventé. J'ai travaillé avec celui qui l'a inventé, un orfèvre de Mayence. J'essaie de retrouver son secret.

– Si vous le découvrez, venez me voir. Peut-être à Milan, qui sait? Peut-être à Venise?

Il tapa l'épaule du comte Covi, qui eut un rire un peu pincé.

– Merci, en tout cas, écrivain! Je ne vous oublierai pas. Pouvez-vous seulement montrer à un de mes hommes la taverne où a disparu mon... « assassin »?

Le lendemain, on apprit la mort du duc de Milan Philippe-Marie Visconti. Milan était à prendre, et Francesco Sforza fit sonner le départ dans son armée.

Avant de quitter Soncino, il s'arrêta chez Elie pour remettre une bourse au petit Giuseppe et remercier Gabriel – lequel se trouvait dans la cave, fort occupé à fondre un nouveau mélange de plomb, d'étain et d'antimoine. Le condottiere se passionna pour le travail de Gabriel, se fit expliquer en détail la technique d'impression et les difficultés à résoudre. Gabriel composa le mot *Sforza*, l'encra et le fit apparaître à la brosse sur une feuille qu'il remit en hommage au condottiere heureux comme un enfant.

Avant de remonter et d'aller conquérir Milan, Francesco Sforza posa sa main puissante et fine sur l'épaule de Gabriel :

— Merci encore, ami, je serai toujours votre obligé. L'homme a avoué, ainsi que son complice.

— Qu'en avez-vous fait ?

— *Chi è morto non pensa alla vendetta* *...

— Et le jeune Lorenzo ?

— Je lui ai parlé.

Remarquant la surprise de Gabriel, il expliqua :

— La parole, la force et l'autorité suffisent généralement à persuader un individu... Ce que je vais faire maintenant est bien plus difficile : conquérir la multitude. Souhaitez-moi bonne chance !

Il fallut en effet presque trois ans avant que le condottiere Francesco Sforza entre victorieusement à Milan sous les acclamations de la population : « *Duca ! Duca Sforza !* » C'était en février de l'année 1450 des calendes chrétiennes. Gabriel avait alors trente-deux ans, son fils Abramo allait vers son huitième anniversaire et son frère Salomon vers le sixième. Quant à leur sœur Rachel, elle venait de naître.

Les travaux de Gabriel avançaient selon l'importance des sommes qu'il pouvait se procurer. Mais quatre ans plus tard encore, quand la paix fut enfin signée à Lodi entre « milanais » et « vénitiens » et que Francesco Sforza prit à nouveau possession – cette fois au titre de duc de Milan – de la ville de Soncino, la presse était prête à fonctionner, sept jeux complets de lettres avaient été montés, quatre en hébreu et trois en latin.

Restait à trouver assez d'argent pour imprimer le premier livre. Or, les banquiers Simon et Samuel avaient été pratiquement ruinés par l'installation à Soncino d'un mont-de-piété, forme d'usure tolérée par l'Église. Et quant au premier ouvrage que Gabriel entendait publier, il ne fallait pas espérer rentrer dans l'argent qu'il coûterait, puisqu'il s'agissait du Rouleau d'Abraham.

Ce n'est qu'à la mort de Samuel que son fils Israël-Nathan utilisa les débris de l'ancienne fortune familiale pour acheter le plomb et le papier nécessaires au travail d'une année. Les deux fils d'Israël-Nathan, Mosé et Giosué-Salomon, n'appréciaient pas plus que leur père le métier de l'usure, et ils descendirent sans regret dans la cave d'Elie. Ils avaient tous deux étudié à l'académie talmudique de Crémone, d'où Mosé avait même

---

* Celui qui est mort ne pense pas à la vengeance.

ramené une femme et un enfant : Gerson. Celui-ci avait à son tour attrapé, comme une maladie, la passion de Gabriel : l'imprimerie.

Quand enfin la première page du Rouleau d'Abraham sortit de leur presse, c'est Israël-Nathan qui la prit en main. L'encre n'était pas tout à fait sèche. Il la regarda d'un œil à la fois amoureux et critique, puis la montra aux autres. Elle comportait les quelques lignes de présentation que Gabriel avait rédigées avant le début du texte d'Abraham le scribe :

« Aujourd'hui, le deuxième jour du mois d'Adar de l'année 5226 * après la création du monde par l'Éternel – béni soit-Il ! –, moi, Gabriele di Strasburgo, fils d'Aaron der Halter de Benfeld, ai reproduit en sept exemplaires avec des engins de fer et d'étain, dans l'imprimerie d'Israël-Nathan di Soncino, le testament de mon aïeul Abraham, fils de Salomon de Jérusalem. Je prie Celui qui est pour qu'Il fasse que ce document soit aussi sacré pour mes fils et les fils de mes fils qu'il l'a été pour moi, pour mon père et les pères de mes pères. »

Chacun de ceux qui étaient là l'avait déjà lu dix fois avant sa composition, mais, tandis qu'Israël-Nathan le relisait à voix haute, ils étaient tous pris d'un trouble dont on ne pouvait savoir s'il venait de la joie d'avoir enfin abouti, ou de l'émotion de voir imprimée pour la première fois cette langue qui leur était bien plus qu'une langue.

Israël-Nathan était transfiguré. Son visage austère rayonnait :

– Nous allons produire des livres ! proclama-t-il soudain. Nous allons les vendre à un prix si bas que les plus pauvres d'entre les Juifs pourront les acheter !

Il leva son index vers le ciel comme s'il prenait le Créateur à témoin et, d'un ton solennel, paraphrasa Isaïe :

– De Sion sortit la Tora et de Soncino la parole de l'Éternel !

Ils battirent des mains autour de Gabriel, qui avait les larmes aux yeux et ressentait d'un coup le poids de tant de fatigues et de déceptions. Elie apporta du vin. « *Mazal tov ! Mazal tov !* » se disaient-ils les uns aux autres. Puis ils se mirent à danser derrière Israël-Nathan qui portait la feuille imprimée au-dessus de sa tête, tel le rouleau de la Loi. Ils dansaient et riaient et pleuraient, les Juifs imprimeurs, et les chants de *Simhat Tora*, appris dans leur première enfance, leur vinrent au cœur :

* 8 mars 1466.

> *Abraham s'était réjoui*
> *Du don de la Tora*
> *Allons porter une gerbe*
> *Au nom de la Tora...*

Leurs voix roulaient sous la voûte de la cave, les enivraient plus sûrement que le vin :

> *Israël-Nathan, Giosué-Salomon*
> *Elie, Giacobo, Gabriel, Mosé*
> *Se réjouissent du don de la Loi*
> *Allons porter une gerbe*
> *Pour la fête de la Tora!*

J'ai reçu ce matin par la poste un volumineux paquet. J'ai reconnu sur le papier kraft l'écriture penchée et élégante de M. S., l'archiviste strasbourgeois qui m'a fourni le nom de Gabriel. C'était une grosse liasse de mauvaises photocopies maintenues par un élastique et à laquelle était jointe une feuille grand format coupée en deux : « Cher ami. Ci-joint les minutes des principaux procès intentés à et par Gutenberg à Strasbourg entre 1434 et 1439. Je n'ai pas eu le temps de les lire en détail, mais il m'a semblé que le nom de votre Gabriel était cité dans l'affaire opposant Gutenberg au marchand de bois Hans Schulheis et à sa femme Ennel (ff. 13 et 14).

« Je reste à votre disposition pour toute aide que je pourrais apporter à votre entreprise et qui serait de ma modeste compétence. Croyez, cher ami...

« P. S. : Vous voudrez bien régler le montant des frais de photocopie et d'expédition, qui s'élève à F 187, par chèque postal de préférence, à l'ordre du Trésorier-Payeur général du Haut-Rhin. »

Ainsi, Gabriel a bien rencontré Gutenberg. La tête me tourne. Où est la réalité? Et où la fiction?

XXIX

Soncino
LA MAISON DES IMPRIMEURS

« Ne touche jamais à la femme d'autrui. Ne frappe aucun de tes gens, ou si cela t'arrive, envoie-le bien loin. Enfin, ne monte jamais un cheval ayant la bouche dure ou sujet à perdre ses fers. » Francesco Sforza avait appris ces maximes de son père, condottiere respecté lui-même, qui estimait qu'il s'agissait là des trois dangers majeurs que couraient des gens comme eux. Mais l' « homme sans défaite » en connut quand même deux : la première quand sa femme tua sa maîtresse, la deuxième quand, à soixante-cinq ans, il laissa la mort l'emporter.

Ils furent nombreux à prendre le deuil, Milanais ou non. Gabriel était déçu, car il comptait bien solliciter un jour ou l'autre l'aide du duc, mais surtout triste. Sa rencontre avec Francesco Sforza l'avait profondément marqué, ainsi d'ailleurs que tous ceux qui se trouvaient à la cave le jour où celui qui était encore condottiere y était descendu. Le jeune Giuseppe, qui avait économisé la bourse, fit brûler un énorme cierge en souvenir et Elie, le bon Elie, pleura comme à la mort de son père. Galeazzo Maria, le fils de Francesco, alors âgé de vingt-deux ans, héritier de la prestance, de la force et de l'habileté des Sforza, succéda à son père. A peine arrivé à Milan, le nouveau duc s'entoura d'une cour brillante qui vivait au rythme de ses passions.

Plusieurs livres imprimés à Mayence par Gutenberg avaient traversé les Alpes, et notamment une Bible, datée de 1454, dont Israël-Nathan acheta un exemplaire. L'impression était de bonne qualité mais Gabriel estimait que les résultats auxquels on parvenait dans la cave de Soncino pouvaient sans crainte lui être comparés. Des ateliers se montaient un peu partout, mais les nouveaux imprimeurs devaient à leur tour parcourir le lent chemin de la découverte. Israël-Nathan et Gabriel, qui restaient décidés à ne publier que des textes en hébreu, avaient de l'avance.

En 1475, ils composèrent et imprimèrent le traité *Sheva Enaïm* * « Les Sept Yeux » du rabbin Ghedalia ben David ben Yahya, dont la reproduction leur demanda près d'un an de travail et les laissait sans un ducat. Ils avaient mis un soin particulier à en assurer la correction, et c'est Abramo, le fils aîné de Gabriel, qui s'en était chargé. Le gros livre, tiré à neuf cent trente exemplaires, se vendit comme un roman de chevalerie, en moins de deux semaines, tant l'appétit de connaissance était alors prodigieux.

Israël-Nathan, qui tenait les comptes et s'occupait de la diffusion, calcula que la vente leur avait rapporté deux cent quarante-trois ducats, soit quarante-trois ducats de mieux que le prix du seul papier. C'était insuffisant pour payer le reste des fournitures – plomb, chandelles, location de la cave – et assurer la subsistance de la large famille : ils étaient six à travailler à *la casa degli stampatori* : Israël-Nathan et ses deux fils, Mosé et Giosué-Salomon, Gabriel et son fils aîné Abramo, Elie enfin. Elie et Gabriel se remirent plus d'une fois à graver des dalles funéraires pour nourrir les leurs.

Mais la publication du *Sheva Enaïm* contribua à les faire connaître. On leur apporta un jour une lettre de Guglielmo di Portaleone, le médecin juif de Galeazzo Maria Sforza : le duc de Milan, écrivait-il, projetait d'installer une imprimerie et souhaitait voir les imprimeurs de Soncino « pour conseils ».

— Enfin ! s'écria Giosué-Salomon, qui brûlait pour l'imprimerie d'une passion absolue et ne comprenait pas pourquoi tous les mécènes d'Italie n'étaient pas à leurs pieds.

— C'est peut-être notre chance, admit son père. Au moins existons-nous pour quelqu'un.

— Tout arrive ! commenta seulement Gabriel.

Il imaginait déjà un atelier plus vaste et moins humide que la cave du cousin Elie, une nouvelle presse, des casses différentes où ranger les lettres.

— Avant de nous rendre à Milan, suggéra Mosé, peut-être

---

* Livre traitant de sept points importants relatifs au judaïsme. Son auteur, Ghedalia ben David ben Yahya, né en 1436 au Portugal et mort en 1487 à Istanbul, était un médecin et philosophe réputé. Ce livre n'est pas répertorié par les historiens de l'imprimerie de Soncino.

devrions-nous faire le tour des imprimeries de Ferrare et de Bologne.

Giosué-Salomon fronça le sourcil :

— Nous n'avons rien à apprendre de personne, mon frère!

— Mosé a raison, trancha Israël-Nathan. L'orgueil est un péché que punit l'Eternel, béni soit-Il!

Giosué-Salomon et Mosé se rendirent donc à Ferrare et à Bologne, d'où ils rapportèrent des dessins d'outils, de tables, de détails de presse. Mais ils retiraient surtout de leur voyage qu'ils avaient de l'avance sur leurs concurrents, grâce essentiellement au travail que Gabriel avait accompli autrefois en compagnie de Gutenberg. De là vint l'idée d'envoyer Gerson, fils de Mosé, âgé maintenant de seize ans et doué pour le métier, travailler quelques années à Mayence. Gutenberg était mort, mais ses imprimeries — la sienne et celle dont l'avaient dépouillée ses associés — restaient des exemples.

— C'est ainsi, disait Israël-Nathan, que nous pourrons conserver notre avance. Toute technique progresse, tout art évolue. Nous serons les meilleurs aussi longtemps que nous ne nous satisferons pas de nous-mêmes. Il nous est facile d'être les meilleurs à Soncino, mais c'est sans intérêt. Chaque livre que nous publierons doit être plus beau et moins cher que ceux qu'on publiera ailleurs dans le même temps.

Ils avaient alors commencé à travailler sur *Massekhet Berakhot* *, mais ils ne pouvaient acheter le papier nécessaire et le voyage à Milan leur paraissait être une promesse envoyée par l'Eternel.

Il fut décidé que Gabriel et Israël-Nathan s'y rendraient ensemble. Ils partirent à la mi-décembre, juste après la dernière bougie de Hanoucca. Gabriel quittait Soncino pour la première fois depuis qu'il y était arrivé, quelque trente-cinq ans plus tôt. Il ne gardait de cette époque-là que des souvenirs flous, Zinatano le petit banquier à la parure superbe, la bataille sur le lac — mais c'était comme dans une autre vie. Il n'avait pas vu le temps passer et, comme tous ceux qui consacrent leur existence à un seul but, il avait laissé en chemin beaucoup de lui-même. Sa barbe et ses cheveux étaient maintenant presque blancs, ses enfants s'étaient mariés avant même qu'il ait eu le temps de les connaître, son épouse était devenue sans qu'il s'en aperçoive une vieille femme. Il n'était pas porté aux regrets ou à la mélancolie, et considérait qu'en consacrant sa vie à l'imprimerie, il n'avait

---

* *Traité des Bénédictions.* Premier Traité du Talmud. Traité des différentes bénédictions et de leur signification.

fait que se conformer à quelque volonté du Tout-Puissant. Ainsi les Juifs auraient-ils leurs livres, à bon marché, et pourraient-ils glorifier Celui qui est.

Le grand air, le cheval, l'âge : Gabriel et Israël-Nathan n'allaient pas bien vite. Courbatus et étourdis, ils décidèrent de s'arrêter à l'auberge de Joseph de Casalmaggiore, où Gabriel se rappelait avoir naguère soupé avec Zinatano, Jekutiel, Samuel et Simon. Mais Joseph était mort, et c'était son neveu Mano qui tenait l'auberge. L'après-midi, Gabriel voulut absolument se reposer un peu sous la tonnelle, où un soleil pâle faisait oublier l'hiver. C'était sans doute trop pour un homme qui ne sortait que rarement de sa cave et, le lendemain, au moment de se lever, il était brûlant de fièvre, incapable de se tenir debout.

Israël-Nathan retourna à Soncino y chercher son fils, Giosué-Salomon, qui, avant de faire l'imprimeur, avait étudié la médecine. Dehors, il gelait à pierre fendre. Gabriel, dont on avait tiré le lit auprès d'une cheminée, délirait. Il répétait dans sa fièvre qu'il fallait écrire plus gros, plus gros, car si celui qui a une bonne vue peut lire de grosses lettres, celui dont la vue est mauvaise ne peut déchiffrer les petites. « Plus gros, bredouillait-il, grossissez-moi le corps de vos lettres! Augmentez l'œil, diminuez le talus s'il le faut! Plus gros! » D'autres fois, il parlait d'argent, de ducats, du prix du papier.

Giosué-Salomon se contenta de lui appliquer sur le front, sur le cœur et sur les poignets des morceaux de glace qu'on prenait à la mare voisine. Gabriel resta six jours dans cet état de délire, et il n'évoqua jamais autre chose que l'imprimerie et les livres, sauf un soir où il appela « la femme de Lorenz le valet » pour lui demander de la bière : « Penche-toi! disait-il. Penche-toi encore! » Israël-Nathan, qui le veillait alors, tourna la tête et se boucha les oreilles.

Au septième jour au matin – les chrétiens avaient carillonné Noël toute la nuit – Gabriel s'éveilla guéri. Son front était frais, son œil clair. Il était simplement très faible :

– Je sais, dit-il, ce que nous devons ajouter à notre typographie : des signes mobiles, points et traits, au-dessus et au-dessous des lettres pour préciser les voyelles. Qu'en penses-tu?

Son fils Abramo veillait auprès de lui à ce moment-là. Stupéfait, il regarda Gabriel comme s'il ne comprenait pas le sens des mots. Alors seulement Gabriel regarda autour de lui :

– Mais... Où sommes-nous donc?

Il fallut lui raconter comment il était tombé malade et comment il avait déliré. Il fallut aussi lui apprendre que le voyage à Milan était devenu inutile : le duc Galeazzo Maria Sforza avait été assassiné par trois nobles qui ne supportaient plus les caprices et le mépris du prince.

— Que l'Eternel nous préserve du mal! dit Gabriel.

Il attendit à l'auberge d'être complètement rétabli avant de reprendre la route de Soncino. Abramo l'accompagnait. En arrivant, ils trouvèrent Israël-Nathan et ses fils atterrés. Tous trois étaient assis dans la cave et se regardaient sans parler quand Gabriel entra, ravi de retrouver l'odeur de l'encre et du plomb.

— Eh bien, mes amis! Etes-vous si tristes de me revoir?

Israël-Nathan désigna un livre qui se trouvait sur le marbre, devant Giosué-Salomon. Gabriel s'approcha, prit le livre dans ses mains. Lourd, bien relié, imprimé en hébreu. Travail correct, mais sans imagination. C'était un recueil de préceptes religieux rédigé par le rabbin Giaccobo ben Ascher. Gabriel sut immédiatement que ce livre n'avait pas été imprimé sur *sa* presse, et se reporta au colophon qui signait l'édition. Le corps des lettres était petit, et il dut éloigner le livre de ses yeux pour pouvoir lire : « ... Je suis la couronne de toutes les sciences, un secret caché de tous. J'écris clairement, sans plume, et je suis composée dans des cahiers sans scribe. L'encre me trempe d'un seul coup. J'écris droit sans besoin de lignes. Je suis étonnée que Déborah la prophétesse ait écrit son chant à la pendôle. Mais m'eût-elle connue alors que j'étais secrète qu'elle m'aurait mise sur sa tête comme une couronne. » Le livre avait été imprimé à Pieve di Sacco par un médecin, Meshulam ben Mosé Giaccobo Cusi, et portait une date pour souvenir : l'an 5235 *.

— Mais, dit Gabriel, nous avons imprimé avant cela!

Les autres se regardèrent. Ils étaient sûrs que Gabriel prendrait mal ce colophon.

— Non, Gabriel, dit Israël-Nathan. Notre premier livre, *Sheva Enaïm*, est daté de la même année.

— Mais il y a près de dix ans que nous avons pressé le Rouleau d'Abraham!

— Sept exemplaires, Gabriel, sept! Nous sommes les seuls à l'avoir jamais vu...

Gabriel était blême. Il se leva d'un coup :

— Je pars aujourd'hui même voir le banquier Zinatano. Priez qu'il soit encore en vie. Si l'Eternel – béni soit Son nom – le veut, je rapporterai de l'argent et nous leur ferons voir des choses dont ils n'ont même pas idée!

* 1475.

Le projet de Gabriel, c'était de publier le texte intégral des livres de la Bible, en plaçant sous des consonnes les signes indiquant les voyelles, comme cela se pratiquait pour le texte des prières et comme Gabriel avait imaginé de le faire durant son délire. La langue hébraïque, en effet, ne se transcrit qu'à l'aide de consonnes, et le lecteur doit lui-même ajouter les voyelles qui rendent les mots compréhensibles dans leur contexte. Son entreprise présentait l'avantage de simplifier la lecture, et donc d'en ouvrir l'accès au plus grand nombre, et aussi d'éviter les interprétations erronées. Tel ou tel mot, en effet, selon le choix de l'une ou l'autre lettre, pouvait prendre des significations différentes : ainsi *daled-vav-daled* peut se lire *dod*, *doud* ou *David* et signifier, outre « David », « oncle » et « tonneau ». Mais quelle lecture choisir quand il s'agit de la parole de l'Eternel? Israël-Nathan persuada un rabbin très respecté, Rabbi Haïm, de s'atteler à la tâche et de ponctuer l'ensemble des textes de la Bible.

Le rabbin collaborait avec Abramo, le fils de Gabriel, qui prenait en charge la correction. Gabriel avait mis au point la fonte des lettres et des accents; Giosué-Salomon et Mosé multipliaient les essais de reproduction de gravures, tandis qu'Israël-Nathan courait le pays à la recherche de toujours plus de ducats. Zinatano s'était montré généreux, mais son fils Jékutiel, prétendant que son père n'avait plus toute sa tête, avait instamment prié les imprimeurs de Soncino de ne plus revenir.

Le travail du rabbin Haïm n'avançait que très lentement, certains choix allant bien au-delà de la typographie, puisque des mots susceptibles de plusieurs interprétations opposaient depuis toujours les tenants de telle ou telle école. Il fallut bien se décider à publier un autre livre en attendant cette Bible sur laquelle Gabriel et les autres fondaient tant d'espoir. Ce fut Massekhet Berakhot, le Traité des Bénédictions, sorti des presses en 1484 de l'ère chrétienne. L'impression était parfaite : encrage ni trop noir, ni trop pâle, des caches de parchemin empêchant même toute bavure autour des colonnes de texte qui se détachaient sans brutalité, mais très nettement sur le papier – « comme des rayures d'un châle de prière », dit le cousin Elie. Il avait été décidé de ne pas utiliser l'accentuation des consonnes de façon à garder l'effet de surprise pour la Bible. Mais la vraie nouveauté de Massekhet Berakhot résidait dans les gravures, ou plus exactement la qualité des gravures, due au travail acharné de Giosué-Salomon. Celui-ci, dans le colophon, avait d'ailleurs eu la coquetterie d'écrire son nom en acrostiche : il suffisait de prendre les initiales des vers 1, 3, 5, 7, etc., pour lire son nom.

L'accueil fait au livre fut excellent. Des gens importants, lettrés ou non – tout ce qui comptait, à l'époque, se flattait de parler le latin, l'hébreu et le grec – envoyaient leurs domestiques à la « maison des imprimeurs » de Soncino acheter un ou deux exemplaires de ce Traité des Bénédictions dont on disait tant de bien.

Gabriel ne vit pas paraître la Bible de Soncino : il mourut juste après la sortie du Massekhet Berakhot. Un après-midi, il se sentit fatigué plus qu'à l'ordinaire, mais voulut pourtant terminer le tirage des premières épreuves de la première page de la Bible. Gerson, revenu de Mayence, avait dessiné une gravure autour du premier mot de la Genèse : « *Bereshit*, Au commencement... », en lettres ornées, destinées à la fois à glorifier l'Eternel qui a créé toutes choses et à inspirer le respect dans lequel le texte devait être lu. Gabriel serra la forme de métal, l'encra, la recouvrit d'une feuille de papier et poussa une fois de plus la partie mobile de la petite presse réservée à cet usage. Il n'acheva pas son geste. Une douleur soudaine lui déchira la poitrine et il tomba inanimé au pied de l'appareil.

Gabriel mort et longuement pleuré, Giosué-Salomon le remplaça, abandonnant son propre travail à son neveu Gerson, plus habile et imaginatif que tous ceux de la *casa degli stampatori* réunis. Le rabbin Haïm poursuivait son labeur de fourmi, et Abramo demeurait le meilleur correcteur d'Italie.

Abramo n'était pas de la trempe de son père, peut-être simplement parce que celui-ci l'avait toujours considéré comme une sorte de domestique. Il était maintenant âgé de plus de quarante ans, avait trois enfants, Meshulam, Daniel et Johanan, mais restait sans autre ambition dans la vie que d'échapper de temps en temps au tyrannique gouvernement de son épouse Déborah.

D'un an plus âgé que lui, belle et majestueuse, Déborah était de ces femmes qui savent tout, régentent tout et donnent en permanence à ceux de leur famille, et notamment aux hommes, le sentiment que, si elles ne s'étaient consacrées à eux, elles auraient atteint en gloire et notoriété des sommets insoupçonnables. Déborah connaissait le Talmud et ses commentaires, pouvait réciter Virgile, citer Horace et Pétrarque, à la façon des lettrés d'alors. Mais elle qui rêvait de transformer la « maison des imprimeurs » en cénacle littéraire s'était toujours heurtée à l'indifférence, voire au refus, des imprimeurs eux-mêmes, bien trop préoccupés de leurs affaires d'alliage, d'encrage ou de prix de revient pour penser à la gloire.

Elle avait voué une certaine estime à son beau-père Gabriel, pas tant sans doute pour les résultats qu'il avait obtenus que parce qu'il avait travaillé avec Gutenberg lui-même. Les autres, elle les mettait dans le même sac que son mari : tout juste bons à attirer rue des Orfèvres quelque libraire de Milan, quelque rabbin curieux de voir ces imprimeurs en langue hébraïque. Il est vrai qu'Abramo ne se mettait plus en peine depuis longtemps pour feindre d'apprécier des citations grecques ou latines qui le laissaient froid.

Dès qu'il le pouvait, il descendait à la cave corriger quelque épreuve ou se rendait chez le rabbin Haïm, toujours en train de préparer le texte de la Bible. Là s'exerçait son talent unique de dénicher la moindre faute. Il avait l'« œil aigu », disait son père. Déborah pouvait considérer qu'il s'agissait d'un talent mineur, il savait bien qu'il n'y a pas de bon livre sans bon correcteur, et la considération de Giosué-Salomon ou de Gerson lui suffisait bien.

Un jour, un marchand de soierie vénitien, Mosé de Spire, passa par Soncino et, grand amateur de livres, visita l'imprimerie. Israël-Nathan ayant regretté devant lui de ne pas pouvoir investir davantage, il proposa de présenter l'un ou l'autre des imprimeurs à Venise, à un banquier très connu, Hayim Meshulam del Banco, qui aidait volontiers les artistes. Mais tous, à cette époque, étaient très occupés, Israël-Nathan, lui-même était devenu trop vieux pour entreprendre un tel voyage, et on n'avait plus parlé de Venise.

Or commencèrent à arriver en Italie des Juifs chassés d'Espagne par de nouvelles persécutions. Déborah se consacrant naturellement, parmi toutes ses activités, à l'accueil des réfugiés à Soncino, elle hébergea un médecin de Tolède, don Jacob Senior, et sa fille Sarah. Le médecin, sa femme et sa fille s'étaient convertis au christianisme pour avoir la vie sauve, mais les persécutions n'épargnaient même pas les « marranes », comme on nommait les nouveaux chrétiens – eux préféraient se dire *anoussim*, forcés, parce qu'ils étaient forcés de vivre dans le mensonge. La femme du médecin avait été dénoncée pour le motif qu'elle ne servait jamais de repas comportant à la fois du lait et de la viande, conformément à la loi sur la kashrout, ce qui signifiait à l'évidence qu'elle s'était convertie des lèvres, pas du cœur. Interrogée, elle avait expliqué qu'elle n'aimait pas le goût du lait et de la viande mêlés. Réponse à laquelle elle s'était tenue jusqu'à ce qu'elle meure sous les tortures.

Tandis que don Jacob Senior racontait cette histoire à Déborah – on se tournait toujours vers Déborah pour raconter les histoires –, Abramo regardait Sarah, jeune fille brune et pâle à l'expression douloureuse, et avait envie de lui prendre la main. C'est à peine s'il entendait ce qui se disait. Quand le médecin et sa fille se retirèrent, Sarah lui sourit tristement.

Le lendemain, Déborah pria Abramo de conduire don Jacob Senior et Sarah jusque chez le loueur de chevaux de la porte San Giuseppe, où elle avait organisé une promenade pour eux. Abramo prit le coude de Sarah pour l'aider à monter sa haquenée blanche. Mais l'un ou l'autre fit un faux mouvement et la main d'Abramo emprisonna un sein doux, tiède, palpitant comme une colombe. Don Jacob Senior regardait ailleurs.

La jeune fille rougit, Abramo ouvrit la main et lâcha la colombe.

– Ce n'est pas bien, dit Sarah, à mi-voix.

Mais le sourire qui accompagnait ses paroles le troubla plus encore.

Don Jacob Senior et Sarah partirent pour Venise, où devait les héberger un ami très cher, Jacob Mancino, sans qu'Abramo les revoie.

Afin que son épouse Déborah ne puisse établir de relation entre ceci et cela, Abramo eut la patience d'attendre quelques jours avant d'annoncer que le rabbin Haïm, dont il était seul à suivre le labeur, approchait de la fin – ce qui était largement prématuré.

– Il nous faut absolument de l'argent à présent, dit Giosué-Salomon.

– Comment s'appelait donc ce marchand de Spire qui connaissait un banquier à Milan ? demanda Abramo.

– Mosé. Mosé de Spire. Et ce n'était pas à Milan, mais à Venise.

– Il faudrait y aller, suggéra Gerson.

Giosué-Salomon et le grand-père Israël-Nathan tombèrent d'accord : ils n'avaient guère d'espoir en ce banquier inconnu, mais qui ne tente rien n'a rien.

– Qui ira ? demanda Giosué-Salomon.

Selon son plan, Abramo répondit alors :

— Le mieux est sans doute que Gerson m'accompagne. Il offrira au banquier un exemplaire des Berakhot et moi un des sept exemplaires du Rouleau d'Abraham. La perfection de l'un, la fidélité de l'autre devraient suffire à le convaincre que nous aider est une pieuse entreprise.

Il n'y avait rien à redire, et même Déborah ne put empêcher Abramo de partir pour Venise avec Gerson, même si sa moue laissait entendre que son pauvre époux, parmi les banquiers vénitiens...

Mosé de Spire, le négociant en soieries, qui partageait une *casa fontago*, une maison de commerce, avec deux autres marchands juifs allemands, les logea dans le modeste palazzo qu'il habitait au bout du Campo San Canciano.

Gerson et Abramo étaient arrivés en plein carnaval, et cette ville étrange aux rues liquides était peuplée de personnages déguisés. Masques blancs, capes noires, tourbillons, farandoles, chansons à pleine voix : Gerson et Abramo rêvaient de se fondre à cette fête entraînante dont le but était peut-être d'oublier l'obsédante odeur de vase et de mort. Mosé de Spire fit visiter Venise aux deux Soncinais éblouis.

Abramo prétexta la fatigue du voyage et laissa Mosé et Gerson se mêler au carnaval. Il s'enquit, lui, de la demeure de Jacob Mancino. C'était une maison ocre sur le campo San Polo, derrière la Casa Bernardo, au bord du Canal Grande. A l'idée que Sarah était là, son cœur bondissait dans sa poitrine. Mais comment la prévenir qu'il était à Venise, venu pour elle, et qu'il l'attendait ?

Mosé de Spire avait parlé de « coursiers d'amour », qui se promenaient sous les arcades des Procuraties en compagnie des courtisanes. « *Prudentissima signorina, scialom !* écrivit-il. Je vous fais part de mon arrivée à Venise et de mon désir intense de vous voir... » Puis il alla, rouge de confusion, charger un « coursier d'amour » de porter son pli et d'attendre la réponse.

Le jeune homme devait le rejoindre sur le pont du Rialto. La foule était dense et des senteurs d'Orient se mêlaient là aux odeurs salines et iodées. Des barques, des péniches, des gabares chargeaient ou déchargeaient des marchandises de toutes sortes. Des gondoles, avec leurs deux fers dentelés, couvertes de tissus aux couleurs vives débarquaient des passagers, masques blancs, capes noires, qui se fondaient dans la foule. Il aperçut des marchands juifs allemands vêtus comme Mosé de Spire de longs manteaux de velours et de grands chapeaux noirs à large bord posés sur des bonnets pourpres. Soudain, il reconnut son coursier :

— Tu lui as remis la lettre ?
— *Si, signore.*
— N'a-t-elle rien dit ?
— *Non, signore.*
— L'a-t-elle lue ?
— Devant moi.
— Quel air avait-elle ?
— Elle paraissait troublée, *signore.*
— Qu'en a-t-elle fait ?
— Elle l'a cachée dans les plis de sa robe.
— C'est tout ?
— C'est tout.
— Pourrais-tu porter une autre lettre ?
— Bien sûr, *signore,* si vous payez.

Ils allèrent au campo San Canciano, jusqu'à la demeure de Mosé de Spire, et le coursier attendit en bas tandis que lui-même, dans la plus grande fièvre, écrivait les mots qui lui venaient du cœur : « *Perfetta colomba, signorina mia carissima, scialom!* Mon cœur se noie. Pourquoi n'avez-vous pas griffonné quelques lignes pour me rassurer ? Pourquoi ?... »

Cette lettre, comme la précédente, resta sans réponse. Il songeait à se rendre lui-même où elle habitait, mais Mosé de Spire et Gerson revinrent alors. Ils avaient obtenu pour le lendemain rendez-vous avec le banquier.

Au réveil, Abramo rédigea sa troisième lettre : « *Diletto del cor mio, scialom!* Vous ne pouvez imaginer la puissance du désir que j'ai de vous rencontrer. Pourquoi ce silence ? Quand je pense que nous quitterons Venise après le shabbat ! Pitié, *colomba mia !* » Il ne la porterait pas lui-même : il n'avait nulle envie de rencontrer le père de Sarah. Mais il faudrait que cette fois soit la bonne, car il manquait déjà d'argent.

Le carnaval se réveilla vers midi, masques blancs, capes noires. On dansait sur les places et dans les *calli,* ces ruelles tortueuses qui se faufilaient entre les maisons et aboutissaient à des impasses ou des canaux. Abramo avait retrouvé son « coursier d'amour », mais Sarah n'avait toujours pas répondu.

Dans l'après-midi, Mosé de Spire conduisit ses imprimeurs chez Hayim Meshulam del Banco, casa Bernardo. Ils s'y rendirent en gondole et Abramo regretta violemment que Sarah ne fût pas à ses côtés. Ils entrèrent dans le palais par un portique de bois sculpté peint en vert profond, de la couleur exacte de l'eau de la lagune. Marches de marbre blanc. Au premier étage les attendait le banquier, un homme affable en robe de brocart vert, qui les remercia chaleureusement pour les deux livres qu'ils lui avaient fait porter, et notamment pour le Rouleau d'Abraham, qu'il lirait du commencement à la fin, promit-il, tant cette histoire le touchait.

Il les mena à une vaste pièce aux baies donnant sur la lagune, aux piliers de marbre, aux tapisseries précieuses, tableaux, vitraux chatoyants... Jusqu'au plafond qui était ouvragé... Abramo, ravi, pensa à son épouse Déborah : que n'eût-elle pas donné pour être à sa place!

Le banquier les présenta au petit groupe d'hommes et de femmes qui conversaient :

— Voici, dit-il, les imprimeurs de Soncino dont vous voyez les livres ici.

Un homme jeune et élégant, les cheveux et la barbe bouclés, s'approcha d'eux.

— Le comte Pico della Mirandola, annonça le banquier. On dit qu'il sait tout ce que peut savoir un esprit humain d'aujourd'hui.

Pico della Mirandola fit un geste gracieux de la main comme pour chasser le compliment, puis félicita Gerson et Abramo :

— Votre travail est remarquable. Il paraît que l'un de vous a étudié à Mayence?

— C'est moi, répondit Gerson, mais le père d'Abramo a travaillé avec Gutenberg.

— Non!?

— A Strasbourg, précisa Abramo, qui se sentait très à l'aise.

Un autre homme s'approcha, grave, les cheveux longs, le visage épais, qui regarda Abramo avec sympathie :

— Votre livre familial, dit-il, est tout à fait remarquable. Celui qui ne connaît pas son histoire « *vivit et est vitae nescius ipse suae*, vit, mais n'a pas conscience de ce qu'il vit ».

— Ovide! lança un autre homme, qui partit à son tour dans une tirade en grec.

Abramo avait peine à suivre ces dialogues en plusieurs langues, peine à retenir tous les noms de gens importants qu'on lui présentait : Elia del Medigo, seul Juif à enseigner à l'université de Padoue, Antonio Zerliga, protonotaire de l'église Saint-Marc, Aldo Manuzio, qui lui commenta les tableaux accrochés aux murs : une vue de Venise par Vittore Carpaccio, le portrait d'un condottiere par Gentile Bellini, conservateur au Grand Palais.

Abramo, jubilant, ne pouvait s'empêcher de penser à son épouse, et c'est pour elle qu'il s'efforçait de retenir tous ces noms, sûr qu'elle passerait par toutes les affres et toutes les couleurs de la jalousie.

Le comte Pico della Mirandola l'entretenait de la Kabbale et affirmait y repérer ce qui faisait l'essentiel du christianisme quand Elia del Medigo vint prendre congé d'eux :

— Que le Maître de l'univers vous bénisse pour le travail que vous avez entrepris! dit-il à Abramo en le serrant sur sa poitrine. Votre tâche est sacrée.

— Et pourquoi, demanda Pico della Mirandola, l'art de l'imprimerie serait-il plus sacré que tous les autres?

— Parce qu'il ambitionne de transmettre la sagesse. Qu'en pensez-vous?

La question s'adressait à Abramo.

— Je ne peux parler qu'en mon nom personnel, dit-il. Mais pendant des siècles, mes pères ont reproduit les mêmes textes au même rythme, un par un, mon propre grand-père — que Dieu garde son âme! — tout comme Abraham le scribe de Jérusalem il y a plus de mille ans.

Les beaux esprits de Venise faisaient cercle autour d'Abramo, imprimeur à Soncino. Il ignorait si ce qu'il voulait dire retiendrait leur attention, mais il savait exactement ce qu'il voulait dire :

— Aujourd'hui, grâce à Gutenberg de Mayence et à mon père — que le Tout-Puissant l'ait en Sa garde! — qui travailla avec lui, nous pouvons reproduire en quelques mois et à des centaines d'exemplaires ce qu'il fallait toute une existence pour reproduire une seule fois... Alors, si la vie sur la terre est une course entre le bien et le mal, entre les ténèbres et la lumière, il est important de répandre le plus vite possible la parole divine.

Gerson regardait Abramo avec des yeux ronds. Et Abramo termina péremptoirement sa démonstration :

— Ainsi le monde sera-t-il sauvé!

Pico della Mirandola en resta sans voix. Elia del Medigo serra à nouveau Abramo sur sa vaste poitrine :

— Vous avez expliqué mieux que je ne pourrai le faire pourquoi l'imprimerie est un art sacré. Que Dieu vous bénisse!

Ils retournèrent chez Mosé de Spire, heureux comme des enfants. Gerson parce que le *banchiere* del Banco leur avait remis un don substantiel pour l'imprimerie de Soncino, Abramo parce qu'il se sentait en veine et qu'il était sûr de voir Sarah.

Une réponse d'elle l'attendait. « Vous êtes fou, écrivait-elle. Rendez-vous ce soir près de Fondaco dei Turchi, en face de l'église San Marcuola, à l'heure des vêpres. »

C'était comme si l'impatience lui brûlait la plante des pieds. Il partit largement en avance, traversa le canal sur le pont du Rialto, se mêla aux déguisements, masques blancs, capes noires qui couraient, sautaient, dansaient infatigablement.

Il la vit débarquer d'une gondole. Elle portait une cape de soie noire, et un voile, de soie noire lui aussi, lui couvrait le visage. Il la reconnut pourtant aussitôt :

– *Prudentissima signorina!* s'exclama-t-il. *Beezrat hashem*, avec l'aide du Nom, vous êtes venue!

– Ne criez pas, dit-elle à mi-voix. Mon père a découvert vos lettres.

Abramo n'entendait pas.

– *Signorina! Vita che ami da morte...*

– Je suis venue vous demander de cesser de m'écrire.

– *Amor mio! Amor mio!*

N'y tenant plus, il la prit dans ses bras, la serra contre lui. Elle s'abandonna un instant puis le repoussa mollement :

– Ce n'est pas bien, dit-elle comme elle avait dit à Soncino.

A ce moment un homme terriblement grand s'interposa entre Abramo et Sarah. Il portait une cape noire, un masque blanc et triste :

– Vous importunez la signorina!

– Mais non! Laissez-nous! Nous sommes ensemble!

L'homme tira sa dague. Il y eut des cris. Sarah recula jusqu'à la gondole qui l'avait amenée et y monta.

– Sarah!

L'homme au masque blanc et triste posa la pointe de sa dague sur la poitrine d'Abramo, qui vit la gondole quitter le quai. D'un geste brusque il chassa la dague, bouscula l'homme et courut le long de la Fondamenta. Il arriva au niveau de la gondole, vit sa bien-aimée, prit son élan et sauta.

Quand il comprit qu'il n'arriverait pas jusqu'au plat-bord de l'embarcation, il fit quelques gestes désordonnés comme s'il voulait revenir en arrière et s'enfonça dans l'eau verte du canal, éclaboussant les danseurs et les déguisements, masques blancs, capes noires, qui applaudirent la sortie de l'artiste.

— Qu'est-ce qui t'a pris de sauter à l'eau? lui demanda Gerson pour la dixième fois.

— Gerson, je n'ai pas sauté à l'eau, *haïekha*, par ta vie! J'ai sauté, c'est une chose. Et je suis tombé à l'eau, c'en est une autre.

— Il paraît que tu es le premier depuis le début du carnaval.

— Il faut bien que quelqu'un commence!

Ils quittèrent Venise le lendemain. En arrivant à Soncino, ils apprirent qu'aussitôt après leur départ, Venise avait déclaré la guerre au duc de Ferrare, que soutenaient Milan, Naples et Florence. Cela ne changea pas la vie de la maison des imprimeurs qui utilisaient au mieux l'argent du banquier vénitien : sept livres furent publiés successivement, dont un ouvrage de théologie de Joseph Albo et le *Traité des Pères* *.

Abramo avait repris sa place et son rôle. Son épouse gardait comme des épines dans ses yeux les noms qu'il lui avait scrupuleusement rapportés et qu'elle avait salués d'une cuisante citation entre ses lèvres pincées : « *Margaritas ante porcos!* Des perles aux pourceaux! »

On commença alors à composer la Bible dont le rabbin Haïm finissait enfin de préparer le texte. Les trois fils d'Abramo étaient revenus. Les deux premiers, Meshulam et Daniel, rentraient de Padoue, où ils avaient étudié, sur l'insistance de Déborah, avec le fameux rabbin Mintz. Meshulam épousa presque aussitôt la timide Rachel, fille de Giosué-Salomon. Quant au dernier des trois fils, Johanan, il avait passé deux ans avec le peintre David de Lodi et s'était initié à la gravure dans l'atelier de Donatello : c'est lui qui dessina et grava la plupart des lettrines et frontispices que Gerson n'avait pas encore eu le temps d'exécuter pour cette Bible qui s'avançait.

Ils reçurent un jour la visite d'un typographe juif de Bologne, Abraham ben Haïm, qui examina leurs travaux et demanda à se joindre à eux : il était taciturne, mais œuvrait avec quelque chose qui dépassait le talent, la technique ou l'assiduité. Cet Abraham mettait de l'amour dans ce qu'il faisait :

— Celui qui reproduit la parole divine avec tant de ferveur et

---

* En hébreu : *Pirkei Avot*. Traité de la Mishna. Recueil de sentences morales et de maximes dont la récitation a été introduite dans la liturgie hébraïque.

de compétence, disait le vieux Israël-Nathan en hochant sa tête chenue, la shekhina est sur lui!

La composition, l'impression et la reliure – cinq cent quatre-vingts feuilles comportant chacune deux colonnes de trente lignes – furent achevées à Roch Hachana de l'an 5248 * après la création du monde par l'Éternel – béni soit-Il.

C'était l'après-midi, et la lumière du soleil couchant entrait par le soupirail.

Giosué-Salomon étendit un linge blanc sur un coin du marbre et y posa le premier exemplaire relié de ce qu'on appellerait désormais la « Bible de Soncino ». Tous ceux qui avaient œuvré à sa réalisation se tenaient là, immobiles, les bras ballants, et leurs vêtements de travail avaient l'air d'être des habits de fête.

Le vieil Israël-Nathan s'approcha du Livre pour le prendre en main, mais il était trop lourd pour lui. Il le caressa du bout des doigts, puis bénit ceux qui l'entouraient.

Il se pencha alors sur le Livre et le baisa de ses lèvres pâles. Il se redressa, remercia le Saint – béni soit-Il! – pour Sa miséricorde et tourna l'épaisse couverture de cuir. Apparut la page sur laquelle était mort Gabriel, et dont la gravure superbe annonçait « *Bereshit*, Au commencement... »

Et Israël-Nathan éclata en sanglots.

1488.

J'avais déjà rédigé en partie le chapitre suivant quand le ciel m'est tombé sur la tête, sous la forme d'un courrier d'Italie : des documents bibliographiques concernant les ouvrages imprimés à Soncino entre 1484 et 1492. Je les connaissais pour la plupart, sinon les documents eux-mêmes, du moins leur existence et leur description – c'est dans l'étude savante du P' Di Rossi, par exemple, que j'avais trouvé mention de l'acrostiche donnant le nom de Giosué-Salomon. Mais je n'avais pas lu moi-même le colophon de Massekhet Berakhot, et j'ignorais qu'il était en réalité composé de trois parties.

Maintenant que je l'avais sous les yeux, en hébreu avec, en regard, la traduction latine, je pouvais constater qu'une première partie, en prose, louait et remerciait Dieu ; que la deuxième partie, en vers, nommait secrètement Giosué-Salomon ; et qu'une troisième partie, en prose elle aussi, décrivant le travail qu'avait représenté cette édition de Berakhot, était tout simplement signée... « Gabriel, fils d'Aaron, dit de Strasbourg. »

Une sorte de fourmillement me parcourut le corps. Je me levai et allai, la tête vide, me préparer un café. Puis, sans même revenir à ma table de travail, je descendis marcher un peu dans la rue. Je m'arrêtai au Petit Béarn et pris un sandwich. J'étais seul au comptoir. Par la porte ouverte, je regardai un moment des gendarmes entrer et sortir de la caserne d'en face. J'avais réellement, presque physiquement, conscience d'être à l'exact croisement de deux histoires : l'histoire horizontale des jours d'aujourd'hui, et l'histoire verticale des jours d'autrefois.

Soudain, j'eus envie de revoir cette photocopie italienne. Une sorte d'exaltation à retardement s'emparait de moi : ainsi donc, la réalité venait confirmer, et sans qu'on puisse émettre la moindre restriction, ce que la logique de ma démarche, ou mon intuition, ou ma mémoire – mais alors, de quoi est donc faite la mémoire? – avait mis en œuvre.

Je relus à nouveau « Gabriel, fils d'Aaron, dit de Strasbourg ». C'était bien cela. Il était bien là, Gabriel, m'attendant depuis cinq cents ans à la dernière page de ce Traité des Bénédictions, un des deux premiers livres connus imprimés en hébreu. Je ne pus m'empêcher de téléphoner à mes proches amis ainsi qu'à Robert Laffont, tant j'étais sûr que l'entreprise exigeante dans laquelle je m'étais lancé avec leur confiance se trouvait soudain et irréfutablement justifiée.

Puis je me remis au travail avec un courage tout neuf, décidant de modifier mon plan et de clore ici ce qui serait la première partie de ce récit, comme une boucle bouclée, allant de Jérusalem à Soncino en passant par Alexandrie, Hippone, Tolède et Cordoue, Narbonne, Troyes, Strasbourg... Le chapitre à moitié rédigé deviendrait le premier de la deuxième partie, avec Abramo le correcteur, dépositaire du Journal et du Livre d'Abraham, comme fil conducteur.

Je relisais machinalement les textes hébreu et latin de la deuxième partie du colophon quand je découvris soudain, moi qui ne suis pourtant guère doué pour les jeux de lettres, que les six derniers vers de la traduction latine commençaient par :

> Opportune veniens...
> Memoratam...
> Mentis addita conjunctis...
> Robore suo tradetur...
> Brakhot tractatum...
> Ad erudiendum...

Soit, si l'on ne conserve que les initiales, et à condition de commencer par la fin : ABRMMO. Soit aussi, si l'on intervertit tout simplement les deux premiers mots du troisième vers (addita mentis au lieu de mentis addita) : ABRAMO.

Ils étaient donc tous là, les aïeux, les ancêtres, cachés dans les mots, dissimulés entre les lignes, attendant qu'on les réveille, comme dans ces contes où il suffit d'un mot juste au bon moment pour changer un crapaud en prince, ou comme ces boutons végétaux gris et secs qu'il suffit d'arroser pour les voir s'ouvrir et revivre – on les appelle, je crois, des roses de Jéricho.

Cette fois, n'y tenant plus, je téléphonai à Jérusalem, au rabbin Szteinzaltz et lui racontai mes aventures.

– *C'est très intéressant, me répondit-il. Vous voyez bien que votre démarche était justifiée. Maintenant, vous devez vous laisser porter par la descendance de ce Gabriel.*

J'imaginais son air doux et roux, sa barbe rare, ses yeux d'écureuil.

– *Et alors?* demandai-je.

– *Alors, si tout va bien, Marek Halter, vous arriverez bien à vous rejoindre!*

DEUXIÈME PARTIE

XXX

Soncino
LETTRES AU PÈRE

La « Bible de Soncino » reçut un accueil extrêmement favorable dans les cercles humanistes, qui en louèrent tout à la fois l'impression, la gravure, la correction particulièrement soignée et se divisèrent – ce qui était le comble du succès – sur l'innovation que constituait l'accentuation des consonnes. Pico della Mirandola, qui en avait acquis un exemplaire, écrivit à Abramo et Gerson pour leur exprimer son enthousiasme – Déborah n'en croyait pas ses yeux.

Le problème qui se posa alors à la « maison des imprimeurs » fut d'établir un programme de publication pour les années à venir. Gerson rêvait d'éditer Pétrarque et Abstemio; son père Mosé et son oncle Giosué-Salomon s'y opposaient :

– N'importe qui peut aujourd'hui publier en latin, disaient-ils. Nous avons le devoir de continuer à publier des ouvrages en hébreu et à bon marché.

– Mais, répondait Gerson, une imprimerie doit aussi vivre avec son temps. Peut-on habiter parmi les nations sans partager leurs joies, leurs peines, leur sagesse, leurs passions?

– Mais nous les partageons! s'exclama Giosué-Salomon. Cependant, nous sommes aujourd'hui les seuls à pouvoir partager les nôtres!

– Ce partage ne peut se faire dans un seul sens, mon oncle.

Des discussions de ce genre les opposaient de plus en plus souvent les uns aux autres. Si bien qu'il apparut vite que les « imprimeurs de Soncino » allaient devoir se quitter. La décision, prise en commun, tenait compte de tout ce qui les distinguait et de tout ce qui les unissait, et qu'il fallait à tout prix préserver. Abramo ce jour-là apporta un grand cruchon de vin frais et ils burent à la vie – *lekhaïm!* –, conscients que pour chacun commençait une nouvelle aventure.

Le même soir, Abramo se lava et revêtit ses habits de shabbat. Il ne répondit pas à Déborah quand elle lui demanda s'il avait perdu le bon sens et alla chercher quatre des six exemplaires restants du Rouleau d'Abraham imprimés par son père Gabriel.

— Mes enfants, dit-il, avant que la vie nous sépare, je vous remets ce livre...

Sa voix tremblait, mais ce n'était pas à l'idée de la séparation. Son émotion venait de cette continuité, de cette permanence, de cette victoire sur le temps et l'oubli qu'il était aujourd'hui chargé, lui, Abramo fils de Gabriel, d'incarner devant sa descendance.

— ... Je vous remets ce livre, poursuivit-il, afin qu'il vous serve de guide. Meshulam, voici le tien. Daniel, voici le tien. Johanan, voici le tien. Esther, voici le tien. Respectez-le, et la vie vous respectera.

— Amen! répondirent ses enfants.

Abramo aurait sans doute pu continuer, mais il lui apparaissait que l'essentiel était dit. C'était maintenant à chacun d'eux – Meshulam l'imprimeur, Daniel le kabbaliste, Johanan l'architecte, Esther enfin – d'assurer la suite, chacun selon sa conscience et son destin, sous le regard de l'Éternel, béni soit-Il!

Les « imprimeurs de Soncino » publièrent encore ensemble quelques ouvrages, quinze au total entre 1486 et 1489 des calendes chrétiennes. Puis Mosé mourut, et ce fut comme un signal. Giosué-Salomon partit pour Naples, où il prit en charge l'imprimerie de Joseph Gunzerhauser, un de leurs concurrents, et se lança dans la composition du Pentateuque. Gerson, grand voyageur, se rendit en France puis fut invité par le comte Martinengo à monter un atelier à Brescia, où Abramo voulut le rejoindre, mais Déborah refusait de quitter Soncino; c'est leur fils Meshulam qui partit avec Gerson. Johanan, lui, gagna Florence, où son ami le sculpteur et architecte Luca Fancelli, qu'il avait connu à Mantoue, lui demandait son assistance pour exécuter un monument commandé par les Médicis.

Ne restaient que le très âgé Israël-Nathan, Abramo et son deuxième fils Daniel, plus passionné par la Kabbale que par l'imprimerie. Israël-Nathan et Abramo, avec l'aide d'un typographe de passage, publièrent *Yad Hazakah* *, de Maimonide, puis le vieil imprimeur mourut et Abramo abandonna le projet suivant – les poèmes de Yehuda Halevi – donnant pour gagner sa vie des cours de grammaire hébraïque aux fils des familles nobles de la ville.

Déborah ne se levait pratiquement plus. On ne savait si elle était malade – elle se plaignait du dos, des pieds, du cœur – ou si c'était sa façon de dire qu'elle regrettait de ne pas avoir eu la vie pour laquelle elle était faite. Il arrivait à Abramo de la laisser appeler plusieurs fois avant de s'inquiéter de ses désirs : un oreiller supplémentaire qu'elle rejetait bientôt, un livre trop lourd qu'elle abandonnait, une compresse qu'elle trouvait trop chaude ou trop froide...

Quand Daniel ou Esther, sa fille, étaient de passage à la maison, Abramo en profitait pour aller faire le tour des remparts à petits pas, comme un petit vieux qu'il n'était pas encore. Il s'arrêtait devant l'écurie du loueur de chevaux de la porte San Giuseppe, et chaque fois sa main le brûlait ; il lui arrivait de la regarder comme s'il s'attendait à y voir la trace de la merveille qu'elle avait empaumée. Il rentrait heureux. Déborah pouvait bien l'appeler.

Parfois aussi – la nuit de préférence, car Déborah dormait fort bien – il prenait un bougeoir et descendait à l'atelier désert où tout moisissait peu à peu, même, eût-on dit, l'odeur de l'encre. Il relisait de vieilles épreuves ou mettait de l'ordre dans une casse. A peine s'il dérangeait les araignées. Il lui semblait voir vivre l'imprimerie autour de lui. Ah! les belles et riches heures qu'ils avaient vécues là, les imprimeurs de Soncino!

Des réfugiés juifs d'Espagne arrivèrent bientôt en masse : après la chute de Grenade, un simple décret royal les avaient expulsés. Parmi eux, beaucoup d'adeptes de la Kabbale, dont l'un – qui annonçait avec le plus d'arguments le proche avènement de l'ère messianique –, l'ancien trésorier du roi Alphonse V de Portugal, Isaac ben Juda Abrabanel, arriva à Naples par mer et gagna Venise. Daniel, qui était un de ses fervents admirateurs, décida de tout quitter pour le rejoindre. Ainsi les trois fils étaient-ils maintenant au loin.

De temps à autre un voyageur apportait une lettre, pleine de

---

* *Yad Hazakah* (en français *La Main forte*) : connu également sous le nom de Mishna Tora, cet ouvrage dont le but est de codifier les divers aspects de la loi juive, est, avec le *Guide des égarés*, l'œuvre maîtresse de Moïse ben Maymon, dit Maimonide ou Rambam (1135-1204), philosophe et théologien judéo-espagnol dont les idées néo-aristotéliciennes soulevèrent une vaste polémique dans le monde juif.

nouvelles d'ailleurs. Johanan, par exemple, raconta une histoire peu commune : le roi d'Espagne avait envoyé des bateaux en exploration de l'autre côté de l'Océan et le chef de l'expédition, un Génois du nom de Christophe Colomb, avait « découvert certaines îles et notamment vers l'est une très grande île qui avait de très belles rivières, de terribles montagnes et des terres extrêmement fertiles, et qui était habitée par des hommes et des femmes très beaux, bien qu'ils fussent entièrement nus, sauf quelques-uns qui couvraient leur sexe avec un morceau de coton ».

Christophe Colomb, rapportait Johanan, avait écrit une lettre à son ami le financier Gabriel Sanchez, un marrane, lettre dans laquelle il faisait le récit de son extraordinaire voyage, et notait que « le pays était riche en or et la population prodigue de ses biens », qu'« il y avait des palmiers en abondance et plus de six épices, des arbres d'une hauteur impressionnante et beaucoup d'îles, dont cinq avaient un nom et dont l'une était presque aussi grande que l'Italie ». Que « les rivières charriaient de l'or et qu'on y trouvait beaucoup de cuivre mais pas de fer, et beaucoup d'autres merveilles ».

Cette lettre, poursuivait Johanan, Gabriel Sanchez l'avait envoyée à son frère Juan, qui demeurait à Florence, lequel l'avait remise à son cousin Leonardo de Coscon, qui l'avait traduite et fait suivre au sculpteur Luca Fancelli. C'est à ce moment que Johanan l'avait lue. Il avait aussitôt pensé à l'envoyer à Gerson ou à Giosué-Salomon pour qu'ils l'impriment et la diffusent mais Luca Fancelli avait offert et la lettre et l'idée à son protecteur le marquis de Mantoue, qui s'était empressé de la faire éditer et vendre à des quantités considérables par un imprimeur florentin. Devant tant d'inélégance, Johanan s'était fâché et avait quitté Luca Fancelli. Il séjournait à présent à Rome, d'où il écrivait et souhaitait à ses parents d'être en bonne santé très longtemps avec l'aide de l'Éternel – béni soit-Il !

Parfois une lettre arrivait ainsi, rompant l'immobilité des jours. Abramo la lisait d'abord pour lui-même, allait ensuite en faire la lecture à Déborah, puis la rangeait dans le coffret avec le Rouleau d'Abraham et les deux exemplaires restants du Livre d'Abraham. Il se promettait, s'il en recevait assez, de les publier avant sa mort. Il ferait appel à un typographe, mais il choisirait lui-même le format, le papier, le caractère et assurerait la correction : il avait toujours l'« œil aigu », Abramo.

Lettre de Meshulam, de Brescia, à son père Abramo, à Soncino.

A mon père Abramo fils de Gabriel. Que l'Éternel – béni soit-Il – fasse que cette lettre le trouve en bonne santé ainsi que ma mère.

Après vous avoir quittés, nous sommes partis pour Milan, où par chance nous avons assisté à la porte de la ville à la rencontre du duc Ludovic, frère de Galeazzo Maria, avec Béatrice d'Este. Quel spectacle! Parmi les chefs de la noblesse revêtus de leurs plus éclatantes parures, le duc portait un pourpoint de drap d'or. Les murailles et les rues, quand elles n'étaient pas peintes, étaient tendues de riches brocarts et de festons de fleurs. De chaque côté de la rue, sur le passage du duc, se tenaient des personnages à cheval, revêtus des plus belles armures fabriquées en ville : je vous promets qu'on aurait pu les croire vivants.

Les représentants de Bologne se pressaient, eux, sur un char triomphal tiré par des cerfs et des licornes, les bêtes d'Este. Ludovic Sforza chevauchait entouré de douze chevaliers habillés en costumes maures noir et or, la tête du Maure ornant leurs boucliers. Les soldats de Galeazzo, qui étaient déguisés en sauvages, ôtèrent leurs costumes en se présentant devant les ducs et duchesses et apparurent revêtus des plus magnifiques armures. Un Maure gigantesque s'avança alors et célébra en vers la louange de Béatrice. Les costumes avaient été dessinés par Leonardo da Vinci.

Il y a déjà longtemps que j'ai vu ce spectacle, mais je n'en oublie aucun détail, aucune couleur. Après Milan, nous avons gagné Brescia, où Gerson avait commencé de monter un atelier avec l'aide du comte de Martinengo, un homme tout à fait charmant. Je vous envoie – par le marchand Nathan de Mantoue, qui a bien voulu passer par Soncino pour vous remettre cette lettre – un exemplaire de la Bible que nous venons d'imprimer. Tu sauras la juger à sa juste qualité, et j'espère que tu n'y trouveras pas trop de fautes!

Nous souhaitons maintenant publier des textes originaux. Aussi avons-nous décidé de partir pour la ville de Chambéry, en Savoie, où dit-on sont rassemblés des écrits rabbiniques resplendissants de sagesse, semblables aux rayons du firmament, mais ignorés de tous.

Que le Saint – béni soit-Il! – vous protège, mère, Esther et toi, père!

Votre fils Meshulam.
Fait à Brescia la veille de Pessah,
c'est-à-dire le troisième jour du mois d'avril
de l'année 1497 du calendrier chrétien.

Lettre de Johanan, de Rome, à son père Abramo à Soncino.

A mon père, à ma mère, que leurs vies soient longues et honorées.

Voici longtemps que je n'ai pas écrit, père, c'est que mon transfert de Florence à Rome ne fut pas de tout repos. Tu sais comme je me soucie peu de l'avenir (« *Miserum est enim nihil proficientem angi!* » comme dit Cicéron, « C'est une misère de se tourmenter sans profit! »), mais, à Rome, je ne connaissais rien ni personne. Pourtant, à la vue de cette ville où les champs et les vignes s'étendent parmi les ruines antiques et où des troupeaux de chèvres emplissent de leurs sonnailles le labyrinthe des rues étroites, où les échoppes et les balcons débordent sur la chaussée et où des palais et des monuments de rêve dominent le Tibre, je me suis aussitôt senti chez moi.

Ne sachant même où me rendre, je demandai la synagogue et découvris en route une curieuse maison de style allemand, dominée par une tour portant l'inscription « Argentina », qui signifie Strasbourg. Les pauvres n'ont rien à perdre, me dis-je, et je me fis annoncer, par le domestique qui était à la porte, comme Johanan, fils d'Abramo di Strasburgo, artiste.

Le maître de maison me reçut presque aussitôt. Il était grand, solennel, vêtu d'une robe de velours noir bordée d'hermine. Je lui appris que ma famille venait de Strasbourg et de Benfeld, parlai de grand-père Gabriel, qui avait collaboré avec Gutenberg, et des ouvrages que nous avons confectionnés à Soncino.

Il me demanda ce que je voulais et savais faire, et m'invita à revenir le voir la semaine suivante. Figure-toi que je ne savais même pas alors qui il était. Je ne l'appris qu'en sortant et en me renseignant : il s'agissait du sire Burchard, maître du cérémonial du pape Alexandre VI!

Et le moins banal est qu'il me prit sous sa protection et me recommanda à un architecte réputé, Bramante d'Urbino, qui m'emploie actuellement à surveiller les travaux du palais de la chancellerie, dont il a tracé les plans. En prenant un Juif comme moi sous son aile, messire Burchard s'est mis au goût du jour : le pape lui-même se fait donner des leçons d'hébreu par Obadia de Sforno et le cardinal de Viterbe s'initie à la Kabbale avec Elia Levita, qui est lui aussi, je crois, d'origine alsacienne. Ce Levita est un homme peu ordinaire, il connaît Cicéron et Pétrarque aussi bien que le Talmud et la musique aussi bien que le latin. Il vient d'adapter en yiddish – langue en usage chez nos ancêtres à Benfeld (j'y comprends à peine un mot sur deux) – le fameux poème de Bevis, seigneur de Hampton; il l'a intitulé *Bové*

Boukh, c'est-à-dire « Le Livre de Bové », et compte bien le faire publier.

Je rencontre souvent des gens importants et regrette que notre mère – que l'Éternel la protège! – ne soit à mes côtés. J'habite chez des orfèvres juifs d'origine espagnole, des gens très pieux et très bons qui tiennent à me marier. Ils y réussiront peut-être.

Il me resterait bien des choses à vous raconter, mais « le véritable art d'écrire est de savoir s'arrêter ». Je vous salue donc et prie le Seigneur de vous donner santé et bonheur.

Votre fils Johanan.

Écrit à Rome en ce jour
quinze du mois de Kislev de l'an 5260*
après la création du monde par l'Éternel –
béni soit-Il!

Lettre de Meshulam, de Fano, à son père Abramo à Soncino.

A mon père Abramo fils de Gabriel. Que l'Éternel – béni soit-Il! – fasse que cette lettre le trouve en bonne santé! Je viens d'apprendre par Jacob ben David, le correcteur, de passage à Soncino il y a quelques mois, que notre mère n'est plus. J'ai beaucoup pleuré. Paix à son âme! La maison doit te sembler bien vide. Nous serions heureux Rachel et moi, si tu voulais bien vivre avec nous, mais nous doutons que tu acceptes de quitter Soncino, et puis notre existence est en vérité un peu vagabonde.

Nous sommes, *beezrat ha Shem*, de retour en Italie avec quelques manuscrits et un enfant de plus, Léa, née pendant le voyage chez un homme de loi chrétien, Aimon Burnier-Fontanelle – que l'Éternel le bénisse! – qui nous recueillit alors que nous venions de perdre une roue du chariot et que Rachel connaissait les premières douleurs. Ainsi, une génération s'en va, une autre la remplace. Avec l'aide du Saint – béni soit-Il! – te voici donc grand-père d'Abbakhou, de Léa et d'Isaac. Gerson, lui, a trois fils – que l'Éternel leur donne longue vie –, Mosé, Giosué et Eleazaro.

Que d'aventures n'avons-nous pas connues? Nous avons traversé les villes d'où les Juifs avaient été bannis, on nous a refoulés de Genève et nous avons vécu près de trois ans à Chambéry où les habitants de la ville ont appelé « lac aux Juifs » un plan d'eau situé non loin de leur cité. Apprends qu'il y a de cela quelques dizaines d'années le duc de Savoie Amédée, huitième du nom, qui devait devenir le chef des chrétiens sous le

---

* 1500.

nom de Félix V, ordonna de vérifier le contenu de nos manuscrits sacrés. Apeurés, certains Juifs des communautés de Montmélian, Yenne, Aiguebelle et Saint-Genix, qui redoutaient la sévérité de l'apostat Louis de Nice, un médecin auquel le duc avait confié cette mission, cachèrent de nombreux manuscrits que j'ai pu, *beezrat ha Shem*, retrouver.

Nous sommes maintenant installés à Fano, près de la mer, entre Ancône et Rimini, occupés à composer les manuscrits que nous avons récoltés au cours de notre voyage. Le tout premier sorti de la presse est un ouvrage d'Abstemio *Vita epaminundae*, le prochain sera *Rimes*, de Pétrarque, que Gerson avait toujours voulu publier, et celui d'après la grammaire de Kimchi, que nous avons rapportée de Chambéry.

Nous nous sommes adjoint le meilleur graveur d'Italie, Francesco da Bologna, qui a dessiné pour nous de nouveaux caractères de lettres, légèrement penchés, que Gerson a baptisés « cursifs ». Nous étions très contents et loin de nous douter de la querelle qui allait s'ensuivre. En effet, Aldo Manuzio, celui-là même que vous aviez rencontré à Venise, Gerson et toi, et à qui vous aviez inculqué le goût de l'imprimerie, a établi un atelier et, découvrant notre nouveau caractère, se l'est sans vergogne approprié, en le baptisant « aldin », d'après son nom. Tu connais Gerson, sa susceptibilité et son mauvais caractère. Tu peux imaginer ses rages et ses menaces. Il a écrit à Aldo Manuzio et aussi au prince Borgia (j'ai recopié pour toi un extrait de cette lettre).

Pour ce que nous savons, le Prince a promis de s'occuper de l'affaire, et l'ambassadeur de Florence est intervenu auprès du doge de Venise. Mais cet Aldo Manuzio non seulement ne nous a pas demandé pardon, mais a eu le front de se plaindre de nous devant le Sénat de Venise! Quelle *houtzpa*!

Gerson voudrait quitter Fano dès que nous en aurons terminé avec la grammaire de Kimchi. Je n'ai jamais vu aussi rancunier. Il envisage de s'installer à Salonique. Seul l'Éternel sait d'où je t'expédierai ma prochaine lettre!

J'ai appris que Daniel vit à Venise et Johanan à Rome. Peut-être les reverrai-je. Que Celui qui est nous protège tous et vous donne longue vie et santé à toi, à Esther notre sœur et à son mari Lazzaro!

Ton fils Meshulam.

Fait à Fano
le vingt-septième jour du mois de décembre
de l'année 1503.

Extraits de la lettre de Gerson de Soncino au prince César Borgia.

Voici maintenant deux ans, Très Excellent et Invincible Prince, qu'ayant trouvé à ma convenance l'atmosphère générale, le site et la fertilité de Ta très pieuse cité de Fano, ainsi que la fréquentation et le talent de ses habitants, je me résolus à venir y vivre pour y exercer mon art, qui est d'imprimer des livres.

[...] Sur mon exhortation sont venus ici non seulement des compositeurs et des correcteurs parmi les plus remarquables d'Italie, mais encore un très noble sculpteur de lettres latines, grecques et hébraïques du nom de Francesco da Bologna, dont le talent est si grand qu'il n'a certainement pas son égal. Maître Francesco a inventé et dessiné pour moi une nouvelle forme de lettres que j'ai nommée « cursives » et dont Aldo Manuzio et d'autres se sont emparés. Je tiens à te faire savoir que Francesco da Bologna est le seul inventeur de toutes les formes de lettres qu'ait jamais employées Aldo Manuzio, lequel est bien incapable de concevoir tant de grâce et de beauté.

Et parce que nous sommes tous les très humbles et très dévoués serviteurs de Votre Excellence, et qu'à notre soumission véritable il appartient d'invoquer toujours l'heureux auspice de notre très illustre et très clément Prince, nous venons ici demander justice [...].

Fait à Fano
au mois de juillet 1503.

Lettre de Daniel, de Venise, à son père Abramo de Soncino.

A mon père Abramo fils de Gabriel, que longue vie lui soit donnée!

Je viens d'apprendre que Menahem fils d'Abner, le coursier du banquier Nathan, à qui j'avais confié ces dernières années plusieurs lettres à votre intention, ne vous les a jamais remises : il est mort hier et on les a retrouvées chez lui. C'est sa femme qui est venue m'avertir. S'il était encore en vie, je le vouerais à tous les tourments! Ainsi as-tu pu croire que j'étais un fils bien ingrat!

Je suis, *baroukh ha Shem*, en bonne santé, et enseigne à la yeshiva de Venise. En revanche, tout ce qui se passe alentour est bien affligeant. La guerre tout d'abord, avec ses milliers de victimes. Une chance que la grande bataille qui a opposé à Marignan les Français et les armées de Maximilien Sforza ait épargné Soncino!

Cette guerre est-elle un signe? Un signe certain en tout cas, et que vous ne connaissez certainement pas encore à Soncino, c'est que le Sénat a voté une loi recommandant le regroupement de toute la communauté juive de Venise dans un seul quartier, celui du Ghetto Nuovo, dans la paroisse de San Girolamo. C'est une île au nord de la cité, sombre, triste, entourée de canaux. Seuls les médecins auront le droit d'en sortir après la tombée du jour.

Que le Seigneur tout-puissant fasse que ce soit la dernière de nos nuits et que la lumière jaillisse enfin! Quelle est la lumière qu'espère l'assemblée d'Israël? demande le Talmud. Et il répond : C'est la lumière du Messie, car il est dit : « Et Dieu vit que la lumière était bonne. » Cela nous apprend que le Saint – béni soit-Il! – eut la vision du Messie et de Ses actions avant même d'avoir créé le monde.

Je pense à ce que disait Rabbi Johanan : « A la génération où viendra le fils de David, il y aura une quantité de difficultés, et de méchants décrets seront à nouveau promulgués; et chaque événement mauvais arrivera en hâte avant que le précédent soit terminé. » Mon maître Abrabanel avait raison : les temps approchent.

Sais-tu, père, comment se porte mon frère Johanan, ce païen qui reproduit des images dans les temples des gentils? Que Dieu ait pitié de lui!

Soyez bénis, toi, notre sœur Esther et son époux Lazzaro!

Ton fils Daniel.

Écrit à Venise
le vingt-quatrième jour du mois de Nissan
de l'année 5276 * après la création du monde
par l'Éternel – béni soit-Il!

Lettre de Daniel, de Venise, à son père Abramo à Soncino.

A mon père Abramo, fils de Gabriel, que le Maître de l'univers le protège!

D'étranges événements viennent décidément se mettre entre toi et moi. Il y a dix ou douze ans, alors que je croyais t'avoir donné régulièrement de mes nouvelles, j'avais appris que ce coursier de banque dont j'ai oublié le nom avait gardé mes lettres par-devers lui. Cette fois, un voyageur de passage m'a appris – tiens-toi bien! – que tu étais mort. C'était il y a longtemps déjà, et j'avais dans le plus profond chagrin observé la shiva! Et chaque année depuis, j'allume pieusement une ner-tamid en ton souvenir! Te dire ma joie quand j'ai compris ce

---

* 1516.

matin même, par l'intermédiaire du fils de l'orfèvre qui nous louait la maison, que l'« imprimeur de Soncino » qui était mort n'était pas toi, mais Giosué-Salomon !

C'est sans doute dommage pour lui, mais j'en suis d'autant plus heureux pour toi que je t'apporte la bonne nouvelle : Il est arrivé. Mon maître Abrabanel ne s'était pas trompé.

« Par ta lumière nous verrons la lumière », dit le psaume. Je l'ai vu. Il est descendu sur le môle des Esclavons d'un voilier arrivant d'Égypte. Il est brun de peau car il vient d'Orient et ses yeux noirs reflètent comme deux miroirs les rayons du soleil. Il est toujours vêtu de blanc, comme il sied au Messager et il parle l'hébreu rude de nos ancêtres. Ses serviteurs l'appellent « Sar David Reübeni » et disent qu'il vient d'un royaume lointain.

Quand j'ai pu l'approcher à mon tour, j'ai su que c'était lui, le Messager, tant il émanait de force de sa personne. Ses serviteurs le précèdent et le suivent, portant des étendards blancs où sont brodées en fil d'or les initiales des mots : « Qui donc a Ta puissance, Seigneur ? »

Tu sais, père, comme je l'attendais. De l'instant où il mit le pied à Venise, je ne le quittai plus. Je le suivis jusqu'à la grande salle près de la synagogue où les Juifs les plus importants de la ville se rendirent pour l'interroger. Leur méfiance et leur irrespect me blessaient jusqu'au plus profond de l'âme. Je me rappelai la sentence contenue dans le traité Sanhedrin : « Le Messie ne viendra pas tant qu'il restera un homme vaniteux en Israël », et je me surpris (qu'Adonaï, Dieu d'Israël, me pardonne !) à souhaiter leur mort. Mais l'homme venu d'ailleurs restait tranquille et digne, debout tel un rocher. Ce qu'il disait étonnait, et le son de sa voix faisait frémir les notables : il s'appelait David, fils de Salomon, de la tribu de Reüben, et venait du désert de Chabor, mandé par les soixante-dix Anciens d'un royaume dont son frère Yossef était le roi. Il était porteur d'un message secret pour le pape. Car, ajoutait-il, les temps sont proches.

Certains refusèrent d'en entendre davantage. Le rabbin Shimon ben Asher Meshulam lui offrit cependant une escorte de lansquenets pour traverser la Romagne en guerre. Il les refusa : il était venu, dit-il, pour tous les Juifs et ne pouvait accepter de l'aide contre la volonté d'une partie de la communauté.

Il distingua mon zèle et me chargea d'aller l'attendre à Pesaro. Je partis le jour même, avec mon épouse et mes enfants. A Pesaro, j'avertis la communauté, qui se déplaça au complet pour l'accueillir quand il arriva sur un bateau entièrement blanc. Quel ferveur! On se bousculait pour toucher la robe de celui qui annonçait le Messie, pour baiser la poussière de ses pas. Il refusa toutes les invitations, n'acceptant que quelques chevaux et mulets. Il choisit pour lui un cheval blanc et me donna un mulet.

Nous allâmes sans fatigue jusqu'à Rome. Des familles entières se joignaient à nous. Des exilés d'Espagne, installés dans les Marches avec l'autorisation du pape, accouraient en foule. Pressé de questions, le Messager répondait qu'il ne détenait aucun secret, mais plus il était brusque, plus on le craignait et plus on croyait en lui. Je me rappelai alors ce passage du Zohar : « Rabbi Shimon bar Yokhaï s'assit et pleura, puis il dit : " Malheur à moi si je révèle ces secrets, et malheur à moi si je ne les révèle pas! " Les compagnons qui étaient présents gardèrent le silence, puis Rabbi Abba se leva et dit : " Si notre Maître désire révéler ces choses, n'est-il pas écrit : Le secret du Seigneur appartient à ceux qui Le craignent "? »

Père, je reprends ici ma lettre, interrompue il y a bien longtemps déjà. Elle m'a accompagné dans de nombreuses tribulations. Chaque jour, je me promettais d'y ajouter quelques lignes, et puis le temps m'arrachait des mains les heures et les jours.

Avant tout, je voudrais vous annoncer que je me porte, moi et les miens, très bien, grâce au Saint – béni soit-Il! Puisse le Seigneur m'assister toujours ainsi dans Sa miséricorde et me juger digne de voir la venue du Messie, afin qu'en nous se confirme le verset d'Isaïe : « Réjouissez-vous avec elle, dans sa joie, vous tous qui pleuriez sur elle! » Amen, amen!

Nous arrivâmes donc à Rome, où des milliers d'hommes et de femmes nous attendaient sous la pluie. Le Messager fut aussitôt reçu par les *fattori*, c'est-à-dire les trois chefs de la communauté : Obadia de Sforno, qui enseigne l'hébreu et la Kabbale au pape Alexandre, le médecin Giuseppe Zarfati, le rabbin et banquier Daniel de Pise. Tous furent frappés par ses réponses, qu'il formulait aussi bien en latin qu'en italien, sans aucun accent étranger. Deux jours plus tard, il était reçu par le pape Clément, de la famille des Médicis.

J'appris par la suite que le Messager avait proposé au chef de la chrétienté une alliance avec son frère Yossef, roi de Chabor, contre le Turc Soliman. Il réclamait de l'artillerie – chose inconnue à Chabor – et le droit de lever une armée parmi les Juifs habitant les pays chrétiens. En échange, il promettait au pape de lui rendre Constantinople et toute la Grèce. De ses conquêtes, il ne conserverait que Jérusalem et la Terre sainte.

Tu sais, père, combien j'ai le glaive en horreur. Je n'accepterais l'usage de la force que dans le cas prévu par le Lévitique : « lorsque vous ferez une guerre dans votre terre contre l'ennemi qui vient vous attaquer ». J'étais donc troublé, mais le soutien que le Messager reçut de la part des rabbins les plus illustres, ainsi que les présents envoyés de Naples par Benvenida, la belle-fille de mon regretté maître Isaac Abrabanel (que sa mémoire subsiste!) ont guéri mes appréhensions.

Le pape séduit par Sar David Reübeni et son projet, lui donna des lettres de créance pour sa majesté João, le roi du Portugal. J'étais parmi ceux qu'il emmena avec lui. Je t'épargnerai tous les accidents et aventures du voyage, mais sache que, quand Almería nous apparut au loin, étincelante de soleil, je pris peur et une phrase des Rois me revint à l'esprit : « Si nous nous décidons à entrer en ville, la famine y régnera et nous y mourrons. » Et, comme l'espoir doit chez nous l'emporter sur le doute, je me dis aussitôt : « Eh bien, allons nous jeter dans le camp des Assyriens; s'ils nous laissent en vie, nous vivrons. » Ainsi, père, vois-tu, tant que le Messie ne nous délivrera pas, notre vie dépendra toujours du bon vouloir des nations.

Les ministres du roi promirent au Messager leur soutien; ils s'engagèrent à aider les Juifs portugais et à les transporter sur leurs propres navires jusqu'aux côtes de Palestine. Tout allait donc pour le mieux. Mais impénétrables sont les voies de Celui qui décide de notre destin. Un jeune homme noble, très beau, nommé Diego Pirès, qui remplissait les fonctions de notaire royal, tomba amoureux de David Reübeni. Il eut des visions, se mit à apprendre l'hébreu, à s'initier à la Kabbale, pratiqua sur lui-même la circoncision, et choisit de s'appeler Salomon Molkho.

Aussitôt, le Messager comprit le danger et invita le jeune homme à partir le plus tôt possible pour la Turquie afin de préparer notre arrivée. Mais il était déjà trop tard : nos ennemis nous accusaient de vouloir convertir les chrétiens et exigeaient l'institution au Portugal d'un grand tribunal d'Inquisition. Ainsi, au lieu de prendre la tête d'une légion juive, dûmes-nous fuir comme des malfaiteurs en abandonnant notre bagage derrière nous. Dans le mien se trouvait l'exemplaire du Livre d'Abraham que tu m'avais remis à Soncino — que mes ancêtres me pardonnent, ainsi que toi, père!

Pendant ce temps, Salomon Molkho parcourait les pays en annonçant la venue du Messie à l'heure de la chute de Rome.

Or, il se trouva que l'empereur Charles Quint s'empara de Rome dans ces jours-là. Peux-tu imaginer, père, l'accueil qu'on réserva dès lors à David Reübeni quand il se présenta, toujours de blanc vêtu, dans les ruines encore fumantes? Les gens étaient pris d'une sorte de folie. Je revois encore Salomon Molkho, lui aussi tout en blanc, accueillant le Messager devant la synagogue de Castelnuovo. En vérité, je compris à ce moment-là que lui-même se prenait pour le Messager et David Reübeni, succombant à cet excès de gloire, pour le Messie lui-même. Désorienté, je me réfugiai chez mon frère Johanan, qui sut me convaincre de ne pas accompagner David Reübeni et Salomon Molkho en Avignon.

Je relis cette lettre et je mesure tout ce qui sépare mon allégresse du début de ma déception d'aujourd'hui. Mais je me console en répétant qu'il est écrit : « Bien qu'il tarde, attendez-le. »

En cette veille de Roch Hachana de l'an 5289 après la création du monde par l'Éternel – béni soit-Il! –, je prie de nouveau que cette lettre vous trouve en bonne santé, toi, Esther, son mari Lazzaro et, si Dieu l'a voulu, leurs enfants. Qu'il en soit ainsi. Amen!

Ton fils Daniel.

Achevé d'écrire à Rome,
le vingt-quatrième jour du mois d'Elloul
de l'an 5288 * après la création du monde
par l'Éternel – béni soit-Il!

Lettre de Johanan, de Rome, à son père Abramo, de Soncino.

A mon père Abramo, fils de Gabriel, que la paix soit avec lui!

Dans sa dernière lettre mon frère Daniel t'a donné de mes nouvelles. A mon tour de te donner des siennes : il va très bien, malgré sa déception. Au moins peut-il remercier ce David Reübeni de l'avoir éloigné de Rome au moment même où Charles Quint nous assiégeait. Quand il est revenu du Portugal, tout était terminé, oubliée la famine et oubliés les morts.

Daniel médit constamment de ce David Reübeni. Il me fait penser à ce chasseur dont parle Aristote, qui poursuit le lièvre malgré le froid, malgré la chaleur, dans la montagne, dans les ravins; il ne le désire que tant qu'il fuit et le méprise dès qu'il l'a pris. L'autre jour, je l'ai emmené, sans le prévenir il est vrai,

---

* 1528.

devant la statue de Moïse que Michel-Ange a sculptée dans la pierre comme si c'était de la chair. Je crois qu'il a été ému comme nous tous à cette représentation de celui qui a vu la face du Créateur, mais il a ensuite entamé un long jeûne de purification.

La nouvelle qui m'amène aujourd'hui à t'écrire ne te laissera certainement pas indifférent. Je commence par le commencement. Je t'avais déjà entretenu d'un certain Hans Reuchlin, un érudit allemand qui a appris l'hébreu et étudié la Kabbale à Rome. De retour dans son pays, il s'est élevé contre les dominicains qui entreprenaient de faire la guerre aux Juifs et au Talmud. Il obtint que les livres fussent épargnés et réclama la nomination dans chaque université de deux professeurs d'hébreu! Nos ennemis publièrent alors contre lui un pamphlet ordurier, *Handspiegel*, « Miroir à main », auquel il répondit par un très beau texte, l'*Augenspiegel*, « Miroir des yeux ».

La polémique divisa l'Église et les universités. L'empereur Maximilien se prononça en faveur de Reuchlin et le roi français Louis XII contre. Tous les humanistes, en revanche, ces gens si méprisés de notre kabbaliste Daniel, prirent la défense des Juifs, tous, d'Érasme à Martin Luther, un moine qui a écrit un livre intitulé *Jésus, juif de naissance*. Le pape Léon X, malgré les demandes répétées de son médecin et ami juif Bonet de Lattès, refusa de trancher, mais engagea un éditeur chrétien d'Anvers installé à Venise, Daniel Bomberg, à publier une édition complète du Talmud.

Ce jeune Luther fait beaucoup parler de lui en ce moment. Il a traduit la Bible en langue vulgaire de façon que tout le monde y ait accès. Et sais-tu sur quel texte il s'est appuyé? Il le précise dans le colophon : la Bible de Soncino! Et pas n'importe quel exemplaire, puisque c'est celui-là même que le comte Pico della Mirandola avait acheté chez toi, qui est venu en la possession de Hans Reuchlin, et que celui-ci a offert à Martin Luther. C'est bien la preuve que tous les chemins sont bons pour répandre la parole de l'Éternel, afin, comme dit Isaïe, qu' « elle subsiste dans les temps à venir, éternellement et à perpétuité ».

Voici pour la nouvelle que je t'avais promise. Et maintenant le meilleur pour la fin. Mes hôtes ont fini par l'emporter : ils m'ont marié. Elle se nomme Monica, et nous avons deux fils, Elhanan et David, que le Saint – béni soit-Il! – les protège! A part cela, je me porte bien et prépare une série de gravures pour enluminer une nouvelle édition des poèmes de Virgile.

Que Dieu te protège, père, ainsi que notre sœur, son époux Lazzaro et leurs enfants!

Votre fils Johanan.
Fait à Rome
le 4 juin de l'année 1528.

Lettre de Meshulam, de Rimini, à son père Abramo, de Soncino.

A mon père Abramo, que la miséricorde de Dieu soit en partage!

Cher père, mon épouse Rachel m'a quitté – bénie soit la mémoire d'une juste! Il a fallu ce triste événement pour que je comprenne qu'une vie avait passé. Ô père, pardonne-moi, s'il en est temps encore, de ne pas m'être acquitté de mes devoirs filiaux, de ne pas t'avoir écrit davantage, de ne pas m'être soucié de ta solitude. Comme tu as dû me maudire! Je couvre aujourd'hui ma tête de cendres et me jette à tes genoux.

Je suis sans excuse, mais toi qui connais l'art de l'imprimerie, qui sais combien de temps il requiert, de quelle passion il se nourrit, au moins comprendras-tu comment un livre en pousse un autre sans laisser de répit ni de loisir. A peine si j'ai vu grandir mes propres enfants, et voici que mon fils aîné Abbakhou vient de te donner ton troisième arrière-petit-fils – qu'une longue vie lui soit réservée, amen!

Nous sommes maintenant installés, Gerson et moi, à Rimini, qui est près de la mer, entre Ancône et Ravenne. Le Conseil de la ville, soucieux d'abriter une imprimerie qui concoure à sa gloire, nous a accordé des privilèges, pleine franchise de dîme et de gabelle, assignation gratuite d'une boutique sur le pont San Pietro pendant la fête de San Giuliano, douze ducats par an assurant la location de la maison que nous occupons. Ainsi avons-nous publié ici près de quarante ouvrages, dont le commentaire du Pentateuque de Rachi et un traité d'Elia Levita, celui qui enseignait l'hébreu au cardinal Egidio de Viterbe, ce grand ami des Juifs, bénie soit sa mémoire!

En tout, Gerson et moi avons déjà publié cent ouvrages, dont vingt en langue hébraïque. Le caractère de Gerson, comme tu peux l'imaginer, ne s'adoucit pas avec l'âge. Il se brouille pratiquement avec tous les imprimeurs d'Italie. Seul le typographe anversois Daniel Bomberg a, grâce à Dieu, échappé à sa colère. Il nous a dit tout le respect qu'il porte à notre travail, et à tous les imprimeurs de Soncino. Ainsi le compliment t'est-il aussi adressé.

A Padoue, nous avons rencontré un homme très attachant, Rabbi Mordekhaï Joffé, originaire de la ville de Lublin, en Pologne. Il nous a longuement entretenus de ce pays où les Juifs, dit-il, vivent en paix et où il ne serait pas inutile de fonder quelques grandes imprimeries. Mais Gerson ne veut pas entendre parler de la Pologne. Il dit qu'il faut être barbare pour vivre dans la neige, et qu'il est trop vieux pour aller se mêler aux barbares. Il songe parfois à rejoindre ses fils à Salonique, où l'aîné Eleazaro a paraît-il créé un très bel atelier.

Mais la plupart du temps Gerson menace tout simplement d'abandonner ce métier où l'on n'est pas plus considéré, dit-il, que si l'on vendait des beignets à la foire, et où des ennemis essaient de vous faire trébucher à chaque pas. Je dois le reprendre souvent et lui rappeler la sentence de Rabbi Tarfon dans le Traité des Pères : « Il ne vous incombe pas de terminer la tâche, mais vous n'avez aucun droit de vous y soustraire. »

Père, je calcule que tu dois être âgé aujourd'hui d'environ quatre-vingts ans. Fasse l'Éternel tout-puissant qu'il en soit ainsi et que tu puisses lire cette lettre et me pardonner! Et qu'Il te garde en vie longtemps encore, ainsi que notre sœur Esther, son mari Lazzaro et leurs enfants!

Ton fils Meshulam.

Écrit à Rimini
à la veille de Roch Hachana de l'an 5286 *
après la création du monde par l'Éternel –
béni soit-Il!

Cette lettre est la dernière que put lire Abramo di Soncino, fils de Gabriele di Strasburgo. Il vivait depuis de longues années chez sa fille Esther, et des générations d'enfants avaient pris l'habitude de le voir, assis sur le banc de pierre près du seuil, comme un élément immuable du paysage. Il était un de ces vieillards légers qu'on dirait fragiles, presque cassants, mais qu'habite une force mystérieuse.

Abramo avait suivi de loin en loin la façon dont ses fils traversaient la vie, chacun selon son destin : Meshulam dans l'ombre de Gerson; Daniel égaré par la Kabbale, comme s'il ne fallait pas, pour que vienne le Messie, qu'Israël observe, selon le Talmud, deux shabbats consécutifs, ne fût-ce qu'une seule fois – ce qui est impossible en exil; Johanan enfin flottant comme un bouchon parmi les gentils... Leurs lettres servaient de support à d'interminables rêveries qui le ramenaient toujours à cette folle

---

* 1526.

et brève échappée vénitienne qui flamboyait encore au fond de sa mémoire confuse.

On le trouva mort un matin. Il était alors âgé de quatre-vingt-six ans. Esther et son époux Lazzaro demandèrent à leur dernier fils, l'orfèvre Giacobbo, lui-même déjà père de famille, de se rendre à Rimini, d'où était datée la dernière lettre de Meshulam, afin de lui remettre ce qui lui revenait puisqu'il était l'aîné des enfants d'Abramo : le coffret avec le Rouleau, quelques manuscrits et les deux derniers exemplaires du Livre d'Abraham.

Giacobbo, à Rimini, surprit Meshulam et Gerson occupés à préparer leurs bagages. Ils avaient décidé de partir pour Salonique.

XXXI

Salonique
DEUX JUIFS ORDINAIRES

AH! la belle, la joyeuse, la superbe pagaille! Gerson et Meshulam, qu'accompagnait le fils de ce dernier, Abbakhou, n'avaient jamais, au cours de leurs voyages, connu de telles clameurs, de telles bousculades. A peine à quai, leur bateau fut pris dans un tourbillon de balles de coton, de cages de volailles affolées, d'enfants braillards, de coussins, de porteurs, de petits marchands, de mendiants, de voleurs. Des inconnus les embrassaient en leur tapant dans le dos, d'autres leur faisaient les poches. Visages comme une mer sous l'écume multicolore des turbans, des bonnets et des chapeaux de feutre. Un grand bœuf presque noir, en tête d'une caravane, fendait le flot comme une dédaigneuse figure de proue. Du tumulte montait une poussière dorée vers le ciel bleu-violet de Salonique.

Meshulam et Gerson se perdirent de vue, se retrouvèrent, mais sans Abbakhou, devant un abreuvoir pour animaux, près de la porte maritime, là où un mouvement puissant de chevaux, de vaches, d'ânes et de moutons les déposa, déjà soûlés de bruits et d'odeurs fortes.

— *Broukhim habaïm!* Père! Meshulam! Que la paix soit avec vous!

C'était Eleazaro, le fils de Gerson, qui prenait les deux arrivants dans ses bras. Derrière lui surgirent des inconnus qui leur proposèrent en se marchant sur les pieds de les accueillir dans leurs synagogues respectives. Abbakhou apparut à ce moment, chargé de bagages qu'Eleazaro distribua aux zélés recruteurs :

— Nous voilà tranquilles, dit-il avec un clin d'œil à son père. A Salonique, personne ne peut parler sans les mains!

Gerson, la tête dans les épaules, le sourcil froncé, considérait sans indulgence la cohue :

— *Cassaba!* laissa-t-il enfin tomber. Je ne savais pas que mon fils vivait dans une *cassaba*, une bourgade!

Quand Abbakhou eut retrouvé sa femme et ses enfants, on alla, en essaim grossissant de tous les curieux ramassés en route, chez Eleazaro. On passa une petite porte, seule ouverture dans une haute et sévère muraille. Et là, les « Italiens » découvrirent un grand patio à ciel ouvert, où des jets d'eau chantaient parmi les figuiers, les jujubiers et les cormiers. Les murs étaient couverts de roses et de chèvrefeuille. Au rez-de-chaussée, des portes-fenêtres ouvraient de plain-pied sur le jardin, surmontées, à l'étage, de moucharabiehs, de loggias en arcades.

Joseph, Sarah et Abraham, les enfants d'Abbakhou, paraissaient émerveillés, plutôt intimidés par ces hommes imposants, habillés de pourpoints à soutaches et de braies tenues par d'amples ceintures, qui se disaient leurs oncles. On servit des galettes et des sorbets parfumés. A peine si Gerson accepta d'y goûter. Sa décision était déjà prise : jamais il n'imprimerait dans une cassaba!

— Mais, père, plus de vingt mille Juifs vivent à Salonique! Vingt mille!

— Des Juifs, dis-tu? Mais quels Juifs!

— C'est vrai, la majorité d'entre eux sont pauvres. Mais les imprimeurs de Soncino n'avaient-ils pas choisi de faire des livres bon marché pour que les plus pauvres des Juifs puissent accéder à la sagesse d'Israël?

Gerson secouait la tête et faisait *tss-tss* entre ses dents. C'est en vain qu'on le promena le lendemain dans la ville, d'une synagogue à une imprimerie, du bazar à la via Egnatia, la grand-rue parallèle à la mer. Il ne pensait qu'à prendre le prochain bateau. C'est ainsi qu'il s'embarqua deux jours plus tard, après le shabbat, pour Constantinople. Meshulam, comme il faisait depuis plus de trente ans, le suivit, ainsi que son plus jeune fils Giosué. Seul Abbakhou resta, avec sa femme Ruth et leurs enfants Joseph, Sarah et Abraham : Eleazaro lui avait proposé de travailler avec lui, à l'imprimerie qu'il avait montée en compagnie d'un associé maintenant parti, Moïse. Abbakhou s'installa dans la partie de la maison d'Eleazaro libérée par Meshulam.

Abbakhou était à cette époque un homme de trente-cinq ans, au teint mat, aux yeux bruns très doux, la barbe longue et forte. Il exerçait son métier avec une humble et exigeante passion, mais à l'instar de son père Meshulam, s'il avait beaucoup appris de Gerson, l'autorité acariâtre du vieil imprimeur ne lui avait pas encore permis d'être lui-même. Il espérait pouvoir s'entendre avec Eleazaro, de rapports faciles, manquant peut-être seulement d'un peu d'imagination dans son travail. « Prends garde, lui avait dit son épouse Ruth. Cet homme ne saurait pas se battre contre l'adversité. Tu seras tout seul dans les difficultés. » Abbakhou avait grande confiance dans les jugements de Ruth, mais qui n'a pas à lutter dans sa vie? Et il n'était pas insensible à la possibilité de travailler hors de la redoutable présence de Gerson.

Il consacra plusieurs jours à apprendre cette cité, désormais la sienne. Les Turcs, les Grecs et les Juifs se partageaient la ville basse, commerçante et populeuse, et la ville haute, agréablement disposée sur la colline, parmi les jardins. L'importante communauté juive était constituée de plusieurs couches successives d'immigrants : d'abord des Bavarois, qui avaient établi une communauté ashkénaze, puis des Espagnols et des Portugais, parmi lesquels une forte proportion de marranes, ce qui posait souvent des problèmes en matière de Halakha : le tribunal rabbinique de Salonique avait décidé de considérer les marranes comme juifs pour toutes les questions de mariage et de divorce.

Surtout marchands et artisans, les Juifs menaient une vie communautaire intense. Une trentaine de congrégations étaient regroupées en une fédération. Un comité spécial était chargé de répartir entre les différentes communautés le montant des impôts à verser aux Turcs. Et ils ne manquaient pas! C'est ainsi que Abbakhou apprit qu'il fallait payer : l'impôt annuel, une contribution pour le maintien de l'armée, une contribution sur les héritages, une contribution pour l'entretien des pâturages impériaux, une contribution pour l'entretien du canon de résidence, une contribution sur la viande, une contribution sur l'entretien des fauconneries, un impôt pour le grand rabbin, un impôt pour l'exemption du service militaire, un impôt pour l'entretien des troupeaux impériaux, un impôt pour l'entretien des courriers impériaux, un impôt pour la fourniture de fourrures au sultan... « Moyennant quoi, dit Eleazaro, nous sommes libres de pratiquer notre religion et de faire prospérer nos communautés. »

Deux jours plus tard, veille de Tisha be Av, anniversaire de la destruction du Temple, Abbakhou se joignit à la longue procession qui partit de la ville haute pour gagner le port. En tête allaient quatre rabbins, portant un brancard où était allongé un enfant. Les milliers de Juifs qui suivaient, le visage accablé de tristesse, portaient chacun au bout d'une perche une calebasse évidée, ajourée, où brûlait une chandelle.

– Ils s'en vont, les sept frères! chantaient les rabbins en espagnol.

Et la foule répondait :
– Hélas, quelle douleur!
– Ils s'en vont vers la potence.
– Hélas, quelle douleur!

Les Grecs et les Turcs, massés sur le passage du cortège, reprenaient eux aussi le chant tragique et lent, et toutes ces voix mêlées, le balancement de toutes ces lumières dans la nuit violette mettaient au cœur des Juifs la réalité tragique de l'exil.

– Hélas, quelle douleur!

Abbakhou et ses enfants rentrèrent brisés d'émotion. Le lendemain, dans le jardin d'Eleazaro, se réunirent des voisins et des amis. Ils s'assirent là, dehors, sur leurs talons et jusqu'au soir psalmodièrent les lamentations de Jérémie, les souffrances de Job, les psaumes des jours de deuil. « Si je t'oublie, Jérusalem, que ma droite m'oublie... »

Le rabbin Benjamin Halevi Eskenazi, un solide gaillard, invita Abbakhou à lui rendre visite à la synagogue ashkénaze :

– Je vous montrerai, lui dit-il, où sont les esprits des justes qui ont été créés et sont devenus, ainsi que les esprits des justes qui n'ont pas encore été créés.

Abbakhou, intrigué, fronça le sourcil. Le rabbin lui posa la main sur le bras :

– C'est une citation d'Enoch. En réalité, seul l'Éternel – béni soit-Il! – peut toutes ces choses. Venez me voir!

L'imprimerie d'Eleazaro, un petit atelier un peu fouillis mais agréable, se trouvait sous la via Egnatia, entre le Talmud-Tora et Francomahalla, l'ancien quartier franc où de riches marchands vénitiens, génois et marseillais avaient leurs demeures. Il existait une autre imprimerie à Salonique, celle de Judah Gdalia, un Portugais arrivé quelques années plus tôt.

Tandis qu'Eleazaro et Abbakhou publiaient un *Mahzor*, un recueil de prières, Judah Gdalia choisissait d'éditer les sermons de Salomon Molkho, ce personnage que Daniel le kabbaliste avait approché au Portugal et qui se disait le Messager du Messie. Au début, le Mahzor se vendit fort bien, et le colporteur Samuel Achemeoni n'avait aucun mal à obtenir des commandes. Puis on apprit la mort de Salomon Molkho : David Reübeni et lui s'étaient rendus en Allemagne pour demander à Charles Quint de les aider à reconquérir la Palestine; l'empereur avait, paraît-il, manifesté un grand intérêt pour le projet jusqu'à ce que cet écervelé de Molkho lui suggérât de se faire juif. Charles Quint, furieux, avait fait arrêter David Reübeni et Salomon Molkho et les avait livrés enchaînés à l'église de Mantoue, où un tribunal ecclésiastique avait condamné Salomon Molkho au bûcher, pour apostasie et hérésie. L'Église craignait tant sa parole qu'il avait été conduit au supplice la bouche bâillonnée, et qu'il était mort sans avoir pu clamer le nom du Saint – béni soit-Il !

A Salonique, où il était venu et où son nom était resté très populaire, l'annonce de sa mort précipita les Juifs sur le recueil de ses sermons publiés par Judah Gdalia, et Samuel Achemeoni le colporteur ne vendait plus un seul Mahzor :

– Rabbi Nathan, expliquait-il devant Eleazaro et Abbakhou, a dit que n'importe quel homme valait à lui seul toute la création. Malheureusement, il ne peut manger deux pains à la fois !

L'imprimerie des « Italiens » connut alors des jours difficiles. Il fallut emprunter afin de publier la grammaire de Kimchi, dont les écoles avaient besoin, et dont la vente régulière leur permit d'attendre des jours meilleurs.

Abbakhou se plaisait à Salonique. Il s'était habitué aux vociférations et aux gesticulations qui étaient la règle – on ne pouvait se dire bonjour sans paraître s'insulter gravement –, au ciel violet, au vent du Vardar et au *kahvé*, un breuvage noir au goût de brûlé dans lequel on ajoutait des clous de girofle.

Il était devenu l'ami du rabbin Benjamin Halevi Eskenazi, chez lequel il se rendait souvent, et à qui il avait demandé de marier sa fille : Sarah avait épousé en effet David, le fils du rabbin Joseph ben Lev, un petit homme maigre et exalté qui flottait dans des vêtements trop grands et dressait l'index pour proférer des citations terribles. Par chance pour Sarah, son fils était un être paisible qui s'occupait du secrétariat de l'Assemblée des communautés.

Joseph, l'aîné d'Abbakhou, n'avait pas voulu devenir imprimeur. Pour lui, ce qui était essentiel dans la tradition familiale résidait non pas dans la reproduction des multiples réflexions sur la Loi, mais dans la transmission de la Loi même. Il était devenu scribe et continuait, comme l'avaient fait tant de ses ancêtres, à recopier les rouleaux de la Tora, posant sur le parchemin avec un goût minutieux des lettres qui ressemblaient, disaient les connaisseurs, à des perles et à des saphirs rangés dans des écrins. C'est son jeune frère Abraham qui avait rejoint Abbakhou à l'atelier.

On avait appris la mort à Constantinople de Gerson puis celle de Meshulam — ce voyage-là aussi, les vieux inséparables l'avaient fait ensemble, et la shiva d'Abbakhou suivit tout juste celle d'Eleazaro. Quelque temps plus tard, un marchand vénitien de passage déposa le coffret avec le Livre et le Rouleau d'Abraham ainsi qu'une édition de *Mikhlol* *, « Ornements », de David Kimchi, imprimée par Gerson, Meshulam et Giosué. Le vieux Gerson y avait ajouté une note en fin de volume : « J'ai voyagé à grande fatigue, écrivait-il, depuis ma jeunesse jusqu'à ma vieillesse pour chercher de précieux manuscrits hébraïques que j'ai ramenés au jour en les imprimant; la plupart de ces œuvres sans prix gisaient obscures et oubliées. Un grand nombre d'œuvres talmudiques furent imprimées par mes soins, plus de vingt-trois traités, avec les commentaires de Rachi qu'on a coutume d'étudier dans nos petites académies. Les typographes de Venise les ont copiées sans vergogne et m'auraient réduit à la ruine si l'Éternel — béni soit-Il! — ne m'avait soutenu. Celui qui connaît toutes choses voudra bien se rappeler les sacrifices que j'ai faits, les dangers que j'ai courus, et mes efforts pour secourir mes frères d'Espagne et du Portugal arrachés à la religion du Sinaï. En Dieu donc, et en Son nom béni, au soir de ma vie, je remets ma confiance. »

Gerson et Meshulam, fils d'Abramo, avaient été enterrés au cimetière d'Egri Capou, hors les murs, du côté de Balat, où repose Moïse Capsali, le dernier des grands rabbins de l'époque byzantine. Que Dieu protège la mémoire des justes!

Eleazaro et Abbakhou se jurèrent de se rendre dès que possible sur la tombe de leurs pères, mais, si l'un put tenir sa promesse, le deuxième malheureusement ne vit jamais Constantinople. En effet, ils allaient, à quelque temps de là, être plongés dans un drame dont bien peu à Salonique sortiraient indemnes.

Pour Abbakhou, cela commença un soir où Eleazaro, comme cela lui arrivait parfois, quitta l'atelier pour aller livrer une commande à une librairie ou à une yeshiva. Or, ce soir-là, il oublia de prendre les ouvrages qu'il devait emporter. Quand Abbakhou s'en aperçut, il courut derrière lui en direction de la synagogue italienne, où il devait se rendre. Mais il ne trouva pas son associé en chemin. A la synagogue, on ne l'avait pas vu. En

---

* *Mikhlol* : traité de philologie hébraïque composé par David Kimchi (1160?-1235?), dit Maître Petit ou Radak. Grammairien et exégète, cet enseignant narbonnais codifia les règles de la grammaire hébraïque classique et, le premier, fit admettre la distinction entre voyelles longues et brèves, etc.

revenant, pensif, vers l'imprimerie, Abbakhou aperçut Eleazaro en grande conversation avec un voyou notoire, Nissim l'Aragonais. Abbakhou, sans trop réfléchir à ce qu'il faisait, se cacha dans une encoignure, d'où il vit Eleazar glisser une bourse au bandit. Devait-il intervenir? Pouvait-il se mêler des affaires de son associé? Mais n'était-ce pas un péché de surprendre ainsi un ami?

Abbakhou, profondément troublé, regagna l'atelier. Le ciel était couvert, l'air moite collait à la peau. Les muezzins appelaient à la prière du soir. Isaac Pinto, le voisin de l'imprimerie, était sur son seuil, en quête d'un peu de fraîcheur. Abbakhou s'arrêta pour le saluer, parla de la chaleur. L'autre s'éventa:

— Ton plomb va bientôt fondre tout seul, imprimeur!

Isaac Pinto était un homme jovial, un ancien « armateur », comme il disait, qui venait de vendre son unique barque et vivait modestement du peu d'argent qu'il en avait tiré. Abbakhou s'assit un instant près de lui sur la pierre tiède du seuil :

— Je viens de voir Nissim l'Aragonais, dit-il. Je le croyais en prison.

Isaac Pinto cracha dans la poussière :

— Il mériterait cent fois d'y être, dit-il. Mais il est protégé.

— Tu veux dire protégé par les Turcs?

— Pas seulement par les Turcs!

Isaac Pinto ne riait plus. Il regarda à gauche et à droite, baissa la voix :

— C'est un homme de Baroukh, que Dieu le maudisse!

Baroukh était marchand, fournisseur de l'armée turque, et bénéficiait de ce fait de nombreuses amitiés chez les militaires et les fonctionnaires. Mais son activité officielle en cachait une autre : Baroukh avait constitué une puissante organisation qui s'engageait, moyennant finances, à protéger les commerçants et artisans « contre les bandits ». Sa grande astuce consistait à ne s'en prendre qu'aux Juifs, qui n'osaient pas le traîner devant la justice turque. Quant aux Turcs, ils fermaient les yeux : que les Juifs se débrouillent entre eux!

Abbakhou avait entendu parler de ce Baroukh, mais on ne lui avait jamais réclamé d'argent, et il n'avait pas cherché plus loin, se bornant à s'étonner qu'il puisse se trouver des Juifs pour voler d'autres Juifs. Isaac Pinto se pencha un peu plus encore :

— Ne parle jamais de Baroukh, imprimeur. Il l'apprendra toujours et se vengera, augmentera ta contribution ou mettra le feu à ton imprimerie. Mais...

L' « armateur » s'interrompit. Il venait de comprendre, en

même temps qu'Abbakhou, qu'il n'était pas normal que l'imprimerie ne soit pas rançonnée. Or, si elle l'était...

— Abbakhou, sur ta vie, fais attention!

Abbakhou était déjà parti. Il ne revit pas Eleazaro ce soir-là et passa la nuit à se retourner sur sa couche. Le lendemain dans la matinée, il se rendit chez son ami le rabbin Eskenazi. Il n'avait toujours pas plu, et la chaleur épaisse ralentissait les pas et les gestes. Les animaux étaient couchés sur le flanc dans l'ombre des maisons et il fallait les bousculer à coups de pied pour pouvoir passer. Des vautours tournaient au-dessus de la ville.

Rabbi Benjamin parlait à ses étudiants de la conduite de l'homme de chair et de sang et de la conduite du Saint – béni soit-Il! – Maître de l'univers. Il citait le passage de Rabbi Jossé Hagligi dans le Talmud : « Quand un homme a offensé son prochain, celui-ci descend dans son irritation jusqu'à ôter la vie. Mais le Saint – béni soit-Il! – n'est pas ainsi : Il a maudit le serpent, mais si le serpent monte sur le toit, il a la nourriture à sa portée, et si le serpent descend à terre, il a encore la nourriture à sa portée. Dieu a maudit Canaan et l'a condamné à l'esclavage, mais Canaan mange ce que mange son maître et boit ce que boit son maître... Dieu a maudit la femme, or tous les hommes la désirent... Dieu a maudit la terre, or tous les êtres se nourrissent d'elle... »

Un tout jeune homme au teint pâle se leva :

— Quand un homme en maudit un autre avec raison, demanda-t-il, qui exécutera la sentence?

— Celui qui décide de tout, le Maître de l'univers, répondit de sa voix tranquille Rabbi Eskenazi.

Et, apercevant Abbakhou près de la porte, il lui sourit.

Oui, lui dit-il un peu plus tard, quand ils purent parler, il connaissait l'existence de Baroukh, mais personne n'avait jamais porté plainte. Sans doute était-il possible d'évoquer la question à la prochaine réunion du Conseil de la communauté; mais là aussi, il faudrait des plaintes et des preuves : « Malheur, cita-t-il, à ceux qui prononcent des ordonnances iniques et à ceux qui transcrivent des arrêts ingrats! »

Abbakhou retourna à l'imprimerie. Il observait Eleazaro ficelant une forme et la faisant glisser de la table de marbre. Fallait-il lui parler? Mais il était écrit : « Le péché est accroupi à ta porte, c'est toi qu'il désire, et toi, tu le domineras. » C'était donc à Eleazaro seul d'affronter ce problème. Mais ils étaient associés dans l'imprimerie, et le problème d'Eleazaro était aussi le sien.

— Eleazaro, dit-il... Est-ce que Baroukh ne nous a jamais proposé sa protection?

Le pauvre Eleazaro se troubla, lâcha une petite galée dont les lignes se mélangèrent.

— Baroukh?
— Le brigand.
— Le brigand?

Abbakhou eut pitié.

— Eleazaro, dit-il, je t'ai vu donner une bourse à Nissim l'Aragonais. Et en parlant avec Isaac Pinto, j'ai compris que toi aussi tu payais Baroukh.

Eleazaro s'essuya les mains sur son large pantalon. Son menton tremblait quand il répondit :

— Oui, je paie! Je paie pour pouvoir continuer à travailler! Je paie pour que toi aussi tu puisses travailler! Je paie pour qu'on ne brûle pas cet atelier que j'ai fondé, et où nous imprimons des livres à la gloire de l'Éternel – béni soit-Il! Je ne t'ai rien dit pour que tu ne connaisses pas les tourments que j'ai connus, mais maintenant toi aussi, tu devras comme moi attendre qu'un enfant ou une vieille femme, ou n'importe qui vienne indiquer un chiffre et un lieu de rendez-vous...

Eleazaro pleurait. D'un geste, Abbakhou fit signe aux apprentis, dans un coin de l'atelier, qu'ils pouvaient partir.

— Et puis il fait trop chaud, dit piteusement Eleazaro.

Deux jours plus tard, la maison d'Isaac Pinto brûla.

Abbakhou courut jusque chez le rabbin Benjamin Halevi Eskenazi :

— Rabbi, dit-il, je n'ai pas de preuve, personne n'a de preuve, je le sais. Mais si nous ne pouvons faire arrêter Baroukh, ne pouvons-nous au moins l'excommunier? C'est notre arme à nous les *rayas*, n'est-ce pas, Rabbi? Nous n'en avons pas d'autre...

Rabbi Eskenazi restait debout, immobile devant sa bibliothèque, une des plus belles de Salonique :

— Au nom de l'Éternel – béni soit-Il! – calmez-vous, Abbakhou! Celui qui est prompt à la colère fait des sottises, disent les Proverbes.

Pour la première fois, sa voix était sévère. Mais Abbakhou ne désarma pas :

— Alors, que fait-on, Rabbi, d'un criminel que les hommes ne peuvent juger?

— Il sera jugé par le Juge suprême, Roi de l'univers!

Une grande résolution brillait dans ses yeux clairs, et Abbakhou admira sa foi.

— Abbakhou, reprit le rabbin, revenez demain. Nous réfléchirons calmement. « L'attente des justes n'est que joie... »

Or, par coïncidence, on apprit le soir même que Barouk venait d'être nommé par l'administration turque *kehaya*, c'est-à-dire responsable de la perception des impôts des Juifs de Salonique et chargé de leurs rapports avec les autorités. Abbakhou suffoquait d'indignation. Il ne voulut pas manger, et son épouse Ruth s'efforça de le ramener à la raison :

— Tu ne vas pas te battre contre le cours des choses, mon époux !... Ce Barouk – que Dieu le maudisse ! – a tous les Turcs avec lui, que peux-tu ?... Fais comme les autres, feins d'accepter sa loi, et refuse du fond du cœur !

Le lendemain, quand il arriva chez le rabbin Eskenazi, un autre rabbin, David Benveniste, s'y trouvait déjà. C'était un homme austère, droit et sec, dont les cheveux blancs s'échappaient d'un noir bonnet tolédan cerclé d'un anneau et recouvert d'une étoffe à ramage. Rabbi Benveniste pensait comme Abbakhou qu'il fallait intervenir, et comme Rabbi Eskenazi qu'il fallait rester circonspect.

Il proposa d'écrire une longue lettre à Moïse Hamon, avec qui il avait été élevé, et qui était devenu à la fois le médecin attitré de Soliman le Magnifique et l'ami personnel du grand vizir Roustem Pacha. Dans un premier temps, il s'agissait seulement de lui demander conseil. Rabbi Benveniste suggéra de confier la lettre à son cousin Jérémie, qui se rendait régulièrement à Constantinople pour affaires.

Ainsi fut fait. Jérémie rapporta la réponse de Moïse Hamon un mois plus tard. Le médecin blâmait avec la plus grande sévérité les exactions de Barouk et exhortait les rabbins à tenter une dernière démarche : « Convoquez-le auprès de vous, écrivait-il, et invitez-le à l'ordre. S'il le faut menacez-le de lui faire infliger par le sultan les pires châtiments. » Il ajoutait qu'il avait chargé deux hommes de surveiller les agissements du kehaya afin de dresser, s'il y avait lieu, un acte d'accusation irréfutable. « Ne craignez pas le venin des méchants, écrivait-il pour finir, pointez vos flèches et frappez-en le malfaiteur. Je combattrai toujours de toutes mes forces pour faire triompher l'équité. »

Les deux rabbins reçurent donc le kehaya Barouk. Celui-ci leur affirma d'une voix égale ne pas comprendre de quoi on l'accusait. Il exerçait, leur dit-il, son métier du mieux possible et s'efforçait d'éviter que des problèmes surgissent entre les communautés juives et l'administration turque. Des menaces ?

Des extorsions de fonds? Des incendies? Lui? Qui avait bien pu les abuser de la sorte sur son compte?

— Comment, demanda-t-il, plus de vingt mille Juifs supporteraient-ils qu'un seul d'entre eux fasse ainsi régner sa loi parmi eux? Et pour ce qui est des incendies, les maisons de bois, la sécheresse de l'air, les imprudences les rendent pratiquement inévitables... Cette magnifique bibliothèque, Rabbi, il ne faudrait pas grand-chose, une étincelle, un enfant qui renverse une bougie...

Rabbi Eskenazi rapporta la conversation à Abbakhou, qui demanda enfin :

— Mais quel homme est-ce?

Rabbi Eskenazi regardait ses livres, parmi lesquels se trouvait un exemplaire de la Bible de Soncino :

— C'est un Juif ordinaire, ami, comme vous êtes un Juif ordinaire. Il envoie ses enfants au Talmud-Tora et ne mange pas d'agneau dans le lait de sa mère... C'est cela, vous êtes des Juifs ordinaires, mais en vous l'Éternel – béni soit-Il! – a placé l'esprit du Bien, et en lui l'esprit du Mal.

Rabbi Eskenazi et Rabbi Benveniste écrivirent à nouveau à Moïse Hamon, lui rapportèrent la menace voilée de Barouch. Comme par ailleurs les deux envoyés du médecin de Soliman avaient pu collecter des témoignages accablants, le grand vizir Roustem Pacha donna l'ordre au cadi de Salonique d'expédier Barouch à Constantinople. Les rabbins Eskenazi et Benveniste, qui avaient instruit l'affaire, étaient convoqués comme témoins.

La communauté respira. En l'absence du kehaya, ses hommes de main disparurent. On se cotisa pour reconstruire la maison d'Isaac Pinto, et Eleazaro, pour soulager sa conscience, alla lui demander pardon : oui, c'est lui qui avait parlé à Nissim de la conversation qu'Isaac Pinto avait eue avec Abbakhou.

— Mais pourquoi es-tu allé lui dire? lui demanda Abbakhou.

— Je pensais éviter ainsi qu'il revienne à l'imprimerie... D'ailleurs, tu vois, il n'est pas revenu.

Le pauvre homme, en quelques semaines, était devenu gris, avait maigri, perdu ses cheveux.

Le jugement de Constantinople fut bientôt publié : Barouch avait été condamné à mort, puis gracié. On en apprit plus au retour de Rabbi Eskenazi et Rabbi Benveniste. Le procès avait été honnêtement mené, mais, la sentence prononcée, Barouch s'était humilié, avait bénéficié de l'intervention en sa faveur d'un rabbin de Salonique, Salomon ibn Hasson, éminent talmudiste.

— Et vous, Rabbi? demanda Abbakhou à Benjamin Halevi Eskenazi.

— Moi aussi, Abbakhou, j'ai demandé la grâce de Baroukh.

— Mais vous savez bien...

— Il faut savoir punir, ami, mais il faut aussi apprendre à pardonner.

Abbakhou cita Isaïe :

— « Jusqu'à quand? Jusqu'à ce que la ville soit dévastée et privée d'habitants? Jusqu'à ce qu'il n'y ait plus personne dans les maisons et que le pays soit ravagé par la solitude? »

Rabbi Eskenazi eut à nouveau dans le regard cette lumière de certitude qui avait tant frappé Abbakhou :

— Nous devons espérer en l'Éternel, béni soit-Il!

Un matin, Eleazaro arriva à l'atelier le visage défait :

— Ils sont venus.

— Qui « ils »?

— Un mendiant. Si je ne paie pas demain, ils viendront brûler l'imprimerie.

Abbakhou eut l'impression qu'une coulée de plomb lui emplissait soudain le cœur. D'un coup d'œil, il embrassa l'atelier, les casses, les formes, la presse, les réserves de papier, d'encre, les épreuves du livre en cours...

— Combien demandent-ils?

— Ils ne demandent pas beaucoup, Abbakhou, ils sont raisonnables...

Abbakhou eut honte d'avoir posé la question. Il laissa Eleazaro et se rendit chez Rabbi Eskenazi, mais son ami n'était pas là. Abbakhou se demandait, regardant le visage des gens qu'il croisait, si celui-ci payait, si celui-là aussi payait... Le monde était peut-être fait de gens qui achetaient ainsi leur petite sécurité... Ses pas le conduisirent chez le beau-père de sa fille, Rabbi Joseph ben Lev, un vieil érudit fantasque et coléreux avec qui il n'entretenait que peu de relations.

Rabbi Joseph, qui paraissait perdu dans le *feredge* coloré qu'il portait sur un dolman de satin noir, écouta Abbakhou, puis se dressa de toute sa petite taille et pointa l'index vers le ciel :

— Lève-toi, Juge de la terre! déclama-t-il. Rends les superbes selon leurs œuvres! Jusqu'à quand les méchants, ô Éternel, jusqu'à quand les méchants triompheront-ils?

Il s'interrompit soudain pour écouter l'appel du muezzin, comme si cela le concernait, puis :

— Viens avec moi.

Le vieux rabbin alla saisir le tribunal rabbinique du cas Baroukh. Le tribunal, lui dit-on, se réunirait le lendemain. Abbakhou s'était engagé à témoigner.

Quand il rentra à l'imprimerie, Eleazaro paraissait détendu mais n'osait pas regarder droit. Abbakhou comprit qu'il était allé payer, mais il ne dit rien.

Le lendemain, Abbakhou et Rabbi Joseph se rendirent ensemble au tribunal rabbinique. Devant la porte, un homme imposant leur barra le chemin : c'était Rabbi Salomon ibn Hasson, qu'on disait depuis longtemps acheté par Baroukh :

— Le mieux pour la communauté, dit-il à Joseph ben Lev, serait que vous retiriez votre plainte. Les gentils vont encore rire et médire de nous.

Le vieux Joseph ben Lev devint rouge de fureur. Il leva l'index et se redressa pour arriver à la hauteur de Salomon ibn Hasson :

— Jusqu'à quand les méchants, ô Éternel, jusqu'à quand les méchants triompheront-ils ?

Puis il le repoussa et entra, Abbakhou sur ses talons. Devant les rabbins assemblés, il demanda que l'affaire Baroukh fût examinée dans le calme, en toute indépendance, sans souci de représailles, et jugée selon la Loi et l'équité. Personnellement il se prononçait pour le herem, l'excommunication.

Le tribunal délibéra plusieurs jours durant. Les arguments des uns et des autres étaient repris dans toutes les familles. Des jeunes gens, dont Abraham, le dernier fils d'Abbakhou, exigeaient d'opposer la violence à la violence et de tuer ce Baroukh. Abbakhou se fâcha :

— N'est-il pas écrit « Tu ne tueras pas » ?

— Mais, père, n'est-il pas écrit aussi « Tu respecteras le bien d'autrui » ?

Abraham et ses amis, en tout cas, montaient la garde devant l'imprimerie et le domicile de Joseph ben Lev : ils étaient sans illusions et, à la question crue qu'ils posaient : « Comment combattre le mal qui s'appelle Baroukh ? », ils n'obtenaient pas de réponse.

Le tribunal rabbinique se prononça enfin pour un blâme solennel à l'encontre de Baroukh, mais refusa de lancer contre lui le terrible herem : tout homme, déclara-t-il, doit pouvoir se repentir et rejoindre les chemins de Dieu.

Deux jours plus tard, le corps de David ben Joseph, fils du

rabbin Joseph ben Lev et gendre d'Abbakhou, fut trouvé à l'aube sur la route de Livadia. Il était sorti de chez lui la veille au soir pour se rendre à la synagogue, et on ne l'avait plus revu. Il avait le crâne fracassé !

La police du cadi penchait pour l'acte isolé de quelque brigand grec, mais nul n'était dupe, et la stupeur s'abattit sur les quartiers juifs. Les gens bavardaient à voix basse. Nul ne prononça le nom de Baroukh.

Abbakhou s'enferma chez lui. Il aurait aimé prier mais les mots le fuyaient. Il ouvrit le coffre où se trouvaient le Rouleau et le Livre d'Abraham et, son châle de prière sur la tête, les larmes aux yeux, se plongea dans l'histoire des siens. Il relut le testament de son lointain aïeul, demandant que l'Éternel – béni soit-Il ! – accorde à Ses fils un cœur intelligent pour qu'ils puissent discerner le bien du mal. Avait-il eu tort, lui, Abbakhou, de ne pas accepter la loi de Baroukh ? Et s'il avait eu raison, pourquoi ce pauvre David devait-il le payer de sa vie ? « Vois, était-il écrit dans le Deutéronome, je mets devant toi aujourd'hui la vie et le bien, la mort et le mal... »

Au fil des noms, il voyait se dessiner une certitude. Tel ou tel de ses aïeux avait bien pu mourir décapité à Carthage ou brûlé à Blois, c'était toujours pour défendre quelque chose de plus haut et de plus grand que la tranquillité des jours. Et qui sait si, sans ces martyrs, la famille eût survécu ? Qui sait même si, sans des gens comme eux, l'humanité ne fût pas déjà retournée à la sauvagerie de Caïn ?

La tristesse l'accablait, car il ne se sentait pas l'étoffe d'un *guibor Israël*, d'un héros, mais il savait maintenant qu'il avait eu raison. Il savait aussi qu'il fallait continuer.

Sa femme Ruth était allée ramener leur fille Sarah, qui était sur le point d'accoucher et que la mort de son mari laissait prostrée, sans un geste, sans un mot. Abbakhou, qui se sentait malgré tout terriblement coupable, décida d'entamer un jeûne de pénitence. Puis il se rendit chez Rabbi Joseph ben Lev, pour faire la shiva avec lui.

Sarah accoucha dans la douleur, et elle donna le nom de David à son fils. La vie reprit dans Salonique, comme si tout était désormais réglé, clair, tranquille. Abbakhou s'étonnait qu'il y eût chez la plupart des hommes cette puissance d'oubli, à moins que ce ne fût simplement de la lâcheté. Et Rabbi Joseph, qu'il allait voir fréquemment et qu'il acccompagnait à la synagogue ou au cimetière, s'arrêtait parfois, considérait la foule et citait les Psaumes : « Prenez garde, hommes stupides ! »

Un jour qu'ils passaient devant la boutique de l'apothicaire Abraham Catalano, Baroukh en sortait justement avec quelques-uns de ses hommes de main. Il aperçut Joseph ben Lev :

– Quelle rencontre, dit-il.

Abbakhou fut une fois de plus confondu : cet homme-là était réellement un homme ordinaire, que rien ne distinguait des autres. Joseph ben Lev, furieux comme un coq de combat, voulut s'approcher de Baroukh pour lui jeter quelque malédiction en plein visage, mais un homme qui se tenait derrière lui fit un croche-pied et le vieillard roula sur la chaussée. Des rires éclatèrent.

Abbakhou se jeta à genoux auprès de Rabbi Joseph, qui était sans connaissance. Il regarda Baroukh parmi ses acolytes et dit des mots qui venaient d'il ne savait quelle partie de lui-même :

– Si la justice des hommes ne te châtie pas, Baroukh, alors que celle de Dieu fasse son œuvre!

– Amen! dit une voix dans la foule qui s'était amassée.

La peste survint un mois plus tard, en pleine célébration de Pâque. Elle frappa tous les quartiers à la fois, riches ou pauvres : Francomahalla, Eski Serai, Achmet Soubachi, Aktché-Medjet-Djami. Le premier jour, on compta parmi les Juifs, trois cent quatorze victimes, et les kabbalistes ne manquèrent pas de proclamer que ce 314 était la valeur numérique de l'un des noms de Dieu : *Chadday*. Plusieurs familles quittèrent la ville pour les villages d'alentour, Hortiah ou Livadia, mais la peste les rattrapa avant même qu'elles atteignent la montagne. On enterrait les morts dans des fosses communes, sans cérémonies ni prières. On manquait de chaux.

Comme si cela ne suffisait pas, au début de l'été, l'apothicaire Abraham Catalano, trébuchant avec une lampe à la main, mit le feu à sa boutique, devant laquelle était tombé Rabbi Joseph ben Lev. L'incendie se répandit à une vitesse terrifiante. Tous les survivants de la peste étaient dans les rues, se passant des seaux d'eau dérisoires. En six heures, près de cinq mille maisons et dix-huit synagogues disparurent dans les flammes.

Il ne faisait maintenant plus de doute pour personne que la terrible justice de Dieu était passée sur Salonique – tout puissant qu'il avait été, Baroukh gisait parmi d'autres dans une fosse commune.

Le rabbin Benjamin Halevi Eskenazi, dont la bibliothèque

avait brûlé, composa une élégie qui fut insérée dans le rituel que les Ashkenazim récitaient sur un ton de complainte le jour anniversaire de la destruction du Temple : « Ceux qui sont tombés étaient altiers comme des cyprès. Et nous, survivants, tristes épaves, sommes désormais condamnés à la ruine, sans guide, sans chef et sans prêtre. Nos demeures et nos richesses ont péri et nous errons sans gîte et sans fortune, sans vêtements et sans nourriture... »

Abbakhou n'eut pas l'occasion de réciter l'élégie de Rabbi Eskenazi. Il enterra Eleazaro et les siens, morts sous les décombres de leur maison en flammes et s'embarqua avec sa femme, ses enfants et le rabbin Joseph ben Lev, son beau-père, pour Constantinople.

XXXII

Constantinople
DOÑA GRACIA MENDES

Abbakhou l'imprimeur ne trouva jamais sa place à Constantinople. Il restait hanté par la peste qui avait châtié la ville de Salonique et par l'incendie qui l'avait purifiée. Avait-il été, lui, Abbakhou fils de Meshulam, la voix qui avait provoqué la malédiction de l'Éternel? Aurait-il dû se taire? Laisser Baroukh et ses séides continuer de rançonner les braves gens? Il ne détenait pas les réponses aux questions qui rongeaient sa conscience. Parfois il s'apaisait à l'idée que certains sont choisis pour dire et faire certaines choses et qu'il convient alors de ne pas trahir ce choix. N'importe quel orgueilleux, n'importe quel fanatique, à sa place, se fût exalté, mais Abbakhou était un homme modeste à qui sans doute était arrivée une aventure trop forte.

En arrivant à Constantinople, son premier soin avait été de se rendre en compagnie de son fils Abraham sur la tombe de son père Meshulam au cimetière d'Egri Capou, par-delà la porte Kalligaria. C'était un très ancien champ de repos parsemé de blocs de pierre érodés par le temps, portant des inscriptions en hébreu dont beaucoup étaient indéchiffrables, comme le temps lui-même et comme l'histoire des Juifs.

Là, Abbakhou retira du coffret qu'il avait emporté le fragile parchemin familial et debout, près de son fils, son châle de prière sur les épaules, il lut d'une voix étouffée :

« Soit loué, Éternel, notre Dieu, Dieu de nos pères... »

Il pensa qu'il y avait beau temps qu'il n'avait pas lu le testament de l'ancêtre et le regretta.

« Notre mémoire est le séjour de Ta Loi, poursuivit-il d'une voix plus assurée. Par la lettre et le verbe, par la prière et le jeûne, nous maintiendrons et perpétuerons le respect et l'amour de Tes Commandements. Et, pour que nul ne soit oublié au jour du Pardon, j'inscris ainsi qu'une prière les noms de mes fils sur ce registre, dont je souhaite et désire qu'à ma mort il soit préservé, repris et prolongé par mes descendants, de génération en génération, jusqu'au jour de Ta réconciliation... »

Quand il eut cessé de lire, il sentit une larme glisser sur sa joue. Il ne l'essuya pas et la laissa s'accrocher à sa barbe.

Abraham regardait son père en silence. Il le vit replacer le Rouleau puis extraire du coffret un exemplaire du livre familial imprimé par Gabriel à Soncino. Abbakhou l'ouvrit avec précaution et le vieux cimetière s'emplit, nom après nom, du peuple de leurs ancêtres : et Gabriel engendra Abramo, et Abramo engendra Meshulam, et Meshulam engendra Abbakhou, et Abbakhou engendra Abraham...

Un vent léger venu de la mer faisait voleter les franges des châles et courbait les herbes sèches. Abraham, qui était né à Rimini et avait grandi à Salonique, se prit à penser qu'il était chez lui dans ce cimetière de Constantinople, parmi ces pierres et ces noms émergeant de l'histoire des hommes. Les Turcs avaient pris la ville aux Grecs, qui l'avaient prise aux Francs, qui l'avaient prise aux Grecs, tandis que des pierres s'ajoutaient aux pierres et des noms aux noms. Abbakhou dit alors, comme s'il partageait ses pensées :

— Que l'Éternel nous enseigne à bien compter nos jours, afin que nous appliquions notre cœur à la sagesse.

— Amen, répondit Abraham.

Finalement, Abbakhou n'avait pas accepté l'invitation du fils aîné de Gerson, Eleazaro, de le rejoindre à l'imprimerie. Il souhaitait étudier, prier et, surtout, consacrer le reste de ce que l'Éternel lui réservait de vie à transcrire, comme ses lointains ancêtres, avec la plume et l'encre, sur le parchemin, la parole du Créateur. Non qu'il fût devenu soudain un adversaire de l'imprimerie, Abbakhou, mais, les imprimeurs se chargeant de diffuser les connaissances et les commentaires des hommes, il considérait de son devoir de préserver ce que Dieu avait donné de sagesse à toute l'humanité. « La Tora éternelle, disait-il, ne peut être traitée comme n'importe laquelle de ces idées qui naissent, meurent ou changent au rythme des saisons, ou selon l'un ou l'autre versant d'une montagne. »

Abbakhou retournant donc à la fonction de scribe, c'est son fils Abraham qui prit sa place et s'installa au-dessus de l'atelier d'Eleazaro tandis que lui-même, sa femme, leur fille veuve et leur petit-fils Daniel logeaient en compagnie de Rabbi Joseph ben Lev dans des bâtiments mis à la disposition de ce dernier pour qu'il y fonde une nouvelle yeshiva; Abbakhou l'y aiderait, enseignant aux plus petits.

Mais cette mission même lui pesait. Et, tandis que Joseph ben Lev paraissait céder à une deuxième jeunesse, lui au contraire devenait plus renfermé, chaque jour le coupant un peu plus de ce monde dont l'incessant *rishroush*, comme un clapotis de vaguelettes, lui semblait vain. Il s'emmura peu à peu dans une sorte de solitude fervente, faite de prière et de silence. Il sut que Dieu ne l'avait pas abandonné quand Eleazaro, lui-même veuf, épousa sa fille la veuve de David. Ainsi la vie retombait sur ses pieds.

Mais il ne changea pas pour autant et c'est ainsi qu'il ne se rendit pas à l'invitation que lui avait faite, de même qu'à Joseph ben Lev, une haute dame de la ville, doña Gracia Mendes. Il demanda à son fils Abraham de s'y présenter à sa place.

Au contraire de son père, Abraham se sentait parfaitement à l'aise à Constantinople. La chambre qu'il occupait au-dessus de l'imprimerie était spacieuse, avec deux fenêtres donnant sur la Corne d'Or et, au-delà, sur l'arsenal et les chantiers navals, dont le vent parfois lui portait les odeurs de goudron. Le matin, au premier appel des muezzins, il se levait, disait la prière, mangeait et descendait, le cœur heureux, à son travail. Eleazaro, comme son frère cadet Giosué devenu rabbin, se détachait un peu des obligations quotidiennes pour se consacrer à l'étude et lui laissait de plus en plus la responsabilité de l'imprimerie. Cela lui convenait.

Il était alors âgé de vingt-cinq ans. De caractère heureux, il se montrait travailleur à l'atelier et insouciant au-dehors. Quand aucune réunion de famille ne le retenait, ni aucun rendez-vous galant, il aimait se promener dans cette ville formidable, allait à la découverte des choses et des hommes, faisait un tour chez Isaac Akrèche, un marchand de livres rares, parcourait Büyük-Tcharchi, le grand bazar, ou poussait jusqu'à Besiktash, d'où l'on embarquait pour la rive asiatique du Bosphore. La façon de vivre, entre Turcs, Grecs et Juifs, était à peu près celle qu'il avait connue à Salonique, et elle lui convenait.

Quelques années avaient ainsi passé depuis l'arrivée de la famille à Constantinople quand doña Gracia Mendes, ayant invité chez elle Rabbi Joseph ben Lev et Abbakhou, celui-ci demanda à son fils de s'y rendre à sa place. Abraham ne se fit pas prier.

Doña Gracia était une marrane, nouvelle venue à Constantinople. Espagnole, elle avait épousé un Portugais qui dirigeait un très important négoce de pierres précieuses et une maison bancaire dont le centre était à Anvers. A la mort de son mari, elle avait quitté Lisbonne pour s'établir à Anvers, d'où elle avait monté un réseau destiné à faciliter la fuite des marranes portugais et à contrecarrer l'activité de l'Inquisition. A la mort de son beau-frère Diogo, la fortune familiale avait été en partie confisquée, mais elle avait pu quitter clandestinement Anvers pour Venise, où sa sœur Reyna la dénonça comme judaïsante.

Elle s'installa alors à Ferrare, continuant à protéger la fuite des marranes du Portugal, et revint ouvertement au judaïsme. Elle était arrivée à Constantinople à l'invitation du grand seigneur lui-même, avec une suite de quarante cavaliers et de quarante chariots bourrés de dames espagnoles et de domestiques. Son maître de cérémonie n'était autre qu'un duc espagnol. Elle avait obtenu du sultan que les gens de sa suite ne portent pas les vêtements juifs réglementaires et s'était installée à Pera, le quartier élégant où vivaient la plupart des Francs* : elle louait un ducat par jour une demeure splendide où elle entretenait une véritable cour de seigneurs, de diplomates, de savants... et de pauvres : elle recevait chaque jour, disait-on, quatre-vingts indigents, qu'elle traitait comme des princes tandis que de glorieux visiteurs attendaient dans l'antichambre.

Joseph ben Lev, qu'elle avait déjà reçu à plusieurs reprises, disait d'elle simplement :

— C'est une *tzadika*, une juste.

Et il ajoutait :

— Bénie soit-elle entre les femmes!

Les rues de Galata, sur l'autre rive de la Corne d'Or, étaient plus larges que celles de Stamboul, on pouvait même y aller à cheval. Les constructions y étaient moins entassées, et on n'y voyait pas de piquets de *baltadgis*, ces gens de hache chargés, chaque fois que le feu prenait quelque part, d'abattre les maisons voisines, commençant, selon la vitesse du feu et celle du vent, à dix, vingt ou trente maisons de celle qui brûlait.

Le domaine de doña Gracia occupait le haut d'une colline d'où la vue s'étendait du Bosphore d'un côté au Séraï et à la mer de Marmara de l'autre. Derrière la lourde grille de fer, de lentes silhouettes s'occupaient à la toilette des jardins.

Doña Gracia se tenait debout, immobile comme une sculpture antique, sur le seuil de la pièce semi-circulaire où elle attendait Rabbi Joseph ben Lev et Abraham. Malgré la jeunesse de son

---

* Le terme de « Francs » est utilisé à l'époque pour désigner de manière générale les Occidentaux.

visage, elle était impressionnante de gravité sous son voile de perles rares. Elle fit un geste gracieux de la main pour les inviter à entrer :

— Que le tout-puissant Dieu d'Israël vous bénisse d'être venus aussi vite.

Son hébreu était chantant, sa voix mélodieuse. Elle regarda attentivement Abraham :

— Êtes-vous le fils de l'imprimeur Abbakhou? Vous travaillez avec Eleazaro de Soncino, n'est-ce pas?... Votre père vous envoie à sa place?...

Abraham, subjugué, ne répondait pas.

— J'admire beaucoup le courage que votre père et Rabbi Joseph ont manifesté à Salonique. Je sais combien il est difficile de s'opposer au mal.

Il fallait être près d'elle pour distinguer le réseau de rides très fines qui sillonnaient son visage. Elle se tourna légèrement vers Rabbi Joseph :

— Le rabbin connaît-il ce texte? demanda-t-elle en prenant une feuille sur une table et en la lui tendant. C'est la bulle *Cum nimis absurdum* que vient de publier le nouveau pape.

Rabbi Joseph commença à lire à haute voix : « Il est par trop absurde et inconvenant que les Juifs, condamnés par Dieu à un éternel esclavage à cause de leur péché, puissent, sous prétexte qu'ils sont traités avec amour par les chrétiens et autorisés à vivre au milieu d'eux, être ingrats au point de les insulter au lieu de les remercier, et assez audacieux pour s'ériger en maîtres là où ils doivent être des sujets. On nous a informé qu'à Rome et ailleurs ils poussent l'effronterie jusqu'à habiter parmi les chrétiens dans le voisinage des églises sans porter leur signe distinctif, qu'ils louent des maisons dans les rues élégantes et autour des places dans les villes, villages et localités où ils vivent, acquièrent et possèdent des biens-fonds, tiennent des servantes et des nourrices chrétiennes ainsi que d'autres domestiques salariés et commettent divers autres méfaits à leur honte et au mépris du nom chrétien... »

Rabbi Joseph, dont chaque mot paraissait gonfler la colère, s'interrompit soudain, brandit l'index vers le ciel et fulmina :

— Que périssent tous Tes ennemis, ô Éternel!

Puis une sorte d'abattement le saisit :

— Que pouvons-nous, señora, que pouvons-nous? Rien, sinon nous en remettre à Celui qui peut tout... N'est-il pas écrit : « Je me confie en Dieu, je ne crains rien? »

Un domestique apporta trois tasses de kahvé sur un plateau d'argent, et ils s'assirent autour d'une table basse. Le corsage de doña Gracia, dont le col montant était piqué de pierreries, laissait apparaître, à la naissance du cou, un triangle de peau très blanche qui fascinait Abraham.

— A la suite de cette bulle, expliqua-t-elle, des mesures très sévères ont été prises contre les Juifs dans toutes les villes sous domination pontificale : résidence forcée dans des ghettos ne comportant qu'une porte d'entrée et de sortie, port obligatoire du chapeau jaune, interdiction d'employer des domestiques chrétiens, emploi exclusif du latin ou de l'italien pour les livres de comptabilité...

Sa voix révélait non pas l'indignation, comme celle de Rabbi Joseph, mais l'émotion :

— A Ancône, le commissaire du pape a reçu les pleins pouvoirs pour poursuivre les marranes portugais revenus comme moi-même au Dieu d'Israël. Une centaine ont été arrêtés. Je les connais tous : c'est moi qui leur ai permis de quitter le Portugal et les ai dirigés vers Ancône, où les papes précédents, Paul III et Jules III, avaient garanti leur sauvegarde et leur liberté de culte... Et maintenant, voilà...

Doña Gracia dit encore qu'elle avait la veille même été reçue par le sultan, qui avait promis d'exiger la libération de tous les prisonniers sujets turcs ou dépendant d'une firme commerciale ottomane. Mais Abraham n'écoutait plus vraiment. Il voyait, dans le jardin, une très jeune femme en tunique prune aux manches courtes sur une robe longue serrée à la taille par une ample ceinture de tissu. Ses cheveux étaient tenus par une coiffe bleu-vert dont pendaient deux rubans de dentelle. Elle marchait lentement à côté d'un bambin, attentive et gracieuse, mais pensive comme si elle ne se savait pas observée. Abraham la regardait et se disait qu'il l'aimait. Il ne ressentait pas cette excitation qui le poussait d'ordinaire à conquérir les femmes. Un grand calme au contraire régnait en lui, comme une évidence : il ne l'oublierait jamais.

— J'attends de vous, Rabbi, disait doña Gracia, que vous organisiez des prières, que vous informiez tous les Juifs de Constantinople. Si la démarche du sultan échoue, nous devrons chercher à agir par nous-mêmes.

Elle se tourna vers Abraham, qu'elle surprit :

— Ne croyez-vous pas, Abraham ben Abbakhou ?

Abraham, dont l'esprit était dans le jardin et qui savait seulement qu'Ancône est un port, se jeta dans une sorte de fuite :

— Ancône est un port, dit-il. Cessons d'y envoyer nos bateaux et nos marchandises.

Doña Gracia fixa sur lui son regard sombre et fronça le sourcil :

— Expliquez-vous, jeune homme.

— Eh bien! Il me semble que, les Juifs d'Ancône étant emprisonnés, nous ne leur nuirons pas en cessant de commercer avec la ville.

Sa propre idée, soudain, lui apparaissait superbe :

— Mon père Abbakhou et Rabbi Joseph — que Dieu les garde! — nous ont montré à Salonique que l'Éternel vient au secours de ceux qui s'aident eux-mêmes et non de ceux qui attendent en gémissant et en pleurant.

Doña Gracia sourit brièvement :

— Vous avez cent fois raison, mais nous allons pourtant attendre de voir l'issue de la démarche du sultan...

En quittant la maison de doña Gracia, Abraham s'écarta brusquement de Rabbi Joseph et alla vers la jeune femme qu'il avait vue de la fenêtre. Elle le regardait, intriguée, s'approcher d'elle, et il lui semblait à lui que l'espace qui les séparait ne s'abolirait jamais.

— *Shalom!* lui dit-il enfin.

— Que le Créateur, Roi de l'univers, vous protège! répondit-elle d'une voix chaude et lisse comme sa peau brune.

— Qui êtes-vous?

— Je suis arrivée du Portugal voici quelques semaines, et doña Gracia a eu la bonté de m'héberger.

— Mais comment vous appelez-vous?

— Béatrice, dit-elle.

Abraham, comme s'il apprenait la meilleure nouvelle du monde, la salua et rejoignit Rabbi ben Lev, qui maugréait dans sa barbe filasse d'obscures malédictions.

L'après-midi, il envoya chez doña Gracia Mendes un des typographes de l'atelier, lui aussi originaire du Portugal, et le chargea d'enquêter discrètement. C'est ainsi qu'il apprit, le soir même, que sa Béatrice était une *hagouna*. Convertie au christianisme pour échapper aux persécutions, elle avait épousé un homme bien plus âgé qu'elle, lui aussi converti. Dès que l'occasion s'était présentée, grâce aux organisations de doña Gracia, de quitter le Portugal, elle n'avait pas hésité, bien que son mari fût résolu, lui, à demeurer chrétien. Elle avait gagné Ferrare en compagnie d'un groupe de marranes, puis avait rejoint Constantinople, où elle était publiquement revenue à la religion de ses ancêtres. L'enfant était-il le sien? Non, elle en avait seulement la garde.

Au sage Eleazaro qui s'occupait à l'imprimerie ce soir-là,

Abraham exposa le cas et demanda si Béatrice était libre de se remarier.

— Certainement pas, Abraham! Une femme ne peut avoir deux maris!

— Mais s'il cesse d'être juif?

Eleazaro cita le Talmud : « Une femme peut être répudiée qu'elle y consente ou non, mais un mari ne peut être répudié qu'avec son consentement. »

— L'Éternel a donné la Loi, aux hommes à s'en accommoder!

— La Loi a été donnée la même à tous les hommes, Abraham, et il n'appartient pas à un seul de...

Abraham consulta presque tous les rabbins de la ville, mais n'en compta pas un seul qui fût prêt à célébrer son mariage avec Béatrice :

— Amenez des témoins, lui répondit le rabbin Meshulam Halevi, nous certifiant que le mari est consentent ou qu'il est mort.

— Mais nous ne savons même pas où il vit, Rabbi!

— La Loi est la Loi.

Eliézer ben Nahmias, responsable du Conseil chargé de la rédaction des actes de divorce, lui répéta qu'on ne pouvait déclarer nul le mariage de Béatrice, bien qu'il fût conclu dans une religion imposée par la violence :

— Ainsi dit la Loi.

La Loi, la Loi... Abraham découvrit enfin un marchand grec de Galata, un certain Nicos Polyandrou, qui était sur le point de s'embarquer pour le Portugal, où il avait des intérêts. Il put le convaincre de rechercher le mari de Béatrice et de lui faire signer le papier du divorce préparé par Meshulam Halevi :

— Où habite-t-il? demanda le Grec. Comment s'appelle-t-il?

Abraham, qui n'avait jamais revu Béatrice, n'en savait rien. Il décida de retourner à Pera, mais s'arrêta, cette fois, à la grille, demandant à un jardinier qu'on appelle Béatrice. Elle vint bientôt, toujours accompagnée du petit enfant, telle qu'elle lui était apparue la première fois. Elle sourit en le reconnaissant.

— Béatrice, demanda-t-il, j'ai besoin de connaître le nom de votre premier mari.

— Premier? Mais je n'en ai eu qu'un.

Elle avait des yeux dorés — comment ne l'avait-il pas remarqué l'autre fois?

— Je serai le deuxième, répondit-il.

Et, soudain intimidé, il ajouta :
– Si vous le voulez bien.

Par l'intermédiaire de Rabbi Joseph, qu'il fréquentait régulièrement mais qui ne tenait pas à se mêler de ses affaires de mariage, Abraham suivait le déroulement de l'affaire d'Ancône. Le sultan avait effectivement exigé la libération des prisonniers juifs en rapport avec des compagnies turques. Les marchands non juifs d'Ancône dépêchèrent alors un émissaire au pape, Giulio de Bonibus, chargé d'exprimer leurs craintes si le commerce turc venait à leur manquer. Rien n'était encore gagné ni perdu quand une trentaine des cent prisonniers purent s'enfuir et gagner la ville voisine – et concurrente – de Pesaro.

Le pape nomma un nouveau commissaire, Cesare della Nave, un fanatique qui conduisit le procès des autres prisonniers selon les méthodes de l'Inquisition : sous la torture, certains marranes avouèrent ne s'être convertis que pour sauver leur vie. Vingt-quatre d'entre eux furent condamnés à être étranglés et brûlés.

On était au printemps quand la nouvelle parvint à Constantinople, jetant la consternation au sein de la communauté. Le gendre de doña Gracia Mendes, Joseph Nasi, courut chez le grand visir Rustam Pacha, qui convoqua le chef des marchands d'Ancône pour l'avertir que tous ces troubles causaient du tort aux affaires de son maître et qu'il exigeait la libération sans délai des ressortissants turcs et des agents de doña Gracia ; s'il n'obtenait pas satisfaction, il prendrait des mesures de représailles : pour commencer, il donnait l'ordre à tous les marchands d'Ancône séjournant sur le territoire turc de tenir leurs vaisseaux prêts à prendre la mer.

Les Florentins et les Français de Constantinople, craignant les répercussions de l'affaire sur le commerce international, se manifestèrent alors, et l'ambassadeur du roi de France dépêcha au pape son secrétaire, Pierre Cochard, porteur d'une lettre du sultan lui-même. Pierre Cochard partit immédiatement.

Abraham assista à son départ. Dès qu'il avait un peu de temps libre, il se précipitait sur le port, attendant le retour de son marchand grec parti au Portugal. Il s'impatientait, Abraham, et se rappelait l'air sur lequel Nicos Polyandrou lui avait dit :

– Je ne serai certainement pas absent plus de six mois... Un an peut-être... Mais il faudrait que les affaires me retiennent pour que je tarde davantage...

Quelle précision! A l'imprimerie, où Eleazaro n'apparaissait pratiquement plus, il était pour le moment occupé à composer *Amadis des Gaules*, un recueil d'histoires et d'aventures amoureuses, dans la traduction du rabbin Jacob fils de Moïse al-Gavé. A défaut de voir Béatrice, il ajoutait parfois au texte du rabbin ce qu'il aurait voulu dire à celle qu'il considérait comme sa fiancée, lui déclarait ainsi un amour éperdu entre deux paragraphes d'origine — et, à la vérité, jugeait ce qu'il écrivait bien supérieur au texte de l'auteur.

Nicos Polyandrou le surprit à l'imprimerie, un des rares jours où il n'était pas allé sur le port. Le Grec avait une figure de catastrophe : il n'avait pu faire signer l'acceptation du divorce par le mari de Béatrice. Mais, et il changea de visage, il avait trouvé deux témoins qui voulaient bien attester sa mort. A nouveau il parut sur le point de pleurer. Puis il éclata de rire quand il vit Abraham faire un bond en l'air et se mettre à courir comme un enfant autour de l'atelier :

— Il est mort! exultait-il. Il est mort.

Il s'empara du papier, rédigé en portugais, jeta au Grec la bourse promise et dévala les trois marches qui menaient à la rue. Il courut chez le grand rabbin Menahem Bahar Samuel, un homme de haute taille et fort, solennel, à l'importante barbe carrée, qu'il dérangea dans une méditation. Il brandit son attestation. Le grand rabbin la lut, retourna le papier, comme s'il y cherchait une suite. Puis il regarda Abraham d'un air de commisération :

— Où est l'attestation certifiant que le défunt n'avait pas de frère?

Abraham faillit tomber à la renverse. La Loi, il est vrai, faisait obligation à la veuve de donner la priorité au frère de son époux défunt si elle désirait se remarier, mais, dans les circonstances présentes, cela tournait à l'absurde. Il se récria, gémit, s'emporta. En vain, « La Loi est la Loi » : il n'obtint pas d'autre réponse du grand rabbin, ni d'ailleurs des autres rabbins de la ville, qu'ils soient portugais, italiens, hongrois ou allemands d'origine : « La Loi est la Loi. » A les entendre, s'ils acceptaient de marier Abraham et Béatrice, l'Éternel répandrait sur la terre des ténèbres de cendre et de sang, et le monde, sans le soutien de la Loi, s'écroulerait sur lui-même.

C'est alors qu'on apprit que la moitié environ des prisonniers d'Ancône avaient été exécutés.

Pierre Cochard était arrivé trop tard à Rome, avec la lettre du sultan et celle de l'ambassadeur à Constantinople du roi de France. Elles eurent pourtant un certain effet : le pape répondit au sultan que tous les sujets turcs encore prisonniers à Ancône seraient libérés et que les biens de doña Gracia seraient placés hors saisie. Mais il se montra intraitable pour les marranes condamnés, y compris l'agent de doña Gracia à Ancône, Jacob Mosso, qui demeuraient prisonniers. Insensible à toutes les démarches, il laissa le bourreau faire son œuvre : le 6 juin 1556, huit marranes condamnés pour apostasie furent brûlés, et les trois derniers, dont Jacob Mosso, montèrent sur le bûcher une semaine plus tard.

Doña Gracia Mendes convoqua chez elle, à Pera, tous les rabbins de Constantinople et les Juifs importants de la ville. La Señora, comme on l'appelait, ou encore, en hébreu, *ha Guevereth*, était en sévère tenue de deuil. Elle se tenait debout sur une légère estrade, face à tous ces hommes assemblés :

— Mes maîtres et mes amis, commença-t-elle sourdement, écoutez la voix des Juifs d'Ancône : « Qui donc s'élèvera pour moi contre les méchants? » dit-elle et dit-elle encore... Vingt-quatre des nôtres ont péri – que le Tout-Puissant leur accorde le repos de l'éternité! A qui maintenant s'en prendra l'homme de Rome? Jusqu'à quand attendrons-nous sans broncher? Les Juifs doivent-ils redouter un pape?

Le silence était absolu. Le grand rabbin Menahem Bahar Samuel essuyait ses mains moites dans un carré de tissu qu'il remettait, à la façon des Turcs, derrière sa chemise, à même la peau. Le poète Salomon ben Mazaltov cachait son visage dans ses mains. Rabbi Joseph ben Lev respirait à petits coups précipités, et on ne pouvait deviner s'il allait fondre en larmes ou éclater de colère.

— Nous avons fait parvenir au chef des chrétiens, poursuivit doña Gracia, des lettres, des pétitions, des suppliques, et le sultan lui-même – Dieu le bénisse! nous a soutenus. Ni les prières ni les menaces n'ont eu d'effet. Les bûchers d'Ancône ont été la seule réponse de cet homme – qu'il soit maudit entre les maudits!

Elle ne parlait pas très fort, la Señora, mais sa force intérieure, sa conviction étaient telles qu'on ne perdait pas un mot de ce qu'elle disait. Abraham, qui était venu avec Joseph ben Lev et qui se tenait modestement au fond, éprouvait toujours la même fascination pour cette femme, qui savait à la fois séduire et commander et qu'il voyait, là-bas, droite et mince comme une flamme irréductible.

— L'un de ceux, disait-elle, qui ont pu s'échapper d'Ancône et se réfugier à Pesaro est arrivé hier à Constantinople. Je vous prie d'écouter son témoignage. Son nom est Judah Faraj.

Un petit homme rond et lent – si lent qu'on se demandait comment il avait pu s'évader – rejoignit la Señora sur l'estrade et raconta ce qu'avaient vécu les marranes d'Ancône depuis l'élection du nouveau pape. Il parlait simplement, cherchait ses mots, et ce qu'il racontait en paraissait encore plus terrible. Tant de cruauté, tant d'iniquité! Quand Judah Faraj eut terminé, rares dans l'assistance étaient ceux dont les yeux restaient secs.

– Mes maîtres, mes amis, dit alors doña Gracia... Vous avez entendu ce que j'ai entendu. Nous contenterons-nous de pleurer? Nous devons agir. Nous n'avons pas d'armée pour attaquer Ancône, mais nous pouvons la ruiner. Un port sans bateaux est promis au désert, un vaisseau vide n'est qu'une épave flottante... En voulant s'enrichir grâce à nous, les nations nous ont du même coup donné une arme contre elles. Sachons nous en servir. Je propose qu'à partir d'aujourd'hui nul bateau juif n'entre dans le port d'Ancône, que nul marchand juif ne s'arrête à Ancône, qu'aucune affaire ne soit traitée entre un Juif et un marchand d'Ancône! Nous mettrons en quarantaine la ville d'Ancône, comme pour la peste.

Après un moment de stupeur, un brouhaha agita l'assemblée. Exclamations d'étonnement, d'approbation. La crainte et l'exaltation se mêlaient. Le grand rabbin Menahem Bahar Samuel tirait son mouchoir.

Doña Gracia Mendes étendit les mains et le silence revint peu à peu. En réponse à des questions, elle proposa que la quarantaine dure en fait huit mois, jusqu'à la Pâque prochaine, et qu'à ce moment-là se tienne une nouvelle réunion pour décider de la suite; elle suggéra encore que tout le commerce normalement prévu avec Ancône soit détourné vers Pesaro, dont le duc, affirmait Judah Faraj, se montrait accueillant à l'égard des Juifs en général et des marranes en particulier; quant à ceux qui n'observeraient pas la consigne, ils seraient mis à l'amende, et, en cas de récidive, pourraient se voir frappés du herem, c'est-à-dire excommuniés.

Ainsi fut décidée la mise en quarantaine d'Ancône par les Juifs de Constantinople, de Salonique, d'Andrinople et de Brusa, en Asie Mineure. Tous les rabbins de l'Empire turc reçurent une lettre de la Señora les invitant à veiller qu'aucun marchand ne transgresse la règle. Abraham se chargea d'imprimer l'appel à la quarantaine, qui fut diffusé dans toutes les communautés.

Ce fut pour lui l'occasion de retourner plusieurs fois à Pera, et de voir Béatrice. La jeune femme avait lu sans douleur excessive le témoignage rapporté du Portugal et annonçant la mort de son mari : elle connaissait l'un des témoins, elle le savait prêt à tout pour un peu d'argent, même à signer n'importe quoi. De toute façon, son mari n'avait pas de frère, mais elle était dans l'impossibilité de le prouver.

Doña Gracia avait appris l'idylle d'Abraham et de Béatrice. Elle s'en ouvrit à l'imprimeur un jour que celui-ci lui apportait une épreuve pour correction :

— Comment comptez-vous obtenir le témoignage qui vous manque pour épouser Béatrice? demanda-t-elle.

Abraham avoua qu'il était découragé, et qu'il ne comprenait pas l'aveuglement des rabbins :

— Même Rabbi Joseph, dit-il, qui est un ami de mon père et pour moi comme un oncle, me répète qu'il ne peut transgresser la Loi!

— Si un rabbin transgresse la Loi, alors qui la respectera? demanda doña Gracia.

Elle eut un geste léger de sa main baguée :

— Cela, c'est ce qu'ils répondent. Mais il est parfois possible de composer avec la Loi. Nous autres, marranes, balancés d'une communauté à l'autre, traînant d'exil en exil, avons appris à le faire, car c'était souvent pour nous une question de vie et de mort... Ainsi, les règlements sur les droits et devoirs des marranes ne sont pas les mêmes partout. Songez qu'à Salonique, par exemple, les mariages entre marranes sont considérés comme nuls!

Une étincelle de gaieté s'alluma dans son regard sombre quand elle vit qu'Abraham avait compris.

Les premiers effets de la quarantaine se firent sentir à Ancône au milieu de l'été. Des voyageurs arrivant d'Italie faisaient état de nombreuses faillites, racontaient que des piles de vêtements destinés à la Turquie s'amoncelaient sur les quais ou dans les fabriques, tandis que des produits d'origine turque, comme les peaux et les minerais, atteignaient des prix inimaginables.

La situation était telle que le Conseil de la ville d'Ancône envoya une lettre au pape pour implorer son aide. Les marranes de Pesaro, eux, écrivirent à doña Gracia Mendes, lui demandant d'exprimer leur gratitude aux Juifs de l'Empire ottoman; ils avaient su, disaient-ils, « briser les bras des pervers qui vivaient dans la cité du sang ».

Durant ce répit, Rabbi Joseph ben Lev accepta le rapide voyage à Salonique que lui proposait Abraham. Ils embarquèrent à trois : Abraham et Béatrice pour s'épouser, Rabbi Joseph pour les marier. Le vieil homme ne s'était pas fait prier. Salonique, après tout, était sa ville natale, et il était curieux de voir ce qu'elle était devenue.

Même cohue, même vacarme, que Rabbi Joseph retrouva avec attendrissement. Les quartiers détruits dix ans plus tôt avaient été reconstruits et c'est dans une synagogue neuve, parmi les lointains cousins à lui, qu'il célébra le mariage de Béatrice et d'Abraham fils d'Abbakhou. Mais quelques jours lui suffirent. Sa vie maintenant était à Constantinople, ses élèves lui manquaient et il voulait suivre de près le dénouement de la quarantaine.

Après Roch Hachana, la belle unanimité des Juifs commença à s'effriter. Les Juifs d'Ancône non marranes, et qui se voyaient donc autorisés à exercer leur commerce, étaient au bord de la ruine, et leur rabbin, Mosé Bassaola, écrivit à tous les rabbins de Turquie pour leur demander de faire cesser la quarantaine. Les commerçants de Brusa, eux, arguaient qu'on avait sous-estimé l'importance des intérêts matériels en jeu, et que le port de Pesaro n'était pas équipé pour recevoir leurs grands vaisseaux. Il fallut constater de premières entorses à la quarantaine, notamment d'un marchand de Salonique, Solomon Bonsenior.

Les Juifs de Pesaro s'inquiétèrent, et écrivirent à doña Gracia : ils n'étaient tolérés par le duc, expliquaient-ils, qu'en raison du développement de la ville qu'ils lui avaient promis – le duc avait engagé d'importants travaux pour agrandir le port et permis certains arrangements facilitant le crédit. Si la quarantaine d'Ancône n'était plus effective, ajoutaient-ils, ils devraient craindre pour leur propre sécurité.

Doña Gracia Mendes, toujours favorable à la quarantaine et à son renouvellement, pouvait compter sur les communautés espagnole et portugaise, tandis que l'italienne, l'allemande et la grecque se montraient plutôt favorables aux Juifs d'Ancône et à la reprise du commerce. Elle demanda à Judah Faraj de rédiger un manifeste, s'entretint avec les principaux rabbins de Constantinople, à qui elle expliquait sans relâche que la solidarité juive perdrait tout crédit si elle ne se montrait totale et concrète. Elle chargea Rabbi Joseph ben Lev de recueillir, au bas du manifeste de Judah Faraj, les signatures des principaux notables et marchands juifs.

Rabbi Joseph partit en guerre. Chaque nouvelle signature était pour lui une victoire sur les forces mauvaises : il arracha même celle du rabbin de la communauté grecque, Abraham Jerushalmi, sur son lit de mort. Le grand rabbin Menahem Bahar Samuel évitait de prendre parti. Le principal adversaire de doña Gracia Mendes se révéla être le rabbin de la synagogue majeure, Giosué, le dernier fils de Gerson l'imprimeur, et qu'on appelait Soncino. Non seulement il ne voulait pas signer, mais il fit imprimer par son frère Eleazaro un texte où il démontrait ses raisons : la quarantaine, expliquait-il, n'était pas conforme à la Loi juive, car un homme ne doit pas se protéger aux dépens d'un autre, et on ne devait pas soutenir les marranes de Pesaro au détriment des Juifs d'Ancône ; et si les marranes de Pesaro s'estimaient en danger, ils pouvaient venir s'installer dans l'Empire ottoman, pays de tolérance, au lieu de continuer à vivre sous la loi chrétienne.

A Pâque, partisans et adversaires de la quarantaine se retrouvèrent à Pera, chez doña Mendes. Celle-ci avait battu le rappel de tous ceux qui lui vouaient de l'amitié ou qui lui devaient quelque chose. Toutefois, trop engagée elle-même elle dut laisser au grand rabbin Menahem Bahar Samuel le soin de mener la discussion, ce qui permit à celui-ci de ne pas prendre position.

Le débat se prolongea le jour durant sans apporter une idée neuve : les arguments étaient connus, et les positions établies.

— Je prie tous les jours que l'Éternel, Dieu d'Israël, Dieu de la vengeance, punisse les coupables, disait ainsi Rabbi Giosué de Soncino. Mon cœur, comme celui de doña Gracia, saigne au récit des souffrances infligées à nos frères, et je n'oublie pas les flammes allumées sous leurs corps meurtris. Mais il arrive qu'en soufflant sur le feu pour l'éteindre, on propage l'incendie... Attaquer le chef de la chrétienté, c'est prendre le risque de soulever la violence contre les Juifs dans tous les pays chrétiens.

Rabbi Joseph bondit sur ses pieds :

— Honte! cria-t-il. Honte! Que veut sauvegarder Giosué de Soncino? Nos maigres privilèges?... Esclave! Esclaves ceux qui pensent ainsi, comme nos aïeux en Égypte! Vous n'êtes pas encore libérés et vous pleurez déjà vos chaînes perdues, p-p-perdues.

Il bredouillait d'énervement. Judah Faraj défendit avec émotion le principe de la solidarité avec les martyrs d'Ancône. Rabbi Giosué le reprit aussitôt :

— Ne comprenez-vous pas que le duc de Pesaro dit par votre bouche ce qu'il n'ose pas dire lui-même? La ruine d'Ancône ferait sa fortune.

Judah Faraj, toujours avec ses mots et ses gestes lents cita alors le Talmud : « Maître du monde, c'est avec toute la satisfaction de mon âme et toute la joie de mon cœur que j'accepterai ces souffrances à condition que personne en Israël ne périsse. »

— Moi aussi ! s'exclama Rabbi Giosué, moi aussi j'accepterais toutes les souffrances si j'étais sûr que notre action ne fasse périr personne en Israël. Mais je crains que la poursuite de notre guerre ne coûte à Israël bien plus de vies humaines que n'en ont coûté les bûchers d'Ancône.

Des exclamations se firent entendre dans l'assistance.

— Rabbénou ! Mes maîtres !

Doña Gracia éleva la voix :

— Je suis déçue, dit-elle. Rabbi Joseph ben Lev a bien dit : vous êtes dans les chaînes et, au lieu de saisir la chance de vous libérer, vous vous interrogez, accroupis sur vos seuils : « Qui nous donnera de la viande à manger ? » Rappelez-vous Baroukh, le brigand qui rançonnait les pauvres gens de Salonique. Il a suffi que deux hommes se lèvent contre lui pour qu'il tombe.

Abraham sentit son cœur se gonfler dans sa poitrine. La Señora, pour lui, avait mille fois raison, et il avait honte de l'attitude pusillanime de ces rabbins que la prospérité de leurs communautés inquiétait davantage que la justice.

— Je suis déçue, reprenait doña Gracia, mais je poursuivrai la lutte. Seule, s'il le faut, avec l'aide de Celui qui est.

La quarantaine ne fut donc pas confirmée, et le port d'Ancône retrouva peu à peu son activité. Ne lui manquèrent bientôt plus que les vaisseaux et les agents de la Señora, doña Gracia Mendes.

Rabbi Joseph se tassa soudain sur lui-même, et accepta son grand âge. Abraham reprit à l'imprimerie son travail ordinaire. Béatrice et lui vivaient au-dessus de l'atelier, et ils auraient été les époux les plus heureux du monde si des langues malintentionnées — sans doute des ennemis de doña Gracia — n'avaient dénoncé le caractère frauduleux du mariage célébré à Salonique par Rabbi Joseph. Au bazar, aux fontaines, Béatrice saisissait des allusions, des mots cachés et insultants. Un jour, elle revint, le visage défait :

— Abraham, dit-elle, je ne veux plus rester dans cette ville, je ne veux plus, je ne veux plus !

— Par l'Éternel, calme-toi, mon épouse.

— Elles disent que je commets l'adultère tous les jours...

— Ne fais pas attention, ma fleur de grenadier... Des commérages... Ici, tout passe vite. Dans quelques jours, tout sera oublié...

Béatrice retenait ses sanglots :

— Tu te trompes, mon époux. Tu ne sais pas ce qu'est la haine. Tu ne t'es jamais caché devant personne comme nous, les marranes. Tu n'as jamais été désigné du doigt. Moi, je sais que la haine ne s'efface pas. Elle s'incruste dans le cœur, elle y creuse ses sillons...

Abraham comprit. Fallait-il donc fuir aussi les Juifs? Il prit sa femme dans ses bras :

— Nous partirons, ma douceur du shabbat, nous partirons si tu le veux.

— Quand?

— Où veux-tu aller?

— Loin.

Ils partirent une semaine plus tard. Le temps de régler avec Eleazaro les comptes de l'imprimerie, d'écrire une longue lettre à doña Gracia, alors absente de Constantinople, de passer un shabbat en famille et d'aller saluer Abbakhou dans la retraite dont il ne sortait plus. Abraham regarda son père avec émotion. Ce vieil homme maigre, à la peau presque transparente, avait su, lui, refuser la tentation de la lâcheté.

Ils dirent ensemble la prière, s'embrassèrent, puis le père alla à petits pas traînants vers le coffret contenant le Rouleau et le Livre d'Abraham et les posa sur la table. Abraham déroula le parchemin. Il était ému : il ne l'avait jamais fait auparavant. Au bas du Rouleau, surpris, il reconnut l'écriture de son père. Il se pencha et lut :

« En ce neuvième jour du mois d'Av, mille quatre cent quatre-vingt-six ans après la chute de Jérusalem, mille quatre cent quatre-vingt-cinq ans après que le premier Abraham de ma lignée eut entrepris d'inscrire son nom et ceux de ses fils Elie et Gamliel sur ce parchemin, après mille quatre cent quatre-vingt-six ans d'exil, d'amour et de prières, les pierres du Temple demeurent plus que jamais disjointes. Jusqu'à quand, Seigneur, jusqu'à quand?

« Avons-nous donc tant péché que nous n'ayons encore à ce jour reçu aucun signe de Ta réconciliation? Aurais-Tu, à notre insu, choisi de préférence au Temple visible de pierre et de bois un Temple invisible dont les contours ne cessent de se préciser à travers les mots de Ton livre? Et nous, les scribes, aurions-nous pris la place des prêtres comme gardiens de Ta maison? Mais jusqu'à quand, Seigneur, jusqu'à quand?

« Les prières s'ajoutent aux prières, les commentaires aux chants de gloire, des pages s'accumulent ainsi que des livres, les bibliothèques se remplissent de sagesse et Ta nouvelle maison devient plus belle et plus vaste que l'ancienne. Mais qu'elle est lourde, Seigneur, à porter d'un exil à l'autre et dure à défendre contre Tes ennemis et le découragement de Ton peuple!

« Nous continuerons cependant à transcrire, selon Ta volonté, les signes de Ta Loi, et à approfondir leurs sillons parmi les nations, mais donne-nous un peu d'espoir, Seigneur, montre-nous Ta magnificence, que les fils de mes fils et les générations qui vont suivre ne soient jamais atteints par le désespoir! Saint, Saint, Saint, Tu es l'Éternel. Amen! »

— Je conserve l'un des deux derniers exemplaires du Livre, dit Abbakhou doucement, quand Abraham eut relevé la tête. Je demanderai qu'on l'enterre avec moi. Prends le reste.

— Mais, père...

— Moi, dit Abbakhou, c'est comme si je n'étais plus vraiment au monde... Et puis... si l'Éternel — béni soit-Il! — le veut, tu en auras besoin pour inscrire le nom de mes petits-enfants!

Quittant - fuyant – Constantinople, Abraham et Béatrice se rendirent en Italie, où Abraham était né. Il trouva à s'employer à Venise, dans l'imprimerie de Giovanni da Gara, située sur la Fondamenta Pescaria, au coin du Ghetto Vecchio. Ce Giovanni da Gara n'était pas juif, mais, les grandes imprimeries en hébreu ayant disparu, il aspirait à combler le vide et prendre leur place.

Abraham et Béatrice restèrent là quelques années, eurent deux fils, Isaac et Jérémie, puis, pour des raisons que j'ignore, partirent pour la Pologne. Peut-être leur réputation de couple illégitime les avait-elle rattrapés? Le monde juif est clos, parcouru en permanence d'ondes fiévreuses et de petites nouvelles, et l'engagement d'Abraham en faveur de doña Gracia Mendes avait pu lui valoir de solides et durables inimitiés.

Quant à doña Gracia, elle eut, deux ans après la fin de la quarantaine, l'amère satisfaction d'avoir vu juste : le duc de Pesaro bannit en effet les marranes de son territoire. Certains trouvèrent refuge en Italie même, d'autres en Turquie, d'autres encore errèrent toute leur existence, mais tous se virent interdire à vie l'entrée du port d'Ancône.

Pétitions, signatures, boycotts, appels en tout genre : comme cette histoire me semble proche, et comme je les connais, les bonnes raisons de ceux qui « ne signent pas »!

A propos de doña Gracia Mendes, il me revient que j'avais il y a quelques années parlé avec Pierre Mendès France de nos aïeux respectifs; les siens étaient eux-mêmes des marranes portugais établis à Bordeaux, et je lui avais suggéré que peut-être mes scribes strasbourgeois et ses commerçants bordelais s'étaient rencontrés. Il adorait parler de cette période de son histoire familiale ; son visage s'animait, ses doigts pâles dansaient devant lui :

— Mon cher Marek Halter, m'avait-il répondu, n'oubliez pas que les Sépharades, à l'époque, représentaient l'aristocratie du peuple juif, et j'imagine mal mes ancêtres entretenant des relations avec de modestes scribes alsaciens.

Ses yeux pétillaient de malice. Quand, à la suite d'Abbakhou et d'Abraham, j'arrivai à Constantinople, où doña Gracia Mendes venait justement de s'établir, j'écrivis à Pierre Mendès France que, si nos aïeux ne s'étaient pas rencontrés entre Bordeaux et Strasbourg, ils avaient pu le faire entre le Bosphore et la Corne d'Or. Sa réponse m'arriva quatre jours plus tard, datée du 6 avril 1981 :

« *Mon cher ami,*

« *Je suis très touché par votre lettre du 2 avril. Il est bien possible, en effet, que nos familles se soient rencontrées autrefois, un jour lointain. Mais, j'en suis désolé, je ne suis pas le descendant de doña Gracia Mendes, qui a joué, à un moment donné, un rôle très important. La quasi-ressemblance de nos noms est une pure coïncidence, et je le regrette un peu...* »

Sans doute amusé par mon acharnement, il me souhaitait d'avoir le « dernier mot ». Mais je crois bien qu'en vérité nos familles ne se sont effectivement rencontrées qu'une fois. C'était à Paris, au XXe siècle, en mai 1967 exactement, c'est-à-dire à la veille de la guerre israélo-arabe. Lui et moi, parmi bien d'autres, parlions de paix.

XXXIII

Lublin
UNE HISTOIRE D'AMOUR

LUBLIN était un bourg fortifié entouré de champs et de marécages. On était loin des palais sur le Bosphore, des mers violettes, et même des façades aux ocres patinés du Ghetto Vecchio. C'était un après-midi de printemps, il faisait presque nuit et il pleuvait. Abraham et Béatrice se regardèrent tristement. Ils avaient envie de pleurer.

C'est le rabbin Mordekhaï Joffé, de passage à Venise, qui avait suggéré à Abraham de se rendre en Pologne où, disait-il, il faisait bon vivre et où le roi Sigismond le Vieux dispensait les Juifs de porter un signe distinctif. Mordekhaï Joffé vivait à Lublin et, depuis la mort du fameux Salomon Luria – que le Saint, béni soit-Il! garde l'âme d'un juste! – y remplissait les fonctions de rabbin et de responsable de la yeshiva.

Il avait parlé à Abraham des foires de Lublin, pour lesquelles des dizaines de rabbins et leurs élèves venaient des villages de la Petite et de la Grande Pologne, parfois même de Lituanie, et s'en repartaient sans avoir pu trouver de livres, sinon ceux qu'il fallait faire venir de Cracovie ou de la lointaine Prague – et Abraham avait hésité. Puis il avait précisé que son fils Kalonymos voulait monter une imprimerie mais qu'il avait besoin d'un associé connaissant le métier – et Abraham avait cédé.

Et maintenant, après avoir traversé un faubourg gris, fait de petites maisons de bois penchées sur des talus boueux, Abraham et Béatrice attendaient devant une porte de la ville obstruée par des charrettes basses, des chevaux aux larges croupes et des hommes en tiretaines décolorées qui paraissaient indifférents à la pluie. C'était donc cela, la Pologne?

....

Pologne. De ce mot à peine écrit sourdent l'odeur et le goût de mon enfance. Quand j'y suis né, avant la guerre, un Polonais sur dix était un Juif (3 250 000 Juifs pour une population totale de 32 183 000). Certains villages, certaines régions étaient pratiquement juifs à cent pour cent, et il y avait près de mille ans que des Juifs vivaient là.

Varsovie, ma ville natale, comptait près d'un million d'habitants, dont 368 000 Juifs, avec leurs treize écoles primaires et des dizaines de yeshivot, leurs six compagnies théâtrales, deux compagnies de production cinématographique, six quotidiens et des dizaines de revues hebdomadaires et mensuelles, sans parler d'une quinzaine de maisons d'édition et d'autant de partis politiques. Et tout cela en yiddish, langue que mes ancêtres apprirent à Benfeld au XVe siècle et qui est ma langue maternelle.

Mais il y avait aussi deux quotidiens juifs en polonais, une dizaine de revues littéraires et politiques et une foule d'écrivains, penseurs et chercheurs qui, sortis des universités malgré le numerus clausus qui y régnait, enrichissaient par leur travail créatif le patrimoine culturel de la Pologne, leur patrie.

A Varsovie, les rues juives ressemblaient à toutes les rues juives des villes et villages d'Europe centrale. Les maisons sentaient le pain frais et le hareng salé. Sur les places, dans les jardins, les hommes commentaient à grands gestes l'événement du jour. Les femmes, des fichus colorés cachant leurs cheveux, lavaient le linge dans des cours où jouaient des enfants. Les cafés, les clubs, les bibliothèques étaient remplis d'une jeunesse enthousiaste et avide de connaissances et, à la sortie des yeshivot, les adolescents se poursuivaient en riant, leurs papil-

lotes dansant au rythme de leur course. Dans la rue marchande Nalewki, la bousculade était ponctuée d'appels de vendeurs de journaux et de cris de volailles. Je me rappelle ce vieux Juif bossu attendant depuis toujours un acheteur pour une paire de chaussures dépareillées et, un 1ᵉʳ mai, ces milliers, ces dizaines de milliers de Juifs barbus chantant dans la rue L'Internationale en yiddish. Il y avait là des bundistes, des communistes, des sionistes. Deux mille d'entre eux partirent combattre le fascisme en Espagne, comme d'autres s'étaient battus sur les barricades de Saint-Pétersbourg ou à Paris pendant la Révolution, ou encore lors de la révolution américaine.

Ces Juifs-là n'existent plus. Ils ont été anéantis, et leurs traces gommées de l'histoire de la Pologne par la république démocratique populaire. Ainsi, aux rares visiteurs qui se présentent aujourd'hui au camp d'Auschwitz, les guides, plutôt que de parler des Juifs, parlent des trois millions de Polonais tués par les nazis, comme si on voulait même priver ces Juifs de leur mort et de leur place dans nos mémoires.

Mes amis s'étonnent que, depuis mon arrivée en 1950 à Paris, je n'aie pas eu envie de retourner en Pologne. Ils ne comprennent pas que la Pologne, sans ce monde fébrile, vivant, chaleureux, auquel m'enracinent mes souvenirs, soit pour moi un paysage sans couleur, un corps aux membres desséchés, un être sans nom. Il m'est pénible d'y retourner, même en imagination, avec cet Abraham et cette Béatrice venus de Constantinople et tous ces imprimeurs qui, après eux et pendant des siècles, y ont vécu, travaillé et espéré.

Les bourgades incendiées au XVIIᵉ siècle, au XVIIIᵉ ou encore au XIXᵉ par des bandes antisémites, c'est toujours Varsovie en flammes que je revois : « J'allumerai une bougie pour chaque Juif de Varsovie », avait dit Hitler. Et, chaque fois que je me trouve à devoir décrire un pogrom ou un meurtre d'innocents, surgit devant mes yeux l'image de ce vieillard à barbe blanche que ma mère avait tenté, au début de l'Occupation, de sauver d'une rafle. Les hommes vert-de-gris firent irruption dans la maison et l'arrachèrent au placard où il se cachait, ils le traînèrent par les pieds sur les marches de marbre, où son cerveau laissait des traînées jaunâtres.

Voilà pourquoi j'ai tant de mal à entamer la période polonaise de mon histoire familiale. Mais, sans elle, ce récit ne serait pas ce qu'il doit être. Ni moi, sans doute, ce que je suis.

XXXIII *(suite)*

Lublin
UNE HISTOIRE D'AMOUR *(suite)*

Le chariot d'Abraham et Béatrice, dans lequel leurs deux enfants Isaac et Jérémie dormaient blottis l'un contre l'autre, put enfin passer la porte encombrée. De là, cahotant sur les pavés disjoints, ils contournèrent un marché désert par la rue Bramowa et descendirent la rue Grodzka, qui les mena à une autre porte encombrée, la porte aux Juifs. La foule y était différente, toute en bonnets et caftans noirs, pantalons bouffants sur des bottes courtes.

Devant le premier chariot, celui du rabbin Mordekhaï Joffé, la foule s'ouvrait :

— Laissez passer le rabbin ! Faites place au rabbin !

De l'autre côté de la porte aux Juifs, un pont enjambait un large fossé que les habitants de Lublin, expliqua le cocher – originaire de Radom –, tenaient pour une rivière et nommaient Bistryca.

La ville juive était entourée d'une haute clôture en bois. Les rues y étaient plus étroites et plus boueuses encore que celles de la ville chrétienne. Seule la voie principale était pavée. Les chevaux pataugeaient dans un cloaque immonde. Les maisons de bois se serraient les unes contre les autres comme pour éviter d'y glisser. Une colline chauve les protégeait, dominée par une lourde bâtisse et une tour carrée sur lesquelles paraissait posé le ciel bas.

Ils suivirent le bord d'un ruisseau : la rivière Czechowka, où des femmes lavaient du linge sous la pluie. Des rafales balançaient des enseignes hébraïques, des éclairs traversaient le ciel, des chiens invisibles aboyaient dans les cours, les seaux accrochés à l'arrière des chariots s'entrechoquaient bruyamment. Ici et là, de l'eau traversait la bâche du chariot. Enfin, on s'arrêta :

— Bienvenue! leur dit un homme long et maigre, avec une barbe en éventail et des yeux jaunes comme ceux d'un chat. Je suis Kalonymos, le fils de Rabbi Mordekhaï. Entrez. Vous êtes chez vous.

Abraham fut réveillé par un rayon de soleil pénétrant dans la chambre. Il se leva sans faire de bruit. Isaac et Jérémie étaient serrés contre leur mère. Abraham sortit sur le balcon au-dessus duquel avançait le toit de chaume. La terre fumait et dégageait une odeur d'écorce. Le vent qui séchait la boue faisait danser les enseignes et sifflait dans les planches. Haut dans le ciel passait un vol d'oies sauvages. Dans la rue, des enfants en caftans noirs se bousculaient en riant autour d'un porteur d'eau, dont les deux seaux faisaient ployer la perche posée sur son épaule. Du rez-de-chaussée, où se trouvait la cuisine, montaient une chanson gaie en yiddish et une odeur de galettes chaudes. Tout était nouveau pour Abraham, et pourtant il ne se sentait pas vraiment dépaysé.

La maison, qui appartenait à Kalonymos, se trouvait près de la yeshiva et possédait de vastes dépendances, dont l'une, près du poulailler, abritait l'« imprimerie », en réalité un atelier vétuste et sommaire qui s'organisait autour d'un poêle en carreaux d'émail bleu. Le typographe, Eliézer ben Itzhak, était un petit bonhomme rond comme un tonneau, bavard intarissable :

— C'est vous, l'imprimeur de Venise? *Baroukh haba!* Soyez le bienvenu! Savez-vous pourquoi les Juifs ont une prière à réciter avant le voyage mais n'en ont pas pour marquer leur arrivée? Non? Oui? Eh bien, parce que les Juifs sont toujours en train de partir, mais ils ne sont encore jamais arrivés nulle part!... Attendez, ce n'est pas fini... Connaissez-vous le verset de la Genèse : « Jacob alla son chemin. Des envoyés de Dieu le rencontrèrent. Jacob, en les voyant, dit : " C'est le camp de Dieu ", et il donna à cet endroit le nom de Mahanayim, c'est-à-dire Camp double. » Et savez-vous que ce verset fait partie de la prière qu'on dit avant d'entreprendre un voyage? Et savez-vous où se trouve Mahanayim, Camp double? Ici, à Lublin. N'avons-nous pas deux villes, l'une juive, l'autre chrétienne, deux camps de Dieu? Et savez-vous...

Kalonymos arriva alors au secours d'Abraham. Il était accompagné de ses deux fils, Tzvi-Hirsch et Haïm :

— Que pensez-vous de l'atelier? demanda-t-il. Nous venons nous mettre à vos ordres.

— Que Dieu vous bénisse! répondit Abraham.

Les dix années qui suivirent l'arrivée d'Abraham et de Béatrice à Lublin furent paisibles, donc heureuses, grâce à l'Éternel, béni soit-Il! Abraham et Kalonymos installèrent peu à peu un atelier digne de celui de Venise, où ils imprimaient en hébreu, mais aussi en yiddish, une véritable langue qu'Abraham dut bien apprendre; ses enfants le parlaient couramment, mais Béatrice la Portugaise ne put jamais s'y mettre vraiment.

Ils avaient pris les habitudes des Juifs de Lublin, adopté leurs vêtements, leurs chants et leurs plats; les histoires, ils ne les racontaient plus sur les seuils, mais autour des poêles; ils connaissaient le silence des nuits profondes sous la neige et la puissante envie de vivre qui s'empare des humains quand le dégel réveille la terre... Isaac – on disait maintenant Itzhak – et Jérémie, arrivés enfants, ressemblaient en tout point aux jeunes gens nés à Lublin.

Dix ans! Ils se donnèrent une petite fête anniversaire et Abraham fit bien rire tout le monde en rappelant qu'au soir de leur arrivée Béatrice et lui, trempés, déçus, avaient failli s'en retourner sans même descendre de chariot. On parla de Rabbi Mordekhaï, le père de Kalonymos, qu'une fièvre d'hiver avait emporté; on parla d'Abbakhou, le père d'Abraham, mort à Constantinople trois ans plus tôt; on parla d'Eleazaro le bavard, parti pour Safed, dans la lointaine Palestine... A la demande de Kalonymos, on alluma des bougies et Abraham lut des passages du Livre de son aïeul le scribe de Jérusalem. Hippone, Cordoue, Narbonne... Mots magiques de la mémoire... Racines... Certitudes...

Comme dix ans plus tôt, les neiges tournèrent en bouc, que le soleil et le vent séchèrent bientôt. Les routes s'animèrent. De tous les horizons des chariots descendaient vers Lublin pour la grande foire : le bétail arrivait de Moscovie, des Provinces-Unies venaient les caravanes de chevaux chargés de balles de tissu, de Hongrie les charrettes grinçantes portant des foudres de vin presque noir. Autour des troupeaux marchandaient les maquignons. Des vendeurs de harengs circulaient dans la foule.

Itzhak, qui avait maintenant dix-sept ans, aimait cette atmosphère de foire, ces exclamations en polonais, en yiddish, en turc, en hébreu, ces odeurs âcres du suint et de la fourrure juste tannée, les arômes de cannelle ou de girofle qui s'échappaient de Kapanica, le bâtiment où les agents royaux vérifiaient l'authenticité des marchandises apportées par les négociants juifs de Turquie et de Grèce.

Ce jour-là, il cherchait quelque voyageur venu de Constantinople et qui aurait des nouvelles de la famille : la tante Sarah et l'oncle Joseph. Au coin de la rue Olejna, un malin avait installé une cible et louait son arc à qui voulait s'exercer ou défier ses amis. Des exclamations attirèrent Itzhak, qui se mêla aux spectateurs. Deux *szlachcic* – des nobles polonais – avaient parié, un jeune et un vieux. Pour les szlachcic aussi, la foire était une occasion de se retrouver, de faire des achats ou de régler des procès au tribunal royal qui siégeait à Lublin. Ils arrivaient de Gdansk, de Poznan, de Lwow, de Cracovie ou de Varsovie, graves et bruyants, leurs visages barrés d'imposantes moustaches, leurs silhouettes élargies par leurs pelisses de soie doublées de fourrure. Ils tenaient à la main, comme un signe de reconnaissance, leur marteau d'arme et, au côté, portaient leur sabre dont la poignée était incrustée de pierres précieuses – ils ne les abandonnaient qu'au lit, disait-on, et encore, pas tous. Itzhak, qui ne les approchait qu'aux foires, n'avait jamais parlé à aucun d'eux.

Le vieux visa longuement, mais sa main tremblait, et la flèche se ficha au bord de la cible. Le jeune tira à son tour, très vite, presque négligemment, et sa flèche toucha l'extérieur du rond central, déclenchant des applaudissements.

– Ça va, dit le vieux, mais tu me donneras ma revanche quand nous serons ivres tous les deux!

Le jeune szlachcic riait de plaisir. Il était grand, richement vêtu et, au milieu de son crâne rasé, une touffe de cheveux blonds bougeait dans le vent. De son arc brandi, il fit un geste circulaire devant la foule :

– Quelqu'un veut essayer de faire mieux?

Les badauds, soudain gênés, regardaient ailleurs, dansaient d'un pied sur l'autre.

– Personne?... Couards que vous êtes! Poltrons! Que risquez-vous?... Toi, là-bas!

L'homme qui se trouvait devant Itzhak, ainsi désigné, se déroba soudain et disparut en rougissant de confusion.

Le szlachcic aperçut alors Itzhak :

– Allez, intima-t-il, viens!
– Moi? demanda Itzhak.
– Comment t'appelles-tu?
– Itzhak, fils d'Abraham.
– Tu es juif?
– Oui.

— As-tu jamais tiré à l'arc?
— Non.
— Approche-toi.

Le jeune noble l'inspecta des pieds à la tête :

— Tu parais fort, dit-il. Si tu es aussi adroit que tu es beau, tu feras très bien. Regarde-moi!

Itzhak suivit attentivement la leçon, puis prit l'arc en main - moins lourd qu'il n'aurait cru. Il n'avait pas peur. Il s'appliquait, car il voulait s'en sortir avec honneur. Il remonta les manches de son caftan qui le gênaient, empoigna l'arc, présenta la flèche, s'efforçant de reproduire exactement l'attitude et les gestes du jeune Polonais. Soudain, la flèche partit – il ferma les yeux. Des exclamations jaillirent. Itzhak sentit une main se poser sur son épaule. Il regarda la cible : la flèche, plantée en plein centre, vibrait encore.

— Que l'Éternel soit remercié! murmura-t-il.

Le jeune szlachcic riait aux éclats :

— Bravo, Juif! Bravo, tu m'as battu! L'élève dépasse le maître à la première leçon, bravo!

Il souleva son *kolpak* de fourrure et se couvrit la tête puis entraîna Itzhak en dehors du cercle :

— Tu n'es pas comme les autres Juifs, dit-il. Que fais-tu?
— Je suis imprimeur. Pourquoi ne serais-je pas comme les autres Juifs?
— Imprimeur? Tu es de Lublin?
— Je suis né à Venise, en Italie.
— Tu parles l'italien?
— Un peu, oui.
— Et le latin?
— Aussi.

Le jeune Polonais dévisagea Itzhak avec surprise :

— Tu en sais, des choses! Quel âge as-tu?
— Dix-sept ans.
— Moi, dix-huit. Je m'appelle Jan Ostrowski. Tu connais Ostrow?
— Non.
— C'est à côté de Leczna. Nous avons des Juifs sur notre domaine. Tu devrais venir un jour, veux-tu?

Itzhak et Jan Ostrowski ne se revirent pas avant l'hiver suivant. Un jour de grand froid, Itzhak allait au milieu de la rue verglacée quand, de derrière l'église de la Trinité, surgit brusquement dans un vacarme de grelots un traîneau tiré par deux superbes chevaux. Itzhak dut faire un bond de côté, glissa et tomba. Les patins du traîneau grincèrent sur la glace.

– Que le diable vous emporte! cria Itzhak en se relevant.

Un homme en fourrure grise sauta du traîneau :

Mais c'est mon vainqueur!

Itzhak reconnut Jan Ostrowski. Le jeune homme s'avança vers lui :

– Pardonne-moi. Mais tu es très imprudent de marcher au milieu de la chaussée... Viens, je vais te présenter à ma sœur.

Ils s'approchèrent du traîneau où, entre une couverture de fourrure grise et une toque blanche, deux yeux noirs et rieurs le regardaient avec curiosité :

– Elena, dit Jan, je te présente Itzhak, tu sais, l'imprimeur juif dont je t'ai parlé, celui qui m'a battu à l'arc!

Itzhak entendit alors, comme une musique céleste, la voix d'Elena :

– C'est vrai, Jan m'a parlé de vous. Il m'a dit que vous êtes né à Venise. J'aimerais beaucoup faire votre connaissance.

Allez, dit Jan, monte avec nous. Nous te raccompagnerons.

Itzhak hésita, puis monta. Il se trouva assis entre le frère et la sœur, les jambes sous une fourrure épaisse.

Fouette! ordonna Jan au cocher.

Ils traversèrent le faubourg de Cracovie dans un nuage de poussière blanche, puis débouchèrent dans l'immense plaine immaculée où le traîneau fila bientôt à toute allure. Les grelots tintaient, les patins crissaient légèrement; des naseaux des chevaux s'échappaient des bouffées de vapeur. Itzhak sentait contre son corps la chaleur du corps d'Elena. Il n'osait pas bouger, comme s'il craignait de s'éveiller d'un rêve.

– J'aime la vitesse, dit Elena. Et vous?

Dans la ville juive, l'affaire fit grand bruit : le fils du *pan* Ostrowski avait raccompagné dans son traîneau le fils de l'imprimeur Abraham jusque chez lui, rue Large, près de la synagogue. C'est que la communauté était encore sous le choc de la mort du tavernier Mordkhé : accusé d'avoir, avec l'aide de son fils Aaron, de son gendre Aizik et de Joachim le commis de la taverne, tué un enfant chrétien, le fils du meunier de Szwinarowa, il avait été condamné par le tribunal royal et écartelé vivant, malgré le témoignage de bergers ayant retrouvé le corps de l'enfant déchiqueté par les loups.

Depuis, la communauté s'était repliée sur elle-même. Les Juifs de Lublin passaient plus de temps qu'auparavant dans les synagogues, ne sortaient que quand ils y étaient obligés, s'efforçant de ne pas se faire remarquer. La promenade d'Itzhak, dans ces circonstances, pouvait apparaître comme une singulière bêtise ou comme une provocation, ou encore comme une sorte de trahison.

Abraham n'en parla pas à la table familiale, mais le lendemain, veille de shabbat, quand ils se rendirent ensemble à la synagogue, il fit seulement remarquer à Itzhak :

— Il n'est pas bon, mon fils, de se lier avec des Polonais alors que Mordkhé vient d'être écartelé vivant — Dieu ait pitié de son âme! — pour la seule raison qu'il était juif.

— Mais, père, tous les Polonais ne sont pas...

— Je sais, je sais! coupa Abraham.

Il neigeait. Des Juifs sortaient de toutes les portes. Ils prenaient le chemin de la synagogue et se saluaient les uns les autres : « *Shabbat shalom! Shabbat shalom!* » La neige chantait sous leurs pas.

Deux semaines plus tard, le traîneau de Jan Ostrowski s'arrêta devant la porte de l'imprimerie. Le jeune szlachcic entra. Abraham, Kalonymos, Itzhak, Tzvi-Hirsch et Haïm interrompirent leur besogne et se tournèrent vers lui, qui s'immobilisa, soudain gêné.

— *Dziéndobry,* bonjour, dit-il.

Itzhak s'avança vers lui, le présenta à son père et aux autres, qui le saluèrent.

— Je suis venu t'inviter aux Kuligi, dit-il, tu sais, ces randonnées en traîneaux avec des musiques. C'est la semaine prochaine. Je viendrai te prendre.

Dans la rue, un attroupement se faisait autour du traîneau, des visages se collaient aux vitres.

— Si vous le voulez bien, dit encore Jan Ostrowski à Abraham, je viendrai un jour voir comment on imprime des livres. Mais aujourd'hui je n'ai pas le temps.

Itzhak l'accompagna sur le seuil, où le froid vif le saisit. Jan se pencha vers lui :

— Ce n'est pas moi qui t'invite, dit-il. C'est Elena.

Il rit et sauta dans le traîneau, qui s'ébranla et prit de la vitesse. Le grand rire heureux de Jan Ostrowski se mêlait au bruit des grelots.

Le traîneau glissait en chuintant. Devant et derrière, dans

d'autres traîneaux, des musiciens – des Juifs – jouaient des musiques de commande. Comme la première fois, Itzhak était assis entre Jan et Elena. Le vent, l'espace infini, le poudroiement scintillant levé par les attelages, les bouffées de musique donnaient aux jeunes gens envie de rire et de crier.

– Comment sont les filles à Venise? demanda Elena à Itzhak.

Elle eut un rire un peu provocant.

– Vous savez, j'ai quitté Venise à sept ans! répondit-il. Je ne regardais pas encore les filles.

– Et maintenant?

Il ne sut que répondre. Il sentait contre sa cuisse la cuisse chaude d'Elena sous la couverture de fourrure.

– Pourquoi êtes-vous si sérieux? Les Juifs ne s'amusent-ils jamais? Écoutez les musiciens, leur musique est triste à mourir...

– Mais non, petite sœur, intervint Jan. Elle est triste parce qu'elle est lente, et elle est lente parce qu'ils ont froid aux doigts, voilà tout!

– Heureusement, dit encore Elena, que j'ai de la gaieté pour trois!

Ils arrivaient à une église isolée, dont les deux tours étaient couvertes de givre étincelant au soleil pâle. La porte était grande ouverte, et on distinguait la lumière de dizaines de cierges. Descendant des traîneaux, les femmes s'agenouillaient par groupes dans la neige avant de pénétrer dans l'église. Les hommes se contentaient pour la plupart de faire un signe de croix et s'attardaient sur le parvis. Les musiciens cessèrent de jouer. Jan souleva la fourrure et sauta dans la neige :

– Je vais voir si père est arrivé. Faites un tour et revenez me chercher.

Les grelots reprirent leur petite chanson.

– Je te plais? demanda soudain Elena quand le traîneau se fut assez éloigné de l'église.

– Tu le sais bien, répondit Itzhak.

– Vraiment?

– Vraiment.

– Beaucoup?

– Beaucoup. Et toi?

– Tu m'attires, dit-elle, et je ne sais pas pourquoi. Est-ce que c'est cela, l'amour?

Ses yeux brillaient comme deux flammes. Elle demanda encore :

– Est-ce que les Juifs connaissent les histoires d'amour?

– « Que tu es belle, mon amie, que tu es belle! Tes yeux sont des colombes, tes seins sont comme deux faons, les jumeaux d'une gazelle qui paissent au milieu des lis... »

Les joues d'Elena se couvrirent d'une rougeur intense et elle s'éloigna de lui :

– Où as-tu pris cela?
– Dans la Bible.
– Dans la Bible?
– C'est le roi Salomon qui s'adresse à une bergère, la Sulamite.
– Et que leur arrive-t-il?
– Ils s'aiment, puis ils se séparent.
– Pourquoi?
– Parce que tout les sépare.
– C'est triste. Je savais bien que les Juifs sont tristes.

Elle vint se blottir contre lui. Il sentit un parfum.

– Ce ne sont pas les Juifs qui sont tristes, dit-il, ce sont les histoires d'amour.

Il prit Elena dans ses bras et elle lui tendit son visage. Elle fermait les yeux. Leurs lèvres se joignirent et le temps s'abolit. Sous la fourrure, elle serrait son corps tendu contre celui d'Itzhak.

Puis ils entendirent des cloches : le traîneau était revenu près de l'église. Le parvis était maintenant noir de monde. La foule chantait des cantiques, brandissait des statuettes grossières et des croix de bois.

Itzhak lâcha les mains d'Elena. Il hésitait à descendre : cette cérémonie ne le concernait pas. Il vit Jan se diriger vers eux en compagnie d'un homme large et haut, couvert d'une pelisse en hermine :

– Père, dit-il, voici notre imprimeur juif.
– C'est toi qui es si fort à l'arc? Tu viendras un jour te mesurer à moi. Jan t'amènera.

Krzysztof Ostrowski avait une voix formidable, ample et basse, qui résonnait dans sa poitrine comme sous une voûte. Il s'adressait maintenant à Elena :

– Toi, ma fille, rejoins ta mère à l'église.

Il fit à destination d'Itzhak une sorte de clin d'œil comme pour le prendre à témoin, d'homme à homme, de son autorité sur ses femmes; puis il se détourna et s'éloigna de sa démarche d'ours. « Dieu garde la Pologne! » chantait un groupe de jeunes szlachcic agenouillés dans la neige.

Quand Jan vint prendre Itzhak, trois semaines plus tard, Abraham et Béatrice le regardèrent partir avec un sentiment mêlé d'inquiétude et de fierté : leur fils n'était pas n'importe qui, puisque des seigneurs l'invitaient, mais tous deux se rappelaient le proverbe turc : « A fréquenter les grands, on récolte de grands ennuis. »

Il faisait moins froid, et la neige glissait par plaques du toit de la vaste demeure de la famille Ostrowski, découvrant par endroits la couverture de bardeaux. Jan fit entrer Itzhak dans une pièce aux dimensions impressionnantes, la *sien,* disent les Polonais. Itzhak fut désagréablement surpris : l'endroit était plein de monde. Visages rasés, riches vêtements. Brouhaha. Aux murs, il vit des armes de toute provenance, massues, lances et poignards. Près de l'âtre gigantesque où se consumait un tronc, il aperçut Elena parmi un groupe de jeunes gens. Dans son corsage de couleur vive ajusté à la taille, ses deux nattes blondes sagement posées sur ses épaules, elle paraissait si différente de l'ardente Elena du traîneau...

Itzhak entendit soudain la voix formidable du pan Ostrowski :

— Ah ! voici notre jeune Juif !

La moitié de la salle au moins se tut. Itzhak se demanda soudain ce qu'il faisait là.

— Itzhak est imprimeur, expliqua Jan. Il est né à Venise et parle plusieurs langues.

— Est-ce qu'il sait chasser l'ours ? demanda un homme dont la petite tête rougeaude était comme posée sur un corps au ventre proéminent.

Des rires éclatèrent.

— Je ne sais pas s'il chasse l'ours, répondit Jan, mais à la foire de Lublin, il m'a battu au concours à l'arc.

Le pan Ostrowski posa sa lourde patte sur l'épaule d'Itzhak :

— Viens boire avec nous et prends un morceau de saucisson !

— Pardonnez-moi, *panié* szlachcic, dut répondre Itzhak, mais ma religion me l'interdit.

— C'est le Talmud, expliqua un homme grand et maigre, dont la moustache blonde était imbibée d'alcool.

— Ainsi, reprit le gros chasseur d'ours, les Juifs ont le droit de faire des affaires avec les chrétiens, de les voler si possible, mais il ne leur est pas permis de partager un saucisson avec eux !

Jan tira Itzhak par la manche :

— Viens, je vais te faire visiter la maison.

— Laisse répondre le jeune Juif! protesta le chasseur d'ours. Nous ne lui faisons pas de mal!

Itzhak le dévisagea, et l'autre cligna des yeux :

— Le Talmud ne parle pas des chrétiens, dit-il d'une voix calme.

— Alors de qui parle-t-il?

— Il parle des idolâtres.

— Allons, pour vous, c'est bien pareil! D'ailleurs, je me demande pourquoi les Juifs, qui sont si malins, ont fait la bêtise de renier le Fils unique de Dieu. Comment n'ont-ils pas compris que l'avenir appartient aux chrétiens?

— A chacun sa religion, répondit Itzhak, et c'est bien ainsi.

Il venait de comprendre que tous ces gens avaient déjà beaucoup bu et tenta de fuir la discussion. Il pensa à Mordkhé l'écartelé et se demanda en un éclair s'il était tombé dans un piège. Le pan Ostrowski suggéra qu'on laisse à Itzhak le temps d'arriver, mais le chasseur d'ours s'entêta :

— Je voudrais que ce fils d'Abraham m'explique pourquoi, à son avis, les chrétiens persécutent les Juifs?

— C'est l'affaire des chrétiens, pas la mienne, répondit Itzhak. Moi, je fais de mon mieux pour observer la Loi que j'ai reçue de mes pères.

— Cette Loi ordonne-t-elle aux Juifs de mépriser les chrétiens?

— Cette discussion n'a pas de sens! intervint un homme âgé à la large barbe en éventail.

L'homme qui avait parlé du Talmud trempa sa moustache dans l'hydromel et fit *tss-tss* entre ses dents, comme pour laisser entendre qu'il savait des choses :

— Quand on écoute les histoires que se racontent les Juifs, dit-il...

Tout le monde maintenant était assemblé autour d'eux. Elena se tenait près de Jan. Tous deux semblaient ennuyés. Elle adressa à Itzhak un très léger sourire, peut-être pour s'excuser, peut-être pour lui donner du courage.

— L'autre jour, reprit le grand homme maigre, un patin de mon traîneau s'est rompu et j'ai dû attendre dans une *cartchema* tenue par des Juifs. Je vous passe la puanteur sans nom et les piailleries des enfants... Il y avait là deux colporteurs juifs de Lublin. Ils ne faisaient pas attention à moi. Soudain, j'ai entendu qu'ils parlaient du monastère Saint-André, près du cimetière juif de Grozyska...

L'homme vida sa coupe sans se presser. Les Polonais adorent les histoires et il sentait bien qu'il avait accroché l'attention de l'assistance. Il s'essuya la moustache avec un mouchoir qu'il replaça dans sa ceinture.

– L'un des Juifs, reprit-il, expliquait à l'autre pourquoi le monastère se trouvait en contrebas du cimetière juif. Le terrain, disait-il, avait jadis appartenu à deux frères. L'un avait fait don de sa part à des moines, qui y avaient bâti un monastère, et l'autre à des Juifs qui y avaient installé leur cimetière. Les moines, qui auraient bien voulu tout le terrain, sonnaient les cloches chaque fois que les Juifs enterraient l'un des leurs. Les Juifs allèrent se plaindre au voïvode, et même au roi, mais sans résultat.

Le conteur tenait l'assistance dans le creux de sa main. Itzhak en profita pour s'éloigner discrètement du centre du groupe et se rapprocher d'Elena.

– Un jour, poursuivait la voix, alors que les moines, une fois de plus, carillonnaient pendant l'enterrement d'un Juif, le couvercle du cercueil se souleva et le mort se redressa. C'était un rabbin. Il demanda à l'un de ses élèves d'aller lui chercher un livre dans sa bibliothèque. Et quand le garçon revint, le rabbin mort vivant prit le livre et lut une prière que personne ne comprenait. Et plus la cloche sonnait, et plus la prière devenait rapide. Et soudain, le monastère trembla sur ses bases et commença à s'enfoncer dans le sol, un peu plus à chaque mot de la prière.

Le conteur prit à nouveau le temps de s'essuyer la moustache.

– La porte verte, glissa à voix basse Elena en passant près d'Itzhak. Viens!

– Et alors? demanda une voix inquiète. Que s'est-il passé?

Le conteur sourit, satisfait :

– Alors, raconta le Juif, les moines cessèrent de tirer la cloche, coururent au cimetière et se jetèrent à genoux devant le cercueil ouvert en implorant le pardon du rabbin. Le rabbin rendit le livre à son élève et se recoucha dans le cercueil. Le monastère cessa aussitôt de s'enfoncer, mais resta plus bas que le cimetière. Aujourd'hui encore, si vous passez par là...

Itzhak sourit et s'éclipsa.

Elena était assise sur un coffre sculpté, adossée au mur tendu de tapisserie, et elle pleurait doucement dans la pénombre. Il alla vers elle, lui prit la main.

– J'ai honte, dit-elle.

– Il ne faut pas avoir honte. C'est ainsi, voilà tout.

– Mais pourquoi?

Il l'attira à lui. Elle se leva. Ils s'enlacèrent, s'embrassèrent, se bercèrent, les yeux fermés. Ils étaient comme deux arbres jumeaux dans le vent.

A ce moment, la porte s'ouvrit avec fracas.

— Où sont-ils? Où sont-ils? tonnait la voix formidable du pan Ostrowski.

Il les vit et se précipita sur eux :

— Ma fille avec un Juif! Sous mon toit!

Il étouffait de rage. Il attrapa Itzhak par le devant de son vêtement, mais Elena s'interposa :

— Père! Père, c'est ma faute! Père, c'est moi!

D'un revers de main, il la repoussa violemment et elle tomba, pantelante. Itzhak, très froidement, voyait, tout près de lui, le large visage congestionné et sentait l'odeur de l'hydromel. Il pensait à ses parents et se demandait s'il fallait se battre. Il était certainement moins fort que le gros homme, mais aussi plus vif, plus souple. Il n'avait pas peur. Il voulait se débarrasser du pan Ostrowski et aller relever Elena.

Jan alors survint en courant, se mit entre son père et son ami. Le pan Ostrowski soufflait bruyamment :

— Emmène-le, Jan. Que je ne le revoie plus jamais!

Itzhak vit qu'Elena, à terre, regardait la scène d'un œil terrifié. Il lui tendit la main pour l'aider à se relever, mais Krzysztof Ostrowski hurla :

— Va-t'en! Va-t'en, tu m'entends! Dehors, les Juifs!

Il grinçait des dents :

— Disparais! Tu as la chance que jamais les Ostrowski n'ont tué un de leurs invités chez eux!

Jan conduisit Itzhak jusqu'à une porte de derrière et lui serra brièvement le coude. La porte se referma.

Il neigeait et la nuit tombait déjà. Itzhak ne savait où aller. Son caftan fourré était resté à l'intérieur, et il serait mort de froid avant le matin. Se cacher dans une dépendance? Retourner demander pardon? Il s'approcha des traîneaux dételés appartenant aux invités et aperçut dans certains des couvertures de fourrure. Il demanda pardon à l'Éternel — béni soit-Il! — et en prit prestement deux : après tout, il s'agissait de sauver une vie humaine. Il s'en couvrit et partit dans ce qu'il pensait être la direction d'Ostrow.

Le vent se leva, puis la neige cessa et le ciel s'éclaircit. Les étoiles froides éclairaient une plaine immense parsemée de touffes d'arbres. Itzhak avait faim et froid. Il répétait des phrases de la *Tfilat ha-derekh*, la prière pour la route : « Que ce soit un effet de Ta sainte volonté, ô Éternel notre Dieu et Dieu de nos pères, que je fasse la route en paix... J'espère en Ton secours, ô Éternel ! » Pour ne pas se perdre complètement, il suivait le sillon glacé tracé par le passage de traîneaux, sûr au moins qu'il le mènerait quelque part, même s'il ne savait où.

Il lui sembla distinguer au loin une masse sombre – un village ? une forêt ? – et il retrouva un peu de courage. « Que ce soit un effet de Ta sainte volonté, ô Éternel... Que fait Elena à cette heure ? Peut-être est-elle partie derrière moi ?... J'espère en Ton secours, ô Éternel !... Au fond, je n'ai jamais cru qu'Elena et moi pourrions nous aimer. Il vaut mieux que c'en soit fini dès maintenant... Et Dieu de nos pères, que je fasse la route en paix... Elena, je t'aime... Elena, je t'aime... Elena, je t'aime... »

Des mots ainsi rythmaient ses pas, emplissaient le silence glacé. Soudain, il s'arrêta pour écouter. Les loups. La masse noire qui barrait l'horizon étincelant n'était plus très loin, et il courut. C'était une forêt. Sa poitrine le brûlait. Il sentit l'odeur forte des bouleaux et une autre odeur, de fumée celle-là. Il y avait donc dans ce désert une présence humaine. L'appel des loups se rapprochait, et Itzhak chercha une branche assez solide pour faire un gourdin.

Dans la forêt, il faisait moins clair, et il perdit la trace des traîneaux. Il se dirigeait vers l'odeur de fumée. « Elena, je t'aime, répétait-il, Elena, je t'aime. » C'était comme une formule magique pour éloigner les loups, ou pour retarder le moment où il lui faudrait bien comprendre vraiment qu'un imprimeur juif ne peut aimer la fille d'un szlachcic.

Soudain, sous l'effet d'un pressentiment, il se retourna. Une forme noire bondit sur lui. Il abattit son gourdin de toutes ses forces. Il entendit un craquement et le loup tomba, tué net. Itzhak commença à courir, mais alors il ne pouvait se retourner. Il s'arrêta et cria dans la nuit.

– Au secours ! A moi ! Les loups ! Les loups !

Ils étaient arrivés sans bruit et l'entouraient maintenant, patients et en quelque sorte éternels. Itzhak s'adossa à un tronc épais et fit face. Il se dit qu'il devrait bien essayer de grimper à un arbre, mais il avait toujours entendu dire que c'était la chose à ne pas faire : chaque printemps, on décrochait ainsi les cadavres de ceux qui n'avaient échappé aux loups que pour mourir de froid.

Il faisait de temps à autre un grand moulinet de son gourdin pour maintenir la meute à distance. Soudain, il entendit un appel dans le lointain. Il y répondit de toutes ses forces. Les loups avaient entendu aussi et avaient dû comprendre que le temps leur était mesuré. Ils étrécirent leur cercle et commencèrent à tourner autour d'Itzhak, qui ne savait s'il devait appeler au secours Dieu ou bien Elena. Et puis ils attaquèrent, plusieurs à la fois, et il fallut se battre.

Il y avait une bougie. C'était la lumière d'une bougie. Une flamme jaune, irréellement immobile. Itzhak ferma les yeux. Il était au chaud, il se sentait bien et n'avait pas envie de se poser de questions à propos d'une bougie. Il savoura l'engourdissement heureux de son corps et s'endormit à nouveau.

Quand il s'éveilla, la bougie était éteinte. Il voulut se tourner, mais une douleur lui arracha un gémissement.

— Que l'Éternel soit loué! dit une voix de femme.

— Qu'Il soit loué à jamais, amen, amen! répondit une voix d'homme.

Itzhak souleva légèrement la tête et vit, près du fourneau, un homme robuste à barbe rousse et une jeune fille blonde au teint très clair. Comme si tout s'éveillait d'un coup, des oies enfermées dans une cage se mirent à cacarder. Itzhak voulut demander où il était, mais aucun son ne sortit de sa bouche.

— Vous êtes chez des amis, jeune homme, dit la voix de l'homme. De bons Juifs, ne craignez rien!

A ce moment, la porte s'ouvrit, un tourbillon d'air froid traversa la pièce et une femme entra, posa un seau par terre, quitta le hoqueton d'homme qu'elle portait et en secoua la neige.

— Viens voir, maman, dit la jeune fille, il est réveillé.

— S'il est réveillé, c'est bien. Mais je t'ai déjà dit, Déborah, que regarder les hommes est un péché. Fais plutôt chauffer un peu de lait. Cela lui fera du bien.

Itzhak bougea pour savoir où il avait mal. Sa paillasse craqua. Il s'éclaircit la voix :

— Merci, dit-il. Merci pour votre hospitalité.

— Remercie plutôt l'Éternel, dit l'homme. Dans Sa miséricorde, Il m'a accordé d'avoir le sommeil léger. Je t'ai entendu appeler. Mon frère Chamaï a pris sa cognée et moi mon vieux compagnon...

Il désignait un énorme gourdin noueux pendu près de la porte par un lacet de cuir.

— Il était temps que nous arrivions, dit-il. Tu en avais abattu quatre, mais les autres t'avaient déjà saisi les jambes et les bras. Tu as perdu beaucoup de sang.

La jeune fille s'approcha, une écuelle fumante à la main.

— D'où vient le Juif? demanda le bûcheron.
Itzhak ne répondit pas. Il s'était rendormi.

Faible comme il était, il resta ainsi plusieurs jours, puis les forces lui revinrent peu à peu. Il vit les blessures de ses bras et de ses jambes, sur lesquelles on lui posait des pansements de feuilles. Il apprit qu'il était chez des forestiers, près de Parczew. L'homme qui l'avait sauvé se nommait Mardochée et était chargé, pour le compte d'un propriétaire qu'il n'avait pas vu depuis dix ans, de la surveillance de la forêt qui s'étend entre la rivière Tysmienica et les marécages de Kalinka. Ses frères et cousins étaient tous bûcherons ; des hommes simples et forts qui, disait Mardochée, connaissaient mieux les espèces d'arbres que les versets de l'Écriture – « Mais de bons Juifs! » répétait-il.

Enfin, un matin, Itzhak put se lever, purifier ses mains dans l'eau d'une cuvette et dire la prière. Le moment était venu de partir.

C'est Chamaï qui le conduisit à Lublin. Il fallait faire vite, avant le dégel. Les chevaux et le traîneau étaient plus lourds que ceux de Jan Ostrowski, et les fourrures plus rudes – d'ours? de loup? Chamaï n'était guère bavard, et il ne parla que deux fois. La première pour proposer un liquide incolore qui, disait-il, faisait supporter le froid, et qui incendia la bouche d'Itzhak. La deuxième pour une intervention manifestement préparée :

— Au village, dit-il, nous sommes des ignorants. Il nous faudrait un *melamed*, un érudit, quelqu'un qui puisse enseigner à nos enfants l'aleph-beth et l'amour de la Tora.

Il regardait droit devant lui. A travers une sorte de brume blanchâtre filtrait par moments une lumière aveuglante.

— Si quelqu'un venait enseigner à nos enfants, ajouta-t-il, nous pourrions lui apprendre en retour comment reconnaître un arbre à sa voix... Un jeune homme de Lublin peut-il comprendre?

Le jeune homme de Lublin ne savait plus très exactement ni qui il était, ni ce qu'il voulait, ni même ce qu'il faisait dans ce traîneau, avec ce Juif qui ne se déplaçait jamais sans sa hache et son cruchon. L'imprimerie? Le pan Ostrowski? Elena? Le monastère Saint-André? Les loups? Tout se mêlait encore dans un lointain passé, comme si le fait d'avoir approché la mort divisait sa vie en deux : avant les loups, et depuis. Sans aucun doute, son amour pour Elena appartenait à sa vie d'avant.

Abraham, Béatrice et Jérémie l'accueillirent avec des larmes de joie. Ils l'avaient cru perdu, d'autant que Jan Ostrowski était déjà venu plusieurs fois aux nouvelles. Toute la rue défila à l'imprimerie pour entendre les aventures d'Itzhak. Jan lui-même revint deux jours plus tard.

— Dis bien au pan Ostrowski, lui répéta Itzhak, que je ne lui en veux pas, et que je prie Dieu pour qu'Il le protège de lui-même!

— Et... Et Elena?

Itzhak eut soudain envie de pleurer, mais comme il eût pleuré pour la faute d'Adam et Ève au Gan-Eden :

— Je l'ai aimée, dit-il.

Jan éclata de rire :

— Tu parles comme un vieux!

— J'ai vieilli.

— Tu ne me demandes même pas de ses nouvelles?

— Il est écrit : « Le péché est accroupi à la porte. C'est toi qu'il désire, et toi tu le domineras. »

— Mais, Itzhak, mon ami... Tu ne désires même pas la voir?

— Il est écrit : « Le cœur et les yeux sont les entremetteurs du péché. Les yeux voient et le cœur désire. »

— Itzhak!

— Alors, demanda Itzhak, comment va-t-elle?

— Je crois qu'elle est malheureuse. Père l'envoie en France.

— Que Dieu la protège!

— C'est tout ce que tu trouves à lui faire dire?

— Dis-lui que j'avais raison. Ce ne sont pas les Juifs qui sont tristes. Ce sont les histoires d'amour. Elle comprendra.

Au printemps, Mardochée le forestier arriva à Lublin et ne manqua pas de faire une visite à l'imprimerie : sauver un homme, dit-il, donne des responsabilités. Il s'enferma avec Abraham. Quand il reparut, il avait l'air épanoui. Il s'attarda un moment près d'Itzhak, qui était occupé à la presse, se fit présenter Jérémie et bénit tout le monde. Puis il quitta l'atelier en distribuant de sonores *Shalom aleïkhem!*

Le mariage d'Itzhak avec la blonde Déborah fut célébré en plein été au hameau des bûcherons juifs de la forêt de Parczew. Le rabbin Meïr ben Guedalia, « Maharam », s'y rendit spécialement de Lublin pour bénir le jeune couple.

Après la cérémonie, on fit tourner au-dessus des têtes des mariés un coq et une poule, symboles de la fécondité, et

Abraham lut à haute voix, devant l'assistance debout, des passages du livre familial ; les gens de la forêt, qui connaissaient des arbres de huit cents ans d'âge, étaient bien capables de comprendre ce que signifie la durée. Puis on dansa au son des violons, dans les maisons, dans les granges et, tard dans la nuit, à la lumière des torches, jusqu'aux confins des clairières – sans doute n'est-il pas vrai que tous les Juifs et que toutes les histoires d'amour soient tristes.

De l'avis de tous ceux qui avaient fait la route de Lublin à Parczew avec le rabbin, ce fut, vraiment, un très beau mariage.

XXXIV

Amsterdam
L'EXCOMMUNIÉ

JÉRÉMIE, le jeune frère d'Itzhak resté à l'imprimerie, eut cinq enfants de son mariage avec la douce Rachel, dite Rokhelé : Azariah, Ruth, Léa, David, et Herschel. Azariah épousa la fille d'un marchand d'œufs et, à la mort de son beau-père, quitta l'imprimerie pour reprendre le commerce et faire la tournée des marchés. Quand les imprimeurs se moquaient de lui, il ne manquait jamais de leur répondre par un passage de Berakhot, le Traité des Bénédictions, qui leur clouait le bec : « L'œuf est une nourriture supérieure à tous les aliments ayant au moins sa taille. Un œuf à la coque vaut mieux que six mesures de fine farine. Un œuf dur vaut mieux que quatre de ces mesures. Un œuf bouilli l'emporte sur tous les aliments ayant au moins sa taille, à la seule exception de la viande. »

Ruth et Léa se marièrent jeunes et quittèrent la maison. Herschel prit à l'imprimerie la place de son grand-père Abraham. Jérémie dirigeait l'atelier avec Tzvi-Hirsch, le fils de Kalonymos. Des enfants naissaient, des livres sortaient des presses et les deux familles avançaient sur le chemin de leur existence en bons Juifs polonais qu'ils étaient, chaleureux, vibrants de mille craintes et de mille espoirs. Quand une misère les accablait, ils priaient l'Éternel – béni soit-Il ! – et se consolaient par la vieille formule hébraïque : *Yié tov*, cela s'arrangera ; et quand, effectivement, tout s'était arrangé, ils concluaient : *Sof tov, ha kol tov!* Tout est bien qui finit bien. Ces gens simples ne demandaient pas autre chose que les destins simples qui leur échurent à tous, sauf à Herschel le dernier fils de Jérémie.

Il était le moins fait de tous pour l'aventure et, pourtant, il en eut son lot. Il n'aimait pas les voyages, mais il passa sa vie à voyager. Il ne désirait rien tant qu'un chez-soi douillet, avec des livres, une femme paisible et des enfants tranquilles, mais cela ne lui fut pas donné : il épousa une jeune fille autoritaire et froide, qui lui donna coup sur coup trois enfants, de ces enfants dont les dents ne poussent que la nuit et dont seul, semble-t-il, le père peut calmer les braillements.

C'est qu'Herschel ne savait pas dire non. Intelligent, sensible, rêveur, il avait en horreur l'idée qu'il pourrait blesser autrui ; quelque proposition qu'on lui fît, il était parfaitement capable de peser le pour et le contre, mais finissait toujours par l'accepter pour la seule raison qu'il ne pouvait se résoudre à laisser quelqu'un repartir sur un refus.

Ses grandes aventures commencèrent le jour où un lointain cousin écrivit à l'imprimerie pour demander si quelqu'un de la famille pouvait venir à son mariage lire quelques passages du Livre d'Abraham afin d'assurer à sa propre descendance « longévité et fidélité ». La lettre était datée de Polonnoye, à des jours et des jours de distance. Jérémie était occupé à imprimer *Terahot*, le Traité des Choses pures, un chapitre de la Mishna ; Azariah attendait la nouvelle lune pour mettre ses poules à couver : il était donc naturel de demander à Herschel de se mettre en route. Il n'allait évidemment pas refuser.

On chargea son chariot de livres qu'il s'efforcerait de vendre en route et Jérémie lui confia le dernier exemplaire du Livre d'Abraham – l'avant-dernier, Itzhak l'avait emporté dans son village de la forêt. Herschel salua sa femme et ses enfants comme s'il devait rentrer le soir même.

Il accomplit le jeûne du neuvième jour du mois d'Av, anniversaire de la destruction du Temple, à Radom, chez le rabbin Elhanan, le neveu de Meir ben Guedalia de Lublin, et passa une partie de la nuit à relire ce Livre d'Abraham qu'il emportait et qui était justement né le jour même de la destruction du Temple.

Le lendemain, il s'arrêta dans une auberge tenue par un Juif borgne, où il rencontra deux kabbalistes de Prague qui, ayant parcouru toute la Pologne jusqu'aux confins de la Volhynie, s'en retournaient chez eux. Comme ils le prenaient à témoin de leurs théories, il n'osa aller dormir et repartit, le matin, sans avoir compris pourquoi « toute union et toute perfection aboutissaient au Mystérieux Inconnu, objet de tous les désirs ». Il fit encore une halte chez le rabbin Samson à Ostrog, pour y déposer un lot de livres, puis, le surlendemain, à la yeshiva de Zaslaw, qui avait commandé trois exemplaires du Talmud publié par son grand-père Abraham, de pieuse mémoire, et Tzvi-Hirsch Joffé.

Après Zaslaw, Herschel affronta la steppe, étendue plate, herbeuse, silencieuse, où on repérait à des lieues un cavalier ou un chameau, où les bruits les plus insignifiants s'amplifiaient étrangement et se transformaient en appels lugubres. La solitude lui pesait. Pour lui, les voyages n'avaient d'intérêt que par les rencontres qu'ils suscitaient : il aimait les hommes, les aimait tous, les méchants comme les bons, différents et semblables à la fois et tous, comme l'a enseigné Rabbi Yehuda dans le *Midrash Bereshit Rabbah*, « séduits par Sa parole ».

Il trouva Polonnoye en effervescence. Des gens chargeaient des chariots au milieu des rues, y entassaient des meubles, des casseroles et des fourrures avec une hâte qui en disait long : les Cosaques, expliqua-t-on à Herschel, s'étaient soulevés, et on n'avait jamais vu un chef aussi terrible que celui qui les menait, un certain Pawlouk. Deux cents hommes, femmes et enfants, avaient été égorgés à Biala-Cerkiew et plus encore à Korsun. Le gouverneur de Polonnoye venait de s'enfuir, et, pour bien des gens, ce fut le signal : « Si la foudre frappe le sapin majestueux, disaient-ils, qu'adviendra-t-il de l'humble lierre ? » Herschel n'eut pas le temps de rechercher son cousin. Il fut pris dans le flot des chariots qui déferlaient vers Zaslaw à travers la steppe. Il avait peur lui-même, ce qui ne l'empêchait pas de se rappeler ce que disait grand-père Abraham : « Si la peur a de grands yeux, elle a surtout un tout petit cœur. »

Au matin, les premiers chariots se heurtèrent à ceux qui accouraient, eux de Zaslaw, où les Cosaques venaient de surgir. Les fuyards, avec le sentiment d'être pris dans un piège absurde et mortel, criaient, priaient, se lamentaient et finirent par jeter par-dessus bord les pauvres trésors qu'ils avaient si précieusement entassés, bahuts, objets familiers, coffres de linge, cageots de volaille...

Herschel, qui était sensible à la dérision qu'il y avait à s'agiter ainsi dans ce désert, vit s'avancer vers lui les deux kabbalistes de l'autre soir, qui interrompirent leur interminable discussion pour lui demander s'il pouvait les prendre dans son chariot.

— Montez, dit-il.

Malgré la chaleur de l'été, ils portaient des toques de fourrure et paraissaient totalement étrangers à leur entourage. Ils s'assirent comme ils purent parmi les livres, leur balluchon sur les genoux.

— Regardez, dit l'un des deux, regardez, voici consommées les menaces proférées contre nos pères !

De sa main blanche aux longs ongles noirs, il désignait le carrousel insensé des chariots dans la steppe :

— N'est-il pas écrit : « Ils jetteront leur or et leur argent au coin des rues? »

— Je retourne à Lublin, dit Herschel.

— Lublin? Insensé que tu es! A l'heure où nous parlons, Zaslaw est occupée par les hordes cosaques – que l'Éternel répande sur eux Son courroux, comme Il le fit sur Amalek! Les routes pour Lwow, Beresteczko et Luck sont sans aucun doute coupées...

— Alors, demanda Herschel, que faire?

— Ta question est la bonne question, mais ce n'est pas aux hommes qu'il faut la poser. C'est à Celui qui est, qui sait et qui voit tout.

L'autre, alors, tira de la poche intérieure de son caftan un livre dont la reliure était luisante d'usure et sur lequel il pointa un index osseux :

— La Tora! C'est elle qui nous indiquera la route.

— Comment cela? demanda innocemment Herschel.

Aussitôt, les deux kabbalistes sautèrent sur leurs pieds, levèrent les bras au ciel, s'arrachèrent la barbe, glapissant de concert :

— Blasphémateur! Mécréant! Impie!

Ils en firent tant que le chariot faillit verser. Ils se rassirent alors, faisant des gros yeux à Herschel, comme des oncles courroucés à un enfant :

— La Tora, jeune homme, est une lumière qui éclaire le monde.

— Que de sources, reprit l'autre, que de ruisseaux, que de fleuves et de mers émanent de Toi et se répandent de toute part! Tout subsiste par Toi, en haut et en bas!

— Tora! Tora!

Trois cavaliers surgirent alors de l'horizon au triple galop. Des Juifs, les traits bouleversés par la terreur autant que par la fatigue. A peine s'ils prirent le temps de s'arrêter pour crier :

— Fuyez, par l'Éternel! Les Cosaques sont dans Polonnoye!

Déjà ils éperonnaient les flancs de leurs montures pantelantes et filaient vers Zaslaw, sans savoir que les Cosaques y étaient aussi.

Les deux kabbalistes paraissaient n'avoir rien entendu. Ils étaient penchés sur le *Tanakh*.

— Voici, dit l'un.

— « Laisse-moi passer par ton pays, lut l'autre en ponctuant chaque mot, je suivrai la grand-route sans m'écarter ni à droite ni à gauche... »

Le premier lut à son tour :

— « Tu me vendras à prix d'argent la nourriture que je mangerai et tu me donneras à prix d'argent l'eau que je boirai... »

— « Jusqu'à ce que je passe le Jourdain. »

Herschel éberlué, les regardait. Si leur lecture n'avait été aussi sacrée, et la situation si dramatique, on aurait pu croire deux de ces compères qui, aux foires de Lublin, appâtaient le badaud pour lui vendre quelque médecine ou lui jouer quelque tour. Ils se tournèrent vers lui :

— Voyez-vous, jeune homme, comme tout est clair, dit l'un...

— Lumineux comme neige au soleil, dit l'autre.

— La grand-route, c'est celle de Ploskirow et Kamienec-Podolski.

— Et la rivière, c'est le Dniestr.

— Notre chemin est donc tout tracé : la Transylvanie, la Hongrie, la Moravie, la Bohême.

— Mais je n'ai rien à faire là-bas ! s'écria Herschel. Je dois rentrer à Lublin !

— Lublin ? Malheur à toi ! Regarde seulement autour de nous : on dirait un champ de bataille et les Cosaques ne sont même pas encore ici. Nathan Praguer et moi, nous avons vu comment ces barbares écorchent les hommes tout vifs et jettent leur chair aux chiens, comment ils éventrent les femmes grosses pour arracher le fruit de leurs entrailles. Crois-moi, jeune homme, la Tora ne se trompe pas. Mieux vaut être vivant à Prague que mort à Lublin.

Herschel regardait disparaître à l'horizon infini de la steppe les trois cavaliers venus de Polonnoye. Le vent jouait dans les livres éparpillés. Des corbeaux tournoyaient. Il pensa à l'imprimerie, où son père Jérémie devait s'inquiéter pour lui, à son frère Azariah le marchand d'œufs, à ses deux sœurs, à son épouse et à ses enfants. Pour se rassurer, il tâta, à travers l'étoffe de la sacoche qui ne le quittait pas, la couverture du Livre d'Abraham :

— Que ce soit donc, murmura-t-il, un effet de Ta sainte volonté, ô Éternel, notre Dieu et Dieu de nos pères !

Puis il claqua la langue, et le chariot s'ébranla.

Prague, ils y arrivèrent avec les pluies d'automne, en cette année 5398 * après la création du monde par l'Éternel – béni

---

* 1638.

soit-Il ! Les deux kabbalistes exhibèrent Herschel à travers le ghetto comme une preuve vivante que ce qu'ils disaient ne pouvait être mis en doute : les Cosaques submergeaient la Pologne et la venue du Messie était imminente. Pour entendre son récit, les parnassim l'invitèrent à l'hôtel de ville juif, une bâtisse sombre surmontée d'une tour comme l'église Saint-Eustache de Lublin.

En attendant de pouvoir rentrer chez lui, il trouva à s'embaucher chez les seuls imprimeurs juifs de Prague, Joseph et Judah Bak. Il logeait rue Cervena, tout près de l'ancienne synagogue. Quand il voulut sortir du ghetto pour aller visiter la ville, on lui ordonna à la porte de revêtir les insignes auxquels les Juifs se reconnaissaient : chapeau pointu jaune, rouelle sur la poitrine et petite ruche étroite tenant lieu de collerette. C'est ainsi affublé qu'il alla regarder une des curiosités de Prague : l'horloge de l'hôtel de ville. Une foule de curieux se tenait là, tête en l'air, pour suivre le ballet des figurines. Il vit avec eux apparaître la Mort, sous la forme d'un squelette faisant tinter une clochette, puis un Juif agitant une bourse. Il en fut accablé de tristesse et décida de rentrer à Lublin, quels que pussent être les risques.

Allant saluer son employeur, il rencontra à l'imprimerie un visiteur qui venait d'Amsterdam, et avec qui il parla un moment. L'homme, un typographe qui avait vécu quelques années dans la « Jérusalem du Nord », voulait maintenant s'établir à Prague, où il était né, et cherchait un collègue capable de le remplacer à Amsterdam dans l'atelier du rabbin Ménassé ben Israël : ainsi seulement, plaida-t-il, pourrait-il rester auprès de ses vieux parents et épouser la jeune fille qui l'attendait depuis maintenant trop longtemps. Herschel pensa à Lublin, où son père Jérémie devait s'inquiéter pour lui, à son frère Azariah le marchand d'œufs, à ses deux sœurs, à son épouse et à ses enfants. Et une fois de plus, sans avoir dit oui mais sans avoir dit non, il se trouva engagé dans une aventure qu'il n'avait pas désirée. « Quand même, se disait-il en prenant la route d'Amsterdam, je devrais bien apprendre à refuser quelquefois ce qu'on me propose. »

Il ne regretta pas son voyage. Il aima dès son arrivée cette ville marchande et prospère, immense et pourtant compacte, découpée par les canaux et les ruelles sous la lumière tendre du ciel bas. L'important rabbin Ménassé ben Israël le reçut avec enthousiasme : les bons typographes juifs, dit-il, préféraient, les

483

misérables, travailler pour le compte des goïm sous prétexte qu'ils y gagnaient plus que chez lui. Il avait bien embauché deux Polonais de Cracovie, les frères Jacob et Abraham ben Zévi, mais ils étaient débutants et il avait besoin de quelqu'un qui fasse marcher l'atelier pour lui laisser le temps de remplir ses multiples obligations.

Ménassé ben Israël, brillant fils d'un marrane portugais, dont l'éducation avait été prise en charge par la communauté d'Amsterdam et qui était devenu rabbin à l'âge de dix-huit ans, était le deuxième assistant de Saül Lévi Mortara, chef spirituel de la communauté qui venait de s'unifier à l'époque de l'arrivée de Herschel. Il s'occupait du tribunal et enseignait à l'école primaire. Il parlait huit langues – portugais, espagnol, hébreu, latin, grec, hollandais, italien, anglais –, connaissait tous les classiques romains et grecs, écrivait lui-même – il avait commencé à imprimer sa « grande œuvre », *Conciliador*, en 1632, donnait des leçons d'hébreu, entretenait une correspondance considérable, aidait les marranes à s'intégrer à Amsterdam et recevait chez lui de nombreux amis non juifs, ce qui ne l'empêchait pas, car ses revenus étaient maigres, de s'intéresser de près à la Compagnie des Indes orientales, son frère Ephraïm venant de partir pour Pernambouc au Brésil, surveiller ses affaires de plus près. Étrange petit bonhomme impétueux, combatif, sentimental, dont tout Amsterdam connaissait la silhouette replète et pressée filant le long des canaux avec son manteau court et son chapeau pointu.

L'arrivée de Herschel, qui accepta en quelque sorte naturellement les conditions du rabbin Ménassé, lui permit de ne plus venir à l'imprimerie que deux heures par jour pour corriger des épreuves ou voir les comptes.

En attendant de trouver un logement, Herschel dormait à l'atelier, sur un bat-flanc garni d'une maigre paillasse qui, dans la journée, servait de banquette aux correcteurs. Le travail était intéressant, et il se trouvait faire à Amsterdam ce que son père Jérémie faisait à Lublin : avec la permission de Ménassé ben Israël, il réaménagea même l'atelier de façon à en faire la copie presque exacte de celui de Lublin.

Il était là depuis deux semaines peut-être quand, une nuit, peu après le roulement de tambour appelant la garde au rassemblement, il entendit qu'on frappait à la porte. Il alluma la lanterne et regarda par la lucarne : une silhouette s'estompait dans le brouillard hivernal.

– Au nom de Tout-Puissant, dit une voix en hébreu, ouvrez-moi, n'ayez pas peur !

Herschel tira le battant.

L'homme était grand et maigre, ses cheveux gris s'échappaient d'un large chapeau mou, tombant sur une méchante tunique violette. Il se dirigea vers le bat-flanc de Herschel et s'y assit brusquement :

— Vous permettez?

Herschel se demanda comment tous ces gens parvenaient à le dénicher : il savait déjà que ce bonhomme au regard fiévreux allait lui faire perdre sa nuit. Mais que dire? Il n'allait quand même pas refuser de l'écouter, le renvoyer à sa solitude.

— Je m'appelle Uriel da Costa, dit l'homme. Me connaissez-vous?

— C'est possible, admit Herschel, mais..

— Vous avez devant vous un Juif excommunié, frappé du herem... Proscrit, interdit, mis au ban, refusé comme un lépreux...

Le regard fiévreux de l'homme n'était pas celui d'un fou; plutôt celui d'un désespéré.

— Qu'avez-vous fait? demanda Herschel.

— Rien de mal. Je voulais simplement ne pas être singe parmi les singes.

— Singe? C'est-à-dire?

— Tous ces rites religieux pèchent contre la raison, et je les ai refusés.

— Mais les rites, c'est la religion!

— Si vous saviez tout ce que j'ai souffert à cause de la religion!... D'abord en tant que marrane au Portugal, puis en tant que Juif à Amsterdam...

— Mais comment vous dites-vous juif si vous refusez la religion d'Israël?

— Je suis juif parce que je me dis juif! Comprenez-moi. La religion d'Israël, pour moi, ce n'est pas cette misérable servitude à des rites, à des gestes, à des prières récitées sans foi... Le judaïsme...

Il respira profondément, étendit les bras comme pour embrasser quelque chose d'immense :

— Le judaïsme, c'est...

Herschel prenait l'homme en sympathie :

— Avez-vous jamais dansé autour des rouleaux de la Loi, demanda-t-il, lors des fêtes de réjouissance? C'est aussi cela la tradition... Nous avons dans notre famille un livre dans lequel nous inscrivons, de pères en fils, depuis maintenant plus de mille cinq cents ans, nos noms, les dates importantes de notre vie, les noms de nos enfants... Je ne sais pas ce que vous attendez de moi, mais vous ne me ferez pas dire autre chose : le judaïsme, c'est d'abord la mémoire et la tradition.

Uriel da Costa regarda Herschel avec reconnaissance :

— Je comprends ce que vous me dites. Mais eux, ceux qui m'ont condamné, je ne les comprends pas. Si vous saviez ce qu'ils m'ont fait souffrir avec leurs airs vertueux!

Il se leva soudain, comme s'il était déjà en retard à quelque rendez-vous important :

— Merci de m'avoir écouté. Vous êtes le premier depuis bien longtemps.

— Mais pourquoi, demanda Herschel, ne vous réconciliez-vous pas avec la synagogue?

Uriel da Costa se redressa avec superbe, et le pauvre homme eut soudain l'air terrible :

— C'est elle qui doit se réconcilier avec moi, car c'est elle qui m'a exclu!

Il fit quelques pas vers la porte puis se retourna brusquement :

— Je reviendrai si vous le voulez bien. Que Dieu vous bénisse!

Quand il sortit, un vent humide et froid balaya la pièce.

Herschel attendit en vain Uriel da Costa au cours des nuits qui suivirent. Il composait alors le *Shevet Yehouda*, chronique de la martyrologie juive, et le typographe Juda Leib Setzer la mettait en pages. C'est de ce Juda qu'il en apprit un peu plus sur Uriel da Costa, Juif portugais d'Oporto qui fut un temps clerc mineur pour échapper à l'Inquisition et qui revint au judaïsme lors de son arrivée à Amsterdam :

— Mais, dit Juda Leib Setzer, ayant imaginé la foi d'Israël qui n'était pas celle d'Israël, il a cru devoir essayer de transformer la religion d'Israël.

— Et la communauté n'a pas apprécié!

— Évidemment. Il a alors publié un ouvrage extrêmement violent, qu'il a intitulé *Examen des traditions pharisiennes confrontées à la Loi écrite*. La communauté l'a alors excommunié et a brûlé ses livres.

— Brûlé ses livres?

— C'est que la plupart des Juifs d'Amsterdam sont portugais, et qu'ils ont apporté dans leurs bagages cette Inquisition qu'ils fuyaient. Comme il est dit dans l'Ecclésiaste : « Si le serpent mord faute d'enchantement, il n'y a point d'avantage pour l'enchanteur... »

Herschel éprouvait une étrange fascination pour l'excommunié d'Amsterdam — lui aussi s'était parfois demandé jusqu'à quel point la communauté exprimait nécessairement la vérité de Dieu, mais il s'interdisait de pousser ses réflexions plus avant. Uriel da Costa avait dit qu'il reviendrait; l'hiver pourtant passa sans qu'il se montre à l'imprimerie.

Les visiteurs ne manquaient pas. Ménassé ben Israël, toujours pressé, arrivait souvent avec des clients, des marchands ou des amis, comme le médecin Ephraïm Bueno. Ils vinrent un jour tous deux, Ménassé ben Israël et Ephraïm Bueno, en compagnie d'un petit homme rond, aux longs cheveux roux sous un chapeau à plumes, vêtu d'un pourpoint de velours vert et d'une culotte brune. Le rabbin commença à lui expliquer les différentes phases de la composition et de l'impression. L'homme posait beaucoup de questions mais comprenait vite. Soudain, il tomba en arrêt devant Herschel, occupé sur son composteur :

— Vous êtes celui que je cherchais! J'ai une place pour vous... Derrière Samson... Avec les musiciens...

Voyant l'air effaré de Herschel, Ménassé ben Israël intervint :

— Notre ami Rembrandt Van Rijn est peintre, dit-il. Il a déjà fait des esquisses pour le portrait d'Ephraïm Bueno et de sa fille.

Le peintre reprit la parole et expliqua le tableau auquel il était en train de travailler. Il mimait les attitudes des personnages et se montrait merveilleux acteur :

— A droite, dans un halo lumineux, Samson est assis... Derrière lui, quatre musiciens sont debout, et ils écoutent Samson qui se tourne vers eux... Dalila est assise au milieu de la composition... Impossible... Bon... Maintenant, entre le groupe des hommes, ici... Et Dalila, ici... L'espace est trop important... Vous voyez?... Voilà pourquoi je cherche à rajouter un cinquième musicien... Il me manquait un visage, et je viens de le trouver...

Il recula de trois pas, cambra les reins, plissa les yeux en regardant Herschel :

— Tout visage est une création divine, dit-il, une lumière dans les ténèbres... Le privilège du peintre est de découvrir ce qui est caché derrière l'apparence, comme le dit Job... D'ailleurs, d'une certaine façon, vous aussi jouez avec les ténèbres et la lumière... Ces traits noirs de l'encre selon le dessin des lettres et ce blanc autour des caractères...

Il s'arrêta, fronça le sourcil et, passant d'un contraste à l'autre, cita :

— « L'Infini frappa le vide avec le son du Verbe... »

Il se tourna sur ses souliers serrés fermés par des lanières croisées comme s'il allait sortir, puis revint :

— *Vayomer Élohim*... dit Élohim : Dieu, c'est le Verbe. La semence est devenue Verbe. Devenant Verbe, elle fit un tumulte qui s'entendit au-dehors...

Il posa sur ses cheveux roux son chapeau noir orné d'une vaporeuse plume blanche et ajouta, à l'intention de Herschel :

— Tout est dans la Kabbale !

Il était déjà dehors. Juda Leib Setzer s'approcha de Herschel, qui restait tout éberlué et n'avait pas eu le temps de placer un mot :

— Reprends-toi, mon ami, reprends-toi. Et ne t'inquiète pas de l'interdiction qui est faite aux Juifs de représenter le visage humain : tu ne seras jamais le cinquième musicien, et ton visage ne sera pas une tache de lumière dans les ténèbres... Dix fois par jour il trouve ainsi « celui qu'il lui faut », et il l'oublie aussitôt... Mais ainsi est Rembrandt Van Rijn !

Herschel trouvait une certaine ressemblance entre le peintre et Uriel da Costa, que pourtant tout semblait séparer. C'est sans doute cela qui l'amena à parler du proscrit portugais à Rabbi Ménassé quelques jours plus tard, mais le rabbin se récria :

— Pourquoi me parlez-vous de cet homme ? Prononcer le nom d'un excommunié souille autant que de toucher la chair d'un cadavre, que l'Éternel – béni soit-Il ! – nous en préserve !

Herschel ne parla plus d'Uriel da Costa et, s'il resta presque un an sans le voir, il ne l'oublia pas. Durant cette année, il eut la surprise de voir arriver son épouse Kaïla et ses trois enfants : comme il avait écrit à Lublin sans parler de retour, elle avait décidé de venir elle aussi s'installer à Amsterdam. Il en fut d'une certaine façon soulagé : ainsi n'avait-il plus de remords ; mais le caractère de l'acariâtre Kaïla ne s'était guère adouci. Ils s'installèrent dans une grande maison proche de l'atelier du peintre Rembrandt Van Rijn. C'est Kaïla elle-même qui alla discuter avec Rabbi Ménassé pour qu'il augmente le salaire de son époux.

Un jour qu'elle était sortie avec les enfants, Herschel vit arriver chez lui Uriel da Costa lui-même, toujours vêtu de sa légère tunique violette. Son regard restait aussi fiévreux, et ses joues s'étaient semblait-il encore creusées :

— J'ai eu du mal à vous retrouver, dit-il avec soulagement.

Il jeta son chapeau sur un coffre et se laissa tomber sur le banc :

— Je voulais vous dire que je ne vous ai pas oublié. J'ai passé tout ce temps à écrire l'histoire de ma vie. N'est-elle pas exemplaire?... Si les hommes ne veulent pas me rendre justice, l'avenir au moins le fera.

— Et quel en est le titre? demanda Herschel pour demander quelque chose.

— *Exemplar humanae vitae*. Qu'en dites-vous?

Herschel ne savait qu'en dire. Il était partagé entre l'agacement, la pitié et une certaine forme d'admiration pour l'irréductibilité et le courage du personnage. Et soudain il se mit en colère, de façon imprévisible et violente, à la façon des faibles :

— J'en ai assez de vos plaintes! Personne ne vous oblige à vous comporter ainsi. Si vous êtes juif, observez les lois des Juifs. Sinon, faites-vous chrétien et vivez d'après les lois des chrétiens!

Uriel da Costa hocha tristement la tête, comme pour signifier qu'il connaissait bien et cette violence et ce discours :

— Vous ne comprenez pas, dit-il... Pour moi, les chrétiens font les singes comme les Juifs font les singes... Tous nos maux viennent de ce qu'on ne suit ni la droite raison ni la loi de nature.

— Qu'est-ce que vous racontez encore?

Herschel ne s'était pas calmé. L'homme sans doute touchait en lui quelque chose de profond.

— Je voulais dire que l'homme doit aimer son prochain non parce que Dieu l'ordonne, mais par respect pour sa dignité d'homme. L'amour est plus vieux que Moïse. L'amour lie les humains entre eux, tandis que la Loi de Moïse les sépare.

Herschel le regarda, stupéfait, atterré. Ce qu'il venait d'entendre était très exactement un blasphème, et la terre ne tremblait pas, et le ciel ne s'ouvrait pas, et aucune tempête de soufre et de feu ne déferlait sur Amsterdam. La seule explication était que l'Éternel – béni soit-Il! – le mettait à l'épreuve, lui, Herschel fils de Jérémie de Lublin, et lui laissait le soin de répondre comme il convenait à cet excommunié. Il dit, la gorge serrée, sa voix le trahissant à moitié :

— Sortez d'ici! Vous blasphémez, sortez d'ici!

A sa grande surprise, il vit Uriel da Costa se lever, accablé, murmurant : « Vous ne comprenez pas, personne ne comprend! », et se diriger vers la porte sans même tenter de se justifier.

Dès qu'il fut sorti de la maison, Herschel eut envie de courir derrière lui, de lui demander pardon, mais il était comme privé de volonté. Quand sa femme rentra, il pleurait.

Herschel ne revit Uriel da Costa que quelques mois plus tard. C'était pendant *Souccoth*, la fête des Tabernacles. Les rues et les ponts du quartier étaient ornés de branchages, comme le voulait la tradition. Herschel, qui se rendait à la synagogue Beth-Yaacov, sur le Oude Schans, longeait le canal quand il reconnut sur la rive opposée la haute silhouette courbée vers l'avant du réprouvé portugais. Sans trop réfléchir, il pressa le pas, emprunta le prochain pont de bois et rejoignit Uriel da Costa. Il n'en crut pas ses yeux : l'excommunié avait l'air heureux.

— Il ne fallait pas, dit Uriel da Costa en le serrant brièvement contre lui... Il n'est pas bon pour vous qu'on nous voie ensemble... Partez vite!

— Je voulais seulement savoir comment vous vous portiez, répondit Herschel.

— Grâce à Dieu, grâce à Dieu, je vais bien.

Il regarda de tous côtés, comme s'il craignait qu'on puisse surprendre le secret de sa nouvelle joie, et jeta :

— J'ai rencontré une femme qui m'accepte comme je suis. Je crois que nous allons nous marier. Partez maintenant!

Il retenait pourtant Herschel par la manche :

— Si vous le voulez bien, voyons-nous demain soir à la taverne rouge, au bas de la Uilenburgstraat sur le Oude Schans. J'y serai.

A l'idée qu'Uriel da Costa pourrait l'attendre en vain, Herschel fut réellement malade toute la journée du lendemain : il n'osait pas avouer à son épouse Kaïla qu'il avait rendez-vous dans une auberge malfamée avec un Juif excommunié. Quand vint l'heure, il dit soudain qu'il devait se rendre à la synagogue, prit son châle de prière et sortit sans laisser à Kaïla le temps d'intervenir.

La salle, où grinçaient des violons, empestait on ne savait quelles épaisses vapeurs, quels aigres relents, et Herschel suffoqua. De grosses filles étaient assises sur des bancs de bois rangés le long des murs, attendant que des hommes viennent les empoigner pour les pousser dans la cohue des danseurs qui occupait entièrement le centre de la taverne. Herschel, prêt à faire demi-tour en courant, descendit les trois marches qui menaient à la salle comme si c'était un avant-goût de l'enfer. Il avait caché son châle de prière sous son pourpoint et le serrait sur sa poitrine comme un bouclier.

Uriel da Costa était installé à une petite table de bois. Au contraire de la veille, il paraissait accablé et une grosse fille dépoitraillée lui caressait la nuque de ses doigts boudinés. Sa fiancée? Quand il aperçut Herschel, il repoussa la fille d'un geste brusque :

— Je ne me marie plus, lança-t-il sans même saluer Herschel. Elle ne veut plus de moi. La communauté lui a envoyé ses femmes les plus vertueuses pour lui dire de se méfier de moi. Elle a déjà quitté la ville.

Herschel ne savait que dire. Il demanda :

— Comment s'appelait-elle?

— Ianthe.

— Et si vous retourniez à la synagogue? proposa doucement Herschel.

Uriel da Costa, surpris, regarda Herschel comme s'il venait de découvrir sa présence :

— Rien de bon ne saurait en résulter, dit-il, sinon la tristesse de l'âme.

La grosse fille revenait avec une chope de bière et reprenait sa place auprès d'Uriel da Costa, fidèle et consolatrice. Mais il ne prêtait aucune attention à elle.

— Si la synagogue est impuissante à sauver les fidèles, disait-il, elle ne peut que les désespérer. Le salut par l'immortalité est une duperie s'il remplace l'amour par la crainte... Il faut libérer l'esprit de la crainte qui engendre la superstition, il faut...

Il s'interrompit au milieu de sa phrase, fixa Herschel.

— « Tout homme debout est un souffle », dit celui-ci.

— Que dites-vous là?

— Je cite le psaume.

— Ah!

Herschel se leva pour partir.

— Attendez un instant.

— Je ne sais pas ce que je peux faire pour vous, sinon vous répéter que je ne vous tiens pas en horreur, même si je le devrais.

Uriel da Costa but une lampée de bière dans la chope de la fille.

— Je crois bien, dit-il, je crois bien que je vais faire ce que vous me conseillez.

— Retourner à la synagogue?

— Je ferai les mêmes gestes qu'eux, voilà tout. Je serai un singe parmi les singes.

— Non, répliqua Herschel. Vous serez un homme parmi les hommes.

Dès le lendemain, Herschel parla au rabbin Ménassé ben

Israël, qui accepta de rencontrer l'excommunié. Celui-ci se déclara prêt à supporter la honte de l'amende honorable et la cérémonie fut décidée pour le début de l'année 5400 * après la création du monde par l'Éternel, béni soit-Il!

Il neigeait ce jour-là sur Amsterdam, et les Juifs entrant dans la grande synagogue portugaise, tendue de noir pour l'occasion, avaient des barbes blanches. Le silence était oppressant quand Uriel da Costa, tout vêtu de noir, pénétra dans la salle et fut conduit sur l'estrade où les parnassim attendaient, derrière le chef du peuple juif d'Amsterdam, le *hakham*, Saül Lévi Mortara. Le hazan alluma une bougie noire et la remit au pénitent. La voix du chantre s'éleva alors, pure et forte, et ses mots parurent s'enrouler lentement autour des lourdes colonnes de marbre : « Je louerai l'Éternel de tout mon cœur... » Une sorte de frisson parcourut la masse compacte des hommes qui, en châles blancs à rayures noires, entouraient l'estrade et celle des femmes, qui se tenaient au balcon.

— Lève-Toi, ô Éternel! chantait le hazan. Que l'homme ne triomphe pas! Que les nations soient jugées devant Ta face! Frappe-les d'épouvante, ô Éternel! Que les peuples sachent qu'ils sont des hommes!

— Que les peuples sachent qu'ils sont des hommes! reprit la foule d'une seule voix.

Herschel, bouleversé, entendit le rabbin Mortara inviter Uriel da Costa à la contrition. Puis celui-ci, debout, la bougie noire à la main, reconnut ses péchés. Oui, il avait transgressé le repos sabbatique et les lois alimentaires. Oui, il avait nié plusieurs articles de foi, et notamment l'immortalité de l'âme. Oui, il avait dissuadé plusieurs marranes arrivant du Portugal de revenir à la religion juive.

— Promettez-vous de ne plus retomber dans vos erreurs?
— Je le promets.
— Promettez-vous de vivre désormais en bon Juif?
— Je le promets.

Uriel da Costa récita alors les treize articles de foi d'après Maïmonide : «*Ani maamin*, je crois avec une foi parfaite que le Créateur – que Son nom soit loué! – est le Créateur et le Maître de toutes les créatures, que Lui seul a fait, fait et fera toutes choses. *Ani maamin... Ani maamin...* »

— Amen! répondit la foule quand il eut fini.
— Amen! disait Herschel avec tous les autres. Il n'avait pas le sentiment de faire le singe parmi les singes. Il faisait partie d'un

---

* 1640.

groupe d'humains solidaires, d'un corps à mille têtes, et il parlait de la même voix, et disait les mêmes mots, et se balançait au même rythme. Cela n'était-il pas miraculeux? Est-ce que cette union n'était pas celle dont parlaient les deux kabbalistes de Prague quand ils évoquaient le « Mystérieux Inconnu, objet de tous les désirs »?

Quand tout fut dit, restait le châtiment. Uriel da Costa se dévêtit à demi. Son corps maigre faisait dans la semi-pénombre une tache étrange, vaguement malsaine. Il suivit le bedeau jusqu'à un angle de la salle, où deux aides l'attachèrent à une colonne, offrant son dos nu à la lanière du cuir que le bedeau tenait à la main.

Le premier coup de fouet arracha un cri à l'assemblée. « Deux, compta-t-elle au deuxième, trois... Quatre... » Herschel souffrait dans sa propre chair et même jusqu'au plus profond de son âme. Cette cérémonie l'accablait. « Douze... Treize... » Le cuir déchirait le dos du pénitent. « Vingt-six, vingt-sept... » Herschel avait envie de s'enfuir. La peine était de trente-neuf coups de fouet, et Uriel da Costa la subit jusqu'au bout sans se plaindre.

Quand ce fut terminé, le bedeau le reconduisit jusqu'à l'estrade, où il se rhabilla sans paraître souffrir. Le rabbin Saül Lévi Mortara prononça alors à voix forte la fin du herem pour Uriel da Costa.

Le chantre entonna solennellement le psaume : « Mais Lui, plein de compassion, leur pardonna leur iniquité et ne les détruisit pas... » Puis le bedeau accompagna Uriel da Costa jusqu'à la porte d'entrée et le fit s'étendre sur le sol. Les hommes alors enlevèrent leurs phylactères, plièrent leurs châles et, l'un après l'autre, quittèrent la synagogue en enjambant le corps du malheureux, à qui les plus zélés donnaient des coups de pied en passant. Quand ce fut à son tour, Herschel vit qu'Uriel da Costa gardait les yeux fermés.

Herschel, qui refusa, le lendemain à l'atelier, de parler de la cérémonie d'expiation, vécut quelques jours la bile à la bouche. L'été n'était pas encore là quand on apprit qu'Uriel da Costa s'était suicidé, ne laissant derrière lui, pour ceux qui chercheraient à comprendre, que la biographie dont il avait parlé à Herschel, *Un exemplaire de vie humaine,* comme une vengeance.

XXXV

Amsterdam-Lublin
LE DÉLUGE

— VOUS avez changé, dit quelques jours plus tard le peintre Rembrandt Van Rijn à Herschel. Votre visage est moins lumineux. Avez-vous eu des ennuis ? des soucis ? des morts dans la famille ?
— Oui, dit Herschel.
— Quelqu'un de proche ?
— Oui, dit Herschel.
— Un ami ?
— C'est cela, un ami.

Le peintre, qui vendait – fort bien : cinq cents florins chacun – les nombreux portraits qu'il exécutait, sembla alors découvrir on ne savait quel angle, quel arrondi, quelle ombre sur le visage de Herschel :

— Voudriez-vous poser pour moi ? demanda-t-il comme si son sort d'artiste en dépendait. Vous êtes l'homme que je cherche. J'ai une place pour vous. Juste derrière la Vierge Marie... Au centre, dans un halo de lumière...

Il sourit soudain :

— La lumière !... Il est dit dans le Zohar que, lorsque Jacob quitta ce monde, la lune s'éclaira et le soleil éprouva du désir pour elle. Depuis, lorsque le soleil disparaît, un autre soleil apparaît. Et par son union avec chaque soleil la lune s'éclaire.

Herschel sourit à son tour.

— Vous voyez, lui dit le peintre, votre visage aussi s'éclaire !... Donc, dans mon halo de lumière, on voit une femme, un livre ouvert dans la main gauche. Elle se tourne vers un enfant qui dort dans un berceau d'osier... Vous voyez ?... Derrière la femme, je placerai l'homme. C'est son époux. Il taille une branche fraîche... Je le vois exactement comme vous, le teint clair, une barbe... Vous viendrez poser, n'est-ce pas?

Dans le fond de l'atelier, Juda Leib Setzer tentait de réprimer un rire qui fusa bientôt, repris par les frères Jacob et Abraham ben Zévi. Rembrandt Van Rijn se retourna, surpris, prêt à se fâcher :

— Pourquoi ce rire?

Juda Leib se tordait, la bouche ouverte à s'en décrocher la mâchoire, et son rire était si communicatif que Herschel s'y mit à son tour et que le peintre lui-même commença à pouffer. Et quand enfin on put lui expliquer qu'il avait déjà failli peindre Herschel en musicien derrière Dalila, les rires redoublèrent. Mais Rembrandt Van Rijn était ravi :

— Je suis bien avec vous, dit-il un peu plus tard. Tous leurs honneurs et toutes leurs prétentions me fatiguent. Je n'aime rien tant que le repos de l'esprit et la liberté.

Mais Herschel n'apparut jamais dans les compositions de Rembrandt Van Rijn, au contraire d'Ephraïm Bueno, dont le peintre fit le portrait quelques années plus tard, l'intitulant *Le Médecin juif* –, mais c'était uniquement, selon la rumeur, parce que Stella Bueno était l'une de ses nombreuses maîtresses.

Ce portrait, Herschel ne le vit jamais : à peine fut-il achevé que d'un peu partout commencèrent à arriver des nouvelles témoignant que les persécutions contre les Juifs redoublaient. Ménassé ben Israël, dont le fils préféré venait de mourir, et qui s'était ruiné avec la faillite de la Compagnie des Indes, expliquait toutes ces épreuves par la nécessaire purification devant précéder la venue du Messie : le Zohar ne l'annonçait-il pas pour l'année 5408 * après la création du monde par l'Éternel – béni soit-Il! – ?

A Smyrne, un nommé Sabbataï Zévi s'était justement révélé à un groupe de disciples comme le Messie annoncé en prononçant un jour, contrairement à un usage séculaire et malgré l'interdiction qu'en fait le Talmud, les quatre lettres du nom sacré de Dieu. Puis on avait appris la nouvelle de l'insurrection des Cosaques en Pologne, plus sanglante encore que celle qu'avait fuie Herschel, et beaucoup y avaient vu la confirmation des prédictions talmudiques de Rabbi Isaac : « Le fils de David ne viendra pas avant que le monde tout entier ne soit converti à la foi des hérétiques. »

Les douleurs de l'enfantement, disait-on, précèdent ainsi la délivrance. Mais quelles douleurs, cette fois encore! Les Cosa-

---

* 1648.

ques de Bogdan Chmielnicki s'étaient alliés aux Tartares pour envahir – et ravager – les villes situées à l'est du Dniepr. Les malheureux qui tombaient sous la main des Cosaques étaient horriblement massacrés ; les Tartares, au contraire, faisaient des prisonniers qu'ils allaient vendre comme esclaves en Crimée et en Turquie. On croyait savoir que les Cosaques avaient été arrêtés près de Zamosc et n'avaient donc pas atteint Lublin.

A peu près rassuré sur le sort de sa famille, Herschel vivait pourtant dans l'inquiétude : il considérait les effets de la violence des hommes et il lui semblait que les Provinces-Unies composaient comme un îlot de paix dans un monde en proie à tous les désordres, se demandant quand il serait à son tour submergé. Cela ne l'empêchait pas de se rendre chaque matin à son travail avec la même conscience et la même application, suivant ainsi le conseil de Johanan ben Zakhaï : « Si tu es en train de planter un olivier et qu'on t'annonce l'arrivée du Messie, achève de planter l'olivier et va ensuite accueillir le Messie. »

A l'automne de cette même année 1648 arriva à Amsterdam un Juif de Constantinople, Jacob Amaradji, fils du rabbin Moïse de Salonique. Il venait solliciter la communauté pour le rachat des Juifs polonais vendus comme esclaves dans le port de Galata. L'élan de générosité des Juifs portugais d'Amsterdam pour leurs frères polonais fut tel que Herschel, ému, leur pardonna presque la mort d'Uriel da Costa. Restait à savoir qui accompagnerait Jacob Amaradji à Constantinople pour y remettre les fruits de la collecte.

– Herschel, mon époux, lui dit un soir Kaïla, tu devrais bien te porter volontaire pour ce voyage. Tu as de la famille en Pologne, tu parles polonais, tu comptes des ancêtres ayant vécu à Constantinople...

– Mais...

C'est ainsi qu'il quitta contre son gré la « Jérusalem du Nord » pour s'embarquer sur un bateau vénitien, peu après le Kippour de l'an 5408 * après la création du monde par l'Éternel – béni soit-Il ! Sa femme et ses enfants l'accompagnaient.

La lumière blanche, la poussière, les mouches, les minarets, les dômes de toutes sortes, la couleur de la mer : comme on était loin des neiges de Lublin et des brumes d'Amsterdam !

Ils restèrent sur le quai de Galata le temps qu'un enfant coure

* 1648.

chercher le grand rabbin Yomtov ben Yaeche, qui prenait l'air important mais qui paraissait avoir été tiré de sa sieste. Il dit quelques mots d'accueil et de remerciement, auxquels Herschel répondit au nom de la communauté d'Amsterdam. Puis tout le monde réembarqua sur un caïque pour gagner Balat, où la cohue valait bien celle de Galata.

Là, Jacob Amaradji, avec qui Herschel avait eu le temps, durant l'interminable voyage, d'évoquer ses ancêtres imprimeurs, le conduisit jusqu'au faubourg de Fener, chez ceux qui devaient être ses lointains petits-cousins. Maison dans les cyprès. Deux douzaines de paires de babouches alignées devant l'entrée. Un petit homme chauve au visage rond sortit les accueillir : il se nommait Sheshet Albrabez, était imprimeur chez Abraham Franco et avait effectivement entendu parler d'un livre familial, mais ne l'avait jamais vu. Il proposa sans trop d'enthousiasme à ses lointains cousins de dormir chez lui, où ils passèrent une bien pauvre nuit, serrés sur quelques nattes posées à même le sol poussiéreux, quand le dernier des invités – on fêtait chez Sheshet la circoncision d'un petit-fils – fut parti en braillant de sauvages imprécations contre ceux qui ne pensent qu'à dormir alors qu'ils auraient toute leur mort pour cela.

En attendant que l'on pût procéder au rachat des prisonniers, Herschel pria Sheshet de le mener au cimetière d'Egri Capou, où il désirait se recueillir sur la tombe de ses ancêtres. Sheshet prit l'air surpris, mais s'exécuta sans discuter.

Le cimetière ne servait plus que de lieu de pèlerinage, où les Juifs se rendaient pour solliciter l'intervention des âmes des saints rabbins enterrés là quand quelque calamité les affligeait. Herschel découvrit les tombes de Meshulam, fils d'Abramo, et de son fils Abbakhou, qui était le père d'Abraham, celui qui le premier de la famille avait mis le pied en Pologne, à Lublin. Les inscriptions étaient à peine lisibles, et Herschel comprit que ce qui est gravé dans la pierre ne dure pas aussi longtemps que ce qui est inscrit dans la mémoire. Il récita le kaddish et lut à haute voix des passages du Livre d'Abraham, mêlant son histoire au chant éternel du vent dans les chardons et les herbes sèches.

Il se serait bien attardé, mais le cousin Sheshet, assis sur une tombe à l'écart, commençait à s'impatienter, et Kaïla devait l'attendre.

Les membres de la Compagnie de rachat des esclaves de la nation juive de Constantinople se rendirent solennellement à Galata, où étaient amarrés les bateaux de prisonniers polonais. Les Juifs de la ville étaient venus nombreux assister à la libération de leurs frères, car c'était aussi une bonne action, et ils se répétaient des chiffres extravagants, prétendant les tenir de Jacob Amaradji lui-même, concernant le montant de la collecte amsterdamoise. Ils parlaient un hébreu mêlé d'espagnol que Herschel comprenait à peine. Enveloppés de leurs feredges, noirs de poil, bruns de peau, ils ressemblaient certainement plus à des Turcs non juifs qu'à des Juifs polonais, et pourtant Herschel reconnaissait en eux des frères d'âme.

Jacob Amaradji fut averti que le fonctionnaire turc responsable de l'opération venait d'arriver. C'était un imposant gaillard qui portait sous le nez une énorme paire de moustaches – tout comme il arborait à sa ceinture une impressionnante paire de poignards. A sa façon, il était l'Empire turc en personne.

– *Fela meom ala ikom!* le salua Jacob Amaradji avec soumission.

– *Ala ikom af-felam ve rahmat Allah!* Que la paix soit avec vous, ainsi que la miséricorde d'Allah! répondit le fonctionnaire en soupesant du regard Jacob Amaradji comme s'il était un des esclaves à vendre.

Tous deux commencèrent une longue et tortueuse discussion de principe : il s'agissait simplement d'obtenir l'autorisation de monter à bord des deux bateaux pour compter et identifier les prisonniers; les cargaisons en avaient déjà été achetées par des marchands d'esclaves turcs, avec qui la Compagnie de rachat allait maintenant négocier le montant du prix global.

Enfin, Jacob Amaradji tendit quelques pièces que le fonctionnaire turc empauma avec un vilain sourire de ses lèvres charnues et rouges. Alors seulement les délégués de la Compagnie de rachat, dont était Herschel, purent monter à bord.

D'abord l'odeur. Puis les cliquetis des chaînes. Puis la vision d'horreur de ces gens entassés, mal nourris, croupissant depuis des semaines dans leurs déjections et leurs vomissures. Des mains s'élevèrent vers eux. Des appels, comme des miaulements de chats, leur écorchèrent le cœur.

Des scribes commencèrent à relever les noms et les lieux de provenance. Herschel demanda s'il se trouvait des prisonniers de Lublin. On lui répondit que oui, qu'ils étaient dans la cale, avec ceux de Zaslaw. Il voulut descendre, mais la puanteur était telle qu'il crut défaillir – non tant à cause de l'odeur elle-même, mais parce qu'il pensait à la déchéance des hommes et des femmes enfermés dans ce trou noir. Il attendit donc sur le pont, répondant brièvement à ceux qui remerciaient en lui la communauté d'Amsterdam.

Quand fut établi le nombre des Juifs enchaînés sur le pont, et que les membres de la Compagnie de rachat eurent payé le prix demandé par les vendeurs, des Turcs au crâne rasé se présentèrent avec de grosses tenailles et des marteaux pour briser les chaînes. Dès qu'ils étaient libérés, les prisonniers étaient pris en charge par la communauté qui les répartissait dans les familles de la ville. Ils étaient hâves, pantelants, maigres, sales, sans forces et pourtant leurs regards brûlaient du bonheur de réintégrer cette communauté chaleureuse qui elle aussi respectait le shabbat et priait l'Éternel Dieu d'Israël.

Alors on abattit l'huis goudronné qui fermait la cale et servait de passerelle entre le bateau et le quai. Ces prisonniers-là, qui n'avaient eu ni le vent ni le soleil, étaient d'apparence plus lamentable encore. Herschel examinait ceux de Lublin – peut-être en reconnaîtrait-il un? Visages tragiques, corps défaits. L'un de ces spectres passant près de lui s'arrêta soudain:

— Je vous remets, dit-il. Vous êtes le fils de l'imprimeur Jérémie, le frère d'Azariah le marchand d'œufs.

L'homme éclata en sanglots. Herschel se souvint brusquement:

— Vous êtes...

Mais l'homme était si marqué, à la fois par les dix ans de séparation et par les conditions de la captivité, que Herschel hésita.

— Vous êtes le rabbin Elhanan de Rowné? demanda-t-il. Le neveu de Meir ben Guedalia de Lublin?

— Alors, dit l'autre dans ses larmes, alors vous m'avez reconnu... Alors j'ai encore un visage humain...

Puis soudain:

— Savez-vous que votre père est ici?

— Mon père? Mon père?

Herschel répétait les mots sans les comprendre. Et soudain il le vit, son père Jérémie, sorte de fantôme blême appuyé sur le bras d'Azariah le marchand d'œufs, son frère, devenu un vieil homme au visage ravagé. Il s'avança et se jeta à leurs genoux.

C'est Jacob Amaradji lui-même qui les accueillit dans sa demeure. Herschel avait récupéré aussi sa sœur Ruth, les dents brisées, à moitié folle.

— Qui reste-t-il à Lublin? demanda Herschel.

— Ton jeune frère David, répondit son père. Qu'une longue vie lui soit donnée!

— Et si nous disions une prière? suggéra Herschel.

Il surprit dans le regard de son père une infinie tendresse et entama : « O Toi qui m'as soutenu et m'as fait vivre jusqu'à cet instant... »

Avant la fin de la prière, Jérémie dormait, comme si, enfin, il lui était permis de se reposer. Et c'est Azariah le marchand d'œufs qui raconta comment ils se trouvaient à Zaslaw, au mariage du cousin Nathan, quand les Cosaques avaient pris la ville.

— Moi, dit Herschel, il y a dix ans, je me rendais au mariage du cousin de Polonnoye quand ils m'ont surpris.

— Ainsi l'a décidé Celui qui gouverne le monde.

Azariah avait vu mourir sa femme et ses enfants mais n'en dit pas un mot. Leur sœur Léa aussi était morte ainsi que son mari Bunim. Pleurer? Prier? Maudire?

— Où était donc notre Dieu pendant tout ce temps? demanda Herschel le lendemain alors que son père, alité, fiévreux, lui faisait le récit des atrocités auxquelles il avait assisté : femmes enceintes éventrées, enfants rôtis, hommes coupés en deux.

Mais Jérémie l'imprimeur le reprit :

— Ne blasphémons pas, mon fils. Remercions plutôt le Créateur pour Sa miséricorde, grâce à Lui nous sommes en vie et je t'ai retrouvé. Ce jour-là, Jérémie parla beaucoup. Il décrivit l'arrivée des Cosaques, leur fuite, la façon dont un homme juste, le prince Wizniowiecki les avait recueillis et protégés jusqu'au moment où les hordes de Chmielnicki avaient pris cette forteresse, entre Zaslaw et Zytomir, et massacré plus de deux mille personnes. Par chance, Jérémie et les siens — enfin, les rescapés — avaient pu se rendre aux Tartares. Ils avaient marché, marché... Le poids des chaînes... Le bruit des chaînes...

Le soir, Jérémie paraissait apaisé :

— Maintenant, dit-il avant de s'endormir, nous pouvons rentrer à Lublin. Avec l'aide de Celui qui est, toi, David et moi, nous remettrons l'imprimerie sur pied.

Le matin, on le trouva mort sur sa couche. Sans doute avait-il épuisé toutes ses forces à survivre. Herschel et Azariah l'enterrèrent à Egri Capou, le cimetière désaffecté, auprès de leurs ancêtres Meshulam et Abbakhou.

Après trente jours de deuil, ils obéirent à la dernière volonté de leur père — que son âme repose en paix! — et retournèrent à Lublin.

Herschel ne reconnut pas Lublin. Le quartier juif de Podzamsze, les maisons, les synagogues, tout était bien en place, mais une ville n'est pas seulement une architecture de planches et de pierres. Les gens avaient changé. Ils portaient tous le deuil, allaient à pas lents, parlaient à voix basse. David lui-même, l'enfant rieur que Herschel avait quitté, était comme éteint.

Azariah abandonna son commerce d'œufs et les trois frères rouvrirent l'imprimerie. Herschel s'installa avec sa femme Kaïla et ses trois enfants dans la maison de Jérémie, mais ses deux fils, maintenant âgés de seize et quinze ans, ne se plaisaient pas à Lublin et ne rêvaient que d'Amsterdam.

— Dès que nous serons assez vieux, disaient-ils, nous y retournerons.

— Lublin n'est pas assez bonne pour vous? leur demandait leur père.

— Nous ne ferons que suivre ton exemple, père. Toi aussi tu as quitté Lublin pour Amsterdam.

En vérité, Herschel comprit bientôt que c'était leur mère qui leur avait planté cette idée-là dans la tête. A mille signes, il pouvait voir que Kaïla s'ennuyait en Pologne. Elle réclamait davantage d'argent pour l'entretien de la maison, protestait contre les ordures qui empestaient les rues, s'emportait contre les lamentations continuelles des voisins...

Un jour qu'il avait oublié dans leur chambre un texte qu'on lui réclamait à l'imprimerie, Herschel revint sur ses pas. Il entra en coup de vent et ce fut comme s'il avait ouvert une porte donnant directement sur un rêve : dans le lit, sa femme Kaïla nue, avec un homme! L'homme sauta sur ses pieds et se vêtit frénétiquement — alors seulement Herschel reconnut leur voisin, le droguiste Leibuch.

Herschel était devenu une boule de colère et de souffrance :

— Sortez! cria-t-il soudain.

Le visage de Leibuch se déforma comme sous l'effet d'un coup. Le droguiste ne demanda pas son reste et détala dans l'escalier.

Kaïla ne paraissait aucunement gênée. Elle avait remonté la couverture sur ses épaules. Sous le bonnet qui cachait son crâne rasé, son visage était comme un masque du défi. Il s'approcha d'elle et la gifla. Elle blêmit :

— Vous n'avez pas le droit, cria-t-elle. Je ne suis pas votre esclave.

— Vous êtes ma femme!

— Et parce que je suis votre femme, je devrais perdre ma vie à Lublin! Les Juifs ici sont des sauvages! Ils ont déjà oublié les morts et ne pensent qu'aux affaires.

— Il faut bien vivre! répondit Herschel.
— Vivre? Avez-vous vu à quoi ressemble la maison communautaire? A un marché!
— Il est normal que les hommes fassent des affaires.
— Même les survivants?

Herschel comprit qu'il se laissait entraîner dans une discussion qu'il ne maîtrisait pas; aussi rompit-il.
— Je me demande, dit-il, si vous n'êtes pas sous l'emprise de Lilith. Je ne comprends pas ce qui vous arrive.

Kaïla rit amèrement :
— Vous êtes gentil et faible, vous acceptez tout de tous. Même de me trouver ici avec Leibuch! Vous êtes celui qui cherche à comprendre et qui ne comprend pas!...

Elle articula :
— Je veux moi aussi retourner à Amsterdam.

Herschel ne répondit pas. Il prit le livre qu'il était venu chercher et regagna l'imprimerie. Le soir, en présence des enfants, le dîner se déroula comme d'ordinaire. Au lit, Herschel voulut parler, mais il sentait près de lui, dans l'obscurité, comme un rempart infranchissable, et il se tut. Il savait bien que son épouse avait le sentiment de l'avoir vaincu, mais cela au moins lui était indifférent : sa vie n'était pas un combat.

Le lendemain, ils n'eurent pas non plus l'occasion de parler de l'incident Leibuch. C'était en effet la veille de la fête chrétienne de l'Ascension et, comme chaque année, le voïvode obligea les Juifs de Lublin à se rendre tout en haut de la ville, place du Marché, pour écouter le prêche de l'archiprêtre.

C'était une sorte de rite saisonnier. L'ecclésiastique de service dénonçait les erreurs de la religion juive à une foule de Juifs aux yeux vides qui attendait que cela soit fini pour retourner chez eux. Cette fois le sermon fut violent. L'archiprêtre était un de ces hommes de braise rêvant d'amener au Christ — et de préférence de force — les infidèles par milliers. Chacun de ses mots brûlait, et il s'exaspérait de l'absence totale de réaction de l'assemblée. Pas un cri, pas un geste, pas un regard dont il puisse nourrir sa colère et son zèle.

— Comment, s'écria-t-il, supportez-vous mes paroles sans frémir? N'êtes-vous pas fiers d'être juifs? Ah! votre Dieu sera content de vous!

Rien, pas un soupir, pas un clignement de paupières ne pouvait laisser imaginer que quelqu'un dans l'assistance avait entendu les provocations de l'archiprêtre, qui maintenant paraissait prêt à sauter de l'estrade sur les spectateurs du premier rang pour faire naître au moins un mouvement de retrait.

C'est alors qu'un très vieil homme se fraya un chemin dans la foule en levant sa canne noueuse. Il était vêtu comme le sont les bûcherons et se tenait très droit. Il monta fermement les trois marches de l'estrade et, tandis que l'archiprêtre s'asseyait sous son dais de soie rouge, prit la parole :

– Juifs! commença-t-il...

Un frisson parcourut l'assemblée.

– Juifs!...

Tranquillement, le vieillard prenait possession de cette foule. Il paraissait à la fois dur et sage, irréductible.

– Juifs! Je ne sais pas si vous accepterez que je parle en votre nom, mais je parlerai au moins au nom de mes pères, et en mon nom propre.

Et d'une voix forte il entreprit de réfuter point par point, et en un polonais parfait illustré de citations en hébreu, l'argumentation de l'archiprêtre. Les Juifs, qui, au début, osaient à peine se regarder, retenaient à présent leurs applaudissements. L'archiprêtre et les dignitaires polonais se gardèrent bien d'intervenir, de crainte de paraître troublés par le vieillard, qui, après avoir terminé, quitta l'estrade et disparut dans la foule, exactement comme il en était venu.

Des chrétiens qui étaient là prétendaient que c'était Satan venu s'opposer à l'archiprêtre. Des Juifs le soupçonnaient d'être le prophète Élie chargé d'annoncer la venue du Messie. Herschel, Azariah et David retournèrent ensemble chez eux. Quelle ne fut pas leur surprise quand ils découvrirent le vieillard assis sur les marches de l'imprimerie, sa canne noueuse dans les mains :

– Béni soit Adonaï notre Dieu, Maître de l'univers, dit-il.

– Amen! répondirent les trois hommes.

– Ne savez-vous pas qui je suis?

C'est Azariah qui le reconnut :

– Oncle Itzhak!

On ne l'avait pas revu à Lublin depuis qu'il était parti se marier là-bas, dans la forêt où il avait failli être dévoré par les loups. Il raconta comment le traîneau de Jan Ostrowski provoquait autrefois des attroupements dans cette même rue et parla longuement de ce que les bûcherons lui avaient enseigné. Enfin, il dit la raison de sa visite : son fils aîné était parti, nul ne savait où, en emportant le dernier exemplaire du Livre d'Abraham qui fût en sa possession, et il se demandait s'il ne serait pas possible d'en réimprimer quelques exemplaires. Naturellement on se mit aussitôt au travail. On utilisa un papier moins épais et des caractères d'un corps plus petit – Tzvi-Hirsch les avait achetés à Hanau, en Allemagne –, afin de réduire le format du volume. Toute la famille s'attela à la tâche : « Pour que nul ne soit oublié au jour du Pardon, j'inscris ainsi qu'une prière le nom de mes fils... » Ces mots étaient comme la chair de leur chair, l'âme de leur âme et faisaient intimement partie d'eux-mêmes...

Le bruit se répandit bientôt que l'étrange vieillard qui avait affronté publiquement l'archiprêtre et le voïvode était un rabbin mystique, présentement occupé à imprimer en secret l'œuvre dans laquelle il révèlerait la date exacte de l'arrivée du Messie. Les Juifs du quartier affluèrent devant la porte, envahirent la cour qu'ils ne quittaient qu'à regret quand tombait le soir, tant ils avaient peur de manquer la parution du premier exemplaire.

Or arriva le jour où le Livre d'Abraham fut entièrement composé et corrigé. Par la fenêtre, les curieux virent bien qu'on mettait la presse en action, et la nouvelle courut à travers Lublin. On restait maintenant même la nuit et Benjamin, le fils de David, un enfant pâle aux yeux fiévreux, n'osait plus sortir. Quand enfin les feuilles furent pliées et assemblées, un chant commença à monter de la foule :

> *Nous Te louons, ô Dieu, nous Te louons!*
> *Ton nom est dans nos bouches*
> *Nous publions Tes merveilles...*

Le vieil Itzhak était navré. L'attente était telle que tout était à craindre. Il prit quelques cahiers non reliés du Livre d'Abraham et proposa de sortir prouver à ces impatients qu'il ne contenait nulle révélation. Les feuilles dans une main, son bâton noueux dans l'autre, il s'avança dans la cour où quelques exaltés, les bras levés au ciel, les pans de leurs longues robes battant comme des ailes d'oiseaux, dansaient et tournaient en fermant les yeux.

Quand Itzhak apparut, toujours aussi droit, il y eut un grand « ah! ». Ceux qui se trouvaient devant furent projetés contre les marches et défoncèrent la balustrade en bois. Itzhak assena quelques vigoureux coups de gourdin de gauche et de droite :

– Juifs! s'écria-t-il. Ne blasphémez pas! Ne suivez pas les rites païens! Louez plutôt l'Éternel notre Dieu, digne de louange!

– Loué soit l'Éternel à jamais! répondirent ceux qui avaient entendu.

Itzhak leva le Livre d'Abraham au-dessus de sa tête :

— Juifs! dit-il d'une voix forte. Ce Livre n'a rien de mystérieux. C'est simplement l'histoire de ma famille!... Écoutez!

Il déplia un cahier au hasard et lut : « Et Abraham engendra Hannah, Myriam, Aurélia et Salomon. Saül engendra Sarah, Ruth et Jonathan. Sarah et Ruth furent converties de force en l'année terrible 4295 après la création du monde par l'Éternel, béni soit-Il! Que leur souvenir demeure dans la famille et au sein de la maison d'Israël! »

Un vieux Juif en robe marron, qui se trouvait tout près d'Itzhak, dit d'une voix grinçante :

— Esprit maudit celui pour qui un discours n'a d'autre sens que le sens des mots!

Un murmure parcourut la foule.

— Il a raison! cria une voix au loin. C'est un langage secret!

— Ces noms cachent le nom du Messie! reprit un autre.

— Et cette date la date de sa venue!

Le vieil homme en robe marron arracha soudain les pages des mains d'Itzhak, surpris. D'autres essayèrent à leur tour de s'en emparer. Mêlée, bagarres. Les cahiers s'éparpillèrent, on s'arrachait les pages avec fureur.

— Juifs! appelait Itzhak. Juifs!

Personne ne l'entendait. Il se tut, considéra le spectacle avec pitié : des hommes couraient derrière des lambeaux de papier que le vent jouait à leur disputer. Azariah le marchand d'œufs, qui venait protéger son oncle, l'entendit grommeler :

— Le Talmud a bien raison. L'homme est une latrine ambulante!

— Il faut les comprendre, tenta de dire Azariah...

— La Kabbale leur a tourné la tête! Que le Saint – béni soit-Il! – nous protège de la folie!...

Itzhak regagna sa forêt dès que les douze exemplaires qu'ils avaient décidé d'imprimer furent reliés. Il en prit trois pour lui, qu'il enveloppa soigneusement d'un linge blanc avant de les mettre dans sa besace. Un quignon de pain et un morceau de fromage dans la poche de son caftan, il prit la route de Parczew, refusant qu'on l'accompagne en chariot.

Herschel le regarda s'éloigner. Le pas était ferme. Le bâton ferré sonnait sur la pierre du chemin. On avait envie de le suivre.

Herschel ne quitta pas Lublin, non plus que sa femme Kaïla, qui continuait à rencontrer le droguiste en cachette, mais il faisait celui qui ne s'apercevait de rien. Leurs deux fils, quand le plus jeune eut dix-huit ans, étaient partis pour Amsterdam, d'où ils leur écrivirent une lettre enthousiaste. Leur fille s'était mariée avec le chantre de la grande synagogue. Et la vie ainsi suivait son cours, désirs et regrets mêlés, bons et mauvais moments, bons et mauvais souvenirs...

Le Messie n'était pas venu, comme l'avait annoncé le Zohar, en l'année 5408 * après la création du monde par l'Éternel, béni soit Son nom, et il avait fallu recommencer à attendre sans pouvoir compter.

Six ans plus tard, on assista à Lublin à une éclipse de soleil, unanimement considérée comme un mauvais présage – le rabbin Jacob ben Ezéchiel Halévi de Platow déclara qu'il avait entendu des morts pleurer et gémir, tandis que le shamash de la grande synagogue dit qu'il avait vu se réunir sous l'arche sacrée des enfants depuis longtemps décédés. A l'automne de cette même année, une épidémie faucha des centaines de vies.

Ceux qui voyaient dans ces événements des signes précurseurs n'avaient pas tort : l'année ne s'était pas écoulée que reparaissaient les Cosaques du sanguinaire Bogdan Chmielnicki, un fléau qui ravagea d'abord les communautés juives établies dans l'ouest de la Pologne et de la Lituanie – la communauté de Vilna disparut ainsi purement et simplement.

L'hiver était arrivé très tôt, et les enfants patinaient déjà sur les eaux gelées de la Bistryca et même de la Czechowka, près de l'imprimerie. Quand se précisa la menace des Cosaques, les trois frères interrompirent le travail en cours – une édition de la Bible en yiddish à l'usage des femmes, *Tzené Oureyné* – pour se demander s'il ne serait pas plus sage de partir.

– Nous pourrions aller à Parczew, dit Azariah. L'oncle Itzhak n'est peut-être pas mort.

– Ou à Amsterdam, proposa Herschel. Les Juifs y sont bien traités, j'y connais du monde et je parle la langue.

Mais pour une fois qu'il proposait lui-même un voyage, on décida d'attendre encore un peu. Le lendemain, les crieurs publics annoncèrent que le prince et le voïvode interdisaient à quiconque de quitter la ville et d'en soustraire le moindre bien. Deux jours encore, et on apprit la chute de Zamosc. Les Cosaques arrivaient. Le lendemain même, le 15 octobre, on les vit à l'entrée du faubourg de Cracovie.

Quelques Juifs purent se réfugier chez des chrétiens amis ou acheter des cachettes, puis la ville chrétienne se referma,

* 1648.

renforça ses défenses. Seul le quartier juif, qui se trouvait en dehors des murs, restait à la merci des Cosaques. Les Juifs se réunirent dans les synagogues pour attendre le résultat de l'entrevue que des membres du Conseil de la ville devaient avoir avec les Russes, qui cette fois, arrivaient derrière les Cosaques.

Azariah, Herschel, David et leurs familles se rassemblèrent dans la petite synagogue de Saül-Wahl, rue de Podzamsze, à l'exception du fils de David, Benjamin, qui était fiévreux et que sa mère gardait à la maison. Soudain entra Pessah le cordonnier, l'air important. Il se fraya un chemin jusqu'au pupitre de l'officiant :

— *Rabotaï!* dit-il.

Dans le silence qui s'établit aussitôt, on entendit ronfler le gros poêle.

— *Rabotaï,* que l'Éternel — béni soit-Il! —, Dieu d'Israël, nous vienne en aide, car j'apporte de mauvaises nouvelles.

— Dis-nous lesquelles! entendit-on un peu partout. Eh bien, parle!

— Laissez-le parler!

Pessah aspira une grande bouffée d'air :

— Les émissaires du Conseil de la ville n'ont rien obtenu. Les princes Bortchinski et Poniatowski ont été arrêtés, et le jésuite qui les accompagnait renvoyé dans le froid, complètement nu.

Un murmure accablé parcourut l'assemblée. Ainsi, tout recommençait. Le vieux rabbin Abraham ben Yehuda, appuyé sur le bedeau, entonna d'une voix chevrotante : « Jusqu'à quand, Éternel, Te cacheras-Tu sans cesse? » Quelques voix reprirent : « Et Ta fureur s'embrasera-t-elle comme le feu? » Toute la foule alors se rejoignit pour les derniers mots : « Où sont, Seigneur, Tes bontés premières? Souviens-Toi des outrages de Tes ennemis, ô Éternel! »

Quand le silence retomba, comme un rideau, on entendit la voix du cordonnier Pessah :

— Les Russes réclament de la ville trente mille florins, plusieurs chariots de satin, de soie et de brocart, mille pièces d'étoffes anglaise et hollandaise, tout l'armement et tous les Juifs.

— Malheur à nous! cria quelqu'un d'une voix extraordinairement forte.

Le rabbin Abraham ben Yehuda se couvrit la tête de son châle de prière, ferma les yeux et entama le *Chema Israël* : « Écoute Israël, l'Éternel notre Dieu, l'Éternel est un... »

Des dizaines de têtes couvertes de châles se balançaient

maintenant au même rythme. L'officiant plaça le rituel sur le pupitre. Pessah le cordonnier posa ses lèvres sur le rideau qui dissimulait l'arche et l'écarta. Puis il poussa les battants, retira le premier rouleau de la Tora, couvert d'un mantelet de velours bleu foncé, et l'embrassa.

Alors la porte s'ouvrit avec fracas. Tous les visages se tournèrent d'un coup. C'était Benjamin, le fils de David :

— Les Cosaques brûlent nos maisons! cria-t-il.

David fut l'un des premiers à s'échapper, et il courut à l'imprimerie, son fils sur les talons. Azariah et Herschel, eux, furent pris dans la bousculade devant la porte.

— Juifs, appelait le vieux rabbin, ne courez pas! Restez ici, prions l'Éternel!

Tout Podzamsze brûlait. David et son fils Benjamin pénétrèrent dans l'atelier. Certitude des choses familières, odeur de l'encre. David faillit tomber à genoux d'épouvante à l'idée que c'en était fait de tout. Il courut pourtant jusqu'au coffre où étaient rangés, avec les comptes et les créances, les exemplaires du Livre d'Abraham ainsi que le très vieux Rouleau venu de Jérusalem. Il attrapa une cassette de bois qu'il vida de son contenu, y logea les manuscrits, un exemplaire du livre et enfin y renversa un casier : un jeu complet de lettres. Puis il enveloppa la cassette d'un chiffon qui traînait, tout taché d'encre, et la tendit à son fils :

— Tu as vu, Benjamin, ce que j'ai mis là?

— Oui, père.

— Ne perds jamais cette cassette, Benjamin.

Des pas sonnèrent sur la terre gelée de la cour, puis il y eut des rires d'hommes.

— Fuis par-derrière, Benjamin. Tâche d'aller vers Parczew. Je t'y rejoindrai si Dieu veut.

Il posa les mains sur la tête de son fils, le bénit et dit :

— Amen, amen, amen! File! Et que Dieu te protège!

Benjamin se glissa par l'étroite ouverture qui donnait sur la colline. A ce moment, la porte d'entrée vola en éclats.

Herschel était encore dans la synagogue quand le feu s'y mit. Une poutre tomba du toit et écrasa à demi Pessah le cordonnier, qui serrait contre lui le rouleau de la Tora. Herschel sortit. Des reflets rougeoyants dansaient sur la glace, des formes sombres couraient dans tous les sens. Le froid et la fumée saisirent Herschel, en même temps qu'il comprit que personne n'en réchapperait. Il appela sa femme, mais son cri se perdit. Il chercha du regard son frère Azariah, qu'il venait de quitter, mais ne le trouva pas. Il entendit des cris, se retourna. Des hommes à cheval. Il vit nettement les sabots ferrés faire gicler la neige gelée, puis sentit une sorte de brûlure dans son dos. Sa vue s'obscurcit et il tomba. Il pensa au peintre Rembrandt Van Rijn et à ce qu'il disait de la lumière. Il appela à nouveau sa femme mais n'entendit même pas le son de sa propre voix. Il se demanda s'il était déjà mort. Il ne souffrait pas.

La vue lui revint peu à peu. Il revit en un éclair son père Jérémie sur le bateau d'esclaves à Constantinople, et voulut aller au-devant de lui. Kaïla, maintenant, dans un brouillard laiteux, Kaïla nue sous le corps de Leibuch le droguiste, Kaïla qui venait vers lui, mais qu'un cavalier attrapait d'une main et jetait sur sa selle. Leibuch, son châle de prière sur les épaules, s'agrippa au cheval du Cosaque et sa tête aussitôt roula dans la neige, tandis que son corps allait s'affaisser plus loin. Herschel vit le Cosaque jeter Kaïla à deux autres barbares, à pied ceux-là, qui lui remontèrent la robe sur la tête. Une chaleur étrange emplit la tête de Herschel, et il entendit Kaïla crier. Un des Cosaques tenait Kaïla tandis qu'un autre sortait de ses braies un sexe énorme. Que faisait donc Leibuch?

— Où sont, Seigneur, où sont Tes bontés premières? dit, ou crut dire, Herschel. Tes bontés premières... Tes bontés premières....

Il réunit tout ce qui restait de vie en lui et se souleva en appui sur les coudes. Il vit nettement le visage du cavalier qui lui enfonçait en criant sa lance dans la gorge.

Il y eut, ce jour-là et les jours suivants, deux mille sept cents Juifs massacrés à Lublin. « Quelques-uns, dit la chronique, furent écorchés vifs et jetés aux chiens, d'autres eurent les pieds et les mains arrachés et, sur leurs corps mutilés, on fit passer des chariots lourdement chargés. D'autres encore furent saignés à blanc ou enterrés vivants. Les Cosaques ouvrirent le corps des femmes pour y introduire des chats furieux et recousirent leur peau; comme les malheureuses cherchaient à se déchirer les flancs, elles eurent les mains coupées au poignet... »

Cet épisode-là de leur histoire, les Juifs polonais l'appelèrent le Déluge *.

---

* On l'appelle aussi *Gezeroth Tah ve Tat*, les sentences de 1648-1649.

Ce Benjamin finit par échouer dans un hameau éloigné du village de Lubartow : Kamionka, une quinzaine de maisons, une mare à canards glacée six mois sur douze, un rabbin maître d'école, une bonne moitié de Juifs parmi la soixantaine d'habitants. Recueilli à demi gelé par Nathan Peretz le marchand de bestiaux, il en épousa la fille quelques années plus tard et, à la mort de Nathan, devint l'homme le plus riche de Kamionka.

Benjamin ne chercha pas davantage à se faire aimer de ses voisins que de sa femme. C'était un personnage solitaire, méfiant, âpre au gain, qui ne parlait guère qu'à ses chevaux. J'ai essayé de raconter comment il s'était introduit dans l'intimité de Nathan Peretz, et avec quelle morgue, devenu riche, il se conduisait. Mais, décidément, je n'éprouve pas plus de plaisir à présenter des personnages de « méchants » que je n'en éprouvais à décrire en long et en large les batailles des Juifs contre l'Empire romain.

Pourtant, je le sais bien, existent parmi mes ancêtres, comme partout ailleurs, des hommes injustes, malhonnêtes, insensés, violents, des types peu recommandables. Faut-il obligatoirement les mettre en scène? Je me rappelle une remarque de Robert Laffont, alors que, une fois de plus, nous parlions de ce livre : « Attention, me dit-il, à ce que vos personnages ne soient pas tous bons et gentils. » Je comprends bien ce qu'il voulait dire. Mais tant d'écrivains de tant de générations se sont appliqués à décrire les Juifs sous les traits les plus bas et les plus pervers que je me sens la conscience tranquille : ce n'est pas encore moi qui rétablirai la balance.

Et puis je les aime tant, ces Juifs, mes pères, mes frères, au visage mobile et au regard inquiet fixé sur des siècles de misère. Je crois bien que je les aime tous, ceux de mon enfance évidemment, comme ceux que j'ai pu rencontrer au hasard des carrefours du monde.

Des images surgissent – ce bedeau roux et timide parmi ses chats roux et farouches aperçu à la synagogue du Ghetto Vecchio de Venise, ces joueurs de dominos s'insultant en yiddish dans un café de l'avenue Corrientes à Buenos Aires, ces gauchos juifs traînant la semelle dans la poussière de Mosesville dans la Pampa. Je les aime, comme j'aime ces Juifs vêtus de guenilles qui, devant l'antique synagogue du Caire, me regardaient d'un air à la fois amical et craintif tandis que le guide m'expliquait sans rire que Moïse lui-même venait prier là; et ces jeunes végétariens d'origine sépharade dévorant du gefilte fish *dans un restaurant de New York où m'avait emmené Bashevis Singer; ou ces étudiants de la Yeshiva University manifestant à Central Park, la calotte sur la tête, contre la guerre du Viêt-nam...*

Et cet orfèvre bossu du mellah *de Rabat, accroupi devant sa table basse et martelant depuis toujours une plaquette de cuivre.*

Et ce mendiant de Djerba, habillé en Arabe et me bénissant en hébreu.

Et ces hassidim, *Juifs pieux toujours affairés, traversant en courant la rue des Rosiers à Paris, barbes et papillotes au vent.*

Et ce petit voleur qui m'a dérobé mon portefeuille à Amsterdam.

Et ces nouveaux riches au goût douteux en visite à Tel-Aviv...

Et tous ceux que je rencontre tous les jours, dans la rue ou dans ce livre, et que je reconnais à des gestes un peu trop nerveux, à un regard un peu trop fiévreux, à je ne sais quelle inquiétude qui est celle des hommes aux mémoires trop vives.

Tout ce petit peuple des Juifs est fait de miraculés qui sont comme moi des survivants du plus grand « déluge » qu'ait connu le peuple juif, et qu'un seul mot symbolise aujourd'hui, Auschwitz. Je feuillette l'album de photos d'Abraham Shulman, The Old Country. *Ils sont tous là, mes Juifs, les porteurs d'eau dans leurs caftans usés, les colporteurs de livres au* regard malicieux, les enfants au visage pâle penchés sur des textes sacrés, les femmes allumant les bougies du shabbat, la foule dansant autour des rouleaux de la Tora sur la place d'un village, les ouvriers barbus, la tête couverte de calottes carrées, devant l'entrée d'une usine, les familles assises autour d'une table pascale.

A Varsovie, pour Pessah, nous nous réunissions rituellement chez mon grand-père Abraham, rue Nowolipie. Malgré l'absence de deux de ses fils et de sa fille – mon oncle David était alors à Paris, mon oncle Samuel à Bruxelles, ma tante Regina à Buenos Aires –, nous étions quand même plus de vingt : mon père et ma mère, ma tante Topcia, son mari Moniek et leurs enfants, mais aussi des cousins et des cousines de mon grand-père.

Nous arrivions avant lui et, quand il quittait la synagogue, nous l'attendions déjà depuis longtemps. Il montait lentement l'escalier, toussotant à chaque palier pour bien s'annoncer. Nous, les enfants, cessions de nous poursuivre dans l'appartement, nos parents rajustaient nos vêtements à la hâte et tout le monde s'installait autour de la grande table.

Quand il ouvrait enfin la porte, et qu'il voyait toute sa famille réunie, son visage s'éclairait. Il quittait son manteau, s'installait sur le coussin qui lui était réservé et disait : « Gout yom tev! Bonne fête! » La Pâque alors commençait.

Brouillard des souvenirs, images tremblées. Surimpressions. Le visage de mon grand-père Abraham m'apparait soudain parfaitement net, comme dessiné. Une haute silhouette, papillotes et barbe blanche soigneusement peignées, regard sombre et gai à la fois, front haut et large sous la calotte carrée. Il personnifie pour moi toute la richesse de ce monde englouti. Profondément religieux, il était familier du fameux rabbin de Gur chez qui il se rendait pour de savantes discussions. Mais il était aussi sympathisant du Bund, le parti socialiste juif. Mélange d'autorité et de douceur, de réserve, de curiosité des autres, il était aussi bien à sa place à présider la table familiale que penché sur son livre de prières à la synagogue ou défilant un 1er mai derrière le drapeau rouge du Bund.

Il était imprimeur. Je me rappelle avec quels gestes, le vendredi soir, il nettoyait l'atelier, couvrait de feuilles de papier blanc les machines et les tables de composition avant de se laver les mains et les avant-bras et de prier avec les autres ouvriers, pieux et barbus comme lui. Je ne le quittais guère. Il avait demandé que je porte le nom de son propre père, Meir-Ikhiel.

Me voici déjà avec mon grand-père à Varsovie alors que deux siècles et demi m'en séparent encore. L'impatience d'arriver, peut-être, au bout de cette entreprise – mais je sais déjà qu'elle me manquera. Ou simplement le peu de goût que j'ai pour ce Benjamin échappé de Lublin en flammes et menant dans ce hameau perdu l'existence d'un autre. Dur et injuste, je l'ai dit, maltraitant son valet Yankel, le porteur d'eau Faïvel, méprisant le meunier Jacek, indifférent à sa femme Baïlé, cassant et maladroit avec son fils Abraham, qui préférait étudier qu'élever les chevaux. Le seul qu'il n'osait rudoyer était le rabbin Lazard, un paysan tranquille et sage qui répondait invariablement par une citation d'Isaïe quand on venait se plaindre de Benjamin : « Que le méchant abandonne sa voie et l'homme impie ses pensées ; qu'il revienne à l'Éternel, car Il aura pitié de lui, à notre Dieu, car Il prodigue Son pardon. »

Quand je pense à ce hameau de Kamionka, à la vie de ces innombrables et si semblables shtetlekh, bourgades typiques et pittoresques, parfaitement organisées pour se perpétuer, mon cœur se serre, car les shtetlekh ont disparu de la surface de la terre aussi sûrement que des campements préhistoriques.

En France, dès que j'eus commencé à gagner un peu d'argent, mon père, qui, sans le savoir, partageait avec beaucoup l'idéologie du terroir, m'engagea à acheter un « carré de terre ». J'en ressentais sans doute, comme lui, le besoin, puisque j'acquis ce que les agences appellent une « fermette à restaurer, avec poutres apparentes ». L'autoroute était proche, le voisin avait des poules et de grosses vaches lentes, un ruisseau passait au bout du jardin. La nuit, nous écoutions appeler les chiens et les chouettes. Je compris pourtant, très vite, que le malentendu entre mon père et moi était total : pour moi cette maison n'était qu'une maison de campagne, pour mon père un signe d'attachement à notre nouvelle patrie. Il oubliait, mon père, que bien que nos ancêtres n'eussent en somme jamais quitté ce pays, notre enracinement dans le Livre avait suffi à certains moments critiques de l'Histoire à nous faire rejeter comme « étrangers ». Et aujourd'hui encore ne nous invite-t-on pas périodiquement à choisir entre la Terre et le Livre, comme si notre présence ici n'impliquait pas que l'on puisse être fidèle à la fois à l'une et à l'autre ?

A Kamionka, à l'époque dont je parle – à la fin du XVIIe siècle –, les Juifs, bons ou méchants, vivaient au jour le jour leur espèce d'éternité, rythmée par les saisons, les fêtes, les nouvelles de pogroms plus ou moins lointains et l'annonce de l'arrivée du Messie. Ils priaient chaque matin le Maître de l'univers afin que leurs enfants grandissent en paix, pour la joie de leurs parents et de tout le peuple d'Israël, amen!

Abraham, le fils de Benjamin le marchand de chevaux, saisissait toute occasion de s'éloigner de Kamionka. Il ramena un jour chez lui un grand type blond aux yeux bleus, large comme un bûcheron, qui portait un petit talith blanc à même sa chemise, sous sa longue veste en toile grise, comme l'exigent les Écritures.

— Père, dit-il, père, j'ai rencontré un cousin.

Comme on était à quelques jours du Grand Pardon, Benjamin saisit l'occasion de se mettre en règle avec son devoir de charité et invita le « cousin » à passer la nuit. L'homme disait être le fils de Ruth, sœur d'Azariah, de Herschel et de David, la malheureuse sortie à moitié folle du bateau d'esclaves à Constantinople. Revenue à Lublin et violée par un Cosaque, elle avait trouvé le moyen de gagner Parczew, le village de bûcherons où vivait l'oncle Itzhak, et avait donné naissance à cet enfant blond qu'elle nomma Abraham et que tout le monde appela bientôt Kosakl, « Petit Cosaque ».

Quand il eut raconté son histoire, Benjamin, méfiant, craignant que l'étranger n'essaie de l'abuser, lui demanda de prouver ce qu'il disait. Kosakl alors tira de son havresac un livre à la couverture tout usée :

— C'est le Livre d'Abraham, dit-il, l'histoire de notre famille. Vous en connaissez sans doute l'existence.

Benjamin alla chercher l'exemplaire que son père David lui avait remis tandis que les Cosaques s'apprêtaient à enfoncer la porte de l'imprimerie. Les exemplaires étaient jumeaux, deux des douze imprimés à Lublin en 1655. Benjamin, convaincu que l'Éternel lui envoyait un signe, passa le Kippour en prières, demanda pardon pour toutes les mauvaises actions qu'il avait commises et pour toutes les bonnes actions qu'il n'avait pas accomplies. Dans cette humeur, il ne put refuser la proposition de Kosakl de se rendre à Zolkiew, où se trouvait une imprimerie, pour tirer quelques nouveaux exemplaires du Livre d'Abraham, en y ajoutant les nouvelles naissances et les massacres de Lublin.

Benjamin dut sortir un peu d'argent de sa poche, mais il expédia son fils en surveiller l'emploi. C'est ainsi que les deux Abraham, Kosakl et son petit cousin Abraham, alors âgé de dix-sept ans, quittèrent Kamionka.

Me voici doublement soulagé : nous ne verrons plus guère Benjamin le méchant et d'autre part il était devenu urgent de réimprimer le Livre d'Abraham, dont tous les exemplaires avaient brûlé ou avaient disparu sauf celui de Benjamin – mais allez donc savoir ce qu'un homme comme lui en aurait fait à l'imprimerie de Zólkiew.

XXXVI

Zolkiew
BRAÏNDL « MA DEMEURE »

Abraham, dit Kosakl, était un bon Juif. Élevé par les bûcherons de Parczew, son origine paternelle ne le tourmentait pas le moins du monde : sa foi et l'Histoire en laquelle il croyait lui importaient davantage que le sang qui coulait dans ses veines. Sa règle de conduite première s'inspirait du Traité des Pères : « Là où il n'y a pas d'hommes, efforce-toi d'être un homme. » Et, quand il arrivait – souvent – qu'on fasse devant lui allusion aux Cosaques, il répondait simplement : « Ne juge pas ton prochain avant d'avoir connu la même situation que lui ! »

A Parczew, Itzhak mort, il avait découvert chez lui un volume des commentaires de Rachi, dont il avait chaque jour recopié des passages pour apprendre à comprendre, et un exemplaire du Zohar, où il apprenait à rêver. Sa pauvre mère Ruth, qui chaque nuit criait dans son sommeil et confondait les deux massacres dont à dix ans d'intervalle elle avait réchappé, avait semé dans son cerveau d'enfant la certitude que ces sanglants soubresauts de l'histoire des hommes n'avaient d'autre sens que celui de purifier la terre avant la venue du Messie – comment, autrement, eût-elle pu en supporter même l'idée? Des kabbalistes n'avaient-il pas soutenu que la transcription hébraïque du nom de Chmielnicki permettait d'élaborer un acrostiche définitif : « Les souffrances de l'enfantement du Messie viendront sur la terre »?

On reparlait à l'époque de Sabbataï Zévi, l'homme de Smyrne en qui les communautés d'Orient avaient reconnu le Messie. Les nouvelles, comme on l'imagine, parvenaient irrégulièrement à Parczew, se chevauchaient, se contredisaient, s'annulaient. Sabbataï Zévi, rapportait un voyageur, venait d'épouser la Tora devant le peuple de ses fidèles. Non, jurait un marchand de passage, Sabbataï Zévi, en réalité, avait épousé une jeune Juive polonaise rescapée des massacres, et c'était un très bon présage pour tous les Juifs polonais. Puis on apprit l'arrestation de Sabbataï Zévi par le grand vizir de Constantinople et son emprisonnement à Gallipoli. Il fallut vivre un long hiver sur cette information à la fois accablante et porteuse d'espoir : s'il était le Messie, il se libérerait à son heure. Aussi se réjouit-on quand, au printemps, ses disciples se répandirent dans tout le monde connu pour annoncer la libération de Sabbataï Zévi. Mais on n'en avait pas fini avec lui : il décida de changer la célébration de Tisha be Av, commémorant la destruction du Temple, en une fête de réjouissance. Stupeur des braves Juifs de Pologne, et qui n'était encore rien à côté de ce qu'ils éprouvèrent quand leur parvint, peu de temps avant Roch Hachana de l'an 5426 * après la création du monde par l'Éternel – béni soit-Il ! –, la nouvelle terrible de la conversion du Messie à l'islam !

Certains y virent la confirmation de leurs doutes. Les autres refusèrent simplement d'y croire. Des bagarres éclataient dans tous les shtetlekh et tous les faubourgs juifs des villes, au point que le roi Jean Casimir dut publier une ordonnance spéciale interdisant aux Juifs de troubler l'ordre public avec leurs démonstrations pour ou contre Sabbataï Zévi. Kosakl, qui avait à peine dix ans à l'époque, se jura d'aller lui-même en Turquie dès qu'il aurait l'âge de voyager par les grands chemins.

Quand il eut dix-huit ans, il partit donc. Il n'emportait que trois livres avec lui : le Zohar, les commentaires de Rachi et le Livre d'Abraham hérité d'Itzhak. Après bien des aventures, il débarqua en Turquie. Sur le même bateau voyageait un certain Néhémia Cohen, un Juif polonais qui lui aussi prétendait au titre de Messie, et qui allait défier Sabbataï Zévi. Kosakl put assister à leur rencontre. Il en fut atterré.

Désenchanté, mais pas le moins du monde désespéré, il se répétait la leçon des sages : « Quand Dieu voit l'âme d'Israël malade à en mourir, Il la couvre du drap mordant de la pauvreté et de la misère, et Il étend sur elle le sommeil de l'oubli afin qu'elle puisse supporter la douleur. Toutefois, de peur que l'esprit n'expire complètement, Il l'éveille d'heure en heure par le faux espoir d'un messie, puis Il la rendort jusqu'à ce que la nuit soit passée et que le vrai Messie advienne. »

Kosakl retourna en Pologne et enseigna au Talmud-Tora de Zolkiew, en Galicie, au-delà de Zamosc, avant de passer, au hasard des chemins et des rencontres, par Lubartow, où

---

* 1666.

Abraham, fils de Benjamin le marchand de chevaux de Kamionka, l'avait rencontré.

Maintenant qu'ils allaient ensemble vers Zolkiew, Kosakl et son petit cousin, le jeune était subjugué par la personnalité de son compagnon. Cette façon qu'il avait de balancer lentement, au rythme de la prière, ses épaules de bûcheron, ses larges pommettes, son regard tranquille, ses papillotes nouées derrière la tête, et surtout cet étrange mélange de force et de soumission qui émanait de lui, tout en lui attirait Abraham. Mais ce qu'il préférait encore, en Kosakl, c'était la réponse qu'il faisait aux étrangers qui l'approchaient.

— D'où vient le Juif? lui demandait-on, à l'auberge ou en chemin.

— De la forêt, disait Kosakl.

Et où va le Juif?

— Comme tous les aveugles, à la recherche de la lumière.

Et si l'autre levait le sourcil, il ajoutait :

— Comme il est dit dans le Deutéronome : « Tu seras en recherche à midi comme cherche l'aveugle dans les ténèbres. »

— Mais pourquoi, lui demandait-on aussi parfois, passez-vous tant de temps à étudier?

Il posait un regard tranquille sur son interlocuteur, et répondait :

— Car le Saint – béni soit-Il! – entend la voix de ceux qui se livrent à l'étude de la Loi, et à chacune de leurs découvertes un nouveau ciel est créé.

A Zolkiew l'imprimeur Uri Faïbuch était d'humeur exécrable : il venait d'apprendre que des marchands « sans honneur » bafouaient l'interdiction faite par le Conseil des Quatre-Pays * de vendre en Pologne des livres imprimés à l'étranger; or on venait de lui apporter une Bible imprimée à Amsterdam et un traité de médecine édité à Prague. Il menaçait de cesser toute activité, et il fallut toute la persuasion de Kosakl pour qu'il accepte de recomposer le Livre d'Abraham. En fait, il demanda

---

* Conseil des Quatre-Pays (en hébreu *Vaad Arba Arazot*) : organisation commune aux Juifs de Grande Pologne-Galicie et Volhynie de la première moitié du XVIe siècle jusqu'en 1764. Reconnue par les autorités polonaises et jouissant d'une très large autonomie, cette « diète » juive promulguait les règlements et lois relatifs à la vie interne des communautés juives organisées en *Kahal* et était chargée de veiller à la collecte des impôts.

à son fils Haïm-David de s'en charger, et accepta l'offre d'Abraham de venir l'aider.

Kosakl et Abraham rajoutèrent en fin de volume une relation succincte des événements de Lublin, ainsi que les noms de ceux qui étaient nés et qui étaient morts depuis la dernière impression. C'est ainsi qu'ils furent amenés à écrire, non sans émotion, leurs propres noms :

– Te voici, Halter, dit Kosakl à son cousin.
– Toi aussi, te voici, Halter.
– A ma connaissance, nous sommes les deux derniers.

Tout le temps que dura le travail à l'imprimerie, Kosakl le passa à la grande synagogue fortifiée de la ville. Abraham, lui, comme s'il en tenait le goût de son grand-père David et de ses grands-oncles Herschel et Azariah – qu'ils connaissent la paix éternelle ! –, apprenait le métier avec passion. Quand le texte fut composé, ils en imprimèrent douze exemplaires, qui furent reliés à Lwow. Kosakl prit un livre dans ses larges mains et le contempla ainsi, fermé, sentant bon le cuir, l'encre et le papier :

– Ne dirait-on pas, demanda-t-il, un enfant dans le ventre de sa mère ? Il existe déjà et attend de se faire connaître.

Il paraissait heureux, alors que le jeune Abraham éprouvait, pour la première fois de sa vie, la morsure du regret pour les aventures qui se terminent.

Kosakl partit dès le lendemain, ses six exemplaires dans son havresac :

– Nous nous reverrons si l'Éternel – béni soit-Il ! – le désire, dit-il. N'oublie pas, cousin, d'étudier la Tora. Car ceux qui se montrent dignes des secrets de la Loi deviennent, comme il est dit dans *Avot*, comparables à une source dont le débit s'accroît sans cesse, ou à un flot qui ne tarit jamais...

Les deux cousins s'étreignirent.

– Kosakl, demanda Abraham... Kosakl, avant de partir, dis-moi une autre citation, tu veux bien ?

Kosakl sourit comme Abraham ne l'avait jamais vu sourire.

– Selon les Proverbes, dit-il, une parole dite en son temps, quel bonheur !

Déjà il était parti, grand, large et fort, de son allure à traverser le monde, et Abraham pensa que l'éternel – béni soit-Il ! – allait à son côté.

Abraham ne quitta pas Zolkiew : Uri Faïbuch, qui appréciait

sa bonne volonté et sa passion pour le métier, désirait l'embaucher. Il écrivit donc à son père et lui fit parvenir un des nouveaux exemplaires du Livre d'Abraham. Il souhaitait, écrivit-il, continuer d'apprendre le métier d'imprimeur pour perpétuer la tradition familiale, et se disait sûr que son père n'y verrait pas d'objection. Il ne reçut pas de réponse.

Il logeait chez le rabbin Hillel ben Nephtali, rue aux Juifs. Le rabbin avait deux filles, Zlata, quinze ans, et Braïndl, treize ans et demi. Leur mère étant morte quelques années plus tôt, c'étaient elles qui entretenaient la maison, s'occupaient de la nourriture et du linge. Abraham, qui avait alors dix-sept ans, était troublé par les regards que lui lançaient les deux filles, surtout l'aînée, Zlata, au visage inexpressif mais à la poitrine provocante. Il se demandait s'il ne devait pas l'épouser mais, maintenant que Kosakl était parti, ne savait pas à qui demander conseil.

Un soir qu'il avait froid, dans le grenier où il avait sa couche, il redescendit dans la pièce du rez-de-chaussée, où trônait le gros poêle et où, derrière un rideau, dormait le rabbin. Il allongea la mèche de la lampe à huile et, assis près du poêle sur le coffre à bois, décida de lire quelques commentaires rabbiniques, le temps de se réchauffer. Il était si bien qu'il s'endormit, bercé par les ronflements puissants de Rabbi Hillel. Un bruit l'éveilla. Il ouvrit les yeux : Zlata, en chemise, rechargeait le poêle.

Abraham remercia la Providence de la lui avoir envoyée et l'observa un moment sans bouger. Mais c'était surtout sa gorge qui attirait son regard. Avait-elle remarqué qu'il était éveillé ? Il l'ignorait. En tout cas, elle se baissa pour ramasser le livre qu'il avait laissé tomber en s'endormant et il ne put s'empêcher, sans doute poussé par le diable, d'avancer la main vers ce sein lourd à la chair drue qui passait près de lui. Zlata se redressa. Elle ne lui fit aucun reproche, ni de la bouche ni du regard. Elle regagna sa chambre.

La nuit suivante, il descendit dès que les ronflements de Rabbi Hillel l'avertirent que la voie était libre. Son cœur battait une chamade inconnue. Il s'installa derrière le poêle, comme la veille, et posa son livre par terre. Le temps lui paraissait long comme l'exil. Enfin Zlata arriva, faisant comme s'il n'était pas là, ou comme s'il dormait. Elle tisonna le poêle, puis se pencha pour ramasser le livre. La main d'Abraham, cette fois, s'attarda avant que Zlata ne se relève. Il l'entendit soupirer puis elle s'éloigna.

Le lendemain, tout recommença. Mais Abraham cette fois ne feignait plus le sommeil. Aussi, quand elle se baissa pour ramasser le livre des commentaires du Talmud, leurs regards se croisèrent, et Zlata, s'agenouillant devant lui, demanda en chuchotant :

— Vous voulez voir?

Abraham avait la bouche si sèche qu'il ne pouvait articuler une parole.

— Je ne les ai encore montrés à personne, dit-elle.

Puis elle dégrafa sa robe violette et dénoua une sorte de corset. Alors, regardant Abraham dans les yeux, elle sortit un sein éblouissant, un trésor, une merveille, un péché. Il était là, posé sur sa paume comme une offrande, et Abraham, éperdu, en approcha lentement son visage, comme si ses mains n'étaient pas dignes d'une telle splendeur. Il sentit contre sa joue la peau douce et chaude de Zlata et, à sa grande surprise, le mamelon sombre durcit soudain. La jeune fille s'écarta.

— Vous voulez voir l'autre? demanda-t-elle.

De la tête, Abraham fit signe qu'il voulait voir l'autre. Zlata sourit comme une petite fille qui arracherait une patte à une sauterelle :

— L'autre, dit-elle, c'est pour demain.

Abraham la saisit par la main, mais elle se dégagea et, dans un froissement d'étoffe, elle disparut dans le couloir. Rabbi Hillel ronflait.

Ce ne fut pas « pour demain ». Une sœur de Rabbi Hillel, veuve depuis plusieurs années, vint en effet ce jour-là s'installer pour deux semaines, et elle dormit dans la chambre des filles. Au bout des deux semaines, il neigeait, et elle dut prolonger son séjour. Abraham était distrait, nerveux. Les seins de Zlata hantaient ses jours et ses nuits.

Aussi, un matin, se décida-t-il :

— Rabbi, demanda-t-il, à quel âge un garçon doit-il se marier?

Rabbi Hillel le regarda avec attention :

— Dans *Kiddoushin*, il est dit : « Le Saint unique — béni soit-Il! - veille à ce qu'un homme se marie au plus tard à vingt ans, et le maudit s'il ne l'a pas fait à cet âge. » Que âge as-tu donc, Abraham?

— Bientôt dix-huit ans, Rabbi.

— Tu voudrais te marier?

— Oui, Rabbi.

— Tu connais une jeune fille pieuse et travailleuse?

— Oui, Rabbi.

— Je la connais aussi?

— Sans doute mieux que moi, Rabbi.

— Elle habite cette maison?
— Depuis qu'elle y est née.
— Dieu soit loué, Abraham! Tu as bien choisi. C'est qu'elle est dévouée et courageuse, ma petite Braïndl!
— Mais, Rabbi...

Le rabbin Hillel appelait déjà sa sœur pour lui faire part de la bonne nouvelle, et c'est ainsi, sans l'avoir voulu, qu'Abraham épousa Braïndl à la fin de cet hiver-là. Zlata, il l'avait appris entre-temps, était fiancée à un voisin parti étudier en Allemagne. A cause des neiges, Abraham ne put même pas prévenir ses parents, mais il espérait bien qu'ils se dérangeraient pour la naissance de ses premiers enfants.

Braïndl était alors âgée de treize ans et demi, et sa poitrine n'égalait pas celle de sa sœur. Elle était vive, enjouée, et sans doute courageuse, mais sa poitrine n'égalait pas celle de Zlata. De plus, elle regardait Abraham avec ferveur, et il n'aurait pu souhaiter une meilleure femme si seulement sa poitrine...

La première nuit qu'ils passèrent ensemble, il éteignit la bougie et ils se dévêtirent dans l'obscurité. Braïndl était déjà couchée quand il s'étendit près d'elle avec précaution. Il entendait son souffle léger. Il se demandait ce qu'elle savait de l'« intimité conjugale ». Il hésitait à s'approcher de cette fillette qui était son épouse. Il se rappela qu'au moment de l'union, il était convenable, pour ne pas pécher, de se réciter quelque passage de la Tora, mais, dès qu'il cherchait une citation, apparaissait Zlata.

— Braïndl?
— Oui.
— Tu dors?
— Non.

Elle s'approcha de lui, et il sentit contre le sien son corps menu et chaud. Il posa la main sur la hanche de Braïndl et elle vint nicher sa tête dans sa barbe naissante. Ils s'endormirent ainsi, chastes comme des enfants.

Zlata était sur lui, agenouillée, nue, ses deux seins dans ses paumes. « Tu vois, disait-elle, je t'ai apporté l'autre. » Il eut soudain l'impression de se vider de tous les liquides que pouvait contenir son corps, et il s'éveilla, saisi d'angoisse. Braïndl dormait. Se sentant souillé, il se leva, versa à l'aveuglette un peu d'eau dans la cuvette, se purifia et récita la prière prévue pour la circonstance : « Maître du monde, j'ai fait ceci sans intention, mais cela n'a été causé que par des pensées mauvaises. Aussi, qu'il soit conforme à Ta volonté, Éternel mon Dieu et Dieu de nos pères, d'effacer, dans Ta grande miséricorde, ce péché.

Puisses-Tu m'épargner les mauvaises pensées et tout ce qui leur ressemble, à tout jamais! Qu'il en soit ainsi! Amen! »

Les nuits suivantes n'avancèrent pas les affaires d'Abraham et de Braïndl. Et il advint qu'il reprit ses habitudes d'avant le mariage : il descendait dès que Braïndl dormait et que le rabbin ronflait. Il s'installait sur le coffre à bois et attendait. Parfois Zlata venait, parfois elle ne venait pas. Parfois elle dénudait ses seins, parfois elle le laissait approcher, parfois elle lui demandait d'en baiser la pointe dure. C'était elle qui dirigeait le jeu, selon ses propres rêves et ses propres désirs.

Arriva ce qui devait arriver. C'était presque l'aube. Une lumière grise entrait déjà par la fenêtre. Abraham et Zlata ne pouvaient se décider à se séparer. Elle avait quitté sa chemise et ne gardait qu'une sorte de jupon. Soudain retentit la voix de Rabbi Hillel :

— Mais que faites-vous là?

Zlata sauta en arrière, attrapa sa chemise et disparut en courant. Abraham se rajusta sommairement, accablé mais au fond peu surpris que l'Éternel — grâces Lui soient rendues! — mette ainsi fin à ses dépravations.

— Mais que faites-vous là? demanda à nouveau le rabbin comme s'il ne connaissait pas d'autre question.

— Rien, balbutia Abraham, rien de mal, Rabbi. Nous ne faisions rien de mal...

Le rabbin, les cheveux et la barbe tout emmêlés, haussa ses sourcils comme s'il ne croyait pas ce qu'il entendait :

— Quoi? L'adultère n'est rien? Mauvais Juif! Apostat!

Abraham baissa les yeux. Il lui sembla entendre le bruit d'une gifle et sentit comme une morsure sur sa joue gauche.

— Malheur! criait le rabbin en tapant du pied. Démon! Hors d'ici! Hors de ma maison!

Abraham évita la seconde gifle et recula, se cogna au poêle et courut vers la porte. Il décrocha sa pelisse au passage et sortit.

— Mauvais Juif! entendit-il encore. Honte à toi! Honte!

Abraham marcha dans la rue qui s'éveillait. La grande synagogue fortifiée était éclairée. On aurait dit une de ces citadelles polonaises de brique rouge.

— Bonne journée! lui souhaitaient ceux qu'il croisait.

Les Juifs de Zolkiew se rendaient à la synagogue pour le chaharith, la prière du matin.

— Que l'Éternel, répondait-il, nous donne une bonne journée!

— A nous et à tout le peuple d'Israël!

— Amen!

Il passa la journée à l'imprimerie sans rentrer à l'heure de midi. Cela arrivait parfois, quand il fallait terminer un travail. Mais, quand le soir fut venu, Abraham se sentit désemparé. Après ce qui s'était passé, il n'osait pas retourner affronter Rabbi Hillel, son beau-père.

Il quitta l'atelier et prit le chemin de la ville haute. Le soir était presque doux. C'était la première fois qu'il allait ainsi à l'aventure, et tout paraissait différent. Il remarqua, dans la pénombre, une église qu'il lui semblait n'avoir jamais vue, s'écarta pour laisser passer des traîneaux et entendit des rires de femmes. De loin lui parvenait le son d'une musique. Il traversa une place et aperçut le château, dont les contours imposants étaient éclairés par des torches fumantes.

Abraham s'arrêta, saisi par le spectacle. Dans l'éclat des lueurs rougeoyantes que renvoyait la neige, des valets en livrée se tenaient sur le perron, accueillant les invités qui descendaient des traîneaux. Un orchestre jouait et des soldats en armes montaient la garde. Abraham s'approcha pour mieux voir. Près du portail de fer forgé que dominait l'écusson royal, des groupes de nobles à cheval s'apostrophaient et riaient haut, sans doute déjà un peu ivres. Abraham se rappela ce qu'on lui avait toujours dit des szlachcic : « Méfie-toi d'eux. Quand le malheur ne commence pas à leur arrivée, il commence à leur départ. »

Soudain, il y eut un roulement de tambour, et des jardins royaux sortirent des formations d'hommes portant des torches. Ils venaient dans la direction d'Abraham, qui se recula précipitamment dans l'ombre et s'appuya à une clôture. Il entendit une voix dans l'obscurité :

— Que le gentil pan cherche la porte et vienne me rejoindre. Le spectacle vaut la peine d'être vu.

La voix, qui parlait polonais, était sympathique, sans doute celle d'un vieil homme. Abraham trouva la porte et rejoignit un perron, dont il gravit les quelques marches de bois.

— Que le gentil pan s'installe! invita la voix.

Abraham sentit un banc derrière ses genoux et s'assit. Les premiers traîneaux passaient devant la maison.

— Qui est-ce? demanda Abraham.
— Pan n'est pas d'ici?
— Je suis de Kamionka, dit Abraham.
— Par la Vierge noire, je n'ai jamais entendu ce nom-là!
— Près de Lubartow.
— Qu'importe! Celui qui arrive ce soir est le prince Radziwill, le voïvode de Vilna. C'est un proche du roi. Quand il se déplace,

c'est comme si toute la noblesse polonaise se mettait en marche! Que le gentil pan étranger regarde bien!

Crissement des pas dans la neige, lumière fumeuse des torches. Des porte-étendard passaient. Près d'Abraham, la voix commentait :

— Voici l'infanterie... Voici maintenant la cavalerie... Derrière eux arrive la garde personnelle du prince... Ce sont tous des nobles ruinés. Que le pan regarde bien leurs vêtements, même en rêve le *chlop* ne les aurait pas imaginés ainsi... Voici la fanfare... Puis l'artillerie montée sur traîneaux...

— Toute cette armée appartient donc à un seul prince? demanda Abraham.

— Que le jeune pan prenne patience. Ceci n'est qu'un commencement. L'armée du prince Radziwill compte plus de dix mille hommes!... Cela vaut la peine d'être vu!... Tenez, voici le prince lui-même!

Plusieurs traîneaux se suivaient de près, chargés de soldats debout. Puis une nouvelle fanfare. Enfin un carrosse monté sur patins et traîné par six chevaux noirs.

— Cela vaut la peine d'être vu, répéta la voix dans l'ombre.

— Mais qui le voit? demanda Abraham.

— Qui le voit? Mais toute la ville est aux fenêtres!... Enfin, les hommes... Parce que les femmes...

La voix rit désagréablement :

— Si le jeune pan étranger a une femme quelque part en ville, qu'il se dépêche de la cacher avant qu'il soit trop tard! Malheur à celles qui se trouveront sur le passage du prince, belles ou vilaines, propres ou non, grosses, maigres aussi bien...

Abraham sentit une boule d'inquiétude lui monter à la gorge. Il n'avait lui-même jamais été victime ou témoin d'une chasse aux Juifs, mais sa mère Baïlé lui avait enseigné que les groupes d'hommes ivres qui partent pour la chasse aux femmes finissent souvent par la chasse aux Juifs.

— Je vous remercie de votre hospitalité, dit-il, mais je crois que je vais partir.

— Ni le prince ni les soldats ne sont mauvais bougres, continuait la voix, mais le pan étranger doit comprendre : les hommes veulent un peu s'amuser, ils boivent, ils...

Abraham coupa par une traverse entre les jardins et se mit à courir à toutes jambes. Il était presque arrivé chez le rabbin Hillel — chez lui — quand il fit demi-tour et fonça vers la grande synagogue, qui était toujours éclairée. Groupés autour d'une des quatre épaisses colonnes qui soutenaient le plafond peint priaient trois ou quatre *minianim* de Juifs. Abraham fit quelques pas.

— Chut! souffla quelqu'un.

— Juifs! appela-t-il doucement.

Personne ne bougea.

— Juifs! répéta-t-il.

Le hazan Moshé leva la tête :

— Que se passe-t-il? Quelles sont ces clameurs? Pourquoi ces cris?

— Le prince Radziwill traverse la ville avec dix mille soldats.

— Qui es-tu?

— Abraham, fils de Benjamin le marchand de chevaux de Kamionka. J'ai épousé la fille du rabbin Hillel.

En disant ces mots, son cœur se serra.

— Ne t'inquiète pas, Abraham. L'Éternel n'abandonnera pas ses enfants. Nous avons des guetteurs. Nous barrerons les portes à temps et, s'il le faut, nous avons aussi des armes. Rentre chez toi et veille sur les tiens.

En sortant, il remarqua que des hommes se tenaient en effet dans l'ombre, prêts à pousser les lourds vantaux. Dans la nuit résonnaient les musiques des fanfares et les grelots des traîneaux. Abraham courut comme il put sur la neige glacée. Il arriva chez lui juste avant que les premiers hommes de Radziwill n'apparaissent dans la rue aux Juifs. Derrière la barrière du jardin, il vit une lumière éclairer fugitivement une silhouette de femme. Il franchit la barrière d'un bond, saisit la silhouette aux épaules et la jeta au sol, roulant avec elle dans la neige. La lanterne s'était éteinte.

— Abraham, chuchota une voix. Dieu soit loué! Je vous attendais!

— Chut! souffla Abraham.

Il sentait bouger lentement le corps de la femme sous le sien. Une chaleur délicieuse envahissait ses membres et sa tête.

Des soldats maintenant étaient tout près. C'étaient des cavaliers. Ils faisaient un vacarme de tous les diables, chantaient, juraient, appelaient des belles, demandaient à boire.

— Abraham, murmura encore la femme.

C'était si doux, si tendre qu'Abraham en fut bouleversé. Et soudain, il sut qui était là.

— Mon épouse, dit-il.

Ils se serrèrent l'un l'autre de toutes leurs forces, et il y avait dans leur étreinte de la peur et du désir et peut-être, et sans doute déjà, cet amour qui les lierait toute leur vie.

Quand le dernier des soldats fut passé, ils virent s'ouvrir la porte de la maison. La courte silhouette du rabbin Hillel s'y encadra :

— Braïndl! appela-t-il. Braïndl!

Au loin, il y eut des coups de fusil.

Abraham et Braïndl se relevèrent, secouèrent un peu la neige qui les couvrait et se présentèrent main dans la main devant Rabbi Hillel. Celui-ci les contempla un instant en fronçant le sourcil. Puis il dut soudain oublier ce qu'il avait vu le matin même, car il dit :

— Entrez, et fermez bien la porte, que le froid n'entre pas.

Cette nuit-là, Abraham connut Braïndl son épouse. Plus jamais il n'éprouva l'envie de descendre se chauffer au poêle du rez-de-chaussée.

Abraham avait cinquante-cinq ans — que le Saint, béni soit-Il!, lui en donne cent vingt! — quand mourut Braïndl. Beaucoup, parmi ses proches, s'étaient déjà présentés devant la face de l'Éternel : son père Benjamin, sa mère Baïlé de pieuse mémoire, le rabbin Hillel, Uri Faïbuch et même, malgré son jeune âge, Haïm-David Faïbuch... Mais ce qu'il avait alors éprouvé ne ressemblait en rien à ce qu'il ressentait maintenant.

Abraham avait dans la poitrine un cœur gros et lourd comme la synagogue fortifiée de Zolkiew. Les vêtements déchirés en signe de deuil, il se répétait ce que disaient les sages du Talmud : « Quand un homme a perdu sa femme, le monde pour lui est entré dans les ténèbres. » Mais la phrase de Rabbi Yossi lui paraissait plus proche encore : « Je n'ai jamais appelé ma femme autrement que "ma demeure." »

Que le Seigneur protège l'âme pure de Braïndl!

XXXVII

Zolkiew
LA TRISTESSE ET LA JOIE

Durant l'existence d'Abraham, Zolkiew avait été épargnée par les marées de l'histoire – les Suédois avaient envahi la Pologne et occupé Varsovie, Lublin avait à nouveau brûlé, Jan Sobieski, le roi polonais qui avait arrêté les Turcs devant Vienne, était mort et le roi de France Louis XIV avait cherché à imposer à sa place un prince dont personne ne connaissait le nom... En vieillissant, Abraham avait pris l'habitude de recevoir chez lui, chaque soir, quelques amis pour commenter les nouvelles du monde et tenter d'y découvrir ce qui pouvait être « bon pour les Juifs ».

Braïndl, de son vivant, considérait avec indulgence ces interminables discussions d'hommes. Elle avait la grande sagesse de préférer que le monde se refasse ainsi chez elle plutôt que de voir le bourg à feu et à sang. Elle remerciait chaque jour l'Éternel d'avoir pu élever ses cinq enfants en paix. Les trois filles s'étaient bien mariées. L'aîné des garçons, Zalman, était devenu colporteur pour le compte de l'imprimerie et le second Mendel avait consacré la part qui lui revenait de l'héritage de son grand-père Benjamin le marchand de chevaux à acheter le droit de tenir une cartchema, une auberge, ou plus exactement une sorte de dépôt-débit où les voyageurs s'arrêtaient, mais où on pouvait aussi se pourvoir en grains, sel, hydromel, bière, eau-de-vie ou fourrage. Chaque mois, le régisseur du szlachcic à qui appartenaient l'auberge et ses environs venait percevoir sa part de recette – trop importante pour que Mendel puisse, avec ce qui restait, continuer à s'approvisionner, à réparer les toits ou à s'agrandir.

Abraham ne le plaignait pas. Il lui en voulait même un peu de n'avoir pas poursuivi la tradition familiale, et son espoir maintenant était que le fils de Mendel, Joseph, assure la relève. Celui-là, en effet, était déjà, à treize ans, un vrai savant. Son intelligence et sa piété étaient connues à des lieues à la ronde, et ne manquaient pas les visites de riches marchands ou d'usuriers désireux de donner à leur fille un mari savant. Mendel avait toujours dit non.

Mais le régisseur Bérich de Vilna, celui qui venait encaisser la recette de l'auberge, proposa de marier à Joseph sa fille Shaïné, alors âgée de onze ans : en plus de la dot, importante, il s'engageait à entretenir le jeune couple pendant six ans au moins, à lui fournir une maison et à débarrasser Mendel de ses dettes. Un autre jour Mendel aurait peut-être refusé, mais cette fois-là, il accepta. Un contrat fut signé et le mariage eut lieu trois mois après la bar-mitsva de Joseph.

Le jeune couple s'installa chez Bérich, dans une vaste et triste maison de bois en proie à l'humidité et où même les meubles paraissaient s'ennuyer. Joseph s'était soumis à la volonté paternelle sans rechigner, mais ce mariage n'avait pas grand sens pour lui : il était convenu qu'il partirait dès le lendemain étudier à Lwow pendant deux ans.

C'est alors que Zlata revint à Zolkiew. Celui qui décide de l'ordre des choses avait voulu qu'elle fût veuve, et sans enfant. Elle proposa à Abraham de partager avec lui la maison où elle avait grandi, s'engageant à lui tenir son ménage et son trousseau. Elle avait toujours le même visage inexpressif, mais son corps s'était épaissi, alourdi, et ses seins ne mèneraient plus personne en enfer. Abraham demanda leur avis à ses fils et à ses filles, qui dirent n'y voir aucun inconvénient.

Zlata s'installa donc à la maison, et Abraham perdit la paix. Elle commença à déplacer les meubles, à passer les murs à la chaux, à décider des achats. Puis elle s'en prit aux amis d'Abraham qui venaient commenter les événements du jour : elle les écouta deux ou trois fois, puis déclara que dans un monde où les échelles inventées par Dieu servaient à faire descendre les uns et à élever les autres, de tels débats n'avaient d'autre résultat que de salir la table et le plancher.

A cette époque, deux rois se disputaient le trône de Pologne, Stanislas Leszczynski, soutenu par la France, et Auguste de Saxe, appuyé par les armées d'Autriche, de Prusse et de Russie. Il n'était pas imaginable de laisser ces événements se dérouler sans les décortiquer quotidiennement. Aussi, chassé de la maison, le petit groupe se retrouva à l'auberge de Mendel. Les bâtiments consistaient en un hangar qui servait d'écurie à deux rangées de chevaux, séparées par un large espace central où l'on remisait les chariots et le bois, au-dessus desquels on serrait le foin, près du logement de Mendel et des siens. Les voyageurs buvaient, mangeaient et dormaient dans une même vaste chambre, autour d'un gros poêle. Les jours de semaine, Abraham et ses amis trouvaient toujours un coin où s'installer; mais, le dimanche et les jours de fête chrétienne, quand tout le village venait là boire et danser, ils déménageaient à la synagogue.

Abraham restait désormais le moins possible à la maison, et Zlata, qui s'ennuyait, lui suggéra de ramener ses amis, mais il refusa. Il pensait souvent à sa femme Braïndl, et il était triste. Sa seule joie restait son petit-fils Joseph, à qui, à son retour de Lwow, il proposerait de reprendre sa place à l'imprimerie.

Étudier le Talmud avec un rabbin pour en éclairer les passages les plus obscurs, réfléchir seul, lire les commentaires des sages, tout cela passionnait Joseph comme un jeu d'intelligence, mais le *pilpoul*, c'est-à-dire la recherche de toutes les combinaisons possibles, même les plus absurdes, pour interpréter un texte, l'agaçait. Les disputes entre les élèves de la yeshiva, l'absurdité des explications élaborées pour justifier le remplacement de telle lettre par telle autre le mettaient hors de lui. Le jour où le rabbin Zaddok lui demanda la raison de son attitude hostile, il répondit par une citation du traité *Baba Metzia** : « Celui qui a peu de savoir fait plus de bruit que celui qui en a beaucoup, de même qu'une pièce dans un flacon fait plus de bruit qu'un flacon plein de pièces. »

Le rabbin Zaddok, pour punir l'arrogance de Joseph, lui frappa les doigts d'une baguette dont il ne se séparait jamais et lui donna plusieurs chapitres de la Gemârâ à apprendre par cœur. Joseph les apprit volontiers, à la fois parce qu'il apprenait sans difficulté et parce qu'il se libérait ainsi, et à bon compte, de la faute qu'il avait conscience d'avoir commise. Mais il ne remit pas les pieds à la yeshiva du rabbin Zaddok.

A Lwow, à cette époque, existaient deux yeshivot, la russe donc, celle du rabbin Zaddok, et l'allemande, où enseignait le rabbin Saül. Joseph traversa la rue et alla à la yeshiva allemande. Les méthodes n'y étaient guère différentes, mais le fils du rabbin, apprenti chez un marchand d'étoffes qui se rendait régulièrement à Königsberg et parlait allemand, lui apprit l'alphabet des goïm et lui prêta quelques livres profanes.

Quelle révélation! Les deux premiers ouvrages qu'il fut en

---

* Traité du Talmud.

mesure de lire étaient des traités d'optique et de physique : il eut le sentiment d'y trouver, comme dans la Kabbale, la raison de toutes les choses cachées, mais avec un intérêt nouveau : il apprit ainsi ce qui provoquait le vent, et d'où venait la pluie, et comment se formait la neige...

Un jour, discutant avec un talmudiste de passage, il affirma que la Terre était ronde, ronde comme une boule, et que sous ses pieds marchaient certainement d'autres hommes comme lui. Le talmudiste répondit que c'était impossible, car ces hommes tomberaient dans le vide. Joseph entreprit alors de lui expliquer ce qu'il venait lui-même d'apprendre, que la base vers laquelle nous sommes attirés se trouve au centre du globe terrestre :

— C'est pourquoi, conclut-il, en quelque point de la Terre que nous nous tenions, nous ne pouvons nous en détacher, même si nous le voulons.

Le talmudiste considéra Joseph avec une sorte d'effroi, balbutia des paroles confuses et battit en retraite. Il ne fallut pas longtemps pour que parvienne à Zolkiew la rumeur partie de Lwow, selon laquelle le petit-fils de l'imprimeur Abraham, le jeune *iloui* Joseph, s'adonnait aux théories hérétiques. Un des valets de l'auberge de Mendel ne tarda pas à arriver à Lwow : son père, son grand-père et son beau-père, dit-il à Joseph, l'attendaient à Zolkiew pour entendre ses explications.

Au petit matin, alors que le valet qui devait l'accompagner dormait encore, Joseph se leva et prit le chemin qui menait dans la direction opposée à celle de Zolkiew. Il traversa une forêt pleine de bruits terrifiants, en sortit enfin et s'assit sur une souche pour se reposer. Il avait conscience d'être en fuite, mais il ne pouvait imaginer une autre issue : il ne voulait s'enfermer ni dans l'auberge de son père ni dans la grande maison triste où l'attendait une épouse qu'il n'avait pas choisie.

Il reprit cette route qui le menait il ne savait où. Quand il eut mal aux pieds, il s'arrêta à nouveau. Un paysan qui passait en chariot s'arrêta à sa hauteur, l'invita à monter. Il allait à Rawa Ruska et pouvait le déposer à l'entrée du village, à *L'Auberge du Juif*.

Le Juif en question se nommait Moshé-Yankel. Il avait la cinquantaine, était sale, ne parlait ni l'hébreu ni le yiddish, seulement un dialecte russe que Joseph comprenait à peine. Il ne le questionna pas sur son identité ou sur le but de son voyage, mais, ayant dix enfants dont neuf fils, il proposa à Joseph de passer un hiver chez lui pour leur enseigner la lecture.

Inoubliable hiver. L'auberge se limitait à deux pièces, l'une au-dessus de l'autre. A cause de la fumée qui stagnait en permanence au plafond, comme un gros nuage, les paysans qui venaient là prendre un verre d'eau-de-vie avec une tranche de saucisson s'asseyaient à même le sol; et c'est à même le sol, derrière le gros poêle carré, que Joseph enseigna des rudiments de lecture à ses « élèves » dans un vieux Pentateuque déniché on ne savait où par Moshé-Yankel.

Il éprouvait parfois l'envie de retourner à Zolkiew, mais se demandait maintenant comment affronter sa famille. Dès le printemps, il se remit en marche et prit la route qu'on lui avait dit mener à Belz. Elle passait par Uhnow, où il s'arrêta dans une petite synagogue.

La Pâque arrivait, et Joseph se demandait avec inquiétude où il allait fêter le Seder. Il pria de toutes ses forces, comme l'enfant qu'il était encore – il avait quinze ans. Alors qu'il allait quitter la synagogue, un Juif aux épaules puissantes s'approcha de lui :

– Mon nom est Baroukh-Benjamin, dit-il. Je suis forgeron et ma forge se trouve sur la route de Laszczow. Si le jeune homme est loin de sa famille et s'il désire célébrer les fêtes dans une maison amie, la mienne lui est ouverte.

Joseph remercia l'Éternel – béni soit-Il! – de tout son cœur et accepta avec soulagement. Ces quelques jours qui les séparaient encore de Pâque, il les occupa à aider le forgeron et ses deux fils à blanchir la maison, à remplacer les vieilles briques du four et à inspecter tous les recoins pour en chasser le *hametz*. La veille de la fête, il accompagna Baroukh-Benjamin et ses fils au bain puis à la synagogue. Le soir, quand vint le moment de réciter la Haggadah, le forgeron lui demanda de la traduire et de l'expliquer à sa famille.

– Vous êtes très savant, remarqua-t-il le lendemain matin après la prière. Vers où mène votre chemin?

– N'importe, répondit Joseph.

– Oh! dit le forgeron d'une voix désolée, j'ai parlé sans réfléchir. Tout homme vient au monde pour remplir quelque mission et pour réparer quelque chose. C'est dans ce but que l'homme voyage de lieu en lieu.

Joseph regarda le forgeron avec surprise. L'homme lui plaisait et, les fêtes passées, il lui demanda s'il pouvait rester quelque temps à l'aider à la forge.

– Seulement si je vous paie, répondit le forgeron.

Durant les quelques semaines qu'il passa à la forge, où il essayait de se rendre utile, Joseph observa Baroukh-Benjamin. Celui-ci se tenait à son enclume, battant le fer tout en récitant des psaumes, s'occupait avec une sorte de déférence des clients amenant des charrettes à réparer ou des chevaux à ferrer, et était toujours disponible pour bavarder un peu avec des Juifs de passage et leur offrir un gobelet d'eau fraîche. Joseph lui demanda un jour pourquoi il écoutait ainsi les bavardages de tout le monde, mettant son travail en retard. L'étrange forgeron lui répondit que « toute pensée est un degré complet », et que « celui qui tue une pensée est comparable à un assassin ».

— Mais où avez-vous appris cela?
— En écoutant les gens, Joseph.
— Ceux qui passent à la forge?
— Les sages disent qu'on peut apprendre avec la tête, mais qu'on peut apprendre aussi avec le cœur.
— Quels sages disent cela?
— Les hassidim.
— Les disciples de Baal Chem Tov?

À Lwow, l'année précédente, un rabbin était venu apporter la parole du rabbin Israël Baal Chem Tov, mais les élèves de la yeshiva, tournant en rond dans leur pilpoul sans fin, ne l'avaient même pas écouté.

— On dit que le rabbin Baal Chem Tov est comme Sabbataï Zévi, qu'il se prend pour le Messie?

Le forgeron éclata de rire :

— Sabbataï Zévi prétendait être le Messie lui-même, tandis que le saint rabbin dit que « tous les fils d'Israël sont une part du Messie et que chacun apporte sa part dans la construction du Messie ».

Cet homme était si chaleureux, si ouvert, si rayonnant, que Joseph lui avoua s'être sauvé de Lwow pour ne pas retourner à Zolkiew.

— Et maintenant?
— Maintenant, je crains d'affronter ma famille.
— Aviez-vous l'intention de leur faire de la peine? Du mal?
— Pourquoi?
— Parce que c'est l'intention qui compte, Joseph.
— Mon intention n'était pas de faire mal.
— Alors rentrez à Zolkiew en paix!
— Mais je serai...

Le forgeron posa sa large main sur l'épaule de Joseph :

— Mais non, vous ne serez pas puni. L'Éternel ne frappe pas le corps, Il ne désire que le cœur. Et le vôtre est pur. Rentrez, demandez pardon à votre père et à votre épouse, et vous serez pardonné!

Joseph prit congé quelques jours plus tard. Baroukh-Benjamin le serra dans ses bras comme un fils :

533

— N'oubliez pas, dit-il... Le cœur et l'intention... La nôtre, à nous les Juifs, dans ce monde, est de construire le Messie!

Durant ces deux années d'absence de Joseph, Zolkiew avait changé. Shaïné était devenue presque une femme et une sorte de vent nouveau soufflait sur le bourg. Beaucoup de Juifs s'étaient mis aux travaux manuels. On en voyait occupés dans les jardins, sur les toitures, à la forge ou à la menuiserie, accomplissant des tâches que naguère ils laissaient aux gens de métier. Ils paraissaient à la fois recueillis et gais, et même, à la moindre occasion, ils se mettaient à danser :

— Les Juifs changent, expliqua à Joseph son père Mendel, grâce à l'enseignement du saint rabbin Baal Chem Tov.

— Vous aussi, père, vous êtes *hassid* ? demanda Joseph.

— Le hassid c'est quelqu'un qui est triste parce qu'il est normal de l'être et qu'il y a pour chacun de quoi s'attrister, mais il ne désespère pas. Le hassid est triste de la pureté de la joie et se réjouit de la pureté de la douleur.

— Vous avez lu la Kabbale, père ? demanda Joseph, étonné de ce langage.

— Non, mon fils. Ce que je viens de dire n'a rien de commun avec la Kabbale. Celle-ci rend le divin humain, tandis que pour le hassid, c'est l'humain qui est divin.

Joseph, qui avait été accueilli avec joie par sa famille et avait demandé pardon à tous, comprenait soudain à quel point il avait mésestimé les siens. Il retrouva avec plaisir l'auberge et son odeur de cheval et de foin, et il lui sembla même que la grande maison du régisseur Bérich, où l'attendait Shaïné, n'était plus si humide. Le soir de son retour, il s'approcha pour la première fois de son épouse.

Quelques jours plus tard, arriva à Zolkiew un disciple de Baal Chem Tov. C'était un rabbin à la barbe en éventail, au regard clair. Il s'installa à l'auberge de Salomon, où les Juifs affluèrent et, en attendant qu'il commence à parler, commencèrent à chanter, rythmant l'air de claquements de mains et de pieds.

C'est Mendel qui présenta « le rabbin Itché-Meir, qui arrivait de Meziboz, où il avait vu le saint rabbin Baal Chem Tov ». Il était venu « répondre aux questions des Juifs ». La première ne tarda pas :

— Comment, demanda quelqu'un, peut-on servir en même temps et au mieux le Créateur et Ses enfants ?

Le rabbin sourit :

— Bonne question, bonne question... Ce n'est en effet pas

très facile de servir l'Éternel – béni soit-Il! – et Ses créatures. Quand on apprend enfin, à le faire, c'est qu'on est devenu un sage.

Mais comment devient-on un sage?

Le rabbin se balança un moment d'avant en arrière :

– Celui qui veut être un sage, dit-il, doit apprendre quelque chose de chacun, car il est écrit : « Je suis devenu sage grâce à tous ceux qui m'ont instruit. »

L'assistance approuva. Faïvel le porteur d'eau demanda :

– Est-ce que tous peuvent devenir sages et apprendre quelque chose de bon de tous?

– Bonne question. Le saint rabbin Israël Baal Chem Tov dit que la lumière de Dieu est l'âme de l'homme...

Il regarda attentivement l'assistance :

– Or, qui dit lumière dit aussi ombre. La lumière peut être comparée à l'âme et l'ombre au corps.

Quelques voix approuvèrent.

– Baal Chem Tov explique, continua le rabbin Itché-Meir, que, quand nous sommes en présence d'un homme juste, nous sentons que l'influence qui émane de lui est comme une étincelle de lumière qui jaillit de son âme et nous enflamme du désir d'accomplir de bonnes actions.

La voix du rabbin perdit soudain de son ampleur :

– Nous sommes de la même façon influencés par les rapports que nous pouvons avoir avec des pécheurs. Ils font ressortir le mauvais qui est en nous, nous donnant des idées qui mènent au mal.

– Aïe! Aïe! Aïe! entendit-on tout autour. Que c'est vrai, ce que dit le rabbin!

– Ainsi, par l'homme juste, nous apprenons à suivre le précepte : « Fais le bien! », tandis que du pécheur nous recevons la leçon : « Détourne-toi du mal! »

Il y eut des exclamations, des soupirs d'aise, et le rabbin conclut :

– Voici la véracité de la sentence : « Celui qui veut être sage doit être à l'écoute de tous. »

Joseph était sous le charme. L'argumentation du rabbin lui paraissait un peu simpliste, mais il la jugeait à la fois émouvante et bien adaptée à son auditoire. A travers l'enseignement de Baal Chem Tov, tous ceux qui n'étaient pas instruits et ne participaient à la direction des affaires de la communauté pouvaient trouver à s'exprimer.

– Mais, demanda un des palefreniers de l'auberge, si nous péchons réellement, est-ce que la miséricorde de Dieu peut nous venir en aide? Cela voudrait dire alors que Sa miséricorde passe avant Sa justice...

Cela continua ainsi tard dans la nuit, des questions et des réponses sur l'homme et sa vie, sur Dieu tout-puissant, dans l'odeur épaisse des chevaux à l'attache. Puis l'on poussa les bancs et l'on dansa pour manifester la joie qu'il y avait à remettre sa vie entre les mains de l'Éternel, Dieu d'Israël.

Bérich le régisseur eut une jambe broyée par un lourd traîneau et ne put tenir son engagement de subvenir pendant six ans aux besoins de Joseph et de Shaïné. Joseph dut interrompre le temps innocent de ses études et prendre un travail, d'autant que son épouse, qui était maintenant âgée de quatorze ans, attendait un enfant.

Abraham lui céda sa place à l'imprimerie Faïbuch, que menaient maintenant Gerson et son fils Wolf. Le grand-père enseigna au petit-fils à la fois la technique et l'amour du métier. La famille ainsi reprit le chemin de la tradition et, quand cela fut bien établi et que fut né le petit Samuel, Abraham mourut, en règle à la fois avec ses aïeux et avec sa descendance, sûr que le livre familial, qu'il remit à son fils Mendel, poursuivrait son chemin.

Quand Abraham mourut, Joseph emprunta un chariot à son père et se rendit à Uhnow, à la forge de Baroukh-Benjamin.

Le forgeron paraissait n'avoir pas changé, bien que sa barbe fût devenue blanche. Quand il vit arriver Joseph, il détacha son tablier de gros cuir, lâcha son marteau, se lava rapidement les mains et le prit dans ses bras:

– *Baroukh haba! Baroukh haba!* Bienvenue!

– Je n'ai pas oublié, dit gauchement Joseph.

– L'exil vient de l'oubli, disait Baal Chem Tov...

– Mais le souvenir est la racine de la libération, acheva Joseph.

Ils se rendirent bras dessus, bras dessous chez le forgeron et s'attablèrent devant un cruchon d'eau-de-vie. Joseph parla longtemps, et c'était comme s'il s'allégeait de ce poids mystérieux qui pèse aux épaules de l'homme et l'accable parfois:

– Allons, Joseph, l'encourageait Baroukh-Benjamin, libérez-vous de cette tristesse. Nous autres, nous ne croyons pas à la tristesse. Nous croyons plutôt à la joie!

Au petit matin, alors qu'ils avaient beaucoup bu et que l'aube pointait, le forgeron raconta comment, à la synagogue, il avait encouragé quelques jeunes gens à chanter et à danser, au grand scandale des Juifs très savants et très pieux, qui les accusèrent d'irrespect envers la Tora.

— Et alors?

— Alors ils se livrèrent à un grave débat avant de décider que, pour des ouvriers ordinaires comme moi, une telle façon de fêter Dieu pouvait être tolérée.

Il éclata d'un rire sonore, puis avoua — ce dont Joseph se doutait déjà — qu'il était rabbin.

Lorsque Baal Chem Tov avait demandé à ses partisans de s'installer dans les villes et les villages, de la Pologne jusqu'à la Lituanie et la Biélorussie, pour propager sa parole, Baroukh-Benjamin s'était fixé à Uhnow et avait appris le métier de forgeron. Il aimait sincèrement son travail qui, comme tout travail manuel, permettait d'atteindre un degré plus haut vers Dieu. Mais la forge était aussi un des lieux de rendez-vous du village, et il avait ainsi pu faire connaître l'enseignement de Baal Chem Tov.

Joseph rentra chez lui rasséréné et reprit son travail à l'imprimerie. Il n'oublia jamais le forgeron-rabbin et, quand dans sa vie lui venait la tentation de la tristesse ou de la révolte, il revoyait le large visage aux yeux clairs et éprouvait aussitôt dans son cœur le goût de la légère ivresse qu'ils avaient partagée à la mort d'Abraham.

Il ne participa jamais lui-même à aucun mouvement de hassidim, mais chaque fois que l'occasion lui en fut donnée, il les défendit devant les *mitnagdim*, les opposants, qui les accusaient de détourner les Juifs de la Tora.

Quelques années plus tard mourut Baal Chem Tov — en l'an 1761 du calendrier chrétien. Il laissait le mouvement dans les mains de son fils Zévi, un homme d'une grande bonté, mais dont l'intelligence était loin d'égaler celle de son père. Pour le premier anniversaire de la mort de Baal Chem Tov, raconta-t-on bientôt, Zévi vit son père en rêve; celui-ci l'invitait à remettre la direction du mouvement au rabbin Dov Ber de Mezericz :

— Que le Rabbi Ber prenne ta place en haut de la table, avait dit le père au fils, et toi, prends la sienne!

Ainsi fut fait. Le rabbin Zévi, rapportèrent des témoins, s'était dépouillé de son manteau et l'avait tendu au rabbin Ber en le félicitant cordialement. Ayant échangé leurs vêtements, ils échangèrent aussi leurs places, et c'est de cette manière que le rabbin de Mezericz devint le guide des hassidim.

Berl, le fils aîné de Joseph, s'emporta quand il entendit ce récit :

— Ces hassidim blasphèment! comment peuvent-ils comparer ces paraboles puériles à la Tora!

— Les hassidim disent que « le récit est un enseignement de vie », et ils n'ont pas tort, répondit Joseph. Et toi, Berl, tu n'as pas tort non plus. Cela prouve que la vérité n'est pas une, sauf celle du Créateur, béni soit-Il!

Berl accepta la leçon, mais ne changea pas d'avis sur la proclamation des hassidim selon laquelle « la lumière des récits est grande comme celle de la Tora ». Ce Berl rappelait beaucoup à Joseph le jeune homme qu'il avait été; apprenant sans mal, plutôt avancé dans la connaissance de la Tora, du Talmud, des commentaires rabbiniques, lisant avec avidité toutes les nouveautés du monde des gentils qui parvenaient jusqu'à Zolkiew : Rousseau, Voltaire, Leibniz, mais manquant de patience et d'indulgence.

Berl travaillait à l'imprimerie. Il était l'époux de Yenté, une amie d'enfance, et, à dix-huit ans, déjà le père d'un garçon, Noé. Il habitait une petite maison de bois sans étage mais plutôt confortable que son beau-père avait léguée au jeune couple en guise de cadeau de mariage. Cette maisonnette faisait face à l'auberge que Nathan, frère de Joseph, avait reprise à la mort de Mendel. Si elle avait été située un tout petit peu plus à l'écart, ou si un autre bâtiment l'avait séparée de l'auberge, le destin de Samuel aurait sans aucun doute été différent.

En effet, Celui qui régit le sort du monde décida d'éprouver une fois de plus les hommes. Tandis que le roi Stanislas Auguste Poniatowski décidait de prendre des mesures contre les Juifs — suppression du Conseil des Quatre-Pays, qui était le parlement juif, limitation du nombre des Juifs dans les villes —, les Prussiens, les Autrichiens et les Russes se partagèrent une partie des territoires polonais.

Des régiments de soldats russes traversèrent Zolkiew dans un sens puis des régiments de soldats autrichiens traversèrent Zolkiew dans l'autre sens. Puis l'armée d'Autriche s'installa dans les environs. A compter de ce moment l'auberge de Nathan ne désemplit plus. Jour et nuit, il fallait servir des ivrognes qui menaçaient de jeter des torches dans le grenier à foin et partaient souvent sans payer.

Ce jour-là, c'est au petit matin qu'un officier, déjà ivre, força la porte du logement de Nathan et réclama à manger. Rivka, l'épouse de Nathan, se leva en hâte tandis que Nathan ranimait le feu dans la cheminée. L'officier autrichien avait posé son sabre sur la table.

Rivka réchauffa le *barchtch* aux abats de volaille et lui en servit une écuelle. L'officier réclama du pain et du beurre. Nathan porta un bout du vilain pain noir qu'il cuisait lui-même mais ne servit pas le beurre demandé : il n'était pas acceptable pour un Juif de voir la viande et le beurre sur la même table. L'Autrichien alors brandit son sabre et l'abattit violemment sur l'étagère où étaient rangés les gobelets et les écuelles. Nathan, sans un mot, alla chercher du beurre. L'officier vida son écuelle, rota puissamment, se leva et se dirigea vers la porte. Nathan le rappela pour lui demander son dû.

L'autre alors devint fou furieux. Il se mit à crier, frappa de son sabre tout ce qui se présentait devant lui, renversa les bancs, cassa la vaisselle. Puis il attrapa Nathan par le nez, lui rasa la barbe de son sabre. Il déchira brutalement la robe grise de Rivka et, d'un geste vif que rien ne laissait prévoir, lui trancha net un sein.

Les clients de l'auberge, éveillés par le vacarme, vinrent voir ce qui se passait. Certains se sauvèrent, d'autres appelèrent au secours, excitant encore le forcené de leurs cris. Dans la maisonnette en face, Yenté éveilla Berl, qui s'habilla à la hâte et sortit avant que son épouse ait pu le retenir. Il vit des gens se sauver de l'auberge et se précipita vers la porte, dont il poussa le battant. Sa tante Rivka gisait dans une mare de sang, son oncle Nathan avait la peau du visage arrachée.

L'officier autrichien avait couché Hana, la fille de Nathan, sur le sol. Il la maintenait d'un genou et s'efforçait de défaire son ceinturon. Berl vit qu'il avait posé son sabre près de lui. Il bondit, ramassa l'arme et l'abattit de toutes ses forces sur le crâne de l'officier, qui tomba lentement sur le côté. Hana cria, puis le silence s'établit soudain.

Des Juifs alors se montrèrent à la porte.

— Aïe! Aïe! Aïe! gémit le shamash de la grande synagogue.

— *Oïe! Oïe! Oïe!* Maître de l'univers...

— *Rabotaï*, dit le cordonnier Jacob Sandler, si on découvre cet officier, nous sommes tous perdus. Prenons des sacs, emballons-le, faisons-le disparaître.

— Dans l'étang, suggéra une voix.

— Enterrons-le, dit quelqu'un d'autre.

Berl avait envie de vomir.

— Toi, dit Jacob Sandler, tu ferais mieux de quitter Zolkiew. Tant que les Autrichiens seront ici...

— Partir? demanda Berl. Où?

Un jeune homme brun et bouclé s'avança alors :

— Je suis Marcus Chelmer, dit-il. J'ai dormi cette nuit ici. J'ai tout vu, mais je n'ai pas osé intervenir. Vous avez été plus courageux que moi... Je pars ce matin pour Königsberg. Si vous voulez, je vous emmène.

XXXVIII

Königsberg-Strasbourg
LE KAFTANJUDE

MARCUS Chelmer était un Juif polonais qui, comme son nom l'indique, venait de Chelm. Son père, un prospère marchand de grains, était mort en lui laissant une petite fortune. Au lieu de reprendre le commerce familial, il avait décidé d'étudier. Il était tout d'abord allé passer deux ans à la fameuse yeshiva de Vilna. Puis, ayant lu *Phédon ou l'Immortalité de l'âme* *, il avait été pris d'une telle admiration pour l'auteur, Moïse Mendelssohn **, qu'il s'était mis à sa recherche. « Votre Mendelssohn, lui avait-on dit, vit à Berlin. » Marcus Chelmer était donc allé à Berlin, où il était arrivé pour apprendre que Moïse Mendelssohn venait de partir la veille pour Königsberg ***, en Prusse-Orientale. Va pour Königsberg. Marcus avait repris la route. Mais quelques incidents de voyage l'avaient retardé, et, enfin parvenu à bon port, il s'était entendu dire que le philosophe Moïse Mendelssohn était retourné à Berlin. Acceptant alors la loi d'un destin aussi évidemment contraire, l'étudiant avait décidé de rester à Königsberg, où il s'était inscrit à l'université.

---

* Ouvrage composé par Moïse Mendelssohn en 1767, sur le modèle du traité platonicien du même nom. L'auteur y développe des vues proches de celles de Leibniz sur l'immortalité de l'âme et l'existence d'un nombre infini de monades dans l'univers.
** Philosophe juif allemand (1729-1786) de l'époque des Lumières, père spirituel de la *Haskalah* (équivalent juif des Lumières) et partisan d'une réforme politique, intellectuelle et morale des Juifs. Auteur de nombreux ouvrages et d'une traduction de la Bible en allemand, il est considéré comme le fondateur du judaïsme libéral et l'un des artisans de l'émancipation. Il était le grand-père du musicien Félix Mendelssohn-Bartholdy.
*** Actuelle Kaliningrad, en Union soviétique.

C'était un compagnon charmant, intelligent et cultivé, même si la façon dont il était vêtu – chemise de dentelle, jaquette, culotte de velours et souliers à boucles – et rasé – il ne portait ni barbe ni *payess* – le rendait suspect aux yeux de Berl. Et surtout, Marcus s'efforça de délivrer Berl du sentiment de culpabilité qui l'obsédait :

– Si vous ne pouvez oublier que cet officier est mort, disait-il, songez que l'Éternel – béni soit-Il ! – vous a choisi pour faire connaître Sa justice.

– Cet homme avait peut-être une famille...

– Eh bien, la voilà délivrée ! Non, Berl, croyez-moi, personne au monde ne saurait vous reprocher ce que vous avez fait !

– Que ferez-vous de moi à Königsberg ? Je n'y connais personne, je n'ai pas d'argent, je ne sais que le métier de typographe...

– Ne vous inquiétez donc pas. Nous verrons bien. Il s'agit seulement de passer quelque temps avant que vous puissiez retourner chez vous.

Königsberg était une ville serrée autour d'une haute cathédrale et proche de la mer. Sur les eaux vert-gris glissaient de grands et lourds bateaux aux pavillons anglais, hollandais, danois, suédois. Ils apportaient, expliqua Marcus, des métaux et des denrées tropicales et repartaient chargés des produits naturels de Pologne et de Lituanie, comme les céréales et le lin. La première impression que Berl eut de Königsberg était bonne, mais il déchanta quand, pour entrer dans la ville, il leur fallut se présenter à une porte réservée aux Juifs et acquitter un droit spécial, comme le bétail. Marcus l'emmena chez lui. Il habitait, en compagnie de plusieurs jeunes Juifs, étudiants comme lui à l'université Albertus, une maison de trois étages à colombages, Brotbänkerstrasse. La propriétaire, la veuve Gerlach, expliqua Marcus, possédait aussi la Maison Anglaise, où le philosophe Kant se rendait souvent pour déjeuner. Berl avait-il entendu parler d'Emmanuel Kant ?

Berl avait lu *La Religion dans les limites de la simple raison*, et restait avec quelques questions. Mais à l'idée qu'il allait respirer le même air qu'un philosophe aussi important, il ne se tenait plus :

– Nous pourrons un jour voir Kant lui-même ?

Berl et son ami pénétrèrent dans la maison de Brotbänkerstrasse en même temps que d'autres étudiants, vêtus comme

Marcus, rasés comme lui et portant de plus une épée au côté. Les jeunes gens s'esclaffèrent à la vue de Berl, qui, avec son caftan noir brillant d'usure, son chapeau rond à larges bords, sa barbe dépeignée par le voyage, avait l'air d'appartenir à une autre espèce humaine qu'eux.

— Un *Kaftanjude*! dit l'un, un Juif à caftan!
— Où l'as-tu déniché? demanda un autre à Marcus.
— C'est mon ami Berl, répondit celui-ci en allemand. Il vient de Pologne comme moi.
— Parle-t-il allemand?

Ils se tournèrent vers Berl, qui avait à la fois envie de s'enfuir et de leur montrer qui il était.

— Je n'ai jamais parlé l'allemand, répondit-il en allemand, mais je sais le lire.

Les rires redoublèrent.

— Qu'est-ce qu'il dit?
— En quoi parle-t-il?

L'un d'eux, un petit blond tout rond, les larmes aux yeux tant il riait, tendit un livre à Berl :

— Tiens, lis-nous un passage.

Un livre, pour Berl, était comme un refuge. Il le prit. L'ouvrage était de Kant. Il l'ouvrit au hasard et commença à lire à haute voix. Il dut bientôt s'interrompre : le rire des autres faisait trembler les vitres.

— Je n'ai pas compris un mot! jeta le petit blond.
— Moi j'ai tout compris, dit Berl d'une voix douce.
— Prouve-le! suggéra l'autre.

A quel moment faut-il s'enfuir, ou frapper? Berl, qui sentait une rage froide monter en lui, regarda Marcus comme pour prendre son avis. Il vit dans le regard de son ami plus de pitié que de colère. Non, il ne fallait pas s'enfuir, et encore moins frapper.

— Le *Kaftanjude* vous lance un défi, dit Berl. Prenons chacun à notre tour une page de ce livre écrit en allemand, et lisons-la à haute voix en hébreu. Nous verrons bien qui rira.

Il ouvrit à nouveau le livre au hasard et, le plus simplement du monde, en traduisit directement une page en hébreu, comme si les structures des deux langues étaient exactement parallèles. Le silence se fit dans la pièce. Chacun des étudiants juifs qui étaient là était capable d'apprécier la performance de ce petit paysan polonais. Quand il eut terminé et qu'il tendit le livre au petit blond, celui-ci le refusa d'un geste.

— Bravo, *Kaftanjude*, tu es très fort.
— Incroyable, dit un autre.

— Mon père est bien plus fort que moi, répondit modestement Berl.

Marcus affichait un sourire satisfait :

— Mon ami Berl, dit-il, est pour quelque temps à Königsberg. Il n'a ni logement ni argent. Je propose que nous nous occupions de lui en attendant qu'il trouve du travail. Il est typographe. Il peut aussi donner des leçons...

— Mais pas d'allemand! coupa Berl.

Cette fois, les rieurs étaient avec lui.

Berl fut vite pris dans le tourbillon des étudiants, qui l'entraînèrent dans le mélange de fêtes, d'études, de discussions interminables, de batailles qui constituaient l'ordinaire de leurs jours. Il n'avait pu s'inscrire à l'université, les places réservées aux Juifs étant déjà toutes prises, mais avait trouvé au lycée Friedricianum un emploi de professeur d'hébreu suppléant qui lui garantissait quelques thalers par mois.

Il ne portait plus son vieux caftan noir. Ses amis en effet l'avaient persuadé de s'habiller comme eux, et lui avaient prêté le trousseau complet de l'étudiant d'alors : chemise à manches de dentelle, redingote boutonnée jusqu'à la taille, découvrant une culotte de velours, et des souliers à boucles. Il avait seulement refusé de couper sa barbe et de s'accrocher une natte sur le haut du crâne. Il avait fait connaissance de la veuve Gerlach, qui lui avait promis de lui faire rencontrer le philosophe Kant, et s'était même rendu un soir au théâtre car, contrairement à la Pologne, les Juifs, ici, y étaient admis : à Königsberg, la compagnie d'un homme instruit était plus recherchée que celle d'un rustre, noble ou riche. Encore leur fallait-il oublier qu'ils étaient juifs.

Berl ne pensait plus guère à l'officier autrichien s'écroulant dans son sang et, à la vérité, encore moins à sa femme Yenté et à leur petit Noé.

Ses amis l'emmenèrent un soir chez les parents de l'un d'eux, Heinrich Friedländer, écouter un concert de musique de chambre. Il se retrouva assis parmi des hommes aux perruques poudrées et des femmes profondément décolletées, se demandant ce qu'il faisait là, sur ce siège inconfortable, à essayer de suivre une musique sans paroles dont le sens lui échappait.

A la fin du concert, les musiciens furent entourés et complimentés. Berl salua une jeune fille, qu'il avait déjà rencontrée : elle était la sœur de Mendel Bresselaü, un des familiers du petit groupe de la maison Gerlach.

— Vous aimez la musique? demanda-t-elle.
— Je ne sais pas, répondit-il honnêtement. Je n'en avais jamais écouté auparavant.

Elle rit gentiment, d'un rire franc et perlé. Berl vit ses grands yeux sombres, son nez droit, sa bouche charnue, ses épaules découvertes, et fut soudain embarrassé : c'était la première fois qu'il causait ainsi, seul à seule, avec une femme étrangère et, de plus, presque dévêtue.

— Le compositeur s'appelle monsieur Haendel, expliqua-t-elle. Un musicien allemand qui vivait en Angleterre.
— Ah!
— Mon frère m'a parlé de vous, dit-elle. Pourquoi conservez-vous votre barbe et vos papillotes?
— Il faut bien qu'il reste un signe!
— Un signe?
— Un signe que... je suis juif.

Elle rit de nouveau, et il aima son rire :
— Mais nous sommes presque tous juifs ici, dit-elle gaiement. Vous venez de Pologne, m'a dit mon frère. Comment vous appelez-vous?
— Berl.
— Berl comment?

A Königsberg, les Juifs « éclairés », comme on disait, portaient des noms derrière leurs prénoms. Berl s'affola, pensa à son ami Marcus, qui s'était composé un nom à partir de celui de son village, puis se rappela à la fois le livre familial et le nom qu'on attribuait aux scribes de sa famille en Alsace. Et il répondit, comme s'il avait trouvé la solution d'une énigme :
— Berl Halter.

C'est ainsi qu'on l'appela désormais. Il revit plusieurs fois la jeune fille, Judith. Le frère de celle-ci, Mendel, était membre d'un groupe de jeunes gens dont l'un, ayant hérité une imprimerie désaffectée, avait eu l'idée de la remettre en état afin de publier une revue d'actualité en hébreu — le titre en était déjà arrêté : *Ha-meassef**, « Le Collectionneur ». Or aucun de ces étudiants n'avait la moindre idée du fonctionnement d'une imprimerie; ils accueillirent donc Berl comme le Messie en personne. Celui-ci put leur donner quelques conseils, mais il se sentait incapable, avec ses dix-huit ans et sa mince expérience de typographe, de mettre en œuvre le système complexe d'une

---

* Revue publiée à Berlin et à Königsberg, de manière irrégulière entre 1783 et 1797, par des *maskilim* (partisans des Lumières).

imprimerie. Il leur suggéra de faire appel à son propre père, Joseph. Ils acceptèrent, lui remirent une lettre de change pour payer le voyage de Joseph et lui permettre d'acheter des caractères.

Rentrant ce jour-là à la maison Gerlach, Berl y trouva un marchand de Lemberg, un gros homme au souffle court, qui l'attendait et lui demanda deux fois s'il était bien Berl, fils de Joseph, imprimeur à Zolkiew : il était manifestement surpris par l'apparence du jeune homme.

— Voilà, dit-il enfin, votre épouse vous prie soit de la faire venir, soit de rentrer immédiatement à Zolkiew. Ou alors de lui donner le *guett*, le divorce.

Yenté! A peine s'il se rappelait les traits de son visage!

— Avez-vous vu mon père? demanda-t-il au marchand.

— Non. J'ai rencontré votre épouse chez ses propres parents... Elle paraissait... euh... déterminée.

— Les Autrichiens sont toujours à Zolkiew?

— Oui, mais votre épouse vous fait dire que vous ne courez plus aucun danger.

Berl expliqua au brave homme que sa situation ne lui permettait pas de faire venir sa famille — il pouvait constater qu'il partageait une simple chambre avec un autre étudiant, et ces vêtements qu'il portait lui avaient été prêtés! Quant à retourner à Zolkiew, il n'en était pas question dans l'immédiat : on lui offrait de monter une imprimerie à Königsberg. Le gros marchand de Lemberg hochait la tête en l'écoutant comme s'il ne croyait guère à tout ce bavardage. Berl lui demanda d'attendre un moment, le temps d'écrire une lettre à son père pour lui faire part de la proposition de Mendel Bresselaü et de ses amis. Puis il emmena le bonhomme à la synagogue des « Juifs tolérés » à Lubenicht et lui paya un lit dans une auberge bon marché près de l'étang.

Il rentra lentement par la vieille ville, réfléchissant au sens de ce rappel que lui envoyait le destin. Il se sentit soudain vaguement amer. Il voyait entre les échoppes aller et venir, se presser, se bousculer des Juifs barbus en caftans noirs, petit peuple éternel des vendeurs et des acheteurs. Était-il l'un d'eux alors qu'il devait, le soir même, se rendre à une soirée où il retrouverait des « Juifs privilégiés » rasés de frais, vêtus comme les chrétiens, comme ces chrétiens qu'ils invitaient aux circoncisions, aux mariages, aux grandes fêtes de la Pâque et des Tabernacles...

Comme pour mettre du sel sur la plaie, il s'approcha d'un de ces passants juifs, ridé de fatigue, au bon et triste regard trop familier, qui portait deux poissons dans un panier d'osier et lui demanda en yiddish :

— D'où vient le Juif ?

L'homme regarda Berl avec méfiance :

— De partout et de nulle part, répondit-il. Et vous ?

Quelques badauds s'approchaient déjà, les entouraient :

— De Zolkiew, répondit Berl.

— Zolkiew, près de Lemberg ?

— Oui.

Les Juifs l'observèrent, incrédules. L'un d'eux frôla de ses doigts aux ongles noirs la dentelle de ses manchettes. Puis, comme sur un mot d'ordre, ils le quittèrent en silence.

Que lui arrivait-il donc, lui qu'on appelait pour rire le *Kaftanjude* quelques mois plus tôt ? Avait-il trahi quelque chose d'essentiel, renié une tradition ? Non, on ne pouvait identifier le judaïsme à ces barbes sales, ces regards battus, ces caftans usés. Il se persuada qu'il était normal de se sentir touché par ces rappels du passé, mais qu'il fallait savoir s'en délivrer sous peine de laisser passer les promesses du présent et de l'avenir — comme ces paysans anglais qui, excités par un certain Ned Ludd, détruisaient les machines.

Il arriva juste à temps à la soirée, qui fut fort réussie, à cela près que le philosophe Kant, qui devait venir, s'était décommandé. Mais Judith était là, et Berl, qui n'osait lui faire ouvertement la cour, s'efforçait de la séduire en brillant dans la conversation. On cita Kant, justement, qui était sans doute le principal sujet de conversation des soirées de Königsberg, et Berl s'étonna que le philosophe chrétien fût capable de parler yiddish comme s'il était né au *shtetl*.

— C'est que nous ne sommes pas en Pologne, lui répondit Heinrich Friedländer. Les guerres de religion ont amené les gens à la raison, à la tolérance... Leibniz, Wolf, Baumgarten, l'Anglais Locke... Tous insistent sur les principes davantage que sur les rites.

Quels principes ? demanda Berl.

— L'existence de Dieu, l'immortalité de l'âme, le jugement de l'homme... Ce sont des principes communs à toutes les religions.

— Cependant, Kant ne tient pas le judaïsme pour une religion, mais pour une communauté politique, observa Berl.

D'un bref coup d'œil, il s'assura que Judith suivait la conversation. Il poursuivit :

— Au contraire de Voltaire, qui, étant anticlérical, considère le judaïsme comme une religion.

— Cela revient au même, n'est-ce pas? demanda un grand jeune homme boutonneux qui serrait Judith de près et se nommait Abraham Euchel.

— Sans doute, répondit Berl, si ce n'est que Voltaire, à ma connaissance, ne parle pas yiddish!

Parmi les rires, il reconnut avec bonheur celui de Judith. Abraham Euchel les reçut comme une gifle. La bouche mauvaise, il se tourna vers Berl :

— Expliquez-nous la ruse qui consiste à s'habiller à la mode de la ville et à garder la barbe à la mode du shtetl.

— Je porte la barbe, répondit calmement Berl, pour rappeler que les hommes se valent dans leur diversité. Si, pour nous accepter, les chrétiens exigeaient que nous leur ressemblions complètement, c'est qu'ils ne nous tiendraient pas pour leurs égaux. Et nous, nous risquerions de ne plus être nous-mêmes.

Mendel Bresselaü intervint, conciliant :

— C'est exactement ce que nous nous efforcerons de dire dans notre revue. Maimonide était un homme de progrès qui parlait l'arabe et le grec, mais il ne négligea rien pour approfondir et perpétuer la tradition juive...

Berl se rappela ses réflexions de l'après-midi, parmi les *Kaftanjuden*. Qu'il était donc difficile d'être soi-même!

Quand ils sortirent, ils furent pris à partie par une bande d'étudiants baltes et polonais, qui les attendaient manifestement pour une de ces batailles qui les opposaient rituellement aux Juifs et qui se terminaient parfois dans le sang. Des deux côtés, on tira les épées, dont le cliquetis emplit bientôt la nuit. Berl, qui ne ferraillait pas, resta avec les jeunes femmes dans un pan d'ombre. Sa main chercha celle de Judith, et il la serra. Son cœur battait très fort, et il contemplait la bataille comme une sorte de ballet irréel et lointain. Des passants s'arrêtaient, des fenêtres s'ouvrirent.

Soudain, un Juif tomba. Une ombre se précipita, l'épée haute. En un éclair, Berl revit l'officier autrichien, là-bas, à Zolkiew, prêt à violer sa cousine Hana. Il n'y avait pas plus à hésiter ici que là-bas. Il quitta l'abri du mur et d'un bond sauta sur le dos de l'ennemi, l'attrapant à la gorge. Ils tombèrent tous deux. Ils se relevèrent en même temps. L'autre avait perdu son épée. Berl la vit, brillant dans l'obscurité, et posa le pied dessus. L'autre s'enfuit.

Berl se pencha sur le Juif toujours étendu sur le pavé. Il reconnut Marcus, qui grimaçait, à moitié assommé, et l'aida à se redresser. Marcus boitait bas. Il avait reçu un coup d'épée à la cuisse, et Berl le reconduisit chez Heinrich Friedländer pour soigner la plaie. Marcus faisait le fier.

— Dépêche-toi! l'exhortait Berl. Le sang coule.
— Qu'il coule, qu'il coule, il sera vengé!
Et à l'oreille de Berl :
— Laisse-moi chez Heinrich. La chambre sera à toi. Invite Judith...

Berl invita Judith à la maison Gerlach et, à la vérité, elle ne se fit pas prier.

Joseph, le père de Berl, arriva par la diligence publique un mois après le Kippour de l'année 5543 * après la création du monde par l'Éternel, béni soit-Il, et se rendit directement à la maison Gerlach. Pénétrant dans la chambre qu'on lui indiqua comme celle de son fils, il se trouva devant un jeune homme habillé comme les goïm et d'une jeune femme au buste serré dans une sorte de corset trop étroit et qui laissait voir sa gorge. Il resta, là, interloqué, son balluchon dans une main, un panier d'osier dans l'autre. Berl lui aussi fut surpris par l'apparition de ce Juif à papillotes, bonnet et caftan noirs, frange apparente et barbichette filasse. Puis il se leva d'un bond de son siège :

— Père!

Joseph posa ses bagages et prit son fils dans ses bras. Puis il regarda la jeune femme avec méfiance. Berl la présenta :

— Voici Judith Bresselaü. C'est son frère Mendel qui a donné la lettre de change pour l'achat des caractères d'imprimerie. Il est aussi un des fondateurs de la revue *Ha-meassef*. Ce sera le début d'une grande bataille pour la reconnaissance des droits des Juifs...

Joseph interrompit son fils :

— Sait-elle que tu es marié et que tu as un fils?
— Nous en reparlerons, père, répondit précipitamment Berl. Asseyez-vous, reposez-vous un peu.

Joseph regardait à droite, à gauche :

— Vous cherchez quelque chose, père?
— De l'eau pour me purifier les mains. Je voudrais dire la prière de midi.

Judith ne revit jamais Berl. L'arrivée de Joseph dans la petite bande des étudiants ne passa pas inaperçue. Il refusa de changer

* 1783.

549

quoi que ce soit à sa tenue, à ses habitudes, à ses principes, à parler autrement qu'en yiddish ou en hébreu. Il avait apporté quelques jeux de caractères, rachetés à l'imprimerie Faïbuch et, dès le lendemain de son arrivée, commença à ranimer l'atelier endormi. En principe, les Juifs n'avaient pas le droit de monter des ateliers de typographie à Königsberg, mais il s'agissait d'une ancienne imprimerie chrétienne. Il faisait front à l'impatience des jeunes, vérifiant et revérifiant que tout fonctionnerait à la date prévue, refusant même de composer le moindre article avant que tout soit au point. Il leur opposait un vieux proverbe :

— « Si la première lettre est de travers, c'est tout le texte qui ne vaudra rien. »

Ses reparties, ses discours moralisateurs, ses citations du Talmud, cette façon qu'il avait de mettre à distance ce qui arrivait et d'en tirer la leçon le rendirent paradoxalement populaire chez ces étudiants qui avaient pourtant rejeté ces façons avec leur caftan.

Un soir qu'ils avaient bien travaillé sur un brouillon de leur revue, il leur montra, comme une récompense, l'exemplaire du Livre d'Abraham qu'il avait apporté avec lui. Les étudiants s'extasièrent.

— A quelle occasion le lisez-vous? demanda Marcus.

— Chaque fois que nous sommes en difficulté, à la mort d'un proche, pour une naissance, à l'occasion de persécutions, quand nous devons prendre une décision importante... Vous le savez bien, Baal Chem Tov disait que l'Histoire est un enseignement.

— Mais l'Histoire, pour vous, ne vient-elle pas du ciel? demanda Mendel Bresselaü.

— C'est vrai que le Tout-Puissant nous a donné la vie et l'intelligence. Il nous a aussi donné la Loi et avec elle nous a jetés dans l'Histoire.

Le petit groupe se serrait autour de Joseph, et Berl regardait son père avec étonnement.

— Que voulez-vous dire? demanda Joël Loewe, un jeune homme au visage très pâle et au front haut sous une perruque poudrée de blanc.

— Je veux dire que c'est à nous maintenant d'agir suivant la Loi, suivant notre interprétation de la Loi, au risque d'accumuler les interprétations.

— N'est-ce pas en contradiction avec le Talmud?

Joseph sourit dans sa barbe :

— Non. Le Talmud ne tranche jamais. Mais avez-vous lu le

Talmud ? J'ai cru comprendre que vous le méprisiez un peu. Vous avez tort... Vous vous rappelleriez la dispute entre les rabbins Éliézer et Josué, selon le traité Baba Metzia...

Un soupir d'aise parcourut le petit groupe : Joseph allait raconter une de ses histoires. Berl était à la fois fier et un peu agacé de cette adulation. Sans doute son père était-il porteur d'une certaine tradition, d'une certaine richesse, mais il ne savait que répéter ce qu'il avait appris.

Joseph peigna lentement sa barbe de ses doigts et raconta qu'un jour le rabbin Josué contesta l'interprétation que le rabbin Éliézer venait de donner d'une règle. Alors ce dernier s'énerva et dit : « Si la règle est bien telle que je l'enseigne, que ce caroubier en décide ! », et le caroubier recula de cent coudées. Mais les sages firent remarquer que les allées et venues d'un caroubier ne prouvent rien. Alors Rabbi Éliézer dit de nouveau : « Si la règle est bien telle que je l'enseigne, que l'eau de ce canal en décide ! », et l'eau du canal se mit à remonter au lieu de descendre. Mais les sages estimèrent que les caprices d'un ruisseau ne prouvent rien non plus. Alors Rabbi Éliézer s'écria : « Si la Loi est bien telle que je l'enseigne, que les murs de la maison d'étude en décident ! », et les murs de la maison d'étude se penchèrent vers le sol, prêts à s'écrouler. Alors Rabbi Josué, furieux, se leva et apostropha les murs : « Quand les sages, leur cria-t-il, discutent entre eux d'une règle, en quoi cela vous regarde-t-il ? » Et, par respect pour Rabbi Josué, les murs ne s'écroulèrent pas. Mais, par respect pour Rabbi Éliézer, ils ne se redressèrent pas non plus. Alors une voix se fit entendre du ciel : « Qu'avez-vous ? Pourquoi importuner Rabbi Éliézer ? La règle est toujours telle qu'il l'enseigne. » Mais Rabbi Josué se dressa sur ses pieds et répondit : « Elle n'est pas au ciel ! »

Joseph s'interrompit, posa son regard de *Kaftanjude* sur ces « Juifs éclairés » qui connaissaient tous les livres sauf son Talmud et demanda :

– Que signifient ces mots ?

Personne n'ouvrit la bouche, et Joseph se répondit à lui-même :

– Ils signifient que la Loi n'est plus au ciel, qu'elle nous a été donnée du haut du Sinaï une fois pour toutes et qu'il n'est plus temps de solliciter un avis céleste. N'est-il pas écrit dans la Loi du Sinaï : « On se réglera sur l'opinion de la majorité ? »

Les étudiants applaudirent comme à un tour de passe-passe, mais Joseph savait qu'on ne sème jamais tout à fait en vain, et il revint au point de départ de la discussion : le Livre d'Abraham. Il posa son châle de prière sur ses épaules et, recueilli, en lut en

551

se balançant d'avant en arrière quelques extraits pris au hasard :

« ... nous demeurons Ton peuple, combattant de Dieu, au corps marqué du signe de l'Alliance. Notre mémoire est le séjour de Ta Loi. Par la lettre et le verbe, par la prière et le jeûne nous maintiendrons et perpétuerons le respect et l'amour de Tes Commandements... en ce neuvième jour du mois d'Av, un an après la chute de Jérusalem, je déchire mon vêtement en signe de deuil. Jusqu'au jour où les pierres du Temple, disjointes comme les bords de ce tissu, se rejoindront, puisse l'appel de ces noms que j'ai inscrits, et que d'autres inscriront après moi dans ce livre, déchirer le silence et, du fond du silence, réparer l'irréparable déchirure du Nom. Saint, Saint, Saint, Tu es éternel. Amen. »

Le premier numéro de *Ha-meassef* fut imprimé deux semaines après la fête de Simhat Tora de l'année 5543 après la création du monde par l'Éternel – béni soit-Il –, c'est-à-dire le 21 octobre de l'année 1783 du calendrier chrétien.

Joseph participa encore à la confection des trois numéros suivants puis repartit pour Zolkiew, exactement comme il était venu, tenant un balluchon d'une main et un panier d'osier de l'autre. Il ne regrettait rien, disait-il, sinon la compagnie de Joseph Haltern, un presque homonyme qui traduisait Racine en hébreu et lui enseignait le français. Mais la vie juive de Königsberg ne le satisfaisait guère ; il y manquait la ferveur du shabbat et des jours de fête, la fièvre heureuse des débats talmudiques, cette autonomie d'existence et de pensée du shtetl qui était à ses yeux la continuité de Jérusalem, détruite mais toujours présente, même en terre étrangère.

Son fils Berl était maintenant capable de composer et d'imprimer seul *Ha-meassef*, et il le salua sans même lui parler de sa femme et de son fils : il voyait bien que Berl ne retournerait pas à Zolkiew avant d'avoir cherché encore un moment il ne savait quoi, « à la poursuite du vent », comme dit l'Ecclésiaste. Il se contenta de lui remettre l'exemplaire du Livre d'Abraham qu'il avait apporté : c'était une façon de lui dire sa confiance.

La femme de Berl arriva à Königsberg un an plus tard, aux premières neiges. Des plaques de glace descendaient lentement la Pragel. Yenté avait emmené avec elle leur fils Noé, un garçon endormi de quatre ans qui, à la vue de son père, poussa un cri d'épouvante et se cacha dans la robe de sa mère. Yenté n'était plus la très jeune femme qu'il avait épousée. Elle avait bien maintenant vingt ans, comme lui, et les années difficiles qu'elle venait de vivre ne l'avaient pas épargnée. Elle avait des yeux saillants d'une couleur bleu clair, la poitrine abondante, une démarche de villageoise en sabots, mais ce qui frappait le plus en elle était sans doute l'énergie qu'elle dégageait. Quand cette femme-là avait décidé quelque chose...

Elle ne posa aucune question sur la vie et les moyens de subsistance de son époux et ne manifesta aucun intérêt pour la ville ou pour la revue *Ha-meassef*. Elle fit seulement une remarque acerbe sur ces femmes juives qui montraient leurs cheveux en public, et le mit en demeure ou de s'occuper d'elle ou de lui accorder le geth, le divorce :

— Il n'est pas normal qu'une femme reste aussi longtemps loin de son époux.

Berl ne se sentait plus rien de commun ni avec cette femme ni avec cet enfant. Il était tout disposé à divorcer mais ne savait où se procurer l'argent nécessaire. Sa vie à Zolkiew lui paraissait réduite à des souvenirs d'enfance et, à Königsberg, depuis que Judith l'avait quitté, il avait connu d'autres femmes pour des aventures rapides où le sentiment n'entrait guère en compte. Il n'envisageait pas plus de vivre ici avec Yenté que de retourner à Zolkiew avec elle.

Pour commencer, il loua pour elle, par l'intermédiaire du rabbin de la synagogue de Lubenicht, une pièce chez le cordonnier Jakobi. Mais Yenté était une femme décidée et, dès le lendemain, le rabbin se présenta à l'imprimerie avec mission de régler le divorce au plus vite. Il avait apporté un exemplaire de *Shoulhan Aroukh* *, qu'il ouvrit devant Berl et les étudiants qui se trouvaient là : « Un vagabond qui abandonne sa femme, lut-il, et qui ne lui envoie pas assez d'argent pour vivre doit être forcé par le Beth-Din, au cas où on le retrouve, de donner le divorce. »

— Je suis prêt à divorcer, répondit Berl. Combien d'argent réclame-t-elle en dédommagement ?

— Cent vingt ducats.

— Cent v...

Berl faillit tomber à la renverse. C'était une somme fabuleuse.

---

* Mot à mot, « la Table dressée ». Ouvrage composé au XVIᵉ siècle par Joseph Caro, qui constitue un condensé de la Loi juive et de la jurisprudence rabbinique. Dès le XVIIᵉ siècle, ce livre fit autorité dans toutes les communautés juives.

— Cela me paraît en effet déraisonnable, commenta Mendel Bresselaü. Je peux vous en avancer tout au plus quarante, et vous serez endetté pour longtemps.

Le rabbin s'en fut porter la proposition à Yenté et revint le soir même annoncer à Berl que sa femme refusait ses quarante ducats : elle ne descendrait pas au-dessous de cent.

Une semaine passa, un mois, deux mois. Yenté restait à Königsberg. Elle s'était liée avec la femme du rabbin et, en attendant le prix du divorce, passait ses journées à papoter dans la cuisine. Berl payait le loyer de la chambre au cordonnier Jakobi, la nourriture à la femme du rabbin, la taxe de séjour à la municipalité et une cotisation obligatoire à la *Hevra kedisha* qui, à Königsberg comme ailleurs, assurait tous les services de santé, le service mortuaire et possédait même sa propre infirmerie. Cela faisait beaucoup, et il était maintenant endetté auprès de tous ses amis.

Yenté était là depuis quatre mois quand, à quelques jours d'intervalle, arrivèrent deux lettres destinées à l'imprimeur de *Ha-meassef*. L'une venait de Metz; elle était signée d'un certain Abraham Spire, qui cherchait des typographes pour créer une revue en yiddish. L'autre était de la main d'un financier, syndic général des Juifs d'Alsace et de Lorraine, Hirtz de Mendelsheim, qui s'apprêtait à monter une imprimerie à Strasbourg.

La solution apparut soudain évidente à Berl : puisque Yenté ne voulait pas partir, eh bien! c'est lui qui partirait. Il mettrait l'Europe entre elle et lui, et ce serait bien le diable si elle le retrouvait.

Il répondit donc aussitôt. Il avait choisi Strasbourg parce que, selon le Livre d'Abraham, ses ancêtres y avaient vécu – c'était même là que les scribes s'étaient faits imprimeurs. Hirtz de Mendelsheim l'engagea sans perdre de temps : sa lettre arriva au lendemain de Pessah. Il y disait sa joie de pouvoir compter sur un imprimeur compétent, dont l'ancêtre avait travaillé avec Gutenberg lui-même, et joignait une lettre de change pour la somme importante de cinq cents thalers devant couvrir les frais du voyage. Berl n'en conserva que la moitié. Il employa l'autre partie à rembourser ses dettes et confia le reste à son ami Marcus, qui devait le remettre à Yenté.

La veille de son départ, Heinrich Friedländer et Marcus Chelmer lui offrirent une fête qui dura toute la nuit et que pour une fois ne troubla pas la bande des Baltes. Au petit matin, quand l'heure fut venue d'aller prendre la diligence, Berl embrassa ses amis et sa compagne du moment, à qui il jura d'écrire dès qu'il serait installé afin qu'elle vienne le rejoindre.

Quand la voiture se fut ébranlée sur les pavés inégaux, il entendit des cris derrière lui. Il se pencha par la portière. Dans les rayons du soleil naissant, il vit briller les épées. Les Baltes étaient enfin arrivés. Marcus combattait férocement, poussant en yiddish des imprécations terribles. Berl sourit et retomba sur la banquette. Bientôt apparut la mer.

Quel voyage! Berl crut bien avoir été condamné à la diligence à vie. Cahots, ornières, poussière, relais, départs à l'aube, ragoûts d'auberges... Avec le temps, le voyage eût pu être instructif, enrichissant, agréable. Mais l'agrément ne pouvait venir que des compagnons de route, et Berl n'avait pas été gâté. Sans doute le hasard réservait-il sa surprise pour la fin : à Wissembourg, en effet, à deux jours de Strasbourg, un Juif en caftan se joignit à la compagnie. Berl le salua. Le voyageur était le rabbin de Haguenau, Jacob Gugenheim. Il parlait yiddish avec un accent différent de celui de Berl. C'était un homme affable et serviable, plutôt que cultivé, et Berl se surprit bientôt en train de lui raconter l'histoire de sa famille alsacienne, cinq ou six siècles plus tôt :

— C'est d'eux, dit-il, que je tiens mon nom, Halter.

Le rabbin sursauta :

— Halter? Halter? Je crois avoir vu ce nom quelque part à Haguenau. Dans un vieux registre ou... sur une dalle tombale... Il faut à tout prix que vous visitiez le cimetière juif de Haguenau!

Berl, qui après tout n'était pas à un jour près, quitta donc la diligence avec le rabbin. Celui-ci le conduisit jusqu'à un cimetière dont les piliers à la porte d'entrée étaient gravés chacun d'une étoile de David presque effacée. Ils entrèrent. Des dalles tombales en grès rose paraissaient dormir dans ce jardin d'herbes sauvages. Le temps avait usé les angles des pierres, et, tandis que voletaient les papillons, Berl éprouva physiquement l'infinie douceur de l'endroit, sa poignante mélancolie. Il tenta de déchiffrer l'une ou l'autre des anciennes inscriptions en hébreu, mais elles n'étaient guère lisibles.

— Ce grès ne résiste pas au temps, remarqua le rabbin Gugenheim.

A la pensée qu'un de ses ancêtres était peut-être enterré là, Berl fut saisi d'une gravité inattendue. Il se recueillit en silence.

En partant, le rabbin lui montra sur la porte d'un petit bâtiment, un placard affiché : « Prenant en considération la prière et la recommandation de notre seigneur le sous-bailli, et pour lui prouver leur amitié, le maître et le Conseil nous ont permis d'élargir notre champ de repos. Nous nous engageons en revanche à enterrer dans ce cimetière tous les Juifs d'où qu'ils puissent être et où qu'ils meurent. » Berl relut le texte plusieurs fois avec le sentiment qu'il nouait ainsi, par-delà les siècles, un lien avec les Nathan, les Menahem, les Mosselin, les Ziporia, les Gabriel d'autrefois...

— Qu'allez-vous faire à Strasbourg? lui demanda le rabbin.

Berl répondit qu'il allait travailler pour le compte du syndic général des Juifs d'Alsace et de Lorraine, Hirtz de Mendelsheim :

— Ah! s'exclama le rabbin, Cerf-Berr!

Et il expliqua qu'on appelait ainsi ce personnage important, le seul Juif à avoir, grâce à l'intervention d'un ministre du roi, le droit de résider dans la ville.

— Sa famille et sa domesticité, précisa le rabbin en souriant comme s'il s'agissait d'une farce, ne comptent pas moins de soixante-dix personnes!... Pour les prières, ils dépassent trois minianim!

Dès le lendemain, Berl se sentait à Strasbourg comme un poisson dans l'eau. Il demanda le quai Finckwiller, on lui dit de suivre l'Ill — ce n'était pas très loin, près du pont Saint-Thomas.

Le domaine de Cerf-Berr s'étendait du quai jusqu'à la rue Sainte-Élisabeth et, outre l'hôtel de Ribeaupierre lui-même, comprenait plusieurs bâtiments. Le portail était grand ouvert, la herse relevée. Dans la cour, deux calèches stationnaient, les cochers bavardant en yiddish et des femmes en capes noires ornées de fraises s'affairaient autour de cageots de volailles. Berl hésita un instant, le temps de s'interroger sur le tour qu'allait prendre sa vie, puis entra.

Cerf-Berr le reçut aussitôt. Il était aux mains de son tailleur et de son perruquier et pria Berl de l'excuser, mais il devait partir le plus tôt possible pour Versailles, discuter les lettres patentes que le roi s'apprêtait à accorder aux Juifs d'Alsace. Il s'inquiéta du voyage de Berl, demanda le chiffre des ventes de la revue *Ha-meassef*.

C'était un homme d'une soixantaine d'années, au léger embonpoint, au front haut et fuyant, au regard perçant. Sur une chemise de dentelle mousseuse, on lui passa une redingote de velours prune et on posa sur sa tête une perruque poudrée. On le faisait tourner dans un sens, dans l'autre, lever un bras puis l'autre, se baisser, le tout tandis qu'il parlait à Berl, lequel prit le parti de rester immobile plutôt que de le suivre dans son ballet.

Cerf-Berr expliqua qu'il était désireux de monter un atelier de composition en attendant d'obtenir l'autorisation d'éditer. Durant son absence il chargeait Berl, en compagnie de son fils, de son gendre et de son secrétaire, de composer le commentaire sur le traité *Avoda Zara**, de Shlomo ben Abraham Algazi, dont lui, Cerf-Berr, écrirait la préface...

Dès que l'essayage fut terminé, Heym Wolff, un jeune homme sensiblement du même âge que Berl, s'occupa alors de lui, lui présenta Samuel-Alexandre, le gendre, puis Marx, le fils. Le gendre aurait en principe toute autorité sur l'imprimerie, et, bien que ne connaissant rien au métier, se rengorgeait comme ceux qu'un titre suffit à combler. Quant au fils, c'était un gaillard au teint rouge qui ne donnait pas l'impression de consacrer ses journées à l'étude de la Tora :

— Comment va l'Aufklärung, l'émancipation ? demanda-t-il.

— Chez les Juifs, très bien, répondit Berl. Dommage qu'elle ne dépende pas d'eux !

Marx éclata de rire. A ce moment passa une jeune servante aux reins très cambrés, qui les salua en baissant les yeux. Marx remarqua le regard de Berl :

— Elle se nomme Jéras, dit-il. Elle est à mon service. Jolie, n'est-ce pas ?... Malheureusement, elle ne pense qu'à se marier...

Puis Heym Wolff, le secrétaire, conduisit Berl en calèche jusqu'à Bischheim, à une demi-lieue de Strasbourg, où il logerait jusqu'à ce que Cerf-Berr obtienne pour lui l'autorisation d'habiter à Strasbourg même. En le quittant, Heym Wolff lui remit ce qu'il appelait un *breithaupt*, une sorte de coiffe très ample, en feutre, qu'il devait impérativement porter, comme tous les Juifs d'Alsace.

A Bischheim, Berl demeurait chez le marchand de fourrage Meyer Bloch, dont les quatre filles donnaient toujours au visiteur le sentiment de pénétrer dans une volière. Elles étaient encore trop jeunes pour intéresser Berl, qui d'ailleurs ne pensait alors qu'au moyen de retrouver la servante Jéras, qui lui avait laissé une forte impression.

Il se rendait le matin par la diligence publique à Strasbourg et s'en revenait le soir avant dix heures, comme l'exigeait le

---

* Traité du Talmud consacré aux cultes idolâtres.

règlement. Parfois, Marx Berr, avec qui il sympathisa rapidement, l'invitait à l'accompagner à des réceptions ou des réunions politiques qui se tenaient dans les arrière-salles des cabarets en vogue, *La Charrue*, faubourg de Pierres, ou *La Couronne d'Or*, faubourg de Saverne. Ces soirs-là, il couchait à l'hôtel du Corbeau, où Marx Berr abritait parfois, avec la complicité – bien rétribuée – de l'aubergiste, des amours clandestines.

Berl aimait ces nuits au Corbeau, qu'il ne passait d'ailleurs pas toujours seul. Mais accompagné ou non, il se levait dès qu'il entendait les vieillards de la Maison des Pauvres arriver avec leurs charrettes à bras, leurs balais et leurs pelles pour enlever les immondices de la rue, il se levait, disait la prière du matin et partait marcher le long de la rivière. Il n'aimait rien tant que les aubes brumeuses où les lanternes accrochées aux chariots venant de la porte de l'Hôpital faisaient d'étranges halos feutrés. Ces matins-là, il s'efforçait de se mettre d'accord avec lui-même, finissant presque toujours par retomber sur la formule d'Acabaya fils de Mahalalel : « Réfléchis à trois questions, et tu éviteras le péché : D'où viens-tu ? Où vas-tu ? A qui auras-tu un jour à rendre compte ? » Il se disait que tout deviendrait clair dès qu'il connaîtrait la réponse à la seconde question.

C'est un de ces matins-là qu'il décida d'écrire à son père à Zolkiew pour lui proposer de venir travailler avec lui à Strasbourg. Cerf-Berr n'avait pas pu obtenir l'autorisation officielle de monter une imprimerie à son nom, mais il avait passé avec l'imprimeur Jonas Lorenz un arrangement intéressant pour tous : dans son atelier, Berl composait des livres en lettres latines pour le compte de Lorenz, qui en contrepartie imprimait de temps en temps les ouvrages en hébreu qui flattaient la vanité de Cerf-Berr. Or, ce Jonas Lorenz, excellent imprimeur, se plaignait du manque de sérieux et d'assiduité des typographes qu'il employait : il n'aurait pas à regretter d'embaucher Joseph.

Et le plus extraordinaire est que Joseph, comme à Königsberg déjà, arriva un jour, plus *Kaftanjude* que jamais, son balluchon dans une main, un panier en osier dans l'autre. Mais, cette fois, il n'était pas seul : il avait emmené son épouse Sarah, frêle silhouette au visage ridé. Quand elle vit son fils, tant de tendresse passa dans son regard que Berl sentit les larmes lui monter aux yeux.

– Où trouve-t-on de l'eau ici ? demanda Joseph. Je dois me purifier avant de dire la prière.

Trois ans ainsi passèrent. Bien qu'ayant désormais le droit de résider à Strasbourg, Berl habitait en fait avec ses parents à Bischheim, ne passant qu'une nuit de temps en temps à l'auberge du Corbeau : Jéras, en effet, la servante de Marx Berr, gouvernait désormais sa vie amoureuse. Il était parvenu à ses fins en lui promettant le mariage, mais il lui fallait d'abord payer à son épouse légitime Yenté les cent thalers qu'elle exigeait encore pour divorcer.

Il se satisfaisait des étreintes rapides qui laissaient à son corps le plaisir des désirs renaissants. Il aimait bien le regard timide et fier de la jeune servante, et la rare fermeté de sa chair, mais il savait qu'il ne l'épouserait pas, et se demandait déjà comment il allait pouvoir le lui dire.

Joseph et Sarah, eux, se plaisaient parfaitement à Bischheim. Jonas Lorenz avait en effet engagé Joseph, qu'il employait à la presse. Celui-ci n'imprimait guère de textes en hébreu – trois ouvrages seulement en trois ans –, mais il mit tous ses soins à composer la traduction française d'un livre édité quelques années plus tôt à Berlin aux frais de Cerf-Berr : *De la réforme politique des Juifs* *, de Christian-Wilhelm Dohm.

Le soir, rentrant à Bischheim, Joseph restait souvent à veiller chez Léon Kuppenheimer, le maître d'école, ou chez le propre beau-frère de Cerf-Berr, le rabbin David Sintzheim, pour discuter et commenter une page du Talmud. Il ne savait pas encore s'il s'installerait définitivement à Bischheim ou s'il repartirait à nouveau pour Zolkiew, où se trouvait, de retour de Königsberg, son unique petit-fils, Noé, le fils de Berl, qui allait maintenant sur ses dix ans. Il faisait confiance à l'Éternel – béni soit-Il ! – pour lui envoyer un signe.

En attendant, le logeur de Berl, Meyer Bloch, eut la malencontreuse idée de demander à son locataire s'il ne serait pas disposé à épouser l'une de ses quatre filles : il tenait en effet Berl pour un savant et eût été fier de le faire entrer dans sa famille. Or Berl détestait les quatre péronnelles blondes qui continuaient à pouffer et à se bousculer comme si elles avaient cinq ans. Mais, par quelque singulier détour du cœur ou du regard, la proposition de Meyer Bloch lui fit découvrir que, si les filles ne l'intéressaient pas, la mère, elle, en revanche, Brintz, avec son corps de femme mûre, ses lèvres lourdes, son regard gris souvent

---

* Ouvrage composé par un fonctionnaire prussien, Christian-Wilhelm Dohm, qui fut l'un des précurseurs de l'émancipation des Juifs. Son ouvrage sera traduit en français en 1782 par le mathématicien Jean Bernouilli, membre de l'Académie des sciences de Berlin. Il inspira Mirabeau pour son ouvrage *Sur Moses Mendelssohn ou De la réforme politique des Juifs* (1787).

rêveur, lui procurait un trouble qu'il fuyait et recherchait sans cesse.

Brintz avait-elle compris? Éprouvait-elle elle-même un trouble semblable? Un matin, juste après Chavouoth de l'année 5548 * après la création du monde par l'Éternel – béni soit-Il! – alors que son mari Meyer était parti pour Metz, elle lui demanda de l'aider à de menues tâches jusqu'à ce que l'heure de la diligence fût passée. Alors elle lui proposa de le conduire à Strasbourg, et il ne refusa pas.

En route, ils étaient assis côte à côte, et elle tenait les rênes. Il la regardait parfois de profil, et voyait une veine battre à sa gorge. Elle tenait la tête obstinément fixée sur la route et le cheval comme si, avec les pensées qui lui occupaient l'esprit, le regarder eût déjà constitué un péché. Il se demanda de quelle couleur pouvaient être ses cheveux sous le fichu, orné d'un petit nœud, qui lui dégageait le front.

– Je vous ai mis en retard, dit-elle soudain. Je vous conduirai jusque chez Cerf-Berr.

– Je dois d'abord passer à l'hôtel du Corbeau, pour prendre un livre, mentit-il.

Elle ne répondit pas. Elle ne l'avait pas regardé depuis qu'ils étaient partis, mais chacun était si sûr du désir de l'autre qu'en vérité ils ne connaîtraient jamais rien de plus fort que cette attente.

Brintz prit le faubourg de Pierres en direction de la place de l'Évêché et de la rivière.

La chevelure de Brintz, éparse sur le drap blanc, était noire, et Berl y passait tendrement les doigts.

– Berl, dit-elle à voix basse, je dois partir...

Elle avait des yeux gris, elle avait des seins lourds et lisses, elle avait des jambes nerveuses, et Berl ne pouvait la laisser s'en aller.

Soudain, ils entendirent la porte grincer sur ses gonds. Berl fut un instant avant de comprendre, puis il tourna la tête. La servante Jéras était là :

– Berl, dit-elle, tu n'es pas venu à l'imprimerie, alors j'ai pensé...

Soudain, elle aperçut, derrière son fiancé, une autre femme, et nue. Alors commencèrent les cris, les empoignades, les galopades. Le gros Wallraff, le gardien de l'auberge, monta en

* 1788.

soufflant et leur demanda de quitter l'établissement. Les curieux emplissaient le couloir. « Le Juif était avec deux femmes! » dit un homme au nez pointu quand ils sortirent de la chambre, et Jéras lui retourna une maîtresse claque.

Dès qu'ils furent dehors, Jéras partit en courant vers le quai Finckwiller. Quand elle fut assez loin pour être sûre que Berl ne la rattraperait pas, elle se retourna et cria :

– Tu m'as menti! Je le dirai au rabbin! Je le dirai à tout le monde!

Berl accompagna Brintz jusqu'au chariot :

– Il vaut mieux que je rentre seule à Bischheim, dit-elle d'une voix étouffée. Que Dieu vous protège!

Berl regarda s'éloigner le chariot vers la porte de la ville. Il faisait chaud. Il se sentait infiniment las, comme s'il avait cent ans : un long passé et peu d'espoir. En traversant la grand-rue en direction de la rivière, il se demandait si chaque homme avait réellement un destin particulier et si le sien se limitait à une fuite continuelle – car, accablé et soulagé en même temps, il ne voyait pas comment il pourrait ne pas fuir une fois de plus...

Il désirait simplement saluer Cerf-Berr et embrasser ses parents avant de prendre la route pour il ne savait où.

Cerf-Berr n'était pas là, Berl le regretta. La dernière fois que les deux hommes s'étaient vus, ils avaient discuté d'une revue que le notable voulait publier et qu'il se proposait d'intituler *La Nation juive*. Berl lui avait fait remarquer que l'expression « nation juive » laissait entendre que les Juifs ne souhaitaient pas renoncer à leur particularisme. A quoi Cerf-Berr avait répliqué qu'il s'agissait de lutter pour obtenir la citoyenneté française sans pour autant se défaire des structures communautaires juives.

S'il ne vit pas le père, il rencontra le fils. Marx Berr montrait un visage sévère que Berl ne connaissait pas :

– Par l'Éternel Dieu d'Israël, vous en faites de belles! dit-il. Cette petite sotte a alerté toute la communauté, elle veut en appeler au Beth-Din, elle m'accuse de vous avoir incité à la débauche...

Il se calma soudain et, d'un air de professeur déçu, demanda :

– Mais pourquoi la mère, ami Berl? Pourquoi la mère et pas les filles?

Berl sourit tristement et haussa les épaules sans répondre.

– Vous lui aviez vraiment promis le mariage?

– Hum! fit Berl, prudent.

— Mais vous êtes marié!

— Presque divorcé.

Marx Berr hocha plusieurs fois la tête :

— Votre chance est que chez nous on ne tue pas les pêcheurs. Mais, toutefois, prenez garde! Vous connaissez le proverbe : « La fureur est cruelle et la colère impétueuse, mais qui résistera à la jalousie? »

Il lui suggéra d'aller se présenter à Metz chez l'imprimeur Abraham Spire, celui-là même qui lui avait écrit à Königsberg, puis une fois l'affaire oubliée, de revenir à Strasbourg.

Berl quitta par les jardins l'hôtel de Ribeaupierre et alla voir son père à l'imprimerie de Jonas Lorenz. Joseph était déjà au courant du scandale mais il ne fit pas de reproches, car il avait appris de l'Ecclésiaste que « si les songes naissent de la multitude des occupations, la voix de l'insensé se fait entendre dans la multitude des paroles ».

— Je t'écrirai, dit Berl, que tu puisses me faire parvenir mon exemplaire de Livre d'Abraham, qui se trouve à Bischheim parmi mes affaires.

Le père et le fils s'embrassèrent.

Berl fit tant de détours pour éviter de passer par les endroits où il était connu qu'il manqua la diligence de Metz. Comme celle de Haguenau allait partir, il pensa soudain au rabbin Jacob Gugenheim et décida d'aller le voir.

Le rabbin de Haguenau était un brave homme au regard doux, au menton orné d'une maigre barbiche blanche qui s'accrochait à son caftan noir. Ses longs cheveux gris étaient noués en une petite queue :

— Que Dieu vous bénisse! dit-il en accueillant Berl. Vous avez sans doute entendu parler du concours de la Société royale des sciences et des arts de Metz concernant la question juive?

— Non, répondit Berl, qui pensait à Brintz affrontant son mari et ses quatre filles.

— Le thème proposé était : « Est-il un moyen de rendre les Juifs plus utiles et plus heureux en France? » Tenez, regardez ce journal. Vous y trouverez les noms des lauréats.

Il tendit à Berl un numéro des « Affiches des Évêchés et de Lorraine », en date du 28 août 1788. Les lauréats étaient un Juif polonais émigré à Paris, Zalkind Hourvitz; un abbé d'Embermesnil, Baptiste-Henri Grégoire; et un jeune avocat de Nancy, Claude-Antoine Thiéry.

— J'ai rencontré Zalkind Hourvitz et le curé Grégoire, dit le rabbin Gugenheim. Si vous allez un jour à Paris, je vous donnerai l'adresse de Zalkind Hourvitz... Ce Zalkind Hourvitz est sans doute l'homme le plus négligé que je connaisse, mais quelle intelligence! Il vit dans un petit logement rue Saint-Denis, à la Croix-de-Fer...

C'est ainsi que Berl se retrouva, muni de lettres de recommandations du rabbin de Haguenau, dans la diligence de Paris.

Paris... Je connaissais Paris bien avant d'y arriver moi-même – depuis toujours, en fait. Mes guides avaient été Hugo, Dumas, Flaubert, Balzac, Eugène Sue... Je n'avais jamais quitté Varsovie, que je pouvais décrire avec force détails la Notre-Dame de Quasimodo, la rue Picpus et la rue Plumet, dans le faubourg Saint-Germain, où vivait Cosette ; la rue des Fossoyeurs, près du Luxembourg, où logeait d'Artagnan, ou la rue Langlade, où demeurait Esther Gobseck, dite « la Torpille ». J'avais l'habitude d'aller avec Coralie de la rue de Castellane au jardin des Tuileries, et de suivre Bouvard chez Pécuchet, depuis la rue de Béthune jusqu'à la rue Saint-Martin. Ou encore de rendre visite au vieux Saül et à sa femme Bethsabée rue Saint-François, près de la rue Saint-Gervais, dans le Marais.

Je me souviens qu'alors que nous venions, contre toute probabilité, d'échapper à la mort dans le ghetto de Varsovie, nous nous retrouvâmes, en 1945, mon père, ma mère et moi, après avoir erré entre la plaine de Moscou et les steppes du Kazakhstan, à Kokand, au fond de l'Ouzbékistan. La faim faisait le siège de la ville et, afin de nourrir mes parents terrassés par la typhoïde, moi qui ne savais pas voler, je racontais Paris pour un peu de riz à des voleurs de mon âge qui ne savaient pas lire. Nous avions rendez-vous dans des terrains vagues. C'est là que je plantais mes décors favoris, la place de la Bastille, la place Royale pour les duels des Trois Mousquetaires... J'avais neuf ans.

Cinq ans plus tard, je débarquai à Paris, gare de l'Est. C'était en janvier 1950, il faisait froid et Paris n'était plus Paris. La rue Langlade avait fait place à l'avenue de l'Opéra, la rue de Castellane était occupée par un grand hôtel, et je n'ai jamais retrouvé la rue Saint-François. J'avais été si longtemps chez moi dans mon Paris personnel que je me sentais absolument étranger dans celui qui se proposait.

D'autant que le nazisme et le stalinisme ne m'avaient pas préparé à vivre dans une société de liberté. J'errais sur les grands boulevards, entraîné dans la foule, regardant sans comprendre ces baraques foraines, les marchands de nougats, les étalages de fruits et légumes, les vendeurs de journaux politiques, les enseignes lumineuses. Ce double dépaysement – l'Ouest ne ressemblait pas à l'Est, ni ce Paris au mien – me dérangeait au point que je me sentais incapable d'apprendre le français.

Impuissant à communiquer par la parole, je me mis à peindre. A Kokand, j'étais tombé, dans une ruelle de la ville basse, sur un peintre occupé à fignoler un paysage, et ce souvenir m'avait laissé un sentiment confus : j'étais à la fois empli d'admiration, puisqu'on pouvait traduire le visible par un autre visible, et d'incertitude, puisque ce visible, moi, je le voyais autrement. Ce jeu des couleurs et des formes avait été une révélation. A Paris, ce devint mon seul moyen d'expression.

Pour pouvoir acheter des toiles et des couleurs, je travaillai de nuit, au grand bonheur de mon père, dans une imprimerie yiddish, rue Elzévir. Le jour, je peignais, ou restais des heures au Louvre devant la Bataille d'Uccello. *Puis j'entrai aux Beaux-Arts, et changeai peu à peu de Paris : le pont des Arts, Saint-Germain et ses cafés où j'allais regarder la « bande à Sartre », Montparnasse où les peintres se donnaient rendez-vous, le Luxembourg... Je pouvais enfin apprendre le français, et c'est en français que je retrouvais Paris dans les livres de Hemingway, de Sartre, de Fitzgerald, de Proust.*

Mes parents louaient un petit logement à la porte de La Chapelle, et je ne manquai aucune des manifestations qui allaient de la Bastille à la République ou de la République à la Bastille. Ainsi, peu à peu, Paris cessa d'être uniquement le Paris des autres et moi, l'étranger, j'y traçais enfin mes repères, mes habitudes, mes trottoirs, en fonction de la couleur du temps et de l'humeur du moment.

Pour raconter l'arrivée de Berl Halter à Paris, j'entrepris quelques recherches et découvris que de tout temps il avait existé un Paris juif curieusement ignoré des guides. Ainsi cette synagogue à l'emplacement de ce qui est aujourd'hui le parvis de Notre-Dame, décrite en 582 par Grégoire de Tours ; ainsi cette « cour de la Juiverie », là où a été construite la gare de la Bastille, et qui était le quartier des Juifs de Paris avant leur expulsion par Philippe Auguste en 1182... La rue de la Harpe s'appelait au Moyen Age la rue de la Harpe juive; c'est là, sous Saint-Louis, que se tenait la fameuse yeshiva de rabbi Yéhiel. En ce temps-là, le cimetière juif s'étendait à l'endroit précis où s'élève aujourd'hui la librairie Hachette, au croisement des boulevards Saint-Michel et Saint-Germain: lors des grands travaux de 1849, on y a découvert des pierres tombales portant des inscriptions hébraïques. Au XIIIe siècle, à l'époque où le scribe Abraham fils de Johanan, venant de Troyes, regardait brûler le Talmud en place de Grève, la grande synagogue s'élevait rue de la Cité, où se dresse maintenant l'église Sainte-Madeleine; elle fut détruite après la deuxième expulsion des Juifs de Paris, par Philippe le Bel cette fois, en 1306.

Difficile de remonter les voies du passé quand toute empreinte en a été effacée! J'espérais trouver mieux et plus pour le Paris des XVIIIe et XIXe siècles. Nouvelle déception! Je savais par mes lectures qu'un traiteur juif tenait son commerce rue Michel-Leconte, je n'y découvris qu'un restaurant chinois, La Perle d'Orient. Je cherchai en vain la synagogue dont les livres attestent l'existence rue des Bouchers, et de même, rue Saint-Denis, la maison de la Croix-de-Fer qui avait abrité Zalkind Hourvitz...

Avant de mourir, comme s'il vidait sa mémoire pour être sûr de ne rien garder pour lui et qui serait irrémédiablement perdu, mon père me parla de cet aïeul arrivant de Pologne, ce Berl Halter employé comme typographe chez l'imprimeur Jacob Simon, rue Montorgueil. D'où tenait-il cette information? De son propre père... Ce renseignement ne m'avait jusque-là guère passionné, mais hier je suis allé rue Montorgueil, que je n'avais plus fréquentée depuis des années.

Il m'a semblé que la rue avait changé d'habitants. Aux portes, des serrures codées montaient la garde. Au 24, une cour – carré pavé de grosses pierres inégales, vieil escalier ébréché – me parut pouvoir constituer un décor convenable pour une imprimerie de la fin du XVIIIe. J'y rôdai un peu. Un dépôt de conserves y occupait tout le rez-de-chaussée. Une vieille femme sans âge, descendant l'escalier, me regarda avec méfiance :

– Vous cherchez?
– Une imprimerie.
– Il n'y a pas d'imprimerie ici.

— Il en avait une jadis rue Montorgueil, et je pensais que ce pourrait être ici.

La vieille dame restait perplexe :

— Une imprimerie ici ? Il y a longtemps ?

— Pendant la Révolution.

Elle parut soulagée : sa mémoire ne lui avait pas joué de tour.

— Alors là, je ne peux pas vous dire. Je ne suis ici que depuis soixante ans !

Mais, en réalité, le vrai décor de Paris pour l'arrivée de Berl Halter fuyant ses femmes, c'est avant tout la Révolution.

XXXIX

Paris
LA RÉVOLUTION

— V IVE le roi! Vive monsieur Necker! Vive le roi!

La diligence, entrée par la barrière de Charenton, avait été arrêtée devant l'hôpital des Enfants-Trouvés où un crieur public annonçait à la foule attroupée que le ministre Necker revenait au gouvernement, et que le roi avait décidé le Conseil à faire revenir le Parlement.

— Pourquoi crient-ils? demanda Berl à son voisin.

— Sans doute parce qu'ils pensent que le retour de monsieur Necker va faire baisser le prix du pain.

— C'est le prix du pain, lui confirma un peu plus tard Zalkind Hourvitz, qui commande tout. C'est lui qui provoque les troubles et fait tomber les gouvernants. Il est aujourd'hui à quatorze sous et demi les quatre livres. S'il augmente encore d'un sol, d'un sol seulement...

Zalkind Hourvitz leva sa main aux ongles sales :

— Alors ce sera la Révolution. Et nul ne sait ce qui en sortira.

Berl avait quitté la diligence au Grand Châtelet, son terminus, et on lui avait indiqué la rue Saint-Denis. La Croix-de-Fer était une maison branlante, où Zalkind Hourvitz occupait au troisième étage une pièce bourrée de livres, de journaux, de manuscrits épars. L'homme lui-même était négligé au-delà de ce qu'avait dit le rabbin de Haguenau. Il semblait vivre au fond d'une sorte de fauteuil bancal, et faisait sans doute bien plus que son âge. Après avoir lu la lettre du rabbin Gugenheim, il avait longuement considéré Berl, des pieds à la tête, et lui avait demandé :

— Avez-vous de l'argent?

— Un peu.

– Alors vous allez m'inviter à dîner. Mangez-vous kasher ?
– Oui.
– Alors nous irons rue Michel-Leconte, chez Meyer Lion.

C'est là, dégustant un *gefilte fish* de bonne tradition, que Zalkind Hourvitz avait raconté comment, ayant quitté Lublin, il avait vécu à Berlin où il avait connu Mendelssohn, à Nancy, à Metz, à Strasbourg, avant d'arriver à Paris trois ans plus tôt. Il cherchait de l'argent pour faire publier son manuscrit primé à Metz, *Apologie des Juifs*.

Malgré ses dehors peu avenants, c'était un personnage attachant. Son français était riche, agressif, souvent défectueux, fortement imprégné d'accent yiddish, mais c'est en français qu'il tenait à s'entretenir de la situation, de la crainte qui l'habitait de voir la misère jeter les gens dans la rue pour on ne savait quelles violences irréversibles. Chez Meyer Lion, il se goinfra, comme s'il mangeait pour plusieurs jours en une fois, et Berl comprit qu'il vivait pratiquement sans un sou. La candidature qu'il avait posée au poste de conservateur des manuscrits orientaux à la Bibliothèque royale depuis plusieurs semaines déjà restait sans réponse.

En attendant que Berl se procure un logement et du travail, il lui proposa de partager son lit – une paillasse et une couverture crasseuse où, pour sa part, il dormait tout habillé. Il emmena Berl dans quelques rendez-vous juifs de Paris, comme au café de la Renommée, rue Saint-Martin, où l'on jouait aux dominos en s'inquiétant de la santé du monde.

C'est là que Berl rencontra un imprimeur, Jacob Simon, dont le typographe venait d'être arrêté pour avoir crié « Mort au roi ! ». Il lui fallait le remplacer le plus vite possible, car les commandes affluaient pour de nouvelles gazettes, des libelles, des pamphlets. Il prit Berl à l'essai pendant deux jours et l'engagea pour un salaire de quarante sous par jour. C'était un succès inespéré : des milliers d'hommes alors cherchaient du travail, et seuls des spécialistes comme Berl avaient une chance d'en trouver. Il était temps. Zalkind Hourvitz et lui n'avaient pas mangé depuis trois jours.

L'hiver fut terrible. La Seine charriait des glaçons. Les boulangers tournaient l'arrêté du Parlement interdisant aux boulangers de Paris de vendre le pain au-dessus du prix fixé par le lieutenant de police, la vie était de plus en plus chère, de plus en plus âpre. Des milliers de sans-travail, de crève-la-faim, de mal-vêtus se pressaient devant les boulangeries, espérant qu'on leur jetterait à la fermeture un peu de pain rassis, ou assiégeaient les établissements de charité – Zalkind Hourvitz, quand

Berl n'avait plus de quoi partager, se rendait le jour du shabbat à la petite synagogue de la rue des Bouchers, qui distribuait aux plus nécessiteux des vêtements et de la nourriture. Des foules sinistres surgissaient comme des hordes des chemins de la province, bousculaient les gardes des barrières et erraient dans la ville, effrayantes de misère, allumant de grands feux pour s'y chauffer.

L'imprimeur Jacob Simon, qui venait de se faire membre du Club des amis de la liberté, ricanait :

— Qu'attendent-ils ? Ils mendient et doivent dire merci pour des croûtons et des soupes claires. Qu'ils se servent donc !

— Se servir, mais où ? demanda naïvement Berl.

— Chez les riches pardi, là où il y a à prendre !

Zalkind Hourvitz était tout à fait opposé aux théories de Jacob Simon, et les deux hommes cessèrent de se parler jusqu'à l'annonce de la convocation des États généraux pour le 27 avril. Cet arrêté, qui accordait au Tiers État autant de députés qu'à la noblesse et au clergé réunis, fit dire à Jacob Simon, satisfait, que c'était là le début d'une révolution, et à Zalkind Hourvitz, soulagé, qu'il était bon que les choses se fassent dans la légalité.

Berl avait demandé une augmentation à Jacob Simon, mais l'imprimeur, ne pouvant la lui accorder, lui proposa de le loger dans une pièce mansardée, au-dessus de l'atelier. Berl accepta avec joie : à la fois parce que la compagnie nocturne de Zalkind Hourvitz commençait à lui peser et parce qu'il put ainsi recevoir une jeune ouvrière, Marie, dont les parents habitaient près de l'imprimerie.

Il était maintenant bien habitué à sa nouvelle existence, et il lui semblait que, s'il quittait Paris, lui manqueraient son odeur, sa rumeur, sa couleur. La faim, la misère, il s'en accommodait sans trop y réfléchir, priant seulement de ne pas manquer de pain plus d'une journée. Les imprécations de son patron contre les riches et les nobles l'inquiétaient plutôt. Il commença à s'interroger sur la profondeur du mal social quand le patron de Marie, le fabricant de papier peint « Réveillon », parla de réduire le salaire de ses ouvriers à quinze sous par jour. Mais fallait-il tout casser ou essayer de parlementer ?

A ce moment, il reçut de Strasbourg une lettre de son père : Joseph lui annonçait, de sa belle et tranquille écriture, l'arrivée dans la ville de Yenté et de Noé. Leur voyage, précisait-il, avait été financé par la communauté de Zolkiew, qui se rembourserait sur les cent thalers que lui, Berl, allait verser à sa femme en compensation du divorce. Joseph ajoutait qu'il n'était pas certain de pouvoir empêcher Yenté de se rendre à Paris.

Berl, atterré, lut la lettre à ses amis Zalkind Hourvitz et Jacob Simon. Pour l'imprimeur, la décision des rabbins n'avait aucune espèce de valeur, et la revendication de Yenté était sans fondement :

— Si elle vient t'embêter ici, dit-il, tu n'as qu'à la renvoyer en Pologne!

Quant à Zalkind, il cita le Talmud en ricanant :

— Je remercie Dieu chaque jour, dit-il, de n'avoir fait de moi ni un goï, ni un esclave, ni une femme!

Yenté se présenta rue Montorgueil le soir du 26 avril, et Berl ne put s'empêcher d'éprouver une sorte d'admiration pour la ténacité de cette femme. Puis il se répéta la sentence : « Celui qui a pitié dans un cas où il ne le faut pas sera cruel là où il faudra avoir pitié. » Il s'apprêta à faire front.

Elle se tenait debout près de son fils, qui devait maintenant avoir onze ans et qui était aussi grand qu'elle, ses membres grêles dépassant de vêtements trop courts. C'est lui qui portait le panier d'osier qui constituait leur seul bagage. Comme si la scène avait été préparée à l'avance, il le posa lentement à ses pieds et se redressa. Tous deux, la mère et le fils, se tenaient ainsi, l'un à côté de l'autre, silencieux, tels des anges du remords. Berl était prêt à s'enfuir, par les toits s'il le fallait, mais ils bloquaient la porte. Soudain, ce silence lui fut insupportable :

— Asseyez-vous, dit-il, reposez-vous. Avez-vous fait bon voyage?

— Nous reposer?

Yenté avait une voix calme et dure qui lui donna des frissons dans le dos.

— Nous reposer? A Zolkiew, nous ne connaissons pas ce mot-là. Nous ne sommes pas des princes. Et pour ce qui est de m'asseoir, je ne m'assiérai que quand vous m'aurez donné mon argent.

Noé approuvait de la tête.

— Mais regardez où je vis! se défendit Berl. J'ai un lit et une cuvette! Et je ne mange pas tous les jours!

— De quoi vit-on, dans cette ville où les femmes vont la poitrine dehors et regardent les hommes de façon impudique? De prières? De promesses?

Berl, retrouvant le ton, les mots et l'accent de son enfance, ne put cacher un demi-sourire. Yenté, outrée, regarda son fils :

— Tu as vu, Noé? Tu as vu, il rit! Il est incapable de nourrir sa femme et son fils, mais il rit, ce sans-vergogne!

Brusquement, un ressort parut se détendre en elle, et elle alla s'asseoir sur le lit :

— Ce n'est pas très propre, chez toi, dit-elle. Comment dormirons-nous?

Berl pensa à Marie qui, par chance, ne devait pas venir ce soir-là. Il songea un moment à aller coucher chez Zalkind Hourvitz, mais il y renonça : maintenant qu'elle l'avait trouvé, elle ne le lâcherait plus. Finalement, après avoir partagé le bout de pain qu'il destinait au lendemain et un morceau de fromage sec que Noé sortit du panier d'osier, ils se couchèrent dans le même lit, leur fils entre eux. Comme il n'y avait qu'une paillasse et une couverture, c'était sans aucun doute le meilleur arrangement.

Berl, cette nuit-là, rêva du paradis. Il était couché sous un grand arbre. Quatre fleuves coulaient à l'entour, l'un de lait, l'un de vin, l'un de baume et le dernier de miel, comme il est dit dans la description de Rabbi Josué ben Lévi, et huit cents variétés de roses et de myrtes poussaient sur leurs rives. On avait commencé à servir le banquet de Léviathan, et des anges s'apprêtaient à chanter de leurs voix mélodieuses. Alors apparut Marie la douce :

— « Que mon Bien-aimé vienne dans son jardin et en mange les fruits précieux », disait-elle.

Berl alors la prenait dans ses bras, et une chaleur intense lui parcourait le corps. Il répondait comme Salomon dans le Chant des Chants :

— « Je suis venu dans mon jardin, ma sœur, mon épouse... »

A ce mot d'« épouse », il s'éveilla brusquement. Il faisait encore nuit. Mais cette chair... Cette odeur... Cette poigne qui le retenait... Il jaillit du lit et, les pieds nus sur le carreau froid, regardant les deux formes confuses enroulées dans la couverture, il comprit avec horreur qu'il venait de connaître sa femme! Et dans le lit même où leur fils dormait! Il se purifia et, grelottant, pria jusqu'à l'aube.

Yenté, se réveillant au matin, ne parla de rien, sinon pour lui reprocher d'avoir appelé une certaine Marie dans son sommeil. Quelle duplicité! Comment avait-il pu se retrouver couché près d'elle, sinon parce qu'elle avait elle-même changé de place et fait le tour du lit?

Elle ne parla ni de partir ni de rester, et, descendant à l'atelier, il la laissa dans la chambre avec Noé. En bas, Jacob Simon était dans tous ses états :

— Viens voir, Berl! dit-il. Viens voir la Révolution qui s'avance!

Des ouvriers passaient par petits groupes, se dirigeant vers le faubourg Saint-Antoine. Des femmes criaient, mais les hommes restaient silencieux, lourds de leur colère. Berl et Jacob Simon sortirent sur le pas de la porte et, sans se concerter, les suivirent. Soudain, Berl aperçut une pancarte à l'écriture maladroite : « Mort à Réveillon », y lut-il.

— Regarde, Berl! s'écria Jacob Simon. Le peuple prend les choses en main! C'en est fini des riches!

Berl l'entraîna en courant jusque chez Réveillon. Quelques dizaines de soldats avaient établi un barrage devant la fabrique, mais, malgré leurs fusils, la foule les submergea comme une énorme vague. Presque aussitôt les fenêtres de la fabrique s'ouvrirent et vomirent des meubles, des papiers, des marchandises qui tombaient au sol où la foule s'en emparait avec avidité pour les casser, les déchirer, les détruire. Berl redoutait cette violence.

— Cherchons Marie, dit-il à Jacob Simon.

Puis la foule se tut pour écouter approcher le roulement caractéristique des chevaux au trot : l'armée.

Alors une voix cria : « Feu! »

Les balles ne dispersèrent pas la foule, elles y causèrent seulement des vides. Des corps gisaient sur le pavé. Les émeutiers, pris de rage, sans crainte des fusils, sautèrent au cou des chevaux, désarçonnèrent les soldats, les désarmèrent et tournèrent leurs fusils contre eux. Ils auraient pu avoir le dessus si un régiment de Royal-Cravate n'était alors arrivé en renfort.

La police dénombra ce jour-là trois cent cinquante blessés et cent trente morts, parmi lesquels Berl et Simon découvrirent le corps de Marie la douce, la tête fracassée. Berl pria Simon de l'aider à la porter jusque chez elle, mais Simon prétendit qu'il fallait la laisser avec les autres victimes de chez Réveillon, que leurs camarades chargeaient sur des chariots pour les conduire en défilé à travers les rues :

— Voici les défenseurs de la patrie, disaient-ils avec une sombre exaltation. Donnez de quoi les enterrer.

Berl leur arracha le corps de Marie et, pleurant et trébuchant, la ramena à sa mère, rue Montorgueil. Puis, sans même monter à sa chambre, il se rendit chez Zalkind.

Le lendemain, on apprit que nul n'avait le droit, quelles que fussent sa qualité et sa condition, de provoquer des attroupements dans la ville, les faubourgs et les banlieues de Paris. Un peu plus tard dans la journée, on apprit aussi que le roi interdisait également d'imprimer, de publier et de distribuer des gazettes ou des libelles sans son autorisation.

Après avoir passé une nuit chez Zalkind, Berl retourna chez lui. Il y trouva Yenté et Noé assis sur le lit, le panier d'osier à leurs pieds.

— On peut renoncer à tout, dit Yenté, sauf à manger. Nous repartons pour Strasbourg, votre fils et moi. Mais nous reviendrons quand les temps seront meilleurs. Ne vous tenez pas quitte, mon époux.

La voix de Yenté lui parut moins dure que la veille. Avait-elle appris, pour Marie? Était-ce le souvenir de la nuit passée? En tout cas, Berl fut soulagée de les voir disparaître au bout de la rue Montorgueil. La prochaine fois, il aurait davantage de temps et de l'argent à consacrer à ce fils qui ne lui avait pas dit un mot.

Les États généraux se réunirent le 5 mai à Versailles. Jacob Simon s'y rendit, en compagnie de milliers de Parisiens, mais n'entendit rien. C'est tout juste s'il put décrire les vêtements noirs parés d'étoffes d'or que portaient les nobles et leurs chapeaux à plumes blanches. Il fallut attendre que les nouvelles courent les rues pour apprendre la demande du Tiers que la vérification des pouvoirs fût faite en commun par les trois ordres, et que les privilégiés s'y étaient refusés.

A cette époque, Jacob Simon et Berl se précipitaient tous les soirs après le travail au Palais-Royal; c'était là, en effet, que les nouvelles, vraies ou fausses, circulaient le plus tôt, là aussi qu'on les commentait avec le plus d'excitation : et ce qui se disait dans les cafés du Foy, de Valois, de Correza, faisait aussitôt le tour de la ville.

Un de ces soirs-là, Berl tomba sur son ami de Strasbourg Marx Berr, venu pour rencontrer les députés d'Alsace et de Lorraine qui siégeaient aux États généraux, car les Juifs de ces provinces avaient été autorisés à rédiger des cahiers de doléances. Il serra Berl sur sa vaste poitrine :

— Notre séducteur! s'écria-t-il. Comment vont les femmes de Paris?

Il avait parlé fort, et Berl ne savait plus où se mettre. Il s'excusa, dit qu'il devait partir et l'invita à venir voir Jacob Simon rue Montorgueil : il aurait certainement quelque texte ou quelque liste à faire imprimer. Marx Berr promit, et tint parole.

Quand il vint, à la fin du mois de juin, les choses étaient bien avancées. Les députés du Tiers État, considérant qu'ils représentaient les quatre-vingt-seize centièmes de la nation, s'étaient déclarés « Assemblée nationale » et avaient juré de ne pas se séparer avant d'avoir donné une Constitution à la France. On disait que Mirabeau avait rivé son clou au roi. Dans les rues, la fièvre montait de jour en jour.

– Quels changements, mes amis! jeta, rayonnant, Marx Berr en entrant dans l'atelier.

Il raconta que l'abbé Grégoire l'avait reçu la veille et lui avait promis de présenter rapidement devant la toute jeune Assemblée une motion en faveur des Juifs.

– La preuve que les choses changent, c'est que j'ai entendu des députés parler de nous sans animosité.

– La bonne nouvelle! ricana Jacob Simon.

Marx Berr, comme insulté, se tourna vers l'imprimeur:

– Calmez-vous, mon bon ami, vous n'entendez rien à la politique.

– Tandis que vous... au contraire...

– Je sais en tout cas que pour faire passer une motion, il faut un vote favorable de la majorité des députés. Je sais aussi qu'il n'y aura pas de garanties pour la sécurité des Juifs tant que la majorité des députés leur sera hostile.

– Cela, c'est ce que dit le fils très important du fameux syndic des Juifs d'Alsace. Et moi, simple imprimeur, je dis que les seules garanties durables pour les Juifs seront celles qu'ils auront conquises eux-mêmes.

– Conquises? Il s'agit de persuader un peuple d'en respecter un autre.

Berl écoutait les arguments de l'un et de l'autre. Convaincu que chacun, à sa façon, avait raison, il souhaitait que la discussion ne prenne pas ce tour violent, mais, depuis que la Révolution était dans les esprits, on n'arrêtait plus Jacob Simon:

– Mais de quoi parlez-vous? reprit l'imprimeur. Il ne s'agit pas de respecter un peuple, mais des hommes!

De ses poings noircis d'encre, il martelait le marbre pour appuyer ses mots:

– Nous - de - man - dons - le - res - pect - par - ce - que - nous - som - mes - des - hom - mes!

Marx Berr se tourna vers Berl pour le prendre à témoin des outrances de ce forcené.

– Nous reparlerons de tout cela, dit Berl, quand les temps

seront plus calmes. En attendant, comptez-vous rentrer bientôt à Strasbourg?

— Demain ou après-demain. Mais je reviendrai vite. C'est ici que les choses se font.

— Pourriez-vous dire à mon père...

Il hésita, indécis, puis ajouta :

Que je pense à lui.

Le renvoi de Necker, la formation d'un ministère hostile à la Révolution sous la présidence du vieux maréchal de Broglie, la concentration d'une armée sous Paris faisaient l'objet de commentaires sans fin. L'armée française, qui ne bougeait pas, était en butte à des critiques acerbes. C'est ainsi que les hussards de Berchiny, injuriés par la foule, essuyant des volées de pierres et des coups de pistolet, l'officier qui commandait le bataillon de détachement perdit son sang-froid et ordonna de charger.

A l'imprimerie, rue Montorgueil, on apprit l'incident presque aussitôt par Pierre Sombreil, un marchand de papier venu livrer et qui avait assisté à l'échauffourée.

— Y a-t-il eu des morts? demanda Jacob Simon.

— J'ai vu des gens tomber.

— Alors, c'est la Révolution!

L'imprimeur dénouait déjà son tablier, déclarant qu'il fermait pour la journée :

— Viens, dit-il à Berl, les Juifs doivent être avec le peuple!

Au Palais-Royal grouillant de monde, ils tombèrent sur le poète Molina, toujours au courant de tout, et sur le joaillier Jonas Nathan, un de ceux qui s'inquiètent toujours de savoir si ce qui arrive « est bon pour les Juifs ». Molina leur fit signe de le suivre et les entraîna vers un jeune homme en redingote noire qui s'était juché sur une table et haranguait la foule :

— Citoyens, criait-il, les bataillons suisses et allemands vont quitter leurs camps pour nous égorger! A nous de nous défendre! Aux armes!

— Bien parlé! Bravo!

— A mort les Suisses!

— Comment nous reconnaîtrons-nous?

Les cris fusaient.

— Prenons des cocardes pour nous reconnaître! répondit le jeune homme en redingote noire. Quelle couleur choisissez-vous? Le vert de l'espérance? Le bleu de la démocratie américaine?

— Vert! répondit la foule qui grossissait. Nous choisissons le vert!

Alors le jeune homme tira un ruban vert de son vêtement et le fixa à son chapeau. Puis il leva son poing armé d'un pistolet.

— Qui est-ce? demanda Jacob Simon à Molina.
— Il s'appelle Desmoulins, il est avocat.
— Il me plaît bien, celui-là! Il sait parler!

Berl voyait avec surprise les gens sortir de leurs poches des mouchoirs, des morceaux de tissu, des rubans verts. Ceux qui n'en avaient pas prenaient des feuilles aux tilleuls. Les redingotes des hommes et les robes des femmes se mirent à verdir soudain. Il y avait de la violence dans l'air, mais aussi une exaltation de jour de fête.

On était le 12 juillet. Ce soir-là, Berl, qui craignait les excès de Jacob Simon, eut l'idée d'aller rendre visite à Zalkind Hourvitz, qui avait été nommé au Secrétariat du roi pour les langues orientales. Depuis, il attendait qu'on lui donne du travail — et de l'argent. Ni l'escalier délabré de la maison dite « la Croix-de-Fer », ni la pièce en fouillis, ni Zalkind lui-même n'avaient changé. Il était tassé dans son fauteuil, une couverture sur les genoux comme en plein hiver :

— Je suis bien content de vous revoir, dit-il. Avez-vous de l'argent? Alors emmenez-moi donc chez Meyer Lion. Vous me raconterez ce qui se passe en ville.

A son retour rue Montorgueil, Berl apprit de Jacob Simon que douze cents gardes français s'étaient rendus avec leurs armes.

— Qui les commandait? demanda Berl.
— Personne, mon ami, personne. C'est cela, la Révolution!
— Le Talmud dit : « Prie pour le salut du gouvernement, car, n'était la crainte qu'il inspire, les hommes se dévoreraient entre eux. »

Jacob ricana :

— Quelles vieilleries! Il faudra du temps pour en débarrasser l'esprit des Juifs.

Le matin, ils furent réveillés par le tocsin qui sonnait dans tous les clochers. Berl s'astreignit à dire la prière; plus les temps étaient désordonnés, plus il s'efforçait de respecter la règle millénaire.

Jacob Simon était dans la cour, en compagnie de quelques voisins très excités :

— Le peuple s'assemble à l'Hôtel de Ville! annonça solennellement l'imprimeur à Berl. Nous y allons! Tire les proclamations pour le Club des amis de la liberté et rejoins-nous.

Berl avait presque fini son travail quand un voyageur se présenta à l'atelier. Il arrivait de Strasbourg et apportait une lettre pour Berl Halter. Berl reconnut l'écriture de son père.

— Où est la Révolution? demanda l'homme.

— Ce matin, répondit Berl, elle était à l'Hôtel de Ville.

Joseph disait avoir eu de ses nouvelles par Marx Berr et se réjouissait de savoir qu'il allait bien et qu'il avait toujours du travail. Il l'informait aussi que Brintz avait été pardonnée et que la servante Jéras s'était mariée : il pourrait donc revenir à Strasbourg quand il le désirait. Yenté et Noé vivaient toujours là, et il avait obtenu de prendre Noé avec lui à l'imprimerie : un Polonais de onze ans est presque un homme! Il y avait dans le ton de cette lettre quelque chose d'inhabituel qui inquiéta Berl, et il se promit de faire dès que possible le voyage de Strasbourg.

Il rangea l'atelier et sortit dans la rue, se heurtant presque à Jacob Simon qui arrivait, dans un état de grande excitation, une cocarde bleu et rouge à son vêtement.

— Enfin! Vous sortez dans la rue! Il est temps!

— Que se passe-t-il?

— Voilà une bonne question! Le peuple vient de fonder un Comité permanent. Le président en est Flesselles, le prévôt des marchands. Une garde bourgeoise va être constituée.

Soudain, il s'interrompit, regarda Berl :

— Mais tu n'as pas de cocarde! Tu vas te faire arrêter!

Ils travaillèrent une partie de la nuit et ne s'interrompirent que faute d'éclairage : ils n'avaient plus d'argent pour acheter de la chandelle ni même de l'huile, qui était hors de prix depuis le règne de la famine. C'est que, s'ils avaient de nombreuses commandes d'affiches, de proclamations, de listes, de programmes, la plupart des clients étaient hors d'état de payer et, au nom de la Révolution, Jacob Simon se ruinait chaque jour plus sûrement.

Berl se leva avec l'aube, mais Jacob Simon était déjà parti. Les clients se succédaient à l'atelier, improvisant des textes fiévreux à mettre en affiches et en placards, répétant de folles nouvelles ramassées ici et là et dont ils tiraient aussitôt, sur un coin de table, de nouvelles proclamations. Berl travaillait sans relâche.

Il paraissait acquis que l'hôtel des Invalides avait été envahi, que la foule s'était emparée de milliers de fusils – d'ailleurs, on entendait parfois des détonations. « Ils sont à la Bastille! cria une voix dans la rue. Tous à la Bastille! » La femme de Jacob Simon descendit à l'atelier pour annoncer qu'elle se rendait à la

Bastille, et Berl ne comprit pas si c'était pour prendre la forteresse ou pour ramener son époux. Pour sa part, il ne se posa pas de question : il lui semblait qu'à sa façon il faisait aussi la Révolution.

Il ne sortit que le soir, recru de fatigue, le dos douloureux, des papillons devant les yeux. Au coin de la rue Montorgueil, une bande de gamins armés de bâtons le bouscula :

— Avec nous, citoyen ! lui lança l'un d'eux. La Bastille est tombée !

L'air sentait la poudre et la fumée. Berl fit le chemin de l'Hôtel de Ville. Il croisa un groupe d'hommes et de femmes qui portaient une tête ensanglantée au bout d'une pique et couraient on ne savait où.

Berl fut pris dans la foule. Il y avait des cris, d'acres odeurs de sueur, une sorte de folie que semblaient nourrir des roulements de tambour, des flux et des reflux. Un peu partout, des orateurs faisaient se lever des huées ou des vivats. « Eh quoi ! entendit Berl, votre première pensée est à la vengeance quand elle devrait être à l'humanité ! » Il voulut voir qui parlait, mais fut emporté ailleurs.

— Si notre ami Jonas était là, dit une voix dans son dos, il demanderait si c'est bon pour les Juifs.

C'était le poète Molina, qui arborait deux cocardes, une à son chapeau, l'autre sur la poitrine.

— Avez-vous vu Jacob Simon ? lui demanda Berl.

— Il fait la Révolution ! Je l'ai vu partir pour l'imprimerie avec la liste des hommes à abattre...

— Les hommes à abattre ?

Molina se passa le tranchant de la main sur la gorge :

— Toute la grande noblesse !

Dès qu'il put s'échapper, Berl remonta vers les boulevards, étrangement calmes. Des passants allaient à leurs affaires, des fiacres et des chariots chargeaient marchandises et voyageurs. C'était comme une autre ville.

A l'atelier, en revanche, s'épanouissaient la pagaille et la fièvre. Des hommes en armes — Berl reconnut quelques membres du Club des amis de la liberté — s'agitaient autour du texte d'une affiche, se battant sur des virgules :

— Ah ! s'écria Jacob Simon en apercevant Berl, te voilà ! Tu n'es jamais là quand le peuple a besoin de toi !

Berl avait bien envie de répondre qu'il n'était pas à la disposition du peuple, mais il préféra se taire et attrapa son tablier.

Le soir même, quelques Juifs tinrent réunion à l'atelier pour décider s'ils allaient entreprendre une action au nom de la communauté. Le poète Molina y assistait, de concert avec des représentants des différentes associations juives de Paris. Zalkind Hourvitz, également présent, tint à préciser qu'il ne représentait que lui-même.

Le plus véhément était un homme frêle et pâle d'origine hollandaise, Jacob Goldsmidt :

— Par l'Éternel! disait-il d'une voix tranchante. On ne nous reconnaît dans ce pays que des devoirs. Exigeons également des droits!

— Quels droits demander, monsieur Goldsmidt ? hasarda un gros homme à la barbe blonde.

— Non pas « demander », monsieur Trenelle. « Exiger. »

— Comment pourrons-nous exiger ? interrogea le représentant des Portugais, Abraham Lopez Lagouna. Par quels moyens ? Qui nous écoutera ?

— Je propose, répondit Goldsmidt, que nous rédigions une adresse à l'Assemblée nationale au nom de tous les Juifs résidant à Paris.

— Et qui la rédigera ?

— Nous.

On décida la constitution d'un comité, dont Goldsmidt assurait la présidence et Abraham Lopez Lagouna la vice-présidence. Tous deux furent chargés de prendre langue avec les diverses communautés de la capitale afin de composer une délégation chargée de porter l'adresse à Versailles. Berl engagea Zalkind Hourvitz à préparer une proposition de texte. Zalkind remercia son ami d'un sourire, le premier peut-être depuis qu'ils se connaissaient. Vers minuit, les hommes se quittèrent avec le sentiment d'avoir amorcé une œuvre importante.

Cependant, l'espoir des Juifs de Paris fut mis à rude épreuve quelques jours plus tard, quand ils apprirent qu'en Alsace leurs frères avaient été les cibles principales des explosions populaires. Ailleurs, on s'en prenait aux nobles, aux curés, aux représentants du pouvoir royal, mais en Alsace on s'en prit aux Juifs : synagogues souillées, maisons détruites, titres de créance brûlés. Par centaines, les Juifs fuirent à Bâle, où, disait-on, les autorités faisaient des collectes pour leur venir en aide.

Berl était rempli d'inquiétude. Il se demandait s'il devait rejoindre Strasbourg quand Marx Berr, arrivé à Paris avec une délégation de Juifs d'Alsace pour demander la protection du roi, le rassura : sa famille se trouvait en sécurité en Suisse. Berl pensa à son père et fut soulagé. Puis il pensa à son fils et fut malheureux.

La chute de la Bastille avait porté un rude coup à la royauté. Necker fut rappelé, Bailly devint maire de Paris et La Fayette commandant de la garde nationale. On rajouta du blanc au bleu et au rouge de la cocarde. Mais il faisait faim. Cette faim terrible, on en riait parfois à l'atelier, mais c'était pour mieux la supporter.

— Quand un pauvre mange du poulet, disait l'un, c'est qu'il est bien malade, ou alors que le poulet était malade.

— Pour le poulet froid, répondait l'autre, il est bon d'être deux : moi et le poulet.

Variations interminables que Jacob Simon concluait d'un rappel révolutionnaire :

— On ne meurt pas de faim, les amis. Mais d'humiliation, oui!

Dans les rues, des patrouilles arrêtaient les passants sous le moindre prétexte. Un boulanger de leurs voisins faillit être pendu parce que son pain n'était pas assez blanc. Accusé d'être un faux garde, un garde qui escortait un convoi de farine manqua d'être passé par les armes. Les gens de peine, porteurs d'eau, gagne-denier, crocheteurs, décrotteurs se vengeaient de leur misère. Le 5 août, on apprit dans une liesse indescriptible qu'avait été votée, sur la proposition d'un vicomte, l'abolition de tous les privilèges. Tous les Français étaient désormais égaux.

Le 22 août, le comte de Castellane proposa une motion à l'Assemblée : « Nul ne doit être inquiété pour ses opinions religieuses. » Ce fut enfin l'occasion de parler du droit des Juifs. Dès le lendemain, Jacob Simon se procura le texte du discours de Rabaut Saint-Étienne et en tira une affiche : « Je demande donc, messieurs, pour les protestants français, pour tous les non-catholiques du royaume, ce que vous demandez pour vous : la liberté, l'égalité des droits. Je le demande pour ce peuple arraché de l'Asie, toujours errant, toujours proscrit, toujours persécuté depuis près de dix-huit siècles, qui prendrait nos mœurs et nos usages si par nos lois il était incorporé avec nous, et auquel nous ne devons point reprocher sa morale parce qu'elle est le fruit de notre propre barbarie et de l'humiliation à laquelle nous l'avons injustement condamné! »

— Voilà quelqu'un qui nous veut du bien mais qui ne nous connaît pas! commenta Zalkind Hourvitz, lecture faite du texte.

— Et qu'y trouvez-vous à redire? demanda Jacob Simon comme s'il était personnellement agressé.

581

— C'est que notre morale n'est pas le fruit de quelque barbarie... La barbarie a simplement conforté notre disposition à transgresser notre morale... Mais laissons cela et remercions le bon Rabaut Saint-Étienne.

Il tenait à la main le texte de l'adresse des Juifs qu'il avait été chargé de rédiger et le lut à voix haute devant les deux ou trois cents personnes réunies dans l'imprimerie et dans la cour :

— Sans doute, commença-t-il, et nous aimons à le penser, votre justice ne demande point à être sollicitée ni à être prévenue par nos vœux...

Il s'exprimait d'une voix forte, sans hésiter, et son accent yiddish paraissait plus prononcé que jamais.

— En restituant à l'homme sa dignité première, continua-t-il, en le rétablissant dans la jouissance de ses droits, vous n'avez entendu faire aucune distinction entre un homme et un autre homme. Ce titre nous appartient comme à tous les autres membres de la société. Les droits qui en dérivent nous appartiennent donc également.

Il y eut quelques applaudissements, puis un homme du nom de Joseph Pereyra Brandon proposa de renforcer l'idée de l'appartenance des Juifs à la nation française.

— Mais cela va de soi ! répliqua Jacob Goldsmidt.

Joseph Pereyra Brandon insista :

— Il ne faut pas donner à penser que nous ne nous considérions pas comme français jusqu'à ce jour.

On discuta longtemps avant de rajouter la formule proposée par Trenelle père : « Nous sommes français. Une mauvaise habitude du peuple tend à nous considérer comme étrangers à la nation. »

L'adresse fut déposée à l'Assemblée nationale trois jours plus tard, le 26 août, jour de l'adoption de la Déclaration des droits de l'homme et du citoyen.

Le lendemain, une nouvelle fois Marx Berr revint à l'imprimerie. Il arrivait de Strasbourg et désirait prendre connaissance du texte de l'adresse, qu'il approuva. Il annonça à Berl que la situation des Juifs s'améliorait à Strasbourg, de sorte que sa famille avait pu rentrer. Puis il ajouta :

— Ah ! oui, j'oubliais... Votre femme est enceinte, mon ami, bravo !... Vos maîtresses ne vous suffisent donc plus ?

Il rit de bon cœur, comme si Berl était décidément un sacré farceur.

XL

Strasbourg-Paris
LÉOPOLDINE

A Strasbourg, on apprenait les nouvelles de Paris avec un temps de retard, ce qui permettait de juger plus sereinement des événements qui se succédaient sans répit : le roi contraint de rentrer à Paris, les biens du clergé déclarés nationaux, la création des départements, la Constitution civile du clergé, la loi Le Chapelier contre les associations de gens de métier, la fuite du roi, la fusillade du Champs-de-Mars, l'acceptation par le roi de la Constitution...

Deux ans avaient passé depuis la prise de la Bastille et le dépôt de l'adresse des Juifs de Paris. Berl était retourné à Strasbourg dès qu'il eut appris que Yenté était enceinte. Il était sûr qu'elle n'avait couché avec aucun autre homme, et que l'enfant à naître avait été conçu durant cette nuit rue Montorgueil où il avait rêvé du jardin d'Éden. Il revint donc, mais sans savoir très bien pourquoi : assumer sa responsabilité paternelle ou ne pas déchoir totalement aux yeux de son père? La situation en tout cas était singulière, puisque la femme dont il divorçait allait lui donner un enfant! *Baï tog tzou guett, baï nakht tsou bett*, dit le proverbe yiddish, « Le jour on divorce, la nuit on couche ».

Joseph et Sarah, ses parents, l'accueillirent avec des souhaits de bienvenue, et Yenté, sa femme, comme d'ordinaire, avec des reproches : il avait bien tardé, dit-elle. Elle s'était installée à Bischheim, dans la maison voisine de celle de ses beaux-parents, près de la yeshiva et juste en face de la demeure de Brintz. Il obtint, lui, de Cerf-Berr, qu'il trouva bien vieilli, de reprendre son travail à l'imprimerie et de loger dans une des pièces sous les combles, avec les domestiques.

L'enfant naquit en plein hiver de l'année 5550 * après la création du monde par l'Éternel – béni soit-Il! – et fut nommé Lazare, du nom de son grand-père maternel. Noé, déjà âgé de douze ans, faisait sans conviction le commis à l'imprimerie. Il demandait sans cesse qu'on lui raconte Zolkiew et assurait qu'il y retournerait dès qu'il serait en âge de le faire.

Joseph ne voulait pas entendre parler de quitter la France : il s'y passait des choses capitales pour l'avenir des hommes. Il découpait dans les gazettes le texte des discours sur les Juifs, comme celui de Robespierre à l'Assemblée, qu'il savait presque par cœur : « On vous a dit sur les Juifs des choses infiniment exagérées et souvent contraires à l'histoire. Comment peut-on leur opposer les persécutions dont ils sont les victimes chez différents peuples?... Ce sont au contraire des crimes nationaux, que nous devons expier en leur rendant les droits imprescriptibles de l'homme dont aucune puissance humaine ne pouvait les dépouiller. On leur impute encore des vices, des préjugés, l'esprit de secte et d'intérêt. On exagère. Mais à qui pouvons-nous les imputer, si ce n'est à nos propres injustices? »

Joseph voulait oublier les discours haineux, les accusations, la défiance, et, quand on apprit le 27 septembre 1791 que l'Assemblée avait émancipé les Juifs d'Alsace, de Lorraine et des Trois-Évêchés, ceux du Sud-Ouest l'étaient depuis le 28 janvier 1780, le vieux Joseph rayonna de bonheur :

– Rendez-vous compte, Berl, mon fils, et toi, Sarah, mon épouse, rendez-vous compte, répétait-il en yiddish, je suis le citoyen d'un pays!

A Strasbourg, les quinze assemblées paritaires consultées s'étaient prononcées, quasiment à l'unanimité, contre l'admission des Juifs au rang de citoyens. A Paris, en revanche, interrogés sur l'octroi des droits civiques aux Juifs, tous les districts – cinquante-cinq – s'étaient déclarés favorables, à l'exception d'un seul, celui des Mathurins. Mais pas une fois Joseph n'avait douté.

Aussi, à l'entrée du premier shabbat suivant – Berl se rendait chaque vendredi à Bischheim –, Joseph leva-t-il son verre pour boire à la vie, *lekhaïm*, et à la Révolution. Yenté dit alors :

– Mais si les pauvres prennent tout aux riches, les riches seront pauvres, et il faudra tout recommencer.

Joseph sourit dans sa barbe et cita en réponse le Traité des Pères : « Il y a parmi les hommes quatre caractères. Celui qui dit : Ce qui est à moi est à moi et ce qui est à vous est à vous.

---

* 1790.

Celui qui dit : Ce qui est à moi est à vous et ce qui est à vous est à moi; celui-ci est un rustre. Celui qui dit : Ce qui est à moi est à vous et ce qui est à vous est à vous; celui-ci est un saint. Celui qui dit : Ce qui est à vous est à moi et ce qui est à moi est à moi; celui-ci est un méchant. »

Le vieil homme médita un instant :

— Croyez-vous, demanda-t-il à Yenté, que l'Éternel tout-puissant permettra longtemps aux méchants et aux rustres de triompher?

Cet automne de 1791 fut froid et brumeux. Les aubergistes, les cabaretiers sortirent les lanternes à huile et les suspendirent au-dessus de leurs portes. On ne savait pas au juste de quoi l'avenir serait fait, mais la vie continuait.

Berl se rendit deux ou trois fois, en compagnie de Marx Berr, aux réunions de la Société des amis de la Constitution. C'est là, un soir, à la fin des débats, alors que l'assemblée s'écoulait lentement, qu'il remarqua Marx Berr en grande conversation avec deux hommes jeunes et une jeune fille. Elle était... Berl n'aurait pas su la décrire, et pourtant, en l'apercevant, il avait eu la sensation que son cœur s'arrêtait dans sa poitrine. Et quand il la vit s'éloigner en compagnie des deux hommes, il ressentit un arrachement indicible.

Il s'arrangea, le lendemain, pour interroger habilement Marx Berr sur les deux hommes avec qui il s'entretenait la veille :

— C'étaient Junius Frey et son frère, répondit Marx. On dit que ce sont des gentilshommes allemands et que l'amour de la Constitution les a conduits en France pour y jouir des droits des citoyens français... C'est peut-être vrai, mais moi je crois bien qu'ils sont juifs... Pourquoi vous...

Soudain, il regarda Berl avec attention :

— Berl, mon ami, vous préoccupez-vous de Junius Frey ou de sa sœur?

— Sa sœur? répéta Berl.

Marx Berr se tapait sur les cuisses.

Les Frey habitaient un hôtel particulier rue des Serruriers, à deux pas du Miroir, l'ancien poêle des négociants, l'endroit même où se réunissaient les Amis de la Constitution. Berl prit l'habitude de passer et de repasser par là, dans l'espoir d'apercevoir la jeune fille.

Or, un jour, Marx Berr emmena Junius Frey et sa sœur à l'atelier, leur fit visiter les installations et pria Berl de faire une démonstration de composition. Berl, comme on faisait à l'accoutumée pour laisser un souvenir aux visiteurs, après avoir demandé l'orthographe de son nom à Junius Frey, choisit les lettres dans des cassetins, les plaça dans son composteur, bloqua dans une galée la ligne ainsi faite, encra et posa un papier dessus. Un coup de brosse et il retourna la feuille au milieu de laquelle apparaissaient les deux mots : JUNIUS FREY.

La jeune fille battit des mains :
— Et moi? dit-elle. Je vous en prie, imprimez mon nom!
Et comme Berl restait sans bouger :
— Vous ne voulez pas? dit-elle.
— Je ne connais pas votre nom...
— Léopoldine Frey.

Pour elle, il choisit un caractère italique qui lui paraissait plus conforme à sa féminité. *LÉOPOLDINE FREY.* Elle fut ravie et le remercia d'un sourire. Ce n'est qu'au moment où ils s'en repartaient, son frère et elle, que se dissipa le brouillard qui l'empêchait de la voir : elle était très jeune, avait des yeux noisette en amande, la taille fine et la poitrine haute que soulignait encore la forme de sa robe. Elle offrait un mélange de femme et d'enfant, à la fois innocente et avertie.

Berl n'avait pas rangé les lettres qui composaient son nom et ce soir-là, quand il fut seul à l'atelier, il prit la ligne *LÉOPOLDINE FREY*, l'encra et se l'appliqua à l'intérieur du poignet, sous la manche, là où la chair est blanche et tendre. Puis il réfléchit et, ouvrant sa chemise, se l'appliqua aussi sur le cœur. *LÉOPOLDINE FREY LÉOPOLDINE FREY LÉOPOLDINE FREY.* Dans le silence du soir, c'était comme s'il criait son nom.

Tous les jours maintenant il passait rue des Serruriers. Une fois il la vit qui sortait, et elle vint vers lui :
— N'êtes-vous pas l'imprimeur de Marx Berr? Je vous reconnais. Que faites-vous ici?
— Je viens tous les jours, répondit-il, dans l'espoir de vous apercevoir.

Elle eut un petit rire, puis son regard se fit grave :
— Vous m'aimez donc?

Berl écarta les bras et les laissa retomber d'un air fataliste.

Il lui arrivait quelque chose d'inconnu. Léopoldine avait seize ans, lui maintenant trente et un - presque deux fois son âge – et tout les séparait. Pourtant il ne doutait pas, n'était pas malheureux, ni même impatient. Il continuait de passer chaque jour devant l'hôtel des Frey, heureux s'il la voyait, se consolant, s'il n'y réussissait pas, à la pensée que demain peut-être...

Au printemps suivant – 1792 –, alors que le général Dumouriez dirigeait un ministère girondin et que la France venait de déclarer la guerre à l'Autriche, la ville fut secouée par le procès de Jean-Charles Laveaux, le rédacteur en chef du *Courrier de Strasbourg*, l'organe des Jacobins locaux, accusé d'« avoir avili les autorités constituées » et d'avoir, au cours d'une réunion de la Société des amis de la Constitution, « appelé au meurtre et à la guerre civile ».

Junius Frey fut son plus ardent défenseur. Et quand, un mois plus tard, le « juré de jugement » l'eut absous, Frey remit la belle somme de seize louis et demi en or et quatre cents livres en assignats aux Jacobins de Strasbourg afin de faire frapper vingt médailles destinées à ceux qui avaient soutenu son ami.

Mais on avait, de part et d'autre, échangé tant de propos injurieux que Jean-Charles Laveaux résolut de quitter Strasbourg, et les Frey décidèrent de partir avec lui. Berl apprit la nouvelle par un billet qu'un inconnu lui apporta à l'imprimerie. Il arracha la cire. L'écriture, enfantine, lui était inconnue : « Mon bon Berl Halter, nous partons tantôt pour Paris. Je suis curieuse de connaître cette ville dont j'ai tant entendu parler. Si vous y venez, ne manquez pas de passer sous mes fenêtres. Vous me ferez plaisir. Léopoldine. »

Berl arriva à Paris le 10 août. Il avait mis plus de deux mois à économiser un peu d'argent, qu'il partagea entre son épouse et la diligence. Yenté le remercia à sa façon :

— Laisser une femme seule avec *un* enfant n'était sans doute pas assez? Il te faut maintenant laisser une femme seule avec *deux* enfants!

— Je reviendrai pour apprendre à lire à Lazare, dit-il. Et nous fêterons la bar-mitsva de Noé.

Il croyait fermement à ses promesses, même s'il ignorait absolument de quoi serait fait son séjour à Paris. Mais surtout, il comptait sur son père pour veiller au grain, secourir Yenté et enseigner la Tora à Noé.

Quittant la diligence, il prit la direction de la rue Montorgueil. Il faisait très chaud et l'insurrection semblait avoir gagné tout le quartier. Une femme, la tête couverte d'un bonnet rouge, brandissait un sabre en réclamant qu'on la suive. Des groupes fonçaient dans toutes les directions :

— Aux Tuileries! criaient-ils.

— A bas le tyran!

— Vive la nation! Vive la liberté!

A mesure qu'on s'éloignait des quais, la foule décroissait. La rue Montorgueil était déserte. Jacob Simon l'accueillit en s'esclaffant :

— Voilà bien les Polonais! Ils partent pour dix jours et reviennent au bout d'un an!

Il s'essuya les mains et donna à Berl une accolade chaleureuse. Il semblait plus voûté, plus maigri : la faim, sans doute, le manque de sommeil, le travail.

— Tu arrives comme un pain frais chez l'affamé : j'ai du travail par-dessus la tête.

— J'ai eu l'impression, annonça Berl, que la foule...

— Le *peuple*, Berl, le *peuple*!... Pas la foule...

Il rit :

— Tout se passe par les mots. Sais-tu qu'on nous appelle maintenant des « sans-culottes »? C'est l'abbé Maury, par parenthèse l'ennemi juré des Juifs, qui a baptisé ainsi deux commères qui l'empêchaient de parler. Les gens de la rue ont tous repris le terme. C'était une insulte, et c'est devenu un titre de gloire... Mais que disais-tu?

— Le peuple court aux Tuileries.

— Les Tuileries? Et moi qui bavarde! Viens! Dépêchons-nous!

On entendit le canon, des coups de fusil, le bruit des galopades : on se battait aux Tuileries.

— Le palais brûle!

— Vive la nation!

Dans les mouvements de flux et de reflux, Berl et Jacob Simon se perdirent de vue, et Berl allait rentrer quand il rencontra l'inévitable poète Molina, couvert de poussière, une cocarde tricolore pendant lamentablement à son chapeau rond.

— Te voilà revenu! dit-il.

Il remarqua la surprise de Berl :

— Pardonne-moi, mais le tutoiement est obligatoire.

Et, comme un homme en sabots et bonnet rouge les regardait, il cria :

— Vive Marat! A bas le tyran!

— Je cherche, dit Berl, un Strasbourgeois, Junius Frey, arrivé à Paris il y a un peu plus de deux mois. Il paraît qu'il est juif.

Molina le prit à l'écart, fouilla sa redingote et en retira une cocarde chiffonnée :

— Tiens, accroche-la, nous serons tranquilles... Junius Frey est né en Moravie... Des Juifs convertis au catholicisme et anoblis par l'empereur, à ce qu'on dit.

— Qu'est-il venu faire ici?

— Comme tout le monde. La Révolution.

— Et où demeure-t-il?
— Rue d'Anjou, faubourg Honoré.
Une troupe serrée d'hommes et de femmes les bouscula :
— Le roi est à l'Assemblée! Tous à l'Assemblée!
— Que l'Éternel nous protège! dit doucement Molina. Je crois bien que les temps vont changer.

Berl récupéra sa chambre au-dessus de l'atelier. Le lendemain matin, il quitta son travail durant une heure pour se rendre faubourg Honoré. Des affiches fraîchement collées publiaient les nouvelles lois : l'une autorisait l'arrestation des présumés conspirateurs, l'autre annonçait la libération des prisonniers condamnés pour propos calomnieux contre le roi, la reine et La Fayette. Rue d'Anjou, on lui indiqua le bel immeuble loué par Junius Frey. Il se fit annoncer sous le nom de « Berl Halter, l'imprimeur de Marx Berr ».
— Le citoyen Junius Frey t'attend, citoyen, revint lui dire cérémonieusement un domestique.
Il le conduisit à travers de longs couloirs décorés des bustes de Junius Brutus et de Cicéron, de représentations de Benjamin Franklin, de Jean-Jacques Rousseau et de Voltaire, jusqu'à une grande pièce nue où le frère de Léopoldine se tenait assis à une table, une plume à la main.
Il se leva. Il portait l'habit révolutionnaire : frac de drap noir à courts revers et basques évasées, culotte de casimir avec des bottes à revers, bonnet rouge. Il était jeune, beau, mais son regard aigu affola son visiteur. Berl ne put s'empêcher de penser à quelque ange de la mort.
— Citoyen Berl! dit Junius Frey. Sois le bienvenu! Que me vaut ta visite?
Derrière la fenêtre un arbre bougeait lentement.
— J'aimerais voir Léopoldine, répondit Berl.
— Léopoldine? Que lui veux-tu?
— Peut-être l'épouser, répondit naïvement Berl.
Junius Frey fit quelques pas avec impatience :
— Elle m'a dit qu'à Strasbourg tu passais chaque jour sous nos fenêtres.
— C'est vrai. Est-ce interdit?
Berl sentait chez Junius Frey il ne savait quelle faille. D'ordinaire, les faiblesses des hommes provoquaient sa sympathie, mais cette fois, il éprouvait comme une répulsion.
— Léopoldine est fiancée, dit sèchement Junius Frey.
Berl accueillit la nouvelle sans réelle émotion.

— Est-il exact que votre famille soit juive? demanda-t-il.

— C'est vrai. Mon nom est Moïse Dobruska. Ma famille s'est convertie à Vienne, j'ai été anobli et je suis devenu Franz Thomas von Schönfeld. Quant à Junius Frey, lui, fait la Révolution.

— Pourquoi tous ces noms? demanda Berl.

Junius Frey se tourna vers la fenêtre, où l'arbre dans le vent semblait témoigner d'on ne savait quelle éternité :

— Moïse, dit-il comme pour lui-même, le grand Moïse, notre maître, a recouvert la vérité d'un voile si épais, si durable, qu'il est parvenu jusqu'à nous. C'est à nous, hommes libres, de le déchirer.

Il revint à Berl :

— Promets-moi de ne plus essayer de voir Léopoldine.

— Je ne veux pas promettre ce que je ne puis tenir.

— Alors, tant pis pour toi!

Le soir même, Berl fut arrêté à l'imprimerie, sur la dénonciation des comités révolutionnaires de la section de Bondy et de la Montagne. On l'accusait d'entretenir une correspondance illicite avec des émigrés en Autriche. Dans sa chambre, on découvrit des lettres de son père écrites en yiddish qui étayèrent l'accusation. Du seuil de l'atelier, Jacob Simon le regarda partir, les bras ballants, la bouche battant comme celle d'un poisson : il ne s'y retrouvait plus dans sa Révolution.

En dépit des démarches de Jacob Simon et Zalkind Hourvitz, Berl resta six mois aux Écossais, la maison d'arrêt de la rue des Fossés-Victor. Enfin, le citoyen commissaire, un nommé Teyssier, établit qu'aucun tort ne pouvait être retenu contre le citoyen Berl Halter, dont il semblait que « la conduite et les vœux étaient de régénérer la société »; quant aux lettres trouvées chez lui, il s'avéra après traduction que leur contenu n'était nullement contraire aux vertus de la Révolution. Berl fut donc libéré le 19 février 1793.

En prison, il avait appris la proclamation de la République, les massacres de Septembre, les victoires de Valmy et de Jemmapes et enfin, quelques semaines plus tôt, l'exécution du roi, comme autant de rides au visage de l'Histoire. Lui aussi, Berl, avait vieilli. Il était maigre, ses tempes avaient blanchi et il ne parlait plus guère. Pourtant, il ne s'était jamais laissé abattre. Il avait, pour le tenir en vie, deux feux au fond du cœur : son amour pour Léopoldine, sa haine pour Junius.

Quittant les Écossais, il erra dans la ville. Il pleuvait. Il marcha jusqu'à la fatigue, regardant les visages de ceux qu'il croisait, comme pour lire l'avenir. Puis il se rendit rue Montorgueil, où Jacob Simon le serra dans ses bras. Ils pleurèrent tous les deux.

— Il était grand temps que tu reviennes, *Poché Israël*, pécheur d'Israël, nous avons du travail! dit l'imprimeur.

Six mois plus tard, après la création du Comité de salut public, l'arrestation des Girondins, le référendum ratifiant la Constitution de l'an I et l'emprunt forcé, il devint clair que la Révolution était loin d'être terminée. Jacob Simon et Berl ne quittaient plus guère l'atelier, s'efforçant de distinguer, dans tout ce qu'ils imprimaient, le vrai du faux.

Junius Frey était à présent un personnage important du Club des Jacobins. Il avait publié un livre, *L'Antifédéraliste*, et était devenu l'ami intime de Danton ainsi que d'un certain François Chabot, ancien capucin, orateur véhément, porté à toutes les violences, et qui, au mois de septembre, épousa Léopoldine. L'ascension rapide de Junius Frey ne pouvait manquer de lui valoir des inimitiés, et on commença à murmurer que cet Autrichien était un agent de l'ennemi, qu'il avait acheté Chabot... Berl avait au fond de lui la certitude que Junius Frey se briserait en chemin.

Le 20 octobre, quatre jours après l'exécution de la reine, il apprit par les gazettes que Chabot s'était attiré le blâme de la Convention pour avoir épousé une étrangère.

Dans une conversation avec Berl, Jacob Simon avait dit :

— C'est sa fin... Il y a un mois, on le tenait pour « le plus grand des Français après Robespierre »!...

— Toi aussi, Jacob, tu as changé.

L'imprimeur s'était rebiffé :

— Moi? Non, c'est la Révolution qui a changé. Elle représentait l'espoir. Elle n'est plus que le visage de la peur.

Chaque jour la guillotine hachait des fournées de suspects, et des aides-bourreaux volontaires jetaient les corps dans des charrettes sanglantes qu'ils allaient déverser dans des fosses communes.

— Pourquoi dis-tu que c'est la fin de Chabot? demanda Berl. Parce qu'il a utilisé la dot de sa femme?

— Parce que Robespierre ne laissera pas passer l'occasion de se débarrasser des amis de Danton. Épouser une Autrichienne, aujourd'hui, c'est une faute politique. Même pour François Chabot.

Une semaine plus tard, François Chabot fut écarté de la Société des amis de la Constitution. Puis ce fut le tour des

« barons étrangers ». Berl suivait les événements qui se précipitaient, d'un cœur glacé.

Lorsque commença le procès de Chabot, on s'inquiéta de ces Frey qui « n'avaient voulu l'alliance de Chabot que pour se servir de lui pour arriver à leur but ». Leur but ? *Le Mercure universel, Les Annales de la République française* publièrent la biographie des frères autrichiens. Un article anonyme accusait Junius Frey d'être « employé par l'empereur Joseph II à l'espionnage, sachant bien que les enfants d'Israël surpassent toutes les autres nations dans ce métier ».

Au début du mois de novembre, ceux que Robespierre accusait de corruption, de débauche ou de subversion antirévolutionnaire, des Jacobins comme lui, furent arrêtés. Chabot fut enfermé au Luxembourg, Junius et Emmanuel Frey à la prison du Port-Libre. Léopoldine Chabot fut conduite aux Anglaises, où Berl tenta en vain de lui rendre visite. Elle fut libérée un mois plus tard, à la demande de François Chabot. Berl courut alors rue d'Anjou, mais on lui interdit la porte. Il écrivit une lettre qu'il alla porter le lendemain matin. Huit jours plus tard il reçut un billet : « Merci, mon bon Berl, pour tes mots empreints d'humanité. Je n'ai d'autre désir que la vie sauve pour mes frères et pour mon mari. Ils sont innocents. J'espère que la Révolution sera envers eux aussi magnanime qu'elle est juste et forte. Léopoldine. » La lettre n'était pas cachetée, et Berl préféra croire qu'elle était avant tout destinée au commissaire responsable de Léopoldine.

Le 3 avril 1794, les « comploteurs » Chabot, Frey, Danton, Camille Desmoulins, Fabre d'Églantine et leurs amis passèrent en jugement devant la Convention. Le surlendemain, ils étaient condamnés à mort.

– Les voilà !

Place de la Révolution, les charrettes fendirent l'énorme foule assemblée depuis des heures, dans l'attente des exécutions du jour. On avait chanté le *Ça ira* et *La Marseillaise*, on avait mangé et bu, on s'était disputé les meilleures places pour ne rien perdre du spectacle. D'autant qu'on annonçait ce matin-là Danton, Chabot, Desmoulins, Frey, des noms que tous connaissaient et qui, en leur temps, avaient fait trembler.

Berl était trop loin pour bien voir l'échafaud, mais bien voir ne l'intéressait pas. En vérité, il ne savait pas pourquoi il était venu, mais il avait écouté la force obscure qui l'avait amené là.

De la rue Honoré et de la rue Nationale arrivaient toujours plus de spectateurs, et les rangs se serraient, s'épaississaient, et la foule devenait compacte, comme si elle n'était plus qu'un corps immense, un cœur unique, une seule voix.

— Les voilà!

Les charrettes passèrent non loin de l'endroit où se tenait Berl, et il reconnut Danton, Camille Desmoulins et Julius Frey. Il ferma les yeux.

Un cri formidable jaillit des entrailles de la foule :

— Vive la République!

Le cortège était maintenant au pied de l'échafaud. Tout allait très vite. Une silhouette se dressait sur la plate-forme, une sorte de lutte se déroulait et le bourreau levait le bras, une tête au poing.

— Vive Samson! cria quelqu'un.

Samson était le bourreau.

— Et vive Jacot! cria quelqu'un d'autre.

Jacot était le balayeur, dont le balai sanglant était célèbre.

A chaque fois que le couteau tombait, une sorte de spasme secouait la foule au ventre. Soudain, près de Berl, une voix chuchota en hébreu : « Et voici, ils sont dans les larmes, et personne qui les console! Ils sont en butte à la violence, et personne qui les console! » C'était le poète Molina, qui citait l'Ecclésiaste. Quand se dressa sur l'échafaud la silhouette qui pouvait être celle de Junius Frey, Berl se sentit un goût de cendre dans la bouche, et il récita le kaddish, la prière des morts : « Que Son nom si grand soit magnifié et sanctifié dans le monde qu'Il a créé selon Sa volonté!... »

Il alla rue Montorgueil et monta à sa chambre. Il y prit machinalement le Livre d'Abraham et l'ouvrit : « Puisse l'appel de ces noms que j'ai inscrits et que d'autres inscriront après moi dans ce livre déchirer le silence et, du fond du silence, réparer l'irréparable déchirure du Nom. Saint, Saint, Saint, Tu es l'Éternel. Amen! »

Alors le citoyen français Berl Halter comprit que sa place était entre son père et ses fils. Il salua Jacob Simon, à qui il remit une lettre pour Léopoldine, et s'en alla prendre la diligence du soir pour Strasbourg.

XLI

Strasbourg-Varsovie
LES DROITS DES JUIFS

S TRASBOURG aussi connut la déception, les suspicions et la terreur dans lesquelles s'acheva la Révolution. Cerf-Berr, qui venait de mourir, avait dû être enterré à la sauvette à Rosenwiller. Marx Berr avait été jeté en prison. Le Tribunal révolutionnaire fonctionnait chaque jour dans un réduit de la Maison-Commune, l'ancien palais Rohan. La guillotine trônait place d'Armes, devant l'Aubette. Le vieux Joseph s'indignait de la fermeture des lieux de culte :

— N'avait-on pas promis que nul ne serait inquiété pour ses opinions religieuses?

Il pointait un index terrible vers la Maison-Commune et maudissait :

— Celui qui profane le nom de Dieu ou Sa demeure sera puni!

Berl, craignant de regagner la chambre que Marx Berr lui laissait naguère occuper dans les communs de l'hôtel Ribeaupierre, alla s'installer à Bischheim, dans la maison où vivaient son épouse et ses deux fils. Yenté l'accueillit sans étonnement, comme s'il était écrit de toute éternité que cela devait finir ainsi. Son fils Noé, qui était maintenant plus grand que lui – il avait seize ans! –, le regarda avec indifférence et l'intimida. Le plus jeune, Lazare, déjà âgé de quatre ans – comment était-ce possible? –, aussi blond que l'aîné était brun, lui demanda s'il était son père. C'était un enfant curieux et grave, et Berl, à qui il plaisait bien, commença à lui apprendre à lire le jour même.

Il trouva à s'employer chez Jonas Lorenz, rue des Petites-Arcades, tandis que Joseph et Noé, eux, travaillaient toujours chez Marx Berr, mais l'atelier avait été réquisitionné pour le compte du Comité révolutionnaire. Tous trois prenaient la patache du matin et revenaient par celle du soir. Loin de la frénésie parisienne, son cœur dans sa poche, Berl vécut ainsi quelques années somme toute tranquilles.

Passaient les saisons et les hommes. Apparurent les ballons captifs, le célérifère, le télégraphe. Et vint Napoléon. Une autre aventure nationale commençait, que chacun vivait à sa façon.

A Bischheim, Berl vivait maintenant seul avec son fils Lazare. Joseph et Sarah, arrivés au bout de leur âge, étaient morts, recommandant à Berl de se méfier des rêves de grandeur de ce Napoléon. Quant à Yenté, l'irréductible, elle avait attendu que Lazare eût célébré sa bar-mitsva pour reprendre la route de Zolkiew avec Noé, dont c'était le rêve de toujours. Reviendrait-elle? avait demandé Berl. Elle avait répondu qu'elle l'ignorait, mais qu'il aurait ainsi l'occasion de goûter l'amertume de l'attente et du doute.

Elle n'était pas revenue. Elle ne manquait pas à Berl, que son fils Lazare comblait. En effet, Berl avait retenu ce que lui avait enseigné Joseph avant de mourir : « Le monde n'existe qu'à travers le souffle des écoliers. Nous n'avons pas le droit de suspendre leur instruction, fût-ce pour reconstruire le Temple. Une ville où ne se trouvera aucun écolier sera détruite. » Il s'était efforcé de donner à Lazare le goût de l'étude, à laquelle d'ailleurs il revenait lui-même. Mais c'est le rabbin David Sintzheim, le directeur de la yeshiva voisine, qui l'avait enseigné, avant de partir siéger au sanhédrin de Paris, une sorte de direction de la nation juive imaginée par Napoléon.

Un jour – il pouvait avoir quatorze ans – que le rabbin Gugenheim, venu en visite de Haguenau, le complimentait pour l'étendue de ses connaissances, Lazare répondit modestement, comme il était écrit : « Si tu as acquis un grand savoir dans la Tora, n'en retire aucun mérite, car c'est pour cela que tu as été créé. » En vérité, l'âme d'Abraham, d'Isaac et de Jacob habitait l'enfant, et, quand Berl se rappelait les circonstances de sa conception, il ne pouvait croire que ce rêve de jardin d'Éden fût le seul fait du hasard.

Typographe éblouissant, Lazare aurait sans doute pu devenir un savant docteur de la Loi. Mais, en ces années-là, l'Empereur avait besoin d'hommes, de beaucoup d'hommes, de plus en plus d'hommes, pour ses guerres. « Vive l'Empereur! » criaient en partant les villageois de vingt ans. Berl regardait son fils et vivait dans la crainte. Un soir, il lut à Lazare un passage d'Osée : « Et Je conclurai pour eux une alliance avec la bête sauvage, l'oiseau des creux, le reptile du sol. L'arc, l'épée, la guerre, Je les briserai loin du pays et permettrai aux gens de dormir en paix. »

Berl n'avait jamais été heureux comme il l'était à présent avec son fils et il s'efforçait de lui transmettre les enseignements qu'il pouvait tirer de son existence éparpillée, dont l'essentiel tenait entre deux Autrichiens : celui qu'il avait tué à Zolkiew et celui qu'il avait vu mourir sur l'échafaud à Paris.

— Aucun roi, dit-il, aucun empereur, aucune idée ne méritent la mort, celle qu'on donne ou celle qu'on reçoit.

— Il est écrit, lui répond Lazare, que « celui qui sauve un seul être humain sauve le monde entier, et [que] celui qui perd un homme doit être assimilé à celui qui perd le monde »...

Napoléon avait toujours besoin de nouveaux conscrits et il interdit même aux Juifs, par le décret du 17 mars 1808, dit « décret infâme », d'acheter un remplaçant. Berl suggéra à son fils de partir, de quitter la France et de gagner par exemple l'Amérique, ce pays d'hommes libres « où les Juifs, prétendait-on, n'avaient qu'à s'installer pour faire fortune », mais Lazare refusa : la France, dit-il, lui avait donné un état civil, une citoyenneté, et il devait tirer au sort. Il tira un mauvais numéro et fut affecté au 57ᵉ régiment de la Grande Armée.

Le jour de son départ, Berl, des sanglots dans la gorge, fit devant son fils recueilli la lecture à voix haute de certains passages du Livre d'Abraham, puis il lui remit son propre exemplaire. C'était le dernier, puisque celui de Joseph avait été remis à Noé, qui n'en avait d'ailleurs pas fait grand cas. « Si mon fils doit mourir sur un champ de bataille, pensait-il, je n'aurai plus personne à inscrire sur ce livre, et il n'aura plus de sens. Au contraire, si quelque chose peut le protéger des vilaines morts de rencontre, c'est bien ce témoignage millénaire de notre survie parmi les vicissitudes. » Il lui confia aussi un *siddour*, celui de son père Joseph.

Berl suivit le régiment de son fils jusqu'au Rhin et s'en revint en pleurant. C'était le 7 juin 1813, c'est-à-dire en l'année 5573 après la création du monde par l'Éternel, béni soit-Il!

Napoléon voulait venger son humiliante retraite de Moscou, mais la Prusse, l'Autriche, la Russie et la Suède avaient levé contre lui près d'un million d'hommes. Le gros de l'armée française avait été immobilisé par l'hiver près de Leipzig, tandis qu'une partie avait pu atteindre Dresde. Quelques régiments, dont celui de Lazare, avaient poussé jusque vers Görlitz. Cela, Berl l'apprenait par les gazettes. Mais il attendait une lettre pour savoir si son fils avait froid, avait faim, s'il avait besoin de chaussures, ou de vêtements chauds. Cette lettre, il l'attendit pendant près de sept mois en vain, si bien que lorsqu'on lui en remit une il fut tout surpris.

« Père, écrivait Lazare, ne me blâmez pas, mais par ma faute un homme est mort. Je m'étais juré de respecter le commandement *"Tu ne tueras point"*, même au prix de ma vie, mais l'Éternel tout-puissant en a décidé autrement. Nous étions dans une forêt, il faisait froid et les branches des arbres cassaient sous le poids de la glace. Les Russes et les Prussiens venaient au-devant de nous. Notre officier nous déploya et fit battre la charge. Je n'oublierai jamais les cris des hommes en guerre, père. Nous courions. Soudain, je me trouvai face à un jeune Prussien qui braquait son fusil sur moi. J'ai cru mourir et j'ai crié : *"Chema Israël!"* Le visage du Prussien changea brusquement, et je l'entendis qui criait à son tour : *"Chema Israël!"* C'est alors que celui qui était à mes côtés me crut en danger et lui creva le cœur d'un coup de baïonnette. Mon père, mon père, je l'ai vu mourir. Le sang sortait de sa bouche, de son nez. L'attaque a continué. Moi j'ai vomi. J'avais fait mourir un homme. Pourquoi fallait-il de surcroît qu'il fût juif? J'ai quitté le régiment à ce moment-là. J'ai couru jusqu'à ce que je n'entende plus les canons ni les tambours. J'ai failli mourir de froid dans la nuit et, au matin, j'ai été recueilli par une patrouille de l'armée polonaise; les Polonais sont, de tous les alliés de l'Empereur, les seuls qui lui soient restés fidèles. J'ai dit que je m'étais égaré. Ils m'ont donné à manger, m'ont fait traverser la rivière Nysa Luzycka gelée et m'ont laissé dans un village nommé Zgorzelec. Un des Juifs qui se trouvaient là m'a dit que je ressemblais à son petit-fils qui se trouvait quelque part dans l'armée et m'a invité chez lui. Il s'appelle Wolf, et c'est un saint homme. Je ne sais si je resterai longtemps ici, car me voici désormais déserteur, mais je vous écrirai. En attendant, je prierai chaque jour l'Éternel qu'Il vous donne longue vie et santé. Priez-Le qu'Il me pardonne. Amen! Votre fils pour toujours, Lazare. »

Après l'abdication de Napoléon et la signature, le 30 mai 1814, du premier traité de Paris entre le roi Louis XVIII, le tsar Alexandre et le roi de Prusse, on vit à nouveau arriver en Alsace des marchands juifs de Pologne. C'est l'un d'eux qui apporta à Berl une deuxième lettre de Lazare. Elle lui racontait comment, cherchant à gagner Zolkiew, son fils avait traversé la Silésie dévastée par la guerre; il était rare, disait-il, qu'il ne trouve pas, dans les villages qu'il traversait, un Juif pour l'héberger et, malgré la misère, partager avec lui un oignon et un quignon de pain. Il était ainsi arrivé à Piotrkow avec les cigognes. Dans ce gros bourg à moitié juif, il avait demandé si l'on connaissait des imprimeries où il pourrait travailler :

« Le hassid à qui je m'adressai, écrivait Lazare, me conduisit dans une cour sombre où se trouvait le *klaus,* une petite synagogue où le rabbin priait et étudiait avec ses disciples.

« Le rabbin voulut savoir d'où je venais et pourquoi je cherchais des imprimeries. Je lui dis que notre famille écrivait et imprimait depuis le temps d'Abraham le scribe, et je lui montrai le Livre d'Abraham. Il le regarda puis me serra dans ses bras en disant : " Béni sois-Tu, Seigneur, notre Dieu, Roi du monde, qui nous as gardés en vie et nous as fait parvenir jusqu'en ces temps-ci ! " Puis il courut chez lui et rapporta un autre exemplaire du Livre d'Abraham! Ce rabbin, le croiras-tu? était l'arrière-petit-fils de celui qu'on nommait Kosakl, et dont le Livre dit qu'il est arrivé à Zolkiew en même temps que le grand-père de ton propre père Mendel.

« Nous avons parlé toute la nuit. Il dit que Napoléon est un " grossier personnage " qui a fait beaucoup de mal : " Les hommes qui donnent aux peuples de faux espoirs sont des criminels, et l'Éternel les punit toujours. " Il ne lui a pas pardonné d'avoir laissé supprimer les droits civiques des Juifs de Pologne. Après la prière du matin, le rabbin Moshé m'a donné quelques zlotys puis une lettre pour un imprimeur de Varsovie, chez qui je me trouve maintenant, Zévi-Hirsch ben Nathan de Lutomirsk, qui a publié un écrit du cousin, une oraison funèbre pour le rabbin Meir-Ikhiel d'Ostrowiec.

« Varsovie, mon père, est une ville adossée à la rivière Vistule. Plusieurs quartiers ne sont habités que par des Juifs. L'atelier se trouve au second étage d'une maison pleine de cris et d'odeurs. Nous avons grâce à Dieu beaucoup de travail, et Zévi-Hirsch est prêt à t'embaucher : pourquoi ne viendrais-tu pas? Bientôt Roch Hachana de l'an 5575 * après la création du monde par l'Éternel, béni soit-Il! Je prie le Maître de l'univers qu'Il nous permette de fêter la nouvelle année ensemble. Amen! Ton fils pour toujours, Lazare. »

Berl écrivit à son fils qu'il le rejoindrait avec joie. Il partirait au printemps, disait-il.

Lazare Halter habitait une minuscule chambre au cinquième

* 1815.

et dernier étage d'une maison située à l'angle des rues Mila et Nalewki. Ses deux petites fenêtres donnaient sur un labyrinthe de petites cours intérieures communiquant avec d'autres cours intérieures, où des ateliers s'ajoutaient aux ateliers et où les innombrables porches étaient couverts de stores sous lesquels dès le matin s'installait le marché. Le long des murs, la tête rentrée dans le cou comme des hérons endormis, des mendiants immobiles psalmodiaient leur plainte : «*A nedové, Yidh!* Une aumône, Juifs! une aumône!» qui faisait une sorte d'accompagnement aux appels des vendeurs ambulants et aux chants des ouvriers au travail dans les ateliers.

Le grouillement y était permanent, emportant pêle-mêle des hassidim en caftan, des porteurs vêtus à la mode turque, des joueurs d'orgue de Barbarie faisant danser de petits singes. On y ressentait une attente, une impatience même, d'on ne savait quel événement, et Lazare aimait le spectacle de ces barbus affairés accoutrés n'importe comment sauf à la polonaise, de ces étudiants aux visages transparents encadrés de lourdes papillotes sous le chapeau rond, de ces belles filles brunes dont les châles colorés cachaient mal les guenilles qui habillaient leur jeunesse. Cela sentait le cuir, le moisi, la levure et le hareng salé.

Tous les matins, Lazare descendait la rue Nalewki, traînant dans les impasses, découvrant toujours des passages jamais vus où il ne manquait pas de trouver une école inconnue ou une minuscule synagogue. Il connaissait tous les magasins des rues Kupiecka et Franciszkanska, les pavés de la rue Swieto-Jerska, et le compte des barreaux sculptés de la grille du jardin Krasinski.

Zévi-Hirsch – l'un des plus fameux imprimeurs de Pologne, qu'on surnommait *Sczrifgyisser,* «celui qui fait couler l'écriture» – possédait l'imprimerie située tout à côté de la synagogue de la rue Tlomackie où, dès le vendredi midi, affluaient des hommes en redingotes usées, couverts de châles de prière blancs rayés de noir. Et Lazare, qui ne connaissait personne, croyait retrouver certaines figures du Livre d'Abraham, et leur donnait des noms, Gamliel, Nomos le rouge, Bonjusef, Meir-Ikhiel... Il s'agissait moins pour lui de faire revivre ses aïeux que de marquer la permanence des visages, des mœurs et des destins. Ce quartier, où il vivait depuis moins d'un an, il avait l'impression de le connaître depuis toujours, et, quand la chaleur d'une famille lui manquait, alors il ouvrait le Livre d'Abraham. Il n'avait nulle envie d'autres horizons et n'était même pas encore allé se promener jusqu'à la Vistule.

— Je suis attaché à ce quartier comme à mon village natal, confia-t-il un jour à Zévi-Hirsch.

L'imprimeur, un petit homme vêtu d'une redingote luisante d'usure bâillant sur son ventre douillet, leva un doigt sentencieux :

— Sais-tu ce que dit l'Ecclésiaste ? Il dit : « Ce que les yeux voient est préférable à la divagation des désirs. »

Lazare sourit. Ce Zévi-Hirsch lui rappelait parfois son grand-père.

Quant à son père Berl, il ne connaîtrait jamais Varsovie. Par une lettre du rabbin Gugenheim de Haguenau, Lazare apprit que son père était mort chez lui, alors qu'il venait lui faire ses adieux à la veille de se mettre en chemin. Il avait été enterré dans ce vieux cimetière qu'ils avaient visité ensemble, quarante ans plus tôt, arrivant de Königsberg. « Ses derniers mots, écrivait le rabbin Gugenheim, ont été pour sa famille. Il vous a priés de lui pardonner, et a souhaité que vous annonciez la nouvelle de sa mort à Yenté, son épouse. Que l'Éternel ait pitié de son âme ! Amen ! »

Lazare écrivit aussitôt à Zolkiew à sa mère et à son frère Noé, dont il ne savait rien depuis leur départ de Strasbourg, il y avait treize ans de cela. Plusieurs mois passèrent, et un jour arriva à l'imprimerie un homme à la large barbe grisonnante portant une longue capote noire et une casquette polonaise à visière laquée. Il regarda attentivement Lazare, puis demanda :

— Tu es Lazare Halter, fils de Berl ?
— Oui, répondit Lazare.

L'homme tendit les bras :

— Je suis ton frère Noé.

Sa femme et son fils attendaient dehors, avec un balluchon et un panier d'osier.

Noé apprit à Lazare que leur mère Yenté avait elle aussi quitté le monde d'ici-bas, et que rien ne le retenait donc plus à Zolkiew. Noé était un hassid du rabbin miraculeux de Kotzk — lequel, confiné dans sa chambre et consacrant tout son temps à étudier la Kabbale, ne recevait plus ses adeptes depuis des années, ce qui n'empêchait pas Noé de se rendre régulièrement sous ses fenêtres. A Varsovie, il trouva rapidement un emploi de melamed, d'enseignant, dans une des nombreuses « écoles du coin de la rue », comme on disait, qui dépendaient des différentes associations de hassidim, et où l'on pouvait en passant s'arrêter le temps d'apprendre une page de Gemârâ. Lazare obtint de Zévi-Hirsch de faire entrer son neveu le fils de Noé, Yankel, un garçon de douze ans au visage fin et aux grands yeux clairs bordés de longs cils noirs, comme apprenti à l'imprimerie.

Au mois d'octobre de cette année, quelques jours après la fête des Cabanes, on se passionna à Varsovie pour la nouvelle Constitution du royaume de Pologne – ou de ce qu'il en restait, après que les Russes, les Prussiens et les Autrichiens se furent partagé le territoire. Les Juifs, qui espéraient se voir accorder ainsi que les Juifs français, les mêmes droits que les autres citoyens, durent déchanter : « Qui n'est pas citoyen du pays ne peut prétendre aux droits politiques », disait la Constitution promulguée en novembre. Et comme il n'était pas reconnu aux Juifs la qualité de citoyen, ils ne pouvaient prétendre aux droits concomitants. En revanche, ils étaient engagés à se convertir, et des bandes de Polonais impatients commencèrent même à pénétrer dans le « quartier » pour hâter les conversions.

Un soir, Lazare et son neveu Yankel revenaient de l'imprimerie. Il neigeait un peu, mais il ne faisait pas encore froid. Souvent, Yankel profitait de ces retours pour poser des questions à son oncle. Ce soir-là, ils s'entretenaient des événements qui avaient précédé la destruction du Temple de Jérusalem par Nabuchodonosor en l'an 3174 * après la création du monde par l'Éternel – béni soit-Il!

– Tu te rappelles que le premier Temple a été détruit à cause de trois transgressions, disait Lazare. Sais-tu lesquelles?

Yankel était très studieux, très appliqué :

– Ce sont l'idolâtrie, le dérèglement et le sang que l'on verse, d'après le traité *Yoma* ** du Talmud.

– Exactement. Et pourquoi le deuxième Temple, alors que le peuple se consacrait à l'étude de la Tora et accomplissait fidèlement ses devoirs, a-t-il été détruit?

Lazare s'arrêta soudain et Yankel à sa suite.

– Parce que, reprit Lazare, il y régnait une haine sans raison, et que cette haine produisait à elle seule les mêmes effets que l'idolâtrie, le dérèglement et le sang que l'on verse.

A ce moment, il y eut des cris. Les Juifs en caftans et casquettes plates qui marchaient devant eux refluèrent brusquement, disparurent dans les passages, sous les porches. En haut de la rue scintillaient des torches. Les commerçants remballèrent à la hâte leurs marchandises et rabattirent les volets de bois. « *Polakn!* entendit-on. Les Polonais! »

Lazare et Yankel se cachèrent dans un recoin d'ombre, serrés

---

* 586 avant notre ère.
** Traité du Talmud consacré au Grand Pardon.

l'un contre l'autre. En face, dans la rue, ils voyaient à travers les flocons de neige un vieux marchand de tissu aux prises avec un volet démantibulé. L'aider? Abandonner Yankel derrière lui, traverser la rue en courant? Lazare hésitait. Le vieux s'y prenait de telle façon qu'il n'avait aucune chance de fermer son échoppe.

— Attends-moi ici, Yankel. Ne bouge surtout pas. Je reviens.

Lazare s'élança. Les Polonais dévalaient la rue comme un torrent. Lazare arracha le volet des mains du vieil homme, mais trop tard.

— Convertissez-vous, Juifs! entendit-il. Abandonnez vos caftans sales et vos immondices!

Puis il reçut un coup derrière la tête et tomba.

Quand il reprit connaissance, il vit tout d'abord le visage en larmes de Yankel. Il se redressa. Le vieil homme était là aussi. Ses lèvres pâles tremblaient. Une jeune femme se tenait près de lui. Lazare avait mal à la tête.

— Merci, Éternel, Maître de l'univers, dit-il, merci de m'avoir donné le courage!

Il regarda autour de lui. Les coupons de tissu et les vêtements de l'échoppe avaient été jetés dans la rue, et les flocons de neige commençaient déjà à les recouvrir.

— Ils sont partis? demanda Lazare.
— Oui, dit le vieux. Les maudits! Entrez vous reposer.

La jeune fille qui était là se nommait Déborah, mais on l'appelait Déborelé. Les desseins du Tout-Puissant étant impénétrables, Lazare l'épousa trois mois plus tard. Ils trouvèrent à se loger dans un deux-pièces, au fond d'une cour, place Muranow, et eurent trois enfants en trois ans, trois fils, Salomon-Halévy, Jonas et David. Lazare imprima leurs noms, avec ceux de sa femme, en tête d'un nouveau cahier qu'il colla à la fin du Livre d'Abraham : il avait décidé d'attendre que ses enfants soient grands pour qu'ils en impriment tous ensemble une nouvelle édition.

En l'année 5590 * après la création du monde par l'Éternel — béni soit-Il! —, Lazare eut quarante ans, et son fils aîné seize; Yankel de son côté s'était marié et avait lui-même des enfants.

Ce vendredi-là, comme tous les vendredis, Zévi-Hirsch et

---

* 1830.

Lazare fermèrent l'imprimerie à trois heures de l'après-midi. La rue se vidait. Quelques rares vendeurs essayaient encore d'attirer l'attention des derniers passants et se faisaient rappeler à l'ordre : l'heure du shabbat est sacrée.

Arrivant chez lui, Lazare embrassa Déborelé, se lava les mains et échangea sa casquette fripée contre une autre, de velours, à fond rigide. Puis il appela ses fils, qu'il savait prêts dans la pièce voisine. Ils se présentèrent tous trois, débarbouillés de frais, leur rituel à la main. Il les embrassa l'un après l'autre et remercia une fois de plus l'Éternel de cette bénédiction, car il est écrit : « Si le monde ne peut exister qu'avec des êtres des deux sexes, heureux celui dont les enfants sont des fils. »

Lazare s'assit, et ses fils l'imitèrent. Il ouvrit le rituel et, tout en se balançant, commença à chanter le Chant des Chants : « Qu'il me prodigue les baisers de sa bouche, car son amour vaut mieux que le vin... » Déborelé, près de l'alcôve, les bras croisés sur la poitrine, regardait ses hommes procéder à l'introduction du shabbat. Quand ils se turent, elle alluma les bougies et récita la bénédiction : « ... Et nous a ordonné d'allumer les lumières... Bon shabbat, *gout shabess,* les enfants, bon shabbat ! »

Lazare se leva :

— Allons à l'office.

Il n'aimait rien tant que descendre la rue Nalewki entouré de ses trois fils.

— Bon shabbat ! lui disait-on. Bon shabbat !

La rue s'emplissait à nouveau. Des hommes, la lévite de satin sur les épaules, des chaussettes blanches aux pieds, la barbe bien coiffée, sortaient de toutes les maisons et de toutes les cours, comme des ruisseaux se jetant dans un fleuve, et, d'un pas pressé mais digne, se dirigeaient vers les nombreuses synagogues du quartier.

A la synagogue, Lazare sortit son siddour, son livre de prières. Ses fils l'imitèrent. Une voix récita : « Rendez grâces à l'Éternel, car Il est bon ! » D'autres voix reprirent la prière, et on n'entendit plus bientôt que des murmures, se gonflant ou s'apaisant, mais toujours suivant le rythme du balancement des Juifs en prière, comme pris dans une houle du fond des temps.

Puis quand se termina l'office, on se souhaita un bon shabbat et chacun rentra chez soi.

Yankel était déjà là, en compagnie de deux de ses amis qui désiraient parler à Lazare. Lazare les avait tous invités au repas du shabbat. Yankel, qui était maintenant âgé de trente ans, avait un long visage maigre et un front dégarni. Il présenta ses deux amis, Joseph Berkowicz – grand, le visage carré barré d'une moustache et orné d'une petite touffe de poils sous la lèvre inférieure – et Haïm Szmulewicz – plutôt rond, celui-ci, avec une barbe blonde et fourchue.

Lazare les salua et dit la prière du retour de l'office : « Paix sur vous, anges du service divin, anges du Dieu suprême, du Roi des Rois, de tous les rois, du Saint, béni soit-Il! »

– Paix sur vous! répétèrent les invités.

Alors Lazare versa le vin pour le *kiddoush*.

Ce n'est qu'une fois le repas pris, l'action de grâces récitée, qu'il se tourna vers Yankel :

– *Nou?*

Ce *nou* qui, en yiddish, sert à tout, signifiait cette fois « Bon, alors venons-en à votre affaire, qu'attendez-vous de moi? »

– C'est à propos de la révolution, oncle Lazare.

Le mot, en effet, renaissait de ses cendres. De Paris on apprenait que des imprimeurs s'étaient révoltés contre la fermeture des imprimeries par le roi, qu'ils avaient pillé les armureries et chassé le monarque qui s'était enfui en Angleterre... Le mouvement semblait vouloir gagner toute l'Europe : la Belgique s'était insurgée contre les Pays-Bas, l'Italie contre le pape et l'Autriche...

– La révolution? demanda Lazare.

Yankel toussota. Les enfants le regardaient comme s'il allait sortir un fusil de sa redingote.

– Oncle Lazare, dit-il, s'il y a dans ce pays une insurrection contre les Russes, nous, les Juifs, nous devons en être.

– En être? Mais pour quoi faire? Qu'aurons-nous de plus?

– Des droits!

– Mais qui, en Pologne, s'intéresse à nos droits?

– Les démocrates. Joachim Lelewel, par exemple. Il dit que, après la victoire sur le tsar, les Juifs auront tous les droits en Pologne, et qu'ils pourront même, avec l'aide des Polonais, retourner en Eretz-Israël s'ils le désirent.

Lazare secoua la tête :

– Je me demande s'ils nous préfèrent en Pologne ou en Palestine, tes démocrates.

Yankel eut l'air désolé du scepticisme de son oncle. Il regarda son ami Berkowicz, qui se rapprocha de la table :

– Nous pensons que la lutte contre les tyrans est aussi notre affaire, dit celui-ci d'une voix rude. Aussi nous avons eu l'idée de créer des unités juives dans la garde nationale. Le jour où les Polonais affronteront les Russes, nous y serons, et personne ne pourra nous reprocher de...

— Mais, l'interrompit Lazare, aucun Polonais n'acceptera des unités armées juives en Pologne!

— Pan Lazare a raison pour le moment, mais surtout parce que les représentants de la communauté ont peur, et que personne, parmi les notables juifs, n'a encore proposé aux dirigeants polonais d'être à leurs côtés au jour de l'insurrection!... Si nous ne voulons pas apparaître comme un groupe de fanatiques, il faut que des Juifs respectables et respectés nous accordent leur soutien. Ce sera le signal pour tous les Juifs qui sont prêts à se battre pour leurs droits, mais refusent l'aventure, de s'engager...

— Pan Lazare, le relaya Haïm Szmulewicz, tous les Juifs de la communauté, les hassidim aussi bien que les mitnagdim, apprécient votre sagesse et vous respectent. Ils connaissent tous l'existence du Livre d'Abraham et, par tout ce qu'il représente, ils se sentent un peu vos cousins... On sait aussi que vous êtes un familier du rabbin Itché-Meir Rothenberg, le fils du vénéré Israël, le rabbin de Gur...

Haïm Szmulewicz se tut. Ni Yankel ni Joseph Berkowicz n'ajoutèrent un mot. On entendait grésiller les mèches des bougies.

— A qui vous êtes-vous déjà adressé? demanda Lazare.

— Joseph Joselewicz est avec nous, vous savez, le fils de Berek Joselewicz, le combattant de la révolte de Kosciuszko. Il a fait ses armes chez les hussards polonais, il a participé à la campagne napoléonienne de 1812, et a obtenu maintes distinctions.

Lazare se rappela sa propre campagne dans la Grande Armée, et évita le sujet. Il pensait que ces jeunes gens n'avaient pas tort : il est dur de vivre privés des droits élémentaires de tout homme. Mais combien d'entre eux devraient-ils mourir pour que satisfaction leur soit donnée? Si tant est...

Il demanda à son fils Salomon-Halévy de lui apporter le Livre d'Abraham, et le posa sur la nappe blanche. Il l'ouvrit solennellement. Déborelé remit un peu d'huile dans la lampe et l'approcha de son époux, qui commença à lire des yeux, en se balançant, une page, puis une autre. Rien ne bougeait dans la pièce, que son corps, dans un mouvement d'avant en arrière, rythmant des mots que lui seul entendait. Nul ne sut ce qui le décida, mais il referma lentement le Livre, emplit sa coupe de vin, se mouilla le bout des doigts et dit :

— *Lekhaïm!* A la vie!

— *Lekhaïm!* répondirent les autres en levant leurs coupes.

– A la révolution! ajouta simplement Lazare.
– A la révolution!

Le soir du 29 novembre 1830, un groupe d'insurgés prit d'assaut le palais du Belvédère, où logeait le représentant du tsar, le grand-duc Constantin. Dans le même temps, des formations de l'École des aspirants polonais attaquaient les casernes de la cavalerie russe.

Le lendemain matin, le centre de Varsovie – la vieille ville – était aux mains des insurgés. Le grand-duc, qui avait pu s'échapper du Belvédère avec un régiment de cavalerie, occupait les quartiers du sud.

On disait qu'un nombre important de jeunes Juifs avaient pris part aux combats, mais les chefs de la révolte refusaient toujours d'intégrer à leurs troupes une unité armée juive. « On ne nous aime pas sous le prétexte que nous n'aimons pas nous battre, s'indignait-on rue Nalewki, mais on ne nous aime pas non plus quand nous demandons à le faire! » Quelques-uns en concluaient que, puisque personne ne voulait des Juifs, les Juifs n'avaient qu'à regarder s'entre-tuer les Polonais et les Russes, mais beaucoup continuaient à affirmer que la place des Juifs était parmi les rangs des combattants pour la liberté, celle-ci incluant notamment les droits des Juifs.

Le 5 décembre, l'insurrection se donna pour chef un général des armées napoléoniennes, Joseph Chlopicki, un ancien des campagnes d'Italie, d'Espagne et de Russie. Il débarrassa Varsovie de l'occupant russe, mais permit au grand-duc Constantin de quitter la Pologne avec ses régiments et dépêcha un conciliateur à Saint-Pétersbourg. Mais le tsar Nicolaï refusa de négocier avec les « rebelles ».

Pendant ce temps, pressé par Lazare, le célèbre rabbin Itché-Meir Rothenberg de Gur, l'un des chefs spirituels des hassidim de Pologne, avait constitué un comité de soutien aux volontaires juifs. Le grand rabbin de Varsovie, Shlomo Ajger, l'avait rejoint. Un appel à la solidarité, rédigé par ce comité, fut imprimé par Lazare et Zévi-Hirsch, et envoyé à des centaines de communautés juives à travers le monde. Des encouragements, des dons, et même des volontaires affluèrent bientôt d'un peu partout. Le poète Henri Heine envoya une longue lettre pleine de sentiments chaleureux.

Chlopicki finit par accepter l'idée d'une unité juive, mais à condition qu'elle ne soit constituée que de Juifs « polonisés », c'est-à-dire sans barbe. Cette condition provoqua une profonde émotion, notamment chez les hassidim, qui s'étaient portés volontaires par centaines, et qui refusaient de se raser. Protestations, négociations. « Mieux vaut un Juif sans barbe qu'une barbe sans Juif », disaient ceux qui ne prêtaient pas d'importance à leur appareil pileux ou qui, comme Yankel, Berkowicz et Szmulewicz, la sacrifièrent à la révolution. Enfin, l'état-major de l'insurrection proposa un compromis : les Juifs sans barbe seraient intégrés à la garde nationale, les autres, dont les hassidim, réunis en une formation spéciale, constitueraient la garde municipale. Il était précisé que les combattants juifs et leurs familles recevraient automatiquement la citoyenneté polonaise.

Les Juifs acceptèrent le compromis. Lazare imprima un appel en yiddish et en polonais à la jeunesse juive, rédigé par Joseph Berkowicz. Plus d'un millier de volontaires se présentèrent aussitôt à l'école rabbinique, où les attendaient Joseph Berkowicz, Yankel Halter et Haïm Szmulewicz.

C'est ainsi que, le 12 mars 1831, on put voir, à l'angle des rues Franciszkanska et Nowiniarska, se former la première patrouille de la première formation militaire juive : les hassidim barbus de la garde municipale. Quant à l'unité de Juifs « polonisés », elle avait été affectée à la défense des deux ponts sur la Vistule qui commandaient l'entrée de Varsovie.

Attendre. On avait appris que les Russes avaient réprimé l'insurrection lituanienne. On disait que le général russe Paskievitch, qui commandait l'armée du tsar, s'approchait de la Vistule à la tête de plusieurs régiments. Attendre.

La Pâque fut célébrée dans ce climat d'incertitude, espoir et crainte mêlés. Chez les Halter, elle fut marquée, un soir de shabbat, par un étrange incident. En effet, dans les derniers jours de la Pâque, Noé revint de Kotzk, où il avait passé plusieurs mois dans la contemplation extatique des lieux où le saint rabbin son maître avait posé son regard. Sa barbe était devenue complètement blanche, ainsi que ses cheveux, mais, surtout, ses yeux étaient comme voilés et faisaient peur. Il disait que la guerre des Juifs contre le tsar de toutes les Russies serait gagnée non par les armes, mais par les larmes, « car une seule larme, selon le saint rabbin de Kotzk, était plus profonde que tout l'océan de l'infini ». Et comme son fils, Yankel, parlait de l'entraînement des unités juives, Noé leva vers le plafond noirci par la suie ses deux longs bras et s'écria :

— Je vous en conjure, mes pères, Abraham, Isaac et Jacob, quittez vos sièges d'or du paradis et venez au secours des enfants du peuple élu !

Puis, sans transition, il s'adressa à Lazare, qui le regardait avec inquiétude :

— « Comme l'eau dans l'eau le visage au visage, ainsi le cœur de l'homme à l'homme », cita-t-il. Mais pourquoi les Proverbes disent-ils « dans l'eau » et non pas « dans le miroir »? Parce que, dans l'eau, l'homme ne voit son image que s'il s'en rapproche tout à fait. De même pour le cœur : il faut qu'il se penche sur le cœur, s'en rapproche tout à fait, pour s'y voir. Notre père – que son âme repose en paix! – ne m'a jamais permis de m'en approcher d'assez près.

Le visage de Noé parut se brouiller, son regard devint vague. Lazare se rappela brusquement la description que leur père lui avait faite de l'arrivée de Yenté et de Noé à Paris, pendant la Révolution. Alors il leva son poing et l'abattit violemment sur la table, faisant sauter la vaisselle. Tout le monde regardait les deux frères.

— Pourquoi as-tu fait cela? demanda Noé d'une voix sourde.

Lazare ne répondit pas immédiatement. Il paraissait soudain épuisé.

— Ton père s'appelait-il Berl? demanda-t-il à Noé.

— Mon père? C'était aussi le tien! Oui, il s'appelait Berl. Pourquoi cette question?

— Je t'ai vu chercher dans les zones célestes l'esprit de notre père. Je ne connais pas tes intentions. J'ai seulement voulu te ramener sur terre. On ne fait pas ces choses-là deux fois.

— Mais as-tu songé que tu profanais le shabbat?

— Oui, j'y ai songé. Et je dis qu'on a le droit de le faire pour sauver une vie. Le saint Baal Chem Tov n'a-t-il pas déclaré que chez les *Tzadikim*, les Justes, descendre d'un degré du spirituel était une sorte de mort?

Le lendemain, Noé repartit pour Kotzk. Yankel était navré, mais il ne pouvait abandonner l'entraînement des unités juives pour aller s'occuper de son père. Il se promettait de le faire quand les Russes auraient été repoussés.

A la fin de l'été, les Russes arrivèrent, par l'ouest, devant les ouvrages qui défendaient les abords de la capitale polonaise et, le 6 septembre, ils donnèrent l'assaut. Ils étaient près de quatre-vingt mille soldats, et possédaient une artillerie deux fois supérieure à celle des Polonais. La bataille dura deux jours. Au matin du troisième jour, les régiments polonais se replièrent sur

Modlin. Quand les Russes se présentèrent devant les ponts sur la Vistule, ils n'y trouvèrent plus que les volontaires juifs pour leur interdire l'entrée de Varsovie.

Berkowicz et Yankel juchés sur un chariot entre les deux ponts en commandaient la défense. Leurs positions étaient pilonnées par les canons d'en face. Les boulets emportaient des pierres et des hommes passaient en sifflant. Soudain, des cavaliers russes se présentèrent sur le pont.

— Feu! cria Berkowicz.

Le canon qui prenait le pont en enfilade lâcha un boulet qui emporta deux cavaliers russes.

— Feu! cria encore Berkowicz.

Un petit hassid dont les longues papillotes rousses paraissaient accrochées de chaque côté de sa casquette haut de forme de la garde municipale, se présenta devant Berkowicz et salua réglementairement :

— Capitaine, dit-il, nous n'avons plus que quelques charges.

Alors Yankel vit arriver un boulet. Il n'eut même pas le temps de crier. Le petit hassid prit le boulet dans le dos et fut projeté au loin. Quand il retomba, désarticulé, il parut s'enrouler dans un long cri comme dans un châle de prière.

— Feu! cria Berkowicz.

Sur le pont, les Russes reculaient. La fusillade était intense, infernale. Puis un boulet russe faucha trois des servants du canon juif qui tenait le pont sous son feu. Les autres, pris de panique, s'enfuirent vers la ville. Yankel sauta du chariot et tenta de s'interposer :

— Juifs! cria-t-il. Tenez bon! Tenez bon!

Mais les Juifs se sauvaient à toutes jambes. Abraham s'arrêta près du canon abandonné. Déjà les Russes avançaient sur le pont, il les entendait qui s'appelaient, s'encourageaient. « Le deuxième Temple, pensa-t-il, alors que le peuple se consacrait à l'étude de la Tora et accomplissait fidèlement ses devoirs, pourquoi a-t-il été détruit? » Et, comme lorsqu'il était enfant, il répondit, surpris d'entendre sa voix dans le fracas de la guerre : « Parce qu'il y avait la haine sans raison. »

— Feu! cria Berkowicz.

Lazare était à la synagogue et priait quand son fils aîné Salomon-Halévy vint le chercher :

— Père! Abraham est tombé près du pont! Il bouge, je crois qu'il n'est pas mort.

Lazare saisit son fils aux épaules :

— Que faisais-tu là-bas, je te croyais à la maison. Où sont tes frères?

— Ils dressent une barricade place Zamkowy, père.

Dans la rue, des Juifs couraient dans tous les sens. « Les Russes arrivent! Les Russes arrivent! » Le bruit des fusillades se rapprochait. Un cheval emballé traînait derrière lui les débris d'un chariot.

Face au palais, à l'entrée de la rue Boczna, une bande de gamins dressait un amas de meubles, de pierres, de portes arrachées, de palissades.

— Jonas! David! appela Lazare.

Ses deux jeunes fils étaient occupés à transporter une sorte de bahut ramassé on ne savait où. Ils regardèrent leur père sans mot dire.

— Dieu soit loué! murmura Lazare. Courez à la maison, je vous y rejoins. Toi, Salomon-Halévy, tu seras responsable de tes frères!

Puis il leur tourna le dos et courut vers le fleuve. Des corps jonchaient la rue, morts ou blessés. Soudain, il avisa Rab Youdl, le brocanteur, un voisin avec qui il entretenait de bonnes relations avant qu'il ne disparût de Varsovie, il y avait quelques années de cela.

— Rab Youdl! dit-il, que faites-vous ici? Venez m'aider. Mon neveu est blessé près du pont.

Le brocanteur mit son index sur ses lèvres :

— Chut! Je ne suis plus Rab Youdl, panié Halter. Je m'appelle maintenant Léon Rosenberg et je suis un marchand d'armes britannique... Mais ne restons pas ici, panié Halter!

Ils s'approchèrent du pont. Ils aperçurent Yankel près du canon, gisant dans son sang. Les Russes qui avaient déjà traversé leur tournaient le dos, occupés à tenter de réduire au silence l'autre canon juif. Lazare et Rab Youdl prirent Abraham aux aisselles et aux jambes et remontèrent vers la place Zamkowy.

— Moi, panié Halter, en tant qu'Anglais, je peux facilement franchir les frontières, et puis les armes, ça n'est pas comme la brocante, tout le monde en a besoin!

Yankel gémit.

— Pauvre garçon!... Je me rappelle quand il est arrivé... Vous voulez certainement savoir, panié Halter, comment je suis devenu citoyen anglais, n'est-ce pas? Je vous le raconterai quand nous serons arrivés sains et saufs chez vous, si Dieu le veut!

Yankel mourut trois semaines plus tard. Les Russes s'étaient déjà réinstallés à Varsovie. Des Juifs se terraient, d'autres avaient fui. Le rabbin Itché-Meir lui-même alla se faire oublier un moment dans son village natal de Gur, et changea même son nom pour celui de Alter. Lazare, qui craignait des représailles, confia son fils Jonas à Rab Youdl-Léon Rosenberg l'Anglais, qui le laissa à Sampolna, à la frontière allemande, chez un cousin à lui, et David à Joseph Berkowicz, qui partait pour Londres.

Contre toute attente, l'occupant ne paraissait pas vouloir tirer vengeance de ceux qui restaient. Au contraire, il tenta de gagner la sympathie de la communauté juive en constituant un fonds de dédommagement pour réparer les pertes subies pendant la prise de la ville. Le quartier changea pourtant. Les échoppes restaient fermées, les fabriques aussi, au bénéfice de la vente à la criée. Dès le matin, d'étroites charrettes s'alignaient le long des maisons, formant comme des boutiques ambulantes, et les marchands appelaient les chalands. Les Russes étaient de bons clients.

Quelques mois plus tard, en août 1832, le tsar promulgua sa première loi antijuive : elle interdisait aux Juifs d'habiter les maisons faisant l'angle entre les rues juives et les rues catholiques.

Les droits du citoyen, les Juifs polonais en étaient encore loin.

XLII

Varsovie
UN TRÈS VIEIL HOMME

Dix choses solides ont été créées dans ce monde, dit le traité *Baba Bathra* * : une montagne est solide, mais le fer peut la briser; le fer est solide, mais le feu peut le fondre; le feu est solide, mais l'eau peut l'éteindre; l'eau est une grande force, mais les nuages peuvent l'emporter; les nuages sont puissants, mais le vent peut les dissiper; le vent est robuste, mais le corps peut le porter; le corps est vigoureux, mais la frayeur peut l'abattre; la frayeur est résistante, mais le vin peut la chasser; le vin est une force, mais le sommeil peut le neutraliser; et la mort est plus forte que tout. »

La mort, Lazare l'avait toute sa vie vue à l'œuvre. Il était lui-même âgé maintenant de quatre-vingt-dix ans, et ceux qu'il avait vus mourir étaient sans nombre, depuis le jour où, dans cette forêt prise par la glace, une baïonnette avait traversé le cœur du jeune soldat juif qui n'avait pu achever son *Chema Israël*... Mort Yankel au cours de cette insurrection de 1830. Mort Zévi-Hirsch, rongé par un mal de poitrine. Mort Avigdor ben Yoël, dit Lebenzon, l'imprimeur chez qui il avait travaillé après la mort de Zévi-Hirsch. Morts ses fils Salomon-Halévy et David. Morte sa très chère épouse Déborelé. Mort le vieux Meir-Anschel Rothschild lui-même, tout banquier et tout riche qu'il était.

Lazare n'était pas fatigué de vieillir. Puisque de l'amour que l'on porte à l'Éternel et du degré d'obéissance à Sa voix dépendent la vie et la prolongation des jours, il respectait scrupuleusement tous les Commandements. Durant les cinquante dernières années, il n'avait pas manqué une seule fois de

* Traité du Talmud relatif aux droits de propriété.

se rendre à la synagogue le matin et le soir. « Celui dont les actes de piété, disait-on de lui en citant le Traité des Pères, l'emportent sur le savoir ressemble à un arbre qui a peu de branches et beaucoup de racines. Tous les vents du monde se déchaîneraient-ils contre lui qu'ils ne l'ébranleraient pas. »

Les vents du monde... Il avait pourtant failli être tué, dans une de ces manifestations où son fils Salomon-Halévy l'avait entraîné, mais il avait oublié si c'était en 1848 ou en 1861 – les événements les plus récents de sa vie se confondaient parfois. Il y avait eu des heurts avec les soldats, et des morts, dont l'homme qui marchait à côté de lui. Il s'était ensuite rendu à l'enterrement des victimes. Les Juifs s'étaient rassemblés rue Rimarska, les corporations avec leurs enseignes, les étudiants, les rabbins... Il allait, lui, derrière les rabbins Itché-Meir Alter et Meisels. Les Juifs avaient rejoint le cortège polonais, et Salomon-Halévy avait dit que c'était un grand moment et que désormais les Juifs et les Polonais combattraient les Russes ensemble. Mais Lazare, lui, pensait que les Juifs n'avaient à se soucier ni des Polonais ni des Russes. Ils devaient simplement combattre le crime, car le Mal est l'ennemi de Dieu.

Il regardait changer Varsovie, sa ville, et, contemplant ces Juifs vêtus à la mode des goïm parader la nuit venue dans les rues illuminées par des becs à gaz, se servir d'une machine à manivelle pour parler au loin, voyager dans des voitures roulant sur des guides de fer, tirées par des chevaux ou par des machines crachant et sifflant effroyablement – toutes choses dont les pères et les pères des pères s'étaient passés –, il craignait que Varsovie ne finisse comme Sodome et Gomorrhe.

Alors qu'il travaillait à l'imprimerie Lebenzon, il avait vu arriver d'Angleterre une énorme machine rotative dont les rouleaux débitaient des feuilles imprimées dans un épouvantable vacarme ; chaque matin, on choisissait les plus solides parmi les pauvres qui se présentaient à l'atelier et, la journée durant, au rythme d'interminables mélopées, on les faisait pédaler sur un système qui, par le jeu des courroies et des engrenages, finissait par entraîner les cylindres. Sans doute, la production était-elle incomparablement supérieure, mais à quoi bon ? Car « que revient-il à l'homme de tout son travail et de la préoccupation de son cœur, objet de ses fatigues sous le soleil » ?

La justice divine ne manquerait pas de s'exercer à son heure, comme on pouvait le vérifier chaque jour. A Damas, le consul de France, qui avait accusé les Juifs d'un crime rituel, comme au Moyen Age, n'avait-il pas été désarmé ? Et le gouverneur de

Damas, qui avait tenu le rôle du bourreau, n'avait-il pas été destitué? Et la révolution de 1848 n'avait-elle pas balayé tous les ennemis d'Israël et fait promulguer l'égalité des droits pour les Juifs d'Europe occidentale? Et le tsar Nicolaï – que son nom soit maudit! –, qui avait durant tout son règne persécuté les Juifs, n'était-il pas mystérieusement mort la veille de Pourim, cette fête qui rappelle comment avait été puni cet autre ennemi d'Israël, Aman, qui voulait exterminer le peuple juif dans les cent vingt-sept provinces de l'Empire perse? « Quiconque honore la Loi, avait dit Rabbi Yossé, sera lui-même honoré. Quiconque la profane sera déshonoré. »

A soixante-dix ans, Lazare s'était remarié avec une petite cousine de son épouse très chère Déborelé. Saralé, qui n'avait pas quarante ans, lui avait donné un autre fils, Meir-Ikhiel, à qui il avait enseigné le métier d'imprimeur, dans un petit atelier qu'il avait monté lui-même à la demande du rabbin Itché-Meir Alter. L'atelier s'était développé, et le rabbin l'avait vendu à Mordekhaï Zisberg, un Juif de bien, qui en avait fait l'une des plus importantes imprimeries de Varsovie. Et voici que Meir-Ikhiel venait d'épouser la fille de ce Mordekhaï Zisberg, lequel, ainsi que le prévoyait le contrat de mariage, avait aussitôt fait de son gendre son associé. Lazare en était tout heureux : il était bien temps qu'un Halter soit maître chez soi.

Ce fils tardif que Dieu avait donné à Lazare, et qui était plus jeune que certains de ses petits-enfants, était un homme pieux et lettré, même si l'on devinait en lui quelque chose d'insaisissable, et pour ainsi dire de profane. Mais il était là, et consolait ses vieux jours.

Lazare recevait parfois des nouvelles de ses petits-fils, dont l'un, fils de David, boulanger à Sampolna, avait gagné avec toute sa famille Liverpool, en Angleterre. Aux dernières nouvelles, il se disposait à embarquer pour l'Australie ou pour Winnipeg, au Canada. Meir-Ikhiel avait montré à Lazare où se trouve le Canada, un peu plus haut sur la carte que les États-Unis d'Amérique. Mais Lazare comprenait mal pourquoi il fallait aller plus haut, quand un peu plus bas convenait aussi bien.

Son autre fils, Jonas, et le fils de Jonas, Gerson, vivaient, eux, à Londres, et écrivaient une fois l'an. Ce Gerson, qui était chantre dans une synagogue, lui avait envoyé une photo de lui : un homme avenant, à la barbe taillée, coiffé d'un chapeau haut de forme, les mains posées sur le dossier d'une chaise. Lazare l'avait contemplée pendant des heures. Un chantre dans la famille, qui l'eût cru?

Il n'avait jamais réimprimé le Livre d'Abraham, se contentant d'ajouter à la main des noms des nouveaux enfants sur le cahier de douze pages qu'il y avait collé cinquante ans plus tôt. Pourquoi? Il ne le savait pas lui-même. Aucun de ses enfants et petits-enfants ne s'était soucié d'en avoir un exemplaire. Pourtant, n'en aurait-il pas fallu au moins un dans cette lointaine Amérique? Seul l'Éternel connaît celle de Ses semences qui donnera des fruits. Gardien de la mémoire familiale, Lazare en demeurait l'unique rempart contre l'oubli, celui qui jetait un pont entre hier et demain, il était l'indispensable, il était le lien entre l'ascendance et la descendance, il était le présent, il était la vie. Tant qu'il serait utile, pensait-il, l'Ange à la faux l'épargnerait.

Ce jour de l'année 5641 * après la création du monde par l'Éternel – béni soit-Il! –, les chrétiens de Varsovie célébraient Noël. L'église Sainte-Croix, dans la rue du Faubourg de Cracovie, était emplie de fidèles. Au beau milieu de l'office, une voix cria : « Au feu! » Les fidèles s'affolèrent, se précipitèrent vers les portes. Dans la bousculade effroyable qui s'ensuivit, vingt-neuf personnes moururent piétinées. Des gens, inconnus du curé de Sainte-Croix, accusèrent les Juifs : qui avait pu crier « Au feu! » sinon ces Juifs qui avaient fait crucifier le Christ? Torche en main, des groupes d'exaltés se lancèrent aussitôt à l'assaut des rues juives. Des boutiques flambèrent, la synagogue de la rue Nalewki fut saccagée.

Lazare s'y était rendu comme chaque soir dire la prière. Les Polonais rattrapèrent dans la rue le très vieil homme qui ne pouvait pas courir et lui assenèrent un coup de gourdin sur le crâne.

La neige éclata dans les yeux de Lazare, le sang gicla de sa bouche. Mais il croyait tant à la vie qu'il ne mourut pas tout de suite. Meir-Ikhiel, accouru, le ramena chez lui. Lazare eut encore le temps de lui confier le Livre d'Abraham avant que l'Ange à la faux ne l'accompagne au ciel et ne le remette aux chérubins qui gardent l'entrée du paradis.

* 1881.

XLIII

Varsovie
OLGA

Zlata, l'épouse de Meir-Ikhiel, l'exhortait à se méfier de ces prétendus cercles littéraires, qui passaient soit pour des lieux de débauche, soit pour des hauts lieux révolutionnaires – la police du tsar ne venait-elle pas justement d'arrêter dans un cercle littéraire tous les dirigeants du parti socialiste Proletariat? Mais Meir-Ikhiel avait été invité à une de ces soirées par un éditeur d'Odessa venu visiter l'imprimerie, et il n'imaginait pas pouvoir se dérober. D'ailleurs, l'éditeur, un certain Plotnitzki, n'avait l'air ni d'un libertin ni d'un terroriste.

Rue Leszno, pourtant, il hésita avant de frapper. La porte s'ouvrit. Une femme âgée l'accueillit en russe. Il demanda M. Plotnitzki. Il resta dans l'antichambre jusqu'à ce qu'arrive l'éditeur, bras tendus, avec son drôle de sourire qui cassait sa moustache blonde comme un accent circonflexe sur sa bouche en O :

– Enfin, dit-il, enfin!

Il lui serra la main et l'entraîna aussitôt vers la vaste pièce voisine, où une dizaine de personnes, entre vingt et trente ans, se tenaient dans un coin, serrées les unes contre les autres, sur un divan et quelques chaises. Lui-même s'assit sur un tabouret. On lui demanda s'il parlait russe, il répondit que oui, et il écouta.

Presque tous ces gens étaient des « Litvaks », des Juifs de Lituanie venus sans doute chercher du travail à Varsovie. Ils s'entretenaient de la nécessité de créer un cercle d'études pour les ouvriers et de fonder une bibliothèque où l'on pourrait se procurer les livres interdits par la censure : Marx, Lassalle, Plekhanov, Herzen...

– C'est par l'étude que la classe ouvrière prendra conscience de sa situation et de ses véritables forces, affirmait l'un.

— Mais il n'y a pratiquement pas d'ouvriers en Russie, fit remarquer un jeune homme en rougissant. Seulement des paysans...

— Mais le nombre des ouvriers est en progression, selon Plekhanov!

— Ouvriers ou paysans, il faut aller au peuple! scandait un troisième.

Meir-Ikhiel se sentait mal à l'aise. Pourquoi Plotnitzki l'avait-il invité? Pourquoi ces gens s'intéressaient-ils au sort des ouvriers de Russie? Il y avait aussi deux femmes : outre celle qui lui avait ouvert la porte, une jeune femme, aux yeux très bleus, et dont les cheveux blonds n'étaient pas recouverts d'un foulard : elle n'était donc pas juive.

— Que pense de tout cela notre imprimeur? demanda soudain Plotnitzki.

— Hmm! fit Meir-Ikhiel. Je ne connais pas très bien la question... Quel est le peuple dont vous parlez?

— Les ouvriers juifs, répondit la femme âgée.

Meir-Ikhiel fut surpris. La jeune femme le contemplait d'un air étonné, comme si elle venait soudain de découvrir sa présence. Il semblait à Meir-Ikhiel que personne ne l'avait regardé auparavant.

— Et comment allez-vous vous adresser à eux? Dans quelle langue?

— Eh bien! en russe.

— Alors vous ne toucherez pas les Juifs de Pologne. Prenez ces trois cents ouvrières qui font grève actuellement dans l'usine de tabac de Bonifraterska. Allez donc leur parler en russe de Marx et de Plekhanov!... Sans le yiddish, vous resterez des étrangers à Varsovie...

Un homme jeune, très soigné, un foulard rouge au cou, se porta légèrement en avant :

— Mais il n'existe aucun document en yiddish!

— Alors il faut commencer par en fabriquer, répondit Meir-Ikhiel.

— Et vous, vous les imprimerez, n'est-ce pas! lança l'autre en ricanant.

Meir-Ikhiel se leva :

— Je dois rentrer. On m'attend.

Il se dirigea vers la porte, et Plotnitzki le rejoignit dans l'entrée :

— Je suis très heureux de votre visite. Ce que vous avez dit va les faire réfléchir. Ils sont généreux, mais n'ont aucune expérience.

Il posa sa main sur l'épaule de Meir-Ikhiel :
— Comment les trouvez-vous?
Meir-Ikhiel était très ennuyé :
— Le Messie ne viendra pas de sitôt! dit-il.
— Que voulez-vous dire?
— Le Talmud nous enseigne que le « fils de David ne viendra qu'au cours d'une génération soit tout à fait vertueuse, soit tout à fait mauvaise »...
— Et, selon vous, ils ne seraient ni l'un ni l'autre? Vous vous trompez, mon ami. C'est une génération magnifique... D'ailleurs, c'est la vôtre!

Il faisait son drôle de sourire circonflexe. Meir-Ikhiel retourna lentement chez lui, se demandant pourquoi il avait fait preuve de cette méchante humeur. Au fond, il savait bien que c'était à cause de la jeune femme blonde, mais il ne voulait pas se l'avouer.

Les jours suivants, son beau-père étant légèrement souffrant, il dut travailler double à l'imprimerie, et s'efforça d'oublier.

Meir-Ikhiel aimait son métier, à moins que ce ne fût son atelier. Les heures qu'il y passait étaient des heures heureuses. Les ouvriers, tous des hassidim barbus, la calotte sur la tête, le chapeau sur la calotte, le corps pris dans des lévites serrées à la taille par de longs foulards, se balançaient au-dessus des cassetins comme sur des livres de prières. L'un ou l'autre entonnait parfois une mélodie hassidique aussitôt reprise par les autres. Ils travaillaient bien, avec conscience, car ils savaient qu'« une bénédiction ne resplendit que sur le travail des mains de l'homme ». Quant à Meir-Ikhiel, il aurait pu ajouter en ces jours-là : « Car le travail fait oublier le péché », ainsi qu'il est dit dans le Traité des Pères.

Pourtant, c'est à l'imprimerie que la jeune femme blonde vint le relancer. Un après-midi elle entra dans l'atelier. Les ouvriers, qui chantaient, se turent brusquement, comme si elle avait de la main coupé le fil de leur mélodie hassidique. Choqués par l'apparition d'une femme sur leur lieu de travail, ils se détournèrent et firent comme si elle n'était pas là. Meir-Ikhiel alla vers elle comme à regret.

— Bonjour, dit-elle. Je comprends que je dérange.
— C'est que...
— A quelle heure sortez-vous?
— A six heures, à sept heures, c'est selon...
— Je vous attendrai dans la rue. Je tenais à vous dire que, l'autre soir, c'est vous qui aviez raison.

Déjà elle tournait les talons.

Ce jour-là, on travailla tard. Quand les machines se turent, les typographes se lavèrent les mains et les avant-bras, ouvrirent leur siddour et dirent comme d'habitude la prière du soir ensemble. Meir-Ikhiel resta le dernier, puis sortit enfin.

Elle l'attendait à quelques pas de là et vint vers lui :

— Excusez-moi, dit-il, mais...

— Aucune importance. Je ne me suis pas ennuyée, Meir. J'aime regarder vivre les Juifs. Ils y mettent une telle hâte! Ont-ils du temps à rattraper ou essaient-ils d'avancer le temps?

— Sans doute les deux. Comment vous appelez-vous?

— Mon nom est Olga. Ou Vera, cela dépend.

— Cela dépend?

— Vera est l'héroïne du roman de Tchernychevski, *Que faire?*, vous l'avez lu?

— Non.

Immobiles au milieu des deux courants qui se croisaient dans la rue, ils gênaient le passage, et se mirent à marcher dans la direction du jardin Krasinski.

— Meir, dit-elle, mon oncle m'a chargée de...

— Votre oncle?

— Plotnitzki, l'éditeur. Il a fait traduire des textes en yiddish et vous fait demander si vous accepteriez de les imprimer.

— Des textes?

Ils arrivaient à l'entrée du jardin.

— Vous n'y êtes pas obligé, vous savez. Il s'agit de littérature dite subversive. Ce peut être dangereux. Si vous voulez bien les lire, je vous les apporterai demain. Sinon, nous n'en parlerons plus.

Meir-Ikhiel était un homme marié de vingt-sept ans, dirigeant avec son beau-père une imprimerie importante, et son épouse Zlata lui avait donné trois enfants. Il était intelligent, loyal, rapide dans ses décisions, s'efforçant d'être juste. Mais devant cette jeune femme, Olga, ou Vera, qui coupait son nom en deux, lui demandait de risquer la prison et se promenait tête nue, il avait le sentiment de n'être plus personne. Il la regarda et se noya un moment dans l'eau profonde de ses yeux. Quand il en revint, elle lui disait au revoir :

— A demain, Meir. Je vous attendrai comme aujourd'hui.

Le lendemain, Plotnitzki apporta les textes à l'imprimerie. Occupé avec un libraire de Lublin venu commander un recueil de prières, Meir-Ikhiel ne put lui consacrer beaucoup de temps, mais Plotnitzki, qui partait le jour même pour Dantzig, promit de revenir dès son retour.

L'après-midi s'étirait interminablement. Distrait, maladroit, incapable de travailler, Meir-Ikhiel se répéta plusieurs fois le psaume : « Je fixe constamment mes regards sur le Seigneur ; s'Il est à ma droite, je ne chancellerai pas. » Et, avant de quitter l'atelier : « Protège-moi, ô Dieu, car je m'abrite en Toi ! »

Il pleuvait des cordes. Meir-Ikhiel remonta le col de son caftan et chercha Olga des yeux. Elle n'était pas là.

— *Handl ! Handl !* Des affaires à faire, des affaires ! appelait un infirme sous un porche.

— Vieux *halès !* Vieux pains ! J'achète ! clamait une grosse femme sous un parapluie.

L'eau coulait dans le cou de Meir-Ikhiel, il avait les pieds trempés. Furieux contre lui-même, il se décida à rentrer. Et à ce moment-là, à travers le rideau de pluie, il la vit, trempée elle aussi, essoufflée :

— Vous êtes en retard ! grommela-t-il.

Elle le regarda attentivement, comme si elle voyait jusqu'au fond de son âme.

— Venez, dit-elle.

— Où cela ?

— Peu importe. Chez moi si vous voulez... Ne me regardez pas ainsi, Meir. Nous n'allons pas marcher toute la nuit sous la pluie.

Ils reprirent la direction du jardin Krasinski. Là ils s'arrêtèrent, comme la veille. Olga, comme si cela était convenu depuis toujours, s'appuya alors à lui, et, à travers les vêtements trempés, il sentit la souplesse de son corps. Puis ils marchèrent encore, et, au carrefour de la rue Tlomackie, il héla un fiacre.

Olga louait une chambre dans un hôtel situé au-delà du quartier juif, allée Jerozolimska. Les rues, les trottoirs, les maisons, tout paraissait plus large, plus neuf, mieux éclairé. La pluie était la même, mais son odeur avait changé. Devant l'hôtel, elle prit le bras de Meir-Ikhiel. Deux policiers russes en faction se retournèrent sur leur passage, mais le gardien, occupé à verser de l'eau-de-vie dans une tasse ébréchée, ne fit pas attention à eux.

La chambre était minuscule. Un lit jaune, une chaise, une commode en occupaient tout l'espace. Olga tira les lourds rideaux jaunes puis disparut derrière un paravent qui coupait un coin de la pièce.

— Meir ! appela-t-elle.

— Oui.

— Parlez-moi de vous !

— Hmm!...

Olga apparut vêtue d'une large robe paysanne, les épaules couvertes d'un gros châle rouge.

Elle le regarda; il se tenait immobile au milieu de l'espace disponible, s'égouttant lentement sur le parquet.

— Meir, dit-elle, vous devriez vous changer.

Il se sentit rougir. L'impudeur de cette Russe n'avait pas de bornes.

— Il faudrait que je parte, dit-il.
— Pourquoi?
— Parce que c'est un péché.
— Mais tout le monde fait des péchés, Meir! Votre père en a sans doute fait, et votre grand-père, et votre arrière-grand-père...
— Mon grand-père, oui, c'est connu dans la famille.
— Racontez, Meir. Allez derrière le paravent et passez cette pelisse de mon oncle. Je ne vous regarderai pas.

Meir-Ikhiel raconta ce qu'il savait des aventures de Berl poursuivi par son épouse de Zolkiew à Strasbourg en passant par Königsberg et Paris. Olga riait. Quand il quitta l'abri du paravent, vêtu d'une énorme pelisse noire, elle rit gentiment:

— On ne voit pas, dit-elle, où finit la fourrure et où commence la barbe!

Puis elle se leva et vint contre lui.

— Vous tremblez, Meir? N'ayez pas peur.

Ils entendirent sonner minuit. Ils étaient allongés côte à côte. Meir-Ikhiel soupira profondément, et elle posa la main sur sa poitrine nue, comme on calme un enfant malheureux.

— J'ai toujours entendu dire que les Juifs sont de bons amants, dit-elle. Je pourrai le confirmer à l'occasion.

Meir-Ikhiel était à la fois gêné et flatté:

— Pourquoi les Juifs seraient-ils de bons amants?
— Parce qu'ils récitent des psaumes pendant l'amour, m'a-t-on dit, et qu'ainsi ils peuvent faire l'amour toute la nuit.

Il était terriblement embarrassé.

— Croyez-vous en Dieu, Meir? demanda-t-elle.
— Oui.
— Vous croyez qu'Il a créé l'homme?
— Oui.
— Et qu'Il l'a créé bon?
— S'Il avait créé tous les hommes bons, le Messie serait déjà venu, et l'Histoire serait accomplie depuis longtemps.

Olga s'assit dans le lit.

— Et a-t-Il créé un remède contre le Mal?

— Sa Loi.

— Est-elle la même pour tous?

— Bien sûr. Le Talmud explique que si Dieu a voulu que tous les hommes descendent du même homme, Adam, c'est pour qu'aucun ne puisse dire, pour en tirer un avantage, que son aïeul était là le premier.

Elle rit :

— Votre Dieu est donc contre le tsar! Je comprends maintenant pourquoi Plekhanov dit que les Juifs sont l'avant-garde de la révolution... Avez-vous lu le *Manifeste* de Marx et Engels?

— Non.

— Marx était juif pourtant!

— Il suffit de naître juif pour être haï des antisémites, mais cela ne suffit pas pour être juif.

— Que faut-il de plus pour être juif?

— Respecter la Loi, aimer la justice et suivre tous les Commandements.

— Mais vous venez de dire que la Loi est la même pour tous...

— Oui, mais si un Russe la viole il reste russe, tandis que le Juif cesse d'être juif.

— Vous, Meir, la respectez-vous?

— Oui, je respecte la Loi. Parfois, je transgresse, hélas, un ou deux Commandements.

— Comme aujourd'hui?

— Oui.

— Alors, aujourd'hui, vous avez cessé d'être juif?

— Non, mais aujourd'hui, je suis devenu un mauvais Juif.

Elle vint se nicher contre lui, sous la couverture, de toute sa peau :

— Vous me désirez encore?

— Ne parlez pas ainsi! supplia-t-il.

— Meir, il faut que vous nous aidiez. Il faut que les Juifs comprennent le sens de notre combat. Pour cela il faut imprimer et diffuser des tracts, des brochures en yiddish. Vous nous l'avez expliqué vous-même. Quand les Juifs bougeront, tout le monde suivra. Ils sont comme la première vague de l'Océan.

— Pourquoi les Juifs bougeraient-ils les premiers?

— Eh bien! Meir, mais parce qu'ils y ont plus à gagner que quiconque. Ils sont deux fois opprimés, comme travailleurs et comme Juifs. Et puis...

Elle prit dans ses mains le visage de Meir-Ikhiel et, malgré l'obscurité, il sentit qu'elle le regardait comme l'après-midi, jusqu'au fond de l'âme.

– ... Et puis, ils défendent la Loi!

Meir-Ikhiel imprima sous forme de tracts et d'affichettes les textes en yiddish qu'avait apportés Plotnitzki. Deux inconnus vinrent, au nom de « Vera », en prendre livraison et en acquittèrent la facture : Meir-Ikhiel devait en effet fournir la justification des heures de travail et du papier utilisé, car son beau-père faisait les comptes tous les vendredis.

Trois fois encore Olga était venue le prendre à la sortie de l'atelier, et trois fois il avait passé la nuit à l'hôtel Jerozolimska. Quand il rentrait chez lui, le matin, Zlata ne disait rien, et c'était bien plus affreux que si elle avait crié, pleuré, ameuté le voisinage, comme on entendait parfois faire, dans les cours, les épouses trompées. Il ne savait pas ce qui lui arrivait, Meir-Ikhiel, mais quand les ouvriers, à l'atelier, commencèrent à lui tourner le dos et à cesser de chanter dès qu'il s'approchait d'eux, il comprit que cette situation ne serait pas vivable encore longtemps. Il se sentait pourtant dans l'incapacité d'y rien changer.

Et puis, un jour elle ne vint pas. Il attendit jusqu'à la nuit. Le lendemain, il attendit encore, en vain. Il courut jusqu'au cercle littéraire de la rue Leszno, mais la porte était close. Il pensa que les Litvaks avaient été arrêtés. Il alla frapper chez un cousin, Itzik, un voleur et un indicateur de police, la honte de la famille – on ne le voyait que pour la Pâque, et encore le mettait-on au bout de la table, sans lui causer.

– Meir-Ikhiel! *Baroukh haba!*

C'était un petit homme jovial qui portait une dent de métal sur le devant et vivait avec une grande femme maigre, Hadassah :

– Que nous vaut le plaisir?

Meir-Ikhiel ravala son honneur et demanda à Itzik s'il pouvait user de ses relations pour savoir si une certaine Olga Plotnitzki avait été arrêtée. Hadassah, occupée à cuisiner, leur tournait le dos, mais elle écoutait avec attention. Elle les regarda brusquement :

– C'est une pute? demanda-t-elle.

Elle faisait en une fois payer tout ce que la famille lui avait fait subir depuis des années. Meir-Ikhiel rougit violemment :

– C'est... C'est une cliente, dit-il.

Et il s'enfuit.

Itzik vint le lendemain à l'imprimerie. Olga Plotnitzki, dit-il, se trouvait rue Gesia, à la grande caserne récemment transformée en prison. Il portait sous le bras une canne à pommeau d'argent. Meir-Ikhiel le regarda avec attention, se demandant comment le mal se met en quelqu'un – puis il eut honte.

Rue Gesia, le brigadier russe qui reçut Meir-Ikhiel empestait le mauvais alcool. Il était installé dans une sorte de cage grillagée.

– Que veux-tu, Juif? demanda-t-il d'un ton las.

– Je cherche une amie, Olga Plotnitzki.

Le brigadier attrapa une liasse de procès-verbaux.

– Voyons voir. Comment s'appelle la personne que tu cherches?

– Olga Plotnitzki.

– Plotnitzki... Plot-ni-tzki...

Meir-Ikhiel, à travers le grillage, suivait l'ongle jauni par le tabac qui parcourait des listes.

– Qui es-tu, toi? demanda le brigadier.

– Un ami.

– Un ami? Voyons cela. Quel est ton nom?

– Halter.

– Et que fais-tu?

– Comment?

– Quel est ton métier? Fabricant? Bedeau? Boutiquier?

– Je suis imprimeur.

Le brigadier cessa de regarder sa liste et leva sur Meir-Ikhiel des yeux noyés.

– Imprimeur, voyons cela. Tiens, écris ton nom sur ce papier.

Il glissa sous le grillage une feuille que Meir-Ikhiel reconnut immédiatement. C'était une des affichettes en yiddish qu'il avait imprimées : APPEL AU PEUPLE JUIF. Il sentit ses joues s'enflammer et, en même temps, son cœur se décrocher de sa poitrine.

– Écris ton nom et ton adresse! répéta le brigadier en poussant vers lui un encrier et une plume.

Meir-Ikhiel s'exécuta. Le brigadier attrapa la feuille, la contempla avec complaisance, puis dit :

– Ton amie a été renvoyée chez elle, à Odessa. Elle y fera un an de prison pour menées subversives... Au revoir, Juif. N'imprime pas n'importe quoi!

Deux jours plus tard, la police vint chercher Meir-Ikhiel à l'imprimerie. On produisit l'affichette sur laquelle il avait mis son nom. Il fut inculpé d'atteinte à l'ordre public et condamné à cinq ans d'exil. Tout cela dépassait Meir-Ikhiel – que les péchés se payaient donc cher! Mais il n'en crut pas ses oreilles quand il entendit le juge lire d'une voix monocorde une liste des villes où il pouvait choisir de passer ces cinq années : Kiev, Berditchev, Odessa...

– Odessa! dit-il avec soulagement.

Zlata ne voulut pas entendre parler de rester à Varsovie chez son père avec ses trois enfants. Elle suivrait son époux à Odessa, et en Sibérie s'il le fallait. Pour elle, c'était la même chose : un exil est un exil. Leur dernier soir à Varsovie, elle servit à table une soupe chaude faite d'orge, de champignons et de haricots cuits dans la graisse, le repas préféré des enfants :

– Mangez! leur dit-elle. Reprenez-en. Nul ne sait si vous en aurez d'autre.

C'est à peine si Meir-Ikhiel y goûta. Alors qu'il quittait le tribunal, avec l'ordre de se tenir prêt pour le surlendemain, un mendiant l'avait tiré par la manche pour l'entraîner dans un recoin où l'attendait le jeune homme au foulard rouge qu'il avait rencontré au cercle littéraire. Celui-ci, l'œil aux aguets, lui avait remis un paquet gros comme deux livres, mais bien plus lourd :

– C'est pour Plotnitzki, avait-il dit en vitesse. Quelqu'un viendra le chercher à Odessa.

– Mais...

– Vous ne risquez rien. La police vous escortera. Vive la révolution!

Et Meir-Ikhiel s'était soudain retrouvé seul. Il avait caché le paquet sous sa redingote. Rentré chez lui, il l'avait rangé avec ses livres et, le lendemain, placé dans la grande malle bourrée de vêtements et de casseroles, avec le Livre d'Abraham.

A l'heure convenue, deux policiers se présentèrent. Ils l'accompagnèrent à la gare avec son épouse et leurs trois enfants. Un gros porteur juif les précédait, trimbalant la malle sur son dos et se frayant un chemin à coups de cris brefs qui ressemblaient à des aboiements. Tous les voisins étaient dans la rue, immobiles, le visage fermé. Leur réprobation s'adressait sans doute autant aux policiers qu'à Meir-Ikhiel, ce pécheur, qui couvrait de honte sa famille, sa belle-famille, ses voisins et peut-être bien le peuple d'Israël dans son entier.

Sur le quai, les policiers rôdaient partout. Les deux gardiens de Meir-Ikhiel le firent monter dans un wagon où un autre policier, un petit blond, avait réquisitionné deux banquettes.

Meir-Ikhiel se demandait à quel moment on allait lui demander d'ouvrir la malle. Pourquoi avait-il accepté de transporter ces tracts? Pour ne pas avoir l'air de se dérober? Pour revoir Olga? Parce qu'il croyait à cette révolution? Tout se mêlait sans doute. Il se dit qu'il en était souvent ainsi quand on croyait choisir.

Les policiers échangèrent des papiers. Le gros porteur déposa la malle près de la fenêtre avec des ahanements de bûcheron.

Meir-Ikhiel, pris de panique, dit la prière du voyage : « Que nous fassions route en paix, et que nous arrivions en paix, en bonne santé et en joie au bout de notre voyage! »

– Amen! répondirent Zlata et les enfants.

Les policiers regardaient la malle, se demandant peut-être s'ils avaient le temps de la faire ouvrir. Tout à trac, Meir-Ikhiel enchaîna sur les mots qui lui vinrent à l'esprit :

– « Puisse l'appel de ces noms que j'inscris, et que d'autres inscriront après moi dans ce livre, déchirer le silence et, du fond du silence, réparer l'irréparable déchirure du Nom. Saint, Saint, Saint, Tu es l'Éternel! »

– Amen! répondirent à nouveau Zlata et les enfants.

A ce moment, on entendit le hurlement de l'employé de gare longeant le wagon :

– Les voyageurs pour Lublin, Chelm, Kowel, en train s'il vous plaît! Les voyageurs pour Lublin, Chelm...

Les deux policiers qui avaient accompagné Meir-Ikhiel quittèrent le wagon. Le petit policier blond évaluait du regard les voyageurs qu'il était chargé de livrer à Odessa. Il se suçait les dents avec des bruits déplaisants. Puis il se décida et récita :

– Tout contact pendant le voyage, ou toute tentative de contact, avec des éléments révolutionnaires transformerait ton exil de cinq ans en travaux forcés à perpétuité.

Les enfants, terrifiés, regardèrent leur père. Celui-ci leur sourit pour les rassurer, puis porta son regard vers le quai : un nuage de vapeur lui cachait la foule. On entendit un halètement puissant et le train s'ébranla lentement.

Voyage interminable de plus de mille kilomètres, avec un changement de train à Kowel. Meir-Ikhiel observait sa famille : Zlata, qui fouillait dans le panier d'osier où elle emportait de quoi boire et manger, ses deux fils, Abraham, qui allait avoir quatorze ans, Youdl, dix ans, et sa fille Léa, neuf ans. Il les considérait et tentait de reconstituer la chaîne des événements qui les avait conduits jusqu'ici, dans ce compartiment glacial, en route pour l'exil. Et il comprit soudain avec terreur que ce qu'il transportait dans la malle pouvait les jeter tous en prison. Aurait-il dû refuser pour autant? Et si le contenu du lourd paquet était destiné à faire avancer la cause de la justice dans le monde? Abraham sourit à son père. Meir-Ikhiel aimait bien Abraham, son aîné, mais à cause de cela, justement, s'occupait davantage des deux autres. Il lui sourit en retour. Abraham savait-il, pour Olga? Tout le quartier avait bavardé.

Le train n'avançait pas vite; il fallait de temps en temps dégager la neige qui s'accumulait entre les rails. Les enfants dormirent. Quand Léa s'éveilla, elle se plaignit d'avoir mal à la gorge. Le policier, qui suçait toujours ses dents, retira de son manteau un flacon plat :

— Donnez-en à la petite. C'est de l'eau-de-vie. Ça tue le mal.

Meir-Ikhiel prit le flacon.

— Servez-vous au passage, proposa le Russe.

Pour ne pas le désobliger, Meir-Ikhiel avala une gorgée qui lui brûla l'estomac. Zlata fouilla dans le panier d'osier, en sortit un gobelet qu'elle tendit à son époux :

— Tiens, dit-elle sèchement en yiddish, ne bois pas comme un Polonais!

Meir-Ikhiel versa quelques gouttes d'alcool et offrit le gobelet à Léa, qui y trempa les lèvres et grimaça :

— Ce n'est pas bon!

Le policier se suça les dents :

— On s'habitue, mon cœur, on s'habitue!

L'angoisse de Meir-Ikhiel s'engourdit peu à peu, bercée par le mouvement régulier du train, pour renaître soudain quand le convoi ralentit et s'arrêta à Kowel. L'étroit passage entre les bancs s'emplit brusquement de voyageurs, de caisses, de cageots de volailles, de balluchons, et Meir-Ikhiel, qui voulait appeler un porteur, dut laisser tout ce flot s'écouler devant lui.

— Vas-y, dit le policier, je garde la famille.

Meir-Ikhiel descendit sur le quai; il remarqua un nombre important de soldats à l'air particulièrement vigilant. Dans les épaisses bouffées de vapeur que soufflait la locomotive, des gens se cherchaient, se perdaient, s'embrassaient, s'appelaient.

— Tu cherches un porteur, *barine*?

Meir-Ikhiel se retourna d'un bloc. Un gros homme court sur pattes le regardait attentivement.

— N'aie pas peur, barine, dit-il.

— Peur?

— Je sais reconnaître la peur quand je la vois. Mais ne t'inquiète pas.

— Tu es juif? demanda Meir-Ikhiel à cet homme gros comme un ours qui était, en effet, plutôt rassurant.

— Juif? Dieu m'en préserve! Je suis tzigane, et ça suffit dans la vie d'un homme.

— J'ai une grosse malle dans ce wagon.

— On y va, barine. Pour quelle direction?

— Odessa.

Le porteur fit un long « Ah! » de désir :

— Une merveille, Odessa, un paradis, barine! J'ai un cousin, là-bas, porteur lui aussi. Il s'appelle Vania. Tu le reconnaîtras : quand tu le verras, tu croiras me voir! C'est pratique. Tu lui donneras le bonjour de son cousin de Kowel... Un Tzigane, barine, il vaut mieux l'avoir avec soi que contre soi!

— Et toi, comment t'appelles-tu?

— Vania aussi, barine. Comme ça, on ne risque pas de se tromper!

Le porteur chargea la malle sur son dos et, le policier blond surveillant le cortège, on monta dans le train d'Odessa, plus confortable avec ses compartiments. Celui qu'ils choisirent pour s'installer était déjà occupé par une grosse dame joviale. Le porteur, qui avait vu qu'un policier accompagnait Meir-Ikhiel, lui fit un clin d'œil et lui glissa :

— Ne t'inquiète pas, barine!

Deux fonctionnaires de la police politique, l'Ochrana, procédant à la visite du train, s'arrêtèrent dans le compartiment, échangèrent des papiers avec le jeune policier blond et regardèrent la malle :

— Qu'avez-vous là-dedans?

— Des vêtements, dit Meir-Ikhiel.

— Des casseroles, ajouta Zlata. Quand on part pour cinq ans, on est bien obligé.

— Ont-ils parlé à quelqu'un depuis Varsovie? demandèrent-ils au policier blond.

— Non, sauf à ce porteur. Je ne les ai pas quittés.

— Bon voyage!

Le cœur de Meir-Ikhiel se remit à battre.

« Odessa-Odessa-Odessa », semblaient battre les roues sur le métal des rails. Léa toussait. Après une nuit de voyage, Meir-Ikhiel avait l'impression que ses articulations étaient gelées. La grosse dame, qui gloussait à tout propos, se leva comme le train ralentissait. Elle retomba aussitôt sur les genoux du policier et s'esclaffa :

– Dans un train, on se trouve toujours, à un moment ou à un autre, sur les genoux de quelqu'un!

Le convoi immobilisé, Meir-Ikhiel demanda au policier la permission d'aller chercher du *kipiatok*, de l'eau chaude, distribuée dans les gares.

– Je te suis, dit le policier.
– Je garderai la malle, père, dit Abraham.

Zlata en profita elle aussi pour descendre avec les deux petits : ils n'avaient pas marché depuis le changement de train, la veille à Kowel. Une queue s'était déjà formée devant le robinet. Des hommes, des femmes, le visage rougi par le froid, tapaient du pied sur le sol gelé. Meir-Ikhiel emplit la théière et revint dans le compartiment, où chacun à son tour reçut son gobelet de thé chaud – ils en offrirent au policier, puisque la veille il avait eu la gentillesse d'offrir de son eau-de-vie.

La plaine blanche fit place peu à peu à des étendues brunes. Par endroits, le ciel jusqu'alors uniformément gris s'ouvrait et laissait filtrer du bleu.

La gare d'Odessa était petite mais animée. C'était une bâtisse d'un étage décorée de drapeaux en l'honneur d'une délégation de Saint-Pétersbourg. Meir-Ikhiel chercha en vain sur le quai Vania le Tzigane. Le policier blond appela deux de ses collègues, qui s'emparèrent de la malle, tandis qu'Abraham soulageait sa mère du panier à provisions. Tout le monde se rendit au commissariat de la gare, une minuscule pièce surchauffée, où quelques hommes étaient assis en rond autour d'un samovar. Contre une décharge, le policier blond remit les prisonniers à l'officier de service.

– Où comptez-vous habiter? demanda celui-ci, un petit homme au visage plat.

– Je ne sais pas encore. Je vais m'adresser à la communauté juive.

Le major ricana :

– Adressez-vous plutôt à Brodsky, il possède un tiers d'Odessa!... Et où travaillerez-vous?

– Je ne sais pas non plus. Je suis imprimeur. Je chercherai. Je connais l'éditeur Plotnitzki.

– Ouvrez votre malle!

Meir-Ikhiel se pencha sur la baguette qui maintenait le couvercle. « Maître de l'univers... » pensa-t-il. Le couvercle grinça. Meir-Ikhiel fermait les yeux. Quand il les ouvrit, il vit un policier courbé sur la malle, occupé à fouiller. Le paquet avait disparu. « Maître de l'univers, loué sois-Tu qui viens au secours de l'opprimé à l'heure de l'inquiétude... » Le policier saisit le Livre d'Abraham, le tendit au major de police qui le feuilleta rapidement et le relança dans la malle :

— C'est un livre de prières, imbécile!

A ce moment la porte s'entrebâilla, et apparut une tête brune surmontée d'un fez. C'était, à ne pas s'y tromper, le Vania d'Odessa annoncé par le Vania de Kowel. Il entra :

— Mais ils sont là, mes clients! Et moi qui les cherche à travers toute la gare! J'espère que vous ne leur faites pas d'ennuis, chef! Ce sont des amis de ma famille.

Tout en parlant, il s'approcha de la malle, en referma le couvercle, et la chargea sur son dos :

— Je peux y aller, chef? demanda-t-il.

— Allez tous au diable! répondit le major de police.

Meir-Ikhiel et les siens se dirigèrent vers la porte :

— N'oubliez pas, recommanda le major, aucun contact avec la subversion! Nous vous surveillerons.

Dehors, Vania se dirigea vers les fiacres à l'arrêt et déposa la malle :

— Les fils de pute! dit-il, et il cracha par terre.

— Vous avez le bonjour de votre cousin Vania, dit Meir-Ikhiel. Mais comment savez-vous que nous arrivions?

— Le télégraphe! répondit le Tzigane. Mon cousin Vania m'a dit que vous auriez besoin... d'un bon porteur, voilà tout, barine.

Meir-Ikhiel lui donna deux pièces en argent. Le Tzigane en mordit une et sourit :

— Merci, barine! Si vous avez besoin de moi...

Vania le porteur s'éloigna avec des grâces d'ours.

Meir-Ikhiel regarda autour de lui : ils étaient seuls. Les cochers des fiacres et des calèches ne pouvaient pas les entendre :

— Écoutez-moi, dit-il aux siens. Quand nous avons quitté Varsovie, se trouvait dans cette malle un paquet qui n'y est plus. Quelqu'un a-t-il...

Abraham ne put se retenir davantage :

— C'est moi, père. J'ai bien vu que la malle vous préoccupait. Aussi, quand vous êtes tous descendus pour aller chercher du kipiatok, j'ai mis le paquet au fond du panier de mère. Pour ne pas qu'elle s'aperçoive du changement de poids, c'est moi qui l'ai porté. Voilà.

Il souriait, bavard maintenant, soulagé :
— J'ai eu peur au bureau de police. Mais heureusement Vania est arrivé.
Meir-Ikhiel regarda son fils et fut fier.

— Soyez les bienvenus, dit l'éditeur Plotnitzki en arrondissant son sourire sous sa moustache circonflexe. Bon voyage ?
— Bon voyage, dit Meir-Ikhiel, mais Léa s'est enrhumée.

Cet Abraham, fils de Meir-Ikhiel Halter, est mon grand-père. Je me souviens de lui. Je connais sa voix, son regard; il me prenait sur ses genoux pour me raconter des histoires et, au moins une fois, sans doute en 1939, il m'est arrivé de lui poser les quatre questions rituelles de la Pâque. Il m'aimait bien, je crois. C'est lui qui a demandé, à ma naissance, que je porte le nom de son père, Meir-Ikhiel, qu'un fonctionnaire polonais de la mairie traduisit par « Marek ». Son arrivée dans cette histoire m'intimide. Et pourtant, il était clair depuis le début que, comme disait le rabbin Szteinzaltz, de Jérusalem, « je finirai par me rejoindre ». A partir de maintenant, ce récit fera donc moins appel à l'imagination qu'à la reconstitution. Les albums de famille, les témoignages de cousins et d'amis, les souvenirs personnels remplaceront les fiches et les dossiers. Comme je regrette de ne pas avoir toujours prêté attention à ce que me rapportaient mes parents. Je m'étonnais même de leur besoin de raconter!

Au fait, le paquet que mon grand-père Abraham avait sauvé des fouilles policières contenait des caractères d'imprimerie hébreux pour composer des tracts et des affiches en yiddish. Il était alors interdit en Russie d'en posséder sans autorisation, et qui dit autorisation dit contrôle. C'est avec ces caractères que furent publiés les premiers appels des sociaux-démocrates russes aux ouvriers juifs de Russie.

Meir-Ikhiel et les siens étaient à Odessa, ville portuaire, *reconstruite cent ans auparavant par le duc de Richelieu, quand naquit le XXe siècle. Je sais qu'ils habitaient une maison à l'angle des rues Dolnitskaïa et Balkhovskaïa, dans une cour où vivaient des Juifs et des chrétiens. Meir-Ikhiel travaillait à l'imprimerie de Plotnitzki, place de l'Importation, dans une bâtisse d'où l'on voyait la mer.*

Fin avril de l'an 1903, on apprit à Odessa le pogrom de Kichinev. A l'annonce de quarante-neuf morts, de cinq cents blessés et de synagogues saccagées, des étudiants juifs descendirent la rue Gretchkaïa en criant : « Liberté! » L'Histoire n'a pas établi ce qui s'est exactement passé ce jour-là : il y eut fusillade, et les ouvriers de la boulangerie de Chargorod, armés de gourdins et de pelles, poursuivirent les étudiants. La chasse devint bientôt générale. Les boutiques et les maisons des Juifs étaient éventrées et pillées.

Meir-Ikhiel se trouvait alors à l'imprimerie. Il voulut rentrer chez lui mais en fut empêché par la foule. Un Juif, nommé Krougliak, propriétaire d'un entrepôt, fut tué sous ses yeux, à coups de barres de fer. Quand enfin il put atteindre son appartement, ce fut pour trouver aux fenêtres un crucifix et des icônes. La meute des forcenés qui faisait la chasse aux Juifs avait saccagé les appartements voisins mais épargné le sien. Si manifestement placé sous le signe de la croix. Intrigué, il entra. Olga était là, chez lui, avec son épouse Zlata. C'est elle qui avait eu l'idée du camouflage. L'histoire est restée fameuse dans la famille, et il nous arrive encore de dire, quand nous craignons la visite d'un indésirable quelconque : « Mettons des icônes aux fenêtres. »

Olga était sans aucun doute un curieux personnage. Si j'en crois ce que j'ai compris dans ce que me racontèrent mes parents, dès que j'ai eu l'âge d'entendre ce genre de choses, elle interrompit alors sa liaison avec Meir-Ikhiel, qu'elle remplaça dans son cœur et dans son lit par... Abraham, son fils, qui avait seize ans et était pour ainsi dire un homme. Cela dura jusqu'à ce qu'Olga, qui assumait des responsabilités dans son parti, quitte Odessa pour des tournées de propagande.

Devant la nouvelle vague d'antisémitisme qui déferlait sur l'Europe, les Juifs étaient profondément divisés. Certains voulaient partir pour l'Amérique, d'autres pour la Palestine, quelques-uns commençaient à parler d'autodéfense. Ceux-ci étaient pour la plupart des socialistes. Divisés eux aussi. Les uns, ceux du Bund, parti socialiste juif fondé à Vilna en octobre 1897 et qui rejetait à la fois l'intégration nationale et l'assimilation culturelle, défendaient le principe de la lutte révolutionnaire, ici et maintenant, en collaboration avec d'autres groupes nationaux. Les autres, les sionistes socialistes, constitués de groupes épars qui allaient, trois ans plus tard, en février 1906, et sous l'impulsion d'un théoricien, Ber Borokhov, fonder le parti Poaleï-Zion, acceptaient l'idée de la lutte révolutionnaire en Russie même, tant que les Juifs ne pourraient se rendre en Eretz-Israël qui leur était interdite par l'occupant ottoman. De ce parti, dont sortirent notamment Ben Gourion et Golda Meir, est issu le Parti travailliste israélien. Quant aux partis sionistes non socialistes, ils venaient de rejeter lors de leur VIe Congrès toute autre solution pour le peuple juif que le retour sur la terre de leurs ancêtres. Ils se retrouvèrent quatre-vingts ans plus tard dans une coalition gouvernementale sous l'égide de Menahem Begin. Meïr-Ikhiel était plutôt avec le Poaleï-Zion.

La famille regagna enfin Varsovie, après cinq ans d'exil. C'était au mois de décembre 1904. Mon grand-père Abraham avait alors dix-neuf ans. Ils avaient tous le sentiment, y compris Meïr-Ikhiel, que la révolution annoncée par les « Litvaks », au cercle littéraire, leur avait coûté cher. Mais comme aimait dire, paraît-il, mon arrière-grand-mère Zlata : « Celui qui aime les promenades en barque doit s'attendre à devoir ramer un jour. »

XLIV

Varsovie
OLGA *(suite)*

Mordekhaï Zisberg, beau-père et associé de Meir-Ikhiel, attendait le retour d'exil de celui-ci pour lui proposer une association avec l'éditeur Eisenstein, afin d'agrandir l'imprimerie. L'atelier fut établi rue Nalewki et la famille s'installa à l'étage au-dessus. Dans le quartier, on paraissait avoir oublié les frasques de Meir-Ikhiel et le malheur de Zlata. Cinq ans, ça n'est pas rien..

Mais le souvenir d'Olga demeurait présent entre Meir-Ikhiel et son fils. Celui-ci préféra mettre quelque distance. Il accepta un emploi au journal hébreu *Hatsefira,* « L'Époque », qui venait de se convertir en quotidien et cherchait des metteurs en pages. Il habitait une chambre non loin de son lieu de travail, rue Nalewki, et on ne le vit plus guère que pour le shabbat.

Varsovie avait encore changé. Des quartiers entiers étaient exclusivement habités par des Juifs; le mouvement incessant des calèches, des chariots et des tramways s'y interrompait brusquement du vendredi après-midi jusqu'au samedi soir. Il n'était pas rare de voir des cortèges syndicaux et politiques y défiler plusieurs fois par jour, drapeaux rouges en tête.

Le 23 janvier 1905, la nouvelle du massacre des innocents perpétré la veille devant le palais d'Hiver de Saint-Pétersbourg gagna Varsovie. Abraham se joignit au mouvement de grève lancé d'un commun accord par les deux partis socialistes polonais et le parti socialiste juif, le Bund. Il adhéra même au comité d'entraide chargé de la collecte de vivres pour les grévistes. Et, tandis que les patrouilles de Cosaques à cheval, des torches à la main, parcouraient les rues, Abraham et son ami David Pasirstein commentaient sans fin cette révolution en marche, au terme de laquelle commencerait le règne de la justice annoncé par Isaïe.

Quand le travail reprit, l'imprimerie de Meir-Ikhiel et de son beau-père reçut une nouvelle machine commandée en Angleterre par leur associé, l'éditeur Eisenstein : une linotype, le dernier cri de la technique, qui fondait les caractères par lignes complètes. Abraham vint la contempler en compagnie de son rédacteur en chef, Nahum Sokolov, que Meir-Ikhiel avait invité.

La linotype, installée dans une petite salle jouxtant l'atelier, était une machine imposante, composée d'un clavier, d'un composteur, d'un creuset et d'un organe de distribution. Au sommet était le magasin plat contenant les matrices de lettres. Quand l'opérateur actionnait le clavier, il déclenchait le mouvement des matrices creuses et les faisait tomber dans le composteur, où elles s'alignaient dans l'ordre demandé. Un mouvement de levier poussait alors le composteur vers le creuset où les matrices s'emplissaient de plomb fondu. Après refroidissement et démoulage, les lignes ainsi composées se présentaient les unes après les autres sur un plateau, tandis que les matrices qui avaient terminé leur office étaient saisies par l'organe de distribution, triées grâce aux crans sélectifs dont elles étaient munies et redistribuées à leur place dans le magasin.

Nahum Sokolov était enthousiasmé :

— Du temps a passé depuis Gutenberg! dit-il. Mais quel contraste avec l'atelier!

A côté, en effet, les ouvriers barbus s'affairaient autour des cassetins et des marbres, reprenaient, en se balançant comme pour la prière, le chant que lançait l'un d'eux – et il y avait, dans leur vêtement, dans leur ferveur, quelque chose qui défiait le temps.

— Cette machine sera bientôt dépassée, remarqua Meir-Ikhiel, alors que ces hommes sont de toujours.

A ce moment arriva un homme aux larges épaules couvertes d'une pèlerine, la moustache grisonnante, l'écrivain I. L. Peretz :

— *Shalom aleikhem*, Rab Meir-Ikhiel! dit-il. Tiens, monsieur Sokolov chez son concurrent! Et ce jeune homme?

— Mon fils, Abraham, dit Meir-Ikhiel.

— Imprimeur comme son père?

— Et comme mon grand-père et comme le père de mon grand-père, dit à son tour Abraham.

— *A goldenē kayt!* Une chaîne d'or! s'exclama I. L. Peretz. Vous me raconterez cela, et peut-être en ferai-je un roman. Mais je pars ce soir pour Vilna, je venais voir si vous n'auriez pas quelques chapitres de mon livre à corriger.

— Nous avons été retardés par les grèves, répondit Meir-Ikhiel. Ils seront prêts à votre retour.

— Alors je file, ma calèche m'attend. *Zeit Gezunt!* Soyez en bonne santé!

— Je pars aussi, dit Nahum Sokolov. Merci pour la visite.

Il prit Meir-Ikhiel de côté :

— Je suis content de votre fils. Un bon imprimeur. Et un bon Juif!

Il coiffa son chapeau rond et sortit. Abraham, encore impressionné d'avoir vu de si près le grand écrivain I. L. Peretz, allait le suivre après avoir salué son père quand il s'arrêta, comme pétrifié : le belle Olga se tenait dans l'entrée où Nahum Sokolov venait de disparaître.

— Le père et le fils réunis! dit-elle d'une voix enjouée.

Les deux hommes n'avaient jamais parlé d'Olga, mais chacun d'eux savait exactement à quoi s'en tenir — et aucun ne l'avait oubliée.

— Je vois que vous avez changé d'imprimerie, Meir. Celle-ci me paraît beaucoup plus spacieuse. Je cherche mon oncle, vous ne l'auriez pas vu?

Abraham fit un pas vers la porte :

— Je dois partir, dit-il.

Le vendredi suivant, Abraham arriva en retard pour le repas du shabbat. La famille était déjà installée autour de la table, en compagnie de Mordekhaï Zisberg, le père de Zlata. Abraham s'excusa, se lava les mains. Meri-Ikhiel fit la bénédiction du pain et du vin. Zlata servit le bouillon.

— Je vais me marier, annonça brusquement Abraham.

Son frère Youdl faillit recracher ce qu'il avait dans la bouche :

— *Mazal tov!* parvint-il à dire. Et avec qui?

— Rachel, la sœur de mon ami Pasirstein.

Meir-Ikhiel leva la main :

— Explique-toi! dit-il à Abraham.

— Il n'y a rien à expliquer, père. Je vais épouser Rachel Pasirstein.

— Je connais la famille, intervint Mordekhaï Zisberg. Ce sont de braves gens. Le père est un hassid du rabbin de Gur.

Meir-Ikhiel observa son fils en silence, comme s'il espérait en apprendre davantage. Puis il leva son verre :

— *Lekhaïm!* dit-il, à la vie!

Le lendemain, Meir-Ikhiel s'entretenait avec le père de

Rachel : le mariage aurait lieu au mois de mai, un mois plus tard. Mais les événements en décidèrent autrement.

Fin avril, en effet, se répandit à Varsovie une rumeur selon laquelle les autorités tsaristes allaient proclamer la mobilisation générale en Pologne : l'armée russe ne cessait de reculer devant les Japonais. Les partis révolutionnaires juifs lancèrent un appel : « N'allez pas à l'abattoir! » De nombreux jeunes gens prirent la fuite. Meir-Ikhiel souhaitait qu'Abraham et Youdl se rendent à Grodzisk, chez un cousin de Zlata, mais Abraham refusa : la fuite, dit-il, n'est pas une solution, et la police le retrouverait aussi bien à la campagne. Il préférait rejoindre ses amis qui, membres ou non d'un parti politique, s'organisaient en groupes de combat – ils n'avaient pas d'armes, mais connaissaient par cœur le mécanisme d'un Browning, d'un Mauser ou d'un Nagant.

Le 1er mai 1905, dans les rues juives les boutiques baissèrent leurs volets comme pour un Kippour. Mais, au contraire du jour du Grand Pardon, la population ne s'enferma pas dans les synagogues. Les rues s'animèrent de foules joyeuses qui se dirigeaient vers la rue Marszalkowska, où se déployaient étendards et banderoles.

Au carrefour des rues Nalewki et Tlomackie, Abraham et David Pasirstein rencontrèrent Mordekhaï Zisberg. Abraham salua son grand-père, qui frappa rageusement du bout de sa canne les pavés du trottoir :

– Toi aussi! dit le vieil homme. Mais que vas-tu faire là-bas?

– Grand-père, avez-vous jamais vu tant d'espoirs réunis?

– Espoirs!... Ce n'est qu'une explosion désespérée d'espoirs, mon garçon!

– Ne vois-tu pas, grand-père, que la révolution est imminente? Que les Juifs connaîtront bientôt la fin de leurs malheurs?

Il croyait toucher le vieil homme, mais Mordekhaï Zisberg hocha tristement la tête :

– Hmm... Je n'ai jamais entendu dire qu'on hâterait la venue du Messie à coups de drapeaux, ni même de fusils. Souviens-toi de ceci, mon garçon : « Celui qui tente de fixer une fin au monde présent n'aura aucune chance dans le monde à venir! »

– Mais, grand-père...

– Hum! fit à nouveau le vieux Mordekhaï Zisberg, tu devrais bien un de ces jours relire le Livre d'Abraham. L'histoire est un enseignement, mon garçon. Un enseignement.

Il posa sa main aux taches brunes sur l'avant-bras de son petit-fils :

— En attendant, prends garde à toi, mon garçon, et que le Maître de l'univers — béni soit-Il ! — vous protège, toi et ton ami !

Abraham et David n'avaient pas encore rejoint le gros du cortège qu'ils entendirent le bruit d'une fusillade. Près de la place du Théâtre, l'armée avait tiré. Il y avait des morts.

La grève générale fut immédiatement décrétée. A Lodz, les ouvriers juifs des filatures dressèrent des barricades. A Varsovie, les groupes de combat, Abraham en était, manifestèrent dans les rues. Quatre mois durant, les grèves succédèrent aux manifestations, et les manifestations aux grèves.

En octobre, une grève générale paralysait tout l'empire. Des révoltes éclatèrent à Saint-Pétersbourg et à Moscou. Le tsar Nicolaï II accepta un compromis : il annonça la promulgation d'une Constitution et la convocation d'un parlement, la douma.

Pour Abraham et ses amis qui passaient tout leur temps libre dans la rue, rédigeant et distribuant des tracts, participant à la création ou à l'entraînement de comités d'autodéfense, assistant aux assemblées d'ouvriers à la Bourse du travail, cette décision du tsar représentait, en même temps que leur victoire, la promesse d'une ère de liberté. Abraham croyait vivre une fête permanente. Cette joie populaire dura plusieurs jours, jusqu'à ce qu'une nouvelle fusillade, toujours place du Théâtre, couche plusieurs manifestants sur le pavé.

Abraham ne comprenait plus. A Odessa, Olga lui avait expliqué que la révolution vaincrait parce que le peuple était invincible, et voici qu'on continuait à tuer des innocents. De Russie, des nouvelles de pogroms arrivèrent bientôt : les tueries de Juifs n'épargnaient aucune ville, aucun village. Alors ? Le grand-père Mordekhaï Zisberg avait-il donc raison contre Olga ?

A Varsovie, pourtant, la liberté semblait avoir triomphé. Les ouvriers se réunissaient en permanence à la Bourse du travail sans que la police intervienne, déclenchaient s'ils l'estimaient nécessaire des grèves économiques, distribuaient librement les tracts et la presse des partis révolutionnaires. Aussi, quand on assista aux premiers attentats contre les synagogues, Abraham crut-il d'abord qu'ils étaient le fait de provocateurs russes : les ouvriers polonais ne refusaient pas de se mêler aux groupes d'autodéfense juifs. Rue Pawia, dans la cour où logeait la famille Pasirstein, les non-Juifs formaient même la majorité —

l'un d'eux, un étudiant en médecine nommé Mietek, profitait de ses nuits de veille pour enseigner le français à Abraham et à David.

Cependant, les antisémites polonais se constituèrent en bandes et entrèrent bientôt en action. Ils appartenaient, pour la plupart, au Parti national-démocrate polonais. Ils opéraient en commandos, exécutaient des actions rapides et violentes, dévalaient par exemple une rue en bastonnant tout ce qu'ils rencontraient et disparaissaient avant que les comités de défense aient pu intervenir.

C'était la période de Souccoth, la fête des Cabanes. Au 7 de la rue Nalewki, Meir-Ikhiel avait construit un vaste abri de feuillages et de châles d'Indiens du Canada offerts par le cousin Maurice, le petit-fils du boulanger de Sampolna. Le premier jour de la fête, les ouvriers imprimeurs vinrent boire un verre d'eau-de-vie et Zlata leur servit du poisson farci. Mais les cœurs n'y étaient pas. Où les antisémites allaient-ils frapper la prochaine fois?

— Ils ne viendront pas par ici, assurait Abraham. Les groupes d'autodéfense veillent.

— Mais ils ont battu des Juifs au cimetière!

— Parce que les morts ne se défendent pas. Mais nous!

— Au jardin de Saxe aussi, ils ont battu des Juifs.

Le grand-père Mordekhaï Zisberg était plus sombre que jamais :

— S'ils ont battu les Juifs au cimetière, s'ils ont battu les Juifs au jardin de Saxe, et si les Juifs ne se sont pas défendus, alors ils ne se défendront pas ici non plus.

— Les jeunes Juifs ont changé, affirma Abraham avec force.

— Ils peuvent bien changer, mon garçon, notre situation, elle, n'a pas changé. Un petit groupe de naufragés accrochés à un radeau perdu sur une mer d'hostilité. La seule victoire pour nous est de survivre.

— Ne croyez-vous pas, grand-père, qu'il existe plusieurs manières de survivre?

— Pour nous, il n'y en a qu'une : dans le respect de la Loi. Comme il est dit : « Moïse a reçu la Loi au Sinaï et l'a transmise à Josué. Et Josué l'a transmise aux Anciens. Les Anciens l'ont transmise aux Prophètes. Et les Prophètes l'ont transmise aux membres de la Grande Assemblée. Ces derniers ont enseigné trois principes : soyez circonspects dans vos jugements, formez de nombreux disciples et faites une haie autour de la Loi. »

— Ils arrivent! Alerte! hurla quelqu'un à l'entrée de la cour.

Tout le monde se leva. La peur se lisait dans le regard des uns, la résolution dans celui des autres.

— Qu'ils viennent! Qu'ils viennent! Ils vont apprendre ce qu'est un groupe d'autodéfense! Armez-vous, vous autres! Tous à vos postes! commanda Abraham à l'adresse de ses compagnons.

Aussitôt on vit sortir des gourdins hérissés de piques, des faux, des sabres, des fourches, des hachoirs de cuisine.

Zlata attrapa son fils par la manche :

— Tu ne vas pas te battre, Abraham, dis, tu ne vas pas te battre? Abraham, sur ma tête...

Meir-Ikhiel écarta Zlata avec douceur :

— Je t'en prie, Zlata, monte à l'appartement et garde Léa avec toi. Abraham a raison. On ne peut pas laisser tuer les Juifs sans se battre.

— « Tous les fleuves vont à la mer, murmura le vieux Mordekhaï Zisberg, et la mer n'est point remplie... »

Le groupe d'autodéfense se tenait sous le porche. Les visages avaient pâli, s'étaient creusés sous l'effet de la tension, de la peur, de la volonté. C'étaient des visages comme en ont les hommes avant la bataille, quand rôde l'Ange de la mort.

Abraham avait saisi une sorte de baïonnette, et Meir-Ikhiel un gros gourdin en forme de massue.

— Juifs, on tue! hurla une voix perçante de femme plus haut dans la rue.

— Sortons! ordonna Abraham.

Son père le suivit. C'était la première fois, pensa-t-il fugitivement, qu'il donnait un ordre à son père. Les ouvriers de l'imprimerie sortirent à leur tour. Plusieurs hassidim, papillotes au vent, passèrent en courant :

— Ne vous enfuyez pas! leur cria Abraham. Juifs, défendez-vous!

— Ils arrivent! répondit au vol un hassid, le visage déformé par la terreur. Ils nous pourchassent!

Derrière eux, un homme ensanglanté traversa la chaussée en trébuchant et s'affala devant la boucherie. Puis, dans la rue brusquement déserte apparut une troupe d'une trentaine d'hommes, tenant à la main des gourdins, des barres de fer, des manches de pioche, des pelles.

Abraham et Meir-Ikhiel s'avancèrent ensemble dans la rue, et les autres les suivirent. Ils se postèrent là, immobiles, en un seul bloc, la force au cœur. Là-bas, les Polonais attendaient, eux aussi.

Alors on vit des portes s'ouvrir, d'abord timidement, puis largement. En sortirent des Juifs armés de balais ou de planches ou de branchages de Souccoth qui venaient rejoindre le groupe d'autodéfense.

Abraham et Meir-Ikhiel se regardèrent. Oui, il fallait avancer. Et ils avancèrent, tous les autres avec eux, qui maintenant descellaient des pavés, arrachaient des barres de fer aux volets, lançaient des pierres.

Les Polonais se replièrent en bon ordre vers la place d'Armes. Mais, des balcons, les femmes et les enfants leur jetaient des pots de fleurs, des boulets de charbon, de l'eau bouillante. Une sorte d'exaltation s'empara des Juifs qui commencèrent à courir.

— Attention! cria quelqu'un. Arrêtez! Ils sont armés!

A la hauteur de la rue Stawki, une centaine de Polonais armés de fusils et de revolvers improvisaient une barricade.

Une femme se détacha de l'ombre d'un immeuble et se planta en pleine rue, agitant les bras comme pour arrêter un train :

— Arrêtez! Arrêtez!

Abraham la vit avant son père :

— Olga! cria-t-il.

— Olga! cria son père.

— Arrêtez! répétait Olga. Vous êtes fous, ils vont tirer!

Mais on n'arrêterait pas ces Juifs qui couraient à l'ennemi et qui, cette fois, étaient de l'autre côté de la peur.

Abraham vit très nettement les Polonais mettre en joue derrière la barricade. Aussitôt après, il entendit comme le craquement d'un arbre qu'on abat. Des balles lui sifflèrent aux oreilles.

Olga était tombée.

La dernière image qu'elle emporta de cette terre qu'elle voulait régénérer, ce furent peut-être les visages jumeaux de Meir-Ikhiel et d'Abraham penchés sur elle, les larmes aux yeux.

XLV

Varsovie
« VIVE LA POLOGNE LIBRE! »

On ne sait ce que représentait Olga pour Abraham, ni ce qui mourut avec elle ce jour-là : l'amour, la révolution ou l'espoir de libérer le peuple juif. Mais il se transforma. Il se replia sur lui-même, cessant toutes ses activités militantes, retourna à l'étude des textes talmudiques et se rendit au village de Gura Kalwarja, « la montagne du Calvaire », chez le rabbin miraculeux Abraham-Mordekhaï Alter, arrière-petit-fils du rabbin Itché-Meir. L'illustre rabbin le reçut par égard pour son grand-père Lazare et demeura seul avec lui durant plusieurs heures, au grand dam des dizaines de disciples qui, venus de tous les coins de la Pologne, attendaient à sa porte depuis des jours.

De retour à Varsovie, il alla aussitôt rue Pawia régler les modalités de son mariage avec Rachel. Aaron Pasirstein lui promettait une grosse dot, qu'il refusa, malgré l'insistance de la famille de sa fiancée, dont l'honneur était en jeu. Meir-Ikhiel proposa un compromis : les Pasirstein offriraient aux jeunes mariés un local pour servir d'imprimerie, et Meir-Ikhiel se chargerait de l'installer.

C'est ainsi qu'au lendemain de son mariage Abraham ouvrit son imprimerie au n° 29 de la rue Nowolipie. A l'inverse de son père, qui venait d'éditer les œuvres complètes d'I. L. Peretz, Abraham décida de se consacrer uniquement à l'impression. « Imprimer et comprendre ce que j'imprime, disait-il, cela me suffit. » Il n'engagea que de jeunes hassidim qui voyaient dans leur métier la continuation de cet *avodat hakodesh*, le travail sacré des scribes qui, durant des siècles, la tête couverte d'un châle de prière, se lavaient les mains chaque fois qu'ils devaient écrire le saint nom de l'Éternel sur un rouleau de papyrus.

La plupart d'entre eux, originaires de Piotrkow, de Pilgoraï, de Jozefowo, étaient venus à Varsovie en quête à la fois de travail et de connaissances. Si bien qu'Abraham se spécialisa bientôt dans l'impression de textes rabbiniques aussi difficiles que ceux de Rachi : il fallait voir tous ces hassidim plonger avec respect et ferveur dans leurs cassetins, se courber sur les tables de montage ou piocher le clavier de la linotype. Le chapeau rond de travers, les papillotes frémissantes, ils se balançaient frénétiquement – on eût dit une « assemblée de jeunes prophètes debout sur le volcan de l'inspiration ».

Le frère cadet d'Abraham, Youdl, se maria un an plus tard avec la fille d'un petit fabricant de chaussettes et s'engagea dans l'affaire de son beau-père : « Toi, tu travailles pour la tête des Juifs, disait-il à Abraham, et moi pour leurs pieds! » Quant à leur sœur Léa, elle épousa un médecin de Vilna qu'elle avait rencontré à l'hôpital de la rue Marszalkowska, le Dr Joseph Faïnberg.

Zlata mourut d'une mauvaise angine en 1913, juste avant l'ouverture du procès d'un Juif de Kiev, Beilis, accusé par la police du tsar de s'être livré à un sacrifice rituel. Pétitions, meetings, manifestations diverses se succédaient. Le monde juif était comme une fourmilière renversée : un meurtre rituel, comme au Moyen Age! Abraham, qui avait cessé de s'intéresser à la politique et que laissaient indifférent les nouvelles concernant la dissolution de la première douma, ou la constitution de la deuxième puis de la troisième, ou encore les divergences entre les deux ailes du marxisme russe, bolchevik et menchevik, était bouleversé par le procès Beilis. Il comprenait que d'innombrables jeunes sionistes s'embarquent pour la Palestine. « Nos problèmes, disait-il, nous ne les résoudrons nous-mêmes qu'en Eretz-Israël, terre de nos ancêtres. »

Lui, Abraham, ne partirait pas. Varsovie était sa ville. Mais il se repliait de plus en plus sur son métier et sur la fréquentation des sages du Talmud, et surtout de son célèbre compilateur, Yehouda Hanassi – selon qui « l'homme devait choisir la voie qui l'honorait à ses propres yeux et lui procurait l'estime des hommes ». Et que pouvait-on donc faire un imprimeur de plus estimable que reproduire les préceptes de la sagesse? Le soir, quittant l'imprimerie, il lui arrivait souvent d'aller rejoindre quelques amis, tous hassidim du rabbin de Gur, dans une petite maison d'étude au fond d'une cour. Le samedi, il le passait en famille. Depuis leur mariage, Rachel lui avait donné cinq enfants en cinq ans, trois garçons et deux filles. Sans doute aurait-il parcouru ainsi le reste du temps que l'Éternel – béni soit-Il! – avait prévu pour lui si la guerre n'était venue bouleverser les destins de quelques millions d'hommes, dont le sien.

Dans la nuit du 4 au 5 août 1914, la ville changea. Le matin, des colonnes de soldats russes en armes envahirent les rues, tandis qu'affluaient des vagues de réfugiés juifs chassés de leurs campagnes sur l'ordre du généralissime Nicolaï Nicolaïevitch, l'oncle du tsar. Alors que l'état-major russo-franco-anglais s'installait à l'hôtel Bristol, des milliers de sans-abri se serraient comme ils pouvaient dans les cours, chaque village ou chaque communauté autour de son rabbin.

Les Polonais, disait-on, submergés par ce raz de marée, exigeaient des autorités russes qu'elles expulsent tous les Juifs de Varsovie. En vérité, les Polonais étaient partagés : les uns, avec le général Pilsudski, jouaient la carte des Allemands et des Autrichiens en espérant qu'elle leur vaudrait l'indépendance de la Pologne; les autres multipliaient les déclarations de fidélité au tsar, mais, comme disait Youdl en apportant des chaussettes à ses neveux et nièces, la seule chose sur laquelle tous les Polonais pouvaient se mettre d'accord c'était sur ce qu'il fallait faire des Juifs.

En 1915, des groupes antisémites polonais avaient obtenu que le yiddish fût interdit, sous prétexte qu'il s'agissait d'un dialecte allemand, donc ennemi. L'administration russe suspendit la parution des journaux et des livres en yiddish. Abraham, comme Meir-Ikhiel, fut contraint de fermer son imprimerie.

La nourriture était rare et chère. Abraham devint simple metteur en pages dans un atelier polonais et ses fils aînés s'occupèrent de à petits travaux : l'un se fit garçon de course chez le marchand de saucisses Carlsberg – il était payé en nature –, l'autre, Salomon, rejoignit Abraham à l'imprimerie en qualité de grouillot : il avait dix ans. Chaque kopeck comptait.

Enfin, le matin du 5 août 1915, deux semaines après les batailles de Tarnow et Görlitz et plusieurs jours de canonnade, les Russes, vaincus, quittaient Varsovie. Toutes les avenues et toutes les rues qui convergeaient vers le pont sur la Vistule furent infestées par des colonnes d'hommes, de camions, de voitures à cheval, de chariots. Les soldats, en fuyant, vendaient leur équipement; des marchés s'improvisaient : on échangeait des vêtements civils pour de la farine, des gruaux d'avoine, de la graisse. Les Allemands entrèrent alors à Varsovie et les Juifs reprirent espoir : les nouvelles autorités levèrent l'interdit qui pesait sur la presse yiddish.

Les socialistes juifs du Bund installèrent une imprimerie dans la cour du 7 de la rue Nowolipie pour y confectionner leur hebdomadaire *Lebensfragen*, « Les Questions de la vie ». Abraham se fit embaucher comme metteur en pages, et Salomon comme apprenti. Ils étaient heureux, le père et le fils, à travailler ensemble : « La pomme ne tombe pas loin du pommier », disait Abraham en souriant.

Salomon, qui n'avait pas douze ans et était petit pour son âge, se montrait attentif, doué et comprenait vite : au bout d'un an, on commença à lui confier la composition de textes simples. C'était un des spectacles de l'atelier que de voir à l'œuvre le bonhomme, debout sur une caisse : ses mains volaient d'un cassetin à l'autre avec une légèreté et une sûreté que bien des adultes lui enviaient. Et souvent, quand il n'était pas de l'équipe de service, on le voyait s'initier à d'autres spécialités du métier, apprendre par cœur le clavier de la linotype ou couper les filets de plomb et s'entraîner à « jeter du blanc » dans une composition aux lignes trop serrées.

Il était si assidu à l'imprimerie qu'on ne s'étonna guère quand, un soir du mois d'août 1916, on ne le vit pas revenir à la fin de sa journée. Mais il n'était pas là à l'heure du dîner non plus. On commença à le chercher. Il n'était pas à l'imprimerie, il n'était pas dans la cour. Il ne rentra pas coucher. A l'aube, on ne l'avait toujours pas retrouvé.

Rachel, sa mère, qui avait le cœur fragile, dut s'aliter. Toute la famille, frères, sœurs, cousins, cousines, se trouva bientôt réunie chez Abraham. Les hommes disaient la prière.

Tandis que Meir-Ikhiel allait prévenir la police, Abraham décida de demander conseil au syndicat des imprimeurs juifs. Rue Leszno, il rencontra Moshé Skliar, l'un des responsables. Il ne parvenait pas à s'expliquer la disparition de son fils, lui dit-il, et une fugue paraissait totalement invraisemblable.

— Et si c'était la police ? suggéra Moshé Skliar.

— La police ?

— Il était peut-être en possession de tracts révolutionnaires ?

— Salomon ne nous a encore jamais parlé de politique, répondit Abraham.

— Le père est le dernier à savoir ce que fait le fils, fit remarquer un permanent qui se trouvait là.

Moshé Skliar se leva :

— Allons consulter un avocat.

Ils se rendirent tous deux rue Krolewska, où demeurait l'avocat Jan Slonimski, qui plaidait parfois pour le syndicat et qui promit de s'occuper immédiatement de l'affaire. La presse s'empara de la nouvelle. Il n'y eut rien de nouveau avant plusieurs jours.

Enfin, à dix jours de Roch Hachana, Moshé Skliar et l'avocat Jan Slonimski vinrent annoncer à Abraham que Salomon était retrouvé et vivant!

– Dieu soit béni! Où est-il?

– En prison. A Mokotow.

Abraham s'y rendit sur-le-champ en compagnie de l'avocat. Portail de fer, grilles, murs lépreux. Il fallut attendre longtemps avant de pouvoir s'adresser à un officier allemand, qui voulut bien admettre que le jeune Salomon Halter croupissait dans sa prison pour avoir été surpris en possession d'un recueil de poèmes révolutionnaires polonais, *Czervony Sztandar*, « Drapeau rouge ». L'officier ajusta un lorgnon pour consulter son dossier :

– Nous le soupçonnons de travailler la nuit dans l'imprimerie clandestine du journal yiddish *Tzoum Kampf*, « Vers la bataille », organe clandestin des communistes juifs.

– Mais ce n'est pas possible, monsieur l'officier. C'est un enfant... Je suis son père. Je sais bien que Salomon dort toutes les nuits à la maison.

– Le rapport suggère le contraire.

La marque du lorgnon laissait un cercle violacé autour de son œil.

– Je suis l'avocat du jeune homme, se présenta Jan Slonimski de sa voix la plus impressionnante. Puis-je le voir?

– Vous le pourrez certainement. Mais pas aujourd'hui.

Les arguments de l'avocat ne servirent à rien. Salomon resta en prison deux semaines encore, et ne fut libéré qu'après une véhémente campagne de presse menée par Wladimir Medem dans le journal du Bund, protestant quotidiennement contre la détention d'un enfant de douze ans.

Quand l'avocat ramena à la maison un Salomon qui paraissait maigri et encore plus petit, tous les voisins et amis vinrent le regarder sous le nez et lui demander s'il était vrai qu'il eût fait ceci ou cela. A toutes leurs questions, il répondit qu'il possédait, en effet, un recueil de chants révolutionnaires ce soir-là. Et, quand on voulut savoir ce qu'il avait fait en prison, il répondit :

– J'ai dormi.

Rachel, les nerfs épuisés, mourut deux semaines plus tard. Elle fut enterrée au cimetière de Gesia. Abraham restait seul avec ses cinq enfants.

La guerre continuait. Les Allemands, qui avaient besoin de soldats, enrôlaient de force, comme les Russes l'avaient fait avant eux, les jeunes Polonais et les jeunes Juifs. Sur ces entrefaites, Meir-Ikhiel reçut une lettre du Canada; le cousin Fred, le frère du cousin Maurice, écrivait d'une ville nommée Kamsack, où il possédait un « saloon ». La presse canadienne l'avait alerté sur la situation des Juifs de Pologne : il demandait s'il pouvait aider et, en attendant, joignait à sa lettre deux cents dollars. Selon lui, l'imminente entrée en guerre des Américains ramènerait très vite la paix.

Au mois de février 1917 éclata en Russie la révolution. Les quotidiens polonais livraient des informations contradictoires. La victoire des révolutionnaires signalée tel jour était démentie le lendemain même. A Varsovie, l'annonce du triomphe des révolutionnaires surprit tout le monde, mais la nouvelle était confirmée le 11 mars au soir.

Cependant, la guerre continuait; sur le front russe, elle s'intensifia même jusqu'à la signature de la paix de Brest-Litovsk, au mois de mars 1918, qui permit aux Allemands de renforcer leur front occidental. Varsovie se remplit alors d'estropiés et de déserteurs. Israël, un cordonnier du voisinage, à peine plus âgé que Salomon, revint, lui aussi, après deux ans de guerre. Abraham l'invita à dîner. Israël fut aussitôt assailli de questions :

– As-tu assisté à la chute du tsar?
– Et la révolution?
– As-tu vu Trotski?
– Es-tu devenu bolchevik?
– Où étais-tu quand la révolution a éclaté?
– Dans une bourgade, près de Voronej.
– Qu'est-ce qui s'est passé?
– Les Allemands se sont enfuis devant l'armée rouge. Moi, j'ai été engagé comme régisseur par une famille juive qui avait acheté un domaine après la révolution de Kerenski.
– Pourquoi régisseur?
– Parce qu'on n'avait pas besoin d'un cordonnier!
– Quand as-tu su que la révolution avait triomphé?
– Quand les bolcheviks ont confisqué le domaine. Ensuite, les paysans se sont constitués en soviet et ont fusillé plusieurs officiers. Après quoi sont arrivés les bandits de Drozdov, puis enfin les Autrichiens. Alors j'ai fui dans un autre village. La région a été occupée par les troupes de Denikine, puis par celles de Makhno... A la fin, les bolcheviks sont revenus. Je n'y comprenais plus rien.

— Israël, c'est comment chez les bolcheviks?
— C'est chacun contre chacun.
— As-tu assisté au pogrom de Petlioura?
— Oui, dit Israël. Mais je préfère ne pas en parler.
— Et si vous laissiez Israël un peu tranquille? intervint Abraham.

Il aimait bien le jeune cordonnier, et il se montra plutôt heureux quand il comprit qu'un tendre sentiment le liait à Regina, l'aînée de ses filles. Bien qu'exerçant un métier modeste, il avait beaucoup appris dans les séminaires clandestins où des étudiants expliquaient Marx et Hegel de la même façon que les rabbins commentaient au coin des rues des pages de la Gemârâ. Mais, depuis qu'il était revenu du front, Israël semblait n'accorder que peu d'importance aux choses. Quand Abraham tentait de le sonder à propos de sa fille, l'autre esquivait les questions ou imaginait une pirouette talmudique :

— Ne vous fâchez pas, Rab Abraham, disait-il. Vous connaissez les Écritures : « L'homme est le seul animal inachevé sur la terre. Aussi, chaque homme doit-il lui-même développer sa propre nature. » La mienne, Rab Abraham, n'est pas encore définie. Vous ne voudriez pas que votre fille épouse un homme sans nature! Laissez-moi un peu de temps...

Il venait presque tous les jours à la maison. Un soir, il avait l'air plutôt tendu et il demanda s'il pouvait rester coucher; et on lui mit un matelas par terre. Le lendemain matin, il était parti avant même qu'Abraham ne s'éveille. L'après-midi, les journaux annonçaient l'assassinat du chef de la police militaire allemande de Varsovie. Salomon et son frère David se demandèrent si Israël avait participé à l'attentat, et tous deux tentèrent de savoir auprès de leur sœur Regina s'il était membre de l'organisation militaire du parti socialiste, puisque, d'après les journaux, c'était là qu'il fallait rechercher les coupables.

L'assassinat du chef de la police militaire mit l'armée allemande en alerte. La police effectua des rafles. Les deux linotypistes qui travaillaient à l'imprimerie de *Lebensfragen* furent arrêtés — Salomon, qui avait appris seul à utiliser la machine, posa sa candidature et fut engagé. Quelques jours plus tard, un voisin de palier, le seul qui eût le téléphone dans l'immeuble, vint appeler Regina : c'était Israël, qui lui demandait de prendre quelques effets et de venir le rejoindre à la gare.

Quand elle eut fini son bagage, Abraham n'était pas rentré. Regina écrivit une courte lettre à son intention et partit.

« Cher père, lut Abraham à son retour, je vous ai attendu, mais vous étiez en retard. Israël est traqué par la police. On l'accuse d'avoir participé à l'attentat contre le chef de la police militaire allemande. Il ne peut se cacher indéfiniment. Il veut quitter le pays et je crois qu'il a raison. Je pars donc avec lui. Vous connaissant, je suis sûre que vous comprendrez.

« Je vous demande pardon, père, pour le mal que mon brusque départ pourrait vous causer, mais je suis sûre que nous nous reverrons bientôt. Je prie le ciel de vous donner santé et longue vie.

« Votre fille dévouée, Regina. »

Abraham se demanda s'il avait le temps de courir à la gare rattraper sa fille, mais ses fils surent l'en dissuader. Ce n'est que pour Souccoth qu'il reçut des nouvelles d'Israël et de Regina : ils étaient à Dantzig et allaient prendre un bateau suédois à destination de la France; de là, avec d'autres Juifs, ils s'embarqueraient pour l'Argentine, « un pays neuf où les émigrants, d'où qu'ils viennent, ne sont pas considérés comme des étrangers ». Étrangers? Des inconnus collaient des affiches sur les murs de Varsovie, appelant la population au pogrom.

Cependant, l'abdication du tsar le 15 mars 1917, puis la défaite allemande au mois de novembre 1918 permirent à la Pologne de proclamer son indépendance et de se doter de ses propres institutions. On défilait dans les rues, Juifs et non-Juifs mêlés, en criant : « Vive la Pologne indépendante! Vive la Pologne libre! » Le chef du gouvernement polonais qui se constitua alors, le général Pilsudski, reçut une délégation de l'Organisation sioniste afin d'examiner avec son concours les problèmes des Juifs de Pologne. Et les Juifs de Pologne recommencèrent à espérer.

Meir-Ikhiel, qui allait sur ses soixante ans, était l'un des rares à se montrer sceptique :

— Pendant l'occupation, disait-il, la haine des Polonais contre les Juifs était souvent reléguée au second plan. Tandis que maintenant...

— Mais grand-père, plaidait Salomon, il n'est pas écrit que les Polonais doivent nous haïr toujours! Mes amis goïm ne s'occupent pas de savoir si je suis juif ou non.

— Père, ajoutait Abraham, je crois bien que Salomon a raison. Depuis des siècles, les Juifs appartiennent à ce pays. Ils font partie des forces vives de la nation polonaise. Le général Pilsudski le sait bien : s'il nous excluait, il ne pourrait pas bâtir une Pologne libre...

— Je souhaite de tout mon cœur que vous ayez raison, mes enfants, répondait Meir-Ikhiel.

Mais on voyait bien, à son air, qu'il n'y croyait pas. Quelques semaines après la proclamation de l'indépendance et le retrait des armées allemandes d'occupation des derniers territoires encore sous leur contrôle, une vague d'antisémitisme déferla sur le pays. Massacres à Lwow, Cracovie, Kielce, Lublin, Lida, Vilna, dans tous les villages de Galicie. En gare de Lapy, on avait vu des gendarmes faire descendre les Juifs du train de Bialystok pour les fouetter. A Varsovie même, au cœur de la ville, rue Przejard, des soldats polonais forcèrent les passants juifs à entrer dans la caserne, où ils furent battus et contraints à des travaux humiliants. A nouveau accusés de meurtres rituels dans les campagnes, les Juifs se voyaient à Varsovie reprocher de trahir la Pologne, et on les traitait de bolcheviks.

Les plus patients cherchaient encore des excuses aux Polonais : « Ce sont les douleurs de l'enfantement, disaient-ils. Tout État naît dans le désordre, mais ces violences seront vite oubliées, et les Juifs deviendront des citoyens comme les autres. » Mais le gouvernement, par décret, leur attribua un statut de minorité religieuse. De tous les coins du monde arrivaient des témoignages de solidarité. *Lebensfragen* publiait chaque jour des listes de noms prestigieux – Anatole France, Henri Barbusse, Charles Seignobos, Ernest Lavisse... –, qui mettaient du baume au cœur des Juifs mais ne modifiaient pas la situation.

Dans les cours, on se constitua à nouveau en groupes d'autodéfense. Les fils, une fois de plus, connaissaient ce qu'avaient connu les pères. Il s'agissait de « pouvoir se défendre ». Des gamins avaient découvert des armes dans un ancien dépôt de l'armée allemande. Des armes! Les groupes d'autodéfense s'exerçaient sans fin à les monter et les remonter. Ils ne pouvaient d'ailleurs pas faire autre chose : ils n'avaient pas de munitions.

Seul Salomon, à cette époque, n'appartenait pas au groupe d'autodéfense des habitants de sa cour. Mais le séjour qu'il avait fait en prison lui donnait un statut en marge. Dès qu'il avait un peu de temps, il allait rejoindre quelques amis pour parler musique, peinture ou révolution. L'âme de la petite bande était une grande fille brune de dix-huit ans, Hinda, linotypiste comme Salomon – la seule femme travaillant sur linotype à Varsovie –, et, malgré la différence d'âge et de taille, il en était éperdument amoureux. Son rival était en même temps son ami, Leibelé Hechtman, un garçon agité qu'on disait communiste, mais qui travaillait à l'imprimerie du quotidien religieux *Der Yid*, « Le Juif ». Quand ils se rendaient au concert tous les trois, un garçon de chaque côté de Hinda, Salomon et Leibelé passaient leur temps à épier ce que faisait l'autre, à regarder s'il ne se rapprochait pas trop de la jeune fille, si elle ne le favorisait pas d'une manière ou d'une autre.

Pour Salomon, qui aimait avec passion la musique, ces concerts étaient à la fois épuisants et frustrants. Son idole était alors le violoniste Bronislav Huberman, que Leibelé Hechtman, pour sa part, n'appréciait guère, et Salomon le soupçonnait de ne venir aux concerts que pour l'empêcher d'être seul avec Hinda :

— Je suis d'accord avec toi, dit un jour Leibelé, alors qu'ils venaient d'entendre le concerto de Brahms, il fait beaucoup de notes, ton Broniman Huberslav, mais ce n'est pas avec des violons que tu arrêteras les antisémites le jour où ils arriveront chez toi.

Le petit Salomon toisa son ami et s'écria :

— « Ce n'est ni par la force ni par la puissance, mais c'est par Mon esprit, dit le Seigneur des armées... »

— Facile! Quand tu ne trouves rien à répondre...

Meir-Ikhiel, témoin de la dispute, se dit qu'il n'y avait décidément rien de nouveau sous le soleil.

— Mais Huberman profite de sa notoriété pour lutter en faveur des droits des Juifs! protesta Salomon. Il est soutenu par des Allemands aussi célèbres que Konrad Adenauer, des Français comme Aristide Briand et le prix Nobel Romain Rolland...

— Salomon, Salomon! soupira Meir-Ikhiel. Romain Rolland, c'est bien, je l'ai lu aussi. Mais notre destin dépend avant tout de nous-mêmes, de nos propres écrivains, et c'est pourquoi j'ai édité I. L. Peretz, de nos propres valeurs, de nos traditions.

Il hésita, puis ajouta :

— Et, pourquoi pas, de notre force!... De notre foi aussi. Chaque fois que tu le peux, tu vas écouter ton violoniste. Mais as-tu vu ces foules qui, le vendredi soir et le samedi matin, se rassemblent devant la synagogue de la rue Tlomackie, ou devant celle de la rue Twarda? Ces centaines, ces milliers de Juifs qui attendent, des heures durant, qu'il pleuve ou qu'il neige, pour entendre le hazan Lewenson de Minsk ou le hazan Moshé Kusowicki?

Meir-Ikhiel regrettait que ses petits-enfants ne soient pas plus assidus à la prière. Ces nouvelles générations, nourries de tracts, d'affiches, de manifestes révolutionnaires, lui paraissaient presque étrangères. Il se demandait comment elles sauraient faire face, le moment venu, et si elles sauraient alors revenir à la seule vérité qui vaille, celle de l'Éternel, béni soit-Il!

Puis Hinda fut enceinte. Elle l'annonça à ses amis Leibelé et Salomon un jour à midi, alors qu'ils se promenaient au jardin de Saxe. C'était un dimanche. Le gouvernement, en effet, n'obligeait pas les Juifs à travailler le vendredi après-midi et le samedi, mais les contraignait en revanche à chômer le dimanche. Comme quatre jours de travail par semaine ne leur suffisaient pas pour vivre, les marchands, le dimanche, vendaient leurs produits à la sauvette, dans la rue, ou au jardin de Saxe. Hinda, Leibelé et Salomon s'amusaient de leurs ruses, des mines qu'ils prenaient pour ressembler à des promeneurs tout en essayant d'attirer l'attention des passants. Soudain, Hinda devint grave, presque boudeuse, et leur dit qu'elle attendait un enfant, et qu'ils devraient se cotiser pour trouver de l'argent.

Dès qu'ils furent seuls, Salomon et Leibelé se jurèrent l'un à l'autre qu'ils n'y étaient pour rien, puis ils coururent chez le quatrième de la bande, le peintre Janek Kobyla, dont on disait qu'il ne se prétendait peintre que pour pouvoir attirer des modèles chez lui. Mais Janek n'avait jamais couché avec Hinda, même si, avoua-t-il, ce n'était pas faute d'avoir essayé.

Les trois garçons – l'aîné, Kobyla, pouvait avoir dix-neuf ans, et Salomon n'en avait pas quinze –, unis dans la haine qu'ils portaient à l'inconnu qui leur avait volé Hinda, empruntèrent, travaillèrent double, épargnèrent, et réunirent enfin la somme dont Hinda avait besoin pour payer son avortement.

Cela se passa mal, et Hinda dut rester couchée plusieurs jours, eut des hémorragies et Salomon appela à son chevet son oncle, le docteur Joseph Fainberg. Quand enfin elle put se lever, elle avait changé. Son regard était devenu plus dur.

Salomon ne supporta pas ce qui s'était passé. Il avait seize ans et la vie ne lui donnait pas ce qu'il en attendait. Son travail à l'imprimerie, il ne le faisait plus que pour toucher son salaire. Partir. L'idée lui en vint le jour où il lut, dans *Volkszeitung*, la petite annonce d'une imprimerie de Dantzig cherchant des linotypistes yiddish. Les candidats étaient priés de se présenter à l'hôtel Bristol.

La rue. Salomon marchait au hasard. Il s'arrêta un moment rue Zelazna pour écouter un aveugle chanter une vieille rengaine en yiddish. En face, de l'autre côté de la rue, des religieux étaient assemblés sous un porche. Salomon s'approcha.

653

Un jeune hassid lui souhaita la bienvenue. Il passa le porche et se mêla à la foule, dans la cour. Un vieil homme, la tête couverte d'un large chapeau en fourrure, lui dit quelque chose qu'il ne comprit pas. Le vieil homme lui posa une calotte sur la tête, remonta sa manche gauche et enroula sur son bras le ruban des phylactères. Salomon se laissait faire. Le vieil homme lui posa encore un châle de prière sur les épaules et le mena avec précaution, comme s'il était fragile, dans une antichambre où ils s'arrêtèrent pour se purifier les mains à une urne de bronze.

La salle de prière était sombre. Une seule chandelle dans la *menorah* jetait une lueur vacillante sur des rayonnages chargés de livres et sur quelques jeunes gens qui se balançaient au-dessus de leur Gemârâ. Près de l'arche, Salomon aperçut l'inscription *Dieu passe toujours avant moi* et, sur la corniche de l'arche, deux lions d'or sculptés tenant les Tables de la Loi.

Quand il rentra à la maison, il alla trouver son père et lui annonça qu'il partait pour Dantzig. A l'hôtel Bristol, en effet, on avait retenu sa candidature. Abraham tomba des nues. Après Regina, Salomon. Il lui semblait que si ses enfants quittaient le foyer avant d'être mariés, c'est qu'ils ne s'y sentaient pas heureux. Il ne posa toutefois pas de question à son fils. Il fallait laisser la jeunesse « marcher dans les voies de son cœur et selon le regard de ses yeux », comme disait l'Ecclésiaste. Tout juste lui suggéra-t-il, à partir pour partir, d'aller en Eretz-Israël en compagnie d'un de leurs cousins, Mordekhaï, qui s'apprêtait à embarquer avec tout un groupe de jeunes gens qui s'appelaient les *haloutzim*, les pionniers, pour aller fonder une communauté agricole comme il en existait déjà, et qu'on appelait les *kibboutzim*.

Mais Salomon n'avait pas envie d'aller en Israël. Son père l'accompagna à la gare. Des soldats partout. La guerre russo-polonaise battait son plein, et l'avance de l'armée rouge provoquait une véritable phobie des judéo-bolcheviks. Deux affiches étaient placardées sur les murs de la gare. L'une représentait le bolchevisme sous les traits d'un démon rouge au faciès sémite assis sur une pile de crânes ; l'autre montrait des soldats de l'armée rouge agitant des drapeaux bleu et blanc frappés de l'étoile de David. A la « une » des journaux s'étalaient les patronymes des leaders bolcheviks : Trotski était « Trotski-Bronstein », Zinoviev était « Zinoviev-Apfelbaum », Radek était « Radek-Sobelsohn »...

— Ça recommence! dit simplement Abraham.
— Les salauds! pesta Salomon entre ses dents.

En passant, il arracha le coin d'une affiche. Un petit homme d'apparence plutôt timide se mit aussitôt à crier comme pour ameuter tout Varsovie :

— Il arrache les affiches! C'est un espion! Un agent bolchevik!

— Que Dieu nous protège! pria Abraham.

— Restez ici, père. Je me sauverai plus facilement tout seul. Je vous enverrai des nouvelles.

Le petit Salomon baisa rapidement la main de son père et plongea dans la foule. Une grosse dame cria :

— Par ici! Par ici!

Un policier qui regardait dans la direction opposée se retourna et, ne sachant de quoi il s'agissait, attrapa à tout hasard au collet un militaire qui passait par là.

— Ce n'est pas lui! hurla la grosse dame comme si on l'égorgeait. Ce n'est pas lui!... C'est le petit Juif!

Elle mit à elle seule assez de confusion pour permettre au « petit Juif » de disparaître. Abraham suivait de loin la foule qui s'ouvrait comme une forêt de roseaux au bord d'un étang pour laisser passer quelque renard et se refermait aussitôt après. Il entendit un appel :

— Les voyageurs pour Gdansk en voitu-u-ure!

Le train grinça, craqua, s'ébranla enfin dans un nuage de vapeur. Le quai se vida lentement. Salomon n'était plus là. Abraham quitta la gare. En passant près de l'affiche déchirée, il murmura les bénédictions : « Sois loué, Éternel notre Dieu, Roi du monde, qui relèves ceux qui sont courbés... »

XLVI

Varsovie
PERL ET SALOMON

Salomon ne revint à Varsovie que sept ans plus tard. C'était au mois de mars de l'année 5688 après la création du monde par l'Éternel, béni soit-Il! Soit au printemps 1928. Il allait avoir vingt-trois ans. Chez les Juifs, on préparait la Pâque et, chez les Polonais, le second anniversaire du coup d'État du général Pilsudski, devenu entre-temps, et par ses propres soins, maréchal.

Abraham reconnut mal son fils : Salomon avait grandi, portait des binocles et avait l'air bien plus grave que naguère, même si sa barbe ressemblait encore à un duvet d'adolescent.

Salomon, lui, regarda son père comme pour la première fois, et découvrit un homme près de la cinquantaine, grand mais un peu voûté, comme le sont beaucoup d'imprimeurs, les yeux tranquilles, la barbe déjà grise. Abraham lui annonça la mort de Meir-Ikhiel deux mois plus tôt, et le départ de David et de Samuel. Le premier, recherché par la police pour ses activités syndicales chez les ouvriers du cuir, s'était réfugié en France et vivait à Paris. Le deuxième, grand admirateur du Dr Zamenhof, propageait quelque part en Europe la nouvelle langue universelle, l'espéranto.

Abraham travaillait maintenant à l'imprimerie du journal des populistes juifs, *Der Moment*, « Le Moment », et demeurait au 35 de la rue Nowolipie, non loin de son ancien appartement. Le nouveau logement était sombre mais plus spacieux que le précédent : c'est qu'il y vivait avec sa fille cadette Topcia et sa famille. La bonne Topcia, qui pendant des années s'était sacrifiée pour remplacer la mère morte, puis la sœur aînée partie, s'était enfin mariée ; elle avait deux enfants qui égayaient les soirées d'Abraham, l'aidant à supporter le regret de voir sa famille ainsi éclatée.

Topcia proposa à Salomon de venir habiter chez elle tant qu'il n'aurait pas trouvé du travail... et une épouse. Le lendemain de son arrivée, Salomon passa la journée à se promener. Il faisait beau. Rue Nowolipie, au jardin de Saxe, rue Krolewska, Salomon était émerveillé de voir tant de Juifs. Rien que des Juifs. Avec des enseignes en yiddish, des odeurs de cornichons salés, d'oignon et de pain chaud. Il se demanda à quoi ressemblait Israël. Les Juifs pouvaient-ils y être aussi « chez eux » qu'à Varsovie? Place Grzybowski, il s'attarda à voir à l'œuvre un colporteur qui proposait à la fois des crêpes aux pommes de terre, des raisins secs, des pois chiches chauds et des bretelles. Petit peuple pittoresque, émouvant – quel était son avenir? quelle était sa place dans le monde? Le colporteur se posait-il même la question?

Salomon se rendit rue Twarda, mais Hinda avait déménagé. Il alla alors chez le peintre Janek Kobyla. Quand Salomon entra, une fille se rhabillait : allons, tout n'avait pas changé à Varsovie. Janek prit Salomon dans ses bras, sortit une bouteille d'eau-de-vie. Ils trinquèrent à l'amitié, se racontèrent un peu ce qui leur était arrivé – pour le peintre, les affaires allaient plutôt bien.

– Et Hinda? demanda Salomon. Et Leibelé?

Janek prit l'air gêné.

– Je ne les vois plus beaucoup, dit-il. Ils ne sont plus les mêmes... Il y a quelques mois, Leibelé a été blessé d'une balle dans la poitrine. Il était chez lui, on a frappé, il a ouvert et on a tiré. Il dit qu'il n'a pas vu son agresseur... Je suis allé lui rendre visite à l'hôpital, je ne l'ai pas vu depuis.

– Une balle dans la poitrine!

Salomon était sidéré. Il savait que des gens, un peu partout dans le monde, prenaient des balles dans la poitrine, mais Leibelé, son ami d'enfance!

– Et Hinda? demanda-t-il.

– Elle est mariée. Elle est secrétaire du Bureau central juif du parti communiste. Une dure, à ce qu'on dit. Mais tu sais, moi, les communistes, la politique...

Il désigna les tableaux posés en désordre dans l'atelier, les chevalets, les tubes de couleur, les chiffons, le grand vase où se dressait le bouquet des pinceaux :

– Les hommes prétendent lutter contre l'oppression, et ils s'entre-tuent. Moi, la seule forme de résistance que je connaisse, c'est l'art. Ma politique, c'est peindre... Traquer le beau, le piéger sur ma palette, le donner à voir à tous...

Comme autrefois, où il trouvait toujours une formule pour terminer les discussions, Salomon dit :

— Ce n'est pas le beau qui plaît à Dieu, mais ce qui plaît à Dieu qui est beau!

— Enfin, petit Juif, je te retrouve! *Lekhaïm!*

Intrigué, Salomon se rendit chez Leibelé Hechtman. Ils se serrèrent chaleureusement la main. Leibelé portait sous sa veste rayée un gilet de velours, et une écharpe blanche autour du cou. Son visage avait beaucoup changé, l'os l'emportait sur la chair, son menton, ses pommettes portaient des ombres dures.

— Viens, dit-il. Allons nous promener. Tu vas voir, ce pays devient de plus en plus juif. Si cela continue, la langue officielle sera bientôt le yiddish.

— Tu es toujours communiste? demanda Salomon.

Leibelé, avec une sorte de sourire amer, répondit :

— Oui, mais il ne fait pas bon être communiste aujourd'hui en Pologne. Nous sommes pourchassés de partout. On a peur de nous.

— Peut-être à cause de l'exemple de la Russie.

Leibelé soupira, comme excédé par une conversation qu'il avait déjà dû entendre mille fois :

— Il n'y a quand même qu'en Russie qu'on ait réalisé le socialisme. Je n'ai pas honte de défendre un pays qui, en quelques années, a su se sortir du Moyen Age pour entrer dans l'ère industrielle... Qui a donné à ces ouvriers et ces paysans, hier encore des esclaves, la liberté et la dignité du travail!

Un hassid, son chapeau de fourrure sur la tête, s'approcha :

— Juifs, dit-il, laissez la politique pour après la fête.

— La politique, c'est pour la fête aussi! rétorqua Leibelé.

— Allez, dit Salomon, viens. Nous allons provoquer un attroupement.

Au croisement de la rue Karmelicka, Leibelé s'arrêta à nouveau :

— Et toi? demanda-t-il à Salomon, de quoi te préoccupes-tu?

— Moi? Je ne sais pas... Des dangers qui nous menacent...

— Tu veux dire la contre-révolution?

— Appelle ça comme il te plaît. Moi, je veux dire la crise, la violence, peut-être même la guerre.

— Tu es pessimiste!

— Tu as lu Barbusse?

— Bien sûr.

— Tu te rappelles ce passage, dans *Le Feu*? Attends... « Entre deux masses de nuées ténébreuses, un éclair tranquille... »

— «... La preuve que le soleil existe », termina Leibelé.

Ils se tapèrent dans les mains, comme autrefois, au temps de l'innocence.

— Leibelé, demanda alors Salomon, j'ai appris que quelqu'un te voulait du mal?

— Ah! tu es au courant!

Ils s'engagèrent dans la rue Nowolipki. Leibelé baissait la tête, ennuyé.

— J'ai ouvert ma porte, quelqu'un a tiré. Voilà toute l'histoire. Je n'ai rien vu.

— Politique?

— Sans doute quelqu'un comme toi qui n'aime pas les communistes. Allez, viens trinquer à nos retrouvailles!

Pour le retour de Salomon, Abraham avait tenu à ce que le Seder revête cette année-là un caractère tout à fait solennel. Moniek, le mari de Topcia, avait agrandi la table, qui occupait à présent presque tout le salon. Topcia la dressa comme faisait sa mère — que sa mémoire soit bénie! — autrefois, quand tous les enfants étaient encore à la maison.

Sur une nappe blanche, une assiette couverte d'un napperon brodé. Dans l'assiette, trois galettes de pain azyme représentant la tribu des Kohanim, celle des Lévi et le reste du peuple d'Israël. A côté, le raifort, dont le goût amer devait rappeler aux Juifs le temps de l'esclavage; un mélange de noix pilées, de pommes râpées et de vin pour figurer le mortier qu'utilisèrent leurs ancêtres dans la construction des pyramides; un os calciné pour évoquer le sacrifice offert jadis en ce jour au Temple; des œufs durs dans de l'eau salée pour symboliser les larmes et le deuil, en souvenir de la destruction du Temple.

Salomon ne connaissait pas personnellement tous ceux qui prirent place autour de la table pascale. Il y avait la famille de l'oncle Youdl et celle de la tante Léa. Des cousins aussi, chacun avec son petit monde. Le fils de l'oncle Youdl, Fischel, était accompagné de sa fiancée, Perl, la fille d'Abraham Rotstein, propriétaire comme Youdl d'une petite fabrique de chaussettes — les deux concurrents avaient décidé de s'associer. Il y avait aussi le cousin Mordekhaï, celui qui était parti sept ans plus tôt pour la Palestine. Il était revenu en Pologne pour collaborer à la formation de jeunes haloutzim. Son amie, Droza, née dans un *kibboutz* de Galilée, l'accompagnait: à la stupéfaction de tous, elle ne parlait que l'hébreu.

Abraham lut la Haggadah. Il paraissait heureux. La lumière des bougies dansait dans son regard. Après le repas, il entonna quelques mélodies hassidiques que reprenaient Topcia et Moniek, tandis que Mordekhaï racontait la vie « au pays » et chantait lui aussi quelques refrains de pionniers. « Nous sommes venus construire le pays et être reconstruits par lui », disait l'un de ses chants, et Salomon jugea forte la formule. « Mais comment, se demanda-t-il, s'y prend-on pour reconstruire un Juif ? »

Puis Abraham se leva et alla prendre le Livre d'Abraham. Au document hérité du vieux Lazare, Meir-Ikhiel et Abraham avaient rajouté les noms, les dates et les événements de leur vie polonaise. Ils avaient profité de leur emploi d'imprimeur pour en faire une composition et en avaient tiré une épreuve, qu'ils avaient collée en fin de volume. Abraham, qui regrettait de ne pas avoir produit une nouvelle édition du Livre en une vingtaine d'exemplaires afin que chacun des enfants et des cousins ait le sien, se promettait d'y consacrer ses vieux jours. En attendant, il lisait quelques pages avec recueillement. La dernière phrase mentionnait le retour de Salomon de Dantzig.

Salomon sentit alors sur lui le regard de Perl, la fiancée de Fischel. Il leva les yeux, mais elle ne baissa pas les siens. Il détourna la tête, gêné pour Fischel. A la fin de la soirée, au moment de se séparer, quand tout le monde, debout, se souhaitait « Bonne fête ! » et « L'année prochaine à Jérusalem ! » et « Bonne nuit ! », elle s'approcha de lui :

— Fischel m'a dit que vous aimiez beaucoup la musique.
— C'est vrai. Quand j'ai le temps, je vais au concert.
— La prochaine fois, dit-elle, pensez à moi !... Bonne fête !
— Bonne fête ! répondit-il, la voix cassée.

Salomon entreprit de chercher du travail. Il visita les imprimeries des journaux et des maisons d'édition. Il n'y avait rien pour le moment — s'il voulait repasser régulièrement, lui disait-on, s'il se trouvait là le jour où... Au cours de ses pérégrinations, il alla chez Hinda, dont Leibelé lui avait dit qu'elle habitait maintenant rue Chmielna, près de la gare centrale, au-dessus d'une boulangerie.

Peut-être parce qu'il avait été amoureux d'elle, il ne tenait pas à rencontrer son mari, ni à entrer chez eux. Aussi, un matin, attendit-il qu'elle sorte. Quand il la vit, il lui sembla qu'elle était moins grande que dans son souvenir. Elle portait un chignon bas sur la nuque, avait le teint gris et les yeux cernés des militants passant des nuits enfumées à discuter des motions et à fabriquer des mots d'ordre. Elle portait une longue robe en lainage

bordeaux qui dansait sur ses mollets au rythme de ses pas.
— Hinda! appela-t-il doucement.

Elle le regarda, fronça les sourcils, le soupesa du regard :
— Salomon! Le petit Salomon! Dis donc, tu as grandi en exil!

Soudain, il eut envie d'être ailleurs. Il n'avait rien à dire à cette femme. Ils s'embrassèrent sur les joues, rudement, en hommes.
— Leibelé m'a dit que tu es mariée...
— Tu as vu Leibelé?

Elle paraissait contrariée.
— J'ai vu Leibelé, j'ai aussi vu Janek. Tu vois, je fais le tour de mon passé.
— Il faut que je me dépêche, dit-elle. Tu m'accompagnes?

Ils marchèrent. Salomon demanda :
— Et tu as des enfants?

Elle le regarda durement :
— Je ne peux pas avoir d'enfants, dit-elle brusquement... Mais pour quelqu'un qui milite, c'est sans doute mieux... Et toi, une femme, des gosses?
— Rien encore.

Il voulut savoir ce qui était arrivé à Leibelé, et elle eut l'air infiniment lasse :
— On ne sait pas, dit-elle... Mais le parti traverse une phase difficile. Il y a des règlements de compte... Des agents du Komintern... Il ne t'a rien dit?
— Non. Il me considère comme un dangereux contre-révolutionnaire.

Il avait envie de lui demander si elle n'avait pas autrefois été un tout petit peu amoureuse de lui, mais cela n'avait pas au fond grande importance, et il dit qu'il avait rendez-vous pour un travail.
— Viens nous voir quand tu veux! dit Hinda en le quittant. Je te présenterai mon mari, Tomasz. Quelqu'un de bien, tu verras.

Rentrant rue Nowolipie, Salomon trouva son père occupé à lire deux lettres qu'il venait de recevoir le jour même : une d'Argentine, de Regina, qui annonçait la naissance d'un fils, Marcos. L'autre, du cousin Maurice, du Canada. Celle-là, il la tendit à Salomon :
— Tiens, lis. A voix haute, que Topcia entende.

Salomon déplia la lettre :

« Mes chers oncle et cousins,

« Je vais vous annoncer une triste nouvelle : mon frère Fred est décédé – que sa mémoire soit bénie! C'était un homme de grand cœur et un grand travailleur. Avant de pouvoir s'acheter deux modestes magasins, l'un à Saltcoats et l'autre à Stornoway, dans le Saskatchewan, il a exercé de multiples métiers. A Kamsack, où il habitait avec sa famille, il a même tenu un saloon. Son associé, à l'époque, s'appelait Sam Bronfman, et entraîna mon frère dans la production d'alcool. Mal lui en prit. Car, cette année-là, le gouvernement américain interdit la vente de l'alcool dans les lieux publics. Mon frère, respectueux de la loi comme vous le savez, déclina la proposition de son associé d'expédier clandestinement leur production dans le Dakota du Nord. Fred et ce Bronfman se séparèrent, et ce Bronfman devint l'un des Juifs les plus riches d'Amérique! Après cette aventure, mon frère se lança dans le commerce de la fourrure. Il faisait des affaires avec les Indiens, qui l'aimaient bien et lui vendaient des peaux de *mink*, d'hermine, de renard argenté comme vous n'en avez jamais vu en Europe. Ils le fournissaient aussi en herbes et en plantes médicinales.

« Sur ma vie, mon frère était un bon Juif. Un shabbat, pour lui, était un shabbat. Il recueillait des fonds pour les Juifs de Palestine et en versait aussi de sa propre poche. Sa maison était toujours pleine d'étrangers de passage; c'est bien simple, on l'appelait " Halter Hotel ".

« Il aimait aussi beaucoup la musique et la danse. C'était un très bon danseur, et il a même obtenu des prix dans des concours. Aussi mourut-il en dansant, un dimanche avec des amis, dans un saloon.

« Je vous raconte tout cela, mes chers oncle et cousins, parce que je sais combien mon frère tenait à vous. Il était fier d'appartenir à une des plus anciennes familles d'imprimeurs juifs, et il parlait même aux Indiens du registre familial dont vous êtes les gardiens. Il regrettait souvent de ne l'avoir jamais vu. Ceci me fait penser que si vous en reproduisez un jour une copie, je vous serais très reconnaissant de ne pas m'oublier. Ainsi, je me sentirai moins loin.

« J'espère que Dieu me donnera à l'avenir de meilleures nouvelles à annoncer. En vous souhaitant de bonnes fêtes de Pâque, si toutefois ma lettre arrive à temps,

« Votre cousin,
« Maurice. »

– C'est vrai, dit Salomon. Peut-être aurions-nous dû, pour le Livre d'Abraham. Pauvre Fred!

– Je regrette de ne pas avoir fait cette nouvelle édition mise à jour, quand j'avais ma propre imprimerie et les meilleurs ouvriers de Pologne. Mais... Rappelle-toi, Salomon : « Nous voudrions que la vie fût comme l'ombre projetée par un mur ou un arbre, mais elle est comme l'ombre d'un oiseau en plein vol. » A propos, mon fils, songes-tu au mariage?

Le mariage, Salomon y songea quelques jours plus tard. Il venait de se voir offrir un poste de linotypiste à l'imprimerie d'un nouveau quotidien juif orthodoxe, *Dos Yiddishé Togeblat*, « Le Quotidien yiddish ». Soulagé de ne plus devoir compter sur son père et sa sœur pour vivre, il rentrait en flânant par la rue Smocza, où quelques dizaines de personnes paraissaient décidées à prendre d'assaut l'entrée du théâtre : la représentation allait commencer. Sous le porche voisin, un vieillard frappait le pavé de sa jambe de bois :

– Pistaches! Pistaches kasher! Juste arrivées de Palestine! Pistaches! Achetez vos pistaches!

Les femmes restaient devant l'entrée et les hommes s'approchaient du vieillard, lui glissaient une piécette, et tenaient ouverte une de leurs poches, dans laquelle il versait directement une ou deux mesures de pistaches. Au fond de la cour, derrière un guichet, un employé au visage pâle répétait inlassablement dans le yiddish chantant de Lituanie que seul le dernier rang restait encore libre.

– Salomon! Que faites-vous ici?

Pris par le spectacle de la rue, il n'avait pas vu Perl, la fiancée de son cousin Fischel. Il la trouva très élégante, vêtue d'un tailleur gris clair, dont la jupe, droite et serrée, lui moulait les hanches.

– Perl!

Ils se regardèrent, un grand silence entre eux. Puis Perl demanda :

– Vous allez au théâtre?

– Non... Oui... Vous voulez...?

– Oui, dit-elle. Que joue-t-on?

– Je ne sais pas. Cela a-t-il de l'importance?

– Non. Aucune importance.

Salomon prit deux billets – au dernier rang. La salle était un ancien dépôt aux murs passés à la chaux. Des ampoules nues accrochées à de longs fils y balançaient des ombres fantastiques.

Odeur de sueur, de parfums, craquements des graines de pistache, rires, appels. Salomon et Perl trouvèrent deux places au bout d'un banc de bois blanc. Quand la salle fut pleine, les spectateurs s'impatientèrent, applaudirent, tapèrent du pied, sifflèrent. Puis une cloche tinta trois fois, provoquant un « Ah! » de plaisir. La lumière s'éteignit, et un silence miraculeux s'établit. Le rideau se leva.

Comme si c'était un signal, la salle se remit à bouger, à murmurer; des spectateurs décidaient de changer de place, enjambaient les genoux de leurs voisins, bousculaient ceux qui s'étaient assis dans l'allée centrale. On commença à s'insulter près de la cage du souffleur. Sur la scène, un couple d'acteurs, un homme et une jeune fille outrageusement maquillés, attendait de pouvoir commencer. Comme le tohu-bohu menaçait de s'éterniser, l'acteur s'avança près de la rampe. La sueur perlait sur son visage. La salle applaudit.

— Vous permettez que je joue? demanda-t-il. J'ai deux enfants — qu'ils vivent jusqu'à cent vingt ans! — et leur mère attend la paie ce soir!

Rires, applaudissements. Des gens se mirent debout devant Salomon et Perl, qui furent bien obligés de chercher d'autres places, et, bousculés-bousculant, se retrouvèrent au milieu d'un groupe d'habitués qui paraissaient connaître les acteurs par leurs noms.

Sur la scène, maintenant, un marieur s'efforçait de mettre d'accord l'homme et la jeune fille.

— Vous voulez des pistaches? proposa son voisin à Salomon. Prenez, là, dans ma poche.

— Non, merci.

— Allez, prenez-en pour votre femme, ne soyez pas fier!

Une dame assise derrière Salomon lui enfonça ses genoux dans le dos :

— Eh! vous deux, c'est la première fois que vous venez au théâtre? Faites moins de bruit!

Sur scène, les parents des amoureux discutaient le montant de la dot, mais les amoureux n'étaient plus sûrs de vouloir se marier. Puis apparaissait le rabbin, qui s'efforçait de faire casser les fiançailles pour que son propre fils épouse la jeune fille. La manœuvre scandalisait les spectateurs, qui le firent bruyamment savoir. La salle encourageait le marieur. Une femme prit à partie un spectateur qui se déplaçait :

— Eh! vous, vous m'écrasez... Voici quelqu'un qui veut remplacer le marieur!

— Chut! Chut!

— Cette pièce se prolonge comme l'exil juif!

Les acteurs, excédés, faisaient de grands gestes à l'intention du public pour pouvoir continuer.

— Ce marieur ne vaut rien! lança quelqu'un.

— Si vous vous taisiez, je réussirais peut-être! retourna l'acteur.

La salle se tordit de rire. Quel bonheur! Salomon et Perl, serrés l'un contre l'autre, ne surent jamais si le marieur du théâtre de la rue Smocza avait réussi son affaire. Ils n'entendaient plus, isolés qu'ils étaient de tout ce qui n'était pas eux.

Perl rompit ses fiançailles avec Fischel, ce qui provoqua une brouille entre les frères Abraham et Youdl, et cassa la famille en deux. Les pères parlèrent mariage. Salomon n'avait jamais été aussi heureux. Il lut les poèmes qu'écrivait Perl, apprit à connaître la famille Rotstein, qui habitait rue Swienta-Jerska : Perl avait deux sœurs et un frère, et une autre sœur d'un second mariage de son père. La fabrique de chaussettes était contiguë à leur appartement et Salomon y écouta les chansons populaires des travailleuses, chansons tristes, comme résignées, si différentes des chants combattants des ouvriers d'imprimerie.

Salomon alla annoncer la nouvelle à son ami Leibelé, qui fut ravi et le complimenta sincèrement. Puis, comme il faisait beau, ils décidèrent d'aller marcher dans les rues, comme ils aimaient le faire. Ce jour-là, ils allèrent vers la Vistule, longèrent la rue Franciszkanska. Du parapet, ils regardèrent en contrebas des dizaines et des dizaines de Juifs, portant leurs longues robes et leurs chapeaux hassidiques, se prélasser sur une plage de sable gris. Des enfants, papillotes au vent, sautaient dans les vaguelettes qui léchaient la rive.

— J'ai vu Hinda, dit Salomon.

— Elle ne t'a rien dit de moi?

— Elle m'a demandé ce que tu m'avais dit d'elle!

Leibelé s'assit sur le parapet, vérifiant que personne ne pouvait l'entendre :

— Salomon, dit-il, j'ai des ennuis au parti... J'ai eu le tort de dire ce que je pensais...

— Ce que tu pensais de quoi?

— De Staline. Depuis que Staline a pris les choses en main, le parti a changé. Tout ce qui n'est pas lui est fasciste. Il recommande le boycott des élections au comité du Syndicat juif des gens de lettres en l'accusant de fascisme. De même pour le congrès des Écoles primaires yiddish! J'ai dit qu'on ne pouvait tout de même pas qualifier de fasciste l'ensemble de la culture juive, et je me suis fait traiter de déviationniste. Voilà où nous en sommes.

— Ce n'est quand même pas pour cela qu'on a voulu te tuer! C'est un débat, pas une guerre!

— Un débat que les staliniens mènent à coups de revolver. Depuis que pour le parti tous les socialistes sont des fascistes, il n'y a plus de grève unitaire avec les syndicats du Bund. Alors, sais-tu ce que le bureau central a décidé? De forcer tous les autres syndicats à le suivre. Par quel moyen? Revolver au poing!

Leibelé Hechtman était amer et triste, trahi dans ce qui était le combat de sa vie. Sa voix devint plus dure :

— As-tu entendu parler du boulanger Luxembourg?

— Je ne crois pas.

— Alors écoute ça. Notre syndicat et celui du Bund se disputaient la majorité dans une boulangerie. Quand j'appris que les nôtres voulaient recourir à la force, je descendis à la cellule des boulangers pour recommander qu'on ne se serve pas des revolvers. Mais personne ne voulut m'écouter. Et Luxembourg, un militant de notre cellule des boulangers, abattit un boulanger bundiste en plein jour. Le Bund lâcha contre nous sa section de combat. On s'est trouvé à deux doigts d'un bain de sang.

— Et qu'est devenu ce Luxembourg?

— Les nôtres l'ont caché pendant deux jours. Puis, pour éviter que la police le prenne et le fasse parler, ils ont décidé de le liquider. Ils allaient l'exécuter, quand la police est arrivée. Luxembourg fut arrêté et soumis à toutes les tortures. On lui a brisé les os. Il n'a pas donné un nom, mais le parti l'a lâché, déclarant que Luxembourg était un provocateur!

— Ça ne vaut pas mieux que le mal que le parti prétend combattre.

— Attends, ce n'est pas tout. Tous les vendredis soir, les Poaleï-Zion-Smol, les sionistes de gauche, organisent une soirée littéraire au foyer des ouvriers de la rue Karmelicka. Nous avions pris l'habitude d'aller y semer la pagaille. Voici deux semaines, il y a même eu des blessés graves. Mais quand j'ai protesté auprès de Pinyé, l'un des chefs du commando, tu sais ce qu'il m'a répondu : « Tu te fais bien du souci pour un peu de sang sioniste! »

— Mais pourquoi font-ils cela?

— Ordre du Komintern. Staline veut prendre en main tous les partis communistes à travers le monde. Il a envoyé en Pologne deux de ses agents pour diriger les opérations.

— Alors, ton paradis russe?

— Staline n'est pas l'Union soviétique, tu le sais bien. C'est un dictateur qui se sert de l'idéologie communiste.

— Et ce sont ces deux sbires de Staline qui ont tenté de te liquider?

Leibelé serra les mâchoires :

— Je n'aurais pas cru possible que des camarades puissent, après tant d'années de combat, tourner leur arme contre un des leurs. Et pourtant c'est ainsi, Salomon. On a voulu me tuer.

Au bord de la Vistule, les enfants des hassidim jouaient à s'éclabousser et poussaient des cris aigus comme des cris d'oiseaux.

— Allez, dit Leibelé en descendant du parapet, viens. J'en ai assez dit pour aujourd'hui. A ton tour. Parle-moi un peu de Perl.

Le mariage eut lieu au début du mois de mai 1932, le jour de *Lag Baomer*. L'appartement des Rotstein, dont on avait déménagé tous les meubles, était plein à déborder de cousins, d'oncles et de tantes arrivant pour la circonstance de Grodzisk, de Zyrardow et des villages environnants. Le baldaquin nuptial avait été dressé dans la pièce centrale.

Le rabbin arriva. On alluma des chandelles, on emplit une coupe de vin. Topcia et Zosia, la sœur de Perl, escortèrent la mariée tandis qu'elle tournait sept fois autour du marié. Puis le rabbin dit la bénédiction, et quand il fut temps de passer l'alliance au doigt de la fiancée, Salomon fut soudain pris de panique : il ne se rappelait pas du tout où il avait mis la bague pour être sûr de ne pas la perdre. Perl le regardait, désolée. Salomon se troublait, perdait tous ses moyens. C'est Abraham qui conseilla à son fils de chercher dans la poche intérieure de sa veste. L'alliance s'y trouvait effectivement, au grand soulagement de l'assistance; dans la famille, on en reparlerait longtemps. Quelqu'un cria « *Mazal tov!* » et tous reprirent en chœur. Après avoir glissé l'alliance à l'index de la main droite de Perl, Salomon prononça les paroles traditionnelles :

— Regarde, avec cette bague, tu m'appartiens par le serment du mariage, selon la Loi de Moïse et d'Israël.

Il était prévu de dresser une table dans l'appartement, mais, comme il faisait beau, quelqu'un eut l'idée d'installer dans la cour les tréteaux, les planches et les nappes blanches. On apporta des chandelles. On apporta des plateaux chargés de gâteaux, des corbeilles de fruits, des bouteilles de vin et d'eau-de-vie.

Abraham Rotstein envoya les enfants convier les voisins à la fête, qui arrivèrent avec encore des gâteaux et des fruits et du vin. On but à la santé de la mariée, puis à celle du marié. Le violoniste et l'accordéoniste arrivèrent alors, et on dansa jusqu'à l'aube. Perl ne ratait pas une danse. C'était comme si elle s'était promis de faire danser tous les hommes de la noce. Salomon, en vérité, était un peu jaloux.

– Tu n'as pas invité Kobyla? lui demanda Leibelé.
– Si, mais il a dit qu'un goï seul parmi tant de Juifs, ce serait indécent.
– Et le contraire?
– Un Juif seul parmi beaucoup de goïm?
– Ce serait dramatique!

Ils éclatèrent de rire. Perl vint vers eux. La nuit était tombée, la belle nuit de mai, et, dans sa robe blanche, la mariée ressemblait à quelque apparition :

– Tu n'es pas fatiguée? lui demanda Salomon.
– Non, on ne se marie pas tous les jours.

Abraham Rotstein offrit aux jeunes époux un appartement dans un bel immeuble en pierre de taille, rue Smocza, face à l'église Saint-Augustin, non loin du théâtre où, pour eux, tout s'était décidé. Une semaine plus tard, Perl y invita ses amis pour l'inauguration, et la fête recommença de plus belle.

Les amis de Perl étaient des poètes, des écrivains, des journalistes, et ils prirent l'habitude de venir là parler de l'actualité – l'avenir s'annonçait sombre. Une crise économique sans précédent déferlait sur l'Europe avec son cortège de misères, dont l'inévitable regain d'antisémitisme. En Allemagne, Hitler allait vers le pouvoir et les démocrates se faisaient une raison puisqu'il ne bafouait pas la légalité. Quant au Komintern, il se félicitait du repli sans combat opéré par les communistes allemands : leurs forces restaient intactes. Encouragée par les événements d'Allemagne, la Démocratie nationale releva la tête en Pologne, et on enregistra des violences antijuives à Michalin, Radom, Lublin, Grodzisk. A Varsovie, des bandes armées prirent à partie des Juifs dans la rue. Les commandos du Bund et des Poaleï-Zion organisèrent la riposte aux alentours du quartier juif, et quelques assaillants furent expédiés à l'hôpital. Ce n'est qu'alors seulement que la police intervint. Le lendemain, nouvelle attaque contre les Juifs. Cette fois on compta deux morts. Les Juifs fermèrent leurs boutiques en guise de protestation. Des meetings de solidarité se tinrent à Genève, Paris, Londres, Anvers, au Canada même.

– Ce n'est pas dans le besoin qu'on reconnaît ses amis, lança Abraham devant la famille réunie pour le shabbat.

Salomon s'étonna du paradoxe.

– Tu ne comprends pas? Imagine un homme en train de battre son esclave. Que ferais-tu pour aider l'esclave? Tu empêcherais l'homme de le battre puis, content de toi, tu retournerais à tes occupations. Mais l'esclave resterait dans l'esclavage.

Durant les deux ans qui suivirent – 1933-1934 –, on vécut l'une de ces périodes que les historiens appellent « montée des périls ». Les conséquences de la grande crise économique, l'opposition de plus en plus dure entre les théoriciens de la « gauche » et ceux de la « droite » pouvaient laisser penser qu'on allait vers des affrontements majeurs. Mais on n'avait pas encore oublié la « grande boucherie » de 1914-1918, et on avait envie de vivre un peu.

En 1935, on apprit la mort de Henri Barbusse, dont le livre *Le Feu* avait profondément marqué des gens de la génération de Salomon. Perl ne le considérait pas comme un grand écrivain – elle préférait l'Irlandais Joyce, ou Thomas Mann, Van Loon, Georg Brandes. Mais ce qu'écrivait Barbusse de la guerre, son engagement en faveur de la paix touchait profondément Salomon. Aussi décida-t-il, à la nouvelle de sa mort, de se rendre à Paris, afin d'assister à l'enterrement; ce serait aussi l'occasion d'aller saluer son propre frère David.

Salomon fit une demande de visa, qui lui fut immédiatement et inexplicablement refusée. Il alerta le vieux Slonimski, l'avocat du syndicat, qui avait ses entrées au ministère de l'Intérieur. Mais l'avocat n'obtint ni visa ni explication. Sans doute Salomon Halter était-il fiché comme élément dangereux depuis qu'il avait été jeté en prison à l'âge de douze ans pour avoir été trouvé en possession d'un recueil de poèmes révolutionnaires.

Il ne se résigna pas. Il alla voir un metteur en pages communiste qu'il avait connu à Dantzig et qui travaillait maintenant au journal juif de langue polonaise *Nasz Przeglad*, « Notre aperçu ». Il se nommait Joseph Majnemer, et Salomon savait qu'il connaissait une filière pour quitter la Pologne sans contrôle.

Majnemer lui donna les adresses et toutes les indications

nécessaires. Dans ces conditions, il était exclu que Perl l'accompagne. D'ailleurs ils n'avaient que très peu d'argent, et elle préférait attendre pour faire un « vrai voyage » à Paris. Abraham tint à répéter à son fils qu'il désapprouvait le projet :

— Prendre de tels risques, disait-il, alors que rien ne t'y oblige!

Et il cachait son inquiétude véritable sous un sourire :

— Et tout cela pour l'enterrement d'un homme que tu ne connais même pas!

Il tint, comme bien des années plus tôt, à accompagner son fils à la gare, avec Perl. Leibelé Hechtman vint aussi. Il avait de grands cernes sous les yeux, ses traits s'étaient encore creusés. Il prit Salomon à part un instant :

— Salomon, je dois te dire... Je suis à nouveau menacé. Si notre fraction n'est pas exclue du parti, alors c'est moi qu'ils élimineront... Si tu ne me trouves pas à ton retour, tu sauras ce qui s'est passé.

— Que devrai-je faire?

— Rien. Seulement savoir. Témoigner le jour où quelqu'un sera prêt à entendre ton témoignage.

Leibelé paraissait sur le point de pleurer. Il prit le bras de Salomon :

— Je voulais te dire aussi... Sais-tu qui m'a tiré dessus froidement, comme si nous ne nous étions jamais vus?... C'est Hinda, Salomon, c'est Hinda...

Il reniflait, les larmes lui montaient aux yeux :

— Notre Hinda, tu te rappelles?... Les concerts avec ton violoniste...

Salomon ne voulait pas voir pleurer son ami.

— Cache-toi jusqu'à mon retour, dit-il. Nous reparlerons de tout cela.

Leibelé se détourna pour s'essuyer les yeux. Abraham les appela :

— Le train va partir!

Perl portait le costume gris clair de rue Smocza, quand Salomon et elle s'étaient rencontrés. Depuis, ils ne s'étaient jamais quittés, et son cœur se serra. Il la prit dans ses bras. Le chef de gare siffla. Abraham murmura la prière pour le voyage et bénit son fils. Un mécanicien se mit à courir le long du quai en agitant un drapeau. La locomotive, sous pression, crachait des nuages de vapeur blanche. Salomon vérifia qu'il avait bien son ticket pour Zakopane et embrassa une dernière fois Perl :

— Fais attention à toi, dit-elle. Reviens vite!

C'est seulement quand il fut installé dans son compartiment qu'il put à loisir penser à ce que lui avait révélé Leibelé.

Comment Hinda, « notre Hinda », comme disait son ami, avait-elle pu accepter de tuer Leibelé? Parce que le parti lui avait ordonné de le faire? Il aurait bien voulu savoir comment cela s'était passé, si on l'avait désignée parce qu'elle était la secrétaire du Bureau du parti, si son nom avait été tiré au sort, ou même si elle s'était portée volontaire pour donner l'exemple. A son retour, se promit-il, il essaierait d'éclaircir l'affaire. L'idée qu'il fallait, pour militer dans un parti politique, se vêtir d'une « armure d'obéissance » comme les chevaliers du Moyen Age, le choquait profondément. Que des hommes, et parmi les plus intelligents, pussent adhérer à une telle morale! C'était à n'y pas croire. Et ce Barbusse qui, malgré les purges, les procès, les opérations de police et les déportations, était resté à Moscou, imperturbablement. Mais sur quoi juger un écrivain? Sur ce qu'il fait? Sur ce qu'il ne fait pas? Ou simplement sur ce qu'il écrit? Barbusse était aussi l'auteur d'une longue lettre d'amitié et de fidélité au peuple juif... Mais pourquoi juger?

A Zakopane, Salomon alla trouver l'ami de Joseph Majnemer, un certain Jaciek. Ce Jaciek, un passeur, dont Salomon ne vit guère que les mollets, l'entraîna toute la journée à sa suite dans la montagne. Le soir, ils atteignirent un abri en bois où ils passèrent quelques heures avant de redescendre à l'aube l'autre versant jusqu'à la frontière tchèque, que Salomon franchit sans encombre. Jaciek, qui n'avait pas posé une seule question, ne voulut pas se faire payer.

Salomon prit un bac sur une rivière brumeuse et débarqua au bout d'une heure dans un village slovaque. Comme c'était un vendredi soir, il se réfugia dans une auberge juive. Le dimanche matin, il prit le train pour Prague et, à Prague, celui de Bratislava.

A Bratislava, un « jeune ami polonais » lui procura un laissez-passer et le mit dans le train de nuit pour Vienne.

A Vienne, c'est un petit bonhomme vif comme une fouine qu'il trouva à l'adresse apprise par cœur : Hans Fuchs, professeur d'histoire. Prévenu par Majnemer, il avait préparé pour Salomon les papiers et le billet pour Paris *via* Bâle. Quel voyage! Salomon arriva finalement à Paris au matin du 6 septembre. Son frère David, à qui il avait télégraphié de Vienne, l'attendait à la gare :

— Bienvenue à Paris, petit frère!

David avait pris un jour de congé et revêtu ses plus beaux vêtements : veste grise, pantalon gris à rayures, souliers vernis, chapeau melon. A l'émerveillement de Salomon, ils prirent le métropolitain pour se rendre rue des Pyrénées, chez David, y déposer la valise et saluer Hélène, la femme de David. Puis ils allèrent visiter Paris.

L'ampleur de la circulation, la largeur des voies, la foule colorée et paresseuse des boulevards, les magasins richement décorés et achalandés, tout paraissait à Salomon d'une autre dimension :

— C'est autre chose que la rue Nowolipie, hein, petit frère? répétait David.

A l'Opéra, ils s'assirent à la terrasse d'un grand café et Salomon dut répondre à toutes les questions de David sur son père, sa sœur Topcia, Perl sa nouvelle belle-sœur. David, qui fabriquait des portefeuilles et des ceintures de cuir dans un petit atelier de la rue de Lancry, avait beau paraître à l'aise et se dire heureux en France, Salomon ne pouvait s'empêcher de penser, de parler de la Pologne, que Varsovie lui manquait quand même. Il était normal de désirer Paris, mais pouvait-on oublier Varsovie?

Ils se rendirent rue Montorgueil, là où leur aïeul Berl avait travaillé pendant la Révolution, mais n'y trouvèrent pas d'imprimerie. Puis ils allèrent aux Champs-Élysées, « la plus belle avenue du monde », et au quartier Latin, où ils arrivèrent juste pour voir passer un groupe de jeunes gens armés de lourdes cannes et coiffés de bérets noirs : « La France aux Français! criaient-ils. Mort aux métèques! » Venant du Panthéon, ils s'arrêtèrent devant la terrasse du café Capoulade, répétèrent quelques fois leur slogan vengeur puis descendirent le boulevard Saint-Michel.

— Ce sont des étudiants de l'Action française et des Jeunesses patriotes, expliqua David. Ils sont xénophobes et antisémites. L'arrivée de Hitler au pouvoir les encourage.

— Comment vous défendez-vous?

— Une Ligue contre l'antisémitisme a été constituée. Nous sommes soutenus par les partis de gauche, des comités antifascistes...

— Vous vous battez? Ta cicatrice, c'est une bataille contre les fascistes?

David portait une marque blême près de l'oreille droite. Il y passa machinalement le bout des doigts :

— Ça, dit-il, c'est un souvenir de meeting...

— Raconte!

— Quelques centaines de camarades du syndicat des ouvriers du cuir étaient réunis à la Bourse du travail. Quelqu'un est venu nous avertir que les fascistes, soutenus par la police, encerclaient le bâtiment... Il y a eu un vent de panique... Certains ont commencé à s'enfuir... A deux ou trois, nous nous sommes placés devant la porte pour les empêcher de sortir et de se faire massacrer dehors. Pour les intimider, j'ai crié qu'ils devraient me passer sur le corps...

– *Nou*? Alors?

– Alors c'est ce qu'ils ont fait. J'ai dû rester une semaine à l'hôpital.

La vaste esplanade de La Villette était noire de monde. Hommes et femmes aux visages graves, drapeaux tricolores et bannières rouges, et des gerbes, des milliers et des milliers de gerbes disposées autour du cercueil. Par toutes les rues continuait d'arriver un flot continu d'hommes, de drapeaux et de fleurs. Salomon n'avait jamais vu une telle foule, ni éprouvé la contagion d'une telle émotion collective. Il était bouleversé. Un sentiment de fierté gonflait sa poitrine. Pour la première fois de sa vie, il comprenait qu'il n'appartenait pas seulement à un peuple, mais à l'humanité.

Le cortège se mit en marche vers onze heures, interminable, silencieux, solennel. Boulevards extérieurs, rue de la Chapelle, rue Louis-Blanc, place du Combat, Père-Lachaise enfin. On voyait des hommes et des femmes partout, sur les balcons, sur le pas des portes, accrochés aux poutrelles de la voie aérienne du métro. Beaucoup tenaient à la main des drapeaux rouges.

David et Salomon furent portés par la foule près du mur des Fédérés. David désignait des inconnus à son frère et lui disait des noms qu'il n'avait jamais entendus : Victor Basch, Marcel Cachin, Francis Jourdain... André Malraux lisant un message de Romain Rolland... Romain Rolland, Salomon connaissait : *Jean-Christophe, Au-dessus de la mêlée* – il était de la famille.

Après les discours, dont le vent éparpilla les mots parmi les tombes, la foule défila devant le cercueil. Salomon, quand ce fut son tour, déposa pieusement parmi les fleurs son exemplaire du *Feu*, celui qui ne l'avait jamais quitté depuis ses douze ans.

Le lendemain, en allant prendre son travail, David conduisit Salomon jusqu'au *Parizer Haïnt*, « Jour de Paris », un important quotidien sioniste de langue yiddish. Salomon devait en effet gagner un peu d'argent pour pouvoir payer son retour. Il n'avait ni carte de travail ni carte d'identité, mais on l'embaucha illégalement pour remplacer un linotypiste de nuit absent pendant une semaine. Et en une semaine il reçut quatre cent dix francs, ce qui pour lui représentait une fortune. Il envoya aussitôt deux télégrammes, l'un à Perl, l'autre à Abraham pour la nouvelle année juive. Puis il invita David et sa femme Hélène au restaurant, après quoi ils allèrent au cinématographe sur les boulevards pour voir Raimu dans *Tartarin de Tarascon*. Des souvenirs pour la vie.

Sa femme et son père attendaient Salomon sur le quai de la gare de Varsovie. Il descendit de son compartiment et les embrassa avec l'émotion de celui qui rentre chez lui après un tour du monde. Sur le quai en face, une famille juive essayait de monter dans le train en partance pour Lodz, mais des voyageurs polonais bloquaient les portières pour l'en empêcher. Une femme, qui tenait un enfant sur sa poitrine, cria quelque chose en yiddish. Dans la bousculade, elle perdit sa perruque. Un élégant qui assistait à la scène la piqua du bout de sa canne et l'exhiba au milieu du rire général. Salomon était blême. Il serra les poings. Son père lui mit la main sur le bras :

– Ces goïm-là, dit-il, ne valent pas ta colère, mon fils ! Remercie plutôt l'Éternel que, malgré leur bêtise, ils ne nous tuent pas !

Salomon ne décoléra pas de plusieurs jours. Il traînait dans la ville, exaspéré par ces Juifs échappés des tableaux de Rembrandt qu'il avait vus au Louvre, avec leurs barbes et leurs chapeaux à fourrure. Agités, incertains, cherchant à hâter la venue du Messie par l'intensité de leurs prières et la pénétration de leur savoir, ils paraissaient tous ou presque tous, pauvres, riches, pieux et athées, vivre en marge du siècle et en accepter d'avance toutes les violences. Il avait envie de les secouer, d'attirer leur attention sur les dangers qui s'accumulaient au-dessus de leurs têtes savantes, mais comment faire ? A la Diète, le groupe parlementaire juif était divisé : les uns votaient avec l'opposition, les autres avec le gouvernement, annulant très exactement le poids qui aurait pu être le leur.

Et puis, à force d'irritation, d'impatience, la colère lui passa, fit peu à peu place à la compréhension, à la tendresse. Il finit par redécouvrir ce que son père lui avait enseigné depuis longtemps : que l'attitude des Juifs polonais procédait d'un choix, d'une volonté, d'une culture. Quand un prince, traversant un shtetl, s'amusait à cravacher un Juif du haut de son cheval, le Juif ne se révoltait jamais. Tout juste regardait-il le prince avec commisération et disait-il : « Pauvre homme !... » Et il avait sincèrement pitié de ce prince qui devait cravacher un pauvre Juif pour affirmer son existence et son pouvoir.

Et quand, dans ces jours-là, Perl lui annonça qu'elle attendait un enfant, il se promit de transmettre à ce nouveau Juif encore à naître ce que ses parents lui avaient transmis et qu'ils avaient eux-mêmes reçu de leurs parents : la certitude que l'esprit, toujours, transcende la violence.

L'enfant naquit en janvier. C'était un garçon. Abraham demanda qu'on le nomme Meir-Ikhiel, comme son propre père.

XLVII

Varsovie
LA CAVE

Pour le troisième anniversaire de Meir-Ikhiel au mois de janvier 1939, Perl donna une fête. La famille et les amis étaient là, et on dansa tard dans la nuit. Leibelé Hechtman arriva vers trois heures du matin. Il était accompagné d'un homme mal rasé, portant un sac à dos, un réfugié allemand qu'il ne pouvait héberger puisque son appartement était sous la surveillance de la police.

C'était l'irruption du drame dans la fête. Perl arrêta la musique, et les quelques personnes encore présentes entourèrent le réfugié, l'assaillirent de questions. Il se nommait Hugo et arrivait de Berlin. Il parlait yiddish avec un fort accent allemand :

– Les nazis seront bientôt à Varsovie, déclara-t-il sobrement. Vous devez vous préparer à résister ou à partir. Il ne reste pas beaucoup de temps.

On l'écoutait avec attention, mais on restait sceptique : Hitler n'avait pas intérêt à rompre avec la Pologne. En cas de conflit, en effet, les accords signés à Munich engageraient la France et la Grande-Bretagne aux côtés de la Pologne. Quant à la situation des Juifs d'Allemagne, Hugo exagérait peut-être : les persécutions dont ils étaient victimes rappelaient plutôt les pogroms tsaristes que l'Inquisition espagnole, et les pogroms, les Juifs connaissaient. Non, décidément, les Juifs polonais ne se sentaient pas menacés dans l'immédiat. En revanche, tout le monde en tomba d'accord : il fallait d'urgence collecter de l'argent et des vivres pour les Juifs d'Allemagne.

Hugo ne passa que deux nuits chez Salomon et Perl, rue Smocza. Puis il décida de rejoindre l'Union soviétique : c'était la seule frontière que les Allemands ne contrôlaient pas encore. Il avait déjà enfilé les bretelles de son sac à dos, et avait un pied sur le paillasson qu'il répétait encore :

– Partez pendant qu'il en est temps! Si vous avez un peu d'argent, prenez le bateau pour l'Amérique. Croyez-moi! Mettez le plus de distance possible entre eux et vous!

A peine trois mois s'étaient-ils écoulés que Hitler dénonça le pacte de non-agression germano-polonais et exigea la rétrocession des territoires polonais faisant l'objet d'un litige. La nouvelle assomma la Pologne, qui ne reprit confiance qu'à l'annonce de la déclaration commune franco-britannique de soutien à la Pologne.

Les Juifs commencèrent eux aussi à prendre des dispositions. Le 28 mars 1939, la présidence du Comité central de l'Organisation sioniste en Pologne déclarait : « Face au danger, les Juifs polonais sont prêts à verser leur sang pour la défense et l'intégrité de l'État polonais. » On apprenait en même temps à Varsovie qu'une délégation de la Fédération des Juifs polonais aux États-Unis avait informé l'ambassadeur de Pologne, Potocki, que ses membres offraient de participer en personne à la défense du pays. Les Juifs polonais de Palestine se déclarèrent prêts, eux aussi, à revenir.

Mais la commission militaire de mobilisation, siégeant à Varsovie, décida à la majorité de refuser l'incorporation des Juifs dans l'armée polonaise afin, dit-elle, qu'ils ne puissent avoir accès aux secrets militaires. Le quotidien catholique *Maly Dziennik*, « Le Petit Quotidien », publia même un article visant à démontrer que Hitler, dans son combat contre les Juifs, accomplissait l'œuvre de la Providence...

Le 1er septembre 1939 à l'aube, l'armée allemande franchit la frontière. On était à la veille du shabbat, à trois semaines de Yom Kippour, le jour du Grand Pardon.

Abraham était parti pour quelques jours dans un hôtel à Otwock, une station de repos. Salomon était au travail quand la radio annonça les premiers bombardements, les premières victimes. Deux bombes, dit le speaker, étaient tombées sur Otwock, détruisant un pensionnat et un hôtel. Salomon se précipita sur le téléphone, mais la ligne était coupée. Le train pour Otwock partait une demi-heure plus tard. Il pria un ami de le remplacer à la machine et de prévenir Perl. Il attrapa le train en marche. Il était bondé : valises, cageots, paquets de l'exode. Les Varsoviens quittaient la ville.

Otwock enfin. La gare, au contraire, était peuplée de Juifs venus attendre le train pour rentrer à Varsovie. Certains portaient des bandages. Salomon chercha en vain son père, puis il quitta la gare. Une fumée lourde s'attardait dans le ciel. L'air sentait la suie et la poussière. La rue où se trouvait l'hôtel d'Abraham n'était plus qu'un champ de ruines. Des maisons étaient éventrées et on apercevait des coupes de pièces avec leur mobilier, comme des décors de théâtre. Parmi des pins calcinés, une enseigne se balançait sur un monticule de gravats et de débris de verre. Salomon alla vers les équipes de sauveteurs qui inspectaient les décombres. Il avait peur de se renseigner, et une brusque sueur couvrit ses tempes.

Un petit Juif dont le caftan trop long traînait par terre s'approcha de lui :
— « Si l'Éternel ne garde pas la ville, dit-il, en vain guette la sentinelle... » Vous cherchez quelqu'un, jeune homme ?
— Je cherche mon père. Il... Il était descendu dans cet hôtel...
— *Oï-oï-oï!* Que le Maître de l'univers lui donne longue vie ! S'il n'est pas à la gare, c'est qu'il est à l'hôpital, et s'il n'est ni à la gare ni à l'hôpital... *Oï-oï-oï!*
— Où se trouve l'hôpital ?

L'hôpital, par chance, n'avait pas été touché, et Salomon y retrouva son père. Il servait d'interprète entre le médecin-chef et les blessés juifs qui ne parlaient pas le polonais. Il ne portait que quelques égratignures. Il faisait sa prière, raconta-t-il à son fils, quand la première bombe était tombée. Tout s'était écroulé autour de lui. Il ne s'étonnait pas d'être encore en vie, car « celui qui étudie la Tora pour elle-même recueille de multiples récompenses ». Ses effets ayant brûlé, il alla prendre le train comme il était.

Varsovie était plongée dans l'obscurité. Des hommes, le brassard au bras, patrouillaient dans les rues. Les cars ne circulaient plus, ni les tramways. En une journée la guerre s'était installée. Abraham et Salomon rentrèrent à pied rue Nowolipie. Juste comme ils y arrivaient, les sirènes se mirent à hurler. Un rugissement sauvage, terrifiant. C'était la première fois. La rue, la cour, la cage d'escalier s'animèrent brusquement. Des ombres couraient dans l'obscurité. On voyait çà et là quelques points lumineux : la flamme d'un briquet, l'éclair furtif d'une lanterne. Les entrées des caves et des abris souterrains étaient prises d'assaut.

Salomon et son père laissèrent passer la première vague et grimpèrent au premier. Ils se heurtèrent à Moniek, Topcia et leurs enfants qui descendaient :
— Père ! s'écria Topcia. Dieu soit loué ! Venez avec nous à la cave !

L'alerte passée, Salomon sortit pour aller chez lui, rue Smocza, rejoindre sa femme et son fils. Abraham l'accompagna jusqu'à la rue. Il le regarda disparaître dans le brouillard gris et poisseux. Quand ce fut l'aube, il monta à l'appartement réciter le chaharith, la prière du matin.

Les journaux paraissaient encore et le lendemain, comme tous les jours, Abraham se rendit à son travail. De longues queues se formaient devant les boulangeries et les magasins d'alimentation. Des gens portaient des masques à gaz en bandoulière. Dans la journée affluèrent les premiers réfugiés, en camions ou dans des charrettes remplies de bric-à-brac. Beaucoup de Juifs parmi eux, qui se groupaient comme toujours autour du rabbin de leur village. Abraham avait l'impression de les connaître, de les reconnaître, avec leurs balluchons et leurs regards désespérés. « Ce qui a été, dit l'Ecclésiaste, c'est ce qui sera, et ce qui s'est fait, c'est ce qui se fera, il n'y a rien de nouveau sous le soleil. » Cette histoire, pensait Abraham, faisait partie d'une autre histoire, bien plus ancienne, dont il était le dépositaire.

Le soir, la famille vint aux nouvelles rue Nowolipie. Salomon avec Perl et Meir-Ikhiel, des cousins, et même Youdl enfin réconcilié avec son frère. Abraham bénit tout le monde et ouvrit le Livre. Topcia avait collé des bandes de papier bleu sur les fenêtres, mais on n'alluma quand même pas l'électricité. C'est à la lueur d'une chandelle qu'Abraham commença la lecture : « Sois loué Éternel notre Dieu, Dieu de nos pères, Tu T'es détourné de nous qui avions péché. Tu nous as abandonnés. Le monde que Tu avais fait pour nous subsiste et nous, nous disparaissons... »

Puis vinrent les noms : « Abraham, fils de Salomon le lévite, habitait Jérusalem et le nom de sa femme était Judith, Élie, qui était son fils premier, devint scribe comme son père. Gamliel fut le second.

« Elie engendra Simon, Thermutorion et Ezra. Le nom de sa femme était Myriam. Ils habitaient Alexandrie en exil.

« Gamliel engendra Théodoros, Judith, Sarah et Absalon. Le nom de sa femme était Sarah. Ils habitaient Alexandrie en exil... »

Abraham pensa brusquement qu'il n'y avait pas de raison que cela s'arrête un jour, tant cette chaîne paraissait à l'épreuve du temps. Il reprit confiance, ferma le Livre et pria Topcia de servir le dîner. Moniek alluma la radio.

La voix annonçait le blocus de la mer du Nord par la flotte britannique, qui se préparait à entrer en Baltique. Les Français avaient effectué un raid sur la Ruhr, mais les Allemands avaient détruit un train de réfugiés près de Kutno. Les informations étaient suivies d'appels à la population : on avait besoin de volontaires pour creuser des abris, pour aider dans les hôpitaux, on cherchait des logements pour les sans-abri, de la nourriture, des vêtements...

Le 4 septembre dans l'après-midi, on apprit à Varsovie que le gouvernement avait quitté la capitale pour Lublin. La nouvelle fut suivie de plusieurs bombardements et provoqua dans les rues une panique indescriptible. On était à trois semaines du Kippour.

Le 5 septembre, il y eut encore un raid sur le quartier nord de Varsovie, habité principalement par des Juifs. Une bombe tomba sur le 22 de la rue Nowolipki. L'hôpital juif débordait de blessés. Le soir, malgré les alertes, Abraham se rendit à la synagogue avec son châle et son livre de prières. Il n'était pas seul, loin de là. L'anormal, à force, était devenu normal. Topcia et Moniek, Salomon et Perl se relayèrent toute la nuit dans la queue devant une boulangerie pour avoir du pain le matin. Les bombardements les obligeaient parfois à se précipiter dans les abris.

Le 18 septembre, quatre jours avant le Kippour, les journaux annoncèrent une nouvelle proprement incroyable : l'armée soviétique a passé la frontière pour venir au secours de Varsovie. Les gens, fous de joie, sortirent et dansèrent dans les rues, s'embrassèrent, se félicitèrent. C'était trop tôt. On apprit par la radio que, au terme du pacte germano-soviétique, l'armée rouge s'apprêtait à occuper une partie de la Pologne, l'autre partie était réservée à Hitler. Les bombardements reprirent.

Le 23 septembre, jour du Kippour, des heures durant, des vagues successives de Messerschmitt piquèrent sur la ville : Hitler avait décidé d' « allumer une bougie pour les Juifs de Varsovie ». Explosions, incendies. Des immeubles s'effondraient, des quartiers entiers brûlaient. Les Juifs pieux chassés des synagogues en flammes couraient dans les rues éventrées où appelaient des blessés. Abraham ne savait que faire : s'occuper des blessés, rassembler les enfants qui cherchaient leurs parents ou courir à la maison. Il hésita un moment et rentra chez lui, où il trouva tous les siens occupés à célébrer la fin du Kippour. Sans répondre à leurs questions, il s'enferma dans sa chambre à coucher et remercia longuement l'Éternel de les avoir épargnés.

Les bombardements durèrent encore quelques jours puis cessèrent brusquement. L'imprimerie où travaillait Salomon avait été incendiée. Un matin, il partit à la gare avec son fils

Meir-Ikhiel. Il portait une caissette de bois, et l'enfant une petite pelle. Les façades des maisons étaient noircies par le feu et des ruines fumaient encore. Ils prirent un taxi qui les laissa au bord de la Vistule, en pleine campagne. Salomon choisit un gros châtaignier à flanc de pente et creusa un trou entre les énormes racines. Il y nicha la caissette, reboucha soigneusement le trou. L'enfant le regardait faire. En repartant, donnant la main à son fils, il se retourna plusieurs fois, comme pour être sûr de ne pas oublier le châtaignier séculaire à qui il avait confié son trésor.

Le 1er octobre, le soleil était encore chaud à Varsovie. Les éditeurs du *Moment* avaient décidé de faire reparaître leur journal pour donner aux Juifs des nouvelles du monde. Abraham, qui s'y rendait en passant par la rue Karmelicka, vit une foule silencieuse se presser dans la direction de la rue Leszno. Il la suivit.

Rue Leszno se succédaient de lents camions vert olive, pleins de soldats casqués. Abraham n'avait jamais vu de soldats allemands, mais il sut que c'étaient eux. Il était étonné de sa propre tranquillité. Mais n'était-il pas écrit : « Il ne nous est pas donné de comprendre pourquoi les méchants prospèrent et les justes souffrent. » Il se dégagea de la foule, laissa derrière lui le bruit des chenilles sur les pavés de sa ville et alla imprimer le dernier numéro du *Moment*.

Les Allemands étaient installés comme pour longtemps. Les brigades spéciales de l'armée d'occupation patrouillaient en permanence. Les soldats réquisitionnaient les hommes pour balayer les rues et s'amusaient parfois à mettre le feu aux barbes des vieux Juifs. Abraham les avait vus faire. Tandis que deux d'entre eux tenaient leur victime, le troisième sortit son briquet. Quand le vieux eut le visage en flammes, ils l'abandonnèrent. Des voisins se précipitèrent. C'était trop tard. Il ne restait qu'un magma de chairs boursouflées de ce qui avait été un visage humain.

Ce soir-là, il proposa à la famille réunie rue Nowolipie de quitter Varsovie. Il était en effet encore possible de fuir vers la partie de la Pologne occupée par les Soviétiques. Les passeurs étaient chers, mais bien organisés. Le fils de Youdl, Fischel, l'ancien fiancé de Perl, qui revenait d'Espagne où il avait combattu les franquistes, était favorable à cette solution. Mais les femmes hésitaient. Youdl, lui, pensait qu'il s'agissait d'un faux débat, puisque la guerre devait prendre fin bientôt.

En attendant, le Conseil juif avait reçu l'ordre de fournir la liste des Juifs de seize à soixante ans habitant Varsovie, ce qui n'annonçait rien de bon, et certains Juifs avaient déjà été requis pour aller travailler en Allemagne. On tomba d'accord : les hommes étaient les plus exposés. Aussi fut-il décidé que ceux de la famille partiraient le plus tôt possible et reviendraient dès que les Allemands devraient, sous la pression conjointe des Français et des Anglais, quitter Varsovie.

Dans la nuit du 15 au 16 novembre partirent donc Salomon, Leibelé Hechtman, Majnemer, Fischel et le frère et la sœur de Perl, Felek et Zosia. Ceux des leurs qui restaient avaient un vide dans le cœur.

Le lendemain, on apprit que les Juifs allaient être enclos dans un ghetto. Un petit ghetto, disait-on d'abord, comprenant cinquante-cinq rues de Varsovie, soit environ cent soixante mille personnes. Puis on parla d'un grand ghetto de soixante-dix rues. Mais rien n'était encore sûr, pas même le bruit selon lequel les Juifs de Varsovie allaient devoir porter un insigne distinctif, comme ces étoiles jaunes que portaient quelques exilés de la région de Sierpc.

Le ghetto, la rouelle, Abraham pensait que ses ancêtres avaient déjà connu tout cela, ce qui était plutôt une bonne nouvelle, car si l'histoire devait se répéter, les Juifs continueraient d'exister. Durer, n'était-ce pas la plus humaine des résistances? Le cousin Mordekhaï, resté en Pologne avec les troupes de jeunes pionniers qu'il entraînait pour partir en Palestine, insistait :

— Oui, mais pour durer, il faut être prêts à se battre, disait-il avec force. Il faut prendre contact avec les Polonais, organiser la résistance, mais la résistance en armes.

— Les Polonais ne voudront pas de nous, ni même nous aider.

— Alors nous nous battrons seuls.

Abraham pensait aux Allemands et pensait aux Romains, aux zélotes, à la destruction du Temple, mais il ne dit rien pour ne pas peiner Mordekhaï.

Quelques semaines plus tard, Fischel revint de la zone soviétique. Les Russes déportaient beaucoup de Juifs en Sibérie ou en Asie centrale, et il ne tenait pas à y finir ses jours. D'autant qu'il ne croyait pas à la prolongation de la guerre. Salomon, lui, travaillait dans une imprimerie yiddish à Bialystok, dans la Pologne occupée par l'armée rouge, dit Fischel. Il faisait passer chaque jour des centaines d'exemplaires de son journal dans la Pologne occupée par les nazis. L'information était aussi de la résistance, disait-il.

La création du ghetto ne fut ordonnée qu'un an plus tard, à la veille de la nouvelle année 5700*. L'ordre fut donné aux Juifs vivant dans d'autres quartiers de la ville de rejoindre le quartier réservé. La semaine qui séparait la nouvelle année du jour du Grand Pardon fut une semaine d'exode. Des foules d'hommes, de femmes, d'enfants chargés comme des bêtes de somme de déménagements hétéroclites assiégeaient les synagogues, les écoles, les cours d'immeuble en se lamentant sans fin.

Abraham passa le jour du Kippour dans la petite synagogue de la rue Nowolipki, où il avait l'habitude de prier. Le soir, l'officiant, revêtu de son costume de cérémonie et couvert du châle de prière, se préparait à réciter la *neilah*, la prière de fermeture – c'est-à-dire la fermeture des portes du ciel –, quand un gamin surgit : les Allemands, dit-il, les yeux agrandis par la gravité de la nouvelle qu'il apportait, les Allemands allaient entourer le ghetto d'un mur et de barbelés. Les hommes gémirent. Certains, pris de panique, sortirent en courant. L'officiant refusa de dire la prière. Car, demanda-t-il, comment était-il possible de prier quand se ferment les « portes de la grâce ».

Ce refus du rabbin de clore le Kippour troubla profondément Abraham. Rentré chez lui, il envoya un des enfants de Topcia chercher Mordekhaï, le cousin « palestinien ». Mordekhaï arriva aussitôt. Il avait maigri, était mal rasé :

– Je suis content de savoir Drora et les enfants au kibboutz! dit-il. Si les Juifs nous avaient écoutés, nous les sionistes, ils seraient maintenant en sécurité au pays...

Abraham sourit :

– Veux-tu du thé? Enfin, quelques feuilles de thé dans beaucoup d'eau chaude non sucrée?

– Va pour le thé!

Ils s'installèrent à la table, un de chaque côté.

– Avez-vous entendu la nouvelle? demanda Mordekhaï. Un groupe a voulu fuir du côté aryen. Les Polonais les ont arrêtés et livrés aux Allemands.

– Mais oui, soupira Abraham. Quand nous sautons hors du chaudron, c'est pour tomber dans le feu.

Abraham regardait pensivement Mordekhaï :

– Mordekhaï, dit-il, je pense que... qu'il est temps d'agir.

* Le 2 octobre 1940.

Mordekhaï fronça le sourcil, comme s'il n'avait pas bien entendu :

— Vous, Rab Abraham? Vous voulez prendre les armes?

— Pourquoi les armes? Qui parle d'armes? Pourquoi devrions-nous employer les mêmes moyens qu'Amalek, notre ennemi?

— Vous parliez d'agir, Rab Abraham...

Abraham attendit que Topcia ait servi le thé :

— Et si nous imprimions un journal? dit-il.

— Un journal? Pour appeler à la révolte?

— Pour informer.

— Comment feriez-vous pour l'imprimer? c'est dangereux, Rab Abraham.

— J'ai encore dans la cave un peu de matériel de notre ancienne imprimerie. Mais j'ai besoin de papier, Mordekhaï.

— *Nou?*

— Le papier, je l'ai trouvé. A la soupe populaire, rue Zamenhof. J'en ai parlé aux responsables. Juste avant la guerre, ils ont acheté des quantités de papier pour couvrir les tables. Aujourd'hui, ils n'en ont plus besoin. Pourvu seulement qu'il y ait quelque chose à manger... Il faudrait que tu mobilises tes pionniers pour faire le transport et m'aider à tout mettre en place.

Mordekhaï reposa sa tasse :

— Vous êtes un drôle de Juif, Rab Abraham!

Pour Souccoth, dans le ghetto surpeuplé régnaient la tristesse et la misère. La vraie misère, celle qui provoque horreur et dégoût. Malgré l'interdiction de la Kommandantur, un groupe de hassidim décida d'honorer la Tora. C'était justement, rue Zamenhof, devant la soupe populaire. Ils se mirent à danser, à tourner, et ils tournaient de plus en plus vite, et ils chantaient de plus en plus fort. Ils atteignirent bientôt une telle extase, bien au-delà de la misère et des barbelés, qu'ils ne pouvaient plus s'arrêter. C'est une vieille juive en haillons qui les ramena à la réalité :

— Juifs! appela-t-elle. Sauver sa vie est un commandement de la Tora. Chanter aujourd'hui est dangereux! Arrêtez!

Ils s'arrêtèrent et se turent peu à peu, comme une mécanique qui se casse. Ils titubaient, retrouvaient leur pesanteur humaine et la désolation de la rue.

Les pionniers de Mordekhaï déménagèrent discrètement les rames de papier, nettoyèrent la cave, installèrent la petite presse à bras qui servait autrefois à tirer les épreuves, se procurèrent quelques pots d'encre et branchèrent une vieille radio dont un petit rouquin nommé Nathan parvenait à tirer Radio-Londres et Radio-Moscou.

Le premier numéro de *Yediess*, « Nouvelles », rédigé en yiddish, parut le 15 novembre. Quatre feuillets recto verso, dont les quelque trois cents exemplaires s'arrachèrent immédiatement. Le jour même, la Gestapo encercla le quartier – sans doute avait-elle été prévenue par la police juive, dont le siège se trouvait non loin de la maison d'Abraham, 13, rue Leszno. Des fouilles furent effectuées dans plusieurs maisons de la rue Nowolipie, mais sans résultat. Pour les jeunes pionniers, la victoire était considérable, et ils ne cachaient pas l'admiration qu'ils vouaient à Abraham, qu'ils appelaient, en hébreu, *Hazaken*, « le Vieux ».

Le surlendemain, Abraham reçut un paquet et une lettre d'Argentine. La lettre, signée Regina, avait été ouverte ; çà et là, les censeurs avaient rayé un mot, une phrase. Le paquet était presque vide : il ne contenait plus qu'une boîte de sardines et une tablette de chocolat qu'Abraham partagea entre ses petits-enfants. Le jour même il rédigea une carte-réponse. Il était temps. C'est ce soir-là, le 17 novembre 1940, que le ghetto fut muré.

A partir de ce moment, le ravitaillement devint plus difficile encore. Comme on ne pouvait plus se fournir à la campagne, on échangeait par-dessus le mur l'argenterie familiale pour quelques pommes de terre, des meubles ou des fourrures pour un pain ou un peu de riz. Encore fallait-il se méfier des polices. Elles étaient trois : la juive, l'allemande et la polonaise, qu'on appelait « la bleue » à cause de la couleur de son uniforme. Il faisait froid. Le prix du charbon monta de cinquante à mille zlotys la tonne. Apparurent les poux. A quand les épidémies ?

Les pionniers, qui avaient repéré une fissure dans un des murs de la cave, l'élargirent jusqu'à en faire un passage qui permettait, d'une cave à l'autre, de rejoindre un immeuble de la rue Leszno, puis un autre, rue Ogrodowa, dans le couloir qui séparait le grand ghetto du petit. Enfin, par les égouts et les souterrains, ce passage aboutissait dans la cour d'une maison située au croisement de la rue Chlodna et de la rue Wronia du côté aryen, où ils pouvaient acheter de la nourriture – c'est ainsi qu'ils se livrèrent à une véritable contrebande de viande de porc, que les rabbins avaient exceptionnellement permis de consommer afin de sauver des vies humaines. Le lard qu'ils achetaient onze zlotys le kilo hors du ghetto, ils le revendaient dix-huit : les gains ainsi réalisés servaient à l'achat de l'encre, du papier et, à l'insu d'Abraham, de quelques revolvers.

Abraham ne quittait plus guère la cave : des familles de cousins s'empilaient dans l'appartement, et il faisait trop froid pour qu'il sorte dans la rue. La cave était devenue pour lui, comme l'avait été sa caverne pour le rabbin Shimon bar Yokhaï, l'auteur présumé de la Kabbale, à l'époque des persécutions romaines, la cachette parfaite et le lieu idéal de réflexion – mais entendrait-il, comme le fameux rabbin, la voix d'Élie le prophète, de mémoire bénie, lui annoncer la mort du tyran et la fin des persécutions ?

Plusieurs caves que les Juifs utilisaient comme écoles clandestines ou pour cacher des machines à ronéotyper avaient été découvertes et noyées par la Gestapo ou brûlées au lance-flammes. C'est pourquoi Mordekhaï s'employa à fortifier et à aménager celle d'Abraham. Heniek, un garçon blond et carré qui pouvait passer pour aryen et était maçon de son état, imagina un système de fermeture simple et robuste : une plaque de béton coulissante qui permettait à n'importe quel moment de murer l'entrée. Puis, en effectuant un branchement sur la canalisation d'eau, il installa un lavabo et, quelques jours plus tard, amena même l'électricité.

Dans la cave, Abraham rédigeait et imprimait *Yediess*, à parution irrégulière et imprévisible, afin de mieux se mettre à l'abri des perquisitions. De plus, il rédigeait une petite chronique quotidienne à l'intention du Livre d'Abraham. Et s'il lui restait du temps, il étudiait. Il s'était mis à la Kabbale. Comme la plupart des Juifs alors, il éprouvait l'impérieux besoin d'essayer de comprendre les desseins de l'Éternel. Le shabbat, les synagogues étaient pleines. Et pleine aussi l'église de la rue Leszno, la seule église encore en fonction dans le quartier juif : c'est là que les enfants des Juifs convertis au christianisme, que les nazis tenaient néanmoins pour juifs, venaient, l'étoile jaune cousue sur le vêtement, chercher un rayon d'espoir auprès d'un prêtre qui portait, lui aussi, l'étoile jaune. C'est à cette époque que commença la mise à l'écart définitive des Juifs un peu partout en Europe, que le monde ne paraissait pas vouloir contrarier. Et si on ne cherche pas à comprendre cela, autant tenir le rôle du *cheéno yodéa lishol*, de celui qui ne sait pas poser de question, l'un des quatre fils du récit de la Haggadah pascale.

Les pionniers descendaient régulièrement à la cave pour causer avec Abraham et lui apporter des petites nouvelles.

– Ça y est, annonça un jour Nathan le rouquin, on a réussi :

tous les groupes politiques publient à présent un journal!

Mordekhaï eut un rire amer :

— Les Juifs font des progrès, dit-il. Ils ont créé un centre d'aide aux enfants et aux orphelins, ils ont multiplié les soupes populaires, ont mis au point des comités d'immeubles qui prennent en charge les finances, l'hygiène, les vêtements et l'approvisionnement des habitants. J'ai même entendu parler d'une organisation qui prend en charge les écoles clandestines et les bibliothèques. Tout un État! Et pour que nul n'ignore notre identité, nous arborons tous un insigne!

Il montrait l'étoile jaune épinglée à sa poitrine :

— Nous, les Juifs, nous sommes formidables. Les Allemands fondent un ghetto, et nous, nous l'organisons!

— Et de quelle manière! renchérit Heniek le maçon. Les Allemands viennent même en groupe nous visiter. J'en ai encore vu ce matin rue Karmelicka. Ils étaient accompagnés d'un guide et prenaient des photos.

— Les Juifs ont peur, trancha une fille en rejetant ses nattes noires en arrière. S'ils avaient des armes, ils auraient moins peur.

Abraham prit une profonde inspiration :

— Des armes, dit-il, nous en avons.

— Des armes? Où? Comment?

— Je pense à l'antique armure, la parole. C'est par le verbe que l'Éternel — béni soit Son nom! — a créé le monde. Et si Moïse fut retenu aux portes de Canaan, c'est que, au lieu de parler au rocher pour lui demander de l'eau pour son peuple assoiffé, il l'a frappé de sa baguette...

— Rab Abraham! l'interrompit Mordekhaï. Vous n'êtes pas dans la réalité. Nous ne sommes pas devant un rocher, mais face à des nazis!

— Même un assassin, tu peux le désarmer par la voix. Rappelle-toi Balaam, il était supposé maudire Israël et il finit par le bénir...

A ce moment, on entendit, dans l'escalier de pierre qui menait à la cave, des pas, des aller et retour. Heniek et Mordekhaï poussèrent la plaque de béton dans son logement et éteignirent par précaution. Longtemps, ils écoutèrent; ils entendirent des voix d'homme, mais ne purent rien distinguer de clair. Qui était-ce? Des pauvres à la recherche d'un abri? La police juive donnant la chasse aux imprimeries clandestines?

— Que l'Éternel nous protège! murmura Abraham.

Le lendemain, trois des pionniers de Mordekhaï qui parlaient l'allemand s'approchèrent d'un groupe de « touristes » allemands, avec qui ils discutèrent de tout et de rien, et même de Nietzsche. Les Allemands, rapportèrent-ils, avaient eu l'air étonnés.

— Père, vint dire Topcia à Abraham, tu envoies ces gosses à la mort!

Abraham parut étonné :

— Mais Topcia, qui rachètera les fautes de l'homme, sinon l'homme? Qui sauvera et le monde et Dieu, sinon l'homme?

Topcia leva vers son père un regard si dur qu'il ne la reconnut pas :

— Je veux seulement que mes enfants survivent!

Chaque jour maintenant, on rapportait que des Juifs allaient au-devant des Allemands, leur posaient des questions, engageaient des conversations, demandaient des explications. Quand il l'apprit, Abraham fut pris d'une sorte de fierté pour les Juifs, et il décida d'aller y voir lui-même, malgré l'arthrite qui le faisait souffrir.

Le froid était féroce. Abraham respirait à petits coups, l'air glacial lui brûlait les poumons, la tête lui tournait. Des familles à peine vêtues erraient en gémissant, sans même mendier. Des silhouettes emmitouflées passaient leur chemin, la tête baissée. Abraham vit arriver, comme à sa rencontre, une petite charrette poussée par deux hommes. Elle était remplie de cadavres. Les bras et les jambes, raidis par le froid de la mort, dépassaient de tous côtés. Les suivait un pauvre bonhomme, un fou probablement, qui demandait inlassablement :

— Ont-ils laissé leur carte de pain? Ont-ils laissé leur carte de pain? Ont-ils...

Abraham n'alla pas plus loin. Il retourna dans sa cave, s'assit sur le lit et, à la surprise de Nathan qui s'affairait à capter des nouvelles, il enfouit sa tête blanche dans ses mains rougies par le froid et pleura.

Le 1er avril 1941, Abraham put enfin annoncer dans *Yediess* quelques bonnes nouvelles : le soulèvement des Yougoslaves, les victoires des Anglais en Afrique, la bataille navale qui avait envoyé par le fond des navires italiens. Et puis, il put imprimer une nouvelle qui, pour lui, représentait une sorte de victoire, peut-être la première victoire des Juifs sur le nazisme : Himmler, par décret spécial, venait d'interdire aux Allemands d'aller visiter le ghetto et d'accepter le débat avec les Juifs.

Mais le 9 avril, veille de la Pâque, Heniek le maçon, en possession de plusieurs kilos de lard, fut arrêté par la police polonaise. Les « bleus » le conduisirent à la Gestapo. Tout Juif découvert par-delà les lignes du ghetto étant passible de la peine de mort, Heniek fut fusillé.

Le lendemain, 10 avril, Moniek, le mari de Topcia, fut pris dans une rafle, rue Nalewki, emmené à Umschlagplatz, un centre de triage installé au carrefour des rues Niska et Stawki, et de là, en compagnie de quelques centaines d'hommes et femmes, conduit à la gare. Topcia alla voir le chef de la police juive, proposa son argenterie à deux avocats véreux qui avaient, disait-on, des contacts avec la police polonaise, et traîna Abraham chez le président du Judenrat, l'ingénieur Czerniakow, qu'il avait autrefois connu. En le voyant, Abraham eut l'impression de contempler le capitaine hagard d'un navire à la dérive. C'était sans espoir. Topcia passa la nuit de la Pâque à sangloter.

A l'aube, quand elle put enfin s'endormir, Abraham retourna à sa cave. Des jeunes gens sommeillaient sur des lits de camp, veillés par l'un d'eux. Abraham alluma une bougie et se mit à écrire.

« Pâque de l'an 5701 * après la création du monde par l'Éternel – béni soit-Il! Pour le premier Seder, il n'y avait presque rien à manger et à boire, pas de matsot, pas de vin. Les Juifs sont épuisés. La Pâque du ghetto de Varsovie demeurera exemplaire, au même titre que la Pâque d'Égypte et sera célébrée par d'innombrables générations... » Il se dit qu'il rendait bien mal compte de la réalité, mais poursuivit de son écriture minuscule : « Je prie le Roi de l'univers et le Maître de toutes choses de nous accorder, avant de nous faire disparaître, le temps de témoigner. Il faut que le mal soit dit. »

On frappa un coup, deux coups, un coup. C'était Mordekhaï. Il devenait de plus en plus maigre. Il portait autour du cou un vieux cache-col gris, fermé par une grosse épingle de nourrice, et paraissait de méchante humeur.

– Qui t'a cassé une dent? demanda Nathan.
– Un policier juif. Il ne l'emportera pas au paradis!
Il se tourna vers Abraham :
– Quel est le programme?
– Continuer... Il ne faut pas cesser de témoigner... Rassembler des documents, des photos... Écrire... Raconter...
– Raconter? Quoi? Qu'il n'y a plus de place dans les cimetières?

* 1941.

— Témoigner, Mordekhaï, témoigner. Pour nous, et devant l'Histoire.

Abraham, blessé par l'amertume de Mordekhaï, monta à l'appartement voir si Topcia était réveillée. Il fit la prière du matin en compagnie de neveux et cousins de Rachel, son épouse de pieuse mémoire. Son regard se posa sur une photo de Jérusalem dans son cadre brisé. Dehors, un rayon de soleil éclairait comme un projecteur la chaussée défoncée, recouverte çà et là d'immondices où grouillaient lentement de maigres formes humaines. Brusquement, Abraham fut pris de panique. Cette lumière... Ces hommes... Cette angoisse diffuse du malheur qui se répand... Il redescendit à la cave. Il avait besoin d'obscurité.

Le 23 juin, Abraham annonça dans *Yediess* la nouvelle de la guerre germano-soviétique. Les Juifs du ghetto hésitaient à s'en réjouir, car tout ce qui se produisait à l'extérieur se traduisait à l'intérieur par un supplément de violence. Les émissions en polonais de la radio allemande annonçaient la défaite des Russes comme un fait acquis.

Perl et son fils Meir-Ikhiel vinrent habiter rue Nowolipie. Abraham était content de la présence chez lui du fils de Salomon. Il le faisait parfois descendre à la cave, seul ou avec sa mère, et lisait des passages du Livre d'Abraham, comme pour leur donner de l'espoir.

Un soir qu'ils étaient là tous les trois, il y eut du bruit dans l'escalier. Abraham se précipita vers la plaque de béton, mais elle s'était coincée. Il ne pouvait plus la faire glisser ni dans un sens ni dans l'autre. Perl vint l'aider. En vain. On frappa à la porte.

— Ouvrez! dit une voix en polonais. Ouvrez!

Perl et Meir-Ikhiel se blottirent contre Abraham.

— Ouvrez donc! C'est moi, Janek Kobyla! Le peintre!

— C'est vrai, chuchota Perl, c'est la voix de Janek.

Meir-Ikhiel se mit à pleurer.

— Que l'Éternel – béni soit-Il! – nous protège! dit Abraham, et il ouvrit.

Janek Kobyla se tenait là, avec deux inconnus.

— Janek! s'exclama Perl, que fais-tu dans le ghetto?

— Salomon vous attend à une vingtaine de kilomètres d'ici, près de Majdan. Je vous emmène. Il faut se dépêcher.

Il désigna ses deux compagnons :

— Ce sont nos guides. Celui-ci est mon cousin, l'autre un ami.

A nouveau, des pas dans l'escalier. Cette fois, c'étaient

Mordekhaï et les pionniers, revolver au poing. On les avait prévenus que trois inconnus étaient entrés dans l'immeuble.

— Il faut se dépêcher! répéta Janek Kobyla.

Il expliqua vivement à Mordekhaï qu'ils étaient arrivés par les égouts, et qu'ils venaient chercher le père, la femme et le fils de Salomon.

— Vous ne pouvez plus repartir, dit Mordekhaï. Ils sont en train d'encercler le quartier.

Deux garçons réussirent alors à décoincer la plaque de béton et à la faire glisser devant la porte.

— Mais vous nous enfermez! s'écria Janek.

Il y eut un silence. Les hommes, debout, s'observaient. Soudain, rompant le silence, Abraham dit :

— Il y a un passage.

Mordekhaï, à contrecœur, repoussa un des lits de camp, écarta quelques planches, découvrant un trou noir d'une soixantaine de centimètres de côté. Un air plus vif pénétra dans la cave. Janek, incrédule, s'approcha. On lui confia qu'il pourrait par les canaux souterrains rejoindre la rue Wronia.

— Je connais le passage de la rue Leszno à la rue Wronia, confirma son cousin.

— Mais...

Janek Kobyla ne comprenait pas :

— Mais alors, reprit-il, si vous pouvez partir, pourquoi restez-vous ici?

— A quoi bon, dit Mordekhaï. L'hostilité des Polonais nous enchaîne ici aussi sûrement que les gardes allemands!

— Tous les Polonais ne sont pas ce que vous croyez, répondit lentement Janek Kobyla. La preuve!... Perl, il faut se presser! Venez, panié Abraham!

— Non, dit Abraham, je reste. Emmenez Perl et l'enfant. Embrassez mon fils, et que Dieu vous bénisse!

— Nous allons marcher dans des souterrains, expliquait Perl à Meir-Ikhiel. Il ne faudra pas avoir peur, ni pleurer. Tu me le promets? Nous allons retrouver papa.

Janek Kobyla regardait Mordekhaï d'un air bizarre.

— Si nous partons tous, dit-il enfin, nous nous ferons prendre.

Mordekhaï eut un de ses rires amers :

— Nous restons, ami. Ne t'inquiète pas pour nous. Nous restons... pour témoigner, n'est-ce pas, Rab Abraham?

Abraham alla prendre sur la table, parmi ses papiers, une feuille imprimée : la copie qu'il avait faite du testament de l'aïeul Abraham. Puis il la montra à Meir-Ikhiel, se pencha sur lui :

— Écoute-moi bien. Tu te rappelles tout ce que je t'ai lu dans le livre familial? Eh bien! ce papier, c'est notre ancêtre Abraham le scribe qui l'a écrit pour nous... Tu sais, celui qui a fui Jérusalem avec sa femme Judith et ses deux garçons Élie et Gamliel... Tu te rappelles?...

Il plia la feuille et la glissa dans la poche de Meir-Ikhiel, puis il dit la prière du voyage : « Que ce soit un effet de Ta sainte volonté, ô Éternel notre Dieu et Dieu de nos pères... »

Je ne me rappelle pas être sorti par les égouts, je me rappelle seulement que j'avais peur. Nous retrouvâmes mon père. Plus tard, une patrouille de l'armée rouge nous ramassa dans les plaines glacées d'Ukraine. On nous mena d'abord à Moscou sous les bombes, puis on nous expédia en Ouzbékistan, à Kokand.

Dans le grenier de la maison où nous habitions, je découvris un atlas et, dans l'atlas, des noms de villes inconnus et pourtant familiers : Jérusalem, Safed, Tibériade, Jéricho, Jaffa... Ils m'étaient infiniment plus proches que les noms de villes que pourtant je connaissais : Tachkent, Samarkand, Boukhara... J'avais huit ans, je découvrais Israël.

« Pourquoi pas une république juive en Palestine? » demandai-je un peu plus tard dans un article que publia la Pravda *des pionniers d'Ouzbékistan. Le pays était occupé par les Anglais? Il fallait lutter contre cette occupation impérialiste. Un autre peuple y vivait aussi? Il fallait créer un État binational et socialiste. On résoudrait ainsi le problème juif et le socialisme pénétrerait au Proche-Orient. Je ne me rendais pas compte que mon éducation soviétique me faisait réinventer le sionisme.*

Mon article ne reçut pas l'accueil que j'espérais. L'Union soviétique ne s'intéressait pas encore à la lutte anticolonialiste des Juifs de Palestine. Il n'était pas encore question de convertir les Arabes au socialisme, et les Britanniques étaient des alliés – ils venaient même de mettre en déroute les armées de Rommel! Ce qu'il restait de ma théorie? L'impossibilité pour les Juifs de résoudre leur problème national

693

dans le cadre de l'Union soviétique. Le rédacteur en chef du journal fut limogé et mes parents mis en quarantaine.

Après la guerre, alors que nous rentrions en Pologne, notre train fut attaqué par des paysans polonais. Ils nous jetaient des pierres et nous injuriaient. « Sales Juifs! criaient-ils. Dehors! Allez en Palestine! ». L'antisémitisme ne me surprenait pas : ma mémoire en était imprégnée. Mais je ne me résignai pas pour autant. Tandis que là-bas, en Eretz-Israël, les Juifs se battaient pour un État juif, je me considérais mobilisé là où j'étais : je devins l'un des responsables de la Jeunesse borokhoviste, un mouvement sioniste de gauche, enfant grave parmi d'autres enfants graves.

Un jour, pour l'inauguration du monument élevé à la mémoire des combattants du ghetto de Varsovie, nous organisâmes, avec d'autres groupes juifs, sionistes ou non, une marche dans la ville. Par trains et par camions spéciaux, nous avions fait venir tout ce qui restait des plus de trois millions de Juifs de Pologne : soixante-quinze mille rescapés des camps et des maquis — un sur quarante.

C'était au mois de mai. Il faisait beau, et le soleil s'amusait dans les vitres brisées des quelques façades encore debout. On avait déblayé un passage dans les rues dévastées. Nous marchions en silence dans les allées de ce cimetière qu'était devenue Varsovie. Je me rappelle ce silence, que découpaient seuls le bruit de nos pas et le claquement des drapeaux — des drapeaux rouges, et des drapeaux bleu et blanc. Des Polonais, venus des quartiers intacts, nous regardaient passer. Ils semblaient surpris que nous ne fussions pas tous morts. Certains crachaient devant eux dans la poussière. « Comme des rats, entendions-nous ici ou là, ils sont comme des rats. On a beau les tuer tous, ils sont toujours là. » Nous serrions les poings. La consigne était de ne pas répondre. Le silence.

J'étais dans le groupe de tête et portais un grand drapeau rouge trop lourd pour moi. Face à ces gens installés sur ce qui restait de nos maisons, cages d'escaliers, pans de murs, cheminées calcinées, j'avais envie de chanter le Chant des partisans juifs :

> Du pays des palmiers
> Et de celui des neiges blanches
> Nous venons avec notre misère
> Notre souffrance.
> Ne dis jamais

Que tu vas ton dernier chemin.
Le ciel plombé
Cache le bleu du jour.
Notre heure viendra
Notre pas résonnera
Nous sommes là.

Et nos pas résonnaient, et nous étions là.

J'étais couché avec une mauvaise pneumonie quand mes amis de la Jeunesse borokhoviste s'embarquèrent pour la « Terre promise » sur un bateau surchargé de réfugiés juifs, l'Exodus. Arraisonnés par la marine de guerre britannique, ils se défendirent, et les Anglais les renvoyèrent en Allemagne, à nouveau dans un camp.

Israël, j'y allai pour la première fois en 1951. Et quand, après cinq jours de mer, le mont Carmel et la ville de Haïfa nous apparurent, palpitant dans la brume de chaleur, je me suis mis à pleurer d'émotion. Je courus le pays, travaillai en kibboutz et, si je n'y suis pas resté, c'est que je voulais être peintre et que, pour moi, on ne pouvait peindre qu'à Paris.

Je suis devenu français, mais cela n'a pas diminué mon attachement pour Israël. En 1967, quand des armées innombrables l'encerclaient, je me suis senti mobilisé comme en 1948 lors de la guerre d'indépendance. Il me semblait que je pouvais l'aider à ma façon, en recherchant ce qui me paraissait essentiel à sa survie : la paix. J'ai alors passé des années à plaider, à essayer de convaincre, à rapprocher Palestiniens, Israéliens et Arabes, à frapper aux portes des puissants, tantôt au Caire, tantôt en Israël, tantôt à Beyrouth. Pendant des années, j'ai rencontré des chefs d'État mais aussi des terroristes, j'en ai appelé aux consciences et aux programmes. Je ne sais plus combien de fois j'ai pris au vol des avions qui ne m'ont mené nulle part, organisé des rencontres qui n'ont rien donné, manigancé des rendez-vous où je me retrouvais seul. Je ne sais plus combien d'heures j'ai passées à négocier avec des gens qui rejetaient le principe même de la négociation, combien de nuits j'ai veillé sur des textes dont je ne savais qui les lirait, ni même s'ils seraient lus.

Tout cela a-t-il servi? Ai-je fait avancer d'un seul pas la cause de la paix? Ceux qui comme moi se sont mêlés de « faire quelque chose » connaissent bien ce sentiment de solitude et parfois d'amertume.

Si le Temple et le glaive n'ont pu, à l'époque d'Abraham le scribe, préserver le peuple de l'exil, il me faut bien admettre que le Livre et la voix, exaltés pendant des siècles, ne l'ont pas davantage protégé contre la barbarie. Sans doute n'est-il pas de salut si l'un de ces principes triomphe à l'exclusion de l'autre. Et puis reste l'espoir. « Le désespoir n'est pas une solution, disaient les Israéliens après la difficile guerre du Kippour 1973. Pas pour nous. »

XLVIII

Varsovie
CHEMA ISRAËL!

« M EIR-IKHIEL engendra Abraham, Léa et Youdl.

« Abraham engendra Salomon, Regina, David, Samuel et Topcia.

« Salomon engendra Meir-Ikhiel. »

Abraham priait pour sa fille Regina, là-bas, en Argentine, et pour son fils David, à Paris... Que faisait-on des Juifs à Paris?... Il priait pour Samuel, maintenant à Bruxelles... Que faisait-on des Juifs à Bruxelles?... Il priait pour Salomon, pour Perl et pour Meir-Ikhiel... Où étaient-ils donc aujourd'hui?... Il priait que l'Éternel les garde en vie, car il fallait que la chaîne continuât.

Dans la nuit du 17 au 18 avril 1942, Abraham fut réveillé par Mordekhaï accompagné de quelques pionniers. La police allemande avait fait une descente pour en finir avec la presse clandestine juive. Mordekhaï avait été averti par un rescapé du *Bulletin* bundiste, et n'avait eu que le temps d'accourir.

Il restèrent enfermés dans la cave pendant une semaine, sans mettre le nez dehors. Ils mangeaient peu, car les provisions étaient maigres, allaient faire leurs besoins dans les égouts et passaient les journées à écouter la radio en anglais, en français, en russe et en allemand. Les nouvelles étaient sinistres : Rommel campait aux portes d'Alexandrie. Sébastopol était tombée. Les Allemands avaient déclenché une offensive tout le long de l'immense front russe, qui devait, disait Radio-Berlin, conduire Hitler à la victoire.

Mordekhaï et ses amis prirent peur. Si le canal de Suez était menacé, la Palestine l'était aussi. Et si Tel-Aviv était conquise, ses bâtisseurs et ses enfants seraient exilés ou tués, et alors la destruction serait totale – non seulement d'un peuple, mais de son espérance.

Le 24 avril, les Allemands envahirent le 22 de la rue Nowolipie. On les entendait courir et crier dans le couloir. Au soir, ils vinrent frapper à coups de crosse sur la plaque de béton qui obstruait l'entrée de la cave, mais sans insister longtemps, croyant sans doute qu'il s'agissait d'un mur.

Le lendemain, Mordekhaï fit une sortie en éclaireur. Les Allemands, dit-il à son retour, avaient emmené tous les hommes de l'immeuble. Ils avaient exécuté quelques dizaines de personnes et détruit au lance-flammes plusieurs imprimeries clandestines. C'est alors qu'Abraham décida, par prudence, d'interrompre pendant une semaine ou deux la publication de *Yediess*.

JOURNAL D'ABRAHAM

28 avril 1942. L'an 5702 après la création du monde par l'Éternel, béni soit-Il! Comme je n'ai plus rien à faire, je vais écrire ici ce que peut vivre un vieil homme dans une cave, souhaitant que mon récit serve de témoignage, tout comme la chronique d'un autre Abraham, un de mes ancêtres, fils de Nomos, jadis dans la lointaine ville d'Hippone.

1ᵉʳ mai. Mordekhaï – puisse-t-il vivre cent vingt ans! – m'a rapporté que les Juifs du ghetto sont en train de constituer des archives clandestines à l'intention des générations à venir. Mon pauvre cœur a bondi : « Enfin ils ont compris! »

3 mai. Selon les Proverbes, « l'espoir différé rend le cœur malade ». Mon Dieu, faut-il s'étonner si les Juifs ont la nausée? On a cru hier que Mussolini était mort. Ce n'était pas vrai. On a dit aussi que le Judenrat allait délivrer des centaines de visas pour la Palestine. Aussitôt, des queues se sont formées devant l'immeuble du Conseil juif, des milliers de malheureux ont passé là, paraît-il, la nuit. Ce n'était pas vrai.

6 mai. C'est l'époque de Chavouoth! La fête du Don de la Loi. Selon Mordekhaï, c'est aussi la fête de la Moisson. Il languit après la Palestine et son kibboutz où sa femme l'attend. Les Polonais se sont vu interdire l'accès du jardin de Saxe. Qui pourrait y voir la main de la Providence?

7 mai. J'ai mal dormi. Les haloutzim de Mordekhaï, je le sais, ne me rapportent pas tout ce qui se passe dans le ghetto pour ne pas m'attrister. Mais Bailé, une cousine de Nathan, m'a raconté comment les nazis ont fait irruption dans le cimetière du ghetto et ont ordonné aux Juifs de former une ronde et de danser autour d'un chariot empli de cadavres nus. Cela a été filmé. « Reviens, Seigneur! Jusqu'à quand laisseras-Tu...? Aie pitié de Tes serviteurs! »

30 mai. Ezra, le fils aîné de Topcia, est malade. Le typhus peut-être... « Seigneur, aie pitié de Tes serviteurs! »

31 mai. « Quand même le ciel serait du parchemin et quand même tous les roseaux seraient des plumes », je ne parviendrais pas à transmettre l'horreur que j'éprouve à écouter les jeunes gens me rapporter ce qu'ils voient. Des morts, des morts, des morts. Parfois des hurlements de malheureux résonnent jusqu'ici.

4 juin. Il paraît que les quarante mille Juifs de Lublin ont été ensevelis pour toujours. Que l'Éternel – béni soit Son nom! – ait pitié de leurs âmes! Les amis de Mordekhaï s'enferment maintenant tous les soirs avec moi. Leurs visages de deuil. Dehors : la destruction. Dedans : la terreur. « Seigneur, viens à notre secours! »

17 juin. L'an 5702 après la création du monde par l'Éternel, béni soit-Il! Jour de malheur. Cris le matin, lamentations le soir. Pourquoi ma tête n'est-elle pas de l'eau et mes yeux une source de pleurs? Le fils aîné de Topcia, Ezra, a rendu l'âme au petit matin. Moshé, le second, l'a rejoint dans l'après-midi. Récompense-les selon leur innocence, ô mon Dieu, et sois-nous en aide pour l'amour de Ton nom!

24 juin. L'an 5702 après la création du monde par l'Éternel, béni soit-Il! Durant une semaine, Topcia ma fille a pleuré son époux et ses enfants, elle a poussé des cris et des plaintes amères, puis, à la fin de la shiva, elle a été prise d'une violente émotion. « Pourquoi? disait-elle. Pourquoi? » Et elle s'est éteinte à son tour.

26 juin. L'an 5702 après la création du monde par l'Éternel, béni soit-Il! Au cimetière de la rue Gesia, les ensevelissants étaient épuisés de fatigue et les officiants faisaient défaut. O Seigneur, pourquoi m'as-Tu fait sortir de ma caverne? Malheur aux yeux qui ont vu ces corps couchés dans la poussière des rues! Malheur aux yeux desséchés par la tristesse comme par le vent du désert! Durer est notre victoire. Seule cette pensée m'aide à porter l'accablement de mon cœur.

1ᵉʳ juillet 1942. L'an 5702 après la création du monde par l'Éternel, béni soit-Il! Combien de temps encore? « Mon Dieu, je crie vers Toi et Tu ne réponds pas. » Je n'ai plus beaucoup de force. Chaque minute est comme mille ans, chaque jour comme une éternité. Je sais qu'approche l'heure où va s'éteindre la petite flamme de mon âme.
Mordekhaï et ses amis ont pris contact avec des Polonais pour leur acheter des armes. Ils ne me tiennent pas au courant de ce qu'ils font. Ils craignent que je m'y oppose. Que le Dieu tout-puissant nous aide à affronter cette nouvelle épreuve!

21 juillet. L'an 5702 après la création du monde par l'Éternel, béni soit-Il! O Dieu grand et terrible! C'était hier le neuvième jour du mois d'Av, jour anniversaire de la destruction du Temple. Plus aucun des miens n'était là pour écouter la lecture de notre livre familial. « Jusqu'au jour où les pierres du Temple, disjointes comme les bords de ce tissu, se rejoindront, puisse l'appel de ces noms que j'ai inscrits, et que d'autres inscriront après moi dans ce livre, déchirer le silence et, du fond du silence, réparer l'irréparable déchirure du Nom. Saint, Saint, Saint, Tu es l'Éternel! Amen! » Restera-t-il quelqu'un après moi? Serai-je le dernier? Hélas!

22 juillet. L'an 5702 après la création du monde par l'Éternel, béni soit-Il! « Il y eut dix générations d'Adam à Noé, dit le Traité des Pères, pour faire connaître quelle est la longue patience de Dieu, à voir comment toutes ces générations continuaient à Le provoquer, avant qu'Il les engloutît sous les flots du Déluge. » La longue patience de Dieu: voilà pourquoi le monde peut subsister malgré la présence du mal.

23 juillet. L'an 5702 après la création du monde par l'Éternel, béni soit-Il! Czerniakow, le président du Judenrat, s'est donné la mort. Je me suis souvent rappelé la visite inutile que nous lui avions faite, Topcia et moi. « Dieu sait tout d'avance, disait Rabbi Akiba, mais le libre arbitre est donné à l'homme. » Dieu protège l'âme de Czerniakow!

11 août. L'an 5702 après la création du monde par l'Éternel, béni soit-Il! Maintenant nous le savons: nous allons tous mourir. Après une trop longue interruption, nous avons décidé de faire à nouveau paraître *Yediess*. A quoi servirait désormais la prudence? Aujourd'hui, nous avons titré sur toute la page : *11 août 1942. Le Juif Salbe, évadé de Treblinka, est arrivé à Varsovie. Il raconte : un baraquement, cinq minutes, des cris, un silence, des cadavres affreusement gonflés.*

10 septembre. L'an 5702 après la création du monde par l'Éternel, béni soit-Il! Demain Roch Hachana, premier jour de l'année 5703. Une gigantesque rafle a presque vidé le ghetto. Nathan, notre Nathan, qui m'était devenu comme un fils, a été pris. Il n'ira pas en Palestine. Mes yeux n'ont plus de larmes pour pleurer.

20 septembre. L'an 5703 après la création du monde par l'Éternel, béni soit-Il! Hier, Kippour. En ce jour terrible, la petite Bailé a été tuée par les brutes. Maintenant, de grâce, ô Seigneur des armées, Juge juste, fais que je voie Ta vengeance sur le tyran, car c'est à Toi que j'ai confié ma cause!

2 octobre. L'an 5703 après la création du monde par l'Éternel, béni soit-Il! Mordekhaï et Hersch sont allés, par le souterrain, du côté aryen. Ils ont acheté un revolver à sept coups qu'ils ont payé deux mille zlotys et quatre boîtes de dynamite pour cinq mille zlotys. Je leur avais remis toutes mes économies pour qu'ils achètent des armes. Car à présent tous les délais sont expirés.
Nous avons résisté comme nul ne l'avait fait avant nous : par le verbe que l'Éternel nous a donné pour qu'il pénètre le cœur de nos bourreaux; par le témoignage qui, si telle est la volonté du Seigneur *Tsabaoth*, préservera notre souffle parmi les nations pour l'éternité. Et maintenant – saint, saint, saint est Ton nom! – il ne nous reste que la mort à opposer à ceux qui portent la mort, l'épée à ceux qui frappent par l'épée, afin que Ton nom, Seigneur, et le nom de Ton peuple soient glorifiés à jamais! Amen!

27 octobre. L'an 5703 après la création du monde. Mordekhaï et ses amis ne quittent plus la rue Mila, où se cache l'Organisation juive de combat de Mordekhaï Anielewicz : des rescapés de tout bord qui s'apprêtent à lancer la révolte. On m'a donné une grenade et expliqué son maniement. « Toi, Très Saint, dont le trône est entouré des louanges d'Israël, c'est à Toi que se sont confiés nos pères. Ils ont eu confiance et Tu les as délivrés. » Pourquoi pas nous? Pourquoi pas nous, Seigneur?

16 janvier. L'an 5703 après la création du monde par l'Éternel, béni soit-Il! Comme je regrette de n'avoir pas imprimé une nouvelle édition du Livre d'Abraham, pendant qu'il en était encore temps. Chacun de mes enfants aurait eu le sien, et je serais plus tranquille aujourd'hui. Car qui sait...?
Je viens de relire quelques-unes de ces notes et ne me reconnais pas : le malheur nous change-t-il donc tant?

17 janvier. L'an 5703 après la création du monde par l'Éternel, béni soit-Il! L'Organisation juive de combat a décidé d'entrer en action demain. A la demande de Mordekhaï, j'ai imprimé un tract qui sera distribué cette nuit dans le ghetto : *Juifs! L'occupant passe au second acte de notre extermination. N'allez pas passivement à la mort! Défendez-vous! Prenez la hache, la barre de fer, le couteau! Barricadez-vous dans vos maisons! Luttez!* J'en ai tiré une centaine à la main. Nous n'avons presque plus d'encre ni de papier. De grâce, ô Éternel, fais que nos persécuteurs soient châtiés, que ceux qui nous font périr finissent en enfer! Amen!

18 janvier. L'an 5703 après la création du monde par l'Éternel, béni soit-Il! Hersch est venu voir si j'avais besoin de quelque chose, que Dieu le bénisse! Mordekhaï et ses camarades se trouvent maintenant au 58 de la rue Zamenhof. Ils sont prêts. Hersch m'a dit que les Allemands avaient vidé l'hôpital. Ils ont fusillé les malades et traîné les autres dans la neige jusqu'à Umschlagsplatz.
Des coups de feu, des cris, une explosion. O Seigneur!

Abraham sortit de la cave dans l'espoir de voir s'effondrer ses bourreaux. Il vacillait de faiblesse. Avant d'aller dans la rue, il voulut monter à son appartement y prendre le Rouleau d'Abraham, qu'il n'avait pas emporté dans la cave de crainte que l'humidité n'abîme le papyrus.

L'appartement était vide. Les portes avaient été arrachées, les meubles renversés, les effets éparpillés. Abraham alla jusqu'à la cachette, dans le mur, et en retira le précieux Rouleau, enveloppé d'un linge blanc.

Un bruit de bottes et de voix emplit la cage d'escalier. Abraham recula vers la porte-fenêtre. Il serrait contre lui le Rouleau, le Livre d'Abraham et la grenade.

– Les mains en l'air! cria une voix en allemand. Lâche tes paquets!

Abraham recula encore. Il était sur le balcon. En bas, au pied de la maison, un char prenait position.
— *Jude! Hände hoch!* Les mains en l'air!

Abraham se tourna de côté pour dégoupiller la grenade, comme Mordekhaï lui avait appris à le faire. Puis il dit :
— *Chema Israël*, écoute Israël...
Il ne reconnaissait pas sa propre voix. Et il se jeta sur le char.

Ainsi mourut Abraham Halter, mon grand-père, imprimeur à Varsovie.

La guerre finie, nous retournâmes, mes parents et moi, en Pologne, à Lodz. Quelques hommes se réunirent un jour à la maison. Ils voulaient publier un journal en yiddish, mais ne disposaient pas des caractères d'imprimerie pour le faire. Le lendemain, nous sommes partis, mon père et moi, pour Varsovie. Le train, le taxi, la Vistule, le gros châtaignier et ses racines à s'accrocher au temps. Mon père fouilla la terre avec la pelle à manche court qu'il avait apportée. La caissette était terreuse, un peu moisie.

– Sais-tu ce qu'elle contient ? me demanda mon père en la nettoyant.

Il l'ouvrit : c'étaient des caractères d'imprimerie. En Pologne, le premier journal yiddish de l'après-guerre fut imprimé avec ces lettres-là. Notre histoire continuait.

Mes parents me parlèrent souvent du Livre d'Abraham, des meuniers de Narbonne, des scribes de Strasbourg, des imprimeurs de Soncino, mais je ne les écoutais guère. Pour créer un monde meilleur, nous voulions « faire du passé table rase ».

Puis mes parents moururent. Puis je cessai de croire que le monde meilleur était pour ici et maintenant. Alors ma famille commença à me manquer cruellement. Mes parents Perl et Salomon, bien sûr, mon grand-père Abraham, mais aussi les imprimeurs de Soncino, les scribes de Strasbourg ou les meuniers de Narbonne. Seul, j'errais vainement entre les deux pôles de mon histoire juive : Auschwitz et Israël. Je commençai à compiler les livres et à tenir des fiches.

Je ne serais jamais arrivé au bout de cette entreprise, et peut-être même n'aurait-elle jamais pu voir le jour si certains changements indispensables n'étaient intervenus depuis la fin de la guerre. Et, d'abord, si l'Occident n'avait reconnu son crime contre l'Occident, et l'Église, à Vatican II, son aveuglement. Si aujourd'hui l'Islam ne paraissait envisager, à défaut de pouvoir détruire Israël, la nécessité de l'accepter. Et, enfin, mais ceci est autre chose, si je n'avais tenu à témoigner que mon histoire est faite de l'histoire de tous les hommes. « Ne pas partager une histoire d'hommes avec les hommes, disait le fameux rabbin de Gur, c'est trahir l'humanité. »

Et puis, n'ayant pas d'enfant, c'est sans doute la seule façon qu'il me restait de perpétuer le message d'Abraham le scribe, venu de père en fils jusqu'à moi.

Deux mille ans d'Histoire d'une famille juive

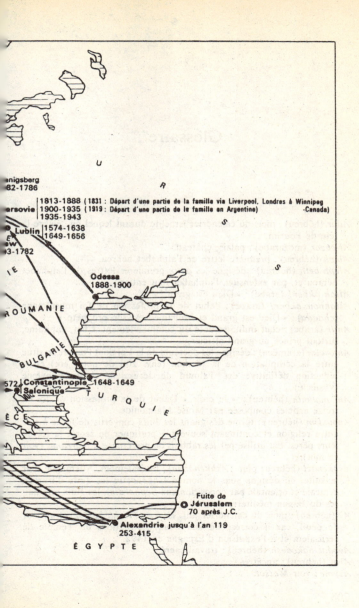

Glossaire

A

Adar (hébreu) : mois du calendrier israélite durant lequel on célèbre la fête de Pourim.
Al-cazar (mozarabe) : palais, château.
Aleph (hébreu) : première lettre de l'alphabet hébreu.
Aleph-beth (hébreu) : désigne les deux premières lettres de l'alphabet hébreu et, par extension, l'alphabet tout entier.
Allah akbar! (arabe) : « Dieu est grand! »
Allahhou akbar! (arabe) : début de la profession de foi musulmane (*chaâda*) : « Dieu est grand et Mohamed est son prophète. »
Amir (arabe) : chef militaire doté du commandement. Chef, capitaine, surtout prince ou grand officier.
Amoraïm (araméen) : désigne les docteurs de la Loi dont l'œuvre se situe entre la compilation de la Mishna (env. 200 de notre ère) et la rédaction définitive des Talmud de Jérusalem et de Babylone (ve siècle).
Ani maamin (hébreu) : « Je crois. » Début de la profession de foi en treize articles composée par Moïse Maimonide.
Anoussim (hébreu) : terme désignant les Juifs convertis de force à une autre religion et continuant souvent à pratiquer en secret la foi de leurs pères. Est utilisé par les rabbins de préférence à *marranes* (voir ce mot).
Ashkenazi (hébreu ; plur. : *Ashkenazim*) : littéralement, Allemagne. Par la suite, on désigna sous le nom d'*Ashkenazim* les Juifs d'Europe centrale et orientale par opposition aux *Sephardim*, les Juifs originaires du Bassin méditerranéen.
Av (hébreu) : mois du calendrier juif. Le 9 *Av (Tisha be Av)* est un jour de deuil, car il correspond aux deux destructions du Temple de Jérusalem et à l'expulsion d'Espagne en 1492.
Avodat hakodesh (hébreu) : travail sacré.
Avot (hébreu) : ancêtres.
Azyme : voir *Matsot*.

B

Baltadgis (turc) : « gens de hache », pompiers.
Barchtch (polonais) : soupe.
Barine (russe) : seigneur.
Bar-mitsva (hébreu) : cérémonie marquant la majorité religieuse des garçons juifs à treize ans et durant laquelle ils sont appelés à lire un passage de la Loi à la synagogue.
Baroukh haba! (hébreu ; plur. : *Broukhim habaïm!*) : « Béni soit celui qui vient! » Formule hébraïque de bienvenue.
Baroukh ha Shem! (hébreu) : « Béni soit l'Éternel! », « Dieu merci! »
Beezrat ha Shem! (hébreu) : « Avec l'aide de Dieu! »
Beth (hébreu) : deuxième lettre de l'alphabet hébreu.
Beth-Din (araméen) : tribunal rabbinique.
Beth hamidrash (hébreu) : maison d'étude, académie, collège, école rabbinique.
Breithaupt (alémanique) : désigne le bonnet dont le port était obligatoire pour les Juifs alsaciens.
Brith-mila (hébreu) : circoncision.

C

Cadi (arabe) : juge religieux musulman.
Cara (hébreu) : celui qui lit, qui interprète les textes sacrés de manière littérale en refusant l'aide de tout commentaire.
Cartchema (polonais) : auberge.
Cassaba (judéo-arabe) : bourgade.
Chaharith (hébreu) : prière du matin.
Chana tova! (hébreu) : « Bonne année! »
Chavouoth (hébreu) : fête des Semaines, ou Pentecôte, célébrée les 6 et 7 Sivan. Commémore la remise de la Loi au peuple d'Israël. L'une des trois fêtes de pèlerinage dans l'Israël antique, durant laquelle on amenait les prémices des récoltes au Temple. Lors de *Chavouoth*, il est fait lecture des Dix Commandements à la synagogue.
Chema Israël! (hébreu) : « Écoute, Israël! » Début de la prière essentielle du judaïsme : *Chema Israël, Adonaï Elohenou Adonaï Ehad*, « Écoute, Israël, l'Éternel notre Dieu, l'Éternel est un! »
Chlop (polonais) : paysan.
Chormer (yiddish alsacien) : guérisseur. Vient du français *charmer*.

D

Dhimmi (arabe) : protégé. Désigne les membres des religions du Livre autorisés à vivre en terre d'islam, moyennant le paiement d'un impôt spécial et le respect de certains interdits.

E

Elloul (hébreu) : mois du calendrier israélite. Il précède le mois de Tichri et les fêtes austères.
Élohim (hébreu) : l'un des noms de Dieu.

F

Fattori (italien) : appellation officielle des trois dirigeants de la communauté juive romaine.
Feredge (turc) : manteau aux manches amples porté en Turquie sur le dolman.
Foundouk (arabe) : auberge, caravansérail, comptoir.

G

Gaon (hébreu ; plur. : *gaonim*) : titre honorifique donné aux chefs des Académies talmudiques de Sura et de Pumbedita en Babylonie de la fin du VIe siècle au milieu du XIe siècle. Titre honorifique donné à certains rabbins réputés pour leur savoir, tel le *gaon* de Vilna au XVIIIe siècle.
Gemârâ (araméen) : littéralement, achèvement. Désigne l'une des parties du Talmud, à savoir les commentaires faits par les Amoraïm de la Mishna. Il y a une Gemârâ pour le Talmud de Jérusalem et une autre pour le Talmud de Babylone.
Gerousia (grec) : assemblée des anciens chargée d'administrer la synagogue et de diriger la vie communautaire juive dans l'Antiquité romaine.
Geth (araméen) : billet de divorce. Par extension, divorce.
Goï (hébreu ; plur. : *goïm*) : non-Juif.
Gout yom tev! (yiddish) : « Bonne fête! »
Guibor Israël (hébreu) : héros d'Israël.
Guimel (hébreu) : troisième lettre de l'alphabet hébreu.

H

Haggadah (hébreu) : récit de la sortie d'Égypte lu lors du Seder pascal.
Hagouna (hébreu) : terme utilisé par la jurisprudence talmudique pour désigner la femme mariée abandonnée, dont l'époux a disparu sans laisser de trace et sans qu'il soit possible de déterminer s'il est ou non décédé. Une femme *hagouna* ne peut se remarier jusqu'à ce que le décès de son époux soit établi ou qu'il lui accorde le divorce si on le retrouve.
Haïekla! (hébreu) : « Par ta vie! »

Hakham (hébreu) : sage. Dans certaines communautés sépharades, le terme de *hakham* est utilisé pour désigner le grand rabbin.

Halakha (hébreu) : littéralement, marche, voie. Désigne l'ensemble de la jurisprudence religieuse fondée sur la Bible, le Talmud et les interprétations rabbiniques.

Halès (yiddish; sing. : *haleh*) : pain natté, pour le shabbat et les fêtes.

Haloutz (hébreu; plur. : *haloutzim*) : pionnier. Désigne les premiers immigrants sionistes venus en Eretz-Israël pour y créer des colonies agricoles juives et des kibboutzim.

Hametz (hébreu) : désigne, lors de la Pâque, tout produit pouvant contenir du levain et dont la présence dans un foyer juif est strictement prohibée durant les huit jours de la fête. La veille de la Pâque, on procède à *Bedikat Hametz*, la recherche du levain.

Hanoucca (hébreu) : fête des Lumières qui commémore la victoire des Asmonéens sur les Séleucides, la purification du Temple de Jérusalem et le retour à la liberté religieuse. Lors de cette fête, il est coutume d'allumer, dans un chandelier spécial (*hanoukiah*), une bougie le premier soir, deux bougies le second soir et ainsi de suite jusqu'au huitième soir.

Har habaït beyadénou. (hébreu) : « Le mont du Temple est entre nos mains. »

Haskalah (hébreu) : mouvement des Lumières au sein du monde juif fondé par Moïse Mendelssohn dans l'Allemagne du XVIIIe siècle et dont l'organe était la revue *Ha-meassef*. Par la suite, ce mouvement se propagea en Pologne et en Russie où ses partisans, les maskilim, s'opposèrent violemment aux hassidim.

Hassid (hébreu; plur. : *hassidim*) : littéralement, pieux. Après une première apparition dans la vallée rhénane au Moyen Age, le hassidisme est une doctrine mystique qui se développa en Pologne à partir de 1740, sous l'autorité du Besht, le Baal Chem Tov (maître du Bon Nom). Ses adeptes, les *hassidim*, accordent plus d'importance à la prière qu'à l'étude et se regroupent autour des Tzadikim (Justes) qui sont des rabbins miraculeux.

Hatzot (hébreu) : prière du milieu de la nuit.

Hazan (hébreu) : chantre, ministre officiant.

Hechvan (hébreu) : mois du calendrier israélite.

Herem (hébreu) : excommunication.

Hevra kedisha (araméen) : Sainte Confrérie. Désigne une société de secours mutuels à but social, charitable et religieux, existant dans chaque communauté juive. Elle s'occupe notamment de tout ce qui a trait aux funérailles de ses membres, mais certaines sociétés géraient également des hospices ou des hôpitaux.

Houmash (hébreu) : Pentateuque.

Houpa (hébreu) : dais nuptial symbolisant le foyer fondé par les jeunes mariés.

Houtzpa (hébreu) : audace, culot.

I

Ilouï (hébreu) : génie, supériorité.
Iyar : mois du calendrier israélite durant lequel on ne célèbre ni bar-mitsva ni mariage.

K

Kabbale (hébreu) : littéralement, tradition. Désigne un courant mystique né en Espagne et en France méridionale au XIIe siècle, avec le Zohar dû à Moïse de Léon et pieusement attribué à Rabbi Shimon bar Yokhaï. La *Kabbale*, qui joua un grand rôle non seulement dans la vie des communautés juives mais aussi dans les cercles humanistes, connut un extraordinaire développement au XVIe siècle avec l'école fondée par Isaac Luria à Safed.
Kaddish (araméen) : littéralement, sanctification. Prière récitée à la fin des passages importants de la liturgie. Est récitée par les orphelins et a été, à ce titre, considérée comme la prière des morts bien qu'il n'y soit jamais fait mention de la mort. Le Notre Père chrétien s'inspire très étroitement du *kaddish*.
Karadj (turc) : impôt spécial payé par les sujets non musulmans du sultan.
Kasher (hébreu) : propre, pur. Un aliment *kasher* est un aliment conforme aux prescriptions alimentaires juives.
Kashrout (hébreu) : pureté. Désigne l'ensemble des lois rituelles juives ayant trait à la pureté.
Kehaya (turc) : fonctionnaire chargé de la perception des impôts.
Khavé (turc) : café.
Ketouba (hébreu) : contrat de mariage rédigé en araméen.
Kibboutz (hébreu; plur. : *kibboutzim*) : ferme collective en Israël, fondée sur le principe du socialisme autogestionnaire.
Kiddoush (hébreu) : sanctification. Désigne la bénédiction sur le vin récitée lors du shabbat et des fêtes.
Kiddoushin (araméen) : traité du Talmud consacré au mariage. La cérémonie de mariage est appelée *kiddoushin* (sanctification) pour bien en marquer le caractère sacré.
Kikayon (hébreu) : courge. Une polémique célèbre opposa pour la traduction de ce mot saint Augustin et saint Jérôme.
Kipa (hébreu) : calotte rituelle.
Kipiatok (russe) : eau bouillante.
Kippour (hébreu) : Grand Pardon. A lieu dix jours après le Jour de l'An juif. Est marqué par un jeûne de vingt-quatre heures.
Kislev (hébreu) : mois du calendrier israélite durant lequel on célèbre la fête de Hanoucca.
Klaus (yiddish) : petit oratoire hassidique.

Kolpak (turc) : ou *colback*. Bonnet à poil ressemblant à un cône tronqué. Les tambours-majors français ont porté le *colback* jusqu'au XIXe siècle.
Koumkoum kashmali (hébreu) : bouilloire électrique.

L

Lag Baomer (hébreu) : 33e jour d'*Omer*. Mesure d'orge que l'on offrait le 2e jour de la Pâque au Temple de Jérusalem. *Omer* : nom donné à la période séparant la Pâque de la Pentecôte.
Lekhaïm! (hébreu) : « A la vie! »

M

Maariv (hébreu) : prière du soir.
Mahzor (hébreu) : rituel de prières pour les fêtes par opposition à *siddour*, rituel de prières quotidien.
Malekhet hakodesh (hébreu) : travail sacré. Le travail d'un scribe est considéré comme *malekhet hakodesh*.
Marakib (arabe) : nom de bateaux utilisés au Moyen Age pour le transport de marchandises.
Marranes : terme d'origine espagnole désignant les Juifs convertis de force au christianisme et continuant à judaïser en secret. On les appela ainsi parce qu'ils s'abstenaient de consommer du porc (*marrano*).
Maskilim (hébreu; sing. : *maskil*) : partisan des Lumières, de la Haskalah.
Ma ta' am! (hébreu) : « Quel goût! »
Matsot (hébreu; sing. : *matsa*) : pains azymes sans levain consommés durant la Pâque en souvenir du « pain d'affliction » mangé par les Hébreux lors de la sortie d'Égypte.
Mazal tov! (hébreu) : « Bonne chance », « Félicitations. »
Médina (arabe) : centre de la ville.
Meguilat Esther (hébreu) : rouleau d'Esther lu chaque année à la synagogue durant la fête de Pourim.
Mellah (arabe) : nom du quartier juif au Maroc, par exemple. Équivalent musulman du ghetto.
Menorah (hébreu) : chandelier.
Metourgan (hébreu; plur. : *metourganim*) : littéralement, traducteur. Désigne celui qui répétait à haute et intelligible voix pour le public l'enseignement dispersé par le *rosh yeshiva*, le directeur de l'académie talmudique.
Midrash (araméen) : commentaire homilétique de la Bible.
Midrash Bereshit Rabbah (araméen) : commentaire rabbinique sur le livre de la Genèse.
Midrash Tauhuma (araméen) : commentaire rabbinique sur le livre des Lamentations.

Minha (hébreu) : offrande. Prière de l'après-midi.

Minian (hébreu ; plur. : *minianim*) : assemblée de dix hommes majeurs, religieusement nécessaire à la célébration publique du culte juif.

Mishkenot shaananim (hébreu) : maison des Hôtes de la ville de Jérusalem, située dans le quartier Montefiore, près de la vieille ville.

Mishna (hébreu) : compilation en sept traités de la Loi orale juive rédigée par Yehouda Hanassi vers 200 de notre ère. La *Mishna* est l'une des parties du Talmud.

Mitnaged (hébreu ; plur. : *mitnagdim*) : opposant. Par ce terme, on désigne les opposants au mouvement hassidique auquel ils reprochaient sa piété naïve, son mépris de l'étude et le culte des Tzadikim. Les *mitnagdim* furent particulièrement nombreux en Lituanie.

Mitsva (hébreu) : commandement, précepte religieux. La Bible contient six cent treize *mitsvot*.

Mitz tapouzim (hébreu) : jus d'orange.

Mohel (hébreu) : péritomiste. Celui qui pratique le rite de la circoncision.

Muezzin (arabe) : membre du clergé musulman chargé d'annoncer à haute voix, du minaret, l'heure de la prière.

N

Nassi (hébreu) : prince, patriarche, exiliarque.

Neilah (hébreu) : prière terminant la liturgie du Grand Pardon.

Ner-tamid (hébreu) : lumière perpétuelle brûlant en permanence dans la synagogue au-dessus de l'arche contenant les rouleaux de la Loi. Désigne également la veilleuse allumée en souvenir d'un défunt.

Nissan : (hébreu) : mois du calendrier israélite durant lequel a lieu la Pâque.

P

Pan (polonais ; vocatif : *panié*) : seigneur, monsieur.

Parnass (hébreu ; plur. : *parnassim*) : dirigeant d'une communauté juive.

Payess (yiddish) : papillotes portées par les Juifs pieux.

Pessah (hébreu) : la Pâque.

Pilpoul (hébreu) : discussion savante, controverse, casuistique. Mode de raisonnement propre au Talmud et consistant à multiplier les objections à une réponse concernant tel ou tel problème.

Pourim (araméen) : fête des Sorts qui commémore la défaite d'Aman, ainsi que le triomphe d'Esther et de Mardochée. Fête joyeuse, qui s'assimile par certains aspects (déguisements, jeux) au carnaval et durant laquelle il est permis de boire jusqu'à ne plus distinguer le nom d'Aman de celui de Mardochée.

R

Rabat (arabe) : faubourg.
Rabotaï! (hébreu) : « Messieurs! », « Mes maîtres! »
Rayas (turc) : désigne l'ensemble des sujets non musulmans de l'Empire ottoman soumis à une capitation spéciale et dispensés du service militaire.
Rebono shel olam (hébreu) : « Maître du monde. »
Rishroush (hébreu) : murmure.
Roch Hachana (hébreu) : Nouvel An juif.

S

Seder (hébreu) : littéralement, ordre. Désigne le repas de la Pâque durant lequel on lit le récit de la sortie d'Égypte.
Sefer Hassidim (hébreu) : « Le Livre des Justes ». Ecrit mystique médiéval rédigé au XIIe siècle dans la vallée rhénane par Samuel ben Kalonymos, son fils Judah ben Samuel et son parent Eléazar ben Judah.
Sephardi (hébreu; plur. : *Sephardim*) : terme désignant primitivement l'Espagne et utilisé par la suite pour désigner les Juifs originaires du Bassin méditerranéen, par opposition aux Ashkenazim d'Europe centrale et orientale.
Shabbat (hébreu) : septième jour du calendrier juif, consacré au repos. Différentes interdictions (interdiction de faire du feu, de travailler, de fumer, de voyager, etc.) sont liées à l'observance du *shabbat*.
Shalom aleïkhem! (hébreu) : « Que la paix soit avec vous! » Formule de salutation.
Shamash (hébreu) : bedeau.
Shéol (hébreu) : séjour des morts.
Shevet Yehouda (hébreu) : « La Tribu de Juda ». Ouvrage de l'historien judéo-espagnol Salomon ibn Verga, rédigé vers 1520 et qui est une recension des persécutions subies par les Juifs depuis la destruction du second Temple.
Shiva (hébreu) : sept. Désigne la période de deuil strict devant être observée après le décès d'un parent et durant laquelle les affligés restent chez eux, s'abstiennent de leurs obligations usuelles et prient.
Shofar (hébreu) : corne de bélier dont on sonne lors du Nouvel An et du Grand Pardon, mais aussi lors d'une cérémonie du *herem* (excommunication).
Shtetl (yiddish; plur. : *shtetlekh*) : bourgade. Désigne les agglomérations à forte population juive des campagnes russes et polonaises.
Shtramel (yiddish) : bonnet de fourrure porté par les hassidim lors des fêtes juives.
Siddour (hébreu) : rituel de prières quotidien.

Simhat Tora (hébreu) : « la joie de la Loi ». Fête célébrée à la fin de Souccoth durant laquelle on achève la lecture du cycle annuel de la Loi pour le recommencer immédiatement. Fête marquée par des danses autour des rouleaux de la Loi promenés en procession dans les synagogues.

Sivan (hébreu) : mois du calendrier israélite durant lequel se situe la fête de Chavouoth.

Sof tov, ha kol tov! (hébreu) : « Tout est bien qui finit bien ! »

Souccoth (hébreu) : fête des Cabanes durant laquelle il est d'usage de construire des cabanes en branchages où l'on prend les repas. Son but est de rappeler les tentes sous lesquelles vécurent les Juifs lors de leur errance dans le Sinaï après la sortie d'Égypte.

Szlachcic (polonais) : noble.

Strëa : femme possédée par les morts.

T

Takhanot (hébreu) : ordonnances et règlements édictés par les communautés juives pour régir la vie de leurs membres.

Talith (hébreu) : châle de prière porté par les hommes juifs lors de la prière du matin et lors des fêtes.

Talmud (hébreu) : compilation de la Loi orale juive rédigée à Jérusalem et à Babylone entre le IIe et le Ve siècle de notre ère. Il y a deux Talmud, le Talmud de Jérusalem et celui de Babylone, ce dernier étant le seul à faire autorité pour l'ensemble des Juifs. Le *Talmud* comporte deux parties : la Mishna et la Gemârâ et se subdivise en Halakha (jurisprudence) et Haggadah (homilétique). Il est rédigé en araméen.

Talmud-Tora (hébreu) : école primaire religieuse juive.

Tamouz (hébreu) : mois du calendrier israélite. Le 17 *Tamouz* est un jour de jeûne.

Tanakh (hébreu) : contraction de *Tora* (la Loi), *Neviim* (les Prophètes) et *Ketoubim* (livres hagiographiques). Désigne le canon de la Bible hébraïque.

Tanaïm (araméen) : désigne les docteurs de la Loi antérieure à la rédaction de la Mishna.

Terahot (hébreu) : « Purifications ». Traité du Talmud.

Tevet (hébreu) : mois du calendrier israélite.

Tfilat derekh (hébreu) : prière de la route, récitée avant chaque voyage.

Tichri (hébreu) : mois du calendrier israélite durant lequel se situent le Nouvel An juif et le Grand Pardon.

Tisha be Av (hébreu) : neuvième jour du mois d'Av. Un jeûne est observé le 9 d'Av en souvenir des deux destructions du Temple de Jérusalem qui eurent lieu en ce jour. L'expulsion d'Espagne de 1492 tomba également un 9 Av. Selon une légende, le Messie viendra un 9 Av.

Tora (hébreu) : « La Loi ». Au sens strict, désigne le Pentateuque. De manière plus générale, ce terme désigne l'ensemble de la littérature religieuse juive.

Tosaphistes (de l'hébreu *tosaphot*, ajouts) : désigne les disciples de Rachi qui précisèrent sur certains points les commentaires du rabbin champenois.

Tzadik (hébreu ; fém. : *Tzadika* ; plur. : *Tzadikim*) : Juste. Dans le mouvement hassidique, le *Tzadik* est un rabbin miraculeux, intercesseur entre Dieu et les fidèles, qui fait l'objet d'une vénération particulière.

Tzené Oureyné (yiddish) : désigne l'adaptation en yiddish de la Bible rédigée au XVIᵉ siècle pour les femmes. C'est l'un des ouvrages les plus répandus dans le monde juif.

Tzitzit (hébreu) : franges rituelles ornant les coins du *talith* (châle de prière) ou du vêtement et rappelant les Commandements divins.

V

Vayomer Élohim (hébreu) : « Et Dieu dit. »

W

Walli (arabe) : gouverneur d'une cité ou d'une province.

Y

Yeshiva (hébreu ; plur. : *yeshivot*) : académie talmudique.

Yiddish : langue juive née au XIᵉ siècle dans la vallée rhénane, créée à base de l'allemand du haut Moyen Age, mélangée à de l'hébreu et écrite avec des caractères hébreux. A été parlée par les Juifs d'Europe centrale et orientale et continue à être pratiquée aux États-Unis, en Union soviétique et en Israël, ainsi que dans d'autres communautés juives à travers le monde. Elle donna naissance à une littérature florissante.

Yié tov ! (hébreu) : « Tout ira bien ! »

Z

Zohar (hébreu) : « Livre des splendeurs ». Traité kabbalistique attribué à Rabbi Shimon bar Yokhaï, mais rédigé par Moïse de Léon au XIIIᵉ siècle. Constitue le texte fondateur de la Kabbale.

TABLE DES MATIÈRES

PREMIÈRE PARTIE

1. Jérusalem. *Les chemins de l'exil* 11
2. Alexandrie. *La grande révolte* 28
3. Rome. *Arsinoé est morte* 57
4. Alexandrie. *La maison d'Ezra* 69
5. Hippone. *Élie et Djemila* 84
6. Hippone. *Sous la loi des Vandales* 98
7. Hippone. *Nomos le rouge* 110
8. Hippone. *Le témoignage d'Abraham* 124
9. Tolède. *Le Juif de l'amîr Tarik* 132
10. Cordoue. *Pâque en paix* 148
11. Narbonne. *Abner l'Africain* 157
12. Narbonne. *Le roi juif* 169
13. Narbonne. *L'ambassade de Charlemagne* 182
14. Narbonne. *Le Chant des Chants* 186
15. Narbonne. *Les quatre meuniers* 199
16. Narbonne. *Les peurs de l'an mil* 207
17. Troyes. *L'embuscade selon Josué* 219
18. Troyes. *J'ai vu Pierre l'Ermite* 241
19. Troyes. *Le jugement d'Abraham* 250
20. Troyes. *Le péché d'Esther* 259
21. Troyes. *Le Juif à l'épée* 270
22. Troyes. *Et Saül devint Paul* 284
23. Strasbourg. *L'argent de la commune* 297
24. Strasbourg. *La victoire de Ziporia* 311
25. Strasbourg. *La mort noire* 326
26. Strasbourg. *Les Juifs paieront* 340
27. Benfeld. *Un certain Hans Gensfleisch* 349
28. Benfeld-Soncino. *Gabriele di Strasburgo* 365
29. Soncino. *La maison des imprimeurs* 381

DEUXIÈME PARTIE

30. Soncino. *Lettres au père* 403
31. Salonique. *Deux Juifs ordinaires* 421
32. Constantinople. *Doña Gracia Mendes* 437
33. Lublin. *Une histoire d'amour* 457
33 (suite). *Une histoire d'amour* (suite) 460
34. Amsterdam. *L'excommunié* 478
35. Amsterdam-Lublin. *Le Déluge* 494
36. Zolkiew. *Braïndl « ma demeure »* 516
37. Zolkiew. *La tristesse et la joie* 528
38. Königsberg-Strasbourg. *Le Kaftanjude* 541
39. Paris. *La Révolution* 568
40. Strasbourg-Paris. *Léopoldine* 583
41. Strasbourg-Varsovie. *Les droits des Juifs* 594
42. Varsovie. *Un très vieil homme* 612
43. Varsovie. *Olga* 616
44. Varsovie. *Olga* (suite) 635
45. Varsovie. *« Vive la Pologne libre! »* 643
46. Varsovie. *Perl et Salomon* 656
47. Varsovie. *La cave* 676
48. Varsovie. *Chema Israël!* 697

Carte : Deux mille ans d'Histoire d'une famille juive 706-707

Glossaire 708

*Achevé d'imprimer en janvier 1995
sur les presses de l'Imprimerie Bussière
à Saint-Amand (Cher)*

POCKET - 12, avenue d'Italie - 75627 Paris Cedex 13
Tél. : 44-16-05-00

— N° d'imp. 3370. —
Dépôt légal : avril 1985.
Imprimé en France

VASSILI GROSSMAN

VIE ET DESTIN

Voici un des grands livres du siècle. Son auteur, Vassili Grossman, est un juif soviétique, né à Berditchev en 1905. Pendant longtemps il fut pour le régime un écrivain et un journaliste officiels d'une orthodoxie absolue. Il vécut la Seconde Guerre mondiale, la déroute des premiers mois, le déchirement des destinées puis l'immense sursaut de la nation. Toujours journaliste il suivit l'Armée Rouge jusqu'à Berlin et entra dans l'enfer de Treblinka où fumaient encore les cendres des victimes du génocide nazi.
Vie et Destin, que Grossman commence d'écrire en 1952, devait être la seconde partie d'une fresque consacrée à la bataille de Stalingrad.
Mais entre-temps il avait traversé une crise profonde. Il avait assisté au déchaînement de la campagne antisémite de 1949-1953, aux arrestations de juifs, au montage du procès des médecins « empoisonneurs ». L'homme qui écrit *Vie et Destin* n'est plus le même homme.
Frappé par la convergence de deux systèmes politiques opposés qui aboutissent à créer des camps de concentration, Grossman décide de repenser toute l'histoire du siècle à la lumière noire de Treblinka et de la Kolyma. Ses personnages, qui s'entrecroisent dans cette épopée de la survie humaine, devront aller jusqu'au bout de cette question que Tolstoï n'avait pas pu poser : comment l'avenir radieux et le démoniaque Walhalla ont-ils pu se rejoindre dans l'entreprise concentrationnaire ?
Saisi par le KGB en 1960, disparu pendant vingt ans, ce livre n'a survécu que par miracle. C'est le premier des grands livres de délivrance russes. Ce n'est pas un livre documentaire, c'est plus qu'un cri halluciné ou qu'une enquête vengeresse. C'est une grande œuvre classique, ordonnatrice et lumineuse, avocate du bien et de la liberté, dressée contre les fabriques modernes du mal et de l'esclavage.
Ce livre salué par la critique comme le « Guerre et Paix » du vingtième siècle a obtenu le prix du meilleur livre étranger.

Georges NIVAT

ALEXANDRE SOLJENITSYNE

LA MAISON DE MATRIONA

« Ces trois récits sont en réalité trois petits drames remarquables tous par leur anticonformisme. Cet anticonformisme, ce désir d'aller au-delà des apparences et de retrouver les rapports humains essentiels, vont de pair chez Soljénitsyne avec un très grand réalisme. Ses personnages ne s'agitent jamais dans l'abstrait, mais c'est à l'occasion d'une situation donnée et minutieusement dépeinte, parfois même avec une certaine lourdeur, dans un cadre minutieusement reconstitué lui aussi, qu'ils sont amenés à se poser des questions. »

Pierrette Rosset

ALEXANDRE SOLJENITSYNE

LE PAVILLON DES CANCÉREUX

Voici le roman le plus célèbre du plus grand écrivain russe contemporain.
En 1955, au début de la destalinisation, Alexandre Soljénitsyne est exilé dans un village du Kazakhstan, après huit ans de « goulag ». Il apprend alors qu'il est atteint d'un mal inexorable dont le nom seul est un objet de terreur. Miraculeusement épargné, il entreprendra quelques années plus tard le récit de cette expérience.
Au *Pavillon des cancéreux*, quelques hommes, alités, souffrent d'un mal inexorable, que l'on dit incurable. Et cependant, le cancer n'est pas le véritable personnage de ce récit. Il est plutôt l'occasion pour ces hommes en sursis de s'interroger sur le sens même de leur vie, sans tricherie possible. Bien que voisins de lit, Roussanov et Kostoglotov ne se parlent pas. Pour l'un — haut fonctionnaire dans l'administration — la réussite sociale vaut bien quelques concessions. Pour l'autre — Kostoglotov —, un peu le double de l'auteur, qui a été déporté dans un camp, seule compte la dignité humaine. C'est à lui que se confiera Chouloubine, le bibliothécaire de l'hôpital, qui a — lui — tout fait pour échapper à la déportation. En chacun de ces personnages, mais également chez Zoé la naïve, Assia la sensuelle, Vadim le passionné, Poddouïev, Vera Kornilievna, la vieille Stéphanie, gît une parcelle d'intime vérité, en quoi, peut-être, se résout la vie de l'homme. Une vie qui — à l'image des rêves de Kostoglotov —, faite de profonde sensualité, de l'intense bonheur d'exister, contient la mort elle-même.

VLADIMIR NABOKOV

L'EXPLOIT

Voici, sans doute, le roman le plus autobiographique de Nabokov.
En lisant ce merveilleux roman, l'aficionado est souvent tenté d'y voir en filigrane le récit romanesque que l'auteur a donné de son enfance et de son adolescence dans *Autres rivages*. Nul n'est besoin, cependant, de connaître l'autobiographie pour goûter pleinement cette œuvre tendre et parfois poignante, pour percevoir à travers ces pages peuplées de sapins et saupoudrées de neige la douleur contenue de l'exilé et de l'orphelin, pour apprécier les séductions grisantes et néanmoins frustrantes de Sonia, une lointaine parente de Lolita, pour rire, mais sans malveillance, des mouvements passionnels et des gaffes ingénues de Martin, un proche cousin de Vadim McNab. Tous ces thèmes, profondément romantiques comme le reconnaît lui-même Nabokov dans son avant-propos, auraient pu se fondre en une œuvre fade et démodée, mais l'auteur a su se garder, pour l'essentiel, de sombrer dans cette sensiblerie liquoreuse qui ternit trop souvent l'éclat des textes autobiographiques.

VLADIMIR NABOKOV

L'EXTERMINATION DES TYRANS

Hitler ou Lénine aussi bien que Staline pourrait occuper le trône du tyran dans la première des treize histoires de ce recueil où, par la magie d'un art incomparable, cet éternel exilé que fut Vladimir Nabokov a fait surgir un paysage imaginaire où dominent les sentiments de désolation, de solitude et de terreur.
Mais ce n'est là qu'un des éléments de cette riche symphonie autobiographique où l'on retrouve successivement tous les grands thèmes chers à l'auteur de *Lolita*, de l'émotion d'un premier amour à la nostalgie d'un vieil exilé. Ce qui en revanche ne change pas d'un texte à l'autre, c'est l'attitude de Nabokov à l'égard de la scène observée et décrite — un mélange d'ironique détachement, de vision poétique et de vive sympathie — qui lui permet de restituer avec un égal bonheur la vie de la nature et le monde des hommes.

VLADIMIR NABOKOV

BRISURE À SENESTRE

Brisure à Senestre est l'un des récits de fiction les plus extraordinaires et les plus saisissants jamais écrits sur notre époque. Il retrace la montée du totalitarisme dans un Etat moderne où le poids des slogans égalitaires et communautaires a laminé toute liberté intellectuelle.

Le roman a pour centre le personnage d'Adam Krug, le philosophe le plus éminent du pays qui vient de tomber aux mains du parti de « l'Homme Moyen » — le sinistre groupe politique conduit par son vieil ennemi d'enfance, Paduk. La femme de Krug meurt. Seul, à l'abandon, il va résister aux séductions comme aux menaces et aux pressions du nouvel Etat, jusqu'à ce qu'on lui prenne son fils, David.

RAYMOND ARON

MÉMOIRES

Ce livre est le récit d'une rencontre : la rencontre d'un siècle convulsif et d'une intelligence avide de le comprendre.
Séjournant en Allemagne de 1930 à 1933, Raymond Aron y a reçu le choc de l'Histoire, l'impulsion de sa vie : comprendre l'existence politique des hommes. Que puis-je savoir de l'Histoire ? Que dois-je faire comme citoyen ? Telles sont les questions qu'il ne cessera désormais de se poser. Elles inspirent toutes ses démarches : ses travaux de philosophie avant la guerre, son action à Londres comme animateur de *la France libre*, son activité multiforme de professeur, de journaliste, de protagoniste du débat politique depuis la Libération jusqu'à aujourd'hui.
Ces *Mémoires* sont ainsi le bilan des réflexions d'un grand philosophe politique sur le monde moderne. Tous les grands problèmes sont abordés avec hauteur de vue et simplicité : la société industrielle, la menace communiste, l'avenir des démocraties, la paix et la guerre, la stratégie nucléaire, rien de ce qui intéresse le plus les hommes d'aujourd'hui n'est négligé. Raymond Aron parvient à dresser un tableau clair de notre époque confuse.
Raymond Aron a connu de fort près quelques-uns des acteurs éminents de l'époque : qu'il s'agisse de Charles de Gaulle ou de Jean-Paul Sartre, d'André Malraux ou d'Henry Kissinger, de Jean Daniel ou de Robert Hersant, ses portraits sont d'un dessin à la fois ferme et nuancé, sans complaisance mais sans malveillance.
Ces *Mémoires* sont enfin le témoignage personnel émouvant d'une personnalité célèbre mais secrète, qui parle ici avec délicatesse de sa famille, de ses amis, qui s'interroge à mi-voix sur lui-même et sur son œuvre, sur les hommes et sur la vie. Un homme supérieur parle au lecteur d'une voix fraternelle : il éclaire son intelligence et touche son cœur.

JEAN-DENIS BREDIN

L'AFFAIRE

Par une belle matinée de l'automne 1894, le jeune Capitaine Dreyfus se rendit au Ministère de la Guerre : il y était convoqué « en tenue bourgeoise », pour une « inspection » de routine. Un officier le reçut, dont la main droite était gantée de soie noire. « J'ai une lettre à écrire. J'ai mal aux doigts. Pouvez-vous écrire à ma place ? » Le Capitaine Dreyfus se prêta à la dictée. Soudain l'officier lui mit la main sur l'épaule. « Au nom de la loi je vous arrête. Vous êtes accusé du crime de haute trahison. » Ainsi commença l'« Affaire ».
L'Affaire ? C'est un épisode de la lutte des services d'espionnage français et allemand, qui recèle encore des mystères. C'est un combat judiciaire de douze années dont l'acquittement d'Esterhazy et le procès Zola furent des péripéties. C'est un furieux affrontement qui secoua la société française au carrefour de deux siècles.
Avec une implacable minutie, ce livre démonte les ressorts de la tragique « erreur » qui envoya puis qui tint Dreyfus au bagne : l'obsession de l'espionnage dans la France vaincue, l'exaspération du sentiment patriotique, bientôt érigé en doctrine, les préjugés antijudaïques mués, en quelques années, en une véritable fureur antisémite, le culte de l'Armée, gardienne des valeurs traditionnelles, porteuse des espoirs de revanche. Et aussi la prudence des parlementaires, la lâcheté des gouvernants, tremblant devant le pouvoir nouveau de la presse.
Par-delà les passions éteintes, et sans autre préjugé que le scrupule de la vérité, Jean-Denis Bredin ausculte la France de la fin du XIX° siècle, ses traits permanents, ses humeurs, ses mythes.
Il tente aussi de répondre aux questions que nous pose aujourd'hui l'Affaire Dreyfus. Fut-elle le dernier soubresaut de la société d'ancien régime ou, comme l'affirmait Mauriac, « un épisode d'une éternelle guerre civile », un moment de l'affrontement toujours renouvelé de deux systèmes de valeurs ? La justice dressée contre la chose jugée ? La vérité contre le dogme ?

VLADIMIR NABOKOV

BRISURE À SENESTRE

Brisure à Senestre est l'un des récits de fiction les plus extraordinaires et les plus saisissants jamais écrits sur notre époque. Il retrace la montée du totalitarisme dans un Etat moderne où le poids des slogans égalitaires et communautaires a laminé toute liberté intellectuelle.
Le roman a pour centre le personnage d'Adam Krug, le philosophe le plus éminent du pays qui vient de tomber aux mains du parti de « l'Homme Moyen » — le sinistre groupe politique conduit par son vieil ennemi d'enfance, Paduk. La femme de Krug meurt. Seul, à l'abandon, il va résister aux séductions comme aux menaces et aux pressions du nouvel Etat, jusqu'à ce qu'on lui prenne son fils, David.